COLEÇÃO RECONQUISTA DO BRASIL (2ª Série)

165 QUANDO MUDAM AS CAPITAIS - I.A. Mello Penna
166 CORRESPONDÊNCIA ENTRE MARIA GRAHAM E A IMPERATRIZ DONA LEOPOLDINA - Américo Jacobina Lacombe
167 HEITOR VILLA-LOBOS - Vasco Mariz
168 DICIONÁRIO BRASILEIRO DE PLANTAS MEDICINAIS - D.A. Mejía Penna
169 A AMAZÔNIA QUE EU VI - Gastão Cruls
170 HILEIA AMAZÔNICA - Gastão Cruls
171 AS MINAS GERAIS - Miran de Barros Latif
172 O BARÃO DE LAVRADIO E A HIGIENE NO RIO DE JANEIRO IMPERIAL - Lourival Ribeiro
173 NARRATIVAS POPULARES - Oswaldo Elias Xidieh
174 O PSD MINEIRO - Plínio de Abreu Ramos
175 O ANEL E A PEDRA - Pe. Hélio Abranches Viotti
176 AS IDÉIAS FILOSÓFICAS E POLÍTICAS DE TANCREDO NEVES - J. M. de Carvalho
177 A FORMAÇÃO DA LITERATURA BRASILEIRA - 2 vols. - Antônio Cândido
179 HISTÓRIA DO CAFÉ NO BRASIL E NO MUNDO - José Taunay de Oliveira
180 CAMINHOS DA MORAL MODERNA: A EXPERIÊNCIA LUSO-BRASILEIRA - J. M. Gonçalves
181 DICIONÁRIO HISTÓRICO-GEOGRÁFICO DE MINAS GERAIS - W. de Almeida Barbosa
182 A REVOLUÇÃO DE 1817 NA HISTÓRIA DO BRASIL. Em citação de história diplomática - Oliveira Lima (com a colaboração de Melo Moraes)
183 HELENA ANTIPOFF - Sua Vida, Sua Obra - Daniel I. Antipoff
184 HISTÓRIA DA INCONFIDÊNCIA DE MINAS GERAIS - Augusto de Lima Júnior
185-6 A GRANDE FARMACOPÉIA BRASILEIRA - 2 vols. - Pedro Luiz Napoleão Chernoviz
187 O AMOR INFELIZ DE MARÍLIA E DIRCEU - Augusto de Lima Júnior
188 HISTÓRIA ANTIGA DE MINAS GERAIS - Diogo de Vasconcelos
189 HISTÓRIA MÉDIA DE MINAS GERAIS - Diogo de Vasconcelos
190/191 HISTÓRIA DE MINAS - Waldemar de Almeida Barbosa
192 ANTOLOGIA DO FOLCLORE BRASILEIRO - Luís da Câmara Cascudo
193 INTRODUÇÃO À HISTÓRIA SOCIAL E ECONÔMICA PRÉ-CAPITALISTA NO BRASIL - Oliveiros Vianna
195 OS SENHORES - Pedro Antônio Vieira
196 ALIMENTAÇÃO SERTANEJA E CULTURA - A. Silva Melo
197 ETC., O LIVRO DO POVO - Luís da Câmara Cascudo
198/9 DEITADO E REDE DE DORMIR - Luís da Câmara Cascudo
197 A CONQUISTA DO DESERTO OCIDENTAL - Severino Costa
198/199 GEOGRAFIA DO BRASIL HOLANDÊS - Luís da Câmara Cascudo
200 OS SERTÕES, Campanha de Canudos - Euclides da Cunha
201/10 HISTÓRIA DA COMPANHIA DE JESUS NO BRASIL - Serafim Leite, S.J. - 10 vols.
211 CARTAS DO BRASIL E MAIS ESCRITOS - P. Manuel da Nóbrega
212 OBRAS DE CASIMIRO DE ABREU - (Apuração e revisão do texto, ensaio biográfico, notas e índices)
213 UTOPIAS E REALIDADES DA REPÚBLICA. Da Proclamação de Deodoro à Ditadura de Floriano Peixoto - Rocha
214 O RIO DE JANEIRO NO TEMPO DOS VICE-REIS - Luiz Edmundo
215 TIPOS E ASPECTOS DO BRASIL - Diversos Autores
216 O VALE DO AMAZONAS - A.C. Tavares Bastos
217 EXPEDIÇÃO ÀS REGIÕES CENTRAIS DA AMÉRICA DO SUL - Francis Castelnau
218 MULHERES E COSTUMES DO BRASIL - Charles Expilly
219 POESIAS COMPLETAS - Padre José de Anchieta
220 DESCOBRIMENTO E A COLONIZAÇÃO PORTUGUESA NO BRASIL - Miguel Augusto Gonçalves de Souza
221 TRATADO DESCRITIVO DO BRASIL EM 1587 - Gabriel Soares de Souza
222 HISTÓRIA DO BRASIL - Joao Ribeiro
223 A PROVÍNCIA - A.C. Tavares Bastos
224 À MARGEM DA HISTÓRIA DA REPÚBLICA - Org. por Vicente Licínio Cardoso
225/6 MENINO DA MATA - Crônica de Uma Comunidade Mineira - Vivaldi Moreira
226 MISSÃO À PREHISTÓRIA NO BRASIL (Folclore) - Mário de Andrade
227 DANÇAS DRAMÁTICAS DO BRASIL (Folclore) - Mário de Andrade
228 OS COCOS (Folclore) - Mário de Andrade
229 AS MELODIAS DO BOI E OUTRAS PEÇAS (Folclore) - Mário de Andrade
230 ANTÔNIO FRANCISCO LISBOA, O ALEIJADINHO - Rodrigo José Ferreira Bretas
231 ALEIJADINHO (PASSOS E PROFETAS) - Adriam Andrade, Ribeiro de Oliveira
232 ROTEIRO DE MINAS - Mauro Ribeiro
233 CICLO DO CARRO DE BOIS NO BRASIL - Bernardino José de Souza
234 DICIONÁRIO DA TERRA E DA GENTE DO BRASIL - Bernardino José de Souza
235 LITERATURA POPULAR EM VERSO - A TRAJETÓRIA - Sebastião Batista, Liêdo Maranhão, Braulio Medeiros
236 NOTAS DE UM BOTÂNICO NA AMAZÔNIA - Ricardo Spruce

COLEÇÃO RECONQUISTA DO BRASIL (2ª Série)

165. **QUANDO MUDAM AS CAPITAIS** - J. A. Meira Penna
166. **CORRESPONDÊNCIA ENTRE MARIA GRAHAM E A IMPERATRIZ DONA LEOPOLDINA** - Américo Jacobina Lacombe
167. **HEITOR VILLA-LOBOS** - Vasco Mariz
168. **DICIONÁRIO BRASILEIRO DE PLANTAS MEDICINAIS** - J. A. Meira Penna
169. **A AMAZÔNIA QUE EU VI** - Gastão Cruls
170. **HILÉIA AMAZÔNICA** - Gastão Cruls
171. **AS MINAS GERAIS** - Miran de Barros Latif
172. **O BARÃO DE LAVRADIO E A HIGIENE NO RIO DE JANEIRO IMPERIAL** - Lourival Ribeiro
173. **NARRATIVAS POPULARES** - Oswaldo Elias Xidieh
174. **O PSD MINEIRO** - Plínio de Abreu Ramos
175. **O ANEL E A PEDRA** - Pe. Hélio Abranches Viotti
176. **AS IDÉIAS FILOSÓFICAS E POLÍTICAS DE TANCREDO NEVES** - J. M. de Carvalho
177/78. **FORMAÇÃO DA LITERATURA BRASILEIRA** – 2vols. - Antônio Cândido
179. **HISTÓRIA DO CAFÉ NO BRASIL E NO MUNDO** - José Teixeira de Oliveira
180. **CAMINHOS DA MORAL MODERNA; A EXPERIÊNCIA LUSO-BRASILEIRA** - J. M. Carvalho
181. **DICIONÁRIO HISTÓRICO-GEOGRÁFICO DE MINAS GERAIS** - W. de Almeida Barbosa
182. **A REVOLUÇÃO DE 1817 E A HISTÓRIA DO BRASIL** - Um estudo de história diplomática - Gonçalo de Barros Carvalho e Mello Mourão
183. **HELENA ANTIPOFF** - Sua Vida/Sua Obra -Daniel I. Antipoff
184. **HISTÓRIA DA INCONFIDÊNCIA DE MINAS GERAIS** - Augusto de Lima Júnior
185/86. **A GRANDE FARMACOPÉIA BRASILEIRA**- 2 vols. - Pedro Luiz Napoleão Chernoviz
187. **O AMOR INFELIZ DE MARÍLIA E DIRCEU** - Augusto de Lima Júnior
188. **HISTÓRIA ANTIGA DE MINAS GERAIS** - Diogo de Vasconcelos
189. **HISTÓRIA MÉDIA DE MINAS GERAIS** - Diogo de Vasconcelos
190/191. **HISTÓRIA DE MINAS** - Waldemar de Almeida Barbosa
193. **ANTOLOGIA DO FOLCLORE BRASILEIRO** - Luis da Camara Cascudo
192. **INTRODUÇÃO À HISTORIA SOCIAL ECONÔMICA PRE-CAPITALISTA NO BRASIL** - Oliveira Vianna
194. **OS SERMÕES** - Padre Antônio Vieira
195. **ALIMENTAÇÃO INSTINTO E CULTURA** - A. Silva Melo
196. **CINCO LIVROS DO POVO** - Luis da Camara Cascudo
197. **JANGADA E REDE DE DORMIR** - Luis da Camara Cascudo
198. **A CONQUISTA DO DESERTO OCIDENTAL** - Craveiro Costa
199. **GEOGRAFIA DO BRASIL HOLANDÊS** - Luis da Camara Cascudo
200. **OS SERTÕES, Campanha de Canudos** - Euclides da Cunha
201/210. **HISTÓRIA DA COMPANHIA DE JESUS NO BRASIL** - Serafim Leite. S. I. - 10 Vols
211. **CARTAS DO BRASIL E MAIS ESCRITOS** - P. Manuel da Nobrega
212. **OBRAS DE CASIMIRO DE ABREU** - (Apuração e revisão do texto, escorço biográfico, notas e índices)
213. **UTOPIAS E REALIDADES DA REPÚBLICA** (Da Proclamação de Deodoro à Ditadura de Floriano) Hildon Rocha
214. **O RIO DE JANEIRO NO TEMPO DOS VICE-REIS** - Luiz Edmundo
215. **TIPOS E ASPECTOS DO BRASIL** - Diversos Autores
216. **O VALE DO AMAZONAS** - A.C. Tavares Bastos
217. **EXPEDIÇÃO ÀS REGIÕES CENTRAIS DA AMÉRICA DO SUL** - Francis Castelnau
218. **MULHERES E COSTUMES DO BRASIL** - Charles Expilley
219. **POESIAS COMPLETAS** - Padre José de Anchieta
220. **DESCOBRIMENTO E A COLONIZAÇÃO PORTUGUESA NO BRASIL** - Miguel Augusto Gonçalves de Souza
221. **TRATADO DESCRITIVO DO BRASIL EM 1587** - Gabriel Soares de Sousa
222. **HISTÓRIA DO BRASIL** - João Ribeiro
223. **A PROVÍNCIA** - A.C. Tavares Bastos
224. **À MARGEM DA HISTÓRIA DA REPÚBLICA** - Org. por Vicente Licinio Cardoso
225. **O MENINO DA MATA** - Crônica de Uma Comunidade Mineira - Vivaldi Moreira
226. **MÚSICA DE FEITIÇARIA NO BRASIL** (Folclore) - Mário de Andrade
227. **DANÇAS DRAMÁTICAS DO BRASIL** (Folclore) - Mário de Andrade
228. **OS COCOS** (Folclore) - Mário de Andrade
229. **AS MELODIAS DO BOI E OUTRAS PEÇAS** (Folclore) - Mário de Andrade
230. **ANTÔNIO FRANCISCO LISBOA - O ALEIJADINHO** - Rodrigo José Ferreira Bretas
231. **ALEIJADINHO (PASSOS E PROFETAS)** - Myriam Andrade Ribeiro de Oliveira
232. **ROTEIRO DE MINAS** - Bueno Rivera
233. **CICLO DO CARRO DE BOIS NO BRASIL** - Bernardino José de Souza
234. **DICIONÁRIO DA TERRA E DA GENTE DO BRASIL** - Bernardino José de Souza
235. **DA AVENTURA PIONEIRA AO DESTEMOR À TRAVESSIA** (Santa Luzia do Carangola) - Paulo Mercadante
236. **NOTAS DE UM BOTÂNICO NA AMAZÔNIA** - Richard Spruce

HISTÓRIA
DA
COMPANHIA DE JESUS
NO
BRASIL

TOMO III

TOMO IV

RECONQUISTA DO BRASIL (2ª Série)
Dirigida por Antonio Paim, Roque Spencer Maciel de Barros
e Ruy Afonso da Costa Nunes. Diretor até o volume 92,
Mário Guimarães Ferri (1918-1985)

VOL. 203 e 204

Capa
CLÁUDIO MARTINS

EDITORA ITATIAIA
BELO HORIZONTE
Rua São Geraldo, 53 — Floresta — Cep. 30150-070
Tel.: 3212-4600 — Fax: 3224-5151
e-mail: vilaricaeditora@uol.com.br
www.villarica.com.br

SERAFIM LEITE S. I.

HISTÓRIA DA COMPANHIA DE JESUS NO BRASIL

TOMO III
(Século XVII-XVIII — NORTE - 1 — FUNDAÇÕES E ENTRADAS)

TOMO IV
(Século XVII-XVIII — NORTE - 2 — OBRA E ASSUNTOS GERAIS)

Edição Fac-Símile

A Mancha desta edição foi ampliada por processo mecânico

EDITORA ITATIAIA
Belo Horizonte

2006

Direitos de Propriedade Literária adquiridos pela
EDITORA ITATIAIA
Belo Horizonte

Impresso no Brasil
Printed in Brazil

SERAFIM LEITE S. I.

HISTÓRIA DA COMPANHIA DE JESUS NO BRASIL

TOMO III

(Século XVII-XVIII — NORTE - 1 — FUNDAÇÕES E ENTRADAS)

EDITORA ITATIAIA

Belo Horizonte

Por proposta dos ilustres escritores *Afrânio Peixoto* e *Rodolfo Garcia*, o *Instituto Nacional do Livro*, do Ministério da Educação, incumbiu-se da publicação dos Tomos III e IV desta obra, consagrados ao Norte do Brasil.

A menção, aqui, dêste facto, significa um direito, e é simultaneamente grata homenagem do Autor ao Ministério da Educação do Brasil, tão nobre e dignamente regido pelo Dr. *Gustavo Capanema*.

Candidus Portinari pinxit, 1942.

P. LUIZ FIGUEIRA

Fundador da Missão do Maranhão e Grão Pará
Autor da «Arte da Língua Brasílica»

HISTÓRIA
DA
COMPANHIA DE JESUS
NO
BRASIL

P. Francisco Pinto
Mártir de Ibiapaba

Pintura antiga do tecto da Sacristia da Igreja do Colégio da Baía, hoje Catedral

SERAFIM LEITE, S. I.

HISTÓRIA
DA
COMPANHIA DE JESUS
NO
BRASIL

TÔMO III

NORTE — 1) FUNDAÇÕES E ENTRADAS

Séculos XVII – XVIII

1 9 4 3

INSTITUTO NACIONAL DO LIVRO
AV. RIO BRANCO
RIO DE JANEIRO

LIVRARIA PORTUGÁLIA
RUA DO CARMO, 75
LISBOA

À

Academia Brasileira

Carolus Grandé sculpsit, Romae, 1742.

P. António Vieira
Protector dos Índios do Brasil

(Ex André de Barros, *Vida do Apostólico Padre Antonio Vieyra da Companhia de Jesus, chamado por Antonomasia o Grande*, Lisboa, 1746)

PREFÁCIO

> «A Companhia de Jesus, durante os primeiros séculos da história do Brasil, constituiu a mais vigorosa fôrça espiritual da colonização. Tamanha obra, realizada com amor, dedicação e sacrifício, é reconhecida pelos historiadores brasileiros como base, das mais importantes, da civilização nacional». — GETULIO VARGAS, Presidente da República do Brasil. — Do *Decreto de 27 de Setembro de 1940*, oficializando as festas do 4º Centenário da Companhia de Jesus.

O Brasil no século XVI terminou no Rio Grande do Norte, na Fortaleza dos Reis Magos. O século XVII, e com êle êste III tômo da História da Companhia de Jesus no Brasil, abre com a Conquista do Ceará, e, depois, a do Maranhão, Pará e Amazonas, — a terça parte, com pouca diferença, do actual território brasileiro. Dentro desta área vastíssima ficam os dois campos mais violentamente opostos do Brasil, o Ceará e a Amazónia. O Ceará, terra de admirável energia, mas áspera às vezes, que obriga o homem a «retirar-se», diante da inclemência periódica das sêcas, para a beira de algum «olho de água», arredio e nem sempre fiel. A Amazónia, que é a fartura de água, a condicionar a vida, mas a impor também vigilância, contra essa mesma fartura, de consequências nem sempre úteis. Campos opostos, que tentam a coragem do homem, pela sua mesma dificuldade original.

Entre o Ceará e a Amazónia fica o Maranhão, região intermédia que participa da natureza de ambos. Existe igualmente o Piauí. E êste diferencia-se de todos três, na sua parte de maior importância, que é o interior, o «sertão de dentro», prolongamento dos sertões curraleiros da Baía a cujo ciclo pertence. Tal circunstância e o facto de o descobridor dêle, Domingos Afonso Sertão, doar as suas fazendas ao Colégio e Seminário da Baía, anexam à história dessas casas a página jesuítica do Piauí. Nêste tômo, pois, nada caberá, sôbre êle, senão uma ou outra entrada ao Parnaíba ou alguma actividade transitória, cujo centro fôsse o Maranhão.

*

A história de um período ou instituição fundamental dêle, faz-se não para lamentar o ter sido, e já não ser. Não se pode abolir o passado, nem voltar a êle. Nem haveria nisso vantagem. A vida é movimento, e o movimento seguinte já não é o movimento anterior. Contudo, se a vida prospera e se desenvolve (e o Brasil desenvolveu-se magnífica e maravilhosamente), é sempre encanto e lição ver o caminho trilhado e confrontar o ponto de chegada com o ponto de partida.

O ponto de partida para o Brasil actual é um facto da expansão portuguesa no Mundo. Já o observou Martius, e que a colonização do Brasil está em estreita conexão com a colonização da África, e da Ásia, com mútuas repercussões de indiscutível universalismo, que se multiplicam na flora, na arte, e nas letras. Foi um Jesuíta, nascido no Brasil, Francisco de Sousa, que escreveu o Oriente Conquistado, *e no Seminário jesuítico de Belém da Cachoeira, no Recôncavo da Baía, acham-se, incrustados, pratos de porcelana de Macau, cidade portuguesa, na China. Recordando que a* História da Companhia de Jesus no Brasil *até 1760, — a que nos cumpre escrever — é parte integrante da História da Companhia de Jesus na Assistência de Portugal, que corria em quatro continentes, desde a Europa à América do Sul, à África, Índia, China e Japão, fica explicado, como se não pode escrever capítulo algum dessa época sem ter em conta a Assistência, a que pertencia. Não se póde compreender um todo, amputando-se-lhe a cabeça. De Lisboa, vinha o bem e o mal, os alvarás, os subsídios, a orientação, as nomeações, os missionários, os governadores, um Mem de Sá e um Mendonça Furtado, uns que se fixavam à terra até morrer nela, outros que vinham com idéias de gabinete, já feitas, sem equação com as necessidades da terra, mas com os interesses do govêrno central, sem empenho nenhum em permanecer na região, como ainda hoje sucede com muitos funcionários que vão do Sul do Brasil para a Amazónia, o Mato-Grosso ou o Acre... Alternativas de interesse e desinteresse, acêrto e desacêrto, apanágio de todos os govêrnos. Até o Brasil pôr casa à parte, em 1822, honrosa, digna e grande, o lar era comum. Quando muito duas lareiras, sob o mesmo tecto.*

*

Portugal fixou mentalmente, como fecho dos seus domínios na América, dois grandes rios, o da Prata e o Amazonas. Segundo uma lei geo-

gráfica inelutável, quem possue a margem de um grande rio termina por possuir a outra. Por essa lei, o Rio da Prata ficou todo para a Espanha, o Amazonas todo para Portugal, até às fronteiras do Peru. A conquista do Amazonas principiou na primeira metade do século XVII. A Conquista do Ceará e a do Maranhão foram escalões preliminares. Cada qual ia diminuindo de importância, à proporção que se dava o passo seguinte. Conquistado o Maranhão, baixou o prestígio do Ceará, feito, então, quási só ponto de apôio para a segurança daquele; conquistado o Amazonas, com a fundação de Belém do Pará, em breve a hegemonia do Estado do Maranhão se deslocou de S. Luiz para Belém.

Mas a Amazónia não cabia à América Portuguesa, pela famosa linha de Tordesilhas. A sua conquista é, por isso, facto da máxima importância para o alargamento do Brasil. E mais do que geralmente se julga, não tanto pela sua contribuição em si, de aproveitamento económico imediato, que o não foi nem ainda é, mas porque, não sendo castelhano, senão português, o Rio Amazonas constituiu-se a grande muralha de água, ao abrigo da qual, no interior do Brasil, se pôde operar, a salvo, a magna gesta da ocupação efectiva. Quando em 1750 chegou a hora de se averiguar o que o Brasil já era, Alexandre de Gusmão não fêz mais que consagrar com habilidade uma obra, decidida por outros anteriormente, à custa de lutas e de sacrifícios que iam às vezes ao sangue.

Esta incorporação definitiva do Amazonas ao Brasil fez-se com as «jornadas» dos capitães, com as «entradas» dos colonos, e com a «catequese» dos missionários. Tríplice elemento, oficial, particular e religioso, êste simultaneamente particular e oficial, interdependentes, todos três, e nem sempre concordes.

A catequese caracterizou-se pelo duplo aspecto dinâmico e estático, como se exprime Tristão de Ataíde, as entradas e os Aldeamentos fixos. Aqui se estudarão, agora, em pormenor, os Aldeamentos. As entradas também. Todavia, das entradas dos Jesuítas não faremos ainda capítulo autónomo. Um dia, sim, em conjunto para todo o Brasil, com o respectivo mapa. Entretanto, nas monografias de cada rio se agrupam já elementos bastantes, para se ver que será magnífico, quando se organizar, êsse quadro geral. Desde o Jaguaribe no Atlântico, ao Rio Javari no Solimões, fronteira actual do Brasil, rara será a corrente de água aonde os Jesuítas não entrassem, a começar em 1607, ano em que iniciaram a campanha do Norte, até o de 1760 em que sairam dêle. As missões operavam-se com desigual intenção, conforme os fins a que visavam. A uns simples entrada catequética, a outros explorações de ouro, a outros descida de Índios, a outros entradas de pacificação, a outros enfim, aldeamentos fixos, de catequese permanente. Daqui a importância diversa de cada qual, na história da Companhia e da Colonização do Brasil.

Na Amazónia tudo se passava, à beira dum fio de água, e em geral na foz de um rio ou perto dela. Eram as estradas móveis dos rios a determinar a expansão povoadora e civilizadora dos Padres e de todos.

A forma de expansão e conquista da Amazónia distingue-se da do resto do Brasil. Não há bandeiras, não há tropeiros. Canoas, montarias, e ubás. A terra não dominava o Rio, que isto ainda há-de levar séculos. A terra é que era vassala do rio. Então e ainda hoje, — Rio-Rei.

*

As Aldeias, fundadas assim à beira da água, tinham duas faces. Com uma olhavam para os sertões e para os seus moradores indígenas para os atrair a si; com outra olhavam para a larga estrada do Amazonas por onde se ia e vinha ao Pará, cabeça da Missão, onde tudo repercutia: a saúde e a doença (o missionário que ia são e voltava doente), o abastecimento da Aldeia, géneros colhidos ou cultivados que vinham e voltavam transformados em objectos de culto, paramentos, baptistérios, remédios, alimentos e livros, as mil coisas indispensáveis à vida civilizada. Para isso ali estavam. O seu fim era civilizar, cristianizando, não retrogradar para a vida selvagem.

O deslocamento das fronteiras da civilização na Amazónia era a braços de remo ou à vela. Assim como ia, assim vinha, corrente, como as águas. Só com os núcleos de povoação, Aldeias e Fortalezas, a cruz e a espada, o elemento moral e o elemento da autoridade, se fixavam com segurança os marcos civilizadores. E fortalezas houve que chegaram depois de a cruz ter sido arvorada antes, pelos missionários, no terreiro. «Soldados volantes», diz Vieira, um dêles e bem grande[1]. E tão habilmente conduziram a campanha, que, escreveu Lúcio de Azevedo, só «com a entrada dos Jesuítas principiou o descobrimento a ser definitivo, e se iniciaram as tentativas sérias de colonização»[2].

Os Jesuítas, pelas condições particulares da América, não puderam ser o que foram na Ásia, apenas missionários: foram também colonizadores. Contribuíram para erguer sôbre um mundo primitivo a vida

---

1. *Cartas de Vieira*, III, 713.
2. Lúcio de Azevedo, *Os Jesuítas no Grão-Pará*, 259.

superior com que o Brasil se enfileira hoje entre as grandes nações modernas. Mas a qualidade de colonizadores traz consigo preocupações e responsabilidades temporais que são a essência mesma da palavra: as suas «colónias» (era êste o nome que Vieira propôs para as circunscrições locais da Missão do Maranhão e Gão Pará) não poderiam subsistir sem exploração agrícola e pecuária, sem indústrias regionais e imediatamente úteis, como teares, engenhos e olarias. Sem isto, no ambiente económico da Amazónia, era impossível a vida nos seus elementos progressivos, quer em relação aos Índios, para a sua elevação e aprendizagem social, quer em relação aos brancos para a sua cultura moral, intelectual e religiosa. Entretanto, os Jesuítas, pessoalmente, individualmente, permaneciam iguais a si mesmos, na vida, que livremente escolheram, de renúncia, austeridade e bondade. Alguma excepção em contrário confirma a regra.

*

Não fizemos a síntese dos dois primeiros tomos desta História, nem ainda agora a faremos. Síntese do «incompleto» envolve contradição. Sòmente ao fim da obra, visto «tudo», se poderá dar a síntese «do que se viu».

Colocamo-nos, aqui, neste III tômo, fiel ao método adoptado, no terreno positivo: fundações, factos, a vida, o que ficou, o que se fez. Não estudaremos a legislação sôbre a liberdade dos Índios e aldeamentos, nem o grave assunto das subsistências, nem a grande contribuição dos Jesuítas à educação e ensino público e à vida propriamente moral, catequética e religiosa. Constituirão o tômo IV, como fios de uma trama sólida e unida que não é possível enredar pelo labirinto dos Rios e das Aldeias. Com as Aldeias englobamos as Fazendas, que, no desbravamento da Amazónia, são quási tão relevantes como a própria catequese, e delas, como das Aldeias, desabrochou para muitas povoações contemporâneas o alvor da civilização. As cidades, que daí nasceram, ainda não atingiram o esplendoroso vigor de S. Paulo, sua irmã mais velha entre as fundações jesuíticas do Brasil. Mas quem sabe o que será um dia o Norte, em particular a Amazónia, mundo novíssimo nêste Novo Mundo?...

Lisboa, 1938 — Rio de Janeiro, 1942.

Igreja de Ibiapaba (Viçosa)

Capela-mor, cujo teto, com molduras alegóricas vivamente coloridas, ainda é o primitivo (p. 70).

Introdução bibliográfica

A) FONTES MANUSCRITAS

É extremamente abundante a documentação relativa ao Norte do Brasil. Nessa infinita papelada parte já impressa, parte ainda manuscrita, distinguem-se três géneros de escritos. Os que têm o intúito explícito de difamar a Companhia de Jesus, os de a defender, e um terceiro género, de pura informação. Êstes últimos são os que mais serviram para o tômo presente, consagrado à obra positiva da Companhia, no Norte, — *fundações e entradas*. Estudamos também os outros, como nos cumpria. Mas, deixando de lado, por agora, a inane poeira das discussões, fomos directamente às fontes, refazendo por elas a história. Os debates são andaimes externos que não permitem ver bem as linhas do edifício. Refeita a história pelos documentos, talvez os libelos caiam por si mesmos.

*

Como as boas leis da arte não permitem, dentro da mesma obra, variar a ortografia, conserva-se, quanto possível, a dos dois primeiros tomos, oficial no momento em que se iniciou a impressão.

I — No estrangeiro

Também como nos tomos anteriores, o *Archivum S. I. Romanum* é o grande fundo inédito dêstes, consagrados ao Norte. A lista e conteúdo genérico dos seus 28 códices brasileiros descreveu-se no I tômo (p. XXI). Já depois do falecimento do hábil arquivista P. Afonso Kleiser, e já depois de impressos os dois primeiros tomos desta obra, desdobraram o códice *Bras. 10*, em duas partes, chamando à segunda parte *Bras.*

11 (1). Continuaremos, como manda a homogeneidade de citações, a fazê-las pela cota primitiva.

Os quatro códices *Bras. 25, 26, 27, 28*, são matéria exclusiva do Maranhão e Amazónia; encontram-se ainda importantes subsídios sôbre o Norte noutros códices, sobretudo em *Bras. 9 e 15*, e nos que tratam a História da Companhia (*Historia Societatis*) e de Portugal (*Lusitania*).

Em Roma, as Bibliotecas *Vaticana*, *Vittorio Emanuele* e do *Gesù*, completam o quadro subsidiário, com um ou outro elemento da *Propaganda Fidei*.

Entre os Arquivos Europeus, fora de Portugal e de Roma, subministram alguns elementos úteis o *British Museum* e a *Bibliothèque Royale* de Bruxelas. Os de *Espanha*, que tratam muito do Maranhão espanhol, quási nada encerram sôbre o Maranhão português. O que têm, referente à época dos Holandeses em Pernambuco, e aos Paulistas, Colónia do Sacramento e Povos das Missões, será utilizado a seu tempo.

II — Em Portugal

Évora: A maior parte da documentação histórica, que os antigos Jesuitas da Vice-Província do Maranhão e Grão-Pará possuiram e estava adstrita aos Procuradores e Historiadores dela, foi parar à Biblioteca e Arquivo Público de Évora. Por êste facto constitue êle, em Portugal, o principal fundo inédito da Companhia de Jesus no Norte do Brasil; e alguns escritos, que andam publicados em livros ou colectâneas, são cópias de documentos dessa Biblioteca, nem sempre perfeitas, e muitas vezes sem a notação da fonte.

Lisboa: O fundo do antigo Conselho Ultramarino anda dividido, parte pela secção de *mss.* da Biblioteca Nacional de Lisboa, parte pelo Arquivo Histórico Colonial. O que se encontra na Biblioteca Nacional está definitivamente classificado; o Arquivo Histórico Colonial é organismo ainda em via de classificação. Quando o estudámos para esta obra (1933-1941), ainda não estava concluída tôda a triagem de documentos a granel. Muitos pertencem, na sua cota externa, aos séculos XVIII e XIX. Não é raro acharem-se dentro dos maços, documentos de época anterior. Apesar do Arquivo Histórico Colonial se achar ainda em organização, Manuel Múrias, seu culto e eminente director, facilitou tôdas as consultas. O nosso agradecimento, tornamo-lo extensivo à Academia Portuguesa da História, e aos demais ilustres directores dos Arquivos Portugueses, a Biblioteca Nacional de Lisboa e a de Évora, incluindo a Tôrre do Tombo e a Universidade de Coimbra, onde também se guarda algum material inédito, ainda que de menor significação sôbre o Norte do Brasil.

*

Muitos nomes portugueses recorda a nossa gratidão. Além dos escritores de que se fará menção no *Apêndice* final, seja-nos lícito inscrever aqui os de Carlos Malheiro Dias, António Carneiro Pacheco, antigo Ministro da Educação, António Ferro, director do Secretariado da Propaganda Nacional, Francisco Vieira Machado, grande e benemérito Ministro das Colónias, e Júlio Caiola, Agente geral, pelo manifesto interesse com que acompanharam êstes estudos relacionados com a antiga história colonial portuguesa, pelo que toca à America.

*

Entre os Arquivos Portugueses inclue-se o Arquivo particular da Companhia de Jesus, ou seja o Arquivo da Província Portuguesa. Possue alguns documentos originais antigos, adquiridos por doação ou compra. A maior parte são fotocópias feitas no estrangeiro, pelo P. António Júlio Gomes, para a História da *Assistência* de Portugal no Mundo. Das que se referem ao Brasil, há muitas do Arquivo de Alberto Lamego, fotocopiadas por amável deferência sua, enquanto viveu na Europa. A Biblioteca e Arquivo do erudito escritor estão hoje, no todo ou em parte, em S. Paulo, ao alcance do Público.

III — No Brasil

Na *Biblioteca Nacional*, do Rio, é onde se congrega o maior número de documentos relativos a todos os Estados do Brasil. Além dela, e do *Arquivo Nacional*, existe bom cabedal de documentos, alguns inéditos, a maior parte cópias dos Arquivos Portugueses no *Instituto Histórico*, que prestam relevantes serviços aos investigadores. Em todo o caso, as cópias nem sempre deixam tranquila a consciência de quem as estuda. Diante de certas dificuldades do texto, hesita-se em as atribuir ao original ou ao copista. E por falta dêste escrúpulo já andam divulgados erros que trazem à história do Brasil mais confusão que proveito. A observação é já de mestre Capistrano de Abreu. Impõe-se uma revisão geral dessas cópias, não só as do benemérito *Instituto Histórico* como outras, feitas por copistas inábeis ou métodos antiquados.

Aos ilustres historiadores Rodolfo Garcia, director da Biblioteca Nacional, Eugénio Vilhena de Morais, director do Arquivo Nacional, José Carlos de Macedo Soares e Max Fleiuss, Presidente e Secretário do Instituto Histórico, os nossos agradecimentos, assim como a Sérgio Buarque de Holanda e a Henry J. Lynch, cujas livrarias consultamos, ricas, a primeira em obras sôbre a origem do Brasil, e a segunda no que se refere a livros de língua inglesa.

Devemos ainda uma referência a algumas altas repartições de Estado, o *Serviço do Património Histórico e Artístico Nacional*, o *Museu Nacional*, o *Instituto Nacional do Livro* e a *Imprensa Nacional*, cujos respectivos directores, Rodrigo Melo Franco de Andrade, Heloisa Alberto Torres, Augusto Meyer e Rubens Pôrto, facilitaram com insuperável atenção, tudo o que, dentro das atribuições dos seus modelares serviços, importava à organização artística, e à edição e impressão dêstes dois tomos sôbre o Norte.

*

No *Ceará*, sentimos já falta do admirável investigador Barão de Studart, cuja casa era o verdadeiro Arquivo daquele Estado, com os seus preciosos inéditos referentes à antiga história da região e da Companhia. Felizmente, as publicações, que deixou, prolongam e perpetuam a sua memória, que sobrevive também em Eusébio de Sousa e nos demais homens do *Instituto do Ceará*, a quem renovamos as homenagens expressas já nas *Notas Preliminares*, de *Luiz Figueira*, e aqui repetimos, a Hugo Vítor, Leonardo Mota, Andrade Furtado, Misael Gomes, e ao seu sábio presidente, Th. Pompeu Sobrinho.

Sôbre o *Arquivo do Maranhão*, nada há que ajuntar ao que se disse no tômo I, sôbre a sua dispersão e ruina.

Também do *Arquivo do Pará*, escreve Artur Viana que, «aberto durante mais de meio século a quem o quis delapidar, e trabalhado pela desídia dos seus zeladores, não podia conservar todos os documentos que os Portugueses nos legaram; o capital histórico perdido para nós foi volumoso e importante»[1].

Não obstante, o Arquivo do Pará é ainda mina riquíssima, para a história da Amazónia, começada já a explorar por eruditos conscienciosos como o mesmo Artur Viana, Palma Muniz e outros. Nos dez volumes dos *Anais da Biblioteca e Arquivo Público do Pará* ficam bons vestígios dessa actividade. Esta publicação deveria ser amparada e mantida, sem dependência da política local, com o fim exclusivo de publicação de fontes. Mas sob a condição de se transcreverem ou conferirem por arquivistas competentes na leitura de documentos antigos. Algumas legendas dos *Anais do Pará*, procedem de leitura apressada e às vezes insinuam o contrário do texto[2]. Tais deficiências não são exclusivas desta colectânea, digna realmente de se continuar para honra da cultura paraense. Parte dêstes documentos existe nos Arquivos Portugueses, em particular a correspondência oficial, cujo registo ou conservação se fazia na metrópole, quer das cartas que iam aos Governadores e outros funcionários, quer das que dêles se recebiam na Côrte. Mas há códices, que só nêste Arquivo se encontram, como os das *Juntas das Missões* do antigo Estado do Maranhão e Grão-Pará, que são os próprios assentos originais.

Durante as investigações nêste Arquivo, tanto em 1934 como em 1941, facilitou-nos tôdas as consultas o seu Director e prestou-nos nêste último ano de 1941, esclarecimentos que sumamente nos penhoram o novo e já notável historiador amazonense Artur Reis. Na sede do *Instituto Histórico e Geográfico do Pará*, conservam-se ainda alguns códices manuscritos úteis para a história. Duas bibliotecas particulares, que nos foi dado visitar, como a do mesmo Artur Reis e a de Samuel Mac-Dowel e uma rápida visita ao *Museu Goeldi*, sob a direcção do alto espírito de Carlos Estêvão de Oliveira, completaram os nossos estudos na capital paraense.

Tornamos extensivo êste singelo preito à culta imprensa do Pará, ao Major Adolfo Dourado, secretário do Instituto Histórico, assim

---

1. *Anais do Pará*, IV, 302.
2. No vol. III, p. 288, diz-se na *legenda*, que El-Rei *ordena* ao Governador que organize uma expedição contra os Índios: isto era o que o governador propunha, e El-Rei repete e lembra na Carta Régia; mas o que El-Rei *ordena* é que proceda na forma das leis.

como a tôda a sua Directoria e à do Seminário Arquidiocesano e Gabinete Português de Leitura. E também aos Prefeitos de Monte-Alegre e Vigia, e mais ainda ao do Belém, Dr. Abelardo Conduru, que houve por bem considerar hóspede do seu Município o humilde autor desta obra.

*

Isto pelo que toca à organização imediata dêstes dois tomos sôbre o Norte. Quanto aos anteriores, há remanescentes na nossa gratidão que se não podem calar, por aquilo de que *ex abundantia cordis os loquitur*. E seja a primeira menção, a do grande nome de Afrânio Peixoto, que, inscrito na abertura desta obra, continua a presidir a tôda ela. A esta recordação literária, inicial e permanente, vieram juntar-se outras, da Academia Brasileira de Letras, do Instituto Histórico, Academia de História das Ciências, Centro D. Vital, Departamento de Cultura de S. Paulo e Federação das Associações Portuguêsas no Brasil. Entre tôdas, a Academia Brasileira foi a primeira que olhou para tão modestos estudos, em 1934, quando eram apenas esperanças. O nome da mais alta corporação literária do Brasil abre e honra êste terceiro tômo, sinal de que persiste viva a lembrança dêsse primeiro estímulo.

*

Ilustres Prelados acompanharam os nossos estudos com amiga benevolência, tanto em Portugal como no Brasil.

Jamais esqueceremos as palavras de generoso encarecimento do Sr. Cardeal Patriarca de Lisboa, D. Manuel Gonçalves Cerejeira, e a fidalga hospitalidade do Sr. Arcebispo de Évora, D. Manuel Mendes da Conceição Santos, durante as pesquisas nos Arquivos dessa antiga cidade universitária da Companhia de Jesus.

No Brasil, muitos venerandos Prelados manifestaram, por palavra ou por escrito, uma estima por êstes estudos, que a despretensiosa singeleza do Autor não poderia nunca imaginar e muito menos saberá agradecer. E mais que todos a excelsa figura do Sr. Cardeal D. Sebastião Leme, Arcebispo do Rio de Janeiro, cujo nome aparece ainda nêstes dois tomos com a autoridade do seu *Imprimatur*, dado uma semana

antes de Deus o levar, ficando assim, eterno, ao mesmo tempo na nossa
gratidão e na nossa saùdade.

*

Seria redundância falar dos Padres Jesuítas, cuja simpatia geral
acompanhou o Autor nas suas longas peregrinações pelos Arquivos do
mundo, repartidos por muitas nações e por 12 Províncias da Companhia. Lista de Casas, Colégios, e Universidades, por demais extensa.
Mas é grato dever não omitir três Províncias. Ao Provincial de Portugal, Júlio Marinho, ao do Brasil do Norte, Cândido Mendes, e ao do
Brasil Central, Luiz Riou, aqui fica o testemunho da nossa filial e
fraterna amizade que assim, por êles, se repartirá com todos.

*

Queremos fechar esta breve ementa do coração, com a homenagem que devemos, ao Govêrno da República do Brasil, nação que proferimos com afecto que só tem semelhante naquele com que pronunciamos o da própria pátria. As elegantes palavras, que o chanceler do
Brasil, Osvaldo Aranha, houve por bem dizer oficialmente no *Instituto Histórico*, em 1939, ouvimo-las não tanto como galardão — há
palavras que revertem simplesmente sôbre a generosidade de quem as
pronuncia — mas como novo vínculo a prender o operário à sua própria
tarefa, que faz como sabe e pode — mal para os nossos desejos — esta
benquista, mas árdua emprêsa de reconstituir a história de uma instituição, que o Brasil, pelos seus escritores e pelos seus governos, reconhece como benemérita da sua formação nacional.

*

Os escritores, que se ocuparam da História da Companhia no Brasil, não foram apenas brasileiros. Outros, de Portugal, Espanha, França,
Bélgica, Alemanha, Roma, Equador, México e Estados Unidos da América do Norte, a honraram com a sua atenção, luzes e sugestões. Pela
sua mesma significação, se constituem objecto, no fim dêste tômo, do
Apêndice « A Imprensa e a sua valiosa contribuição bibliográfica sôbre
a *História da Companhia de Jesus no Brasil*».

IV — Arquivos

Arquivo Geral da Companhia de Jesus (*Archivum Societatis Iesu Romanum*).
    Brasilia 25 — *Epistolae Generalium*............[*Bras.* 25,...]
          »   26 — *Epistolae Maragnonenses*.........[*Bras.* 26,...]
          »   27 — *Catalogus Maragnonensis*........[*Bras.* 27,...]
          »   28 — *Inventarium Maragnonense*.......[*Bras.* 28,...]
    Historia Societatis Iesu...................[*Hist. Soc.*,...]
    Lusitania................................[*Lus.*,...]

Fondo Gesuitico, Piazza del Gesù, 45............[Roma, *Gesù*,...]
Biblioteca Nazionale Vittorio Emanuele...........[Roma, Bibl. Vitt. Em.,...]
Archivio Segreto del Vaticano....................[Vaticano,...]
Bibliothèque Royale de Bruxelles.................[Bruxelas, Bibl. Royale,...]
Arquivo Histórico Colonial, Lisboa...............[AHC,...]
Arquivo da Província Portuguesa S.I..............[Arq. Prov. Port., Pasta,...]
Biblioteca Nacional de Lisboa, fundo geral.......[BNL, fg.,...]
Biblioteca e Arquivo Público de Évora............[Bibl. de Évora,...]
Biblioteca Nacional do Rio de Janeiro............[BNR,...]
Biblioteca e Arquivo Público do Pará.............[Arq. do Pará,...]

V — Alguns manuscritos

Citam-se com mais freqüência, e, por isso, abreviadamente, os seguintes:

a) *Apontamentos para a Chronica da Missão da Companhia de Jesus no Estado do Maranhão*, ms. da Bibl. Nac. de Lisboa, fg. 4516. Demos breve notícia dêste códice em *Luiz Figueira*, 15. [BNL, fg. 4516, *Apontamentos*,...]

b) *Diário de Diversos acontecimentos do Maranhão e Pará feito por um Padre da Companhia de Jesus nos anos de 1757-1759.* É ms. da colecção de Alberto Lamego. Feito, dia a dia, quando se oferecia matéria, por um Padre ou Irmão assistente no Pará nêste período trágico. Verificamos, pela fotocópia, que possuímos, que as referências são de 1756 a 1760. Por isso citamos [*Diário de 1756-1760*].

c) *Historia Proprovinciae Maranoniensis* [ou *Maragnonensis*] *Societatis Iesu. Pars prima. Ortus, et res gestas ab anno 1607 ad 1700 complectans.* Já descrevemos

êste códice, pertencente ao Dr. J. F. de Almeida Prado (S. Paulo) em *Páginas*, 241-248. Não tínhamos então ainda averiguado o seu Autor. A prossecução dos nossos estudos levaram-nos a identificá-lo com Matias Rodrigues, «portellensis» de Portelo ou Portela (Dioc. de *Miranda*, expressamente nomeada). Deixou ainda a *Vita Venerabilis Gabrielis Malagridae*, de que se serviu o P. Paulo Mury para a história que escreveu dêsse Padre (Sommervogel, *Bibl.* vi, 1977). O Códice *Bras. 27*, "Catalógos do Maranhão", abre com uma nota de Matias Rodrigues, sôbre as fontes da história da Vice-Província, a um historiador que lhas pedira, talvez Júlio César Cordara. Deixou ainda a primeira parte do códice seguinte.
[*Hist. Propr. Maragn.*,...]

d) *Historia Persecutionis Maragnonensis et Brasiliensis Provinciarum:*

1. *Pars Prima: Maragnonensis Vice-Provinciae Historia per litteras exhibetur Centum Cellis* [Civitavecchia] *scriptas a Patre Mathia Rodrigues Maragnonensis Vice-Provinciae alumno ad R. Adm. P. N. Laurentium Ricci anno 1761.*
[*Hist. Pers. Marag*...]

2. *Pars Secunda Provinciae Brasiliensis persecutio sive Brevis narratio eorum quae ab Archiepiscopo Reformatore nec non Prorege ac Regiis Ministris de mandato Lusitani Regis peracta sunt in Dioecesi Bahiensi. Auctore P. Francisco da Sylveira.* Ms. da Bibl. Real de Bruxelas, códice 20126. Da 2.ª parte do P. Silveira vimos outro exemplar no Arq. da Universidade Gregoriana (Roma), códice 138.
[*Prov. Bras. Pers.*,...]

e) *Inventário do Maranhão*. É o códice *Bras. 28*, fl. 1-93v (*Inventarium Maragnonense*), caderno autógrafo de uso pessoal do P. Manuel Luiz. Nêle copiou os inventários das Casas e Fazendas da Vice-Província do Maranhão e Gão-Pará, com anotações, catálogos e passos da sua própria vida. A f. 88v, depois de transcrever uma *Memória do Rei das Duas Sicílias*, apresentada ao Papa em Abril de 1768, acrescenta: "Copiada pelo P. Manuel Luiz aos 18 do mesmo mês de 1768, Roma no Palácio de Sora e Sala do Grão Pará". [*Inventário do Maranhão*, f...]

f) *Lembrança dos defuntos que estam enterrados na Igreja nova de N. S. da Luz do Collegio da Companhia de JESU no Maranhão*, ms. da Bibl. Nac. de Lisboa, f. g., 4518. [*Lembrança dos def.*, f...]

g) *Livro dos Obitos dos Religiosos da Companhia de Jesus pertencentes a este Collegio de Santo Alexandre*. Vai de 1660 a 1737. Tem anexos três Róis, referentes ao movimento religioso na igreja de S. Francisco Xavier do Pará, de pessoas seculares, casamentos (1670-1724), baptizados (1670-1737) e óbitos 1732-1752. Traz, na data do óbito dos Padres e Irmãos, breve notícia biográfica. Há dois exemplares na Bibl. Nac. de Lisboa, um no f. g. 4518, a começar na folha n. 21; outro na Col. Pomb., 4. Por êste último fazemos as citações [*Livro dos Óbitos*, f...]

B) BIBLIOGRAFIA IMPRESSA

Como nos tomos anteriores, indicamos também aqui, na bibliografia especial que corresponde a êste tômo, *ùnicamente* algumas obras, cuja citação mais freqüente nos levou a abreviá-la. Entre cancelos, o modo de citação. O *Índice de Nomes*, no fim, completará a lista, incluindo a todos.

A BREU E L IMA, José Inácio de. — *Synopsis ou Deducção Chronologica dos factos mais notaveis da Historia do Brasil,* Rio 1845. [Abreu e Lima, *Synopsis*...]

A CUÑA, Cristóbal de. — *Nuevo descubrimiento del gran Rio de las Amazonas,* reimpresso por Cândido Mendes de Almeida nas *Memorias,* II, 57-151. [Acuña, *Nuevo Descubrimiento*...]

A FRÂNIO P EIXOTO, J. — *História do Brasil,* Porto 1940. [Afrânio Peixoto, *H. do B*...]

A GASSIZ, M. et Mme. — *Voyage au Brésil.* Abrégé sur la traduction de F. Vogeli par J. Belin de Launay, Paris, 1882. [Agassiz, *Voyage au Brésil*...]

Anais da Biblioteca e Arquivo Público do Pará, 10 vol., 1902-1926. [*Anais do Pará* I...]

Anais da Biblioteca Nacional do Rio de Janeiro. 61 vol., 1876-1941. Em curso de publicação. [*Anais de BNR*...]

A STRAIN, Antonio. — *Historia de la Compañía de Jesús en la Asistencia de España,* 7 vol., Madrid 1905-1925. [Astrain, *Historia,* I, II...]

B AENA, António Ladislau Monteiro. — *Compendio das Eras da Provincia do Pará.* Pará 1838. [Baena, *Compendio das Eras*...]

B ARATA, Manuel. — *Apontamentos para as Ephemérides Paraenses* na *Rev. do Inst. Hist. e Geogr. Bras.,* vol. 144 (1925) 9-235. [Barata, *Efemérides Paraenses*...]

B ARROS, P. André de. — *Vida do Apostolico Padre Antonio Vieyra da Companhia de Jesus chamado por antonomasia o grande,* Lisboa, 1746. [Barros, *Vida do P. Vieira*...]

B ERREDO, Bernardo Pereira de. — *Annaes Historicos do Estado do Maranhão,* 3.ª, 2 vol., Florença, 1905. [Berredo, *Anais Históricos,* I...]

B ETTENDORFF, João Filipe. — *Chronica da Missão dos Padres da Companhia de Jesus no Estado do Maranhão* na *Rev. do Inst. Bras.,* LXXII, 1.ª Parte (1910). [Bett., *Crónica*...]

B RAGA, Teodoro. — *Noções de Chorographia do Estado do Pará,* Belém, 1920. [Teodoro Braga. *Corografia*...]

B RÍGIDO DOS S ANTOS, João. — *Resumo chronologico para a história do Ceará,* Paris, 1887. [J. Brígido, *Resumo cronológico*...]

CAEIRO, José. — *De exilio Provinciarum Transmarinarum Assistentiae Lusitanae Societatis Iesu*, ccm a tradução portuguesa de Manuel Narciso Martins, Introdução de Luiz Gonzaga Cabral e *Nota Preliminar* de Afrânio Peixoto, Baía, 1936. [Caeiro, *De Exilio*...]

CALMON, Pedro. — *História do Brasil*, I, S. Paulo, 1939; II, 1941. [Pedro Calmon, *H. do B.*, I, II,...

CARAYON, Augusto. — *Documents inédits concernant la Compagnie de Jésus*, 23 vol., Poitiers, 1863-1886. [Carayon, *Doc. Inédits*, I, II...]

Collecção dos Breves Pontificios e Leys Regias que forão exepedidos, e publicadas desde o anno de 1741. Lisboa s/d. [*Collecção dos Breves e Leys regias*, número...]

Commemorando o tricentenário da vinda dos primeiros portugueses ao Ceará, 1603-1903, Ceará, 1903. [*Comemorando o Tricentenário*...]

CUNHA RIVARA, Joaquim Heliodoro. — *Catálogo dos Manuscritos da Biblioteca Eborense*, Lisboa, 1850-1871. [Cunha Rivara, *Catálogo*, I...]

DANIEL, João. — *Tesouro Descoberto no Máximo Rio Amazonas*, em 6 Partes, de que se publicaram três: a 2.ª P. na *Rev. do Inst. Bras.* vol. II, 321-364; 447-500; vol. III, 39-52, 158-183, 282-299, 422-441; a 5.ª P., Rio, 1820 (avulsa); a 6.ª P. na mesma *Revista do Inst.*, vol. XLI, 33-142. As Partes 1ª, 3ª, e 4ª conservam-se inéditas na Bibl. Nac. do Rio, I—2, 1, 21. Segundo estas referências, uniformizamos a citação, indicando apenas a Parte e página respectiva. [João Daniel, *Tesouro Descoberto*, P. I, II...]

Dicionário Historico, Geográfico e Etnográfico do Brasil, 2 vol., Rio, 1922. [*Dic. Hist., Geogr. e Etnogr. do Brasil*, I, II...]

Documentos Históricos. Publicação da Bibl. Nacional do Rio de Janeiro, I - LIV (em curso de publicação). [*Doc. Hist.*, I, II...]

EMUNDSON, George. — *Journal of the Travels and Labours of Father Samuel Fritz in the River of the Amazons*, Londres. 1922. [Emundson, *Journal*...]

FARIA, Manuel Severim de. — *Historia Portugueza e de outras Provincias do Occidente desde o anno de 1610 até o de 1640*, publicada e anotada pelo Barão de Studart, Fortaleza, 1903. [Faria, *Hist. Port.*...]

FRANCO, António. — *Synopsis Annalium Societatis Jesu in Lusitania*, Augsburgo, 1726. [Franco, *Synopsis*...]

GALANTI, Rafael M. — *História do Brasil*, 2.ª ed. S. Paulo, 1911. [Galanti, *H. do B.*, I, II...]

GARCIA, Rodolfo. — Notas à *História Geral do Brasil*, de Porto Seguro. Cf. Porto Seguro. [Garcia em *HG*, I, II...]

GURGEL DE ALENCAR, Álvaro. — *Diccionario Geographico Historico e Descriptivo do Estado do Ceará*, Ceará, 1903. [Gurgel, *Dicionário*...]

HERIARTE, Maurício de. — *Descripção do Estado do Maranhão, Pará, Corupá, e Rio das Amazonas*. Na íntegra em Porto Seguro, *HG*, III, 211-237. [Heriarte, *Descripção*, p.]

Instruções régias públicas e secretas para Francisco Xavier de Mendonça Furtado, Capitão-General do Estado do Pará e Maranhão, BNL, Col. Pomb. 626, 3-19 30, em Lúcio de Azevedo, *Os Jesuítas no Grão-Pará*, 416-427. [*Instruções Secretas*...]

Jouanen, José. — *Historia de la Compañía, de Jesús en la antigua Provincia de Quito,* 1570-1774, I, Quito, 1941. [Jouanen, *Historia,* I...]

La Condamine, Carlos Maria de. — *Relation abrégée d'un voyage fait dans l'intérieur de l'Amérique Méridionale,* Paris 1745. [La Condamine, *Relation abrégée...*]

Lamego, Alberto. — *A Terra Goytacá,* 5 vol., Bruxelas — Niteroi, 1923-1941. [Lamego, *A Terra Goitacá,* I, II...]

Leite, Serafim. — *Páginas de História do Brasil,* São Paulo, 1937. [S. L., *Páginas...*]

— *Novas Cartas Jesuíticas — De Nóbrega a Vieira,* São Paulo, 1940 [S. L., *Novas Cartas...*]

— *Luiz Figueira — A sua vida heróica e a sua obra literária,* Lisboa, 1940. [S. L., *Luiz Figueira...*]

Lisboa, João Francisco. — *Obras,* 2 vol., Lisboa 1901. [Lisboa, *Obras...*]

Lúcio de Azevedo, J. — *Os Jesuítas no Grão-Pará — Suas Missões e a Colonização,* 2.ª ed., Coimbra, 1930. [Lúcio de Azevedo, *Os Jesuítas no Grão-Pará...*]

— *História de António Vieira,* 2.ª ed., Lisboa 1931. [Lúcio de Azevedo, *Hist. de A. V.,* I, II...]

— *Cartas do Padre António Vieira,* coordenadas e anotadas por Lúcio de Azevedo, 3. vol., Coimbra, 1925-1928. [*Cartas de Vieira,* I, II,...]

Madureira, J. M. de. — *A liberdade dos Índios — A Companhia de Jesus — Sua pedagogia e seus resultados,* 2 vol., Rio, 1927-1929. [Madureira, *A liberdade dos Índios,* I...]

Markhan, Clements R. — *Expeditions into the valley of Amazons.* Londres, 1859. [Markhan, *Expeditions...*[

Marques, César. — *Apontamentos para o Diccionario historico, geographico e estatistico da Provincia do Maranhão,* Maranhão, 1864. [César Marques, *Apontamentos...*]

— *Diccionario historico, geographico da Provincia do Maranhão,* Maranhão, 1870. [César Marques, *Dic. do Maranhão...*]

Melo Morais, A. J. de. — *Corographia historica, chronographica, genealogica, nobiliaria e politica do Imperio do Brasil,* 5 vol., Rio, 1859-1863.[Melo Morais, *Corografia.* I...]

Mendes de Almeida, Cândido. — *Memorias para a historia do extincto Estado do Maranhão,* 2 vol., Rio, 1860-1874. [Cândido Mendes de Almeida, *Memórias,* I, II...]

Morais, José de. — *Historia da Companhia de Jesus na Vice-Provincia do Maranhão e Pará,* publicada por Cândido Mendes de Almeida, *Memórias,* I, Rio, 1860. [Morais, *História...*]

Mury, Paulo. — *História de Gabriel Malagrida da Companhia de Jesus,* trasladada a português e prefaciada por Camilo Castelo Branco, Lisboa, 1875. [Mury, *Historia de Gabriel Malagrida...*]

Palma Muniz, *Patrimonios dos conselhos Municipais do Estado do Pará*, Lisboa, 1904. [Palma Muniz, *Patrimonios*...]
— *Limites Municipais do Estado do Pará*, nos *Anais do Pará*, todo o vol. IX (1916). [Palma Muniz, *Limites Municipais*...]
Pinto, Augusto Octaviano. — *Hydrographia do Amazonas e seus affluentes*, I (texto), II (Atlas), Rio, 1930. [Octaviano Pinto. *Hidrografia*, I...]
Porto Seguro, Visconde de (Francisco Adolfo Varnhagen). — *Historia Geral do Brasil*. Notas de J. Capistrano de Abreu e Rodolfo Garcia, 5 vols. 3.ª ed. (Tomo I, 4.ª), S. Paulo, s/d. [Porto Seguro, *HG*, I, II...]
Reis, Artur César Ferreira. — *História do Amazonas*, Manaus, 1931. [Artur Reis, *História do Amazonas*...]
— *A Política de Portugal no Vale Amazónico*, Belém, 1940. [Artur Reis, *A Política de Portugal no Vale Amazónico*...]
Revista do Instituto do Ceará, 1887-1942, em curso de publicação [*Rev. do Inst. do Ceará*...]
Revista do Instituto Geográfico e Histórico do Amazonas. Em curso de publicação. [*Rev. do Inst. do Amazonas*,...]
Revista do Instituto Histórico e Geográfico Brasileiro, Rio, 1838-1942. Em curso de publicação. [*Rev. do Inst. Bras.*..]
Revista do Instituto Histórico e Geográfico do Pará. [*Rev. do Inst. do Pará*...]
Revista do Serviço do Património Histórico e Artístico Nacional. Rio. Em curso de publicação. [*Revista do SPHAN*,...]
Rocha Pombo, José Francisco da. — *História do Brasil*, 10 vol., Rio, s/d. [Rocha Pombo, *H. do B.*, I, II...]
Rodrigues, Francisco. — *História da Companhia de Jesus na Assistência de Portugal*, Tomos I e II, Porto 1931, 1938. Em curso de publicação. [Rodrigues, *História*, I, II...]
— *A Companhia de Jesus em Portugal e nas Missões*, 2.ª ed. Porto, 1935. [Rodrigues, *A Companhia*...]
Silva Araujo e amazonas, Lourenço da. — *Diccionario Topographico, Historico, e Descriptivo da Comarca do Alto Amazonas*, Recife, 1852 [Silva Araujo, *Dicionario*...]
Sommervogel, Carlos. — *Bibliothèque de la Compagnie de Jésus*, Bruxelas, 1890-1909. [Sommervogel, *Bibl.*..]
Southey, Roberto. — *Historia do Brazil*, 6 vol., Rio, 1862. [Southey, *H. do B.*..]
Studart, Barão de. — *Documentos para a historia do Brasil e especialmente a do Ceará*, 4 vol., Fortaleza, 1904-1921. [Studart, *Documentos*, I...]
— *Duas Memórias do Jesuíta Manuel Pinheiro*, Fortaleza, 1905. [Studart, *Duas Memórias*...]
— *Notas para a Historia do Ceará*, Lisboa. 1892. [Studart, *Notas para a historia do Ceará*...]
— *Datas e factos para a historia do Ceará*, I — *Ceará Colonia*, Fortaleza, 1896. [Studart, *Datas e factos*, I,...]
— *Geografia do Ceará* na *Rev. do Inst. do Ceará*, vol. XXXVII (1923) 160-387; vol. XXXVIII (1924) 3-124. [Studart, *Geografia do Ceará*...]
Varnhagen. — Vd. Porto-Seguro.

Vieira, António. — *Sermões*, 15 tomos, Lisboa, 1854-1858. [Vieira, *Sermões*, I, II...]
— *Obras inéditas*, 3 tomos, Lisboa, 1856-1857. [Vieira, *Obras inéditas*, I, II...]
— *Obras várias*, 2 tomos, Lisboa, 1856–1857. [Vieira, *Obras várias*, I, II...]
— *Cartas do Padre António Vieira*, coordenadas e anotadas por J. Lúcio de Azevedo, 3 tomos, Coimbra, 1925-1928. [*Cartas de Vieira*, I, II...]
— *Resposta aos Capítulos que deu contra os Religiosos da Companhia em 1662 o Procurador do Maranhão*, em Melo Morais, *Corografia*, IV, 186-253. [Vieira, *Resposta aos Capítulos*...]
— *Memorial de doze propostas, que os Padres Missionários do Estado do Maranhão representão a S. Majestade para ser servido de mandar ver e deferir-lhes, quando lhe pareça que elles voltem para as missões do dito Estado de que ao presente [1684] forão expulsos na cidade de S. Luiz do Maranhão*, em Melo Morais, *Corografia*, IV, 186-201. [Vieira, *Memorial de Doze Propostas*...]
Taunay, Afonso de E. — *História Geral das Bandeiras Paulistas*, 6 vol., S. Paulo, 1924-1936. [Taunay, *Bandeiras Paulistas*, I...]

LIVRO PRIMEIRO

CEARÁ

Igreja da Aldeia de Ibiapaba

Sacrário da Igreja de Nossa Senhora da Assunção, obra de talha da primeira metade do século XVIII.

CAPÍTULO I

Primeira missão e viagem à Serra de Ibiapaba

1 — Períodos históricos dos Jesuítas no Ceará; 2 — O caminho doloroso da Serra; 3 — Na Serra, entre os Índios; 4 — Ataque dos selvagens e morte do P. Francisco Pinto; 5 — Volta a Pernambuco o P. Luiz Figueira.

1. — A actividade dos Jesuítas no Ceará abrange mais de século e meio e pode distribuir-se por seis capítulos ou períodos principais.

O primeiro (1607-1608) é o dos Padres Francisco Pinto e Luiz Figueira: período precursor, de exploração e catequese transitória, concluída com o sacrifício do seu chefe.

O segundo (1656-1662), fundação da Missão de Ibiapaba por ordem do P. Vieira, com os Padres Pedro de Pedrosa, António Ribeiro e Gonçalo de Veras.

O terceiro (1662-1671) é período intermédio, nos confins da Fortaleza: Jacobo Cócleo e outros, cuja acção se desdobra entre Ibiapaba, Camocim, Fortaleza e Parangaba.

No quarto período (1691-1759), retoma-se Ibiapaba, definitivamente, com Ascenso Gago e Manuel Pedroso.

O quinto (1723-1759), fundação do Real Hospício do Ceará: Padre João Guedes.

O sexto (1741-1759), administração das Aldeias de Parangaba, Paupina, Paiacus e Caucáia.

Nas suas grandes divisões é este o quadro dos trabalhos da Companhia de Jesus no Ceará, parte com carácter sucessivo, parte com carácter simultáneo, como se verá confrontando as datas. [1]

---

1. Achamos nos documentos *Seará, Siará, Ceará*. Em *Luiz Figueira*, livro autónomo, adoptámos a grafia *Seará*, por nos parecer mais de acôrdo com os antigos documentos. Mas, para conservar a uniformidade, exigida dentro de uma mesma obra, mantém-se aqui a forma usada nos dois primeiros tomos.

2. — O período inicial dessa actividade, se não de resultados práticos, é certamente o mais impressionante, e enche-se com a primeira missão à Serra de Ibiapaba, viagem feita expressamente com o fim de buscar comunicações de Pernambuco com o Maranhão, não apenas com o Ceará e Ibiapaba: *Missio ad Fluvium Maranhão (sic)* é a indicação que vem no Catálogo de 1607, quando ainda se ignorava o resultado dela.¹ Pertence, pois, esta viagem ao ciclo da expansão portuguesa ao norte do Brasil, na série de tentativas precursoras, tôdas parcialmente malogradas. Malogrou-se a de Pero Coelho de Sousa; malogrou-se a de Martim Soares Moreno; ia malograr-se agora a de Francisco Pinto e Luiz Figueira. Mas, se fracassaram tôdas no seu efeito imediato de chegar ao Maranhão, não fracassaram na experiência que ficou: o conhecimento das terras e dos povos, as dificuldades e possibilidades da emprêsa. Dêsses sacrifícios fica sempre uma experiência positiva que é factor decisivo para novas expedições. No caso desta viagem, a conclusão foi, depois, a tentativa de Jerónimo de Albuquerque e Alexandre de Moura, coroada enfim de êxito.

A ida anterior daqueles capitães e as depredações, que fizeram nos índios da costa, dificultaram a missão dos Padres. Foi até essa a razão pela qual os Jesuítas se abalançaram a prescindir de soldados para não darem, nem de longe, a aparência de irem em som de guerra. Francisco Pinto, açoreano, era o herói das pazes com os *Potiguares:* ² a viagem agora havia de ser, também, missão de paz.

Combinado tudo com o Governador do Brasil e o Provincial da Companhia de Jesus, Fernão Cardim, no dia 20 de Janeiro de 1607, os Padres Francisco Pinto e Luiz Figueira partiram de Pernambuco, com 60 índios, sós, sem nenhum soldado nem homem branco.³

Num barco, que depois voltaria carregado de sal, foram até à foz do Rio Jaguaribe.⁴ Desembarcaram e procuraram o primeiro

---

1. *Bras. 5,* 72 v.
2. Cf. supra, *História,* I, 520-528.
3. Cf. Carta de Alexandre de Moura, de Olinda, 27 de Janeiro de 1607, citação de Rodolfo Garcia em *HG,* II, 78. O que diz Martim Soares Moreno, na alegação dos seus serviços, que os Padres «iam em demanda de minas que dizem os franceses que estão na Serra do Ponaré» é afirmação sem base sólida e em contradição com os documentos, AHC, *Ceará,* I, 4-5; na *Rev. do Inst. do Ceará,* XIX (1905) 68.
4. Este rio Jaguaribe, etimologicamente *Rio das Onças,* adverte Cândido Mendes de Almeida, não é o que actualmente tem êste nome na hidrografia cea-

contacto com os índios, parentes alguns dos que levavam consigo. A 2 de Fevereiro de 1607, retomaram o caminho, desta vez por terra:

«O nosso ordinário modo de caminhar, diz Luiz Figueira, em todo êste comprido caminho até à Serra de Ibiapaba (que serão cem léguas ao direito), foi em forma de peregrinos da Companhia. Logo pela manhã rezávamos o *Itinerário* e Ladainhas de Nossa Senhora, e depois, entre dia, as dos Santos, e, com nossos bordões na mão e nosso cabaço de água, nós íamos caminhando, tendo nossa oração pelo caminho, como podíamos, o tempo que nos parecia. As jornadas eram de meia légua, e duas e três, para nos acomodarmos aos das cargas e também a algumas crianças» [1].

Durante a viagem sofriam os Padres as consequências dos cativeiros praticados pelas expedições anteriores. Os índios, assustados, escondiam-se, e só ousavam aparecer quando se certificavam de que não iam *brancos* ou que os dois, que iam, eram Jesuítas. No caminho encontraram os *Jaguariguaras*. Um mês depois, contado dia a dia, acharam, às margens dum rio caudaloso, alguns índios fugidos dos Portugueses. O seu principal *Acajuí* recebeu-os bem e festejou-os com o que pôde, o magro peixe da sua fartura. Ergueu-se uma cruz. Desde êste lugar (Pará-Mirim, ou Parazinho?) iniciaram a viagem pelo interior, afastando-se do mar, para evitar as passagens de grandes rios, que o inverno engrossava. Com o fim expresso de evitar semelhantes dificuldades e de se refazerem do necessário, para o prosse-

---

rense, mas o actual Apodi ou Mossoró «como nos antigos mapas se observa sobretudo o do Capitão-mor Pero Coelho de Sousa, que copiou Diogo de Campos Moreno na *Rezão de Estado*», Cândido Mendes de Almeida, *Memórias*, I, 553. Que haveria então confusões é certo. Prova-o o próprio P. Luiz Figueira, ao dizer que os marinheiros, depois, quando o vieram buscar, «não conheciam a terra e cuidando que estavam em um pôrto se acharam em outro». Mas não o conheceria bem o mesmo Luiz Figueira ?

1, Pôrto Seguro escreveu que o P. Francisco Pinto ia de rêde: responde-lhe Rodolfo Garcia, tendo de-certo êste texto diante dos olhos: «É falso que os Padres viajassem em tipóias ou rêdes nos ombros dos índios: marchavam à maneira de peregrinos, de bordão, breviário sob o braço e cabaço de água às costas», Garcia em *HG*, II, 121. Êste era de-facto o modo como os Jesuítas andavam e andaram nesta jornada. Mas, já na Serra, quando tiveram de fazer a mudança, subindo-a e descendo-a, estando debilitadíssimos, foram em rêdes, não por vontade sua, mas por ordem expressa do Chefe índio: «Com preceito que nos levassem em rêdes não só ao subir da ladeira, mas tôdas aquelas cinco léguas o que êles fizeram com tanta diligência e caridade [revezando-se], quanta se não pode encarecer (aquêlas cinco léguas andámos em pés alheios em todo êste caminho)» — escreve Figueira.

guimento da viagem até o Maranhão, demandaram directamente a Serra de Ibiapaba, fértil, e, ao que êles cuidavam, acolhedora. Convinha também saber, com segurança, se havia ou não franceses, no Maranhão. Se os houvesse, era um perigo a mais.

O internamento da expedição prolongou-a. Em vez de 15 ou 20 dias, gastariam dois meses, entre atoleiros, «com lamas e águas quási até o joelho». E, de mais a mais, com fome. Passaram a «triste Serra dos Corvos» [Serra Uruburetama], onde parece se tinham juntado «tôdas as pragas do Brasil».

3. — Finalmente, depois de trabalhos sem conta, chegaram à Serra de Ibiapaba. O principal da Aldeia recebeu-os com o nome de «Jesus» e agasalhou-os com a sua abundância: «umas poucas de raízes de mandioca a que chamam macacheira, cozidas, e um pouco de sal e pimenta da terra e um palmito para assentar o estómago».

Não se podendo manter ali, abalaram para outra Aldeia, vizinha desta, tanto os Padres, como os índios, que levavam, e até os índios da primeira Aldeia. Esta segunda, maior que a primeira, a 5 léguas dela, denomina-a Luiz Figueira Aldeia de Jurupariaçu, *Diabo Grande* [1].

Procuraram informar-se. Souberam que andavam franceses no Maranhão, e que, desde a Serra de Ibiapaba, até lá, tudo eram selvagens cruéis e desconfiados, «por entre os quais não há passar senão à força de armas».

---

1. Vieira na sua *Relação da missão da Serra de Ibiapaba*, traduz *Diabo Grande* por *Taguaîbunuçu*, mas prevaleceu o sinónimo *Jurupariaçu*, ou *Jurupariguaçu*. Diz Teodoro Sampaio, *O Tupi na Geografia Nacional*, 3.ª ed. (Baía 1928) 251: «Jurupari, corr. *yurú-pari*, a bôca fechada. Nome de um génio da mitologia selvagem. No Amazonas, o *Jurupari* é um enviado do sol para reformar os costumes dos homens; legislador deu o poder aos homens, tirando-o das mulheres; instituiu festas em que só os homens tomam parte e deixou segredos que só êstes podem saber. A mulher que os descobre deve morrer, como morreu *Ceucy*, a própria mãe de *Jurupari*. O nome *Jurupari* que vale dizer — aquêle que fecha a nossa bôca — segundo os pagés, é de referência à instituição dos segredos. Outros índios do Brasil tinham o *Jurupari* pelo espírito do mal, e o representavam nas suas *itaquatiaras* com horrenda catadura e os dentes arreganhados. Tinha *Jurupari* muitos outros génios maléficos ao seu serviço, bem como os seus animais: as aves nocturnas, o morcêgo, a cobra, o jacaré, a onça, as aranhas grandes, o lagarto. Perseguia a gente até durante o sono, tapando-lhe a bôca nos pesadelos». Cf. Osvaldo Orico, *Vocabulário de crendices amazónicas* (S. Paulo 1937) 135-141.

Os Padres, não obstante, tentaram forçar o passo, com meios pacíficos, de dádivas e da sua presença, em tôda a parte respeitada. Para preparar o terreno, mandaram cometer as pazes às aldeias mais próximas.

Os primeiros emissários voltaram sem conseguir romper o mato; foram outros, com dádivas, mas voltaram sem os objectos, só com o convite de que fôssem os Padres e levassem muitos «machados, facas, espelhos, tesouras, etc». Enviaram novo recado, tanto ao principal, a quem o tinham mandado antes, como a mais dois chamados, um, *Milho Verde*, inimigo capital dos brancos e dos índios de Ibiapaba, e outro, *Cobra Azul*, que vivia à beira-mar. Idénticas propostas foram ao índio *Algodão* (*Amanaí*), que veio ver os Padres e se mostrou amigo.

Nesta Aldeia de *Jurupariaçu* permaneceram os Padres quatro meses. Forçados pela demora, organizaram a catequese. Precária sem dúvida, visto que os Jesuítas só mais tarde viriam para ficar de assento, mas catequese já verdadeira no que era possível: ensino da doutrina a adultos e meninos, com grande alacridade e freqüência dos mesmos; combate às superstições a que êstes índios eram sumamente atreitos; administração de sacramentos aos índios cristãos, que levavam consigo, a algum moribundo, e até a um filho de branco que por ali se achava, mameluco, já mais bárbaro que civilizado.

Ensinavam também os índios «a dançar ao modo português, que para êles era a coisa de mais gôsto que pode ser»...

4. — Mas o tempo passava e era preciso determinarem-se: ou seguir para o Maranhão ou retroceder para o Jaguaribe. Prevaleceu a idéia propulsora inicial: a 17 de Outubro puseram-se a caminho do Maranhão.

Saíu-lhes ao caminho o índio *Mandiaré*, inimigo dos Franceses, de quem deram notícias aos Padres, e por amor do qual os Padres se detiveram a roçar e fazer mantimentos.

Dalí a 15 ou 20 léguas, ficavam os índios Tapuias chamados *Cararijus*.[1] Os Padres tinham-lhes mandado presentes para fazerem as pazes, uma e outra vez. Responderam falsamente que as queriam e que fôssem os Padres. Êles, porém, antes de ir, enviaram terceira

---

1. *Cararijus*, segundo Luiz Figueira, lido por Studart; José de Morais escreve *Tacarijus* (*História*, 40); outros, *Tocarijus*, e José Caeiro, *Tacariputãs* (*Apologia*, 59v). Bettendorff (*Cronica*, 42) diz simplesmente *Tabajaras*, designação geral dos Índios da Serra de Ibiapaba, conhecidos também por *Tobajaras*, nome

embaixada. E descobriu-se a perfídia: os índios queimaram vivos os emissários, excepto um, que conservaram para guia.

A tardança da resposta fêz suspeitar os Padres. E, assim, em vez de seguirem directos ao Maranhão, preparavam-se para descer ao mar, quando, repentinamente, foram atacados por aqueles índios *Cararijus*, na sexta-feira, infra oitava da Epifania, a 11 de Janeiro de 1608 [1].

No sítio, em que se encontravam, havia duas casas, uma a dos Padres, em que estava Francisco Pinto rezando o breviário; outra a dos moços, um pouco desviada, onde se achava nêsse momento o P. Figueira. Os *Cararijus* atacaram a casa em que estava o P. Pinto, que procurou debalde apaziguar os assaltantes. Defenderam-no os índios amigos, sendo feridos mortalmente dois, entre os quais o fidelíssimo António Caraibpocu. Ferido êste, os selvagens arremeteram ao P. Francisco Pinto, «e, tendo-lhe uns mão nos braços, estirando-lhos para ambas as partes, ficando êle em figura de Cruz, outros lhe deram tantas pancadas com um pau na cabeça, que lha fizeram pedaços».

Como foi possível tal crime?

Os *Cararijus* eram cruéis, evidentemente, mas aos Franceses do Maranhão se deve atribuir a sua instigação. Figueira conta expressamente a presença ali dos Franceses. E o próprio Claude d'Abeville refere-se a êsse facto. Francisco Pinto assume na sua narrativa o nome único de *Personagem*. O seu fiel amigo António Caraibpocu aparece com a grafia de *Tuputapoucou*. E a doutrina católica, que o Padre prègava, recolheu-a já adulterada o P. Abeville. Nêsse sentido fala.

---

que preferimos, conforme a interpretação de Ascenso Gago (Cf. infra, Cap. III). Da forma de Luiz Figueira aproxima-se Elias Herckman (1639) escrevendo à holandesa, *Careryouws*, na sua monografia sobre «Costumes dos Indios» publicada na *Rev. do Inst. do Ceará*, XLVIII (1934) 15. Segundo Th. Pompeu Sobrinho são *Cariris*, *Ib.*, LIII (1939) 228.

1. Dissemos, em *Luiz Figueira*, 30, que foi a 10, levado pela informação de Caeiro, abaixo transcrita. Fazendo de novo os cálculos, tendo em conta que 1608 era bissexto, parece que aquela sexta-feira é realmente o dia 11, como se vê na estampa de Tanner (*Societas Iesu usque ad sanguinis et vitae profusionem militans*, Praga 1675) e reproduzida em *Luiz Figueira*, 144/145. Concorda Juvêncio:"III Idus Januarias anni MDCVIII" (Joseph Juvencius, *Historia Societatis Iesu*. Pars Quinta (Roma 1710) 757-759; *Bras. 13* (Menolog.) 7v.; *Lus. 58* (Necrol. I) 18; Bett., *Crónica*, 41-43; Eusébio Nieremberg, *Varones Ilustres de la Compañía de Jesús*, III, 2ª ed. (Bilbau 1889) 600-605.

Mas é totalmente inverosímil que os Franceses de 1608 não soubessem que aquela *Personagem* era Sacerdote e Jesuíta e que, portanto, pura a sua doutrina. Não convinham, porém, aos Franceses tais pazes entre os Jesuítas Portugueses e os índios. E foi fácil aos Franceses ludibriar os índios, dando os prègadores como feiticeiros. Em tal perfídia mostrou-se zeloso um mancebo francês. Os Índios escutaram-no e planejaram a morte dos Padres:

«La remonstrance de ce ieune François eut tant de pouuoir sur ces Indiens de la grande montagne, que soudain ils commencèrent à tourner visage & au lieu qu'ils tenoient ce *Personnage* pour vn grand prophete, ils le reputêrent pour vn signalé menteur, pour vn imposteur & meschant homme croiãt que tout ce qu'il faisoit n'estoit que pour les affronter. Deslors ils conspirerent sa mort»[1].

Luiz Figueira, que deveu a vida a achar-se naquela casa desviada e a ter-se recolhido no mato, durante a irrupção dos selvagens, passado o sangrento alvorôto, tratou de voltar ao mar. No sopé da Serra de Ibiapaba, deixou sepultado o corpo do P. Pinto e junto dêle, um de cada lado, os dois valorosos índios que morreram em sua defesa. Deixou também, dois grandes braços abertos, de uma cruz, a assinalar, naquele deserto, que por ali tinha passado Cristo.

Como recordação ou relíquia, Luiz Figueira levou consigo o *tacape* com que os Indios imolaram o P. Francisco Pinto[2]. O Catálogo de 1607, redigido enquanto o Padre andava na Serra de Ibia-

---

1. Claude d'Abeville, *Histoire de la Mission des Peres Capucins en l'Isle de Maragnan et terres circonuoisines*. Reprodução facsimilar, feita por Paulo Prado (Paris 1922) f. 83 v. Apesar de confusa, e misturando factos diferentes, a narrativa do Capuchinho tem todos os indícios de ter o P. Francisco Pinto como núcleo central, ainda que diluido na errónea interpretação dos seus informadores. Cf. J. F. de Almeida Prado, *Pernambuco e as Capitanias do Norte do Brasil (1530-1630)*, II (São Paulo 1941) 318.

2. «O pau com que o mataram, e tinto ainda em sangue, deixaram aquêles bárbaros junto do corpo (costume entre êles ficarem com o morto os instrumentos da sua morte), o levou consigo o P. Figueira para o Colégio da Baía, onde, *no ano de 1624*, em que os Holandeses tomaram a cidade, se perdeu com as mais relíquias que nêle se conservavam em depósito» (Morais, *História*, 43). Mas Bettendorff, escrevendo em 1698, isto é, muito depois dos Holandeses, assevera que o P. Figueira levou consigo «um desses paus ou *ibirassangas* como se chamam os com que matam, com o qual tinha sido quebrada aquela sagrada cabeça, todo ensanguentado, que, *até o dia de hoje*, se guarda, com muita veneração, e lembrança eterna, no Colégio da Baía de Todos os Santos», Bett., *Crónica*, 42.

paba: diz: «P. Francisco Pinto, de Angra, com 55 anos, saúde regular, entrou na Companhia a 31 de Outubro de 1568. Estudou latim 3 anos, casos de consciência outros três. Sempre se empregou na conversão dos Índios. Para a salvação dêles foi duas vezes ao sertão. Sabe optimamente a língua brasílica. Formado no ano de 1588»[1].

Angra é a capital da Ilha Terceira, Açores. «Es de las Islas Terceras», dizia o Catálogo de 1574[2].

Francisco Pinto, dos Açores passou a Pernambuco e dalí á Baía, onde entrou na Companhia e se assinalou na redução dos *Potiguares*, do Rio Grande do Norte.

Os seus ossos perderam-se. Sabe-se de positivo que foram transportados de Ibiapaba para o Ceará, e já ali estavam em 1615. O P. Manuel Gomes, que nêsse ano ali passou, a caminho do Maranhão, procurou levar, baldadamente, o seu corpo ou pelo menos alguma relíquia[3]. Diz Gomes que a Armada, em que ia para a conquista do Maranhão, tomou o porto do Ceará, e dali a «três léguas» estava o corpo. Corria que existia numa capela, enterrado num caixão. Foi a essa ermida, por incumbência do P. Gomes, um Padre secular, que não o achou no lugar em que se dizia. E explica que não o achou, «por os Índios secretamente o terem mudado». Mais nada, com fundamento certo. Têm procurado os investigadores, sobretudo os cearenses, identificar aquela ermida com alguma das Aldeias mais próximas do porto do Ceará, Paupina e Parangaba, sendo os sufrágios mais para esta segunda, como o do Barão de Studart, fundando-se em que de Parangaba «para a barra do Ceará, é que fazem as 3 léguas»[4]. Mais tarde, os Padres da Companhia compuseram epitáfios à memória do mártir.

O P. Domingos de Araújo recolheu na sua *Crónica* uns que teriam sido colocados no túmulo da Serra, mas já vimos, que o túmulo da Serra de Ibiapaba fôra mais simples e comovente, aquelas pedras e aquela cruz.[5] Em vez desta homenagem póstuma há outra, quási

---

1. *Bras.*, 5, 72v.
2. *Bras.*, 5, 11v; Morais (*História*, 45) diz que era da Ilha de Santa Maria, mas acrescenta: «outros dizem que da Terceira». Parece que os Catálogos não dão margem a dúvidas.
3. Cf. Carta de Manuel Gomes, de 2 de Julho de 1621, em Studart, *Documentos*, 1 275-277.
4. Studart, *Tricentenário*, 87.
5. Transcreve os dísticos Melo Morais, *Corografia*, III, 61.

coeva, da *Jornada do Maranhão*. Tinham os Padres Francisco Pinto e Luiz Figueira «chegado já a Buapaba, deixando de-novo quietos e mui amigos os do Ceará. Passando àvante foram ao caminho salteados dos Tapuias da serra, selvagens, que a todos fazem o mesmo, andando como feras, sempre no campo. Foi morto o P. Pinto nesta envolta, homem de grande bondade, exemplo da vida, que ali perdeu por Deus, e está hoje o seu corpo venerado no Ceará dos mesmos Índios, que dizem que, depois que o têm consigo, que sempre lhes chove água do Céu e lhes vai bem»[1].

«*Amanaiara*, senhor das chuvas», é a expressão indígena, com que a piedade do povo do Ceará ficou a conhecer e a venerar a memória do P. Francisco Pinto. Pelo testemunho da *Jornada do Maranhão*, a tradição tem raízes fundas[2]. Os Padres Francisco Pinto e Luiz Figueira, diz Paulino Nogueira, foram os primeiros sacerdotes que pisaram terras cearenses, «tradição pouco divulgada, não contestada»[3].

5. — Figueira ainda sofreu incomportáveis trabalhos na volta, pela suspicácia e versatilidade dos Índios *Tobajaras*, do próprio *Diabo Grande* e sobretudo do *Cobra Azul*, e ainda, depois, de outro indio, o *Lagartixa Espalmada*.

Tudo suportou com a fortaleza do seu ânimo heróico e fundou ainda no Rio Ceará, a 10 de Agôsto de 1608, dia de S. Lourenço, uma Aldeia que por esta circunstância, se chamou Aldeia de S. Lourenço. Tendo enviado, entretanto, recados a Jerónimo de Albuquerque, recolheu-o, enfim, o P. Gaspar de Samperes, que o foi buscar com embarcação e soldados de Diogo de Campos Moreno[4].

Consumido de trabalhos e de fomes, Luiz Figueira, só com a pele sôbre os ossos, em Setembro de 1608, com alguns índios de Ibiapaba (outros seguiram por terra desde Jaguaribe), encami-

---

1. *Jornada do Maranhão*, em *Not. para a Hist. das Nações Ultramarinas*, I, n. 4, pág. 4; *Jornada do Maranhão*, por Diogo de Campos Moreno, sargento-mor do Estado do Brasil, em Cândido Mendes de Almeida, *Memórias*, II, 162.
2. BNL, fg. 4516 (*Apontamentos*) 43.
3. *O Padre Francisco Pinto ou a Primeira Catequese de Índios no Ceará*, na *Rev. do Inst. do Ceará*, XVIII, 17.
4. *Jornada do Maranhão* em Cândido Mendes de Almeida, *Memórias*, II 162.

nhou-se por mar para o Rio Grande do Norte, donde passou a Pernambuco [1].

Assim terminou o primeiro acto destas, depois célebres, missões do Ceará, Maranhão e Pará. Século e meio mais tarde, quando a perseguição lançava aos quatro ventos tantas insinuações caluniosas, entre elas havia uma, que os Jesuítas tinham fundado uma República no Maranhão. José Caeiro, para vingar a memória daqueles missionários, responde, e a sua resposta dá-nos, numa rápida perspectiva, o desenrolar futuro dêste primeiro acto da viagem a Ibiapaba:

«Primeiramente faria injúria muito grave à Vice-Província do Maranhão se negasse que os filhos dela, naqueles vastíssimos e incultos sertões, tinham uma pobre sim, mas bem povoada República. Os primeiros, que puseram mão a tão grande e trabalhosa emprêsa, foram os dois Jesuítas Francisco Pinto e Luiz Figueira, que saindo de Pernambuco e caminhando a pé um ano inteiro entre contínuos perigos, e com a morte sempre à vista no ano de 1607, chegaram finalmente à Serra de Ibiapaba e naqueles montes fundaram a primeira Aldeia que houve no Maranhão. Aos 10 [2] de Janeiro do ano seguinte, mataram os índios *Tacariputãs* em ódio da fé o apostólico P. Pinto, e logo se viu verificada a sentença de Tertuliano, *sanguis martyrum semen est christianorum*.

O P. Figueira e outros, que sucessivamente se empregaram em obra tão gloriosa, chegaram a fundar 55 Aldeias, povoando-as tôdas de índios a quem com indústria, paciência e trabalhos incompreensíveis, persuadiram que descessem dos montes, e, deixando cos-

---

1. *Relação da Missão do Maranhão*, de 26 de Março de 1608 (Cf. *Luiz Figueira*, II Parte, *Relações e Documentos*, B, com a nota bibliográfica, que aí damos e a observação sôbre a data da *Relação*, 105-152); outra *Relação*, diferente daquela, escrita ainda em Ibiapaba, «desta serra» a 30 de Setembro de 1607 (*Bras. 8*, 85-92 v); e a Carta ânua, latina, de Gaspar Álvares, datada da Baía, postridie Kalendas Augusti anno Domini 1608 [2 de Agosto], *Bras. 8*, 68-69; Bett., *Crónica*, 39-42; Morais, *História*, 28-44; Fernão Guerreiro, *Relação Anual*, II (Coimbra 1931) 425-427. Alguns pormenores dêstes cronistas diferem da Relação de Luiz Figueira. Preferimos ater-nos estritamente às fontes. O ilustre investigador Barão de Studart discute algumas dessas divergências no seu trabalho *Francisco Pinto e Luiz Figueira — o mais antigo documento existente sobre a história do Ceará*, publicado no volume *Commemorando o tricentenário da vinda dos primeiros Portugueses ao Ceará, 1603-1903* (Ceará 1903) 47-92.

2. Cf. Supra, p. 8, nota 1.

tumes brutais, em que foram criados, se unissem em povoações e fizessem nelas vida cristã e civil. Esta República fundaram e estabeleceram os Jesuítas, sós, e sem ajuda alguma ou favor dos outros, antes com gravíssimas oposições e contradições contínuas. Mas não a fundaram para si, que dela não tiravam outra coisa mais que perseguições, calúnias, e desterros. Fundaram-na para Deus, a cuja Igreja agregaram um número sem número de Índios bárbaros; fundaram-na para os Senhores Reis de Portugal, aumentando o seu Império com tantos vassalos. Em 1663 [1] se dividiram as 55 Aldeias, fundadas e povoadas pelos Jesuítas, entrando ao govêrno e administração de grande parte delas os religiosos Carmelitas, os Mercenários e os Capuchinhos de Santo António [2], obedecendo os Jesuítas prontamente ao decreto real que assim o ordenava e cedendo, sem dificuldade alguma, 27 povoações que, com tantos trabalhos tinham feito e as igrejas que à sua custa tinham edificado. Depois da divisão, administraram os Jesuítas 28 Aldeias, até o ano de 1755, em que, por justos motivos, as dimitiram em estado tão florente, e tão bem povoadas, que delas formou no mesmo ano o Capitão General Francisco Xavier de Mendonça Furtado uma cidade, 18 vilas e nove lugares, sem outro trabalho que mudar-lhes os nomes e mandar se levantasse na praça o pelourinho, que era uma trave grossa e tôsca com duas mais pequenas atravessadas na maior altura. O mesmo capitão confessou esta facilidade dizendo aos circunstantes em uma destas funções:

— Vejam a brevidade com que de uma Aldeia se faz uma Vila.

Mas ouviu logo uma verdade:

— Sim senhor, quando a Aldeia se acha fundada e povoada.

«O certo é que o mesmo Capitão General intentou no mesmo tempo fundar uma Aldeia segundo a sua idéia (todos sabemos que as tinha boas), porém depois de gastar à Real Fazenda muitos mil cruzados, nada fêz, e se mostram ainda hoje no Maranhão os alicerces» [3].

---

1. Em 1663 houve uma primeira divisão. Mas a divisão efectiva, em que *tôdas* as Religiões, logo enumeradas, entraram «ao govêrno e administração› das Aldeias, fêz-se por fôrça da Carta régia de 19 de Março de 1693, ao Governador do Maranhão, Bibl. de Évora, cód. CXV/2-18, 178, assunto que será tratado no tomo IV.

2. *Capuchinhos* (sic), mas, de facto, são Capuchos ou Franciscanos.

3. *Apologia da Companhia de Portugal composta pelo P. José Caeiro*, Roma Archivio della Postulazione Generale, Sezione IV, Varia, n. 38, f. 59v-60. Assim era em 1938, quando o consultámos pessoalmente. Informaram-nos que foi depois incluída no Arch. S.I. Roman., com a cota: *Lus. 95 n.*

A missão à Serra de Ibiapaba e o holocausto do P. Francisco Pinto têm sido muito explorados literariamente, entrando de tal maneira na imaginação do povo, e até na dos historiadores, que muitos datam dessa época a fundação de importantes povoações do Ceará[1].

---

1. Torres Câmara, por exemplo, diz que os Padres foram «por terra até [o Rio] Aracatí, fundando em sua passagem as Aldeias de *Caucaia* (*mato grande*, actualmente Soure), *Porangaba* (*beleza*, depois Arronches, voltando ao primitivo nome) e *Paupina* ou Padre Pinto, actual Messejana», J. E. Tôrres Câmara, *O Ceará até a Independência — Notícia Histórica do seu início*, no *Almanach Estatístico do Estado do Ceará*, ano 27 (1922) 684. Cf. também Gustavo Barroso, *Pero Coelho de Sousa* (Lisboa 1940) 27; J. Brígido, *Ceará, Homens e Factos* (Rio 1919) 12; Max Fleiuss, *Apostilas de História do Brasil* (Porto-Alegre 1934) 128. Mas cf. adiante o *Capítulo VI*, dedicado a estas Aldeias.

CAPÍTULO II

Fundação da Missão de Ibiapaba

1 — O Ceará na invasão holandesa; 2 — A Serra de Ibiapaba; 3 — Pedro de Pedrosa e António Ribeiro, enviados do Maranhão, fundam a primeira casa e escola; 4 — Lutas e inquietações; 5 — Visita do P. António Vieira e seus resultados; 6 — Perfídia de Simão Tagaibuna; 7 — A missão de Ibiapaba passa à influência da Província do Brasil.

1. — Depois da estada do P. Francisco Pinto e Luiz Figueira, o Ceará foi teatro de acontecimentos de importância, que não nos compete historiar.

Em 1611, Martim Soares Moreno conquista o Ceará[1], e dá-se em 1637 a invasão dessa Capitania pelos holandeses com a conivência dos índios, em particular de *Amanaí*, o Algodão. Como em tôda a parte do Brasil, com honrosas excepções, os índios inclinavam-se para onde viam mais brilhante o sol, sem grandes perspectivas aliás, não prevendo o futuro, como era do seu carácter. Por isso, quando começou a reacção provocada pela Restauração de Portugal, e os holandeses começaram a fraquejar no Maranhão, os Índios do Ceará, revoltando-se contra os invasores, sob pretexto de lhes não pagarem os salários estipulados, apoderaram-se, em Janeiro de 1644, do forte do Rio Ceará, trucidando a guarnição[2]. Por fim, Matias Becx, o úl-

---

1. Cf. Afrânio Peixoto, *Martim Soares Moreno* (Lisboa 1940) 7 ss.
2. João Vasco propõe a El-Rei, para serem galardoados, os nomes dos Índios que tomaram o forte e mandaram aviso ao Maranhão que estavam prontos a receber os Portuguêses:

   «Iacoruna merim — prinsipal.
   «Taparatin da Serra — prinsipal.
   «Orubu acanga — de Gicuacuara, prinsipal.

«Estes são os do Seara por novas que tive de outros Índios por lhes saber fallar a lingoa». — João Vasco, *AHC, Apensos*, Pará, 1643.

timo chefe holandês, conhecendo a capitulação do Recife, em 1654, retirou-se para Barbados[1].

Ao mesmo tempo dava-se outra invasão, esta interna. Os Índios, em particular os *Potiguares* e *Tobajaras* em face da derrota, refluiram para o Ceará, vindos das Capitanias de Pernambuco, Itamaracá, Paraíba e Rio Grande,[2]. Não poupavam os holandeses, seus antigos aliados, e também temiam as represálias dos Portugueses apesar das capitulações lhes garantirem perdão[3]. Becx anota a disposição em que se encontravam os Índios de Pernambuco de se estabelecer no Ceará e resistir a uns e outros[4]. Mas embora causassem distúrbios, frustraram-se tais intentos, devido à acção conjugada dos Jesuítas e da Autoridade civil. António Vieira já vivia, desde o ano anterior, no Maranhão, a cujo Estado pertencia então o Ceará; e André Vidal de Negreiros, Governador dêsse Estado, antes de se retirar para o seu novo govêrno de Pernambuco, apoiou o P. Vieira que, sob a sua autoridade, funda a Missão da Serra de Ibiapaba.

2. — « Ibiapaba, que na língua dos naturais quere dizer *terra talha*, diz Vieira, não é uma só serra, como vulgarmente se chama, senão

---

1. Gaspar Barléu conta assim o caso, ou o que êle chama revolta, do Ceará: «Bandos de brasileiros, chamados à guerra, tinham tomado ardilosamente o forte ocupado pelos holandeses e o arrasaram, trucidando o governador Gedeão Morritz, tcdos os soldados da guarnição e até os trabalhadores estabelecidos não longe dêle nas salinas do Upanema. A mesma sorte estava reservada para o comissário do Maranhão. Ignorando o que ali havia acontecido, arribou àquele lugar infeliz para recensear os soldados e caiu nas mãos dos rebeldes, perecendo com todos os seus de morte semelhante. Além disso, como se achasse em reparos no pôrto do Ceará um dos nossos patachos, desembarcaram num barco o patrão do navio, um capitão, um tenente e alguns soldados rasos, os quais os cearenses, encobrindo o ódio com blandícias, mataram sem êles o esperarem. Evadiram-se três marinheiros que se haviam escondido no mato e viram o forte derribado e os seus entulhos. Não eram, porém, os maranhenses, se bem próximos e limítrofes, considerados instigadores desta nefária sedição: imputava-se a culpa da mesma à ferocidade e à dominação assaz dura dos nossos contra os súbditos. Nada exaspera mais um povo já irritado do que sofrer opressão. Assemelha-se às feras, que, presas em laços muito apertados, se assanham e, contidas em liames mais frouxos se aquietam». Gaspar Barléu, *Res Brasiliae, imperante illustrissimo comite I. Mauritio Massoviae etc. comite*, tradução de Cláudio Brandão (Rio 1940) 322-323.

2. Heriarte, *Descrição*, 214.

3. Cf. Studart, *Documentos*, III, 226.

4. Carta de Matias Becx, de Barbados, 8 de Outubro de 1654, na *Rev. do Inst. do Ceará*, XXVI (1912) 81-82.

muitas serras juntas, que se levantam ao sertão, das praias de Camucí, e mais parecidas a ondas do mar alterado, que a montes, se vão sucedendo, e como encapelando umas após das outras em distrito de mais de quarenta léguas: são tôdas formadas de um só rochedo duríssimo e em partes escalvado e medonho, em outras cobertas de verdura e terra lavradia, como se a natureza retratasse nêstes negros penhascos a condição de seus habitadores, que sendo sempre duras, e como de pedras, às vezes dão esperanças, e se deixam cultivar.

Da altura destas serras não se pode dizer cousa certa, mais que são altíssimas, e que se sobe, às que o permitem, com maior trabalho da respiração, que dos mesmos pés e mãos, de que é forçoso usar em muitas partes. Mas depois que se chega ao alto delas, pagam muito bem o trabalho da subida, mostrando aos olhos um dos mais formosos painéis que porventura pintou a natureza em outra parte do mundo, variando de montes, vales, rochedos e picos, bosques e campinas dilatadíssimas, e dos longes do mar no extremo dos horizontes. Sobretudo olhando do alto para o fundo das serras, estão-se vendo as nuvens debaixo dos pés, que como é cousa tão parecida ao Céu, não só causam saùdades, mas já parece que estão prometendo o mesmo, que se vem buscar por êstes desertos.

Os dias no povoado da serra são breves, porque as primeiras horas do Sol cobrem-se com as névoas, que são contínuas, e muito espêssas. As últimas escondem-se antecipadamente nas sombras da serra, que para a parte do Ocaso são mais vizinhas e levantadas.

As noites, com ser tão dentro da zona tórrida, são frigidíssimas em todo o ano, e no inverno com tanto rigor, que igualam os grandes frios do Norte, e só se podem passar com a fogueira sempre ao lado.

As águas são excelentes, mas muito raras, e a essa carestia atribuem os naturais ser tôda a serra muito falta de caça de todo o género; mas bastava para tôda esta esterilidade ser habitada ou corrida há tantos anos de muitas nações *Tapuias*, que sem casa nem lavoura vivem da ponta da frecha, matando para se sustentar, não só tudo o que tem nome de animal, mas ratos, cobras, sapos, lagartixas, e de tôdas as outras imundícies da terra.

Quási na mesma miséria vivem igualmente os *Tobajaras*, posto que puderam sem muita dificuldade suprir a necessidade da terra com os socorros do mar, que lhes fica distante vinte e cinco léguas, e sôbre ser mui abundante de todo o género de pescado, está oferecendo de graça o sal nas praias em uma salina natural de mais de duas léguas; mas é tão grande a inércia desta gente, e o ócio em que excedem a todos os do Brasil, que por milagre se vê um peixe na serra, vivendo de mandioca, milho, e alguns legumes, de que também não têm abundância: com que é entre êles perpétua a fome, e parece que mais se mantem dela, que do sustento» [1].

Os moradores da Serra, nesta época, eram de três categorias sob o aspecto religioso: gentios, que nunca tinham recebido a fé; católicos, mas que a esqueceram ou a desmentiam nos costumes; e herejes. Alem dos *Tobajaras* antigos donos da Serra, os que de novo, e de diversas tribus, chegaram, fugindo de Pernambuco.

«Com a chegada dêstes novos hóspedes ficou Ibiapaba verdadeiramente a Genebra de todos os sertões do Brasil, porque muitos dos Índios Pernambucanos foram nascidos e criados entre os Holandeses, sem outro exemplo, nem conhecimento da verdadeira religião. Os outros militavam debaixo de suas bandeiras com a disciplina de seus regimentos que pela maior parte são formados da gente mais perdida e corruta de tôdas as nações da Europa.

No Recife de Pernambuco, que era a côrte e empório de tôda aquela nova Holanda, havia judeus de Amsterdam, protestantes de Inglaterra, Calvinistas de França, Luteranos de Alemanha e Suécia, e tôdas as outras seitas do Norte; e desta Babel de erros particulares se compunha um ateísmo geral e declarado, em que não se conhecia outro Deus mais que o interesse, nem outra lei mais que o apetite; e o que tinham aprendido nesta escola do inferno, é o que os fugitivos de Pernambuco trouxeram e vieram ensinar à Serra, onde por muitos dêles saberem ler, e trazerem consigo alguns livros foram recebidos e venerados dos *Tobajaras*, como homens, letrados e sábios e criam dêles, como de oráculo, quanto lhes queriam meter em cabeça.

Desta maneira dentro em poucos dias foram uns e outros semelhantes na crença e nos costumes, e no tempo em que Ibiapaba deixava de ser república de Baco (que era poucas horas, por serem as borracheiras contínuas de noite e de dia), eram verdadeiramente aquelas aldeias uma composição infernal ou mistura abominável de tôdas as seitas e de todos os vícios, formada de rebeldes traidores, ladrões, homicidas, adúlteros, judeus, hereges, gentios, ateus, e

---

1. Vieira, *Obras Várias*, II, 71-72.

tudo isto debaixo do nome de Cristãos, e das obrigações de Católicos »[1].

Dentre os índios *Tobajaras*, que em obediência a ordens de El-Rei tinham passado ao Maranhão, estava um Francisco Muririba. Na Serra, permanecia Simão Tagaíbuna, que nessa altura se dava por aliado.

Apesar das dificuldades do caminho, Muririba, em Maio de 1655, prestou-se corajosamente a levar cartas do Governador, oferecendo perdão geral e esquecimento dos delitos aos Índios da Serra, e que se preparassem para receber os Padres da Companhia que os viriam doutrinar[2].

Foram três as tentativas para a missão, iniciadas as duas primeiras em Fevereiro e a terceira em fins de Maio de 1656. Na primeira, por mar, numa sumaca, foram o P. Tomé Ribeiro e o Ir. Sebastião Teixeira. Iam na expedição destinada a fundar o forte do Rio da Cruz ou Camocim, composta de 40 soldados com seu capitão. Depois de gastarem 50 dias, com ventos contrários, andando por alturas da barra do Rio das Preguiças, viram-se obrigados a arribar ao Maranhão, desfazendo na volta, em 12 horas, o que tinham feito em 50 dias[3].

A segunda tentativa foi igualmente por mar, numa vela latina. Ia o P. Manuel Nunes. A embarcação, depois de deixar o Padre no Ceará, seguiria, para a Baía com o P. António Vieira que também ia nela. Saiu do Maranhão, pouco depois da primeira expedição, na mesma monção de Fevereiro. Mas falhando a monção, e sobrevindo ventos contrários, arribaram como a expedição anterior. Antes de levantarem âncoras, para voltar, lobrigaram na praia 11 homens

---

1. Vieira, *Obras Várias* II, 61-62; *Hist. Proprov. Maragn.*, 554; *Cartas de Vieira*, I, 477.

2. André Vidal de Negreiros escreveu a El-Rei sôbre êstes assuntos. Examinando o Conselho as propostas de Vidal, a 8 de Julho de 1656, logo a 27 lhe responde El-Rei: que repare a fortaleza do Ceará; faça outra no Rio da Cruz (Camocim) e afugente para longe de êste rio o principal Algodão, para não fazer levantamentos, como costuma; e que aos Padres da Companhia, que vão evangelizar essas paragens, dê ajuda e defesa, *Bras,* 9, 68; Studart, *Documentos*, III, 199-201, 205.

3. *Hist. Proprov. Maragn.*, 537-538. Vieira descreve esta expedição, mas omite o nome do Ir. Sebastião Teixeira, *Obras Várias*, II, 63. E acrescenta que foi um bem, esta volta atrás, pois os Índios do Camocim estavam tão mal dispostos então, que ou impediriam pelas armas a construção do forte ou se retirariam para tão longe que seria difícil, depois, aldeá-los.

vestidos à européia. Era o principal Francisco Muririba, que conseguira passar incólume entre as tribus tapuias e voltava com as respostas dos índios de Ibiapaba: «Eram dez índios os da serra que acompanhavam a Francisco, dos quais o que vinha por maioral, apresentou aos Padres as cartas que trazia de todos os *Principais*, metidas, como costumam, em uns cabaços tapados com cêra, para que nos rios que passam a nado se não molhassem.

«Admiraram-se os Padres de ver as cartas escritas em papel de Veneza, e fechadas com lacre da Índia: mas até destas miudezas estavam aquêles índios providos tanto pela terra dentro pela comunicação dos Holandeses, de quem também tinham recebido as roupas de grã e de seda, de que alguns vinham vestidos.

«Desta maneira sabem os políticos de Holanda comprar as vontades e sujeição desta gente, passá-los da nossa obediência à sua, o que nós pudéramos impedir pelos mesmos fios, com muito menos custo, mas sempre as nossas razões de Estado foram vencidas da nossa cobiça, e por não darmos pouco por vontade, vimos a perder tudo por fôrça.

«A letra e estilo das cartas era dos Índios Pernambucanos, antigos discípulos dos Padres, e a substância delas era darem-se os parabéns da nossa vinda, e significarem o grande alvorôço e desejo com que ficavam esperando para viverem como Cristãos não se esquecendo de lembrar aos Padres como êles tinham sido os primeiros filhos seus, e quão viva estavam ainda em seus corações a memória e saùdades de seu santo pai, o *Pai Pina*, que assim chamavam ao Padre Francisco Pinto».

Vieira recolheu os emissários de Ibiapaba e, com êles e tão boas esperanças da futura emprêsa, refazendo em poucas horas o caminho de 53 dias, entraram no Maranhão [1].

3. — A terceira tentativa, desta vez por terra, foi enfim coroada de êxito. Vieira nomeou para ela o P. António Ribeiro, paulista, e o P. Pedro de Pedrosa, acabado de chegar de Portugal.

Venceram quatro espécies de dificuldades: os terríveis *Lençois* da praia arenosa; a voracidade dos próprios índios que levavam; a

---

1. Vieira, *Obras Várias*, II, 66; *Cartas de Vieira*, III, 714; S. L., *Novas Cartas*, 254; *Hist. Proprov. Maragn.*, 539-543.

traição dos *Teremembés* daqueles sítios, e a passagem dos cursos de água.

«O caminho, que é de mais de cento e trinta léguas pelo rodeio das enseadas, o fazem os Padres todo a pé, e sem nenhum abrigo para o Sol que nas areias é o mais ardente; porque em tôdas elas não há uma só árvore, e até a lenha a dá, não a terra, senão o mar, em alguns paus secos, que deitam as ondas à praia.

A cama era onde os tomava a noite, sôbre a mesma areia e também debaixo dela, porque marchavam no tempo das maiores ventanias, as quais levantam uma nuvem ou chuva de areia tão contínua, que em poucas horas de descuido se acha um homem coberto ou enterrado, até o mesmo vento (coisa que parece incrível) é um dos maiores trabalhos e impedimentos desta navegação por terra, porque é necessária tanta força para romper por êle, como se fôra um homem nadando, e não andando»[1].

Durante esta pungente jornada, os Padres foram acompanhados até ao Rio das Preguiças[2] por uma forte escolta, por ser o caminho infestado de Tapuias; dalí em diante foram apenas 8 soldados e 50 índios para a matalotagem necessária numa viagem, por terreno árido onde não havia povoações para comprar o necessário.

Sucedeu que ao cabo de 13 dias, indo os Padres dar balanço aos comestíveis acharam que os índios carregadores para sentirem menos o pêso ou porque «é gente que come sem nenhuma regra» tinham metido a mão na farinha torrada ou de guerra como lhe chamavam, achando dos paneiros apenas a folhagem. E eram 60 pessoas e faltavam três quartas partes da viagem: Os Padres porém intervieram e os convenceram que padecer por padecer no caminho era melhor que fôsse antes prosseguindo que recuando.

Os *Teremembés*, que moravam nessa marinha, viam com maus olhos a passagem por alí dos Portugueses. E um magote dêles, capitaneado por um tal Tatuguaçu engendraram um estratagema para aniquilar a expedição. Convidaram os índios que iam nela, a uma pescaria que se faria longe dali, à noite. Aos soldados, para os ter longe dos Padres, prometeram que lhes enviariam mulheres; e assim achando-se repartidos Padres, índios e soldados, cairiam sôbre todos de improviso e separadamente os acabariam. Mas os Padres, conhecendo

---

1. Vieira, *Obras Várias*, II, 70.
2. *Rio Mairi*, diz a *Hist. Proprov. Maragn.*, 536-538.

por experiência que não havia que confiar em tais índios, decidiram prosseguir o caminho, mesmo de noite, e o fizeram tão em silêncio que amanheceram fóra do perigo.

Outro perigo, a passagem dos rios. Vieira conta 14, metendo de-certo na conta os braços do Parnaíba. «Não há nêstes rios embarcação para a passagem, é fôrça trazê-la do Maranhão com imenso trabalho, porque se vem levando às mãos, por entre o rôlo e a ressaca das ondas, sempre por costa bravíssima, alagando-se a cada passo, e atirando o mar com ela, e com os que a levam, com risco não só dos Índios e da canoa, senão da mesma viagem, que dela totalmente depende.

Muitas vezes é também necessário arrastá-la por grande espaço de terra e montes para a lançar de um mar a outro, e talvez obrigam estas dificuldades a tomar a mesma canoa em pêso às costas com tôda a gente, e levá-la assim por muitas léguas: de modo que para haver embarcação para passar os rios, se ha-de levar pelo mar, pela terra e pelo ar, e bem se vê quanta seria a moléstia e aflição dos Padres nesta sua viagem em persuadir e animar a um trabalho tão forte, a homens que quási vinham sem comer, e mal podiam arrastar os corpos» [1].

Mas, enfim, depois de trinta e cinco dias desta cansativa viagem, a 4 de Julho de 1656, chegaram os dois Padres à Serra de Ibiapaba. Daí «data a influência dos Jesuítas nos destinos do Ceará» [2]. Não há elementos positivos que nos permitam localizar o sítio em que se estabeleceram os Padres Pedro de Pedrosa e António Ribeiro. Conjecturas, muitas; certeza, nenhuma. Na Serra de Ibiapaba, em todo o caso. Os Padres, ao chegarem, prevendo a instabilidade e desassossêgo dos Índios, levavam ordens para não fazer logo residência definitiva. Tomariam os ares à terra e construiriam provisoriamente o que fôsse indispensável para a catequese, até ver.

A primeira recepção dos Índios foi boa. Aproveitando-a, construiram os Jesuítas igreja e iniciou-se a catequese, como sempre, misturando a doutrina com cantos.

Foi tal o concurso, que escreve Vieira, «viu-se bem com quanta razão dizia Nóbrega, o primeiro missionário do Brasil, que com mú-

---

1. Vieira, *Obras Várias*, II, 69.
2. António Bezerra, *Dúvidas históricas*, em *Rev. do Inst. do Ceará*, XI, 19.

sica e harmonia de vozes se atrevia a trazer a si todos os Gentios da América».

Fundou-se também escola. E dois anos depois eram já 2.500 almas. «Amam os Padres, dão-lhes todos os seus filhos para os ensinarem, como ensinam, a ler, escrever, cantar e a tôda a polícia que nêles cabe».

Todas as crianças se baptizaram. E também alguns adultos. A missão estava fundada [1].

4. — Mas se no Brasil houve gente instável e acessível a perpetuas flutuações foi a desta Serra. Logo começou uma série de altos e baixos, fervores e revoltas, suspeitas e temores, provocados sobretudo pelos índios pernambucanos, pelos Tapuias que ali estavam de envolta, e pelos pagés.

Um sucesso trágico pôs em risco a vida dos Padres. Duas tribus vizinhas à Fortaleza do Ceará, os *Guanacés* e *Jaguaranas*, aliados dos Portugueses, eram entre si rivais. Numa ocasião em que os Jaguaranas se encontravam ausentes a cortar pau *violete* para o Capitão, os Guanacés atacaram as aldeias dêles, roubando-as. Pediram auxílio os Jaguaranas. E o capitão enviou 24 soldados armados. Apresentaram-se também armados os Guanacés. Um soldado que não era branco, diz Vieira, aconselhou-os a entregarem as armas e a restituir o espólio roubado. Obedeceram. E os Jaguaranas, colhendo-os assim desarmados, caíram sôbre êles, não deixando nenhum Guanacé vivo, de quinhentos que eram. Êste facto alienou a simpatia de todos os índios Cearenses, que deixaram de crer na aliança e patrocínio dos Portugueses que não impediam tal sucesso. A efervescência crescia. O Capelão e o Almoxarife da Fortaleza viram-se impotentes para os

---

1. Vieira, *Obras Várias*, II, 72-73; *Cartas de Vieira*, I, 477-478; *Hist. Proprov. Maragn.*, 556; Bettendorff, *Crónica*, 95-96: «Contou-me o Padre Pedro de Pedrosa, missionário que tinha sido daquela Missão, desde os seus princípios até o fim dela, que ali fazia pouco fruto nos adultos que tinham estado com os Holandeses, e que uma só coisa lhe dava mais consolação, era ter baptizado *setecentas crianças* que Deus Nosso Senhor levou para si; e não é crivel quanto lá padeciam por falta de sustento, o qual comumente eram feijões que só se davam bem em aquelas terras e apertava tanto com êles a fome que mandavam aos rapazes da caça frechassem umas lagartixas verdezinhas algum tanto maiores para as comerem assadas, isto por serem a caça e o peixe nenhum, por ser muita a distância do mar àquêle sítio».

acalmar e escreveram a Ibiapaba que os Padres, que gozavam grande autoridade, viessem, fazer as pazes, se queriam que se conservasse a Fortaleza. Resolveram ir os Padres. Mas para não abandonar a missão, foi só António Ribeiro, que conhecia bem a língua. E em pouco tempo compôs as coisas e fez-se a paz [1].

Outro motivo de queixa. Os soldados tomavam as mulheres a seus maridos e dos maridos se serviam os capitães para os seus trabalhos. Resultado: Torpesas de uns, interesses de outros — e descontentamento dos índios. Pensou o P. Ribeiro em transferir os índios para Pernambuco e para esse efeito foi lá, sem o conseguir. Os de Ibiapaba, cuidando que êle fôra buscar soldados, inquietaram-se, pondo outra vez em risco a vida do P. Pedrosa. E, com isto, a fome; e, também, as ameaças e patranhas religiosas dos Índios hereges que as tinham bebido dos holandeses. Felizmente, o P. António Ribeiro voltou de Pernambuco. E como não trazia soldados, cairam por terra os castelos da sua suspeita, voltando a paz.

Mas por pouco tempo. A questão agora era de outro género. Dados os irreprimíveis vaivens e inquietações dos Índios e falta de segurança dos Missionários, considerou-se no Brasil menos oportuna a sua residência em Ibiapaba, parecendo estarem como fora da Missão do Maranhão sem poderem ser socorridos nem providos. Resolveu-se que voltassem [2].

Ordenou-se do Brasil que os dois missionários de Ibiapaba se retirassem para o Maranhão. Era dêste parecer o P. Francisco Gonçalves, que fôra Provincial e veio como Visitador do Maranhão, com autoridade portanto sôbre todos, incluindo Vieira. Mas êste era de opinião contrária e conseguiu interessar nela a Côrte.

A 17 de Outubro de 1658, escreveu a Rainha D. Luisa a André Vidal de Negreiros, insistindo na construção do forte do Rio da Cruz (Camocim), não só para impôr respeito aos índios como para pôr a coberto os Padres de Ibiapaba das suas investidas [3].

Entretanto, as ordens para a retirada dos Padres não chegaram a tempo ao seu destino por motivos alheios à vontade de uns e de outros. E quando chegaram, produziram efeito inesperado: a

---

1. Vieira, *Obras Várias*, II, 76; *Hist. Proprov. Maragn.*, 597-601; João Brígido, *Resumo Chronologico* (Paris 1887) 27.
2. Carta de 5 de Dezembro de 1657, *Bras.* 3(1), 312.
3. *Bras.* 9, 68v.

reacção dos Índios, que já não queriam agora que os Padres os deixassem, nem se dispuseram a acompanhá-los para o Maranhão como sugeriam as ordens do P. Visitador, dando aliás liberdade aos Índios de os seguirem ou não. Vieira refere vários ditos dos Índios, em contrário da mudança. Nisto porém cremos que o faz menos como historiador do que como advogado duma causa em que estava empenhado: a permanência dos Padres em Ibiapaba, obra sua. Afinal, não teve efeito a ordem de retirada, porque quási ao mesmo tempo, em 1658, chegava ao Maranhão D. Pedro de Melo, com ordem de Sua Majestade para que continuasse a missão e se defendesse; e ao mesmo tempo, veio a patente de Visitador e Superior de tôda a Missão para o P. Vieira, com o que ficou daí em diante a depender tudo dêle. Vieira transmitiu logo contra-ordem para Ibiapaba [1].

Os principais, contentes com a revira-volta, uns enviaram seus irmãos, outros os seus filhos a cumprimentar o novo Governador e o Visitador.

E, com êles, passante de 50 índios. O principal mais antigo da Serra enviou o seu próprio filho, D. Jorge da Silva, com a mesma incumbência, e com outra, a de passar ao Reino a beijar a mão a Sua Majestade em nome de todos.

A ida de Jorge da Silva ou Ticuna a Portugal foi nova fonte de inquietação para os Padres de Ibiapaba. Tendo anunciado Vieira que iria à Serra, e demorando-se mais do que pensava, por motivo de doença e de expediente das missões do Pará, propalou-se que os índios idos de Ibiapaba ao Maranhão estavam convertidos em escravos e que o Ticuna, em vez de o mandarem a Portugal, o tinham afogado no mar. Só acalmou a nova efervescência quando o próprio Padre Vieira se apresentou em Ibiapaba, levando consigo todos os índios e com êles Jorge Ticuna, já de volta de Portugal, onde fôra agasalhado na Côrte principescamente, pelo conde de Odemira, voltando ao Maranhão em Novembro de 1659, com alguns Padres da Companhia [2].

---

1. Vieira, *Obras Várias*, II, 92-93; *Cartas de Vieira*, I, 474, 483; André de Barros, *Vida de Vieira*, 256-258.

2. *Hist. Proprov. Maragn.*, 708; Vieira, *Obras Várias*, 94. Na Relação, chama-lhe Vieira, D. Jorge da Silva. Em carta a D. Afonso VI, em que o recomenda, chama-lhe Jorge Gomes Ticuna e acrescenta que era «filho do Principal Algodão sobre que V. M. mandou escrever repetidas vezes ao Governador André Vidal», *Cartas de Vieira*, III, 720. O *Algodão*, abandonando a sua Aldeia, do Rio Ceará,

5. — No dia 3 de Março de 1660[1], depois da expedição aos Nheengaíbas[2], com o P. Gonçalo de Veras, um irmão coadjutor, e com aquêles Índios, incluindo os pernambucanos, António Vieira pôs-se a caminho, por terra, tendo experimentado ir antes por mar. Levava consigo alguma tropa sob o comando de Jorge Correia da Silva, de Évora, que depois foi capitão-mor do Ceará[3].

A viagem pelos *Lençois* teve as mesmas moléstias que padeceram Pedro de Pedrosa e António Ribeiro. E mais uma, por ser no mês de Março, coração do inverno com alguns choviscos. A qualidade destas areias é tal, diz Vieira, «que cada gota de água que lhes cai, se converte em um momento em enxames de mosquitos importuníssimos, que se metem pelos olhos, pela bôca, pelos narizes, e pelos ouvidos, e não só picam, mas desatinam; e haver de marchar um homem molhado, a pé, e comido de mosquitos, e talvez morto de fome, e sem esperança de achar casa nem abrigo algum em que se enxugar ou descansar, e continuar assim as noites com os dias, é um género de trabalho que se lê facilmente no papel, mas que se passa e atura com grande dificuldade.

Vinha com o Padre António Vieira, além do irmão companheiro o Padre Gonçalo de Veras, um dos que novamente tinham chegado do Reino, e não sendo muito robusto de fôrças, vimos nêle com grande admiração e edificação nossa as fôrças e o desejo de padecer por Deus, porque tendo saído quatro meses antes do Colégio de Coimbra, levava todos êstes trabalhos com tanta constância, facilidade e alegria, como se nascera e se criara no rigor destas praias.

---

morava então na serra ou margens do Camocim e era um dos seus principais. Segundo a Consulta do Conselho Ultramarino, de 1 de Agosto de 1659, o principal Algodão, chamava-se Domingos Ticuna. Ao seu filho Jorge Tagaibuna, então em Lisboa e prestes a reembarcar para o Maranhão, manda o Conselho dar vários objectos e peças de oiro e prata pelos serviços prestados entre os quais, o de ter acompanhado André Vidal de Negreiros, do Maranhão a Pernambuco (Em Studart, *Documentos*, III, 222-224). Amostra, tudo isto, da dificuldade em identificar êstes índios: o mesmo ora se chama D. Jorge da Silva, ora Jorge Ticuna, ora Jorge Tagaibuna, sobrenome de outro índio alí residente, D. Simão, de que Jorge não era filho... E, para cúmulo de confusões, ia realmente como chefe da tropa, outro Jorge da Silva, êste português...

1. *Hist. Proprov. Maragn.*, 708.
2. Barros, *Vida de Vieira*, 297.
3. Studart, *Documentos*, IV, 119, 169. Isto também explica a segurança com que se apresentou o P. Vieira e a submissão, aliás transitória, dos Índios.

Mas é graça esta, própria dos filhos de Santo Inácio, que pôsto se não criam nisto, criam-se para isto. Acrescentou muito o trabalho e incomodidade do caminho, não quererem os Padres ficar nêle os dias maiores da Semana Santa; e assim se apressaram de maneira, que acabaram tôda esta viagem em vinte e um dias; que foi a maior brevidade, que até agora se tem visto; e como vinham a pé e descalços, muitos dias depois de chegarem lhes não sararam as chagas que traziam feitas nos pés; mas o tempo era de penitência, e de meditar nas de Cristo»[1].

Chegando na quarta-feira de trevas adiaram-se as festas de recepção para depois da Semana Santa. Colocou-se a Missão da Serra de Ibiapaba sob o patrocínio de S. Francisco Xavier. A sua imagem estava no altar mor, representando o santo como missionário a baptizar um índio. Vieira tratou de resolver os assuntos que alí o trouxeram. E de acôrdo com os principais, fazendo-se assento de tudo por escrito, resolveu:

Que os Índios inquietos de Pernambuco, acolhidos à Serra, se passariam ao Maranhão; e êle próprio os levou[2]; que os índios da Serra dispersos por 20 povoações, se tornariam a unir em uma só, grande, com igreja capaz para todos[3]; que se baptizariam os que ainda estavam por baptizar; que todos mandariam os filhos e filhas à doutrina e à escola, e que enfim guardariam a Lei de Deus e da Igreja.

Para velar pelo seu cumprimento, instituiu um executor eclesiástico, chamado *Braço dos Padres*. E como a maior dificuldade era ter uma só mulher, o P. Vieira não se retirou sem que os três principais, largando as concubinas, se recebessem com a «mulher que por direito era legítima». E as festas duraram «por doze dias e doze noites contínuas»[4]. Em 1 de Maio, Vieira já tinha concluido a visita à missão, mas ainda estava em Ibiapaba, donde data naquele dia uma carta ao Provincial do Brasil[5].

---

1. Vieira, *Obras Várias*, II, 95-96.
2. «Eu, diz Vieira, em 1678, fiz uma missão à Serra de Ibiapaba, donde trouxe todos os Índios Pernambucanos que se tinham metido com os holandeses», Vieira, *Obras Várias*, I, 214.
3. Os Índios, com os temores acima referidos, tinham-se repartido em 20 povoações diversas, para à chegada da expedição não serem apanhados juntos e poderem facilmente resistir.
4. Vieira, *Obras Várias*, II, 97-98; Barros, *Vida de Vieira*, 298-304; Bett., *Crónica*, 121-124.
5. *Cartas de Vieira*, III, 729.

A 29 de Junho de 1660, estava já no Maranhão[1] onde dificuldades mais graves iria em breve enfrentar. Levou consigo António Ribeiro, deixando em seu lugar o P. Gonçalo de Veras. Êste e o P. Pedrosa, apesar daquelas pazes e obediência, sentiram que por enquanto não havia que fiar naqueles Índios[2].

6. — Simão Tagaìbuna foi um dos que juraram vassalagem a El-Rei e prestaram obediência e acatamento às leis da Igreja. El-Rei ainda lhe escreveu, louvando-o e contando com êle para o cumpri-

---

1. Barros, *Vida de Vieira*, 308.
2. Dado o prestígio do P. Vieira, atribuem-lhe os Autores actos que não praticou. Por exemplo escreve Barba Alardo: «A leste (do Aquirás) em distância de sete léguas, fica a povoação do Cascavel, donde em 1660 o grande padre António Vieira tinha estabelecido nove ou dez missões de diversas nações até o Canindé, quási vinte léguas para oeste», *Memoria sobre a Capitania Independente do Ceará pelo Governador da mesma*, Luiz Barba Alardo de Meneses, na *Rev. do Inst. do Ceará*, XI, 44.

O P. Vieira nunca estêve em Cascavel. Poder-se-ia dizer o mesmo de Almofala, em época posterior. Por falta de notícias concretas sôbre a origem de certos monumentos ou terras, se faz provir dos Jesuítas essa origem, ora sem fundamento, ora com êle, estendendo porém às vezes êsse fundamento e obras que já ultrapassam o âmbito da sua actividade.

Ao passarmos em 1934 no Ceará, disseram-nos que havia uma igreja da Companhia, em Almofala, nas margens do Aracati-Mirim. Em nenhum catálogo, carta ou documento jesuítico, que pesquisamos com atenção, vimos referências a tal igreja.

Nos escritores cearenses achámos notícias diversas. Resuma-as a tôdas Gurgel de Alencar. Almofala, diz «foi outra Aldeia de Índios. A sua história começa em 1608, época em que os Jesuítas aldearam os selvagens nas praias Lençois. Ao lado de leste fica a igrejinha, bela arquitectura, que a Rainha D. Maria I de Portugal mandou edificar em 1702 para os Índios Tremembés: é diferente de tôdas as outras igrejas do Ceará, no gôsto e na construção: tem o cunho das obras dos Jesuítas» (Gurgel, *Dicionário*, 23).

Notícias inexactas como esta pululam em muitas histórias locais.

Os Jesuítas aldearam os Tremembés, não porém, em 1608, nos *Lençois* nem em parte alguma. Em 1702, ainda não existia D. Maria I, que é filha de D. José, e a igreja, é realmente diferente, pela fotografia que dela vimos, das obras dos Jesuítas. Mas, conjugando esta notícia com outra de Studart, temos a chave: Diz Studart que o P. José Borges de Novais, missionário dos Tremembés, começou os seus trabalhos em 1702 e edificou, em Aracati-Mirim, uma igreja, sob a invocação de Nossa Senhora da Conceição (Studart, *A geografia do Ceará*, na *Rev. do Inst. do Ceará*, XXXVII (1923) 308. Studart não pronuncia o nome de Almofala; mas foi êsse o que recebeu depois Aracati-Mirim. Não pertencendo à Companhia o P. José Borges de Novais, a origem daquela igreja não é jesuítica.

mento das cláusulas assentes com Vieira[1]. Em todo o caso, em breve desgostou os Padres, amancebando-se. Parece que os Padres, para contrabalançar o seu mau exemplo, começaram a apoiar-se noutros dois principais, o Algodão e André Coroati.

Nestas inconstâncias dos índios seria difícil deslindar o pensamento de cada qual, seguindo-lhes o fio certamente enredado. Falem os factos.

Do Maranhão foi alí uma tropa em 1660 enviada pelo Governador Rui Vaz de Siqueira. Não é líquido o fim com que foi. Várias versões: que foi chamado pelo P. Pedrosa para impor respeito aos Índios; outros, que foi por interesse seu, buscar âmbar, e também porque tinha empenho em que o Ceará ficasse na dependência do Estado do Maranhão e não na do Estado do Brasil. Simão Tagaìbuna recebeu-os em som de guerra e chegou a haver escaramuças. A igreja foi saqueada. A tropa retirou-se, para o Maranhão; e os Padres sentindo oposição nos Índios e que perigava ali a sua vida, retiraram-se também, acompanhando-os «André Coroati com 400 almas de que se formou uma aldeia» no Maranhão[2]. A êste chefe índio, André Coroati, escreveu a 17 de Março de 1663 o Governador do Brasil, incitando-o a êle e seus filhos e súbditos a que deixassem a gentilidade, e que todos observassem «bem o que o P. Pedro de Pedrosa ou seus companheiros lhe ensinarem porque só êles sabem mostrar bem o caminho da verdade e quem os não segue se perde»[3].

Os dois Padres, com a tropa, chegaram ao Maranhão pouco depois de 8 de Setembro de 1662[4].

O resultado de tudo isto foi prender-se Simão Tagaìbuna e mais dois índios principais, na Fortaleza; em seu logar e como chefe das Aldeias propôs-se ficasse João Algodão[5]. Mas, por motivo que para isso teve, o Capitão-mor soltou a D. Simão, mantendo presos os outros dois. Não se acalmando os ânimos, ordenou o Governador do

---

1. AHC., *Ceará*, I, n. 1; Studart, *Documentos*, III, 226.
2. Studart, *Rev. do Inst. do Ceará*, XXXVII, 21; *Documentos*, IV, 144-148.
3. Em Studart, *Documentos*, IV, 142.
4. Bett., *Crónica*, 196-197, que diz serem 300 os *Tobajaras* que os acompanhavam.
5. Cf. Provisão de 17 de Abril de 1662, do Governador do Brasil, Francisco Barreto, desautorizando o «injusto govêrno de Simão Tagaìbuna» e de outros principais, a quem manda prender ou desterrar; e que se reconheça como principal de tôdas as Aldeias a João Algodão, Studart, *Documentos*, IV, 135-138.

Brasil, Francisco Barreto, que se reduzisse D. Simão à boa paz e senão, se fôsse preciso, que se prendesse ou matasse, pois enganara cavilosamente ao P. Pedrosa — diz o mesmo Governador [1].

Com a retirada de Pedro de Pedrosa e Gonçalo de Veras fechou-se o primeiro e acidentado ciclo da Missão de Ibiapaba. O Ceará deixou de pertencer à esfera da Missão do Maranhão, passando à da Província do Brasil.

7. — Como se sabe nas fronteiras do Ceará acabou o século XVI. E o seguinte abriu com um sonho: a conquista do Maranhão. Efectuada a conquista, e estabelecido ali um govêrno geral, ficou o Ceará, como espaço neutro, indeciso se pertenceria ao Estado do Maranhão, se ao do Brasil.

Reflectiu-se esta posição geográfica no próprio regime interno das missões, procurando os seus missionários ligá-las ao núcleo donde procediam: ao Maranhão, se vinham do Maranhão; se do Brasil, ao Brasil. E isto não só quanto ao govêrno missionário mas até quanto ao govêrno civil e político.

Prevaleceu afinal, numa e noutra jurisdição, não sem debates e controvérsias, o partido do Brasil. Nestas condições, não seria fácil prover do Maranhão à segurança pessoal dos missionários, quando as perturbações e instabilidades dos Índios o exigissem. E pelas dificuldades das monções e do caminho terrestre, não era também fácil a comunicação ou era menos fácil que do Brasil; e assim, mesmo antes de estar resolvida juridicamente a questão civil, ao reatar-se a Missão do Ceará, no ano seguinte, foi com missionários idos do Brasil, e com a inovação de se desdobrar a sua actividade missionária entre a serra e a planície, nas Aldeias dos arredores da Fortaleza.

Hoje Ibiapaba faz parte integrante do Estado do Ceará. Contudo nem sempre o Ceará e a Ibiapaba seguiriam órbitas concêntricas. Já o Ceará pròpriamente dito pertencia ao *Estado* do Brasil e ainda Ibiapaba pertencia ao *Estado* do Maranhão. O pensamento de se fundar um Hospício no Ceará, Fortaleza ou perto dela, fez pensar também na conveniência de agregar ao Ceará definitivamente a Aldeia de Ibiapaba. O seu maior propugnador foi o P. João Guedes na sua ida

---

1. Cartas do Governador do Brasil, de 17 e 18 de Março de 1663, em Studart, *Documentos*, IV, 142-144; J. Catundá, *Estudos de Historia do Ceará*, (Ceará 1919) 69.

a Lisboa em 1720. Tinha contra si o Governador e os Padres do Maranhão, a cujos representantes na côrte êles enviavam as suas razões, outros-tantos obstáculos ao desejo do Padre Guedes. El-Rei era favorável, mas ainda não estava decidido [1].

Resolveu-se afinal, a 31 de Outubro de 1721 [2] com uma plataforma intermédia, porta aberta a intermináveis querelas e disputas: que ficasse a Aldeia de Ibiapaba a pertencer ao Estado do Brasil, por meio de Pernambuco, mas que o Governador do Maranhão pudesse requisitar Índios da Aldeia, quando os necessitasse nas guerras contra os Índios do corso [3].

Ora, enquanto prosseguiam êstes debates, e mesmo antes da sua solução, chegaram ao Ceará alguns missionários do Brasil. Diz a Ânua de 1664: «No ano passado mandaram-se dois Padres para a Fortaleza do Ceará, à custa da fazenda real, e chegaram ali com feliz viagem. Consta que ambos já trabalharam muito nessa vinha de Deus, não só a ensinar os Índios, mas também a ajudar os Portugueses do presídio da Fortaleza. Por carta de um dêstes Padres soubemos que, por sua intervenção se apaziguaram totalmente as discórdias dos Índios da Aldeia de Camocim, e que os Padres foram lá e edificaram igreja, ajudando nisso os próprios índios, e que os

---

1. Cartas do P. João Guedes, de 14 e 22 de Julho de 1721, *Bras. 4*, 212-214.
2. Cf. P. Vicente Martins, *O Hospício dos Jesuítas de Ibiapaba*, na *Rev. do Inst. do Ceará*, XLIII, 96.
3. Encontram-se, pelos Arquivos, Cartas e Provisões, de diversos tempos ao Governador do Maranhão, «sôbre os Índios da Serra de Ibiapaba que hão-de servir na guerra contra o gentio do corso», Bibl. de Évora, Cód. CXV/2-18, 431, 629, etc. Era uma fonte de atritos entre duas tendências opostas, a dos Missionários que os levava a poupar e defender os índios, e a dos Governadores que nem sempre guardavam a justa medida nas suas exigências, sobretudo quando eram inimigos dos Padres como sucedeu com Alexandre de Sousa Freire. De duas cartas do P. João Guedes ao Geral, de 20 e 30 de Setembro de 1726, se infere a que ponto chegou essa questão. O Governador exorbitava nos seus pedidos de índios, mais do que P. Superior Francisco de Lira queria ou podia enviar; e o Governador exigia nada menos que o Superior fôsse demitido (*Bras. 4*, 342-343v). J. Brígido dá a notícia de uma ordem do Conselho Ultramarino, que, ainda em 16 de Abril de 1739, facultava ao Governador do Maranhão, tirar 250 índios para a' guerra contra os Gùêgùês, *Resumo Chronologico*, 36. Não era só ao Governador do Maranhão que a Aldeia fornecia Índios. Cf. Carta do P. Rogério Canísio ao Capitão-mor e Governador do Ceará, Francisco de Miranda Henriques, enviando-lhe 30 índios, que lhe pedia. De Ibiapaba, 3 de Outubro de 1755, AHC, *Ceará*, Papeis Avulsos, III, 3 de Abril de 1757.

principais pediram humildemente perdão aos Padres, e que os fugitivos já tinham voltado à Aldeia e se tinham feito pazes com os Portugueses. Foi para admirar. Êstes bárbaros, infieis a Deus e aos Padres, sem temor das armas dos Portugueses, tinham expulsado os Padres da Aldeia, roubando tudo, incluindo o que pertencia à igreja e ao uso comum. Tão bárbaro atentado acarretou uma gravíssima dificuldade. O Governador Geral do Brasil tinha pronunciado contra êles as devidas penas e procuravam-se os rebeldes. Os criminosos, e em particular os principais, erravam pelos matos e montes. Quando souberam que os Padres tinham chegado à Aldeia abandonada e que com licença do Governador vinham fazer pazes entre Índios e Portugueses, desceram todos, trazendo o que ainda restava do roubo e se lançaram aos pés do Padre, confessando a sua culpa. O Padre, com espírito prudente e religioso fez quanto o negócio requeria, tanto nas coisas espirituais como nas temporais: reconciliou os inimigos, baptizou as crianças, e administrou os demais sacramentos a quem os pediu. Enfim fêz uma curta prática, anunciando que agora os ia deixar, mas que os Padres tornariam em breve. E retirou-se a ter com o seu companheiro, que ficara noutra Aldeia de Índios, a tratar dêles. Desta Aldeia escreveu estas informações » [1].

O Padre que fêz aquelas pazes foi Jacobo Cócleo: o seu companheiro, Pedro Francisco Cassali, e a Aldeia, onde ficara, Parangaba. Desta Aldeia cuidavam de Ibiapaba, aonde iam de vez em quando. Mas tudo isto era ainda precário. Dir-se-ia que os Índios fizeram as pazes só para obterem a soltura dos presos e o perdão de D. Simão, o que realmente fêz ou confirmou o Governador do Brasil [2].

Não tardou que os Índios, pouco a pouco, fugissem do Camocim para a Serra, sendo quási impossível assistir-lhes os Padres de Parangaba. Em breve na Serra, inquietaram-se de-novo, os Índios, dificultando-se tudo mais uma vez [3]. Até que em 1669 chegaram ordens do Brasil aos Padres Cócleo e Luiz Machado, já então seu companheiro em Parangaba, que se abstivessem de tratar com os

---

1. Carta do P. Francisco de Matos, da Baía, 25 de Junho de 1664, *Bras, 9*, 167v-168. Em 1665 diz-se que a residência de S. Francisco Xavier de Ibiapaba tinha passado a ser da Província do Brasil (*Bras. 26*, 13).

2. Cf. Carta do Vice-Rei, Conde de Óbidos, ao Capitão-mor da Fortaleza João de Melo de Gusmão, da Baía, 23 de Janeiro de 1664, em Studart, *Rev. do Inst. do Ceará*, L (1936) 187-188.

3. *Bras, 26*, 4.

Índios da Ibiapaba, em guerra com tribus vizinhas, e se dispusessem a voltar para Pernambuco [1].

Alguns Padres do Maranhão ofereceram-se, em 1670, para o Ceará, mas negaram-lhes a licença os Superiores, Jódoco Peres e Bettendorff, alegando a dificuldade de se visitarem e socorrerem, e porque seria como que sair da Missão e Estado, passando à Província e Estado do Brasil [2].

O P. Gonçalo de Veras, que chegara a Ibiapaba com o P. António Vieira, e alí ficou, tentou, mais tarde, estando no Brasil, restaurar a Missão, mas ao passar em Olinda, em 1686, êle e o seu companheiro, socorrendo os doentes da peste da bicha (febre amarela), sucumbiram no seu mister de caridade [3]. O P. Pedro de Pedrosa veterano da Missão de Ibiapaba, ao voltar de Portugal, em 1688 teve ânsias de retomar a missão.

Escreve o Governador do Brasil Câmara Coutinho que o Padre tinha ido «à Serra do Ceará a converter aquêle gentio chamado os *Tobajaras*, os quais vieram uns poucos com o seu governador ou principal perante mim, gente mui doméstica e de bom entendimento. Eu os vesti, dei terçados e patentes de governadores dos Índios em nome de El-Rei, e se baptizaram com grande devoção e fizeram juramento de obediência a Sua Majestade, e os persuadi que baixassem da Serra para virem morar junto à Paraíba, onde lhes escolhi sítio e lhes dei terras de que ficaram bem contentes. O dito P. Pedro de Pedrosa morreu como bom soldado nesta campanha» [4].

O P. Pedro de Pedrosa, missionário morto em campanha, como diz o Governador Geral do Brasil, teve um primo, que pediu ao Padre lhe «doasse» os seus serviços para com êles requerer mercês a El-Rei, para si. Cedeu-lhos o Padre de boa-mente. Lastimamos que outros missionários não possuíssem também primos para nos ficarem, como nêste caso, as suas fôlhas de serviços. A do P. Pedrosa é esta, de 1656 até 1689:

---

1. *Bras.* 3(2), 95.
2. Tinham-se oferecido o P. Antão Gonçalves, que juraria se fôsse preciso, para mais se vincular à missão, nunca mais ver colégio algum, e o P. João de Vilar, e o Ir. Geraldo Ribeiro. *Bras.* 26, 169, 170.
3. *Bras*, 3(2), 225, 268; Bibl. Vit. Em., *f. ges.* 3492/1363, n. 6.
4. Carta de Luiz Gonçalves da Câmara Coutinho a Roque Monteiro Paim, de 20 de Junho de 1691, na *Rev. do Inst. do Ceará*, XXXVI (1922) 213-214.

«Por certidões, que outrossim apresentou, consta que o dito Padre Pedro Pedrosa (que é filho de Pedro Álvares de Pedrosa, e natural de Coimbrão, têrmo de Leiria) serviu de Missionário e Visitador geral da Missão do Maranhão desde o ano de 656 até o de 684 e no discurso dêste tempo discorreu todos aquêles sertões e rios muitas vezes com grande trabalho e zêlo da salvação das almas, padecendo muitas fomes, sêdes e riscos de vida, assim das águas e navegações como do gentio bárbaro em seus caminhos que descobriu, sendo o primeiro português, que penetrou o Sertão dos Índios *Tacanhapes*, navegando o formidavel Rio dos Juruínas na capitania do Pará, em que gastou dois meses, sem dispêndio algum da fazenda real, entrando as Aldeias mais remotas daquela nação que praticou e induziu a se passarem pera o Pará, sendo causa das pazes que celebraram com os Tapuias *Juruínas*, as quais se conservaram até o presente, deixando na viagem descobertas grandes quantidades de cravo de que resultou conveniência para a fazenda real e moradores, havendo-se com o mesmo procedimento na jornada que fêz às Serras da Ibiapaba, sendo o primeiro que abriu caminho por terra para a comunicação do Estado do Maranhão com o Ceará, a cujo exemplo o fêz também o governador André Vidal de Negreiros, descendo o dito Padre a socorrê-lo e acompanhá-lo com os seus Índios e mantimentos até à mesma Capitania, instruindo e bautizando os Índios *Tobajaras* e por sua direcção juraram vassalagem a V. Majestade no ano de 660 nas mãos do Padre António Vieira: em 661 sucedendo levantar-se o principal D. Simão Taguaíbuna com outros Índios de sua nação contra Manuel Carvalho, que ia por Cabo da tropa, que se mandara às mesmas serras, os aquietára, frustando a invasão dos levantados, conduzindo pera o Maranhão ao principal André Coroataí com 400 almas de que se formou uma Aldeia, concorrendo também para que uma Aldeia de Índios retirados de Pernambuco se transferisse para a mesma Capitania, trabalhando sete anos nas missões da Serra e Ceará, conservando em paz a todos os Índios não só da língua geral mas ainda os Tapuias de Corso, em 675 ser o que empreendeu navegar em canoa a costa do Maranhão até o Ceará facilitando-a de sorte que está hoje corrente, indo dali à Baía donde enviou Missionários, descobrindo também o Rio Pará[1] que já hoje navegam os moradores, sendo encarregado pelos governadores de empresas de

---

1. Rio Pará — Rio Paraguaçú — Rio Parnaíba.

grande importância como foi as pazes que foi celebrar ao Rio Itapicuru com os *Araatis*, e ao depois com o gentio *Jurambambe*, descobrindo alguas drogas e ultimamente, sendo Visitador de toda a Missão na ocasião das leis que Vossa Majestade mandou passar a favor das Missões, as levou pessoalmente e fêz notórias aos Índios mais remontados, nos seus Sertões»[1].

---

1. «Francisco Cordeiro da Mota pede satisfação de seus serviços e dos de seo primo, o P. Pedro Pedrosa que lhe pertencem». Foi examinada a petição em Lisboa, a 18 de Março de 690: «Ao Conselho parece que em satisfação de todos estes serviços faça V. Mag. mercê ao supplicante do habito de Santiago ou Aviz com doze mil rs. de tença effectivos», Studart na *Rev. do Inst. do Ceará*, XXXVII, 20-22. O P. Pedrosa deve ter falecido nos primeiros meses de 1691. Bettendorff diz que «em viagem do mar» (*Crónica*, 454).

Mas a *Relação dos anos de 1690-1691*, narra a sua morte, sem especificar o dia, *quando ia a caminho do Ceará, Aldeia do Rio Grande do Norte*, com cujos moradores tinha trabalhado os últimos anos da vida, *Bras. 9, 373*.

CAPÍTULO III

Fase definitiva da Missão de Ibiapaba

1 — O P. Ascenso Gago e Manuel Pedroso; 2 — Origem da nação Tobajara; 3 — Aldeias descidas para o mar e costumes dos Índios; 4 — Pazes com os Reriíus e outros Tapuias e modo delas; 5 — Volta para a Serra e pazes com os Guanacés e Aconguaçus; 6 — Igrejas e catequese; 7 — A vida material da missão; 8 — Tropelias de João Velho do Vale; 9 — Utilidade nacional da missão e meios temporais para a sustentar.

1. — O Governador Geral do Brasil, Câmara Coutinho, não desistiu da emprêsa, com a morte do P. Pedrosa. Deu tôdas as ajudas e enviou «outro missionário também da Companhia chamado Manuel Pedroso, que verdadeiramente só êles têm préstimo para esta emprêsa»—declara êle. Ao P. Pedroso juntou-se Ascenso Gago. E apesar dos obstáculos que lhes opôs o Capitão-mor do Ceará, a tenacidade dos Padres sobrepôs-se às dificuldades e estabeleceu-se, enfim, em bases seguras, a Missão da Serra [1].

Consta tudo das Cartas Ânuas dêste período. Duas delas encerram tantos elementos históricos, e pela sua mesma minúcia dão tal ideia do ambiente não só catequético, mas civilizador, etnográfico e económico, que desistimos de as resumir, limitando-nos a anotá-las. Também, ao serem apresentadas ao Conselho Ultramarino, para

---

1. Cf. Carta de Câmara Coutinho, de 20 de Junho de 1691 na *Rev. do Inst. do Ceará*, XXXVI (1922) 213-214; Portarias para ajuda de custo, pólvora e balas ao P. Missionário que vai para o Ceará por terra, *ib.*, 209, 210, 222; Carta do Marquês de Montebelo de 25 de Março de 1691, ao Capitão-mor do Ceará: «tenho ordens especialíssimas de Sua Majestade em que me manda não admitir pretexto nem descuido de nenhum súbdito dêste govêrno no negócio e empresa das missões» (*Ib.*, 211); Studart, *Notas para a história do Ceará*, 144; Vaticano, *Relationes Episcopales (Olinda, D. Matias, 1693)* onde se alude à descida de 600 índios.

serem examinadas, se não resumiram nêle, como era de costume noutros casos. São do P. Ascenso Gago. Escreve êle de Pernambuco, a 10 de Outubro de 1695:

«*Carta Ânua do que se tem obrado na missão da Serra de Ibiapaba desde o ano de 93 até o presente de noventa e 5 para o Padre Alexandre de Gusmão da Companhia de JESUS Provincial da provincia do Brasil:*

«Depois da primeira carta, em que dei a Vossa Reverência conta do estado da missão da Serra de Ibiapaba, me não permitiu a distância remontada daquele Sertão fazer a Vossa Reverência segundo aviso. Mas, já que Deus foi servido chegasse eu com vida a êste Pernambuco (do que darei a Vossa Reverência conta em parágrafo àparte) não quis deixar de noticiar a Vossa Reverência o que desde então a esta parte foi Deus servido obrar por meio dêstes filhos de Vossa Reverência para maior glória do mesmo Senhor, a quem se deve tôda».

2. — «E, para melhor inteligência desta Relação, darei a Vossa Reverência primeiramente uma breve notícia desta nação, de sua origem e costumes, como também das outras duas nações de Tapuias que novamente se agregaram à missão para se fazerem ovelhas de Cristo; e começando pelos que habitam a Serra de Ibiapaba são Índios de língua geral, de nação *Tobajara* que vale o mesmo que em nosso idioma "senhores do rosto". A razão dêste nome é a singularidade com que entre todos os Tapuias, e a maior parte das nações ainda de língua geral conservam os rostos limpos de lavores artificiosamente perpétuos, como depois as outras nações cativam os seus rostos, e esta razão me deram os mesmos *Tobajaras*[1]. Procedem êstes da

---

1 Não passe despercebida esta interpretação, original e nova, dada pelos próprios Tobajaras. Outros interpretam Tobajaras «senhores da frente» (Cf. Teodoro Sampaio, *O Tupi na Geografia Nacional*, 3.ª ed. (Baía 1928) 311, 326); ou «senhores do rosto da terra, que entendem pelas terras marítimas de tôda a costa» (Loreto Couto, *Desagravos do Brasil e Glórias de Pernambuco*, em Anais da BNR, I, p. 34). Quando êste nome lhes era dado pelos Índios da Costa, os Potiguares, «comedores de camarão», significava rivalidade, a marinha e o sertão, na sua competição secular, anterior à conquista, e ainda hoje não totalmente suprimida. Outros escrevem Tabajaras e significaria «senhores das tabas ou Aldeias». Preferimos Tobajaras e uniformizamos a grafia. Os Tobajaras pertencem ao grupo Tupi-Guarani.

Baía, adonde os primeiros *Tobajaras* se começaram a propagar, e daí se estenderam pelo rio de S. Francisco arriba, tendo o domínio daquela fertilíssima ribeira até as Serras do Rariguaçu, que há poucos anos conquistaram os Paulistas.

Desta Serra do Rariguaçu se partiram quatro principais com as suas Aldeias, por diferenças que tiveram com outros principais mais poderosos da mesma nação, e atravessando os sertões do Rio S. Francisco e do Rio Ipiaugui, defendendo-se com suas armas das nações bárbaras que os habitam, vieram a parar em esta Serra de Ibiapaba, em a qual residem há mais de duzentos anos, segundo o cômputo que se pode fazer pelos principais que por direita sucessão há havido nesta Serra, e as idades de que morreram, segundo se acha em os anais de suas próprias memórias.

A Serra de Ibiapaba, em que residem, começa pela parte do norte do Rio Pará ou por outro nome Paranaíba pelo qual se distingue do grande Rio das Amazonas que também se chama Pará. E corre esta Serra para o Sudoeste setenta ou oitenta léguas pouco mais ou menos, porém com esta diferença que no princípio é moderadamente alta, no meio altíssima, e para o fim quanto pode divulgar a vista, baixa e pouco mais ou menos como qualquer outra serra ordinária. Terá de largura 12 ou 14 léguas; pela face que fica para o sertão é menos alta, porém pela que fica para a parte do mar terá em a parte mais alta daquela serra, mais de um quarto de légua de altura, a subida íngreme, e fragosa e apenas se achará caminho pelo qual com muito trabalho se poderá subir sem escadas de pau; de que em algumas partes do mesmo caminho usam pela dificuldade de subir de pedra a pedra. Remata-se o cume desta serra, por esta mesma parte, com uma parede de pedra talhada à maneira de fortaleza, em partes de dez, em partes de 20, e em partes de mais braças de altura.

Tem em cima grandes matas de arvoredo, quantidade de palmeiras, de cujos palmitos, e cocos, ainda que de casta miúda, se aproveita o gentio para o sustento, e nas palmeiras tirado o palmito se começam a meter uns bichos à maneira de carochas, os quais na corrução da palmeira geram outros bichos à maneira de varejas, e êstes crescem e engrossam até o tamanho de um dedo polegar.

É êste bicho sustento muito ordinário do gentio e eu o comi já, por necessidade, o qual (vencido o primeiro e natural asco e horror da natureza) é em si gordo e bastantemente gostoso.

É a Serra em esta parte mais alta, desabridamente fria e por esta razão pouco saùdável, principalmente às crianças que a cada passo morrem de inchação do estômago; porém para a parte do norte, adonde é moderadamente alta, e só dista do mar 12 léguas, são os ares temperados, saùdáveis, e a terra melhor ainda e mais fértil, quiçá procedido do mesmo temperamento do clima.

Naquela parte, em que acima disse era mais alta a Serra, estava aldeado êste gentio de língua geral chamado *Tobajara*, antes que o descêssemos para a costa do mar [1]. O qual, depois, que, por influências do Maranhão, também lançou fóra aos primeiros Padres, que lhe foram em missão haverá 30 anos, temendo ser castigado, se retirou para aquela parte em que é a Serra mais alta, adonde fiado, assim no difícil da subida, como no dilatado de suas brenhas, se deu por seguro de qualquer invasão.»

3. — «Desta paragem o descemos para o mar, adonde a sêca dêstes dous anos passados que lá foi extraordinariamente grande, nos não deixou planta alguma, e nos reduziu a extrema necessidade de fome, obrigando-nos esta a todos a sustentarmo-nos de várias imundícias, até que me resolvi a mandar o gentio todo para a Serra, a fazer lá plantas, antes que se acabassem as águas que na Serra nunca faltam nos tempos costumados. E assentamos não ser possível a situação das Aldeias na costa do mar, pois tanto à nossa custa o experimentamos. Determino situá-los naquela parte da mesma Serra que fica mais vizinha ao mar, e só dista dêle 12 léguas pouco mais ou menos. E é a que acima disse era temperada e fértil para o que levo já faculdade do Padre Visitador Mateus de Moura.

As Aldeias, que já tínhamos descido para a Costa, são a do Principal D. Jacobo de Sousa, e a do Principal D. Salvador Saraiva. O Principal D. Simão Taminhobá nunca quis descer, e suposto avisei a Vossa Reverência que com a vinda dos Paulistas se tinha resolvido a isso, com a ida dêstes se arrependeu logo. E foi o caso que, resolvendo-se o Mestre de Campo do Terço dos Paulistas, Matias Cardoso, a retirar-se para sua casa por lhe não darem as munições necessárias para a conquista do Rio Grande, acompanhado da sua tropa e armas, cortou pelos sertões desta Serra e atemorizado com a sua vinda D. Si-

---

1. 3.000 «Tubajaras» estavam prestes a descer, pelos anos de 1693-1694 como se noticia em *Bras. 9*, 397; Cf. *ib.*, 410v.

mão Taminhobá e os seus sequazes me mandou logo por embaixador um irmão seu, pedindo-me o defendesse dos Paulistas com promessa de que logo trataria de conduzir plantas para a costa do mar, para adonde desceria sem falta, depois que nela tivesse os mantimentos suficientes para o sustento. Respondi ao embaixador no princípio asperamente, estranhando-lhe a rebeldia com que antes se portaram e convencendo-os com o seu mesmo desengano que se não podiam conservar nem defender dos Paulistas, senão tendo Padres entre si; e humilhando-se êle, instando com rogos, e afirmando-me da parte do irmão não haveria falta em o que prometia, lhe respondi com razões mais brandas, prometendo defendê-los sem falta. E para ajustar melhor a condição, que se me propunha, me parti logo para a Aldeia de D. Simão. Ajuntou êle tôda a gente da Aldeia, e diante de todos assentou comigo que se os defendesse dos Paulistas, partidos êstes trataria logo de plantar em a Costa do mar, ao que tudo faltou, tanto que os Paulistas se foram. Não obstante dizerem-lhe assim o Mestre de Campo, como o Capitão João Freire Farto, que a razão única porque os não levavam em aquela ocasião era a intercessão dos Padres e outras muitas razões que os puderam obrigar à descida, as quais por brevidade deixo. E ultimamente me disse o Mestre de Campo, Matias Cardoso de Almeida, que a todo o tempo que não quisessem descer e ser cristãos lhe fizesse aviso porque com a sua tropa viria logo a descê-los e aldeá-los por julgar fazia nisso serviço a Deus e a El-Rei, e isto mesmo repetiu em a língua brasílica diante de todos os Principais da Serra.

É esta nação *Tobajara*, entre tôdas as do Brasil, a de melhor juizo. Não resolvem coisa alguma de importância sem consulta e para isso costumam ter em o meio da Aldeia uma casa de *Palramento*, aberta por tôdas as partes, para que todos os que quiserem possam ouvir o que nela se determina. Havendo-se de consultar alguma coisa, manda o Principal armar em a dita casa uma rede lavada, em que se deita e o mesmo fazem os fidalgos da Aldeia, e todos os velhos que são chamados a conselho. Propõe o Principal, ouve os pareceres dos mais, propõem-se as dificuldades, resolvem-se as dúvidas e depois de altercado o ponto, determina o Principal o que se ha de fazer. São eloqüentes nos seus arrazoados, propõem qualquer negócio com boas razões e polideza de palavras. Porém quási tudo para sómente em as mesmas palavras, porque finalmente são Índios como os mais. Têm natural apetite a honras e postos; e assim entre êles se estima sumamente um bastão ou uma carta de um governador, e a guardam com todo o cuidado, fazendo-a ler a qualquer homem branco que vai a sua Aldeia; e quando êste falta, ao menos uma vez cada ano a trazem aos Padres para que lha leiam e ficam muito vãos e satisfeitos, de a ouvir procurando fazer o que nela se lhes ordena.

São supersticiosíssimos e crêem cegamente as mentiras dos seus pagés ou adivinhos; porém nesta parte vivem já muito emendados com a ajuda divina os que connosco assistem, porque muitas vezes os temos convencido com razões evidentes, mostrando-lhe as falsidades e embustes dos seus pagés, curando e dando sãos, por permissão divina, a muitos enfermos que os pagés nunca puderam sarar. Também no beber são muito desordenados; havendo mantimentos na Aldeia são as bebedices contínuas e apenas se achará legume ou fruta de que não façam vinho.

Tanto que os meninos têm sete para oito anos, os fazem professar esta arte; para o que se fazem na Aldeia grandes vinhaças e o primeiro a quem embebedam é o menino, fazendo-o beber à força, até que caia, e ao depois bebe tôda a Aldeia fazendo grandes festas de músicas e danças ao som das suas frautas e tambores.

É muito dificultoso o tirar-lhes estas bebedices, e nêstes princípios convém permitir-lho porém ao menos temos acabado com êles não haja brigas nem feridas, e o não beberem sem pedir licença e até o presente o têm observado exactamente. No particular dos seus casamentos são depravadíssimos. Entregam as filhas de 9 e de dez anos de idade a título de multiplicação; e êles as repudiam tôdas as vezes que querem, recebendo outras em seu lugar. Há entre êles homens que têm tido 40 e 50 mulheres e tôdas têm repudiado. Só estimam e conservam as que são trabalhadeiras e destas têm tantas quantas podem sustentar. Aos que connosco assistem temos tirado êstes bárbaros costumes. Não entregam já as filhas, porque prometemos casá-las, em sendo cristãs, para que os maridos as não repudiem, e também quanto às muitas mulheres, os temos persuadido com boas razões a que não tenham mais que uma, e a um dêstes mais pertinaz em querer conservar duas que tinha, o castigou Deus, matando-lhe a segunda e assim se ficou com uma sòmente. Só um principal conserva ainda duas que tem, ambas irmãs, com o qual dissimulamos ainda, por justas causas, porém já tem prometido largar da segunda, tanto que a primeira se bautizar e casar com ele *in facie Ecclesiae*. Até aqui o gentio de língua geral chamado *Tobajara*.

4. — «Já fiz aviso a Vossa Reverencia como tínhamos agregado também à missão a nação do Tapuia *Reriíu*. Habita esta nação outra Serra de penedia alta e fragosa, que dista da Serra de Ibiapaba 8 léguas, porém pequena em comparação dela, porque terá de comprimento 6 léguas sómente. É esta nação gente de corso. Ha entre eles 4 principais pelos quais estão repartidos os vassalos, a saber: o Principal *Timucu*, o Principal *Coió*, o Principal *Arapá*, e o Principal *Guarará*. Descem a fazer suas correrias pelos campos à caça e ao mel, e se tornam a recolher à sua serra. Não comem carne humana, bebem pouco, casam as filhas depois de quinze anos de idade, costume geral do Tapuia desta costa, não teem mais que uma mulher, a qual costumam também repudiar alguma vez, principalmente, se é preguiçosa. É nação belicosa e muito valente. Tem por timbre morrer antes que perder batalha ou dar as costas ao inimigo. Cada um dêles tem tantos nomes quantos são os inimigos que tem morto. E assim aquêle é tido por mais valente que tem mais comprida ladainha de nomes. Achei-os quando fui a primeira vez para a Serra, postos em guerra com todas as nações circumvizinhas, a saber: com os *Tobajaras*, com o Tapuia *Guanacé* e com os *Aconguaçus*.

É esta nação dos *Aconguaçus* também gentio de corso. Habita aquela ponta da Serra de Ibiapaba, que fica mais vizinha ao mar. Nos costumes não difere muito do Tapuia *Reriiú*. Não comem carne humana, mas os ossos dos seus defuntos os desenterram ao cabo de 6 meses e moidos e desfeitos os comem com mel de abelhas, em sinal de amor que lhes têm. Costumam prantear os seus defuntos um ano inteiro; e os viuvos se não tornam a casar senão depois de ano. É também gentio guerreiro e com singularidade destro na frecha, com a qual não perde tiro; e se alguma vez viram as costas ao inimigo, correndo disparam a seta e empregam o tiro. Achei a esta nação tabém em guerra viva com os Índios de língua geral, e com os Tapuias chamados *Reriíus*. E como estas duas nações de Tapuias uma por uma parte, e outra pela outra, nos ficassem dominando o caminho por onde havíamos necessariamente de conduzir plantas para a costa do mar, adonde havia de aldear o gentio de língua geral (segundo a ordem que trouxe), procurei em primeiro lugar pacificá-los; e sendo esta uma das primeiras dificuldades, não era a menor, nem a menos arriscada, porque como estivessem todos em guerra e inimizade não me foi possivel achar quem de minha parte quisesse ir falar com êles às suas terras.

Pelo que me resolvi a fazê-lo eu por mim mesmo; e se bem pudera ter escarmentado em cabeça alheia, pois em semelhante caso, e nesta mesma missão mataram os Tapuias chamados *Caìcaís* ao Padre Pedro Pinto, haverá 40 anos, ao mesmo tempo que o Padre os estava pacificando[1], contudo parecendo-me ser a causa de Deus, por cujo amor trazemos a vida arriscada todos os que andamos em missões por êste Sertão encomendando o sucesso à *Virgem Senhora Nossa da Assunção*, a quem prometi dedicar a Igreja desta missão, e informado de que êste tapuia entendia suficientemente a língua geral dos índios, busquei traça para ter quem me guiasse, porque eu não sabia o caminho para a sua Serra. Era-me necessário nêste mesmo tempo ir ver em a costa do mar terras capazes para aldear o gentio de língua geral. Tomei para me acompanharem ao mar 15 índios, e como necessariamente havíamos de passar junto à Serra do Tapuia, ficava-me esperança de poder encontrar com êle no caminho. Porém sucedeu ao contrário; porque chegamos junto à dita Serra sem encontrar com o Tapuia. Preguntei aos Índios que meio poderia eu ter para falar com o Tapuia, pois êles me não queriam levar à sua Serra. Responderam que em se pondo fogo aos campos infalivelmente mandaria o Tapuia sentinelas a descobrir o que passava. Porém requereram-me com grande instância o não fizesse, porque infalivelmente pereceríamos todos às mãos do Tapuia, pois não trazíamos poder com que nos defendêssemos. Respondi-lhes que eu era sacerdote de Deus, a quem nada é impossível, e que andava em serviço do mesmo Senhor, que êle me defenderia se fôsse servido, e quando não, que folgaria muito morrer em seu serviço; que eu havia de pôr fogo aos campos e se êles se não achavam com ânimo de acompanhar que se podiam ir embora, porque eu se escapasse com vida já saberia voltar para casa. Pus fogo ao campo, e como estava a erva sêca, em breve tempo levantou mui grande labareda e fumaça. Amanheceu o dia seguinte e resolveram-se os Índios da minha companhia a emboscar-se ao largo, para com mais segurança sua verem o que passava; e em caso que me

---

1. Confusão de nomes entre dois factos diferentes; a morte dos Padres Francisco Pìnto, sucedida em Ibiapaba em 1608, e a do Padre Francisco Pires e dois companheiros no Rio Itapicuru, locais ambos da Missão do Maranhão. Êstes últimos foram mortos em 1649, e realmente pelos Caìcaís. Cf. Carta de Bettendorff, de 15 de Janeiro de 1671, *Bras.* 9, 301-301v; Cf. infra, *Rio Itapicuru*, Livro II, Cap. IV, § 1.

não matassem os Tapuias me poderem tornar a fazer companhia; nesta conformidade se apartaram e eu me fiquei encomendando-me à Soberana Virgem da Assunção, não sem receio do que me poderia suceder.

Pouco havia que os de minha companhia se tinham apartado, quando vi dois Tapuias que vinham para donde eu estava, agigantados no corpo (como o são quasi todos) com seus arcos e frechas nas mãos, e cada um dêles com seu *ijocú*, ou pau de matar pendente do ombro direito. Adiantei-me a saùdá-los em língua Tobaiara ao que êles responderam no mesmo idioma, mal e barbaramente pronunciado. Pedi-lhes se quisessem sentar; e fazendo-o êles, lhes preguntei de que nação eram. Ao que êles responderem que *Reriíus*, e que estavam em guerra com tôdas as nações circumvizinhas, e com mais empenho com o Tapuia *Guanacé*, por haver morto aos *Reriíus* um principal chamado *Guati* e um soldado mais, ambos à treição e por engano; e que os mais principais dos *Reriíus* eram partidos para a costa do mar às frecheiras, a tirar frechas para se prepararem para a guerra, que determinavam fazer ao inimigo tanto que entrassem as primeiras águas daquele ano. Era o que me dizia isto um Principal dos *Reriíus* o qual (como acima disse) se chamava *Arapá*. Respondi-lhe que sendo êles tão valentes (como todos confessavam) me maravilhava muito que as outras nações se atrevessem a provocá-los, porém que em lhe matarem o Principal à treição mostravam serem cobardes e que se não atreviam a pelejar com os *Reriíus*, cara a cara. Louvei-lhe a resolução de quererem ir buscar ao inimigo em suas próprias casas, e que nisso mostravam serem valentes e destemidos. Respondeu-me que já se tinham vingado do *Guanacé*, porque também lhe haviam morto outro principal e dois soldados mais, porém que se não davam por satisfeitos, se os não matassem a todos, e lhes cativassem as mulheres e filhos. Falei-lhes à vontade e lisongeei-os em quanto pude, porque assim me convinha a mim e ao meu intento.

E tanto que vi davam gratos ouvidos ao que lhe dizia, lhe comecei a louvar a paz e encarecer-lhe as conveniências dela, que tendo paz com as mais nações livres e sem sobresaltos fariam suas correrias pelos campos e matos, buscando o sustento para suas mulheres e filhos, e assim se criavam êstes para sucessores de seus pais, livres de os contrários por algum sucesso adverso os cativarem, que eu era sacerdote do Grande Deus, Senhor de tôdas as coisas, e por sua vontade viera àquelas terras a pôr em paz a tôdas as nações daquela costa;

e trazer-lhes outro modo de vida diferente da de seus avós, com o qual viveriam quietos e sossegados e os faria também amigos dos Brancos, dos quais poderiam haver machados para tirar mel, e me obrigava a falar às mais nações para que quisessem aceitar a paz. Ao que me respondeu o Principal: que de muito boa vontade faria o que eu lhe dizia, pois era tão grande Pagé, porém que suposto as outras nações lhe tinham dado causa para a guerra, também fôssem os primeiros em lhe pedir a paz, e nesta conformidade a não negariam a alguém. Prometi-lhe procurar que as mais nações o fizessem assim. Preguntei-lhe se de boa vontade faria pazes com o gentio *Tobajara* de língua geral. Respondeu que sim e que dêles não havia recebido tanto agravo como dos outros Tapuias, pelo que, se trazia eu alguns em minha companhia (pois não era possivel andar só e sem guia por aquele sertão) que bem os podia chamar, porque logo faria pazes com êles. Parti-me logo a chamar os índios que estavam emboscados, um dos quais era o Principal D. Jacobo de Sousa, e contando-lhe o que havia passado se veio com os mais em minha companhia, não sem receio de alguma treição, ou emboscada oculta do Tapuia. Chegaram à fala, fizeram seus arrezoados de parte a parte, alegando a fidelidade e paz que seus avós e antepassados mutuamente observaram sempre, até que chegaram a dar a mão um ao outro, repetindo três vezes em alta voz esta palavra *guiaâa!* que quer dizer paz, reservando as mais solenidades dêste acto, para quando uns e outros se achassem juntos, como ao depois fizeram. Parti para o mar, e o principal Tapuia mandou logo o soldado, que consigo trouxe, a avisar aos mais principais da sua nação que (como já disse) eram partidos para a mesma parte, para adonde íamos, a tirar frechas; e aqui se vê bem que foi permissão divina o fazermos as pazes com o Tapuia nêste lugar, porque se as não fizéramos, em a costa do mar havíamos de cair nas mãos do Tapuia estando êle lá com o poder junto, porque eram os que ali estavam três principais com as suas tropas de gente armada. Partiu o mensageiro adiante a dar o aviso, e nós fomos seguindo a nossa marcha com os vagares, de quem pelo mesmo caminho vai buscando o sustento.

 Caminhamos 4 dias pela beira do rio Guacaracu abaixo, e ao cabo dêles encontramos 8 Tapuias que da parte de seus principais vinham ao nosso caminho com refrêsco de peixe, assado em *mocaem*, e cabaços de mel de abelhas; estimei muito o presente pela necessidade em que então me achava. E, repartindo com os mensageiros alguns velórios e facas, soube dêles juntamente o quanto tinham festejado as boas novas da paz, que ainda entre bárbaros vingativos nenhuma cousa se estima mais que o sossêgo e quietação. Chegamos finalmente adonde estavam os seus principais, os quais nos receberam com alegria. Assentei com êles a paz que desejava, pratiquei-os sôbre o haverem de receber a nossa Santa Fé, ao que tudo deram gratos ouvidos, prometendo-me fazer tudo o que lhes eu dizia.

Cheguei ao mar. Vi as terras para situação das Aldeias, as conveniências e comodidades, e tudo me pareceu suficiente, e verdadeiramente, para a dita situação só lhe faltava a segurança da chuva aos tempos costumados. Porém esta é a que os mais dos anos falta nesta costa em tudo o que não são Serras, e esta falta nos fêz trabalhar e cansar debalde nêstes dois anos passados»[1].

5. — «Voltei para a Serra de Ibiapaba, e tanto que cheguei tratei logo de estabelecer a paz entre a nação sobredita e o Tapuia *Guanacé*, o que me não custou muito, por haver já o Padre Manuel Pedroso praticado esta nação o ano antecedente, antes de me mandarem os Superiores para esta missão e haver descido o dito Padre 50 casais de *Guanacés* para o Ceará. Com que feita a paz entre os Índios de língua geral, o Tapuia *Reriíu* e o Tapuia *Guanacé*, só me restava fazê-la entre estas nações e o Tapuia *Aconguaçu* que fica mais vizinho ao mar. Mandei-o chamar, por via do Tapuia *Tremembé*, com quem tinham pazes, mandei-lhe por várias vezes papéis escritos, e algum fumo ou tabaco em sinal de paz, porém nunca quiseram chegar a falar comigo, dizendo aos mensageiros que não queriam pazes enquanto se não vingassem dos *Tobajaras* e *Reriíus*. Nêste meio tempo, partí para o Ceará a buscar ao Padre Manuel Pedroso, e quarenta casais de *Tobajaras*, que para ali havíamos já descido; e os deixei

---

1. Para deslindar uma questão de terras Ascenso Gago explica "em como no poço de *Ygapara* no *Rio Camusy* situaram primeiro o seu gado e bestas de cuja situação lhe veio a ficar a tal passagem o nome de *Curralinho*; em como depoys de ano e meio pouco mays ou menos mudarão o mesmo gado e bestas do dito poço de Igapara para a passagem chamada *Guyraquatiara*", onde «levantarão casa e currais». Vicente Martins, *O Hospício dos Jesuítas de Ibiapaba*, na Rev. do *Inst. do Ceará*, XLII (1928) 165. Vicente Martins transcreve os autos da questão e comenta-os: «Yapara foi o primeiro núcleo de civilização da Ribeira do Coreaú» "tambem denominado Camussy", *ib.* 156.

com o dito Padre em a costa do mar para dar ordem aos Índios a plantar enquanto eu da Serra os fazia conduzir as plantas para baixo. E nêste lugar haverá 11 meses que o dito Padre Manuel Pedroso conseguiu falar com o Tapuia *Aconguaçu*, depois de várias diligências e incríveis sustos, que a cada passo davam, assim a nós como aos *Tobajaras* que conduziam as plantas para o mar. Porque umas vezes nos deixavam rumas de lenha como para queimar os inimigos mortos, segundo o seu costume; outras vezes peles de animais passados com setas, e outras vezes as mesmas setas fincadas no caminho e delas pendentes penachos vermelhos, sinais todos de guerra, de ódio, de inimizade e de vingança.

Praticou-os o Padre finalmente. Propôs-lhes os discómodos da guerra, e as conveniências temporais que se seguiam da paz, a qual, ainda que com bastante repugnância ao princípio, aceitaram finalmente; e como se não achassem em aquela ocasião muitos índios em a costa do mar, para a celebridade daquele acto, me fêz o Padre aviso à Serra de Ibiapaba de donde parti logo para o mar com tôda a gente. Veio o Padre em companhia do dito Tapuia a encontrar-nos, e fêz-me aviso por um próprio do lugar, aonde nos havíamos de ajuntar todos para a celebridade das pazes. Tanto que nos avistamos em o dito lugar, assim os Índios como os Tapuias, se vestiram de variedade de penas, puseram seus penachos do mesmo em as cabeças, como quando se costumam dar batalha. Logo se formou o Tapuia em meio de uma grande campina, o que tambem fizeram os índios, repartindo-se em dois batalhões, todos com suas armas nas mãos; e logo, ao som de várias buzinas, bater de pés, gritos e assobios, investiram para adonde estava o Tapuia, o qual o recebeu da mesma maneira, representando todos uma horrível batalha. Uns punham as setas no arco, outros empunhavam o pau de matar, ameaçando as cabeças dos contrários, mostrando que os não temiam, alegando as vitórias que uns dos outros haviam alcançado, e protestando a vozes que não faziam pazes por medo, que tivessem aos contrários, senão pelo bem comum que a todos resultava da mesma paz, como os Padres lhes haviam dito. E feita esta cerimónia repetiram três vezes em voz alta esta palavra *guiaâa!* que quer dizer paz. Logo se apartaram os *Tobajaras* todos para uma parte e os Tapuias para a outra e de dois em dois a saber: um Tapuia e um Tobajara correram parelhas, porque se prezam muito de correr bem, dando todos os mais em altas vozes os vivas ao vencedor, até que acabaram de correr todos. Logo uns e outros em um corpo formaram uma vistosa dança ao som dos seus maracás e várias cantigas a seu modo, em que se gastou parte grande do dia. E ao depois, divididos em várias danças e folias, gastaram tôda a noite até amanhecer, gastando mais a maior parte dos dois dias seguintes em as mesmas folias, ao cabo dos quais se apartaram cada qual para as suas terras.

E por êste mesmo modo se celebraram ao depois as pazes entre o Tapuia *Aconguaçu* e o Tapuia *Reriíus* que estavam em guerra, como acima fica dito. E êste é o modo com que o gentio destas Serras celebra as suas pazes».

6. — « Assim na Serra como na costa do mar, fizemos em chegando, logo igrejas não grandes, por não haver ainda modo para isso, porém quanto fôsse suficiente para doutrinar e ensinar aos de língua geral, e acodem todos com alegria à doutrina. Aos Domingos e dias Santos se lhes diz missa, acudindo também todos a ouví-la, os já Baptizados da parte de dentro da Igreja, e os Catecúmenos da parte de fora em o terreiro dela. E depois da missa se lhes faz sua prática, sôbre algum dos mistérios da fé e os exortamos a viver conforme os costumes dos cristãos. Os bautizados até ao presente passam de 400. Os casamentos na lei da graça são 32. Todos pedem com grande instância o bautismo assim para si como para seus filhos; e os mais dêles estiveram já bautizados se de todos êles tivéramos certeza moral de que não desampararam a fé, passando-se à parcialidade do Principal D. Simão Taminhobá, porém esperamos na misericordia divina, que tudo se conseguirá muito cedo, porque para êste principal veio na frota dêste ano uma carta de El-Rei Nosso Senhor, para que queira ser cristão e aldear adonde os Padres lhe dissessem ao que tenho por coisa certa dará inteiro cumprimento, pelo desejo que êle tinha de uma carta de El-Rei, em que se lhe ordenasse isto mesmo, e muito mais agora que os havemos de aldear em a sua mesma Serra, que é o que êles mais desejavam.

Já tem o Céu recebido as primícias desta nova cristandade, em 41 inocentes que são mortos depois de recebida a água do bautismo e muitos dêstes foram bautizados *in extremis*. Como também 26 adultos que morreram bautizados e, quanto podemos colegir, bem dispostos. Um dêles foi uma índia velha bautizada e casada antigamente, pelos primeiros Padres que vieram a esta missão, a qual havia perto de 40 anos que, deixado o marido, vivia amancebada com outro, do qual tinha já filhos e netos. Adoeceu esta índia de uma tísica ou ética, da qual estava havia um ano em uma rede, sem se poder bulir por si, posta já no arcabouço sem outra figura que a da mesma morte. Tive notícias do estado em que estava, visitei, amoestei-a a que se confessasse e tratasse de salvar a sua alma, pois da vida podia já ter nenhumas esperanças. Instruí-a e dispu-la o melhor que foi possível para ao outro dia a ouvir de confissão, e ainda que estava muito esquecida da doutrina cristã, e modo de confessar-se, todavia ajudada e instruida se confessou o melhor que poude, lançou fora de casa o antigo tropeço e naquela mesma tarde do dia em que a confessei, expirou, deixando-me mui consolado por êstes sinais de sua predestinação. A outra índia muito velha sucedeu quási o mesmo, a qual tolhendo-se-lhe a fala (creio que causado da mesma velhice) esteve 8 dias sem falar, nem dar assenso do que se lhe dizia: ao cabo dêstes dias tive notícia do estado em que estava: fui-me à sua casa que ficava em uma lavoura longe da Aldeia, gastei quási todo o dia em diligências para a poder absolver, mas nem mostras dava de ouvir o que lhe dizia até que já sôbre a tarde foi Deus servido soltar-lhe a língua. Confessou-se, e pouco depois de absolta, se partiu desta vida para a Eterna, como se pode piamente crer. Outro índio, mancebo e robusto, adoeceu de sezões ou maleitas, as quais não obedecendo a remédio algum dos que naquêle Sertão se lhe podiam aplicar, veio a definhar-se tanto que parecia o retrato da morte. Em todo o tempo da doença o catequizei e instruí, exortando-o a que se bautizasse, porém nunca o quis fazer, dizendo-me que os doentes que se baptizavam logo morriam; fundava-se em que as crianças que bautizávamos *in extremis* não escapavam com vida nem se satisfazia de rezão alguma das muitas que sôbre esta sua mal fundada rezão lhe dava. Até que a véspera do dia, em que morreu, me mandou chamar, pedindo-me o quisesse bautizar, dizendo-me que em aquela mesma noite, estando dormindo, lhe apareceu em sonhos uma mulher branca, muito fermosa, a qual com o rosto enfadado o repreendera asperamente, de se não haver bautizado. Recebeu a água do bautismo e no dia seguinte morreu logo, assistindo-lhe eu e ajudando-o naquela hora, repetindo êle sempre os nomes Santíssimos de JESUS e MARIA, como lhe eu dizia.

Aos Tapuias assim *Reriíus* como *Aconguaçus* não pudemos até agora assistir-lhes com o pasto da doutrina continuamente, por nos ficarem distantes da donde ordinariamente assistimos que são as Aldeias dos *Tobajaras*. Sòmente os visitamos de tempos em tempos e nestas visitas lhe temos bautizado também algumas crianças em extrema necessidade».

7. — «Pedem-me com instância os aldeie junto aos de língua geral para poderem mais comodamente aprender a doutrina e serem cristãos e sendo isto o que mais desejo, o não pude fazer até agora por falta de ferramentas para êles roçarem e plantarem, porque as que trouxe haverá três anos sôbre serem poucas, gastaram-se com o uso contínuo de todo êste tempo. É triste coisa querer e não poder. É certo que enquanto êles não viverem de suas lavouras (como os índios de língua geral) nem será possível aldearem-se, nem nós doutriná-los, porque necessariamente hão-de fazer correrias pelos campos, buscando sustento quotidiano, mas é também certo que eu os não posso remediar da ferramenta que para isso é necessária por não haver naquela missão efeitos alguns de que nos possamos valer, sobre o estar longe de povoado. Deus Nosso Senhor os queira remediar com a sua providência infinita e a nós dar-nos esfôrço para suportar os agros que por lá se padecem sem remédio.

O negócio principal que me trouxe a Pernambuco foi, que, como por carta sua tem ordenado a piedosa liberalidade de El-Rei Nosso Senhor a êste govêrno que dos sobejos da Câmara se socorra a esta missão, vim ver se se me dava alguma esmola para com ela comprar em o Ceará 20 ou 30 novilhas para levar para a missão porque multiplicando estas em aqueles campos que são novos poderiam os Religiosos, que ali assistirem, sustentar-se da carne, e os couros, que se podiam conduzir ao Ceará, se venderiam para se remediarem das ferramentas necessárias para os índios e das mais coisas que são comumente necessárias aos Padres, e assim escusávamos andar sempre importunando a fazenda real ou seus ministros, e êste é o meio único que tenho achado para se poderem sustentar e conservar Padres em aquela missão. Nada disto teve efeito, porque, como pela mesma carta de El-Rei, a qùantia, que se der, há-de ser arbitrada pelo governador e Bispo de Pernambuco, e o Bispo é morto, não pode o governador Caetano de Melo fazer coisa alguma. Determinava mais pelo mesmo caminho remediar-me de algumas ferramentas, mas nem destas iria provido se o zêlo do Padre Diogo Machado não achara caminho para por outro modo me remediar, que foi levar-me de porta em porta pelas casas de alguns amigos seus, pedindo uma esmola de ferramentas para a missão. Cada qual deu o que pôde. A todos se aventajou o capitão António

Fernandes Matos o qual deu 12 machados, 12 foices de roçar e 12 cavadores com que já de ferramentas vou remediado para êste ano. Para o outro não sei o que será. De outras miudezas necessárias [assim para] nosso uso, como para contentar os principais dos Tapuias que temos agregado à missão, vou totalmente desprovido.

Por carta de El-Rei Nosso Senhor, soube que mandara entregar ao Padre Baltesar Duarte cem mil réis de que o mesmo Senhor fêz mercê a esta missão para os ornamentos das Igrejas. Porem cá não apareceram mais que dois frontais de felipixim de lã e duas casulas do mesmo, sem roupa branca alguma, para os altares, nem missais, nem cálices, nem carta alguma do Padre, mais que o título que trazia o embrulho, o que me faz presumir que o demais embarcaria o Padre em alguma das embarcações que se perderam ou roubaram. Sôbre isso escrevo aos Padres Baltesar Duarte e Paulo Carneiro, mandando o rol do em que hão-de empregar o mais dinheiro se acaso o tem ainda em sua mão».

8. — «Do Maranhão recebeu, no ano presente de 95, esta missão, gravíssimo dano. Porquanto mandou o governador daquele Estado uma tropa de Índios e por cabo dêles a um homem criminoso chamado João Velho do Vale, porém perito nas línguas, assim geral como do

---

1. A Côrte interveio. A 8 de Janeiro de 1697 expediu-se uma *Carta Regia ao Governador do Maranhão* pedindo-lhe conta de como tem procedido contra os excessos que cometeu João Velho do Vale, na ocasião em que saiu por Cabo de uma tropa a descer gentio bravo na Serra de Ibiapaba" (Bibl. de Évora, cód. CXV/2-18, f. 203v).

No dia 4 de Março do mesmo ano, uma *Ordem Régia* condenava a degrêdo para Angola e multas pecuniárias aos que perseguissem e maltratassem os Índios, «por estas missões novas carecerem de grande espírito e constância e não de outra ambição, mas só desejar adquirir estas e outras nações novas semelhantes, à nossa santa fé católica e conservá-las nelas e não divertí-las» (Publicada na *Rev. do Inst. do Ceará*, XVI (1902) 142-143). Enfim sôbre êste caso, escreveu-se, a 12 de Dezemzembro ainda do mesmo ano, uma *Carta Regia ao Governador do Maranhão* «sôbre os 25 casaes de Índios da Serra de Ibiapaba, que os Padres da Companhia tinham descido para a costa do mar, e João Velho do Vale mudou, trazendo-os para as aldeas daquelle Estado; manda que se o ditos Índios insistirem em querer ficar na parte onde hoje se acham, os deixe ficar; porem se pretenderem a restituição para as suas terras e Serra de Ibiapaba, os deixem ir livremente, pois são livres» (Bibl. de Évora, cód. CXV/2-18, f. 215). Entre os Índios, levados por João Velho do Vale, ia D. Simão Taminhobá, que tomou o partido, como se verá adiante, de voltar para a Serra.

Tapuia, a descer Índios para o Maranhão e êles em vez de descerem gentio bravo do Sertão, vieram-se à Serra de Ibiapaba, e levaram, do gentio que havíamos descido para a costa do mar, 25 casais com suas famílias. Vinham os ditos Índios do Maranhão com promessas várias daquele governo, se para o Maranhão levassem gentio bravo (como suponho): um Índio principal por apelido *Inhambuúna* vinha com promessas de um hábito de Cristo e outros da sua companhia com promessas uns de ginetas de capitães, e outros de bengalas de ajudantes. Porém o cabo desta tropa João Velho do Vale, vendo que por uma parte lhe não era possivel descer gentio bravo, que é mais custoso, e que por outra convinha a seus interesses e livramento levar gentio para o Maranhão, determinou por todos os caminhos induzir-nos o gentio, que havíamos descido para a Costa do mar, porque êste estava já menos esquivo.

Espalhou com tôda a sagacidade os Índios que trazia pelas Aldeias que tínhamos descido para a costa do mar, e como não presumimos o que êle determinava, encomendamos assim aos Principais como aos outros índios que os agasalhassem bem, assim por serem forasteiros como por serem índios amigos dos brancos. E desta maneira tiveram ocasião para enganar com suas traças ao mais gentio, dizendo-lhe assim êles como o cabo que os Padres os queríamos entregar aos Paulistas e que os estávamos domesticando para que custasse ao depois menos aos brancos levá-los e que éramos traidores todos os Religiosos da Companhia e que por esta rezão nos tinha El-Rei mandado tirar tôdas as Aldeias do Maranhão e com estas e outras doutrinas semelhantes, perturbaram o gentio de tal maneira que se lhe agregaram os casais acima ditos. Escreví ao cabo João Velho do Vale, que não levasse gentio do que havíamos descido pelos danos que daí resultavam à missão; e em resposta nos descompôs por escrito muito à sua vontade e nada remediou, antes tive notícia (se é que falam verdade) que êle abrira e rompera uma carta que sôbre o ponto de me levar os Índios escreví ao Governador do Maranhão. Resultou daqui queixarem-se os Principais das Aldeias descidas que enquanto não tiveram Padres entre si eram principais e tinham vassalos e agora que têm Padres e são vassalos do rei dos brancos, que os mesmos brancos lhe vêm tirar seus vassalos, e queira Deus se não arrependam por obra, assim como se queixam por palavra. Os Tapuias que têm menos juizo estão persuadidos que os Religiosos entregamos os ditos Índios aos brancos e assim não só se não fiam muito do que lhes dizemos, mas também não vivemos depois disto com muita segurança de vida entre êles, e se se não restituirem os ditos Índios, que foram levados ao Maranhão, às suas Aldeias e aos seus Principais, pouco poderemos obrar daquí por diante e com muito pouca segurança das vidas poderemos assistir com êles. Seja Deus bendito para sempre! Quantas são as traças de que tem usado o demónio para impedir o bem espiritual destas pobres almas! Fêz-lhes primeiro guerra pelo Ceará, impedindo o bom sucesso da missão por meio de um Capitão-mor. Atalhou a piedade e zêlo de El-Rei Nosso Senhor êste [dano, com] ordens saùdáveis que deu aos seus governadores para o evitarem e com mandar para aquela Fortaleza a um homem maduro, cristão e zeloso, qual é o Capitão maior Fernão Carrilho. E vendo-se o Demónio atalhado por esta parte lhe faz agora a guerra pelo Maranhão, menos remediável porque bem sabemos o que são os homens do Maranhão, em matéria de Índios, e mais terrivel e nociva pelas conseqùências de nos haverem malquistado com o gentio».

9. — «E porque não pareça que ainda temporalmente da conservação dêstes Índios se não seguem conveniências importantes do serviço de El-Rei e utilidade da nação portuguesa, não passarei em silêncio as principais e são: que como em a distância de duzentas léguas pouco mais ou menos que há desde o Ceará ao Maranhão não haja povoação alguma de portugueses e pouca capacidade para a poder haver pela falta de terras lavradias e chuvas do céu (particularmente nos distritos desta missão) que é o que com meus olhos tenho visto e experimentado, havendo por outra parte barras de rios e enseadas capazes de darem fundo a embarcações de alto bordo como são o rio Pará ou Paranaíba, e a enseada de Iurucuaguara fica tôda esta costa à invasão de qualquer nação estrangeira e conservando-se êstes índios, cujas Aldeias ficam quási em meio destas duzentas léguas, sem muito trabalho poderão impedir ao inimigo o situar-se ou fortificar-se e a razão é porque como os rios aquí sequem de verão, não há rio algum que bote água doce ao mar, pelo que junto a praia regularmente há falta de água doce, e assim se o inimigo, por razão da água se situar longe da praia, é facil impedir-lhe o gentio a condução dos mantimentos das naus para a situação, e se situarem junto ao mar é facil o impedir-lhe água. Para se sustentarem das lavouras de terra não lhe será possível, salvo plantarem na Serra de Ibiapaba, por ser a costa do mar muito falta de chuvas que produzam o mantimento e para se situarem

[e fazerem] plantas em a Serra o julgo por totalmente impossível, havendo nela Índios que o possam impedir, porque além de não ter esta mais caminhos ou subidas que as quatro que o mesmo gentio descobriu para a sua serventia, são estas tais que não permitem subir mais que um homem atrás de outro, sendo em muitas partes necessário usar de escadas de pau para subir de um penhasco a outro.

A segunda conveniência temporal é que se é certa a nova de se haver descoberto em o Maranhão mina de prata (como ouço dizer) e esta prata se há de conduzir à cidade da Baía pelo Sertão ou caminho que novamente se fez do Maranhão à Baía, ficando o tal caminho pouco distante desta Serra, e esta Serra, quasi em meio do tal caminho, serão os Índios dela de muita utilidade para a dita condução não só com suas pessoas mas ainda com os mantimentos e farinhas das suas lavouras.

Além do gentio *Tobajara*, de língua geral, que temos agregado à missão, tenho notícia certa de três aldeias também de língua geral que habitam em a ponta que esta mesma Serra bota para o Sertão, e um dos principais destas Aldeias se chama *Abatiantã*. Ficarão distantes 15 dias de marcha da paragem adonde assistimos. Determino também fazer uma entrada a essas Aldeias, ajudando-me Deus Nosso Senhor, mas não poderá ser senão depois de se aldearem os gentios, com quem ao presente lidamos, e terem mantimentos suficientes, porquanto determino que êles mesmos me acompanhem nesta jornada pelo risco de Tapuia que no caminho há.

Os Índios da missão, assim os de língua geral como os Tapuias não cessam de pedir que lhes conserve as suas terras e que lhas não deixe tomar aos brancos, porque não querem que os brancos tenham bulhas com êles, assim como as tiveram com os Índios do Guaçu e Rio Grande. Tenho-lhes prometido procurar-lhes a sesmaria das que lhes são precisamente necessárias, e acabado com êles que as mais que lhes não são tão necessárias as deixem povoar aos brancos se houver algum que as queira ir povoar tão longe. Vieram nisso, e as que julgo lhes são necessárias precisamente, segundo a quantidade dêste gentio, são as que ficam desde a barra do Rio Aracatiimirim até a barra do Rio Temona que serão por costa 12 léguas pouco mais ou menos, cortando desde as barras dos ditos rios a rumo direito para a serra de Ibiapaba, entrando na sesmaria tudo o que os rumos apanharem da Serra até entestar com os campos gerais que lhe ficam da outra parte. Porque desta sorte ficam tendo em a Serra tôda a terra lavradia que lhe é necessária para as suas lavouras e para a parte do mar tôdas as caatingas e campinas que lhe são necessárias para buscar a caça e o mel para o seu sustento; e êste é um dos meios necessários para a conservação dêstes gentios mas não sei a quem se há de pedir esta sesmaria. Isto é o de que me pareceu devia dar conta a Vossa Reverência. De tudo se dê a glória a Deus Nosso Senhor a quem se deve tôda»[1].

---

1. Conclue: «Peço a Sta. benção de VRª. Collº. de Olinda 10 de outubro de 1695. Por comissão do Pe. Reitor Phelippe Coelho, filho em Christo de VRª. Assenso Gago. — *Carta anua do que se tem obrado na missão da Cerra de ypyapaba desde anno de 93 athe o prezente de noventa e 5 pⁿ o pe Alexandre de Gusmão da Compª. de JESUS Provincial da provincia do Brazil*. No verso: Carta ânnua da Missão do Ciarâ na *Serra de Ibyapâba* de 1695. O P. Andreoni dividiu-a em parágrafos, para o Conselho Ultramarino, onde foi examinada no dia 20 de Dezembro de 1696 AHC — *Ceará* — Papeis avulsos — Ano 1696 — (20 Dezº). Cf. *Indice de Documentos em Anais da BNR*, LXI, 133, nᵒˢ. 57-59.

CAPÍTULO IV

A Aldeia de Ibiapaba na Tabainha

1 — A Serra de Tabainha; 2 — Missão pelo sertão, atrás da Serra; 3 — D. Simão Taminhobá; 4 — Pazes com diversas nações de Tapuias e ameaças da Casa da Torre; 5 — Fundação e organização da maior Aldeia do Brasil; 6 — As suas fazendas; 7 — Baluarte da civilização; 8 — Período final.

1. — O P. Ascenso Gago, que tinha vindo a pé, por terra, quasi 300 léguas, de Ibiapaba a Pernambuco, onde chegou, andrajoso [1], voltou nêsse mesmo ano de 1695. Dois anos depois, a 25 de Julho de 1697, retoma o fio da história:

« Cheguei a esta missão da jornada que fiz a Pernambuco, e trouxe comigo as cartas que S. Majestade havia escrito aos Principais desta Serra, as quais em chegando lhas li, e expliquei em sua língua (excepto a de D. Simão, que estava ainda no Maranhão), com as quais se animaram muito a prosseguir no começado, desenganados de que era vontade de S. Majestade o serem cristãos, e aldearem-se adonde lhes sinalássemos, porque assim lhe encomendava o mesmo Senhor em as ditas cartas. Pelo que sem mais dilação, e por dar logo inteiro cumprimento a tudo, trataram de roçar e fazer plantas em a Tabainha adonde lhes sinalamos [2]: e porque enquanto não havia mantimentos para o sustento seu e de seus filhos não era possivel fazer a igreja grande, e Aldeia em forma, lhes mandamos fazer uma igreja pequena e de pouca dura junto à qual fizeram suas casas também para pouco

---

1. Bras. 4, 8v-9.
2. «Serra da Tabainha, hoje denominada Serrinha de D. Simão». — Vicente Martins, *Noticia histórico-chorographica da Comarca da Granja*, na Rev. do Inst. do Ceará, XXV (1911) 172. Note-se «adonde lhes sinalamos». A escolha foi feita pelos Padres fundadores.

tempo, e se aldearam todos, assistindo à doutrina que se lhes faz todos os dias.

Imaginávamos (como parecia) que para o último descanso destas mudanças só faltava a invernada seguinte em a qual teríamos os mantimentos necessários. Porém ela foi tão extraordinária, que nos reduziu à maior necessidade, matando-nos tôda a rama de mandioca, que apanhou em as quebradas e planicies desta Serra e só escaparam algumas roças, que acaso se plantaram em meias ladeiras. As sementes de milho e feijão tôdas se perderam no campo, não obstante o haverem-se plantado segunda e terceira vez, e ainda que da terceira planta (remissas já algum tanto as águas) nasceram algumas sementes, foi tal a inundação de ratinhos, que produziu êste dilúvio, que antes que as plantas chegassem a ter um palmo fóra da terra, as comeram e destruíram tôdas, sem as poder defender a imensidade de laços e outras indústrias de que usavam os pobres Índios, reduzindo-nos a todos ao extremo de sustentar as vidas de palmitos, cocos agrestes, e dos mesmos ratos, e para as plantas dêste ano que vem, nos temos valido de algumas sementes do Ceará, ainda que poucas, que como o dano foi geral nesta costa, também alcançou ao Ceará».

2. — «Nos fins do verão antecedente a esta invernada, que referí, fomos em missão às últimas *povoações de gados*, que ficam *cinqüenta léguas* pouco mais ou menos por detrás desta serra para a parte do sertão, movidos da necessidade espiritual em que vivem ali os brancos faltos de sacerdotes, que lhes administrem os sacramentos [1].

E, ainda que o cuidado das ovelhas próprias, que deixamos sem pastor, como o haverem-se antecipado as águas ao tempo costumado, nos obrigaram a voltar antes que as enchentes dos rios nos impedissem

---

1. Averbe-se a distância, como índice do raio de acção dos Jesuítas de Ibiapaba, para os sertões do Piauí e do mesmo Ceará. Referindo-se a Ipu, e a que também ali se teria feito sentir a catequese jesuítica, nota Eusébio de Sousa que esta se «desenvolveu por toda a Cordilheira onde quer que houvesse notícia de aldeamentos» (Eusébio de Sousa, *Chronica de Ipu*, na *Rev. do Inst. do Ceará*, XXIX (1915) 155-156. Ascenso Gago é bom testemunho disso. Do desenvolvimento da catequese dos Jesuítas por tôda a cordilheira além da cidade de Viçosa, fundada por êles, beneficiaram, ao menos indirectamente, Granja, S. Pedro de Ibiapina, S. Benedito, Campo Grande e outros núcleos actuais de população, provindos ou de índios catequizados pelos Jesuítas, ou de terras e fazendas que êles possuiram.

a retirada, e mais cêdo do que pedia a necessidade espiritual daqueles moradores, não se deixou contudo de recolher algum fruto espiritual, porque em dezoito dias que por lá nos detivemos, se fêz missão em as três partes principais daquela nova povoação, fazendo-se-lhes suas práticas e exortações, de manhã e tarde, acudindo todos a ouví-las, confessando-se e comungando para ganhar o jubileu. Fizeram-se 317 confissões, e destas 42 gerais, necessárias, umas de tôda a vida, e outras da maior parte dela, em que se encobriam pecados graves, e alguns casos, que por justas causas se não especificam. As comunhões foram 275. Impediram-se três mortes que infalivelmente se haviam de fazer, e uma delas se vinha fazer em a mesma casa adonde fazíamos a missão, e por ter a espingarda errado fôgo duas vezes, se não havia já conseguido. Tivemos aviso do caso, e não só se impediu, mas se fizeram amigos os ofendidos, pedindo-se publicamente perdão de parte a parte. Compuseram-se mais 15 inimizades e malquerenças diferentes».

3. — «Nos princípios dêste verão de 97 chegou D. Simão Taminhobá, do Maranhão, para adonde o tinha levado João Velho do Vale, enganado de algumas falsas promessas, que, como só haviam de parar em palavras, lhas fez liberais; mas como viu D. Simão que no Maranhão o retiveram dois anos, e que o Governador só instava em que se mudasse com todos seus vassalos para o Maranhão, e que nenhuma coisa, das que lhe prometeram, lhe cumpriam, satisfazendo-se muito mal do modo com que ali são tratados os índios, porque ainda os que levou em sua companhia, com serem hóspedes, os obrigaram a trabalhar, vendo-se indisposto de uma larga enfermidade, que teve, e mortos de bexigas a muitos dos que o acompanharam desta Serra, resolveu-se a dar boas esperanças ao Governador de que voltaria com todos os seus, afim de que o deixassem vir para a sua terra. Porém tanto que cá se viu, lhe escreveu as razões que tinha para não ir para o Maranhão.

Preguntamos-lhe pela determinação com que voltava para a sua terra, se acaso vinha com ânimo de continuar em a antiga pertinácia de se não querer aldear com os Padres e ser cristão, ao que respondeu que tôda a razão de se não ter aldeado, nem tratar de Padres, ainda depois de o havermos livrado dos Paulistas, fôra porque um capitão--maior do Ceará, que aqui não nomearei (indo êle àquela capitania em 94 a vender alguns escravos), o induzira e enganara, dizendo-lhe não tratasse de Padres, porque o haviam de botar a perder, como costumavam fazer em tôda a parte, e que já os que aqui estamos o quiséramos fazer prender, e que só tratasse de se acostar a êle e que êle lhe faria quanto quisesse (tudo falso, mas acomodado aos intentos do dito Capitão-maior, que determinava aldeá-lo de sua mão para tirar disso certidões, tivessem ou não tivessem Padres). E também usou êste Capitão-maior da mesma diligência com o outro Principal D. Jacobo de Sousa, mas como êste nunca se apartou dos Padres, achou-o mais firme e não conseguiu nada. Outras emprêsas destas intentou mais, tôdas à surdina, as quais impediu Deus Nosso Senhor. Não o nomeio porque é homem bem reputado em Pernambuco, porém sabe-se também que sempre viveu de tracinhas.

Estas foram as razões que deu D. Simão em seu descargo, das quais tínhamos já notícia, estando êle ainda no Maranhão. E disse mais que por estas mesmas razões e pela pouca experiência que tinha de que coisa fôssem Padres, se deixara tão facilmente enganar de João Velho do Vale para ir para o Maranhão, adonde fizera diligência por algum clérigo, que lhe viesse assistir em a sua terra, e como não achasse algum, que se quisesse desterrar para êste sertão, vendo mais que o último remédio dos índios daquele Estado são os Religiosos da Companhia, que lhe assistem em missão, e por amor dêles são odiados dos brancos, se fôra pouco a pouco desenganando do que lhe haviam dito os mesmos brancos. E assim se resolvera, já nos fins dos dois anos em que estivera lá retido, a falar com os Religiosos da Companhia, os quais o agasalharam com amor, aconselharam o que lhe convinha e ajudaram a desembaraçar do Maranhão, para se vir para a sua terra. E que agora, desenganado totalmente, só queria ser cristão, aldear-se adonde lhe sinalássemos, e fazer o que os Padres lhe dissessem para bem seu, e de seus vassalos.

O que ouvido, lhe meteu o P. Superior na mão a carta de Sua Majestade, que eu havia trazido de Pernambuco, e depois de reconhecido o sêlo lha abriu e explicou em sua língua; e era a carta tal, que em aquela ocasião e circunstância de tempo, pareceu mais ditada por algum anjo que feita por homens, porque o repreendia S. Majestade de sua rebeldia, o amoestava, e lhe ordenava se aldeasse adonde os Padres lhe sinalassem para lhe poderem assistir, e lhe advertia que pelo bem de suas almas padeciam os Padres nesta Serra os trabalhos com que se não criaram.

Ouvida a carta, se alegrou muito e fêz dela grande estimação, dizendo que se acabava de desenganar, que por ordem de Sua Majestade tínhamos vindo a esta Serra a tratar de seu bem, e que o mesmo senhor, pelo amor que lhe tinha, o honrava com carta sua, advertindo-lhe e ordenando-lhe o que convinha ao bem seu e de seus vassalos; pelo que pediu logo ao Principal D. Jacobo de Sousa, que já estava aldeado conosco em a Tabainha, lhe mandasse fazer uma casa junto à dos Padres para ir logo lá assistir, e de lá ordenaria a seus vassalos fossem roçar e plantar, para nêste verão seguinte de 98 se mudarem todos, e se aldearem em cumprimento do que S. Majestade lhe ordenava. Para o verão seguinte, se Deus nos der mantimentos, se fará a Aldeia e Igreja em forma, para a qual se vai já tirando a madeira necessária.

Esta tão alegre nova a quisemos dar logo a V.ª R.ª pelo gôsto que sabemos há-de ter de a ouvir, como também todos os mais Religiosos, que têm por Instituto o bem das Almas. Para os que aqui estamos foi de sumo gôsto, e não posso encarecer a V.ª R.ª a alegria grande, que recebemos, pelo muito que até ao presente trabalhamos sempre, e sempre debalde, em a redução dêste principal e desta Aldeia; e quando cuidávamos ter tudo acabado, desandando a roda da fortuna, a víamos cada vez mais perdida. É Aldeia grande. Queira Deus dar-lhe verdadeira constância para que persevere no começado, que o principal dela alcança pouco, presume muito de seu juízo, e não se deixa facilmente reger.

Os que estão já aqui assistentes são doutrinados todos os dias. Baptizamos em os domingos e dias santos, e houve dias de 18, vinte e cinco e mais bautismos; e não há domingo ou festa de guarda, em que não tenhamos ao menos cinco ou seis bautizados».

4. — «Fizemos nêstes dois anos pazes com 3 nações de Tapuias, a saber: com os *Quiratiíus*, com os *Quitaiaíus* e com os *Ocongás*, afim de lhes fazermos também missão [1]. São tôdas nações de corso e dificultosíssimas de aldear. Os Quiratiíus, por causa de uma guerra, que lhe fizeram outros Tapuias seus inimigos, em que lhe mataram e cativaram muita gente, andam ainda perturbados. Os Quitaiaíus, e Ocongás perturbaram-nos os povoadores da Casa da Torre, que como zelam mais os seus gados, que o bem das almas, situaram nêste verão alguns currais nas suas terras, que ficam ao pé desta Serra,

---

1. Os *Quiratiíus* ou modernamente *Carateus* (ou *Crateus*) habitavam o sertão e vila do mesmo nome nas margens do Poti, afluente do Parnaíba.

para a parte do sertão, pelo que se retiraram delas os ditos Tapuias, e se foram para o rio Pará ou Parnaíba, que fica daqui distante, e os caminhos dificultosos, pela qual razão não nos é facil já a comunicação com estas nações.

Intentam mais êstes homens passar a Serra, e em um saco ou enseada de terra, que há daqui até o mar, povoar cinco ou seis sítios, que há capazes de gado, não obstante serem as ditas terras não só dêstes índios, mas também das nações do Tapuia *Reriíu* e do Tapuia *Açonguaçu*, que nelas habitaram sempre, e os anos atrás agregamos a esta missão; e com consentimento de uns e outros, temos arrumado em a mesma terra a nação dos *Aqueduçuguaras* e a nação dos *Quiratiíus*, que pacificamos nêste ano. E admiramo-nos de que uma Casa, que possue tantos currais de gados por espaço de tresentas e tantas léguas de sertão, que possue, queira por cinco ou seis sítios, que se acham nas terras dêstes índios, perturbar a quietação desta Missão. Os Índios levam muito a mal êstes intentos, e muito pior os Tapuias, que como é gentio de corso, e se sustenta do mel e caça, que acha pelos campos e caatingas, não se poderão sustentar se lhes tomarem as terras, em que vivem. E se com as duas nações que demais lhe metemos e acomodamos nessa terra, pela comodidade de os termos mais perto, e lhes poder acudir com a doutrina, se não podem já sustentar com a largueza e abundância que antes, quanto mais se os brancos lhas tomarem. Bem creio que S. Majestade nas sesmarias, que concede aos brancos, não compreende as terras, que são necessárias para a vivenda e passadio dos Índios, que se fazem cristãos e vassalos seus. Porém êstes homens não querem cá admitir razão alguma, antes por fazermos as partes dos pobres Índios, nos chegou um a dizer: que por falarem em terras dois Padres, que estavam em uma das aldeias do Rio S. Francisco, os fizeram amarrar muito bem amarradinhos [1]. Não

---

1. Isto de serem amarrados é já o «ponto» acrescentado ao «conto», fácil sempre naqueles sertões. Não chegaram a tanto, com os Padres, as Senhoras da Torre (de Garcia de Avila), mas foram gravíssimas as tropelias cometidas pelos seus procuradores e é assunto que se tratará detidamente ao voltarmos às missões do Rio de S. Francisco. A Ânua de 1699 traz, referente à Missão de Ibiapaba: «Ibi etiam a Procuratoribus Dominarum a Torre se Indosque vexari, et de usurpatione terrarum agere, quas Indigenae semper colere consueverunt, aut in illis venari; eo etiam tribus aliis Tapuyarum nationibus per Missionarios summo cum labore deductis ubi melius per frequentes excursiones, lustrationesque Pagorum institui possint in Fide, quod absque dubio consequi non poterunt, nisi modus

me posso persuadir que tal coisa sucedeu em terras de cristãos, e mais não havendo tido carta alguma da Baía ou Pernambuco, em que se nos conte êste caso. Porém tudo se pode crer dos que em êste sertão tão distante, fóra das justiças e governadores, e tão esquecidos de Deus, vivem à lei da vontade, sem obedecer a outra alguma, mais que à Casa da Torre, de que dependem»[1].

5. — As ameaças da Casa da Torre, se prejudicaram as missões do interior, não atingiram a Serra. E fundou-se, enfim, a Aldeia de Ibiapaba. A qual «em forma», como diz Ascenso Gago, no sítio definitivo em que é hoje a Cidade de Viçosa, data de 1700.

Formou-se de três Aldeias diferentes. Não foi fácil aos Padres reuní-las, porque os Índios delas tinham alguma emulação entre si e os chefes de cada uma queriam continuar a ser chefes sem subordinação de uns a outros. Resolveu-se a pendência, ficando cada qual em seu bairro, com a sua gente, e com as mesmas preeminências de antes, quando viviam separados.

A Aldeia construíra-se em forma de quadra. Concluiu-se a igreja, que já estava principiada antes, «formosa e grande». Pequena, ainda assim, para tanta gente como ia ter a Aldeia. As madeiras da serra, menos compridas do que se requeriam, não permitiam mais grandeza. Ergueu-se a Residência dos Padres «de madeira e barro, coberta de fôlhas de palmeira, que é o mais que permite a pobreza dêstes sertões».

Os Índios dispuseram-se assim: «O principal D. Jacobo de Sousa para a parte do nascente, com todos os seus vassalos; o principal Sal-

---

aliquis insaturabili terrarum cupididate ponatur uni Familiae, quae iam ultra quadringentas alieni soli possidet leucas, ad Indos naturali iure spectantes; praesertim cum nemini Serenissumus Lusitaniae Rex horum tractus terrarum colendos tradat nisi servato Territorio quo carere nullatenus debent, salva aequitate» (*Bras. 9,* 442-443).

1. Conclue: «Com isto peço a santa benção de VR.ª 25 de Julho de 1697. Por comissão do P. Superior Manuel Pedroso, Filho em Cristo de VR.ª *Ascenso Gago*». — *Carta Anua do q̃ se tem obrado na missaõ da Cerra de Ypiapaba desde o anno de 1695 athe o de 1697 em q̃ estamos p.ª o Pe. Alexandre de Gusmaõ da Comp.ª de JESU Provincial da Provincia do Brazil* (*Bras. 15,* 459-461v).

[No princípio da carta, à margem] «Chegou esta carta no ano de 1698 sendo Provincial o P. Francisco de Matos». [No fim] «Para o P. confessor de S.ª Magde. na Frota de 1699». [Ambas estas notas, com letra do P. Andreoni].

vador Saraiva, com os seus, para a parte do poente; e para a parte do sul, fechando a quadra da Aldeia, o principal D. Simão Taminhombá, com seus vassalos».

Ordinariamente nas Aldeias dos Índios bastava uma quadra. Nesta não. Fizeram-se várias carreiras de casas com suas ruas e becos para melhor e mais fácil serventia dos aldeados.

Assente a Aldeia, procedeu o Padre à organização civil e militar «Dividimos os Índios todos em companhias, nomeando-lhes por capitães e cabos a alguns mais beneméritos e de mais autoridade e séquito entre êles; aos quais fizemos fazer suas caixas de guerra, mandando-os os seus principais passar mostra em algumas ocasiões para os ter exercitados e prontos não só para a defesa contra os Tapuias. se se oferecer ocasião, mas também para socorrerem e ajudarem aos Brancos, se o pedir a necessidade».

E veio a inauguração da Igreja. Colocou-se nela a imagem da «soberana Virgem Senhora Nossa da Assunção». Procissão, missa, prática aos Índios e, para maior pompa, o baptismo solene de 25 catecúmenos.

A festa religiosa completou-se com regozijo público e popular: «danças, carreiras e lutas dos Índios, pondo-se-lhes seus prémios para os que melhor o fizessem, como também aos que melhor metessem uma frecha pela roda de uma chave que em distância de 50 passos se lhes pôs por alvo de seus tiros. O que êles fizeram tão bem, que primeiro se acabaram os prémios do que acabassem todos de despedir a seta».

As festas inaugurais duraram três dias. A carta ânua de 1701 diz expressamente que tudo isto se realizara o ano anterior. Não é temerário que se dispusessem as coisas para a festa coincidir com a da própria Padroeira. O dia 15 de Agôsto de 1700 deve pois ser considerado como o dia oficial da fundação da Aldeia de Ibiapaba e da futura cidade de Viçosa.

Depois, os trabalhos de catequese e ensino, comuns a tôdas as Aldeias jesuíticas, com a particularidade de se realizar à tarde, para dar lugar a que a população de uma região agrícola, como esta, se ocupasse durante a manhã e o dia nas suas lavouras [1].

---

1. *Carta annüa do que se tem obrado na Missão da Serra de Ibiapaba p*. *o Pe. Francisco de Matos da Companhia de JESV, Provincial da Provincia do Brasil*, assinada por Ascenso Gago e Manuel Pedroso, Bras. 10, 9-9v; Bras. 10, 25. Dêstes

Daqui iam os Padres visitar outras Aldeias de Tapuias, afeiçoando-os e persuadindo-os a deixarem o corso e a se aldearem e serem doutrinados[1]. E os de Ibiapaba conservaram-se em paz com todos. E os Jesuítas ampliaram o âmbito de civilização fazendo novas pazes com os selvagens da Serra, para o interior[2].

Ibiapaba ficou a maior Aldeia da Província, com mais de 4.000 almas. E a população aumentou sempre[3].

6. — Entretanto, procuravam os Padres dar garantias de vida à Aldeia, quanto às indispensáveis subsistências. Porque não obstante alguns subsídios, provindos de Portugal, não havia possibilidade de manter a Aldeia, sem fazendas, por ser a carne a base e garantia da alimentação.

Em 1708 o sustento da Aldeia consistia:

1) Em produtos da Serra: canas, laranjas, frutas e legumes.
2) Em carne, mas as fazendas ficavam a algumas léguas da Aldeia.

---

dois, ambos paulistas, um perseverou na Companhia, outro não. O P. Manuel Pedroso [Junior] para se distinguir de outro P. Manuel Pedroso, dá-se como despedido em 1721 (Bibl. Vit. Em., f. ges. 3492/1363, nº 6). Devia andar já então pelos 60 anos de idade.

1. *Bras. 10*, 26.
2. *Bras. 4*, 104v.
3. O P. João de Brewer, visitador da Aldeia de Ibiapaba, no começo de 1756, atesta que o rol de almas, que lhe deu o P. Rogerio Canísio, superior, foi:

Casais de Tobajaras..................................	869
Casais de 3 nações de *Tapuias*: Agoanacés, Guacongonçus e Irerifus...	131
	1.000 casais precisos.
Número de almas .... { Tobajaras...................	5.474
{ Tapuias.....................	632
	6.106

Não entraram nêste número os que andavam há anos por fora. AHC, *Ceará*, III, 13 de Fevereiro de 1756. Loreto Couto, no ano seguinte, de 1757, escreve que a Aldeia de Ibiapaba é habitada por mais de dez mil pessoas e a sua milícia consta de doze companhias que se acham sempre prontas para tudo que é do serviço de Deus e de El-Rei e do Estado, Loreto Couto, *Desagravos do Brasil e Glorias de Pernambuco*, em *Anais da BNR*, XXIV (1902) 171.

3) Em caça, mas isto só a princípio; nesta data, já não se via na Serra bicho nem ave, pelos índios tudo matarem às frechadas».

4) Em peixe, mas só na quaresma, por o mar ficar longe. Em todo o caso, para a quaresma proviam-se com tempo [1].

Aquele inconveniente das distâncias das fazendas foi-se desvanecendo com o aumento delas. Por volta de 1695, o P. Ascenso Gago situou alguns gados no Rio Camuci, no lugar «hoje denominado Missão»[2]. Foram «os primeiros, diz Ascenso Gago, que se levaram àquêle sertão e a cujo exemplo se povoaram ao depois as terrras adjacentes»[3]. Diz o mesmo Padre, na sua carta de 10 de Outubro de 1695[4], que tencionava comprar 20 ou 30 novilhas para a sua Missão. Foram essas, as primeiras. Para as sustentarem tratou o Padre de angariar terras e de-facto as alcançou nêste período, o mais florescente da missão[5]; obteve outras em 1717 e 1726 o Colégio de Pernambuco em *Imbueira*[6]. Em 1721 eram três as fazendas «e opulentas», diz o P. João Guedes; e que delas, para as despesas da Missão, se vendia anualmente grande número de bois e cavalos[7]. Depois ainda outras terras se agregaram à Missão de Ibiapaba por doações e compras. Arredondando-se tudo, constituiram-se quatro fazendas, que eram em 1759: *Imbueira, Missão, Tiaia* e *Pitinga*[8].

---

1. Representação do Desembargador Soares Reimão, de 13 de Fevº de 1708, na *Rev. do Inst. do Ceará*, XXIII (1913) 174.

2. Vicente Martins, *Noticia Historico-Chorographica da Comarca da Granja*, na *Rev. do Inst. do Ceará*, XXV (1911) 190.

3. *Datas e Sesmarias*, III (Fortaleza 1925) 102.

4. Vd. supra, Cap. III.

5. *Datas e Sesmarias*, III, 102; V, 184-185; Cf. Eusébio de Sousa, *Indice Geral Alfabético e remissivo das Datas de Sesmarias do Estado do Ceará* (Fortaleza 1933) 47.

6. *Ib.*, X, 79; XI, 155-156.

7. Carta do P. João Guedes, de 14 de Julho de 1721, *Bras. 4*, 212v.

8. O Inventário delas deu um total de 4.709 cabeças de gado vacum, 470 de gado cavalar e 200 de gado miudo (Vicente Martins. *O Hospicio dos Jesuitas de Ibiapaba*, na *Rev. do Inst. do Ceará*, XLIII 1930) 118; Studart, *Notas para a Historia do Ceará*, 241. Era o fundo de sustentação dos Missionários, do culto público, dos gastos nas entradas e do pessoal. À primeira vista, muito. Pouco, para o tempo e por confronto. Num leilão em 1732 arremataram-se cem cabeças de gado vacum, de tôda a sorte, pelo insignificante valor de 1.000 reis a cabeça (*Rev. do Inst. do Ceará*, XXXVI (1922) 390-391). A fazenda de Tiáia, depois do sequestro, aplicou-se ao hospital de Viçosa. Observa Milliet de Saint-Adolphe que, mal administrada, logo entrou em decadência (Cf. Gurgel, *Dicionário*, 349).

7. — Assim, solidamente fundada, a Aldeia reveste depois de 1700 o carácter estável de tôdas as mais, com a particularidade de ser a maior do Brasil, e da sua posição entre Índios inquietos, o que alargava o âmbito da catequese por tôda a extensão da Serra, mas que às vezes a vinha também pôr em perigo.

Logo em 1701 uns Tapuias *Critiguadus*, vindos a resgatar farinhas e mandiocas, não contentes com o que compravam e lhe davam os *Tobajaras*, deram para furtar e destruir as roças sem escapar as dos Padres. Os Padres com um grupo de Índios foram ao seu rancho repreendê-los. Mas êles receberam-nos em som de guerra. O seu chefe *Matipucu*, dependurou no ômbro a *itamarana*, pôs a seta no arco, bateu o pé, e apelidou os seus. Os Tobajaras preparam-se para a luta e não valiam razões. Afinal, prevaleceu o respeito aos Padres que impôs a retirada dos Critiguadus. Pouco depois Matipucu voltou a Ibiapaba, com uma ferida horrorosa num pé, buscando os Padres para lhe darem remédio. Não foi eficaz o do corpo, mas sim o da alma, que se baptizou antes de falecer [1].

Aos Jesuítas competia o govêrno da Aldeia. O govêrno, que no tempo do P. Vieira era temporal e espiritual, sofreu alguma quebra na reconstituição do fim do século, quando o P. Ascenso Gago baixou os índios para mais perto da Fortaleza.

El-Rei ordenou, a 8 de Março de 1693, que aos Padres pertencesse a jurisdição espiritual e que a temporal ficasse ao Capitão-mor, com a condição de não vexar os Índios [2].

Voltando os Índios para a Serra, a Aldeia entrou pouco a pouco no regime geral das mais Aldeias do Brasil.

A Aldeia era lugar de óptima defesa. Por motivos de maus tratos recebidos em Fortaleza revoltaram-se os selvagens contra Aquirás, Acaraú e outros lugares. Depois de mil depredações, atreveram-se também com Ibiapaba. Os vaqueiros pediram acolhida na Aldeia. Ascenso Gago, feito pela necessidade, comandante geral, organizou a defesa, e tão bem, que salvou a Aldeia.

Os Chefes militares do Ceará destroçaram os sublevados com morte de perto de 400, ferindo outros, e afugentando ou cativando os restantes [3].

---

1. *Bras. 10*, 10v-11.
2. *Rev. do Inst. do Ceará*, XXXVI (1922) 228.
3. Carta de Andreoni, de 15 de Junho de 1714, *Bras. 10*, 104-105, publicada nesta parte, por Studart, (*Rev. do Inst. do Ceará*, XXXVI (1922) 77-79). Na

Outra tempestade tiveram que vencer os Padres de Ibiapaba, movida, desta vez pelo cura de Acaraú, João de Matos Monteiro, que porfiava em demonstrar por todos os meios não ser util que a Aldeia de Ibiapaba se administrasse pelos Padres da Companhia. Tudo vinha, afinal, a dar nisto: que os Padres se retirassem, que as terras ficassem para os moradores, que êstes se pudessem amancebar livremente com as índias da missão, e que os índios os servissem. A papelada, a que isto deu lugar, é incrivel, processo e contra-processo, tudo no Arquivo Histórico Colonial, de Lisboa.

O caso diz-se em duas palavras. Por causa daquelas revoltas de 1713, que puseram em grave risco as capitanias do Ceará e Piauí, enviou o governador de Pernambuco Felix José Machado ao Ceará o P. João Guedes, com o fim de evitar que os Índios aldeados se unissem aos revoltosos. O Padre, verificando que os moradores viviam em mancebia com índias tiradas da Aldeia, expôs o caso ao Prelado de Pernambuco, que lavrou uma Pastoral pronunciando excomunhão contra os que retivessem índias em casa e não as repusessem na Aldeia no prazo de três dias. Muitos, com mêdo à pena canónica, as repuseram. Mas o P. João de Matos Monteiro recusou-se a admitir a Pastoral e declarou que nenhum caso se devia fazer dela, nem da sua excomunhão.

Aberto o debate, surgiram os desforços e até calúnias contra os Padres Ascenso Gago e Francisco de Lira e recorria-se a meios como êste: o Cura de Acaraú pedia aos moradores que assinassem certidões para enviar a El-Rei. Apresentava duas, uma correcta, outra com as calúnias correntes. Lia a primeira, a correcta, e depois fazia-as assinar ambas, dizendo que a segunda era duplicado da primeira. Naquele tempo tudo era possivel [1].

---

referência de Andreoni alude-se a Índios Tapuias, sem se lhes citar o nome; e depois aos *Guanacés* ou *Anacés*, que a êles se juntaram, aumentando o perigo. J. Brígido escreve que os moradores de Acaraú com o seu missionário «se foram abrigar na Ibiapaba, onde os *Tobajaras* se conservaram fieis sob a direcção do missionário jesuíta Ascenso Gago», *Resumo Chronologico*, 55. Acaraú até o século XIX chamava-se Acaracu. Usamos a forma actual.

1. A acusação mais grave é esta: que o P. Ascenso Gago chegou a «dottar com doze ou quinze mil cruzados huma filha que casou, cujo dinheiro se ajuntou por meio dos Índios que em seu serviço o ganharão, carregando sal para o Piaguy a troco de vacas com que povoou varios sitios». Sabendo como a Companhia afasta inexoravelmente do seu seio, quem por infelicidade prevarica nesta matéria,

Naturalmente, tudo isto chegou a Lisboa. Chegou até um requerimento do P. João de Matos Monteiro pedindo mercê dos seus serviços. O Conselho Ultramarino, em 1726, examinou-o e declarou que êle não era digno de mercê, mas antes de «exemplar castigo», «como clérigo perverso e revoltoso». E achando-se êle então na côrte, foi-lhe proibido voltar ao Brasil, sob pena de se dar por «desnaturalizado»[1].

8. — A Missão de *Ibiapaba* continuou a progredir. Reconstruiram-se ou ampliaram-se as casas da Residência. Ampliou-se e embelezou-se a igreja, e ergueu-se uma torre[2].

---

procuramos seriamente se a acusação teria algum fundamento. Achamos que o Padre tinha na capitania do Ceará quatro sobrinhas. Di-lo uma carta do próprio Padre, pedindo isenção para elas dos dízimos em terras que possuiam de sesmaria (Carta do P. Ascenso Gago, de 5 de Março de 1702, na *Rev. do Inst. do Ceará,* XXVI (1913) 165. Concederam-na em Lisboa, em 1704, «por uma vida». Achamos também na *Notícia historico-chorografica da comarca da Granja,* pelo P. Vicente Martins (*Rev. do Inst. do Ceará,* XXV (1911) 174): «O capitão-mor Pedro da Rocha Franco casou-se com uma moça educada pelo P. Ascenso Gago, de cujo casamento teve muitos filhos, os quais se estabeleceram em diversos pontos, a saber: Pedras de Fogo, Ibuaçu, Viçosa e outros». Mais uma vez a calúnia transformava em filhas as sobrinhas ou educandas. Nesta data já não existia o P. Ascenso Gago para pessoalmente desmentir ou castigar a calúnia. Tinha falecido a 17 de Maio de 1717, no caminho, indo de Ibiapaba, para a Baía (*Hist. Soc. 51,* 27). Era natural de S. Paulo, onde nasceu em 1665, segundo o catálogo de 1694, que diz: «P. Ascensus Gago, Paulopolitanus, annorum 29, bona valetudine, admissus Bahyae anno 1680; studuit humanitati per sesquiannum; Philosophiae per triennium, Theologiae 2 annis. Docuit Grammaticam per triennium. Versatur inter Indos in Ceará Magno, quorum Superior est; et eorum lingua optime callet» (*Bras.* 5(2), 102v). Fez a profissão solene, a 2 de Abril de 1706 (*Bras.* 6, 37v). E foi-lhe expressamente concedida, em atenção aos seus trabalhos, por mais de 10 anos seguidos, com os Índios do Ceará (*Bras. 10,* 53).

Incansável continuou até à morte, na mesma obra de cristianização e pacificação dos Índios, em perpétuas excursões apostólicas, ao perto e ao longe, por tôdas as ramificações da Serra de Ibiapaba. P o d e e d e v e s e r c o n s i d e r a d o o s e u m a i o r m i s s i o n á r i o.

1. AHC, *Ceará, I, Papeis Avulsos* (1724, 9 de Janeiro de 1725, 1726). Ainda em 1745 se tornou ao assunto: as intermináveis rabulices dos sertões! Deu-se por despacho: «Vista. Guarde-se». Lisboa, 30 de Agosto de 1745, AHC, *Ceará,* III, *Papeis Avulsos,* 30 de Agosto de 1745.

2. A igreja estava separada da residência, que era de pedra de alvenaria por um intervalo de 40 palmos. Do arco do cruzeiro à parte principal eram 110 palmos de vão, e de largo 45 palmos. Ornavam-na as imagens de Santo Antonio,

Para os brancos, que por ali passavam ccm frequência, a caminho de Piauí, edificou-se a «Casa de Hóspedes», por se ter verificado, que de ficarem os transeuntes nas casas dos Índios, se seguiam desordens e consequências desonestas. Numa representação dos Índios de Ibiapaba a El-Rei, examinada no Conselho Ultramarino, reclamam os Índios que os que passam pela Serra «desencabeçam» as suas filhas e mulheres a que fujam com êles; e que, portanto, se alojem na «Casa de Hóspedes» que os Padres mandaram erguer para êsse fim [1].

Os Índios também obtiveram terras de lavoura, e com boa administração e previsão se garantia o que era mister para assegurar a vida no tempo das secas. Entretanto também se galardoavam os principais com honras e hábitos das Ordens Militares Portuguesas, e títulos de Dom; e assim se ia vincando nêles tão fundamente a civilização cristã, que ainda hoje dentro da unidade brasileira o Ceará é um dos Estados mais radicados na fé.

Mas tôdas as grandes obras de Deus têm o seu pago humano. A 4 de Junho de 1759, chega à Aldeia o Ouvidor de Pernambuco Bernardo Coelho da Gama Casco com luzido acompanhamento. Vinham para prender e exilar os Padres [2]. O Piloto Manuel Rodri-

---

S. José, S. Francisco Xavier, e Santo Inácio. Nos altares laterais, Santa Ana e Nossa Senhora, de rara perfeição, e o arcanjo S. Miguel. Tinha um amplo côro e duas sacristias, do comprimento da capela mor (41 palmos), com portas para a igreja e para a rua e com janelas para a cêrca dos Padres (Studart, *Notas para a História do Ceará*, 215-216). António Bezerra visitou-a em 1884. Diz que a capela mor ainda é do tempo dos Jesuítas. O resto já não, excepto a torre, que achou em grande desleixo. «Observei, diz êle, no fôrro da capela-mor doze quadros coloridos simbolizando diversas passagens bíblicas, como David a tocar harpa, Daniel na cova dos liões, e outros, tendo tão vivas ainda as cores, que pareciam acabados de pouco», Antonio Bezerra, *Notas de viagem ao norte do Ceará*, 2.ª ed. (Lisboa 1915) 90.

1. AHC. *Ceará, Papeis Avulsos*, I, ano 1720.
2. Era superior o P. Rogério Canísio, natural de Colónia, na Alemanha. Entrara na Companhia com 20 anos, no dia 17 de Outubro de 1731 (*Bras.* 6, 407). Fôra algum tempo companheiro de missões do P. Gabriel Malagrida, cujo elogio faz, como homem de Deus (*Carta do P. Rogerio Canísio da Companhia de Jesus, a D. Mariana de Austria, Rainha de Portugal, e escrita 15 anos antes da estrangulação do P. Malagrida*, do Real Hospício do Ceará, 22 de Abril de 1747, publicada por Alberto Lamego, *A Terra Goitacá*, III (Bruxelas 1925) 436-440). Canísio faleceu nos Cárceres de S. Julião da Barra, a 6 de Abril de 1773 (Carayon, *Doc. Inédits*, IX, 179). O seu nome de família era Rötger Hundt. Cf. *P. Rötger Hundt S. J. auch Rogerio Canisio oder Canisius Germanus gennant* em *Saurländisches*

gues dos Santos, que também vinha, escreve: «Pelas 10 horas da manhã entramos na Aldeia de Ibiapaba, freguezia de Nossa Senhora da Assunção; e tôda a comitiva, que vínhamos, receberam os dois Reverendos Padres da Companhia, com todo o amor e caridade»[1]. Presos e exilados, a Igreja de Nossa Senhora da Assunção foi entregue ao Pároco que os veio substituir; mas até humanamente falando não foram inúteis os suores dos Jesuítas. Ibiapaba elevou-se a vila, e grande vila, para o tempo, com os 4.800 índios que a habitavam, sem contar os dispersos.

Chamou-se *Vila Viçosa Real*[2].

Hoje cidade, e das mais belas e progressivas do Ceará, Viçosa, rodeada de fontes, clima salubre, céu magnífico, jardim perpétuo, é também perpétuo atestado da clara visão dos fundadores.

Familienarchiv, Paderborn, n.º 4 (1905) p. 92-98, biografia com um pequeno desenho dos cárceres de S. Julião. Alguns autores dão o dia de sua morte, a 16 de Abril.

1. *Derrota da Jornada do mestre piloto Manoel Rois dos Santos por onde consta as qualidades de que se reveste a serra de Ibiapaba desde que chegou ao porto do Camossim*, em Studart, *Notas para a História do Ceará*, 206.

2. Termo de erecção em Studart, *Notas para a História do Ceará* (Lisboa 1892) 226-227; *Hist. Pers. Bras.* do P. Silveira, exemplar da Univ. Gregoriana, cód. 138, f. 258; Caeiro, *De Exilio*, 144.

AUTÓGRAFOS DE JESUÍTAS NO CEARÁ

1. *Luiz Figueira* (1609), o primeiro Jesuíta, com Francisco Pinto, que estêve no Ceará, e seu primeiro historiador.
2. *Jacobus Coclaeus* (Cocle), Missionário de Parangaba e Fortaleza, e depois dos Quiriris.
3. *Ascenso Gago* (1697), grande missionário de Ibiapaba, fundador da Aldeia que é hoje Viçosa.
4. *João Guedes* (Ginzel) (1727), Missionário do Rio Jaguaribe e fundador do Real Hospício de Aquirás.

CAPÍTULO V

Real Hospício do Ceará

1 — Primeira ideia do Hospício em Ibiapaba; 2 — Na Fortaleza e primeiros estudos; 3 — Em Aquirás; 4 — Fundação do Seminário; 5 — A noite de Natal de 1759.

1. — A história dêste famoso Hospício é quási a da sua fundação material. História árida, portanto. Não deixa, contudo, de ter o seu interesse para conhecimento do ambiente e pelas informações subsidiárias que encerra, parte integrante da história da Companhia e do próprio Ceará.

Entende-se por Hospício uma Casa ou Residência grande, cabeça de toda a Missão, *diferente* das casas das Aldeias. A ela se acolheriam os missionários das Aldeias para repousar, de vez em quando; e dela, os missionários, que a habitassem de assento, iriam fazer missões às Aldeias e ao sertão. Seria também uma como enfermaria geral dos missionários onde se recolhessem os doentes ou alquebrados pela idade. A êste conceito primitivo acresceu, mais tarde, outro, de estudos, vindo a ser êste Hospício o primeiro Seminário e o primeiro estabelecimento oficial de ensino de Latim e Humanidades no Ceará.

A primeira ideia do Hospício pertence ao P. Ascenso Gago. Pelos serviços prestados por êle e pelas suas informações, D. Pedro II escreveu a 8 de Janeiro de 1697 duas cartas idênticas, uma ao Governador de Pernambuco, Caetano de Melo de Castro, e outra ao Governador do Maranhão, António de Albuquerque Coelho de Carvalho:

«Tenho resoluto que no Ceará se faça um Hospício para assistirem nêle os Padres da Companhia, que têm à sua conta a missão daqueles sertões, e porque o P. Ascenso Gago avisa ser conveniente situarem-se os Índios em Aldeias pela costa, que dista do Ceará ao Maranhão duzentas léguas, e se lhes deem de sesmarias as terras, que ficam desde a barra do Aracati-Mirim até à barra do Rio Temona, cortando desde as barras dos ditos rios a rumo direito para a Serra da Ibiapaba, entrando na sesmaria tudo o que os rumos apanharem da Serra até entestar com os Campos Gerais que lhe ficam da outra parte», mando ao Governador que assim o faça e dê ajuda aos Padres e gentio para que «se movam os mais a abraçarem a nossa amizade».

Para a fundação e sustento da Casa dava El-Rei, de uma só vez, 6.000 cruzados, e a côngrua necessária por 6 anos, até terem rendimento próprio, que segundo as possibilidades da terra, consistiria na criação de gado. Para isso ordenava El-Rei àqueles Governadores limítrofes que dessem as terras indispensáveis[1].

Dificuldades no pagamento da côngrua assinada, fizeram adiar a fundação do Hospício, por muitos anos. Entretanto, chegou o P. João Guedes e outros, que eram de parecer que Ibiapaba e todo o Ceará ficassem unidos não ao govêrno do Estado do Maranhão, mas ao govêrno de Pernambuco isto é, ao Estado do Brasil. Para êsse efeito foi a Lisbôa em 1720. E com êle, outros. Apresentaram-se a El-Rei três representações: do P. João Guedes, da Companhia de Jesus, do P. António de Sousa Leal, clérigo do hábito de S. Pedro; de D. Jacobo de Sousa, principal de Ibiapaba, todas três examinadas pelo Conselho Ultramarino[2].

João Guedes ainda estava em Lisboa, a 14 de Julho de 1721 a cuidar da jurisdição e a ultimar o que convinha ao Hospício, que o desenvolvimento das Capitanias do Ceará e do Piauí tornava neces-

---

1. Bibl. de Évora, cód. CXV/2-18; *Anais do Pará*, 107-108; Studart, *Notas para a História do Ceará*, 217-219, que publica na íntegra as duas cartas, assim como em *Datas e Factos*, I, 101-104.

2. Cf. AHC, *Ceará, Papeis Avulsos*, I, 1720. Diz Studart, fundado nas *Notizie* do P. Manuel Pinheiro, que em 1720 aportaram a Pernambuco, na frota, o Padre João Guedes com os Principais da Serra, mestre de Campo D. Filipe de Sousa, filho de D. Jacobo de Souza, que faleceu em Lisboa, e o capitão Cristovão de Sousa (*Notizie delle fatiche soferte dai NN. PP. nel prendere il possesso delle popolazione del Siará* (sic), pelo P. Manuel Pinheiro, publicado por Studart, *Duas Memórias do Jesuíta Manuel Pinheiro*, 3, 28). Dizem também as *Notizie*, que foi por influxo de Maia da Gama, Governador do Maranhão, que a população da Serra ficou unida ao Maranhão: Maia da Gama só começou a governar em 1722, posteriormente a êstes factos. As *Notizie*, redigidas pelo P. Pinheiro, na Itália, tantos anos depois, contém outras inexatidões ou infidelidades de memória.

sário. Alcançou de El-Rei Dom João V, a 17 de Março de 1721, o Alvará da fundação; mas no seu pensamento havia já a ideia de o deslocar do primitivo sítio, Ibiapaba, para outro mais central, donde os Padres irradiassem para aquelas Capitanias e também pudessem descobrir e missionar os índios escondidos na serra do Araripe, mais dilatada e distante. No Alvará ainda se fala em Ibiapaba, mas já se distinguem nitidamente a *Casa do Hospício* e a *Serra de Ibiapaba:* no «*Hospício*, que ora mando estabelecer, há-de haver 10 missionários da Companhia de Jesus e entre êles alguns Alemães, para o que mando escrever ao Reverendo Geral da Companhia»; «e tenho entendido que para a *Serra de Ibiapaba* se mandem mais dois missionários». El-Rei manteve a dotação anterior de 6.000 cruzados, a pagar em três anos (dois mil por ano), para a construção da Casa. E que, além disso, se dessem de côngrua, anualmente, a cada um dos dez missionários, 40.000 reis [1].

João Guedes voltou logo ao Brasil e seguiu para Ibiapaba onde já o dá o catálogo de 1722 [2]. Mas pouco se demorou, porque a idéia do Hospício tinha baixado definitivamente da Serra para a costa do mar.

2. — Posta de parte a fundação do Hospício em Ibiapaba, pensou-se na Fortaleza. Data de 1656 o primeiro contacto dos Jesuítas com a povoação do Forte, quando ali estêve o P. António Ribeiro. Outros por ali passaram, e até um, o P. Cócleo, chegou a ser capelão dela.

A primeira casa, própria sua, que possuíram na Fortaleza os Padres da Companhia deve datar de 1723. Escreve o P. João Guedes, em Outubro de 1727:

«Está a fazer quatro anos que chegamos ao Ceará onde na casa, que compramos e ampliamos, vivemos com suficientes cómodos quatro Religiosos. Abrimos escola e ensinamos a muitos meninos, a ler, escrever, e contar e os primeiros elementos da Latinidade; e praticamos os demais ministérios» [3].

---

1. Alvará, em Studart, *Notas para a História do Ceará*, 219-220; Abreu e Lima, *Synopsis*, 185; *Bras. 4*, 225-225v, 298-299v, 302-302v.
2. *Bras. 6*, 113.
3. *Bras. 4*, 377; Cf. BNL, *Col. Pomb.*, 672, f. 114.

Os quatro Religiosos fundadores eram o P. Guedes, o P. Felix Capelli, professor, o P. Manuel Baptista, dado a ministérios, e o Ir. Manuel da Luz, coadjutor[1].

Nesta altura, Outubro de 1727, já estavam havia um mês em Aquirás. Mas antes estiveram em Fortaleza e a casa vê-se perfeitamente num mapa a côres que o Capitão-mor, Manuel Francês, apresentou em Lisboa como demonstração dos seus serviços, mapa importante para a história da capital cearense. Uma breve descrição permite-nos identificar o local dessa primeira séde do Hospício do Ceará.

---

1. O P. João Guedes, que algumas vezes assina Guincel e cujo verdadeiro nome é Ginzel, sendo Guedes a sua aproximação portuguesa, natural de Komotau, na Boémia, embarcou, de Lisboa para o Brasil em 1694, com 34 anos. Logo foi trabalhar com os Índios. A 20 de Outubro de 1696, na *Relação* feita pelo P. Bourel da expulsão dos Padres da Missão de Rodela, Rio de S. Francisco, pelos Índios da Casa da Torre, o P. Guedes subscreve-se «Missionário na Aldeia de Zorobabé». Depois com o P. Manuel Ribeiro, desceu os «*Orises*», para serem aldeados (*Bras.* 9, 435v); e pelo Açú e Jaguaribe entra no Ceará, de que havia de ser incansável missionário até à morte, a 11 de Fevereiro de 1743, no mesmo Hospício que fundara (*Hist. Soc. 53*, 173). Na lista dos Reitores de Olinda, faz-se a menção do seu nome «a die 5 Oct. 1716» (Bibl. Vitt. Em., f. Ges. 3492/1363, n.º 6).

O P. Felix Capeli [Capelly] natural de Lisboa, onde nasceu a 28 de Março de 1688, entrou na Companhia a 31 de Outubro de 1703 e embarcou para o Brasil em 1705 (*Bras. 6*, 121; Franco; *Synopsis*, in fine). Fez a Profissão solene, no Recife, a 21 de Novembro de 1723 (*Lus. 14*, f. 229-229v).

O P. Manuel Baptista, diz Loreto Couto, «trinta anos viveu na contínua tarefa de ganhar almas a Deus. Assistiu aos Índios do Ceará, onde com grande esplendor de virtudes finalizou a vida no fim de Julho de 1756 quando contava 75 anos de idade e foi o primeiro sepultado na igreja de N.ª S.ª da Assunção do dito Hospício» (Loreto Couto, *Desagravos do Brasil e Glorias de Pernambuco*) em Anais da BNR, XXIV (1902) 350; Cf. Heliodoro Pires, *A Paisagem espiritual do Brasil no século XVIII* (S. Paulo 1937) 55. Loreto Couto fá-lo natural de Santa Cristina, Arcebispado de Braga, mas os Catálogos da Companhia dão-no do Pôrto, assim como a data da sua morte a 26 de Maio de 1756 (Bibl. Vit. Em., f. Ges. 3492/1363, n.º 6). Tinha entrado na Companhia, a 14 de Agosto de 1699, com 17 anos de idade (*Bras.* 6, 120).

O Ir. Manuel da Luz, estava no Rio, em 1706, com o cuidado da botica e conhecimentos médicos, e pediu ao Geral para passar à Índia, onde eram precisos homens com essa prática: «cuido poderei de algum modo concorrer, por êste meio, para o bem das almas, meu único intento» (Carta de 23 de Janeiro de 1706, *Bras.* 4, 114). Naturalmente, o P. Geral achou que o Ir. Manuel da Luz no Brasil, com os seus conhecimentos médicos, também poderia salvar almas. Os Catálogos dão-no como de Proença. Faleceu no Recife, a 12 de Agosto de 1735 (*Bras.* 6, 197).

Em cima do mapa, no ângulo direito, está a Fortaleza, com a bandeira Portuguesa (branca e o escudo ao centro) e 3 peças de artilharia visíveis, uma a disparar. Entre o forte e o regato, uma casa assobradada, e entre o regato e mar, outras. A seguir à Fortaleza, na mesma linha, para o interior, uma casa pequena e depois a Casa da Câmara, com 12 portas e outras tantas janelas. Em frente da Câmara e do Forte, a Praça com os símbolos municipais, coincidindo o pelourinho, com a frente da Câmara, e a forca com a da Fortaleza. Do lado oposto da praça, no ângulo sul, junto ao arroio, na margem esquerda dêle, no cotovelo que faz antes de se lançar no mar, a «*Casa dos P.ᵉˢ da Companhia*», assim escrito em cima dela; e por baixo: «Fez de novo o Capp.ᵃᵐ Mor»[1].

As casas da Fortaleza, então, umas eram cobertas de telha e outras de palha, indicando-se a telha, a vermelho. A Casa da Companhia, encimada por uma cruz, é de telha.

No ângulo superior esquerdo da Praça, em frente à Câmara, um pouco ao lado, a capela ou igreja de S. José de Riba-Mar, com a nota: «reedificou o Capp.ᵃᵐ mor». No lado oriental da praça, as moradias, e mais algumas do outro lado, entre o regato e o mar. Aqui e além, árvores e palmeiras. Na parte sul do mapa, uma pequena enseada, com um navio ancorado. *É Mucuripe*. O regato é o *Japeú*. Junto dêste regato, naquela casa, moravam pois os Padres, enquanto se debatia qual seria melhor, se ficar aí, em Fortaleza, ou ir para Aquirás[2].

Sucedeu que no ano de 1723, se criou em Aquirás a Comarca do Ceará, facto que deve ter influido na escolha. Era ouvidor, José Mendes Machado, por alcunha o «Tubarão». «Espírito atrabiliário e rixoso, o ouvidor Mendes Machado, diz o autor da *História do Ceará*, constituiu-se um elemento de desordem, indis-

---

1. «De-novo», isto é, fez-se durante o govêrno do Capitão-mor, sem existir outra antes; ou «de-novo», a saber, que se ergueu no local de outra já velha que existisse antes e se arruinasse. De qualquer maneira é evidente a intervenção do Capitão-mor, para o alegar como serviço público, o que não exclue empréstimo ou compra e ampliações por parte dos Jesuítas. Sítio onde está hoje, aproximadamente, o Palácio e Cúria Arquiepiscopal.

2. «Villa nova da Fortaleza de Nª. Sª. da Assumpssão da Capitania do Ceará Grande que S. Magde q̃ Deos gde foi cervido mandar criar» (AHC, *Ceará, Papeis Avulsos*, I, 17 de Julho de 1730 — *Justificação de serviços do Capitão-mor Manuel Francez*. — Reproduzimos o mapa.

pondo-se com o capitão-mor, a Câmara da população de Aquirás »[1]. O irrequieto Ouvidor provocou a guerra civil; e na sua viagem de correição pela Ribeira do Acaraú fomentou as calúnias que o cura dali levantou contra a Companhia.

Tudo eram obstáculos à erecção do Hospício. João Guedes tomou a resolução, em 1725, de ir informar o governador de Pernambuco, daquela guerra civil, na qual até à sua saída já tinham perecido miseravelmente mais de 80 pessoas.

Foi de parecer o Governador e nêle o acompanharam os Reitores dos Colégios de Olinda e Recife, que João Guedes fosse a Lisboa para que a Côrte soubesse de fonte digna de crédito tão lamentáveis sucessos. Guedes chegou a Lisboa no dia 30 de Novembro de 1725.

Aproveitou a oportunidade para desfazer os enredos do cura de Acaraú e procurar garantias para a construção efectiva do Hospício do Ceará[2]. Também não deve ser alheia à informação dos Jesuitas de Pernambuco, a Ordem do Rei Magnífico, de 11 de Maio de 1725, mandando erigir em vila a Fortaleza e seu aglomerado, acto memorável para a vida municipal, definitiva e autónoma, de Fortaleza, e que se realizou a 13 de Abril de 1726. O Capitão-mor nomeou os primeiros funcionários da Câmara ou Prefeitura do novo Município. Reuniu-os. E convocando a nobreza, ordenanças, soldados e índios, toda a gente da povoação, gritou, por três vezes.

— « Viva o poderosíssimo Rei D. João o Quinto nosso Senhor »!

Todo o povo repetiu a fórmula clássica, inaugural, ao som de caixas e charamelas. Levantou-se o pelourinho. E escreve êle próprio: « espero com a ajuda de Deus Nosso Senhor tenha Sua Majestade em breves anos nesta vila, que mandou criar, uma nobre povoação ». Não se enganou o Capitão-mor. Ainda houve dares e tomares com Aquirás, mas enfim Fortaleza prevaleceu e é hoje a mais nobre povoação do Ceará, como capital do Estado[3].

---

1. Cruz Filho, *História do Ceará* (S. Paulo, s/d) 89.
2. Carta de João Guedes, de Lisboa, 8 de Dezembro de 1725; *Bras. 4*, 302; Cf. *Ib.*, 257-258v; 298-299v; *Inéditos relativos ao levante ocorrido na Ribeira do Jaguaribe no tempo de Manuel Francez e do Ouvidor Mendes Machado* (66 documentos) por Studart, na *Rev. do Inst. do Ceará*, X, 142-208.
3. Cf. Acta da criação da « Vila da Fortaleza de Nossa Senhora da Assumpção do Ceará Grande », a 13 de Abril de 1726, e Carta do Capitão-mor, Manuel Francez comunicando o facto à Câmara de Aquirás, de 17 de mesmo mês, em Studart, *Datas e Factos*, 174-175. A primeira vila do Ceará foi S. José de Ribamar.

Tinha o P. Guedes pedido ao Geral oferecesse a El-Rei o título de Fundador do Hospício, e, em sinal de gratidão, certo número de missas. De Roma preguntaram a que título. Foi ocasião esta para o P. Guedes nos deixar discriminada a situação económica do Hospício, nessa época. El-Rei já tinha dado os 6.000 cruzados para o edifício. Os 16.000 da côngrua (a 4.000 por ano) atrasados, ainda não se haviam recebido por desinteligências entre os Provedores do Ceará e do Rio Grande do Norte, mas levaria agora Provisão de El-Rei para os pagar o Provedor de Pernambuco, agora e de futuro. Para a construção da casa, prometia-lhe El-Rei mais 4.000 cruzados. Não seria muito, mas chegaria, atendendo-se ao meio, onde os gastos eram menores por não haver pedra; até a Fortaleza era de madeira e taipa de pilão [1].

3. — A falta de materiais em Fortaleza foi precisamente um dos motivos invocados para recair a escolha em Aquirás para séde do Hospício. Outros motivos: o apêrto do terreno em que estava a casa da Fortaleza: dum lado o forte, do outro, o riacho; abriu-se dentro da cêrca um poço: benefício sem dúvida, mas, tendo-o os Padres pôsto à disposição dos soldados e moradores, a afluência dêstes seria um elemento de perturbação à vida religiosa. Outro inconveniente, notado também pelo P. João Guedes que estava com a ideia em Aquirás: à roda da casa tudo eram areias e não haveria lugar acomodado para repouso dos alunos e Padres quando viessem retemperar as forças gastas nas missões: e terreno, para o ampliar, como convinha, não havia ali junto, nem dado nem comprado.

Soube o Coronel João de Barros Braga que o P. Guedes pensava em fundar o Hospício em Aquirás e ofereceu-lhe sítio com área de meia milha; vendeu-lhe uma cêrca, por 500 escudos, onde se poderia cultivar todo o género de frutas e legumes e até cana de açucar. O mesmo benfeitor já tinha dado antes outra milha de terra, boa para pastios, que, com outros benefícios, se pode computar tudo em mais de 900 escudos.

Estêve em diversos sítios, um dos quais Fortaleza, fixando-se por último em Aquirás. Entre as discussões levantadas entre ambas as vilas, está, em 1756, a que dizia respeito à prioridade de cada qual, Id., *ib.*, 269, 288, 289.

1. Carta do P. João Guedes, de Lisboa, 10 de Abril de 1726, Gesù, *Missiones*, 721.

João Guedes conta isto ao Geral para justificar a sua escolha e para mover a conceder, das missas que se dizem por sua intenção, uma cada semana em sinal de gratidão para com o benfeitor. E fala em milhas e escudos para se fazer entender em Roma, pois o escudo era então moeda romana. E acrescenta que se opunham à fundação do Hospício em Aquirás o Governador e o Bispo de Pernambuco e até o Provincial da Companhia de Jesus no Brasil[1].

Afinal prevaleceu a vontade do P. Guedes, e o Hospício estabeleceu-se definitivamente em Aquirás. E deve datar-se de 1727 a sua fundação[2].

4. — A primitiva ideia de *Hospício*, casa central de missionários, evolucionou logo para outra correlativa e mais ampla: a de ser simultaneamente *Seminário* de alunos internos (não apenas externos, como na Fortaleza e nos Colégios), onde se formassem os filhos dos moradores dispersos pelas fazendas e pelo interior. «Os moradores daquelas Capitanias do Ceará e do Piauí querem mandar os filhos aos estudos que já se ensinam no dito Hospício, mas não se resolvem a mandá-los por não acharem casas em que os possam acomodar sem perigo de se perderem pela grande soltura em que comumente se vive nos sertões». Propunha João Guedes que em vez de os meninos se recolherem em casas particulares, se fizesse um Seminário, onde vivessem sob autoridade dos Religiosos, com o que aproveitariam também mais nos estudos.

Para a construção do Seminário, anexo ao Hospício, determinou El-Rei que se dessem mais 6.000 cruzados, metade a cobrar do rendimento das multas judiciais das Capitanias do Ceará e Piauí e a outra parte de outros rendimentos da fazenda real[3].

Três anos depois, já estava o edifício armado e ainda não se tinham cumprido as ordens régias. Representa-o João Guedes, que já assina «Superior do *Real Hospício do Ceará*», e a 2 de Junho de 1730 resolve-se que se pregunte aos ouvidores porque não teriam cumprido aquela ordem[4]. Questões de mero expediente, que provo-

---

1. Carta do P. João Guedes ao P. Geral, *Ex Residentia Searensi* (sic), 17 de Outubro de 1727, *Bras. 4*, 277-277v.
2. Cf. Studart, *Notas para a História do Ceará*, 223. A escritura de doação tem a data de 6 de Setembro de 1727, Id., *Datas e factos*, I, 177.
3. Despacho de 6 de Abril de 1726, AHC, Cód. 55, f. 297v.
4. AHC, *Ceará, Papeis Avulsos, 1729, 21 de Junho*.

cam às vezes informações úteis. Diz o Governador de Pernambuco, em 1731:

O Hospício está «em bom sítio, tendo os Padres dentro da cêrca um olho de água nativa, achando-se já nela cinco Padres e dous leigos, com dormitório capaz em que vivem e uma pequena ermida aonde dizem missa, estando de próximo para fazer igreja. A dita obra é tanto do serviço de Deus que nenhuma outra a excederá por estar no meio de uns sertões, os maiores desta América, entre o Maranhão, e esta Praça de Pernambuco, povoada de criminosos e muitos mulatos de larga vida, uns criados entre as feras que nêles há e outros dêsse Reino com os mesmos costumes, vivendo alguns em sítios que distam das igrejas 20 e 30 léguas com pouco temor de Deus e das justiças. *Da doutrina dêstes Padres, ensinada aos filhos dêstes homens para o que têm Seminário*, se podem esperar grandes utilidades contra os referidos costumes»[1].

Urgia a construção rápida de tudo. A Carta Régia de 12 de Fevereiro de 1732 dá novos emolumentos[2]. Mas bem consignava El-Rei os subsídios necessários: não se pagavam ou pagavam-se mal. As informações oficiais, enviadas para Roma em 1743, diziam:

«Esta casa tem por Fundador o Sereníssimo Rei de Portugal, que dispôs que residissem sempre nela 10 da Companhia, que se ocupassem das Missões e da educação dos meninos. Mas regularmente estão 5. Para cada um deu El-Rei 60 escudos e para a edificação da casa deu 2.400. Todavia, a casa ainda não está completamente fundada, e só tarde o estará; a dotação real nunca se paga na íntegra, e, portanto, não se pôde completar o número de Padres designado pelo Fundador. Além da dotação real possue esta casa duas pequenas fazendas: duma tira a carne, de que precisa, e alguns cavalos, que vende;

---

1. Do Governador de Pernambuco, Duarte Sodré Pereira, a El-Rei, AHC, *Ceará, II, 25 de Outubro de 1731*. Esta é a data em que foi examinada no Conselho Ultramarino, favoravel a que se socorresse o Hospício. Idênticas representações da Câmara de Aquirás, de 9 de Abril de 1730, e do P. Alexandre da Fonseca, vigário da Matriz de S. José de Ribamar e Vigário Geral de tôda a Capitania do Ceará Grande, que atesta a evidente utilidade do Hospício para todos os seus paroquianos.

2. Abreu e Lima, *Synopsis*, 185; em Studart, *Datas e factos*, I, 184, com as datas de 8 e 12 de Janeiro.

da outra, mais junto à casa, a farinha e legumes, para se sustentar. Tem somente 14 servos»[1].

5. — Já desde 1741, ano em que os Padres tomaram conta das Aldeias dos arredores da Fortaleza, Aquirás se tornou a Casa Central da Missão, à qual todas as mais se agregaram. No dia 31 de Julho de 1748 (dia de Santo Inácio) lançou-se a primeira pedra da nova igreja. Como a anterior, e como Ibiapaba, e como Fortaleza, a igreja dos Jesuítas de Aquirás também ficou sob a invocação de Nossa Senhora da Assunção.

Depois de tantas batalhas vencidas, o Hospício do Ceará, que recebera o título de Real, por ser fundação de El-Rei, começava a dar enfim os esperados frutos de instrução geral para o povo, de catequese para os Índios, e até já de formação eclesiástica para os que demonstrassem vocação para tão alta carreira. Mas surge a tempestade com a qual nada tinha que ver o Ceará. A casa é cercada na noite de Natal de 1759. Os soldados repelem os Índios chegados para a suave festividade dessa noite santa; e, durante ela, o pároco da matriz de Aquirás lê o édito do Cardial Saldanha, «satis protervum», contra os Padres da Companhia[2]. A 9 de Fevereiro de 1760, o seu superior, Manuel Franco, e mais Padres, tanto os do Hospício, como os das Aldeias a êle recolhidos, embarcam presos, para o Recife[3].

---

1. *Bras.* 6, 339v. A fazenda de gado chamava-se «Pindoba», *Notizie*, em Studart, *Duas Memórias*, 5.
2. *Prov. Bras. Persecutio*, do P. Silveira, 129.
3. Bibl. Vitt. Em., f. ges. 3492/1363, n.º 6; Caeiro, *De exilio*, 164. Os Superiores do Real Hospício do Ceará foram, desde o fundador ao último:

      1 — P. João Guedes
      2 — P. Luiz de Mendoça
      3 — P. Manuel de Carvalho
      4 — P. Manuel de Matos
      5 — P. Francisco de Lira
      6 — P. Manuel Pinheiro
      7 — P. Francisco de Sampaio
      8 — P. João de Brito
      9 — P. Manuel Franco

Cf. Bibl. Vitt. Em., f. ges. 3492/1363, n.º 6. Dêstes Padres, além de João Guedes, merece menção o P. Francisco de Lira, que foi superior por mais de 16 anos seguidos (todos os catálogos de 1716 a 1732 o trazem com essas funções). Natural da Ilha

O Real Hospício do Ceará, em Aquirás, demoliu-se em 1854 e a própria igreja, que tinha no frontispício o ano de 1753, arrasou-se depois, diz Gurgel, «durante a presidência de um homem não respeitador dos monumentos»[1]. Mas o Real Hospício ficou na história da instrução e educação pública, como o da primeira instituição cearense onde se ensinaram Humanidades; e também na história eclesiástica do Ceará, por ter sido, de-facto, o seu primeiro Seminário[2].

---

da Madeira, entrou na Companhia com 18 anos, a 20 de Outubro de 1694. Preso e desterrado, faleceu na viagem do mar. O Capitão do navio tinha diminuido de tal sorte a ração da água que em breves dias faleceram alguns Padres. Francisco de Lira, com 84 anos, sucumbiu à velhice e à sêde, no dia 16 de Junho de 1760. Querendo os companheiros confortá-lo com o sagrado viático não o consentiu o mesmo Capitão (*Prov. Bras. Pers.*, do P. Silveira, 137). Studart, *Duas Memórias*, 9-13, dá mais notícias sôbre êstes e outros Jesuítas, assim como em *Geografia do Ceará*, publicada na *Rev. do Inst. do Ceará*, vol. XXXVII (1923) e XXXVIII (1924). Demasiado miudas, todavia, para terem cabida numa história geral.

1. Gurgel, *Dicionário*, 26. Os haveres do Real Hospício dispersaram-se. Eusébio de Sousa dá notícia, com fotografia, de «uma preciosa lâmpada de prata que pertenceu ao antigo hospício dos Jesuítas e ora [está] servindo no altar do Santíssimo Sacramento na Catedral da Fortaleza», cf. diário da Fortaleza, *O Nordeste*, de 19 de Junho de 1935.

2. Hoje o Ceará conta várias Dioceses e bons e prósperos Seminários. E um também da Companhia de Jesus. — «Chegou a pedra de Aquirás para a fundação da Escola Apostólica», lemos no *Diário* manuscrito da Escola Apostólica de Baturité, que é também Noviciado e Colégio de Humanidades, onde se formam os jovens Jesuítas brasileiros da actual Vice-Província da Companhia de Jesus no Norte do Brasil, constituida inicialmente por Jesuitas Portugueses. A «pedra de Aquirás», chegada a Baturité a 30 de Novembro, lançou-se solenemente no dia de S. Francisco Xavier, 3 de Dezembro de 1922, na presença do Arcebispo da Fortaleza, D. Manuel Gomes, e do fundador P. António Pinto, e de outras importantes personalidades civis e religiosas. A seguinte inscrição latina, aberta a cinzel na pedra lavrada, dá o sentido dessa escôlha, feito de tradição e de esperança:

«*Hic lapis fundamentalis, desumptus ex ruinis antiquae Societatis templi, ad Aquiraz, Dei speciali providentia, signum vinculi inter antiquam et novam Societatem, et stimulus Nostris erit ut virtute et labore strenuo, maximis illis viris, qui hanc vineam Domini sudore et sanguine coluerunt, quoad fieri potest respondeamus*». Cf. J. Foulquier, *Jesuitas no Norte* (Baía 1940) 137.

IGREJA DE NOSSA SENHORA DA LUZ DO MARANHÃO
(HOJE SÉ CATEDRAL)
Desenho à pena, avivando uma velha fotografia

CAPÍTULO VI

Aldeias da Fortaleza e Rio Jaguaribe

1 — Aldeias; 2 — Parangaba, primeira e segunda vez; 3 — Caucáia (Soure); 4 — Paranamirim e Paupina (Messejana); 5 — Paiacus; 6 — No Rio Jaguaribe.

1. — Advertimos que só consideramos Aldeia fundada pelos Jesuítas, nêstes dois casos, e sempre com erecção de uma igreja: ou quando os Jesuítas reuniam num sítio determinado os Índios dispersos ou descidos por êles; ou quando, numa Aldeia de Índios, já existente, se estabeleciam os Jesuítas, dando-lhe forma catequética e civilizadora.

As Aldeias de Caucáia, Paupina e Parangaba há quem as dê como fundadas pelos Padres Francisco Pinto e Luiz Figueira. Segundo a definição que demos, não o foram. O que não quer dizer que não passassem por elas. O sítio exacto em que estiveram esses dois Padres, tanto em Ibiapaba, como nas Aldeias que acharam no caminho, é impossivel determiná-lo hoje com rigor científico; pelo menos é insegura a identificação com aqueles lugares, tendo-se em conta não só a falta de notícias, concretas, mas sobretudo a facilidade dos Índios em mudarem de sítio. Discriminaremos para cada qual o que nos diz a história.

2. — O primeiro Jesuíta que trabalhou em *Parangaba* e outras Aldeias vizinhas, foi António Ribeiro, missionário de Ibiapaba, a chamado do Almoxarife e do Capelão da Fortaleza, já então no lugar actual, que chegou alí no fim de 1656 ou começo de 1657, para apaziguar a rebelião subsequente ao morticínio dos *Anacés*.

Depois, a requerimento do Governador André Vidal de Negreiros, deixou-se ficar entre êles, até que indo a Pernambuco e voltando a Ibiapaba, se viram de-novo sem missionário. Diz Vieira, em 1658: «O principal do Ceará, chamado Algodão, se queixa muito de o P.

António Ribeiro ter deixado a sua gente e pede se lhe mande outro Padre em seu lugar»[1].

Padre do Maranhão não foi, como se pedia. Mas foi do Brasil e mais do que um. Porque o Vice-Rei favorecia positivamente a Missão do Ceará, e assinou sustento para quatro missionários[2]. Em 1662 chegaram os Padres Jacobo Cócleo e Pedro Francisco Cassali. Estabeleceram-se em Parangaba. Nas mãos dêste, a 2 de Fevereiro de 1665, fez o P. Cócleo a sua profissão solene. Guarda-se ainda a folha dos votos datada de *Parangaba* (*sic*), primeira menção explícita desta Aldeia em documentos jesuíticos[3]. «Os Índios eram mais de 2.000»[4].

O processo da fundação jesuítica de Parangaba pode-se, pois, esquematizar assim: Francisco Pinto e Luiz Figueira, passagem provável; António Ribeiro, passagem certa; Jacobo Cócleo e companheiros (outros vieram), residência fixa, mas apenas algum tempo, até 1671.

De Parangaba iam os Jesuítas a Camocim e a Ibiapaba, feitas as pazes com os *Tobajaras*, até se quebrarem de novo, que não tardou muito.

Devia ter vida difícil a Aldeia de Parangaba nesta época e escasseiam os documentos. Há referências a tropelias cometidas então pelos irrequietos Índios *Paiacus*, que mataram em 1665 sete Índios de *Parangaba* que vinham do Rio Grande do Norte para a sua Aldeia, e «os mensageiros que o Padre Frei Pedro Francisco mandara à vizinha Capitania do Rio Grande»[5]. Êste Pedro Francisco aqui citado, não era frade, mas jesuíta, o P. Pedro Francisco Cassali, a quem o Visitador Manuel Juzarte, chegado de Pernambuco ao Ceará em 1667, levou de Parangaba para o Maranhão, deixando na Aldeia em

---

1. *Cartas de Vieira*, I, 475-477.
2. *Bras.* 3(2), 95.
3. *Lus. 8*, f. 137-137v, 150-160v.
4. *Bras.* 26, 4.
5. Carlos Studart Filho, *Notas históricas sobre os indígenas cearenses*, na *Rev. do Inst. do Ceará*. XLV (1931) 61. Deve ter sido esta a causa da guerra que fez aos Paiacus, com parecer favorável dos Padres, o Capitão-mor João Tavares de Almeida, como se infere duma representação dos Principais de Parangaba, João Alfredo e Francisco Arajiba, e os principais dos *Jaguaribaras*, Cachoe e Maxuare, em 1671, já depois de retirados os Jesuítas, em que pedem nova guerra e aludem à anterior, *ib.*, 62; cf. António Bezerra, *O Ceará e os Cearenses* (Fortaleza 1906) 104.

seu lugar o P. Luiz Machado, homem de grande zêlo e esperanças, mas que só durou três anos. Luiz Machado emitiu também em Parangaba, no dia 2 de Fevereiro de 1668, a profissão solene [1]; e faleceu a 3 de Outubro de 1670. Como se pensava já em deixar Parangaba, sepultou-se não na igreja da Aldeia, mas em Fortaleza, com grande sentimento de Índios e Portugueses [2].

Na Fortaleza havia capelão secular. Por desinteligências com o Capitão-mor, o Capelão teve que se retirar para Pernambuco. Cócleo juntou assim às suas funções de Missionário de Parangaba, as de capelão de Fortaleza [3].

Discutiam entretanto o Visitador Manuel Juzarte e os Superiores do Brasil a posição legal da missão do Ceará, as suas condições de vida, o revezamento dos missionários, o seu isolamento, e, além disto, as eternas complicações morais dos soldados com as índias, mil dificuldades inerentes a uma missão precária, em que aos missionários faltavam meios eficazes de evitar o mal e promover o bem. A solução foi chamar-se ao Brasil o P. Cócleo com seu companheiro, único então, Ir. Manuel Carneiro, vindo também com o P. Juzarte. Os Missionários retiraram-se entre lágrimas dos neófitos. Cócleo já estava em Pernambuco em 30 de Maio de 1671 [4]. Desde a sua chegada, até 1668, tinham-se baptizado 612 índios entre os quais alguns adultos [5].

Refere-se a êste período, em 1698, o Bispo de Olinda, ao dar conta do estado espiritual do Ceará: «Situaram-se algumas Aldeias pelos Religiosos da Companhia, que ainda hoje se conservam, pôsto-que não com aquêle aumento, que puderam ter, se os PP. as não largaram, obrigados do mau tratamento dos capitães-mores e dos soldados, que experimentavam não só nas suas pessôas, mas também nas dos índios e índias, usando destas para as suas torpezas e daqueles para as suas grangearias sem lhes satisfazerem o seu trabalho: ficaram estas Aldeias, a cargo do mesmo capelão» [da Fortaleza],

---

1. *Lus. 8*, 269-269-v. 296-296v.
2. *Bras. 3(2)*, 117.
3. *Bras. 3(2)*, 106.
4. *Bras. 3(2)*, 117-118v.
5. *Bras. 3(2)*, 65. E interessante notar que, apenas faltou a autoridade dos Padres, recomeçaram as guerras dos índios entre si, insinuadas talvez pelos próprios colonos: é de 10 de Agosto de 1671 o referido requerimento de João Algodão, Francisco Arajiba e outros principais, ao Capitão-mor Jorge Correia da Silva para fazerem guerra aos *Paiacus*, Studart, *Datas e Factos*, I, 82.

até que foi o P. João Alvares oratoriano e depois outros missionários, tanto oratorianos, como seculares [1].

Êstes missionários trabalharam com o zêlo que as circunstâncias e contrastes do tempo lhes permitiam, abandonando as Aldeias quando não podiam superar as hostilidades.

No Ceará, sem contar Ibiapaba, havia em 1694, seis Aldeias: *Caucáia, Parangaba, Paupina, Paranamirim*, e duas de *Jaguariguaras* [2]. Dois anos depois, Pedro Lelou enumera sete: quatro Aldeias de *Potiguares* (aquelas quatro primeiras), uma nação de Tapuias *Jaguariguaras*, já aldeados, uma nação de *Paiacus* na Ribeira do Jaguaribe, e uma nação de *Anacés*. E para tôdas faltavam missionários [3]. Cabe alguma responsabilidade no abandono destas Aldeias, ao mesmo Pedro Lelou e a outros Capitães-mores. É o que se infere do testemunho do Padre secular João Leite de Aguiar, natural da Vila de S. Paulo, saído dela em 1689, como capelão do terço de Paulistas, que chamou o Arcebispo da Baía, D. Fr. Manuel da Ressurreição, então governador, para sujeitar os índios bárbaros levantados, do Rio Grande do Açu e Jaguaribe. Andou 4 anos nessa Tropa, até que esta, por falta de pólvora e balas, se retirou. Mas Aguiar, mandado pelo Bispo de Pernambuco, a missionar os *Jaguariguaras* escreveu a 15 de Maio de 1696, de Pernambuco, narrando o que fez e como os Capitães-mores daquelas partes hostilizavam as Missões:

«Digo finalmente a V. Majestade que os Capitães-mores destas Capitanias e fortalezas principalmente os do Ceará são tão opositores ao serviço de Deus que se faz nestas missões; e porque V. Majestade está bem informado e será mais agora pelo Reverendíssimo Bispo e Governador, não quero nesta matéria ser mais extenso [...]. São tão absolutos que dizem que Vossa Majestade em Portugal e êles no Brasil; por estas causas e outras, que não relato, largaram aquelas Missões os Padres da Companhia de Jesus, e os da Congregação do Oratório, e o mesmo farão os clérigos que o Reverendíssimo Bispo agora manda, se V. Majestade lhes não puser o remédio conveniente que o Bispo Governador pretende:

---

1. AHC, *Ceará*, I, 87.
2. Informação do chefe Paulista Manuel de Morais Navarro, de 26 de Julho de 1694, *Rev. do Inst. do Ceará*, XXXVII, 35.
3. Carta de Pedro Lelou, de 20 de Agosto de 1696, na *Rev. do Inst. do Ceará*, XVI, 145-146.

1) Uma Câmara junto à Fortaleza do Ceará.

2) *Ou não* se nomear Capitão-mor por triénio, sendo provido por um Capitão de Infantaria de Pernambuco.

3) E que os missionários tenham nas Aldeias a administração temporal e espiritual como se estila em todo o Brasil »[1].

Foram-se nomeando novos párocos das Aldeias. Em 1713, o Governador de Pernambuco tinha já oferecido aos Padres da Companhia, duas destas Aldeias, que as não aceitaram, invocando o motivo principal porque as tinham deixado e contra o qual não havia ainda garantias suficientes: as relações abusivas e desonestas dos soldados com as mulheres índias[2].

Durante longos anos os Jesuítas ficaram pois sòmente com a Aldeia de Ibiapaba, até à fundação do Real Hospício do Ceará, primeiro em Fortaleza e logo em Aquirás. As Aldeias iam-se arrastando como podiam umas vezes com pároco, outras sem êle, ou então com pároco que não residia na Aldeia a maior parte do tempo. Por fim, o Bispo de Pernambuco D. José Fialho interveio directamente e informou a Côrte de que as Aldeias dos Índios do Ceará era seu desejo se entregassem a missionários da Companhia, e acrescentou que o Hospício de Aquirás fôra providencial. E assim, por provisão de 22 de Outubro de 1735, se confiaram aos Jesuítas os índios de sete Aldeias, que se reduziram a quatro, e cujos nomes, como Aldeias da Companhia, se acham pela primeira vez no Catálogo de 1741, com a designação, tôdas quatro, de aldeia *nova: Parangaba* (sic), *Paupina, Caucáia, Paiacus*[3].

A cada uma destas Aldeias, se a não tinham já, deu-se uma légua de terra para os Índios cultivarem. Antes de tomarem posse das Aldeias representaram os Padres à Côrte os graves inconvenientes que havia em se encarregarem delas; mas aconselhou-os o Cardial da Cunha que fizessem o que El-Rei mandava. Os Jesuítas tomaram posse de *Parangaba* em Dezembro de 1741. Entregou-lha o pároco secular. Havia já uma igreja do Bom Jesus, que os Jesuítas ampliaram e embelezaram, erguendo Residência nova. Transferi-

---

1. Carta aut. no AHC, *Ceará*, I, 78.
2. *Bras. 4*, 181-181v. Cf. Representação do Desembargador Cristovão Soares Reimão a El-Rei, sobre estarem vários moradores com «*indias furtadas a seus maridos* há quatro, dez, quinze anos», *Rev. do Inst. do Ceará*, XXVII (1913) 176-177.
3. *Bras. 6*, 325v; J. Brígido, *Resumo Chronologico*, 83; Padre Manuel Pinheiro, *Notizie*, em Studart, *Duas Memórias*, 39-40; Id., *Datas e factos*, I, 191.

ram-se para Parangaba os Índios da *Aldeia Nova* e os *Anacés* de Aguanambi. E com todos trabalharam os Padres. Mas o seu zêlo era prejudicado pela vizinhança da Fortaleza, cujos soldados continuavam a praticar, com índios e índias, os habituais desmandos [1].

A 25 de Outubro de 1759 erigiu-se em vila, com o nome de *Vila Nova de Arronches*, e deu-se um caso galante na transmissão de poderes. O capitão índio da Aldeia João de Sousa, foi nomeado juiz dela, com João Soares Algodão. Quando o Ouvidor Geral de Pernambuco, Bernardo Coelho da Gama Casco, procedia à cerimónia, Rosa Maria, mulher de João de Sousa, em vez de aplausos, que o desembargador esperava, rompe em pranto, desfeito e alto, acompanhado instintivamente pelo côro geral das mulheres parangabanas:

— Que me importa a mim êste cargo, dizia Rosa Maria, se não se passará um ano, que o meu marido não esteja deposto ou fugido, ou a arranjar dinheiro para se libertar?... [2].

O instinto conjugal pode-se iludir, e não sabemos se nêste caso se enganou; mas o instinto maternal é infalível. As regalias e liberdades que se lhes prometiam, em troca da autoridade suave e paterna dos Jesuítas, tiveram aqui uma ilustração dolorosa: alguns anos mais tarde, o Director civil de Arronches retirou da escola e vendeu 41 meninos e meninas [3].

Parangaba, que em 1759 tinha 1.200 índios, voltou a recuperar depois o nome antigo com a mudança de uma letra, *Porangaba*. É hoje um dos arrabaldes mais sàdios e formosos da capital do Ceará [4].

---

1. *Notizie*, em Studart, *Duas Memórias*, 44.
2. *Provinciae Brasiliae Persecutio*, de Francisco da Silveira, Bibl. de Bruxelas, cód. 20126, p. 64. Ao marido de Rosa Maria chama Studart, João de Sousa Fetal, *Datas e factos*, I, 285.
3. Studart, *Notas para a História do Ceará*, 183, com o atestado autêntico do professor e tabelião Nicolau Correia Marreiros, passado a 1 de Outubro de 1786.
4. Studart, *Notas para a História do Ceará*, 228-229, publica o têrmo da criação da vila, dando-se como orago à nova freguesia, o título de Nª. Sª. das Maravilhas. Mas a provisão do Bispo de Pernambuco, de 5 de Fevereiro de 1759, ordena que o «Senhor Jesus» de Parangaba continue a ser «Senhor do Bom Fim», *Rev. do Inst. do Ceará*, XLIV (1930) 348. Em 1811 encontramos o «Sr. Bom Jesus», patrono da freguesia; e ainda hoje se celebra com pompa e regozijo popular, *Ib.*, XXIII (1909) 298; Studart, *Seiscentas datas* (Fortaleza 1881) 25; António Bezerra de Meneses, *Parangaba*, na *Rev. do Inst. do Ceará*, XV (1900) 64. A igreja actual

3. — A *Aldeia de Nossa Senhora dos Prazeres de Caucaia*, tem história e destino semelhante ao de Parangaba. Entregou-a aos Jesuítas o seu pároco secular, bondoso e acolhedor, a 20 de Dezembro de 1741. A igreja, pequena, arruinou-se com a formiga, e foi preciso edificar outra. A perseguição não permitiu que se concluisse, mas já nela se celebravam os sagrados mistérios, quando a 25 de Junho de 1759 entrou nela o novo pároco, que leu, dia de S. Pedro, na Igreja, a provisão que o investia das funções paroquiais. Os Padres retiraram-se para o Hospício de Aquirás. Constava de 600 Índios[1]. No dia 15 de Outubro do mesmo ano, erigiu-se em *Vila Nova de Soure*[2].

4. — Entre as Aldeias, que deviam ser administradas pelos Jesuítas, contava-se também *Paranamirim*, e dela chegou a tomar posse o P. Luiz Jácome. Todavia, leve castigo, dado a um índio que bem o mereceu, diz o P. Pinheiro, solevou contra os Padres tal tempestade que a Junta das Missões, de Pernambuco, a quem o Padre recorreu, decidiu transferir e colocar aquêles índios em *Paupina*, de cuja paróquia tomaram posse os Jesuítas em Dezembro de 1741. De Paranamirim veio a imagem de Nossa Senhora da Conceição, que ficou sendo o orago de Paupina. Ao construirem as casas manifestou-se grande emulação entre os Índios. Os de Paranamirim ficaram de um lado, os de Paupina de outro. No meio, uma bela praça[3].

Em Paupina trabalharam os Jesuitas até o dia 26 de Junho de 1759. Feito e entregue o inventário do que nela existia, na Igreja e Residência, retiraram-se os Jesuítas para Aquirás. Contava 800 Índios[4]. Paupina recebeu o nome de *Vila Nova de Messejana*, no dia 1 de Janeiro de 1760[5].

O novo director, encarregado de zelar o cumprimento das ordens, administrar a justiça e dar bom exemplo, começou a proceder como se

---

já não é do tempo dos Jesuitas; mas é ainda a imagem de Cristo Crucificado, grande. E quando a visitamos, em 1942, ouvimos que o povo lhe chamava invariavelmente «Bom Jesus dos Aflitos».

1. *Prov. Bras. Persc.* do P. Silveira, 62.
2. Cf. Têrmo de erecção em Studart, *Notas para a História do Ceará*, 227-228.
3. Studart, *Duas Memórias*, 41-43.
4. *Prov. Bras. Persc.*, 63.
5. Studart, *Datas e factos*, I, 288 chama-lhe S. Sebastião de Paupina; e publica o têrmo de erecção em *Notas para a História do Ceará*, 229-230; Gurgel, *Dicionário*, 221.

vê das informações oficiais e devassa, que dêle se tirou: «Logo que chegou a esta Vila arrogou a si o govêrno dela, tratando aos seus habitadores com muita aspereza e vigor mandando prender e soltar «poienciosamente» a seu arbítrio, sem atenção ao mestre do Campo e Capitão-mor, a quem estava encarregado o governo da mesma, obrigando-os a dar-lhe duas *cunhãs* cada semana para sua casa para lhe carregarem água, servindo-se também dos trabalhadores, e mais operários que lhe foram precisos para ratificar as casas em que mora, sem lhes pagar o seu jornal e o que mais é vivendo escandalosamente amancebado com uma preta que tinha de portas a dentro».... [1].

5. — A Aldeia dos *Paiacus*, constituida por índios fugitivos do Apodi, no Rio Grande do Norte, ficava nas margens do Choró. Em Dezembro do mesmo ano de 1741, tomaram conta dela os Jesuítas. O Ir. Manuel de Macedo fez a capela e o altar-mor da igreja onde se colocou a imagem de Nossa Senhora da Conceição, padroeira da Aldeia [2]. Quando se entregou em 1759 ao P. António Peres de Cárdenas constava de 200 Índios [3]. Baptizou-se com o nome de *Lugar de Monte-Mor-o-Novo de América* [4]. O Vigário deu logo má conta de si. Veremos um dia os frutos gerais da política pombalina. Por êstes singelos casos, apenas aqui, uma reflexão. Os Jesuítas asseguravam o trabalho de muitos, que depois se teve de repartir: Párocos, coadjutores, directores dos índios, mestre-escolas.

Primeira consequência, *económica:* era preciso pagar a tôda essa gente.

Segunda consequência, *moral:* os que substituiram os Jesuítas nem sempre deram bom exemplo [5].

A Aldeia dos Paiacus dispersou-se com a saída dos Padres. As terras venderam-se ao desbarato. Borges de Barros, Capitão-mor, tornou a reunir os Paiacus a 16 léguas do seu antigo sítio, noutro a que deu também o nome de vila de Monte-Mor-o-Novo da América, hoje cidade de *Baturité* [6]. Dois sítios diversos com o mesmo nome

---

1. AHC, *Ceará*, IV, Papeis Avulsos, 28/2/1760.
2. *Notizie* em Studart, *Duas Memórias*, 46.
3. *Prov. Bras. Persc.* do P. Silveira, 66.
4. A certidão referente a erecção é de 1761, sem indicação da data anterior, em Studart, *Notas para a História do Ceará*, 230.
5. Cf. Casos concretos em Studart., *Notas para a História do Ceará*, 232, 233.
6. Studart, *Notas para a História do Ceará*, 180-181; Id., *Datas e factos*, I, 308.

de Monte-Mor-o-Novo ? Como a vila de Guarani ainda há poucos se chamava Montemor[1], deveria ser êsse, ou nas sua imediações o primitivo local da Aldeia dos *Paiacus*. A cidade de Baturité, o segundo logar, dá-se como oriunda de uma antiga missão de Índios *Canindés* e *Genipapos*, elevada a vila a 14 de Abril de 1764[2].

6. — Com os Índios *Paiacus* tinham trabalhado antes os Jesuítas nos sertões do Açu e do Rio Jaguaribe. O Jaguaribe é o maior rio do Ceará[3]. Os primeiros missionários que estiveram nêle, foram Francisco Pinto e Luiz Figueira. E por êle passaram, naturalmente, todos os que faziam por terra o trajecto entre o Ceará e Pernambuco. Mas só no fim do século XVII e princípios do seguinte missionaram os Jesuítas mais de-propósito os Índios das suas ribeiras, no médio Jaguaribe, no período violento em que intervieram os Paulistas na redução dos Índios do interior, sobretudo os Paiacus. Propriamente é um capítulo da história missionária dos Jesuítas em terras do Rio Grande do Norte. A êle voltaremos, quando o retomarmos em tomo futuro. Mas como atingiram e ultrapassaram os limites do actual Estado do Ceará, importa não o esquecer aqui.

Em 1693 depara-se-nos a notícia de que os Índios, fugidos aos Paulistas, se aldearam no Ceará-Grande, ao cuidado dos Jesuítas, cujo centro de atividade era o Açu e Apodi, no Rio Grande do Norte. Os Padres sofriam moléstias incríveis dos Índios «*Paiaquizes*» e dos

---

1. Gurgel, *Dicionário*, chama-lhe *Monte-mor-o-Velho*.
2. Pedro Catão, *Baturité* (1916)4. Pedro Catão retoma êste assunto, desenvolvendo-o, e bem, em *Baturité*, na *Rev. do Inst. do Ceará*, LI (1937) 97, onde escreve citando a José Pompeu, que o primitivo local da Aldeia era a Tijuca, e que os *Genipapos* ou *Baturités* ali se aldearam pelos Jesuítas «desde 1655», e que em 109 anos se desenvolveu tão pouco, que em 1764 todos os quasi todos os aldeados eram analfabetos. Nêste ponto é deficiente a informação. Em 1655 não havia Jesuítas no Ceará. E nem depois fundaram ou administraram em Baturité Aldeia alguma. Quando muito, depois de 1741, alguma vez, de passagem, para a administração dos sacramentos, teriam ido a Baturité os Jesuítas da Aldeia dos *Paiacus*, porque 16 léguas não eram nada para aqueles missionários andarilhos. António Paulo Ciríaco Fernandes, *Missionários Jesuitas no Brasil no tempo de Pombal* (Porto Alegre 1936) 171-175, traz a resenha das imagens que tinha em 1759 cada uma das Aldeias do Ceará e do Rio Grande do Norte, extraída de róis e inventários, na posse, então, do Barão de Studart.
3. Cf. Tomás Pompeu Sobrinho, *Bacia do Jaguaribe*, em *O Ceará no Centenário da Independencia*, de Tomás Pompeu de Sousa Brasil, I (Fortaleza 1922) 60.

vaqueiros, que, insolentes contra os Índios não poupavam os Padres, seus defensores, molestando-os. Felizmente o presídio dos Paulistas tinha vindo pôr os Padres em segurança[1].

Aquela primeira Aldeia do Jaguaribe deve-se ter desfeito logo. E os *Paiacus*, uns aldeados pelo P. João da Costa, oratoriano, outros dispersos, tiveram que se haver com o mestre dos Paulistas, Manuel Álvares de Morais Navarro, que a 4 de Agôsto de 1699 os destroçou numa cilada. Declarou êste que os Paiacus lha armavam a êle e que, portanto, se adiantara. Foi caso debatido. O P. João da Costa protestou e o governador de Pernambuco também. O Bispo de Olinda lançou-lhe uma excomunhão. Dadas as razões pelo Mestre de Campo, aprovou-as o Governador Geral do Brasil.

As informações do P. João Guedes, ainda que lamentando o facto, também lhe são favoráveis, e devem ter influído nesta benevolência[2]. O Mestre de Campo mais tarde foi prêso, por êsses e outros actos contra os Índios[3].

Êste foi o caminho por onde entrou João Guedes no Ceará. Com o P. Vicente Vieira fundou em 1700 a Aldeia de Nossa Senhora da Anunciada no Jaguaribe *dos Paiacus*[4]; outros *Paiacus* ficaram no Rio Grande do Norte, com os quais o P. Filipe Bourel, no mesmo ano, fundou a Aldeia de S. Miguel do Apodi, onde viria a falecer nove anos depois. Mil Índios em cada uma[5].

A *Aldeia da Anunciada*, no Jaguaribe, seria difícil localizá-la hoje. E os próprios têrmos com que se expressam os documentos sus-

---

1. *Bras. 10*, 24v.
2. Cf. *Documentos relativos ao Mestre de Campo M.A. de Morais Navarro*, publicados por Studart, na *Rev. do Inst. do Ceará*, XXXI (1917) 161-223; Carta do P. João Guedes a D. João de Lencastro, do Arraial do Açu, 29 de Outubro de 1699 *Ib.*, 131-133; Afonso de E. Taunay, *História Geral das Bandeiras Paulistas*, VII, 172-197. D. João de Lencastro escreveu ao P. Guinzel, agradecendo a informação, em Janeiro de 1700, *Doc. Hist.*, XXXIX (1938) 108.
3. Studart, *Geografia do Ceará*, 263; Pedro Calmon, *História do Brasil*, I I, 409. O Governador Geral do Brasil, D. João de Lencastro, a 18 de Outubro de 1700 estranhou o procedimento do P. João da Costa por perturbar «as mais missões, devendo só empregar-se no bem espiritual das almas que tem a seu cargo». *Doc. Históricos*, XXXIX (1938) 134. Nêste mesmo volume de *Doc. Históricos* há muita valiosa documentação sobre o Mestre de Campo dos Paulistas, Manuel Álvares de Morais Navarro.
4. *Bras. 9*, 449v.
5. *Bras. 10*, 24.

citam uma ideia sobre êstes territórios. Diz uma informação para a Junta das Missões, referente a 1701: «As Aldeias no Açu, a saber, a de Jaguaripe e a da Lagoa do Apodi, são novas»[1]. Jaguaripe no Açu? Tal maneira de falar supõe uma vasta região, chamada umas vezes território de Jaguaribe, outras Açu, que se estendesse pelo interior das terras desde Açu, no Rio Grande do Norte, até ao Rio Jaguaribe, no Ceará. A mobilidade prodigiosa dos Índios, e também dos Jesuítas, justificaria esta suposição. Corrobora-a outro facto. A 16 de Março de 1700, os Índios *Janduins* atacaram a Aldeia de S. João no Apodi[2]. Reportando-se a essas e outras tropelias, e às fadigas e trabalhos incalculáveis dos Padres do Apodi, o Bispo de Olinda chega a falar em Índios do Piauí[3]. A distância, a que fica o Piauí, mostra a vastidão do campo de actividade em que se exercia, nessas paragens, a acção missionária.

Nem só os *Janduins* deram trabalho. Também os «*Paiaquises*» aldeados, e os vaqueiros o deram. Apenas os Padres aldeavam os Índios num sítio, logo os vaqueiros se estabeleciam nas vizinhanças e vá de inquietar os índios. Ripostavam os índios, roubando o gado, intermináveis querelas, em que os colonos envolviam os Jesuítas, que procuravam domar os Índios, sim, mas por meios pacíficos e cristãos.

Para evitar as querelas e dissabores, pensou o P. João Guedes, em se mudar em 1703 com os índios da Aldeia do Jaguaribe para a Ribeira do Choró. Tratou-o então com tal desabrimento o capitão-mor do Ceará, Jorge de Barros Leite, que sendo informado o Governador Geral do Brasil, D. Rodrigo da Costa, teve de intervir, repreendendo em têrmos ásperos o Capitão-mor[4].

---

1. *Bras. 10*, 26. Sobre a Lagoa do Apodi, cf. A. Tavares de Lira, *Chorografia do Rio Grande do Norte* (Rio 1924) 32.
2. *Bras. 4*, 64.
3. Bibl. Vaticana — *Relationes Episcopales*, Olinda, 1701.
4. Carta do Governador Geral do Brasil ao Capitão-mor do Ceará: «O Padre Provincial, do Colégio desta cidade, me fez presente uma carta, que lhe escrevera o Padre João Guinzel, Missionário da *Aldeia do Jaguaribe*, em a qual lhe dá conta da alteração que houve entre os curraleiros daquele distrito com os Índios da mesma Aldeia; e do excesso com que vossa Mercê se houvera com êle, indo a propor-lhe por parte dos ditos Índios, os motivos de que procederam as queixas de uma e outra parte, e que para as evitar se queria mudar com os ditos Índios para a *Ribeira do Choró;* e que sem procederem outras razões ou circunstâncias, Vossa Mercê se houvera com êle com tal arrôjo, e desatenção de palavras, que não posso deixar de estranhar-lhe muito, o proferí-las contra um Religioso da Companhia de tanta

Todavia eram ineficazes as repreensões. A 13 de Fevereiro de 1704 a Câmara do Aquirás, representava a El-Rei sôbre os roubos de gados dos *Paiacus*, aldeados na Ribeira de Jaguaribe, e que El-Rei os mandasse destruir. Dizia: em duas Aldeias dêles estão os Padres da Companhia, e «missões com estes bárbaros são escusadas, porque de humanos, só têm a forma, e quem disser outra coisa é engano conhecido»[1]. Êste «engano conhecido» era eufemismo para justificar represálias, que de-facto não tardaram contra êsses Índios, impossibilitando a permanência dos Padres que se retiraram. Mas João Guedes, ainda em 1706, antes de passar a Pernambuco, trabalhava com os *Janduins* e visitou-os o P. Andreoni.

Destas missões do Apodi e Jaguaribe restam-nos várias cartas missionárias, ainda inéditas, com informações preciosas sôbre os usos e costumes dos *Paiacus*, *Janduins*, e *Icós*, a morte do chefe *Canindé*, transmigrações, e outros aspectos da vida indígena e militar daquela época dolorosa[2].

---

suposição e virtude, como reconhecem geralmente os que o conhecem; e me não persuadira que Vossa Mercê se esquecesse tanto da veneração com que devem ser tratados quaisquer Religiosos, quanto mais os da Companhia, a quem por todas as razões se devem tantos respeitos, se não fora tão verdadeiro o testemunho, que Vossa Mercê tem contra si, na queixa do mesmo Religioso; e não são êstes os agasalhos, e correspondências, com que Sua Majestade, que Deus guarde, ordena tenham os que governam, com os sujeitos, que com tão grande zelo, trabalho e perigo, se empregam em serviço de Deus, e bem das' almas: e seguro a Vossa Mercê, que, se Sua Majestade tiver qualquer notícia dêste sucesso, se há de dar por muito mal servido do modo com que Vossa Mercê nêle se houve. E porque devo evitar semelhantes desatenções: ordeno a Vossa Mercê se haja com o dito Missionário, e com os mais, assim da Companhia como de quaisquer outras Religiões, com toda a prudência, e respeito e bom tratamento que lhes é devido, não alterando coisa alguma contra o Gentio, sem primeiro o fazer presente aos Senhores Governador e Bispo de Pernambuco, para resolverem na Junta das Missões o que for mais conveniente ao serviço de Deus, e de Sua Majestade. E tanto que Vossa Mercê receber esta mandará logo restituir à Aldeia do dito Missionário João Guinzel, os Índios de todos os sexos, que as tropas, que Vossa Mercê mandou contra êles, levaram cativos; e me remeterá Vossa Mercê certidão, do Religioso, ou pessoa que estiver na Aldeia, por que conste ficam restituidos a ela os ditos Índios. Deus guarde a Vossa Mercê. Baía e Setembro [17?] de 1703. *Dom Rodrigo da Costa*", Doc. Hist., XXXIX (1938) 197-199.

1. Rev. do Inst. do Ceará, XVI, 147-148.
2. Tanto os Janduins como os Paiacus são tribus *Cariris*, diz Rodolfo Garcia que dá sobre êles, e sobre êste período, notícias desenvolvidas, *Ethnografia*, no Dic. Hist. e Ethnogr. do Brasil, I (Rio 1922) 262-266; Estêvão Pinto, *Os Indígenas do Nordeste*, I (S. Paulo 1935) 151.

LIVRO SEGUNDO

MARANHÃO

INTERIOR DA IGREJA DO COLÉGIO DO MARANHÃO
(HOJE SÉ CATEDRAL)
A talha do altar-mor ainda é do tempo dos Jesuítas

CAPÍTULO I

Os primeiros Jesuítas no Maranhão

1 — Chegada dos Padres Manuel Gomes e Diogo Nunes; 2 — Serviços prestados na conquista do Maranhão; 3 — Estabelecimento definitivo com Luiz Figueira; 4 — A ocupação holandesa e a reconquista.

1. — Os Jesuítas chegaram ao Maranhão no próprio dia da conquista. A armada de Alexandre de Moura, em que iam os Padres Manuel Gomes e Diogo Nunes, com os Índios guerreiros das Aldeias de Pernambuco, saiu do Recife a 5 de Outubro de 1615. Não tinha passado um mês, e a 4 de Novembro, os franceses de La Ravardière entregavam a cidade e assinava-se o auto da posse da Fortaleza de S. Luiz. Entre as assinaturas estão as dos dois Jesuítas [1].

«Tomada posse da Fortaleza, escreve o P. Manuel Gomes, ordenou Alexandre de Moura que a primeira missa, que na igreja se dissesse fôsse solene, o que fez com gôsto de todos, rendendo graças a Deus pelos perigos de que nos livrou na viagem e pelas pazes feitas tanto a nosso gôsto. Eu me aparelhei para prègar, oferecendo porém a prègação aos Religiosos de S. Francisco e de Nossa Senhora do

---

1. Cf. *Documentos para a história da Conquista e Colonização da Costa Leste-Oeste do Brasil*, em *Annaes* — 26 (1905) 149-480; Morais, *História*, 58-83, 104, 106. Morais insere a carta de Manuel Gomes, narrando a conquista, que se tem publicado sem data; Manuel Gomes, em outra, diz que em *Abril de 1616* escreveu para o Geral e concorda esta mesma data, com os dizeres daquela (*Bras. 8*, 259); Cordara, *Hist. Soc.* VI, 83-84, que diz, com fundamento numa ou noutra frase de Gomes, que os Franceses eram calvinistas, frase menos exacta assim generalizada: a presença dos Padres Capuchinhos desmente a asserção; Barros, *Vida do P. António Vieira*, 94; Capistrano de Abreu, *Prolegómenos*, 432; Garcia, em nota a Porto Seguro, *HG*, II, 210-211; Afrânio Peixoto, *Martim Soares Moreno* (Lisboa 1940); Idem, *História do Brasil* (Porto 1940) 106.

Carmo, a qual êles por então não aceitaram. Chegado o dia disse o P. Fr. Cosme de Nossa Senhora do Carmo, que êle estava aparelhado para prègar. Eu lhe agredeci e cantei a missa que foi de coros com charamelas, frautas, harpa e outros instrumentos necessários para a música. Assentadas assim as pazes, começamos a exercitar os ministérios da Companhia, andando de lugar em lugar, alevantando cruzes e igrejas»...[1]

Manuel Gomes segue contando o que fizeram nesses dois anos e meio em que se demoraram no Maranhão, trabalhos que passaram, doenças alheias e próprias, e como devendo achar-se na Congregação Provincial a realizar-se na Baía, tinha ordem de voltar. Vieira alude à oposição dos moradores, por os Padres terem estranhado a Jerónimo de Albuquerque o cativeiro dos *Tremembés*[2]. A verdade é que os Padres não tinham vindo dessa vez para ficar definitivamente. Fizeram-se ao mar em Março de 1618. Arribaram, e, tornando a embarcar «aos *nove de Abril de 1618*», escreve ainda Manuel Gomes, «arribamos a Índias; a *quatorze de Maio* tomamos Santo Domingo depois de trinta e sete dias de navegação, sendo viagem de oito dias. O Governador Geral Dom Diogo Gomes de Sandoval, descendente de Nosso Santo Padre Francisco de Borja, parente chegado do Duque de Lerma, sabendo estávamos no porto, mandou dois criados e um alcaide com recado quiséssemos aceitar sua casa e provimento, que repugnamos. Fomos obrigados a aceitar o gasalhado por nove meses num quarto de seus Paços, em aposentos armados de sedas, comendo sempre à sua mesa com muitas outras mercês».

O P. Gomes pôs-se a prègar. E o povo corria a ouvir o «teatino português», como lhe chamavam. «Afirmava o Governador e desembargadores havia muitos anos não viram tanta atenção no auditório e contentava tanto o modo português de prègar que afirmavam que se na terra houvera semelhantes prègadores viveram doutra maneira».

Manuel Gomes adoeceu depois gravemente. Esperava embarcar em breve para Portugal e ainda se não refere nesta carta, de 10 de de Fevereiro de 1619, à morte do P. Diogo Nunes[3].

---

1. Carta do P. Manuel Gomes, 2 de Julho de 1621, em Studart, *Documentos*, I, 279.
2. Vieira, *Resposta aos Capítulos*, 221.
3. Carta do P. Manuel Gomes ao P. Geral, de *S. Domingo*, 10 de Fevereiro de 1619, *Bras. 8*, 259-260. Estava nas Antilhas e não já em Lisboa, como se lê em *Luiz Figueira*, 46, por indicação de outras fontes. Mas esta carta, autêntica e au-

Os dois Padres continuaram pois em S. Domingos o ano de 1619 e durante êle faleceu Diogo Nunes, que ficou na capela mor da igreja de S. Francisco[1].

Ofereceram ao P. Gomes facilidades para a construção, na Ilha, de um Colégio da Companhia; tomaram-no por intermediário da reforma religiosa da Ilha de que traça um quadro nada ameno, e, de envôlta com uma ou outra ingenuidade, dá notícias de interesse sobre a terra firme, desde Venezuela ao Maranhão[2].

A 10 de Março de 1620, enfim, embarcou para Espanha e Portugal. Livrou-se de cair em mãos dos mouros por alturas dos Cabos de S. Vicente e de Santa Maria[3].

2. — Chegando a salvamento, não descuidou os interesses da missão, escrevendo para esse fim a Roma e ao Brasil. E para corroborar o seu intúito, pediu a Alexandre de Moura o certificado dos serviços feitos na Armada e em S. Luiz, que é também o resumo autêntico deste período precursor da missão do Maranhão, e, praticamente, a sua primeira história :

«Alexandre de Moura, certifico que, mandando-me Sua Majestade à conquista do Maranhão lançar os Franceses, que o tinham ocupado e muitos povos de índios à sua obediência, pareceu ao Governador Geral do Brasil e a mim serem necessários Padres da Companhia que levassem índios de suas doutrinas. Para melhor ter efeito esta pretensão, os pedimos ao Padre Provincial da mesma Companhia, propondo o muito serviço que a Deus e a Sua Majestade fariam

---

tógrafa, prevalece e corrige todas as demais. Lúcio de Azevedo equivoca-se, escrevendo que o P. Gomes morreu nas Antilhas e Diogo Nunes passara à côrte (*Os Jesuítas no Grão-Pará*, 43). Também se deve emendar para 14 de Maio a data da chegada a S. Domingos que na leitura de Studart vem a 1 de Maio, *Documentos*, I, 285. Feitas bem as contas, seria 16, mas o P. Gomes escreve por extenso *quatorze*. Enquanto preparava a viagem, Manuel Gomes procurou informar-se da melhor maneira de voltar à Europa; e a 21 de Setembro de 1618 responde-lhe, de Cartagena (Colômbia), o P. Baltasar Más Burgués, carta que se conserva em *Bras. 8*, 256.

1. Sobre a vida do P. Diogo Nunes, natural de S. Vicente, cf. supra, *História*, II, 160-161.

2. Cf. Carta do P. Manuel Gomes ao P. Geral, já de Lisboa, Colégio de S. Antão, 22 de Janeiro de 1621, *Bras. 8*, 324, 338, que publicamos no *Apêndice B*.

3. Carta de 2 de Julho de 1621 em Studart, *Documentos*, I, 286-288; BNL, fg. 4516, *Apontamentos*, 51.

nesta jornada, o que visto ser de muita importância, concedeu ao P. Manuel Gomes, prègador, e ao P. Diogo Nunes, insigne língua do Brasil, os quais ajuntaram trezentos índios de guerra.

E chegando ao pôrto de Ceará, me pareceu serem necessários índios, que ali residiam, que tivessem conhecimento do gentio e terra do Maranhão. Pedi ao Padre Manuel Gomes, Superior da missão, fizesse nisso todo o possível, e levou sessenta frecheiros. E chegando à barra do Maranhão, já tarde, me pareceu ser necessário, na mesma noite, desembarcarem os ditos Padres com todos seus índios e o sargento-mor com cento e cinquenta soldados e cinco peças de artilharia, ocupando um sítio conveniente para defender a entrada da barra e socorro que pudesse vir à dita fortaleza. E os ditos Padres mandaram logo recado a alguns índios principais os quais acudiram e os receberam com as armas nas mãos, bandeiras arvoradas, charamelas e outras festas a seu modo, e lhes fizeram as práticas necessárias para os reduzir à nossa devoção, e foi isto de muita importância para mais depressa se entregarem os franceses, vendo-se desamparados do gentio, e com os portos tomados por onde lhes podia vir socorro. E, em todo o tempo que lá estive, se ocuparam os ditos Padres em dar notícia de nossa santa fé ao gentio, doutrinando-o, prègando e confessando, levantando cruzes e Igrejas pelos povos dos Índios; cantando-lhes missas, *com canto de órgão e charamelas que tudo os Padres levavam, para em nada o culto divino ficar inferior ao que os Franceses faziam, porque entre êles havia alguns hereges.* Exercitavam-se mais nas obras de misericórdia, curando aos doentes com muita caridade e enterrando os mortos, não perdoando aos trabalhos nem de dia nem de noite, havendo muitas e perigosas doenças no gentio. E procederam, assim na armada como em terra, com muito exemplo, ajudando nas coisas de guerra e tomada da fortaleza, quanto sua religião lhes permite. E merecem que Sua Majestade lhes mande agradecer o muito serviço que nesta jornada lhe fizeram. E por me pedirem a presente, lha mandei passar na verdade, e assim o juro pelo hábito, que recebi, de São Bento, de que sou professo. Setúbal, em 20 de Outubro de 620. *Alexandre de Moura*»[1].

---

1. Cf. *Bras. 8*, 301-301v; S. L., *Luiz Figueira*, 41-43. O P. Manuel Gomes enviou este documento para o Geral, acompanhado da seguinte advertência: «Costumam no Brasil quando vão a semelhantes jornadas pedirem aos Generais certidões que eles dão juradas e assinadas, para, quando é necessário atalhar a mur-

Segundo José de Morais, o P. Manuel Gomes teria voltado nesse mesmo ano de 1621 a Pernambuco onde com a sua chegada se avivou a missão do Maranhão[1]. Não iria porém êle, mas outros. A data daquela volta não a achamos em fonte coeva. Que voltou ao Brasil é certo. Em 1631 era missionário na Aldeia de Nossa Senhora da Apresentação, dependente do Colégio de Pernambuco[2]. Depois dêste ano de 1631 não há notícias seguras sobre êle, não constando ao certo, a data da sua morte[3].

Manuel Gomes, um pouco simples, era sem dúvida zeloso e caritativo. Deixa o seu nome ligado à Missão do Maranhão e, ao que parece desde a primeira hora. Na sua carta de 2 de Julho de 1621, referindo-se ao P. Francisco Pinto e à sua tentativa de começar a missão do Maranhão, acrescenta: «de que eu fui o primeiro motivo», sinal de que já então pensava nela e fomentava o seu estabelecimento[4].

---

muradores, constar que vão os Padres a servir a Deus e secundariamente ao Rei, e que nos perigos das batalhas também arriscam as vidas. Pedi uma a Alexandre de Moura, cujo treslado mando a V. Paternidade e não quis se estendesse mais no muito que os Padres trabalharam naquela jornada, por não parecer que buscamos louvores humanos. E pelo serviço do mesmo Deus imos adonde vão Índios para os confessar e administrar os sacramentos, por não haver outros que lhes saibam a língua e o façam; e também porque eles vão com muita dificuldade aonde não vão Padres, e movem-se com mais facilidade quando os Padres lho pedem, porque são índios de nossas doutrinas dos quais os Padres têm cuidado», *Bras. 8*, 307.

1. Morais, *História*, 105; BNL, fg. 4516, *Apontamentos*, 56v.
2. Diz o Catálogo desse ano, o último em que aparece o seu nome: «P. Manuel Gomes, do Cano, diocese de Évora, com 58 anos, e saude fraca. Entrou em Évora em 1586. Estudou Gramática seis anos, Filosofia quatro, Teologia três. Ensinou gramática um ano. Foi procurador do Colégio de Pernambuco, superior da Casa de Iheus quatro anos, e esteve na Missão do Maranhão. Professo de quatro votos desde 1609 [13 de Setembro, em Olinda]. Sabe a língua brasílica. Prègador» (*Bras. 5*, 137; *Lus. 3*, 200).
3. A *Historia Proprovinciae Maragn*. diz que foi cativo dos Holandeses e faleceu no Rio de Janeiro em 1648 (298-304), e a 15 de Outubro conforme o Catálogo da Vittorio Emanuele (f. gess. 3492/1363, nº 6). Mas esta data é equívoco evidente, porque o nome do P. Manuel Gomes não consta já dos Catálogos de 1647 nem de 1641, sendo portanto, anterior a 1641 a sua morte. Além das cartas, aqui mencionadas, deixou outra, escrita da Baía, a 27 de Setembro de 1597, publicada por Amador Rebelo, «*Compendio de algūas cartas* (Lisboa 1598) 237-240. Cf. supra, *História*, II, 136.
4. Cf. Studart. *Documentos*, I, 275.

3. — Mas o nome mais ligado directamente ao estabelecimento da Companhia de Jesus no Maranhão é o P. Luiz Figueira.

Enquanto Manuel Gomes, atirado às Antilhas e ao Reino, pelos temporais, cuidava da Missão, outros no Brasil pensavam nela, e talvez de maneira mais prática e eficaz. Com as informações de todos, o novo Governador Geral Diogo de Mendonça Furtado resolveu enviá-los. E foram escolhidos o P. Luiz Figueira e o P. Benedito Amodei [1].

Mas era conhecido que a questão dos Índios dividia os pareceres no Maranhão e os moradores em geral preferiam ter as mãos livres para os menear à vontade. Para cortar a possíveis obstáculos os Padres iriam com o novo Capitão-mor António Moniz Barreiros em cujo *Regimento* se inscreveu uma cláusula, da qual iria nascer em moldes efectivos a missão do Maranhão. A cláusula era que o P. Luiz Figueira seria conselheiro do Govêrno.

Assim pois, em Março de 1622, chegaram ao Maranhão, e os contrastes previstos, e para os quais Luiz Figueira, logo a seguir ao holocausto do P. Pinto em Ibiapaba, se havia oferecido, não tardaram, e no primeiro dia da chegada.

«Para se compreenderem bem, importa conhecer o ambiente. A conquista do Maranhão operou-se no período filipino. Quer dizer: a tendência de Espanha, para a divisão da América em governos separados, teve aqui a sua repercussão, ainda que não expressa.

A carta régia de 13 de Junho de 1621 criou o Estado do Maranhão independente do Brasil. A própria forma do govêrno revestiu diversas modalidades, sucedendo-se umas às outras e regressando, às vezes, às formas anteriores: regime de Capitães-mores, regime de Governadores do Estado do Maranhão, regime de Governadores do Estado do Maranhão e Grão-Pará, regime dos Governadores da Capitania do Maranhão, regime de Capitães-mores do Maranhão...

---

1. As *Lettere Annue*, contando as expedições que se organizaram em 1621, dizem: «La prima nella Prouintia Maraniona, à contemplatione di Diego Mendoza Furtado, il quale à tale effetto, diede subito 250 scudi d'oro; furono eletti à questa santa impresa, il P. Ludouico Fighiera Predicatore di nome, e dei primi venuti nel Brasile, & il P. Benedetto Amodei siciliano natiuo di Biuona, due Religiosi molto zelanti, amatori della fatica, e sprezzatori d'ogni disagio, e pericolo. — *Lettere Annue d'Etiopia, Malabar, Brasil e Goa* (Roma 1627) 126-127; S. L., *Luiz Figueira*, 46-47.

Dentro da variedade dêstes regimes, as Câmaras municipais mantinham poder às vezes discricionário e popular, exemplo interessante de municipalismo, todavia duma versatilidade que desconcerta: câmaras a tecer e a destecer, movimentos de opinião opostos, queixumes de uns contra os outros, com leves acalmias. Talvez nem o Maranhão progredisse tanto, por lhe faltar, com esta desarmonia endémica, a indispensável continuidade e ser acessível, fàcilmente, a influências ou interêsses pessoais.

Ora, com a chegada dos Jesuítas, manifestou-se um dêstes movimentos. Prevendo que os Padres, pela sua maneira constante de proceder, se arvorariam em defensores dos Índios, a Câmara não os quis aceitar na terra. Luiz Figueira, porém, não era homem para se intimidar. Aliás pela leitura dos documentos, parece-nos que estava combinado de antemão o que poderia suceder: em caso de oposição dos colonos, Luiz Figueira ficaria em fôrça do regimento, que o instituia conselheiro do govêrno.

Os passos foram assim. Dado o primeiro alvorôço, Luiz Figueira, a convite do capitão-mor António Moniz Barreiros, coadjuvado por Domingos da Costa, homem influente e ponderado, fêz um têrmo em que declarava, sob pena de ter de se retirar com perda de tudo, que se não meteria a tirar os Índios domésticos, fôssem ou não fôssem verdadeiros escravos, nem trataria dêsses assuntos, "salvo se a consciência ou obrigação assim o requeresse».

Satisfez a primeira parte da declaração: temeu-se a segunda: e o alvoroço foi maior: que os Padres tornassem a embarcar no navio em que chegaram. Luiz Figueira contestou que, enviado a prègar o Evangelho aos Índios, «só em pedaços se apartaria» da sua obrigação.

O Capitão-mor, que trazia ordens apertadas para sustentar os defensores dos Índios, interveio, e foi êste o segundo passo, e decisivo. Deu ordem aos soldados que estivessem vigilantes e leu em Câmara a justificação da permanência dos Padres, invocando as ordens que trazia:

«Ninguém pode negar que os Padres da Companhia são de grande bem comum, assim temporal como espiritual, em qualquer república. Todos os que sabem alguma coisa se prezam de ser seus discípulos.

«É notório o fruto espiritual que fazem, compondo discórdias, aliviando as consciências dos que vivem com escrúpulos e dúvidas, evitando demandas e contendas, coisa muito necessária nesta terra, onde, por nova, não há letrados. Mais notório é o cuidado, zêlo e o grande fruto que fazem em catequizar e doutrinar os gentios, pelo muito que êstes confiam nos Padres e se sujeitam e obedecem a tudo o que lhes propõem; e como estamos cercados do gentilismo, claro fica o muito que nos é necessário, ainda para o temporal desta conquista, a assistência e boa companhia dos Padres; além de que vieram os ditos Padres para esta conquista, por ordem e mandado de Sua Majestade, porque o governador Diogo de Mendonça Furtado os mandou agora, pelo mandar assim El-Rei Nosso Senhor, como consta do meu regimento; e assim quem lhe resistir, resiste directamente ao mandado de Sua Majestade.

«Quanto aos inconvenientes, que o povo propõe, para que não fiquem na terra, não têm mais fundamento que os remorsos das consciências de alguns, que lhes parece que os Padres lhes não aprovarão o seu mau modo de viver, porque o que apontam em particular, de que os Padres lhes tirarão os índios de seu serviço e ficarão pobres e sem o seu remédio, não tem fundamento pelo têrmo que os mesmos Padres têm feito; nem pretendem mais que fabricar casa nesta cidade de S. Luiz e dela saírem a visitar as aldeias, catequizar os gentios e reduzir todos à nossa santa fé.

«Além de tudo isto, requeiro aos Oficiais da Câmara dêem cumprimento ao capítulo 15 do meu Regimento, no qual se manda que eu me aconselhe com o Padre Luiz Figueira nas matérias tocantes ao Gentio e sua liberdade, e nas matérias tocantes à guerra com o Gentio que se oferecerem e em tôdas as mais de maior momento e consideração.

«E quando estas minhas razões não bastem, protesto por todos os tumultos, e desobediências que sucederem na expulsão dos Padres, e o des-serviço de Deus, e de El-Rei ser tudo por culpa de Vossas Mercês.

«S. Luiz do Maranhão, 2 de Abril de 1622. [Estava assinado pela sua própria letra] *António Moniz Barreiros*".

Não havia que retorquir. A Câmara lavrou êste despacho:

«Fiquem os Padres, visto ser mandado o Padre Luiz Figueira pelo regimento do Governador Diogo de Mendonça Furtado, para conselheiro dos negócios e govêrno desta conquista.

«S. Luiz, em Câmara, 2 de Abril de 1622. — *Luiz de Madureira*, ouvidor e presidente da Câmara; *Álvaro Barbosa de Mendonça, António Simões Garrafa*, juízes; *Luiz Moniz, Jorge da Costa Machado,*

António de Mendonça de Vasconcelos, vereadores; *Francisco de Sousa*, procurador»[1].

A autoridade civil, sustentando os Padres, fixou na terra o elemento de resistência à desagregação moral, e até o da própria resistência ao invasor holandês.

Mas era também resistência à cobiça. E esta não se aquietou. O pensamento do Governador Geral do Brasil era que os Jesuítas se encarregassem dos Índios. Os moradores recorreram a El-Rei, que antes queriam os Franciscanos. El-Rei respondeu que sim, que os Franciscanos fôssem, e tomassem conta dos Índios; mas que os Jesuítas, sem êles, também ficariam na terra. E ficaram. Numa perpétua luta, em que às vezes os Jesuítas eram quasi adorados, outras, exilados. Bastava que não tivessem cargo dos Índios e logo à sua roda se congregavam todos os louvores e auxílios e foi o que sucedeu com Luiz Figueira, ao qual tudo se facilitou para a continuação da casa, igreja, escola e fazenda. E escrevia o povo a El-Rei em 1630 que queria os Jesuítas «para não mais sairem»[2].

No meio destes contrastes, a história dos Jesuítas enche grande parte da própria história do Maranhão e os seus escritos, trabalhos e iniciativas constituem talvez a parte mais pura dela sob o aspecto da civilização, ensino e liberdade e da própria defesa local. E assim como tinham intervindo na Conquista contra os Franceses, intervieram também na reconquista.

4. — Andava Luiz Figueira em Lisboa, aonde tinha ido a agenciar as coisas do Maranhão quando se deu a Restauração do 1º de Dezembro de 1640. Entre Portugal e a Holanda fez-se logo em 1641 um tratado de tréguas por dez anos. Mas os holandeses entre a sua conclusão e ratificação, apoderaram-se perfidamente de S. Luiz, a 25 de Novembro desse mesmo ano.

---

1. S. L., *Luiz Figueira*, 47-50; Cf. Vieira, *Resposta aos Capítulos*, 221.
2. *Bras. 8*, 386v-387. Além dos documentos, que publicamos em *Luiz Figueira* (164), outros existirão ainda por esses arquivos do mundo, que se vão arrumando pouco a pouco. Entra neste número o AHC. Cf. «Traslado de uma carta do Padre *Luiz Figueira*, da Companhia de Jesus, queixando-se da Câmara do Maranhão ter deposto o Ouvidor e ter lançado bando para a eleição de novo Ouvidor «por uma causa ridícula» (21 de Novembro de 1623), data em que ainda era conselheiro do govêrno da Capitania (Cf. *Indice de Documentos* em *Anais da BNR*, LXI, 158, nº 195.

Aprestaram uma expedição, comandada por Lichthart e Koin, que saiu de Pernambuco a 30 de Outubro de 1641, com oito grandes naus e seis pequenas.

«Navegaram prosperamente, diz Barléu, e em curso directo para o braço ocidental do rio, e passando ante a fortaleza inimiga que atacava ferozmente contra êles, lançaram ferro mesmo diante da cidade de S. Luiz. Koin, saltando na Ilha, e desembarcando as tropas, aproximou-se do forte para investí-lo. Vieram-lhe ao encontro dois emissários do Governador da Fortaleza, um civil e o outro eclesiástico, que perguntaram a Koin se êle tinha intenção de pactuar. Anuiu Koin, julgando humano não tentar pelas armas o que se poderia conseguir pela brandura. Concedendo a todos garantia de vida e de bens, penetrou no forte, desarmou os soldados da guarnição, encontrados em número de 330, e com equitativas condições militares, fê-lo da sua jurisdição. Nada se contratou sobre a administração do Culto»[1].

Este Governador da praça, de que fala Barléu, sem o nomear, era Bento Maciel Parente, o civil era o provedor-mor Inácio do Rego Barreto, e o eclesiástico, Lopo do Couto da Companhia de Jesus, Inácio do Rego, levado preso para a Haia, escreveu isto mesmo de lá, a 2 de Agôsto de 1642, e conta como se deu a invasão dos holandeses e a falsa fé com que procederam; como os Portugueses declararam que estavam de paz com Holanda e com o Conde de Nassau; como fizeram contrato de ficar em paz no Maranhão; e como, depois de os invasores receberem a fortaleza, o rasgaram e fizeram outro, obrigando os moradores, com «fôrça e rigor», a jurar fidelidade aos mesmos invasores. O Governador Bento Maciel Parente, vítima da sua boa fé e da perfídia alheia, feito prisioneiro, foi morrer na fortaleza do Rio Grande; e ao Sargento-mor e ao provedor mandaram os invasores para a Holanda[2].

Aquêle juramento de fidelidade aos invasores, obtido por violência e falsas promessas, não tinha valor jurídico. Era de esperar

---

1. Barléu, *Res Brasiliae*, trad. de Cláudio Brandão (Rio 1940) 248.
2. Cf. Certidão passada pelo Provedor-mor da fazenda do Maranhão, Inácio do Rego Barreto, na Haia, 6 de Agosto de 1642, em Cândido Mendes de Almeida, *Memórias*, II, 439-442. Sobre Bento Maciel Parente lê-se em José de Morais e nos *Apontamentos* da BNL, fg. 4516, f. 68-70, uma nota, que talvez convenha reter-se, a saber, que êle tem sido atacado em demasia, e com este insucesso se ofuscam as suas glórias e benemerências anteriores.

que na primeira oportunidade favorável, o Maranhão tratasse de recuperar a liberdade e expulsasse os intrusos. O levantamento deu-se no ano seguinte. Foi seu primeiro chefe militar o senhor de engenho, António Moniz Barreiros; e o segundo, depois da morte dêle, a 17 de Janeiro de 1643, outro senhor de engenho, António Teixeira de Melo [1].

António Moniz Barreiros, era sobrinho do P. Lopo do Couto [2]. O seu nome fica nobremente vinculado à história política, militar, e económica do Maranhão e também à da Companhia, desde Luiz Figueira com quem chegara a S. Luiz vinte anos antes.

Depois de vários lances da guerra, os invasores, descoroçoados e vencidos no dia 28 de Fevereiro de 1644, abandonaram definitivamente o Maranhão [3].

O facto anda descrito, com todas as miudezas, nas histórias particulares do Maranhão e gerais do Brasil. Importa directamente a esta nossa, saber que lugar ocuparam nêsse feito os Jesuítas.

No momento da ocupação holandesa de 1641, além do P. Lopo do Couto, estavam no Maranhão o P. Benedito Amodei e mais dois irmãos coadjutores.

O documento jesuítico mais antigo, relativo a êstes acontecimentos, e coevo dêles, é a *Ânua de 1641-1644*. Ela já traz a morte do P. Lopo do Couto, mas ignora ou não quer dar curso ao que se dizia sobre a sua actividade cívica. Mas reflete bem a indignação geral contra os invasores e usa até de palavras nada curiais, expressivas contudo dessa indignação colectiva.

---

1. Segundo Porto Seguro, António Moniz Barreiros faleceu heroicamente em combate, em 1643, sem especificar o dia (*HG.*, II, 408); mas Bettendorff escreve que falecera «em sua casa e cama o Capitão-mor António Moniz Barreiros, de doença» (*Crónica*, 63). E isto mesmo traz Berredo (*Anais do Maranhão*, II, 38). A data 17 de Janeiro de 1643 dá-a J. Ribeiro do Amaral, *Ephemerides Maranhenses* (Maranhão 1923) 24. E ambas estas informações, doença e data, concordam com um documento do Arquivo da Companhia por onde se apura que dois dias antes de morrer, a 15 de Janeiro de 1643, Antonio Moniz escreveu o codicilo ao seu testamento, feito no dia 7 de Julho de 1641, em que deixa o engenho do Itapicuru ao seu filho, e o usufruto aos Padres, por espaço de 12 anos, *Bras. 8*, f. 188. Sobre este engenho cf. infra o Capítulo consagrado ao Rio Itapicuru.

2. *História*, 152; Vieira, *Resposta aos Capítulos*, 225.

3. Porto Seguro, *HG*, II, 409; Galanti, *História do Brasil*, 2.ª ed. 262.

«Do Maranhão não temos outra notícia mais certa que a que nos deu o P. Lopo do Couto, um dos da Companhia que naquela Residência estavam em Novembro de 641, quando o inimigo holandês com uma poderosa armada tomou aquela Capitania, sem dar pelos concertos de pazes que entre El-Rei nosso senhor e os Estados de Holanda se tinham tratado em Europa, nem pelos requerimentos que sobre isso lhes mandou fazer o Governador e moradores daquela terra. Enfim que, vendo as poucas forças dela, se apossaram das armas e fortaleza com condição que uns e outros mandariam a seus maiores papeis do que se havia feito para que êles ordenassem o que se devia guardar ao diante; mas como aquilo só eram tramas e ardis de falsos hereges, tanto que se viram senhores da terra vexaram aos pobres moradores e os obrigaram a queimar fazendas e casas e fugir a conversação e trato de tão mortífera gente. Os nossos Padres ainda que ao principio foram bem tratados do inimigo, não deixaram contudo de passar os transes e trabalhos que cativos de tão má canalha costumam padecer[1]. Não sabemos o fim que depois levaram com a variedade que a guerra traz consigo, principalmente vendo-se o inimigo assanhado com alguns assaltos que dizem lhes deram os Portugueses. Só sabemos que o P. Lopo do Couto, no meio dêstes trabalhos achou o fim que seu religioso espírito buscava naquela pobre e trabalhosa terra. Subiu felizmente a gozar na bem-aventurança o prémio do que muito nela fêz, confessando, comungando, e doutrinando com grande crédito da Companhia e fruito daqueles moradores»[2].

Das primeiras notícias desta relação, dadas pelo P. Lopo do Couto, se infere a sua reprovação, descontentamento e sentimento contrário à coacção e perfídia dos invasores. Sôbre a sua morte nada se diz, explícito, senão o facto em si mesmo.

---

1. A frase do analista é forte. Mas eis como se exprime Varnhagen a respeito de Nassau e das ocupações que mandou fazer depois das tréguas: «Quem diria, em presença deste proceder de Nassau, das expressões da sua carta a Montalvão, da nobreza do seu sangue e dos seus precedentes, que ele obrava com duplicidade e que necessitava da suspensão das hostilidades para com fé púnica abusar dela! Entretanto o facto passou-se, e não nos é hoje possível duvidar dêle, quando é cinicamente confessado pelo próprio Nassau, em carta aos Estados Gerais, do 1º de Junho de 1641», *História das Luctas com os Holandeses no Brasil desde 1624 a 1654* (Viena de Austria 1871) 160.

2. *Bras. 8*, 538-539.

Bettendorff coloca a morte do P. Lopo do Couto, algum tempo antes da retirada dos Holandeses. E diz que dêle «não sabe coisa alguma mais que era homem de muita virtude e tão zeloso Português que lhe imputaram... os Portugueses contra os Holandeses; mas foi aleive como se prova claramente pelos *papeis* que se fizeram sobre isto... por ser crédito assim seu como da Companhia de Jesus»[1].

Está incompleto este trecho da *Crónica*. Só se explicaria o espanto de Bettendorff e ser aleive, se aqueles pontinhos em branco se enchessem com as palavras *ter comandado pessoalmente* os Portugueses contra os Holandeses. Os papeis, de facto, não dizem isso. O que dizem é que ele os incitou a levantar-se contra êles.

Porque, felizmente, existem os papeis a que alude o cronista. São quatro certificados, dois de 1647 à raiz dos acontecimentos, e dois de 1654. Os dois primeiros falam em geral, os dois últimos discriminam a parte de cada um dos Padres:

«Certifico eu, o Capitão-mor António Teixeira de Melo, que é verdade que eu conheço os Padres da Companhia de Jesus nêste Estado do Maranhão há 25 anos pouco mais ou menos, os quais sempre viveram como verdadeiros Religiosos, assim em vida como em costumes, dando de si verdadeira doutrina, assim a brancos como a Índios, ensinando sempre a verdadeira doutrina de Cristo, nêste Estado, acudindo com muito amor e zêlo de Deus, e honra do seu Rei, a tôdas as partes que os chamam; principalmente na restauração deste Estado, foram a causa principal de se restaurar, e a não serem êles, estaria ainda hoje em poder dos inimigos; porque êles foram a origem de mover-se a guerra com que se lançaram fora, movendo aos naturais da terra cansados das muitas desonras que faziam os hereges em os templos sagrados, ajudando com sua fazenda ao sustento dos soldados naquilo que puderam, para conseguirem o intento começado; andando os ditos Padres em campanha com os soldados, administrando os Sacramentos a todos os fieis Cristãos; fundado tudo em o serviço de Deus e do seu Rei e não movidos por interesse algum. E do que toca à culpa que lhes imputaram, o aconselharem a que matassem os franceses que vieram de arribada em um patacho a esta barra, é falso; porque de tal coisa nunca foram sabedores senão quando eu fui sabedor do caso. E por me ser pedida esta

---

1. Bett., *Crónica*, 64.

certidão para sua defesa lha mandei passar na verdade, o que juro pelo juramento dos Santos Evangelhos. Maranhão, sob meu signal e sinete das minhas armas, hoje 14 de Março de 1647. *António Teixeira de Melo*»[1].

Em 1654, desta vez, a pedido de Vieira certifica, e com mais pormenores, o Restaurador do Maranhão»:

«António Teixeira de Melo, Cavaleiro professo da Ordem de Cristo e Capitão-mor que fui deste Estado do Maranhão: Certifico que tendo o inimigo holandês ocupado a cidade de S. Luiz, cabeça do Estado, e todos os principais lugares, engenhos e mais fazendas dêle, e sujeitos à sua obediência todos os moradores, assim portugueses como naturais da terra, na falta do Governador Bento Maciel Parente e do Capitão-mor António Moniz Barreiros, fui eleito para Capitão-mor; e ajudando-me Deus e aos mais moradores, juntamente com os Índios fizemos guerra ao dito inimigo, assim fóra, como dentro da cidade, morrendo-lhe muita gente; de maneira que o obrigamos a deixar a praça, e todo o Estado livre da sua sujeição e armas, sem para isso têrmos socorro algum de Portugal; e para que a todo o tempo conste a verdade, declaro e certifico que a sobredita restauração e guerra, que se fez ao inimigo, se deve principalmente ao zêlo e indústria dos Padres da Companhia, porque o Padre Lopo do Couto, Superior que então era da casa do Maranhão, foi o que com grande risco da sua vida tomou à sua conta esta emprêsa, falando às principais pessoas dêste Estado, e exortando-nos a que tomássemos armas contra o inimigo, fazendo-se as juntas e conselhos dentro da mesma casa dos Padres; e pôsto que rompendo-se o segredo chegando aos ouvidos dos Padres Frei N... e Frei N..., trabalharam muito por nos dissuadir de que o intentássemos, e que nos deixássemos estar na sujeição em que estávamos, dizendo o dito Padre N... que o caso era temerário, e o dito Padre N... que era injusto, ilícito e que ficá-

---

[1] «Esta mesma certidão, quási pelas mesmas formais palavras, se acha passada pelo Capitão de mar e guerra e Capitão-mor da Capitania do Pará, Paulo Soares de Avelar, Cavaleiro da Ordem de S. Tiago, com a cláusula final: «o que juro pelo juramento dos Santos Evangelhos por passar tudo na verdade. E por me ser pedida esta certidão, lha mandei passar, por mim assinada, e selada com sinete das minhas armas. S. Luiz do Maranhão, 15 de Março de 1647. — O Capitão-mór, *Paulo Soares do Avelar*», Morais, *História*, 181-182.

vamos excomungados; contudo prevaleceu a eficácia e zêlo do Padre Lopo do Couto, o qual era tão grande, que, perdendo-se por culpa do Capitão-mor Antonio Moniz uma grande ocasião em que se podia tomar a cidade, o dito Padre o sentiu tanto que no mesmo ponto caiu mortalmente enfêrmo, e dentro em poucos dias morreu, a juízo de todos, de sentimento; e sucedendo-lhe no cargo o Padre Benedito Amodei, varão insigne em virtude e santidade, e venerado como tal em todo êste Estado, continuou na mesma exortação, animando a todos a que não desistissem da guerra, e prometendo por muitas vezes o bom e feliz sucesso dela, com circunstâncias tão particulares acerca dos tempos, lugares e pessoas, que os seus ditos foram julgados de todos por profecias, e como tais os veneravam, e com êles se animavam muito a qualquer emprêsa por dificultosa e perigosa que fôsse; estando o dito Padre neste tempo, tôdas a noites, em oração diante de Deus, na qual por muitas vezes foi visto arrebatado e suspenso no ar, como testificam pessoas dignas de toda a fé; de maneira que assim à resolução do Padre Lopo do Couto, que deu princípio e foi o primeiro motor desta guerra, como às orações e merecimentos do Padre Benedito Amodei, se atribuiu a vitória e restauração dêste Estado; e eu, sem embargo de ser Capitão-mor, que governava as armas, o julgo e confesso assim, como também o confessaram então, e confessam hoje todos os Capitães e soldados que na mesma guerra nos achamos; e por passar na verdade todo o referido, o juro pelo hábito de Cristo, que professo, e pelo juramento dos Santos Evangelhos. Nesta Cidade de S. Luiz do Maranhão, em 9 de Março de 1654. — *António Teixeira de Melo*»[1].

Esta certidão pertence ao grupo de documentos com que o P. António Vieira se muniu em 1654, quando à volta do Tocantins resolveu ir a Lisboa. Além da de Teixeira de Melo, levou mais outra de Manuel Teixeira, Vigário do Pará, de 5 de Janeiro de 1654, sobre assuntos daquela cidade, e dos Índios, e ainda outra do Licenciado

---

1. Morais, *História*, 180-181; Madureira, *A liberdade dos Indios*, I, 31. Em Morais e em Madureira, que o copiou, vêm trocadas entre si os dois últimos algarismos ficando 1645, data em que ainda vivia Benedito Amodei. Mas, além de ser inverosímil escrever-se dêle, em vida, o que aqui se diz, há o facto positivo de vir com a data de 1654 em BNL, fg. 4516 (*Apontamentos*) 96, e *Hist. Propr. Marag.* 277-283. A supressão dos nomes dos Religiosos e sua substituição por N.N... explica-se por si mesma.

Domingos Vaz Correia, Provisor e Vigário Geral do Estado, feita a 30 de Março de 1654, e nela se lê, de maneira mais sóbria, o que se refere aos dois Padres Benedito Amodei, «chamado vulgarmente o Santo», e ao P. Lopo do Couto «que foi o primeiro que exortou os Portugueses a esta guerra, traçou o rompimento e o conseguiu»[1]. O próprio Vieira faz pessoalmente a história dêstes sucessos na sua *Resposta aos Capítulos*. Contém alguns elementos novos no que se refere ao estado moral da praça e à intervenção dos Índios: «Nêste mesmo ano de 1642 mostrando a experiência, que muitos dos Portugueses do Maranhão viviam pouco catòlicamente, e se acomodavam aos costumes, e ainda aos ritos dos Holandeses, que tinham como fica dito ocupado a cidade, e que algumas mulheres Portuguesas, de efeito se casavam já com êles, e que havia pouca esperança de a dita cidade se restaurar à obediência de Sua Majestade, por outra via, e que já no Pará havia pareceres de aceitarem a sujeição de Holanda; o Padre Lopo do Couto, que tinha grande autoridade com os Portugueses e Índios, tratou que êles mesmo se alevantassem e lançassem fora os Holandeses, comunicando êste seu pensamento, e a traça, e indústria, que para isso tinha, às pessoas de maior zêlo e confiança, e porque o governador do Estado, que então era Bento Maciel Parente, fôra prêso, e mandado para Pernambuco pelos Holandeses, persuadiu êle dito Padre Lopo do Couto ao Capitão-mor, que tinha sido do Maranhão, António Moniz Barreiros (que era seu sobrinho, pessoa nobre, e de grande fidelidade e valor) quisesse tomar por sua conta o govêrno desta emprêsa como com efeito tomou. E porque a dita emprêsa de nenhum modo se podia conseguir, sem o socorro dos Índios da terra, cujas aldeias estavam tôdas já obedientes aos Holandeses, o dito António Moniz falou secretamente ao principal Joacaba, Mitagaia, Henrique de Albuquerque e outros, exortando-os que quisessem tomar as armas contra os Holandeses, e prometendo-lhes em prémio desta acção se a conseguiam, que êle se obrigava a que Sua Majestade lhes mandasse tanto número de Padres da Companhia, que pudessem residir pelas suas aldeias, e ensinar seus filhos. O sucesso de tudo foi, que os Índios com esta promessa e persuadidos igualmente dos Padres, aceitaram a dita empresa, e foram a principal causa dos Holandeses serem lançados fora, como com efeito foram, não havendo em

---

1. Morais, *História*, 230-231, 302-308.

todo o Estado do Maranhão quem possa negar, que a restauração de todo aquele Estado, se deve à resolução e indústria do Padre Lopo do Couto, e às orações e penitências com que o Padre Benedito Amodei, bem conhecido e venerado naquele Estado, por sua santidade, pedia a Deus a mesma restauração, e ao espírito profético com que anteviu a felicidade do sucesso, prometendo-o e assegurando-o, da parte do mesmo Deus, aos Portugueses e Índios, em muitas ocasiões em que estavam já desesperados dêle, e retirados da ilha do Maranhão para a terra firme, tudo o sobredito confessa em sua certidão jurada, o mesmo capitão-mor António Teixeira de Melo, que por morte de António Moniz sucedeu no govêrno das armas, e acabou esta guerra, com que fica bem manifesto, quanta parte tiveram os Padres da Companhia na conquista do Maranhão, e na expulsão dos Franceses e Holandeses» [1].

O P. Lopo do Couto veio de Portugal para o Brasil em 1609 e do Brasil para o Maranhão, em 1626, onde chegou a 22 de Agosto, com o Governador Francisco Coelho de Carvalho [2].

Aprendeu a língua brasílica nas Aldeias da Baía. Foi o primeiro missionário das ribeiras do Itapicuru, Monim e Iguará [3]. Faleceu algum tempo antes do Capitão-mor António Moniz Barreiros que, como dissemos, foi em Janeiro de 1643, portanto em fins de 1642 [4].

O P. Benedito Amodei veio para o Brasil em 1619 e do Brasil passou ao Maranhão em 1622 com Luiz Figueira. Encarregou-se das Aldeias da Ilha, por ser «só meio língua», como êle próprio diz de si mesmo, em carta sua, escrita em português ao P. Geral Caraffa, de 3 de Dezembro de 1646. Nela tem estas palavras: «Quatro anos há [portanto em 1642] que levantando-se nossos Portugueses contra os Holandeses que debaixo de pazes ocuparam ou tomaram esta praça

---

1. Vieira, *Resposta aos Capítulos*, 225.
2. Berredo, Bettendorff e outros equivocam-se fazendo-o chegar em 1615, O Catálogo de 1641 diz: «P. Lopo do Couto, de Ervedel, diocese de Évora, 54 anos, boa saúde; entrou em Évora em 1606, estudou latinidade 4 anos, Filosofia 3, Teologia cerca de 2. Ministro do Colégio da Baía, alguns meses, e sócio do mestre de noviços. Professo de 4 votos desde 1624. Prègador». (*Bras. 5*, 151). A profissão fê-la não em 1624, mas no 1º dia do ano de 625, em Olinda, nas mãos do Reitor Manuel do Couto (*Lus. 4*, 177).
3. Morais, *História*, 139.
4. Morais, *História*, 165; *Hist. Propr. Maragn.*, 246-247, onde, por este motivo, se refutam os que colocam a sua morte em 1644.

e recolhendo-se as mulheres e mais gente fraca em uma paragem segura para que os soldados apertassem os inimigos mais desimpedidamente, me recolhi também com os demais naquele lugar com o meu companheiro, Irmão Luiz de Avelar»[1].

Faleceu no Maranhão em Novembro de 1647[2].

---

1. *Bras.* 3(*1*), 254v. Assina «Benedetto Amadeu». Nas Crónicas o seu nome aparece *Amodei*, que prevaleceu. De Sicília, sua pátria, escreveram ao P. Matias Rodrigues (*Hist. Propr. Maragn.*, 290-298) que era *Homodei*. Natural de Bivona, entrou na Companhia em Palermo, a 10 de Abril de 1598. Coadjutor espiritual no dia 12 de Novembro de 1617.

2. No dia 5, *Hist. Soc.* 47, 11v; no dia 10: *Hist. Propr. Maragn.* 290-298; Bibl. Vitt. Em., F. ges. 3492/1363, nº 6. O Catálogo de 1641 dá-lhe, nessa data, 50 anos de idade e diz que entrara em 1599, um ano mais tarde do que informa a *Hist. Propr. Maragn.* Amodei refere-se a um Ir. Luiz de Avelar. Na *Relação* de Luiz Figueira fala-se de João de Avelar, seu companheiro, soldado, que saiu da Companhia, com o cargo de sargento mor de Gurupá (BNL, fg. 4516, f. 94). Ou há equívoco do nome em Amodei ou eram dois e foram despedidos, ou ainda um só, com o nome de João Luiz ou Luiz João. O P. João de *Avelar*, tantas vezes citado por Bettendorff (*Crónica*, 19, 436, 441, 458) nada tem que ver com este, e o seu nome exacto é João de *Vilar*. Outro irmão Coadjutor António da Costa, açoreano, chegado ao Maranhão, com o P. Lopo do Couto, faleceu mais ou menos ao mesmo tempo que êle (*Hist. Propr. Maragn.*, 247). O morticínio e incêndio da casa dos Padres em Itapicuru, no ano de 1649, e a consequente interrupção da missão até 1652 deve explicar esta carência de notícias.

CAPÍTULO II

Casas na Cidade de S. Luiz

1 — O Colégio de Nossa Senhora da Luz e as suas oficinas de Pinturia e outras; 2 — A igreja, hoje sé catedral; 3 — O Seminário; 4 — Recolhimento do Sagrado Coração; 5 — Casa dos Exercícios e religiosa recreação de Nossa Senhora Madre de Deus; 6 — Reitores do Colégio.

1. — No dia 24 de Dezembro de 1612 tinham levantado os Padres Capuchinhos ou Barbadinhos franceses uma ermida consagrada a S. Francisco de Assis, «em um belo e agradável lugar, junto do Mar, próximo de uma bela e inesgotável fonte». Aí ficou também o seu pequeno hospício[1].

Conquistada a cidade pelos Portugueses, tomaram conta dessa ermida e hospício os Padres Franciscanos que vieram com Jerónimo de Albuquerque. Realizaram também nela os seus ministérios os dois Padres da Companhia, Manuel Gomes e Diogo Nunes, durante o tempo que permaneceram no Maranhão. E quando em 1622 chegou Luiz Figueira, foi-lhe dada ou confirmada a posse dessa ermida pelo Capitão-mor, António Moniz Barreiros. Nêste lugar pois, sucessivamente ampliado, se ergueu o Colégio e junto dêle a Igreja da Companhia de Jesus[2]. Origem de tudo foram «quarenta braças de terra dadas, em quadra» e o mais compras feitas ao redor dêste núcleo inicial[3].

---

1. Ivo d'Evreux, *Viagem ao Norte do Brasil*, trad. de César Augusto Marques (Maranhão 1874) 70.
2. Morais, *História*, 27.
3. Bett., *Crónica*, 43. O cronista é confuso na exposição dêstes factos. Já tentamos explicá-los em *Luiz Figueira*, 54.

Nêste Colégio se ensinaram tôdas as Letras e Ciências da época e o veremos no Tômo IV, em capítulo de conjunto, consagrado à instrução no Maranhão e Pará.

Infelizmente, o Colégio do Maranhão, já não existe hoje, tal qual existia no tempo dos Jesuítas.

Tem pois interesse quasi só histórico as fases da sua construção. O corredor do Norte foi erguido pelo P. Luiz Figueira em 1627; o do Poente em 1659 pelo P. António Vieira; e o do Nascente em 1681 pelo P. Gonçalo de Veras[1]. Mas houve diversas remodelações através dos anos. No de 1720 caiu a parede da banda do pátio por causa das formigas que lhe arruinaram os alicerces e o P. José Vidigal a mandou levantar e para maior segurança mandou fazer a varanda que em 1750 servia para a parte do mesmo pátio[2].

O Colégio que Vieira encontrou foi «um corredor, com quatro cubículos por baixo e seis por cima, dos quais um era livraria, outro rouparia, outro botica, outro adega, outro tinha as coisas da sacristia, outro outros despejos de casa, com que apenas ficavam quatro livres para morar e tomar exercícios, sendo às vezes dezasseis os que ali se ajuntavam, e não havendo outro lugar em que receber as visitas dos seculares senão o mesmo corredor»[3].

O que deixou foi outro novo com vinte cubículos novos além dos dez antigos[4]. Os dois corredores do Colégio, com o do P. Vieira, ficavam em «eirado, sem tecto, para se poder espairecer por êle, pelas manhãs e tardes do dia, entre uma multidão de vasos, dispostos pelos corredores, com seus cheiros para maior agrado. Fez os debuxos o Ir. João de Almeida»[5].

Em 1760 o Colégio constituía uma quadra perfeita, com a Igreja que ficava ao Sul, da parte da cidade. E constava de 40 cubículos, onde moravam os religiosos, além das mais dependências indispensáveis a um grande Colégio, cozinha, dispensa, refeitório, rouparia, procuratura, carpintaria, serralharia, ranchos dos serviçais e oficinas de pintura e estatuária.

---

1. BNL, fg. 4516, *Apontamentos*, 62; Morais, *História*, 73-74, 136-137, 142; Bett., *Crónica*, 43-47; *Hist. Proprov. Maragn.*, 194-195; *Bras.* 3(2), 136v.
2. BNL, fg. 4516, *Apontamentos*, 63.
3. S. L., *Novas Cartas*, 287.
4. Id., *Ib.*, 294.
5. Bett., *Crónica*, 144.

No cruzamento dos corredores, pendiam do tecto candieiros ou lâmpadas de vidro. Além da igreja pública, possuía o Colégio a sua capela doméstica, bem provida de alcatifas e imagens, algumas de marfim, um presépio e «um menino Jesus», de vestir, que servia pelas renovações. «O altar é um bem dourado retábulo com seus formosos quatro Anjos, que demonstram os instrumentos da Paixão do Senhor»[1]. Merece menção a livraria com 5.000 volumes e que, paralela à Igreja, tinha amplas janelas para o pátio interior; e as oficinas de pintura e escultura.

A *Pinturía*, vocábulo que não anda em dicionários, mas é admiravelmente bem formado, e assim o traz o *Inventário*, era uma sala grande no corredor de cima, quási junto à portaria. Nela se ataviavam e pintavam as imagens que se esculpiam noutra oficina, a de escultor e entalhador, anexa à Carpintaria. Nesta veio surpreender o ano de 1760 muitas esculturas e obras de talha, apenas iniciadas. E para outras, se guardavam ainda nos ranchos e fora dêles, «muitos troncos de cedro grandiosos para estátuas»[2]. A 11 de Junho de 1761 o Colégio e Igreja de Nossa Senhora da Luz destinou-se oficialmente a ser Palácio dos Bispos, Seminário, Livraria e Sé, mandando-se unir tudo à mesa episcopal. Feito o inventário, operou-se a união, a 12 de Novembro de 1761. O Colégio serviu efectivamente de Paço episcopal até D. Frei Carlos de S. José e Sousa (1844-1850), época em que se arruinou. Começou a reconstruir-se, diz César Marques, «no princípio do ano passado» (o seu *Dicionário* foi impresso em 1870), mas as obras pararam «depois de se haver dispendido mais de vinte contos em pura perda»[3]. Nêste edifício, depois de reconstituido, funciona hoje (1942) um Colégio.

O antigo Colégio dos Jesuítas do Maranhão seria monumento inestimável, se o tivessem conservado os que lhes sucederam. Frutuoso Correia, que o viu em 1696, compara-o nada menos que ao famoso Colégio da Madre de Deus, de Lisboa: «Restava agora dar notícia desta terra do Maranhão e ainda que a Missão pretende mandar carta mais difusa, direi brevemente o que vi e achei nesta terra. Tem esta Cidade de S. Luiz do Maranhão 4 Conventos de Religiosos, Carmos, Mercês, Antoninhos e o nosso Colégio, que está fundado

---

1. *Inventário do Maranhão*, 26v.
2. Ib., 23-24.
3. César Marques, *Dic. do Maranhão*, 431, 514.

pela traça do Colégio da Madre Deus dessa Cidade, mas muito maior, e a Igreja, estando acabada pode competir com algumas, que se jactam de singulares nêsse Reino»[1].

2. — Esta igreja de 1696 já não era a primeira construida pelos Jesuítas. A primeira igreja dos Jesuítas no Maranhão foi obra de Luiz Figueira por volta de 1627: Diz a *Carta Trienal* de 1626-1628: «Concluiu-se o edifício da nossa igreja, único de pedra e cal naquela cidade. Por ser o mais seguro e o mais formoso, escolheu-se para se guardar nêle o Santíssimo Sacramento». O facto, naturalmente, celebrou-se com festas e espectáculos[2].

Foi esta primeira igreja que atravessou o doloroso período da invasão holandesa e serviu de refúgio a algumas famílias, e foi nela que prègou Vieira[3]. Mas o próprio Padre Vieira, verificando que já era pequena para o movimento crescente da população, pensou em construir outra, nova e maior. Ainda levou tempo a construção: houve divergências nos planos que se apresentaram[4]. Entretanto angariavam-se donativos. Das pedreiras da Ilha de S. Francisco ia-se reunindo pedra, e já em 1672, se haviam transportado para o pôrto do Colégio, «mais de 2.000 carros dela»[5]. Chegou a lançar-se a primeira pedra em 1679, benzida pelo Bispo D. Gregório dos Anjos, mas nêsse mesmo lugar o P. Gonçalo de Veras construiu o terceiro corredor do Colégio, por ordem do P. Pedro de Pedrosa[6].

A primeira pedra, a definitiva da actual igreja, lançou-se em 1690 por iniciativa dos Padres Bettendorff e Diogo da Costa, o primeiro Superior da Missão, o segundo Vice-Reitor do Colégio. Chamaram-se os Índios da Aldeia de Maracu, a quem se

---

1. *Relação da Viagem que fez o P. Fructuoso Corrêa*, S. Luiz do Maranhão, hoje véspera do Espírito Santo, 1696», *Bras.* 9, 419.
2. *Bras.* 8, 387; S. L., *Luiz Figueira*, 53-54, onde se pode ver, completo, êsse passo da Trienal.
3. Morais, *História*, 147.
4. Bettendorff enviou para Roma dois esboços, o do seu próprio plano e outro do P. Pier Consalvi (*Bras.* 26, 43a). Além dêstes havia em 1679, um 3º plano, que era o do P. António Vieira (*Bras.* 26, 67).
5. *Bras.* 9, 285; Bett., *Crónica*, 294.
6. *Bras.* 3(2), 147; Bett., *Crónica*, 338-343; *Cartas de Vieira*, III, 431. Incrustada na parede vimos em 1941, uma pedra, com monograma duplo, o da Companhia e o de Nossa Senhora, e, em cada canto dela um algarismo que reunidos dão *1679*. Será aquela pedra, benzida pelo Bispo D. Gregório ?...

pagava estipêndio, e, «não tardou o P. Vice-Reitor, Diogo da Costa um momento a pôr em execução tudo, ajudando-o todos os moradores com os seus carros e bois para logo pôr toda a pedra em riba; feito isto uns dias antes da festa do *nascimento* da dita Nossa Senhora da Luz [8 de Setembro] mandou ao irmão Manuel da Silva, sub-intendente das obras, que com a assistência do capitão engenheiro Pedro Carneiro de Azevedo e do capitão Domingos de Almeida, tomasse com o mestre pedreiro Francisco Pereira e Lucas Nunes a esquadria do sítio e fincasse páus, conforme o debuxo que eu lhe tinha deixado, feito por minha própria mão. Acabado isso, com tôda a pressa e diligência começaram-se a abrir os alicerces de oito palmos de largura e doze de altura, no fim do qual lançou o Sr. governador o Capitão General do Estado, António de Albuquerque Coelho de Carvalho, em presença de seus ministros, nobreza e povo da cidade, do Padre Vice-Reitor e todos os mais Padres do Colégio, a primeira pedra, com vinte cruzados de prata, com grandes festas e tiros dos estudantes, para aplaudirem tão bons princípios»[1]. Bettendorff dá pormenores da construção: Fez-se primeiro a sacristia; depois demoliu-se a igreja velha tôda, a do P. Luiz Figueira; a sacristia nova ficou a servir de igreja até se concluir a nova, e utilizou-se a pedra da igreja velha[2]. O mesmo cronista assinala com minúcia as fases da construção desta igreja, feita, diz êle, segundo as prescrições de Vitrúvio, mestre dos Arquitectos, à imitação de Nossa Senhora do Loreto, de Lisboa[3]. Os retábulos do altar-mor são obra do entalhador português Manuel Manços, coadjuvado por outros entalhadores já do Brasil, discípulos dos Jesuítas[4].

A inauguração, solene da igreja de Nossa Senhora da Luz foi véspera de S. Inácio, 30 de Julho de 1699. Consagrou-a o Prelado, D. Fr. Timóteo do Sacramento, na presença de todo o clero da cidade, secular e regular. Logo celebrou missa o Reitor, Francisco de Andrade. Acabada ela, o Bispo foi ao sacrário, onde estava recolhido o Santíssimo, e o trouxe em procissão «pela praça, com as imagens de Nossa Senhora da Luz, Santo Inácio, S. Francisco Xavier e Corpo

---

1. Bett., *Crónica*, 502-503. A data de 1690 não vem expressa em Bettendorff, mas sim no Necrológio de Diogo da Costa, *Lembrança dos Def.*, 2.
2. Bett., *Crónica*, 519-521, 532.
3. Bett., *Crónica*, 567-568.
4. Bett., *Crónica*, 506.

de S. Bonifácio, em charolas, muito bem concertadas, e se recolheu à igreja nova».

No dia seguinte, consagrado ao Fundador da Companhia, disse missa nova o P. Inácio Rodrigues de Távora. Prègou Jódoco Peres com a assistência do mesmo ilustre prelado [1].

Em 1737, o P. Inácio Xavier, Reitor do Colégio, requereu à Câmara concessão de 4 palmos de largura para a nova tôrre que queria erguer, «com o frontispício, olhando para o Sul, a correr a Via Sacra, de oeste para leste». A tôrre, diz êle, seria «ornato para o templo de Deus, da cidade e do bem público, pela conveniência de aí haver um relógio de que muito carecia a cidade desde a sua fundação». A Câmara, com mira no relógio, deferiu a petição, a 17 de Setembro de 1737 [2]. «As *tôrres*, dizia o Padre, seriam uns como redutos fortes contra os inimigos»; de-facto, há referências nos documentos a outra tôrre *velha*.

A igreja em 1759 constava de cinco altares: Altar-mor, S. Brás, S. Francisco Xavier, Santa Quitéria e Nossa Senhora da Boa-Morte [3].

Pela sua grandeza, arquitectura e ornato, era «o mais nobre templo desta cidade» [4].

A 17 de Janeiro de 1762, fez-se a mudança da sé antiga para a Igreja dos Jesuítas, que ficou sendo então Catedral do Maranhão [5].

O majestoso templo dos Jesuítas foi objecto, depois disso, de modificações não na sua arquitectura fundamental, mas na disposição interna dos altares e pinturas.

Em todo o caso na Catedral e sacristia ainda há vestígios impressionantes da antiga beleza [6].

3. — Os Jesuítas fundaram o **primeiro seminário** do Maranhão. A sua instituição, que obedece ao movimento iniciado pelo

---

1. *Lembrança dos Def.*, 2.
2. César Marques, *Dic. do Maranhão*, 514.
3. *Inventário do Maranhão*, Bras. 28, 25v-26v.
4. Morais, *História*, 15.
5. César Marques, *Dic. do Maranhão*, 514. O alvará régio que autorizava a mudança é de 11 de Junho de 1761, D. Francisco de Paula e Silva, *Apontamentos para a História Eclesiástica do Maranhão* (Baía 1922) 135.
6. Para confronto e possíveis identificações, damos seu *Inventário* de 1760, Apêndice C.

P. Malagrida, data de 1753, mas vinha-se arrastando desde o tempo dos dois prelados, D. Manuel da Cruz e D. Francisco de Santiago.

Algum benfeitor deve ter concorrido para a fundação dêle, deixando-lhe alguns bens, movido pelas prègações do Padre, que dispunha além disso da ajuda da Côrte de Lisboa. O primeiro daqueles Prelados D. Fr. Manuel da Cruz aplicou a herança para o património do futuro Seminário. O seu sucessor, D. Francisco de Santiago, pretendia porém aplicá-la a outros fins, piedosos sem dúvida, mas enfim diferentes da aplicação primitiva. Com o falecimento do Bispo, em fins de 1752, desapareceram as dificuldades. E, «apesar da estreiteza do tempo, fundou-se um Seminário e se povoou de meninos, que os nossos Padres criam e instruem em virtude e letras com o máximo cuidado», — diz o próprio Malagrida à Rainha Mãe[1].

Noutra carta, à mesma Rainha, anota que o Seminário de S. Luiz se instalou numa «Casa que em algum tempo tinha servido de Palácio episcopal, perto do Colégio». E nêle «assistem de presente dois Padres da Companhia, e os Seminaristas logo entraram 11, e, com os que estão para entrar, chegarão a 30»[2].

«Em 8 de Setembro de 1753, diz Mury, teve o varão de Deus, o prazer de introduzir em um novo estabelecimento muitos alunos destinados a serem o esteio e ornamento das igrejas do Maranhão»[3].

Com a fundação dêste Seminário em S. Luiz coincidiu a fundação de mais dois: o de Parnaíba, dedicado a Santa Úrsula, fundado nos começos de 1749. Em Agosto de 1752 se diz do P. Miguel Inácio que ia no 3º ano do seu govêrno[4]. Em 1753 já não aparece com o nome de Seminário de Parnaíba, mas sim de Simbaíba, e com o mesmo Regente; e, distinto dêste, na mesma página, se menciona o seminário de Guanaré, que veio afinal a ficar em *Aldeias Altas* do Itapicuru, fundindo-se com êle ao que parece os anteriores, de Parnaíba ou Simbaíba e Guanaré, cujos nomes já não constam do *Inventário*.

---

1. Lamego, *A Terra Goitacá*, III, 444-445.
2. Documento, com data no verso de 1 de Outubro de 1753, em Lamego, *A Terra Goitacá*, III, 441. César Marques diz que achara num assento do Cabido a informação de que «os Padres Jesuítas tinham erigido nesta capital, um Seminário no meio da cidade, numa morada de casas que alugaram para esse fim, ao Capitão Manuel Gaspar Neves, e depois compraram», *Dic. do Maranhão*, 516.
3. Mury, *Hist. de Gabriel Malagrida*, 131.
4. *Bras.* 27, 164, 184v.

Era ainda o período ante-preparatório para a fixação definitiva, com os debates correlativos entre os Padres responsáveis.

Para as fundações de Seminários dispunha Malagrida de 30.000 cruzados, provenientes de esmolas e subsídios régios. Não eram fundos suficientes, mas os Seminários ficavam no regime de semi--pensionato, com que seria mais fácil a sustentação e a manutenção dêles, sem perigo de ter de fechar por falta de subsistências próprias. Como em tôdas as coisas, na resolução disto ainda se produziram pareceres divergentes. Os superiores locais, e isto tanto no Pará, como no Maranhão, com conhecimento mais directo das dificuldades, tinham critérios, que não eram os do P. Malagrida, que, em carta íntima, desabafa familiarmente com o P. Bento da Fonseca, Procurador Geral em Lisboa [1].

Apesar das dificuldades, de carácter estritamente interno e administrativo, os Seminários fundaram-se e prometiam realmente úteis frutos na educação da juventude, quando sobreveio a perseguição e encerramento de tôdas as Casas.

No dia 8 de Junho de 1760 o Vice-Reitor do Seminário de S. Luiz, P. António Machado e o P. Francisco Abranches foram conduzidos sob prisão ao Colégio [2].

Além das casas, em que funcionava, o Seminário possuía outras, para com suas rendas se sustentarem os Seminaristas. Tinha Capela, com ornamentos e dois cálices, e nas paredes, como ornato, «vários quadros e lâminas». E entre outros pertences «uma estante de livros pela maior parte de línguas estranhas» [3].

4. — Além do Seminário, os Jesuítas fundaram o Recolhimento do Maranhão. Inaugurou-se em 1752. São palavras do P. Malagrida: Levantou-se «desde os fundamentos até ao tecto, um *mosteiro* para as futuras religiosas, e se acabou e mobilou o internato ou *Recolhimento* para as moças. Este abriu-se felizmente no dia 5 de Agôsto do mês próximo passado, com grande aplauso da cidade, concurso de tôdas as classes e com tôda a solenidade possível» [4].

---

1. Carta de Gabriel Malagrida ao Procurador Geral Bento da Fonseca, do Maranhão, 13 de Maio de 1753, em Melo Morais, *Corografia*, IV, 211.
2. Apêndice ao Cat. de Portugal (Lisboa 1904) X.
3. *Inventário do Maranhão*, 27v.
4. Carta autógrafa de Malagrida à Rainha D. Mariana, em Lamego, *A Terra Goitacá*, III, 445, que infelizmente não traz data; Mury, *História de Gabriel Ma-*

O primeiro grupo entrado foram 13 meninas entre a emoção geral[1].

Mosteiro e Recolhimento! As religiosas do Mosteiro, que haviam de dirigir o Recolhimento, receberam as regras e hábito do Instituto de Santa Úrsula. A sua primeira superiora, Sóror Maria José de Jesus, desencadeada depois a perseguição contra os Padres fundadores, deu provas de lamentável fragilidade, mudando de hábito, em 1768, porque o das «Ursulinas do Coração de Jesus» se parecia um tanto com a roupeta da Companhia...[2].

O Recolhimento das Ursulinas do Coração de Jesus, fundado nos mesmos locais em que está hoje o Colégio das Religiosas Doroteias, teve depois, outras aplicações, outros nomes, novas casas. Não é porém já história da Companhia[3]. No Colégio das Doroteias vimos em 1941, conservado com veneração, um banco tôsco, de madeira, unido segundo antiga tradição às origens da casa, e em que escreveram, em letras de molde, BANCO DO PADRE MALAGRIDA.

---

lagrida 128-129, que coloca a inauguração em 1752; e, de-facto, a licença do Prelado do Maranhão, para a abertura do Recolhimento é datada de 5 de Julho de 1752 («e dous annos») conforme documento do Arquivo do Colégio de Santa Teresa, do Maranhão, das Irmãs Doroteias. Morais, *História*, 15, não faz distinção entre *Mosteiro* e *Recolhimento*. Fala apenas de «Recolhimento de senhoras nobres solteiras». Mas deve prevalecer o testemunho do próprio fundador.

1. Carta de Wolff à mesma Rainha, de 25 de Novembro de 1753, em Lamego, *A Terra Goitacá*, 323-324; Mury diz que eram 15, op. cit., 129.

2. E acreditou nas calúnias do Bispo D. Miguel de Bulhões e do governador Mendonça Furtado que atingiam a probidade dos Padres em particular a do P. Manuel da Silva, procurador do Recolhimento, que tratava de colocar em bases sólidas e seguras o património dêsse mesmo Recolhimento. Alencastre dá a entender que o Padre Manuel da Silva fôra para as Missões de Natividade de Goiás «povoando fazendas, comprando escravos e formando novos legados», para aumentar os seus bens *pessoais* (*Annaes da Prov. de Goyaz* na *Rev. do Inst. Bras.*, 27, 2.ª P. (1864) 176-180. Tôda a gente sabe que os Jesuítas não têm, nem podem ter bens pessoais. Entre as fazendas de Goiás havia uma chamada *Recolhimento*, que supomos ser a que êle aplicara, defendendo-o e aumentando-o, ao património das Ursulinas do Maranhão. Quando isto se inventava, já o P. Manuel da Silva vivia incomunicável nas prisões pombalinas, sem se poder defender, nem suspeitar, do que faziam correr por sua conta. Faleceu nos cárceres de S. Julião da Barra, a 16 de Abril de 1766. «*Vir valde zelosus et austerae paenitentiae*» (Arc. Prov. Port., *Pasta 188* (18). Era português, e fôra no Maranhão, mestre de noviços e apóstolo dos Exercícios Espirituais, *Bras. 25*, 76v; Arq. Prov. Port., *Pasta 176*, 16.

3. Cf. César Marques, *Dic. do Maranhão*, 480, onde trata do «Recolhimento de N.ª S.ª da Anunciação e Remédios».

5. — Os Jesuítas fundaram, ainda no Maranhão, a Casa dos Exercícios e religiosa recreação de Nossa Senhora Madre de Deus, dentro da cidade, na «Ponta de S. Amaro». A primeira intenção, ao fundar-se, foi para Casa de Campo dos mestres e estudantes do Colégio do Maranhão, no qual havia em 1731, «estudos gerais de Teologia, Filosofia, Retórica, Gramática e ultimamente uma escola de ler, escrever e contar», como expõe à Câmara o P. José Lopes, requerendo alguns terrenos para alargar a *Quinta da Madre de Deus* [1].

A Quinta tinha-se comprado pouco antes, mas já existia em 1713, ano em que o Capitão-mor Constantino de Sá requereu à mesma Câmara a utilização de certos materiais existentes nessa *Ponta de Santo Amaro*, para uma ermida que estava erguendo a «Nossa Senhora da Madre de Deus, Aurora da Vida». O sítio foi-lhe trespassado já por outros [2].

O Geral aprovou a compra e o fim a que se destinava [3].

A êste primeiro destino da *Quinta da Madre de Deus* de ser *Casa de Campo*, veio alguns anos depois juntar-se outro: o de servir também para *Casa de Exercícios Espirituais*. O facto vem narrado em carta do Geral, de 6 de Fevereiro de 1737. Um sacerdote secular, P. António de Matos Quental, nuns exercícios que dera o P. Manuel da Silva, sentindo-se movido ao desprendimento pessoal dos bens temporais, aplicou os que possuía à Casa da Madre de Deus [4].

---

1. César Marques, *Dic. do Maranhão*, 366.
2. César Marques, *Dic. do Maranhão*, 365-366; D. Francisco de Paula e Silva, *Apontamentos para a História Ecclesiástica do Maranhão* (Baía 1922) 103-104; Agostinho de Santa Maria, *Santuário Mariano*, X (Lisboa 1722) 370-371, dá a primeira origem da ermida, e como a denominação procede da Madre de Deus, de Lisboa, por devoção do Governador Cristóvão da Costa Freire, Senhor de Pancas.
3. Carta do P. Geral ao P. José Lopes, de 3 de Março de 1731: Aprova a compra da Madre de Deus «*pro nostrorum recreatione, laudamusque* R^{ae} V^{ae} *industriam in conquirendo illius pretio absque impensis Collegii*», Bras. 25, 49v; a 2 de Fevereiro de 1732, escreveu de-novo o P. Geral: *Concedimus facultatem P. Josepho Lopes ut commode instruere ac ornare suburbanam villam da Madre de Deus pro nostrorum recreatione possit*», — Do P. Retz ao P. Vidigal, *Ordinationes*, Bibl. de Évora, cód. CXVI/2-2 p. 158; cf. Bras. 25, 54v.
4. Bras. 25, 76v. Acrescenta-se nesta carta que o P. José Vidigal pedia e se concedeu, que o P. António de Matos Quental, tivesse carta de participação de merecimentos, e pudesse à hora da morte emitir os votos simples e enterrar-se com a roupeta dos Jesuítas na igreja da Companhia.

Não tardou a suscitar-se a questão jurídica, interna, desta casa, se haveria de ser autónoma, se anexa ao Colégio do Maranhão. A solução final foi que ficasse dependente do Reitor como superior comum, mas com administração autónoma sob a regência de um Superior ou ministro próprio, de maneira que os seus bens primitivos se aplicassem unicamente à mesma Casa, e não entrassem nos fundos do Colégio nem se gastassem em coisas dêle [1]. Era partidário em 1740 da união ao Colégio José Lopes, verdadeiro fundador da Madre de Deus; e partidário da autonomia Bento da Fonseca [2]. Resolveu-se o assunto por uma plataforma intermédia, preponderando ainda assim a segunda modalidade. E ficou a Casa da Madre de Deus, distinta economicamente, do Colégio do Maranhão, contendo em si as duas referidas finalidades, *Casa de Campo* para recreação dos estudantes do Colégio, e *Casa de Exercícios* para pessoas de fora. Para estabilizar e ampliar esta segunda modalidade interveio também algum tempo depois Malagrida.

Êle próprio diz que, chamado à Côrte em 1753 pela rainha D. Mariana, receava se atrasasse a «Casa dos Exercícios». Confiava porém em que a soberana a amparasse [3]. Amparada por ela ou não, é certo que as obras continuaram. E em 1760 a Casa constava de dois corredores: um que era a frontaria a par do frontispício da nova igreja, com 10 aposentos, cinco em cada andar, «para hospedagem dos exercitantes seculares, e habitação dos religiosos da casa»; outro corredor, de norte a sul, com outros tantos cubículos.

Era uma das casas da Companhia mobilada com mais gôsto e cuidado: paineis, cadeiras de espaldar, ricas, para «os hóspedes graves, Bispos, Governadores e Ministros». Destinados aos estudantes, em férias: «dois jogos de taco» e outros atractivos.

A livraria, ainda que nova, ia em «perto de 1000 volumes de tôdas as matérias, quási todos encadernados de novo em pasta».

Para substituir a primitiva ermida, ergueu-se uma igreja de 150 palmos de comprimento, 45 de largo e 50 de alto. Celebrou-se nela a primeira missa, inaugural, no Natal de 1759. Constava de quatro altares e era ricamente ornada, com muitas estátuas de vulto, e lâminas de Roma, dois crucifixos de marfim «obras primas», e nas pa-

---

1. *Bras. 25*, 97v.
2. *Bras. 25*, 93v-95v; Bibl. de Évora, *Ordinationes*, cód. CXVI/2-2, p. 159.
3. Carta, em Lamego, *A Terra Goitacá*, III, 445.

redes seis paineis de Itália. As suas duas tôrres erguiam-se já até às cúpulas, quando tudo parou. A carta régia de 11 de Junho de 1761 destinou a Casa da Madre de Deus a Colégio dos Nobres, de Maranhão e Piauí. Mas tal Colégio foi sonho sem realidade. Diz César Marques que ainda viu documentos assinados no «Palácio da Madre de Deus», indício de que algum tempo esta casa dos Jesuítas serviu de Palácio dos Governadores. Foi depois enfermaria de soldados [1]. Hoje é o *Hospital Geral*. Visitamo-lo em 26 de Julho de 1941. Do edifício primitivo só restam alguns arcos, para o pátio interno. Da igreja e tôrres, nada. E nada também de tudo o mais, que consta do *Inventário*. Publicamo-lo pois em *Apêndice*, não só como peça histórica, mas ainda para possível identificação dalguns dos seus objectos de arte que porventura andem dispersos [2].

6. — Tôdas estas casas eram governadas, directa ou indirectamente pelos Reitores do Colégio de Nossa Senhora da Luz. Na presente lista dêles, muitas datas-limites são sujeitas a rectificação pela impossibilidade de se determinar exactamente, não nos ficando referências explícitas. Além dos nomes, aqui mencionados, tira-se por indução que deve ter havido mais um ou outro. Por exemplo, diz-se nos Catálogos, que Bucarelli foi alguns meses Vice-Reitor; e que o P. Miguel Antunes, famoso missionário, «foi Vice-Reitor»: mas onde e quando? De certo, e vale o mesmo para outros, nalgum intervalo, quando o reitor falecia ou era elevado a Superior da Missão.

---

1. César Marques, *Dic. do Maranhão*, 366.
2. Cf. *Apêndice D*. Como se verá, aparece nêle o «*nosso irmão*» P. Inácio da Costa, benfeitor e doador da Fazenda do *Matadouro* e da Fazenda de N.ª S.ª de Belem de *Igaraú*. «Ficou nesta fazenda o sobredito P. Inácio e não sabemos como se houveram os ministros com ele». Escreve César Marques: «O P. Inácio da Costa *Quintal*, que foi Jesuíta, e faleceu em 1768, doou os seus bens a esta Capela (a primitiva da Madre de Deus) e o Govêrno mandou logo tomar conta dêles. Possuia êste Padre a *Fazenda dos Morcegos*, que foi confiscada com os bens dos Jesuítas, o que não aconteceu com a de *Garaú* por ai morar o dito Padre». César Marques resolve pois a dúvida do inventário, quanto ao sucedido ao P. Inácio da Costa. Simplesmente êste Padre não era Jesuíta, tinha apenas a carta de participação de merecimentos (ou carta de irmandade: «nosso irmão»); e o facto de César Marques acrescentar ao seu nome o apelido de *Quintal* faz aproximá-lo daquele outro Quental, com circunstâncias tão idênticas de beneficência a respeito da mesma Casa da Madre de Deus, que pode originar confusões. No entanto, são diferentes. E não vimos, em documentos da Companhia, o apelido *Quintal* aplicado ao P. Inácio da Costa.

Manuel Gomes (1615-1618). Vem na armada de Alexandre de Moura. Assiste à Conquista e fica em companhia de Diogo Nunes a trabalhar em casa provisória. Retira-se em 1618.

Luiz Figueira (1622-1636). Funda a casa definitiva, própria da Companhia.

Lopo do Couto (1636-1642). Morais dá-o como Superior, depois da ida para Portugal do P. Luiz Figueira [1]. Não achamos documento dêsse facto. Mas era-o com certeza em 1641, certifica António Teixeira de Melo [2].

Benedito Amodei (1642-1647). Superior com certeza, pelo menos depois da morte do P. Couto.

P. Francisco Pires (1647-1649). Assumiu o govêrno da casa, depois da morte do P. Amodei (Novembro de 1647).

P. Francisco Veloso (1652-1653). Matando os bárbaros do Itapicuru ao P. Pires e mais companheiros, ficou sem ninguém a casa do Maranhão. Reatou o govêrno o P. Francisco Veloso, a quem o P. Vieira no Tejo entregou a superintendência da Missão e da casa e ao qual o P. Veloso a devolveu, apenas êle chegou.

P. António Vieira (1653-1654). Superior da Missão, ficou também algum tempo superior da casa. Mas durante a sua viagem ao Pará e Tocantins deve ter ficado outro Padre à frente dela.

P. Mateus Delgado (1654-1657). Tinha o govêrno da casa, quando Vieira voltou do Reino [3].

P. António Vieira (1657). Era superior, no Maranhão, a 5 de Dezembro de 1657 [4].

P. Ricardo Careu (1658-1661). Diz Bettendorff que sucedeu ao P. Delgado, e pelo modo de falar dêle, no próprio ano da volta de Vieira (1655); mas a êsse tempo ainda Careu não estava no Maranhão. Já era superior em 1659 [5]. Retirando-se os Padres, no motim de 1661, fechou-se a casa.

---

1. Morais, *História*, 151.
2. Morais, *História*, 180. Pelo modo de falar do P. Figueira, citando primeiro o P. Amodei, à sua chegada do Xingu, parece-nos que teria ficado o P. Amodei. Assim o consignamos em *Luiz Figueira*, 63. O P. Couto deve ter falecido em fins de 1642. Já era morto em meados de Janeiro de 1543, data em que faleceu o Capitão Moniz Barreiros, seu parente (*Hist. Prop. Maragn.*, 246-247).
3. Bett., *Crónica*, 87.
4. *Bras. 3(1)*, 312.
5. Bett., *Crónica,*, 145.

P. Pier Luigi Consalvi (1662). Chega do Pará e retoma a casa e o govêrno dela [1].

P. João Maria Gorzoni (1662-1663). Ao voltar de Portugal para onde fôra no motim, fica no govêrno da casa. Metendo-se o Superior da Missão no seu ofício, Gorzoni pediu para deixar o superiorado, dedicando-se exclusivamente às Missões [2].

P. João Filipe Bettendorff (1663-1667). Substitue Gorzoni em 1663 [3]. Deixa o govêrno da casa pouco antes de Rui Vaz de Siqueira deixar o Govêrno do Estado, que foi em meados de Maio de 1667 [4].

P. Pier Luigi Consalvi (1667-1668). Nomeado pelo P. Gonçalo de Véras, então Superior da Missão, por parte do Brasil [5].

P. Francisco Veloso (1668-1674). Nomeia-se já *reitor*. Deve ter tomado posse no último trimestre de 1668 [6].

P. João Filipe Bettendorff (1674-1680). É o primeiro Reitor *de patente* [7].

P. Gonçalo de Veras (1680). Toma posse no dia 7 de Junho de 1680, por patente, que o Visitador P. Pedrosa trouxe do Brasil [8].

P. Estêvão Gandolfi (1680-1684). Já era Reitor em 1682 e era-o ainda por ocasião do motim de 1684. Passou para a Província do Brasil e não voltou à Missão.

P. Sebastião Pires (1685-1688). A 23 de Setembro de 1685 reentra na igreja e Colégio, com o apôio do Governador Gomes Freire de Andrade, a quem pede o perdão dos condenados à forca [9]. O P. Geral incumbiu o P. António Pereira do cargo de Vice-Reitor, mas não chegaria a tomar posse, por ser destinado à Missão do Cabo do Norte.

P. João Filipe Bettendorff (1688-1690). Tomou posse no mesmo dia da sua chegada de Lisboa, 3 de Agosto de 1688 [10].

---

1. Bett., *Crónica*, 197.
2. Bett., *Crónica*, 223.
3. Bett., *Crónica*, 223.
4. Bett., *Crónica*, 243-244; Porto Seguro, *HG*, III. 247.
5. Bett., *Crónica*, 243.
6. *Bras.* 9, 261; *Apontamentos*, na Bibl. de Évora, cód. CXV/2-14, ao nº 15, f. 20.
7. *Bras.* 26, 40; Bett., *Crónica*, 300.
8. *Bras.* 3(2), 136v; Bett., *Crónica*, 354.
9. *Bras.* 26, 114, 122.
10. Bett., *Crónica*, 441-442.

P. Diogo da Costa (1690-1695). Fica por Vice-Reitor, em vez do P. Bettendorff, que passou a superior da Missão [1]. Foi nomeado para suceder-lhe, em 1693, o P. Manuel Martins, da Província de Portugal, mas, adoecendo, ficou no Reino [2].

P. José Ferreira (1695-1696)). Embarca em Lisboa para o Maranhão, já nomeado Reitor [3]. Em 1696 passa a superior da Missão.

P. António Coelho (1696-1699). A patente chegou ao Maranhão a 19 de Maio de 1696 [4].

P. Francisco de Andrade (1699-1702). O P. Geral, em carta de 8 de Janeiro de 1701, diz que em concluindo o triénio volte para Portugal [5]. Período de incertezas, por falta de documentos explícitos.

P. João de Vilar (1706 ?-1713 ?). Os Catálogos de 1708 e 1710 dão-no como Reitor. Foi-o por seis anos, diz a sua «lembrança necrológica», sem explicitar se o foi de uma vez só [6]. Em 1710 era, também, Vice-Superior da Missão.

P. Diogo da Costa (1712 ?-1715 ?). O catálogo de 1720, diz que tornara a ser Vice-Reitor três anos [7]. Seria nêste tempo ? Parece que chegou a ser nomeado o P. Manuel Rebelo, que, como do de Superior da Missão, pediu também dispensa dêste cargo, por amor dos Índios, de que era missionário. (Tinha reduzido os *Arapiuns*). Ficou em vez dêle o P. Vidigal [8].

P. José Vidigal (1715-1721). O Geral, em carta de 22 de Setembro de 1714, comunica-lhe que o nomeia Reitor [9]. Passou a Superior da Missão em 1721, e tinha sido Reitor cerca de 6 anos [10].

P. Manuel de Brito (1721-1724). Toma posse a 15 de Janeiro de 1721 [11].

P. José de Mendoça (1724-1727). Era antes superior de Tapuitapera e pediu licença ao Geral para voltar à sua Província do Brasil, não lho concedendo o Geral por falta de gente e precisar dêle para

---

1. Bett., *Crónica*, 472; *Bras.* 27, 7, 11v.
2. *Bras.* 3(2), 300v; Bett., *Crónica*, 544.
3. *Bras.* 3(2), 350v.
4. Bett., *Crónica*, 599.
5. Cf. Lúcio de Azevedo, *Os Jesuítas no Grão-Pará*, 392.
6. *Lembrança dos Def.*, 4v, 5v.
7. *Bras.* 27, 30v.
8. *Bras.* 25, 5v, 9.
9. *Bras.* 25, 4.
10. *Bras.* 27, 39.
11. *Bras.* 27, 47.

o Colégio do Maranhão[1]. Deveria ter tomado posse depois do P. Brito passar a Superior da Missão[2]. Pedindo dispensa, não lhe foi aceita, e ainda exercia o cargo em 1727[3].

P. *João Tavares* (1727-1729). Dão-no alguns como Vice-Reitor do Pará; nos catálogos só aparece como Vice-Reitor do Maranhão[4].

P. *Gonçalo Pereira* (1729-1730). Toma posse a 20 de Setembro de 1729[5].

P. *Carlos Pereira* (1730-1733). Toma posse a 20 de Setembro de 1730[6]. O Geral, em carta de 27 de Janeiro de 1734, louva o seu zêlo e virtude e o cuidado em demarcar com os requisitos legais, as terras do Colégio e fazer o tombo delas[7].

P. *Inácio Xavier* (1733-1738). Posse a 29 de Junho de 1733[8]. O Geral a 2 de Fevereiro de 1732 enviou ao P. José Lopes patente de Reitor[9]; mas o P. Lopes pediu dispensa do cargo e para ir para o Rio Madeira, missão de Cachoeiras. A 4 de Fevereiro de 1733 o P. Geral concedeu-lhe a dispensa e o pedido[10]. Não deve ter chegado a tomar posse pois nesta mesma data ainda trata o P. Carlos Pereira, de Reitor, e alude a um castigo que lhe dera sem especificar mais[11].

P. *Caetano Ferreira* (1738-1741). A 11 de Fevereiro de 1737 o P. Geral envia ao P. Vidigal, Vice-Provincial, patente para Reitor do Maranhão, e se não pudesse, por doença dos olhos de que padecia, mandava ao mesmo tempo outra para o P. Caetano Ferreira, que foi realmente o que ficou. Não tomou logo conta e tentou escusar-se[12]. Já era Reitor em Agôsto de 1738[13].

P. *Júlio Pereira* (1741-1745). Posse a 20 de Maio de 1741[14].

---

1. *Bras.* 25, 23v.
2. *Bras.* 25, 22.
3. *Bras.* 25, 25v, 37v.
4. *Bras.* 27, 62, 110.
5. Bibl. de Évora, cód. CXV/2-11, f. 26
6. *Bras.* 27, 51.
7. *Bras.* 25, 64v.
8. *Bras.* 27, 70.
9. *Bras.* 25, 54.
10. *Bras.* 25, 59-59v.
11. *Bras.* 25, 60.
12. *Bras.* 25, 81.
13. *Bras.* 25, 87.
14. *Bras.* 27, 110.

P. João Ferreira (1745-1748). Posse a 2 de Maio de 1745[1].

P. José Martins (1748-1750). Faleceu no cargo[2].

P Caetano Xavier (1752). Era Vice-Reitor nêste ano[3].

P. António Dias (1753-1755). Reitor desde o dia 20 de Abril de 1753[4]. Ainda era em 1755[5].

P. José da Rocha (1756-1757). Foi degredado para o Reino em Setembro de 1757[6]. Em 1759 estava nos cárceres de Almeida e faleceu nos de S. Julião da Barra a 20 de Agôsto de 1775[7].

P. Bernardo de Aguiar (1757-1760). Último reitor. O Colégio foi cercado a 7 de Junho de 1760[8]. Prêso e desterrado para o Reino e daí para a Itália, ainda vivia em Roma a 17 de Março de 1767[9].

---

1. *Bras. 27*, 125.
2. *Bras. 27*, 153.
3. *Bras. 27*, 183v.
4. *Bras. 27*, 188.
5. Várias referencias a êle em cartas do P. Bento da Fonseca, BNL, fg. 4529, doc. 79.
6. *Diário de 1756-1761*.
7. Arq. Port., *Pasta 188*, 18.
8. Apêndice ao Catálogo Port. de 1906, XII.
9. *Bras. 28*, 12v.

(Foto E. Galvão, 1942, Colecção do Museu Nacional, do Rio)

Aldeia Moderna de Guajajaras do Alto Pindaré
(Camiranga)

CAPÍTULO III

Aldeias e fazendas na Ilha de São Luiz

1 — *Primeira catequese e a Aldeia de Uçaguaba (Vinhais); 2 — Fazenda de Anindiba (Paço do Lumiar); 3 — Ilha de S. Francisco e terras de S. Marcos; 4 — S. Brás; 5 — Nossa Senhora da Vitória de Amandijuí; 6 — Nossa Senhora de Belém de Igaraú; 7 — Aldeia de S. Gonçalo, 8 — Aldeia de S. José.*

1. — As Aldeias e estabelecimentos dos Jesuítas no território do actual Estado do Maranhão podem agrupar-se em sete grandes circunscrições, cujo núcleo central é a própria Ilha de S. Luiz, entrando depois pelos rios, que vêm desaguar nas suas imediações, Pinaré, Mearim, Itapicuru e Monim, irradiando ao mesmo tempo pela costa, rumo ao norte (Tapuitapera) e rumo ao sul (Tutóia), numa actividade dispersa, eriçada de obstáculos, mas em certas regiões contínua, com tendência à centralização da catequese à roda de pontos agrícolas ou pastoris mais importantes, que se promoviam com cuidado, não só para assegurar e fixar os Índios na terra, garantindo-lhes a todos, livres ou servos, condição desafogada de vida, mas também para oferecer às obras dos Colégios e Igrejas meios adequados de progresso.

Iniciaram a catequese jesuítica da Ilha, Manuel Gomes e Diogo Nunes. É o próprio Manuel Gomes quem o narra em carta sua ao Provincial do Brasil, pouco depois de chegar na Armada de Alexandre de Moura:

«Finalmente entramos no pôrto do forte de S. Luiz, e os Índios se foram alojar junto a um monte, em o qual o Capitão-mor mandou fazer um forte, a que puseram o nome Santiago, em um logar alto e acomodado para castigar os navios que, sem ordem, quisessem entrar ou sair. Nós também, nos acomodamos aí perto em um lugar muito apto para repelir as emboscadas. Logo todos os moradores e Índios principais da ilha nos receberam com presentes e refrescos, vindo depois em pessoa pedir quiséssemos aceitar agasalho em suas povoações. Entrados que fomos no forte, já tomado, S. Luiz, quis o Capitão-mor que a primeira missa que se dissesse na igreja fôsse solene como foi, cantando-se a dois coros e com charamelas. Houve prègação, e em todos um geral aplauso e agradecimento a Deus Nosso Senhor, por nos ter livrado de tantos perigos na viagem e das pazes com os Franceses, feitas com posse pacífica do forte de S. Luiz. Os Principais que no forte de Santiago nos tinham visitado, o tornaram a fazer, pedindo-nos quiséssemos ir às suas povoações levantar novas cruzes e igrejas, e declarar-lhes pela sua língua os mistérios de nossa santa fé, com mais clareza que os Reverendos Padres Barbadinhos, por a não saberem, e fazê-los cristãos, alegando uns serem os primeiros que isto tinham pedido, outros o conhecimento antigo que de nós tinham, por terem descido de Pernambuco, quando os Portugueses o começaram a povoar; nomeando os primeiros povoadores, contando os casos tanto ao certo, como se houvessem passado por seus dias: nem a idade, que em alguns passava de cem anos, lhes tirava a memória, e outros tomavam por intercessores, alguns Índios seus parentes que em nossa companhia vinham. Acrescentava em nós os desejos de satisfazer a todos o grande desejo que êles mostravam de se quererem fazer Cristãos. Dávamos-lhes esperanças de algum tempo virem Padres, que mais devagar lhes declarassem os mistérios de nossa santa fé, por nós termos de voltar para Pernambuco: e por não ficarem de todo desconsolados, lhes declarava o P. Diogo Nunes os mistérios da fé, dando-lhes notícia do verdadeiro Deus, e da bem-aventurança, prémio dos bons, e do inferno, castigo dos maus».

Mas os Padres não voltaram tão depressa. Sobrevieram epidemias e ficaram quási três anos: «Nós nos ocupávamos da saúde espiritual e corporal dos enfermos, sangrando-os e dando-lhes outras mezinhas que os desejos de os ver sãos nos ensinavam, e sendo Gentios diziam que tudo o que de nós tinham ouvido era verdade, e desejavam levar a cada um de nós à sua Aldeia, para que os curássemos e fizéssemos Cristãos. Porém satisfizemos a êstes desejos com lhes levantar cruzes altas ao som de charamelas, e o Padre Diogo Nunes lhes declarava o que representavam; até que o Senhor, que nelas derramou seu sangue, seja servido que êles se aproveitem dêle, e a nós dê forças e graça para o servirmos». E assim «temos corrido» tôda a Ilha[1].

---

1. Morais, *História*, 80-82; cf. certificado de Alexandre de Moura, em S. L., *Luiz Figueira*, 42.

Os Padres moravam na cidade. Não consta o nome destas Aldeias que assim percorreram e catequizaram. Mas a tradição conserva o nome de uma, a *Aldeia de Uçaguaba*, na margem esquerda do Igarapé do mesmo nome, que vem desaguar no Rio Anil em frente da cidade de S. Luiz. Constituiram essa Aldeia os Índios, que os Padres Manuel Gomes e Diogo Nunes trouxeram na Armada de Alexandre de Moura, e, com êles, alguns índios da terra, dos muitos que pela Ilha andavam dispersos, alguns já catequizados pelos Padres Capuchinhos franceses. Os dois Padres visitaram outras Aldeias das 27, que segundo Cláudio d'Abbeville, tantas eram as da Ilha do Maranhão [1].

A Aldeia de Uçaguaba, por ali se instituir a primeira catequese dos missionários portugueses conforme ao estilo das missões do Brasil, chamou-se por antonomásia, a *Aldeia da Doutrina*. Os escritores maranhenses identificam essa aldeia com a actual povoação de *Vinhais* [2].

2. — Como em tôda a parte, também no Maranhão procuraram os Padres ter fazendas para o granjeio da vida, já que não podia ser de outra forma. As primeiras terras, que possuiram os Padres do Maranhão, foi uma légua em quadra, no sítio *Anindiba*, interior da Ilha, correndo a leste para Itapari. Foi doada ao P. Luiz Figueira antes de 1625, para o futuro Colégio, por Pedro Dias Moreno, antigo artilheiro da armada da conquista, e sua mulher Apolónia Bustamante [3].

---

1. A citação é do próprio P. José de Morais, *História*, 76.
2. Cândido Mendes de Almeida, *Memórias*, I (1860) 77; César Marques, *Dic. do Maranhão*, 327. Segundo êste a Aldeia de Uçaguaba teria passado depois à posse da Câmara, e já era com certeza da administração dos Padres de Santo António quando a 1 de Agôsto de 1757 foi elevada a vila com aquêle nome de Vinhais, que é o de uma vila de Portugal, em Trás-os-Montes (César Marques, *Dic. do Maranhão*, 557).
3. Morais, *História*, 132, 273; César Marques, *Dic. do Maranhão*, 555. Já em 1663 os marcos de Anindiba tinham sido «bulidos», diz Bettendorff, por simplicidade ou maldade dos homens (Bett., *Crónica*, 76). Abriram-se mais tarde rumos de 10 palmos de largo, mas crescia o mato, e só se acabariam as contendas se se renovassem cada ano, mesmo depois de demarcado. Tôdas as complicações se concluiriam em 1732, quando se tombaram, por decreto de El-Rei (Morais, *História*, 132-133). Durante o longo debate deve ter havido compras e composições, pois segundo o *Inventário* de 1760 as terras estendiam-se «pelo espaço de duas léguas», uma a mais do que a primitiva, de Luiz Figueira.

Nestas terras de Anindiba ou adjacentes se construiram pelo menos três ermidas ou igrejas, a primeira por Luiz Figueira, dedicada a Nossa Senhora da Luz[1], outra dedicada a Santo Inácio, já existente em 1665, e estavam aqui localizadas quatro Aldeias de Índios, governados por Juroboca, filho de negro e índia, *cafuso*, como expressamente se diz[2]; outra de S. João, aldeia que se suprimiu por volta de 1690, por se verificar insalubre o sítio em que estava[3]. Concentrou-se depois tudo numa grande Fazenda, cujos índios em 1730 eram 273, com mais 13 catecúmenos[4]. Em 1760 principiava a construir-se Casa, de claustro, de pedra e cal; a vivenda, que existia antes, era também de pedra e cal, grande. A igreja dispunha de côro, púlpito, retábulo, imagens, quadros e uma sacristia bem provida de ornamentos. Além de pequena livraria, Anindiba possuía as oficinas indispensáveis ao tráfego de uma fazenda bem administrada; três teares de pano de algodão; uma engenhoca ou moenda com seu alambique, oficina de ferreiro, fábrica de farinha, roças, canaviais, e cultivo de fumo e algodão[5].

Era a vida civilizada, com as suas indústrias e culturas. Mas custara um século de canseiras, desde aquele tempo em que visitaram as Aldeias no interior da Ilha os primeiros Jesuítas e com êles o próprio Vieira: «Fazem-se estas missões pela maior parte por terra e a pé, não sem grande trabalho, por ser a terra muito rasa e afogada de matos e [não penetrarem dentro dela as virações] com que Deus fez habitável a zona tórrida, a mais abrasada da qual são estas terras em que vivemos. Até às nove horas, por serem os caminhos mal abertos, e os orvalhos extraordinariamente grossos, não se pode caminhar senão molhados até o joelho e com perigo da saúde»[6]. Mas com tudo isso, perseveraram, e um século depois, saneado o local e escolhido o melhor sítio, Anindiba já podia ser vila. E o foi de facto, a 11 de Junho de 1761, chamando-se *Paço do Lumiar*[7].

---

1. Morais, *História*, 133; Bett., *Crónica*, 478.
2. *Bras.* 26, 12v.
3. Bett., *Crónica*, 44.
4. *Bras.* 10(2), 338.
5. *Inventário*, 29v-30v.
6. *Cartas de Vieira*, I, 388.
7. César Marques, *Dic. do Maranhão*, 556.

3. — Em frente da misericórdia da cidade de S. Luiz, do outro lado do Rio Anil, existe a pequena *Ilha de S. Francisco*. Pertencia ao Colégio. Comprara-a o P. António Vieira, portanto antes de 1661, por «um frontal e um missal». Era própria para a cultura de banana e laranja. Boas águas [1].

Anos depois adquiriu-se de Maria Sardinha, por 120$000 reis, as terras de S. Marcos [2]. Entre S. Marcos e a Ilha de S. Francisco, medeava um alagadiço. Fez-se uma «passagem de pedra e cal», tanto para a gente como para irem aí nos feriados, os Padres e estudantes do Colégio [3]. Também na Ilha se estabeleceram Salinas, que renderam 1.500 alqueires de Sal em 1670 [4]; e, junto a S. Marcos, uma Olaria, à qual, no período de construção intensa do século XVII, se veio juntar outra, dentro da própria cidade [5]. Em 1690, reitor do Maranhão, mandou, diz êle, «concertar e cobrir a ermida de S. Marcos e fazer-lhe um retàbulozinho, pondo-lhe um belo painel de Nossa Senhora e uma imagem de vulto de S. Marcos, feita e pintada de novo, com suas portas fechadas, além disso mandei cobrir a ermidinha de S. Francisco, em a Ilha, pondo-lhe sua varanda para a banda do mar, para os Padres poderem lá estar em os dias do sueto, acomodando outra casa para o mesmo efeito; finalmente fiz pôr em via a Olaria e Salinas e fazer corrente tudo o mais, para o bem do Colégio, à custa da indústria e trabalho do irmão Manuel da Silva» [6].

A Olaria, que em 1760 se descreve «junto ao igarapé, em terras de S. Marcos», possuía casa de residência e capela, onde existiam pelo menos as imagens de S. Francisco Xavier, Nossa Senhora e Santo António. O facto de vermos mencionado em primeiro lugar a de S. Francisco Xavier faz-nos supôr que fosse a êle consagrada.

Em S. Marcos, que era capela também pertencente ao Colégio, fez-se pequena casa de residência. E na capela, as estátuas do Santo Evangelista e da Senhora de Monserrate, «ambas grandes» [7].

---

1. Bett., *Crónica*, 225.
2. Bett., *Crónica*, 263-264; *Bras. 26*, 47-47v.
3. Bett., *Crónica*, 308, 455.
4. *Bras. 9*, 266v.
5. Discriminam-se perfeitamente as duas em 1744 (Arq. Prov. Port. *Pasta 177* (15); Bett., *Crónica*, 292.
6. Bett., *Crónica*, 455.
7. *Inventário*, 24-24v.

4. — Mais para o interior da Ilha de S. Luiz ficava a *Fazenda de S. Brás*. Deve ter-se constituído na segunda década do século XVIII. Propôs o P. João de Vilar ao Geral que decidisse se se devia aceitar ou não. Responde o Geral que não tinha elementos para decidir[1]. Em 1744 diz-se que eram tres léguas de terra, herdada de Gabriel Pereira[2]. Mas o *Inventário* tem que era apenas "uma légua de terra em comprido e meia de largura, comprada e já tombada".

Comprada, diz-se, e não herdada

A igreja de S. Brás era de 125 palmos de comprido, com seu côro e púlpito, e uma sacristia. Ao todo, seis estátuas.

Além da residência, a Fazenda de S. Brás possuía um engenho manual de descascar arroz, fábrica de farinha, moenda de cana com o seu alambique e oficina de tecelão. Entre os produtos agrícolas desta fazenda nomeiam-se expressamente o milho, o arroz, gergelim, favas, algodão, cana de açucar e tabaco[3].

5. — Uma das boas fazendas do Colégio do Maranhão era a de Nossa Senhora da Vitória, em *Amandijuí*, com a sua igreja de taipa de vara, e casa de sobrado para moradia dos religiosos com 12 aposentos. Possuía um engenho *novo*, e um alambique, oficina de ferreiro, oficina de tecelões com urdideira, teares, pentes e liços, para trabalharem dois oficiais juntamente; oficina de carpintaria, sobretudo para a fábrica de canoas; casa de forno, com uma roda grande, de bois, de ralar mandioca, mais uma pequena, de mão, quatro fornos e seis cochos. Entre os produtos desta fazenda mencionam-se, arroz, algodão, mandioca, milho e feijão carrapato. A servidão era ao todo 76 pessoas, em 1760; capazes de trabalhar, 20 homens e 22 mulheres; mas aos outros 34, incapazes para o trabalho, não faltava nada na própria fazenda[4].

6. — Na costa, junto ao Estreito, havia outra fazenda da Companhia, Nossa Senhora de Belém de *Igaraú*, uma légua de terra que o seu proprietário P. Inácio da Costa, secular, doara à Casa da Madre de Deus, como se disse. Tinha apenas uma capelinha, enquanto se

---

1. *Bras. 25*, 7.
2. Arq. Prov. Port., *Pasta 177* (15).
3. *Inventário do Maranhão*, 28-28v.
4. *Ib.*, 29-29v.

não fazia igreja nova. Plantações de arroz, mandioca, milho, cana de açucar, tabaco, bananas e «árvores frutíferas sem número». Olaria, casa da farinha, ferraria e «engenho de moer cana, novo». Na igreja, seis imagens e alguns objectos de prata. Já pertencia à Madre de Deus em 1744[1].

7. — Em 1659 o P. João Maria Gorzoni trabalhava na Aldeia de S. Gonçalo «por outro nome *Taiuaçu Coarati*, sita dentro da mesma Ilha do Maranhão, para a banda do Itapicuru, à beira-mar»[2]. O Missionário fez ali salinas para dar sal aos Índios. Refere-se a êsse facto Vieira[3]. Em 1750 fala-se da Aldeia de S. Gonçalo, mas na «Capitania de Icatu», e que era de visita do missionário de Itapicuru[4].

8. — A *Aldeia de S. José* foi, dentro da Ilha, aquela em que os Jesuítas mais exercitaram o seu apostolado com os Índios, de maneira permanente, desde que tomaram conta dela no tempo do P. Vieira, até o fim[5]. A Residência, com o nome de S. Inácio, atendia a 6 Aldeias, disseminadas pelas redondezas (Ilha e terra firme)[6]. As casas e igreja da Companhia, que ali existiam no fim do século XVII, foram obra do P. António Vaz[7]. As seis Aldeias reuniram-se numa, S. José, e foi Aldeia de serviço de El-Rei. Esta circunstância prestava-se a complicações e a abusos das autoridades, e a pouco e pouco os índios foram-na desamparando, fugindo para as Capitanias do Piauí, Ceara e até para a Serra de Ibiapaba, escreveu a El-Rei o P. José Vidigal em 1734, ano em que eram apenas uns 20 ou 25 Índios; 40 anos antes eram mais de 300 *Tupinambás*, belicosos, que tinham ajudado a

---

1. *Inventário*, 32; Arq. Prov. Port., *Pasta 177* (15).
2. Bett., *Crónica*, 145.
3. S. L., *Novas Cartas*, 299; cf. Bett., *Crónica*, 146.
4. BNL, fg. 4516, *Apontamentos*, 24v; cf. Bett., *Crónica*, 530. César Marques refere que a Aldeia de S. Gonçalo de *Tibiri*, era em 1692 da Câmara de S. Luiz, *Dic. do Maranhão*, 327; e havia outra Aldeia de S. Gonçalo, no *Rio Itapicuru*. Mais do que uma, portanto, ou a mesma, no decorrer dos tempos, em diferentes sítios.
5. Bett., *Crónica*, 146; *Bras.* 26, 13.
6. Carta de Bettendorff, de 15 de Janeiro de 1672, *Bras.* 9, 302; Morais, *História*, 391.
7. Bett., *Crónica*, 470.

conquista contra os franceses e holandeses. Também ajudaram a edificar a fortaleza da Ponta da Areia e mais fortificações [1].

Aquêle número de 300 guerreiros *Tupinambás* do P. Vidigal, era ainda igualado em 1730, senão em guerreiros, ao menos em habitantes. A estatística dêsse ano tem que os Índios da Aldeia de S. José eram 301 assim distribuídos: homens, 116; mulheres, 109; adolescentes e meninos, 38; meninas, 36; catecúmenos, 2 [2].

Assim pois com altos e baixos, foi continuando a Aldeia, ora com o missionário na própria residência, ora com êle na próxima fazenda de *Anindiba*, que dali assegurava a vida religiosa da Aldeia. Transformada em *Lugar de S. José de Riba Mar*, no dia 5 de Agôsto de 1757 [3].

---

[1]. Carta de José Vidigal a El-Rei, 9 de Junho de 1734, Arq. Prov. Port., *Pasta 177* (1). Publicada, em resumo, por Lamego, *A Terra Goitacá*, III, 358-360; cf. *Anais do Pará*, I, 167; Bibl. de Évora, cód. CXV/2-18, 505.

[2]. Bras. 10(2), 338

[3]. *Anais do Pará*, V (1906) 261-262; César Marques, *Dic. do Maranhão*, 509. *No Mapa da Ilha de S. Luiz* de José Abranches de Moura (1923), vê-se assinalada, além da vila de S. José, na ponta do mesmo nome, a povoação, mais para o interior, de *S. José dos Índios*.

CAPÍTULO IV

Rio Itapicuru

1 — Morte, à mão dos bárbaros, dos Padres Francisco Pires e Manuel Moniz e do Ir. Gaspar Fernandes; 2 — Aldeia de S. Miguel; 3 — Morte, ainda às mãos dos bárbaros, do P. João de Vilar; 4 — Aldeia Grande e Aldeia Pequena dos Barbados; 5 — A Aldeia e Seminário das Aldeias Altas (Trezidela-Caxias); 6 — Outras missões.

1. — A actividade dos Jesuítas no Rio Itapicuru deve ter começado com missões volantes, desde o tempo dos primeiros Padres Manuel Gomes e Diogo Nunes, continuadas por Luiz Figueira, que enviou a êsse rio o P. Lopo do Couto.

É êste o primeiro nome expresso dos missionários do Itapicuru [1]. A princípio não se aventurariam muito longe, que eram paragens pouco seguras, e mal afamados os índios de corso do Rio Itapicuru.

Estas missões foram sempre trabalhosas, difíceis e ingratas, e assinalaram-se com sangue e não uma só vez. Foi o primeiro, o dos próprios Jesuítas que nele se estabeleceram, Padres Francisco Pires e Manuel Moniz e Irmão Gaspar Fernandes. Não se trata de martírio propriamente dito e por isso nem se organizou processo canónico nem insistem nêle os primeiros documentos. Bettendorff, fonte principal das informações que nos restam, ainda conheceu pessoalmente algumas pessoas que estiveram presentes ao morticínio, no engenho de António Moniz. O capitão-mor tinha um filho natural, Ambrósio Moniz, que encomendara aos Padres da Companhia durante a sua menoridade, deixando-lhes durante 12 anos, o usofruto daquêle seu engenho para os encargos do sustento e educação[2]. Os

---

1. Morais, *História*, 139.
2. *Bras. 8*, 188.

Padres tomaram conta do Engenho do Itapicuru, quando o evacuaram os Holandeses em 1644[1]. Os Jesuítas do Maranhão eram então três ao todo, quando muito quatro, e estavam três nêsse engenho em Agôsto de 1649, quando um simples castigo, mandado dar pelo Superior a uma índia desmandada, provocou a catástrofe. Escreve Bettendorff:

«Em tempo do Governador Luiz de Magalhães, que em o ano de 1649 sucedeu e governou quatro anos, sucederam as mortes dos Padres Francisco Pires, Manuel Moniz, e o Irmão Velho, e de um Irmão, que os Tapuias *Uruatis* com seu principal *Botiroú* mataram no Itapicuru[2]. A ocasião foi a seguinte. Tinha o Padre Francisco Pires mandado açoutar uma escrava por seus desmandos em matéria do sexto, do que ficou tão sentida, que fugiu para os *Uruatis* seus parentes; queixou-se do castigo que se lhe tinha dado: êstes, como gentios bárbaros, que não sabem ponderar as culpas naquela matéria, por viverem sem razão como animais do mato, irritados do que haviam de ter por bem feito, propuseram tomar vingança, tirando a vida aos Padres; com êste máu intento foram-se um dia para o engenho com seu principal *Botiroú* armados de arcos e frechas, e sobre isso de suas «ibirassangas», que são os paus com que quebram a cabeça; chegaram ao engenho em tempo que lá estavam todos os três com uns catorze homens brancos postos na casa de purgar; avisaram êstes aos Padres da chegada dos Tapuias armados, dizendo-lhes não parecia isto bem. Os Padres, acostumados a ver lá aquêle gentio, não fizeram caso, parecendo-lhes que com um tiro de espingarda os afugentariam todos, mormente em tempo que se achavam tantos homens brancos na fazenda.

Foram-se os Tapuias dispondo, entretanto, pelo terreiro com não usada ousadia, o que vendo os Portugueses que estavam na casa de purgar, dispararam uma arma de fogo sem bala, não mais que para lhes meter medo e fazê-los retirar; êles, como vinham com mau intento e cheios de vingança, em vez de se retirarem, vendo que com

---

1. BNL, *Apontamentos*, fg. 4516, f. 98.
2. Parecem quatro pessoas e talvez fôssem, mas os mortos violentamente foram só três, como diz Bettendorff mais abaixo. Se havia mais algum irmão teria ficado em S. Luiz e morreria também por essa época. Talvez, porém, aquela frase «o Irmão Velho, e de um Irmão» encubra algum êrro de leitura, ou do copista no manuscrito que serviu de base à impressão.

o tiro de espingarda pegara fogo na casa coberta de palha e se ia queimando tôda, animaram-se e dando urros investiram à casa, fugindo os brancos todos, ficando os três Padres como inocentes cordeirinhos nas bôcas dos lobos, os quais lhes quebraram as cabeças, recebendo êles os golpes postos de joelhos e com as mãos juntas, pois a um dêles mataram, estando desta sorte entre umas paroleiras, ao outro junto ao rio para se embarcar em uma canoinha. Pareceria esta morte desastrada a alguns que não consideram a ocasião dela; porém sabendo que a ocasião não foi alguma culpável acção, mas um justo castigo dessa escrava desonesta e desaforada, naquela parte, para sua emenda e salvação da alma, não se póde dizer senão que foi morte gloriosa do acatamento divino e um modo de martírio, padecido pela virtude da castidade e justiça. Mortos os Padres com tanta crueldade, vendo-se os bárbaros, vitoriosos, e terem saído com a sua vingança, cativaram alguns escravos que lhes pareceram, e se não tinham acolhido para os matos ou para o rio, e entre êles está uma, Maria, a qual depois de ter sido no sertão mulher ou, para melhor dizer, manceba de um principal, voltou para o Maranhão, e vive ainda hoje na roça de Mamaiacu, do Colégio do Grão-Pará.

Logo que na cidade de S. Luiz do Maranhão, tiveram notícia da morte dos Padres do Colégio de Nossa Senhora da Luz, foi a justiça com seus Ministros ao engenho para tomar conhecimento de tudo, e achando os três Padres mortos pelos Tapuias *Uruatis*, enterraram-nos lá, na igreja da fazenda, por se não poderem levar ao Colégio e fizeram inventário do engenho, e de tudo que nêle acharam. Tomou entrega do que lá havia, pertencente ao engenho, o testamenteiro do defunto António Moniz Barreiros, que tinha sido casado com Dona Jerónima, um António Roiz Gama; e não foi possível acudir tão depressa que se não tivessem perdido várias coisas, principalmente papeis tocantes à fazendas dos Padres. Vendeu-se o engenho na praça e arrematou-o o Sangento-mor, sem embargo de estar vivo António Moniz, filho natural do senhor dêle, o qual [eu ainda conheci] viveu muitos anos, até que feito superitendente da Casa Forte sôbre o Rio Negro, faleceu já de muita idade »[1].

---

1. Bett., *Crónica*, 69-71; cf. Morais, *História*, 232-237; o filho do Capitão-mor que nos *Apontamentos* e em Morais, é *Ambrósio*, em Bettendorff é *António* Moniz.

A morte dos três Jesuítas foi a 28 de Agosto de 1649[1]. Nada sabemos da vida do P. Manuel Moniz e do Irmão Gaspar Fernandes[2].

De Francisco Pires sabemos que era homem de merecimento e de virtude, já sacerdote e pároco em Portugal, quando entrou na Companhia. Com um ano de noviciado embarcou com Luiz Figueira. Escapou do naufrágio da Ilha do Sol, concluiu o noviciado no Maranhão, de idade de 46 anos[3]; e depois do falecimento de Amodei, ficou superior[4].

Êste sucesso trágico interrompeu a actividade dos Jesuítas no Itapicuru, e em todo o Estado. Só se reatou no tempo de Vieira, que ainda veio achar em aberto a questão, que se seguiu, e êle solucionou, fazendo se nomeassem ao órfão novos curadores, desinteressando-se êle totalmente de quaisquer possíveis direitos ao usofruto do engenho já então vendido a terceiros[5].

Vieira tentou por sua vez subir o Itapicuru, para descobrimento e catequese dos «Índios *Ubirajaras*, chamados por outro nome os *Barbados*». Tendo já assente tudo com o Capitão-mor, êste frustrou a expedição, ocupando os índios, que a deviam acompanhar, em proveito próprio. Teria sido a primeira entrada de Vieira e do Rio Itapicuru, estabelecendo-se talvez já então no seu curso as Aldeias que só mais tarde se fundaram[6].

Os índios *Caicaís*, com cuja nação se identificaram depois os *Uruatis*, matadores dos Padres, temendo guerra com os Portugueses, fugiram e andaram de corso muitos anos, até que em 1671, por intermédio do P. Pedro de Pedrosa, pediram pazes ao Governador Pedro César de Meneses, que lhas concedeu, ajustadas com Bettendorff, então Superior da Missão, que narra o facto e descreve as cláu-

---

1. *Hist. Soc.* 47, 21, 27; Bibl. Vit. Em., f. ges. 3492/1363, nº 6.
2. Bett., *Crónica*, 224, cita o P. Manuel Moniz, êrro do copista; trata-se do P. Manuel Nunes. O P. Manuel Moniz foi do reino, e já achou falecido o P. Amodei, portanto depois de Novembro de 1647 (Morais, *História*, 227).
3. Carta do P. Amodei, de 3 de Dezembro de 1646, *Bras.* 3(1), 254; A *Hist. Prop. Maragn.*, 305-314, confunde-o com outro Padre, de igual nome, da Província do Brasil.
4. E nessa qualidade, a 26 de Janeiro de 1648, passou uma certidão a favor do Provedor-mor da Fazenda do Maranhão, Manuel Pita da Veiga, cujo treslado autêntico está no AHC, *Maranhão*, caixa 1.
5. *Cartas de Vieira*, I, 344; Bett., *Crónica*, 68-76.
6. *Cartas de Vieira*, I, 385, 423-424; Id., *Resposta aos Capítulos*, 233; Barros, *Vida do P. Vieira*, 141; Lúcio de Azevedo, *Hist. de A.V.*, I, 233.

sulas. O Governador convocou a Câmara e os Prelados das Religiões. Presidiu o mesmo Bettendorff e o P. Pedrosa, êste como pacificador. Data das pazes solenes: 10 de Setembro de 1671 [1].

Apesar de tão repetidos esforços de pacificação, a história catequética do Rio Itapicuru revela-se agitada e precária. Só a fixação, paulatina, firme e forte, das Aldeias, havia de criar, com o tempo, clima propício para a pacificação definitiva.

2. — As primeiras Aldeias, de que achamos notícia, na Capitania do Itapicuru, são a de S. Gonçalo e a de S. Miguel, e ali se situou algum tempo também no sítio da Nazaré, a Aldeia dos *Guajajaras* do Rio Pinaré. Mas, verificando-se logo inconvenientes graves, voltou a Aldeia para o seu lugar no Maracu [2].

Já nos referimos a S. Gonçalo, a propósito da Aldeia do mesmo nome, na Ilha de S. Luiz e ainda voltaremos a falar ao tratar, no Capítulo seguinte, do Rio Monim [3].

A *Aldeia de S. Miguel* não estêve sempre no mesmo sítio. Foi grande centro de catequese, com bela igreja de taipa de pilão, obra do P. João de Vilar [4]. E era quási só o que havia de civilização em toda a Capitania de Itapicuru ao começar o século XVIII, desamparada dos Brancos, por causa das terríveis, contínuas e traiçoeiras incursões do gentio [5].

3. — De uma traição destas ia ser vítima aquêle ilustre Jesuíta. E desde a sua morte fecunda, se pode datar verdadeiramente a abertura dêste rio à vida civilizada. Da reacção, que logo se produziu, brotaram nas suas margens, não só novas aldeias mas até a instrução, com um seminário indígena.

Em 1719 o gentio *Guanaré*, das margens do Itapicuru, enviou à cidade de S. Luiz oito índios da sua nação a pedir missionário. Ao mesmo tempo oferecia o seu concurso contra os *Barbados* que infestavam aquelas terras.

---

1. Carta de Bettendorff, de 15 de Janeiro de 1672, *Bras.* 9, 301-301v.
2. Bett., *Crónica*, 468-470.
3. Bett., *Crónica*, 568-569, 347, 455-457, 511, 672.
4. Bett., *Crónica*, 19, 568-569.
5. Bettendorff discrimina assim êstes Índios: *Caìcaíses, Uruatises, Guaxinases, Guanarés*, e procuravam catequizá-los os Padres Antão Gonçalves e João Valadão, *Crónica*, 19, 509-513; cf. Heriarte, *Descrição*, 213.

Os *Guanarés* nomearam expressamente o P. João de Vilar como o missionário, que desejavam e em quem confiavam. Já o conheciam do tempo em que os aldeou nêsse mesmo Rio, mas de cuja Aldeia fugiram dentro de poucos meses. Esperançado o P. Vilar em que enfim os poderia reduzir à fé, apesar do perigo, aceitou e foi.

A 24 de Agosto de 1719, partiu João de Vilar da Aldeia de S. Miguel.

«Em uma pequena canoa, com os oito *Guanarés*, e para o acompanhar, se embarcaram também com êle o P. Gonçalo Pereira, missionário do Itapicuru, o Irmão António Gonçalves coadjutor temporal, o capitão Francisco Soares Pinto, português, singular amigo de todos os da Companhia, e afectuosíssimo venerador do Padre João de Vilar. Juntamente alguns neófitos daquela Aldeia, que puderam ter lugar na canoa. Foram pelo rio acima, até que chegaram, aos 27 de Setembro[1], a um lugar, onde o estavam esperando uma inumerável multidão de *Guanarés*. Saíram a terra e era para admirar a festa e alegria mútua do Padre Vilar e dos Bárbaros. Passou-se o tempo em abraços e saùdações, em receber e dar alguns presentes, não se podiam esperar mostras de mais benevolência e humanidade, até que se fizeram horas de jantar. Os *Guanarés*, vendo que os nossos queriam comer, se retiraram para o bosque, significando que os queriam deixar comer sem os molestar.

«Depois de jantar armaram as rêdes em uma tenda feita de paus e coberta com os ramos das árvores para defensa do sol. Deitaram-se a dormir. Pouco descansou o Padre Vilar, como que só estivesse com o cuidado de que, vindo logo o Senhor, o achasse vigilante; ao tempo em que os outros dormiam estêve rezando o Ofício Divino. Acabada a reza, quando todos já estavam acordados, viram sair do bosque a multidão de *Guanarés*, armados uns com paus tostados, outros com arcos e frechas, armas tôdas que antes tinham escondido. Logo o Padre Vilar e os seus companheiros entenderam ao que vinham, e que o primeiro recebimento fôra só para explorar a gente e armas que levavam; e então conhecendo que não havia de que temer, e que o lugar era acomodado para executarem a sua maldade e porem-se a salvamento, sem risco de poderem receber dano, vinham resolvidos a os matarem.

---

1. É êrro do tradutor ou do copista. No original: «appulit VII Kal. Sept.», que corresponde a 26 de Agôsto.

Brevissimamente correndo e levantando alaridos do modo bárbaro que costumam nas guerras, estiveram sôbre os nossos que não esperavam tal visita e hospedagem. O primeiro que experimentou a sua desumanidade foi o Padre João de Vilar, que recebendo a pancada de um pau, com que a ferocidade cruel de um bárbaro lhe atirou à cabeça, caiu morto em terra, subindo a sua ditosa alma a viver eternamente, gloriosa, no Ceu. Os mais seus companheiros parte foram mortos, parte escaparam com muitas feridas; e outros, ou porque puderam fugir, ou porque tiveram ânimo e destreza para se defenderem, matando alguns inimigos, sairam sãos e salvos. O Capitão, Francisco Soares Pinto, foi, entre os que se livraram, o que recebeu mais enormes e crueis feridas. O Padre Gonçalo Pereira recebeu duas frechadas, das quais uma lhe penetrou o peito tão profundamente que com grande dificuldade se pôde curar. O Ir. António Gonçalves foi dos primeiros que sem ser ofendido se recolheu à canoa, que foi o refúgio de todos os que se livraram com a vida, entregando-a à corrente do rio, que brevissimamente os pôs em distância, onde a frecharia dos bárbaros lhes não podia fazer dano. Alguns dos neófitos da Aldeia de Itapicuru ficaram cativos, e não se sabe o que com êles usaria a desumanidade dos *Guanarés*.

A causa porque obraram tão infame traição não se pôde averiguar com certeza, pois esta só dêles se poderá saber, se algum dia se cativarem alguns na guerra que se lhes manda fazer. O que com mais probabilidade se discorre, é que os Tapuias *Barbados*, se valeram dos *Guanarés*, com quem estão confederados, para suas espias, e que com o pretexto de se quererem fazer cristãos, os mandaram investigar e conhecer as determinações e aprestos que os Portugueses tinham para a guerra, que sabiam lhes queriam fazer. No lugar onde os estavam esperando, que é onde fizeram as referidas mortes, estavam os *Guanarés* e também grande número de *Barbados*. E logo que se certificaram dos oito embaixadores e juntamente do Padre Vilar, que imaginava que estas duas nações estavam inimigas, e cuidava que tôda aquela multidão eram sómente *Guanarés*, que os Porgueses estavam para sair à campanha antes de um mês, e que aceitando a oferta que lhes mandaram fazer de os ajudarem naquela guerra, trataram de se expedir brevissimamente, se resolveram a serem êles os primeiros que rompessem em hostilidades, e a ser o Padre João de Vilar o primeiro a quem dessem a morte, para que ficassem entendendo os Portugueses que quando assim usavam de tal arrojamento com quem lhes queria tanto bem, o que fariam aos mais Portugueses que lhes intentavam fazer mal. O que se pode ter por certo é que para êstes bárbaros Tapuias, confinantes do Brasil, obrarem qualquer maldade, basta um leve antojo, que se lhes represente na fantasia: são os ânimos, pela sua crueldade e desumanidade, inclinados a homicídios. Tem-se experimentado que em quanto se não domesticarem com o poder das armas, todo o trabalho se perde sem fruto com êles»[1].

Era o dia 26 de Agôsto de 1719[2]. Avisados os soldados da fortaleza do Itapicuru, subiram logo, e três dias depois do morticínio, recolherem o corpo do Padre, e o conduziram para baixo, sepultando-o na igreja de S. Miguel do Itapicuru, que êle próprio havia construído.

João de Vilar era, na ocasião da sua morte, o Jesuíta de mais autoridade no Maranhão. Tinha nascido em Tancos (Patriarcado de Lisboa)[3], no dia 13 de Maio 1663[4]. Entrou na Companhia em Lisboa, no Noviciado da Cotovia, a 31 de Março de 1662[5]. Veio para o Maranhão, já sacerdote, em 1688[6], fêz a profissão solene, no Pará, a 3 de Maio de 1700[7] e foi missionário no Xingu, e outras Aldeias, «Religioso e prègador insigne», dizia ainda em vida dêle, Bettendorff[8]. Homem sem presunção e de grande amor ao trabalho

---

1 *Ilustre morte que padeceu o Venerável Padre João de Vilar, da Nossa Companhia, depois de sua religiosa e Santa Vida no Estado do Maranhão,* em Melo Morais, *Corografia,* IV, 385-388. Melo Morais diz que a extraiu de um manuscrito, cuja fonte cala. O *ms.* está em Évora, Cód. CXV/2-13, f. 318-323. E no mesmo códice, em latim, f. 392; *Bras.* 10, 229-232; *Venerabilis Patris Joannis Villar e S. J. post vitam religiosissime actam mors illustris.* Cf. também Termo da *Junta das Missões,* no Maranhão, no Palácio do Governador, dia 7 de Agosto de 1720 Arq. P. do Pará, cód. 907, *Alvarás, Descimentos, Juntas das Missões* 1727 (sic) — 1732.

2. Já fizemos a correcção do texto. Outros traduziram *VII Kal. Sept.,* por 7 de Setembro, o que corresponderia não às *Calendas,* mas aos *Idos* de Setembro, como se vê em *Elenchus Impressus pro anno 1720.* Mas o original, que temos presente, diz claramente *VII Kal Sept.,* e é êsse efectivamente o dia em que deveria ter chegado, saindo a 24 de Agosto da Aldeia de S. Miguel.

3. Na transcrição de Melo Morais, erradamente, *Pancas.*
4. *Bras.* 27, 28.
5. Na transcrição de Melo Morais, erradamente, 1683.
6. Bett., *Crónica,* 436-441.
7. *Lus. 12,* 112-113.
8. Bett., *Crónica,* 458.

«Destemeroso», diz Camilo Castelo Branco, traduzindo Mury[1]. João de Vilar foi mestre de noviços[2], Reitor do Maranhão Vice-Superior da Missão e vinha para êle patente de Superior dela, quando já o encontrou morto.

Quando em S. Luiz se soube da fatal notícia, fizeram-se exéquias solenes na Igreja do Colégio. «Cantaram os religiosos do Carmo e das Mercês, veio assistir o Bispo, com todo o clero; o senado da câmara, com todos os ministros de justiça; o capitão-mor da praça com todos os oficiais de guerra e soldados; não houve nêste dia Português na cidade, que não concorresse à nossa igreja. Aqui era muito para louvar a Deus, ouvir a cada um manifestar o conceito que tinha dêste bom Padre. Diziam que não podiam deixar de venerar por santo depois de morto, aquêle, em cuja vida nunca alguem tinha notado coisa alguma, que não fôsse muito justa e conforme às regras e Instituto da Companhia; que pelas suas orações tinha Deus suspendido o castigo que mereciam por seus pecados; que o tinham por verdadeiro mártir, porque vendo o grande risco em que expunha a sua vida, desprezou todo o perigo, só para plantar e dilatar nossa santa fé, dizendo que mais estimava a morte por esta causa, do que a vida»[3].

A Aldeia de S. Miguel, do serviço de El-Rei, e cujo maior tesouro foi possuir o túmulo de João de Vilar, era habitada em 1730 por 307 índios, dos quais 56 catecúmenos[4]. Êstes catecúmenos deviam ser *Caìcaís*, por êsse tempo descidos para a Aldeia de Itapicuru com o fim de refazerem o núcleo antigo de *Tobajaras*[5].

---

1. Mury, *História de Gabriel Malagrida*, 26.

2. Cf. Carta do P. Geral, em Lúcio de Azevedo, *Os Jesuítas no Grão-Pará*, 394.

3. *Mors illustris*, Bras. 10, 229; Lus. 58, 541-543v; em Melo Morais, *Corografia*, IV, 390. Confrontando os dois textos, verifica-se que a *Ilustre Morte* é versão livre do latim. Com a data de 30 de Maio de 1714, João de Vilar enviou ao Geral uma *Relatio Status Maragnonensis Missionis*, onde nota as qualidades que devem ter os missionários e os perigos em que andam, Bras. 10, 110-111; Bibl. de Évora, Cód. CXV/2-13, f. 427.

4. Bras. 10(2), 338.

5. Em 1730 tinham vindo ao Maranhão, quatro índios *Caìcaís*, com o seu principal a pedir ao Governador, missionário, e que o ajudaria a fazer guerra às nações *Aranhí*. Ofereceu-se o P. João Tavares. Mas o Governador lembrou que no ano passado os *Guanarés* com idêntico pedido mataram a João de Vilar; e era de parecer que se tomassem precauções, e se constasse qualquer dôlo grave da parte dos mesmos *Caicais*, ou de outro gentio dessas partes, *Barbados, Guanarés, Aranhís,*

Foi missão da Companhia até 2 de Dezembro de 1757 [1].

Em 1760 o Colégio do Maranhão possuía nestas paragens, a «Campina do distrito de Itapicuru», algumas terras de criação, nos Campos dos Piriris e na chamada Jaguaroca: eram duas léguas de terra «campina», com o seu curral de gado e suas 1.000 cabeças; e outras duas léguas de «mata», rio Itapicuru acima [2].

4. — A seguir à morte do P. João de Vilar, manifestou-se reacção conjugada das armas e da catequese que terminou enfim com a fixação dos índios em Aldeias de paz.

A primeira, acima de S. Miguel, foi a dos *Guanarés*, mencionada já no Catálogo de 1726 [3], que é o próprio ano da pacificação dos *Barbados* [4]. Mas êste trabalho de pacificação, conexo com a dos *Caìcaís*, vinha já de 1723 em que o P. Manuel de Brito depositava boas esperanças [5]. Malagrida, com perigo da vida, dispôs-se a descer os *Caìcaís*, mas, segundo informações de 1725, por uma epidemia, que sobreviera, êstes índios já haviam então fugido para o mato e já tinha voltado à cidade o P. Malagrida [6]. Não foi porém trabalho baldado, e ficou aberto o caminho.

Pouco depois, em 1730, em vez de Aldeia de *Guanaré*, aparece a *Aldeia nova dos Barbados*, nêsse ano com o altíssimo número de 459 pagãos catecúmenos, além de 173 já cristãos [7].

A catequese que começou pela *Aldeia Grande*, estendeu-se pouco depois a outra Aldeia de *Barbados*, que os Catálogos, a partir de 1753, mencionam, como *primeira* e *segunda*, e se distinguem depois

---

Copinhorons, Xotins, etc. se pudessem captivar, ou se não quisessem aldeiar-se ou fizessem menção de pegar no arco etc,. Entre os Deputados da Junta unânime com o parecer do Governador estava o P. José Vidigal, Reitor do Maranhão. — Arq. do Pará, cód. 907, *Alvarás, Descimentos e Junta das Missões 1727-1732*.

1. Caeiro, *De Exilio*, 469. No mapa do *Estado do Maranhão*, de Abranches de Moura, vê-se S. Miguel na margem direita do Itapicuru.
2. *Inventário do Maranhão*, 24v; César Marques, *Dic. do Maranhão*, 361.
3. *Bras.* 27, 38.
4. Cf. «Carta Régia e Termo da Junta das Missões», de 30 de Março de 1726, que damos no *Apêndice E*, e Cartas Régias, a João da Maia da Gama de 1 e 4 de Fevereiro de 1727, em que El-Rei se regozija com o facto, estas últimas já publicadas nos *Anais do Pará*, I, 242-245.
5. *Bras.* 26, 233.
6. *Bras.* 25, 27v; *Bras.* 26, 234.
7. *Bras.* 10(2), 338.

com os nomes de *Aldeia Grande* e *Aldeia Pequena dos Barbados*, que algum tempo tinham andado desavindos [1].

A redução dos *Barbados*, que tantos anos resistiram às armas portuguesas, realizada agora, é obra, pelo que toca à *Aldeia Grande*, sobretudo do P. Malagrida; e, pelo que toca à *Aldeia Pequena*, do P. João Tavares, ao qual se deve a posição definitiva de ambas nos lugares em que ficaram [2]. Deu a sua ajuda eficaz o Governador João da Maia da Gama, consciencioso e ardente promotor da pacificação e catequese dos Índios, o Mem de Sá do Norte [3].

Com a obra civilizadora concorria outra de carácter prático, pois o Itapicuru era passagem para o interior do Piauí, que assim ficou assegurada. Os últimos missionários dos *Barbados* foram, na *Aldeia Grande*, o P. Domingos Tavares; e na *Aldeia Pequena*, o P. António da Silva. Quando os Índios entenderam que lhos iam tirar, convidaram-nos a refugiar-se com êles nas selvas. Os Missionários recusaram a oferta, aconselhando-os à submissão, largando as Aldeias no mês de Dezembro de 1757. Mas poucos Índios *Barbados* se submeteram ao novo regime. Quási todos se acolheram aos matos [4].

5. — Chegou a vez da fundação de *Aldeias Altas*, operada em 1741 pelo P. António Dias, a 15 jornadas da bôca do Itapicuru [5]. Aldeias Altas eram antigas povoações de Índios, abandonadas, quando os Jesuítas se estabeleceram nelas. Conservando o nome no plural, era na realidade uma só Aldeia.

---

1. Cf. Carta Régia de 11 de Fevereiro de 1730 a Alexandre de Sousa Freire, *Anais do Pará*, III, 288. Segundo os *Apontamentos* da BNL, fg. 4516, f. 160v, as duas Aldeias situavam-se ambas no Rio Itapicuru em 1726, o que não destroi o facto da desavença, a que aliás se refere também César Marques, *Dic. do Maranhão*, 43-44.

2. Caeiro, *De Exilio*, 488.

3. Morais, *História*, 387-388; Mury, *Hist. de Gabriel Malagrida*, 33-43, onde se desenvolve o que consta das fontes, que citamos ou transcrevemos. A 9 de Junho de 1734 conta José Vidigal a El-Rei que êstes *Barbados*, durante 50 anos deram que fazer aos Portugueses. E que ainda se não tinham, então, reduzido todos, por imprudência dos Capitães-mores, Arq. da Prov. Port., *Pasta 177 (I*, f. 4.)

4. «*Barbati* intra breve tempus in sylvas universi prope emigrarunt, palam testati ubi Jesuitae in Pagos redirent, se quoque redituros», Caeiro, *De Exilio*, 472.

5. BNL, f. g. 4516 (*Apontamentos*) f. 25. Aldeias Altas, a partir do Catálogo de 1743, vem com o nome: *Missio Superior in campis*, — *Bras. 27*, 125v.

Nas Aldeias Altas administravam os Jesuítas dois estabelecimentos separados, Aldeia dos Índios, com a sua residência e igreja, e um Colégio Seminário, que algum tempo até 1753, vemos chamar-se de *Guanaré* e depois *Seminário de Aldeias Altas*.

Os mesmos emissários do govêrno que tomaram conta das Aldeias dos *Barbados*, subindo a seguir o ric, tomaram conta também das Aldeias Altas, da sua igreja e casas [1].

Entregue a Aldeia, ainda continuou a casa de educação, aonde vinham buscar instrução meninos não só do Itapicuru mas do Piauí e Minas da Natividade de Goiás.

O Seminário de Aldeias Altas possuía património próprio, constituído por alguns bens, sobretudo uma roça onde havia forno de « corar louça e telha », e devota capelinha; e duas fazendas de criação, a *Fazenda do Sêco*, com data de três léguas de terra, e a *Fazenda da Prata*, que custara seis mil cruzados.

O Seminário propriamente dito, além das casas de moradia e classes, dispunha de boa igreja, consagrada a Nossa Senhora de Nazaré, cuja imagem, de 5 palmos, estofada, « com seu manto de primavera e coroa de prata », tinha sido oferecida pelos benfeitores da casa, o sargento-mor Manuel da Silva e sua mulher. Continha outras imagens, bons paramentos e alguns objectos de valia.

A igreja nova, já aberta ao culto, estava em via de acabamento com os materiais necessários reùnidos. Ia-se formando a livraria [2].

O P. António Dias, director dêste estabelecimento de ensino, era ao mesmo tempo quem governava a Aldeia dos Índios. Nela cessou em 1758 o govêrno dos Jesuítas, recebendo o nome de *Trezidela* [3]; no Seminário, em 1760. Nas terras desta Aldeia e Seminário está hoje a Cidade de *Caxias das Aldeias Altas* ou simplesmente *Caxias*, na margem direita do Itapicuru. *Trezidela* fica em frente na outra margem do rio.

6. — Sem indicação do lugar, enumera-se entre as missões do Maranhão em 1743, a de «*Goegoe*» [4]; e lê-se que o P. João Rodrigues

---

1. Cf. Caeiro, *De Exilio*, 472.
2. *Inventário do Maranhão*, 31-31v.
3. Caeiro, *De Exilio*, 472; César Marques, *Dic. do Maranhão*, 122, 538.
4. *Bras.* 27, 124v. Hoje escreve-se *Gueguês*. A grafia antiga mostra que se devem pronunciar os *uu:* Gùêgùês ou Güêgüês...

falecido em 1746, expôs «a sua vida a grandes perigos pelo bem e salvação do gentio *Gùêgùê*»[1]. Como êste Padre, a 16 de Fevereiro de 1744, fez a sua profissão solene na Aldeia de Guanaré[2], daqui devia ser o ponto de irradiação para aquela missão dos *Gùêgùês*.

No seu permanente esfôrço de penetração e catequese, iam os Jesuítas percorrendo todo o interior, estabelecendo casas e aldeando os Índios, conforme as circunstâncias o permitiam ou aconselhavam. E ao mesmo tempo, a pé, a cavalo, ou pelas vias de água, prègavam missões volantes, como a extraordinária de Manuel da Silva até *Pastos Bons*, em que o Padre ia de terra em terra, prègando os Exercícios Espirituais de Santo Inácio, levando consigo a imagem de Nossa Senhora e um pequenino cofre para o Santíssimo Sacramento. É narrativa curiosa, protótipo destas missões, em que se fica a conhecer o fervor e espírito da gente do interior e também as dificuldades que era preciso vencer e sofrer em tôdas as missões e mais ainda naqueles tempos e lugares de comunicações difíceis. Pastos Bons fica em pleno sertão entre o Alto Itapicuru e o Rio Parnaíba[3].

---

1. *Lembrança dos Def.*, 13v.
2. *Lus. 16*, f. 162-162v.
3. Carta Ânua do P. Manuel da Silva ao Vice-Provincial Caetano Ferreira, de Pastos Bons, 16 de Julho de 1745, Bibl. de Évora, cód. CXV/2-13, f. 313-317v, publicada, sem indicação da fonte, em Melo Morais, *Corografia*, IV, 496-410.

IGREJA DE S. FRANCISCO XAVIER DO COLÉGIO DE
S. ALEXANDRE DO PARÁ

Estado atual, com uma sineira e dois nichos do frontão, tapados. No da esquerda, a objetiva revela a existência da estátua de S. Inácio, que realmente aí está e se entaipou, depois da saída dos fundadores.

CAPÍTULO V

Rio Monim

1 — Fazendas do Monim e Iguará; 2 — Aldeia de S. Jacob de Icatu.

1. — A catequese do Rio Monim começou com missões volantes e, segundo José de Morais, deu-lhes princípio o P. Lopo do Couto, enviado por Luiz Figueira, a quem foi assinado como campo de actividade a «terra firme de Itapicuru, Moni e Iguará»[1]. Não nos restam mais notícias senão, e é ainda o mesmo cronista a fonte, que o P. Lopo do Couto tirou muitos bárbaros do mato, «para viverem, aldeados, uma vida mais civil[2].

Os primeiros Padres pensaram certamente em missionar o Iguará, a isto se deve referir a «Consulta sôbre se conceder aos Padres da Companhia a Aldeia dos *Iguaranos*», datada de 19 de Novembro de 1646[3].

Refere-se também Bettendorff às lutas contra os *Caìcaís* do Rio Monim[4] e consta de documentos oficiais o estabelecimento do gado no Rio Monim em 1703, passado para ali do Rio Canindé, e das guerras em 1707 ao gentio de corso das suas margens[5].

Construiu-se uma casa forte no Rio Iguará. Os Índios fugiram e um Padre da Companhia cometeu a imprudência de os acolher. A 16 de Novembro de 1718 El-Rei ordena ao Superior que o remova, o que supõe que êle não andaria longe dessas paragens[6].

---

1. Morais, *História*, 139.
2. Morais, *Ib.*, 140.
3. Cf. *Indice de Documentos*, em *Anais da BNR*, LXI, 153, nº 160.
4. Bett., *Crónica*, 513-517.
5. Bibl. de Évora, cód. CXV/2-18, f. 311, 362.
6. «Provisão ao Superior das Missões da Companhia para remover ao Padre Manoel dos Reis da Missão da Aldeia do Icatu por ter elle acolhido e ocultado os

Depois melhoraram as condições da região e em 1734 comunica o P. José Vidigal a El-Rei que no alto Monim ou propriamente no Rio Iguará, «as mais famosas campinas», começaram a povoar-se de gado vacum e cavalar, a seguir à redução dos *Barbados* pelos Jesuítas[1].

Nesta actividade pastoril também colaboraram os Padres e nos meados do século XVIII aparece nos Catálogos a Fazenda do «Muni», pertencente à Casa de Exercícios da Madre de Deus[2].

Era a fazenda de Nossa Senhora da Conceição, que em 1760 possuía uma igreja pequena, mas nova, de pedra e cal, coberta de telha. Bem provida de imagens: Nossa Senhora da Conceição, Santo Inácio, Nossa Senhora do Rosário, S. Francisco Xavier, Santo António, tôdas com os seus resplandores de prata, como também do mesmo metal o cálice e duas âmbulas. Boa casa de vivenda, de sobrado, engenho de açúcar, alambique de aguardente, teares, ferraria, olaria, e todos os mais requisitos indispensáveis a uma fazenda em regra[3]. O catálogo de 1740 assinala, entre o Rio Monim e o Rio Pereá, a Fazenda de *Tatuaba*, que não aparece nos catálogos seguintes[4].

2. — Na margem direita do Monim fica a *Vila de Icatu* que estêve primitivamente sôbre a baía de S. José, a três léguas da sede actual[5]. Há nos documentos da Companhia, aqui e além, referências à antiga Icatu, onde os Jesuítas iam a ministérios, e se ocupavam com os Índios da sua Aldeia, que em 1698 se chamava Aldeia de S. Jacob e era da visita do P. João de Vilar[6]. Outra Aldeia, junto a Icatu, era a de S. Gonçalo do Icatu[7]. Depois os Jesuítas deixaram de ir lá. Escreve o P. José Vidigal em 1734: «Houve mais nesta Capitania, junto da Vila de Icatu, duas Aldeias populosas, uma de *Igaruanas*, senhores e habitadores destas terras, e outras da nação *Tobajara*, baixados da Serra de Ibiapaba, as quais estão totalmente extintas». E dá a razão: «As duas Aldeias se extinguiram, porque foram

---

Índios fugidos do trabalho da Caza forte do Rio Iguará», Bibl. de Évora, cód. CXV/2-12, f. 121.

1. Cf. Carta de José Vidigal a El-Rei, *Pasta 177* (1, f-5).
2. *Bras. 27*, 184-184v.
3. *Inventário do Maranhão*, 37.
4. *Bras. 27*, 108.
5. César Marques, *Dic. do Maranhão*, 1.
6. Bett., *Crónica*, 19.
7. Bett., *Crónica*, 530.

confiadas a capitães-mores que só tinham «os olhos nos Índios das ditas Aldeias para se enriquecerem ou ao menos remediarem»[1]. Na Bibliotéca de Évora há muitas Cartas Régias, referentes a Icatu e a sua vida local[2].

O P. João Tavares deixou uma «Breve Descrição das grandes recreações do Rio Muni». Mas a relação abrange mais, incluindo a Ilha de S. Luiz, que tem a «forma de uma cobra em arco»[3].

---

1. Carta de Vidigal a El-Rei, do Maranhão, 9 de Junho de 1734, Arq. Prov. Port., Pasta 177(1).
2. Cód. CXV/2-18.
3. Bibl. de Évora, cód. CV/1-7, f. 165ss. A descrição é de 1724 e parte dela já anda publicada, cf. César Marques, *Dicionário do Maranhão*, 322.

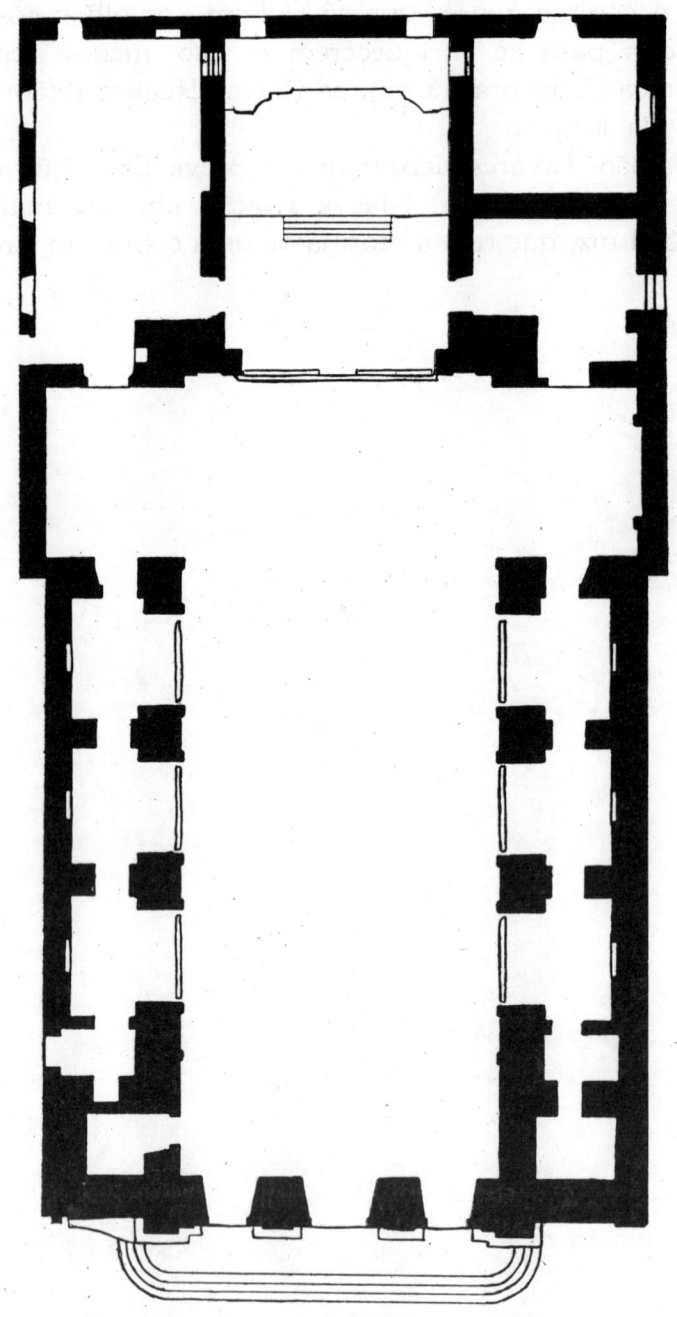

PLANTA DA IGREJA DE S. FRANCISCO XAVIER
(COLÉGIO DO PARÁ)
(Da *Viagem Filosófica* de Alexandre Rodrigues Ferreira)

CAPÍTULO VI

Rio Parnaíba

1 — Primeiras explorações do Parnaíba e expedições aos Teremembés (1676-1679);
2 — Fundação de Tutóia, Aldeia de Nossa Senhora da Conceição.

1. — Os primeiros Jesuítas que atravessaram o Parnaíba, chamado, por Vieira, Paraguaçu, foram os Padres Pedro de Pedrosa e António Ribeiro em 1656, na sua ida do Maranhão para Ibiapaba, tomando então pela primeira vez também contacto com os *Teremembés*, de cujas ciladas habilmente se livraram. Seguiram-se-lhes quatro anos depois o próprio P. Vieira com o P. Gonçalo de Veras [1].

Nenhuma destas viagens tinha como termo o Parnaíba. A primeira exploração jesuítica dêste rio foi em 1676, com o Padre Pier Consalvi e o Irmão António Ribeiro (outro, diferente daquele primeiro, que era Padre) numa tropa que enviara o Governador Pedro César de Meneses a explorar êsse rio. Viagem de «meses». Encontraram gentio de «língua travada», que lhe deram notícias de que já nas campinas do interior (Piauí) andavam homens brancos «que iam sôbre uns cavalos».

Pôs-se o Padre à fala com êles, por intérprete. Os Índios rodearam-nos com seus machetes como de quem se dispunha a descarregar. Voltou o Padre à canoa. E, depois de ainda falar com êles e verificar que era cedo para reduzir tais índios, mais prontos para o ataque do que para as pazes, «veio a tropa para baixo, sem se tirar daquela viagem mais proveito que o descobrimento do rio e suas terras com aquelas com que vão confinar». Contou o Ir. António Ribeiro, que deveriam ter chegado à altura da Serra de Ibiapaba. O mesmo Irmão

---

1. Cf. supra, p. 26.

António Ribeiro fez «um mapa dos rios e terras em que tinham entrado»[1].

Entretanto, para desimpedir as comunicações entre o Maranhão e o Ceará, impunha-se a redução dos *Teremembés* ou a bem ou a mal. Êles eram o terror destas paragens e os próprios estrangeiros aproveitavam a sua hostilidade contra os Portugueses para carregarem âmbar e pau violete[2]. Preparou-se pois outra expedição em que iria em 1678 o P. António Pereira. Por deficiência de organização e falta de suficiente garantia, a entrada não chegou a efectuar-se.

Vieira vivia então em Lisboa. Conhecedor directo dos locais, foi consultado pelo Conselho Ultramarino: O Rio Parnaíba, diz êle, «sai ao mar entre o Maranhão e o Ceará por oito ou nove bôcas, que vulgarmente se cuida são rios diferentes, os quais todos eu vi e passei. Pela maior bôca destas sai também a maior corrente do rio, que é largo de um tiro de mosquete, e mui profundo, e entra pelo mar, com tal ímpeto, que em uma das viagens que fiz por aquela costa, estando duas léguas ao mar sôbre ferro, batia no costado do navio com notável fôrça e arruido de que depois conheci a causa. Donde venha êste rio, não há notícia certa, mas pelas que me tinham dado no Pará os índios *Tupinambás*, tenho conjectura, que nasce de uma lagoa, onde naquele tempo havia muitos índios de língua geral, e pelos nomes dos peixes que achei na bôca do mesmo rio, e dos que se diz haver na dita lagoa serem os mesmos, entendi que se comunicam; e tinha tenção de fazer êste mesmo descobrimento, quando os moradores amotinados, por não ser de escravos, impediram êstes e outros desígnios de grande serviço seu, e de Deus.

«Que o descobrimento se faça, julgo será muito conveniente pelos meios da paz; mas não entendo como possa ser só com vinte índios e duas canoinhas, e que nelas se possam levar mantimentos para cinco meses, ferramentas, resgates, e mais coisas necessárias para seguir a viagem, e contentar o gentio. Eu, quando fiz esta jornada, fui a pé pela praia, levando cincoenta índios e uma canoa para passar os rios: esta canôa em umas partes se levava às costas com varais, em outras rodando sôbre êles pela areia, e quando era fôrça ir pelo mar, sempre ia alagada; mas dado que as duas canoinhas possam navegar as quarenta léguas de costa, que há do Maranhão ao rio (o

---

1. Bett., *Crónica*, 313-314; *Bras.* 26, 45v-46v.
2. Berredo, *Anais do Maranhão*, 229.

que se não deve fazer, senão no inverno, em que acalmam as ventanias), depois de entrarem da bôca do rio para dentro, sem conhecimento dêle, nem dos seus braços, nem das cachoeiras, ou pontos que póde ter, em que será necessário arrastar as canôas por terra, e subi-las por montanhas e penhascos, não alcanço como isto se possa fazer com vinte índios, e como êstes se livrarão dos tapuias bárbaros, que cruzam as campinas e bosques daqueles sertões, e outras muitas dificuldades, que mais facilmente se topam, de perto, do que se podem discorrer de longe. Assim que, o meu parecer seria, que algumas canoas fôssem maiores, em que, as coisas necessárias se conduzissem com segurança, ao menos até à bôca do rio, e muito maior o número dos índios, que dali por diante prosseguissem o descobrimento; e que com êles, além dos dois sertanejos (que nenhum é prático do dito rio), fôssem quatro mamalucos com armas de fogo, com que se possam defender dos tapuias, e que depois de descoberto o rio, e o que nêle e por êle se achar, com o *Roteiro*, que fará o Padre, se saiba o que é necessário para a missão ou jornada principal» [1].

A opinião de Vieira era pois que se fizesse entrada missionária, mas com alguma garantia de defesa. E sucedeu que o Governador, Inácio Coelho da Silva veio do reino decidido também a levar por diante a expedição, e um caso recente, provocando a indignação geral, ateou êsses desejos. Deu à costa um navio nas terras dos *Teremembés*, que mataram os náufragos, despojando-os dos seus haveres, atrevendo-se alguns a ir ao próprio Maranhão vender o furto. Foram presos e condenados à morte [2].

Com isto, entendeu o Governador que se devia dar à expedição feição militar de represália ou extermínio, para segurança e tranqùilidade pública, desimpedir as comunicações, e reconhecer o Rio Parnaíba. Convidou a irem nela os Padres da Companhia. Duvidaram êles se conviria ir numa expedição com tais intúitos. Reùniram-se os consultores primeira e segunda vez, mas o Superior, com quem o Governador instava que fôsse para conter os soldados e pacificar os Índios, decidiu a dúvida pela afirmativa, fundado nos antecedentes dos *Tremembés* e que sempre algum bem faria. Foram pois da Companhia o mesmo Superior (P. Pier Consalvi), o P. Gonçalo de Veras, que já tinha atravessado o Parnaíba com Vieira, e o Ir.

---

1. Vieira, *Obras Várias*, I, 216, 217.
2. Bett., *Crónica*, 319-320.

pintor João de Almeida. A tropa de guerra era comandada pelo Capitão-mor Vital Maciel Parente, mameluco, filho natural de Bento Maciel Parente[1]. Eram trinta canoas e um barco grande com cento e quarenta soldados e quatrocentos e setenta índios aliados[2]. Saíram de S. Luiz a 15 de Abril de 1679. Depois de grandes trabalhos, encontraram os *Teremembés* descuidados e destroçaram-nos a 6 de Junho, não poupando a ninguém, que de 300 índios só se salvaram trinta e sete inocentes, sendo mortos todos os mais, homens, mulheres e crianças. E às crianças, escreve o Governador, os índios da expedição, travando delas pelos pés, mataram-nas cruelmente, «dando-lhes com as cabecinhas pelos troncos das árvores»[3].

«Foi incrível a nossa dor, escreve o Missionário, pela carnificina dos inocentes, e quando celebramos missa, em longas e gravíssimas palavras, afeamos-lhes a acção, tanto aos Portugueses como aos Índios». Todos prometeram daí em diante não repetirem a façanha. E a expedição voltou ao Maranhão, onde entrou no dia 7 de Agôsto, não sem primeiro explorarem o Parnaíba. E eis o que nos revela a carta inédita do P. Consalvi: Subiram o rio. Encontraram os *«Caribuçes, Caicaiçes, Aindoduçes, Guaçinduçes, Critices»* e os *Anapurus* que mudavam de sítio[4].

Ao cabo de mês e meio temeu-se que faltassem provisões e os remeiros iam adoecendo; calculando com razão que ainda ficariam longe as nascentes do Parnaíba, decidiram voltar. Tomando a al-

---

1. *Bras.* 9, 320v.
2. Garcia, em *HG*, III, 298.
3. Garcia, *Ib.*, 299.
4. A carta é em latim: mas os nomes das tribus vêm como os reproduzimos. Na margem direita do Rio Parnaíba, mostra a *Carta Potomográfica do Estado do Maranhão* de José Abranches de Moura (1926) o Rio Anapuru, entre os rios Longá e Cajueiro. O Catálogo de Cunha Rivara traz duas Cartas Régias em que fala dos *Anaperus*:

a) «Carta Régia de 27 de Janeiro de 1703 ao Governador do Maranhão, aprovando o que fez, de mandar um Missionário da Companhia bem provido, aos Índios da nação *Anaperus* que habitam pelo Rio Parnaiba acima na costa dos Lençóes, os quais Índios haviam feito petição para descer para os Distritos da Cidade do Maranhão», Bibl. de Évora, cód. CXV/2-18, fl. 287v.

b) «Carta Régia, de 16 de Abril de 1709, ao Governador do Maranhão sobre a Guerra que se há de fazer aos Índios *Anaperus* que mataram ao Ajudante Manoel dos Santos, e a seis Religiosos», Bibl. de Évora, cód. CXV/2-18, f. 414. Êstes religiosos mortos não são da Companhia.

tura do sol, pelo astrolábio que levavam consigo, acharam a altura de 6 graus da parte do Sul [1].

Subiram muito acima de Teresina. E bem podiam ser êstes os primeiros brancos que viram as paragens da actual capital do Piauí, em concorrência com os criadores de gado que refluíam do sertão...

2. — O castigo dos *Teremembés*, como foi de morte, não lhes serviu a êles para a catequese, nem aos que sobreviveram, que mais se embrenharam nos matos. Ainda pensou depois o P. Gonçalo de Veras em catequizar os Índios do Parnaíba, os que por êle e os seus companheiros tinham sido tratados com benignidade. Mas as portas do rio estavam nas mãos dos *Teremembés*, e, comenta Vieira, «suposta a guerra dos *Teremembés*, me parece emprêsa ao presente dificultosa, como também a de se abrir caminho por terra, o que tudo demanda muita dilatação, e fruto, que não pode amadurecer nem colher-se senão depois de alguns anos» [2].

Vieira conhecia a matéria. De facto levou anos. Entretanto, como a guerra lhes tinha vindo do Maranhão, os *Teremembés* declinaram mais para o Ceará e alguns se foram sujeitando do lado do Camocim, e com recomendação expressa de Lisboa para que fôssem bem tratados [3].

A redução dos Teremembés, das bôcas do Parnaíba, só se efectuaria em 1722, por obra do P. João Tavares, cognominado o «apostolo dos *Teremembés*». Foram êles próprios que o pediram [4].

---

1. Carta do P. Pier Luigi Consalvi, ao P. Oliva, do Maranhão, 20 de Setembro de 1679, *Bras. 26*, 74v-76v; cf. *Bras. 26*, 45, 63. O dia do combate, 6 de Junho, é dedicado a S. Norberto, «cujus vitam eadem die per imagines descriptam elegantissimas lustraveramus», diz Consalvi, sem acrescentar mais. Ia na expedição o Ir. João de Almeida. Dêle deviam ser essas "elegantíssimas" pinturas da vida de S. Norberto.

2. *Cartas de Vieira*, de 2 de Abril de 1680, III, 433.

3. Cf. Carta Régia ao Governador Artur de Sá de Meneses, de 28 de Novembro de 1687, Bibl. de Évora, cód. CXV/2-18, f. 106; Garcia em *HG*, III, 299.

4. "Provisão de 24 de Abril de 1723, ao Governador do Maranhão aprovando o que tem feito para o fim de se aldearem os Índios *Taramambezes* e o ter-lhes dado para Missionário o Padre da Companhia João Tavares, que êles pediram. Descreve os costumes daqueles Índios marítimos, que se podem chamar *Peixes Racionaes* &'", na Bibl. de Évora, cód. CXV/2-18, f. 615v.

A Missão já aparece no Catálogo de 1723 com a menção de *nova*: «Nova Missão dos *Teremembés* de Nossa Senhora da Conceição»[1]; e em 1730 constava de 233 índios ainda pagãos, que aprendiam a doutrina[2].

João Tavares situou-a nas praias dos Lençois, «num sítio a que os Índios chamam Tutóia, onde faz barra principal um dos braços do Parnaíba, chamado Santa Rosa e também canal de Tutóia»[3].

O Missionário pediu e obteve em 1724 para a Aldeia duas léguas de terra e a Ilha dos Cajueiros. Mas não se deixaram em paz essas terras. Vieram meter-se nelas quatro fazendeiros, os três irmãos Lopes e um primo seu Manuel da Rocha, que introduziram os seus gados, nos campos da Aldeia, seguindo-se contenda que durou anos. A 25 de Janeiro de 1728 El-Rei ordena ao Governador do Maranhão que defenda os *Teremembés* e o seu Missionário que há 5 anos tinha padecido trabalhos e fomes para os aldear e que se lhes conserve a Ilha dos Cajueiros que os Irmãos Lopes perturbavam; e que êles se prendessem[4].

Alexandre de Sousa Freire dava mostra de proteger os perturbadores e êle próprio era um dêles. Queria o Governador tirar da Aldeia de Tutóia alguns Índios para seu serviço e dá as razões. El-Rei nega-lhos e ordena-lhe que guarde inviolavelmente as condições com que os *Teremembés* se sujeitaram a aldear-se.[5]

As condições di-las José Vidigal: «aldearam-se com pacto de não servirem, alegando que tinham visto brancos açoitarem os índios que servem. E no entanto serviam e eram úteis aos brancos, nas pastagens do gado vacum e cavalar e podem ser muito úteis à Coroa na vigia da Costa»[6].

---

1. *Bras.* 27, 47v.
2. *Bras.* 10(2), 338.
3. BNL, fg. 4516, *Apontamentos*, 24v; José Ribeiro do Amaral, *Estado do Maranhão V (Hidrografia)* no *Dic. Hist. Geogr. e etnogr. do Brasil*, II, 262.
4. Bibl. de Évora, cód. CXV/2-18, f. 657v; *Anais do Pará*, II (1902) 208. A 7 de Julho de 1730 El-Rei confirma as duas léguas de terra e a Ilha dos Cajueiros e torna insistir com o Governador que castigue os perturbadores, Bibl. de Évora, cód. CXV/2-18, f. 699v (tem a data de 8 de Julho); *Anais do Pará*, III, 307-309. A 29 de Novembro de 1731 volta El-Rei a pedir contas ao Governador por não ter prendido aquêles irmãos e o seu primo Manuel da Rocha, *Ib.*, V (1906) 350.
5. Bibl. de Évora, cód. CXV/2-18, f. 687; *Anais do Pará*, III, 279.
6. Carta de José Vidigal a El-Rei, de 9 de Junho de 1734, Arq. Prov. Port., *Pasta 177*, 1.

Dada a ordem régia mediram-se as terras. Mas ainda se não concluíram as dúvidas [1].

Quanto à questão dos irmãos Lopes e primo Rocha parece que a pendência terminou, resolvendo-se os Padres a comprar o gado que êles ali introduziram [2]. E assim começaria a criação de gado de Tutóia, onde vinte anos depois estava em grande aumento, constituindo, independentemente do gado privativo da Aldeia, meio de subsistência para quási tôdas as Casas da Vice-Província: Colégio e Seminário do Maranhão, Casa da Madre de Deus, Tapuitapera e Vigia [3].

Tutóia recebeu em 1 de Agôsto de 1758 o nome de *Vila-Viçosa*. Prevaleceu porém o nome primitivo de Tutóia que ainda é o actual [4].

O fundador de Tutóia, P. João Tavares, natural do Rio de Janeiro, tinha ido para o Maranhão, como mestre de Filosofia e Teologia, com a faculdade de voltar, acabada a missão que o levou. Não voltou, por amor dos *Teremembés* [5].

---

1. Cf. "Provisão de 18 de Março de 1733 ao Governador José da Serra sôbre a posse dos Índios *Taramambezes* nas 4 legoas de terra que teem, e Ilha dos Cajueiros; e controversia sobre isto com o Padre José Lopes da Companhia de Jesus", Bibl. de Évora, cód. CXV/2-18, f. 713; *Anais do Pará*, VI (1907) 186.

2. Cf. César Marques, *Apontamentos para o Dicionário*, 355. Parece que com os Lopes houve depois não só paz, mas amizade. O Ir. Luiz Gonzaga, indo do Maranhão a Pernambuco, para se ordenar, adoeceu gravemente e faleceu a 25 de Setembro. "Morreu na Parnaíba em casa de D. Feliciana e se enterrou seu corpo na *capela dos Lopes*" (*Lembrança dos Def.*, 9v)

3. *Inventário do Maranhão*, 23-25.

4. César Marques, *Apontamentos para o Dicionário*, 355; Cacio, *De Exilio*, 473-481, 561, conta pormenorizadamente os sucessos em que Tutóia ou Antotoia, como também se dizia, passou pelas transformações de 1758 e 1760, quando a deixaram os Padres Luiz Barreto e Bernardo Rodrigues.

5. Faleceu a 11 de Julho de 1743, no Maranhão (*Lembrança dos Def.*, 12v). Um ano antes dizia o catálogo: "P. João Tavares, américo-português, do Rio de Janeiro, com 63 anos, nasceu a 24 de Setembro de 1679. Foi Vice-Reitor do Colégio do Maranhão, ensinou Gramática, Filosofia e Teologia 6 anos, foi missionário 12. Agora é operário no Colégio do Maranhão. Entrou na Companhia a 11 de Julho de 1697. Professo de 4 votos" (*Bras. 27*, 110). Morreu com 64 anos, no próprio dia do seu aniversário, como Nóbrega.

Interior da Igreja de S. Francisco Xavier, do Colégio de S. Alexandre do Pará
(estado actual)

CAPÍTULO VII

Rio Mearim

1 — Indústria pastoril: Fazendas de Serranos, Morcegos, Matadouro, Cachoeira e Mouxão; 2 — Exploração do Rio Mearim e Arraial Velho dos Mineiros; 3 — A missão dos Gamelas; 4 — A guerra dos Acroás; 5 — Na Aldeia de Nossa Senhora da Piedade; 6 — Etnografia dos Gamelas; 7 — Lapela.

1. — Os trabalhos dos Jesuítas no Rio Mearim revestiram duas feições diversas, em diversos tempos. Começaram por ser de carácter pastoril e concluíram sobretudo com o carácter colonizador e catequético. Nêste rio procuraram os Padres meios de subsistência para o Colégio do Maranhão, iniciando nêle a criação de gado. O Governador Rui Vaz de Siqueira concedeu em 1663 ao P. Manuel Nunes, por data e sesmaria, uma légua de terra, de ambos os lados do rio, com «tudo o que houvesse por dentro do sertão»[1]. Sempre nêste rio ficou alguma criação; mas com o tempo a fôrça dela deslocou-se para o Rio Pindaré. Em 1760 estava tudo reduzido a um sítio chamado *Serranos*, na bôca do Rio Mearim, com ¾ de légua campina e um curralete de gado, que pertencia ao Colégio[2].

Pertencentes à Casa de Exercícios da Madre de Deus, como parte do seu património, havia também duas Fazendas, a dos *Morcegos*, doação do P. António de Matos Quental, e a Fazenda do *Matadouro*, confinante com aquela. Esta segunda doara-a o P. Inácio da Costa, que em 1760 tornou a ficar com ela[3].

No mesmo *Inventário*, e subordinado ao título comum de «fazendas do Rio Mearim pertencentes à Madre de Deus», vem a Fazenda da Cachoeira, «com uma légua de cumprido e meia de largo

---

1. Bett., *Crónica*, 225, 246.
2. *Inventário do Maranhão*, 24v.
3. *Ib.*, 36v.

havida por compra». Fazenda secundária, sem igreja. Contígua à fazenda havia uma sorte de terra chamada *Mouxão*. Fêz também um Manuel Nunes da Silveira doação a Nossa Senhora, de três léguas de terra, tôda pantanosa, e nos servia agora só para retirar para ela os gados das outras fazendas no tempo do verão, em que secavam os pastos delas, e nesta ficavam frescos. Porque no inverno tudo alagava e ficava debaixo das enchentes dos rios»[1].

2. — A catequese foi extremamente difícil, porque o rio era infestado pelo gentio de corso e porque as condições de vida e segurança dos missionários, precárias. Mas as tentativas de estebelecimento datam de 1673: «Agora se descobriu um Rio chamado Mearim, aonde há muito gentio para onde, depois de o Governador ordenar uma grande tropa, veio a êste Colégio pedir missionários com tanto encarecimento que não deixou lugar a lhe negarem; assim que é fôrça que vá um dos dois que aqui estamos»[2].

A falta de missionários obstou então à fixação dos Jesuítas no Mearim, pois com dois Padres apenas em todo o Maranhão não era possível imobilizar um no Mearim, com o gentio de corso que periodicamente baixava, e contra o qual periodicamente se havia de fazer guerra[3].

Com tais alternativas e rebates chegamos a 1751. Entre os índios de Corso, que mais se tinham assinalado, estavam os *Gamelas*. Convindo fundar entre êles missão, uma Provisão Régia de 21 de Maio de 1751 encarrega os Jesuítas de fazerem o «*Descobrimento*» do Rio Mearim, dando-lhes para isso a competente escolta[4].

Escolhido o P. António Machado, a êle escreveu o Governador Mendonça Furtado, a 14 de Agôsto do mesmo ano, as instruções de como a devia fundar, instruções acertadas, um tanto ingénuas, metendo-se o Governador a superior hierárquico e religioso do Padre. Entre as coisas úteis diz-lhe que os Índios na escola aprendam português e até os de mais capacidade, latim; aos outros, artes e ofícios.

---

1. *Inventário do Maranhão*, 36v. Há outra *Cachoeira*, mais conhecida, em Marajó, facto que nos embaraçou na identificação desta fazenda. Mas no *Inventário*, a Fazenda da Cachoeira aparece como se diz no texto.

2. Carta de Francisco Veloso, 26 de Junho de 1673, *Bras.* 26, 31.

3. Na Bibl. de Évora existem várias Cartas Régias sôbre essas incursões, defesa e guerra contra êles, Cód. CXV/2-18, 173v, 235, 259v.

4. César Marques, *Dic. do Maranhão*, 381.

Depois, agricultura e que se administre justiça. E que agora, sim, vai começar a idade de oiro das Aldeias, que até aí, tinha sido tudo errado...[1].

Foi o Padre. Saiu do Maranhão a 15 de Agôsto de 1751, estando na praia do Colégio a despedir-se dêle os dois Governadores, D. Luiz de Vasconcelos e Mendonça Furtado. E a 22 de Setembro de 1751 já escreve da *Aldeia* ou *Arraial de Nossa Senhora da Piedade*, que fundara, dirigindo-se ao Governador Mendonça:

«Dando conta da minha vida e viagem, digo que cheguei quarta-feira, dezoito de Agôsto ao engenho do Sr. Vitoriano Pinheiro. Aqui descarreguei a canoa, e deixando-a, por muito grande, para a dilatada viagem que intentava, tomei duas mais maneiras, e me parti para cima dia de São Bartolomeu.

Naveguei dez dias pelo Mearim acima, padecendo muitas calamidades de infinita praga, muitas chuvas, e dormia ao sereno. Disse missa ao domingo em um Igarapé, em que levantei uma cruz e pus por nome o *Igarapé de S. João*, por ser em dia da Degolação de S. João Baptista.

Em todos os dez dias, que naveguei pelo rio acima, não encontrei paragem que me levasse os olhos para a situação de uma Aldeia, pois as beiradas do rio são indignas, por ordinário muito baixo, que alaga no inverno, cheio de *ipueiras*, cercado de pequenos lagos, e com infinita praga sem nunca melhorar[2]. Todos iam desconsolados, os soldados não havia quem os tivesse mão, já dizendo que estavam no reino do *Acroá* com tão poucas armas, já afirmando que os tinham enganado, pois nunca lhes disseram seria a viagem tão dilatada. Era-me necessário exortá-los com tôda a fôrça de razões e retórica mais conveniente para os conter e animar. Chegamos finalmente ao pé da primeira povoação dos *Gamelas*. Aqui me aranchei, que não quis tomar Aldeia alguma determinadamente por rezão das suas parcialidades, pois tomando alguma, os da outra não queriam vir. Mandei mensageiros com tôda a presteza; vieram logo dois principais, com parte da sua gente, e o filho de outro, porque o pai estava doente. Muitos traziam suas mulheres, e estas suas crianças de peito. Faziam

---

1. Arq. P. do Pará, cód. 588.
2. *Ipueira* = pântano, alagadiço: de *ipu*, banhado, lagôa, *oêra*, que foi. Cf. Bernardino José de Sousa, *Dicionário da Terra e da Gente do Brasil* (S. Paulo 1939) 215.

o número, todos êstes, que me vieram visitar, entre pequenos e grandes, de seiscentos. Presenteavam-me com bolos, batatas, mindobins, etc., e eram de mim recompensados com facas, velórios, anzóis, etc. Era já dia de Nossa Senhora da Luz [8 de Set°.] e como os das últimas Aldeias não chegassem, que são as mais populosas, acabada a missa, mandei praticar os que presentes estavam se queriam ser cristãos, amigos dos brancos e vassalos de S. Majestade, e como dissessem que sim, fiz com que assim o prometessem na forma e cerimónia do nosso juramento, o que fizeram os dois principais nas minhas mãos estando revestido nas vestiduras sacerdotais. Acabada esta cerimónia, nos encaminhamos todos para o rio. Aqui mandei que os soldados tirassem as balas das espingardas e as deitassem ao rio, e os principais quebrassem suas frechas e atirassem com elas ao rio, em sinal do amor e amizade que uns e outros se prometiam, o que tudo fizeram, disparando juntamente os soldados as armas embocadas para o mesmo rio, entre muitas vozes e festivos vivas a Deus e a S. Majestade.

E fez esta cerimónia tanta mudança e alteração naqueles bárbaros, que um Principal, subindo para cima, fez no meio do terreiro uma fervorosa prática aos seus com tôdas as expressões que lhes dita a sua barbaridade, exortando a todos os seus à nossa amizade, pois já tinham com quem comer e matar o seu inimigo *Acroá*, que é todo o seu ponto, e com que me quebram continuamente a cabeça, que me causa isto sumas angústias, pois se os desenganar, temo algum levante, e para os entreter, não os consente o seu fervor. Acabado isto, mandei fazer um têrmo autêntico de tudo o que tinha passado o qual remeto a V. Exª. e em nome de S. Majestade passei cartas de vassalagem aos ditos Principais.

Como não achei em todos os dez dias, que naveguei pelo rio acima, paragem que me contentasse melhor que o *Arraial velho dos Mineiros*, distante da povoação do Mearim três dias, e livre da cachoeira que passei, pois até ela pode navegar qualquer canoa, me determinei mudar para êle.

Mandei praticar o gentio e responderam que sim, que viriam para baixo. Assim mandei que fôssem desfazer suas roçazinhas e viessem. Partiram, ao parecer contentes, para as suas Aldeias. Eu, estando já para partir para baixo, me sobreveio nova detença, porque chegaram os das Aldeias mais longe e mais populosas. Mandei-lhes fazer a mesma prática, ao que responderam, que sim, mas com algum sentimento, por eu não ir viver com êles nas suas terras, gôsto a que eu não pude satisfazer, por ser muito pela terra dentro e muito distante da vila do Mearim. Parti finalmente para baixo e já estou nêste *Arraial Velho dos Mineiros*, arrumando casa e Igreja ao menos por remedeio. Aqui faço tenção de fundar uma Aldeia, e a outra daqui mais abaixo uma légua pouco mais ou menos, porque o número destas gentes e suas parcialidades se não podem acomodar em uma só Aldeia. Êles vêm chegando, porém alguns tornam logo outra vez, sem se despedirem, como assim fêz um Principal, que quis por sua própria vontade vir comigo, não obstante mandar eu tantas vezes praticá-lo que fôsse primeiro a sua terra para trazer consigo a sua gente; mas êle, não estando por tôdas estas práticas, se me veio meter na canoa, e depois, sem mais nem mais, uma madrugada nos deixou êle e sua mulher. Notável é a inconstância destas gentes. Eu bem creio que enquanto me sentirem alguma coisa que lhes dar estarão comigo, porém ao depois, desampararão tudo. Deus os fade melhor. *António Machado* »[1].

3. — Dois anos depois, o Padre Machado fez uma *Relação da Missão dos Gamelas*. E, reassumindo o que dissera a Mendonça Furtado, continua a narrativa da sua obscura odisseia e dos tragos de morte porque passou, muito semelhantes aos de Nóbrega e Anchieta em Iperoig, para que os antigos Jesuítas acabassem a sua obra no Brasil como a tinham começado. Até no prolixo, a carta é parecida à de Anchieta. Tudo igual. Mudaram apenas as circunstâncias. E à frente do Govêrno não havia a lealdade de Mem de Sá, senão a duplicidade de Mendonça Furtado, e no Reino em vez de D. João III era D. José I.

« Depois que, nêste *Arraial Velho dos Mineiros*, por outro nome o *Arraial da Piedade*, constituí meu pobre domicílio com casa e igreja, principiei a ser um ludíbrio da fortuna, não havendo mal, que me não acompanhasse até às portas da morte, as quais se em alguma ocasião de minha desmarcada aflição se me abrissem, entraria por elas com sumo gôsto; pois passando aqui alguns dias com paz e sossêgo, esperando pelos Tapuias para os aldeiar nêste sítio, como êles tinham ajustado comigo, vieram dez dêles, dando por notícia,

---

1. Arq. do Pará, cód. 673. Cópia, sem indicação de lugar nem de data. A data e lugar dá-os Francisco Xavier de Mendonça Furtado na carta com que responde a esta, Ib., cód. 588.

que em seu seguimento viriam os mais, e ficavam preparando suas ubás, e mantimentos para trazerem.

Passados alguns dias, fugiram todos dez, e levaram consigo um rapaz de sua própria nação, chamado Manuel, que já sabia alguma coisa da nossa língua, por ter andado sempre comigo, e ter estado algum tempo no Maranhão, e Mearim. Este rapaz foi o diabo incarnado, que se foi meter entre o gentio; principiou a espalhar que os brancos estavam levantando-se e preparando-se para os ir matar e amarrar, e que já tinham esquartejado ao seu parente Gaspar, que nos servia de língua, e tinham pôsto sua cabeça à borda do rio, atravessada em um pau.

Alterou-se o gentio, como era justo, com semelhante nova: trataram de fabricar muitos arcos e frechas; algumas aldeias mais pequenas desempararam os sítios em que estavam, e se incorporaram com outras maiores, e nunca mais desceu algum para onde nós estávamos.

Eu bem compreendi, que esta sua tardança, e nem sequer vir algum pedir ferramenta, coisa que tanto estimam, era causada de alguma desconfiança do gentio; mas como não tinha asas, não podia voar. Esperava por algum socorro do Maranhão, de farinha, ou dinheiro, para a comprar, mas os Snrs. ministros da fazenda real, nem farinha, nem dinheiro, nem coisa alguma das que ficaram de dar, davam, tomando muitos pretextos para não cumprir as repetidas ordens de Sua Majestade, que Deus guarde, as do Sr. General, a sua mesma palavra, no que tudo eu fiado, me tinha metido ao golfo, e me via agora com a água pela barba, sem haver quem me acudisse.

Contudo, no meio desta falta, meditava comigo ter que partir para os Tapuias, com alguns soldados, a saber da sua tardança; porém os soldados me atroavam os ouvidos, requerendo muda, e para remate de tudo, caímos quási todos doentes, e eu com êles, de agudas febres, que degeneraram em maleitas muito desesperadas.

Aqui em parte, principiei a ceder à fortuna, e visto não ter nêstes desertos modos nem remédio, com que curar tantos doentes, determinei mandá-los para o Maranhão, e fui com êles até o engenho do Sr. Vitoriano Pinheiro de Meireles, onde já se achava o Padre Pedro Maria Tedaldi, meu companheiro, de partida para a mesma cidade. Deixei quatro soldados e alguns Índios no Arraial da Piedade para guarda da casa. Despedi os doentes para o Maranhão, e querendo eu voltar para cima, de tal sorte me acometeram as febres maleitas diárias, que me não foi possível, e não tive mais remédio, que ficar-me curando em casa do Sr. Vitoriano Pinheiro Meireles».

Adoecendo mais ainda, o P. António Machado desceu ao Maranhão, encarregando a Aldeia ao Capitão-mor José de Meireles Maciel Parente, que encontrou naquele engenho, com alguns índios e soldados. Melhorando, voltou. E continua:

«Chegado ao Arraial da Piedade, tornei a recair das maleitas, mas assim como estava, pedi ao capitão-mor José de Meireles, que partisse para as Aldeias dos Tapuias, a buscar alguns refens; porque eu determinava, se Deus me desse saúde, ir ao Maranhão, e os queria levar comigo. Fez a sua jornada com mais dois soldados, dos quatro que ainda tinha, um índio e o língua Gaspar. Foi nela bem sucedido, trouxe os refens desejados, e com êles, já livre de maleitas, porém mal convalescido, parti para o Maranhão, a buscar algum socorro de mantimentos, e desfazer muitas falsas novas que de mim e dos *Gamelas*, lá se tinham espalhado.

Do Maranhão algum socorro trouxe de farinha, ainda que não tanto, quanto era necessário, mas a carestia do ano não permitia mais. Quando cheguei ao Arraial da Piedade achei aqui muita gente de uma *Aldeia* chamada *Piuburi*, os quais notavelmente me perseguiram por tôda a casta de ferramenta, e como não podia contentar a todos, lhes disse, que daria àqueles que quisessem ficar aqui de-todo. Ajustaram-se sete casais, e ficaram. Faziam por todos, entre mulheres e filhos, o número de vinte e dois, os quais fizeram suas casas, com ânimo de não tornarem para a sua terra; os mais se foram contentes com algumas dádivas, e prometendo que para o verão futuro haviam de vir todos.

Os sete casais, que ficaram comigo no sítio da Piedade, se conservaram em paz até o 1º de Fevereiro do seguinte ano de 1752, dia em que baptizei uma criança que estava quasi *in extremis*, e lhe pus o nome de Inácio, para render êste obséquio ao meu Santo Patriarca, a quem justamente, e a cujo nome eram devidas as primícias desta nova cristandade. Porém não deixou o comum inimigo de fazer declarada guerra a uns tão felizes princípios; porque nêste mesmo dia, tentou a um Índio, de semblante carregado e génio feroz, para que me matasse.

Principiou êste o seu insulto, entrando-me em casa com um pau na mão, pedindo-me que lhe desse um machado para encavar naquele pau. Eu lhe tinha dado havia poucos dias um, e por isso repugnei, perguntando-lhe, que tinha feito ao que eu lhe tinha dado? Respondeu que o dera a um seu parente; repliquei-lhe que eu lho dera para êle se aproveitar dêle e não para o dar. Afirmou ao língua, que lhe estava dizendo isto, com vozes e semblante irado: *pois se não mo déreis, vos hei de matar*, e mandou buscar o arco e frechas por um seu filho, e no entanto levantou o pau que trazia na mão para me dar com êle na cabeça, cujo golpe evitei do melhor modo que pude, e saltando para o terreiro, chamei por três pretos que tinha alugado, da bandeira de Jacinto de Sampaio, e lhe mandei que pegando nas espingardas, vissem se podiam tirar das mãos daquele Tapuia o arco e as frechas, e que aos pés dêle lhe quebrassem tudo.

Não tiveram os pretos ânimo, para semelhante acção, mas como tomaram as armas de fogo, e o língua António Filipe já tinha levado molas e queria atirar ao Tapuia, se eu lhe não fosse à mão, intimidou-se o Tapuia, pois é notável o medo que têm das armas de fogo, e assim largando o pau, arcos e frechas, se pôs no terreiro encostado a um pau, com cara de réprobo, onde estêve bastante tempo, até que se ausentou.

Os mais Tapuias, tanto que souberam e presenciaram em parte o caso, principiaram a dar suas desculpas, pedindo-me que os não matasse, ao que respondi que eu os não queria matar, antes pelo seu bem espiritual e temporal, é que estava com êles nas suas terras, e da parte daquele seu nacional, era que tinha principiado o tumulto e ameaças de morte. Ficaram alguma coisa sossegados com a minha prática, mas, não obstante ela, pela uma hora depois de meio dia fugiram todos. Mandei logo atrás dêles o lingua Gaspar, da sua nação, para que visse se os podia reduzir, a que tornassem, prometendo-lhes tôda a segurança. Já não pôde alcançar senão uma mulher, a qual respondeu, que não tornava; porque cá os queríamos matar, e não se puderam seguir mais por causa de uma grande chuva e trovoada.

Não sei explicar os cuidados e aflições, que me causou êste caso; porque além de me ter visto já com a morte diante dos olhos, me atormentava o não saber que fizesse. Vinha-me ao pensamento embarcar as coisas, e ir-me de-todo para o Maranhão; mas ao mesmo tempo me cortava o coração, o compreender que então se perdia tudo, e se acabava de um golpe o negócio de tantas almas, no qual eu já tinha padecido tanto e feito tantos dispêndios.

Essa noite, depois da fugida, para me acautelar de alguma traição, mandei preparar bem as armas, e dispus sentinelas dobradas, e a mais rigorosa sentinela fui eu próprio; pois tôda a noite não dormi, com cuidados e sobresaltos».

A opinião do Missionário era que importava a todo o transe construir um forte acima das Aldeias dos Tapuias, «mudando para lá os soldados, que junto às povoações do Mearim se conservam em uma palhoça, que tem o nome de forte, e aonde os soldados comem escusadamente o sôldo de El-Rei, sem fazerem mais que vadiarem pelas fazendas alheias, fazendo coisas indignas, *et piarum aurium* ofensivas.

«Fui, requeri, propus com tôda a eficácia, assim de palavras como de lágrimas, representando o desamparo, em que me achava, e quantas almas remidas com o sangue de Jesus Cristo se perdiam, e como tôdas as coisas iam cada vez a pior, e o pouco remédio que eu lhe podia pôr, pela total falta de meios, e nenhumas providências que se davam, esquecendo-se todos do bem comum, e do particular, pois além do mal que se seguia de se perderem as almas, se punham em evidente perigo as fazendas de gado do Mearim, que seriam um almôço para o gentio, se êste se desenfreasse, e com as armas as quisesse conquistar».

Mas tudo foram dificuldades e, no Maranhão, ofereciam outras soluções ineficazes, quando o Missionário, «só requeria a mudança do forte para cima das Aldeias».

Assim ia o Missionário, isolado nas selvas, tratando entre mil cuidados de descer os *Gamelas* para a beira do rio.

4. — «Quando estava com êstes maiores cuidados, recebi uma carta do Sr. Governador do Maranhão, na qual me ordenava, que desse Índios dos *Gamelas*, línguas e guias da mesma nação para se incorporarem com a bandeira de Jacinto de Sampaio, ao qual mandava que fôsse dar guerra ao *Acroá*, inimigo do *Gamela*.

Muito me alterou esta resolução, pois me servia de impedimento para o descimento que intentava, e por me parecer, que no Maranhão não havia ordem de Sua Majestade, para se fazer guerra ofensiva ao gentio, inimigo dos *Gamelas*, porque ainda que se referiam a uma ordem que havia, para se fazer guerra ofensiva ao *Acroá*, êste Gentio, inimigo dos *Gamelas*, não era *Acroá*, senão no nome, que na realidade eram uns parentes dos *Gamelas*, dêles rebelados, de sua mesma nação, língua e costumes, e o *Acroá* sentenciado, quer fôsse *Acroá-Miri*, quer *Acroá-Açu*, era gentio do sertão de Minas [1]. Mas, como não era juiz nesta causa, e as despesas da fazenda real já estavam feitas, e Jacinto de Sampaio, cabo da tropa, preparado, lavei as mãos nêste negócio; dei a Jacinto de Sampaio os línguas e todos os Tapuias que êle pudesse agregar pelas aldeias para que, em nenhum tempo se queixasse de mim.

Partiu dêste sítio da Piedade, Jacinto de Sampaio, com a sua bandeira, para as Aldeias dos Tapuias, e deixando a sua bagagem no pôrto da *Aldeia Grande dos Gamelas*, marchou a tropa a buscar o inimigo. Para princípio da desgraça, sucedeu adoecer o cabo da bandeira, Jacinto de Sampaio, e ficou na *Aldeia Grande dos Gamelas*, cometendo a emprêsa ao capitão-mor Francisco de Almeida, a Marcelino José, sobrinho do dito cabo, e ao ajudante João Pereira Brandão.

No fim de três dias chegaram à terra *Acroá*, e de noite despediram um *Gamela* a espiar, êste trouxe por novas, que a Aldeia dos inimigos estava queimada, e o inimigo se tinha mudado; ao outro dia pela manhã partiu a tropa, e chegando à Aldeia queimada, se dividiram em pareceres. O Capitão-mor Francisco de Almeida era de voto, que aqui se emboscasse, esperando por algum, que viesse em busca de mantimentos, dos muitos que ainda tinham deixado. Os outros foram de parecer, que seguissem para diante; nisto é que ajustaram, e a poucos passos, encontraram com uns Tapuias, que vinham buscar mandioca; êstes assim que viram os *Gamelas*, lhes perguntaram, que queriam por aquelas terras E como não recebessem resposta, nem à primeira nem a segunda pergunta, desconfiados fugiram. Foram três Gamelas em seu seguimento, com alguns soldados da bandeira, e Marcelino José deu um tiro em um Tapuia, o qual tiro foi causa de se não fazerem presas; porque o inimigo que estava bem perto, na sua nova Aldeia, logo que ouviu o tiro, se alvoroçou e fugiu, pondo-se de emboscada.

Foram seguindo depois do tiro os três *Gamelas* e dois soldados da bandeira, chamados António Pereira e Domingos Teles, e depois de terem subido uma ladeira, ao descerem para o plano, deram de-

---

1. Tinha razão o Missionário. E de-facto, ainda nêsse mesmo ano Mendonça Furtado comunica para Lisboa que mandou supender a guerra aos *Acroás* e *Timbiras*, porque só tinha vindo ordem régia para a guerra aos *Gùêguês* (*Anais do Pará*, II (1902) 92. Notemos que entre as Missões dependentes do Colégio do Maranhão, aparece em 1752 a dos «*Acoroás*» sem indicar em que rio era, *Bras. 27*, 184v.

repente com a Aldeia nova dos Tapuias, aí situada, da qual ainda estavam fugindo as mulheres e crianças, e os Tapuias já estavam de emboscada, e logo que viram os cinco inimigos principiaram do mato a atirar muitas frechas que ainda uma delas, deu bem perto dos olhos do soldado Domingo Teles. Os dois soldados, com alguns mais da tropa que iam chegando deram alguns tiros e mataram um homem, com algumas mulheres e crianças. Chegou finalmente a tropa, a tempo que já todos os Tapuias tinham fugido, e não os quiseram seguir, como os *Gamelas* lhes diziam; mas queimando a Aldeia, se retiraram com tôda a pressa para a bagagem, levando quatro presas: dois rapazes, uma criança de peito e uma velha.

Postos na bagagem, se resolveu Jacinto de Sampaio, a descer pelo Mearim com tenção de subir pelo Rio Guajeú, para dar em outra Aldeia. Executou esta resolução, com pior fortuna: porque subindo pelo Rio Guajeú, deixando o rio, entrou pela terra dentro, com o intento de os acometer pelas costas, estando êles descuidados, e esperando que viessem pelo rio acima. Ao entrar pela terra dentro, andou muitos dias passando lagos e fazendo pontes, até que se lhe acabaram todos os mantimentos, os quais acabados, voltou para trás, e se recolheu com tôda a tropa para o seu arraial de S. José. Eis o fim que teve esta emprêsa, nem podia ter outro, pois era fundada na ambição de presas, sem por mim ser requerida, ou por meus Superiores, que como tínhamos a nosso cargo as *Missões dos Gamelas*, enquanto por êles não requerêssemos guerra contra seus inimigos, pelos meios ordinários, me parece, se não devia esta dispôr como se dispôs».

5. — «No tempo em que a tropa andou por fora, passei muitas calamidades, no sítio de Nossa Senhora da Piedade. A 8 do mês de Agôsto, despedi dêle a quatro Índios que comigo tinha, três do Maracu, e um do Acarará, por me requererem fortemente a sua muda, e me ameaçarem com a fugida, se os não mudasse. Foram em uma canoinha pertencente a estas missões na qual esperava, que logo se me mandasse a outra muda: porém nestas esperanças se passaram os meses de Agôsto, Setembro, Outubro, até 24 de Novembro, dia em que aqui chegou o Padre Missionário Francisco Ribeiro, que vinha para a *Aldeia Grande dos Gamelas*.

Só a Deus é manifesto, o que padeci nêste desamparo. Dois rapazes unicamente tinha em minha companhia, pois até um homem branco, que comigo assistia, indo em uma ocasião caçar ao mato, permitiu Deus, que nêle se perdesse, e por mais diligências que se fizeram, não apareceu, senão daí a cinco semanas, mais feito estátua da morte, que homem vivente. Dos dois rapazes um dêles adoeceu, e me foi preciso para meu sustento, ir muitos dias, com um caniço ao rio, a pescar algumas piranhas, e muitas semanas passei sem comer coisa que padecesse morte, por não ter quem mo buscasse. Depois que o rapaz convalesceu, indo com êle uma ocasião, para baixo a me confessar, tornou êle a adoecer, e então estas sagradas mãos que pela bondade de Deus — *nullis meis meritis* — nasceram para a sobrepeliz e estola, se condenaram ao remo, até me pôr em casa.

Nem se descuidava nêste tempo, o comum inimigo de me atropelar, com fortíssimas tentações, até me querer levar ao precipício de uma morte violenta, representando-me o total desamparo de Índios, em que me achava, e que nunca seria socorrido, e o alvorôço em que andavam êstes matos entre *Gamelas* e *Coroados*, uns capitais inimigos, e outros pouco amigos, e que a escapar eu das garras de uns, viria infalivelmente a ser despôjo de outros, sendo despedaçado e comido por êles, e que à vista disto não tinha que fazer jamais com o mundo. Aumentava tôdas estas tentações com me trazer à memória que eu tinha consumido a maior parte do que me tinha dado a fazenda real sem fruto, como diziam tôdas as cartas, que me vinham do Maranhão, e que assim já não havia de ter cara para outra vez lá aparecer e passear diante dos ministros da fazenda real. Com estas e semelhantes sugestões me atormentava muito e muito nesta solidão.

Tôdas estas tentações, fazia eu muito para repelir com repetir amiudadamente aquelas palavras — *In te Domine speravi, non confundar in aeternum*. Oh! que terrível é a solidão, cheia de cuidados! Por isso com muita razão, diz o texto *Vae soli!* — porque ainda que nela haja mais lugar de levantar o pensamento a Deus também por outra parte, tem o demónio mais ocasiões de tentar, sem o tentado se poder valer dos Padres espirituais e confessores».

O P. Francisco Ribeiro, vinha para se estabelecer na *Aldeia Grande dos Gamelas* e para lá seguiu efectivamente. Mas eis que um mês depois voltou o Padre, «lastimando suas desgraças, pois os Tapuias não faziam mais que importuná-lo por ferramentas e farinhas como é seu costume, sem lhe darem ou procurarem coisa alguma. E vendo quanto impossível era a sua conservação, determinava partir para o Maranhão, a informar desta verdade, e tomar o expediente, que lá melhor se julgasse, e com efeito partiu desta Missão para a cidade, a 4 de Janeiro de 1753, onde se achava depois de tantos trabalhos sem fruto» [...]

6. — «Resta por ora, para complemento desta narração, brevemente descrever os costumes desta gentilidade. Habitam êstes Tapuias em um centro de mato, que está no meio de dois rios Guajeú e Mearim, e os vai acompanhando até suas cabeceiras, as quais se terminam no sertão, em uns dilatados e famosos campos, com pouca distância das cabeceiras de um rio às cabeceiras do outro. São êstes dois rios, pelas beiradas muito baixas, quasi incapazes de povoações, por alagarem em muita parte, e pelos muitos lagos e *ipueiras* que têm; e também pela muita praga de tôda a casta de mosquitos, que de noite e de dia, importunam de tal sorte, que se fazem as habitações quási insofríveis. Só são boas as ditas beiradas para canas de açúcar, pelo que podia haver nos ditos rios muitos e famosos engenhos reais, pois duram os canaviais, tendo bom trato, dez, quinze e vinte anos. Nêste centro, que é terra alta e boa para tôda a casta de lavouras, é que habitam êstes *Gamelas*, gentio sem fé, nem lei, nem rei. A nenhuma divindade adoram, nem reconhecem superior na terra, nem no céu. Os chamados principais são alguns mais alentados e abalizados, que os praticam para as guerras e caçadas: porém se êles não querem fazer o que o praticante lhes diz, êle os não pode obrigar, nem êles se querem sujeitar a govêrno algum. Andam de-todo despidos, tanto mulheres, como homens, e só se compõe o seu ornato em se tingirem de *urucú*, que é fruto que dá com abundância nas suas terras, e entre êles de muita estimação. Criam largos cabelos, e os homens, logo desde pequenos, furam o beiço de baixo, e nele encaixam uma rodela de pau, que fechando o beiço, lhe vem a cobrir o de cima, e chega quási a dar no nariz.

Dizem que usam destas gamelas (que daqui veio à nação o nome de *Gamelas*) para se fazerem formidáveis a seus inimigos, batendo com elas nos dentes quando guerream. O seu sustento é alguma caça, e uns bolos que fazem de mandioca, mas como não têm providência alguma em guardarem, quando no tempo do inverno as mandiocas estão verdes, se sustentam para o conduto, do coco e palmito das palmeiras bravas. São muito dados ao cantar, e dançar com o seu bárbaro modo, de tal sorte, que nisto gastam muita parte da tarde e noite e findam ao amanhecer, cuja música acabada, preparam os arcos e frechas e vão caçar um dia por outro. As caças e todo o mais sustento, cozem em umas covas que fazem debaixo do chão cercadas de fôlhas, e cobertas com terra e pedras, e desta sorte de cozinhar usa quási todo o gentio, a que chamam *miaribu*. Nas guerras, comem seus inimigos; são pobríssimos, por extrêmo, donde nasce fazerem muita estimação de quem tem muito que lhes dar, principalmente ferramentas para fazerem suas roças. Usam só de uma mulher, e quando dela se enfadam a largam com facilidade, e pegam em outra. Amam-se muito entre si, de tal sorte, que poucas ou nenhumas são as contendas, que os aldeanos têm entre si; dêste modo de trato ou amor, tem resultado muitas vezes quando algum morre, enterrarem-se com êles vivos, mulher e filhos, por não poderem sofrer o rigor do *matarão* (que êste é o nome que dão na sua língua às *saùdades*). Enterram-se sentados, e na sua cova, lhes deitam tôdas aquelas pobres alfaias, do que em vida possuem. Não usam de género algum de bebida, que é o único bem que têm» ([1]).

---

1. António Machado, *Breve Relação do que tem sucedido na missão dos Gamellas desde o anno de 1751 até 1753*, em Melo Morais, *Corografia*, IV, 347-361, que a publica sem declarar o nome do autor nem a origem do documento, que êle diz ter. Indica-a Rivara, I, e o manuscrito está em Évora, cód. CXV/2-14, a n° 20, junto à carta que a 24 de Agôsto de 1753 escreveu ao P. Bento da Fonseca, e que também Melo Morais, publica, *ib.*, 212-215. Nela desabafa o Missionário com o Procurador da Companhia em Lisboa, para que êle ponha a sua influência a favor da Missão: «O que deu a fazenda real se consumiu com o descimento que fiz de uma Aldeia, dos seus matos para a beira do rio, onde vivo, e em o estabelecimento da dita Aldeia, e mais algumas dádivas que dava aos que das Aldeias dos matos me vinham visitar. Agora não há com que fazer novos descimentos nem com que contentar aos que das Aldeias do mato me vêm ver mais por buscar anzóis, facas e machados que por outra coisa» [...]. «Uma das coisas que mais me amofinam é o ver-me nêstes matos cercado de bárbaros pobríssimos, que me estão pedindo continuamente, de comer, porque êles nem para si trabalham, e tôda a casta de ferramentas, e eu não as tenho para lhas dar». Carta do P. António Machado ao P. Bento da Fonseca, 24 de Agosto de 1753, Bibl. de Évora, cód. CXV/2-14, números 8 e 20; em Melo Morais, *Corografia*, IV, 212-215; cf. César Marques, *Dic. do Maranhão*, 381, onde se diz que as *Aldeias dos Gamelas* eram 11. Naquele códice de Évora, há o desenho de um índio *Gamela* (1753), com a seguinte nota explicativa: «forma do novo gentio q̃ veyo a esta cidade do Maranhão á presença do Sr. Gnl. q̃ por uzar de hum infeite tão abominavel como hê o grande batoque q̃ trazem no beiço de bayxo, do tamanho da palma de hũa mão cauzou admiração nesta Cidade, a cujo Gentio lhe dão o nome de *Gamelas* por assim o representar o beiço q̃ traz e a postura com que se pinta hê a forma em q êles costumão dançar & ao som de grandes urros».

7. — Assim eram os *Gamelas* e esta Missão. E mostra praticamente o desconhecimento insanável de Mendonça Furtado sôbre a civilização dos Índios; e como é facil, dentro de palácios, decretar para selvagens nos matos, escolas de artes e ofícios, e latim.

Mais realista e conhecedor do seu gentio, tratou o P. Machado de se equilibrar, quebrando as resistências, e atraindo os *Gamelas*, pouco a pouco. E com a sua prudência e abnegação ia alcançando resultados positivos, que consistiam, nêsses começos sobretudo, em manter-se sem abandonar o campo. E não o abandonou. Mas os mesmos que o tinham mandado, lho fizeram deixar, três anos depois em 1757.

Bem garantiu êle que era deitar tudo a perder irremediavelmente. Não lhe deram ouvidos. Transformaram a Aldeia em *Lugar de Lapela*. Os Índios já aldeados, não tardaram a desamparar a Aldeia, voltando à barbárie[1]. E os *Gamelas* são hoje apenas recordação histórica[2].

---

1. Caeiro, *De Exilio*, 465-469.
2. Cf. Curt Nimuendajú, *The Gamella Indians* («Primitive man», vol. 10, nº 3-4, p. 1-4). Nimuendajú diz que os *Gamellas*, tribu «extinta» de Maranhão, têm andado confundidos com os *Timbiras*, mas constituíam provavelmente grupo linguístico diferente.

Com esta remetto a VR.ª a copia do sacrilego termo q fizerão os do Maranhão na expulsão dos PP. o qual deu o Pe. Fr. Sebastião Pires, mas elles nada mostrão de arrependim.to de tão iniqua acção. É de se cuidar que tendo ou achão oportuna façaõ terceira vez o q já fizerão duas vezes, principalm.te estando assinados nelle frades, e clerigos. Também remetto copia do requirim.to e protesto q fez o P.e Sebastião Pires no Maranhão conforme se no aviso de Lx.ª D. Fr.ª G.mes de VR.ª peço a seos Ss. Sacrifícios m.to me encomendo. Pará 22 de Novembro de 1685

Filho e Subdito em N. Sr. de VR.ª

Br̄as. 26.

Ant.º Pereyra

120

me esse, de hac computatione cum P. Antonio Pereira, illum eiusdem sententiæ fuisse; & qua res adeo clara est, nulla mihi suggerit causa dubitandi, quin audita quæstione hac, omnes ad unum sint idem judicaturi. 28 de Julii 1687

Franciscus Ribeyrius

Aloysius Conradus Pfeil

Hæc Commendati quos certos omnino faciendas
Pará 20. July 1687.

Jodocus Perez.

Br̄as. 26.

153

AUTÓGRAFOS DE MISSIONÁRIOS DO CABO DO NORTE

1. *António Pereira* (1685), celebre missionário, martirizado pelos Índios selvagens do Cabo do Norte.
2. *Francisco Ribeiro* (1687), reitor do Pará que transmitiu para Roma a notícia do martírio.
3. *Aloísio Conrado Pfeil* (1687), missionário do Cabo do Norte, matemático, pintor e cartógrafo.
4. *Jódoco Peres* (1687), antigo Prof. de Universidade de Dilinga, missionário do Maranhão e Pará, onde exerceu cargos de govêrno e promoveu a Missão do Cabo do Norte.

CAPÍTULO VIII

Rio Pindaré

1 — Primeiras Aldeias dos Guajajaras; 2 — Lutas no sertão; 3 — Aldeia de Maracu (Viana); 4 — Engenho de S. Bonifácio; 5 — Aldeia de S. Francisco Xavier do Carará (Monção); 6 — As pseudo-minas de oiro do Alto-Pinaré; 7 — A redução dos Amanajós e a "Relação Abreviada".

1. — O Rio Pindaré, que outrora se dizia Pinaré, é o maior afluente do Rio Mearim, e teve, historicamente, mais importância do que êle. Dava-se até como autónomo e principal. O conhecimento completo da hidrografia maranhense fá-lo modernamente tributário do Mearim. No Pindaré ou Pinaré (usaremos os dois nomes, segundo os documentos) trabalharam sempre os Jesuítas desde 1653 até 1760, e, além da catequese, tornou-se êste rio sustentáculo económico do Colégio do Maranhão.

Quem primeiro entrou nêle, da parte dos Portugueses, foi Bento Maciel Parente em 1616, enviado por Jerónimo de Albuquerque[1]. Mas depois os Jesuítas decobriram e palmilharam os seus afluentes e cabeceiras, não ficando recesso, por oculto ou distante, que êles não conhecessem, estabelecendo Aldeias, fundando fazendas, um grande engenho, e abrindo veredas na mata, incluindo uma, desde Maracu, através do Turiaçu, até o Pará.

Os Jesuítas, que iniciaram a catequese nêste rio, foram Francisco Veloso e José Soares, entre os Índios *Guajajaras* em 1653. Enviou-os António Vieira que dá também as primeiras notícias.

«São êstes índios de língua geral, mais semelhante porém à dos *Carijós*, que nenhuma outra do Brasil. Estão hoje muito [diminuidos] com guerras, principalmente por uma que as nossas armas lhes foram

---

1. *Hist. Proprov. Maragn.*, 427.

dar. Os que lá vivem, junto às cabeceiras do Rio Pinaré, que é um dos muitos que desembocam nêste Maranhão, e também têm aqui duas Aldeias, uma pequena como são tôdas, e outra menor que pequena. Pela comunicação destas Aldeias, haverá dois anos que se desceu do sertão parte dos índios que lá haviam, e assentou em um sitio do mesmo rio, chamado Itaquí, distante como dizia sessenta léguas desta cidade.

Em todos êstes dois anos não houve quem desse notícia alguma de nossa santa fé, a êstes pobres, havendo porém, quem os fôsse ensinar a trabalhar, e aproveitar-se, segundo dizem, de seus trabalhos: morriam muitos à fome e sem baptismo, miseráveis no corpo e muito mais miseráveis na alma.

A estas duas obras de misericórdia partiu o Padre Francisco Veloso, o qual chegou ao Itaquí depois de oito dias de navegação no rio, saltou em terra, e não achou ninguém dos que ia buscar, porque, como ouviram dizer que ia o *Abaré*, que quer dizer Padre, e era coisa que não tinham visto em sua vida, e de quem tinham ouvido falar com grande respeito, fugiram e se esconderam nos matos. Foi tão demasiada a reverência que os teve cheios de temor. Mandou-os o Padre desassombrar pelos outros índios de sua nação, que levava consigo: e depois que vieram os primeiros, e viram a benignidade com que os Padres os tratavam, e quão liberalmente repartia com êles o pouco que trazia para seu sustento, fizeram-se tão domésticos e familiares que grandes e pequenos nunca lhe saiam de casa. A primeira coisa que o Padre fêz foi escolher três índios, dos de maior capacidade e mais principais, e mandá-los por embaixadores aos outros que estão no sertão, avisando-os de que era vindo de Portugal, por mandado de El-Rei, a buscá-los, e fazê-los filhos de Deus, que são os têrmos com que se explica o ser cristão; e que ficava já naquêle rio com seus parentes, prevenindo-lhes casas e mantimentos, para que quando viessem, tivessem em que viver. Com êste recado lhes mandou um presente de ferramentas, e outras coisinhas, conforme nossa pobreza, por ser costume nestas nações, como nas da Ásia, não haver visita ou embaixada senão acompanhada de presente. Prometeram os embaixadores que dentro em três luas tornariam com resposta, e não pediram menos tempo, porque dista de aí ao sertão dos *Guajajaras* mais de quarenta jornadas. Despachada esta embaixada, começou o Padre a tratar da sua, [como] chamou S. Paulo à pregação do Evangelho. [A confiança] com que os Índios o buscaram servia muito para o que se pretendia, porque todo o dia se gastava no catecismo, o qual tomavam com tanto gôsto, que nunca foi necessário que o Padre os chamasse, antes êles buscavam e chamavam o Padre muitas vezes, ainda dentro nas horas que estavam reservadas para descansar do trabalho. Coisas contam os Padres nêste gênero que não há senão admirar os poderes da graça divina, e dar-lhe infinitas, por nos ter escolhido e trazido a ser instrumento dela.

Não eram êstes Índios mais que setenta almas, porque os demais ou eram mortos à fome, ou fugindo dela, se tinham outra vez tornado para os matos. Com esta pequena escola gastava o Padre os dias e parte da noite ensinando-os: e aprenderam todos com tanta facilidade que até os muitos velhos e muito meninos, em espaço de menos de três semanas (coisa que não pudera ser senão fôra gente de grande entendimento e juízo), estiveram capazes de receber o Baptismo. Baptizou o Padre primeiro aos Principais, com a maior solenidade e festa que foi possivel, e depois todos os outros, com tanta consolação de ambas as partes como se os Índios conheceram tão bem o que recebiam como os Padres o que lhes davam»[1].

Procuraram os Padres sustentar-se na terra; mas nem a terra, o dava, nem do Maranhão lhe enviavam com quê. E assim se viram forçados a descer, acompanhando-os aquêles sentrta Índios. Vieira, que narra isto, e que os examinou, dá notícia dos intoleráveis sofrimentos dos Jesuítas nesta primeira missão ao Rio Pindaré.

Com êste grupo de *Guajajaras* e com *outros* se situou a primeira «Aldeia dos Padres» do Maranhão. Aquêles outros eram remanescentes da de Gregório Mitagaia e seu filho Lázaro, trazidos de Pernambuco pelo P. Luiz Figueira, primeiro núcleo da *Aldeia da Doutrina*, na Ilha do Maranhão [2].

Depois desta incorporação dos *Guajajaras*, a «Aldeia dos Padres» estêve em diversos lugares e com diversos nomes, Aldeia de Itaquí, Aldeia de Cajuipe, Aldeia de Capitiba ou Cajutiba»[3].

---

1. *Cartas de Vieira*, I, 394, 397; Morais, *História*, 400, 405, 408; *Hist. Proprov. Maragn.*, 425.

2. «Razões por que os Padres devem ser restituídos à sua Aldeia do Maranhão» em Melo Morais, *Corografia*, IV, 243. Melo Morais, traz: «Razões porque os Padres devem ser restituidos às Aldeias», título incorrecto que generaliza o que só se refere a uma.

3. Assim lemos num autógrafo de Bettendorff (1676): «Aldeia de Cajutiba, nova residência de Nossa Senhora da Conceição do Pinaré», *Bras.* 26, 40, 46.

Cajuipe, Capitiba, Cajutiba, parecem denominações ou leituras diferentes do mesmo nome[1].

2. — Em 1678 apareceram nas proximidades desta Residência de Nossa Senhora da Conceição os Índios selvagens. Um índio dos Padres, já manso, subiu o rio a investigar quem seriam, e os bárbaros trespassaram-no com uma frecha, matando-o. O P. Consalvi, que então ali estava, pediu socorro ao Maranhão, por intermédio de Bettendorff. Enviou-lhe o Capitão-mor uma fôrça de 12 soldados e 24 índios guerreiros, dos chamados «cavalheirotes». Consalvi, com o Ir. Manuel Rodrigues e os índios da Aldeia, foi em busca dos bárbaros que acharam fortificados na sua clássica cerca. Propondo-lhes paz, recusaram. Intervieram então os soldados. Dos Portugueses morreu um; dos contrários, dez. E, tirando alguns, que fugiram, os mais renderam-se aos Portugueses. Êste pequeno combate feriu-se à tardinha. Se tivesse sobrevindo a noite sem se render a cêrca, diziam os Portugueses que todos ali ficariam. Para que tal não sucedesse crê o mesmo Consalvi que se repetiu o milagre de Josué, pondo-se o sol uma hora mais tarde. Foi a expedição em Outubro e Novembro de 1678[2].

Passava-se isto em pleno sertão do Pindaré, muitos dias acima da Aldeia da Conceição, e a êsse sertão foram diversas vezes os Padres com incríveis trabalhos e fomes, como a entrada do Padre António da Cunha e Irmão Manuel Rodrigues, que descreve Bettendorff[3].

Assim decorreram anos até que o P. Pero de Pedrosa, concluída a visita de 1681, começou a trabalhar no Pindaré. E verificando que em Capitiba os índios fugiam facilmente para o sertão e que o *Lago Maracu* era mais acomodado, nêle estabeleceu definitivamente a *Aldeia dos Guajajaras* em 1683[4].

---

1. Sôbre estas Aldeias e trabalhos dos Padres, cf. Bett., *Crónica*, 81-83, 271; Morais, *História*, 408-415. Em 1677 trabalhavam nessa residência de Nossa Senhora da Conceição do Pindaré o P. António Pereira e o Ir. Manuel Rodrigues. *Bras.* 26, 43v.

2. Consalvi narra tudo, difusamente, em latim, *Bras.* 26, 72-74v; cf. *ib.*, 52-52v; *Bras.* 9, 310-311v.

3. Bett., *Crónica*, 333.

4. Bett., *Crónica*, 83, 344; Morais, *História*, 415.

3. — Bettendorff alcançou de El-Rei que esta Aldeia de Nossa Senhora da Conceição sôbre o Lago do Maracu ficasse definitivamente adstrita ao serviço do Colégio [1].

Esta famosa Aldeia teve que sustentar grandes embates contra entidades oficiais desafectas que queriam manejar facilmente os índios. Mas o Govêrno central sustentou sempre os Padres nêste ponto. A 1 de Fevereiro de 1701 recomenda El-Rei ao Governador que deixe a «Aldeia do Pinaré, no sítio em que se acha» e se guarde com os índios dela o Regimento quanto à sua liberdade, salários e serviço [2]. Informou também o Governador Berredo contra os Padres e que El-Rei consentisse em se tirarem índios da Aldeia. Responde El-Rei que êle, Governador, guardasse os privilégios estabelecidos; e se não tirassem índios do Maracu excepto no caso de necessidade pública, como seriam expedições de guerra [3].

A *Aldeia de Maracu* tinha, em 1730, 404 índios, incluindo uma dezena de catecúmenos [4].

Aqui tinha o Colégio de Maranhão a sua principal fonte de receita para construção e beneficiamento do seu próprio edifício, da igreja e formação. Consistia sobretudo na criação de gado, com 6

---

1. Morais nota o facto, advertindo que se deve fiar em Bettendorff, mas que não vira o documento, *História*, 245-417. A prova está pelo menos numa carta de El-Rei, de 23 de Março de 1688, ao Governador Artur César de Meneses. Recusando-se a entregar a Aldeia do Pindaré aos Padres da Companhia, El-Rei ordenou-lhe que a entregasse e se ativesse inviolavelmente às suas ordens e regimentos, *Anais do Pará*, I, 92-93; cf. também Carta Régia a Fernão Carrilho, Tenente General do Maranhão, não admitindo a sua proposição de mudar para as cabeceiras do Mearim a Aldeia concedida aos Padres da Companhia no Maracu, Bibl. de Évora, cód. CXV/2-18, f. 247. A êste facto se devem referir as «Razões» indicadas na p. 187 nota 2.

2. *Regimento das Missões*, 66.

3. «Provisão ao Governador do Maranhão para que sem embargo das razões que allega, se guarde aos Religiosos da Companhia o privilégio de se lhes não tirarem os índios da Aldeia do Maracu, salvo em necessidade pública de guerra, ou outra inevitável», Bibl. de Evora, cód. CXV/2-18, f. 595v. Publicada, com a data de 5, em *Anais do Pará*, I, 178, Cf. «Provisão ao Governador do Maranhão que se guarde inviolavelmente o Privilégio, que tem o Collegio dos Padres da Companhia da Cidade de S. Luiz do Maranhão, para se lhes não tirarem índios da Aldeia de Maracu: e dê a razão porque lho não tem guardado», Bibl. de Evora, cód. CXV/2-18, f. 645v. Sôbre os atropelos de Sousa Freire e do Capitão-mor Francisco de Almeida, cf. *Anais do Pará*, III, 277, 281, 286.

4. *Bras. 10*(2), 338.

currais, cinco de gado vacum, um de gado cavalar, todos com as casas adequadas ao fim da cada qual: Curral de Ibacá, Curral de S. José, Curral de Baixo, Curral do Meio, Curral de Cima e Curral das éguas. O *Inventário* calcula o gado vacum em 15.600 cabeças «grosso e miudo» e o cavalar em 500[1]. Os currais deviam de ter toponímicos próprios e entre outros achamos nos documentos *Jacareí* e *Arassatuba*[2]. Desta última fazenda, ao tomarem o gado para o Govêrno, disse o P. Joaquim da Cunha que êle pertencia unicamente ao Colégio, procedente todo do adquirido ao princípio por esmolas para sustento e manutenção dos Padres[3]. Perto de Maracu, havia terras dadas de sesmaria pelo Capitão-mor de Tapuitapera. Para elas se tinham mudado os currais do Rio Mearim, por ser mais fácil a administração. E eram o «remédio do Colégio»[4].

No dia 8 de Julho de 1757 Maracu recebeu o título de *Vila de Viana*[5]. A *Aldeia de Maracu*, sujeita no inverno à praga dos mosquitos, no verão era considerada o lugar mais aprazível e ameno de todo o Estado[6].

4. — De-fronte, à vista da Aldeia do Maracu, ficava a fazenda e *Engenho de S. Bonifácio*, «o maior nervo do Colégio do Maranhão, em terras do mesmo, por carta de data e sesmaria, fundação do P. Manuel de Brito, de boa memória nos anais da Vice-Província».[7] Prosperou rapidamente. A Casa de Engenho, que eram 60 palmos em quadra, tinha «um bom engenho corrente e moente, mais dois engenhos já usados, mais um engenho, que se estava acabando de fazer, e madeira para outro». A Casa do alambique tinha seis alam-

---

1. *Inventário do Maranhão*, 29v.
2. *Bras.* 27, 125v.
3. César Marques, *Dic. do Maranhão*, 533.
4. Bett., *Crónica*, 455, 510.
5. Era superior da Aldeia o P. Manuel das Neves, que não còrou de acamaradar com os espoliadores e com os elogios de Mendonça Furtado, cf. *Anais do Pará*, V (1906) 265; VI (1907) 11. Caeiro diz dêle: «Praeerat Pago Emmanuel Nevius tum Jesuita, paulo post e Societate dimissus, quem deinde haud puduit inter Covettii satellites volitare, et ad socios modo suos spoliandos, calumniandosque manum et operam praebere», Caeiro, *De Exilio*, 462.
6. Bett., *Crónica*, 344; Morais, *História*, 415.
7. Morais, *História*, 415. Já se refere a êste engenho como coisa nova (*in nova mola saccharia incepta*) o Cat. de 1723, *Bras.* 27, 49v.

biques novos, dois usados, com seis cochos de água, oito de garapa e as mais miudezas necessárias para fazer aguardente». Além da casa de purgar açúcar, havia oficinas de tecelões, carpintaria, serraria, ferrraria, onde se fabricavam foices, machados, enxadas. A Casa de Canoas, com um bergantim novo, de leme, e tolda de madeira, de 44 palmos de comprido, e mais 10 canoas, entre grandes e pequenas.

Na casa de fazer farinha, além do forno havia duas rodas de ralar mandioca, 24 «tipitis» e 4 «gurupemas». A roça era capaz para 700 alqueires de farinha. Nesta famosa fazenda, quando a deixaram os Jesuítas, cultivava-se cana, cacáu (3.600 pés), laranjeiras e limoeiros, 4.000 pacoveiras e «60 e tantos pés de café».

A casa de vivenda dos Religiosos era de madeira coberta de telha, com seis aposentos forrados.

A igreja «rebocada e caiada», era velha e já havia madeira lavrada para a «nova» que se pensava construir. O retábulo pintado era de Nossa Senhora da Luz, com o menino nos braços. Estátuas: S. Bonifácio, S. Pedro, S. Paulo, S. António, Santo Cristo, S. João Evangelista. Alguma prata e bons ornamentos [1].

5. — O Catálogo de 1723 traz a nova missão dos *Guajajaras* no Rio Pindaré. É a *Aldeia de S. Francisco Xavier*, descidos pelo P. Luiz de Oliveira [2]. Estêve primeiro situada no *Alto Pindaré*. Pela carta régia de 31 de Janeiro de 1730, se vê que ficava situada 5 dias acima do porto do Caru. Com efeito, tratava-se da sua mudança «do sítio em que se acha para o do «Cairu» cinco dias de viagem pelo rio abaixo» [3]. Nêste mesmo ano de 1730 a Aldeia tinha *779* índios, dos quais 326 catecúmenos [4]. Consoante Morais, a Aldeia de S. Francisco Xavier mudou-se efectivamente para o pôrto do Caru; e acrescenta que, apesar de descida pelos Jesuítas, ficou do serviço de El-Rei [5]. Não deve ter sido êste ainda o sítio definitivo, mas aquêle em que ficou a chamar-se *Aldeia de Carará*, e era na margem direita

---

1. *Inventário do Maranhão*, 32v33: «Inventário do q̃ se achava no eng°. de S. Bonifacio do Maracú no dia 12 de Junho, em q̃ foram presos por ordem de S. Mage. os religiosos que nelle estavão». Cf. Caeiro, *De Exílio*, 559.
2. *Bras.* 27, 49v; BNL, *Apontamentos*, 161.
3. *Anais do Pará*, III (1904) 277.
4. *Bras.* 3(2), 338.
5. Morais, *História*, 415-416.

do Pinaré, quando a 16 de Julho de 1757 se elevou a vila com o nome de *Monção*[1].

Caeiro narra assim o facto: «A Aldeia de Acarará de nada servia aos Jesuítas, mas corria fama entre o vulgo de que no seu campo havia minas de oiro, e que êles tiravam dali muito, que às escondidas levavam para o Colégio. Pelo estilo fácil e costumado das outras, a Aldeia foi mudada em Vila. Ficou director Bento Maciel Meireles e em vez do pároco Jesuíta João Nepomucemo Szluka pôs-se Miguel Morais Rêgo, a quem, conforme aquela fama, Lobato deu esperanças de grandes riquezas. Mas êle, percorrendo tudo à roda com suma diligência, não achando o menor indício de oiro, antes de três meses voltou para a cidade, mofando do decantado oiro de Acarará; e afirmava que as riquezas da Aldeia eram trabalhos, perigos e desgostos intoleráveis, que só os Jesuítas eram capazes de aceitar. E assim, saíndo os Jesuítas, Monção teve em três anos quatro vigários[2].

6. — O caso das pseudo-minas de Oiro do Pinaré deu que falar, e originou uma verdadeira lenda que o tempo não conseguiu destruir totalmente, de «*riquíssimas* minas de oiro no Alto Pindaré», que haviam minerado os Jesuítas. O assunto revestiu aspecto agudo no tempo do Governador Alexandre de Sousa Freire, e êle e Paulo da Silva Nunes exploraram-no contra os Jesuítas. As minúcias dêle, conduzir-nos-iam longe. Em resumo, diz Alexandre de Sousa Freire, na sua justificação a El-Rei, que quarenta dias depois de tomar posse do govêrno do Estado, organizara uma expedição às «minas de oiro do Pindaré» que não deram resultado por desgraça sua e pelas «industriosas cavilações da Companhia», diz êle[3]. A insinuação do Governador, sob pena de serem palavras sem sentido, vem a ser que as minas existiam e que os Jesuítas impediam o seu descobrimento para as utilizarem em seu proveito. A «cavilosa» acusação deu os seus frutos no tempo de D. José. No entanto os Jesuítas, por êssas e outras acusações de igual veracidade, sairam do Pindaré em

---

1. Caeiro, *De Exilio*, 463; César Marques, *Dic. do Maranhão*, 417; J. Ribeiro do Amaral, *Ephemerides Maranhenses* (Maranhão 1923) 44.
2. Caeiro, *De Exilio*, 462-464; Szluka e não Rua, é o sobrenome do P. João Nepomuceno, natural da Boémia.
3. Bibl. de Évora, cód. CXV/2-13, f. 215v. Alexandre de Sousa Freire tomou posse em S. Luiz a 14 de Abril de 1728, César Marques, *Dicionário*, 270.

1760. Todos os seus recantos ficaram patentes a quem quer, e até hoje, a pesar dos esforços empregados, ninguém descobriu nem deu com as tais minas «riquíssimas» do Rio Pindaré[1].

A lenda das minas de oiro levou ao Alto-Pinaré o Padre D. João da Cunha, egresso dos Agostinhos Descalços o qual numa daquelas tropas falou e tratou com alguns índios e fêz depois um requerimento sôbre o qual informou em 1732 o P. José Vidigal[2].

Desejava João da Cunha ficar com a administração dêsses índios e alegava que êles molestavam os Portugueses *confinantes* dêsse sertão. Informa José Vidigal, e aqui está a parte útil para a demonstração das distâncias e situação das Aldeias da Companhia: «Nêste sertão não habitam Portugueses, como é notório a todo o Maranhão e a mim, assistente nêle há 38 anos; e muito menos *confinantes*; da última povoação do Rio Pinaré até a Aldeia de S. Francisco Xavier, feita com *Guajajaras* no Rio Pinaré, se gastam vinte e tantos dias em canôa bem remada. Desta Aldeia, até se topar com o gentio bravo ou que ainda não está aldeado, sempre se gastará um mês; e vem a ficar a última povoação dos Portugueses daquele Rio Pinaré, distante do gentio bravo como dois meses»[3].

---

1. Não se podem chamar *minas* os resquícios de oiro que aqui e além podem aparecer e de-facto aparecem sem nenhum valor industrial, que só existe quando se ganha mais do que se gasta na sua exploração. Cf. Luiz Caetano Ferraz, *Compêndio dos Mineraes do Brasil em forma de dicionário* (Rio 1929) 251. Mas a lenda continua. José Ribeiro do Amaral (*Estado do Maranhão*, § IX, *Minerais e constituição geológica*, no *Dic. Hist. e Geogr. do Brasil*, I, 269) afirma que existem minas de oiro em diversas localidades do actual Estado do Maranhão, e que essas informações lhas dera «um cavalheiro de tôda a respeitabilidade», cujo nome cita, e que êle próprio vira «garrafas de oiro em pó». E que *devem* existir outras em Piranhas, nas cabeceiras do Rio Pindaré, Gurupi, etc. Depois de ter dito tudo isto, aceitando-o como verídico, conclue, destruindo em três linhas o que asseverara em muitas: «não *se deve*, entretanto, a informações tais dar todo o crédito, porque geralmente os curiosos, que se dizem mineiros, confundem as pirites amarelas com pedras contendo oiro»...

2. O requerimento começa assim: «Diz o Padre Dom João da Cunha Presbitero do habito de Sam Pedro natural da Villa de Alagoas do Estado de Pernambuco, que havendo sido Religioso profeço em a Religião dos Agostinhos Descalços, e repudiado da mesma em razão de se entender que o suplicante por alguns annos andara nos certões do Estado do Brazil sem as licenças necessárias dos seus Prelados»...

3. Confrontem-se estas distâncias com a localização actual dos *Guajajaras*, dada por S. Frois Abreu, *Na Terra das Palmeiras*, pref. de Roquette-Pinto (Rio 1931) 99.

Resumindo a sua opinião sobre as pretensões do Padre D. João da Cunha, diz José Vidigal que a «verdade pura, lisa e sincera, é que, indo-se à indagação de minas de oiro do Rio Pinaré», foi-se também êle, D. João, «por se inculcar inteligente. Aquêle gentio *Guajajara* tinha visto já no seu sertão várias vezes Padres da Companhia, que de quando em quando lá iam, como o P. Estêvão Gandolfi, o P. João Maria, o P. Manuel Rodrigues, o P. Inácio Ferreira, o qual os deixou aldeados com cabos competentes, dados pelo Governador, para assim os ter contentes de algum modo, visto que pela penúria não lhes deixara Padres o P. Sebastião Pereira, o qual lhes assistiu por dois anos, e vindo abaixo foi cá necessário para acudir a outro gentio».

Assim se faziam já entradas periódicas ao Alto Pinaré; e quando lá foi D. João da Cunha «estavam preparados o P. Manuel de Abreu e o P. João Tavares para irem ao mesmo sertão; e, como viram que partia tropa para lá, se abstiveram até verem o fim da tropa. Tanto que esta desceu tôda, logo os Padres mandaram missionários os quais aldearam o resto dos *Guajajaras* que andava dividido em Maloca».

Enquanto a tropa do oiro andou pelo Alto Pinaré, o P. D. João da Cunha aldeou os Índios e fêz igreja. Todavia como o fim da expedição era o oiro, e êste não aparecia, entraram os soldados de dar maus tratos aos Índios para os obrigar a descobri-lo. A um o «esparraram no ar, cada braço a cada árvore e cada pé a cada tronco, e lhe punham um grosso madeiro atravessado por cima das cadeiras e lho iam deixando cair pouco a pouco; e, quando o miserável tapuia já queria arrebentar, gritava, *basta, basta, que já vou mostrar oiro*, o tiravam. Andava o pobre em correntes, não achava oiro, davam-lhe muita pancada». E desceu o P. D. João da Cunha, «saiu-se do Maranhão, e se acabaram as suas missões. Foram os Padres da Companhia, efectuaram a missão, como fica dito e como costumam, porque os seus oiros, são as almas»[1].

Vale a pena aproximar dêste caso, o que sôbre minas de oiro tinha escrito o P. Vieira já em 1662 a propósito das do Rio Pacajá: «No princípio do ano de 1656 foi o P. João de Souto-Maior

---

1. Informação do P. José Vidigal e tôda a mais documentação em *Anais do Pará*, V (1906) 351-359, com alguns erros: o P. João *Maria* (Gorzoni) aparece João *Maya*; e Manuel Rodrigues não foi *Padre* mas *Irmão*.

na missão dos *Pacajás*, por outro nome chamada a *Viagem do Oiro*, título lustroso com que muitos moradores daquele Estado enganaram muitas vezes os ministros de El-Rei, ainda aos Governadores, sendo o seu principal e verdadeiro intento cativar Índios e tirar de suas veias o oiro vermelho que foi sempre a mina daquele Estado»[1]. *História do Futuro*, esta, sim, que tão fielmente se realizou, em vida de Vieira e depois da sua morte, até que uma Provisão Régia, de 1730, determinou que os povos do Maranhão não «entendessem com minas e se aplicassem à agricultura que é o que mais lhe convinha», endereço colonial agrícola da mais alta sabedoria[2].

7. — O último acto importante dos Jesuítas no Rio Pindaré, foi a redução dos Índios *Amanajós*, que por muito tempo tinham resistido à empresa da civilização. Em 1755 o P. David Fay, missionário dos *Guajajaras*, na *Aldeia de S. Francisco do Carará*, conseguiu praticar os *Amanajós* a que se descessem e aldeassem.

Como sabe, o «Regimento das Missões», legislação vigente no Estado do Maranhão e Grão-Pará até 28 de Maio de 1757[3], confiava aos Padres o encargo de descer os Índios e situá-los em Aldeias, à sombra das leis portuguesas, sob a sua obediência e autoridade. Segundo essas leis, o Padre na Aldeia era o chefe, ou em tupi, *murubixara*.

Os *Amanajós* eram contrários aos Índios *Guajajaras*. O Missionário, repetindo a cena de Iperoig entre *Tamoios* e *Tupis*, queria que os *Amanajós* vivessem em bons têrmos com os *Guajajaras* e se ajudassem reciprocamente contra os índios de corso quando viessem atacar as Aldeias e roças, harmonia prévia, indispensável, para a eficácia da catequese em Aldeias limítrofes. Contudo Mendonça Furtado que, por ordem do irmão, Sebastião José, buscava pretextos para destruir as missões, apoderou-se destas pazes entre Índios, meio comum desde os tempos de Nóbrega e Vieira, e elevou-o à cate-

---

1. Vieira, *Resposta aos Capítulos*, 236.
2. Não acabaram ainda então os desvarios. Cf. César Marques, *Apontamentos para o Dicionário*, 138, 144, onde se narra a credulidade de várias pessoas de responsabilidade entre os quais o Governador Gonçalo Pereira Lobato sôbre outras pseudo-minas de oiro no sertão de Iguará em 1759.
3. Lúcio de Azevedo, *Os Jesuítas no Grão-Pará*, 338.

goria de *tratado político* «cedicioso», mandando desterrado o Padre para o Reino, onde veio a falecer nos cárceres de S. Julião em 1767.

O Governador explica tudo isto com «clareza e digestão», em carta de 18 de Outubro de 1757 [1]. Felizmente, guarda-se nos Arquivos a correspondência dêste período. Entre ela está a carta de David Fay, de 26 de Julho de 1757, ao P. Francisco de Toledo, seu Superior, que o convidara a responder às acusações de Mendonça Furtado. Fay jura, pelos Santos Evangelhos, que a acusação é falsa [2]. O que não impediu Sebastião José de reduzir a artigos o pseudo-tratado dos *Amanajós* e de publicar alguns na sua *Relação Abreviada*.

Transcrevemos dois:

Artigo III: «Se [os *Amanajós*] querem ser filhos dos Padres, sujeitando-se ao govêrno dêles, obedecendo-lhes, ficando os Padres *murubixaras* (isto é Capitães-Generais) dêles, que hão-de tratar dêles como de seus filhos? — Responderam que querem ser filhos dos Padres».

Artigo IX: «Se fôr alguma coisa extraordinária, v. g. inimigo, e que quando os *Guajajaras* (isto é Brancos) dirimirem, se os *Amanajós* os querem ajudar? — Responderam que querem fazer boa camaradagem e que hão-de ajudar os *Guajajaras*, porém que isso *vicissim* devem fazer os *Guajajaras*».

Repare-se nos dois parênteses, encaixados nos artigos pelo autor da *Relação*. No primeiro dá a *murubixaras* o sentido falso de *Capitães-Generais*; no segundo transforma os *Guajajaras*, de Índios em *Brancos*. O branco em tupi é *Cariuá*, que o ouvimos e falamos mil vezes com os Índios do Rio Negro; em tupi antigo, *caribá*. Mas para os fins da propaganda perseguidora convinha dar a entender que não se tratava de combinação comum de índios entre si (*Amanajós e Guajajaras*), mas entre Índios e Brancos, contando com a ignorância européia dos têrmos indígenas. Feita a dupla falsificação, o autor da *Relação Abreviada* podia comentar à vontade:

«De sorte que o *Capitão General* e *Brancos* do Estado ficavam, nestas convenções iguais em tudo aos índios, e os Padres como *Capitães-Generais* Eclesiásticos, superiores a todos» [3].

---

1. *Anais do Pará*, V (1906) 271-274.
2. *Lus. 87*, 1.
3. *Relação Abreviada*, 49-51.

Com falsificações conscientes como esta, recheio habitual da *Relação Abreviada*, se envenenou a Europa e as Côrtes, incluindo a Pontifícia e cruelmente se atentou contra a liberdade individual. E para evitar que as vítimas, homens beneméritos da civilização do Brasil, desmascarassem essas falsificações, fecharam-se-lhes as bôcas, incomunicáveis, nas masmorras do Estado [1].

---

1. *A Relação Abreviada da Republica que os Religiosos Jesuítas das Províncias de Portugal e Espanha estabelecerão nos Dominios Ultramarinos das duas monarchias* saiu anónima e sem lugar nem data da impressão. Está, também, na *Colleção dos Breves Pontifícios e Leys Regias*, Número IV. É um pequeno libelo de 85 páginas in-16º, e a parte que se refere ao Maranhão ocupa 27, matéria apenas de um artigo de jornal ou revista. O seu autor é Pombal. Poderia ter-se servido de amanuenses, como na *Dedução Cronológica*, em cujo frontispício se diz «dada a luz pelo doutor José Seabra da Silva», mas de tal modo a emendou Pombal, que «estas correcções, que a minuciosa pena do ministro traçou sobre o texto primitivo, da mão de um escrevente subalterno, mostram que a teia do famoso libelo, a começar no plano, até às particularidades da execução, é tôda obra sua», diz Lúcio de Azevedo (*Os Jesuítas no Grão-Pará*, 356). Para a *Relação*, poderia também servir-se Sebastião José dalgum escrevente, na parte material da obra. Mas José Caeiro, coevo, e que conhecia bem os acontecimentos e o mais secreto dêles, diz abertamente que o autor é Sebastião José, e que, pelo que toca ao Maranhão, se serviu dos papeis de seu *irmão* Mendonça Furtado e dos de seu *tio* Paulo de Carvalho, patrono de Paulo da Silva Nunes (*Apologia*, 59). Se Teresa Margarida Jansen Moller van Prat teve alguma parte nêsse reduzido escrito como parece insinuar Ernesto Enes, e a que alude Alcêu Amoroso Lima (*Os filhos de José Ramos da Silva*, na *Rev. da Academia Brasileira de Letras*, 60 (1940) 92, o serviço dessa mulher não passaria de amanuense, assalariada ou não, que outra qualquer interferência é desmentida pelo estilo, grosso, sem arte nem elevação, bem caracterizado do valido de D. José. Pelo fundo calunioso e pelas desgraças que produziu, se nos fôssemos a guiar por motivos diferentes dos objectivos, preferíamos que não fôsse português, nem também brasileiro, o autor de uma obra que não honra a ninguém. Mas além do argumento intrínseco, do estilo, da matéria e da intenção, o testemunho explícito de Caeiro não deixa margem a dúvidas.

SACRISTIA DA IGREJA DO PARÁ

Bem proporcionada. Teto pintado. Arcaz de pau-santo. Na parede faltam os quadros que outrora a embelezavam.

CAPÍTULO IX

Alcântara e dependências

1 — *Fundação da Casa-Colégio;* 2 — *Aldeias de Serigipe, S. Cristóvão e S. João;* 3 — *Fazendas do Pindaré, Peri-Açu, Gerijó e Pericumã.*

1. — Em frente da cidade de S. Luiz, do outro lado da baía de S. Marcos, ficava a vila de Tapuitapera, depois vila e hoje cidade de Alcântara, numa posição elevada e sàdia. A ela vinham sempre os Jesuítas, mas só nela se estabeleceram no século XVIII e não chegaram a estar meio século. A princípio era povoação de pequenos recursos, pobre[1]. Quando os Jesuítas a deixaram em 1760, Alcântara era «a melhor vila de todo o Estado em comércio e riqueza dos seus habitantes»[2].

Os Jesuítas entraram desta maneira. Em 1713, prestando serviços à terra o P. Luiz de Morim, Visitador, os moradores ofereceram-lhe uma casa; e por empenho do Capitão-mor, a Câmara e o povo, pediram que os Padres aí abrissem Colégio. Não se mostrou de acôrdo o Donatário Francisco de Albuquerque. E por isso El-Rei, em carta de 6 de Novembro de 1714 ao Governador do Maranhão, mandou sobreestar no estabelecimento do Colégio até ulterior resolução[3].

Não se conformaram os moradores e tomaram o caminho que lhes estava indicado: obter a anuência do Donatário. Alcançada ela, tornaram os oficiais da Câmara a representar a El-Rei a necessidade «que tinham aquêles moradores de quem lhes doutrinasse os seus filhos, assim nos bons costumes como nas boas letras, e por isso se obrigaram a recorrer aos Padres da Companhia para fundarem na-

---

1. Bett., *Crónica*, 21.
2. Morais, *História*, 16.
3. *Bras. 125*, 4v; *Anais do Pará*, I, 142.

quela vila seu domicílio». Como já havia unanimidade entre os moradores, o capitão-mor e o Donatário, El-Rei concedeu licença nos têrmos pedidos: «Provisão de 2 de Fevereiro de 1716 concedendo licença aos Padres da Companhia para fundarem um Hospício na Vila de Tapuitapera, distrito da Capitania do Cumã, unicamente para seis religiosos, que ensinem a ler, escrever, latim e doutrina cristã»[1].

Erecta a Casa de Tapuitapera, cumpriram-se logo as condições, abrindo-se duas classes, uma de ler e escrever, outra de latim. Um prègador assegurava na Vila os sermões e doutrinas públicas semanais[2].

Pensaram os Jesuítas, em particular o P. Manuel da Mota, que muito acrescentou a Casa de Tapuitapera, em a elevar à categoria de Colégio, questão puramente de regime interno da Companhia, não conseguindo o seu desejo por deficiência de rendas próprias certas, sem as quais não é possível a nenhuma casa ter categoria de Colégio segundo o Direito e as Constituições da Companhia.

Assim chegamos a 1760. «Como esta casa se ia agora fazendo de novo, não continha ainda mais que dois pequenos corredores em cima e dois em baixo». Simples sobrado, portanto. A igreja ainda era a primitiva, «porquanto se estava acabando a nova». Era da invocação de Nossa Senhora do Pilar. Dignas de menção: três imagens «perfeitíssimas», representando outros tantos passos da Paixão de Cristo: *Horto, Ecce Homo, Cristo Crucificado*[3].

A igreja nova, que se estava concluindo, faltando-lhe os Jesuítas, parou para sempre; a livraria, pequena, mas escolhida, saiu da terra[4].

Os Padres deixaram Alcântara no dia 17 de Junho de 1760. Os moradores deram provas de notável sentimento. E consideraram a desgraça dos Jesuítas «como a sua própria desgraça»[5].

2. — A Catequese dos Jesuítas nos arredores de Tapuitapera deve ter começado com os primeiros Padres, a seguir à conquista e no

---

1. Bibl. de Evora, Cód. CXV/2-12, f. 142; César Marques, *Dic. do Maranhão*, 6.
2. César Marques, *Dic. do Maranhão*, 3.
3. *Inventário do Maranhão*, 34.
4. César Marques, *Dic. do Maranhão*, 6. Uma lista de 1750 menciona os Padres que dirigiram a casa desde o seu início: 1 — Manuel da Mota, 2 — José de Mendoça, 3 — Carlos Pereira, 4 — Manuel da Mota, segunda vez, 5 — Miguel Inácio, 6 — José Martins, «que actualmente a governa», BNL, fg. 4516, *Apontamentos*, 26v; cf. Morais, *História*, 16.
5. Caeiro, *De Exilio*, 556.

tempo de Luiz Figueira e consta que havia por ali 10 Aldeias de *Tupinambás*, que se foram extinguindo, de modo que em 1734 só restava uma, insignificante.

Ainda no tempo do P. Vieira, se estabeleceram numa dessas Aldeias, a de *Serigipe*, pela terra dentro. Residia nela, por volta de 1661, o P. Mateus Delgado, que vinha prègar muitas vezes a Tapuitapera a convite dos moradores [1]. Nessa Aldeia faleceu pouco depois. E com o tempo a Aldeia acabou, e com os restos dela se fundou outra, São Cristóvão, que também já não existia em 1750 [2].

Estabelecendo-se os Jesuítas em Tapuitapera, convinha-lhes ter Aldeia própria perto, não só para exercitarem a catequese, como para garantirem os serviços indispensáveis à manutenção da Casa. Requereram pois à Côrte, comprometendo-se a descer êles próprios do mato os índios para a nova Aldeia. D. João V concede-o a 29 de Março de 1722 [3].

É a Aldeia de S. João, na baía de Cumã, que em 1730 constava de 79 índios e a 4 de Outubro de 1757 ficou a chamar-se *Lugar de São João de Córtes* [4].

3. — Para as despesas, construção da Casa e Igreja de Tapuitapera, e elevação da Casa a Colégio, iam os Padres organizando os indispensáveis recursos.

Em 1738 possuiam já uma fazenda chamada Timbatuba (ou Timbotuba) que nêsse ano se tratava de vender, talvez para com o seu produto se comprar outra mais apropriada [5].

Em 1760 as fazendas da Casa de Tapuitapera, conforme o *Inventário*, eram quatro, uma no Pindaré, outra em Peri-Açu, outra em Gerijó e a quarta no Pericumã, destinadas sobretudo à criação de gado [6]. Na de Gerijó existia igreja capaz; e, nela, várias imagens, entre as quais *S. Lourenço* [7].

---

1. Bett., *Crónica*, 21, 87, 146.
2. BNL, fg. 4516, *Apontamentos*, 26v.
3. A Provisão foi registada no Maranhão a 5 de Junho de 1722. César Marques, *Dicionário do Maranhão*, 3.
4. *Bras. 10*(2), 338; César Marques, *Dic. do Maranhão*, 173.
5. *Bras. 25*, 84v.
6. *Inventário do Maranhão*, 34-35v.
7. Id., ib., 35.

A mais importante destas fazendas era a de Pericumã, com molinete de cana e alambiques de aguardente. Tinha grande casa de sobrado com varanda em cima, já habitada, não porém totalmente concluída. Um dos aposentos, «estava servindo de igreja, por ainda não estar feita a nova».

Entre as imagens da Fazenda de Pericumã uma era de Nossa Senhora do *Pilar*[1]. Notamos êste pormenor da imagem, como a da fazenda anterior, *S. Lourenço*, para os aproximar do que diz César Marques, ao descrever em 1864 a freguesia de *S. Lourenço do Pericumã:* «Ainda não tem igreja, devendo servir para o culto divino uma capela, boa e grande, existente na Fazenda *Pilar*, construída de pedra e cal, enquanto se não edifica a matriz no lugar *São Lourenço*»...[2].

S. Lourenço, Pilar... A tradição indica ainda outras localidades desta região, onde trabalharam os Padres. Para ver que a tradição tem fundamento, basta recordar o duplo facto, que os Jesuítas se comunicavam por terra, entre o Maranhão e o Pará, e que era grande o número de Aldeias que a princípio por ali existiam, nomes que se perderam, nem constam dos documentos. Seria uma destas localidades, *Turi-Açu*, cuja igreja actual é da invocação de S. Francisco Xavier [3].

---

1. Id., *ib.*, 34.
2. César Marques, *Apontamentos para o Dicionário*, 28.
3. Observemos que César Marques, ao dá-la como antiga missão dos Jesuítas, coloca no Turi-Açu a expedição de 1679 contra os *Teremembés*, quando na realidade foi ao Paraguaçu (Parnaíba).

LIVRO TERCEIRO

PARÁ

Admirável Púlpito da Igreja de São Francisco Xavier
Obra dos Jesuitas do Pará e dos Índios, seus discípulos (p. 121).

CAPÍTULO I

Cidade de Belém do Pará

1 — Os primeiros Jesuítas; 2 — O Colégio de Santo Alexandre e suas oficinas de escultura e pintura; 3 — Igreja de S. Francisco Xavier; 4 — Outras igrejas reedificadas ou construídas de novo; 5 — O Seminário de Nossa Senhora das Missões; 6 — Reitores do Colégio.

1. — Pará significa Rio. E entre os inúmeros rios do Brasil só êste ficou sendo Pará, por antonomásia, porque também o Amazonas é o maior do Brasil e não há outro maior no mundo. Sem ser a sua foz, o Pará é a porta e sentinela do Grande Rio. Nêste cenário único em que a actividade dos Jesuítas iria também revestir caracteres diversos do resto do Brasil, a natureza, em gestação e mutação pelos rios da Amazónia, ainda não tinha concluído, nem concluíu ainda hoje, a sua tarefa criadora. E, sem o parecer, isto reveste consequências morais. Notou-o Euclides da Cunha. A emprêsa moral, educativa, económica, sanitária, social e libertadora dos Jesuítas sofreria as consequências materiais dêste meio em formação, contraditório e dramático. Ao Maranhão chegaram na primeira armada: aqui, só depois, e logo com oposições e debates. Mas quando firmaram pé, deram fundamento ao prolóquio célebre, *quem vai ao Pará, parou*...[1].

Só afastados pela violência se retiraram, deixando porém atrás de si uma obra a que o recuar dos tempos irá avolumando a grandeza cristã, nos seus diversos aspectos, assistência religiosa, moral e catequética, aldeamentos e entradas, construção de grandes edifícios

---

1. Diga-se de passo que aludindo à benignidade do clima, João Daniel averba já o trocadilho regional, *quem vai ao Pará, parou*, no seu livro *Thezouro Descoberto no Maximo Rio Amazonas*, Quarta Parte (Rio 1820) 46.

e templos, com oficinas de artes e ofícios, liberdade dos índios, actividades agrícolas, científicas, ensino...

A 25 de Dezembro de 1615, dia em que a Igreja Católica celebra o nascimento de Cristo no *Presépio de Belém*, saiu de S. Luiz do Maranhão, Francisco Caldeira de Castelo Branco, e, subindo e torneando a costa, ao cabo de 18 dias, dentro da Baía de Guajará, desembarcou no sítio em que lhe pareceu mais acomodado para a construção de um forte e de uma cidade.

Recordando o dia de sua saída do Maranhão, chamou à pequena fortaleza, de madeira, que ali se ergueu, Forte do *Presépio de Belém*; à povoação, que fundara, cidade de *Nossa Senhora de Belém*; e à região *Feliz Lusitânia* [1].

Depois dos «Prolegómenos» de Capistrano de Abreu, em que se anotam aqueles 18 dias para a viagem, alguns ficaram indecisos entre 11 e 12 de Janeiro de 1616, outros fixam a 12 de Janeiro, a chegada de Francisco Caldeira, e portanto, a fundação da cidade [2].

Caldeira e os mais da expedição não foram os primeiros Portugueses que estiveram em terras paraenses nem pertence isso à nossa história. E, também, ainda que sem consequências imediatas, estêve com certeza nelas a bandeira paulista de Pero Domingues, em 1614 [3].

---

1. Faria, *História Portuguesa*, 15, publicada por Studart, aceita esta origem, segundo o testemunho decisivo do membro da mesma expedição, Capitão André Pereira, confirmado pelo P. Jacinto de Carvalho, na sua *Chrónica*, da Bibl. de Évora, cód. CXV/2-11; cf. Lúcio de Azevedo, *Nota sobre a verdadeira data da fundação do Pará*, na *Revista de Estudos Paraenses*, Tomo II, fasc. I-II (1895) 69-73. Manuel Barata, *A Jornada de Francisco Caldeira de Castelo Branco* (Pará 1916)5, transcreve aquele trecho do P. Jacinto de Carvalho, e nada adianta de essencial ao que já tinha dito Lúcio de Azevedo. Com isto, verifica-se não ter fundamento a data de 3 de Dezembro de 1615, dada por Berredo, Domingos de Araújo e muitos outros.

2. Cf. entre outros Artur Reis, *A Política de Portugal no Vale Amazónico*, 6. Cf. também Rodolfo Garcia sôbre esta matéria, em *HG.*, II, 214.

3. Quem faz a observação, e dá para a bandeira de Pero Domingues, o ano de 1614, é a *Historia Proprovinciae Maragnonensis*, 190, 192. Nas *Páginas* demos notícia desenvolvida dêste códice, pertença actual do ilustre escritor paulista Yan de Almeida Prado.

E pois aludimos a Almeida Prado, êle próprio faz o estudo do Amazonas no período anterior aos Jesuítas em *Pernambuco e as Capitanias do Norte do Brasil*, II (S. Paulo 1941) 385ss.

O P. António de Araújo, ao escrever, por volta de 1623, a Relação dessa bandeira, fazia-o já com o pensamento de facilitar a catequese dos Jesuítas no Pará[1]; e, antes de António de Araujo, tiveram o mesmo pensamento Pero Rodrigues, que fôra Provincial do Brasil, e Manuel Gomes, o primeiro missionário Jesuíta do Maranhão[2].

Quem primeiro, entre os Capitães, teve a idéia de chamar Jesuítas foi Manuel de Sousa de Eça, que pediu dois religiosos da Companhia e dois de Santo António, e que fôssem línguas, para irem com êle ao Grão-Pará. Pedia-os para um duplo fim: a conversão dos gentios dessa terra, e também para impedirem as falsas doutrinas: *«que os estrangeiros, que a ela vão pela parte do Norte, ensinam»*...

A Côrte deferiu o pedido a 28 de Julho de 1621[3]. Mas, quando os Padres de S. Luiz pensaram em iniciar a empresa em Belém, o Procurador do Povo, temendo que os Jesuítas «se opusessem à sua rapacidade no cativeiro dos Índios», respondeu negativamente, alegando que já tinham outros religiosos. Era o rebate inicial do que ia ser a eterna luta.

O primeiro Jesuíta, de quem consta com certeza pisasse terras do Pará, foi Luiz Figueira. Baena e outros colocam a cena do procurador em Abril de 1626[4]. Não vimos porém documento coevo que o prove. Em abril de 1636, sim, estava Figueira no Pará, onde muitos moradores pediram a sua permanência, fazendo então o Procurador aquela e outras alegações, que o Padre já esperava. Aliás Figueira, na sua volta de Camutá foi recebido e tratado fidalgamente em Belém antes de voltar ao Maranhão e seguir para Lisbôa[5]. Depois de Luiz Figueira passaram pelo Pará, os dois Jesuítas Cristóvão de Acuña e André de Artieda, descidos de Quito com Pedro Teixeira, e, enfim, em 1653 os Padres João de Souto-Maior e outros por ordem do P. António Vieira, e ainda nêsse ano o mesmo Vieira. Com êles começou na realidade o estabelecimento da Companhia de Jesus no Pará.

---

1. Cf. S.L., *Páginas*, 99-111.
2. *Informação do Rio Maranhão e do Grande Rio Pará*, pelo P. Pero Rodrigues, da Baía, 8 de Fevereiro de 1618, *Bras. 8*, 255-255v; *Informação do Rio Pará e das suas relações com as Indias de Castela ou Venezuela*, de Lisbôa, 22 de Janeiro de 1621, *Bras. 8*, 336v-337; Cf. *Apêndices A e B*.
3. AHC, *Pará, Apensos*, I, 1621.
4. Baena, *Compêndio das Eras*, 20; *Hist. Proprov. Maragn.*, 193.
5. S. L., *Luiz Figueira*, 57-59, 181-188.

2. — O caso passou-se assim. A 5 de Dezembro de 1652 aportou a Belém, o Capitão-mor Inácio do Rêgo Barreto[1]. Com êle tinham chegado do Reino ao Maranhão, entre outros, os Padres João de Souto--Maior e Gaspar Fragoso, que segundo José de Morais, teriam desembarcado no Pará ao mesmo tempo que o Capitão-mor[2]. Mas diz-nos o mesmo cronista que o P. Souto-Maior prègara no Maranhão, a 2 de Dezembro dêsse mesmo ano[3]. Não sendo possível a viagem em 3 dias, tem que se dar outra data ou para a prègação ou para a chegada. Como a prègação se fez realmente[4], a data da chegada é que é outra, não Dezembro, senão Janeiro de 1653[5].

Naturalmente, os Jesuítas buscaram cómodos, primeiro provisórios, depois fixos. Para os provisórios entenderam-se com os Religiosos das Mercês; para os efectivos entraram em negociações com a Câmara. À Câmara apresentaram a carta de D. João IV, que traziam para os oficiais dela:

«Eu El-Rei vos envio muito saudar. Ordenei aos Religiosos da Companhia da Província do Brasil, que, por serviço de Deus, e meu, tornassem a êsse Estado e fundassem nêle as Igrejas necessárias com o intento de doutrinar e encaminhar ao Gentio dêle a abraçar nossa Santa Fé, principal obrigação minha nas Conquistas. E, porque lhes será de grande ajuda vosso favor e assistência, vos encomendo muito e mando que lha deis em forma que tenha eu muito que vos agradecer. Escrita em Lisboa, a 23 de Setembro de 1652. *Rei.* O Conde de Odemira. Para os oficiais da Câmara do Pará»[6].

Não se falava, nesta carta de El-Rei, em escravos de brancos ou em índios forros, só do «gentio». Das conversações e combinações se lavrou o auto seguinte: «Aos 26 dias do mês de Janeiro de 1653 anos, nesta Cidade de Belém, Capitania do Grão-Pará, estando presentes os Oficiais da Câmara, e o Padre Reitor João de Souto-Maior,

---

1. Berredo, *Anais do Maranhão,* 85.
2. Morais, *História,* 294.
3. *Ib.,* 270.
4. *Cartas de Vieira,* 1, 326-327.
5. Consta de uma certidão jurada do licenciado Mateus de Sousa Coelho, passada a 1 de Março de 1654, transcrita pelo mesmo Morais, que não reparou nas datas para as acertar como convinha: «Certifico que os Padres João de Souto--Maior, em *Janeiro de 1653,* e o Padre Mateus Delgado, *vindo,* depois ao Pará»... Morais, *História,* 432.
6. BNR, Cód. MXX-29-47, transcrita em Barata, *Efemérides,* 145.

que vinha *fazer casa para ensinar a Doutrina e Latim aos filhos dos moradores*, pelo Procurador do Conselho foi dito ao dito Padre Reitor, que havia de assinar um têrmo, em que não havia de entender com escravos dos brancos, a que o dito Padre Reitor disse; que êle queria assinar o dito têrmo de em tempo nenhum entender com escravos de brancos, nem ainda queria administração de Índios forros, mais que ensinar-lhes a Doutrina, e que para isso levava muito em gôsto, que êste têrmo se fizesse; e declarou mais, que esta obrigação ficava nos mais, que viessem a suceder-lhe. E assinou com os ditos Oficiais »[1].

Era então esta realmente a opinião do P. Vieira e do P. Souto-Maior, que o representava. Mas note-se de passo, que o seu compromisso não podia juridicamente obrigar a El-Rei, autoridade superior nessa matéria, tanto à Companhia como à Câmara. Bastava que a Lei viesse a determinar o contrário quanto à administração dos índios forros, para caducar, essa cláusula particular. E foi o que sucedeu com a lei de 1655 agenciada pelo próprio P. Vieira, quando verificou pessoalmente que os índios forros o eram só de nome.

Em todo o caso, com êsse acto do P. Souto-Maior, ficou aberto o caminho aos Jesuítas para se estabelecerem em paz. Ao chegar, recolheram-se à Misericórdia[2] e os Padres das Mercês cederam-lhes uns terrenos na *Campina*, onde ergueram modesta casa e capela, coberta de palha, para o lado do mato, lugar melancólico e insalubre. Não se prestando para Colégio, trataram com diligência de arranjar outro melhor. E com tanta felicidade e destreza se houve João de Souto-Maior, que Vieira anuncia, logo em Maio, que « já tem o melhor sítio da terra, princípios de Colégio », e a simpatia geral[3].

Ficava o sítio junto ao Forte do Presépio, lavado dos ventos, onde os antigos chamavam *Portão*, bem no princípio da cidade[4]. As dificuldades que ainda se suscitariam sôbre êsse local dissipou-as a Regente do Reino, D. Catarina[5].

O sítio era, não há dúvida, magnífico, e, como convinha para um colégio, central, na intersecção dos dois grandes bairros da cidade.

---

1. Berredo, *Anais do Maranhão*, 86-87.
2. Morais, *História*, 296-297.
3. *Cartas de Vieira*, I, 326-327; Bibl. de Évora, *Apontamento*, cód. CXV/2-14, nº 17, f. 209; Morais, *História*, 320-321; Bett., *Crónica*, 22, 74, 79, 80.
4. Morais, *História*, 295, 308, 316-317.
5. Lúcio de Azevedo, *Hist. de A. V.*, I, 246; Morais, *História*, 298, que narra tudo por menor, e aqui e ali vai corrigindo Berredo.

A cidade de Belém do Pará, diz Morais, «está situada em uma ponta triangular sôbre uma grande baía ou rio, chamado Pará, que terá de largo três léguas e oferece uma vista deliciosa aos olhos. Divide-se em dois Bairros, um chamado a *Cidade*, da parte do Poente, e outro, da parte do Nascente, chamado a *Campina*[1]. Em um e outro bairro se vêm tôdas as ruas direitas, à corda, e ornadas de casas nobres e muitos palácios, que ainda na Europa conservaram êste nome. E como a maior parte destas se acham junto à praia, fica sendo a cidade de uma perspectiva admirável»[2]. «Na parte do triângulo, em que está o *Bairro da Cidade*, tem uma bela praça ornada com suntuosas casas e com a Igreja e Colégio da Companhia de uma parte, e, defronte, a Catedral. Desta parte correm para o Sul três grandes ruas e duas de maior comprimento para o *Bairro da Campina*, que são as que dão comunicação entre um e outro bairro»[3].

Tal era o sítio do Colégio e da cidade de Belém do Pará em 1760. E hoje, se a cidade se deslocou mais para os bairros novos, a caminho do Marco da Légua, pouca diferença faz ainda a Praça do Colégio dos Jesuítas, apenas com a estátua de D. Fr. Caetano Brandão no meio dela. Mas no começo, à chegada dos Padres, tôda a cidade se resumia nas «quatro choupanas» que recorda Vieira, em 1662, no célebre sermão da Epifania, prègado na Capela Real; e entre estas choupanas se devem contar aquelas primeiras moradas dos Jesuítas junto ao Forte, donde sairiam depois outras maiores e mais nobres, que seriam o Colégio de Santo Alexandre. E assumiriam tal importância citadina, que em vez de receber a denominação do Forte, é o Colégio quem lho dá: *Forte do Colégio*[4].

O nome de Santo Alexandre vem de umas relíquias, trazidas de Roma e dadas pelo Papa Urbano VIII, dos mártires Santo Alexandre

---

1. A Igreja de Sant'Ana, que ainda existe, edificou-se para ser a matriz do Bairro da *Campina* — o que fixa o ponto central dêsse Bairro. Cf. Baena, *Compêndio das Eras*. 259-260.

2. BNL, fg. 4516, *Apontamentos*, f. 165v-166. O Colégio dava para a praça onde estavam os símbolos municipais, Polé, Pelourinho e Cadeia, que em 29 de Janeiro de 1734 uma carta régia mandou mudar, por inconveniente em tal praça, para outro local (*Anais do Pará*, VI (1907) 219. E transferiu-se o Pelourinho para o lugar que recebeu o seu nome de Largo do Pelourinho, e é hoje o *Mercado* (Barata, *Efemérides*, 198).

3. BNL, fg. 4516, *Apontamentos*, f. 166v.

4. Cf. Carta do Governador, a El-Rei, Setembro de 1732, *Anais do Pará*, V (1906) 404.

e S. Bonifácio. Determinou-se que S. Bonifácio ficasse no Maranhão e S. Alexandre no Pará, patrono do Colégio que se ia fundar[1].

Assim pois, junto ao *Presépio*, ergueu Souto-Maior uma casa e igreja. O primeiro lanço do primitivo Colégio concluíu-se em tempo do Visitador Francisco Gonçalves. Mas, sendo tudo junto ao mar, a casa aluiu com risco dos moradores; tirou-se-lhe a telha e cobriu-se de pindoba, e dêsse modo ficou até 1670, ano em que se iniciaram, com novos alicerces, as grandes obras de que resultou o Colégio actual, completo já nas suas linhas essenciais no século XVII, mas onde se fizeram constantes remodelações e aumentos em particular o grande lanço novo da fachada, obra dos meados do século XVIII[2].

A *Crónica*, de Bettendorff, escrita em 1698, enuncia diversas fases da construção: em 1670, uma parede da banda do mar, um pátio da banda da cidade, um muro que cercava o quintal[3], cêrca importante para separar o Colégio, das ruas e do bulício, e para poderem repousar os Missionários quando voltavam das entradas e missões. E três anos depois: «Chegado que fui ao Pará, achei os Padres do Colégio com saúde, a parede da borda do mar levantada, a casa coberta de telha, o pátio cercado de um muro de taipa de pilão com suas varandas ao redor sôbre colunas, também a cêrca cercada do mesmo, pela diligência do Padre, novo Reitor, Bento Álvares, e do irmão Manuel da Silva, sub-intendente. Das obras tôdas não faltava mais que uma escada para a sacristia, e uma janela para o pátio, o que tudo se fêz em breve tempo, pelo modo que hoje se vê: abriu-se também a portaria ao meio por não estar bem na direitura da porta do Colégio de dentro. Ao Padre António da Silva, sobrinho do Padre Vice-reitor, ao qual tinha admitido por noviço, mandei tomar à sua conta a horta para couves, e o pátio para parreiras, laranjeiras da China e flores para a igreja. Era uma beleza ver tudo bem limpo e cheio de várias curiosidades, e não há dúvida que seria hoje um paraisozinho, se se conservara assim»[4].

---

1. BNL., fg. 4516, *Apontamentos*, f. 116v.
2. Bett., *Crónica*, 75; *Bras*. 9, 265v.
3. Bett., *Crónica*, 75; *Bras*. 9, 265v.
4. Bett., *Crónica*, 295, 254-255. Em 1692 acabou-se e aperfeiçoou-se o «corredor novo com o da portaria» (*Crónica*, 534). Num singelo esbôço gráfico, enviado a Roma, em 1671, pelo mesmo Padre Bettendorff, vê-se ao centro o pátio, rodeado todo, nos quatro lados dêle, de varandas (*deambulacra interiora*); e depois ao *sul*, um corredor que dava para a praça; ao *norte*, um corredor entre a varanda

O Catálogo dêste Colégio de Santo Alexandre, de cêrca de 1718, descreve-o em forma de quadra e com as últimas obras: os muros da cêrca, de pedra e cal, *feitos de novo*, « e principiam da esquina da torre, com consentimento da Câmara, e carta para meter dentro dêles um pedaço de terra em que ficam pátios e quintais pequenos para flores, despejos da sacristia e árvores preciosas que já tem. Nêstes muros se fez uma casa por modo de tôrre com seu frontispício, com um meio corpo de grades que serve para os *Passos* públicos da cidade e tem um painel pintado, representando a *Coroação de Cristo*[1]. Também se fizeram a *primis fundamentis* [isto é desde os alicerces], no pedaço do corredor novo, pelas cordas da capela-mor em que ficam, duas janelas, rasgadas uma para baixo com grades, uma para cima com gelozias, dois cubículos, um para botica e serve entretanto ao *Irmão escultor e rapazes que aprendem* [reparemos nêste pormenor], e por cima, da mesma sorte, outros dois cubículos, um para o P. Superior, servindo um para a cama, a livraria, e o oratório, e outro para sala de consultas, com uma janela rasgada para o nascente, com uma gelozia e duas ordinárias para o norte, entre as quais fica um nicho com um crucifixo e suas cortinas de seda, fronteiro à porta principal e também à porta que passa para o outro cubículo »[2].

As obras iam padecer interregno. As incalculáveis despesas, que tão sucessivas obras supõem, endividaram o Colégio. À vista delas, chama-se a atenção de Roma aos Reitores que não podem fazer obras sem fundos económicos antecipados[3], aviso que não impede, passado algum tempo, novas obras, para melhor acomodação ou ornato exterior ou interior do Colégio de S. Alexandre.

No interior merecem menção particular a Capela Doméstica e a Livraria.

A Capela Doméstica, interior ou da Comunidade, dedicada a S. Francisco de Borja, já existia em 1718, e era por cima da Sacristia, com as mesmas dimensões dela, do lado do Poente, e com três janelas para o pátio. Mas, para a sacristia ter mais pé direito, a Capela não

---

e os cubículos, que davam para o mar; ao *oriente*, ao longo da varanda, a igreja; ao *ocidente*, pegado à varanda, um corredor e daí para o exterior os novos aposentos que se iam construir nêsse ano (*Bras. 27*, 2v).

1. Como se vê, é uma das estações da Procissão dos Passos.
2. Arq. da Prov. Port., *Pasta 177(21)*; em Lamego, *A Terra Goitacá*, III, 352, 356-357.
3. *Bras. 25*, 22.

ficou ao nível do corredor do Colégio, e para o acesso à porta da Capela, havia, e ainda há hoje, uma escada. Duas tribunas assomavam para a Capela-mor da igreja do lado do Evangelho. Esta Capela da Comunidade era forrada de volta de cordel e com retábulo. E além das imagens e ornatos, havia nela uma cadeira de talha, para as práticas, e arquibancos em roda, para a Comunidade[1].

A Livraria ficava no corredor da banda do Poente, e constava de mais de 2.000 volumes, com a sua oficina de encadernação. Ornavam-na, fóra o mobiliário de madeira *coatiara*, uma «perfeita imagem» de Nossa Senhora, grande, com o menino nos braços, a *Sedes Sapientiae*, e um quadro de dois palmos do tradutor da *Vulgata*, S. Jerónimo, «de singular estimação». Nos corredores havia dois grandes quadros, um de S. Francisco Xavier, outro do P. António Vieira[2].

O Colégio tinha dois pátios, o de cima e o de baixo. Para o *de cima* ou do Colégio propriamente dito, dava de um lado o lanço da sacristia e da Capela Doméstica e dos outros três, os Corredores com as classes, habitações, refeitórios, botica e demais cómodos. O pátio *de baixo*, para o lado do *Ver-o-pêso*, e nêle, fóra do recolhimento do Colégio, se aglomeravam as oficinas, carpintaria, cozinha dupla para sãos e doentes, forno, casa de hóspedes, casa dos servos, e as procuraturas ou depósitos, aonde refluía tôda a vida material e económica das Aldeias e Missões espalhadas pelo sertão, desde o Salgado à beira-mar, até ao Amazonas, de rio em rio, até ao Madeira e Javari.

No mapa da cidade, de 1753, publicado por Lúcio de Azevedo, na primeira edição de *Os Jesuítas no Grão-Pará*, vê-se perfeitamente a estrutura geral que acabamos de descrever sumariamente: o lanço do Colégio ou corredor, que dá para o Largo da Sé (hoje Paço Arquiepiscopal, *mais alto que os outros dois:* o aglomerado de casas, entre o corredor (que é hoje Seminário), e a práia, tudo cercado com um muro que ia até à Alfândega. Nêsse muro, a Portaria do Carro, junto a Ver-o-Peso.

Saindo os Jesuítas, dispôs a carta Régia de 11 de Junho de 1760, que o Colégio e mais pertenças fôssem aplicados à Mesa da Mitra, para servirem de *Palácio do Bispo, Seminário Diocesano e Capela Episcopal*, com a obrigação de o Bispo, logo que se reatassem as relações com Roma, alcançar da Santa Sé, o indispensável beneplá-

---

1. Cf. Catálogo, em Lamego, *A Terra Goitacá*, 355.
2. *Inventário do Maranhão*, 10.

cito[1]. Os Prelados não tomaram logo conta do Colégio, e pensou-se um momento em fazer dêle Colégio de Nobres para a educação da mocidade. Desmoronando-se o projecto, propôs o Governador Ataíde Teive que a *parte nova* ficasse Palácio do Bispo, suprimindo-se assim a verba que se gastava com o arrendamento do prédio em que êle morava[2].

Entretanto o Colégio ficou muitos anos entregue ao abandono e a ocultas depredações. Naturalmente, «carecia de algumas indispensáveis obras de consertos e reparos para a precisa acomodação» do Prelado, D. Fr. João Evangelista Pereira, quando nêle se apresentou em 1772. O Governador João Pereira Caldas propôs no ano seguinte que se gastasse nessa reparação o que se tinha outrora destinado à construção da Casa do Bispo; e acrescenta, que o Seminário, «outra parte do edifício do mesmo Colégio», e a Igreja, por aquêle mesmo abandono, também necessitavam de reparações[3].

Destas reparações surgiu pendência entre o Governador e Prelado; e da correspondência de ambos para a Côrte conclue-se que as oficinas do pátio inferior serviram algum tempo de Armazem de guerra, à falta do próprio nacional; e se vê também que alinhamentos se fizeram então[4].

Hoje, o que resta do antigo Colégio dos Jesuítas, que ainda é muito, pertence à mitra, e é, com algumas acomodações, P a l á c i o A r q u i e p i s c o p a l, C ú r i a e S e m i n á r i o.

3. — Junto ao Colégio de Santo Alexandre construiram os Jesuítas a sua igreja de S. Francisco Xavier. Aplicado e adaptado o Colégio a Palácio Episcopal e a Seminário, começou-se a transformar indevidamente o Patrono do Colégio em orago da igreja. Ainda no século XIX ela conservava o seu legítimo orago, S. Francisco Xavier[5].

---

1. Bibl. do Pará, cód. 882, *Alvarás, Cartas Régias e Decisões*, 1757-1761, s/n.
2. Baena, *Compêndio das Eras*, 290; Barata, *Efemérides*, 55-56, traz a história do Palácio do Bispo que se começou, e nunca se concluiu, no Largo da Sé.
3. Bibl. do Pará, cód. 698, *Correspondência dos Governadores com a Metrópole: Reinado de D. José I*, 1772-1777.
4. Cf. Almeida Pinto, *O Bispado do Pará*, em *Anais do Pará*, V (1906) 91-96.
5. Cf. Têrmo de entrega da Igreja de S. Francisco Xavier, à Irmandade da Misericórdia, em 1 de Março de 1798 (Barata, *Efemérides*, 42).

Esta igreja é um dos grandes monumentos artísticos e históricos do Pará, pleno de dignidade, equilíbrio e nobreza.

Na construção dela distinguem-se três fases, ou antes a igreja actual é a terceira erguida pelos Jesuítas no mesmo lugar, aproveitando-se nada ou pouco, de umas para outras, excepto as espécies ornamentais, moveis.

A primeira igreja tinha um só altar, o de S. Francisco Xavier, e edificou-a o P. João de Souto-Maior, em 1653, de taipa e coberta de telha, que logo se tirou, por as paredes a não aguentarem, cobrindo-se de côlmo de *ubuçu*[1]. Mais ermida que igreja, era ainda muito semelhante à pobre choupana da «Campina», erguida provisoriamente alguns meses antes, quando os Padres chegaram.

A segunda igreja foi mandada edificar pelo reitor do Colégio, Francisco Veloso. Superintendia aos trabalhos de construção o mesmo que dirigia os do Colégio, P. Bento Álvares[2]; e a primeira Missa nela disse-a João Maria Gorzoni. No dia seguinte, 3 de Dezembro de 1668, dia do Santo Patrono, celebrou Bettendorff a missa solene inaugural assistindo o Governador e enorme concurso de povo. Os Irmãos Mercenários concorreram com o seu côro músico, prègando o celebrante.

Decidiu-se então definitivamente o título da igreja. Havendo dúvidas, o Visitador Manuel Juzarte confirmou que se chamasse de *S. Francisco Xavier*, a saber que o *Colégio* se chamaria de *Santo Alexandre* «e a *igreja, de S. Francisco Xavier*, porquanto a sua santa imagem foi sempre de posse da igrejinha velha; e determinou que assim fôsse, dedicando-se então a igreja a S. Francisco Xavier e o altar colateral da banda direita à Virgem Nossa Senhora da Consolação, e o da banda esquerda a Santo Alexandre, cujo túmulo dourado logo se expôs à veneração»[3].

---

1. *Bras.* 26, 13v; Bett., *Crónica*, 74, 102, 250; Morais, *História*, 321-322.
2. O P. Pier Luigi Consalvi dez anos mais tarde, para demonstrar a necessidade do Colégio ter alambique seu, argumentava com o facto de o P. Bento Álvares gastar 2.000 cruzados na compra de aguardente para os *trabalhadores que construiram a igreja* (*Bras.* 26, 54v).
3. Carta de Bett., *Bras.* 9, 261v, que dá expressamente o ano de 1668. Quando mais tarde escreveu a *Crónica*, equivocou-se na data da partida do visitador Manuel Juzarte, que foi no mesmo ano de 1668 (e não 1669), e assim parece atrasar tudo um ano (*Crónica*, 250ss).

Cristóvão Domingos foi o arquitecto desta segunda igreja e do seu altar-mor; os altares laterais debuxou-os e pintou-os o Ir. João de Almeida que «por ter sido companheiro de um engenheiro sabia debuxar e pintar mui bem»[1].

Veremos na redução dos Nheengaíbas, do Marajó que o P. João de Souto-Maior deixara entre êles, como penhor, um crucifixo, que Vieira depois recolheu na expedição de 1659. Para perpetuar o feito, colocou-se na cruz que encimava o sacrário dourado[2].

A igreja, na largura, comprimento e altura, era bem proporcionada e elegante, e, então, a melhor de todo o Estado[3]. E foi-se enriquecendo pouco a pouco. Em 1670 já a sacristia se ornava com belos embutidos de tartaruga e os quadros da vida de Cristo, que pintara o Ir. Baltasar de Campos, flamengo; e a 31 de Julho de 1696 expuseram-se no altar-mor duas imagens de vulto, que o P. Bento de Oliveira mandou fazer pelo entalhador Manuel João, o qual também tinha feito, por ordem do mesmo Padre, o *Cristo Crucificado*, grande, da Capela Doméstica, com o *Ecce-Homo* e mais as imagens da *Paixão*[4].

Quanto à igreja actual, e é esta a terceira fase, não achamos a data concreta de quando começou. Mas já em 1714 insta o Geral com o Vice-Reitor, Tomás do Couto, que se conclua, parada por

---

1. Bett., *Crónica*, 254.
2. Id., *Ib.*, 143-144; *Cartas de Vieira*, I, 558-562.
3. *Bras.* 9, 265v, 305.
4. Bett., *Crónica*, 604. O local exacto desta Igreja onde ficava ?

No esbôço gráfico de Bettendorff de 1671, ela ocupava, partindo do corredor do norte até à praça, todo o lado oriental externo do Colégio, correspondente ao pátio, para o qual dava um corredor ou varanda (*Bras.* 27, 2). Tinha pois a mesma disposição que a actual. Ainda hoje, por detrás do altar-mór existem vestígios impressionantes talvez de primitivos janelões ou pórticos, desnivelados, do antigo Colégio. Um perito de arquitectura, poderia determinar, com exactidão o que isso representava no velho Colégio ou na velha igreja de Francisco Veloso. Parece-nos empresa fácil, conjugando a notícia do esbôço de Bettendorff com mais estas duas: O *Livro dos Óbitos*, feito em 1730, mas descrevendo sepulturas de anos anteriores, diz, referindo-se à do P. António Coelho, falecido em 1709: «foi sepultado na *capela-mor* do Colégio, na *Igreja velha*, cuja sepultura fica e está agora junto (sem se meter outra em meio) ao pé do arco direito da *Capela-mor nova*»; no dia 31 de Agôsto «tocando o sino a trovões mui rijos», «faleceu de um corisco» o cafús Lourenço, alfaiate e Livreiro. Foi enterrado no corpo da Igreja, junto às grades da *Capela de S. Francisco Xavier*, que agora é da *Boa Morte* (*Livro dos Óbitos*, 6v, 58).

falta de recursos¹. Mais feliz, concluiu-a o seu sucessor, Manuel de Brito, que regeu o Colégio de 1715 a 1720, e do qual se diz que fez obras «magníficas, a saber, continuar e acabar esta igreja, lançar um formoso muro de pedra e cal, desde a igreja até à Alfândega»².

Inaugurou-se em 1718 ou 1719. Sentimos embaraço em determinar com exactidão e plena certeza essa data. É certo que já se pensava em a abrir em 1716 e, pelo teôr da carta, em que isto se diz, nêsse mesmo ano³. No dia 31 de Julho de 1718 inaugurou-se a Capela de Santo Inácio, e tudo se preparava para daí a 4 meses, dia do Padroeiro, S. Francisco Xavier, a 3 de Dezembro dêsse mesmo ano de 1718, se inaugurar também solenemente a Igreja. Mas costuma dar-se a data de 21 de Março de 1719⁴.

Ao concluir-se o período jesuítico, em 1760, a igreja de S. Francisco Xavier tinha, além da capela-mor, oito capelas laterais, fundas, com as seguintes invocações: Nossa Senhora do Socorro, Santo Inácio, Santa Quitéria, S. Bartolomeu, Santo Cristo, Santo Alexandre «titular do Colégio», Nossa Senhora da Assunção, S. Miguel.

As capelas não se erigiram tôdas o mesmo dia, e a de Santo Inácio, como vimos, inaugurou-se antes da própria igreja⁵. É sabido como os Jesuítas cuidavam com empenho do ornato e magnificência

---

1. *Bras. 25*, 1v, 3: «Collegium Paraense iam multo aere alieno gravatum». — Tinha dívidas.
2. *Livro dos Óbitos*, 12.
3. *Bras. 25*, 10v.
4. Carta do P. Aníbal Mazzolani, de 12 de Agosto de 1718, *Bras. 26*, 217v. Diz Braga Ribeiro, que a igreja se abriu ao culto em 21 de Março de 1719, cerimónia presidida por D. Fr. José Delgarte, Bispo do Maranhão (*Dic. Hist. Geog. e Etnogr. do Brasil*, II, 226). Observemos todavia que êste estudo de Braga Ribeiro contém mais de uma inexactidão. Não nos repugna porém admitir aquela data e bem pode ser que a dilação de 3 meses obedecesse ao desejo de os Jesuítas terem presente o Prelado, e êste, convidado, não pudesse vir antes.
5. No «Catálogo dêste Colégio de Santo Alexandre, seus bens, oficinas, fazendas, servos, gados, dispêndios, e dívidas activas e passivas», sem data, publicado (não todo) por Lamego, *A Terra Goitacá*, III, 353, mencionam-se só três capelas: S. Miguel, S. Bartolomeu, e S. Quitéria. Ainda não se fala de S. Inácio, o que pode marcar a data-limite dêste catálogo: antes de 31 de Julho de 1718, em que foi certamente inaugurada. Em todo o caso, no próprio Catálogo se cita o ano de 1718, como o daquele em que se diz se fizeram, de novo, duas imagens de Santa Quitéria para os altares, o que se explicaria melhor se o Catálogo fôsse de algum tempo depois.

destas capelas. A de S. João Baptista, na igreja de S. Roque é uma das maiores celebridades artísticas de Lisbôa. Não fêz excepção o Pará. O Geral em 1731 louvava o trabalho que então se tinha em as ornar[1]. A Capela do Santo Cristo foi instituída pelo P. João de Sampaio, grande missionário do Rio Madeira (desde Abacaxis a Santo António das Cachoeiras e Trocano), a cuja Missão ficou a pertencer[2].

As Aldeias e Missões do Interior da Amazónia, assim como as paróquias de todos os lugares e tempos contribuem para os respetivos seminários, também elas concorriam, conforme as suas possibilidades, para o embelezamento da sua igreja central no Pará. Os donativos não podiam vir em dinheiro, que o não havia: recolhiam-se géneros e mandavam-se para o Colégio. Depois expediam-se para o Reino. Em troca vinham ornatos ou meios de se fazerem: um missionário oferecia um cálix, outro um retábulo ou imagem, aqueloutro um frontal, e ainda outro um altar[3].

Às vezes também pessoas de fora, que nem sempre tinham igual zêlo. A Capela de S. Bartolomeu estava a cargo de um cónego da Sé, proprietário de todo o seu ornato, motivo por que o altar ainda não estava dourado. A relíquia de S. Bartolomeu expôs-se à veneração pública pela primeira vez no dia 24 de Agosto de 1708[4].

A Igreja tinha e tem duas tôrres. Rematava o frontão uma formosa cruz de jaspe. Na cornija mestra, três nichos ostentavam estátuas de S. Inácio, S. Francisco Xavier e S. Francisco de Borja, que também desapareceram dos locais. O nicho central encheu-se com uma cruz sem beleza; e os dois nichos laterais emuraram-se sim-

---

1. *Bras.* 25, 49v.
2. *Bras.* 25, 91.
3. Na carta de 23 de Maio de 1757, em que Mendonça Furtado tão errôneas interpretações dá sôbre os negócios dos Jesuítas, faz a insinuação de falsário ao P. Visitador Francisco de Toledo, paulista, porque lhe representou que a Aldeia de Trocano, no Rio Madeira, devia ao Colégio 900 e tantos mil reis. Cf. Carta de Francisco Xavier de Mendonça Furtado a Tomé Joaquim da Costa Côrte-Real, ministro da Marinha, em Lúcio de Azevedo, *Os Jesuítas no Grão-Pará*, 403-409. Aquí fica a explicação dessa dívida. E tôdas as demais insinuações malévolas de Furtado têm explicação semelhante. Dê-se tempo ao tempo, — e aos documentos.
4. *Bras.* 26, 207-210. Sôbre a *posse* desta relíquia mandou a Roma um atestado autêntico o P. Gorzoni, a quem tinha sido dada. Questão de propriedade, não de autenticidade.

plesmente, deixando dentro as estátuas, ao menos de um lado (que a vimos nós, dentro do nicho, pela parte interior da igreja).

No tempo dos Jesuítas ambas as tôrres tinham sinos e eram cinco. Hoje só uma, a outra está no abandono, com as ventanas das sineiras tapadas.

Informaram-nos que ao fazerem na Calçada do Colégio terraplanagens, aluiu a tôrre; e ao ser restaurada não se colocou nela o enorme mostrador do relógio que era de horas e quartos; o mostrador vimo-lo mutilado dentro desta mesma tôrre, que já por sua vez entrou na lenda da Amazónia. Chama-lhe o povo, talvez pelo mistério do entaipamento em que jaz, *A Tôrre da Mulher Sêca*. Uma moça, que atentou contra a mãe, e querendo-lhe bater com o cabo de uma vassoura, ficou nêsse instante como um esqueleto... *É a Mulher Sêca!*

Um dos sinos tinha a sua história. Na questão das fronteiras com a Audiência de Quito, na expedição de represálias de 1710, veio um sino entre os despojos. O sino colocou-se na tôrre do Colégio, e, diz o Cronista, pitoresca e inofensivamente, que «bem mostra, no tínulo de metal, que é castelhano gritador»[1].

A sacristia, dependência natural da igreja, ao lado esquerdo de quem entra, é do comprimento da capela-mor e braço do Cruzeiro. Magnífica, não desdiz das demais sacristias da Companhia de Jesus, cujo modêlo mais notável é a da Baía. Também esta do Pará possuía em 1718 dois grandes armários «com molduras de jacarandá e pau amarelo por modo de xadrês», que já se consideravam velhos em 1760, estando-se então a fazer outros; e entre estas duas datas se fabricou o grande arcaz de 25 gavetas, com fechaduras e argolas de bronze dourado, que tomava um lado todo da sacristia, encimado ao centro por um retábulo de madeira. Eram notáveis os seus quadros e lâminas.

Fale o *Inventário* de 1760:

I) *Retábulo* de madeira, grande: «No meio, um nicho grande com suas vidraças e dentro uma imagem grande de Cristo Crucificado, de marfim: a cruz e o calvário de pau ébano, com resplandor de prata, tudo preço de 18 moedas; duas imagens de madeira, de palmo e meio estofadas, uma de S. João, outra da Senhora»;

---

1. Morais, *História*, 540.

II) «12 quadros, de 3 palmos e meio, todos com vidraças, pendurados no mesmo retábulo»;

III) «Mais 1 de S. Borja e outro de S. João Francisco Regis, todos com molduras douradas»;

IV) «Mais 4 quadros de 4 palmos»;

V) «Mais 4 maiores de 8 ou 9 palmos»;

VI) «10 lâminas de cobre, para ornato da sacristia com variedade de preciosas molduras».

O *Inventário* discrimina a seguir a indumentária, ornamentos e vasos sagrados [1]. E procede com discriminação idêntica e fidedigna para a igreja e cada uma das suas capelas, alfaias, estátuas, pinturas. Por confronto, e pela amostra, se vê já que com o exílio dos Jesuítas mais alguma coisa se exilou...

Estas obras de arte, nem tôdas eram de arte perfeita, mas muitas o eram; e se algumas vieram de fora, outras sairam já das oficinas de escultura e pintura dos Jesuítas. Os seus principais Colégios não eram só escolas de Belas-Letras e Ciências, entravam já pela técnica, com as suas escolas de Artes e Ofícios, e incipientes Academias de Belas-Artes. Vimos nêste do Pará aquela oficina reservada «*ao Irmão escultor e rapazes que aprendem*»...

O mestre, escultor e também pintor, era nessa época o Ir. João Xavier Traer, alemão de nação, natural do Tirol, da região de Bríxia, hoje Itália [2].

No mesmo período se distinguia também, como mestre de pintura e nesta Missão, o Ir. Luiz Correia, português, de Castanheira (Patriarcado de Lisboa). E dava-se com êle a particularidade de querer ajudar seus pais pobres, com a venda dos próprios quadros [3]. Antes de Traer e Correia floresceu ainda, além do francês João de Almeida e do flamengo Baltasar de Campos, já citados em Bettendorff, o português José de Moura, debuxador e pintor, de Oliveira do Conde, a quem uma referência de 1715 considera benemérito da Missão [4].

---

1. *Inventário do Maranhão*, 8-9v.
2. *Bras. 27, 28; Livro dos Óbitos*, 17-17v. Traer nasceu a 23 de Outubro de 1668. Entrou na Companhia de Jesus em Viena de Áustria, a 27 de Outubro de 1696. Veio para a Missão do Maranhão e Pará em 1703 e faleceu a 4 de Maio de 1737, em naufrágio no mar, diante da Aldeia, actual cidade, de Maracanã. Dedicou a sua arte às obras do Colégio e Igreja do Pará (*Ib.*).
3. *Bras. 25*, 83.
4. *Bras. 25*, 8v.

Para o fim tinha fama o Ir. Agostinho Roiz, pintor e escultor, de Lisboa, que depois da saída da Companhia, e saído êle próprio dela, ainda ficou no Pará. Dêle achamos esta efémeride concreta, referente ao ano de 1757: «Hoje, 4 de Dezembro, Nossa Senhora da Conceição, imagem nova que fêz Agostinho Roiz (seu feitio custou 70 mil réis), foi da Sé em procissão para Santo António, com a comunidade do Carmo, Mercês e Ordem Terceira»[1].

Traer, Correia, Moura e Roiz, são nomes que surgem pela primeira vez. Mas devem-se ter em conta, daqui em diante, na história da Arte Brasileira, do norte, a sugerir identificações ou a marcar influências. Se fôssemos a dar à sua arte, o carácter da origem nacional teríamos um verdadeiro ecletismo. Em todo o caso, o isolamento do Pará e a intervenção dos Índios dão aspectos inéditos a esta arte, sobretudo à sua admirável obra de talha, num como retorno artístico que impressiona. Diz João Daniel: «No Colégio dos Padres da Companhia, na cidade do Pará, estão uns dois grandes anjos por tocheiros, com tal perfeição, que servem de admiração aos Europeus, e são a primeira obra que fez um Índio daquele ofício; e se a primeira saiu tão de primor, que obras primas não faria depois de dar anos ao ofício ? Na mesma igreja se admiram alguns púlpitos por soberbos nas suas miudezas e figuras, obras de outros Índios»[2].

O *Inventário*, que se limita geralmente à simples narração objectiva, faz aqui excepção para dizer que êstes púlpitos, «de fábrica moderna» eram de «extrêma beleza». Êste juízo é o que sôbre êles lavrou José de Morais, que, na sua modestia de expressão, o tempo corroborou e ampliou: A igreja «parece não desmerecer o agrado dos homens de bom gôsto, pela perfeição dos seus retábulos e púlpitos»[3].

Depois que saiu das mãos dos Jesuítas, a Igreja de S. Francisco Xavier do Grão-Pará passou por outras, que algumas vezes a deixaram ao abandono e próximo da ruina. As reparações, que se seguiram, nem sempre as guiou um critério superior, de acôrdo com a história e a arte.

---

1. *Diário de 1756 a 1760*. Falamos aqui apenas do Norte do Brasil.
2. João Daniel, *Tesouro Descoberto, Rev. do Inst. Hist. Bras.*, III, 40.
3. Morais, *História*, 191.

A êste monumento nacional esperamos voltar um dia em estudo de conjunto sôbre a Arte Jesuítica no Brasil [1].

4. — Os Jesuítas intervieram na construção ou reedificação doutras igrejas. E logo ao chegar, os Padres Souto-Maior e Gaspar Fragoso encontraram a matriz de Nossa Senhora da Graça desmantelada. Reedificaram-na, estimulando a piedade dos moradores [2]. Esta igreja serviu até 1748. Demolida nêsse ano, ergueu-se no mesmo local a Sé [3]. Concluiu-se em 1771, mas já edificada até o arco da Capela-mor, em 1775, foi nêste ano consagrada a 23 de Dezembro. No dia 24 recolheu-se a ela o Santíssimo Sacramento, levado da Capela de S. João Baptista, que servia interinamente de Catedral. Depois, nas três oitavas seguintes, prègaram um Padre Carmelita, outro Franciscano e outro Jesuíta, Aleixo António [4].

Ao mesmo zêlo do P. Souto-Maior e Fragoso atribue o P. Morais a erecção das Capelas do Santo Cristo, junto ao Colégio e ao Forte, e a Capela de S. João Baptista [5]. na qual, poucos anos depois, no Motim de 1661, esteve prêso António Vieira. A Capela actual data do século XVIII, obra do arquitecto António José Landi, consagrada a 23 de Junho de 1773. Está no mesmo lugar da Capela erigida pelos esforços daqueles Padres [6].

Havia no Pará a confraria de Nossa Senhora do Rosário dos Brancos. Quando D. Catarina da Costa, legou ao Colégio da Companhia uma légua de terra, em Ibirajuba, deixou-a com uma pensão àquela confraria. O Colégio do Pará, por actividade e diligência do P. José de Sousa, resgatou êsse fôro, construindo, à sua custa, como compensação, a Igreja do Rosário [7]. Ficava perto do Carmo. Ainda

---

1. Tal estudo ainda está longe de se realizar com pleno conhecimento de causa. Os diversos elementos, arquitectura, escultura, pintura, mobiliário, artes decorativas e aplicadas, que o hão-de constituir, apenas se começam agora a inventariar. Mas já se iniciou com brilho e seriedade. Prova disto, entre outros, é o artigo de Lúcio Costa, *A arquitetura jesuítica no Brasil*, escrito com competência crítica, e publicado na *Revista do Serviço do Património histórico e Artístico Nacional* (V, 1-100), magnificamente ilustrado por obra e graça dêste mesmo *Serviço*.
2. Morais, *História*, 190-191, 422-423; Barata, *Efemérides*, 75.
3. Abreu e Lima, *Synopsis*, 243.
4. Baena, *Compêndio das Eras*, 244.
5. Morais, *História*, 423.
6. Baena, *Compêndio das Eras*, 292, 293.
7. *Inventário do Maranhão*, 203; Morais, *História*, 423.

a vimos há trinta nos. Quando voltamos ao Pará em 1941, já não existia. Deixada ao abandono, o tempo arruinou-a, e acabaram de a demolir os homens.

5. — Mais feliz, ainda que não sem vicissitudes, e não na mesma casa, foi o *Seminário de Nossa Senhora das Missões*, que os Jesuítas fundaram no Pará. Como se sabe a esta obra dos Seminários andam vinculados os Jesuítas desde as suas origens. Além de outros, no Brasil, três grandes nomes, Manuel da Nóbrega, Alexandre de Gusmão, Gabriel Malagrida, merecem menção particular: princípio, meio e fim...

A Nóbrega se devem os primeiros seminários, em que se formasse o primeiro clero do Brasil. As circunstâncias, ainda demasiado primitivas da terra no século XVI, não lhes consentiram vida permanente, mas os seus germes ficaram nos Colégios da Companhia, verdadeiros seminários, também, do clero brasileiro[1].

Ao P. Alexandre de Gusmão se deve o primeiro seminário interno do Brasil, o do Belém da Cachoeira, na Baía, onde estudou, entre muitos outros, o inventor da aeronáutica, Bartolomeu Lourenço.

De Gabriel Malagrida vem novo e definitivo impulso para a criação de seminários diocesanos. O Alvará de 1751 conferia o poder de erigir seminários em qualquer parte da América, e, de facto, fundou alguns: Pará, Maranhão, Paraíba, Baía, e se não chegou a fundar o do Rio de Janeiro, também expressamente nomeado no Alvará, foi porque a Rainha Mãe desejou a presença de Malagrida em Lisboa, e êle para lá foi, por sua desgraça ou glória. No mesmo Alvará, se declara El-Rei, «em razão dos dízimos que cobra», na obrigação de erigir um seminário em cada diocese do Brasil, sem prejuizo de outros, que se poderiam fundar em condições fiscais menos favoráveis. Para os Seminários da Baía e do Rio assinava a côngrua de 300$000, e, para os outros, 200$000 anuais[2].

---

1. *Na obra dos seminários do Brasil*, Nóbrega foi o verdadeiro precursor coincidindo a sua iniciativa, com a própria ideia dos Seminários na Igreja Universal: «The present system of Catholic seminary education really began with the Council of Trent (1545-1563) and the word *seminary* was probably used for the first time in its present sense by Cardinal Pole in 1556» (Jerome V. Jacobsen, *Educational Foundations of the Jesuits in Sixteenth-Century New Spain* (Berkeley 1938) 266).

2. Alvará, em César Marques, *Dicionário do Maranhão*, artigo *Recolhimento de Nª. Sª. d'Anunciação e Remédios*, 475-481; cf. *Instruções secretas*, 423.

A ideia do Seminário do Pará data de 1679. A base era a mesma: os índios adultos estavam ao serviço dos brancos. Com êles nada ou pouco se fazia.

Com os filhos dos brancos a dificuldade era de carácter moral. Dizia o P. Jódoco Peres, que vivendo em suas casas entre moças nuas, não era possível educarem-se e manterem-se cristãmente. O único meio seria fundar um seminário, onde os meninos, fora dêsse ambiente, se instruissem em letras e doutrina, e com isto se elevasse a moralidade pública [1]. Esta medida de bom-senso ficou só em desejos, voltando a agitar-se de novo qùarenta anos mais tarde, por influxo de Jacinto de Carvalho. É êle próprio que o narra de Lisboa, ao Superior da Missão, dando conta das suas relações existentes com os Ministros do Conselho Ultramarino:

«Da Missão, dos gentios, dos Cristãos, dos trabalhos que padecíamos, de tudo informei a todos, com muita individuação, e, de seu moto-próprio, sem eu o pedir, resolveram fazer uma proposta a El-Rei para que mandasse fundar um Seminário de Índios, para que escrevesse a Nosso Reverendo Padre que mandasse sujeitos para essa Missão, para que nos acrescentasse as rendas; o traslado da proposta mando ao P. João de Vilar, a quem V. Reverência a pode pedir, quando queira ver o crédito e estimação da Companhia com que êstes ministros falam a El-Rei, e gloriar-se de nos ver cá tão bem acreditados no mesmo tempo em que lá nos desacreditam tanto. A proposta subiu acima aonde estêve até agora, por não haver Junta das Missões, para onde El-Rei a remeteu, mas agora como se levantou de novo esta Junta, e sejam os Deputados dela os Padres João Sêco, Luiz Gonzaga, Manuel de Oliveira, João de Oliveira, João Tavares, Lourenço Ferreira, todos asistentes em S. Roque, e dois Padres de S. Domingos, e um [Zacharias?] Barros, dos Quintais, espero que se mandará fundar o Seminário. Bem sei que todos se hão de rir de intentar querer criar Índios para Sacerdotes, mas êste Seminário, quando se faça, sempre é para crédito da Companhia, e, quando os Índios não sirvam para Sacerdotes, servirão para catequistas e criar-se-ão de forma que os brancos não zombem dêles» [2].

---

1. Carta de 10 de Abril de 1679 de Jódoco Peres, *Bras.* 26, 60-61.
2. Carta do P. Jacinto de Carvalho ao Superior do Maranhão, P. Manuel de Seixas, de Lisboa, 18 de Março de 1720, Arq. Port., Pasta 177, nº 22, f. 5; cf. «Para se representar a sua Maj.^{e} que será conv.^{te} que no Pará se faça hũ Semi-

Estas e outras propostas de fundação dum Seminário, generosas e clarividentes, para a formação da Juventude e do clero oriundo da própria terra, ainda desta vez se não concretizaram em factos. Mas a ideia ia vincando-se, até que, por iniciativa de Malagrida, o Seminário se abriu a 16 de Junho de 1749. Conta-o Mury, na tradução de Camilo Castelo Branco:

«A mais valiosa obra do apóstolo, no Pará, foi a fundação de um seminário. Atravessaram-se-lhe muitos obstáculos, como sucede a tôdas obras de Deus. O bispo Bulhões não denegava licença; mas as condições eram tão pesadas, que Malagrida entendeu recusá-las. Graças à intervenção do Padre Aleixo António, a quem êle muito queria, Bulhões desceu-se algum tanto de suas exigências. Fundou-se, pois, o Seminário, e aos 16 de Junho de 1749 celebrou-se a instalação solene dos novos alunos. Dignou-se o Bispo presidir à festividade, vindo ao cair da tarde, seguido de grande multidão, à igreja do Colégio; e logo que o Prelado se assentou em um trono pomposamente ornado de colgaduras, cercado dos jovens alunos, Malagrida desenvolveu pungentemente aquelas palavras do Salvador: «Deixai que as criancinhas venham para mim». Feito o discurso, seguiu para o novo Seminário uma procissão: todos admiravam o recolhimento e modéstia dos moços seminaristas, os quais, chegados à santa vivenda, ajoelharam diante da estátua da Santa Virgem, e cantaram em dois coros *Salve Regina*, em saùdação de aquela que consentia ser-lhes mãe. E brevemente outros alunos abasteceram suas fileiras, e teve Malagrida a glória de ver prosperada uma obra que êle sabia ser utilíssima àquelas povoações» [1]

---

nário no qual se criem athé sincoenta Indios e q̃ sua educação doutrina e admissão se encarregue ao P. das Missões da Companhia de Jesus ». Consulta do Conselho Ultramarino, de 4 de Novembro de 1719, Torre do Tombo, *Jesuítas*, Maço 88.

1. Mury, *Hist. de Gabriel Malagrida*, 110-111. O pensamento de erecção de Seminário em Malagrida, deve ter começado com a sua ida à Baía, onde em 1736 fundara o primeiro, alargando depois o pensamento para os dois Estados portugueses da América. Em 1747 já tinha fundado, além do da Baía, outro na Paraíba (e também dois Recolhimentos de mulheres, um na Baía outro em Iguaraçu). Nesta data, mais nenhum Seminário nem Recolhimento (Cf. Carta de Rogério Canísio a D. Mariana de Áustria, de 22 de Abril de 1747, em Lamego, *A Terra Goitacá*, 439). A fundação pois do Seminário do Pará, de que fala Baena, *Compêndio das Eras*, 222-228, no ano de 1745, e que outros seguem, não a achamos comprovada nos documentos coevos. O que não significa que se não tratasse já dêsse seminário, do angariamento de subsídios, e das combinações com o Prelado, Fr.

O traje dos novos seminaristas era beca azul com canhões e estolas encarnadas.

A intenção que presidiu à fundação era que o Seminário fôsse diocesano. Além dos donativos locais, que Malagrida conseguiu angariar em 1749 no total de 4.431$081 reis, começou El-Rei a dar duzentos mil reis anualmente. E com êste património se constituiu, de-facto, sob a jurisdição episcopal, desde 1751, continuando porém sob a direcção dos Jesuítas até 1760.

Ao mesmo tempo pensava Malagrida em fundar no Pará um *Recolhimento* de *Moças*, e outro Seminário de Meninos em Cametá [1]. O Seminário de Cametá fê-lo gorar o Governador Mendonça Furtado com interpretações que o empeceram então e para sempre. O Recolhimento de Moças fê-lo gorar, também para sempre, o Bispo D. Miguel de Bulhões, dizendo que o faria êle melhor [2]. Em todo o caso, se não se fundou o *Recolhimento*, ao menos abriu-se, no Pará, uma *Escola de Meninas*, que os Jesuítas também dirigiram até à hora do exílio, ficando depois aos cuidados de um cónego [3].

Vingou, felizmente, o Seminário de Belém do Pará. Em 1760 tinha na sua capela «uma grande imagem nova da Senhora das Missões, título do mesmo Seminário» [4]. Ornavam-no outras diversas imagens,

Guilherme de S. José, sôbre a forma prática de sua instituição pelos Jesuítas, ao qual se mostraria contrário e seriam aquêles «muitos obstáculos», a que se refere Mury.

1. Cf. *Petição do Missionário P. Gabriel Malagrida, para erigir o Seminário de Camutá*, BNL, Col. Pomb. 642, f. 166; Porto Seguro, *HG*, IV, 177; João Francisco Lisbôa, *Obras*, vol. II, 201.

2. Cf. «Representação de Malagrida à Rainha Mãe», em Lamego, *A Terra Goitacá*, III, 442-443; Carta de Mendonça Furtado, do Pará, 27 de Janeiro de 1754, nos *Anais do Pará*, III (1904) 173. Aliás Mendonça Furtado tinha nas *Instrucções Secretas*, § 25, sugestão para com qualquer pretexto dificultar a criação dêsses estabelecimentos, *Instruções Secretas*, 423-424. Bom exemplo dessa política de duplicidade é a carta do mesmo Governador ao P. Bento da Fonseca, do Pará, 15 de Outubro de 1752, em que tenta justificar-se nesse caso do Seminário de Cametá, Melo Morais, *Corografia*, IV, 205-210.

3. *Hist. Pers. Maragn.*, do P. Matias Rodrigues, 17.

4. *Inventário do Maranhão*: Esta imagem *nova* devia ser a mesma ou cópia (Malagrida levava sempre consigo a imagem de Nª. Sª. das Missões) daquela com que êle, em companhia de Mendonça Furtado, desembarcou no Maranhão, dia 26 de Julho de 1751. E diz Mury: «O Governador Mendonça (que ainda não tinha desafivelado a máscara) e mais três altos dignitários do Estado, quiseram pessoalmente conduzir ao Colégio dos Jesuítas a milagrosa imagem de Nossa Senhora das Missões» Mury, *História do P. Malagrida*, 125.

um painel da Senhora da Conceição, de 8 palmos de comprido; e alguma prata e paramentaria, e ia aumentando o modesto património com alguns imóveis que lhe assegurasse os fins educativos.

O Seminário, nêsse ano, constava de «3 salas, que de comprimento e largura, tinham mais de 30 palmos, tôdas estavam por ordem, em um corredor de sobrado, e por baixo tinha outras tantas correspondentes; junto à terceira sala tinha um cubículo e por baixo outro correspondente; junto a êste corredor estavam mais 2 salas ainda por acabar: pela outra parte do corredor, imediatamente, estavam umas casas das quais fêz doação António da Costa e sua mulher ao mesmo Seminário. Constavam as duas casas de 3 salas, ainda maiores do que as do corredor novo, em uma das quais estava o refeitório, em a outra a dispensa, e na outra a Procuratura. Tôda esta correnteza tinha chãos, que lhe serviam de quintal, no meio dos quais estava um poço e algumas árvores de fruto. Tinha mais *umas casas grandes que serviram de seminário antigamente*»[1].

As primeiras casas compradas por Malagrida ficavam no Bairro da Campina junto ao Convento de Santo António, «no fim da Rua que se lança em linha recta desde o Largo das Mercês até às ditas casas». Nestas casas permaneceu o Seminário dez anos. Até que exigindo grandes consertos, o Seminário passou em 1759 dessa primeira habitação «para outras casas no Largo em que está o Palácio, bem defronte da portaria do Seminário *actual*, que então era dos Jesuítas». Êste *actual* reporta-se, não aos tempos de hoje, mas à última década do século XVIII, por volta da qual dava estas informações Alexandre Rodrigues Ferreira[2].

---

1. *Inventário do Maranhão*, 10.
2. São uns *Apontamentos* de Alexandre Rodrigues Ferreira que em 1919 se compuseram na Imprensa Nacional do Rio, mas que não chegaram a imprimir-se. Consultamos, por obsequiosa atenção de Rodrigo M. F. de Andrade, a composição a granel, inçada de erros, mas a pesar dêles utilizável, e com estas indicações concretas que resolvem definitivamente o caso das sucessivas estâncias do Seminário. Todos os autores, desde Baena até agora, eram, nêste ponto, omissos, incompletos ou erróneos. Refere Baena (*Compêndio das Eras*, 235) que o Bispo Bulhões estabeleceu o Seminário em 1751, na parte primigénia do Colégio de Santo Alexandre, o que não se coaduna com a letra dos documentos. A 7 de Abril de 1759 visitou-o D. Miguel de Bulhões, recebido com a cortesia e festas escolares, que é costume nas visitas dos Prelados (*Diário de 1756-1760*). O memorialista, que estava no Colégio, refere antes, que o Prelado tinha ido na véspera ao Colégio: quando fala do Colégio, diz «veio», quando do seminário diz «foi»... locais dis-

Em 1756 e 1760 estava à frente do Seminário, como Regente ou Reitor o P. Manuel Ferreira, e já o tinham sido o P. Aleixo António, que sucedeu a Malagrida e que por sua vez passou o cargo em 1751, ao P. José António. Em 1753 era Professor de Filosofia o P. Silvestre Rodrigues, e de Gramática o P. Manuel Monteiro. Também ocupou algum tempo o cargo de Vice-Reitor do Seminário o P. Cristóvão de Carvalho[1].

A importância e utilidade do Seminário do Pará, para a educação e instrução de mocidade, é óbvia. Escreve João Daniel: Os Jesuítas da cidade «davam estudos gerais aos menores, com um muito numeroso seminário de meninos em que ordinàriamente havia para cima de 30 ou 40, obra das mais úteis de tão magnífica cidade para evitar os inconvenientes que antes padeciam os moradores, que de ordinário assistem nos seus sítios, muito distantes da cidade; e para que os seus filhos estudassem lhes tinham na Cidade ao menos um servo para pescador, outro para o acompanhar, e uma ama para tratar dêle, além da assistência que de seus sítios lhes faziam com as frutas, farinhas, e outros víveres, cujos gastos cercearam e evitaram com a ereição do Seminário, além da doutrina e estudo, que aprendem os seus filhos»[2].

Colige-se dêste testemunho, de quem estêve pessoalmente no próprio Seminário, que êle revestia a feição moderna de *Colégio-Internato*. Nêle recebiam educação os filhos dos moradores dispersos

---

tintos, e possivelmente distantes. Também assim se compreende melhor como Melo de Castro, em Junho de 1760, quando recebeu ordem para o destêrro dos Padres, mandou «passar aquêles Padres, que se achavam no Seminário, para o Colégio, reduzindo-os por esta forma a uma *única e idêntica* reclusão, como V. Majestade determina» (Carta de 5 de Agosto de 1760, *Anais do Pará* VII (1913) 155). A Carta Régia de 11 de Junho de 1760 ordenou que parte do Colégio se aplicasse a Seminário (Bibl. do Pará, cód. 882, *Alvarás, Cartas Régias e Decisões de 1759 a 1761*, s/pag.). E de-facto, o Governador Pereira Caldas, referindo-se em 1772 ao Seminário diz já que «era outra parte do mesmo Colégio».

Em resumo: O Seminário, fundado pelos Jesuítas, estêve primeiro no extrêmo da Rua do Açougue, que depois se chamou da Indústria e hoje tem já outro nome; depois, no Largo do Palácio, em frente da portaria; e em terceiro lugar, no Colégio de Santo Alexandre. Sôbre êste assunto, cf. ainda Carta de Malagrida à Rainha mãe, em Lamego, *A Terra Goitacá*, 442; Carta de Francisco Wolff à mesma Rainha, de 1 de Fevereiro de 1752, *ib.*, 320; Mury, *op. cit.*, 127.

1. *Bras. 27*, 189; Arq. da Prov. Port., *Pasta 176* (16).
2. João Daniel, *Tesouro Descoberto*, 2.ª P., 114.

pelo interior. E não necessariamente para a vida eclesiástica. Mas pelo título, *Seminário de Nossa Senhora das Missões*, e pelas intenções dos fundadores, êle seria o ambiente apto para a eclosão de vocações sacerdotais e formação dos que se decidissem por ela. Dêle realmente procede, como de primeira fonte, o actual Seminário Arquidiocesano do Pará [1].

6. — Dos Vice-Reitores do Seminário fica dito. Resta, conforme ao sistema adoptado para os grandes Colégios, dar também para o de S. Alexandre, a lista dos Superiores e Reitores. Vale a nota de sempre sôbre datas-limites.

P. *João de Souto-Maior* (1652-1653). Fundador e Primeiro superior da Casa.

P. *Manuel de Sousa* (1653-1655). «Vai por Superior para deixar mais livre ao P. Souto-Maior nas coisas da conversão» [2].

P. *Manuel Nunes* (1655-1661). Trata-se do P. Nunes, o «velho» para distinguir de outro que aparecerá depois [3].

P. *Francisco Veloso* (1661). No Motim dêste ano ficou superior até à partida do P. Vieira [4].

P. *João Filipe Bettendorff* (1661-1663). Substitue o P. Veloso, desde a partida de Vieira, até à volta do Reino do mesmo P. Veloso, para onde também fôra por causa do motim [5].

P. *Francisco Veloso* (1663-1668). Ao voltar de Portugal retoma o cargo [6].

P. *Manuel Nunes*, «o Velho» (1668-1669 ?). Nomeado outra vez pelo Visitador Juzarte, que em 18 de Setembro de 1668 seguiu para Portugal [7].

P. *Bento Álvares* (1669 ?-1674). O seu govêrno deve ter começado em 1670 ou mais provavelmente em 1669, pois substituiu o P. Nunes,

---

1. Sôbre as vicissitudes ulteriores dêste Seminário, cf. Dom António de Almeida Lustosa, *Dom Macedo Costa* (Rio 1939) 47 ss.
2. *Cartas de Vieira*, I, 335; Morais, *História*, 424.
3. Bett., *Crónica*, 88-89, 155; *Cartas de Vieira*, III, 730-731.
4. Bett., *Crónica*, 74, 155. Na primeira destas páginas, por lapso do copista, em vez de Francisco Veloso, lê-se Francisco Telles. O êrro foi seguido. Cf. Bibl. de Évora, Cód. CXVI/2-14, nº 15, f. 202; *Rev. do Inst. Bras.* 57, P. 1ª. (1894) 147.
5. Bett., *Crónica*, 185.
6. Bett., *Crónica*, 223.
7. *Bras.* 9, 259; Bett., *Crónica*, 250, 254.

que pediu para ser aliviado do cargo, não muito depois da saída do Visitador Juzarte[1].

P. *Francisco Veloso* (1674-1679). Outra vez, e, desta, com patente de Reitor, enviada pelo P. Geral. Recebeu-a sendo reitor do Maranhão, que logo deixou para tomar posse do novo cargo[2].

P. *António Pereira* (1679-1682 ?). Entra no govêrno a 15 de Maio de 1679[3].

P. *Jódoco Peres* (1682-1683). «Vieram patentes de reitor do Pará ao P. Jódoco Peres, o qual governou com muita satisfação, indo o P. António Pereira seu antecessor para a Missão de Gurupatuba e Tapajós»: «passou-se isto pelo ano de 1682»[4].

P. *Francisco Ribeiro* (1683-1689 ?). Segundo Bettendorff, veio patente de Roma para ser Reitor ao P. Pier Luigi Consalvi, mas ficou em seu lugar como vice-reitor Francisco Ribeiro[5]. A 20 de Julho de 1687 o P. Ribeiro pedia ao Geral que o aliviasse do cargo e que já era reitor havia 4 anos[6]. Mas ainda o era em 1688, quando pediu a pública-forma do processo jurídico relativo às mortes dos Padres no Cabo do Norte[7].

P. *João Carlos Orlandini* (1689-1693). O Catálogo de 1690 já o dá como reitor[8].

P. *Manuel Nunes*, «o Moço» (1693 ?-1694). Reitor, por patente de Roma[9].

P. *João da Silva* (1694-1696). Vice-Reitor, governando dois anos[10].

P. *Bento de Oliveira* (1696-1700). Tinha ido para o Maranhão como Superior da Missão em 1693. Voltou para Portugal, onde ainda governou diversas casas, vindo a falecer em Lisboa a 4 de Janeiro de 1725[11].

---

1. Bett., *Crónica*, 254; *Bras.* 9, 302v.
2. Bett., *Crónica*, 300, 302. Faleceu a 28 de Julho de 1679; Bett., *Crónica*, 324; no *Livro dos Óbitos*, a 29.
3. *Bras.* 26, 70; Bett., *Crónica*, 335.
4. Bett., *Crónica*, 346.
5. Bett., *Crónica*, 326.
6. *Bras.* 3(2) 239.
7. *Bras.* 26, 186.
8. *Bras.* 27, 7.
9. Bett., *Crónica*, 571, 547.
10. Bett., *Crónica*, 573, 599-600; *Bras.* 26, 182.
11. Sommervogel, *Bibl.* V. 1915, cita-o por ter deixado, em português, uma *Novena de Santa Quitéria*, impressa no Colégio das Artes, Coimbra, 1711.

P. António da Cunha (1701-1708). Envia-lhe a patente o P. Geral em carta de 8 de Janeiro de 1701. Foi Reitor 8 anos [1].

P. Inácio Ferreira (1708-1711). Já era reitor em 1708. Faleceu em 1712, sendo Superior da Missão [2].

P. Tomás do Couto (1711-1715). Faleceu, sendo Vice-Reitor. Já o devia ser a 2 de Fevereiro de 1712, pois é êle quem recebe a profissão do P. Manuel de Brito [3].

P. Manuel de Brito (1715-1720). Tomou posse em 1715 [4].

P. Domingos da Cruz (1720-1722). Nomeado a 31 de Julho de 1720. Faleceu no cargo em 1722 [5].

P. Domingos de Araújo (1722-1723). Aparece nêste período, em diversas *Juntas de Missões*, do Pará, como Reitor ou Vice-Reitor (ambas as expressões se mencionam) [6].

P. Luiz de Mendoça (1723-1726). Nomeado a 26 de Junho de 1723. A 12 de Setembro de 1726, concluido o triênio, diz que deixa o cargo por motivo de saúde e pede para voltar à sua Província do Brasil. Concede-lha o Geral, em carta de 22 de Março de 1727, agradecendo-lhe os serviços prestados à Missão [7]. Em seu lugar deve ter ficado, interinamente, algum Padre com o mesmo ofício, cujo nome não consta.

P. José de Sousa (1727-1730). Posse a 20 de Dezembro de 1727. A patente tinha-lhe sido enviada a 9 de Fevereiro de 1726 [8].

P. José da Gama (1730-1732). Posse a 10 de Dezembro de 1730. Por motivos que teve, o Geral removeu-o do cargo, e nomeou para o substituir o P. Jacintó de Carvalho, então em Lisboa, que pediu para voltar à Missão, não chegando porém a embarcar [9].

---

1. Lúcio de Azevedo, *Os Jesuítas no Grão-Pará*, 392; *Bras*. 27, 20v.
2. *Bras*. 27, 24.
3. *Livro dos Óbitos*, f. 8; *Lus*. 13, 225-226.
4. *Bras*. 27, 29.
5. *Bras*. 27, 43; «Morte da serafino e corrispondente al suo s^{to}. zelo, pazienza, disprezzo di se stesso», diz Malagrida, *Bras*. 26, 224.
6. Arq. P. do Pará, cód. 907.
7. *Bras*. 27, 47v; *Bras*. 25, 41v.
8. *Bras*. 25, 34v.
9. Bibl. de Évora, Cód. CXV/2-11, f. 26; *Bras*. 25, 57v; *Bras*. 25, 54v, 56v.

P. *João Teixeira* (1732-1738). Posse a 14 de Agôsto de 1732. Reconduzido em 1735. Ainda era reitor em 26 de Fevereiro de 1738. Foi reitor 6 anos [1].

P. *Inácio Xavier* (1738-1741). O P. Geral envia-lhe a patente a 11 de Fevereiro de 1737. Era reitor em 1740 e foi-o durante 3 anos [2].

P. *João Ferreira* (1741-1744). Posse a 14 de Agôsto de 1741. A 19 de Setembro de 1743 recebeu La Condamine, na Fazenda de Ibirajuba, e aí o agasalhou fidalgamente alguns dias até vir para a cidade [3].

P. *Manuel Ferreira* (1744-1748). Posse a 15 de Agôsto de 1744. Ainda assina o termo de *Junta de Missões* no Pará, de 10 de Fevereiro de 1748 [4].

P. *Caetano Xavier* (1748). Superior da Casa da Vigia e Reitor do Pará [5].

P. *Júlio Pereira* (1748-1751). O Catálogo de 1750 diz que ia no segundo ano de reitorado [6].

P. *Aleixo António* (1751-1753). Vice-Reitor, desde o dia 21 de Dezembro de 1751 [7].

---

1. *Bras. 27*, 62; *Bras. 25*, 67v; *Bras. 25*, 84v; *Bras. 27*, 110; Lamego, *A Terra Goitacá*, III, 314.

2. *Bras. 25*, 81.

3. *Bras. 27*, 110; La Condamine, *Relation abrégé d'un voyage fait dans l'intérieur de L'Amérique Meridionale* (Paris 1745) 172-173; Garcia em *HG*, IV, 114. Ficou em contacto epistolar com o sábio francês a quem comunicou, com provas certas, a ligação, contestada até então na Europa, do Rio Negro com o Orinoco. Exilado para Portugal, foi deportado para a África, donde passou a Roma. Em 1777 pediu o Rei de França à *Propaganda Fidei* missionários para Caiena. Não os tendo a *Propaganda*, o Papa ofereceu quatro antigos Jesuítas, um dos quais o P. João Ferreira. Em Maio de 1778 já se sabia na Europa que tinham sido bem recebidos pelos Índios, e que tratavam de reùnir em Conani os restos dos índios das missões portuguesas do Cabo do Norte (Carayon, *Doc. Inédits*, IX, 241, 279-281). Parece que quando se divulgavam na Europa aquelas notícias, já êle tinha falecido, em Abril dêsse mesmo ano de 1778, cf. Sommervogel, *Bibl.*, III, 683, onde também dá notícia dos seus escritos, impressos e inéditos. O P. João Ferreira é um dos raros Jesuítas do Brasil que, a seguir ao exílio, conseguiram voltar e morrer em terras de América.

4. *Bras. 27*, 123v; Arq. do Pará, *Junta de Missões*, cód. 1086, f. 86.

5. Arq. Prov. Port., Pasta 177(16).

6. *Bras. 27*, 152v.

7. *Bras. 27*, 184v. Cf. Ass. aut. na *Junta de Missões*, Bibl. P. Pará, cód. 1086, 112v.

P. *Caetano Xavier* (1753-1757 ?). Reitor desde 26 de Outubro de 1753 [1].

P. *Domingos António* (?-1757). Já era Reitor a 15 de Setembro de 1757 em que, nessa qualidade lhe escreveu o Bispo Bulhões. Era reitor a 28 de Novembro de 1757, dia em que foi desterrado para Portugal [2].

P. *Inácio Estanislau* (1757-1760). Nomeado Vice-Reitor pelo Visitador Francisco de Toledo, antes de êste partir para o exílio. O Bispo Bulhões escreve ao P. Estanislau, a 18 de Agôsto de 1759, agradecendo-lhe os votos de boa viagem. Por sua vez exilado, Inácio Estanislau faleceu nos cárceres de S. Julião da Barra a 1 de Fevereiro de 1777, pouco antes da libertação geral dos sobreviventes, que foi no mês seguinte [3].

---

1. *Bras. 27*, 188v.
2. Carta em Lamego, *A Terra Goitacá*, III, 297; *Diário de 1756-1760*.
3. *Diário de 1756-1760*; Arq. Prov. Port., Pasta 176, 19; Apêndice ao Cat. de Portugal. de 1903.

IGREJA DA SENHORA MÃE DE DEUS, DA VIGIA

Notável monumento da 1.ª metade do século XVIII. A fotografia, apertada, diminue-lhe a perspectiva. No frontão, ao centro, o medalhão da Mãe de Deus.

CAPÍTULO II

Ilha de Joanes ou Marajó

1 — *A embaixada do Crucifixo;* 2 — *A redução dos Nheengaíbas pelo P. António Vieira;* 3 — *A Aldeia de Joanes;* 4 — *Indústria pastoril;* 5 — *Fazendas de Marajoaçu;* 6 — *Fazendas do Arari.*

1. — A imensa porção de terra, que é a Amazónia, divide-se em dois grandes Estados, o Pará e o Amazonas, e no Território do Acre. Nêste último não missionaram os Jesuítas de Portugal. Quando muito fizeram alguma entrada de reconhecimento pelo Rio Abunã, depois que fundaram Santo António das Cachoeiras.

Nas missões houve muitas vezes simultaneidade; e, nalgumas do actual Estado do Amazonas, antes mesmo que noutras regiões do Pará. Convindo dar uma ordenação aos capítulos, depois do Maranhão vem o Pará e depois do Pará o Amazonas. Dentro do Estado do Pará começamos por abrir a grande porta que está na sua bôca, a Ilha de Joanes ou Marajó, e, contornando pelo Cabo do Norte até à fronteira do Estado do Amazonas, fixamo-nos, enfim, na margem direita do grande rio, que foi também o maior campo missionário da Companhia de Jesus nesta região.

Na grande Ilha de Joanes, os trabalhos dos Jesuítas repartem-se em três fases sucessivas e de características diferentes: a da redução da Ilha, ou dos seus principais habitantes, os *Nheengaibas*, à vida cristã e convívio com os Portugueses, fase de carácter não só religioso, mas nacional e internacional, por ser o Marajó, e a margem esquerda do Amazonas campo então de competições estrangeiras; a seguir, a administração da Aldeia de Joanes; e a terceira fase, económica, quando a Vice-Província do Maranhão, procurava recursos não apenas para as necessidades da catequese, edifícios e vida corrente, mas também para a autonomia missionária a que tendia, buscando os meios de criar, educar e formar na própria terra os futuros missionários, obra que não poderia fazer-se sem avultados recursos: é o período das fazendas e criações famosas.

Do primeiro período, o da redução, seja o seu próprio artífice, quem no-lo conte. Diz Vieira:

«Na grande boca do rio das Amazonas está atravessada uma Ilha, de maior comprimento e largura, que todo o reino de Portugal, e habitada de muitas nações de Índios, que por serem de línguas diferentes e dificultosas são chamados geralmente *Nheengaíbas*. Ao princípio receberam estas nações aos nossos conquistadores em boa amizade; mas, depois que a larga experiência lhes foi mostrando que o nome de falsa paz, com que entravam, se convertia em declarado cativeiro, tomaram as armas em defensa da liberdade, e começaram a fazer guerra aos Portugueses em tôda a parte.

Usa esta gente canoas ligeiras e bem armadas, com as quais não só impediam e infestavam as entradas, que nesta terra são tôdas por água, em que roubaram e mataram muitos Portugueses, mas chegavam a assaltar os índios cristãos em suas Aldeias, ainda naquelas que estavam mais vizinhas às nossas fortalezas, matando e cativando; e até os mesmos Portugueses não estavam seguros dos *Nheengaíbas*, dentro em suas próprias casas e fazendas de que se vêem ainda hoje muitas despovoadas e desertas, vivendo os moradores destas Capitanias dentro em certos limites, como sitiados, sem lograr as comodidades do mar, da terra e dos rios, nem ainda a passagem dêles, senão debaixo das armas.

Por muitas vezes quiseram os Governadores passados, e ùltimamente André Vidal de Negreiros, tirar êste embaraço tão custoso ao Estado, empenhando na emprêsa tôdas as fôrças dêle, assim de índios como de Portugueses, com os cabos mais antigos e experimentados; mas nunca desta guerra se trouxe outro efeito mais que o repetido desengano de que as nações *Nheengaíbas* eram inconquistáveis, pela ousadia, pela cautela, pela astúcia, e pela constância da gente, e mais que tudo pelo sítio inexpugnável, com que os defendeu e fortificou a mesma natureza.

É a Ilha tôda composta de um confuso e intrincado labirinto de rios e bosques espessos; aquêles com infinitas entradas e saídas, êstes sem entrada nem saída alguma, onde não é possível cercar, nem achar, nem seguir, nem ainda ver ao inimigo, estando êle no mesmo tempo debaixo da trincheira das árvores, apontando e empregando as suas frechas. E porque êste modo de guerra, volante e invísivel, não tivesse o estôrvo natural da casa, mulheres e filhos, a primeira coisa que fizeram os *Nheengaíbas*, tanto que se resolveram à guerra com os Portugueses, foi desfazer e como desatar as povoações em que viviam, dividindo as casas pela terra dentro a grandes distâncias, para que em qualquer perigo pudesse uma avisar às outras, e nunca ser acometidos juntos. Desta sorte ficaram habitando tôda a Ilha, sem habitar em nenhuma parte dela, servindo-lhes porém em tôdas, os bosques de muro, os rios de fôsso, as casas de atalaia, e cada *Nheengaíba* de sentinela, e as suas trombetas de rebate» [1].

Era preciso penetrar esta fortaleza silvestre. Para a conquistar a Deus, para desfazer o encanto, e prevenir alianças com os Holandeses. O Governador André Vidal de Negreiros, a pedido da Câmara do Pará, convocou a Junta de Missões em Setembro de 1655, sôbre a guerra que faziam aos Portugueses os Índios da Ilha de Joanes. E resolveu-se que aos *Aruãs* e *Anajás* se podia logo fazer guerra, porque êles a começaram, sem os Portugueses terem dado motivo. Aos *Nheengaíbas* não, porque algum motivo lhes tinham dado. Que a êstes se propusessem primeiro pazes e se êles as não aceitassem com as garantias necessárias, então se lhes fizesse guerra [2].

Para propor as pazes aos *Nheengaíbas* organizou-se uma tropa em fins de 1655, sob o comando do Sargento-mor Agostinho Correia. Da Companhia iam os Padres João de Souto-Maior e Salvador do Vale. Mas apenas chegou às suas terras, os Índios desapareceram. E no dia

---

1. *Cartas de Vieira*, I, 556-558, 588, 462.
2. O têrmo que se lavrou desta Junta, é assinado pelos que a ela assistiram: «Governador e capitão geral André Vidal de Negreiros, o Provedor da fazenda de S. Majestade Antonio Coelho Gasco, que também serve de ouvidor desta Capitania, o P. Pedro Vidal, Vigário da Igreja Matriz dela, e assim mesmo serve de Vigário geral, Frei Estêvão da Natividade Vigário Provincial da Ordem de Nossa Senhora do Carmo, Frei João das Chagas Prior do Convento desta cidade da mesma Ordem, Frei Bartolomeu Ramos de Castro Comissário da Ordem de Nossa Senhora das Mercês, Frei Lucas de Sousa Franca comendador do Convento da mesma Ordem sito na mesma cidade, Frei Francisco de Alcântara Custódio da Ordem de Santo António, Frei António da Madre de Deus guardião do convento da mesma cidade, o P. António Vieira da Companhia de Jesus Superior da Missão dêste Estado e o P. Manuel Nunes, superior da Missão desta Capitania. Em esta cidade de Belém aos... de Setembro de 1655», *Cópia do assento da Junta de Missões sobre a guerra aos Índios da Ilha de Joanes*. Documento em nosso poder, oferecido pelo investigador Frazão de Vasconcelos. Letra coeva, do próprio P. Vieira ou outra parecida com a sua. Está em branco o dia em que se realizou a Junta.

em que os Portugueses estavam desprevinidos, no mais cerrado da escuridão, são assaltados repentinamente pelos *Nheengaíbas*, que desfecham as setas para o barracão de palha onde estavam. Muitos ficaram feridos. E entre os urros dos Índios, o inopinado do ataque, e os gemidos dos feridos, que clamavam assistência, Souto-Maior acendeu uma candeia. Gritavam-lhe os Portugueses a apagassem, pois seria mais fácil alvo. Mas os agressores em vez disso, ao verem a luz, cuidando ser emboscada dos cabos da tropa, puseram-se em fuga. A tropa ficou ali três meses, até que se tornou insustentável a permanência naquelas paragens. Não havia mantimentos. E os cabos militares desenganaram-se que não era pela paz, mas pelas armas, que se haviam de domar aquêles Índios.

O P. Souto-Maior teve então uma ideia. Tinha-se tomado um índio principal. Deu-lhe liberdade e enviou-o aos seus, com propostas de paz, e que os Portugueses as cumpririam fielmente. Não tendo outro sinal, deu-lhe como penhor, o Santo Cristo que levava.

O principal não voltou. E diante do cepticismo e murmuração da tropa, disse o P. Souto-Maior a Agostinho Correia, que o repetiu ao P. António Vieira que «aquêle Senhor, que se deixara ficar entre os *Nheengaíbas*, havia de ser o missionário e apóstolo dêles e o que os havia de converter à sua fé»[1].

O certo é que o Crucifixo permaneceu quási quatro anos entre aquêles bárbaros e pagãos, e durante êsse tempo cessaram os habituais latrocínios e fez-se enfim a paz com o P. Vieira[2]. Diz êle, dirigindo-se a El-Rei:

2. — «Chegou finalmente no ano passado de 1658 o Governador D. Pedro de Melo, com as novas da guerra apregoada com os Holandeses, com os quais algumas das nações dos *Nheengaíbas* há muito tempo tinham comércio, pela vizinhaça dos seus portos com os do Cabo do Norte, em que todos os anos carregam de peixe-boi mais de vinte navios de Holanda. E entendendo as pessoas do govêrno do Pará, que, unindo-se os Holandeses com os *Nheengaíbas*, seriam uns e outros senhores destas Capitanias, sem haver fôrças no Estado, ainda que se ajuntassem tôdas, para lhe resistir, mandaram uma pessoa particular ao Governador, por meio da qual lhe pediam socorro e licença para logo, com o

---

1. *Cartas de Vieira*, I, 558.
2. Bett., *Crónica*, 94.

maior poder que fôsse possível, entrarem pelas terras dos *Nheengaíbas*, antes que com a união dos Holandeses não tivesse remédio esta prevenção, e com ela se perdesse de todo o Estado.

Resoluta a necessidade e justificação da guerra, por voto de tôdas as pessôas eclesiásticas e seculares, com quem V. M. a manda consultar, foi de parecer o Padre António Vieira que, em quanto a guerra se ficava prevenindo em todo o segrêdo, para maior justificação, e ainda justiça dela, se oferecesse primeiro a paz aos *Nheengaíbas*, sem soldados nem estrondo de armas que a fizessem suspeitosa, como em tempo de André Vidal tinha sucedido. E, porque os meios desta proposição da paz pareciam igualmente arriscados, pelo conceito que se tinha da fereza da gente, tomou à sua conta o mesmo Padre ser o medianeiro dela, supondo porém todos que não só a não haviam de admitir os *Nheengaíbas*, mas que haviam de responder com as frechas aos que lhe levassem semelhante prática, como sempre tinham feito por espaço de vinte anos, que tantos tinham passado desde o rompimento desta guerra.

Em dia de Natal do mesmo ano 658, despachou o Padre dois Índios principais, com uma carta patente sua a tôdas as nações dos *Nheengaíbas*, na qual lhe segurava que, por benefício da nova lei de V. M., que êle fôra procurar ao Reino se tinham ja acabado para sempre os cativeiros injustos, e todos os outros agravos que lhe faziam os Portugueses; e que, em confiança desta sua palavra e promessa, ficava esperando por êles ou por recado seu, para ir às suas terras, e que em tudo o mais dessem crédito ao que em seu nome lhe diriam os portadores daquele papel.

Partiram os embaixadores, que também eram de nação *Nheengaíbas*, e partiram como quem ia ao sacrifício (tanto era o horror que tinham concebido da fereza daquelas nações até os de seu próprio sangue) e assim se despediram, dizendo que, se até o fim da lua seguinte não tornassem, os tivéssemos por mortos ou cativos.

Cresceu e mingou a lua aprazada e entrou outra de novo, e já antes dêste têrmo tinham profetizado o mau sucesso todos os homens antigos e experimentados desta Conquista, que nunca prometeram bom efeito a esta embaixada; mas provou Deus que valem pouco os discursos humanos onde a obra é de sua providência.

Em dia de Cinza, quando já se não esperavam, entraram pelo Colégio da Companhia os dois embaixadores, vivos e mui contentes, trazendo consigo sete principais *Nheengaíbas*, acompanhados de muitos outros índios das mesmas nações.

Foram recebidos com as demonstrações de alegria e aplauso que se devia a tais hóspedes, os quais, de um comprido arrazoado, em que desculpavam a continuação da guerra passada, lançando tôda culpa, como era verdade, à pouca fé e razão que lhe tinham guardado os Portugueses, concluíram dizendo assim. *Mas, depois que vimos em nossas terras o papel do Padre grande, de que já nos tinha chegado fama, que por amor de nós e da outra gente da nossa pele se tinha arriscado às ondas do mar alto, e alcançado de El-Rei para todos nós as coisas boas; pôsto que não entendemos o que dizia o dito papel, mais que pela relação dêstes nossos parentes, logo no mesmo ponto lhe demos tão inteiro crédito, que, esquecidos totalmente de todos os agravos dos Portugueses, nos vimos aqui meter entre suas mãos e nas bôcas das suas peças de artilharia; sabendo de certo, que debaixo da mão dos Padres, de quem já de hoje adiante nos chamamos filhos, não haverá quem nos faça mal.*

Com estas razões tão pouco bárbaras desmentiram os *Nheengaíbas* a opinião que se tinha de sua fereza e barbaria, e se estava vendo nas palavras, nos gestos, nas acções e afectos com que falavam, o coração e a verdade do que diziam[1].

Queria o Padre logo partir com êles às suas terras, mas responderam, com cortesia não esperada, que êles até àquele tempo viviam como animais do mato, debaixo das árvores; que lhes déssemos licença para que logo fôssem descer uma aldeia para a beira do rio, e que, depois que tivessem edificado casa e igreja, em que receber ao Padre, então o viriam buscar muitos mais em número para que fôsse acompanhado como convinha, sinalando nomeadamente que seria para o S. João, nome conhecido entre êstes gentios, pelo qual distinguem o inverno da primavera.

---

1. A primeira notícia desta embaixada deu-a Vieira a um fidalgo do Conselho Ultramarino: «Em suma as nações dos *Nheengaíbas*, que são sete, na bôca do Rio das Amazonas, e as mais belicosas da conquista, e que nunca pudemos domar por armas, e contra as quais, a requerimento do povo do Pará, se queria intentar uma guerra impossível e sôbre as fôrças de todo o Estado, que tôdas era necessário se empregassem, e provavelmente se haviam de consumir nesta guerra, como já se consumiram outras maiores; estas nações, senhor, vieram o mês passado, a sujeitar-se à fé, e vassalagem de S. M., por meio de sete embaixadores seus, sem mais empenho que uma fôlha de papel, por ir firmada com o nome de Jesus em um sinete da Companhia. Tanto crédito tem conciliado com os bárbaros a fama e a experiência de que só os Padres da Companhia os defendem das opressões dos Portugueses, e a promessa de que hão-de viver debaixo do seu amparo, patrocínio e doutrina», *Cartas de Vieira*, I, 486-487.

Assim o prometeram, ainda mal cridos, os *Nheengaíbas*, e assim o cumpriram pontualmente; porque chegaram às Aldeias do Pará, cinco dias antes da festa de S. João, com dezassete canoas, que com treze da nação dos *Combocas*, que também são da mesma ilha, faziam número de trinta, e nelas outros tantos Principais, acompanhados de tanta e boa gente que a fortaleza e cidade se pôs secretamente em armas.

Não pôde ir o Padre nesta ocasião por estar mortalmente enfermo; mas foi Deus servido que o pudesse fazer em 16 de Agôsto, em que partiu das Aldeias do Camutá em doze grandes canoas, acompanhados dos Principais de tôdas as nações cristãs, e de sòmente seis portugueses com o Sargento-mor da praça, por mostrar maior confiança. Ao quinto dia de viagem entraram pelo rio dos *Mapuaises*, que é a nação dos *Nheengaíbas* que tinha prometido fazer a povoação fora dos matos, em que receber aos Padres; e duas léguas antes do pôrto, sairam os Principais a encontrar as nossas canoas, em uma sua grande e bem esquipada, empavezada de penas de várias côres, tocando buzinas e levantando pocêmas, que são vozes de alegria e aplausos com que gritam todos juntos a espaços, e é a maior demonstração de festa entre êles; com que também de tôdas as nossas se lhe respondia.

Conhecida a canoa dos Padres, entraram logo nela os Principais, e a primeira coisa que fizeram foi presentar ao P. António Vieira a imágem do Santo Cristo, do P. João de Souto-Maior, que havia quatro anos, tinham em seu poder, e de que se tinha publicado que os gentios a tinham feito em pedaços, e que por ser de metal a tinham aplicado a usos profanos; sendo que a tiveram sempre guardada e com grande decência, e respeitada com tanta veneração e temor, que nem a tocá-la nem ainda a vê-la se atreviam.

Receberam os Padres aquêle sagrado penhor com os afectos que pedia a ocasião, reconhecendo êles, os Portugueses, e ainda os mesmos Índios, que a êste Divino Missionário se deviam os efeitos maravilhosos da conversão e mudança tão notável dos *Nheengaíbas*, cujas causas se ignoravam. Logo disseram que, desde o princípio daquela lua, estiveram os Principais de tôdas as nações esperando pelos Padres naquele lugar; mas que, vendo que não chegavam ao tempo prometido, nem muitos dias depois, resolveram que *o Padre grande* devia de ser morto, e com esta resolução se tinham despedido, deixando porém assentado antes, que, de ali a catorze dias, se ajuntariam outra vez todos em suas canoas, para irem ao Pará saber o que passava, e se fôsse morto o Padre chorarem sôbre sua sepultura, pois já todos o reconheciam por pai.

Chegados enfim à povoação, desembarcaram os Padres com os Portugueses e Principais cristãos, e os *Nheengaíbas* naturais os levaram à igreja, que tinham feito de palma, ao uso da terra, mas muito limpa e consertada, a qual logo se dedicou à sagrada imagem, com o nome de *Igreja do Santo Cristo*, e se disse o *Te Deum laudamus* em acção de graças.

Da igreja, a poucos passos, trouxeram os Padres para a casa que lhe tinham preparado, a qual estava muito bem traçada, com seu corredor e cubículos, e fechada tôda em roda, com uma só porta, enfim, com toda clausura que costumam guardar os missionários entre os índios.

Mandou-se logo recado às nações, que tardaram em vir mais ou menos tempo, conforme a distância; mas enquanto não chegaram as mais vizinhas, que foram cinco dias, não estêve o demónio ocioso, introduzindo nos ânimos dos Índios, e ainda dos Portugueses, ao princípio por meio de certos agoiros, e depois pela consideração do perigo em que estavam se os *Nheengaíbas* faltassem à fé prometida, tais desconfianças, suspeitas e temores, que faltou pouco para não largarem a emprêsa e ficar perdida e desesperada para sempre. A resolução foi dizer o P. António Vieira aos cabos que lhe pareciam bem as suas razões, e que conforme a elas se fôssem embora todos, que êle só ficaria com seu companheiro, pois só a êles esperavam os *Nheengaíbas*, e só com êles haviam de tratar.

Mas no dia seguinte começou a entrar pelo rio em suas canoas, a nação dos *Mamaianases*, de quem havia maior receio por sua fereza; e foram tais as demonstrações de festa, de confiança e de verdadeira paz, que nesta gente se viram, que as suspeitas e temores dos nossos se foram desfazendo, e logo os rostos e os ânimos, e as mesmas razões e discursos se vestiram de diferentes côres.

Tanto que houve bastante número de Principais, depois de se lhe ter praticado largamente o novo estado das coisas, assim pelos Padres como pelos Índios das suas doutrinas, deu-se ordem ao juramento da obediência e fidelidade; e, para que se fizesse com tôda a solenidade de cerimónias exteriores (que valem muito com gente que se governa pelos sentidos) se dispôs e fêz na forma seguinte. Ao lado direito da igreja estavam os Principais das nações cristãs, com os melhores vestidos que tinham, mas sem mais armas que as suas espadas; da outra parte estavam os Principais gentios, despidos e empenados ao uso bárbaro, com seus arcos e frechas na mão, e entre uns e outros os Portugueses. Logo disse missa o P. António Vieira, em um altar ricamente ornado que era da Adoração dos Reis, à qual missa assistiam os gentios, de joelhos, sendo grandíssima consolação para os circunstantes vê-los bater nos peitos, e adorar a hóstia e o cális com tão vivos efeitos daquele preciosíssimo sangue que, sendo derramado por todos, nêstes mais que em seus avós teve sua eficácia.

Depois da missa, assim resvestido nos ornamentos sacerdotais, fêz o Padre uma prática a todos, em que lhes declarou pelos intérpretes a dignidade do lugar em que estavam, e a obrigação que tinham de responder, com limpo coração e sem engano, a tudo o que lhes fôsse preguntado, e de o guardar inviolavelmente depois de prometido. E logo fêz preguntar a cada um dos Principais se queriam receber a fé do verdadeiro Deus, e ser vassalos de El-Rei de Portugal, assim como são os Portugueses e os outros Índios das nações cristãs e avassaladas, cujos Principais estavam presentes: declarando-lhes juntamente que a obrigação de vassalos era haverem de obedecer em tudo às ordens de S. M., e ser sujeitos a suas leis, e ter paz perpétua e inviolável com todos os vassalos do mesmos senhor, sendo amigos de todos seus amigos, e inimigos de todos seus inimigos; para que nesta forma gozassem livre e seguramente de todos os bens, comodidades e privilégios que pela última lei do ano de 1655 eram concedidos por S. M. aos índios dêste Estado.

A tudo responderam todos, conformente, que sim; e só um Principal, chamado *Piié*, o mais entendido de todos, disse que não queria prometer aquilo. E como ficassem os circunstantes suspensos na diferença não esperada desta resposta, continuou dizendo que — *as preguntas e as práticas, que o Padre lhes fazia, que as fizesse aos Portugueses e não a êles; por que êles sempre foram fieis a El-Rei, e sempre o reconheceram por seu senhor desde o princípio desta conquista, e sempre foram amigos e servidores dos Portugueses; e que, se esta amizade e obediência se quebrou e interrompeu, fôra por parte dos Portugueses e não pela sua: assim que os Portugueses eram os que agora haviam de fazer ou refazer as suas promessas, pois as tinham quebrado tantas vezes, e não êle e os seus, que sempre as guardaram.*

Foi festejada a razão do bárbaro, e agradecido o têrmo com que qualificava a sua fidelidade; e logo o Principal, que tinha o primeiro lugar, se chegou ao altar onde estava o Padre, e lançando o arco e frechas a seus pés, pôsto de joelhos, e com as mãos levantadas e metidas entre as mãos dos Padre, jurou desta maneira:

Eu Fulano, Principal de tal nação, em meu nome e de todos meus súbditos e descendentes, prometo a Deus e a El-Rei de Portugal, a fé de nosso

Senhor Jesu Cristo; e de ser (como já sou de hoje em diante) vassalo de S. M.; e de ter perpétua paz com os Portugueses, sendo amigo de todos seus amigos e inimigos de todos seus inimigos; e me obrigo de assim o guardar e cumprir inteiramente para sempre.

Dito isto, beijou a mão do Padre, de quem recebeu a bênção; e foram continuando os demais Principais por sua ordem na mesma forma.

Acabado o juramento, vieram todos pela mesma ordem abraçar aos Padres, depois aos Portugueses, e ùltimamente aos Principais das nações cristãs, com os quais também tinham até então a mesma guerra que com os Portugueses: e era coisa muito para dar graças a Deus ver os extremos de alegria e verdadeira amizade com que davam e recebiam êstes abraços, e as coisas que a seu modo diziam entre êles.

Por fim, postos todos de joelhos, disseram os Padres o *Te Deum laudamus*, e, saindo da igreja para uma praça larga, tomaram os principais cristãos os seus arcos e frechas que tinham deixado fora, e, para demonstração pública do que dentro da igreja se tinha feito, os Portugueses tiravam as balas dos arcabuzes, e as lançavam no rio e disparavam sem bala; e logo uns e outros Principais quebravam as frechas, e tiravam com os pedaços ao mesmo rio, cumprindo-se aqui a letra: *Arcum conteret et confringet arma*. Tudo isto se fazia ao som de trombetas, buzinas, tambores e outros instrumentos, acompanhados de um grito contínuo de infinitas vozes, com que tôda aquela multidão de gente declarava sua alegria; entendendo-se êste geral conceito em tôdas, pôsto que eram de mui diferentes línguas.

Desta praça foram juntos todos os Principais, com os Portugueses que assistiram ao acto, à casa dos Padres, e ali se fêz têrmo jurídico e autêntico de tudo o que na igreja se tinha prometido e jurado, que assinaram os mesmos Principais; estimando muito, como se lhes declarou, que os seus nomes houvessem de chegar à presença de V. M., em cujo nome se lhe passaram logo cartas, para em qualquer parte e tempo serem conhecidos por vassalos.

Na tarde do mesmo dia deu o Padre seu presente a cada um dos Principais, como êles o tinham trazido, conforme o costume destas terras, que a nós é sempre mais custoso que a êles. Os actos desta solenidade, que se fizeram foram três, por não ser possível ajuntarem-se todos no mesmo dia; e os dias que ali se detiveram os Padres, que foram catorze, se passaram todos, de dia em receber e ouvir os hóspedes, e de noite em contínuos bailos, assim das nossas nações como das suas, que, como diferentes nas vozes, nos modos nos instrumentos e na harmonia tinham muito que ver e que ouvir.

Rematou-se êste triunfo da fé com se arvorar no mesmo lugar o estandarte dela, uma formosíssima Cruz, na qual não quiseram os Padres que tocasse índio algum de menor qualidade; e assim foram cinqüenta e três Principais os que a tomaram aos ombros e a levantaram, com grande festa e alegria assim dos cristãos como dos gentios, e de todos foi adorada. As nações de diferentes línguas que aqui se introduziram, foram os *Mamaianás*, os *Aruãs* e os *Anajás*, debaixo dos quais se compreendem *Mapuás*, *Paucacás* [*Sacacas?*], *Guajarás*, *Pixipixis* e outros.[1] O número de almas não se pode dizer com certeza; os que menos o sabem dizem que serão quarenta mil, entre os quais também entrou um Principal dos *Tucujus*, que é província à parte, na terra firme do Rio das Amazonas, defronte da Ilha dos *Nheengaíbas*, e é fama que os excedem muito em número, e que uns e outros fazem mais de cem mil almas.

Deixou os Padres assentados com êstes Índios que no inverno saíssem dos matos, e se fizessem suas casas sôbre os rios, para que no verão seguinte os pudesse ir ver todos a suas terras, e deixar alguns Padres entre êles, que os comecem a doutrinar; e com estas esperanças se despediu, deixando-os todos contentes e saùdosos. Pareceu aos Padres trazerem consigo, até tornarem, a imagem do Santo Cristo, a qual, por comum aplauso e devoção do clero, das Religiões e da República, foi recebida na cidade do Pará, em soleníssimo triunfo, dando todos a glória de tamanha emprêsa a êste Senhor, e confessando todos que só era e podia ser sua[2].

Êste é, Senhor, por maior, e sem casos particulares e de muita edificação por brevidade, o fruto que colheram êste ano na inculta seara do Maranhão os missionários de V. Majestade, e êstes os aumentos da fé e da Igreja que conseguiram com os seus trabalhos; não sendo de menor consideração e conseqüência as utilidades temporais e política

---

1. Como êstes tinham sido visitados primeiro pelo P. João de Souto-Maior, Palma Muniz, buscando a primeira origem da actual cidade, Município de Anajás, transcreve a asserção aliás verosímil, de António Figueira no I Congresso de História Nacional, que «ao Padre Souto-Maior coube penetrar a Aldeia dos *Anajás*», Palma Muniz, *Limites Municipais*, 105.

2. Sôbre êste assunto, cf. Roberto Southey, *História do Brasil*, IV (Rio 1862) 250.

que por êste meio acresceram à Corôa e Estados de V. Majestade, porque os que consideram a felicidade desta emprêsa, não só com os olhos no céu senão também na terra, têm por certo que nêste dia se acabou de conquistar o Estado do Maranhão; porque, com os *Nheengaíbas* por inimigos, seria o Pará de qualquer nação estrangeira que se confederasse com êles; e, com os *Nheengaíbas*, por vassalos e por amigos, fica o Pará seguro e impenetrável a todo o poder estranho » [1].

Os Índios *Nheengaíbas* ou *Ingaíbas*, assim reduzidos, aldearam-se primeiro no sítio de *Mapuá*, diz João Daniel, que dá notícia desta nação, da sua língua e hábitos entre os quais predomina o extremo ciume dos Índios pelas próprias mulheres. E chega a tanto o abuso que « nas suas doenças, quando é preciso falarem para exporem ao seu Padre as suas moléstias, não hão de ser elas, mas os maridos os que falem. Por êstes e outros abusos, com que tratam a suas mulheres piores que escravas, tomam elas tanta pena, que algumas vezes se têm matado a si mesmas: e quando não chegam a êsse extrêmo de desesperação, andam amofinadas, tristes, magras e macilentas, sendo que em quanto menores e donzelas são bem estreadas e lindas. Tirados êstes abusos, no mais são afáveis, robustos, trabalhadores, e sofredores da fome e sêde; porém, a grandes diligências dos seus missionários, iam perdendo os seus abusos » [2].

Com os *Nheengaíbas* se fundou, pouco depois, a grande Aldeia dos *Ingaíbas* ou de Guaricuru nesta região das Ilhas e dos Furos.

3. — Na própria Ilha do Marajó, a actividade missionária, assim iniciada pelos Jesuítas, coube mais aos Padres Franciscanos, porque lhes veio esta Ilha na repartição geral das Aldeias da Amazónia em 1693. Antes dessa repartição, os Jesuítas tiveram à sua conta a Aldeia de Tipucu, ou dos Sacacas, ou ainda, com nome mais célebre, Aldeia de *Joanes*, vocábulo aportuguesado dos Índios que deram o nome à Ilha [3]. Os Padres da Aldeia dos *Tupinambás*, na Ilha do Sol, iam alí periodicamente. Em 1661, entre as instruções, que deu o P. Francisco Veloso ao P. João Maria Gorzoni, está uma « que de dois em dois meses se haviam

---

1. *Cartas de Vieira*, I, 558-569; Barros, *Vida de Vieira*, 274ss, 280ss; *Hist. Proprov. Maragn.*, 662-698; Lúcio de Azevedo, *Hist. de A. V.*, I, 314.
2. João Daniel, *Tesouro Descoberto*, na *Rev. do Inst. Bras*, III, 178-180.
3. Bett., *Crónica*, 26; Morais, *História*, 196.

de mudar os Índios dos Joanes »[1]; e o Catálogo de 1678 ainda traz a «Aldeia de Tipucu vulgo Joanes »[2].

Passou depois para os Padres de Santo António, e escreve cêrca de 1750 o Autor dos *Apontamentos*, que a Aldeia tinha obrigação de pesqueiro, isto é um couto de pesca. «Nela coutou El-Rei um lugar, que hoje se chama *Pesqueiro*, onde é contínua a pesca de tainhas. Pescam-se, secam-se e cada 15 dias vêm para a cidade do Pará 30 a 40 mil. E para isso não precisam os pescadores de mudar de sítio »[3].

A Aldeia de Joanes, recebeu depois o nome de Monforte, mas passado tempo recuperou o antigo nome de Joanes. E «é a mais antiga fundação jesuítica da região Marajoara», diz Palma Muniz[4].

4. — Marajó é famosa pela sua indústria pastoril. Nela «se admiram escreve José de Morais, as maiores e mais dilatadas campinas que tem o Estado, para as criações de gado vacum e cavalar em uma quási maravilhosa produção »[5]. Nesta Ilha tiveram também os Jesuítas as suas principais fazendas. Mas a criação começara no Maranhão. Do Brasil tinham vindo para a Ilha de S. Luiz, no tempo do P. Figueira, algumas novilhas, e Vieira, ao chegar em 1653, já encontrou algumas vacas na fazenda do Colégio de Nossa Senhora da Luz.[6] Depois êle próprio, em 1659, para início da reprodução cavalar, pediu ao Provincial do Brasil lhe remetesse «um cavalo e duas éguas, que seriam de grande alívio para a Missão »[7]. Ao gado vacum e cavalar se juntou logo o bovino e se estendeu pouco e pouco por todo o Estado, desde o Maranhão ao Amazonas.

No Pará a primeira criação, em pequena escala, foi ainda na terra firme, durante o govêrno do mesmo Vieira.

---

1. S. L., *Novas Cartas*, 301; Bett., *Crónica*, 24.
2. *Bras* 26, 53.
3. BNL, fg. 4516, *Apontamentos*, 30.
4. Palma Muniz, *Rev. do Inst. do Pará*, IV, 391. Êste ilustre autor atribue à Companhia de Jesus a fundação de outras povoações da Ilha do Marajó. Não consideramos fundação a simples passagem ou visita dos Padres. Não achando pois, confirmadas tais fundações nos documentos antigos da Companhia, omitimo-las aqui. Contudo das sete grandes fazendas de gado que os Jesuítas possuiram nesta Ilha posteriormente devem provir algumas povoações modernas.
5. Morais, *História*, 196.
6. *Cartas de Vieira*, I, 279.
7. *Cartas de Vieira*, III, 728.

Na Ilha de Joanes, a primeira fazenda do Colégio do Pará foi-lhe deixada pelo Padre secular, Licenciado João de Sousa Ferreira, autor do *Noticiário Maranhense* e da *América Abreviada*. Deixou-a, com algumas cabeças de gado que o Reitor do Colégio, João Carlos Orlandini, aumentou durante o seu govêrno (1689-1693). Ao mesmo tempo, pediu-se ao Donatário, António de Sousa de Macedo, em vez daquela fazenda, uma ou duas léguas, em frente de Mortigura. Trouxe de Lisboa, em 1693, essa data de terras o P. Bento de Oliveira, mas ficava para a banda do mar e com algumas condições onerosas.

Manuel Nunes tentou fixar nela parte dos Índios *Tupinambás*, da Fazenda de Mamaiacu, e fundar Residência. Ainda se cortou o campo de tabocas, mas as ferramentas quebravam-se nas pedras; e verificou-se logo que à terra, naquele sítio, o que lhe faltava em fartura lhe sobrava em mosquitos. Em todo o caso insistiu-se em aproveitar a terra; e Domingos de Sousa, procurador do Donatário, tirando as condições onerosas iniciais, deu, por sesmaria, já sem condição alguma, aquelas terras ou outras. Sobrevieram porém novas dificuldades. Os Índios *Tupinambás* não quiseram ficar nelas de boa vontade, os Padres e Irmãos achavam-se pouco dispostos a vencer com tanta freqüência os perigos da baía de Marajó, indo e vindo; e sucedeu que os Padres das Mercês já tinham feito currais precisamente nas terras da sesmaria dada agora aos Jesuítas. Para se não abrir demanda, os Padres da Companhia acharam preferível desistir. E, assim depois de se ter tentado a criação no Marajó, o mesmo Superior da Missão, Bento de Oliveira, retirou o gado, parte para a cidade, parte para Jaguarari.

«O certo é, comenta Bettendorff, que se no Pará se tivesse pedido data dos pastos, defronte de Mortigura, ao Capitão-mor Domingos de Sousa, podia-se esperar que ficasse remediado o Colégio, por ser paragem farta de caça, jabutis, peixe e ter terras para muito algodão, mas fica esta diligência para outro tempo e sujeitos que a quiserem fazer»[1].

A diligência fê-la vinte anos mais tarde outro Reitor, Manuel de Brito[2]. E em 1718 já se menciona uma fazenda de gado «na Ilha grande de Joanes, no Rio Marajó[3].

---

1. Bett., *Crónica*, 550, 571.
2. *Diário de 1756-1760*.
3. Arq. da Prov. Port., *Pasta 176(27)*.

Além desta Fazenda do Rio Marajó, outras se estabeleceram depois no Rio Arari, e não só para o Colégio, mas para *usos pios* e devoções particulares, cujo rendimento era privativo dessas entidades, a que com todo o escrúpulo se aplicava. Diz-se expressamente a aplicação da *Fazenda do Santo Cristo* e da *Fazenda de Santa Quitéria*, que era o ornato e aumento das respectivas Capelas na igreja do Colégio. Em 1734 eram seis as fazendas: *Santa Quitéria, Santo Cristo, S. Miguel, Nossa Senhora do Rancho, Nossa Senhora do Marajó* e a *Fazenda dos Pobres*, que aos pobres se destinava. Cada qual com a sua marca e contra-marca, o que não deixava de acarretar dispersão e complicações administrativas. E consultou-se se não seria conveniente uniformizar a sua administração. Deram-se vários pareceres, sendo um, de 1739, que se vendessem, e o produto se aplicasse aos respectivos fins ou se colocasse a render em condições de segurança [1]. Mas, à parte o trabalho, que davam, nada aparecia em condições de maior segurança; e não temos indício de que se vendessem. Cremos, sim, que se reùniram para maior comodidade de administração. Daí a algum tempo tôdas as Fazendas se agrupavam em dois grandes centros, *Fazenda do Marajó* (Marajoão ou Marajoaçu), e *Fazenda do Arari* [2]

5. — A *Fazenda do Marajó* tinha «seis léguas de terra de frente, correndo pelo rio acima». Constituíam esta Fazenda, os currais de *S. Brás, S. Francisco Xavier* e *Nossa Senhora do Rosário*. A residência central era no Rosário, casa e igreja cobertas de telha, com o indispensável para o culto e para moradia de três pessoas, e tudo o mais de uma fazenda simples, tear e roda de mandioca. Para os cavaleiros, casa à parte. Em S. Brás e S. Francisco, apenas, as casas dos cavaleiros.

O *Inventário* apurou em 1759, «2550 cabeças de gado vacum, pouco mais ou menos, 72 cavalos de serviço, e mais um lote de 8 éguas com seus filhos. Havia, além disso, 20 cabeças de gado suíno ao todo [3].

---

1. Arq. da Prov. Port., *Pasta 176 (25); Bras. 25*, 90v.
2. Os locais destas Fazendas e dos currais respectivos podem-se ver no *Plano da Ilha do Marajó*, de que há uma «cópia extraida do original existente neste imperial Arquivo por ordem do Ill.mo e Ex.mo Sr. Barão de Bagé, Presidente desta Provincia do Gran-Pará, pelo engenheiro Hugo de Fournier, em 20 de Março de 1892», *ms.* do Inst. Hist. Bras., G, 5-E 86.
3. *Inventário do Maranhão*, 12v.

6. — As *Fazendas do Arari* eram o mais importante grupo: Nossa Senhora dos Remédios, Menino Jesus, Santo Inácio, e S. José.

Com a Fazenda de S. José deu-se um caso, só compreensível e possível naquelas terras e distâncias, prova mais uma vez de que não há que fiar em asseverações alheias, sem verificação própria. O clérigo Manuel do Couto moveu pleito ao Colégio do Pará, alegando que o Curral de S. José caía dentro das demarcações de outro seu. Ninguém se deu trabalho de ir verificar e êle ganhou a causa. Algum tempo depois o P. João de Sousa teve êsse cuidado: « vi todos os marcos, não só de *Santa Quitéria* e *S. José*, mas também os que estão no rio e campinas do Marajoete e Maguã, o que me custou muito trabalho, padecendo um dia inteiro ». Passou no *Curral de Pororoca* e chegou ao de *S. José*. Viu com espanto que o marco das campinas caía dentro da demarcação do P. Couto, mas o Curral de S. José estava distante coisa de ¼ de légua, « e, com estarmos de fora, nos lançou fora, dizendo que estávamos dentro...

As terras destas quatro fazendas, diz o *Inventário*, « eram três léguas de frente, principiando das Mercês até o Lago Grande, e com três de fundos as quais foram compradas por 600$000 reis. Não têm outra utilidade que para pasto de gados. Têm mais duas léguas pela baía do dito Lago Grande, com uma de fundos, que pediu D. Teresa, em seu nome, para nós [2]. Mais duas no fim oa testada, que se trocaram por outras de Florentino da Silveira Frade [3].

A *Fazenda de Nossa Senhora dos Remédios* possuia capela da mesma invocação, de 80 palmos de comprido e trinta de largo, coberta de telha e tudo o que era necessário para a celebração da missa. A Residência,

---

1. Carta do P. João de Sousa ao Reitor do Pará, de Mortigura, 20 de Junho de 1745, Arq. da Prov. Port., *Pasta 176* (30). Aquêle Padre Manuel do Couto requereu a El-Rei a faculdade de administrar os índios de uma Aldeia e descer mais 200 casais para cultivar uns cacoais que possuía. Concede-lho «por uma *vida*» a Carta Régia de 1 de Abril de 1734, e que possa descer 100 casais, mas com a condição de os ir descer um Padre da Companhia, o qual indagará se os índios, praticados pelo P. Couto, descem ou não livremente, e da mesma forma como se têm feito para outros moradores do Estado (*Anais do Pará*, VI (1907) 170; VII (1910) 254.

2. *No Catálogo Nominal dos Posseiros de Sesmarias* nos *Anais do Pará*, III (1904) 144, vem uma Teresa Xavier de Carvalho, a quem foi concedida uma sesmaria no Rio Arari, a 6 de Maio de 1745, como se vê no Livro 12, p. 120v.

3. Florentino da Silveira Frade foi nomeado por Mendonça Furtado em 1757, fiscal da arrecadação dos dízimos do gado nesta Ilha do Marajó, *Anais do Pará*, V (1906) 224.

coberta de telha, com quatro aposentos, era de 80 palmos de comprido e 60 de largo. Assobradada com «uma sala em cima, com varandas por todos os lados». Outra casa, para o pessoal e os aprestos comuns para os cavalos de serviço, selas, freios e esporas. E «o mesmo havia nas fazendas de S. José, do Menino Jesus e Santo Inácio».

A quantidade de gado em tôdas estas fazendas do Arari «seriam 48 até 50 mil cabeças de gado; 160 cavalos pouco mais ou menos, para benefício das mesmas fazendas; mais 45 éguas, pouco mais ou menos, entre grandes e pequenas».

O *Inventário* conclue com esta nota: « Depois que nos tiraram os gados, ainda que não sabemos o número dàs cabeças, que os ministros régios mandaram cortar no açougue, sabemos contudo que fizeram 11.000 cruzados, os quais puseram em depósito, esperando nova resolução de Lisboa. O P. Giraldo Ribeiro, quando lhe tomaram conta dos currais, deu aos ministros régios em conta, 130.000 cabeças de gado, porém parece-me que o Padre se enganou, pela pouca experiência que tinha, o que julgo que seria a conta, acima dita, de 48 a 50 mil cabeças »[1].

Quanto à data e modo do sequestro, anota o *Diário de 1756-1760*: « Aos 19 de Fevereiro era supra [1759] partiu para Arari, o Doutor João Inácio de Brito, Juiz de Fora, que foi tomar posse das nossas terras para sua Majestade, que Deus guarde. E as terras digo são currais, e assim os curralinhos de Marajó, e o modo de os tomar, como poderíamos chamar, cala-se». O modo conta-o o próprio Mendonça Furtado. Mandando exibir aos Padres os títulos *legais* (sesmarias, compras e doações) das suas terras, reúniu-se em casa do Bispo, com mais três funcionários e todos cinco interpretaram-nos como lhes ditava a sua premeditação do sequestro, declarando *ilegais* aqueles títulos, alguns bem antigos, e *tombados* com os requisitos da lei e da au-

---

1. *Inventário do Maranhão*, 12-13. No Arq. do Pará, *Correspondência dos Governadores do Pará com a Metrópole, 1759-1761*, cód. 46, f. 32v, o Governador Manuel Bernardo de Melo e Castro, em carta escrita, a Tomé Joaquim da Costa Côrte Real, do Pará, 30 de Julho de 1759, dá conta do gado que havia nestas fazendas e os administradores que colocou à frente de cada qual. Sôbre a quantidade do gado das Fazendas do Arari mostra a sua estranheza supondo má fé no Padre Giraldo Ribeiro, *Anais do Pará*, II, 152-153; *Ib.*, X, 245-246. O homem de bom senso preferirá a interpretação singela e honesta do anotador do *Inventário*. Giraldo Ribeiro, desterrado no ano seguinte, 1760, faleceu na travessia do mar do Pará a Lisboa (Arq. da Prov. Port., *Pasta 188*, 18).

toridade suprema. Diz o Governador que comunicou o facto ao Reitor do Colégio, o qual logo «me veio buscar, dizendo-me que estava pronto para executar as ordens de S. Majestade»[1]. Resposta que não foi um acto de reconhecimento da ilegalidade dos bens, mas de acatamento à autoridade real em nome de quem Mendonça Furtado falava ou dizia falar. Sôbre os bens da Companhia caíram sôfregos os pretendentes alegando serviços. Os que tomaram parte nos despojos ficaram a chamar-se «Contemplados», como são conhecidos no Arquivo do Pará. As suas petições contêm elementos que ajudam a delimitar as terras ou parcelas destas Fazendas famosas[2].

---

1. Carta de Mendonça Furtado a Tomé Joaquim, 22 de Fevereiro de 1759, em *Anais do Pará*, X (1913) 27.

2. Cf. Palma Muniz, « Os contemplados » na *Rev. do Inst. do Pará*, I, 71-78; Artur Reis, *A política de Portugal no Vale Amazónico*, 99.

CAPÍTULO III

Cabo do Norte

1 — A Guiana e antecedentes internacionais; 2 — Expedições de reconhecimento e o mapa da região; 3 — Missão e morte dos Padres António Pereira e Bernardo Gomes às mãos dos bárbaros; 4 — Causas e circunstâncias do martírio; 5 — A cruz de 34 palmos...

1. — Na margem esquerda do Amazonas há uma região, verdadeira e grandíssima ilha, cuja fímbria de água vai do Oceano Atlântico, pelos Rios Amazonas, Negro, Cassiquiare e Orinoco, até se perder outra vez no mar. É a Guiana que consta hoje de cinco parcelas: Guiana Brasileira, Venezuelana, Inglesa, Holandesa e Francesa. A Guiana Brasileira, que ainda nos mapas do século XIX se chamava Guiana Portuguesa, foi incorporada ao Brasil nos séculos XVII e XVIII e constitue um dos grandes episódios da conquista, mal conhecido ainda, nem por isso menos impressionante, e com os seus aspectos heróicos.

Parte da Guiana foi Capitania de Bento Maciel — *A Capitania do Cabo do Norte*[1] que descia do mar, desde as fronteiras do Govêrno de Caiena, pela costa, entrando no Amazonas até Gurupatuba, rematando de novo, pelo sertão acima desconhecido, até fronteiras igualmente desconhecidas. A luta pela posse dêsse vasto território transparece em todos os escritos da época e logo também nos dos primeiros Jesuítas, Manuel Gomes, Luiz Figueira e António Vieira, vibram os rebates e se chama a atenção para os perigos.

Quando os Jesuítas entraram em acção, o vasto território do Cabo do Norte era paragem que pleiteavam Portugueses, Franceses, Ingleses e Holandeses. E se, como em tôdas as missões, o fim era catequético,

---

1. Concessão de 14 de Junho de 1637, em Porto Seguro, *HG*, III, 185.

nesta houve a intenção expressa de incorporar definitivamente essas terras ao grande todo do Brasil.

A 1 de Abril de 1680 recomenda El-Rei que as primeiras Missões, a fazer pelos Padres da Companhia, sejam «da outra banda do rio das Almazonas, para a parte do Cabo do Norte», não só para a conversão dos Índios, mas também para conservar essas terras na devida obediência e fidelidade [1].

A ordem Régia é de 1 de Abril. No dia seguinte o P. Vieira, que não foi alheio a ela, escreve de Lisboa ao Superior do Maranhão: «Quanto a outras missões, em que havemos de residir, com os índios em suas terras, a primeira que se deve fazer como Sua Alteza deseja, *pelo que importa à conservação do Estado*, é a do Cabo do Norte, passando a outra banda do Rio das Almazonas, que segundo as minhas antigas notícias deve ser a nação dos *Tecujus*. Espera-se que de lá venha muito particular informação de tôdas aquelas terras, rios e portos, de que se não tem bastante conhecimento, e da distância e lugares em que está a nova conquista dos holandeses, e dos navios que ali mandam e do comércio que têm com os índios, e de que nações êstes sejam, e se a dita conquista fica além ou aquém dos padrões, que ali se puseram, no tempo da divisão das terras entre Castela e Portugal; e se se pudessem ver os mesmos padrões, e a forma e inscrição dêles, tudo será tão bem recebido como desejado, e de tudo se espera informação dos nossos missionários, a mais exacta que puder ser; pelo que importa que vá a êste descobrimento a pessoa de maior inteligencia e indústria, da qual parece que seria bom companheiro o Padre Conrado, pela arte que tem de debuxar, mandando-se cá um mapa daquele tracto de terras, mares e rios, e da navegação e fundo de que são capazes, com o rumo dos ventos, etc. Para esta emprêsa e as demais irá, com aviso de Vossa Reverência tudo o que fôr necessário, e, de presente, além dos provimentos que de lá se pediram, mandamos nêste navio dez quintais de ferro, um quintal de aço, cinqüenta dúzias de facas, e quatro maços de velórios» [2].

2. — Para impedir as comunicações dos estrangeiros com os Índios do Estado do Maranhão, estas ordens e sugestões foram prontamente obedecidas. O Superior, P. Pier Luigi Consalvi, nobre romano, fêz as

---

1. Bibl. de Évora, cód. CXV/2-12, 91; Bett., *Crónica*, 425.
2. *Cartas de Vieira*, III, 434; Bras. 9, 315.

explorações indispensáveis e prévias para o estabelecimento de Aldeias. O P. Aloísio Conrado Pfeil, suiço, de Constança, pintor e matemático, debuxou todos os sítios, rios e terras, mapa que levou para Lisboa, em 1685, o Superior do Maranhão, P. Jódoco Peres (Perret), também suiço, de Friburgo, antigo Prof. da Universidade de Dilinga, que o ofereceu a El-Rei: «um grande mapa novo e belo, do grande Rio das Amazonas, delineado e feito pelo P. Aloísio Conrado Pfeil, insigne matemático, para aí ver as terras e rios que tinha, desde o Pará até o marco do Cabo do Norte pela costa, sita aquém do Rio de Vicente Pinzón, e pelo Rio das Amazonas arriba, até onde chega o distrito destas conquistas do Estado do Maranhão. Alegrou-se sua majestade muito com o Mapa e o guardou em seu camarote, onde, diz Bettendorff, o vi depois sôbre um bufete»[1].

Onde estará o mapa de Conrado Pfeil, importantíssimo, pois é anterior ao do P. Samuel Fritz, que provavelmente se utilizou dêle, quando se encontrou com Pfeil no Pará quatro anos depois?

Pfeil levantou outro mapa, mais ampliado, de tôda a Missão, isto é, de todo o antigo Estado do Maranhão e Grão-Pará, que se enviou para Roma. Jódoco Peres escreve, de Coimbra, ao Geral, a 27 de Agôsto de 1685: «Remeto a V^a. Paternidade o mapa da nossa Missão do Maranhão, feito pelo P. Aloísio Conrado Pfeil, com a exactidão que pôde, depois que comigo foi roubado, pelos piratas, de todos os seus instrumentos matemáticos»[2].

Mas isto era já em 1685. Cinco anos antes, Consalvi, Pfeil e Ir. Manuel Juzarte, português, navegaram o Rio Araguari e mais paragens do Cabo do Norte. Os Franceses tinham cativado alguns escravos. Os Jesuítas pagaram-lhos, e restituiram-nos à liberdade, avisando os Franceses de que se achavam fora da jurisdição de Caiena e que não voltassem a semelhantes proezas; e levantaram uma cruz em Tabarapixi, que viram ainda em 1687 os Padres que ali volta-

---

1. Bett., *Crónica*, 345, 346, 402.
2. *Bras. 26*, 112. «Mitto ad V. P. mappam nostrae Missionis Maragnonensis a P. Aloysio Conrado Pfeil elaboratam accuratione qua potuit; postquam una mecum a pyratis, omnibus suis instrumentis mathematicis spoliatus fuit». Aqueles piratas eram 3 ingleses, 3 holandeses e 3 alemães, que em um navio assaltaram em 1684 outro menor em que o P. Jódoco Peres, Pfeil e mais alguns sairam do Maranhão por causa do *Motim do Estanco*, a caminho de Pernambuco. Bettendorff narra pormenorizadamente os dolorosos tormentos que aquêles piratas infligiram a cada um (*Crónica*, 383).

ram, com o Capitão-mor do Pará, António de Albuquerque Coelho de Carvalho[1].

Com estas informações podia El-Rei proceder à sua habitual política de fundar fortes nas fozes dos rios, próximos a fronteiras ou contestados, «prova da larga visão conquistadora dos Portugueses»[2]. E logo a Côrte urgiu o duplo movimento missionário e militar, do levantamento de fortes e fixação de Missionários, quer da Companhia quer de Santo António. El-Rei escreve a Gomes Freire de Andrade que faça as fortalezas, que entender, e que «aos Padres da Companhia de Jesus tenho ordenado que façam uma nova Missão pelo Cabo do Norte, e os achareis com a disposição que costuma adiantar o seu zêlo nas matérias do serviço de Deus Nosso Senhor e meu».

O Governador dividiria êsse território, para demarcação clara de jurisdições, entre os Padres de Santo António e os da Companhia, «e com o cuidado dêstes Missionários podereis conseguir que os missionários franceses não queiram a prática dos *Aruãs* e que os Índios não busquem a comunicação alheia, esquecidos da própria e natural do meu domínio»[3]. Gomes Freire era diligente:

«Tratei prontamente, diz êle, de esquipar canoa que a tôda a pressa fôsse a buscar o Engenheiro[4], para o que me vali daqueles Índios, que os moradores têm casados com suas escravas, e de outros privilegiados até àquêle tempo, por serem da Aldeia do Bispo, juntos também aos que António Albuquerque mandou conduzir da sua Vila do Camutá, lhe fiz aprestar as mais canoas em que êle havia de passar ao Cabo do Norte com os práticos e soldados, que o acompanharam; e, com todo o fornecimento necessário, partiu desta cidade, em *dois de Junho*, levando consigo os Missionários da Companhia, e entre êles o P. Aloísio Conrado, homem insigne nas Matemáticas e Fortificações, a quem persuadi a que quisesse fazer a Vossa Majestade o serviço de se achar nesta função, tanto para observar os sítios convenientes para fortalezas como para desenhá-las, em caso que o Engenheiro se desencontrasse do Capitão-mor (o que assim não sucedeu) e porque êle dá conta a Vossa Majestade da diligência que fêz sôbre o que lhe ordenei (de onde voltou a 14 de Junho), o farei eu só da resulta dela.

---

1. Id., *Ib.*, 345, 432.
2. Hélio Viana, *Formação Brasileira* (Rio 1935) 116.
3. Carta Régia, de 21 de Dezembro de 1686, a Gomes Freire de Andrade em Berredo *Anais do Maranhão*, II, 272-274; Melo Morais, *Corografia*, II, 146.
4. Pedro de Azevedo Carneiro.

Conferi a sua relação com o Governador Artur de Sá e Meneses e com os Ministros de V. Majestade, chamando também os homens, soldados e práticos, de quem esperava que com acêrto votassem nesta matéria, e com a informação do Padre Aloísio Conrado e do Engenheiro, se assentou sem contradição que no Rio Araguari, na bôca de seus lagos (porta por onde os Estrangeiros entram de inverno a comerciar com o gentio das Amazonas), se fizesse uma Casa Forte, porque, impedido êste passo às pequenas canoas que o navegam, não fica outra entrada para os sertões mais que a de voltarem a costa; e sem o auxílio dos Índios *Aruãs* (que agora lhe não fica fácil), todo aquêle risco das pororocas e correntes lhe será infrutuoso, principalmente fabricando-se a outra fortaleza, que também se desenhou, no sítio de Cumaú, aonde já estêve outra, que as Armas Portuguesas ganharam aos Ingleses. É a terra sàdia e capaz de ser povoada, por que tem pasto para gados, é muito fértil de mantimentos e fica perto do Gurupá, tem pôrto de mais de vinte e cinco braças, aonde todos os anos vêm navios franceses à pescaria do peixe-boi

Em tôda a Costa, que viu o Capitão-mor, se não achou outra baía capaz de se chegar a ela com embarcações. Trouxe notícias de que no Cabo Orange, e no Rio de Vicente Pinzón se podia fortificar, para fazer duas grandes e importantes povoações, mas como as informações dadas por índios pedem boa averiguação, e também, para nos avizinharmos tanto a Caiena, se necessitava de novas ordens de V. Majestade e sempre para conservá-las e socorrê-las era preciso ter feito os Fortes sobreditos, entendi que por ora bastava assegurar, com êles, os sertões, do comércio dos Franceses, e amparar a nova missão que já está introduzida»[1].

3. — Para esta missão partiram pois, a 2 de Junho de 1687, os Padres António Pereira, natural do Maranhão, o P. Bernardo Gomes, de Pernambuco, e o P. Aloísio Conrado Pfeil[2]. O primeiro, homem de notáveis dotes, o segundo jovem sacerdote, e o terceiro com aquelas qualidades exímias de matemático e geógrafo, não porém, no mesmo grau, de missionário.

---

1. Carta de Gomes Freire, a El-Rei, de 19 de Julho de 1687, *Rev. do Inst. do Ceará*, XXXVI (1922) 182-183.
2. Bett., *Crónica*, 425-427.

Para a organização do seu mapa, o P. Pfeil, já tinha estado no Cabo do Norte, e foi agora de novo para indicar o melhor local para a futura Aldeia. Como vimos, acompanhou-os o Capitão-mor António de Albuquerque. Passaram o Araguari e chegaram ao Lago Camacari. Dentro dêsse Lago está a Ilha Camanixari, deserta, apenas então com quatro casas de Índios e poucas árvores. Nela os deixou o Capitão-mor e o P. Pfeil. Os dois Padres, que ficavam naqueles confins, numa situação semelhante à de Nóbrega e Anchieta em Iperoig, não quiseram escolta de soldados para evitar os seus desmandos e maus exemplos aos neófitos que iam catequizar. O Capitão-mor e o P. Pfeil voltaram para o Pará, não sem passarem antes pela Aldeia de Tabarapixi, de Índios *Maraúnus*, lugar ameno onde Pfeil já tinha estado e escolhera para futura residência sua, e onde logo, com ajuda dos soldados, edificou a casa que deixou pronta, excepto na cobertura. Ao que parece também aqui se construiria um Forte.

Ficando pois sós, e alojados em casa do Principal *Macuraguaia*, iniciou-se a catequese como em tôda parte, pela reacção contra a bebedice e a poligamia. Ergueram-se as paredes de uma igreja. Tudo parecia correr bem, quando se meteu a sizânia. É notável que os martírios da Companhia deram-se quási sempre nas vizinhanças de estrangeiros: Pero Correia e João de Sousa, no caminho do Paraguai; Frâncisco Pinto nas proximidades do Maranhão, ocupado por Franceses; aqui, agora, em terras portuguesas, mas de que os de Caiena buscavam apropriar-se.

Os Índios nessas circunstâncias são perigosos. É uma das suas inferioridades. Não se sobrepôs a ela o Principal *Macuraguaia*, que, sendo amigo dos Padres, nem soube prevenir o perigo nem avisar a tempo, ausentando-se na maior fôrça dêle.

Pensavam também os Padres em retirar-se, quando se foram congregando os *Oivanecas* e adiante, umas mulheres com seus presentes de peixe assado e frutas para os entreter e convencer a que se não retirassem, que aquêles índios se fariam cristãos. Nisto estavam, quando os índios irromperam e os mataram a ambos.

O Reitor do Pará, Francisco Ribeiro, ao ter notícias dêste sucesso, transmite-o assim para Roma, ao P. Tirso Gonzáles, eleito Geral havia pouco:

«Por feliz princípio do govêrno de Vossa Paternidade, oferece a V. P. esta nossa Missão as primícias de dois Mártires, filhos dela, mortos pelos bárbaros gentios da Cósta do Cabo do Norte. Já V. P.

terá sabido como S. Majestade, que Deus guarde, encomendou com muito encarecimento ao P. Superior desta Missão, P. Jódoco Peres, mandasse novos missionários da Companhia ao Cabo do Norte onde até então não tinham ido nossos, e estava o gentio daquela banda, sem a luz da Fé e, sendo vassalos de El-Rei de Portugal, se bandeavam com os Franceses de Caiena, que por ali lhes ficavam vizinhos e tratavam com êles seus negócios e lhes vendiam os escravos feitos contra a lei do nosso Rei, e do negócio da Fé se não tratava nada.

Uma e outra coisa quis o nosso Rei remediar: a Fé que se ensinasse pelos nossos Missionários; e o comércio e mal levados escravos, com fortalezas, que mandou fazer por aquela costa.

Foi eleito, para dar princípio àquela Missão o P. António Pereira, o melhor e mais capaz sujeito dela, por sua virtude, mais que medianas letras, o melhor língua de todo o Estado, o mais noticioso da Missão, como quem de menino acompanhou e lidou com o P. António Vieira, que o recebeu na Companhia, e o mais que V. P. saberá das informações que dêste sujeito têm ido aos antecessores de V. P. Tinha êste por seu companheiro um novo sacerdote, por nome Bernardo Gomes, natural de Pernambuco, sujeito de muita virtude.

Estando o P. António Pereira com seu companheiro, pacífico, na sua Missão, em uma Aldeia, e mui amado dos seus paroquianos, na ausência que fizeram os soldados Portugueses a virem buscar aprestos para a nova fortificação (que só tinham ido a ver o sítio, não querendo o Padre ficassem com êles soldados, por não ver as ofensas de Deus que semelhante gente usa nas tais Aldeias), se amotinou o gentio; e, fugindo ao Padre todos os seus doutrinados, o deixaram só. E vendo-se assim, quis passar para outra Aldeia e estando com o seu fato arrumado, veio outro gentio, que às vezes vinha à dita Aldeia, e detêve o Padre para que se não fôsse, que êles assistiriam com êle, e logo viriam outros muitos. Sossegou-se o Padre, e foi dizer Missa. Estando nela, e ajudando o Padre seu companheiro, deram os bárbaros nêle, e com as suas armas que são uns fortes paus, quebraram a cabeça primeiro ao P. António Pereira, revestido e pôsto no altar, e logo a seu companheiro, e quatro índios crioulos, que o Padre levara consigo das nossas Aldeias domésticas. Por onde não ficou ninguém que referisse as circunstâncias do sucesso, mais que a confissão dos cúmplices, atrás de quem foram os Portugueses, na segunda ida que fizeram àquelas partes, e os alcançaram, indo-se já metendo no amparo dos Franceses»[1].

Êstes Portugueses, o Capitão-mor com boa guarnição de soldados, tinham ido do Pará àquelas paragens antes de lhes constar o morticínio. Iam com o P. Conrado Pfeil para se instalar na Aldeia de Tabarapixi, que êle escolhera. Chegaram a 10 de Novembro. E tratavam já de levantar casa e igreja, quando sobrevieram as primeiras notícias. Averiguadas e confirmadas, enviou o Capitão-mor, a 27 de Novembro, uma escolta de 19 Portugueses e 50 Índios para prender os culpados. Foram de sítio em sítio até a Maimaimé [sic, mas será Maiacuré?] onde se achavam acolhidos. Da escaramuça resultou que uns fugiram, outros morreram e ficaram prisioneiros 35, entre homens e mulheres. Dos mortos foi o assassino de Bernardo Gomes, como confessou sua mulher, da Aldeia de Cassiporu; entre os presos estavam os matadores de António Pereira.

Feitas as investigações legais, a justiça condenou à pena capital os dois responsáveis imediatos. Os outros degredaram-se para a nova povoação de Icatu, no Maranhão. El-Rei mandou agradecer ao Capitão-mor, António de Albuquerque, em Carta Régia de 31 de Maio de 1688, «o castigo que deu aos Índios de nação *Maraunus*, que mataram ao Padre Missionário da Companhia, António Pereira, estando revestido para dizer missa, e a seu companheiro o P. Bernardo Gomes, e puseram fogo à casa, com o que arderam os corpos, roubando o que acharam, e o mais pertencente à Igreja»[2]. A consulta do Conselho Ultramarino, de 17 de Maio, dá razão do agradecimento de El-Rei ao Capitão-mor pela rapidez do castigo, impedindo que os delinquentes passassem a Caiena «por não ser de utilidade do Estado que os Franceses tivessem tão bons guias naquele sertão»[3]. Dois anos depois, deu-se amnistia geral aos Índios que ainda andavam fugidos por êsse e outros crimes[4].

4. — Na devassa para averiguar as *causas* da morte dos Padres, apurou-se que foi: «em ódio da fé, e por querer tirar ou proibir as

---

1. Cartas do P. Francisco Ribeiro, do Pará, 10 e 15 de Janeiro de 1688, *Bras.* 26, 164-165v.

2. Bibl. de Évora, cód. CXV/2-18, f. 124v.

3. Cf. Rodolfo Garcia, *O Diário do P. Samuel Fritz*, na *Rev. do Inst. Hist.*, 81 (1917) 383.

4. Bibl. de Évora, cód. CXV/2-18, f. 148.

bebedices, amancebamentos, e ritos gentílicos», que assim se exprime a sentença jurídica da autoridade eclesiástica local[1].

Quanto às *circunstancias*, variam as testemunhas, mesmo juramentadas (e é mais uma prova da pouca fé que merecem as informações ou testemunhos dos Índios não civilizados): uma velha disse que o Padre estava sentado na rêde a ler, e esta é a opinião de Bettendorff, que diz tê-la ouvido da bôca da própria velha[2]. Mas outro índio disse (e são palavras do auto) «que pelo que representava pelo Sol, seriam oito para nove horas do dia, que nêsse tempo estava o dito Padre revestido, pôsto no altar, dizendo missa, porquanto declarou que estava revestido, com velas acessas, e um livro aberto e o lia; e o seu companheiro, com roupeta preta, estava de trás dêle logo, com os joelhos no chão»[3].

O *tempo* foi em 1687, provavelmente em Setembro. Como se sabe os Índios não têm noção do mês e dia. Contam pela lua. Perguntando o P. Pfeil e os Portugueses a um índio quando foi o morticínio dos Padres respondeu, constante, que na terceira lua, isto é, três meses depois da sua chegada, em Junho, à Ilha de Camunixari[4].

Quanto ao *lugar*, Bettendorff descreve a Ilha, «Camunixari, sita em o Lago Camacari pela altura do Norte, 1°,8', comprida de um quarto de hora, e, no demais muito estreita e cercada de outras ilhas muito chegadas a ela; o lago porém terá de largura perto de duas horas, com outros dois lagos, que o estão seguindo»[5].

---

1. Bett., *Crónica*, 478.
2. Id., *ib.*, 428.
3. «Treslado do exame q̃ se fez por ordem da Justiça na Cidade do Grão Pará a hum Indio de Nação *Maraunu* sobre as mortes dos Padres Antonio Pereira e Bernardo Gomes, an. 1687», Torre do Tombo, *Jesuítas*, maço 88. Estas declarações reduziram-se a auto, nas pousadas do Desembargador e Ouvidor Geral do Estado, Doutor Miguel da Rosa Pimentel, a 24 de Dezembro de 1687. — Pública-forma legal e reconhecida (*Bras.* 26, 166-167). Nêstes e noutros instrumentos judiciais, aparecem os nomes dos índios matadores e cúmplices, criminosos vulgares de que se não ocupa a história.
4. Bett., *Crónica*, 430. Em «Setembro» no Cabo do Norte, pelo Gentio, *Livro dos Óbitos*, 3-4; *Hist. Soc.* 49, 15, 30. Sommervogel, *Bibl.*, VI, 493, dá a morte a 30 de Outubro de 1687.
5. Bett., *Crónica*, 430. Êste Lago Camacari, ao menos no nome, deve ser aparentado com o Rio Macari (Pinto, *Hidrografia*, II, mapa nº 15). Mas adverte-nos um Roteiro do século XVIII, existente na Bibl. de Évora, cód. XVI/2-15, nº 15, que o *Rio Macari ou Amacari* as pororocas o levaram a tomar outro curso e a de-

Mortos os Padres, seguiu-se a orgia do costume. Os selvagens assaram-nos e comeram-nos, excepto alguns crânios, que guardaram para beberem os seus vinhos, e algumas canelas para as suas gaitas e pcntas de flechas.

Sôbre os destroços dos Padres, e dos seus quatro companheiros, amontoando lenha, botaram fogo a tudo, incluindo as casas; e, depois de enterrar os ossos para desaparecerem os vestígios do seu nefando crime, fugiram para Maimaimé, aonde os foi, enfim, surpreender a justiça. O P. Pfeil, guiado por um índio cúmplice das mortes, descobriu os ossos enterrados e os trouxe para o Pará. E a 2 de Outubro de 1688 colocaram-se em breves urnas, na Igreja de Santo Alexandre, não a actual, mas a anterior, no altar-mór, da banda da Epístola [1].

O P. Bernardo Gomes, pernambucano, morto na flor da vida, por Deus e pela Pátria — e é esta a sua glória e os seu epitáfio — não tem outra história, senão a dos seus estudos, que apenas concluíra, e a de seu fervor [2].

O P. António Pereira, maranhense, admitido na Companhia pelo P. Vieira, levado na onda do motim de 1661, embarcou para Portugal em Junho de 1662, sendo já Irmão Estudante. Continuou os estudos em Portugal, donde passou à Baía a estudar Teologia [3]. Da Baía voltou a Lisboa, a ordenar-se, e dali seguiu para o Maranhão em 1674. Ficou prègador e mestre de noviços [4].

Depois foi missionar os *Guajajaras*, do Rio Pinaré, e trabalhou na Aldeia de Capitiba [5]. Em 1679 substitue o P. Veloso no Reitorado do Pará. Por volta de 1682 passa à missão de Gurupatuba e ao Tapajós [6]. Eleito procurador a Lisboa, em 1684, ficou sem efeito a sua

---

sembocar no mar desde 1727, perto de Macaré (Em Melo Morais, *Corografia*, II, 216-217). Cassaporu é Cassiporé.

1. *Livro dos Óbitos*, 3-4; Bett., *Crónica*, 478.
2. Tinha-o trazido de Pernambuco para o Maranhão, em 1680, o P. Pero de Pedrosa (Bett., *Crónica*, 329). Bernardo Gomes estudou e ordenou-se de sacerdote no próprio dia ou na véspera de ir para o Cabo do Norte, *Bras. 26*, 154. Bettendorff, *Crónica*, 425, diz que foi ordenado no primeiro domingo de Junho, e logo abaixo, que partiu a 2 de Junho. Ou êsse dia ou a véspera era domingo, ou há equívoco nestas datas.
3. Bett., *Crónica*, 199, 222.
4. *Bras.*, 26, 38, 40; Bett., *Crónica*, 303.
5. *Bras.* 26, 43v; Bett., *Crónica*, 83, 271.
6. Bett., *Crónica*, 346.

ida, por intervenção do P. Pier Luigi Consalvi¹. Ao ir à Côrte o Superior Jódoco Peres, em 1684, António Pereira assume o govêrno da Missão, como Vice-Superior dela. Pensava o Geral em que êle fôsse Vice-Reitor do Maranhão, mas Jódoco Peres acha que não poderá, pois do Maranhão lhe escrevera o mesmo P. Pereira que desejava ser aliviado do cargo de Vice-Superior, sob pena de sucumbir, e que sendo natural do Maranhão, e morto ao mundo, seria preferível que fosse reitor no Pará².

António Pereira sabia a Língua Geral, como quem a aprendeu na infância, e nela compôs um «Catecismo para instrução dos meninos nos rudimentos da fé com exercício quotidiano de manhã e de tarde»³.

Era valente, e, pelo seu trato, estimado de todos. A sua virtude, notável. Vieira refere-se a êle duas vezes, uma ainda em vida do P. António Pereira, quando se tratou de ir uma expedição ao Rio Parnaíba, para a qual se oferecera, e se não efectuou por circunstâncias alheias à sua vontade:

«É o P. António Pereira, bem conhecido por suas virtudes, e nêste Colégio de Santo Antão [de Lisboa], aonde se veio ordenar; e acabados os seus estudos de Teologia, tornou para o Maranhão, donde é natural: é muito prático na língua da terra, e de seu zêlo e valor tenho eu boas experiências por me haver acompanhado pelo Rio das Amazonas e outros, em ocasiões não menos arriscadas»⁴.

A outra vez foi em 1691, já depois da morte do P. António Pereira:

«Nas terras do Cabo do Norte permitiu [Deus] que matassem ou martirizassem o maior sujeito que lá tínhamos. Era português e de maior idade»...⁵.

«Português», ainda que nascido no Brasil, porque então tudo era o mesmo; «de maior idade», isto é, com tino e com o sentimento pleno da responsabilidade, e, por isso, o maior missionário do norte do Brasil, no seu tempo, diz Vieira. E com Vieira ficamos.

---

1. *Bras.* 26, 131.
2. *Ib.*, 131v.
3. Cf. Sommervogel, *Bibl.* VI, 493.
4. «Informação que por ordem do Conselho Ultramarino deu sobre as coisas do Maranhão ao mesmo Conselho o Padre António Vieira», *Obras Várias*, 216.
5. *Cartas de Vieira*, III, 618-619.

5. — A ida dos Padres ao Cabo do Norte tinha sido por ordem régia de 21 de Dezembro de 1686 ao Governador Gomes Freire, que repartira essas Missões, entre os Padres da Companhia e os de S. António. Pensou o Governador Artur de Sá e Meneses em anular essa ordem, mas El-Rei escreveu-lhe em 24 de Março de 1688, e dizia que em vista da informação do mesmo Gomes Freire: «vos encomendo muito e mando, como por esta faço, que não consintais se altere a dita repartição e que continueis e façais continuar a observância dela»[1].

Nestas circunstâncias sucedeu ao P. Pereira, como Superior da Missão do Cabo do Norte, o P. Aloísio Conrado Pfeil, que fundou a sua residência a 12 horas do Forte. Dedicou-a ao Santo, seu onomástico, S. Luiz Gonzaga. Ali estava só, entre os sicários, que poucos meses antes foram comparsas e cúmplices da morte dos Padres, quando a 28 de Junho de 1688, chegou ao Araguari o Vice-Governador de Caiena, Pedro de Ferrolles, vindo pelos lagos interiores, com três capitães e trinta soldados, em três canoas. Estava a ausente o Capitão-mor António de Albuquerque. Os Portugueses espantados com tal visita, e temendo que êles quisessem tomar a fortaleza, mandaram chamar o Padre Missionário à sua Aldeia para se avistar com Ferrolles. Explicou êle que vinha para tratar e discutir com o Capitão-mor a posse daquelas paragens. Houve de parte a parte as cortesias da praxe e o Padre de tal modo se houve que salvou então a Fortaleza e a terra, retirando-se Ferrolles para Caiena, onde foi criar dificuldades aos Padres Franceses que lá estavam[2].

Quando os Jesuítas foram à Missão do Cabo do Norte em 1687, o Superior escreveu do Maranhão ao Geral da Companhia que proibisse aos Padres de Caiena viessem a territórios portugueses, por ser contra a vontade de El-Rei de Portugal[3]. Ferroles levou isso a mal. O certo é que quando Francisco de Sousa Fundão retomou a Fortaleza de Macapá em 1697 já lá encontrou o Jesuíta francês P. Cláudio de Lamousse que, por serem então os Jesuítas os únicos Missionários de Caiena, tinha vindo a acompanhar os índios da

---

1. *Anais do Pará*, I, 93.
2. Carta de Pfeil, de 27 de Fevereiro de 1691, *Bras, 9*, 364v. Cf. Joaquim Caetano da Silva, *L'Oyapoc et L'Amazone* (Paris 1861) 27.
3. *Bras. 26*, 154.

expedição francesa. Pelas condições da capitulação voltou para Caiena [1].

Transformadas assim aquelas terras em campo de contestações e de futuras batalhas, não era possível a catequese. Os Índios ora se punham de um lado, ora de outro. Entre tantas flutuações, perigos e contrastes, a Missão não prosperava. Aliás Pfeil, homem de ciência e leal à Corôa, mas sempre em discrepância com os Padres Portugueses e Brasileiros, revelou-se menos apto para obra estável, e largou a Missão do Cabo do Norte, que ficou a ser, depois de 1693, da jurisdição dos Padres de Santo António [2].

E recomeçaram as lutas e deu-se a invasão dos Franceses que chegaram ao Amazonas, tomando a fortaleza de Macapá, como dissemos, e também a do Paru, logo retomadas pelos nossos, e transformadas, no dizer de Bettendorff, em matadouro «de índios e brancos» [3]. Contudo todo êste sangue derramado não ficou inútil, a começar pelo primeiro dos dois Padres António Pereira e Bernardo Gomes.

Numa capelinha de folhagem celebrou missa votiva, em honra de Santo Inácio o P. Pfeil em 1689. E ergueu duas cruzes. A que elevou no sítio, que fôra túmulo de António Pereira, media 34 palmos de altura, e ali ficou erguida para o céu, na serenidade da floresta [4]. É certo que ainda levou tempo a reconhecer-se a fecundidade daquele sangue e os efeitos daquela cruz. Ainda os gloriosos filhos de S. Francisco ali trabalharam muito, ainda as guerras da Europa repercutiram na Colónia, ainda se sucederam os *Tratados*. Só a 1 de Dezembro de

---

1. Bett., *Crónica*, 623, 628. Varnhagen narra uma incursão de Ferrolles, a 30 de Junho de 1685, com pormenores tão semelhantes que dir-se-ia a mesma (Porto Seguro, *HG*, III, 302). Mas o autógrafo de Pfeil é claro e em *1688* era efectivamente Missionário no Cabo do Norte. Supomos que êste forte, de que a residência do P. Pfeil distava 12 horas, é o que ficava na boca do Rio Batabouto, que menciona Ferrolles no seu *Rapport*, referente a êsse mesmo ano de 1688, e ao qual alude Artur Viana, *As Fortificações da Amazónia*, nos *Anais do Pará*, IV (1905)248.

2. «Não é bem passar em silêncio a Missão do Cabo do Norte que ainda que dela se tirou pouco fruto nos acreditou tanto com a feliz morte dos Padres António Pereira e Bernardo Gomes. Foi em seu lugar o P. Aloísio Conrado, religioso de grande zêlo das almas; mas como dêstes Índios se não esperava fruto algum, e ser de grande detrimento aos Missionários, os largou totalmente e se ocupou em outras missões aonde fez maior fruto». O P. Pfeil passou dali para a Missão do Rio Negro, *Carta Ânua de 1696*, escrita por Miguel Antunes, *Bras.* 9, 428.

3. Bett., *Crónica*, 48, 627-628, 671.

4. Bett., *Crónica*, 462.

1900, com o admirável Barão do Rio Branco, se terminou a contenda. Mas a cruz alta, de 34 palmos, cravada em 1689 no sertão de Camunixari tinha lançado raízes há muito e tomado posse definitiva do Cabo do Norte para a Terra de Santa Cruz[1].

---

1. Cf. J. Capistrano de Abreu, *Capítulos de História Colonial* (Rio 1928) 267-268; José Carlos de Macedo Soares, *Fronteiras do Brasil Colonial*, Cap. IV, *Fronteiras entre a Colónia Portuguesa e a Francesa* (Rio 1939) 105-108; Fernando António Raja Gabaglia, *As Fronteiras do Brasil* (Rio 1916) 305-311. O laudo final foi dado pelo govêrno da Suíça. Suíço era o P. Pfeil que erguera aquela cruz dos Jesuítas. Mera coincidência histórica evidentemente. Mas, a quem quiser interpretar os factos históricos à maneira de Bossuet, fica livre o caminho para ver nessa coincidência alguma coisa mais...

Mais tarde, nas *Instruções Secretas* de 31 de Maio de 1751 a Mendonça Furtado, recomendava-lhe a Côrte que abrisse novas missões no Cabo do Norte, e que nas terras, não expressamente dadas a outras comunidades, preferisse os Padres da Companhia e lhes entregasse os novos estabelecimentos. (Cf. Lúcio de Azevedo, *Os Jesuítas no Grão-Pará*, 422). Resolução que não se chegou a efectuar. O «Maranhão conquistado a Jesus Cristo e a Corôa de Portugal», do P. Bento da Fonseca, ms. da Bibl. de Évora, Cód. CXV/2-14, nº 1, consagra o capítulo VI ao Cabo do Norte e faz um bom resumo da resposta que o próprio Bento da Fonseca deu às razões de La Condamine que confundiu o Rio Vicente Pinzón com o Rio Araguari. O Autor invoca sobretudo o Tratado de Utrecht de 1713, mas faz outras importantes considerações históricas (Cf. Melo Morais, *Corografia*, II, 213-215). Em 1778 veio morrer, missionário do Cabo do Norte, em Conani, o antigo Reitor do Pará, P. João Ferreira. Cf. supra, na lista dos Reitores do Pará, p. 232.

CAPÍTULO IV

Baixo Amazonas

1. — *Aldeia de Gurupatuba (Monte Alegre)*; 2 — *Aldeia de Urubuquara (Oiteiro-Prainha)*; 3 — *Aldeia de Jaquaquara*; 4 — *Rio Paru, Jari e Anauerapucu*; 5 — *De Gurupatuba para cima*; 6 — *Aldeia de Santa Cruz do Jamundá (Faro)*.

1. — O Baixo Amazonas recebe os grandes afluentes na margem direita; na esquerda também desaguam alguns, ainda que secundários. E, nêstes da esquerda, também missionaram os Padres da Companhia iniciando a catequese até à divisão das Aldeias de 1693. Destas missões da esquerda do Amazonas a mais importante foi *Gurupatuba*, actual cidade de *Monte Alegre*, facto geralmente desconhecido pelos autores modernos [1].

A primeira catequese, em regra, da *Aldeia de Gurupatuba*, pode datar-se de 1657, quando por ali passaram os Padres Francisco Veloso e Manuel Pires, «o clérigo de Paredes», «sonhador de coisas futuras»... A Aldeia, naturalmente, já era conhecida antes dessa data, como escala das expedições militares ao sertão amazonense. Por ali passariam Pedro Teixeira, Costa Favela, e outros capitães. Ali tocariam alguns sacerdotes seculares e regulares, como os Franciscanos e Mercenários espanhois, que desceram de Quito, ali estiveram os Jesuítas que igualmente desceram de Quito na volta de Pedro Teixeira, um dos quais Cristóvão de Acuña cita expressamente Gurupatuba, como a última Aldeia de Índios, «que teem os Portugueses a favor

---

1. Cf. Ferreira Penna, *A Região Ocidental do Pará* (Pará 1869) 131; Teodoro Braga, *Noções de Corografia do Estado do Pará* (Pará 1920) 471; Palma Muniz na *Rev. do Inst. Hist. do Pará*, vol. 14, p. 390; Manuel Barata, *Efemérides Paraenses*. Os três primeiros atribuem a fundação aos Padres da Piedade; e Barata coloca-a fora de sítio, à margem direita do Amazonas, onde nunca estêve.

da sua Coroa»[1]... Tudo isto, porém, é ainda Gurupatuba gentia, cuja origem se perde na indiscriminação dos tempos, alvores indecisos, de que vai emergir, em 1657, com a catequese daqueles dois missionários, que percorreram o Amazonas até ao Rio Negro[2].

Bettendorff, falando de Francisco Veloso, escreve que «por todo o caminho não fêz o Padre Missionário senão doutrinar, levantar cruzes e baptizar, em caso de suprema necessidade»[3]. Não diz o Cronista que Aldeias ficavam «por todo o caminho». Mas uma delas era Gurupatuba, e tôdas as Aldeias do Vale Amazónico tinham sido confiadas aos Jesuítas, dois anos antes, ao voltar do Reino o P. António Vieira. A 8 de Dezembro de 1657, dia de Nossa Senhora da Conceição, bem podiam estar ainda na Aldeia, Francisco Veloso e Manuel Pires, que a 5 dêsse mês ainda não haviam regressado ao Pará[4]. Como a igreja de Gurupatuba se dedicou depois a Nossa Senhora da Conceição, por ordem ou confirmação de Bettendorff[5], aquêle dia 8 de Dezembro de 1657 marcaria a primeira data histórica, fundamental, na vida cristã e civilizada de Gurupatuba.

Em 1658, nova entrada missionária: Francisco Gonçalves, antigo Provincial do Brasil, e o mesmo Manuel Pires sobem até o Rio Negro, e ainda mais avante que os primeiros[6]; em 1659, Vieira vai ao Rio Tapajós; em 1660, Manuel Pires, pela terceira vez, e, desta, com o P. Manuel de Sousa, sobem o Amazonas, indo morrer o segundo

---

1. Acuña, *Nuevo Descubrimiento*, na *Rev. do Inst. Hist. Bras.*, vol. 28, 1ª. P. (1865)251. Acuña escreve *Curupatuba*, Maurício de Heriarte, companheiro também de Pedro Teixeira, *Corupatuba* e chama *Província de Corupatuba* a essa região, a cujos índios «acodem os Padres da Companhia com o pasto da doutrina cristã», *Descrição*, 222.

2. Vieira diz que a expedição do P. Francisco Gonçalves foi ao Rio Amazonas e Rio Negro; e logo escreve que antes dêle tinha ido o P. Veloso «aos *mesmos rios*». *Cartas de Vieira*, I, 551-552. Cf. Artur Reis, *História do Amazonas*, 45. Francisco Veloso era de Famalicão, onde nasceu em 1619. Entrou na Companhia, no Rio de Janeiro. Prègador insigne, falava a língua tupi «com todos os chistes dela», nem houve outrem que o igualasse». Faleceu no Colégio do Pará, de que era Reitor, no dia 29 de Julho de 1679. Cf. S. L., *Novas Cartas*, 286, onde por lapso imprimiram 27 em vez de 29; Bett., *Crónica*, 324, também antecipa de um dia a sua morte.

3. Bett., *Crónica*, 108.
4. *Bras. 3* (2), 312v.
5. *Crónica*, 486.
6. *Cartas de Vieira*, I, 553-554.

entre os *Condurises*, acima do Estreito de Óbidos [1]; e em 1661, o P. João Filipe Bettendorff com o Ir. Sebastião Teixeira, de passo para o Tapajós, demoram-se algum tempo em Gurupatuba, deixando-nos, enfim, por escrito, o que fêz e o que viu. O que fêz foi doutrinar, baptizar os meninos e celebrar missa na igreja, que encontrou já feita pelos Missionários precedentes; o que viu foi a povoação no mesmo duplo local em que hoje se divide. Escrevemos há 18 anos: «A parte baixa da povoação está situada à raiz de um pequeno monte, que se vai estreitando cada vez mais até se extinguir suavemente no Rio. A grande massa do monte, logo a dez metros das casas, é a floresta espêssa, cerrada, equatorial, avançando sôbre a casaria *como proa gigantesca de um navio*, atufado de verdura que abrisse, à linha de água, a espuma esbranquiçada dos edifícios» [2]...

Ao estudar agora as origens de Monte Alegre, achamos a imagem orográfica, que nos impressionara então. A Aldeia de Gurupatuba, que o missionário cronista viu em 1661, dividia-se em duas partes: «uma, que estava em uma ponta do monte, sobre o igarapé, e se chamava *Caravela* pelos brancos; outra parte estava em riba do monte, *onde está hoje;* e, acrescenta, como me encaminhava para êle, muito de madrugada, vieram os Índios, postos por fileira, com candeiinhas de cera preta em as mãos, receber-nos e levaram-nos para a sua Aldeia». Aqui na parte alta da povoação, se lhes deparou modesta igreja em que o Padre celebrou missa, administrou os sacramentos e ensinaram êle e o Irmão Teixeira a doutrina aos Índios [3].

Nem todos os missionários tiveram o mesmo cuidado em nos relatar o que fizeram. Outros por ali continuaram a passar, mas é ainda o mesmo Bettendorff, ao voltar a ela, em 1669, com o P. Pier Luigi Consalvi, que nos deixa a notícia de que erigiram uma cruz, e que de uma rocha elevada caía uma fonte de água clara, e que o peixe era em abundância, e, mais ainda, o peixe-boi [4]...

Pela sua admirável posição topográfica, Monte Alegre é considerada sanatório e chamam-lhe actualmente, e o merece, «Mirante do Baixo Amazonas»...

---

1. Bett., *Crónica*, 118.
2. S. L., *A pedra misteriosa*, em *Mensageiro*, Março de 1924.
3. Bett., *Crónica*, 160-161.
4. *Bras.*, 9, 262-263.

O cronista jesuíta do século XVII, como tôda a gente que a viu, também se enamorou de Gurupatuba. A Aldeia «tem ares moderadamente bons, águas excelentes, carne, peixe e tartarugas em abundância. Tem riquíssima vista por tôdas as partes. Para a banda do Norte se descobrem belos altibaixos com rochedos altos, os quais em certos tempos dão estalos, sinais de algum mineral... No vale corre uma ribeira em a qual se acham umas pedrinhas lindas e algumas delas de preço... [E até constava que os Portuguêses] pela terra dentro, por um igarapé ou rio chamado Iriquiriqui [na nomenclatura de Acuña] seis dias de viagem, acharam grande quantidade de oiro pela praia de um regato ou rio pequeno... Para a banda do Sul, se descobre o Rio das Amazonas, com muitos altos mui vistosos. Para a banda de Leste, também se oferece parte do Rio e altos montes. E para a banda do Oeste ou Poente ocorre logo uns matos com duas pedras mui grandes»...

Nem passaram despercebidas ao Missionário pesquisador as várzeas mais distantes que poderiam ser pastios magníficos para gado, os campos que os Índios arroteavam para milho, e a cópia de peixe quando os lagos secavam...[1]

Pouco se demoraram em Gurupatuba Bettendorff e Sebastião Teixeira. O têrmo da sua viagem em 1661 era o Tapajós, aonde iam aldear os Índios dêsse Rio, no núcleo que veio a ser mais tarde Santarém[2]

Desde 1657 continua Gurupatuba a ser freqüentada e catequizada regularmente pelos Missionários da Companhia de Jesus, que ou faziam viagem pelo Amazonas acima ou viviam nalguma das missões mais próximas, Urubuquara ou Tapajós. Até que, finalmente, por 1681, além da igreja própria — e essa teve-a logo desde a primeira visita — começou a ser Residência, a princípio de passagem e pouco depois fixa, em ambos os casos em casa própria, cuja edificação e

---

1. Bett., *Crónica*, 33-34.
2. O Ir. Sebastião Teixeira, português, que veio com o P. António Vieira em 1655, foi missionário zeloso e «serviu muito à missão». Mas, sendo ainda novo, não soube resistir à sedução de uma índia do Tapajós, filha de um principal. Saiu da Companhia e casou com ela, aspirando depois à chefia da tribu, assunto que teria encantado José de Alencar, — romance em todo o caso que acabou mal, pois falou-se que morreram envenenados, êle e a mulher, pelos índios rivais (Bett., *Crónica*, 341-342).

progressão esquematiza assim o cronista: «Nela fizemos eu e o P. António da Silva residência e após de nós o P. João Carlos, melhor, e após dêle o P. Manuel da Costa, ainda melhor»[1].

O P. António da Silva estava em Gurupatuba pelos anos de 1681; João Carlos Orlandini pelos de 1687; e Manuel da Costa, que viveu algum tempo com êste último e depois ficou à frente da casa, terminou o seu mandato em virtude da lei de 1693, que dividiu as Missões do grande vale entre os diversos Institutos Missionários, cabendo as da margem esquerda do Amazonas, desde Gurupatuba à boca do Rio Gueribi, aos Padres da Piedade[2]. Os edifícios já então acabados, eram os melhores de tôdas as missões do Estado e avaliavam-se na soma, considerável para o tempo, de 900$000[3]. Nêste primeiro período da existência civilizada da Aldeia (*período jesuítico*), Gurupatuba transformou-se em Missão central do Baixo Amazonas. Em 1689, dependiam dela não só Gonçari, Urubuquara e Jaquaquara, mas a própria Missão do Tapajós, que era visitada e catequizada pelos Missionários de Gurupatuba[4].

Em Gurupatuba viveram alguns missionários de nome e ali faleceu e se enterrou, a 2 de Fevereiro de 1691, o zelosíssimo P. Manuel de Borba, natural de Alcântara (Maranhão), quando ia na tropa do Rio Madeira. Também se achava então ali, homisiado e acolhido à

---

1. Bett., *Crónica*, 33. Na cópia, defeituosíssima, da *Crónica*, lê-se *a par de nós, a par dêle*..., erro evidente e fácil de cometer pelo copista apressado.

2. A Ânua de 1696 ainda se refere aos trabalhos dos Padres João Carlos Orlandini e Manuel da Costa em Gurupatuba, mas como de quem já a tinham deixado (*Bras.*, 9, 428).

3. Bett., *Crónica*, 546.

4. Id., *ib.*, 467. A Aldeia de Gonçari ou Cuçari ficava na margem direita do Amazonas, em frente de Gurupatuba. Nunca foi residência fixa. Era a que El-Rei dera como dotação do Colégio do Pará para serviço dela, em vez de Mortigura (Bett., *Crónica*, 525; Morais, *História*, 318). Mas ficando longe do Colégio e, portanto, de difícil serventia, a Companhia fez cessão dela em mãos do Governador Artur de Sá e Meneses, com a condição de descer outra para mais perto, *Carta Régia de 16 de Fevereiro de 1691, ao Governador do Maranhão concedendo ao Superior das Missões, que desça do sertão outros tantos índios como os da Aldeia de Cossari, da qual desiste*, Bibl. de Évora, cód. CXV/2-18, f. 149. Desceu-se para Mamaiacu, da qual se originou depois Curuçá, João Daniel, *Tesouro Descoberto*, 1ª. P., p. 66; Morais, *História*, 318. A Aldeia de Gonçari, abandonada, indica-se no Mapa das Missões da Companhia, de 1753, apenas com a designação de «Barreiras de Cuçari», e diz Morais que em 1759 se chamava Gonçaritapera (*História*, 508).

protecção dos Padres Jesuítas de Gurupatuba, à espera do perdão que se mandara pedir à Côrte, o Capitão Eugénio Ribeiro, que tomara parte activa, alguns anos antes, em 1684, no *Motim do Estanco*, no Maranhão [1].

De todos os Missionários de Gurupatuba, o que mais fêz por ela foi Manuel da Costa, natural de Coimbra, a quem, pelas casas que levantou e actividade que exerceu, considera José de Morais o seu verdadeiro fundador [2].

Com a entrega, feita por êste Missionário, da Igreja e Residência, aos Padres da Piedade, que lhe vieram suceder, termina a história jesuítica de Gurupatuba, não porém a sua história missionária. Os novos Missionários da Piedade foram dignos sucessores dos fundadores jesuítas.

Agassiz que viu ainda por acabar a actual igreja de Monte Alegre, não hesita em a classificar de catedral [3]. Antes dêle, porém, já o célebre escritor, P. João Daniel, dizia que o seu baptistério era de tais proporções que «podia servir para qualquer catedral da Europa» [4]. Será ainda o mesmo baptistério? Não é ociosa a dúvida, sabendo-se que tantos objectos históricos e de arte levaram sumiço na perseguição dos meados do século XVIII, que também atingiu Gurupatuba, tendo de se retirar dela os seus Missionários. A Aldeia foi elevada a vila em 1758, com o nome de Monte Alegre [5]. Nem sempre foram acertadas tais mudanças toponímicas. Esta, contudo, sugerida por uma vila de Portugal em Trás-os-Montes, quadra bem à primitiva aldeia, hoje cidade. *Alegre* é na verdade êste sàdio *monte*, mirante risonho e pitoresco, que quebra amavelmente a monotonia da selva, oferecendo aos olhos do homem, com as serras vizinhas do Ererê,

---

1. *Livro dos Óbitos*, 4. Na *Memória* do P. Barnabé Soares, autor das *Cartas de Claro Silvio*, e então presente em S. Luiz como Visitador, lê-se que Manuel Bequimão, depois de se proclamar a sí próprio Procurador do povo, ofereceu o mesmo ofício a Eugénio Ribeiro, que o não aceitou, ficando então Jorge de Sampaio, Bras. 3 (2), 172; Bett., *Crónica*, 485.
2. Morais, *História*, 507.
3. Agassiz, *Voyage au Brésil*, 103.
4. João Daniel, *Tesouro Descoberto*, 2ª. P., 122-123.
5. Palma Muniz, *Patrimonios*, 21; Cf. S. L., *A fundação do Gurupatuba ou Monte-Alegre*, «mirante do Amazonas» no *Jornal do Comércio* (Rio), 31 de Agôsto de 1941.

Pai-Tuna, Itauajuri, e com a floresta e os Rios Gurupatuba e Amazonas, um espectáculo que jamais se esquece, amplo, característico e nobre.

2. — A meio caminho entre Jaquaquara e Gurupatuba, ficava a *Aldeia de Urubuquara*, visitada igualmente pelos Padres.

«A Aldeia de Urubuquara, que está em um alto ao pé de um monte que sobe a modo de pão de açúcar, tem bôas, mas poucas terras, muito boas águas e ares melhores, muito peixe e tartarugas; nelas fêz o P. José Barreiros uma nova residência, com igreja e casas» [1]. A Igreja era da invocação de S. Francisco Xavier e já se nomeia esta invocação em 1678 [2]. Quando em 1693 se dividiram as Aldeias, retirou-se o Padre, levando consigo o que pertencia à Companhia e era possível levar. As Casas, que deixava, avaliaram-se em 200$000 [3]. A Ânua de 1696 refere os últimos ministérios nesta Aldeia: «Também se enviou novamente missionário para as Serras de Urubuquara, o P. José Barreiros, e achando só 80 Índios, com suas boas práticas juntou perto de 500 almas, das quais baptizou a maior parte e baptizaria todos os mais se nêste tempo, na divisão das Missões, não ficassem nela os Religiosos de Santo António, a quem se deu» [4].

Aquelas *Serras de Urubuquara* dão a posição da Aldeia, não à margem do Amazonas, na foz do Rio Urubuquara, senão no interior dêle, como se vê no Mapa de Samuel Fritz [5]. Em 1758 passou a denominar-se Lugar do *Oiteiro*, transferindo-se depois para onde hoje é *Prainha* [6].

3. — A *Aldeia de Jaquaquara*, desde a primeira expedição dos Jesuítas ao Amazonas, foi Aldeia de visita, o mesmo que Gurupa-

---

1. Bett., *Crónica*, 33, 340.
2. *Bras.* 9, 311v.
3. Bett., *Crónica*, 546; Morais, *História*, 507.
4. *Bras.* 9, 428.
5. Cf. Emundson, *Journal*, 46/47; e no Atlas do Barão do Rio Branco, n°. 86b; Carrez, e não à margem direita, mas à esquerda, *Atlas Geographicus Societatis Iesu* (Paris 1900) 41.
6. Palma Muniz, *Limites Municipais*, 639; Barata, *Efemérides*, 39; Ferreira Pena, *A região ocidental do Pará* (Pará 1869) 132.

tuba com que algumas vezes se confunde[1]. Em 1679, o P. António da Silva, que sabia a língua, e Jódoco Peres, estabeleceram-se nela, numas casas que Vital Maciel Parente, que ali estivera noutro tempo, deixara feitas. Tinha então poucos edifícios. O do Capitão Mateus e mais tres ou quatro. O Principal Casimiro acudia aos Padres e todos eram seus afeiçoados. Os Índios dos arredores aos domingos reùniam-se na Aldeia para ouvir missa e a doutrina que lhes fazia o P. António da Silva, e para ali tratou o mesmo Padre de descer os Índios *Aracajus*[2]. Entre as Missões do Cabo do Norte citam-se em 1678 conjuntamente S. Inácio e S. Francisco Xavier[3]. Esta última era Urubuquara. Cremos que S. Inácio seria Jaquaquara. Daqui, nêste período, iam visitar as Aldeias mais próximas, Urubuquara, Gurupatuba, e Gonçari[4]. A casa, onde assistiam os Padres queimou-se, salvando-se apenas o altar portátil. Mas o P. António da Silva, com Bettendorff, que por ali passou de visita, ergueram outra de sobrado, com três cubículos, refeitório ao meio, dispensa ao canto, e corredor espaçoso para a banda do mato e «todos os mais cómodos requisitos». Verificando que o sítio, pôsto que alegre e espaçoso, com belíssima vista para o Amazonas não tinha terras boas para os Índios fazerem as suas roças e por isso se tinham retirado os *Aracajus*, preferiram Urubuquara e Gurupatuba para residências fixas[5]. Quando Samuel Fritz passou por Jaquaquara, no dia 31 de Julho de 1691, disse missa na capelinha já deserta. A Aldeia e a capelinha ficavam no *pôrto* e a povoação quasi a uma légua num outeiro, entre campinas com formosa vista[6].

4. — Diz o P. José de Morais que o Missionário residente em Jaquaquara tinha por missão visitar a *Aldeia do Rio Paru*[7]. Nêste

---

1. Bett., *Crónica*, 160, 259; *Bras.*, 9, 263v, 289v.
2. Bett., *Crónica*, 325. Na pág. 33 tinha dito que era o P. Manuel da Silva.
3. *Bras.* 26, 53.
4. Bett., *Crónica*, 325.
5. Bett., *Crónica*, 339-340.
6. *Diário*, na *Rev. do Inst. Bras. 81* (1917)389. Não encontramos indícios dessa povoação em quási nenhum mapa moderno do Estado do Pará: mas vemos no mesmo lugar ou cercanias da primitiva Aldeia de Jaquaquara, a povoação de *Oteiro* (Oiteiro) no mapa de Thomas W. Whiffen, *The Amazon River with its northern affluents*, em Paul Fountain, *The river Amazon from its sources to the sea*, Londres, 1914.
7. Morais, *História*, 507; Barata, *Efemérides*, 193.

assim como nos dois mais para a foz do Amazonas, os Rios Jari e Anauerapucu, tendo ficado à administração dos Padres Franciscanos, depois da divisão de 1693, foi limitado trabalho dos Jesuítas.

No *Rio Jari*, em 1715 tinham formado os Padres da Conceição duas Aldeias novas[1]. Mas pelos anos de 1709 e 1710, trabalharam lá os Padres da Companhia, cremos que por efeito de rivalidades entre o Governador Cristóvão da Costa Freire e o Ouvidor Geral. O Governador encarregou os Padres da Companhia do descobrimento dos Índios dêsse Rio, não obstante pertencerem já à jurisdição dos Religiosos Franciscanos, a quem El-Rei mandou dar as Missões do Jari em 1701[2]. El-Rei aprovou as ordens do Governador, e com palavras injustas, que nós hoje não aprovaríamos: «Sem embargo de se escandalizarem os outros Religiosos, como afirma o Ouvidor, pois será isto meio para que êles se emendem e procedam como os da Companhia, vendo que só dêstes se faz caso para o serviço de Deus e Meu»[3]. Supomos que a esta época se deve referir a descida dos Gentios do Jari para a Aldeia de Curuçá, dos Padres da Companhia[4].

Para o *Rio Anauerapucu*, durante a missão do Cabo do Norte, desceram os Jesuítas «duzentas para trezentas almas»[5]. E do mesmo Cabo do Norte, com ser êsse território da jurisdição dos Padres de Santo António, e com o seu beneplácito, desceram os Padres da Companhia alguns índios *Teiroses*, que situaram na Aldeia dêsse rio, farta e boa. Da Residência dos *Nheengaíbas*, foram lá os Jesuítas algum tempo, periodicamente, para a assistência espiritual dos índios. Depois entraram estas paragens definitivamente na zona missionária dos filhos de S. Francisco.

Voltemos ao Baixo Amazonas.

5. — Na sua margem esquerda entre os Rio Gurupatuba e Jamundá, na costa e nos veios de água, tentaram também os Jesuítas, no século XVII, a primeira estabilização de Aldeias. Ficando esta zona mais tarde fóra da sua circunscrição missionária, a actividade

---

1. Provisão de 4 de Junho de 1715, Bibl. de Évora, CXV/2-18, 520.
2. *Regimento das Missões* [68].
3. Carta Régia, ao Governador, de 2 de Julho de 1710, publicada nos *Anais do Pará*, I, 130; Bibl. de Évora, cód. CXV/2-18, f. 444, 403.
4. Morais, *História*, 318.
5. Bett., *Crónica*, 348.

dêles no século XVIII limitou-se a entradas. Convém contudo recordar aquêles primeiros passos da civilização e catequese.

No lugar onde o Amazonas se estreita e é hoje a *Cidade de Óbidos*, ponto obrigatório de escala, para quem quer que suba ou desça o grande rio, havia a nação dos *Índios Pauxis*. Por ali passariam as primeiras expedições ao Solimões e Rio Negro, e expressamente se narra que os Padres Salvador do Vale e Paulo Luiz visitaram os *Pauxis* em 1660 e desceram parte dêles para o Xingu[1].

Por estas alturas existiu também a *Aldeia de Muruapig*, visitada em 1671-1672, pelo P. Pier Luigi Consalvi, ao voltar dos Tupinambaranas. O Principal com os seus índios pediram-lhe o baptismo, que êle, por não poder deter-se (vinha doente), adiou para melhor oportunidade, erguendo entretanto uma igreja de palha, como recordação e posse cristã[2].

Naquele ano de 1660 os Padres Manuel de Sousa e Manuel Pires foram em missão aos *Aruaquis* com intento de ficar entre êles, e ali edificaram a primeira igreja. Adoecendo gravemente o P. Manuel de Sousa, faleceu e enterrou-se «na Aldeia dos bárbaros *Condurises*». Os seus ossos trouxe-os depois Simão dos Santos e ficaram na ermidinha velha de S. Francisco Xavier do Colégio do Pará[3].

---

1. Bett., *Crónica*, 124.
2. Ânua de 1672, *Bras. 9*, 289v. Onde ficava esta Aldeia ? Nas cabeceiras do Rio Cuminã ou Erepecuru, vemos o afluente Murapi. É tão semelhante o nome que supomos ser o daqueles índios que tivessem então descido ao Amazonas ou que depois subissem. Num manuscrito latino dos Jesuítas se fundou o primeiro dos grandes exploradores modernos de Cuminã, P. Nicolino José de Moura, para o subir em busca dos *Campos Gerais*, que aquêle manuscrito indicava ao sul das Montanhas de Tumuc-Humac. Cf. A. M. Gonçalves Tocantins, *Os primeiros expedicionários dos Campos Gerais das Guianas* em *Anuário de Belém em comemoração de seu tricentenário* (1616-1916), organizado por Inácio de Moura (Pará 1915)147; Pinto, *Hidrografia*, 255; Avelino Inácio de Oliveira, *Através da Guyana Brasileira pelo Rio Erepecuru, Estado do Pará* (Rio 1938)8.
3. *His. Propr. Maragn.*, 718-720; Bett., *Crónica*, 119. Ficava o Rio dos Condurises 36 léguas abaixo da Ilha dos *Tupinambaranas*, diz Bettendorff (*Crónica*, 57); e consoante João de Sousa Ferreira, esta Aldeia, de que foi pároco algum tempo o P. Manuel de Sousa, servia de estalagem dos brancos que iam ao sertão, aos quais fornecia remeiros, *Noticiário Maranhense*, na *Rev. do Inst. Bras. 81*, 306; Cf. Vieira, *Resposta aos Capítulos*, 238-239.

6. — Em 1678 existia a *Aldeia de Santa Cruz do Jamundá*, e dela dependiam os mesmos índios *Condurises*, os *Babuises* e outros [1].

Por não haver missionários para tôdas as Aldeias, ficou a dos *Condurises* a ser visitada pelo dos *Tupinambaranas*. E passavam por ela igualmente os Superiores quando faziam a visita geral das Aldeias, como Bettendorff, durante o seu superiorado (1690-1693): «Acabada a visita da Residência dos *Tupinambaranas* fui-me aos *Condurises*, da banda de além, pois pertenciam à visita do P. António da Fonseca [Missionário dos *Tupinambaranas*]. Muito me agradou a entrada para aquêle rio, e o rio mesmo, não só por grande e claro, mas por muito alegre, por suas belas práias de areia e lindos oiteiros, que de uma e outra banda o acompanham. Queria ir vê-lo até às cabeceiras»... Não foi, porque estava ausente o principal da Aldeia e nela achou uns brancos que necessitavam de seu socorro espiritual.

Mas daqui se vê, que os Jesuítas em geral se não contentavam com a ourela dos rios e penetravam em profundidade [2]. «Continuei minha viagem, diz êle, pelo Rio das Trombetas, e procurando as Aldeias principais pelo Rios das Amazonas abaixo e pelas Ilhas dos *Ingaíbas*, dei comigo em Parijó, Aldeia principal da Capitania de Cametá» [3]. No mapa de Fritz os *Condurises* ficam entre cerros, abaixo do Rio das Trombetas. Pela descrição de Bettendorff se vê que ficavam acima, pois descendo o Rio Amazonas antes de entrar no Trombetas, passou pelos *Condurises* «36 léguas abaixo da Ilha dos *Tupinambás* para a banda do Norte» [4].

Na *Aldeia de Santa Cruz do Jamundá* passaram os missionários, umas vezes com mais demora, outras menos, conforme as necessidades da catequese ou dificuldades dela. Não se pôde demorar o P. Pier Luigi Consalvi, pelo mesmo motivo de saúde, que o não deixou ficar em Muruapig [5].

---

1. *Bras.* 26, 53.
2. Bett., *Crónica*, 494. Nesta Aldeia lhe deram umas araras, mais belas que as de outras regiões, das quais mandou sete, ao Núncio Nicolaini, que conhecera em Lisboa, e não chegaram ao seu destino, por naufrágio no mar.
3. Id., *Ib.*, 499.
4. Id., *Ib.*, 57.
5. *Bras.* 9, 289v.

A *Aldeia de Jamundá* passou, em 1693 à administração dos Padres da Piedade. Desta Aldeia, mudada depois para outro sítio, procede a actual *Cidade de Faro*, nos limites do Estado do Pará [1].

---

1. Morais, *História*, 415-416; Palma Muniz, *Patrimónios*, 222. Octaviano Pinto, *Hidrografia*, 236, traz esta reflexão: «No tempo dos Governadores floresceu êste torrão, teve lavoura, e teve indústria, porém, depois a ambição dos directores, no tempo do *Directório*, criado pela lei de 6 de Junho de 1755, revogado em 1798, fêz com que os Índios fugissem e fôsse decaindo na prosperidade, a ponto de chegar ao estado em que está hoje».

CAPÍTULO V

Aldeias de baixo até ao Salgado ou Costa-mar

1 — Primeiras Aldeias; 2 — Casa-Colégio da Vigia; 3 — Fazenda de S. Caetano; 4 — Aldeia do Cabu ou dos Tupinambás (Colares); 5 — Maguari, Muribira e Mocajuba; 6 — Aldeia de Tabapará; 7 — Fazenda de Mamaiacu (Porto Salvo); 8 — Fazenda de Curuçá; 9 — Aldeia de Maracanã; 10 — Aldeia de S. João Baptista de Gurupi; 11 — Aldeia de Caeté (Bragança).

1. — Os Jesuítas começaram a trabalhar simultaneamente na cidade e nas Aldeias, em 1653, no próprio ano de chegada. Os Índios das Aldeias dos arredores do Pará já tinham sido zelosamente catequizados pelos Padres de Santo António e outros missionários, mas a maior parte estava então ao abandôno, sem igreja e sem cruz, nem sacramentos.

Atenderam a êsse desamparo os Padres Manuel de Sousa e Mateus Delgado. Deram uma volta por elas, ou juntos ou separados. E, demorando-se em cada uma algum tempo, ensinaram a doutrina, ergueram cruzes (e ensinaram aos Índios a fazê-las), levantaram igrejas de palma, celebraram missa e administraram os sacramentos.

Diz um dêles, Mateus Delgado: «As Aldeias em que se levantaram igrejas foram: Tupinambás, Saparará, Maracanã, Mortigura, Nheengaíbas, Bócas, Guarapiranga, mais outra de Tupinambás e a do Faustino»[1].

Morais distribue e discrimina estas «Aldeias de El-Rei, espalhadas pelo distrito da cidade, que eram nove, pela ordem seguinte: para a parte da costa e barra do Pará, a dos Tupinambás, Saparará, e Mara-

---

1. Certificado do P. Mateus Delgado, de 20 de Fevereiro de 1654, em Morais, *História*, 430-432.

canã; para parte de cima, correndo para o sertão, Mortigura, que por então era do serviço dos Padres, *Bócas*, e *Nheengaíbas*; e mais perto da cidade, Tupinambás de cima, Guarapiranga, e a do Faustino, da administração do Reverendo Vigário Manuel Teixeira »[1].

As Aldeias dos arredores do Pará, com o centro em Belém, dividem-se naturalmente em dois grandes grupos, as de *baixo* e as de *cima*, abrangendo as fazendas respectivas. Algumas são hoje cidades.

2. — De Belém, para a banda de baixo, até ao Salgado ou « Costa-Mar », como diz com elegância e concisão João Daniel, a mais importante Casa da Companhia foi a da Cidade da *Vigia*, terra de grandes tradições paraenses.

Já era vila, quando os Jesuítas, a pedido dos próprios moradores, se estabeleceram nela, e em tão boa hora, que nenhuma outra casa, em todo o Estado do Pará, excepto o Colégio de S. Alexandre, adquiriu tão rápido prestígio.

Iam ali, muitas vezes os Padres, e das suas Aldeias vizinhas concorriam com índios para os moradores e sobretudo para as obras da igreja de Nª. Sª. de Nazaré, quando se pensou em erguer-lhe um grande templo. Os Vigilenses queriam estudos na sua terra, e entabolaram negociações com os Padres da Companhia. Pretendiam, nada menos, que a casa fôsse Colégio, isto é, se organizasse, com vida e bens próprios, independente do Colégio do Pará. Êste movimento operou-se na terceira década do século XVIII. E já em 1729 se andava a construir a casa. Para se alcançar licença oficial, sugeriu-se que se oferecesse o título de fundador a D. José, Príncipe do Brasil [2]. Cremos que a sugestão não foi seguida. Mas alcançou-se licença; e o diploma régio de D. João V têm a data de 11 de Maio de 1731 [3].

Activaram-se os trabalhos de construção. Os moradores insinuaram que lhes seria grato ficasse superior José de Sousa, então reitor do Pará [4], e há indícios de que acumulou os dois cargos, ficando assim ane-

---

1. Morais, *História*, 430. Entre os 300 casais de índios encomendados, dados a Pedro Teixeira pela sua entrada a Quito, contava-se a Aldeia do Faustino (Garcia em *HG*, III, 188). Era do « serviço » do Vigário da Matriz, e seu sobrinho mandou queimar as casas feitas para os Padres (Morais, *História*, 445-446).

2. *Bras. 26*, 264.

3. Palma Muniz, *Limites Municipais*, 741.

4. *Bras. 26*, 277; Morais, *História*, 195.

xa a casa da Vigia ao Colégio de S. Alexandre. Separou-se dêle juridicamente em 1740, com esperança de que assim, autónoma, seria mais útil à própria terra [1].

Não há *fundação* de Colégio, sem bens próprios com que se possa sustentar sôbre si. A casa da Vigia a princípio ainda necessitou do auxílio do Colégio do Pará e dos missionários das diversas Aldeias, e teve necessidade de enviar anualmente uma canoa à recolha do cacau [2]. Mas tanto a boa administração dos Padres como a generosidade dos Vigilenses consolidou em breve os seus fundos de reserva e subsistência, para garantir os estudos. Em 1760 eram os seguintes: Um pequeno terreno anexo ao Colégio, que ia, de uma parte, até às casas de Domingos Pereira Lomba e Domingos Pereira de Brito, e de outra até à praia, e de outra até um braço de mar chamado Tojal: ao todo umas 200 braças. Possuía outro terreno, na rua que passava junto à igreja, mas separado dela; e ainda junto à vila, no sítio da Rocinha, um campo de 137 braças com árvores frutíferas (laranjeiras, cafeeiros novos e antigos, e pés de cacau, novos). Fora da vila, pertencia-lhe um terreno de 60 braças, no lugar chamado *Caminho Grande*. No sítio de *Bacurijiba*, algumas plantações em terreno alugado. Possuía mais ¾ de léguas no Rio Guarimá, e duas léguas no Rio Camarupi de uma e outra banda dêle, na Ilha de Marajó, que havia de servir para criação de gado [3].

Com êstes bens já a casa podia realmente *fundar-se*, subsistir e prosperar.

Com os seus réditos, e com donativos dos Vigilenses, ergueu-se a Casa que tinha 18 cómodos e as oficinas necessárias. Construiu-se a igreja. E começaram as aulas, de primeiras letras e Latim. As de Latim abriram-se entre 1732 e 1735. Não se mencionam ainda no Catálogo da primeira data, mas já no da segunda; e, consoante desejavam os Vigilenses, com o P. José de Sousa, como Superior e verdadeiro fundador da igreja e Casa da Vigia, onde faleceu em 1752 [4].

Em Carta sua, de Mocajuba, a 18 de Agosto de 1747, refere-se êle a que as carregações de géneros para o Reino, de 1742, 1743, e 1744, ficaram por conta da Casa da Vigia, o que explica, com estas e outras

---

1. *Bras. 25*, 99v.
2. *Bras. 27*, 109.
3. *Inventário*, 15, 17-18.
4. *Bras. 27*, 71; Sommervogel, *Bibliothèque*, VII, 1406.

aplicações de bens e géneros, o terem sido possíveis tais obras, como as da Igreja e seu ornato, as da capela interior e da livraria.

Que existe de tudo isto ? A Casa-Colégio desapareceu. Ao lado esquerdo da igreja, separada dela por uma estreita rua, há hoje uma residência particular. Do lado do quintal têm uns arcos antigos. Disseram-nos, quando ali estivemos em 1941, que a casa fôra «convento»...Os arcos que dariam, para o pátio interior, clássico em tôdas as casas maiores da Companhia, supomos ser ainda os do antigo Colégio.

A igreja, da Senhora Mãe de Deus, ainda existe, e é grande, e um dos mais interessantes, antigos e ricos monumentos do norte. Arrancando lateralmente das duas tôrres, circunda-a, do lado direito e esquerdo, uma colunata original e pomposa. Ainda conserva interiormente, os seus altares e formosas imagens; e no seu tesoiro ainda se admiram, conservadas com zêlo e amor pelos Vigilenses, algumas pratas preciosas do tempo dos Jesuítas, gomil, turíbulo, naveta, e outros objectos de valor que constam do antigo *Inventário* [1].

A sacristia está quási intacta, com os seus belos paineis da Vida da Senhora (eram 10, um deteriorou-se), as suas pinturas e, entre outras obras de arte, as estatuazinhas de um presépio, que recorda, pela sua formosura, as de Machado de Castro.

Todos os visitantes se extasiam diante delas e os escritores nortistas reconhecem o que diz por todos Palma Muniz: «No Colégio da Mãe de Deus distribuiram os Jesuítas a instrução, que muito concorreu para o progresso da Vila e dos seus habitantes»[2].

A livraria da Vigia constava de 1010 volumes [3]. Vimos em diversos documentos vários projectos para a aplicação dêsses livros; não conseguimos apurar com segurança o destino último que levaram.

Em 1760 viviam na Casa da Vigia cinco Padres e um Irmão. Arrastados na perseguição geral, foram conduzidos entre soldados, a 23 de Junho, para o Colégio do Pará [4].

---

1. *Inventário do Maranhão*, 15v-16; João Daniel, *Tesouro Descoberto*, 1ª. P., 67.
2. Palma Muniz, *Limites Municipais*, 742.
3. *Inventário do Maranhão*, 19-23. Publicamos o catálogo desta livraria, *Uma biblioteca portuguesa no Brasil nos tempos Coloniais — Casa da Vigia, Pará* em *Brasilia*, I (Coimbra 1942) 257-267; cf. *Autores e Livros*, suplemento literário de *A Manhã* (Rio), 19 de Outubro de 1941.
4. *Status Provinciarum Transmarinarum — Apêndice ao Catálogo Português de 1906* (Lisboa) p. XIII.

A igreja de Nossa Senhora Mãe de Deus, foi no ano seguinte aplicada a Matriz da Vigia e nela se celebra a festa de Nossa Senhora de Nazaré, cuja igreja, em construção, foi logo abandonada, e não passa hoje de imponentes ruinas. É culto que remonta ao século XVII. Já em 1697 o P. José Ferreira «visitou na Vigia,de passagem, a milagrosa imagem de Nossa Senhora de Nazaré» e «é o que lá têm de melhor, que de tôdas as partes se freqüenta de romeiros que vão lá fazer as suas romarias e novenas».[1] Nos *Programas*, que anualmente se imprimem, das grandes festas de Nazaré, na Vigia, na antiga igreja da Companhia, vem esta *nota histórica:*

«Os alicerces da nossa Igreja foram lançados no dia 11 de Junho de 1702 pelos Padres da Companhia de Jesus. A primeira Festa de Nazaré foi celebrada em 1750, isto olhando-se ao antigo Compromisso existente no Arquivo do Tesouro». A data de 1702 parece-nos cedo demais, para início da antiga igreja da Companhia, actual matriz; a de 1750 tarde de mais para começo das Festas a Nª. Sª. de Nazaré, já tão venerada e milagrosa na Vigia em 1697. Artur Viana, no seu artigo *Festas Populares do Pará*[2], historia os começos da *Festa de Nazaré*, em Belém, que coloca nos meados do século XVIII, de uma tôsca imagem do pobre Plácido, venerada na sua choça da antiga estrada do Utinga, no lugar, que é hoje a Praça de Nazaré. Viana não têm uma palavra para a Festa de Nazaré na Vigia; e fala de Ruderico e dos Visigodos. Para achar a origem imediata da festa do Pará, bastava prolongar um pouco a estrada de Utinga e, por algum atalho, chegar ali, à Vigia, não muito distante, por onde entrou no Estado do Pará a devoção da Nazaré.

3. — Os bens da Casa da Vigia reverteram ao Estado em 1760 e foram vendidos em hasta pública, excepto as duas Fazendas maiores de *Tabatinga* e *São Caetano*, com uma légua cada qual[3]. Tabatinga possuía igreja, bela e nova, e ignoramos se ainda existe. São Caetano tinha-a também, mas já velha[4].

Desta Fazenda de São Caetano, que fôra próspera, procede o Município e cidade de *São Caetano de Odivelas*, igualmente próspera[5].

---

1. Bett.,*Crónica*, 21-22,630.
2. *Anais do Pará*, III, 225-245.
3. *Inventário do Maranhão*, 15, 17-18.
4. *Ib.*, 17-18.
5. Palma Muniz, *Limites Municipais*, 679.

4. — Mais perto da cidade de Belém ficava a *Aldeia dos Tupinambás*, visitada em 1653 pelo Padre Mateus Delgado. Chamavam-se *Tupinambás de baixo* ou *Tupinambás novos*, para se distinguirem da outra Aldeia de Tupinambás, ou *Tupinambás de cima*, que se dispersou depois. Mas muitos dos seus índios, com outros, descidos do Tocantins pelo P. Francisco Veloso em 1655, levou-os o mesmo P. Veloso primeiro «para o Guajará, junto à Ilha do Sol», e depois desta Aldeia de Guajará ainda o mesmo P. Veloso, os mudou para a «Ilha do Sol à beira-mar, que hoje [1698] se chama Ilha dos Tupinambás por lá morarem até o presente, suposto que mudados mais para a terra adentro».

Tal foi a origem desta grande *Aldeia dos Tupinambás de baixo*, ou *Aldeia do Cabu*, em que se mandou fazer «uma valente igreja», «que parecia uma sé»; e a Aldeia de tal modo se construiu, que da porta da igreja se via tôda. Os seus índios, os melhores frecheiros do Pará, notabilizaram-se sempre por sua dedicação aos Jesuítas. E tornou-se notável centro missionário, do qual dependia durante algum tempo a assistência aos Índios dos Joanes, com o seu célebre pesqueiro de tainhas[1]. Depois decaiu, mudando-se os Índios, parte por fugirem aos trabalhos da fábrica do Anil que ali intentou fazer o Governador Pedro César de Meneses, parte por terem no Igarapé da Vigia melhor caminho que na costa brava[2]. Nêste Igarapé está, na terra firme, a Fazenda de Mamaiacu a que muitos daqueles Índios se aplicaram. Colocou-os depois o Governador Alexandre de Sousa Freire, contra as ordens régias, no Rio Guamá em 1729, mas restituiu-os depois à mesma Fazenda[3]. Com tantas mudanças, a Aldeia propriamente dita reduziu-se muito, e tinha em 1730 apenas 226 índios[4]. Mas reconstituiu-se e já tinha mais, quando Mendonça foi em pessoa a *Cabu* para chamar-lhe *Vila de Colares*. «E aqui, depois de fazer em pouco tempo, o que já noutras Aldeias fizera, voltando-se para o Jesuíta Caetano Xavier, presente, lhe chamou a atenção para a rapidez com que de uma Aldeia se fazia uma vila. O Padre não respondeu. Mas no seu interior pensava que não tinha sido tão fácil juntar ali com seu trabalho e suores tôda aquela gente. Em vez do Padre da Aldeia, Sebastião Freire, ficou nela o Cónego do Pará, Narciso dos Anjos, forçado por Bulhões. A esta no-

---

1. *Bras 26*, 13v.
2. Bett., *Crónica*, 111, 297; Morais, *História*, 478.
3. Morais, *História*, 319.
4. *Bras. 10* (2), 338.

va vila lhe anexou Mendonça o *Lugar* de Tabapará, porque se resolveu que as Aldeias pequenas se chamassem *lugares* »[1].

5. — À conta dos Missionários dos Tupinambás estava a *Aldeia de Maguari* e a *Aldeia de Muribira* ou *Miribira*[2]. Pelo modo de falar do cronista, a Aldeia de Maguari data do tempo do P. Vieira. Referindo-se a ordens suas, diz: « Por aquêle tempo se fêz também uma Resedência bela em a Aldeia de Maguari, do principal Tomé, pelo P. Manuel Nunes »[3]. Em 1678 chamava-se Santo António de Maguari[4].

Em 1750 quási se indentificava Cabu com Muribira: « Cabu na ponta de Muribira »[5]. Com o nome de Muribira existe hoje uma povoação junto à Vila do *Mosqueiro*, a que está ligada por uma linha de carris urbanos[6].

Mocajuba (que se não deve identificar com a Aldeia de *Mocajubas*, a duas léguas de Camutá onde estêve Vieira em 1653)[7] é uma pequena propriedade que na lista geral do Catálogo se insere entre *Gibrié* e *Mamaiacu*[8]. É a actual povoação de *Mocajuba* na Ilha de Colares[9]

---

1. Caeiro, *De Exilio*, 444. Cabu aparece nos manuscritos, Cabu, Caby, Caaby; cf. BNL, fg. 4529, doc. 58, *Carta do Padre Cristóvão de Carvalho ao P. Bento da Fonseca*, com a lista dos Missionários desta Aldeia. Entre êles, José de Morais, o cronista, que o diz também na sua *História*, 319.
2. Bett., *Crónica*, 24, 671.
3. Id., *ib.*, 89.
4. *Bras*. 26, 53. Onde ficava? Da actual vila de Benfica, «situada em um dos braços do Rio Maguari, margem direita», diz Teodoro Braga que fora «administrada pelos Jesuítas», *Corografia*, 362.
5. BNL, fg. 4516 (*Apontamentos*) 21-21v.
6. Pinto, *Hidrografia*, I, 432.
7. *Cartas de Vieira*, I, 365.
8. *Bras* 3 (2), 338.
9. Paulo da Silva Nunes, inventariando os bens dos Missionários de todo o Estado, fala assim de Mocajuba, pertencente aos da Companhia: «A segunda fazenda era o engenho de lavrar açúcar no sítio de Mocajuba, que compraram a Pedro da Costa Raiol e se ouviu dizer ao Reitor do Colégio do Pará, o P. João de S. Paio, que só em farinhas, algodão e mais frutos e criações que lhe deixou o vendedor nas terras do dito engenho, rendeu ao Colégio mais de seis mil cruzados» (cf. Melo Morais, *Corografia*, II, 475). Procuramos o nome de Pedro da Costa Raiol, entre os *Posseiros de Sesmarias*, se teria essa: não aparece nem no *Catálogo* de Artur Viana, nem no de Palma Muniz (*Anais do Pará*, III, X); procuramos, entre os

6. — A Aldeia de *Taupará* ou *Sapará* ou *Tabapará* pertencia à administração dos Jesuítas desde os primeiros tempos da Missão, e por volta de 1663 aí se situou a primeira roça dos Padres [1]. Constava em 1730 de 191 índios [2]. Quando José de Morais estêve em Cabú missionou também Tabapará. E diz: «Por falta de terras, em que lavrassem os índios no lugar antigo, a mudei para quási sôbre a costa uma légua por terra, distante do antigo sítio, onde fiz Igreja e casas novas, com consentimento do Governador e Capitão General João de Abreu de Castelo Branco que a deu a requerimento dos mesmos Índios, estando no sítio de Matias Caetano, onde se achava convalescendo, não muito distante de Tabapará (que sem preceder esta licença a não quis mudar); e porque não quero fique sepultada a verdade com o tempo, digo ser tão falso o de que me arguiram os moradores da Vigia, que eu mudara a dita aldeia sem licença do Governador, contra as ordens de Sua Majestade, como é verdadeiro que a dita aldeia é do serviço privativo dos pobres, e mais que todos necessitados, moradores da mesma vila, pelos descerem à custa da sua fazenda, do interior do sertão, para se servirem dêles por repartição, nas suas necessidades, como fizeram sempre, até que o Governador e Capitão General Mendonça, absoluta e potencialmente, os mandou ajuntar com os Índios de Cabu, aldeia do serviço real destinada para a arrecadação dos dízimos; o que não poderá deixar de redundar em grave prejuízo dos miseráveis moradores. E se disserem que quando fui missionário lhes não dava os Índios que me pediam, não era por falta de vontade, mas pela penúria dos ditos índios, e ter já dado os poucos, que havia, para as obras da Igreja da milagrosa imagem da Virgem Senhora de Nazaré, por concordata que com os seus freguêzes fêz o Reverendo e zeloso Vigário, de cederem dêles os moradores enquanto durasse a obra, que hoje se acha muito adiantada e grandiosa, tudo devido à religião e cordial devoção dêstes fervorosos

---

reitores do Pará, o P. João de S. Paio: não está, nem foi; procuramos nos documentos da Companhia e no *Relatório* oficial do Bacharel António da Cruz Dinis Pinheiro, se Mocajuba seria engenho de açúcar, e não era. O engenho era Ibirajuba, no Moju (*Relatório*, em Lúcio de Azevedo, *Os Jesuítas no Grão-Pará*, 414). Com êste mesmo espírito de *engrandecer* a Companhia, inclue-se na mesma lista, a Aldeia de Una, nesta região como sendo dela. De documentos mais fidedignos não consta.
    1. Bett., *Crónica*, 224. Não confundir com Tapará.
    2. *Bras.* 10 (2), 338.

Vigilenses, cujo direito ao serviço dos Índios de Tabapará quis perpetuar nesta história»[1].

7. — A *Fazenda de Mamaiacu*, no Igarapé da Vigia, deve datar-se de 1663, ano em que o P. Francisco Veloso, voltou depois de Motim de 1661, a tomar conta, do Colégio do Pará, como reitor, em substituição de Bettendorff. Conta êste o que fêz o P. Veloso: «O P. Francisco Veloso, como achou a Casa de Santo Alexandre pobríssima e com pouca gente, que o P. Superior da Missão tinha pôsto em a Ilha do nosso irmão Pedro Dorsais, depois de uns dias de descanso, passou às Aldeias de Missionários, e mudou nossa gente para Mamaiacu, pondo-lhe Juliana por feitora, casando-a primeiro com José *Curemim*, da casa»[2]. Esta Fazenda estêve em função da Aldeia dos Tupinambás (Cabu) e da de Tabapará. Diz o mesmo Bettendorff, referindo-se ainda à actividade do P. Francisco Veloso, em 1663: «Alguns Índios *Tupinambás*, que estavam morando em Guajará, onde o P. Manuel Nunes, algum dia lhes tinha assistido, se mudaram com o seu principal, *Tucano*, para ajudar a quem os tinha trazido do seu sertão, para a roça dos Padres, que no princípio se situava no Tabapará»[3].

As casas da Fazenda fizeram-se por volta de 1669 [4]. Alcançou-se licença de El-Rei para ser aqui a roça ou Aldeia privativa do Colégio em vez de Gonçari; os *Maraguases* que se desceram para êsse efeito, enquanto não tinham terras próprias, ficaram em Mamaiacu e trabalhavam por salário que se lhes pagava [5]. Não tardou porém a transferir-se para Curuçá a sede da Aldeia do Colégio, ficando Mamaiacu, apenas terra de lavoura. Em 1730 tinha 152 Índios [6].

Depois disso, construiu o P. João Teixeira nova casa e igreja no pôrto dessa fazenda em terras que se lhe acrescentaram por doação da Câmara e compra particular [7]. Destinava-se a socorrer, em caso de necessidade, as Fazendas do Marajó. Mas o Visitador, Francisco de

---

1. Morais, *História*, 319-320.
2. Bett., *Crónica*, 223.
3. Aqui lê-se *Tapará*, mas é *Tabapará*; como se lê também *Moniz* em vez de *Nunes* (1698), Bett., *Crónica*, 224.
4. Bett., *Crónica*, 255.
5. Bett., *Crónica*, 525-528.
6. *Bras. 10(2)*, 338.
7. Lamego, *A Terra Goitacá*, III, 306-307.

Toledo, vendo vir já a perseguição, mandou cessar tudo, em fins de 1756[1]. No ano seguinte a Fazenda foi transformada em *Lugar de Nossa Senhora de Porto Salvo*, como se fôsse simples Aldeia de Índios, confiada à Administração dos Jesuítas, coisa que Mendonça Furtado se empenhou em demonstrar, fundado em que num dado momento, certos vizinhos da fazenda invadiram as terras delas e os Padres para os arredar eficazmente, invocaram que era Aldeia de Índios do Colégio. Era de facto Aldeia de Índios, mas ao serviço do Colégio. Mendonça Furtado assume só a primeira parte e suprime a segunda. Mamaiacu era Aldeia ou Fazenda dada por El-Rei para sustento do Colégio de S. Alexandre desde o século XVII. Os seus índios eram livres, a quem o Colégio pagava; as terras, tirando aquêles pedaços legitimamente adquiridos, eram de El-Rei. Mas os benefícios e produtos dêsses índios, não eram pertença da Aldeia, em comum, senão do Colégio, a cujo serviço estavam os Índios e cujos serviços o Colégio pagava, como todos os moradores e melhor que êles.

Mandando Furtado que os Jesuítas se retirassem e largassem tudo, o P. José de Morais, o que iria ser o ilustre autor da *História*, tantas vezes citada, representou-lhe, em nome do Reitor a situação verdadeira da Fazenda. Mendonça Furtado, esquecendo-se de que antes de Sebastião José de Carvalho houve reis de Portugal, que também davam leis e concediam licenças, e que antes dêle, houve governadores que também tinham poderes e alcançavam confirmações régias, entendeu, com interpretações demasiado pessoais que tôdas as licenças eram nulas, e que Mamaiacu era simples Aldeia de Índios e que os Padres não tinham direito algum. E se porventura os Padres não se curvavam logo diante do seu veredicto e faziam requerimentos ou escreviam cartas a expor o assunto, êle, não como juiz ou autoridade, mas como parte no processo, tachava as suas cartas de «insultantes e descomedidas», o seu protesto de «escandaloso», a sua defesa de «afectação, orgulho e atrevimento desta corporação de gente»: «obstinação, desobediência e tirania». — Tal é, com efeito a literatura oficial dêste Governador e em particular a carta em que êle comunica para Lisboa a notícia dêste sucesso de Mamaiacu e o de Curuçá[2].

---

1. *Diário de 1756-1760*.
2. Carta de Mendonça Furtado, de 20 de Outubro de 1757, em *Anais do Pará*, V (1906) 249-254.

8. — No *Curuçá* tiveram os Jesuítas Aldeia e Fazenda. A Aldeia sucedeu a Gonçari e Mamaiacu como Aldeia dada por El-Rei para prover ao sustento e gastos do Colégio do Pará, e obedeceu a uma dupla ideia, a de ficarem os Índios mais ao abrigo das investidas dos colonos, e beneficiarem a fazenda, de duas léguas de terra, que deixara ao Colégio Francisco Rodrigues, antigo noviço da Companhia [1].

Os Índios da Aldeia de Curuçá eram livres e apesar de serem dados para o serviço do Colégio, recebiam salário. O núcleo principal dela foram Índios do Rio Jari descidos pelos próprios Padres [2]. Em 1730 eram 499 [3]. Por volta de 1700, João de Sampaio, que ainda não era Padre, «construiu e estabeleceu as Salinas» de Curuçá [4]. Além destas Salinas, cultivava-se mandioca e algodão, e chegou, diz Palma Muniz, a um alto grau de prosperidade. A Fazenda de Curuçá veio a chamar-se *Vila Nova de El-Rei*, em 1757, na mesma ocasião que Mamaiacu, sendo erecto o seu pelourinho a 3 de Julho [5].

9. — A *Aldeia de S. Miguel de Maracanã*, no Salgado ou «na Costa-Mar» é uma das que os Jesuítas visitaram em 1653 e nela erigiram uma igreja de palma [6]. Em 1656 o P. João de Souto-Maior levou o seu principal Copaúba (Lopo de Sousa) à jornada do Pacajá, com outros Índios de Maracanã. Levou-o o Padre um pouco contra a sua vontade, mas como os *Pacajás* eram parentes de Copaúba, a sua ida seria útil [7]. Êstes Índios *Pacajás* dão-se como o núcleo primitivo da Aldeia de Maracanã, aldeados a princípio no Rio Marapanim [8].

---

1. Arq. da Prov. Port., Pasta 176, 27; Lamego, *A Terra Goitacá*, III, 362 João Daniel, *Tesouro Descoberto*, 1ª. P., 66; Bett., *Crónica*, 664.
2. Morais, *História*, 245, 318.
3. Bras. 10 (2), 338.
4. Livro dos Óbitos, 30.
5. Palma Muniz, Rev. do Inst. do Pará. IV, 385; *Diário de 1756-1760*.
6. Morais, *História*, 430.
7. Cf. João de Souto-Maior, *Diário da Jornada que fiz ao Pacajá no ano de 1656*, publicado por Lúcio de Azevedo, na Rev. do Inst. Bras., 77, 2ª. P., 167.
8. Cf. Carta do P. António Baptista ao P. Bento da Fonseca, BNL, fg. 4529, doc. 61. António Baptista foi o último missionário Jesuíta de Maracanã (Caeiro, *De Exilio*, 447; BNL, fg. 4516, *Apontamentos*, 28v-29. Referindo-se Teodoro Braga ao actual município e cidade de Marapanim, diz que foi «iniciada a civilização local pelos Padres Jesuítas», numa «fazenda, por êles denominada *Bom Intento*, em fins do século XVII» (*Corografia*, 448); Palma Muniz, *Limites Municipais*, 372.

A Aldeia de Maracanã já tinha mudado duas vezes de sítio até ficar «onde se acha em o tempo presente», 1689. Copaúba faleceu muito antes, nêste último sítio «com os sacramentos da Santa Madre Igreja», sucedendo-lhe seu filho, Francisco de Sousa [1].

Copaúba ou Capaúba, se por um lado tinha qualidades e era estimado, por outro deu que fazer aos missionários, e foi um dos pretextos do Motim de 1661. Começou tudo por o P. Gorzoni ter procurado apartá-lo de uma mulher com quem vivia amancebado. A seguir a êste incidente, aquêle Principal, chamou Padres de outras Ordens ou Clérigos, enquanto viveu, «que seriam mais ou menos seis anos». O seu filho Francisco logo tornou a chamar os Jesuítas. Diogo da Costa, que era missionário de Maracanã em 1698, ainda que «não tinha os 25 casais concedidos pela lei aos missionários, tinha os necessários para seu sustento e suas viagens, para as ocasiões em que lhe eram necessários, e como é mui zeloso do culto divino, tinha, para maior devoção de seus Índios, mandado fazer umas três imagens de vulto, uma de Nossa Senhora da Ajuda, outra de S. Miguel Arcanjo, outra de S. Francisco Xavier, e juntamente renovar a pintura de Santo António Português, com que encheu todos os nichos do retábulo que êle mesmo tinha traçado e mandado fazer, por sua direcção, por Martinho, cunhado do Principal, e outros Índios carapinas de Maracanã, tendo ido os mesmos Índios por sua devoção ao cacau para pagamento de tôdas aquelas obras, com que ficou mui ornada sua igreja de taipa de pilão, que se fêz anos há, em tempo de Lopo de Sousa» [2].

Depois disto, sendo Superior o P. António Coelho, por falta de missionários, deixou várias Aldeias entre as quais Maracanã. Não sendo aprovada superiormente esta retirada, passados dois anos, em 1702, voltaram os Padres da Companhia de Jesus que ficaram com a Aldeia, a seu cargo, até o fim [3]. A autoridade que o Principal tinha ou tomava, influído pelos brancos, deu sempre desgôsto aos Padres: «Diz o missionário que para o trabalho das Salinas não vão moças solteiras, e o Principal das Aldeia as manda», duplo inconveniente social, o daquêle trabalho não ser para as mulheres e o de provocar desordens morais. O Principal já tinha passado o cargo ao filho, mas ainda mandava, e os

---

1. Bett., *Crónica*, 89-90.
2. Bett., *Crónica*, 630.
3. *Regimento das Missões* [77].

brancos faziam-no perder o juízo com aguardente e alcançavam dêle os Índios que queriam... Desgostos comuns destas missões[1].

Esta Aldeia famosa foi objecto de legislação especial, por ser apenas obrigada ao serviço das Salinas reais e a dar pilotos às canoas que iam para o Maranhão. Quer dizer, estava isenta da repartição dos Índios pelos moradores e de dar trabalhadores para os serviços indispensáveis, do Missionário e do Culto. «Tôdas estas quatro povoações, Maracanã, Curuçá, Tabapará e Cabu ou Colares careciam do privilégio de poderem mandar ao sertão e colheita de suas riquezas, as suas canoas com 25 índios como tinham tôdas as mais, com cujo produto pagavam aos Índios remeiros e proviam as suas Igrejas e casas os seus respectivos missionários, por cuja causa eram estas 4 as mais pobres, vivendo os seus missionários, quási de esmola. Agora porém já tôdas correm a mesma igualdade, porque elevadas a ilustres vilas e com côngrua suficiente, de 60 ou 80 mil reis, aos seus párocos, quando os seus antecessores missionários só tinham 30!»[2].

Em 1730 Maracanã contava 1042 Índios, com mais 11 catecúmenos, sinal de que era antiga, com tão poucos índios novos[3]. A igreja de Maracanã ainda conservava em 1750 o cális que lhe dera o P. António Vieira, objecto, por isso, de grande estimação[4].

Maracanã recebeu em 1757 o nome de Vila de Nova Sintra. Em 1885 foi elevada a cidade, cuja instalação se realizou a 2 de Fevereiro de 1886; e em 1897 recuperou o nome primitivo, tradicional e histórico, de Maracanã[5].

10. — Nos limites dos actuais Estados do Pará e Maranhão, a *Aldeia de S. João Baptista* no *Rio Gurupi*, perto da Vila de Vera Cruz, sede da Capitania do mesmo nome, foi fundada pelo P. António Vieira, e segundo Bettendorff, o primeiro superior dela foi o P. Jácome de Carvalho, a quem logo substituiu o P. Bento Álvares. O cronista

---

1. Carta do P. Francisco Wolff, à Rainha, de 1 de Fevereiro de 1753, em Lamego, *A Terra Goitacá*, III, 321-322.
2. João Daniel, *Tesouro Descoberto*, 1ª. P., 70.
3. *Bras. 10* (2), 338.
4. BNL., Fg. 4516, *Apontamentos*, 28v, onde, além das notícias aqui insertas, se lêem os nomes dos seus missionários; Bett., *Crónica*, 22, 613-614; Heriarte, *Descrição*, 217; João Daniel, *Tesouro Descoberto*, 1ª. P., 65.
5. Teodoro Braga, *Corografia*, 443-445; Palma Muniz, *Limites Municipais*, 367-368.

supõe que Jácome de Carvalho viesse com Vieira em 1655, mas veio em 1659 [1].

Com Vieira quem veio foi o P. Álvares, verdadeiro fundador da Residência, uma grande casa em quadra com igreja de taipa de pilão, coberta de telha, e com um pátio ajardinado ao centro, e tudo com a maior perfeição [2]. Ajudara muito às obras o Índio António, destro carapina, que o P. Bento Álvares, deixando em 1688 a Casa de Gurupi, levou consigo para Jaguarari [3]. Não estavam concluídas as casas em 1661, quando Bettendorff passou pela Aldeia, «uma boa hora distante da vila». Estava com o P. Bento Álvares o Ir. Inácio de Azevedo, «um bom músico e algum dia valente soldado. Moravam os Padres ainda em suas casas velhas de pindoba, e ia-se acabando o belo quadro de casas com sua igreja tudo de taipa de pilão. Havia em a Aldeia muitos Índios de várias nações que os Padres tinham descido para lá com o Capitão-mor João de Herrera, nosso irmão, casado pelo P. Superior António Vieira com D. Catarina da Costa, depois nossa irmã por carta de irmandade, que lhe veio de Roma» [4].

A Aldeia de Gurupi, cresceu muito com os Índios *Apotiangas*, que o P. Bento Álvares desceu do Periá [5].

O Capitão-mor de Gurupi, João de Herrera da Fonseca, no Motim de 1661, como o de Gurupá, defendeu os Padres, e quis fortificar o igarapé, cedendo por fim a rogos dos mesmos Padres [6].

Em 1669 era Superior o P. Salvador do Vale e ao mesmo tempo Professor de Teologia, que então se ensinava nessa casa. Mas sentindo-se extremamente enfêrmo, retirou-se para Maranhão em 1670 [7].

Mudando-se a sede da Capitania para o Caeté, a Aldeia seguiu-a. Já em 1655 se dizia que êstes belos edifícios eram quási ínúteis por se estar a mudar a vila [8]. E com ela mudaram-se alguns indios, que um Padre acompanhou. Mas a transferência jurídica da Aldeia data de 1672 [9].

---

1. Bett., *Crónica*, 88; *Cartas de Vieira*, III,732.
2. Bett., *Crónica*, 249.
3. Id., *ib.*, 255.
4. Id., *ib.*, 155. «Nosso Irmão»... Cf. supra, *História*, Tomo II, p. 446, nota 4
5. Morais, *História*, 194-195.
6. Bett., *Crónica*, 175-176.
7. *Bras.* 9, 261, 264; Bett., *Crónica*, 262, 282.
8. *Bras.* 26, 14.
9. *Bras.* 9, 286.

11. — A *Aldeia de S. João Baptista*, no seu novo lugar Caeté bem diferente da anterior, próspera e pacífica, ia ter vida de contrastes e difícil. Para que os Padres mudassem também insistiram o Donatário da Capitania do Caeté que assim passou a denominar-se, Manuel de Mello, e os moradores. E diziam que só queriam os Jesuítas (*quod alios nec haberent nec vellent*). Como os Padres teriam que abandonar a nova e grande residência de Gurupi, prometeram os interessados que fariam outra igual (*alias sedes se aedificaturos his similes spopondent*). O Donatário empenhou nisso o próprio Governador Pedro César de Meneses. Os Padres, ainda que com prejuízo seu, mas com benefício da república, escrevem para Roma que estavam a fazer a mudança, em Janeiro de 1672[1]. Quem primeiro estêve no Caeté foi o P. Pero Francisco Cassali, vindo do Ceará. Mas quem os Caetenses queriam era o P. Gonçalo de Veras[2]. E já ao passar em Caeté Bettendorff em 1674, «o P. Gonçalo de Veras, que também era Vigário da Vara para os brancos nos agasalhou com tôda a satisfação, não faltando as danças dos moradores que à bôca da noite vieram com suas violas fazer festa a seu Vigário Geral, e juntamente a mim que ia em sua companhia. Morava o Padre Missionário, *por aquêle tempo*, em umas casas que o P. Pero Francisco tinha feito, do tempo do seu superiorado, que depois se mudaram para Aldeia, onde estão *de presente*»[3]. Êste presente é 1698; no intervalo se deu a mudança. E fê-la o P. António Vaz. Na nova Aldeia construiu casas e igrejas, tudo em quadra consoante a *Visita* do P. António Vieira[4].

Não houve desgostos graves extraordinários. Mas aqui e além há indícios de que não faltavam: No Necrológio do P. António Vaz se lê que o Capitão-mor Amaro Cardoso não respeitava a honestidade das índias, e que por isso o Padre teve muito que padecer[5]; e o P. João Carlos Orlandini também os teve por parte do Capitão-mor, que cremos ser o mesmo do tempo de Padre Vaz. O caso vem narrado longamente por Bettendorff. Em resumo, era uma questão de regime das Aldeias. E choveu a papelada contra o Padre, «papeis falsíssimos», diz o mesmo cronista, testemunha de tudo. Foi preciso ao Superior

---

1. *Bras.* 9, 266, 302.
2. *Bras.* 26, 36.
3. Bett., *Crónica*, 301.
4. Bett., *Crónica*, 480.
5. *Lembrança dos Def.*, 7.

da Missão ameaçar o Capitão-mor de que tiraria o Padre da Aldeia. Mas sobreveio uma epidemia de bexigas e o Padre João Carlos foi a providência de todos [1]. E eis o «Capitão-mor do Caeté e todos os moradores, totalmente trocados, porque tendo sido dantes tão contrários ao Padre João Carlos, por engano do inimigo, que não trata senão da perda das almas, achou-os tão amigos, diz o Superior da Missão, que o Capitão-mor estava convertido todo, e feito um devotão do Padre e os mais tão amantes dêle que era o seu-ai-Jesus, e não sem razão, porque sendo o P. João Carlos, homem de Deus, não trata, dias e noites, senão do bem e salvação não só dos Índios, mas também dos Brancos, suprindo as vezes do seu Pároco, que lhes falta, e acudindo-lhes em suas doenças e necessidades, como médico experimentado, com as mezinhas que lhe ensinava a sua muita caridade» [2].

Estas reviravoltas são o pão-nosso dos missionários. Nos momentos de paz, adoração; nos momentos de zanga, «papeis falsíssimos».

Nem sempre os Padres guardariam a justa medida na defesa dos Índios; os colonos excediam-na, com a desvantagem de terem a parte menos simpática, como aquêle Capitão-mor que antes das pazes com o Missionário, «até fazia puxar as raparigas, em lugar de bois para fazer andar uma engenhoca de aguardente que tinha» [3].

Mas havia alguém ainda mais culpado; era a legislação de báscula, que encarregando os Padres de uma tarefa odiosa aos colonos, ora autorizava os Padres, ora os desautorizava: e êles na Aldeia que se aviessem com essas incongruências!...

Na matéria da administração dos Índios, os documentos legais relativos a Caeté, conservados na Biblioteca de Évora, e noutros Arquivos, e de que trataremos, em conjunto, na questão única, raiz de tudo, a liberdade dos Índios, é elucidativa e exemplo prático do terreno movediço em que os Jesuítas tinham que exercitar uma actividade, que tantas bênçãos e tantos ódios lhes acarretava. Examinando os diplomas governamentais, verificamos que o seu sentido geral se desenvolve, num movimento de ascensão e recuo, em dois círculos fechados.

---

1. Bett., *Crónica*, 586.
2. Bett., *Crónica*, 631. A Aldeia do Caeté constava, em 1730, de 490 Índios, 218 de sexo masculino, e 272 do feminino, e 4 catecúmenos, *Bras. 10* (2).
3. Bett., *Crónica*, 480.

Partamos de 1684. Nêste ano as Capitanias colocam-se no direito comum a todo o Estado. Quer dizer: aos Missionários competia a administração espiritual e tutorial dos Índios. Em 1693 atenua-se esta administração; e em 1699 tira-se totalmente. Em 1706 volta-se à legislação de 1684, e confirma-se depois. Primeiro círculo, em que se não ficou, porque ainda se tornou a tirar a administração dos Índios e ainda depois a dar.

Insurgem-se os moradores em 1738 por a administração dos Índios continuar a cargo dos Padres da Companhia [1]. Confirma-se a administração, cerrando-se assim em 1741 o segundo círculo, que estalou num levante, com a conivência do Vigário de Caeté, Francisco Dias Lima, contra os Missionários, á 24 de Novembro dêsse ano, sendo arrombadas as suas casas e impedidos de cumprir a sua missão legal. Depois, para justificar a façanha, engendrou-se nova fornada de «papeis falsíssimos», em que os Missionários são acusados de incendiários públicos, mandatários de assassinatos e outros absurdos semelhantes, com que nas terras pequenas, de um simples *diz-se*, imprudente ou malévolo, se faz um *foi* absoluto [2].

A presença do Vigário naqueles distúrbios revestiu o aspecto mais grave da questão, porque o próprio Bispo D. Fr. Guilherme de S. José, em despachos seus, o favorecia contra os Padres [3].

O Provincial da Companhia, quando soube da violência, dirigiu ao Governador do Estado a seguinte representação:

«*Illm°. Exm°. Snr.*: Representa a Vossa Excelência o Padre José de Sousa, da Companhia de Jesus, Provincial da mesma Companhia nêste Estado, em como Sua Majestade foi servido ordenar, em carta de 20 de Fevereiro de 1706, que as Aldeias das terras dos Donatários estejam sujeitas ao seu *Regimento*, e reais Leis sem diferença das outras: a observância do qual muito recomenda a Vossa Excelência, e em carta de 11 de Abril de 1740, escrita *ex vi* de uma representação feita pelo porteiro-mor José de Sousa e Melo, Donatário da Capitania do Caeté, foi servido ordenar que a Aldeia da dita Capitania estivesse sujeita no temporal e espiritual ao Reverendo Padre Missionário, concedendo ao dito Donatário ou ao seu Loco-Tenente, 25 Índios cabendo na repartição: a observância do qual também muito recomenda

---

1. Arq. da Prov. Port., *Pasta 176* (34).
2. Ib., *Pasta 176* (17).
3. Ib., *Pasta 177* (8).

a Vossa Excelência. Não obstante porém estas repetidas reais determinações, promulgadas para a conservação, e aumento da dita Aldeia, e quietação dos Missionários, o Loco-Tenente Manuel Ferreira da Silva e Albuquerque, sem respeito às reais determinações, expulsou os Missionários, usurpando para si a jurisdição temporal, e a espiritual para o Vigário daquela Capitania, a quem violentamente introduziu na Aldeia, prendendo e depondo ao legítimo Principal, e introduzindo a um notório criminoso por Regente da Aldeia sem atender que o depôr e criar Principais toca privativamente a Vossa Excelência, fazendo outrossim o dito Loco-Tenente repartição dos Índios, privando aos Missionários dos 25, que sua Majestade lhes concede, e só dando-lhes 4 Índios, para lhes pescar e caçar, repartindo também índias, cuja repartição privativamente toca ao Superior das Missões, como consta do *Regimento* de Sua Majestade, e o Capitão-mor Felix Joaquim Souto-Maior, que de presente se acha na dita Capitania, conservando as mesmas desordens, e sem o devido respeito aos Missionários, prendendo-lhes o pescador que lhes tinham assinado, mandando prender e castigar publicamente índias da Aldeia: e representando o Reverendo Padre Missionário Manuel da Costa, ao Loco-Tenente uma carta de Vossa Excelência em que mandava conservar ao legítimo principal por êle Loco-Tenente deposto, respondeu publicamente que não tinha Vossa Excelência govêrno nem mando algum naquela Capitania, como também nem Sua Majestade, o que tudo é notório pois publicamente o têm muitas vezes proferido: pelo que requer a Vossa Excelência, de parte de Sua Majestade, faça eficazmente observar tudo o que Sua Majestade têm determinado sôbre as Aldeias, sitas nas terras dos Donatários. *Item* requer a Vossa Excelência mande dar satisfação das opressões e injúrias feitas pelo Loco-Tenente, Capitão-mor e moradores daquela Capitania à Companhia de Jesus e aos seus Missionários, e não deferindo Vossa Excelência a êstes seus requerimentos, requer e pede certidões autênticas para se queixar a Sua Majestade com esta mesma representação»[1].

Aberta a devassa, tirou-se residência às autoridades coniventes e os responsáveis foram chamados a contas[2].

---

1. Ib., *Pasta 176* (35).
2. «Provisão Régia de 18 de Junho de 1744, ao Governador do Maranhão para que mande um dos Ouvidores Geraes deste Estado, ou Pará, qual escolher, à Villa e Capitania do Cayté, de que é Donatario o Porteiro-mor, a devassar da ex-

Os Jesuítas voltaram à Aldeia. O resultado principal dêstes lamentáveis factos foi a verificação de que as Donatarias dificultavam a administração geral e que convinha suprimi-las. Em 1753 suprimiu-se a de Caeté, revertendo à Corôa. Ao seu Donatário deu-se uma indemnização na metrópole[1]. Nessa reversão, Caeté perdeu o seu primitivo nome e o de Sousa (Sousa do Caeté) e começou a chamar-se *Bragança*, em 1754, reconstituindo-se com colonos açoreanos[2]. Continuaram ainda os Jesuítas na Aldeia alguns anos com a simpatia de uns, os mais pobres, e a hostilidade de outros, as autoridades, até Julho de 1757, em que voltou para o Pará o último missionário de Caeté[3].

O bairro nordeste de Bragança ainda hoje se chama *Aldeia*[4]. Desde 1854 é cidade, e uma das mais importantes do Estado.

---

pulsão que se fez aos Padres da Companhia de Jesus, Missionarios della; e a suspender e tirar residencia a Manoel Ferreira da Silva e Albuquerque, Loco-Tenente do dito Donatario, e a Felix Joaquim Sotto-mayor, Capitão-mor, da dita villa; e a executar outras mais diligencias», Bibl. de Évora, cód. CXV/2-18, f. 732.

1. Barata, *Efemérides*, 129, 168.
2. Palma Muniz, *Patrimónios*, 169; *Anais do Pará*, II, 52-55; IV, 162.
3. *Diário de 1756-1760*.
4. Pinto, *Hidrografia*, 424-425; Palma Muniz, *Limites Municipais*, em *Anais do Pará*, VIII(1913) 269.

Igreja da Mãe de Deus da Vigia

Com belas colunatas laterais, caso único, ou extremamente raro, em igrejas do Brasil. Reproduz-se a colunata da esquerda. A porta dá para a Sacristia.

CAPÍTULO VI

Aldeias de cima até à região das ilhas e dos furos

1. — *Aldeia de Mortigura (Conde); 2 — Fazenda de Gibirié; 3 — Aldeia do Guamá; 4 — Fazenda de Jaguarari, no Rio Moju; 5 — Fazenda de Ibirajuba; 6 — O Rio Pacajá e a «Jornada do Oiro»; 7 — Aldeia de Sumaúma (Beja); 8 — Aldeia de Aricaru ou dos Nheengaíbas (Melgaço); 9 — Aldeia de Arucará (Portel); 10 — Aldeia dos Bócas e Araticum (Oeiras).*

1. — Mortigura foi a primeira Aldeia da Companhia no Pará. Deu-lha o Governador Inácio do Rego Barreto em 1653, por fôrça da Provisão de El-Rei que mandava dar uma Aldeia ao Colégio. Os Padres Mateus Delgado, Manuel de Sousa e o próprio Vieira, todos três estiveram nela êsse ano [1]. Em 1658, Manuel David Souto-Maior propôs que Mortigura, então «arca de Noé», cheia de Índios, se não aplicasse unicamente a serviço do Colégio e entrasse na lei igual da repartição [2]. Assim se fêz. E nos seus dois sítios sucessivos, ficou sempre, depois, Aldeia de repartição, administrada pelos Jesuítas.

A sua primeira igreja foi de palma. Em 1655 o P. Francisco da Veiga construiu a Residência de S. João Baptista [3]. Bettendorff estêve nela em 1661, como companheiro do P. Veiga, e mestre de ler e escrever. Referindo-se a essa Mortigura de 1661, chama-lhe *Mortigura-a-Velha*, em contraposição de *Mortigura-a-Nova*, que também

---

1. *Cartas de Vieira*, I, 363-364; Morais, *História*, 318.
2. Manuel David Souto-Maior, *Parecer sobre as Missões do Maranhão*, em Studart, *Documentos*, IV, 94. Manuel *David* ou *da Vide*, que ambas as formas se encontram.
3. Bett., *Crónica*, 89.

se continua a chamar simplesmente *Mortigura*, e que, no novo sítio, já tinha à sua conta, em 1696, nove Aldeias de Índios [1].

Em 1730 Mortigura constava de 637 Índios [2]. Sete anos depois o P. Geral congratula-se com o P. Bucarelli por ter erguido nova e formosa igreja, enriquecendo-a com retábulos doirados, cálices e ornamentos preciosos e lâminas singulares [3].

João Daniel diz que Mortigura chegara a ter milhares de índios; e de uma vez, que se temeram inimigos, o Missionário ofereceu-se a disputar-lhes o passo com 600 arcos; e que a sua gente poderia ter sido mais que a de Belém se os moradores os não ocupassem, aos Índios e Índias, em lhes criar os filhos, e nas roças e na fabricação de farinha, ficando muitos por lá [4].

Nota final: «Hoje, 6 de Março [de 1757] chegaram [a Belém]. Suas Excelências [o Governador e o Bispo] de principiar a *Vila do Conde* em Mortigura» [5].

2. — No mapa de 1753 achamos, pouco distante de Mortigura, a *Missão de Gibirié* (aparece também escrito Gibiré e Gibrié). Era uma Fazenda, doada ao Colégio do Pará, antes de 1709, por Francisco Rodrigues Pimenta, com a condição de nunca se vender [6]. Em 1730 os seus índios eram 87 [7].

Segundo o *Inventário*, constava de três léguas de terra, com dois cacoais, e duas roças grandes. Havia nela serralharia, serraria e dois

---

1. Bett., *Crónica*, 156-157; *Bras.* 9, 429v. Da primeira Aldeia de Mortigura (a Velha) se visitava em 1655 a *Aldeia de Carnapió*, onde o P. Vieira tinha erguido uma bela igreja a S. Simão e S. Judas. Ainda se visitava em 1661, de 15 em 15 dias (Bett., *Crónica*, 157). Mas com o Motim dêsse ano «destruiu-se a Aldeia de Carnapió» (Vieira, *Memorial de Doze Propostas*, 186). Os Padres aproveitaram, depois, da casa e igreja, o que era digno disso, transportando parte para o Pará, parte para Jaguarari (Bett., *Crónica*, 255).

2. *Bras.* 10(2), 338.

3. *Bras.* 25, 77; *Lembrança dos Def.*, 14v.

4. João Daniel, *Tesouro Descoberto*, 2ª. P., 117.

5. *Diário de 1756-1760*. Na BNL, fg. 4539, Doc. 36, nos 3 e 4, guardam-se duas listas: uma de 1750, feita por Francisco Wolff, com os nomes dos seus missionários e índios que estiveram nas Aldeias de Camutá, Mocajuba e Moju; e outra, dos Índios, que se apresentou ao Senhor General.

6. Bibl. de Évora, *Ordinationes*, Cód. CXVI/2-2, 134; Arq. Prov. Port., Pasta 176, 27.

7. *Bras.* 10 (2), 338.

teares e casa de canoas. A Residência, com ser pequena, dispunha dos cómodos indispensáveis, a que nem faltava uma estante de livros.

A igreja media 55 para 60 palmos de comprido e 25 de largo. O orago, S. Francisco Xavier. E além desta imagem, mais outras e diversos painéis. Os objectos e ornamentos da praxe não ricos, mas dignos [1].

3. — De Mortigura se ia visitar a *Aldeia do Guamá*. Não era Aldeia de missionário fixo, por falta dêle, e sobretudo porque os moradores traziam ocupados e dispersos as mais das vezes os seus índios. Depois da repartição das Aldeias em 1693, a do Guamá ficou à Companhia de Jesus [2]. No Guamá se aldearam, antes do fim do século XVII, os *Araras*, que tinha reduzido o P. António da Silva, missionário dos *Abacaxis* [3]; e em 1698 uns cem *Maraguases*, indevidamente escravizados, e que os Jesuítas, examinando o caso, declararam livres [4]. Nêste mesmo ano a Aldeia do Guamá estava ao cuidado do P. Miguel Antunes, que ia de tempos a tempos, para os ensinar, e administrar os sacramentos. Contaria então a Aldeia até duzentas almas. Era de assistência difícil, em que o missionário, a mais dos trabalhos comuns a tôdas as Aldeias, passava privações, porque o «sítio em que está a Aldeia é muito faminto e falto de peixe». Pensava-se então em a mudar mais para cima, para o *Rio Capim*, onde constava ser maior a fartura e poder-se alí assentar Aldeia maior [5]. Mas José de Morais, ao descrever êstes dois rios Guamá e Capim, em 1750, já se não refere a Aldeia da Companhia, que por alí existisse [6].

No *Rio Guamá*, não longe de Belém, possuía a Casa da Madre de Deus do Maranhão, meia légua de terra, que lhe doara Manuel Monteiro de Carvalho [7].

---

1. *Inventário do Maranhão*, 12. Em nenhum autor moderno achamos referência a Gibirié, que nos elucide sôbre o seu destino.
2. Bett., *Crónica*, 633, 657.
3. Id., *ib.*, 632.
4. Id., *ib.*, 24.
5. Id., *ib.*, 657, 671.
6. Morais, *História*, 496-497.
7. *Inventário do Maranhão*, Bras. 28; *Anais do Pará*, X(1926) 245. No *Catálogo nominal dos Posseiros de Sesmarias*, de Artur Viana, nos *Anais do Pará*, III(1904) 119, diz-se que foi concedida a 18 de Julho de 1734. Há alguma confusão na denominação do Rio Guamá, trazendo-o alguns cartógrafos até à cidade de

4. — Subindo um pouco mais, no *Rio Moju*, teve o Colégio do Pará as suas primeiras propriedades privativas e numa delas, engenho. Comunica-se em 1671 que o Colégio possuía havia alguns anos uma Fazenda, feita por Francisco Veloso [1]. Não se diz onde ficava. Mas Bettendorff, narrando a origem da *Fazenda de Jaguarari*, no Rio Moju, diz que Bernardo Serrão Palmela e sua mulher Isabel da Costa, vendo-se já idosos, fizeram doação dela ao Colégio de S. Alexandre, quando o P. Veloso era seu reitor (1663-1668), com a condição de os Padres os sustentarem enquanto vivessem, «o que se fêz a contento dêles, até que Deus os levou para si». Eram as terras de *Bom Jesus de Jaguarari* (ou Jaguararipe), que incluiam também as de *Juquiri* [2].

A primeira casa e Igreja de Jaguarari foi obra do P. Manuel Nunes e logo as melhorou ou refêz o P. Bento Álvares, passando para ali, de Gurupi, com o peritíssimo Índio António Carapina [3].

O *Inventário* de 1760 discrimina assim estas fazendas com as suas oficinas e anexos:

1) «Meia légua de terra de frente, que principia no *Rio Acará*, e corre pelo *Rio Moju* acima até o sítio, que chamam *Ribeira*, e uma légua de centro».

2) «De frente do mesmo *Rio Moju* tem outra meia légua de terra, onde se fazem as lavouras».

3) «Tem mais um sítio na mesma terra com uma roça nova».

4) «Tem mais um sítio pelo mesmo rio acima, adiante da *Taboca*, à mão direita, com meia légua de terra e duas léguas de centro com dois cacoais» [4].

Belém, outros parando-o na confluência do Capim. Dêste último número é Palma Muniz, segundo o qual vem «lançar as suas águas junto da cidade de Belém com o nome de Guajará», *Limites Municipais*, 703.

1. *Bras.* 26, 13v.

2. Bett., *Crónica*, 251-253; *Bras.* 9, 262; Morais, *História*, 498. Morais diz que foi a segunda Fazenda do Colégio. A primeira foi Mamaiacu, fundação que data de 1663, princípjo do reitorado do mesmo Francisco Veloso, mas não eram terras da propriedade do Colégio.

3. Bett., *Crónica*, 225.

4. Talvez se refira a um dêstes cacoais o que participa Melo de Castro, que as fazendas dos Jesuítas no Rio Moju eram «as de Borajuba, Jaguarari, Gibrié e um cacoal no igarapé chamado de Maria Nunes» (Carta do Pará, de 5 de Agôsto de 1760, *Anais do Pará*, VIII(1913, 156.

Jaguarari não possuía engenho e, por isso era menos importante que a de Ibirajuba. Ainda assim tinha moenda para aguardente, olaria, e fornos para farinha, e residências e capelas em cada um dos sítios. No primeiro e principal, a Residência era assobradada, com 10 aposentos; e a igreja nova, com a sua sacristia e tôrre, e sete imagens e alguns ornamentos [1]. A Fazenda de Jaguarari passou a mãos de particulares e foi mais tarde título de Barão (o Barão de Jaguarari) [2].

5. — A célebre *Fazenda de Ibirajuba* começou por volta de 1670. O seu proprietário capitão-mor de Gurupi, João de Herrera da Fonseca, a quem o P. Vieira casou com D. Catarina da Costa [3], e de cujo falecimento se dá notícia no ano de 1674, diz que tinha feito nela um engenho para a Companhia com a ajuda desta [4]. Deixou-o à Companhia, e o usufruto a sua mulher, ou, como ela própria escreve ao Geral, deixou-lhe os bens a ela se não se tornasse a casar; e se se casasse, ao Colégio do Pará. Ela casou-se segunda vez com o Capitão João Pereira Seixas (filho do Capitão-mor Francisco de Seixas Pinto), que tratou de fazer composição com o reitor do Colégio, que deu 4.000 cruzados. Seixas faleceu em 1691 e ainda deve ter havido alguma dúvida depois disso, finalmente resolvida a bem, de mútuo acôrdo [5]. Pelo *Inventário do Maranhão* se infere que D. Catarina da Costa, com carta de Irmandade, para cortar tôdas as possíveis dúvidas, ao falecer mais tarde, deixou em testamento ao Colégio do Pará todos os seus bens.

Os bens de Ibirajuba constavam de três propriedades:

1) Uma légua de terra, onde era o engenho. Possuía-a D. Catarina da Costa, «aforada pelos senhores da Confraria da Senhora do

---

1. *Inventário do Maranhão*, 11-11v.
2. Octaviano Pinto traz uma lista de estabelecimentos agrícolas, das margens do Moju, alguns desaparecidos durante a Cabanagem. Lemos, entre outros: Jaguarari, Ribeira, Itaboca, Moju-mirim, «acima do igarapé Guajará-una», que foi uma fazenda dos Jesuítas, e Juquiri (*Hidrografia*, I, 392). E na *Carta do Município de Belém*, de Palma Muniz (1905), assinala-se à direita do Rio Moju, o «Lago Jaguarari», bastante grande e o «Igarapé Laranjeira», citado mais adiante a propósito de Ibirajuba.
3. Cf. S. L., *Novas Cartas*, 283; Bett., *Crónica*, 155.
4. *Bras.* 26, 36.
5. Bett., *Crónica*, 611; *Bras.* 26, 174-175v, 186; Lúcio de Azevedo, *Os Jesuítas no Grão Pará*, 392.

Rosário» do Pará. O Colégio ficou com esta pensão de fôro, que mais tarde resgatou, construindo à sua custa a igreja do Rosário, junto ao Carmo.

2) A *Ilha de Arauaí*, que D. Catarina possuía, por data, do Governador Pedro César de Meneses. Teria légua e meia de circúito, e nela havia, em 1760, cinco canaviais[1].

3) Meia légua de terra, «entre os Riachos chamados das *Laranjeiras* e *Guajará-mirim*». Doou-a ao Colégio «Francisco de Banhes, se me não engano no nome» — diz o redactor do *Inventário*[2].

Ibirajuba era Fazenda modêlo: engenho de açúcar e de aguardente, canaviais, um cacoal, que teria dois mil pés, e alguns de café, frutas de espinho e da terra, duas roças de farinha e dois meloais.

Os Índios da Fazenda em 1730 eram 174 e mais 16 catecúmenos; em 1760, o seu pessoal eram 102 pessoas de ambos os sexos, contando as crianças.

Quando se deixou, era *novo* o engenho, com suas casas de vivenda. A Residência assobradada, com 250 palmos de comprido, e 6 aposentos altos, e outros 6 baixos. Pequena livraria. E entre os livros, a *Crónica do Brasil*, de Simão de Vasconcelos.

Como grande fazenda que era, Ibirajuba tinha oficinas de carpintaria e torneiro, utensílios de pedreiro, 2 teares, uma tenda de ferreiro e serralheiro; uma olaria, a casa das canoas com 9 feitas e três principiadas; e guindaste.

Passando de Quito para a Europa, Carlos de La Condamine, no seu trabalho de medição do arco do Equador, estêve em Jaguarari,

---

1. No ano de 1671, o Colégio do Pará possuía apenas uma légua de terra (a de Jaguarari) e mais três léguas, que êsse mesmo ano de 1671 dera ao Colégio, em nome de El-Rei, o Governador Pedro César de Meneses (*Bras. 26*, 27). Não se diz onde. No *Inventário*, está que o Colégio possuía os bens de Jaguarari como «herdeiro que foi do testamento de D. Catarina da Costa, a qual tinha carta de data da Ilha de Arauaí, passada pelo Governador Pedro César de Meneses». Sabemos que em 1734 o P. Geral deu licença para o Colégio vender três lotes de terras suas: Guajará-una, Mereti (palavra emendada no original que também se poderia ler Meruig ou Merssig) e Suaçurana (*Bras. 25*, 62).

2. Francisco de Banhes não aparece no *Catálogo dos Posseiros de Sesmarias*, *Anais do Pará*, III, 50-59. Mas podia ser que já a tivesse de outrem. No Catálogo há todavia outros Franciscos a quem isso poderia quadrar.

em 1743, antes de descer ao Pará onde tivemos «a fortuna de o tratar por nosso hóspede até a sua partida», diz José de Morais [1].

A igreja tinha 80 palmos de comprido, côro e púlpito, altos forrados e e cintados. Retábulo de talha doirada, com diferentes imagens estofadas, entre as quais três da invocação de Nossa Senhora (Nazaré, Conceição e Rosário), a de Cristo Morto, a de S. Francisco de Borja e a de S. António. Ornamentos necessários, modestos, quási sem prata. Padroeiro do Engenho, S. Francisco de Borja. Mas a igreja era de N. S. de Nazaré, e teve a honra de presenciar, no dia 20 de Novembro de 1757, a profissão solene de João Daniel que assina: «In ecclesia Nostrae Dominae a Nazareth in Ebyrujubensi Collegii Paraensis Praedio» [2]. O engenho de Ibirajuba ficava a 4 h., de Belém, por água [3].

A 15 de Junho de 1760 passou para a fazenda real [4].

---

1. Morais, *História*, 484. La Condamine consagra umas linhas a esta Fazenda: «Le 19 de Septembre, prés de quatre mois aprés mon départ de Cuenca, j'arrivai à la vue du Pará...; nous prîmes terre à une habitation dépendente du Collège des P. P. Jésuites. Le Provincial [le R. P. Joseph de Sousa] nous y reçut, et le Recteur [le R. P. Jean Ferreyra] nous y retint huit jours, et nous y procura touts les amusements de la campagne, tandis qu'on nous preparoit un logement dans la ville. Nous trouvâmes le 27, en arrivant au Pará, une maison commode et richement meublée, avec un jardin d'ou on découvroit l'horisont de la mer, et dans une situation telle que je l'avois desirée, pour la commodité des mes observations». — *Relation abrégée*, 172-173.

2. *Lus.* 17, f. 266.

3. No *Itinerário da Viagem da expedição exploradora e colonizadora do Tocantins em 1849*, pelo Tenente Coronel João Roberto Aires Carneiro, vai êste marcando as distâncias e tempo gasto na viagem de sua galeota e mais canoas da expedição. Os primeiros lugares por onde passou são os mesmos antigos. De Belém ao Engenho de Borajuba, 4 h.; dêste ao engenho de Jaguaraíbe, 3, 1/2 h.; dêste a Jaruaçu, 1, 1/2 h.; dêste ao Engenho Juquiri, 6, 1/2; dêste ao Engenho de Sumaúma, 3 h., *Anais do Pará*, VII (1910) 12-14.

4. *Inventário do Maranhão*, 13. Pôs-se no ano seguinte em hasta pública, o «Engenho de Borajuba situado no Rio Moju com tôda a sua fábrica, casas, igrejas, terras e escravatura». Arrematou-a Baltasar do Rêgo Barbosa, capitão-mor e governador da Ilha de Joanes por «quarenta e sete mil cruzados, trezentos e sessenta mil reis». Ficando nessa família entrou mais tarde, já no século XIX, em partilhas, e assim se desfez. Nos autos de arrematação ainda se fala em Rio Moju, mas, explicando-se mais, diz-se que começava no «igarapé Janipaúba, seguindo pela margem direita, acima do *Rio Acará*» (Cf. Barata, *Efemérides*, 150-152).

6. — Mais para cima de Mortigura e Sumaúma, e depois da bôca do Tocantins, fica a Região dos Furos e das Ilhas, por onde o Rio Pará se comunica com o Amazonas, região característica onde os Jesuítas, desde os primeiros, desenvolveram intensa actividade. Descreve-a assim Henrique Santa Rosa: «As ilhas e os canais que se mantêm na parte ocidental da Ilha de Marajó, denominada a região das «ilhas» ou que recamam o grande trecho da foz do Amazonas abaixo do Xingu até ao oceano, ou nas margens do Rio Pará e da embocadura do Tocantins, como em tôda a costa da região do Salgado, com os seus inúmeros *paranás*, e *furos*, são o resultado dessa obra prodigiosa de uma formação recente, que, de um ano para outro, assume diversas feições. Para dar idéia do labirinto que por essa forma se produz, basta contemplar o mapa da referida região insular, compreendida entre o furo e o Estreito do Tajapuru do lado do Ocidente, e o Rio de Breves, o Rio dos Macacos, o Rio Aramã e o Anajás, do lado oposto; limitada ao sul pelas baías de Bócas e de Melgaço, e ao Norte pelo Rio Amazonas e Canal do *Vieira Grande;* e observar como por esta reduzida extensão de 2234 q^{m2} circulam tão numerosos canais, tais são o furo do Jaburu e o da *Companhia*, o Rio Jacaré e o Jacarezinho; o furo Japichaua e o Itaquara, o Arauaí e o Mututi, interceptados por uma centena de outros secundários, retalhando a superfície em mais de 200 ilhas» [1].

Nesta região administraram os Jesuítas três grandes Aldeias, *Aricuru*, *Arucará*, e *Bócas*, e a ela vem dar o Rio Pacajá, que nos começos da Conquista era nome de alta sugestão, e ainda em 1640 João Teixeira, na sua *Descrição*, o desenhou como grande braço que ia dar ao Amazonas. Tinha êste Rio tradição sangrenta e corria que nêle havia oiro. A Côrte deu ordens expressas ao Governador André Vidal de Negreiros que tentasse a sua descoberta.

A expedição ficou célebre sob o nome de «Entrada» ou «Jornada do Oiro». Foi nela João de Souto-Maior. E dela nos deixou um precioso *Diário* que não concluiu, porque a morte o surpreendeu a meio da jornada [2].

---

[1]. Henrique Santa Rosa, *Hidrografia do Estado do Pará*, no *Dic. Hist., Geogr. e Etnogr. do Brasil*, II, 95.

[2]. *Diário da Jornada que o Padre João de Sotto Mayor fez ao Pacajá em 1656*, com prefácio de Lúcio de Azevedo, na *Rev. do Inst. Bras.*, 77,2ª. P., 157-179

«Aos 11 de Fevereiro de 1656 partimos de Belém para o descobrimento do oiro. Era Capitão da tropa Pedro da Costa. Constava de três canoas. Nelas iam 32 brancos com mineiros e o piloto que também ia para arrumar a altura. Índios 190, todos gente escolhida». Vencidas as cachoeiras e infinitas dificuldades, chegaram ao fim da jornada a 4 de Abril. O Padre fez logo a igreja de pau a pique, e nela celebrou a Semana Santa com a cândida solenidade, que êle próprio descreve, naquelas matas hostis. Assim como descreve os trabalhos inauditos, os baptismos, as desconfianças, as doenças alheias e próprias, de que viria afinal a morrer, sem voltar ao Pará. Página comovente e real!

O fim da jornada era em busca de minas de oiro, o «El-Dorado», o «Lago Doirado», que a imaginação situara, por ali, no Amazonas, sem se saber bem onde. Escreve Souto-Maior: «Acabada a estacada e casas dos brancos, os que para isto estavam com os Índios, que ou já tinham convalescido ou ainda não tinham adoecido, se partiram a caminho das serras a buscar o metal que por fugir e haver medo dos homens, dizem que se fêz amarelo: muitas diligências fizeram, muitas serras subiram, muitos rochedos picaram, muitas areias dos ribeiros, mais claras que as águas, lavaram, mas debalde».

Quando se soube o fim trágico da expedição, prègou Vieira o sermão, que anda nas Antologias, em que nota o facto mil vezes verificado, e no Brasil mais que em nenhuma outra parte, que a prosperidade estável não está na indústria extractiva, mas na posse efectiva da terra pela agricultura. E, depois, escreve a El-Rei, arredondando os números, como é costume seu: Fala da *Entrada do Oiro:* «Gastaram nela dez meses quarenta Portugueses, que a ela foram com duzentos Índios. Dêstes morreram a maior parte pela fome e excessivo trabalho; e também morreu o P. João de Souto-Maior, tendo já reduzido à fé e à obediência de V. Majestade quinhentos índios que eram os que naquela paragem havia da nação *Pacajá* e muitos outros da nação dos *Pirapés* que também estavam abalados para vir». E vieram. Outras minas não se acharam[1].

João de Souto-Maior, natural de Lisboa, tinha 33 anos de idade. O seu Necrológio diz uma simples frase, que é tudo: «homem santo»[2].

---

1. *Carta do P. Vieira a D. Afonso VI*, do Maranhão, 20 de Abril de 1657; *Cartas de Vieira*, I, 462; *Resposta aos Capitulos*, 236.
2. *Livro dos Óbitos*, 2v.

Dois ou três anos depois, recolheram-se os seus despojos e se sepultaram na igreja velha de S. Francisco Xavier, do Pará, que êle fundara, excepto a cabeça que levou para Lisboa seu irmão Manuel David Souto-Maior. Infelizmente os seus restos mortais não se mudaram para a igreja nova, «onde deveriam ter um mausoléu»[1].

7. — Anexa a Mortigura andou algum tempo a Aldeia de *Sumaúma* ou *Sumaíma*, fundação posterior. Ainda no Catálogo de 1723 aparece englobada naquela, e com uma terceira: Aldeia de Mortigura, Sumaúma e Tocantins, com um só missionário para tôdas três, Marco António Arnolfini[2]. Sôbre a Aldeia do Tocantins falaremos ao tratar dêsse Rio. Ainda aparecem unidas as mesmas três em 1730, mas já com os seus índios discriminados na estatística geral dêsse ano. Sumaúma tinha então 323 índios[3].

Pela proximidade do Pará, quando os Índios entenderam a intriga dos governantes contra os Jesuítas, desaforaram-se também contra seu missionário, que a 16 de Novembro de 1753 comunica tão deploráveis sucessos à Rainha D. Mariana[4]. Quatro anos depois, a Aldeia passou a vila: «Hoje, 6 de Março»]de 1757[chegaram ao Pará o governador Mendonça e o Bispo Bulhões, «de principiar a vila de *Beja* em Sumaúma»[5].

Sumaúma ou Beja pertence hoje ao Município de *Abaeté*; mas, diz Octaviano Pinto, «em Beja se devem procurar as legítimas origens de Abaeté»[6].

8. — A «*Aldeia de Aricuru* ou dos *Ingaíbas*, (que assim se escrevia vulgarmente a palavra *Nheengaíbas*) também aparece com o nome de Guaricuru e Uaricuru, e o seu primitivo núcleo data de 1653,

---

1. *Hist. Proprov. Maragn.*, 645; Bett., *Crónica*, 97-102; Barros, *Vida*, 210-215; Morais, *História*, 501; Lúcio de Azevedo, *Os Jesuítas no Grão Pará*, 85; Id., *Hist. de A. V.*, 291-293.

2. *Bras. 27*, 48.

3. *Bras. 10* (2), 338. Cf. outra «lista dos Índios de Sumaíma», pelo P. Francisco Wolff, na BNL, fg. 4529, doc. 35, nº 2.

4. Cf. Lamego, *A Terra Goitacá*, III, 288.

5. *Diário de 1756-1760;* Caeiro, *De Exílio*, 435. Sôbre Beja escreve Palma Muniz: «A sua origem é ligada à fundação Jesuítica da *Aldeia de Mortigura*, uma das primeiras reduções dos Padres Jesuítas no Grão Pará», Palma Muniz, *Rev. do Inst. do Pará*, IV, 387.

6. Pinto, *Hidrografia*, 388.

quando os Padres Manuel de Scusa e Mateus Delgado a visitaram, levantando uma igreja. Mas a erecção formal dela, como Aldeia da Companhia, data de 1661[1]. Em Dezembro de 1660, Vieira, ainda no Maranhão, escreve a El-Rei que tencionava ir ao Rio das Amazonas, e «assentar uma missão nas nações dos *Nheengaíbas*»[2]. Fundou-se pois a Aldeia dos Nheengaíbas ou Guaricuru em Março de 1661, pelo próprio Vieira que deixou como primeiro superior o P. Manuel Nunes, que tinha sido Reitor do Colégio do Pará. Deu-lhe por companheiro o P. João Maria Gorzoni. E ali estavam por ocasião do Motim de 1661[3]. Por causa do motim, que desterrou muitos missionários, e depois ainda por falta dêles, Aricuru ficou largo tempo sem o seu próprio, sendo assistida de Tapará[4]. Todavia já em 1668 vivia nela o P. Gaspar Misch[5], e a pouco e pouco se reconstituiu, tornando-se, em breve, centro de outras Aldeias, como se diz que era de quatro, em 1678, cada qual com sua igreja, ainda que sem missionário, visitadas tôdas do Pará[6].

Depois, teve missionário fixo, e prosperou rapidamente. Era ponto de escala dos que iam ou vinham do sertão amazónico[7]. A 3 de Setembro de 1689, ao passar por Aricuru o P. Samuel Fritz, governava a Aldeia, o P. António da Silva[8]. Êste Padre, em vez da pequena igreja de 1669[9], ergueu outra, bela, que ficou a ser uma das melhores de todo o Estado[10]. S. Miguel de Guaricuru em 1730 tinha 1009 Índios e 152 catecúmenos[11].

Chama-se *Melgaço* desde 1758[12].

---

1. Morais, *História*, 431.
2. *Cartas de Vieira*, I, 572.
3. Carta do P. Vieira, do Rio das Almazonas, 24 de Março de 1661, em S. L., *Novas Cartas*, 299-300; *Cartas de Vieira*, I, 591-592; Bett., *Crónica*, 155.
4. *Bras.* 26, 13v.
5. Bett., *Crónica*, 259.
6. *Bras.* 26, 53. Além dela própria, «Uaricuru dos Ingaíbas», eram as dos «*Mamaianases, Mapuases e Bócas*, divididos por aquelas ilhas em várias paragens delas», Bett., *Crónica*, 488.
7. *Bras.* 9, 428v.
8. *Diário* na *Rev. do Inst. Bras.*, 81, 383-384, 338-339.
9. *Bras.* 9, 263v.
10. Bett., *Crónica*, 488, 527.
11. *Bras.* 10 (2), 338.
12. Pinto, *Hidrografia*, 362; Palma Muniz, *Rev. do Inst. do Pará*, IV, 390; Id., *Limites Municipais*, 518; Morais, *História*, 501; BNL, *Apontamentos*, fg. 4516, f. 170v.

9. — A *Aldeia de Nossa Senhora da Assunção de Arucará*, na terra firme, entre o Rio Pacajá (2 léguas) e o Rio Anapu (a um tiro de mosquete), era de *Mamaianases*, uma das que dependiam da Aldeia de Aricuru. Tornou-se autónoma depois, e desenvolveu-se muito: em 1730 contava 1505 índios [1]. *Vila de Portel* desde 1758 [2].

Arucará chegou a ser a mais populosa das Missões da Companhia nesta região. Constava de *Nheengaíbas*, *Mamaianases*, *Orichecas* e *Pacajases*. «Os *Nheengaíbas* e *Mamaianases*, destas 2 missões, hoje vilas, são os que fizeram guerra aos Portugueses por mais de 20 anos, finalmente reduzidos pelo Grande Padre Vieira e outros Jesuítas» [3].

10. — A *Aldeia dos Cambócas ou Bócas*, foi uma das visitadas em 1653 pelos Padres Manuel de Sousa e Mateus Delgado, com a erecção de uma igreja [4]. Fundou-a depois em regra o P. Gorzoni, talvez em 1661, quando estêve em Aricuru. Construiu casa e igreja, que ocuparam depois os Padres Mercenários por intervenção de Feliciano Correia. Bettendorff visitou-os em 1668, e concedeu-lhes tôdas as licenças necessárias para administração dos Sacramentos, interinamente, até haver missionários da Companhia e êles ali ficaram por algum tempo [5]. Mas já do P. Manuel Galvão, jesuíta falecido em 1695, se diz que fôra missionário dos *Bócas* [6]. Em 1697, o P. João Ângelo construiu «casas, belamente feitas, com traça nova», e uma linda igreja [7]. Em 1730, Bócas era a mais povoada, então, de tôdas as Aldeias, da Companhia, no Maranhão e Grão-Pará, com 1788 Índios, dos quais 164 ainda gentios, que se catequizavam [8].

---

1. *Bras. 10* (2), 338; *Bras. 27*, 48; Morais, *História*, 502; BNL, fg. 4516, *Apontamentos*, f. 171; *Ib*., fg. 4529, doc. 54, que é uma carta do P. Manuel Ribeiro, da Aldeia de Arucará, de 12 de Novembro de 1753, pela qual se vê entre outros assuntos, que a Aldeia concorria para o embelezamento da Igreja de Santo Alexandre, mandando pedir de Lisboa um frontal para o Altar-mor dela.

2. Palma Muniz, *Limites Municipais*, 619; Teodoro Braga, *Corografia*, 502; Pinto, *Hidrografia*, 362, dizem ser o orago Nossa Senhora da Luz. O Catálogo de 1723 dá aquêle, de Nossa Senhora da Assunção (*Bras. 27*, 28).

3. João Daniel, *Tesouro Descoberto*, 2ª P., 119.

4. Morais, *História*, 431.

5. Carta de Bettendorff, *Bras. 3* (2), 111; *Bras. 9*, 311v; *Bras. 26*, 53; Bett., *Crónica*, 259.

6. *Bras. 9*, 428v.

7. Bett., *Crónica*, 660.

8. *Bras. 10* (2), 338.

A *Aldeia de Araticum* procede da Aldeia dos Bócas. Em 1738 o Missionário dos Bócas, Manuel dos Reis, mudou-os para o Rio Araticum começando daí em diante a nomear-se indiferentemente Aldeia dos Bócas e Aldeia de Araticum, prevalecendo por fim esta última denominação. A razão da mudança foi que os indios tinham as suas roças nêste rio. Era-lhes difícil ir à Aldeia dos Bócas para o cumprimento dos seus deveres religiosos. O Missionário mudou a Aldeia, e resolveu-se a dificuldade[1].

Em 1747 e 1748 houve epidemia geral de cursos de sangue e no de 1749 de sarampo. Grassaram com incrível violência e sucumbiram mais de 500 pessoas, operando o missionário de Araticum prodígios de caridade para lhes assistir: «servia de pároco, de médico, de enfermeiro, de cozinheiro e outros semelhantes ofícios, — diz êle próprio, o P. Inácio Estanislau. Passada a peste, reavivou-se a Aldeia e edificou-se igreja nova[2].

João Daniel escreve: Compunha-se de Índios de diversas nações, *Nheengaíbas*, *Maraùnuns*, etc., que os Padres iam descendo para refazerem os quadros: «das mais bem doutrinadas e, por, isso, sua gente meiga e afável». Preparava-se o missionário para descer novos Índios em 1757; e ainda vieram os caciques de três nações. Quando souberam que iam sair os Padres não houve meio de os deter, que não fugissem para os matos[3]. Desde 20 de Janeiro de 1758, que a Aldeia de Araticum se chama *Vila de Oeiras*, hoje Município do mesmo nome[4].

---

1. Morais, *História*, 500. Êste mesmo ano de 1738, marca a primeira data histórica do Município de Breves, na Ilha do Marajó, relacionado com esta Aldeia, na sua origem: «19 de Novembro de 1738, data em que D. João rei de Portugal, fêz notar a sua carta de confirmação e sesmaria, dada a Manuel *Breves* Fernandes, morador na Missão dos Bócas, dando-lhe uma sorte de terras de duas léguas de comprido e uma de largo no Rio Parauaú», Teodoro Braga, *O Município de Breves*, 1738-1910 (Pará 1911) 33.
2. «Relação», de Inácio Estanislau, Bócas em Araticum, 31 de Agôsto de 1751 (Arq. Prov. Port., *Pasta 177* (24)).
3. João Daniel, *Tesouro Descoberto*, 2ª P., 118.
4. Porto Seguro e nota de Garcia, *HG.*, IV, 312; Palma Muniz, *Limites Municipais*, 592.

SACRISTIA DA IGREJA DA SENHORA MÃE DE DEUS, DA VIGIA

Nas paredes, magníficas telas da vida de Nossa Senhora. Tecto colorido, partido em quatro caixotões, alusivos a quatro alegorias marianas da Escritura: *Electa ut Sol, Pulchra ut Luna, Stella Matutina, Stella Maris*, esta última no caixotão da gravura.

CAPÍTULO VII

Rio Tocantins

1 — Aldeias de Camutá, Inhaúba e Parijó; 2 — Entrada de António Vieira; 3 — Preparativos e contradições; 4 — A viagem; 5 — A «viração» das tartarugas; 6 — Os «touros de água» ou jacarés; 7 — As canoas e as cachoeiras da Itaboca; 8 — Entre os Índios; 9 — Entrada de Francisco Veloso e Tomé Ribeiro aos Tupinambás; 10 — Entrada de Tomé Ribeiro aos Carajás; 11 — Entrada de Manuel Nunes e Tomé Ribeiro aos Poquiguaras; 12 — Entrada de Gaspar Misch; 13 — Entrada de Gonçalo de Veras aos Catingas, Aruaquis e Nambiquaras; 14 — Entrada de Manuel da Mota e Jerónimo da Gama aos Jaguaris e Tocaiúnas; 15 — A Aldeia da Itaboca.

1. — O primeiro Jesuíta que estêve no Rio Tocantins foi Luiz Figueira em 1636. O Capitão-mor e Donatário de Camutá Feliciano Coelho de Carvalho, com quem já tinha estado no pôrto de Una, quando Figueira alí chegou dois meses antes, recebeu-o na sua Capitania, com grandes demonstrações de estima. Figueira prègou e depois foram ambos visitar as Aldeias do Rio Tocantins que eram umas cinco ou seis, «por aquêle aprazível rio acima como quinze léguas». Nomeia-se em particular a Aldeia de Boigig, em que os Índios fizeram festas à sua maneira. Prègava-lhes o Padre e com isto se gastaram 5 ou 6 dias, o que corresponde um dia a cada Aldeia. Voltando ao Camutá, daí partiu para Gurupá em 9 de Abril. Com ser rápida a visita, o Padre, como observador que era, notou a fecundidade das águas, sobretudo em tainhas e tartarugas. Destas afirmavam os moradores se apanharam naquele ano trinta mil [1].

A seguir ao Padre Figueira, esteve em Camutá, em 1653, o Padre António Ribeiro, a informar-se da terra e dos seus Índios [2], e depois

---

1. S. L., *Luiz Figueira*, 59-60, 192-194: *Hist. Propr. Maragn.*, 206.
2. *Cartas de Vieira*, 1, 357.

dêle, no mesmo ano, António Vieira e outros, na entrada que fizeram ao Tocantins, até acima da grande e difícil Cachoeira da Itaboca. Pelo interior, tinham chegado já ao Tocantins os Paulistas, antes mesmo da fundação da Cidade de Belém [1].

A Aldeia do Camutá já estava agora em sítio diferente daquele em que a encontrou Luiz Figueira, e onde nêsse mesmo ano de 1636, faleceu, a 15 de Setembro, Francisco de Albuquerque Coelho de Carvalho, primeiro Governador do Estado, cujos despojos, mais tarde, com a assistência e prègação de Bettendorff, se transladaram ao Pará, e dali para Tapuitapera ou Alcântara [2].

No segundo sitio de Camutá, por volta de 1655, construiu o P. Tomé Ribeiro uma Residência, de S. João Baptista, por ser êsse já o Padroeiro da Igreja dos Brancos [3]. E endireitaram-se os novos ranchos dos Índios de tal maneira que parecia uma vila de Portugueses. Nesta Residência de S. João Baptista de Camutá assinou Vieira em 1659 a sua célebre carta ao Bispo do Japão, *Esperanças de Portugal*, que seria invocada contra êle na *Inquisição*. Aqui trabalharam muitos Padres, aqui faleceu Francisco Gonçalves, que foi Provincial do Brasil e Visitador do Maranhão, e aqui estava em 1672 o P. Manuel Nunes, «O velho», antigo reitor do Pará, e Superior da Missão. Tinha então à sua conta quatro Aldeias, uma das quais a dos *Catingas* descidos no ano anterior pelo P. Gonçalo de Veras [4].

Camutá, apesar de ser Capitania, doada em 1633 a Feliciano Coelho de Carvalho, não possuía a Vila, da praxe em tôdas as Capitanias. El-Rei em 1675 manda que se faça [5].

Por causa da epidemia de varíola de 1662, que desmantelou a Aldeia de Camutá, o P. Manuel Nunes, algum tempo antes de falecer em 1676, mudou a Aldeia para S. Pedro e S. Paulo de Inhaúba [6].

---

1. Cf. S. L., *Uma grande bandeira paulista ignorada*, em *Páginas*, 99-111.
2. Bett., *Crónica*, 26-27.
3. Bett., *Crónica*, 89.
4. *Bras.* 9, 287.
5. *Carta régia de 26 de Junho de 1675, ao Governador do Maranhão mandando conservar a António de Albuquerque Coelho na posse da sua Capitania do Camutá, a qual está obrigado a povoar dentro de 3 anos com 30 cazaes brancos de foro do Estado, com Igreja, Caza de Câmara, cadea e governo politico. E outrosim que se façam as demarcações da dita Capitania*, Bibl. de Évora, Cód. CXV/2-18, f. 65v.
6. Bett., *Crónica*, 569-570, 636.

Também algumas vezes se diz S. Pedro e S. Paulo dos Ingaíbas[1]. E entretanto que os Jesuítas trabalhavam em Inhaúba, ia-se desenvolvendo uma daquelas quatro de 1672, a Aldeia de Nossa Senhora do Socorro de Parijó, que já em 1690 era a principal da Capitania de Camutá[2].

A região de Cametá passou, depois, para a administração dos Padres da Piedade[3].

Com isso não cessou totalmente a actividade dos Jesuítas no Rio Tocantins. Ainda em 1721-1722 entraram nêle e fundaram uma Aldeia. E em 1751 o P. Malagrida apresentou na côrte de Lisboa uma «Petição para erigir o Seminário de Camutá»[4]. A petição foi ouvida, e houve dois benfeitores, Nicolau Ribeiro e sua mulher, que doaram bens para a fundação; mas intrometendo-se o Governador e o Bispo omitiram na provisão a cláusula de que êsses bens haviam de servir também «para se fabricar casa, capela e para sustento dos Padres, que em tal Seminário assistirem». E ficou em nada tão útil instituição[5].

2. — A primeira grande entrada dos Jesuítas ao Rio Tocantins foi a do P. António Vieira, levando consigo os Padres Francisco Veloso, António Ribeiro e Manuel de Sousa[6]. Tirando a de Luiz Figueira até o Xingu, foi também a primeira grande entrada missionária dos

---

1. Id., *ib.*, 488.
2. Id., *ib.*, 499, 488. Em 1698 transferiu-se a Aldeia de «Inhaúba de riba, para a de Parijó de baixo», Id., *ib.*, 671. E aqui a Aldeia «com nome de *sítio*, tem igreja de taipa de pilão e casa dos Padres, de taipa de mão», Id., *ib.*, 27. Cândido Mendes de Almeida identifica a Aldeia de Parijó, em nota a Morais (*História*, 500) com a actual cidade de Camutá; e Manuel Barata cita sem restrições tal identificação (*A Capitania do Camutá*, na *Rev. do Inst. Bras.* 69, 1ª P., 186). Na *Corografia* de Teodoro Braga (p. 389) entre as povoações do Município de Camutá, há uma, *Parijó*, a 2 milhas da cidade, e com «uma importante igreja da Nossa Senhora do Socorro». Na Planta do Património do Conselho Municipal de Cametá, de Palma Muniz (*Patrimónios*, 76/77), Cametá encontra-se unida pela «estrada Parijós» à Aldeia de Parijós, na margem direita do igarapé Curimã.
3. Morais, *História*, 197.
4. BNL, Col. Pomb., 642, f. 166.
5. Cartas do P. Wolff, à Rainha D. Mariana, de 1 de Fevereiro de 1751 e 25 de Novembro de 1753, e Representação à mesma Rainha de Gabriel Malagrida, em Lamego, *A Terra Goitacá*, III, 319-323, 442.
6. Vieira, *Resposta aos Capítulos*, 234.

Jesuítas em tôda a Amazónia. As entradas posteriores, umas teriam dificuldades maiores que esta; outras seriam objecto de observações maiores. Nem tôdas porém tiveram a mesma pena para as descrever e por esta se ajuizarão as demais, de que pode ser protótipo. Além do carácter histórico do assunto, encerra verdadeira beleza literária, pitoresca, realista, de pura e desinteressada arte. E é o primeiro grande aproveitamento literário de motivos amazónicos. Nesta narrativa dirige-se Vieira, pouco depois de voltar em 1654, ao P. Francisco Gonçalves, então Provincial do Brasil, que dois anos mais tarde viria compartilhar com êle os mesmos trabalhos:

«Aos 5 de Outubro de 1653 cheguei a esta Capitania do Pará, e depois da boa vinda, me convidou o Capitão-mor Inácio do Rêgo Barreto, para uma missão ao Rio Tocantins, aonde êle e já outros antes dêle tinham mandado alguns índios principais das nossas Aldeias, a persuadir outros do sertão a praticá-los, como cá dizem, para que quisessem descer e viver entre nós. Aceitei o oferecimento, pela grande fama que em todo êste Estado há do Rio Tocantins, assim na multidão da gente quási tôda de língua geral, como em outras muitas comodidades para uma gloriosa missão. E pôsto que o intento, com que saímos do Maranhão, foi de passar logo ao Gurupá, e entrar pelo Rio das Amazonas, a todos nos pareceu, que, tendo esta entrada os fundamentos que a forma do Governador prometia, a não largássemos; porque dela, se Deus nos favorecia, podíamos lançar os mais firmes alicerces de nossos intentos, que são fazer grande número de cristãos da nossa doutrina, e independentes de todo outro govêrno, para com êles penetrarmos os sertões, e levarmos a Cristo por tôda esta imensidade de terras e mares, o que sem êste primeiro fundamento será impossível.

Em 23 de Novembro chegou um dos embaixadores com um Principal e um seu filho, e alguns outros índios do sertão, com novas de que nove aldeias estavam abaladas, e já à beira do rio para descer, e que no sertão ficavam outras quatro, as quais não queriam vir nem deixar suas terras. Passaram êstes Índios novos por uma Capitania dêste Estado, cujo Capitão-mor os acompanhou com uma carta, em que aconselhava ao Governador que àquelas quatro aldeias rebeldes se lhes fôsse logo dar guerra, por que além do serviço que nisso se fazia a S. M., seria com grande utilidade do povo, que por esta via teria escravos, com que se servir. De maneira que, ao não quererem deixar suas terras uns homens que não são nossos vassalos, se chama por cá rebelião, e êste crime se avalia por digno de ser castigado com guerra e cativeiros. Para que se veja a justiça, com que nêste país se resolvem semelhantes emprêsas, e com serem as coisas tão justificadas como isto, houve logo um prelado de certa Religião, que sem lhe pedirem conselho o deu ao Governador, e ao Vigário geral, para que a dita guerra se fizesse. No mesmo dia em que chegaram os Índios novos, os mandou o Capitão-mor que nos viessem ver. Nós os festejamos e brindamos; e pôsto que estranharam a aguardente, que é o vinho da cana, que cá se usa, êles nos prometeram com muita graça que se iriam acostumando, e nós o cremos.

O Governador despachou logo ordens a tôdas as Aldeias, para que aprestassem as mais coisas e mantimentos que fôsse possível, e que até 10 de Dezembro estivessem juntas no pôrto da cidade, porque até dia de Santa Luzia determinava que partissem, como com efeito se fêz. Eu avisei também aos Padres Francisco Veloso e Manuel de Sousa, que andavam nas Aldeias de baixo, se fizessem prestes, e viessem nas canoas daquelas Aldeias; e porque o Padre António Ribeiro andava doutrinando as do Camutá, que é na bôca do Rio Tocantins e tinha tomado larga informação da gente dêle, e me tinha escrito que desejava não só ir a esta emprêsa mas ficar lá entre aquelas gentilidades, eu lhe escrevi que estava do mesmo parecer, em caso que achássemos as coisas como se nos referiam, e que ou viesse logo a aprestar-se, com o Padre Gaspar Fragoso, seu companheiro, ou me avisasse do que lhe parecesse necessário, assim para ir como para ficar, porque lhe levaria tudo o melhor aviado que pudesse. Com êste aviso se despediu logo uma canoa expressa, mas não tornou, nem tive resposta dos Padres até a minha partida».

3. — «Enquanto estas coisas se dispunham, foi o Governador descobrindo os seus intentos, que tinha nesta jornada, que eram totalmente opostos aos nossos; porque pretendia trazer os Índios a si, e, com pretexto de não haver mantimento, reparti-los por casa dos Portugueses, que era o mesmo que cativá-los e vendê-los, e da mesma sorte tinha prometido muitos a diferentes Religiões, e para connosco era ainda mais liberal nas promessas, dizendo que podíamos levar para a nossa Aldeia de Mortigura, que é a que nos deu por fôrça da provisão de El-Rei, todos os que quiséssemos, e que também nos daria mais com que acrescentar a nossa Aldeia do Maranhão, entendendo que esta melhoria, com que nos queria interessar na

jornada, nos taparia os olhos para que não reparássemos nos inconvenientes dela.

Descoberto êste pensamento, desejei muito consultá-lo com todos os Padres, mas não estávamos então mais que o Padre Souto-Maior e eu. Encomendamo-lo a Deus e resolvemos em três coisas: primeira, que em nenhum caso aceitássemos nem só um índio para alguma das nossas Aldeias, nem de aqui nem do Maranhão, porque nunca se pudesse dizer que tirávamos os Índios aos outros e os tomávamos para nós; segunda, que em caso que os índios se houvessem de repartir ou de espedaçar, na forma que o Governador dizia, que não levássemos a jornada à nossa conta, porque não era bem que prometêssemos aos Índios, o que se lhe não havia de guardar, e muito menos nesta primeira entrada, que era a que havia de acreditar ou desacreditar a verdade; terceira, que em qualquer caso era bem que fôssemos a esta missão, principalmente porque em semelhantes mudanças sempre morriam muitas pessoas, a cujas almas era bem que acudíssemos, e juntamente para não perdermos a posse dêste Rio, que tínhamos por uma grande importância para nossos santos intentos.

Com esta resolução nos fomos ao Governador, e, em presença do Vigário Geral, lhe dissemos sôbre ela com muita clareza tudo o que convinha. Sentiu-o êle grandemente, e bem quisera que nós desistíssemos da jornada, para mandar a ela quem êle queria, por se conformar com seus intentos, mas apelando eu para as ordens de Sua Majestade, mais por medo que por vontade, conveio em que os Índios se poriam em quatro Aldeias, em que nós os doutrinássemos e defendêssemos, e para os lugares que fôssem acomodados. A isto se nomearam duas aldeias junto a esta cidade, uma vizinha à Aldeia de Mortigura, e outra na boca do rio Tocantins, pela comodidade da correspondência com os Padres que ficassem no sertão; e para nestas aldeias haver prevenção de casas e mantimentos, que vêm em pouco tempo, o Governador daria índios, que se ocupassem nêste trabalho, e eu nomearia um Padre, que superintendesse a êle, e visitasse entretanto tôdas estas aldeias.

Capitulado assim sôbre esta primeira batalha, se descobriu ao outro dia a segunda, de que já tínhamos alguma notícia, e foi que os religiosos de Santo António pretendiam que esta missão fôsse comum de dois, e queriam ir a ela juntamente connosco, alegando que êles foram os primeiros que vieram ao Pará, e que El-Rei os mandara também a estas missões. O Governador foi o que nos veio com esta proposta, o qual lhes tinha prometido a jornada, mas eu respondi que me parecia muito justo, e que me edificava muito o zêlo que aquêles Religiosos tinham de ir às missões, e que o campo era tão largo, que podíamos todos trabalhar na seara, sem nunca se encontrarem os arados. Que esta emprêsa dos Tocantins havia muitos dias que estava por nossa conta, e que irmos juntos à mesma missão era coisa inaudita e impraticável: porque nem era justo que os Padres de Santo António fôssem à nossa ordem, nem nós, indo à sua, poderíamos obrar com a liberdade que convinha; e irem diferentes cabeças seria dar ocasião a discórdias, que são as que perturbam todos os bons efeitos, e mais havendo de tratar com gente tão suspeitosa e tão vária como os índios bárbaros, que íamos buscar; quanto mais que, entre todos os Padres de Santo António, não havia um que soubesse a língua da terra, com que vinha totalmente a ser inútil a sua jornada; que depois que aprendessem a língua então poderiam fazer muitas entradas, e empregar seu zêlo nêsses sertões, e, se o quisessem desde logo fazer, que nós não lhes tapávamos os rios, antes os serviríamos e ajudaríamos quanto em nós fôsse possível.

Estas sós razões dei ao Governador, porque sabia que as havia de comunicar aos ditos Religiosos; mas a maior de tôdas era que, indo êles connosco, haviam de trazer índios, e todos os que trouxessem os haviam de repartir consigo e com os seus devotos, que é o que El-Rei não queria, e o total inconveniente que se pretende atalhar. Consta-nos tanto ser êste o intento daqueles Religiosos, que tenho em meu poder o capítulo autêntico de uma carta de crença que o seu Revmo. Custódio trouxe ao Governador, mandada pelo Capitão-mor acima dito, em que êle se oferecia a pagar os gastos dos índios, que os Padres de Santo António trouxessem para o seu convento, e para o engenho dêle; mas para que nos não cansemos com mais provas, ao dia seguinte no-la trouxe o mesmo Governador, dizendo que já tinha ajustado a demanda dos Padres de Santo António, e que se contentavam que fôsse a sua canoa, e lhe viesse carregada de índios. Perguntei-lhe se ia também a dos Religiosos do Carmo, e a dos Religiosos das Mercês; e se fôssem estas três, porque não iriam a dos moradores? Não teve que responder, e acabou-se a questão. Desta maneira ficámos desembaraçados da companhia dêstes Religiosos, que pôsto que de Portugal até ao Maranhão, e do Maranhão até aqui, no-la fizeram muito santa e boa, e nos edificaram muito, sendo agora tão diferentes os seus intentos nesta parte, nos serviriam de grande impedimento e estôrvo. Sós partiremos e sôbre nós sós cairão as murmurações e ainda as pragas de todos, que como viviam destas entradas, e dos escravos que nelas se faziam, quantos índios ganharmos para Cristo tantos imaginam que lhos roubamos a êles.

Veio enfim a véspera de Santa Luzia, e chegaram os Padres Francisco Veloso e Manuel de Sousa às quatro da tarde com catorze canoas; e porque o Governador queria que logo pela manhã partissem, e nos pareceu que não estavam aviadas as coisas para tanta pressa, fomos todos à sua casa, e lhe disse que eu não queria ser como alguns generais da nossa terra, que têm a armada em Belém e não sabem o que levam nela. Que antes de partirmos havíamos de saber o número de canoas, de índios, de farinhas, de ferramentas e de tudo o mais pertencente à jornada. Era noite, não houve por então lugar para mais que promessas, que foram largas, e ficámos em que pela manhã iríamos todos a ajustar tudo.

Fomos ao amanhecer, e achámos o Governador ocupado com o regimento que já se estava copiando. Aqui, esperando o têrmo, lhe pedi que antes de se copiar o queria ver, e quási não havia nêle palavra que não fôsse contra as ordens de El-Rei, e contra o que tínhamos assentado. Em suma, tinha-se assentado que os índios viessem para quatro Aldeias, e a disposição tôda a dava ao capitão da jornada, como se nós não fôramos nela, e só para o rol que se havia de fazer dos índios nos mandava que o fizéssemos.

Bem quisera êle que nós com esta ocasião abríssemos mão da emprêsa, e nos lançou uma prancha bem larga para que saíssemos dela; mas eu não fiz mais que puxar pela ordem de El-Rei, que parece a ditou o Espírito Santo só para êste caso. Mostrei-lhe como as missões não eram coisa que lhe estivesse encomendada a êle, senão a mim, e que o que a êle tocava era só dar-me canoas, índios e tudo o mais que eu pedisse, nem eu queria outra coisa. Disse que não entendia assim a ordem de El-Rei, porque se se houvesse de entender assim, era tirar-lhe o bastão. Fiz-lhe um requerimento que me desse o cumprimento a êle, e saí, tendo por certo que havia obrar mais com êle êste escrúpulo que tôda outra razão; e, porque não perdêssemos a posse da jornada, mandámos logo tomar três canoas, e levar para elas as nossas rêdes e uns paneiros de farinha (que assim se chamam cá), e algumas ferramentas e resgates que pudemos ajuntar;

porque tendo prometido o Governador que os daria, também se arrependeu desta promessa, dizendo, que êle os daria aos Índios, quando viessem.

Já estávamos para sair de casa, quando chega o Vigário Geral, com uma ordem nova do Governador, por escrito, em que mandava que, sem embargo do regimento que tinha dado ao capitão e cabo da expedição, se seguisse em tudo o melhor conselho e ordem do Padre António Vieira, pela confiança que fazia da sua pessoa, etc. Respondi ao Vigário Geral que nós não íamos às missões por ordem do Capitão-mor, nem pelas confianças que fazia de nós, senão pelos poderes que nos dava El-Rei para isso, o qual ordenava a êle, não que nos mandasse, senão que nos desse tudo o que lhe pedíssemos. Que a emenda do regimento, para vir em forma, havia de dizer que na direcção da jornada, e no tocante de trazer, ou deixar, ou pôr os índios em qualquer parte que quiséssemos, seguisse o capitão o que lhe dissessem os Padres, por mandar assim Sua Majestade. E persisti tanto nêste empenho, porque como esta missão é a primeira, e a que ha-de servir de exemplo às demais, convém muito que se não perca nada de jurisdição, e que os Governadores não mandem sôbre nós na disposição dos índios; porque seria o mesmo que cativá-los, por nosso meio, com maior deformidade que até agora, e impedir-se totalmente a conversão dos gentios».

4. — «Partiu o Vigário Geral com a resposta, e juntamente nós para as canoas, mas, antes de chegarmos a elas, me trouxe o mesmo, outra terceira ordem na última forma que eu lhe tinha dito, e o Capitão-mor acrescentou de bôca ao cabo que em tudo servisse e obedecesse aos Padres, muito mais que à sua pessoa; com que nos despedimos.

Partimos finalmente em dia de Santa Luzia à uma hora da tarde, e pôsto que as demais canoas tomaram o caminho de dentro, que é por entre os rios[1], nós com as nossas três canôas (porque nos era necessário falar com o Padre Mateus Delgado que estava na Aldeia de Mortigura) tomámos por fora, que é um pedaço de costa de mar. Chegámos a esta já ao sol pôsto; a distância era de três léguas, as canoas pequenas, a noite escura, os mares grossos, que quebravam

---

1. Moju.

nos baixos de pedra de que tudo está cheio; mas levou-nos Deus a salvamento.

Chegámos às 10 horas da noite, e aqui achámos o Padre António Ribeiro, que ia em demanda da cidade, conforme o aviso que recebera, e no mesmo dia tinha chegado àquêle pôrto com a canoa alagada. Pareceu que de alí voltasse logo connosco, pôsto que houvesse de ficar o Padre Gaspar Fragoso seu companheiro, o qual ficou tão maltratado do naufrágio, que por esta e outras coisas não pôde prosseguir viagem. O Padre Mateus Delgado ficou com ordem de assistir as três aldeias, a que se tinha assentado viessem os índios do descimento, e fazer tôda a diligência para levantar casas e recolher mantimentos com que começar a sustentar-se.

No dia seguinte, 14 de Dezembro, partimos de Mortigura, com a maré da tarde, os Padres António Ribeiro, Francisco Veloso, Manuel de Sousa e eu, cada um em sua canoa, e começamos a navegar por um mar de água doce. Derrotou-nos a escuridade da noite, e o Padre António Ribeiro e eu a passámos amarrados às árvores de uma ilha, que nos serviram de âncoras e amarras, que estas embarcações não trazem outras. Chamámos os companheiros mas nem êles ouviram as nossas, nem nós as suas buzinas. Ao outro dia fomos aportar junto a um pôrto chamado Marapatá, onde também pouco depois foi o Capitão com as suas canoas. Pasmaram todos de nos acharem ali, porque segundo os grandes ventos e marés, com que tínhamos passado os rios a primeira noite da partida, todos entenderam que era impossível atravessarmos a costa de Mortigura, nem atrever-nos a tomá-la. Então nos disseram a grande temeridade que tínhamos feito, e nos contaram alguns naufrágios que ali tinham sucedido, e que aquela costa estava infamada pela mais arriscada de todos êstes mares; e dos que nela se perdem poucos escapam por causa dos baixos, e todos de pedra. O mesmo nos disseram depois todos os que souberam a hora e maré, em que tínhamos passado. Démos graças a Deus de nos ter livrado, e conhecemos que é tão particular a Providência com que nos faz mimosos, que não só nos livra dos perigos, senão ainda do receio dêles; por que verdadeiramente nós passámos aquela costa, sem saber nem temer o perigo que nela havia, que se o soubéssemos, nunca tal temeridade cometeríamos; mas como detendo-nos aquela noite, era fôrça que desencontrássemos ao Padre António Ribeiro, com que a viagem ficava retardada e descomposta, quis Deus que êle se alagasse e ficasse na aldeia, e que nós chegássemos a ela, para que tudo se dispusesse como convinha, e não se perdesse momento.

Deixando o Capitão naquele lugar, porque ainda esperava por algumas canoas, nós com as nossas no mesmo dia nos partimos para a Aldeia do Camutá, onde tínhamos que fazer. É esta aldeia a maior de tôdas as desta Capitania, e indo eu em demanda dela, já de noite, sobreveio tão grande travessia de vento que não foi possível tomar terra. A canoa do Padre Francisco e a minha se recolheram em um rio, não muito distante, em que passámos a noite. O jejum desta e da passagem foi em todos mais que de Advento, porque a canoa do Padre Manuel de Sousa, em que vinha a pobre dispensa, sempre ficava tão longe do refeitório, que não era de proveito nem era necessário tocar à mesa. Com a manhã da terça-feira chegamos a Camutá, onde só achamos o Padre Manuel de Sousa, e o Padre António Ribeiro não aparecia. Chegou de aí a duas horas, tendo navegado tôda a noite. Aqui soubemos ter chegado dois dias antes uma canoa do Rio Tocantins com alguns índios novos, dos que íamos buscar, e que estavam na Aldeia de Mocajuba.

Logo partimos para esta Aldeia distante duas léguas, a tomar fala com êles, e não nos disseram coisa de novo, só os achámos menos contentes do que fôra bem que estivessem, porque, havendo chegado ao sábado, logo ao outro dia, por hóspedes, os mandaram carregar *pindoba* para fazerem uma casa para os tabacos de certa personagem. Eis aqui o agasalho que lhes fazem! Eis aqui o porque os mandam buscar! E eis aqui o porque êles não querem vir, e porque os Portugueses, e a fé que prègam, está tão pouco acreditada nos sertões!

De Mocajuba viemos a fazer noite à casa de Baltasar Fontes de Melo, que é o Capitão-mor da Capitania do Camutá, aonde tínhamos ajustado de nos ajuntar todos. Preguntei ao nosso Capitão que canoas tinha? que gente? que bastimentos? etc. E respondeu-me que não sabia, porque nada lhe fôra entregue por conta, e que algumas canoas não tinham chegado ainda, por virem mal esquipadas. Mostrei ao Capitão-mor do Camutá a ordem de El-Rei, e pedi-lhe que nos desse alguns índios de remos: respondeu em público que os não tinha, e tirando-me à parte deu a causa de os não ter, que era estarem todos ocupados com os canaviais e tabacos dos dois maiorais, secular e eclesiástico. Como a razão era tão poderosa apelei para Deus, de donde só podia vir o remédio, assim como só dêle vem o castigo.

Nenhum Governador, dos que até agora vieram ao Maranhão, tornou para Portugal, ou logrou o que ajuntou com o sangue dêstes miseráveis, e não bastam êstes exemplos para se acabarem de desenganar os que lhes sucedem.

Na quarta-feira fomos alojar na Aldeia última, que está na bôca do Rio Tocantins, e as demais canoas, até se acabarem de ajuntar por respeito das cachoeiras, que há muitas nêste rio. Nesta Aldeia, como em tôdas as outras por onde passámos, se fêz doutrina aos índios, como era costume, e afirmo a Vª. Revª. que vi em tôdas elas uma coisa, que muito me consolou e admirou, foi que não havendo antes de virmos, em tôdas estas Aldeias, um só índio que soubesse as orações, nem entendesse ou desse conta do menor mistério de nossa Santa Fé, depois que os nossos Padres fizeram aqui a sua missão, as deixaram de tal maneira ensinadas e instruídas, que sabem tôdas as orações do catecismo, e respondem a tôdas as preguntas dêle e em tôdas as Aldeias ficam mestres, que em ausência dos Padres ensinam aos demais todos os dias, com grande pontualidade e perfeição. Tudo isto se venceu em tão pouco tempo à pura fôrça, não cessando os Padres de pela manhã até à noite, já em comum, já em particular, e lutando juntamente com os donos dos tabacos, que tôdas as horas que os Padres ocupavam na doutrina tinham por perdidas, e lhes faziam tanta instância para os lançarem das Aldeias, que só faltava lançarem-nos delas às punhadas. Tanto cega o interesse, tanto sofre Deus, e tanto é bem se sofra por amor dêle!

Enfim chegaram as canoas, que com duas que vão adiante, e outras duas que hão-de ir depois, fazem tôdas o número de vinte. Quando o Capitão-mor tratou ao princípio desta jornada, me disse por muitas vezes que haviam de ir a ela setenta canoas, e com efeito no dia antes da partida se ajuntaram perto de quarenta, não entrando em conta as que poderiam ir das Aldeias do Camutá; mas como viu que se lhe impediram os intentos, divertiu parte das canoas e da gente para outros, que lhe importavam mais. Iam nestas dezasseis canôas um Capitão com oito oficiais reformados, portugueses, duzentos índios de remo e arco, quarenta cavaleiros, e de gente de serviço até sessenta, que fazem por todos mais de trezentas pessoas. E porque não faça dúvida o nome de cavaleiros, é de saber que entre os Índios destas partes é costume de se armarem alguns cavaleiros, e isto com grandes cerimónias a seu uso. Dêstes se chamam também cavaleiros os que, por nascimento ou por ofícios, são como a gente nobre, e êstes nem remam, nem servem aos Portugueses, e só os acompanham na guerra, e dêles se escolhem os que hão-de mandar aos demais: e assim como esta dignidade se dá no sertão aos que fazem grandes façanhas, assim a dão cá os Capitães-mores aos que mais se assinalam nos seus tabacos».

5. — «Com esta frota partimos pelo Rio Tocantins, aproveitando-nos da enchente da maré, que só até aqui nos acompanhou, prometendo-nos muita felicidade na jornada, por ser em dia de Nossa Senhora da Expectação, a 18 de Dezembro. À meia noite fizemos *paboca*, que é frase com que cá se chama o partir, corrompendo a palavra da terra, e nos dias seguintes passámos as praias da viração. Parecerá que se chamam assim por correr nelas vento fresco; mas a razão, por que os Portugueses lhe deram êste nome, é a que direi a Vª. Revª. Nos meses de Outubro e Novembro saem do mar e do rio do Pará grande quantidade de tartarugas, que vêm criar nos areais de algumas ilhas, que pelo meio dêste Tocantins estão lançadas. O modo da criação é enterrarem os ovos, que cada uma põe em número de oitenta até cem, e cobertos com a mesma areia os deixam ao sol e à natureza, a qual, sem outra assistência ou benefício da mãe, os cria em espaço pouco mais ou menos de um mês. Destas covas saem para as ondas do mar por instinto da mesma natureza, a qual também as ensina a sair de noite, e não de dia, pela guerra que lhe fazem as aves de rapina, porque tôda a que antes de amanhecer não alcançou o rio a levarão nas unhas. Sáem estas tartaruguinhas tamanhas como um caranguejo pequeno; mas nem esta inocência lhes perdoaram os nossos Índios, comendo e fazendo matalotagem, porque são delícia, e havia infinidade delas. Os Portugueses as mandam buscar aqui, e as têm por comer regalado, e a mesma informação nos deu também o Padre Manuel de Sousa, o qual está já tão grande prático que, sendo todos os outros que aqui viemos, *mazombos*, êle é o que menos estranha esta diferença de manjar.

A estas mesmas práias vem, no seu tempo, quási todo o Pará a fazer a pesca das tartarugas, que cada uma ordinariamente pesa mais de uma arroba, e assim as têm em currais ou viveiros, onde entra a maré, e as sustentam sem lhes darem de comer, salvo algumas folhas de *aninga*, arbusto que nasce pela borda dos rios, sustentando-se delas quatro e seis meses. A carne é como a de carneiro, e se fazem dela os mesmos guisados, que mais parecem de carne que pescado.

Os ovos são como os de galinha na côr, e quási no sabor, a casca mais branca e de figura diferente, porque são redondos, e dêles bem machucados se fazem em tachos as belas manteigas do Pará; e o modo com que se faz esta pesca requere mais notícia que indústria, pela muita cautela e pouca resistência das tartarugas. Quando vêm a desembarcar nestas práias trazem diante duas, como sentinelas, que vêm a espiar com muita pausa; logo depois destas, com bom espaço, vêm oito ou dez, como descobridores do campo, e depois delas, em maior distância, vem todo o exército das tartarugas, que consta de muitos milhares. Se as primeiras e as segundas sentem algum rumor voltam para trás, e com elas as demais, e tôdas se somem em um momento; por isso os que vêm à pesca se escondem todos atrás dos matos, e esperam de emboscada com grande quietação e silêncio.

Sáem, pois, as duas primeiras espias, passeiam de alto a baixo tôda a práia, e como estas acham o campo livre, sáem também as da vanguarda, e fazem muito devagar a mesma vigia, e como dão a campanha por segura entram à água e voltam, e depois delas sai tôda a multidão do exército com os escudos às costas, e começam a cobrir as práias e correr em grande tropel para o mais alto delas. Aplica-se cada uma a fazer sua cova, e quando já não sáem mais, e estão entretidas umas no trabalho, outras já na dor daquela ocupação, rebentam então os pescadores da emboscada, tomam a parte da práia e remetendo às tartarugas não fazem mais que ir virando e deixando, porque em estando viradas de costas não se podem mais bulir, e por isso estas práias e estas tartarugas se chamam de *viração*.

Há diferença de outros modos de pescaria, com que se toma ou uma ou outra espécie delas: porque afora estas tartarugas do mar, que são inferiores, a que os Índios chamam de viração, e de ordinário magras, há outras criadas em lagos, e mortas com arpões nas pontas das flechas, e estas são as mais singulares; como também outra espécie, que sempre vive em terra, que em as Índias de Castela se chamam *icotéas*, e aqui *jabotis*, que é sustento muito geral em tôdas estas partes, e foram os que nesta jornada nos mataram muitas vezes a fome. Nascem êstes jabotis e vivem sempre na terra, sem nunca entrarem no mar nem nos rios, e contudo estão julgados por peixe, e como tais se comem nos dias em que se proibe a carne, por se ter averiguado que têm o sangue frio[1]. Sustentam-se muitos dias e muitos[2] sem outro alimento que o dos próprios fígados, que são grandes e muito saborosos, e nos dias em que êstes se consomem morrem também êles. São comer muito sàdio, não só para os sãos mas também para os enfermos; e verdadeiramente quem os comer sem memória do que parecem, não só podem servir para a necessidade, senão para o gôsto.

Na manhã do outro dia, que foi o de S. Tomé, nos receberam os matos com alvorada de passarinhos, coisa nova e que até aqui não experimentámos, antes tínhamos notado quási não haver pássaros do mato no Pará, havendo infinitas aves marítimas, e de muito alegres côres, em todos seus rios. A razão natural desta diferença, nos pareceu ser não só a do sítio, senão a do clima, porque depois que partimos do Camutá fomos sempre inclinando para o Sul, e êstes três dias últimos direitos a êle, com que nos fizemos hoje quási em dois graus para cá da linha; e como o Pará está quási debaixo dela, a moderação, com que aqui vem já inclinada a intemperança da Equinocial, dará mais lugar à criação e conservação das aves terrestres, principalmente das menores.

Muito desejámos trazer astrolábio para notar com certeza as alturas dêste rio; mas como a êste pôrto vêm tão raros návios, e é mais rara ainda a curiosidade, não o achámos; governámos a esmo pelo sol, e êste basta, com conhecimento dos ventos, para saber a que rumo pouco mais ou menos navegamos. Ficarão as averiguações mais exactas para os que depois de nós vierem, que esperamos não seja muito depois. O argumento infalível de estarmos desviados da linha é que, nos primeiros dois dias, nos alcançaram as trovoadas, que no Pará, por estar debaixo dela, são quotidianas, e de então até hoje nunca mais ouvimos trovoar, nem vimos chuveiro; e esta pode ser também a razão de já aquí haver mais aves destas pequenas, pois mostra a experiência quanto mal faz o abalo dos trovões à criação de outras maiores antes de crescerem».

---

1. Era a opinião mais favorável à gente pobre, que assim o podia utilizar nêsses dias de abstinência. Fr. Cristóvão de Lisboa, nas suas acusações ao P. Luiz Figueira, que defendia a opinião mais favorável, capitula as suas alegações de «mentira». Carta de 26 de Outubro de 1626, nos *Anais da BNR*, 26, p. 397. Como se vê, por esta carta de Vieira, 28 anos depois, a doutrina de Luiz Figueira era a corrente e os jabotis eram «julgados por peixe».

2. *Sic*, em todos os exemplos conhecidos: talvez seja: *e muitos meses*.

6. — «A tarde dêste mesmo dia de S. Tomé [21 de Dezembro] tivemos festejada com touros de água, que vimos de palanque, porque estando nós alojados em um assento sôbre o rio, à sombra de árvores, com as canoas abicadas em terra, vieram dois crocodilos (que aqui chamam jacarés) a rondar-no-las por fora. Não provaram nêles os índios as frechas, porque já sabem que as conchas de que estão armados são impenetráveis a elas, sendo que as frechas de cana, a que chamam *tacoáras*, não há sáia de malha tão forte, nem tão dobrada, que lhes resista, e, se são tiradas de boa mão, passam uma porta de madeira rija de parte a parte. Os nossos soldados porém empregaram nêles as suas espingardas, mas com o mais acertado efeito que se pudera imaginar, porque a um meteram três balas na cabeça; e pôsto que a cada tiro mostravam sentir o golpe, saltando e mergulhando abaixo, tornavam logo a sair acima, e a nadar como antes, tão alheios de fugir nem temer, que antes buscavam o lugar de onde sentiam que viera a ferida. Com a quarta bala finalmente mergulhou e não apareceu mais, com que entendemos que morto se fôra ao fundo. Seriam êstes crocodilos de catorze palmos de comprido, e não eram dos maiores que há nêstes rios. Têm a bôca muito rasgada e disforme, e os dentes tão fortes, agudos e juntos, que o braço ou perna que alcançaram, de um bocado a cortam cerce, e o mesmo fazem aos remos se andam assanhados. Uma coisa nos afirmam aqui pessoas práticas (sôbre o que suspendo o meu assenso) e é que êstes crocodilos, que se criam de ovos como as aves e tartarugas, o modo com que os chocam é pelos olhos. Fazem o ninho à borda da água, e às vezes em parte onde a água lhes chega e os cobre, e logo o crocodilo está desde o rio com os olhos fitos nos ovos, e perseveram assim os dias necessários, sem se divertirem mais que por breve tempo a comer, como as aves. Desta maneira os fomentam com a vista, e lhes comunicam aquele calor vital com que os animam. Padece isto as mesmas dificuldades da víbora conceber pelos ouvidos, e de o basilisco matar com os olhos».

7. — «O dia depois de S. Tomé gastámos em espalmar e calefetar as canoas, e acabar de prevenir cordas, para passar as cachoeiras em que de aqui por diante havemos de entrar. E não cause estranheza o calefetar das canoas, porque pôsto que aqui se fazem de um só pau, como no Brasil, são porém abertas pela proa e pela pôpa, e acrescentadas pela borda com falcas, para ficarem mais altas e

possantes; e assim as costuras destas, como os escudos ou rodelas com que se fecham a proa e pôpa, necessitam de calafeto. Os armazens, de que se tiram todos êstes aprestos, são os que a natureza tem prontos, em qualquer parte dêste rio aonde se aporta (o mesmo é nos mais), que é coisa verdadeiramente digna de dar graças à providência do Divino Criador, porque indo nesta jornada trezentas pessoas (é o mesmo como se foram três mil) em embarcações calafetadas, breadas, toldadas, velejadas e não providas de bastimentos mais que uma pouca de farinha, em qualquer parte, que chegamos, nos achamos prevenido de tudo a pouco trabalho. A estopa se faz de cascas de árvores, sem mais indústria que despi-las. Destas mesmas, ou outras semelhantes, fazem os índios as cordas muito fortes, e bem torcidas e cochadas, sem rodas, carretilhas, nem outro algum artifício. Os toldos se fazem de vimes, que cá chamam *timbós titicas* e certas fôlhas largas a que chamam *ubi*, tão tecidos e tapados que não há nenhuns que melhor reparem do sol, nem defendam da chuva por mais grossa e continuada, e são tão leves que pouco pêso fazem à embarcação. O breu sai da resina das árvores, de que há grande quantidade nestas partes, e se breiam com êle não só as canoas, senão os navios de alto bordo, quando querenam, tão bem como o nosso, senão que êste é mais cheiroso. As velas, se as não há ou rompem as de algodão, não se tecem, mas lavram-se com grande facilidade, porque são feitas de um pau leve e delgado, que com o benefício de um cordel se serra de alto abaixo, e se dividem em tabuinhas de dois dedos de largo; e com o mesmo de que fazem as cordas, que chamam *embira*, amarram e vão tecendo as tiras como quem tece uma esteira, e êste pau de que elas se formam se chama *jupati*, e estas velas, que se enrolam com a mesma facilidade que uma esteira, tomam tanto e mais vento que o mesmo pano.

É um louvar a Deus. Tudo isto se arma e sustenta sem um só prego, o que se não vê em uma canoa para o intento, pois todo o pregar se supre com atar, e o que havia de fazer o ferro, fazem os vimes, a que também chamam *cipós*, muito fortes, com que as mesmas partes da canoa se atracam; e tudo quanto dela depende vai tão seguro e firme como se fôra pregado. Nos bastimentos há a mesma facilidade, porque primeiramente a aguada vai debaixo da quilha, e em qualquer parte, e em qualquer hora que se tira, é fresca e muito sàdia. Em abicando as canoas à terra saem os índios, uns à caça, outros à pesca, e a pouca detenção trazem de uma outra muitas vezes em grande abundância, e sempre o que basta para todos. No mesmo tempo (sendo inverno) se ocupam outros em fazer as casas, que se fazem todos os dias, quando se não tem por melhor passar à sombra de arvoredo, que sempre é verde, alto e tapado. As casas são ordinariamente cobertas de palma, e, quando na jornada vai tropa de Portugueses, se fazem tão largas e reparadas que mais parecem para viver, que para as poucas horas para que são levantadas.

Aqui será bem que se note que os índios são os que fazem as canôas, as toldam, as calafetam, os que as velejam, os que as remam, e muitas vezes, como veremos, os que as levam às costas, e os que, cansados de remar as noites e os dias inteiros, vão buscar o que hão de comer êles e os Portugueses (que é sempre o mais e melhor); os que lhes fazem as casas, e, se se há-de marchar por terra, os que lhes levam as cargas e ainda as armas às costas. Tudo isto fazem os tristes índios, sem paga alguma mais que o chamarem-lhes cães, e outros nomes muito mais afrontosos; e o melhor galardão, que podem tirar destas jornadas os miseraveis, é acharem (o que poucas vezes acontece) um cabo que os não trate tão mal. Jornada tem havido em que, dos índios que partiram, não voltaram ametade, porque o puro trabalho e mau trato os mataram.

Em 23 de Dezembro navegámos até nos vir pôr ao pé das cachoeiras, que foi como virmos até agora pelos vales dêste rio, para de aqui em diante subir aos montes dêle. É o rio até aqui da largura de meia légua, quási sempre igual, salvo aonde algumas ilhas, que tem pelo meio, o dividem em dois canais. Estreita-se poucas vezes, mas nunca tanto que fique em menos largura que a de quarto de légua. A água para beber é excelente; vai agora um pouco turva por ser de inverno, e levar muitas águas de monte, mas os que passam o rio em verão acham a água tão clara que, em duas e três braças, vêem o fundo dêle, e escolhem o peixe que se há-de matar com a frecha.

Muitas coisas nos contam da sua fertilidade, em outra conjunção de tempo, desta abundância de pescado. O que nós até agora experimentámos não se pode chamar abundância nem falta. As terras de uma e outra banda do rio não são rasas como as do Pará, mas levantadas mais em oiteiros que em montes. Por uma parte e por outra tudo são arvoredos agrestes e sem fruto, pôsto que no princípio do rio nos convidaram com uma fruta do tamanho e côr das nossas camoesas: é a espécie dos *gùités* do Brasil, porém, êstes têm muito menor caroço e sem couro; chamam-lhes os índios *titiribás;* se o açúcar fôra menos dôce, dêle e de gemas de ovos parece se pudera imitar, na cor e no sabor, a massa de que é composta esta fruta.

Tornando ao rio, as práias pela maior parte são de areia ou picão, e nenhuma parte há em todo êle que seja de lodo. A isto atribuem os naturais, e parece com razão, não haver em todo êste rio a praga dos mosquitos, que infeccionam muitos outros desta América, e os faz quási inabitáveis. A corrente até aquí é lenta, mas de maneira que a sentem os remos e distingue a vista. Do fundo não podemos dizer coisa certa, porque o não medimos, mas encalhadas as canoas com as pôpas em terra, estavam ordinariamente com as proas em três e quatro braças de água, com que entendemos que pela madre terá de doze a quinze para cima.

Chama-se o Rio dos *Tocantins,* por uma nação de Índios dêste nome, que quando os Portugueses vieram ao Pará o habitavam: mas desta, como de muitas outras, apenas se conserva hoje a memória e muitas ruinas de uma pequena aldeia. Tanto pôde em tão poucos anos a inumanidade e a cobiça, inimigas da conservação dêste gentio.

Amanheceu o dia 24, véspera de Natal e depois do sol bem fora, por ser muito necessária a luz, começamos a acometer a primeira cachoeira, em que houve grandes dificuldades: a primeira foi uma corrente de água tão viva e furiosa que, para as canoas a vencerem, era necessário descansarem primeiro os remeiros, comerem e tomarem novos alentos. Então se punha cada canoa por si como cavalo na carreira, enfiando à água com tôda a fôrça dos ventos, e não sendo o espaço, que se havia de vencer, mais que do comprimento de duas braças, nenhuma o fêz sem grande detenção e resistência. Algumas canoas houve que tornaram atrás, e não levaram a corrente senão da segunda e terceira vez; e uma, que era a maior e mais pesada, por totalmente não poder passar, a deixamos até à volta. De aqui atravessámos, por entre pedras e redemoinhos de águas, a umas penhas muito altas que estão no meio do rio; e encostadas a elas se começaram a arrastar as canoas por um despenhadeiro de água, tão estreito e tão íngreme que era necessário lançarem-se primeiro cordas à parte de cima, e puxando por elas uns índios, e arrastando outros a canoa por cima das pedras, e quási sustentando-a, desta maneira, com grande vigor e excessivo trabalho, se foram subindo tôdas, uma e uma.

Aqui deu lugar o rio a que se remasse um bom espaço, até que demos em uma ladeira de pedra e água muito comprida, pela qual foi necessário irem subindo as canoas como por uma escada, à pura fôrça de cordas, de braços e de gente, já fincando-se sôbre umas pedras, já encalhando-se, e já virando-se em outras. Foi êste trabalho excessivo, principalmente por ser tomado no rigor do sol, e, para que fôsse de alguma maneira vencível, proveu a Divina Providência êste lugar de umas árvores não muito altas, nascidas nas mesmas penhas, as quais serviram nesta escada como de mainéis, em que os índios se firmavam para poderem tirar pelas cordas, e sustentarem-se a si e à canoa contra a fôrça da corrente. São estas árvores, por uma parte, tão fortes que basta fazer prêsa em uma pequena rama, para suster a canoa contra todo o pêso da água, e, por outra parte, tão flexíveis que, se é necessário passar a canoa por cima dos ramos, e ainda das mesmas árvores abatidas, cedem e tornam a surgir sem quebrar: como nascem nas pedras e na água, parece que das pedras tomam o duro, e da água o flexível, e de ambas o remédio para vencer a mesma dificuldade que ambas causam. Dão uma fruta semelhante e menor que as *goiabas* e *araçás* do Brasil, de que se duvida se é espécie, mas não se come nem pode comer, porque é dura como as pedras de que nasce. Na subida dêste muro, e na passagem desta escada tão intrincada de pedras, que achámos depois dela, se gastou todo o dia, de maneira que quando chegámos a tomar pôrto era quási ar pardo.

Tínhamos determinado fazer alto nêste dia mais cedo que nos outros, para gastar tôda a tarde em adereçar uma capela de palma, em que celebrar com mais decência os mistérios desta sagrada noite, mas não tivemos lugar para mais que de engenhar uma pequena choupana, mal coberta com as toldas das canôas, onde armámos o nosso altar. Parece quis o benigno Senhor renovar aqui os seus desamparos, porque tudo era o mesmo que representava. Não nos achámos aqui juntos mais que os Padres Francisco Veloso, Manuel de Sousa e eu, porque o Padre António Ribeiro com a sua canoa não pôde avançar tanto, e ficou em outro lugar, aonde também aportaram algumas canoas que não estavam connosco, e por esta tardança e apartamento vieram uns e outros a ter a consolação da santa missa aquela noite. O Padre António Ribeiro contentou-se só com a água sem farinha: os demais, ainda que o comê-la foi a consoada, não tiveram mais sôbre a farinha que um pouco de peixe sêco; mas Deus tempera de maneira êstes regalos, que os não trocaram os que gostam dêles pelos maiores do mundo. O trabalho tão extraordinário de todo o dia parece que pedia o descanso da noite, mas tôda ela se passou em vela, sôbre a terra nua da choupana, oferecendo cada um ao Menino nascido, não só os desamparos de seu Belém, mas as saùdades da devoção e concêrto, que esta santa noite celebra nos Colégios da Companhia.

À meia noite dissemos três missas, que todos ouviram; as demais se disseram às suas horas e no dia comungaram alguns Portugueses e alguns índios. Por celebridade do dia não fizemos jornada nêle. No de Santo Estêvão e S. João, fomos continuando a nossa viagem sòmente a remo, que, sendo um tão pesado trabalho, em respeito do passado parecia género de descanso. As correntes aqui são muito arrebatadas, a largura do rio quási a mesma, mas menos limpa por estar todo êle embicado de pedras, que não deixam de fazer grande estôrvo à navegação. O rumo com que navegámos êstes dias é inclinado cada dia mais para Leste, de sorte que ao amanhecer, já o sol é quási pela proa.

No dia dos Santos Inocentes, que foi domingo, entrámos nas segundas cachoeiras, chamadas da *Taboca*, as quais estão reputadas por muito mais dificultosas e medonhas que as primeiras; mas nós, por vir já o rio muito cheio com a água do monte, pois que tivemos grande trabalho e dificuldade em as vencer, não foi tanto como o passado. São mais de dez os passos em que as canoas se sobem por cordas, e se gastaram nestas fadigas dois dias inteiros; o rio aqui não é espraiado e igual, mas vai todo dividido em muitos braços, em que se despenha por entre grandes penedias e ilhéus, que tem aberto com o pêso da corrente ou correntes.

Estas correntes se encontram umas com as outras, a lugares, e fazem tão fortes remoinhos, e abrem tão grandes covas no meio da água (o que chama caldeirões), que muitas vezes as canoas se viram nelas. Enfim acabámos de passar o maior perigo à segunda-feira 29 de Dezembro, e se fechou a tarde e a alegria com uma vistosa montaria de porcos monteses, que naquela conjunção iam atravessando o rio para a outra banda, e deram às nossas canoas muito que festejar e comer. Ter vencido nesta viagem a *Taboca* é ter passado na Índia o Cabo da Boa Esperança; mas não quis Deus que lográssemos êste gôsto, sem mistura de grande pesar e perplexidade, em que no primeiro dêstes dois dias nos vimos».

8. — «Pelo que viamos obrar o Capitão, muitos dias havia que suspeitávamos que o Capitão-mor lhe tinha dado outra ordem, em contrário à última com que satisfez ou se livrou dos meus requerimentos. Nêste dia pois, me disse o Capitão havia de mandar duas canôas diante, a avisar da sua vinda aos índios que íamos buscar, para que o viessem receber, e êle lhes praticar e ordenar o que haviam de fazer, e por aqui muitas outras coisas, em que se fazia totalmente dono da Missão.

Pareceu-me não dissimular mais, como até aqui tinha feito, por entrarmos já no ponto essencial da gentilidade e sua conversão. Quis-lhe explicar a ordem de S. M. e a do Capitão-mor, e tirando-as para lhas mostrar, êle se levantou em altas vozes, tapando os olhos e os ouvidos para as não ler nem ouvir. As palavras irreverentes, com que então nos tratou em particular e em comum, e os descomedimentos que disse, e quem é a pessoa que os disse, calo, porque não é isto o que sentimos, nem sentiríamos coisa alguma se nos deixassem exercitar o a que viemos: e se não nos impediram os frutos dos nossos trabalhos, em tudo o mais lhe déramos grata licença, para que nos tratasse muito pior. Depois que estêve menos colérico ou menos frígido declarou, e por todos os modos que podia nos manifestou, que ainda que o Capitão-mor nos tinha dado aquela ordem, depois dela lhe dera outra. O mesmo disse depois em particular ao Padre António Ribeiro, e um soldado chamado António Furtado, que vem com o nome de ajudante, e deve trazer a ordem da emprêsa e a explicação dela, praticando na matéria com o Padre Francisco Veloso, lhe disse: *Ah! Padre, quem pudera falar!* [1]

Afirmo a Vª. Revª., Padre Provincial, que em tôda esta viagem vim muito edificado da paciência e sofrimento dos Padres que nela

---

1. Na Bibl. de Évora, Cód. CXV/2-11, f. 64, há um «Traslado de um Requerimento, que os Oficiais da Câmara desta Cidade de Belém, Capitania-mór do Grão-Pará, mandaram fazer ao Capitão-mór e Governador destas Capitanias Ignácio do Rego Barreto. Em 1653: «Requerem que os Padres da Companhia não vão aos Tocantins a descer e praticar os Índios. Tendo primeiro ajustado com Vieira a viagem e recebendo depois o Requerimento da Câmara, o Governador não teve a coragem da clareza, de dizer que não a uns ou a outros. E *em público* a entrada era dos Missionários, e *pela calada* da Câmara. Depois, no sertão, uns e outros que se aviessem.

vão; porque sendo os trabalhos e perigos, que todos os dias padecem, tantos e tão continuados, e as incomodidades dêste género de vida, ainda para os bárbaros que nêle se criam, tão ásperos de levar, a grandeza do coração e a alegria do rosto, com que os passam e desprezam, é admirável, e muito para louvar a Deus. Mas chegados a êste ponto de se nos impedir, e por tais meios, o fim de nossos desejos e trabalhos, sem nos valerem leis de Deus nem ordens do Rei, confesso a Vª. Revª. que a todos nos faltava a paciência e quási o ânimo; e se não nos alentáramos com os exemplos das contradições, que padeceram os Apóstolos e o mesmo Cristo, pôsto que as padeceram de gentios e idólatras, e não de cristãos, como nós, estaríamos perto de entender que ainda não é chegado o tempo de se segar êste pão.

Algumas horas passámos nêste dia, cada um calado para seu cabo, como anojados. Assim nos resolvemos a encomendar o negócio a Deus, e não resolver nada nêle, até chegar a ver, e de aí (se fôr conveniente) ir adiante um de nós a desfazer êstes enganos, ou ao menos até tirar a máscara, para que não tenha a obediência alguma escusa, ou aparência dela, diante de Sua Majestade. Mas no outro dia, 30 de Dezembro, depois de ter tomado pôrto, nos alvoroçou e alegrou a todos a vista de uma canoa que vinha rio abaixo, e foi a primeira embarcação e as primeiras pessoas que encontramos em todo êste rio, tendo já navegado por êle a nossa canoa mais de cento e trinta léguas. Os que vinham na canoa foram logo levados ao Capitão, o qual os recebeu, e despachou a canoa para baixo no mesmo dia, sem no-lo fazer saber, nem de nós se fazer nenhum caso. Vinha nesta canoa um índio principal, da Aldeia dos *Tocantins* de que acima fizemos menção, o qual em outra canoa trazia suas mulheres, que eram sete ou oito, e êle cristão, dos que até agora se usavam por cá; e porque tinha já notícia que nesta tropa vinham os Pais *Abunás* (*hoc est*, Padres, de vestido preto), que assim nos chamam, deixou a canoa das mulheres metida no mato, temeroso de que lhas tirássemos, como se vai fazendo a todos.

Este índio é um dos que, há muito tempo, foi mandado a praticar ou persuadir os que nós agora íamos buscar, e levava à cidade uma alegre embaixada, que é novas causas de se vir fazer guerra às quatro aldeias desta mesma nação, que como dissemos, não querem descer com os demais. As causas são tôdas falsas, como já temos averiguado, e, quando foram verdadeiras, não se podem chamar justas causas. A principal, que alegam, é que os anos passados morreu nesta aldeia uma índia, mulher de um dos nossos sujeitos, e que os das outras quatro aldeias lhe vieram desenterrar os ossos, e lhe levaram a caveira para as suas terras, e lá lha quebraram como costumam fazer às dos inimigos. Esta vingança, tão ridícula e tão bárbara, quer agora o indio que leva a embaixada, e querem também os portugueses, e portugueses religiosos, que se venha vingar com outra mais bárbara.

Em companhia dêste índio vieram seis da nação a que íamos buscar, filhos e sobrinhos dos Principais, com os quais, e com os dois que vieram desde o Pará, não temos perdido tempo, declarando-lhes a tenção de Sua Majestade e a nossa, em que parece que vão bem instruídos e nos têm prometido que não hão de admitir senão o estar juntos e ser filhos dos Padres e vassalos de El-Rei. Pasmei de ver quão familiar é êste nome de rei, e quão continuamente o trazem na bôca; e querendo eu saber que conceito faziam da palavra, e o que cuidavam que era rei, responderam: *Jará omanó eyma*, que querem dizer: *senhor que não morre*. Explicamos-lhe que imortal era só Deus, mas por êste alto conceito, que fazem êstes gentios do nosso rei, mareciam ao menos que, em prémio da imortalidade que lhe atribuem, os defendesse eficazmente de tantas violências»[1].

Quando Vieira viu que não adiantava a sua presença, «trazendo consigo o P. Francisco Veloso, voltou logo ao Pará, deixando os outros dois Padres em companhia dos Índios, para que ao menos não faltasse remédio a suas almas. Mas chegados os ditos Padres ao Pará, o que conseguiram do Capitão-mor e o que conheceram nêste caso e no Maranhão foi desengano de que não podia haver conversão da gentilidade, enquanto as missões não estivessem totalmente isentas do poder e interesse dos que governam»[2]. Vieira já estava no Pará em Janeiro de 1654.

A conclusão desta missão ao Tocantins, escreve o mesmo Vieira a El-Rei, como S. M. já «foi informado, aquêles Índios se repartiam

---

1. *Cartas de Vieira*, I, 355-383; Barros, *Vida do P. Vieira*, 142-146; *Hist. Propr. Maragn.*, 441; Lúcio de Azevedo, *Os Jesuítas no Grão-Pará*, 65-67; Id., *Hist. de A. V.*, I, 239; Hernani Cidade, *Padre António Vieira*, I, 88
2. Vieira, *Resposta aos Capítulos*, 234.

e despedaçavam por onde quis a cobiça de quem então governava; agora achei que muitos estavam vendidos por cativos».[1]

9. — Logo no ano seguinte subiu o Tocantins o Padre Francisco Veloso com o P. Tomé Ribeiro. Conta-o ainda Vieira: «Nêste mesmo ano mandaram os Padres uma embaixada (como cá dizem) à nação dos *Tupinambás*, que dista trezentas léguas pelo mesmo rio acima, e é a gente mais nobre e mais valorosa de tôdas estas terras; e levaram tais novas alguns dos que de lá vieram que, indo os Padres buscar a todos, houve muitos que não quiseram vir, dizendo que do bom trato que lhe faziam os Padres bem certificados estavam, mas que só dos Portugueses se temiam, e que enquanto não tinham maiores experiências de se guardarem as novas ordens de Vossa Majestade que os Padres lhes contavam, não se queriam descer para tão perto dos Portugueses. Isto disseram e fizeram dos mais velhos daquela nação, e dos que pareciam entre êles mais prudentes, a quem seguiam os de sua obediência. Mas outros, a quem Deus parece tinha escolhido, se vieram de mui boa vontade com os Padres. Chegaram a esta cidade do Pará na oitava de Todos os Santos, com sessenta canoas carregadas desta gente, em que vinham mais de mil almas, das quais no caminho foram algumas para o céu; dos demais estão já baptizados os inocentes, e os adultos se vão catequizando.

Chegados êstes Índios, sucedeu uma coisa digna de se saber, para remédio de muitas que nêste Estado se usam do mesmo género. Haverá oito anos que se fêz uma entrada a esta mesma nação dos *Tupinambás*, de que foi por cabo um Bento Rodrigues de Oliveira, e trouxeram muitos dos ditos índios por escravos: sucedeu pois que, entre os que agora vieram, muitos acharam cá seus irmãos e parentes e, sendo filhos dos mesmos pais e das mesmas mães, uns são livres, outros são escravos, sem mais razão de diferença que serem uns trazidos pelos Padres da Companhia e outros pelos oficiais das tropas». E depois continua: «Uma destas nações é a dos *Catingas*, que sempre foram inimigos dos Portugueses, e com guerras e assaltos têm feito muitos danos às nossas terras que lhes ficam mais vizinhas;

---

1. *Cartas de Vieira*, I, 449-450. Mais tarde declara que desta missão aos *Poquis*, com outros Padres desceram-se mais de «oitocentas almas», *Obras Varias*, I, 214.

mas já ficam de paz, assim connosco como com outra nação, também amiga, com quem traziam guerra. Demais destas trouxeram os Padres notícias de outras nações, que habitavam por todo aquele Rio dos Tocantins, muitas das quais falam a língua geral, e se espera que com pouca dificuldade se reduzirão à nossa fé» [1].

A missão saiu do Pará no dia 24 de Junho de 1655 e voltou à cidade no dia 8 de Novembro do mesmo ano [2].

10. — Na lista das expedições de maior «empenho» enumera Vieira a do P. Tomé Ribeiro aos *Carajás* [3]. Não nos ficaram pormenores. Lê-se na *Historia Proprovinciae Maragnonensis*, que chegou aos *Carajás* e *Poquiguaras*. Mas frustrou-se a entrada, porque os bárbaros mataram alguns dos índios cristãos que levava [4]. O mesmo diz André de Barros [5]. E ambos assinalam que ia com Tomé Ribeiro o P. Ricardo Careu, chegado do Brasil pouco antes de 5 de Dezembro de 1657 [6]. Isto fixa o ano 1658, aliás indicado por Vieira [7]. O extrêmo laconismo que rodeia esta entrada não nos permite senão conjecturas Os *Carajás* habitavam as margens do *Araguaia*. E o próprio desenlace dela faz-nos supôr que de-facto ali chegou.

11. — Em 1659, nova expedição: «Foi a esta missão o P. Manuel Nunes, lente de prima de Teologia em Portugal e no Brasil, Superior da casa e missões do Pará, mui prático e eloqüente na língua geral da terra. Levou quatrocentos e cinqüenta índios de arco e remo, e quarenta e cinco soldados portugueses de escolta, com um capitão de infantaria. A primeira facção em que se empregou êste poder foi em dar guerra ou castigar certos índios rebelados, de nação dos *Inheiguaras*, que o ano passado, com a morte de alguns cristãos,

---

1. *Cartas de Vieira*, I, 450-451, 581. Noutra carta informa Vieira que os Índios baixados foram em números redondos: 1.200 (*Ib.*, 555).
2. Bett., *Crónica*, 109-112, onde se equivoca no ano, dando o de 1658. Mas o próprio Bettendorff, referindo-se, a p. 113, à entrada do P. Nunes, em 1658 diz que a de Veloso fora «havia três anos».
3. *Cartas de Vieira*, I, 581.
4. *Hist. Prop. Maragn.*, 645.
5. Barros, *Vida do P. Vieira*, 262.
6. *Bras. 3 (I)*, 312.
7. Vieira, *Resposta aos Capítulos*, 238.

tinham impedido a outros índios da sua vizinhança que se descessem para a Igreja, e vassalagem de V. M.

São os *Inheiguaras* gente de grande resolução e valor, e totalmente impaciente de sujeição, e tendo-se retirado com suas armas aos lugares mais ocultos e defensáveis das suas brenhas, em distância de mais de cinqüenta léguas, lá foram buscados, achados, cercados, rendidos e tomados quási todos, sem dano mais que de dois índios nossos levemente feridos. Ficaram prisioneiros duzentos e quarenta, os quais conforme as leis de Vossa Majestade, a título de haverem impedido a prègação do Evangelho, foram julgados por escravos e repartidos aos soldados.

Tirado êste impedimento, entenderam os Padres na conversão e condução dos outros índios, que se chamam *Poquiguaras*, em que padeceram grandes trabalhos, e venceram dificuldades que pareciam invencíveis. Estava esta gente distante do rio um mês de caminho, ou de não caminho, porque tudo são bosques cerrados, atalhados de grandes lagos e serras, e eram dez aldeias as que se haviam de descer, com mulheres, meninos, crianças, enfermos, e todos os outros impedimentos que se acham na transmigração de povos inteiros. Enfim, depois de dois meses de contínuo e excessivo trabalho e vigilância (que também era mui necessária), chegaram os Padres com esta gente ao rio, onde os embarcaram por êle abaixo para as aldeias do Pará, em número por todos até mil almas.

Não se acabou aqui a missão, mas, continuando pelo rio acima, chegaram os Padres ao sítio dos *Tupinambás*, de onde haverá três anos tínhamos trazido mil e duzentos índios, que todos se baptizaram logo, e, por ser a mais guerreira nação de tôdas, são hoje gadelha destas entradas. Os *Tupinambás*, que ficaram em suas terras, seriam outros tantos como os que tinham vindo, e eram os que agora iam buscar os Padres; mas acharam que estavam divididos *em dois braços do mesmo rio*, um dos quais, por ser na força do verão, se não podia navegar. Avistaram-se com êstes por terra, e, deixando assentado com êles que se desceriam no inverno, tanto que as primeiras águas fizessem o rio navegável, com os outros, que eram quatrocentos, se recolheram ao Pará, tendo gastado oito meses em tôda a viagem, que passou de quinhentas léguas.

Deixaram também arrumado o rio com suas alturas, diligência que até agora se não havia feito, e acharam pelo sol que tinham chegado a mais de seis graus da banda do Sul, que é pouco mais ou menos a altura da Paraíba[1]. Os índios, assim *Tupinambás* como *Poquiguaras*, se puseram todos nas Aldeias mais vizinhas à cidade, para melhor serviço da república, a qual ficou êste ano aumentada com mais de dois mil índios escravos e livres: mas nem por isso ficaram nem ficarão jamais satisfeitos seus moradores; porque, sendo os rios desta terra os maiores do mundo, a sêde é maior que os rios»[2].

O Tocantins decididamente atraía os Jesuítas. E não apenas com intúito catequético. Dada a exploração geográfica e a medição da altura, pensava agora António Vieira numa exploração mais vasta, subindo o Tocantins ao descobrimento das cabeceiras do Rio Iguaçu, «em que há fama está a nação dos *Tupinambás*»[3]. Vieira não foi, por o afastarem do seu campo de acção. Mas as entradas continuaram.

12. — Em 1668 subiram o P. Gaspar Misch, e o Ir. João de Almeida, de onde voltaram por fins de Setembro ou princípios de Outubro. Esta entrada foi por ordem do Governador António de Albuquerque Coelho de Carvalho e a Câmara do Pará. Deixando o Rio entraram no sertão dos *Poquis*, mas êstes estavam levantados. O próprio Padre Misch correu perigo de morte. Desceram muitos índios *Poquis* e *Tupinambás*, que os Jesuítas, contra o parecer de outros, se recusaram depois a considerar cativos. Reùnida a Junta das Missões, apesar da oposição dos Jesuítas, prevaleceu o parecer contrário. O Cabo da tropa, sargento-mor João de Almeida Freire, ficou com bom quinhão e mandou dizer missa em acção de graças, em Santo António. E gabou-o o prègador «como se tivera feito grandes proezas, comparando-o com os antigos mais valentes guerreiros»[4].

13. — Em 1671 efectuou-se outra grande entrada, a do P. Gonçalo de Veras e Ir. Sebastião Teixeira. A preparação remota desta expedição data de 1669 em que chegaram à Residência de

---

1. Estiveram, portanto, entre os dois Estados modernos de Goiás e Maranhão.
2. *Cartas de Vieira*, I, 554-556; Bett., *Crónica*, 112-115, que segue e copia Vieira; Morais, *História*, 473. O P. Tomé Ribeiro foi com o P. Nunes nesta expedição, como tinha ido na do P. Veloso, isto é, nas três de 1655, 1658, 1659; Vieira, *Resposta aos Capítulos*, 238.
3. *Cartas de Vieira*, I, 583.
4. Bett., *Crónica*, 257; *Bras.* 9, 260v-261.

Cametá alguns gentios *Aruaquis* que desceram o Tocantins gastando muitas semanas. Um dêles, que dizia ser filho do Principal dos *Aruaquis* (20 Aldeias), contou que foi enviado pelos pais a pedir o socorro dos Padres, «pois tinham sido invadidos pelos Portugueses do Brasil a que chamam Paulistas ou de S. Paulo», que penetraram o seu sertão, com bombardas e espingardas e levaram cativos os Índios de 15·aldeias. E êle com as cinco Aldeias restantes, tinham escapado. Fugindo, vieram descair ao Tocantins e encontraram os *Guarajus*, que os receberam mal e detiveram injustamente. Ouvindo que uns Padres *Abunás*, vestidos de negro, eram protectores dos Índios, desceram a pedir auxílio para os seus que estão entre os *Guarajus*, porque temia-se que fôssem comidos ou vendidos. O Superior recebeu-os com benevolência e deu-lhes esperanças que seriam libertados das mãos dos *Guarajus*». E comunicou o caso ao Governador[1].

Fez-se primeiro uma pequena entrada, às ordens de Francisco Mendes de Siqueira, ajudante do Capitão-mor, António Pinto da Gaia, que gastou um mês na jornada, e desceu 228 índios[2].

Mas que era isso para os índios que se dizia haver? O Governador pediu Missionários e organizou-se expedição em regra, com o P. Gonçalo de Veras e o Ir. Sebastião Teixeira. O Governador António de Albuquerque Coelho de Carvalho mandou por cabo da tropa o sargento-mor Francisco Valadares.

Escreve o próprio missionário, Gonçalo de Veras: «A 17 de Março de 1671 saímos do Colégio de S. Alexandre do Grão Pará e voltámos, graças a Deus, salvos e incólumes, a 29 de Setembro do mesmo ano. Poderíamos ter chegado antes, se ao Cabo da Tropa êste mando de sete meses lhe não tivesse parecido sete dias, quando a mim me parecera sete anos[3].

No princípio de Maio passámos o Rio Apii ou da Salsa [Salsaparrilha], onde eu e todos os mais que íamos já doentes, recuperamos a saúde. A 21 chegámos ao Rio Araguaia e a 25, dia do Espírito Santo, vieram a nós 30 *Aruaquises* com seus arcos e nos dias seguintes mais

---

1. Carta de Bett., *Bras.* 9, 262.
2. Certidão de António Pinto da Gaia, no Pará, 6 de Fevereiro de 1671, em Melo Morais, *Corografia*, IV, 346-347.
3. Ao subir, passaram em Cametá, donde seguiram na segunda-feira de Páscoa, despedidos pelo Governador António de Albuquerque Coelho de Carvalho, ao som de bombardas e tubas (*Bras.* 9, 266).

cem *Aruaquises* com 30 *Caatingas* e finalmente com os escravos contamos 900 [1].

Durante o caminho dei o baptismo aos meninos para que, por desleixo dos pais, não morressem sem êle; e de facto alguns morreram, mas baptizados. Alguns adultos também faleceram na sua gentilidade, por nos ser totalmente desconhecida a sua língua. *Judicia Dei abyssus multum!* » [2].

De 70 canoas, com que voltamos das terras dos Bárbaros [3], ficaram 8, com o seu principal, pouco abaixo das *Tabocas*. Avisei o Cabo que as socorresse. Respondeu que os deixava aos moradores de Belém para os irem buscar se quisessem. Calculo que eram uns 100. Os *Caatingas*, por assim parecer ao P. Manuel Nunes, Missionário do Rio Tocantins, deixei-os no mesmo rio, recomendados à sua protecção. Com os mais cheguei a esta cidade do Pará, onde os moradores logo a ocultas desviaram alguns; nem me valeu a lista em que levava o nome de todos, nem todo o cuidado, que pus, impediu que aqui e ali os escondessem. A Câmara, com o parecer dos Padres, distribuiu-os pelas Residências. Mandaram-se 90 para Mortigura levados por um Português, que só entregou ao Padre 50, deixando os outros pelas fazendas. Eu parti com os outros para a Ilha do Sol, e lhes ensinei os mistérios de Deus para receberem o baptismo [4].

---

1. Êstes escravos eram *Naimiguaras:* «Os índios *Naimiguaras*, índios de língua geral vieram por escravos, todos julgados por tais pela Junta que manda Sua Magestade» (Bett., *Crónica*, 290).
2. «Totalmente desconhecida a sua língua»... Confirma-o Ehrenreich, que nos seus *Antropologisch Studien üeber die Urbewohner Brasiliens* (Braunschweig 1897) coloca os *Carajás* entre as línguas isoladas; Cf. Estêvão Pinto, *Os Indígenas do Nordeste*, I (S. Paulo 1935) 236.
3. Tinham subido com 7 mal aviadas: «Septem cimbis male instructis ê Para solvimus, et septuaginta omnino refertis, eodem reversi sumus per Fluvium Tocantins, ubi Patris Francisci Velloso tristia naufragii loca cum stupore ac timore conspeximus. Ingentes rupes sunt, quas Lusitani nostri *Cachoeiras* vocant, per quas tota fluvii maximi vis, summa celeritate, ac summo fragore ex alto in imum decident in varios in se reducta giros convolvitur, ac tandem orbes suos rursum explicans celeris ad instar sagittae profertur. Animus erat periculosum illud iter, et tot cimbarum charybdim tentare, sed quia humiliores erant aquae per latus, qua viam nobis tutiorem aperiebat, transivimus» (Bras. 9, 287v).
4. Em *Bras. 9*, 287, precisa-se mais: Êstes *Aruaquis* formaram uma Aldeia no Pará, dependente da Residência do Espírito Santo, da Ilha do Sol (hoje Ilha de Colares); Cf. Bett., *Crónica*, 290; deve referir-se a êstes Aruaquis a *Carta Régia, de 9 de Setembro de 1684*, ao *Bispo do Maranhão para que dê cumprimento às ordens*

Os *Caatingas*, tanto nas suas terras como no Pará, diziam que não tinham descido senão por amor dos Padres. Alguns anos antes tinham fugido para suas terras, quando viram os seus Padres expulsos pelos Portugueses [1661]; e agora voltavam porque os tornavam a ver diante dos seus olhos. Não posso deixar de referir o que sucedeu no sertão com os *Carajás*. Iam êles em 25 canoas bem armados com seus arcos e flechas e outras armas de guerra. Apenas viram chegar os Portugueses, empunharam as armas, e puseram as canoas em posição de guerra, mas logo que advertiram que vinham também Padres da Companhia de Jesus, remando com mais fôrça atiraram os arcos a meus pés e rodearam-nos, e, para darem mostras de sua confiança e generosidade, não tornaram a pegar nas armas, vindo oferecer os seus pequenos presentes, aos quais eu correspondi com os que permitia a minha pobreza».

Gonçalo de Veras pediu à Câmara do Pará que ao menos desse a farinha para sustentarem aquêles índios. Não deu. E teve êle que prover. Ajudou-o o Reitor do Colégio, Bento Álvares, e o Vigário do Pará, «homem muito liberal para com os pobres»[1].

14. — Depois desta grande entrada cessaram as notícias nêste rio, referentes aos Jesuítas, que se ocuparam noutros sectores. Mas ainda nêste rio fizeram uma entrada em 1721-1722, a chamado dos Índios *Jaguaris* e *Tocaiúnas*. Foram a ela os Padres Manuel da Mota e Jerónimo da Gama[2].

---

régias sobre a repartição dos índios, declarando que incompetentemente tomou alguns da Aldeia dos Aruaquises, que nunca foi da repartição, Bibl. de Evora, cód. CXV/2-18, f. 88v.

1. Gonçalo de Veras dá estas notícias a Bettendorff, que as traduziu para o latim (e nós agora retraduzimos para português) na sua *Carta Ânua* de 21 de Julho de 1671, *Bras.* 9, 303-303v; cf. *ib.*, 265-266. A região era habitada por 17 nações, diz Gonçalo de Veras, e entre elas nomeia 12: *Caatingas, Poquises, Tembeucaçus, Guarajus, Tocoanhus, Mocuras, Carajauaçus, Nambiquaruçus, Carajás, Carajapitangas, Oquituiaras* (ou *Quitajarases*), *Aruaquises*. Os *Carajás*, com quem fêz as pazes, diz que eram «viri robustissimi gigantea statura» (*Bras.* 9, 287). Os *Naimiguaras, Naimiquaras* ou *Nambiquaruçus*, tem hoje a denominação de *Nambiquaras*. Mas sôbre a aplicação dêste nome a povos diversíssimos, cf. Roquette-Pinto, *Rondonia*, 4ª ed. (S. Paulo 1938) 49.

2. Cf. *Real Ordem de 25 de Fevereiro de 1722, mandando ao Governador João da Maia da Gama que dê ao P. Manuel da Mota, soldados e índios, do Pará, para a Missão do Tocantins, a chamado dos Jaguaris e Tocaiúnas, que pediam Padres da Companhia e que era necessário para se fazerem cristãos e vassalos seus*. — *Anais*

Além dos *Tocaiúnas* ou *Taquenhunas* e *Jaguaris* ou *Guararises*, citam-se mais os Índios *Oroeporás*, coisa nova, diz André de Barros, que êles descobriram e praticaram [1].

15. — Desta missão e Índios se formou a *Aldeia da Taboca* ou *Itaboca* na margem do Tocantins. Mas dando logo a peste nos Índios, o P. Arnolfini, que os aldeara, levou os sobreviventes para junto de Mortigura [2].

Com ela se fechou a actividade dos Jesuítas, no Rio Tocantins, intensa e importante, não tanto sob o aspecto de aldeiamentos, como de penetração e descida de Índios, que deixando os costumes bárbaros, ingressaram no convívio dos brancos e da civilização, no sentido especial que se deve dar a esta palavra naqueles tempos e lugares [3].

---

do Pará, I, 193-194; Bibl. de Évora, Cód., CXV/2-18, f. 602v. A 30 de Dezembro de 1724 o P. Geral agradece ao Governador Maia da Gama, o favor que dá à «nova missão que se abre no Rio dos Tocantins», *Bras. 25*, 24v.

1. Barros, *Vida do P. Vieira*, 91.

2. Caeiro, *De Exilio*, 493; Morais, *História*, 499; BNL, fg. 4516, *Apontamentos*, 170. Com o nome de *Aldeia do Tocantins*, unida à de Mortigura e Sumaúma, e tôdas três sob a administração de Arnolfini, já aparece no Catalogo de 1723 e nêle persevera até 1735 (*Bras. 26*, 23v). Em 1730 constava de 436 índios (*Bras. 10 (2)*, 338).

3. Conserva-se em Évora, datada de Abacaxis, 20 de Maio de 1727, a relação desta última entrada: «Breve relaçãc da entrada, que o R. P. Manuel da Motta, da Companhia de Jesus, fez pelos rios Tocantins e Taquanhunes na era de 1721 para 1722, sucessos que teve, gentes que desceo, e deixou praticadas, as quais foram ao depcis glorioso emprego dos trabalhos, que com ellas padeceo o R. P. Missionário Marcos Antonio Arnolfini», Bibl. de Évora, cód., CXV/2-11, f. 332-345. Entre as fontes para a *Historia Proprovinciae Maragnonensis*, citadas por Matias Rodrigues, há a seguinte: *Detectio Fluvii Tocantis a P. Emmanuele da Motta* — Descobrimento do Rio Tocantins pelo P. Manuel da Mota (*Bras. 27*, 1).

José Morais dá um resumo desta entrada e refere-se ao apontamento «que nos deixara» o P. Mota e a outros, «que nos deixara o P. Jerónimo da Gama, meu mestre que foi, e que viajou com suas peregrinações por mar e por terra, quanto vai do Cabo do Norte, e Rio das Amazonas até o Rio da Prata, cabo do Sul, limites do dominio Português nas partes da América. Êste missionário, sendo-o da tropa em que era cabo Domingos Portilho, o mais insigne sertanista que teve o Estado» recuperou a saúde ao chegar ao Rio da Saúde, entrando depois no Rio Tacaiúnas (Morais, *História*, 472-473).

Na Bibl. de Évora, cód. CXV/2-14, nº. 23, segundo referência de Cunha Rivara, I, há uma *Notícia das Missões dos Jesuítas no Maranhão, desde 1712 a 1757*, autógrafo do P. Jerónimo da Gama, datado do Funchal, 20 de Abril de 1757. Talvez se refira a esta *Notícia* o P. José de Morais.

CAPÍTULO VIII

Gurupá e rio Xingu

1 — *Luiz Figueira em Muturu (Pôrto de Mós); 2 — Reflexos em Gurupá do Motim de 1661; 3 — Aldeias do distrito de Gurupá; 4 — Aldeia de Itacuruçá (Veiros); 5 — Aldeia de Piraviri (Pombal); 6 — Aldeia de Aricari (Sousel); 7 — Entradas ao Rio Xingu.*

1. — No braço sul do Rio Amazonas, fica a fortaleza de Gurupá. À sua roda se agruparam algumas Aldeias de Índios que se espraiaram Xingu acima, até Maturu, ou Muturu, hoje Pôrto de Mós. Na fortaleza de Gurupá trabalharam e estiveram muitas vezes os Jesuítas, mas não tiveram nem quiseram ter casa própria. Negaram-se expressamente a aceitá-la, quando o Capitão Manuel Guedes Aranha, por volta de 1690, a pediu. Nem por isso Gurupá deixou de ser ponto de escala e de andar imiscuída à vida dos Jesuítas, nesta região, e nem sempre em colaboração com êles...

Em Abril de 1636 o P. Luiz Figueira, acompanhado do Ir. João de Avelar estêve nesta zona, primeiros Jesuítas que a visitaram.

Era Capitão da Fortaleza, Pedro da Costa Favela, então ausente. O seu Alferes, com os mais Portugueses e Índios receberam-nos com afecto. Enquanto o Capitão não chegou, Luiz Figueira visitou as Aldeias dos Índios até Muturu, em uma «fermosa e desabafada chã». Figueira administrou os Sacramentos e casou o Índio Cristóvão, «mancebo mui engraçado e de bom natural, discípulo dos Padres de Santo António». A noiva, moça gentia, catequizou-a o Padre Figueira e a baptizou, antes de celebrar o matrimónio cristão, na igreja, que o Padre ali achara [1].

---

1. Nisto se corrige a Lúcio de Azevedo, *Os Jesuítas no Grão Pará*, 47, onde diz que o P. Figueira deixou «igreja e residência levantadas», e a Barata, *Efemérides*, 193, que dá o P. João Maria Gorzoni como fundador de Maturu. Cf. James

Em presença de Luiz Figueira ergueu-se uma grande Cruz defronte da igreja. E dispunha-se já a regressar, quando as índias o rodearam e cercaram:

— «*Não te vás, Pai, não te has-de ir; não nos deixes sem remédio; já te temos aqui*».

E a isto acrescentavam mil razões, a que o Padre tornou a dar as suas já dadas, e outras de novo. E dizia:

— *Deixai-me já, filhas, já vejo e sei quanto desejais de ter Padres e mestres, isto mesmo direi aos meus Padres para que gostem de vos vir consolar e ensinar; bastam já estas mostras que tendes dado; deixai-me ir.*

E com isto forcejou o Padre para se ir, mas debalde, porque o tinham fortemente prêso, e não contentes com isso, uma delas disse às outras:

— *Levantemo-lo e levemo-lo.*

Nisto as que estavam pegadas no Padre, que eram tôdas as que podiam chegar a êle, umas pela cintura, outras pelos braços, outras pelos pés, mas com tôda a composição e decência, o levantaram direito no ar, e o levaram até à porta da Igreja, aonde se tinha levantada a Cruz; e o terreiro todo cheio de gente da mesma aldeia, e de outras e dos remeiros da canoa do Padre, todos vendo o espectáculo. Nêste passo, molestado já o Padre da importuna piedade destas índias, fala alto aos Índios, estando ainda nos ares, dizendo:

—*Filhos, acudi-me, livrai-me destas.*

Então bradaram muitos dizendo:

— *Ora basta já, basta já!*

E com isto puseram o Padre no chão, e o largaram, o qual então, com boas palavras se foi andando para o pôrto donde o tinham trazido, e se foi embarcar com a maior pressa que a modéstia permitiu».

Em Gurupá já encontrou o Capitão Costa Favela que «festejou muito sua estada e vinda».

A. Williamson, *English Colonies in Guiana and the Amazon* 1604-1668, Oxford, 1923: no mapa *Settlements on the Amazon*, 1602-5, aparece Maturu da seguinte forma *Orange (Materu)*. Barata leu em Morais que os Jesuítas tiveram as Aldeias da bôca do Xingu «umas de visita e outras de residência. E esta de Maturu fundara o P. João Maria Gorzoni» (*História*, 506). «Esta» deve entender-se «Residência», não «Aldeia». A conquista de Maturu aos Holandeses em 1623 por Luiz Aranha de Vasconcelos, jornada de que foi capelão o Padre de S. António Fr. Cristóvão de S. José, narra-a pormenorizadamente, Fr. Agostinho de Santa Maria, *Santuário Mariano*, IX, 381-386; e transcreve-a Rodolfo Garcia em anotação ao *Diário do Padre Samuel Fritz*, na Rev. do Inst. Bras, 81 (1917) 394-396.

Os Índios da Aldeia de Gurupá, antes de o Padre se retirar para o Pará, ofereceram-lhe os seus filhos:

— *«Pai, é possível que te hajas de ir e não has-de levar contigo alguns filhos nossos para os ensinares a ler e a falar português, para que nos saibam dizer o que falam os Portugueses, quando vêm às nossas casas? Leva alguns que melhor te parecer. Vê quais queres!».*

Passado o primeiro espanto, o Padre escolheu dois. Mas não era para ficarem no Pará ou Maranhão, senão para irem a Portugal. Disse-lhe o pai de um, logo apoiado pelo outro:

— *« Tu, Pai, vai à tua terra, leva êste meu filho e não to dou para o deixares no caminho, mas para o levares contigo, para que veja teus parentes os Padres, e para que veja também o Rei, e tudo o que por lá houver».*

O Capitão Pedro da Costa Favela despediu o Padre com saùdade, amizade e honra, acompanhando-o até ao pôrto e mandando disparar a artilharia do forte.

O P. Luiz Figueira não voltou. Êle, e os Padres prometidos e vindos, encontraram a morte no mar ou às mãos dos Índios *Aruãs*, mas Gurupá estêve presente nas suas negociações de Lisboa, para a organização da hierarquia, pensando em fundar ali uma paróquia com ordenado certo (40$000) [1].

2. — Só com reatamento da Missão do Maranhão em 1652 é que seria possível o cumprimento da promessa. E não se esquecia. O P. Manuel Nunes, a 22 de Maio de 1653 escreve do Maranhão para Roma: «O P. Superior António Vieira deve avisar a Vossa Paternidade do estado das coisas: eu me ando aviando para ir fundar casa no Gurupá que dista daqui pouco menos de duzentas léguas, onde está a maior fôrça da gentilidade e onde o clima é muito doentio; mas Deus é sôbre tudo; nêle espero que me dê saúde e graça, para que a tenham na alma tantos gentios e tão necessitados de quem lhes ensine a verdadeira fé e dê notícias do seu verdadeiro Deus» [2].

Ocupado porém o P. Manuel Nunes noutros ministérios, talvez só em 1655, depois que Vieira chegou do Reino, com a lei da liberdade dos Índios, de 9 de Abril, é que enviou a Gurupá «dois religiosos que

---

1. S. L., *Luiz Figueira*, 60-62, 65, 196-200.
2. Bras. 26, 2.

tomassem à sua conta as Aldeias daquele distrito»[1]. Levaram mais de cem Índios libertados para serem restituídos às suas terras do Rio Amazonas e espalhar a grande nova[2].

Mas o Capitão Manuel de Carvalho e o sargento-mor Lourenço Rodrigues eram já diferentes de Pedro da Costa Favela; e a boa nova, para êles, foi má. Amotinaram os soldados e o povo, e foram lançar os Missionários P. Manuel de Sousa e seu companheiro nas margens do Rio Moju[3]. Comenta Lúcio de Azevedo: «Os habitantes de Gurupá, que à sombra da fortaleza formavam uma povoação, vivendo exclusivamente do tráfico, julgavam-se pela distância fora do alcance da justiça ou talvez, mal informados, não sabiam ainda que homem era o Governador».

André Vidal de Negreiros pôs côbro ao abuso, desterrando os dois responsáveis militares para o Brasil e os soldados para a Índia, livrando Vieira a êstes de maiores castigos[4]. Nesta reacção contra a lei da liberdade dos Índios tiveram mais parte os capitães e soldados que o povo, e daí em diante Gurupá ficou porta-franca para a passagem e actividade dos missionários e até lugar de refúgio em que resgatou ou desmentiu a acusação que anotou Lúcio de Azevedo. E por um caso semelhante, de liberdade dos Índios, defendeu a liberdade dos Padres. No Motim do Maranhão e Pará de 1661 acolheram-se vários ali, e o Capitão-mor Paulo Martins Garro, o Ouvidor, e outros, bizarra e generosamente os defenderam, até que em 1662 vieram de Belém e os levaram. Mas, como sempre, os Jesuítas não tardaram a voltar, para prosseguir a obra da catequese.

3. — O estabelecimento efectivo dos Jesuítas nesta região começou com o P. Salvador do Vale e o P. Paulo Luiz, enviados por António Vieira.

Salvador do Vale «fêz a igreja da Residência de Nossa Senhora do Destêrro em a Aldeia de Tapará, ficando-lhe a de S. Pedro junto à Fortaleza de Gurupá»[5].

---

1. O P. Manuel de Sousa e seu companheiro, diz André de Barros, *Vida de Vieira*, 203.
2. *Cartas de Vieira*, 448-449.
3. Vieira, *Resposta aos Capítulos* (7º).
4. Lúcio de Azevedo, *Os Jesuítas no Grão-Pará*, 80; *História de António Vieira*, 306.
5. Bett., *Crónica*, 89.

Pelo modo de falar de Bettendorff, isto devia passar-se em princípios de 1656, pouco depois de Vieira voltar de Portugal. Na realidade foi em 1660. Narra o mesmo Cronista que indo aos *Pauxis* o P. Salvador do Vale e o P. Paulo Luiz desceram 600 Índios os quais se puseram «em um sítio novo e aprazível, que está em a bôca do Rio Xingu e das Amazonas». Enquanto se situavam os Índios, ambos os Padres adoeceram e ao parecer mais gravemente o P. Vale.

Veio da fortaleza o Capitão Paulo Martins Garro com muitos soldados para visitarem o Superior P. Vale, mas mudaram-se as sortes e sucumbiu Paulo Luiz. E vendo a morte trocada, acompanharam-no, «carregando-o até à sepultura» e foi disposição do céu, diz Bettendorff, «que todos se achassem presentes aquela tarde em a Aldeia, sem serem avisados, como acaso, para que seu servo tivesse honra de sepultura em a igreja de Nossa Senhora do Destêrro da Aldeia de Tapará»[1].

Bettendorff não indica o ano, mas consta que o P. Paulo Luiz faleceu em 1660[2]. Parece inferir-se que aquêles Índios *Pauxis* se não situaram propriamente em Tapará, mas perto, talvez em Boavista, pois se não estiveram presentes aquêles homens, o Padre não teria as honras de ser sepultado na igreja de Nossa Senhora do Destêrro, de Tapará. Nessa ou noutra, tudo na mesma região. Descrevendo-a já depois que ela tinha passado à administração dos Padres da Piedade, José de Morais cita por esta ordem: Arapijó (Carrazedo), Caviana (Vilarinho do Monte), Boa-Vista, Tapará e Muturu (Pôrto de Més); e acrescenta: «Tôdas estas Aldeias foram primeiro dos Padres da Companhia, umas de visita e outras de residência»[3]. Acrescente-se a estas, a Aldeia de S. Pedro, junto à fortaleza. E tôdas possuiam igreja e casa, mas pela sua proximidade umas das outras, só numa viviam de assento os Missionários, ora em Tapará, ora em Muturu, e nem sempre seguidamente, por falta dêles. Nêste caso eram visitados ou dos Missionários dos *Nheengaíbas* ou do Xingu, ou vice-versa. E, com elas, em 1678 a Aldeia de S. Aleixo dos *Coanises*, Índios da margem esquerda em frente de Tapará, no igarapé que unia o Xingu ao Amazonas[4].

---

1. Bett., *Crónica*, 125-126, 178.
2. *Livro dos Óbitos*, 3.
3. Morais, *História*, 505-506.
4. *Bras.*, 9, 289; *Bras.*, 26, 53; Bett., *Crónica*, 326.

Em 1665 era missionário do Tapará o P. João Maria Gorzoni, e, à sua jurisdição tinha 12 Aldeias que visitava [1]. Entre elas estavam as do Xingu, e daqui se podem datar as casas da Companhia em Maturu fundadas por êle, e os primeiros albores de Itacuruçá, já visitadas por outros antes dêle, como em 1661, Tomé Ribeiro e Gaspar Misch [2].

Depois de 1670 Tapará decaiu em pouco tempo. A actividade missionária ia-se internando mais pelo Xingu acima, onde, distante da fortaleza, se desafogava mais a vida e era mais fácil a catequese. Os Padres realmente não eram suficientes para atender a tantas Aldeias que cada dia se constituíam. Bem pedia o Superior da Missão que lhe enviassem Padres do Brasil ou da Europa. Não os havia. E Francisco Veloso avisa melancolicamente que se vão deixando as Aldeias: «No Gurupá, tôdas, sendo uma residência de muita importância e de muitas conseqüências» [3]. Em 1678 não havia no Gurupá nenhum missionário [4]. Por isso, não podendo o Superior satisfazer ao pedido do Capitão Manuel Guedes Aranha, que lhe pediu Padres para a sua fortaleza, o Capitão recorreu a Portugal e obteve Religiosos da Piedade a quem fundou Hospício em Gurupá, e sob cuja administração, depois da repartição geral das Aldeias em 1693, ficaram as desta região, desde Tapará a Muturu. Mas já então estava fundada a Aldeia de Itacuruçá.

4. — A *Aldeia de Itacuruçá*, orago S. João Baptista, foi a Aldeia principal dêste rio e chamava-se ordinariamente *Aldeia do Xingu*. A sua fundação atribue-se expressamente ao P. João Maria Gorzoni.

---

1. *Bras 26*, 13v.
2. Bett., *Crónica*, 155; *Cartas de Vieira*, I, 592. Gorzoni, italiano da diocese de Mântua, chegou ao Maranhão em 1659. Em 1660 veio para o Pará e no ano seguinte passou a trabalhar com os *Nheengaíbas*, sendo pouco depois envolvido no Motim do Pará e embarcado para Portugal. Voltou em 1662. Ensaiou o govêrno no Colégio do Maranhão, mas revelando pouco jeito para êsse ministério, dedicou-se às missões em diversas Aldeias, sobretudo no Xingu, onde estava em 1698 quando Bettendorff redigiu a sua *Crónica*, «têso como se fôra moço, sendo de setenta e três anos de idade ou pouco menos» (*Crónica*, 223). Tinha nascido em 1627 e faleceu no Colégio do Pará a 10 de Outubro de 1711. «Grande Missionário», *Livro dos Óbitos*, 7.
3. Carta de 26 de Junho de 1673, *Bras.* 26, 31.
4. *Bras.* 26, 51.

Bettendorff durante o seu superiorado (1690-1693) visitou-a, e diz que no Xingu achou os Padres António Vaz e Gorzoni, mas êste mal contente por Manuel Guedes Aranha lhe ter desmantelado a Aldeia: «Tinha o P. João Maria com o seu incansável zêlo feito uma Aldeia muito estendida e populosa, em um alto sôbre o Rio Xingu, e ajuntando muitos Índios de várias nações, que com o P. António Vaz, seu companheiro, ia doutrinando em uma igreja nova, muito capaz, alevantada para êste fim». Mas indo ao Rio Negro, à volta achou que o Capitão-mor da fortaleza de Gurupá, Guedes Aranha «sem mais autoridade que a sua, tomou parte dos Índios da Aldeia do Xingu, já feita e acabada pelo P. João Maria, e a mudou para uma Aldeota mais abaixo, chamada *Muturu*, da qual com êste acrescentamento e os de outras Aldeias dos Padres, além de uns poucos tirados do sertão, que depois fugiram muitos, fêz uma grande bastante, pondo-lhe um homem branco para a governar contra as leis de Sua Majestade, com que teve o P. João Maria algum desgôsto com êle»[1].

Para evitar contendas, retirou-se da Aldeia, e ficou o P. António Vaz, que em breve a reconstituiu[2].

Infere-se desta narrativa que o P. Gorzoni fundou a Aldeia de Itacuruçá, em ano indeterminado, todavia não muito antes de 1690, quando a deixou «já feita e acabada», o que denota não ser coisa antiga. A Aldeia tomou grande incremento depois dêste debate, prolongado até à completa decisão da Côrte que em 1694 determinou que o Xingu, a partir de Itacuruçá, continuasse a ser zona missionária dos Padres da Companhia[3]. Em 1695 retomou-se a Aldeia que em 1730 constava de 878 Índios, e mais 76 catecúmenos[4]. Era então

---

1. Aquêles «poucos Índios tirados do sertão» aparecem nas queixas de Guedes Aranha transformados em «muitas Aldeias». Cf. «Carta Régia, de 19 de Fevereiro de 1691, ao Governador António de Albuquerque Coelho de Carvalho, para que mande reedificar o convento, que antes houve na Fortaleza de Gurupá, para nêle se recolherem os Padres da Província da Piedade, ou Carmelitas Descalços, que El-Rei lá manda por Missionários; por se queixar Manoel Guedes Aranha, Capitão da dita Fortaleza, que os Missionários da Companhia lhes embaraçam e prohibem as muitas Aldeias de Índios, que com grande despeza de suas fazendas têm reduzido e contratado se desçam para junto daquela Fortaleza». Bibl. de Évora, cód. CXV/2-18 f. 143v.
2. Bett., *Crónica*, 489-491; *Bras.* 9, 428v.
3. Bett., *Crónica*, 573, 580-581.
4. *Bras.*, 10 (2), 338.

missionário o P. Mazzolani, que ali estava desde 1718 em substituição do P. Orlandini, falecido o ano anterior [1]. O seu último missionário foi Cristóvão de Carvalho [2]. Retirando-se, Itacuruçá recebeu o nome de *Veiros*, que hoje é «simples expressão geográfica» [3].

5. — A *Aldeia de Piraviri* formou-se, desdobrando-se a *Aldeia de Itacuruçá*, para separar Índios de nações diferentes que, juntos naquela Aldeia, brigavam entre si. Ainda não estava fundada em 1723 e diz Morais que se erigiu em 1730 [4]. Mas fundou-se em 1727, talvez pelo Padre António Vaz, falecido no Colégio do Maranhão em 1728 e do qual já se diz que foi Missionário «da Aldeia de Piraquiri no Xingu» [5]. Missionaram aquí, entre outros, os Padres Sebastião Fusco e Manuel Afonso, que para ela desceram os *Curibaris* [6].

A Aldeia em 1730 contava 733 Índios, e mais o elevado número de 345 que eram catecúmenos, isto é, não cristãos ainda, recentemente descidos das brenhas [7]. Vinte e um anos depois, eram 921. E contavam-se entre êles os selvagens *Muruãs* que puseram em perigo de vida o seu missionário. Em 1755 pôs-se a Aldeia mais em forma. Edificaram-se casas para os missionários e Índios e um trapiche para utilidade pública [8]. Possuía boa igreja e imagens. Aparece com outros nomes: *Piraquiri, Piriquiri, Pirauveri*...

Em 1758, chamaram-lhe Pombal, e prosperou tanto que dela diz actualmente Manuel Buarque: «Passamos Pombal, que já foi vila, e agora é tapera» [9].

---

1. *Bras. 26*, 219; *Bras. 27*, 48.
2. Caeiro, *De Exilio*, 447.
3. Manuel Buarque, *Recordações do Xingu* (Pará 1940) 35; Carlos Borromeu, *Antigas Aldeias no Rio Xingu* (Pôrto de Mós — Xingu 1940) 5-7, onde agrupa diversas notícias de interesse local. Em 1938 achou êle, na capelinha arruinada, a imagem de S. João Baptista, «obra artística antiga, estilo português».
4. Morais, *História*, 506.
5. *Lembrança dos Def.*, 7.
6. Caeiro, *De Exilio*, 493; cf. Morais, *História*, 504.
7. *Bras.* 10(2), 338.
8. *Litterae Annuae Missionis Piraquiri de anno 1755 in 56*, do P. Lourenço Kaulen, *Bras*, 10, 481-484v.
9. Manuel Buarque, *Recordações do Xingu* (Pará 1940) 35; Carlos Borromeu, *Antigas Aldeias no Rio Xingu* (Pôrto de Mós — Xingu 1940); Morais, *História*, 198; Palma Muniz, *Limites Municipais*, 732.

6. — A *Aldeia de Santo Inácio de Aricari* (*Aricá, Aricará*) última de Xingu, ficava na margem esquerda acima de Piraquiri, e achamos o seu nome pela primeira vez no catálogo de 1723 [1]. Mas deviam-na ter fundado os Jesuítas alguns anos antes (não muitos). Em 1730 contava 970 Índios cristãos e 182 catecúmenos [2]. A esta Aldeia incorporou depois, em 1736, o P. Luiz de Oliveira, os *Jurunas* «ferocíssimos e antropófagos vorazes», como se exprime o Geral, congratulando-se com êle [3]. Mas não perseveraram e deve referir-se a êste facto o que escreve João Daniel: «Entre as muitas nações do Amazonas, que comem carne humana é muito abalizada a nação *Juruna*, cujas povoações são nas matas do Rio Xingu, coisa de 15 dias de viagem. [...] É esta nação das mais marciais, têm muitas outras contrárias com que pelejam, cujos prisioneiros codeam e guardam o unto dos mesmos em panelas para têmpero dos mais guizados. Têm outro distintivo das mais nações, indicado no seu nome de *Jurunas*, que é terem as bôcas pretas, porque *Jurú* quer dizer bôca, e *una* significa preta. Além das bôcas pretas, também o são as barbas e meio rosto ou meias faces: fazem êste seu distintivo, quando meninos, com tinta bem preta, e sabem embuti-la ou introduzi-la na carne com tanta arte que nunca se tira nem perde a sua viveza até à morte, parecendo natural e nada artificial. Pois de tal modo se têm intrincado e co-naturalizado na carne, que não é possível tirar-se, por mais esfregações que lhe façam e remédios que apliquem; e o que mais é, que ainda que se esfole a pele, como já têm feito alguns, que têm descido dos matos para o cristianismo, por se verem envergonhados entre os mais, sempre a bôca e faces perseveram negras. Muito preciosa e prezada seria pelas donas brancas e europeias esta tinta e indústria de a aplicar, para com ela perpetuarem os sinais pretos que tanto apetecem, e com que não sei se enfeitam ou se afeiam os seus carões: talvez que no discurso da obra a descrevamos. Foram êstes *Jurunas* praticados por um missionário e aldeados no ano [...] porém, arrependidos, por inconstantes, determinaram voltar para as suas matas; talvez por saùdades das suas caçadas e pingues olhas da saborosa carne dos seus contrários. A ocasião e pé que os motivou a repedarem foi ter o dito seu

---

1. *Bras. 27*, 48.
2. *Bras. 10* (2), 338.
3. Carta de 11 de Fevereiro de 1737, *Bras. 25*, 78v; Caeiro, *De Exilio*, 489, fala de outros Padres e Índios que ali trabalharam.

missionário mandado alguns meninos para a cidade, ou querê-los mandar a aprender alguns ofícios mais precisos nas povoações; e também com intento de segurar melhor os adultos, por presumir que não intentariam a fuga, por não deixar os filhos que queria o Padre fôssem como reféns. Porém, pelo contrário disso mesmo, tomaram motivo para tornarem a embrenhar-se nas suas matas; e para não irem sem matalotagem ajustaram fazê-la das carnes do mesmo Padre, de um Branco que estava na sua companhia, e de alguns Tapuias mansos que tinha consigo.

Houve porém um que, com ser da mesma nação, achou deformidade no intento dos mais, e ocultamente avisou o missionário, que sem mais demora atou às de vila Diogo com o dito branco e dois Índios mansos, por um atalho de terra, em que por três dias nada comeram, e só se deram por seguros de irem ao atalho, e serem comidos, quando já vizinhos a uma missão antiga. E vendo os *Jurunas* com a fuga do Padre estar descoberta a sua traição, receando que fôsse alguma tropa castigá-los, também se puseram em apressada fuga» [1]. O último missionário de Aricari foi o P. Manuel dos Santos, que fundara a Aldeia do Javari [2]. Aricari recebeu em 1758 o nome de *Sousel*, vila de Portugal. Decaiu logo, e em 1864 a povoação mudou-se para o lugar de Cruajó, na outra margem do Xingu, em frente, que passou a chamar-se Sousel, ou Sousel-o-Novo, em oposição ao outro Sousel ou Sousel-o-Velho. Em 1938 encontrou-se nas ruínas da antiga Residência e Igreja dos Jesuítas, que era das melhores nas Missões, um Crucifixo, considerado na região como relíquia preciosa e conhecido com o nome de «Cristo de Aricari» [3].

---

1. João Daniel, *Tesouro Descoberto* na Rev. do Inst. Bras., III, 172-173.
2. Caeiro, *De Exilio*, 447.
3. Morais, *História*, 198, 506; Carlos Borromeu, *Antigas Aldeias do Rio Xingu*, 3; Teodoro Braga, *Corografia*, 551, que diz que «do aldeamento dos Índios, fundado em 1639 pelos Padres da Companhia, vem a origem de Município». Vem dos Jesuítas, não dêsse ano. Do Município de Sousel se formou mais tarde o de Altamira. Palma Muniz, procurando estabelecer as origens de *Altamira*, escreve: «O lugar foi criado com as antiquíssimas missões dos Jesuítas, os primeiros pioneiros da civilização que venceram por terra a Volta Grande do Rio Xingu. A data dessas primeiras excursões deve ser fixada antes de 1750». Passado mais de um século, retomaram a missão os Padres Capuchinhos. E com esta «missão restauraram-se os fundamentos da actual *Vila de Altamira*» (Palma Muniz, *Limites*, 99-100).

7. — Das entradas dos Jesuítas feitas ao Rio Xingu ficou memória de algumas.

A de Luiz Figueira e João de Avelar em 1636, que se distinguiu não pela penetração, mas pela prioridade, pois aqui nêste rio se iniciou a catequese jesuítica da Amazónia. O trabalho de penetração operou-se gradativamente, por diversos missionários, até que em 1668 o P. Pero de Pedrosa e o Ir. António Ribeiro foram mais longe. Da fôlha de serviços de Pero de Pedrosa consta, como vimos ao tratar do Ceará, que foi «o primeiro português que penetrou o sertão dos Índios *Tacanhapes*, navegando o formidável rio dos *Juruinas*, na Capitania do Pará, em que gastou dois meses»[1].

Estavam de volta no dia 18 de Setembro de 1668[2].

A formação das novas Aldeias do Baixo Xingu teria suscitado outras entradas a buscar Índios para as abastecer. João Maria Gorzoni, que voltava às missões de Xingu, escreveu ao Geral que esperava baixar 15 Aldeias[3]; e tinha mandado «seis embaixadores aos *Jurunas*, nação pouco distante do Xingu, para se descerem, conforme tinham dado esperanças, mas foram traídos e mataram os enviados, os quais tinham ido às suas terras com confiança de amigos, por terem então parentes seus em a Aldeia de Xingu»[4].

Também pouco antes de 1726 subiu êste Rio, numa tropa de resgates, o P. Francisco Cardoso[5].

A última expedição ao Xingu, por Padres da Companhia, realizou-a o P. Roque Hundertpfundt, à roda de 1750: «Subiu, acima das primeiras e mais dificultosas cachoeiras, cinco semanas de viagem, que, pela dificuldade das cachoeiras, poderão ser sòmente 150 léguas»[6].

O Jesuíta, que ia a serviço da catequese, encontrou os Índios *Curibaris*, *Jacipoias*, no interior do Rio Iriri, e depois voltando e con-

---

1. Cf. supra, p. 34.
2. *Bras.* 9, 259-260; Bett., *Crónica*, 276-277.
3. *Bras.* 26, 184; Bettendorff diz que eram vinte da nação *Curabares* e se não chegaram a descer por o impedir um tal Manuel Pais que, por alí andava na colheita de cravo (*Crónica*, 490).
4. Bett., *Crónica*, 490.
5. Bibl. de Évora, cód., CXV/2-12, 138.
6. BNL, fg. 4516, *Apontamentos*, 172.

tinuando viagem, encontrou-se entre os *Jurunas*, que lhe comunicaram que daí a 60 léguas tinham visto bois, cavalos, e ovelhas... a civilização que subia pelo outro lado [1].

---

1. Id., *ib.;* Morais, *História*, 504, 505, que é, à letra o mesmo dos *Apontamentos*, com uma ou outra palavra diferente. Morais diz que o Xingu é navegável por *três* meses; nos *Apontamentos*, lê-se *dois*. Em Morais, *margens* do rio; nos *Apontamentos*, *bordas*. E pouco mais. Octaviano Pinto dá o P. Roque Hundertpfundt como «primeiro explorador do Xingu», numa lista que inclue Carlos von den Steinen e vem até 1897, com Henri Coudreau (*Hidrografia*, 315). Como se vê pelos documentos, a primazia cabe a Pedro de Pedrosa.

CAPÍTULO IX

Rio Tapajós

1 — Primeiros Jesuítas no Tapajós; 2 — Fundação da Aldeia dos Tapajós (Santarém) e reminiscências do «matriarcado» amazónico; 3 — Iburari (Alter do Chão); 4 — Arapiuns ou Cumaru (Vila Franca); 5 — S. Inácio (Boim); 6 — S. José de Maitapus (Pinhel); 7 — Santa Cruz e Aveiro; 8 — A «Breve Notícia».

1. — O Rio Tapajós foi reconhecido pela primeira vez em 1626 por Pedro Teixeira, em companhia de Fr. Cristóvão de S. José, insigne capucho de Santo António. Já então os índios do Tapajós tinham relações com os Castelhanos, que desciam o Amazonas. Mas a colonização propriamente dita começou com a catequese dos Jesuítas, diz Palma Muniz, o qual acrescenta que os estabelecimentos dos Jesuítas no Tapajós «foram notáveis pelo seu progresso e desenvolvimento»[1].

Devem ter passado pela bôca dêle Francisco Veloso e Manuel Pires em 1657, e no ano seguinte o P. Francisco Gonçalves e o mesmo Padre Pires, na ida ao Rio Negro. Todavia, o primeiro Jesuíta que a história deve registar, como indo expressamente ao Tapajós, foi António Vieira, no primeiro semestre de 1659. Lúcio de Azevedo faz do Gurupá, limite das entradas de Vieira ao Amazonas: «Quando muito a foz do Rio Xingu, aonde tinha mandado súbditos: o rio na corrente íntegra, limpo de margem a margem, e antes de se dividir em dois braços, entre os quais fica o Arquipélago de Marajó, é duvidoso que jamais visse»[2].

---

1. Palma Muniz, *Limites Municipais*, 308, 663-664.
2. Lúcio de Azevedo, *História de A. V.*, I, 288.

Vieira viu o Amazonas, limpo de margem a margem, e chegou ao Tapajós, di-lo o próprio Vieira, levando como cabo da tropa, Manuel David de Souto-Maior[1]; e voltou do Tapajós gravemente enfêrmo, sendo viaticado, dia do Corpo de Deus dêsse mesmo ano de 1659, motivo porque que adiou algumas semanas a ida aos *Nheengaíbas*[2].

Dois anos depois enviou os Padres Tomé Ribeiro e Gaspar Misch, êste recém-chegado de Lisboa. Sairam os dois de Gurupá no dia 31 de Maio de 1661 e acharam a Aldeia dos Tapajós, com índios de seis tribus diversas. No dia seguinte ao da chegada, os Índios com mulheres e filhos vieram ofertar-lhes os habituais presentes: mandioca, milho, galinhas, ovos, beiju, mel, peixes e carne de moquém. E por sua vez receberam as dádivas que mais ambicionam: espelhos, facas, machados, velórios, vidrilhos, etc. Os Padres celebraram a festa da Ascensão do Senhor, à portuguesa, com tiros e morteiros. Houve missa, fez-se a catequese, realizaram-se baptismos e antes de descerem ao Pará, os Padres ergueram, entre expectação e comoção geral, no terreiro da Aldeia, uma grande Cruz[3].

Passado um mês, depois das festas do Espírito Santo, chegou ao Tapajós, enviado por Vieira, o P. Bettendorff e o Ir. Sebastião Teixeira. Recebimento semelhante ao anterior. Mas o Irmão caiu em melancolia e com sezões. O Padre foi deixá-lo em Cametá e tornou a subir, levando em sua Companhia o Alferes João Correia[4].

Iniciada a catequese, acorreram também os Índios já baptizados por Tomé Ribeiro e Gaspar Misch. Ergueu-se casa e igreja de taipa de mão. O próprio Missionário pintou o retábulo de «murutim», tendo «ao meio Nossa Senhora da Conceição pisando em um globo a cabeça da serpente, enroscada ao redor dêle, com Santo Inácio à banda direita e S. Francisco Xavier à esquerda». E teria também instituído o Recolhimento da Madalena, para regeneração e preservação de moças, se as perturbações do Pará o

---

1. Vieira, *Resposta aos Capítulos*, 218; cf. S. L., *Não teria estado na Amazonia o grande missionário do Amazonas?* no «Jornal do Comércio» (Rio), 15 de Fevereiro de 1942.

2. *Cartas de Vieira*, I, 548, 561.

3. *Litterae P. Gasparis Misch, ex Para in America ad Flumen Amazonum*, 28 Julii 1662, na Real Bibl. de Bruxelas, cód. 6828-69, p. 421.

4. Bett., *Crónica*, 59, 161-163, 592.

não obrigassem a voltar em breve¹. Quando mais tarde tornou a passar no Tapajós explica melhor que a Residência erecta em 1661, se chamava *Residência de Santo Inácio*, e que à Missão Geral do Rio Amazonas se dera o nome de *Imaculada Conceição*, ou de *Nossa Senhora da Conceição*².

2. — O missionário levava ordem de Vieira «que fizesse a Residência no outeiro onde hoje [êste hoje são 37 anos depois, em 1698] está a fortaleza, e chegasse a Aldeia para o pé do monte. Tudo se intentou e roçou-se o monte, deixadas as duas árvores que até o presente com êle se vêem, e chegou-se a Aldeia para ela, mas não do meu tempo», que o impediu aquêle motim³. Não tardou porém a cumprir-se a ordem de Vieira, ligado assim à primeira página urbana da que havia de ser depois cidade de Santarém. Em Agôsto de 1665 a Aldeia dos Tapajós já era a mais importante das Missões do Pará, caminho por onde os Portugueses passavam nas suas entradas ao Solimões e Rio Negro. Era missionário dela então o mesmo, que citamos em 1657, Padre Manuel Pires, o «Clérigo de Paredes, homem santo»⁴.

Entre os Índios do Rio Tapajós merece figurar na história o nome de Maria Moaçara, principalesa, repetidamente mencionada nos começos da civilização dêste rio. Era esta índia quem governava o Tapajós, e tratando-se do Rio das Amazonas é sugestivo. Não nos detemos com a lenda das *Amazonas*, já suficientemente estudada. Mas parece-nos ver nêste caso, aliás repetido nesta região, uma reminiscência do matriarcado primitivo. É uma índia, Tomásia, mulher de Alexandre, que em Gurupatuba moveu o P. António da Silva, a ir ver, doutrinar e baixar os Índios seus parentes⁵; foi uma índia que matou o P. Carmelita que tinha violado a correspondência de Vieira, e capitaneou os Índios, que êle trazia, e com êles voltou para o sertão⁶; a uma índia, Juliana, se encomendou a direcção de uma

---

1. Bett., *Crónica*, 169, 172.
2. *Bras.* 9, 263.
3. Bett., *Crónica*, 173.
4. *Bras.* 26, 13v-14.
5. Bett., *Crónica*, 325.
6. Bett., *Crónica*, 236-237.

fazenda no Pará¹; e já no Itapicuru encontramos outra principalesa².

Maria Moaçara, do Tapajós, foi de tôdas a mais reputada nos anais da Companhia. Quando Bettendorff passou nessa Aldeia, em 1669 estava ausente a *Cunhã Moaçara*. Diz que a tinha casado dez anos antes com o índio Roque, falecido nêsse intervalo. Voltando do Alto Amazonas, o Padre já a achou na Aldeia. Nela havia também um índio, que era o chefe ou sargento-mor dela, com quem ela se poderia casar. Mas ela, como vestia à portuguesa, já não queria casar com índios, e andava de mal com o sargento-mor. Era o «matriarcado» primitivo a desdobrar-se no instinto feminino da elevação a um estágio reputado superior. Dois anos depois, Maria Moaçara casou-se com Rafael Gonçalves, português do Brasil (três partes português e uma parte africano). Realizou o casamento o P. Pier Consalvi que narra o facto³. Maria Moaçara conservou ainda alguns anos, até à morte, êsse «principalado», que passou ou se quis passar por linha feminina, a uma parente sua, próxima⁴. Caso digno de registo e de estudo etnológico, nêste país das Amazonas. Não será um caso da cultura matrilinear, de que fala Schmidt?⁵.

À morte de Maria Moaçara, por volta de 1678, a Aldeia dos Tapajós chamava-se de *Todos os Santos*, e continha quatro nações principais das línguas «*Aretuses, Arapiunses* e *Tapiruenses* ou *Serranos*»⁶.

Esta denominação de *Todos os Santos* é singular e vê-se a mobilidade destas denominações, *Santo Inácio, Todos os Santos, Nossa Senhora da Conceição*... Esta última, Nossa Senhora da Conceição, que a princípio tinha por âmbito regional, todo o Baixo Amazonas, prevaleceu finalmente, como orago próprio da Aldeia.

A Aldeia dos *Tapajós* desenvolveu-se rapidamente. Com a catequese se ensinava a ler e escrever e os cantos de sempre. El-Rei

---

1. Bett., *Crónica*, 223.
2. Bett., *Crónica*, 511, 512.
3. *Bras. 9*, 290.
4. Bett., *Crónica*, 344.
5. Wilhelm Schmidt, (tr. de Sérgio Buarque de Holanda), *Ethnologia Sul-Americana* (S. Paulo 1942) 95; cf. Ângelo Guido, *O Reino das mulheres sem lei* (Porto Alegre 1937) 146.
6. *Bras. 26*, 53; cf. *Bras. 9*, 311v. *Serranos* eram os índios das Serras de Gurupatuba, cf. Heriarte, *Descrição*, 222.

D. Pedro II chegou a pensar em estabelecer nela uma Vila com Colégio da Companhia [1].

Não se fêz então Vila, mas fortaleza, e precisamente no lugar que Vieira indicara, Bettendorff roçara, e Manuel Pires ocupara. A Fortaleza fê-la o Capitão Manuel da Mota, amigo do P. João Maria Gorzoni, missionário que em 1696 já tinha construído Residência e belas hortas e estava para edificar igreja de taipa de pilão [2]. Sucedeu-lhe em 1698 o P. Manuel Rebelo, como «anjo do céu». Vinha para restaurar e aumentar a Aldeia, que de «populosíssima» que era, «se tem destruido pela muita cobiça dos moradores brancos do Estado» [3].

E longo tempo depois, em 1719, escrevia ainda o P. Jacinto de Carvalho: «Nesta residência há já mais de 23 anos que preside o P. Manuel Rebelo». E o fruto deve ter sido magnífico, porque o mesmo cronista acrescenta: «A esta Aldeia pertencem não só os *Tapajós*, mas outras nações em particular os *Arapiuns* e *Corarienses*, os quais todos são já para cima de trinta e cinco mil Cristãos» [4].

E notável a cifra de Índios, civilizados, e certamente foi êste o período mais próspero da Aldeia dos Tapajós. Não impediu que dentro dêsse período houvesse dares e tomares, e que a defesa dos Índios não revestisse também os seus perigos. Foi o que sucedeu com o P. António Gomes, um dos missionário do Tapajós, em 1706, contra quem puxou da espada o cabo de uma tropa de resgates [5].

---

1. Bett., *Crónica*, 36.
2. Bett., *Crónica*, 618; Morais, *História*, 509. Escreve Hércules Florence: «Chegamos a Santarém no dia 1º de Julho de 1828. Do pôrto avista-se o Amazonas, que aí tem duas léguas de largo. Assente na confluência dos dois rios e à margem oriental do Tapajós, é povoado bonito e bem situado em terreno plano que desce de uma rampa suave para a água. Numa eminenciazinha a E. vêem-se ainda as ruinas de um fortim construido pelos *holandeses* quando até aí levaram suas conquistas» (Hércules Florence, *Viagem Fluvial do Tietê ao Amazonas de 1825 a 1829* (S. Paulo 1942) 205. Como todos os livros de viagens há nêste muita coisa útil. A descrição de Santarém é exacta. Mas aquela falsa atribuição do fortim aos holandeses é amostra do pouco crédito que merecem em geral os viajantes quando saem fora do seu campo próprio, que é a observação directa.
3. Bett., *Crónica*, 35, 673.
4. *Bras. 10*, 204.
5. O P. António Gomes faleceu, nesta Aldeia, a 23 de Junho de 1706, não sabemos se em consequência dos ferimentos recebidos. Cf. *Livro dos Óbitos*, 6v. Em *Hist. Soc. 51*, f. 12, dá-se o dia 22 de Julho, o que denota erro de leitura no

As Aldeias dêste rio foram-se constituindo com missionários e sedes distintas. Em 1730, a *Aldeia dos Tapajós*, só a Aldeia propriamente dita, constava de 793 Índios [1].

A 3 de Julho de 1757, apresentou-se a tomar conta dela um Padre cura por ordem do Bispo Bulhões. Luiz Álvares, seu Missionário, entregou-lha, negando-se porém a dar-lhe posse jurídica e a assinar o auto, por não ter poderes de seu Superior hierárquico [2].

Em 1758 elevou-se a Vila, com o nome de *Santarém*. Pouco depois escrevia João Daniel que o Rio Tapajós tinha na sua entrada uma fortaleza sôbre rocha viva. Ao pé, uma pequena povoação de Portugueses. «Tem também quási imediata uma povoação de Índios, intitulada antes a Missão do Tapajós, hoje baptizada Vila de Santarém». É «bela paragem para uma formosa cidade, e pelo

---

nome do mês. Na Bibl. de Évora, conservam-se vários documentos referentes a esta agressão. Note-se como o «golpe de espada», que era em 1706, se transformou, em 1710, em simples «pancadas»:

a) «Carta Régia de 28 de Maio de 1706 ao Ouvidor Geral do Pará para que tire devassa, e prenda a Francisco Soeiro de Vilhena, que indo nomeado por Cabo de uma tropa de resgate puxou pela espada para dar com ela no Missionário da Aldeia dos Tapajós, o Padre António Gomes, da Companhia de Jesus», Bibl. de Évora, cód. CXV/2-18, f. 340v.

b) «Carta Régia de 16 de Abril de 1709 ao Governador do Maranhão que o Ouvidor Geral do Pará vá logo à Aldeia dos Tapajós a devassar o delicto, que cometeu Francisco Soeiro de Vilhena, dando no Padre António Gomes, Missionário da Companhia de Jesus, na mesma Aldeia», *ib.*, 412.

c) Outra, da mesma data sôbre o mesmo assunto, ao Ouvidor Geral do Pará, *ib.*, 413.

d) «Carta Régia de 2 de Julho de 1710 ao Governador do Maranhão que advirta ao Ouvidor Geral do Pará, António da Costa Coelho, o mal e demasia, com que se houve com o Padre Manuel Rebelo, Missionário dos Tapajós, quando a esta Aldeia foi tirar devassa das pancadas, que haviam dado no Padre António Gomes», *ib.*, 441.

1. *Bras.* 10 (2), 338.
2. Auto em J. Barbosa Rodrigues, *Rio Tapajós* (Rio 1875) 23. Não se julgue isto menos digno da parte do missionário. Quem sabe Direito Canónico dá-lhe razão. O Prelado hierárquico do Missionário era o Superior da Missão com quem o Bispo se devia entender previamente, e por intermédio do qual devia partir a ordem de transmissão de poderes. O Bispo, prescindindo dêle e dando ordens directas ao Missionário, atropelava os trâmites habituais do direito.

tempo adiante o virá a ser»[1]. Foi clarividente o escritor Jesuíta. Santarém é hoje cidade e das melhores e maiores do Estado.

Da igreja e antiga residência nada existe hoje. A igreja era bela e grande; a residência, anexa, em sítio aprazível, também vasta, possuía uma varanda monumental com seus dísticos latinos[2].

3. — Em 1722, menciona o Catálogo a *Aldeia de Iburari, Ibirarib, Borari, Morari*..., administrada pelo Missionário do Tapajós[3] e em 1730 contava 235 Índios[4]. A sua proximidade da Aldeia do Tapajós dificultava o sustento dos Índios, e por isso o P. Manuel Ferreira a mudou em 1738, mais para cima, sete léguas, no mesmo lado direito do Tapajós[5].

Henri Coudreau, que passou por aqui em 1895, ficou maravilhado com o pitoresco da região: «Desde o principio, a margem direita se alteia, exibindo uma série de colinas que continuam as de Santarém. A margem esquerda, primeiramente baixa, eleva-se a seguir, sensivelmente. E logo até Itaituba as duas margens oferecem alternada ou simultaneamente, paisagens de verdadeira beleza, das quais uma das mais notáveis é a da montanha de *Alter do Chão*, tronco de cone meio desnudo que se alça bruscamente sôbre a riba»[6].

A Missão de Iburari, em 1757, ficou assim a chamar-se Vila de *Alter do Chão*[7].

4. — Os Índios Arapiuns foram reduzidos e aldeados pelo P. Manuel Rebelo, pouco antes do seu falecimento em 1723[8]. *A Aldeia de Nossa Senhora da Conceição dos Arapiuns* tinha, em 1730, o elevado

---

1. João Daniel, *Tesouro Descoberto*, 2ª. P., 124.
2. Cf. no tômo seguinte desta *História* (IV) o cap. consagrado às *Belas-Letras e Teatro*.
3. Bras. 27, 48.
4. Bras. 10 (2), 338.
5. Morais, *História*, 510.
6. Henri Coudreau, *Viagem ao Tapajós*, tr. de A. de Miranda Bastos (São Paulo, s/d)16.
7. João Daniel, *Tesouro Descoberto*, 2ª. P., 124. João Daniel dá dos *Arapiuns* que tratou pessoalmente, notícias de caracter etnográfico, *ib.*, na *Rev. do Inst. Bras.*, III, 168; Palma Muniz, *Rev. do Inst. do Pará*, IV, 387; J. Barbosa Rodrigues, *Rio Tapajós*, 50, onde há mais algumas notícias que convém lêr com precaução.
8. *Livro dos Óbitos*, 10.

número de 1069 Índios. Nêste mesmo ano de 1730, cita-se a Aldeia Nova de *Cumaru*, com 166 Índios, muito menos, portanto, que a dos *Arapiuns*, mas ainda perfeitamente distinta [1].

Daí em diante aparece ora um nome ora outro, prevalecendo por fim o de *Cumaru*, em lugar sàdio e farto, diz João Daniel [2]. O P. Júlio Pereira estabeleceu nela o principal dos *Corbereís* com todos os seus Índios [3]. Depois, em 1758, chamou-se *Vila Franca*. Bettendorff não fala ainda desta Aldeia no século XVII, mas refere-se a um João *Cumaru*, Índio afamado na guerra, feito por isso Capitão-mor dos *Tupinambaranas*, já falecido em 1698 [4]. Segundo Ferreira Pena, «a matriz construída pelos Índios, no tempo dos Jesuítas, seus missionários, durou até 1848» [5]. Existiu ali grande pesqueiro [6].

5. — A *Aldeia de Santo Inácio*, no Tapajós, procedeu da Aldeia de *Tupinambaranas*. O Catálogo de 1735 ainda traz esta Aldeia; o de 1740 já a de S. Inácio. Nêsse intervalo deve ter sido a mudança. José de Morais diz que foi pelo ano de 1737 e que o P. José Lopes, para a livrar da malignidade dos ares, em que estava a Aldeia dos *Tupinambaranas*, a mudou em pêso para o novo sítio do Tapajós [7]. O novo sítio não só não era faminto, mas muito alegre, ventilado e sàdio [8].

A Aldeia tornou-se muito populosa com novos índios ali aldeiados pelo mesmo P. Lopes, e pelos Padres António Moreira e Manuel Afonso [9]. Em 1758 chamou-se *Vila de Boim*. Ainda hoje, a igreja é da invocação de S. Inácio [10].

---

1. *Bras.* 10 (2), 338.
2. *Tesouro Descoberto*, 2ª. P., 125.
3. Caeiro, *De Exilio*, 490.
4. Bett., *Crónica*, 37.
5. Ferreira Pena, *A região ocidental do Pará, Resenhas estatísticas das Comarcas de Óbidos e Santarém* (Pará 1869) 103.
6. Palma Muniz, *Rev. do Inst. do Pará*, IV, 382.
7. Morais, *História*, 510.
8. João Daniel, *Tesouro Descoberto*, 2ª. P., 125.
9. Caeiro, *De Exilio*, 490-492, que cita os nomes dêsses Índios, cuja leitura fica sujeita a rectificação. Mas de uma delas, *Gurupás*, fala também João Daniel, que conta o fim trágico dêsses índios. Fugindo da Aldeia foram morrer às mãos dos índios *Jaguins* seus contrários, *Tesouro Descoberto*, na *Rev. do Inst. Bras.*, III, 171. Êrro fácil de leitura pode transformar *Tapiuns* em *Jaguins*...
10. Barbosa Rodrigues, *Rio Tapajós* (Rio 1875) 51.

6. — A *Aldeia de S. José* ou *Maitapus*, diz José de Morais que a fundou o P. José da Gama em 1722 [1]. Todavia não a traz ainda o Catálogo de 1723. Vem já no de 1730 com 490 Índios. Muito bem situada e abundante. Em 1757 foi a única Aldeia amazónica dos Jesuítas (das propriamente ditas) que não teve o predicamento de vila. Por ter então pouca gente, recebeu o nome de *Lugar de Pinhel*. João Daniel supunha, poucos anos depois, que já estivesse desfeita, «porque os seus Índios, estranhando o novo govêrno dos Brancos, mataram o seu cabo ou Director, e o Vigário lhes escapou, escondendo-se pelos matos; e, vendo-se criminosos, certamente haviam de refugiar-se nos seus antigos matos»[2]. Pesquisando as origens remotas do actual município de *Itaituba*, fundado na segunda metade do século XIX, e que até 1853 dependeu da freguesia de *Pinhel*, Palma Muniz recorda a actividade dos Jesuítas nêste rio e nesta zona[3].

7. — João Daniel enumera, ainda no Tapajós, o *Sítio de Santa Cruz*, novo. Iam lá missionar os Padres da Companhia, mas não era Aldeia de sua administração, senão sítio de Portugueses[4].

A povoação de *Aveiro*, na margem direita do Tapajós, dá-a Barbosa Rodrigues como fundada pelo P. António Pereira[5]. Não temos elementos para o confirmar. Sabemos contudo que o P. António Pereira, deixando o cargo de Reitor do Pará, em 1682, foi missionar no Tapajós[6]. E os Jesuítas eram os missionários dêste rio. A Aldeia, sem ter residência fixa, ficou a chamar-se Taparajó-Tapera. É a povoação que, repovoada depois, se baptizou *Lugar de Aveiro* em 1781[7].

8. — Os Jesuítas não fizeram longas entradas no Rio Tapajós, mas percorreram-no muitas vezes, e aos seus afluentes, até às cachoeiras, onde começava a praga dos mosquitos «piuns», que tornava inabitáveis aquelas altas regiões[8]. E a êste facto da praga, se unia

---

1. Morais, *História*, 510.
2. João Daniel, *Tesouro Decoberto*, 2ª. P., 125-126.
3. Palma Muniz, *Limites Municipais*, 307-310.
4. João Daniel, *Tesouro Descoberto*, 126.
5. J. Barbosa Rodrigues, *Rio Tapajós* (Rio 1875) 53-54.
6. Bett., *Crónica*, 347.
7. Palma Muniz, *Rev. do Inst. do Pará*, IV, 387; *Limites Municipais*, 117.
8. Morais, *História*, 510.

outro, o da alimentação. O ser o peixe a base da alimentação na Amazónia explica também que em geral as Aldeias nêste e noutros rios ficassem abaixo das cachoeiras, que detêm o peixe e empobrecem os rios [1]. Ainda hoje, lançando-se uma vista ao mapa, apenas se encontra povoação de importância, acima de Itaituba. Abaixo, os Jesuítas exploraram-no em tôdas as direcções, e dá-nos as últimas referências sôbre o Tapajós o P. Manuel Ferreira na sua «Breve Notícia» [2].

---

1. Cf. Agenor Couto de Magalhães, *Monografia Brasileira de peixes fluviais* (S. Paulo 1931) 14.

2. O P. Manuel Ferreira deixou-nos duas narrações autógrafas dêste Rio, existentes na Biblioteca de Évora. Levam ambas o nome de *Breve Notícia*. A primeira trata só de parte do rio, e verificamos que com mais individuação que a segunda; mas a segunda ocupa-se de todo o rio, e, entre outras coisas diz que tinham chegado ao *Rio Guarapés*, afluente direito do Tapajós, os Padres Domingos António e António Moreira, o primeiro, missionário de S. José, o segundo de S. Inácio; Cf. *Breve Notícia do Rio Tapajós*, datada de Tapajós, 16 de Agôsto de 1750, Évora, cód. CXV/2-15, Nº 6; *Breve Noticia do Rio Tapajós, cujas cabeceiras ultimò se descobriram no ano de 1742 por certanejos ou Mineiros do Matto Grosso, dos quais era Cabo Leonardo de Oliveira homem bem conhecido e dos mais experimentados nos certões das Minas*, escrita no Tapajós, a 14 de Agôsto de 1751. Acompanha esta segunda notícia um mapa do Rio Tapajós. Cunha Rivara juntou a esta *Breve Notícia* uma fôlha do século XVIII em que se fala do P. Luiz Álvares, missionário do Tapajós em 1735 e 1742, Cód. CXV/2-15, nº 7.

LIVRO QUARTO

AMAZONAS

NAVETA DE PRATA DA IGREJA DA VIGIA

Peça dos Jesuítas que, com outras, se conservam ainda nesta Igreja. O espigão da proa recorda a cabeça do jacaré, elemento da fauna amazónica.

CAPÍTULO I

Rio Negro

1 — *A primeira entrada e a Cruz de Tarumás, Francisco Veloso e Manuel Pires (1657); 2 — Exploração a fundo, Manuel Pires e Francisco Gonçalves; 3 — A Residência do Rio Negro; 4 — Os Índios Manaus; 5 — Últimas entradas.*

1. — Excepto o que dá o nome ao próprio Estado do Amazonas, o Rio Negro é o mais importante de todo êle, e tão ousado que corre, algum tempo com o Amazonas ombro com ombro. Na sua confluência observa-se (e nós o vimos) o fenómeno da demarcação, às vezes com diferença de nível, entre as águas barrentas do Solimões e as escuras do Rio Negro, que por muito tempo ainda se distinguem, Amazonas abaixo, até enfim se absorverem nêle. As águas do Rio Negro, são como o seu nome, que elas lho deram: negras. Parece torrente monstruosa de tinta que se precipite das cachoeiras e se alargue ou retráia durante o longo curso. Quando porém lançamos o líquido num copo, para matar com êle a sêde, a água mostra-se levemente colorida, como alambre ou oiro esbatido.

A Barra do Rio Negro foi determinada em 1637 por Pedro Teixeira na sua jornada a Quito. Na volta, a 12 de Outubro de 1639, estava a flotilha portuguesa na bôca do Rio Negro, e dispunha-se a subi-lo à caça ao Índio, quando os Padres Cristóvão de Acuña e André de Artieda requereram ao Capitão-mor, «desenteresado de semejante empleo» que o não consentisse, alegando os danos que tal demora causaria. Era o que desejava ouvir Pedro Teixeira: e a viagem continuou rumo ao Pará [1].

Determinada assim a Barra do Rio Negro, e impedida a caça violenta aos Índios, ficou conhecida a porta por onde êles poderiam

---

1. Cristóbal de Acuña, *Nuevo Descubrimiento*, 123-128.

descer para a catequese e para a lavoura; e com essas tentativas de descimento, por modos suaves e pacíficos, operada 18 anos mais tarde, pelos Jesuítas do Pará, se deu início à colonização, exploração e catequese do Rio Negro e do actual Estado do Amazonas.

Êstes meios pacíficos e suaves não foram nem ainda seriam os de sempre no futuro. Mas houve real progresso quando Vieira, depois da sua ida ao Tocantins, verificando o abuso dos cabos da tropa, foi a Portugal pleitear a lei de 1655, em que se determinavam as condições justas (nós diríamos menos injustas) do descimento dos Índios, que os moradores reclamavam numa insistência unânime, descendo à força quantos achavam nas selvas sem atender a serem cativos ou livres; e isto com uma sêde, diz Vieira, que com ser o Amazonas o Rio maior do mundo, a sêde era maior que o rio... Com essa lei na mão, pensou em ir ao Amazonas o próprio Vieira em 1656. Mas deixando logo o cargo de Superior, outros foram por êle. A 22 de Junho de 1657 sairam do Maranhão, os Padres Francisco Veloso e Manuel Pires, para o Amazonas, fim da expedição, mas subiram também o Rio Negro, di-lo expressamente Vieira[1]. *É a primeira entrada histórica do Rio Negro.*

E, pois entraram, estiveram pelo menos na sua primeira Aldeia, a dos Tarumás. Refere Bettendorff, que os Missionários, iam doutrinando, erguendo cruzes e baptizando, em caso de extrêma necessidade. Tarumás não escaparia à regra. A cruz da Aldeia dos Tarumás foi a primeira do Rio Negro[2]. À sua sombra celebraram missa, a pri-

---

1. Vieira, *Resposta aos Capítulos*, 237; *Cartas de Vieira*, I, 552; Bett., *Crónica*, 108; André de Barros, *Vida de Vieira*, 251; *Hist. Propr. Maragn.*, 596-597; Morais, *História*, 526; Lúcio de Azevedo, *História de António Vieira*, I, 311-313; Joaquim Nabuco, *O Direito do Brasil — Primeira Memória* (Paris 1903) 59-60; Artur Reis, *História do Amazonas*, 45; Bernardo da Costa e Silva, *Viagens no Sertão do Amazonas* (Pôrto 1891)57; Gilberto Osório de Andrade, *Um complexo antropogeográfico — Lineamentos para uma geografia total da Amazónia* (Recife 1940) 130. Berredo ignorou ou calou as duas primeiras entradas dos Jesuítas ao Rio Negro. Como os seus *Anais* foram durante muito tempo, o guia único dos historiadores, a muitos induziu o seu êrro, incluindo a Ribeiro de Sampaio e Alexandre Rodrigues Ferreira, *Diário da Viagem Philosophica pela Capitania de São José do Rio Negro*, na Rev. do Inst. Bras. 50, 2ª. p., 126.

2. Os *Tarumás*, tribu *aruaque* ou *nu-aruaque*, ainda hoje existem nos confins do Brasil com a Guiana holandesa, em cujo mapa etnográfico se incluem. Cf. José Martín Alonso, *Las Guyanas*, em *La Geografía Universal — Descripción moderna*

meira também no Rio Negro, e dali voltaram ao Pará alguns meses depois [1].

2. — O fim desta primeira entrada era inicialmente o Amazonas; o progresso dela fêz que subisse também o Rio Negro e conhecesse experimentalmente a grande população dêle. A gente do Maranhão e Pará não descansou enquanto não voltou, agora com a intenção inicial de o subir. Mas não podiam ir a seu livre arbítrio. Segundo a lei de 1655 a entrada de resgates tinha de ser simultaneamente missão. Conta Vieira:

«O P. Francisco Gonçalves, Provincial que acabou de ser da Província do Brasil, foi em missão ao *Rio das Amazonas e Rio Negro*, que ida e volta é viagem de mais de mil léguas, tôda por baixo da linha Equinocial, no mais ardente da zona tórrida.

Partiu do Maranhão esta missão em 15 de Agôsto do ano passado, de 1658, e, atravessando por tôdas as Capitanias do Estado, foi levando em sua companhia canoas e procuradores de tôdas, para o resgate dos escravos que se faz naqueles rios; e foi esta a primeira vez em que o resgate se fêz por esta ordem, para que os interesses dêle coubessem a todos, e particularmente aos pobres, que sempre, como é costume, eram os menos lembrados.

Haverá catorze meses que continua a missão pelo corpo e braços daqueles rios, de onde se têm trazido mais de seiscentos escravos, todos examinados primeiro pelo mesmo missionário, na forma das leis de Vossa Majestade; e já o *ano passado* se fêz outra missão dêste género *aos mesmos rios*, pelo Padre Francisco Veloso, em que se resgataram e desceram outras tantas peças, em grande benefício e aumento do Estado, pôsto que não é esta a maior utilidade e fruto desta Missão.

Excede esta missão do resgate a tôdas as outras em uma diferença de grande importância, e é que nas outras missões vão-se salvar

---

del mundo, V., *América* (Barcelona 1931) 382; *Mappa Ethnographico da Região do Alto Rio Branco*, de Stradelli (1903) em Joaquim Nabuco, *Troisième Memoire*, III, 366/367; Estêvão Pinto, *Os Indígenas do Nordeste* (S. Paulo 1935) 33.

1. Ainda não tinham chegado em 5 de Dezembro de 1657, data em que o Visitador Francisco Gonçalves escreve, apreensivo, e conta que Veloso tinha adoecido de gravidade, já com 13 sangrias. Com os Padres tinham ido 300 índios, 25 Portugueses e o cabo da tropa de resgates, Vital Maciel Parente, *Bras. 3(1)*, 313; Vieira, *Resposta aos Capítulos*, 237.

sòmente as almas dos Índios e nesta vão-se salvar as dos Índios e as dos Portugueses: porque o maior laço das consciências dos Portugueses neste Estado, de que nem na morte se livravam, era o cativeiro dos Índios, que sem exame nem forma alguma de justiça, debaixo do nome de resgate, iam comprar ou roubar por aquêles rios. E a êste grande dano foi Vossa Majestade servido acudir por meio dos missionários da Companhia, ordenando Vossa Majestade que os resgates se fizessem sòmente quando fôssem missões ao sertão, e que só os missionários pudessem examinar e aprovar os escravos em suas próprias terras, como hoje se faz; e, depois de examinados e julgados por legitimamente cativos, os recebem e pagam os compradores, conseguindo os povos por esta via o que se tinha por impossível nêste Estado, que era haver nêle serviço e consciência.

Assim que, Senhor, por mercê de Deus e benefício da lei de Vossa Majestade, se têm impedido as grandes injustiças que na confusão e liberdade do antigo resgate se cometiam, que foi a ruina espiritual e temporal de tôda esta Conquista; sendo certo que, se o fruto dêste género de missões se computar e medir, não só pelos bens que se conseguem senão pelos males que se impedem e se atalham, se deve estimar cada uma delas por uma das grandes emprêsas e obras de maior serviço de Deus, que têm tôda a cristandade.

Além dêstes bens espirituais e temporais, se conseguem muitos outros por meio da mesma missão, em tôdas as terras por onde passa; porque se baptizam muitos inocentes e adultos, que estão em extrêmo perigo da vida, que logo sobem ao céu; e se descobrem novas terras, novos rios e novas gentes, como agora se descobriram algumas nações, onde nunca tinham chegado os Portugueses, nem ainda agora chegaram mais que os Padres. E assim como nas nossas primeiras conquistas se levantaram padrões das armas de Portugal em tôda a parte onde chegavam os nossos descobridores, assim aqui se vão levantando os padrões da sagrada Cruz, com que se vai tomando posse destas terras por Cristo e para Cristo[1].

---

1. «Chegaram os Padres até o *Rio Negro* e por êle acima a alguns gentios que nunca tinham visto Portugueses» (Vieira, *Resposta aos Capitulos*, 237).

Os Missionários deixaram a tropa de resgate mais abaixo e subiram o Rio Negro até aos «lagos, pelo sertão, que todos se enchem de peixe, jacarés e outros animais pelo rigor do inverno: mas com a fôrça do verão, com a fôrça das calmas que o sol causa em aquêle tempo, ficam tôdas as lagôas em sêco e os animais que em ela estavam metidos, por falta de água se acham mortos». Andou o P. Gon-

Foi companheiro desta missão o Padre Manuel Pires, bem conhecido nêsse Reino com o nome de *O Clérigo de Paredes*, o qual depois da ermida e fonte milagrosa, que o deu a conhecer naquele sítio, estando retirado em um êrmo de Roma, fazendo vida solitária, por particular instinto do céu veio a pé a Portugal, e pediu ser admitido na Companhia, para servir a Deus nas missões do Maranhão; e já o têm feito nesta, e na do ano passado, pelo mesmo Rio das Amazonas, com grande zêlo das almas»[1]. Desta viagem voltou o P. Francisco Gonçalves, doente, «um retrato da morte», falecendo a 24 de Junho de 1660[2].

Com o falecimento de Francisco Gonçalves coincidiu o Motim do Pará que tudo veio atrasar. Mas ainda nêsse mesmo ano voltou ao Amazonas o P. Manuel Pires, aos *Aruaquis*, e êle mesmo, o grande missionário e sertanista, tornou ao Solimões em 1671, onde andava a 21 de Julho[3].

çalves 10 mêses por êste sertão, mas adoeceu e por isso «se retirou para a mais gente que tinha deixado em o rio, por ser já tempo conveniente de se voltarem ao Pará; com o que, tendo resgatado setecentos escravos, e muitas Aldeias de Índios livres pousadas à borda do rio já domesticadas e postas em paz, se vieram tôdas alegremente para baixo». — Bett., *Crónica*, 133-134.

1. *Cartas de Vieira*, I, 551-554, 581; Bett., *Crónica*, 127-130; *Hist. Propr. Maragn.*, 647-649; Morais, *História*, 526; Barros, *Vida do P. Vieira*, 259-261.

2. *Cartas de Vieira*, I, 548. Há contradição nas datas entre esta carta, publicada por Lúcio de Azevedo, com a data de 12 de Novembro de 1659, e outra de 11 de Fevereiro de 1660 ou *28 de Novembro de* 1659, acima transcrita, e segundo a qual Francisco Gonçalves ainda não tinha voltado (pag. 552); na de *12 de Novembro* (pag. 548) diz que chegara «haverá 3 dias». O P. Gonçalves procurou em vão restabelecer-se em Cametá. Lê-se no *Livro dos Óbitos* que aí morreu a «23 de Julho de 1660». Mas, duas páginas mais adiante: «Nesta Missão [do Rio Negro] lhe deu uma febre lenta que acabou em ethica de que faleceu no Camutá, dia de Sam João Baptista, Padroeiro daquella Aldeia» (*Livro dos Óbitos*, 1-2). Deve preferir-se a data de 24 de Junho (S. João Baptista). O *Livro dos Óbitos* organizou-se mais tarde. Nêstes primeiros assentos, trasladados para êle, doutros cadernos, era fácil o êrro de *data*, não tão fácil o da *descrição do dia* (S. João). Aliás é esta, 24 de Junho de 1660, a data que dá Bett., *Crónica*, 134-135. Francisco Gonçalves, natural da Ilha de S. Miguel (Açores), onde nasceu em 1597, entrou na Companhia do Rio de Janeiro, com 16 anos de idade. Foi mestre de Teologia, mestre de Noviços, Procurador a Roma, Provincial do Brasil, Visitador do Maranhão e missionário insigne. «Homem de oração» (*Livro dos Óbitos*, 1-2; *Bras. 9*, 168-168v). A êle voltaremos quando tornarmos ao Sul e o incluirmos, na devida altura, na lista dos Provinciais do Brasil, em continuação do que fizemos para o século XVI.

3. *Bras. 9*, 265-265v.

Foi a primeira entrada dos Jesuítas do Pará, ao Rio Solimões, não propriamente ao Rio Negro, cuja bôca ultrapassaram, mas onde também estiverem [1]. E era a quarta entrada que o P. Manuel Pires fazia ao Amazonas, Rio Negro e Solimões, e sempre resistia incólume, enquanto os demais iam pagando à civilização do Brasil, e à glória de Deus o tributo da saúde ou da vida. Na primeira, Francisco Veloso, adoece gravemente; na segunda, Francisco Gonçalves adoece mais gravemente ainda, de doença de que afinal sucumbe; na terceira, com o P. Manuel de Sousa, vê-o morrer em plena missão no sertão dos *Condurises;* nesta quarta, e última sua, com o P. João Maria Gorzoni ao Solimões, o P. Manuel Pires veio mal da vista, e entrou o ano de 1672 «inteiramente cego». Não era ainda a vida, mas o que na vida mais se preza, que é a luz dos olhos [2]. Apesar de cego, ainda se pensou nêle para novas entradas. Bettendorff fala em duas com pequeno intervalo, esta de 1670-1671, em que o chefe da tropa era Manuel Coelho [3]; e outra, pelo modo de falar de Bettendorff, em 1673, ao «sertão do Amazonas» em que ia como cabo, António de Oliveira, entrada que não foi adiante, porque logo o cabo adoeceu e faleceu [4]. *O Livro dos Óbitos* dá a morte do humilde e benemérito missionário, Manuel Pires, a 4 de Agôsto de 1678, sem especificar o lugar dela, no Colégio do Pará ou nalguma Aldeia vizinha [5].

3. — Seguiu-se um período de actividade derivada mais para os Tupinambaranas e Madeira, onde os Jesuítas tentavam fixar-se, enquanto se desenvolvia na Côrte a política de posse efectiva da Capitania do Cabo do Norte e do interior da Amazónia. E assim, a 22 de Março de 1688, El-Rei recomenda ao Governador que ajude os Padres da Companhia a introduzir uma missão fixa no Rio Negro [6]. E ainda

---

1. Bett., *Crónica*, 274.
2. *Bras. 9*, 302v.
3. *Crónica*, 272; Morais, *História*, 534.
4. *Crónica*, 293.
5. BNL, *Livro dos Óbitos*, f. 3.
6. Bibl. de Évora, Cód. CXV/2-18, f. 113; confirma-o em *Carta Régia de 6 de Julho de 1691*, ao Governador, na Bibl. de Évora, cód. CXV/2-18, f. 157. Mas a recomendação datava já de 1680: «que hũa das primeiras Missões que se fizerem seja aos Índios do Cabo do Norte mais vizinhos à nova conquista dos Olandeses» — *Lista dos despachos e Ordens que vam de S. A. 1680* (*Bras. 9*, 315v).

nêsse ano, no fim dêle, se organizou uma tropa de resgates, de que era capitão André Pinheiro e enviou-se como missionário experimentado o P. João Maria Gorzoni, que para essa emprêsa, deixou por algum tempo a sua missão do Xingu[1]. Gorzoni andava ainda pelo Rio Negro em Agôsto de 1689, e tratava de afeiçoar e dispôr os Índios para se fixarem junto da Casa Forte, que se não podia sustentar sem Índios aldeados na vizinhança.

Gorzoni baixou ao Pará e tratou dos preparativos para ir fundar em regra as Aldeias requeridas.

Para cabo da tropa, o P. Gorzoni indicou Faustino Mendes, seu amigo pessoal, que não promoveria dissidências. O Governador confirmou a escolha. As intenções que o missionário levava era formar duas Aldeias com residência fixa, para socorro e ajuda da Fortaleza do Rio Negro. Devia «formar a Aldeia de Matari para uma residência, e outra sôbre o Rio Negro, sôbre alguma paragem acomodada não muito distante da Casa Forte, para outra Residência Nova.»

Assim o fêz o P. João Maria Gorzoni com o seu incansável zêlo, «porque praticou o gentio daqueles sertões e desceu as Aldeias para as paragens que se lhe ofereciam mais acomodadas para a saúde e sustentação, assim dos Índios como dos missionários que depois lhes haviam de assistir»[2].

Êstes missionários foram, em fins de 1692, os Padres Aluísio Conrado Pfeil, que, pelo que dêle sabemos não iria com extraordinário gôsto, e ficou na Aldeia de Matari; e o P. João Justo Luca que foi para a «*Residência do Rio Negro*»[3]. Qual era o sítio exacto desta Residência do Rio Negro, fundada pelos Padres da Companhia? Morais identifica-a como a Aldeia dos Tarumás, da invocação de Nª. Sª. da Conceição, onde os Padres já antes iam de visita[4]. Achamos mais natural que assim como a Residência dos Tapajós, no Rio do mesmo nome, era junto à Fortaleza, assim a Residência do Rio Negro, ficasse também junto à Casa Forte, pois era essa a recomendação de quem a mandou fundar, Superior e simultaneamente Cronista, o qual nos diz que isso, que recomendou, se fêz.

---

1. Bett., *Crónica*, 415-416.
2. Bett., *Crónica*, 522-525.
3. Bett., *Crónica*, 539.
4. Morais, *História*, 527.

O P. Pfeil morou dois meses em *Matari*[1]. Adoeceu gravemente e estêve para ser morto pelos próprios Índios. Retirou-se para a Residência do Rio Negro. O Capitão-mor tratou-o bem e mandou-o conduzir ao Colégio do Pará, onde chegou «entrevado». Do Pará, a 7 de Julho de 1693, por mão alheia, mas com assinatura autógrafa sua, escreveu ao Geral e dá conta dos seus trabalhos, como estêve para ser morto pelos Índios de Matari na própria sexta-feira santa dêsse ano, e como não poderia desenhar o mapa dos limites com Castela por estar meio paralítico das mãos[2]. Pouco depois de ter descido o P. Aluísio Conrado, adoeceu por sua vez o P. João Justo, dos trabalhos que teve não só na Residência, mas também nas entradas ao distrito da sua administração, doença que parecia mortal, mas de que veio a arribar, no Colégio do Pará[3].

Tantas doenças impressionaram os Superiores. E, junto com as mortes dos dois missionários do Cabo do Norte e a falta dêles para assegurar a vida das missões já estáveis, sem esperar o consentimento do Geral, que nunca o deu, representaram a El-Rei que não podiam continuar as do Rio Negro, apesar de ficarem com direito a elas na repartição de 1693. Acto precipitado que não foi do agrado, nem do Geral nem de El-Rei. Mas, em vista dêle, El-Rei, a 26 de Novembro de 1694, escreveu ao Governador que dada a escusa dos Padres da Companhia, mandasse Carmelitas[4]. E assim, em 1695 entraram os Religiosos do Carmo no Rio Negro e continuaram e desenvolveram estas missões que constituiriam o principal e glorioso campo do seu apostolado[5].

4. — Todavia, não se concluiu ainda a actividade dos Jesuítas no Rio Negro, que no século XVIII foi a grande fonte de Índios e ponto convergente das entradas e descimentos para as Aldeias do Baixo Amazonas e costa do Pará.

---

1. Não se confunda esta Aldeia de *Matari ou Amatari*, dos Jesuítas, na margem esquerda do Amazonas, perto da foz do Rio Negro, com S. José de Matari, muito mais abaixo, já próximo do Madeira. Confundem-nas alguns mapas. No de Octaviano Pinto (*Hidrografia*, II, folha 25) vêem-se ambas perfeitamente discriminadas.
2. *Bras*. 3 (2), 330-330v; *Bras*. 9, 428; Bett., *Crónica*, 539-541; 38-39.
3. *Bras*. 9, 428.
4. *Regimento das Missões*, 81.
5. Bett., *Crónica*, 39; Artur Reis, *História do Amazonas*, 54.

Nestas expedições, em que se iam explorando os diversos afluentes do Rio Negro (vemos citados entre outros o Rio Branco e o Rio Caburis) e nas entradas de resgates, segundo o *Regimento das Missões* era obrigatória a presença do Missionário para examinar e julgar se se tratava ou não de cativos ou livres. Tão doloroso e grave encargo confiou-se e impôs-se aos Padres da Companhia [1]. E como de cada caso se fazia registo, pela assinatura do Missionário, se infere a presença dêle em tal ou tal sítio. Em 1727 andava no Rio Negro o P. José de Sousa. Os registos são datados do «Rio Negro, Arraial de Nossa Senhora do Carmo e Santa Ana». Entre os vendedores de escravos contam-se «*Canajuari* sargento cavaleiro de *Manaus*» (noutro assento intitula-se «Índio cavaleiro de *Manaus*»), «*Bacuiamina*, principal de *Manaus*», «*Cabacabari*, principal de *Manaus*», «*Jupi*, índio cavaleiro de *Manaus*», «*Taijamari*, índio cavaleiro de *Manaus*», «*Huimanhana*, principal dos *Inuiranas*», «*Iiá*, principal dos *Cabuuris*». Entre os resgates há alguns como o seguinte: «*Murepaná*, índio da nação *Manau*, de idade pouco mais ou menos de trinta anos, com sinal R acima do peito esquerdo e outro preto na fonte esquerda. Aliado do principal *Guajuricaba*, escravo legítimo da Tropa de Guerra, pertencente aos gastos da Fazenda Real»[2].

Guajuricaba, citado nêste registo, é mais conhecido por *Ajuricaba* e era dos *Manaus*. Entre êstes havia muitos principais, amigos dos Portugueses, e em trato e boas relações com os Carmelitas, missionários do Rio Negro, e com os moradores do Pará. Mas num dado momento *Ajuricaba*, pôs-se contra os Missionários e arvorou na sua canoa a bandeira holandesa. Dizem uns que êle tinha a bandeira por tratar com os holandeses, directa ou indirectamente, outros que a tinha por a tomar em guerra aos *Caraíbas*, aliados dos Holandeses e inimigos dos *Manaus*. Os documentos paraenses são unânimes em afirmar que os Holandeses de Suriname entretinham relações comerciais com os Manaus e que entre êles se viam artefactos e armas dos holandeses, e

---

1. «Provisão régia, de 25 de Março de 1722, ao Provincial da Companhia, para que os seus Religiosos se não escusem de ir fazer os resgates», Bibl. de Évora, cód. CXV/2-12,128.

2. Êstes assentos de 1727 (entre 22 de Setembro e 17 de Outubro) vão todos assinados pelo P. José de Sousa e por João Pires do Amaral; alguns que são de Outubro de 1728, vão assinados só pelo cabo da tropa. — Arq. da Prov. Port., *Pasta 176*, nº 11.

isto de longa data e até ao Rio Madeira[1]. Artur Reis expõe assim o caso: «Documentos holandeses, dados a público por Joaquim Nabuco, entre êles o Relatório de 15 de Junho de 1724, dirigido à Directoria Central da Companhia Holandesa das Índias Ocidentais, que explorava o Suriname, explicam o assunto, fazendo luz sôbre o que eram essas relações. Os *Manaus*, denominados Maganonts pelos Holandeses, eram aliados de Badón, cujo chefe, de nome Arune se dava ao comércio com o *Posthouder* da margem do Corenti. De Badón, os Manaus, em troca de escravos, feitos nos povoados aportuguesados, obtinham as mercadorias holandesas, as tais armas. As relações com a gente de Suriname por conseguinte, não existiam»[2].

Dentro da boa hermenêutica, a conclusão rigorosamente lógica é a seguinte: As relações dos *Manaus* com a gente de Suriname existiam através de Badón e os *Manaus* faziam escravos e os vendiam recebendo mercadorias em troca; simplesmente, o caminho e têrmo do negócio não era o Pará, mas Suriname ou seja a Guiana Holandesa. O certo é que *Ajuricaba* se tornou suspeito ao Govêrno do Estado, e bastava para isso o facto de, no ano de 1723, atacar a tropa de resgates às ordens de Manuel Braga, matando o principal Índio que a guiava e um soldado. Aberta a devassa, manifestou-se a culpabilidade de *Ajuricaba* e de outros que o acompanhavam.

As autoridades do Pará trataram de alcançar de Lisboa a licença indispensável para se lhe fazer guerra, contra a qual se pronunciaram os Jesuítas. Como sempre, a Côrte impôs que se tentassem primeiro meios pacíficos. O P. José de Sousa, da Companhia, encarregou-se dessa difícil missão. Avistou-se com *Ajuricaba*, o chefe entregou-lhe a bandeira holandesa, e recebeu a portuguesa. Fizeram-se as pazes e *Ajuricaba* recebeu 50 resgates para escravos e prometeu fidelidade a El-Rei.

Tudo parecia concluído à boa paz, quando se deu mais um caso da natural versatilidade dos Índios, muito comum nas regiões fronteiriças, quando intrigas estranhas a fomentam. A breve trecho, o irri-

---

1. Bettendorff escreve que os Índios do Rio Madeira por volta de 1684 «não fazem grande caso das ferramentas dos Portugueses porque lhes vem do *Rio Negro* outras muito melhores, que lhes trazem os Índios daquelas bandas, que contratam com os *estrangeiros* ou bem *com as nações que lhes são mais chegadas*» (*Crónica*, 356-357).

2. Artur Reis, *História do Amazonas*, 85-86.

quieto principal, esquecendo o compromisso tomado, voltou a atacar as Missões do Rio Negro.

Declarou-se então a guerra. *Ajuricaba* foi prêso, e quando o conduziam ao Pará, para ser julgado pelas autoridades do Estado, lançou-se à água, perecendo afogado [1].

A história diz-nos, pois, que *Ajuricaba* e os *Manaus* cativavam e vendiam os seus irmãos de raça e que, se não admitiam, para entreposto dos seus negócios, o Pará, cujos colonos eram já em grande número filhos da terra, isto é, brasileiros, admitiam pelo menos através de Badón, contra a unidade brasileira que se formava, o entreposto estrangeiro de Suriname... [2].

5. — Além de José de Sousa, outros Padres da Companhia estiveram no Rio Negro, para descimento de Índios, como nas tropas de resgates, em particular o célebre missionário do Rio Madeira, João de Sampaio; ali veio, das missões do Orinoco, o P. Manuel Román, que trouxe Francisco Xavier Morais, que lá foi em 1744, divulgando-se então a comunicação, pelo Cassiquiare, do Rio Negro com o Orinoco [3].

---

1. Cf. Carta de João da Maia da Gama, em Joaquim Nabuco, *O Direito do Brasil — Primeira Memória* (Paris 1903) 107-111.

2. Artur Reis em seu novo livro, *A Política de Portugal no Vale Amazónico* (Belém 1940), já não fala em *Ajuricaba*, e inclue nêle o capítulo *Mantendo a integridade territorial*, rectificação, tácita e documentada, da sua primeira opinião, sôbre aquêle Índio. Silva Araújo (*Dicionário*, 237) diz abertamente que *Ajuricaba* estava a sôldo dos holandeses da Guiana. Alexandre Rodrigues Ferreira refere-se ao «facinoroso» *Ajuricaba*, como vendedor de escravos aos Holandeses de Suriname e que entre êsses índios já havia armas de fogo, *Diário da Viagem Philosophica pela Capitania de São José do Rio Negro*, na Rev. do Inst. Bras. 51, 1ª. p., 5-6. O próprio Joaquim Nabuco, depois de rebater os argumentos da *Contra-Memória inglesa*, que pretendia fazer de *Ajuricaba* um argumento a favor das suas pretensões territoriais, concede que *Les Manaos fournissaient les esclaves directement aux Portugais et indirectement aux Hollandais de Surinam*» (*Troisième Memoire*, I, p. 31). Cf. Carta Régia de 23 de Janeiro de 1728 ao Governador Maia da Gama louvando-o pela guerra aos *Manaus* e *Maiapenas*, «de que resultara prender-se ao bárbaro *Ajuricaba*», e incitando-o a prosseguir até ficar desimpedido o caminho das Cachoeiras» (Bibl. de Évora, cód. CXV/2/2-18, f. 656v; *Anais do Pará*, II,207).

3. Silva Araújo, *Dicionário*, 212. O *facto* dessa comunicação já se conhecia desde o século XVII. Quando o P. Samuel Fritz estêve, por Fevereiro de 1696, nas proximidades do Rio Negro, soube da morte de três Padres no Rio Orinoco, acontecida a 7 de Outubro de 1648, «lo que prueba que habia communicación,

O último missionário Jesuíta do Rio Negro foi Aquiles Maria Avogadri, capelão oficial das tropas de resgates. Andava no Rio Negro em 19 de Janeiro de 1739 [1]; e lá andava sete anos depois na tropa de que era cabo Lourenço Belfort. Avogadri assina vários resgates, entre Outubro de 1745 e Fevereiro de 1746, no Arraial de Nossa Senhora da Penha de França e Santa Ana [2]. Ao contrário do que sucedia nos registos de 1727, êstes não indicam a que nação pertenciam os índios resgatados.

Aquiles Maria não estêve no Rio Negro todos êsses anos. Subia e descia e, numa dessas entradas, diz Morais, que subiu também o Rio Branco [3].

Por ocasião das Demarcações, ainda foi ao Rio Negro o P. Samartoni, Jesuíta matemático e astrónomo, e cremos que seria o último da antiga Companhia, fechando-se com a sua actividade científica, a dos Jesuítas que nêste rio, onde nunca administraram Aldeias nem possuiram fazendas, reveste, em suma, três caracteres: prioridade na doutrina e exploração ribeirinha, tentativas de pacificação dos Índios levantados, resgates e descimentos pacíficos para as Aldeias da Catequese [4].

---

aunque mal establecida, entre el Amazonas y el Orinoco», Jouanen, *Historia*, I, 500; F. Jaguaribe de Matos, *Les idées sur la Physiographie Sud-Américaine* (Lisboa 1936). — Separata de 1937, p. 30.

1. Di-lo a *Junta das Missões*, reùnida nêsse dia, Arq. P. do Pará, cód. 1086, 37.
2. Arq. da Prov. Port., *Pasta 176*, nº 13.
3. Morais, *História*, 526.
4. Cf. Caeiro, *De Exilio*, 487-493, onde se dão mais notícias sôbre descimentos do Rio Negro e sôbre as Aldeias, que os Índios descidos, povoaram.

CAPÍTULO II

Alto Amazonas

1 — O Rio dos Aruaquis; 2 — O Rio Urubu; 3 — Aldeia dos Tupinambaranas e adjacentes; 4 — Aldeia dos Abacaxis (Serpa-Itaquatiara).

1. — Consideramos, aqui, Alto Amazonas, a região compreendida entre as actuais fronteiras do Estado do Amazonas com o Pará, e a bôca do Rio Negro, onde o Amazonas começa a chamar-se Solimões. Os primeiros Jesuítas, que o sulcaram indo do Atlântico, foram em 1657 Francisco Veloso e Manuel Pires na sua célebre viagem em que também pela primeira vez entraram missionários no Rio Negro. Êles e a expedição do ano seguinte, com o mesmo P. Pires e o P. Francisco Gonçalves, tomaram contacto com os Índios da ribeira do Amazonas, sobretudo os *Aruaquis* e *Tupinambaranas* e viram as possibilidades de estabelecer residência nessas paragens.

Os *Aruaquis* moravam num «rio particular», diz Bettendorff, cujo nome não nos conservou, mas que se infere ser, na margem esquerda do Amazonas, entre o Jamundá e o Urubu; e os missionaram, em 1660, os Padres Manuel de Sousa e Manuel Pires, que levantaram cruzes, catequizaram e celebraram missa[1]. Numa Aldeia desta região, a 31 de Dezembro dêsse ano, ergueram igreja que consagraram à *Santa Cruz*. E, nessa Aldeia de Santa Cruz, fizeram a catequese habitual, «muitos baptismos e conversões maravilhosas»[2].

Ia como cabo da tropa, Domingos Monteiro, «o Pocu» e desceram-se 300 Índios, resgatados segundo a lei, mas que, sem ficarem repartidos entre os moradores menos abastados do Pará, como pa-

---

1. Bett., *Crónica*, 117-121, 233-234; *Cartas de Vieira*, I, 582.
2. Bett., *Crónica*, 118-119.

recia justo, foram levados para o Maranhão e «a todos enguliu a voracidade de um só»[1].

Aos *Aruaquis*, em 1663, fêz nova entrada, com um Padre Mercenário, o cabo da tropa António de Arnau Vilela, um dos amotinados de 1661. Conta Gaspar Misch que os *Aruaquis* lhe armaram cilada e o mataram, e «parece que êle deu ocasião a isso»[2]. Resolveu-se depois no Pará que se lhes desse guerra. O Governador queria forçar os Jesuítas a que a declarassem justa. Negaram-se. Não obstante, o Governador Rui Vaz de Siqueira, levou-a por diante e cativou quantos pôde[3].

Bettendorff, narrando os episódios desta entrada infeliz, diz que Arnau subiu pelo Rio dos *Aruaquis* «gentio de paz, onde tínhamos sempre estado com as nossas missões». Havia então 96 Aldeias de *Aruaquis*, índios de «língua travada», isto é grupo linguístico autónomo. O cronista dá sôbre êles notícias sumamente uteis à etnografia indígena[4].

2. — O *Rio Urubu* ficava também primitivamente entre os da jurisdição da Companhia. Por êle teriam passado os primeiros missionários que foram ao Solimões e Rio Negro e nêle estiveram os Padres da Missão de 1660 aos *Aruaquis*[5].

---

1. Barros, *Vida de Vieira*, 305-307; *Hist. Propr. Maragn.*, 718-720; João de Sousa Ferreira, *Noticiário Maranhanse*, na *Rev. do Inst. Hist.*, 81, 306.
2. Entre os que escaparam está o autor do *Noticiário Maranhense*, e êle próprio o diz. — *Rev. do Inst. Histórico*, 81 (1917) 351.
3. Carta de Gaspar Misch, na Bibl. de Bruxelas, cód. 6828-69, p. 441.
4. Bett., *Crónica*, 204-206, 217-219, 234. Artur Reis identifica implicitamente o Rio dos *Aruaquis* com o Rio Urubu, quando diz que «António de Arnau Vilela, penetra o Urubu, onde cai vitimado pela gentilidade» (*A Política de Portugal no Vale Amazónico*, 16). Bettendorff, que também estêve no *Urubu* e o nomeia várias vezes, distingue dêle o Rio dos *Aruaquis*, a que chama «rio particular». Hoje nas margens do Jatapu, afluente do Atumã, nos terrenos intermediários, «vagam as tribus *Aruaquis*, *Perequis* e *Banauris*, que negociam com resgates e plantam roças. Índios de tribus diversas têm sido encontrados, mas que não falam dialecto conhecido dos naturais e conservam-se ainda no estado completamente selvagem», J. M. da Silva Coutinho, *Relatório sôbre alguns lugares da Província do Amazonas, especialmente o Rio Madeira* (Manaus 1861) 10-11. Outro grupo de *Aruaquis* vivia no Rio Tocantins.
5. Bett., *Crónica*, 118.

Não havendo missionários da Companhia para tantas Aldeias, estabeleceu-se no Urubu o P. Fr. Teodósio da Veiga, a instância da Junta das Missões, mandado pelos Prelados da sua Ordem das Mercês, e com licença do Superior dos Jesuítas, que era o P. Jódoco Peres[1]. Desta referência coeva de Bettendorff se infere a data da residência fixa na Aldeia, sabendo-se que Jódoco Peres começou a ser Superior em 1683. Segundo o modo de falar do Cronista, foi depois do Motim do Maranhão, de 1684, pouco depois, supomos. É certo que na primeira quinzena de 1689 já a Aldeia do Urubu estava fundada e próspera e nela se juntaram Fr. Teodósio da Veiga, o P. Samuel Fritz, que vinha de Quito, e o P. João Maria Gorzoni, com o cabo da sua tropa de resgate, André Pinheiro, na volta do Rio Negro[2].

Exploraram o Urubu e o Jatumã o P. Gorzoni e André Pinheiro (e cuidavam ter descoberto duas minas de oiro), assim como o explorou e reconheceu o Ir. Manuel dos Santos, da Companhia. A mina ou pseudo-mina do Urubu chamou-se *Conceição;* a do Jatumã, *Sacramento*. Bettendorff que também ali estêve, como superior que era da Missão, dá desta Aldeia, rio e costumes, boa e pormenorizada notícia[3].

Na repartição das Aldeias, em 1693, o Rio Urubu, pois já tinham ali missão, ficou aos Padres Mercenários[4]. Todos os documentos jesuíticos se referem a Fr. Teodósio da Veiga com o maior elogio como homem zeloso e caritativo que tantos anos missionou tôda aquela região desde o Urubu ao Rio Negro[5].

3. — Nestas paragens do Alto Amazonas existe uma grande ilha habitada por Índios *Tupinambás*, que segundo refere Acuña, fugindo da costa do Brasil, pelo interior, foram dar ao Madeira e, descendo-o,

---

1. Bett., *Crónica*, 491-492.
2. *Diário do P. Samuel Fritz*, na Rev. do Inst. Bras., *81*, 382.
3. Bett., *Crónica*, 416, 492-495.
4. Bett., *Crónica*, 38.
5. Parece que estas missões se não conservaram depois à mesma altura, a ajuizar por diversas Provisões e Cartas Régias existentes na Bibl. de Evora, que já não competem à História da Companhia. Todavia uma ainda se refere a ela: «Provisão, de 17 de Agôsto de 1730, ao Comissário dos Religiosos de Nossa Senhora das Mercês, para que se regule nas Missões pelo que praticam os Padres da Companhia», — Bibl. de Évora, Cód. CXV/2-18, 703.

se estabeleceram ali[1]. Recebeu por isso a ilha, o nome de *Ilha dos Tupinambás* ou *dos Tupinambaranas*, que ainda hoje se conserva, no singular, *Ilha de Tupinambarana;* e um Rio, que desagua perto, não longe de Parintins, tem nome semelhante, *Rio Tupinambará*. A Ilha, extremamente comprida, delimita-se ao norte pelo Amazonas, a oeste pelo Rio Madeira, e ao sul por furos que se sucedem até vir fechar na ponta, onde havia começado, no Amazonas, perto de Parintins. Ilha pantanosa e insalubre. Tentaram fixar-se nela os Jesuítas e nas terras adjacentes, que lhes pareciam acomodadas para povoação, mudando de sítio quando a experiência lhes mostrava outro melhor, exemplo frisante e doloroso do que custou a obra da civilização e do saneamento, que ainda hoje continua. Bettendorff escreve em duas páginas estas tentativas, não sem alguma confusão. Procuraremos ordenar os dados que nos subministra, completando-os com outros, de documentos inéditos.

O Cronista fala das seis Aldeias seguintes: S. Miguel de *Tupinambaranas*, *Andirases*, *Curiatós*, *Maguases*, *Abacaxis* e *Irurises*, esta última já dentro do Rio Madeira[2]. Do Madeira trataremos à parte, no capítulo seguinte. Mas são capítulos conexos que se completam mutuamente. Aqui, em particular, de *Tupinambaranas*, missão central das demais, e de *Abacaxis*, que depois de várias transferências veio a situar-se, ainda no tempo dos Jesuítas, na margem esquerda do Amazonas.

Os primeiros Padres, que se ocuparam dos *Tupinambaranas*, foram os já conhecidos Manuel de Sousa e Manuel Pires em 1660[3]. Em 1669, a Aldeia ficava então umas cinco jornadas acima do Rio Tapajós, «em uma ponta alta sôbre o rio». Pelo S. Miguel (29 de Setembro) dêsse ano, estiveram nela, além do P. Bettendorff, o P. Pier Luigi Consalvi, e o Ir. Domingos da Costa. Construiram igreja, que, por ser naquela época, dedicaram a S. Miguel. Com a praga dos mosquitos não havia meio nem de viver nem de dormir. Ao fim de algum tempo os Missionários acharam que era imprudente demorar-se mais, para não adoecerem êles e os remeiros. Abandonaram-na[4].

---

1. Acuña, *Nuevo Descubrimiento*, 129.
2. Bett., *Crónica*, 36, 37.
3. Bett., *Crónica*, 118.
4. *Bras.* 9, 263v; Bett., *Crónica*, 260.

E os Índios «mudaram-se uma jornada pouco mais pela terra dentro, sôbre um belo lago ou rio, que vindo parte dos *Andirases*, parte do Rio das Amazonas, vai dar pelos *Curiatós*». É esta a segunda posição da Aldeia dos *Tupinambaranas*, dada por Bettendorff, mas na lista geral das Aldeias de 1678, aparece (e é a única nessa região) com o nome de *Santa Cruz dos Andirases* e dela dependiam os *Curiatós* [1]. Foi esta a Aldeia que em 1689 achou o P. António da Fonseca, que veio para ficar de assento entre os *Tupinambaranas*.

E logo operou o Missionário terceira mudança, desta vez não total. Deixando parte dos Índios na Aldeia dos *Andirases* foi fundar a Aldeia dos *Tupinambaranas* um pouco mais para cima, num formoso outeiro «que olhava para um belo e espaçoso lago» com bons ares, boa vista e bons mantimentos. E, unindo-a pela origem, ao seu primitivo orago, construiu igreja e grande casa em honra de Santo Inácio. O chefe era João *Cumiaru*, afamado na guerra. Encontrou-se com êle o P. Fritz, na sua descida ao Pará. Passando na bôca do Rio Negro, a 26 de Junho de 1689, escreve que a «28 encontramos um cacique dos Portugueses, de nação *Tupinambarana*, chamado *Cumiaru*, que ia acompanhando a tropa de resgate. Os Índios *Cuchivaras*, que eu trazia, julgando que fôssem *Tarumás*, seus inimigos do Rio Negro, logo armaram suas frechas. Plantei minha cruz na proa, até que aproximando-se as canoas se reconheceram por amigos e o cacique *Cumiaru* me deu um índio guia para a Aldeia de Urubu» [2].

Desta Aldeia dos *Tupinambaranas* se atendiam e iam visitar outras a dos *Curiatós* e *Condurises*, para baixo, as dos *Andirases* e *Maraguases* para cima [3].

---

1. *Bras. 26*, 53.
2. *Diário do P. Samuel Fritz* na *Rev. do Inst. Bras. 81*, 381. À volta, subindo o Amazonas, o P. Fritz chegou à foz do Rio dos *Tupinambaranas*, no dia 17 de Agôsto de 1691, ao meio dia; e à *Aldeia Tupinambaranas*, às 8 da noite; aí descansou 9 dias; seguindo viagem, chegou ao Rio Urubu (a um areal duas léguas antes) a 2 de Setembro; e dois dias depois, a 4, ao Rio Madeira e Ilha dos *Tupinambaranas*, então habitada pelos *Gaìarisis*. — diz êle, *Ib*.
3. Bett., *Crónica*, 37, 467, 498-499; Morais, *História*, 516. O Rio dos *Maraguases* vem escrito em Morais *Maguês*, actuais *Maués*. Odorico Rodrigues de Albuquerque, no seu mapa *Reconhecimentos Geológicos no Vale do Amazonas — Campanhas de 1918 e 1919*, denomina Furo do Arauató a um dos furos ou bôcas do Rio Urubu.

Para aumentar a Aldeia, o P. António da Fonseca baixou para ela em 1696 alguns daqueles *Andirases* e *Curiatós* [1]. Aldeia pobre, mas bem governada; e a catequese progrediu e todos os Missionários, que por ali passavam, se edificavam do zêlo dêste grande primeiro apóstolo dos *Tupinambaranas*. António da Fonseca, demacrado e doente, cedeu o pôsto em 1697 ao P. João Justo de Luca, que por sua vez, adoecendo, foi substituído por outros. Em 1723 era Missionário de *Tupinambaranas* o P. Manuel dos Reis. E vemos com surpresa que se chama *Aldeia de S. Francisco Xavier dos Tupinambaranas* [2]. Sebastião Fusco, seu missionário em 1725, pediu ao Geral para se conservar nela, de modo permanente o Santíssimo Sacramento [3].

A Aldeia dos *Tupinambaranas* constava em 1730 de 495 Índios dos quais 284 catecúmenos, circunstância indicadora da grande percentagem de gentio que nela se doutrinava [4].

Por volta de 1737 os Índios de *Tupinambaranas* fizeram uma derradeira mudança desta vez para o Rio Tapajós, onde foram constituir a Aldeia de Santo Inácio, aparecendo-nos assim de novo a invocação primitiva da Aldeia [5].

Note-se, a-respeito destas invocações, que a *Aldeia de Abacaxis* administrava também *outra* Aldeia da invocação de *S. Francisco Xavier*; mas está na mesma página que aquela de *S. Francisco Xavier de Tupinambaranas*, perfeitamente discriminada e distinta. Cremos que havia dois pequenos sítios de *Tupinambaranas*, um de S. Francisco Xavier e outro de S. Inácio; e que êste último se mudasse sendo o anterior absorvido depois pela Aldeia dos *Abacaxis*. Palma Muniz introduz um terceiro orago, dizendo que aquela Aldeia que se mudara para o Tapajós era da invocação de *S. José*. Uma destas *Aldeias dos Tupinambaranas* apelidava-se *Guaiacurupá* («Guaiacurupá dos Tupinambaranas»), donde o P. Bartolomeu Rodrigues escreveu a carta sôbre esta região e o Rio Madeira, que publicaremos adiante ao tratar dêsse rio.

Expostos assim, sumariamente, os factos e a actividade missionária dos *Tupinambaranas*, renunciamos a identificar êstes lugares,

1. *Bras.* 9, 428.
2. *Bras.* 27, 48.
3. *Bras.* 26, 238.
4. *Bras.* 10 (2), 338.
5. Morais, *História*, 510.

onde as Aldeias e seus oragos tão facilmente aparecem como desaparecem; nem haveria lugar onde não estivessem os Jesuítas, de assento ou de passagem, nêste labirinto aquático. E ainda modernamente há quem recue diante da dificuldade de navegação, diferente se se trata de canoas ou de montarias, por aquela infinidade de furos alguns dos quais só praticáveis no inverno [1].

4. — «Uns três para quatro dias», acima do sítio, em que o P. António da Fonseca fundara a Aldeia dos *Tupinambaranas*, ficava a dos *Abacaxis*, «perto da bocaina do Rio Madeira», intimamente ligada àquela. Mas a bocaina do Rio Madeira não representa como se poderia crer, a bôca do Madeira, ao entrar no Amazonas, mas a sua confluência com o Canumã.

Fundou-a em 1696 o P. João da Silva. «Bom sítio, aprazível, boas terras, bons ares, muita caça e peixe» [2]. Pouco depois a *Aldeia dos Abacaxis* contava 500 Índios [3]. João da Silva pensava mudá-la para sítio ainda melhor; e em 1698 partiu para ela o P. Domingos de Macedo com o projecto de a desdobrar em duas, que ficassem à vista uma da outra, para se atenderem melhor [4]. Realizou a mudança ou fêz outra Aldeia nova, o P. Francisco Xavier Molovetz, pois dêle se diz que fundara a *Aldeia de S. Francisco Xavier*, e quando faleceu a 16 de Janeiro de 1709, na *Aldeia de Canumã*, se diz igualmente que a tinha fundado [5]. Deve ser uma e a mesma Aldeia. E é certamente

---

1. Silva Coutinho, *Relatório* (Manaus 1861) 8-11. Esta multiplicidade de furos e ilhas fluviais vê-se com nitidez na *Carte Potomographique speciale de l'Amérique du Sud* (1935) de F. Jaguaribe de Matos. A cidade de Parintins parece que está ligada ao nome de Tupinambaranas e portanto, remotamente à catequese dos Jesuítas. Diz António Bittencourt: «Êste local tem passado por diversas denominações: primitivamente chamou-se *Tupinambarana*, depois *Vila nova da Rainha*. Mais tarde de novo *Tupinambarana*. Depois *Vila Bela da Imperatriz* e por último, quando elevada a Comarca e cidade, *Parintins*, — António C. R. Bittencourt, *Memória do Município de Parintins* (Manaus 1924) 16. E Silva Araujo conta que «Os Indígenas a tem em supersticiosa apreensão; e não é sem acatamento que por ela passam, e dizem ouvir tocar sinos de noite, o que se atribue à tradição de *algum estabelecimento jesuítico* que, abandonado, tenha sido invadido pelo mato e em sua espessura perdidos os sinos», Silva Araujo, *Dicionário*, 219.

2. Bett., *Crónica*, 37, 56.
3. Id., *ib.*, 25, 615.
4. Id., *ib.*, 674.
5. *Bras.* 26, 211.

uma das que, com êsse orago, aparecem ligadas aos *Tupinambaranas*. No mapa moderno de Octaviano Pinto vemos duas povoações com o mesmo nome de Canumã, uma no ponto indicado da bocaina, outra mais dentro do Rio Canumã [1].

O grupo destas Aldeias era constituido em 1723 pelas três seguintes: *Nossa Senhora, S. Francisco Xavier* e *S. Lourenço*, e era missionário de tôdas o P. João de Sampaio, o grande missionário destas Aldeias do *Abacaxis* e Rio Madeira [2]. Para elas veio pouco depois de 1712, quando voltou de Portugal, aonde se fôra ordenar. Estabeleceu-se na *Aldeia de Canumã*. Mudou-a para os *Abacaxis* onde ergueu casa de sobrado, cómoda, e uma famosa igreja. Tinha grandes malocas à moda indígena, onde moravam 100 pessoas em cada qual. Aqui gastou o P. João de Sampaio o melhor da sua vida [3].

Êste grupo de Aldeias oferece, como se vê, uma variedade incrível [4]. A *Aldeia de Canumã* aparece em 1730 com 425 Índios. Depois desaparece dos Catálogos. Nêsse mesmo ano a *Aldeia dos Abacaxis*, distinta da de *Canumã*, contava 932 Índios [5]. A *Aldeia de S. Lourenço* também não torna a ser citada. E ainda nêsse de 1730 o P. Avogadri faz a profissão solene nos Abacaxis, numa Aldeia que se chama *Vera Cruz* [6]. A *Aldeia de Vera Cruz*, não com êste nome, mas com o de *Santa Cruz* lê-se outra vez no Catálogo de 1745; daí em diante nomeia-se *Aldeia de Santa Cruz* e *Aldeia dos Abacaxis*, ora uma ora outra, nunca as duas no mesmo Catálogo. Na sua entrada ao Madeira em 1749, José Gonçalves da Fonseca descreve-a na margem esquerda do Madeira, para onde tinha sido mudada do Furo dos Abacaxis [7]. E como não bastassem tantas denominações e mudanças, conta-nos João Daniel que a *Aldeia dos Abacaxis* estava primeiro sôbre o grande Lago de Sampaio, e que dali se mudara, para o Furo de Tupinambaranas, decaindo, mas ficando ainda suficientemente grande, diz o mesmo João Daniel, para receber, em 1757, o nome de *Vila de*

---

1. Pinto, *Hidrografia* (Mapas do Rio Madeira e afluentes).
2. Bras. 27, 48.
3. *Livro dos Óbitos*, 31.
4. Além das mudanças de sítio, a variedade provém de que umas vezes cita-se a Aldeia pelo nome do orago (S. Miguel, Santa Cruz, etc.) outras pelo nome dos Índios que a formavam (Tupinambaranas, etc.).
5. Bras. 10 (2), 338.
6. Lus. 15, 39-40.
7. Cf. Cândido Mendes de Almeida, *Memórias*, II, 291-292.

Serpa[1]. E ainda, para rematar (se antes ou depois do predicamento de vila, discute-se, em todo o caso por esta ocasião) os Índios *Abacaxis* escolheram para nova sede, o lugar «chamdo *Itaquatiara* sôbre o Amazonas a dois dias de distância da sua habitação antiga». O toponímico de Serpa dado à Aldeia caiu. Manteve-se porém o de *Itaquatiara*, hoje cidade, ligada assim, na origem à vida, cheia de variedade e contrastes, da célebre *Missão dos Abacaxis* da Companhia de Jesus[2].

---

1. João Daniel, *Tesouro Descoberto*, 2ª. P., 127. Entre a Aldeia de *Tupinambaranas* e a dos *Abacaxis* havia estreita ligação e, se se distinguiam no nome, nem sempre se distinguiam na sede da Aldeia. O P. Jacinto de Carvalho, que foi missionário desta região, descreve-as em 1719. «Do Rio Tapajós, a cento e trinta léguas, está situada a Residência dos *Tupinambaranas*, posta sôbre um Lago de cinco léguas de largo e vinte de comprido. Mas a dita nação habita não só junto dêle, mas de outros muitos, ao longo do Rio Amazonas, que recebe muitos rios nos quais diariamente se descobrem várias nações de língua diversa. Dêstes, os *Coroeís*, *Abacaxis* e *Comandis*, já cerca de quinze mil, se fizeram cristãos, maior parte dos quais todavia é constrangida a morrer sem sacramentos por não poder um só sacerdote satisfazer a todos e em lugares tão distantes entre si. Nos confins dos *Tupinambaranas* floresciam as Residências dos *Andirases* e *Maguases*, mas depois que foi chamado delas o P. Jacinto de Carvalho, por ocasião de repetidas doenças, durante cinco anos seguidos estiveram sem pastor», *Relação da Missão do Maranhão* do P. Jacinto de Carvalho, de Lisboa, 21 de Março de 1719, *Bras.* 10, 204.

2. Cf. Henrique A. de Santa Rosa, *Limites do Amazonas e Pará* (Belém 1937) 245; Silva Araujo, *Dicionário*, 166-167, 249; Bernardo da Costa e Silva, *Viagens no Sertão do Amazonas* (Porto 1891) 49; J. M. da Silva Coutinho, *Relatório sobre alguns lugares da Provincia, especialmente o Rio Madeira* (Manaus 1861) 4-5; Artur Reis, *História do Amazonas*, 53. De *Abacaxis* havia comunicação com Vila-Bela, de Mato Grosso, e disto se faz eco Mendonça Furtado, escrevendo para Lisboa que recebera cartas do Governador de Mato Grosso, via *Aldeia de Abacaxis*, e que quem lhas entregou no Pará, ouvira dizer que «de Vila-Bela até a dita, Aldeia tinham gastado somente vinte dias» (Carta de Mendonça Furtado, do Pará, 18 de Julho de 1754, *Anais do Pará*, III (1904) 217). Sôbre a *Aldeia de Abacaxis*, cf. ainda «Informação da Aldeia dos Abacaxis, e Rio da Madeira, que manda o Padre Missionário Teotónio Barbosa ao Padre Provincial, ano de 1748», Bibl. de Évora, Cód. CXV/2-15, nº 4 (12 pag. fol.). Cunha Rivara (*Cat.*, I, 51) leu *Teodoro* Barbosa, nome que não existe entre os Missionários da Amazónia. Sommervogel copiou a Rivara (*Bibl.* I, 888; VIII, 1762). Havia os Padres Teodoro da Cruz e Teotónio Barbosa. Trata-se dêste último, que o Catálogo de 1747 (*Bras.* 27, 149v) mostra efectivamente, como missionário da *Aldeia dos Abacaxis*. Durante tôda a permanência dos Jesuítas na Amazónia não consta, por documento nenhum coevo, que houvesse outros missionários nos *Abacaxis*, além dos Padres da Companhia.

AUTÓGRAFOS DE JESUÍTAS DO RIO NEGRO E SOLIMÕES

1. *Francisco Veloso* (1673), primeiro missionário do Rio Negro.
2. *Francisco Gonçalves* (1657), o primeiro que explorou a fundo o Rio Negro. Tinha sido Provincial do Brasil e Procurador a Roma e a Lisboa, onde promoveu as missões da Amazónia.
3. *João Maria Gorzoni* (1708), famoso missionário do Rio Solimões, Xingu e outros rios.

CAPÍTULO III

Rio Madeira

1 — Aldeia dos Iruris; 2 — Conspecto geral dos Índios, descimentos e Aldeias do Madeira e de tôda a região; 3 — Aldeia de Santo António das Cachoeiras; 4 — Aldeia do Trocano (Borba-a-Nova).

1. — Grande afluênte direito do Amazonas, o «Rio das Madeiras» ou «da Madeira» ou simplesmente «Rio Madeira», foi «assim chamado pelos Portugueses, pela muita e grossa que trazia quando o passaram, mas o seu nome próprio entre os naturais que o habitam é *Caìari*»[1].

Desde 1669 sulcavam as águas do Madeira os Jesuítas, que fundaram então a primeira *Aldeia dos Tupinambaranas*, e, em 1672, um dos fundadores dela, o P. Manuel Pires, voltando ao Pará, do Solimões, com o P. Gorzoni, preparavam-se ambos para subir de novo o Amazonas e entrar ao Rio Madeira[2].

Depois, em 1683, o Superior da Missão, Jódoco Peres subiu por êle. Ao cabo de 9 dias chegou aos *Iruris*, para ver a possibilidade de estabelecer Residência entre êsses Índios. Bettendorff, narrando o caso, diz que Peres foi «o primeiro *superior* da Missão, que entrou por êle», o que não exclue entradas anteriores de outros Padres, que não fôssem *superiores* da Missão.

Jódoco Peres deixou bem dispostos os *Iruris*, e baixou com um filho do principal, que no Colégio do Pará, aprendeu além do português a língua tupí.[3]

---

1. Acuña, *Nuevo Descubrimiento, 128*.
2. *Bras 9*, 291-291v.
3. Bett., *Crónica*, 354-355.

Entretanto, verificou o Missionário que os Índios do Madeira recebiam ferramentas dos estranjeiros [Holandeses], por meio do Rio Negro, e que se impunha a ocupação efectiva dêsses Rios. O Governador, Gomes Freire de Andrade, em 1687, escreve ao seu successor Artur de Sá e Meneses, que os Índios pediam Missionários, e que êle já tinha tratado o assunto com os Padres da Companhia[1]; e por informações suas, El-Rei recomenda-os ao Governador, e que lhes dê ajuda para a nova missão do Rio Madeira[2].

Pelo Natal de 1688 partiram os Padres José Barreiros e João Ângelo Bonomi, levando consigo o filho do principal dos *Iruris*, já baptizado e conhecedor da língua geral. O principal *Mamorini*, iludido pelos brancos, ia fugindo dos Padres. Encontrando-se com êles dissiparam-se os enganos e voltou.

Logo se fundou casa e igreja nesta *Aldeia dos Iruris*. E aperfeiçoou-se tanto a Residência, de sobrado e lojas, que os brancos, que por ali iam ao cravo afamado daquele Rio, se maravilhavam. Além da *Aldeia dos Iruris* e dalgumas aldeotas, havia mais quatro grandes, a *Aldeia de Paraparixanas*, a *Aldeia de Aripuanãs*, a dos *Onicorés*, a dos *Tororises*. Eram cinco que «continham mais de vinte, porquanto cada roça daqueles principais era uma boa Aldeia de vassalos». Trataram os Padres com todos durante quási um ano, fazendo a catequese em regra. Mas ambos adoeceram e o P. Bonomi mais grave. E não houve remédio se não baixarem[3].

O P. João Ângelo Bonomi restabelecido voltou para a Missão em 1691 e foi recebido «como um anjo vindo do céu». Continuaram-se as construções da Aldeia, os Índios ergueram também para si casas de sobrado. E aumentava a catequese, quando o Missionário caiu de novo doente. Mais uma vez se teve de retirar. Na sua ausência foram os brancos e cativaram grande número de Índios com grande escândalo dos mesmos Índios, e protesto dos Padres; não poderião pensar os Índios que êles os tinham ajuntado para serem mais facilmente

---

1. Carta de Gomes Freire de Andrade, de 8 de Julho de 1687, em Studart, na *Rev. do Inst. do Ceará*, XXXVI (1922) 170-171.
2. Bibl. de Évora, cód. CXV/2-18, 113.
3. Bett., *Crónica*, 463-467. O Rio dos Iruris diz-se que é o actual Mataurá, Silva Araújo, *Diccionário*, 166; Bernardo da Costa e Silva, *Viagens no Sertão do Amazonas* (Porto 1891) 49.

cativos? Disto se queixaram efectivamente os Índios; e os Padres ainda mais que êles [1]. E assim os Jesuítas, desgostosos, e também por falta de missionários, se escusaram da Missão do interior do Rio Madeira, dando mais desenvolvimento à dos *Tupinambaranas*, já formada, e à dos *Abacaxis*, que cinco anos depois se estabeleceu e ficou praticamente a substituir a *Aldeia dos Irurises* [2].

2. — A saída dos Padres desta Aldeia não agradou a El-Rei, que o mostrou, nem ao P. Geral. Seguiu-se o inevitável debate, explicações, vantagens e desvantagens, desculpas. No princípio do século XVIII retomou-se todo o rio, concentrando-se a actividade dos Jesuítas nas *Aldeias de Canumã e Abacaxis*, em estreita ligação, como dissemos, com a *Aldeia de Tupinambaranas*. E é um dos missionários desta Aldeia que nos dá as notícias dos Índios do Rio Madeira, que prepararam e predispuseram as coisas para a expedição de Palheta. Carta importante que dá o ambiente local e idéia das inúmeras tribus de Índios que o habitavam.

Escreve o P. Bartolomeu Rodrigues ao P. Jacinto de Carvalho:

«Aqui tive uma carta de V.ª Revª., em que me pedia algumas notícias do Gentio, que há por estas partes, è alguns casos de edificação.

Quanto ao primeiro, como Vª. Revª. têm estado por estas missões das Amazonas, pouco poderei dizer que V.ª Revª. não saiba; mas para obedecer e satisfazer a vontade de Vossa Reverencia farei uma simples numeração das nações que há, de que tenho notícia, começando do Rio da Madeira até êste Mariacoão; assim por me parecer que esta notícia é a que principalmente se requer nêste ponto, como também, porque outra notícia mais difusa de suas qualidades, costumes, e política, requer mais vagar.

Da bôca do Rio Madeira, até às terras dos *Guarajus*, se gastam três mêses. É povoado êste rio tanto da parte do Norte, como da parte do Sul, pelas nações seguintes: correndo para cima, pela parte do Norte, habitam êste sertão os *Oantas, Guajaris, Purupurus, Guareces, Capanás, Jãoens, e Pamas*. De tôdas estas nações, as mais populosas são os *Purupurues, Jãoens e Pamas*. Segue-se a das *Cajaripunás*,

---

1. *Bras.* 9, 427v-428.
2. Bett., *Crónica*, 37.

cuja multidão denotam as muitas e mui populosas aldeias, que debaixo dêste nome, ocupam grande parte dêste sertão. Por último, habita uma e outra parte do Rio da Madeira a grandiosa nação dos *Guarajus.*

Daqui para cima se não sabe de mais Gentio, não é porque o não haja; porque, assim como até aqui tudo é povoado de Gentio, será verosímil que o seja também para cima, pois que ninguém têm passado daqui que possa dar relação dêle.

Voltando para baixo, pela parte do Sul, a primeira, depois dos *Guarajus*, é a nação dos *Camateris*, depois a dos *Pamas*, que também habitam desta banda. Segue-se a dos *Abacaxis*, antigos *Chichirinins*, *Jaguaretus*, a dos *Purerus*, *Curupus* e dos *Manis*. Ocupam estas nações o espaço de dois meses de viagem, donde se poderá inferir o quanto são populosas. Entra aqui o Rio Ipitiá, povoado todo da nação *Arara*, tão numerosa, que igualam os que tem penetrado o seu sertão, às fôlhas do mato em que habitam. Depois os *Toras* ou *Toratoraris*, que são em tanta multidão, que as mais nações lhe chamam «o Formigueiro»; com estas também habitam os *Jaraguaris* e *Aruaxis*. Vão seguindo as nações dos *Mucas* e dos *Muras*. Aqui entrava a nação *Unicoré*, *Terari*, *Anhangatiinga*, *Aripuanã* e *Iruri*. Mas como destas nações há já poucos no mato, não faço delas menção.

Pelo Rio Pociçari, que também chamam dos Aripuanas, que se incorpora com o da Madeira, habita a nação *Jacarèguá*, e as duas vastíssimas nações dos *Cujés*, e *Tituans*.

Êste é o Gentio, de que tenho notícia, que habita os dilatados sertões do Rio da Madeira.

São habitadores do Rio de Canumã os *Guaipinas*, os *Muraguas*, *Pixunas* e *Carapaìanas*. Os principais destas duas últimas, estando eu êste ano na Aldeia de Canumã, me vieram falar em ordem a seu descimento. Como eu lá estava de visita, não pude mais fazer que hospedá-los bem, e mandá-los contentes, com alguns mimos que lhes fiz, e com promessa de que se lhes daria todo o adjutório, para se lhes cumprirem os bons desejos que mostravam.

No sertão do Rio Guarinamã, não sei se haja mais que a nação dos *Maraguás*. No Rio dos Magués, divididos pelos rios que entram nêste, são: dos *Comandís*, *Sapopés*, e dos *Ubuquaras*, se acham as nações seguintes: *Neutus*, *Aitoariá*, *Aneuguá*, *Opiptiá*, *Moguiriá*, *Aigobiriá*, *Sapopés*, *Periquitos*, *Pencoariá*, *Mucaioriá*, *Apanariá*, *Suariraná*, *Monçaú*, *Paramuriá*, *Surridiriá*, *Ubucuaras*, *Sapiuns*.

É povoado o sertão do Rio dos Andirás, das nações: *Unaniá, Guaranaguá, Abuaturiá, Uipitiá, Riauiá, Acaicaniá, Pirapeiguá, Abuquá, Jacarauá, Piraguá, Piritiá, Avueteriá, Uemâtré.*

No sertão do *Rio Mariacoã*, «por outro nome» *Rio dos Acuriatós*, se contam os seguintes: *Mariaroí, Abucaoaniá, Muriciru, Janhanguá, Sacorimatiá, Itixinguaniá, Mutriutré, Arixaruí, Muraá, Mateupu, Ocpiporiá, Içuaiuá.* Pelo Rio Guamuru, que é, braço dêste, se entra nas terras do Gentio *Maniquera* e *Abiariá*.

Estas são as nações, de que tenho notícia, que habitam os dilatados sertões dos rios acima referidos, não contando aqui as quatro Aldeias já domesticadas, situadas nas enseadas do Rio *Canumá, Guarinamá, Andirás* e *Acuriatós: Omnes hae gentes petunt panem, et, cum multi necessarii sint qui frangant eis, non sufficit unus; ita miserae hae animae quot pereunt, fame pereunt* [1].

Quanto ao segundo requisito, direi primeiro bevemente os descimentos que tenho feito, depois que estou nesta missão dos *Tupinambaranas;* depois descerei a alguns casos particulares, que me têm passado pelas mãos.

O primeiro descimento, que fiz para esta Aldeia, foi parte da nação dos *Arerutus;* o segundo foi parte dos *Comandis,* e *Ubuquaras,* sendo que êste mais propriamente se pode dizer que foi de V.ª Rev.ª do que meu, que pôsto vieram depois de V.ª Rev.ª ter saído da missão dos *Andirases,* foi porque V.ª Rev.ª os tinha mandado buscar, cabendo-me a mim só o trabalho de os acomodar e doutrinar; o terceiro foi de dois principais *Andirases* com seus vassalos que habitavam as cabeceiras do Rio Mariacoã; o quarto foi dos poucos *Japucuitabijaras,* que havia nos *Maguês,* pôsto que isto mais se póde chamar mudança, que descimento; o quinto foi a nação *Puraiuaniá;* o sexto a nação *Capiurematiá,* ambos nêste *Rio dos Acuriatos;* o sétimo tôda a nação *Mujuariá,* com parte da nação *Monçaú* e *Ubuquara* do Rio dos *Maguês*. Por último os *Sapopés,* cujo descimento ainda se continua.

Para a *Aldeia dos Andirás* tenho descido parte da nação *Amoriá*, e parte da nação *Acaiuniá*.

Suaviza grandemente os trabalhos que se padecem nêstes descimentos, a consolação que resulta da consideração das muitas almas

---

1. Portanto, em 1714, data desta carta, quatro Aldeias, cujos locais se discriminam bem. Pena foi que nos não dissesse o nome dos seus oragos, para facilitar a identificação.

que se ganham para o céu, que *alias* [alias, em latim, *de outra forma*] sem dúvida se perderiam; e juntamente o ver a prontidão com que as crianças desta gente nova, e ainda algumas de maioridade, assistem à doutrina, em que brevemente instruídos, se fazem capazes de receber o santo baptismo, sendo criados no mato tão à sua vontade. Têm-me sucedido por várias vezes, praticar a alguns moribundos para os baptizar, e não se podendo êles explicar, os mesmos seus parentes ainda pagãos, lhes estavam sugerindo o que haviam de responder. Outros, perguntando-lhes se queriam ser baptizados, respondiam com estas palavras: que para isso vieram das suas terras. Indo há poucos tempos a visitar a *Aldeia dos Andirases*, achei onze inocentes da gente nova, e perguntando a seus pais se queriam que lhes baptizasse seus filhos, respondeu um, por todos, que se não quisessem que seus filhos se baptizassem, os não trariam à minha presença. Não há dúvida que tôdas estas coisas são o acepipe com que se temperam os inconsideráveis trabalhos que com esta gente nova se padecem.

Não só têm Deus Nosso Senhor mostrado sua bondade e misericórdia em os ter tirado das brenhas, onde como feras viviam totalmente esquècidos de sua salvação, submergidos nas trevas da ignorância, e cativos de suas paixões, a que como escravos serviam, tendo só em razão os ditames de seu depravado apetite, mas, ainda em casos mais particulares, em que resplandecem os singulares favores da Divina Providência.

Um principal *Andirás*, por nome *Samatiida*, e no baptismo Pascoal, dêstes novamente descidos, teve a dita de acabar o curso de sua carreira logo que recebeu o santo baptismo. Outro da mesma nação, por nome *Apemoalo*, e no baptismo Francisco, dois dias depois de baptizado, deu a alma a seu Criador, querendo Deus Nosso Senhor mostrar, pagando-lhe na mesma moeda, como lhe agradava o zêlo com que êste Índio procurava que nenhum dos seus morresse sem baptismo; pois logo que algum adoecia, inocente ou adulto, quer fôsse de dia, quer de noite, chovesse ou fizesse calma, estivesse são ou doente, êle em pessoa me avisava incontinente, para que lhe não faltasse com os Sacramentos.

Uma índia, também nova (que foi a que mais trabalho me deu), estando gravemente enfêrma, sendo instruída nos mistérios de nossa santa fé, pôsto que os confessava e cria; contudo no tocante ao baptismo, de nenhuma sorte vinha em o aceitar, mostrando-lhe eu que sem o baptismo era impossível salvar-se, e perguntando-lhe (já depois de cansado) qual era a razão porque tanto repugnava o único remédio da sua alma, descobriu a soberba com que o demónio a enganava dizendo: não quero ser baptizada, porque logo meus parentes hão de dizer que já estive tão doente, que com medo me deixei baptizar. Entendendo eu que aqui já obrava pouco a brandura que com ela tinha usado, a repreendi asperamente da pouca estimação que fazia dos remédios que Cristo Senhor Nosso deixara no mundo à custa de seu precioso sangue, para nossa salvação; representando-lhe juntamente as penas do inferno, a que por sua soberba, voluntariamente se entregava, desprezando os auxílios que Deus naquela ocasião lhe oferecia. E assim advertindo-lhe que considerasse bem o que fazia, me despedi dela, deixando avisado aos que lhe assistiam, que se naquela noite entrasse em agonias de morte me avisassem. Pela manhã, levantando-me a fui logo visitar, e achei totalmente mudada, instruí-a novamente, e não só não repugnou, como também com muita paz, quietação e alegria, pediu o santo baptismo; e depois de recebido pouco tempo, pagou o tributo que todos nós devemos à natureza.

Não falo em um principal da nação *Mòìoariá*, que foi a causa de se descer tôda a sua nação. Êste, depois de vencidos muitos obstáculos, que o demónio pôs a êste descimento, se aplicou tão deveras à doutrina, que não reparava em se meter no meio dos *curumins* a rezar, como criança, as orações e responder ao catecismo, em que brevemente ficou suficientemente instruído. Pediu instantemente o baptismo, e como para o receber com a devida disposição, era necessário largar duas amigas que tinha, por não poder casar com nenhuma, por impedimento que havia entre ambas, logo sem repugnância largou uma e outra, e assim disposto e baptizado, se casou com outra *in facie ecclesiae* com quem vive sem nota alguma. Êste pôsto que se lhe não tenha visto o fim, contudo como a morte segue o rumo da vida, como diz S. Bernardo, *mors umbra vitae*, não poderá deixar de ser bom o fim, quando os princípios são tão louváveis.

Com o desejo de converter a um principal do *Rio Guamuru*, me resolvi a ir a suas terras, e pôsto que por então não teve efeito aquêle descimento, não ficou contudo frustrado o trabalho, que naquela jornada de três semanas padeci; por quanto achei aí um Índio baptizado, gravemente enfermo, que confessado e recebida a Extrema Unção, deu a alma a Deus.

Tendo notícia que pelo *Rio Uamucá* vivia uma porção de gente, determinei mandá-la buscar, e depois de ter partido o embaixador, que para êste efeito tinha despachado, me resolvi a segui-lo. Achei trinta pessoas, que tôdas trouxe comigo; entre estas, achei uma criança, nascida de poucos dias, e no seguinte dia reparando nela, vi que não podia viver muito, e assim foi; porque baptizando-a logo que a vi, não muito depois vôou a sua alma ao céu. Aqui entendi que o impulso que tive de fazer esta viagem, de que estava bem descuidado, foi de Deus dirigido à salvação desta alma. Dei por bem empregado o trabalho que nesta jornada padeci tanto por mar, como por terra, passando grandes calmas, por campinas descobertas, que atravessei, moléstias por igapós e matos serrados, que penetrei, por serem os meios da felicidade desta inocente alma, que sem dúvida pereceria.

A visita, que fiz a *Canumã* e *Abacaxis*, também não foi sem fruto, por que enquanto ali estive (não falando nos mais, que recebendo os Sacramentos faleceram) uma índia, em Canumã, parecia só esperar que eu chegasse. Havia muito tempo que esta Índia estava gravemente enfêrma. Logo que eu cheguei, recebendo com a devida disposição os Sacramentos da Penitência, Eucaristia, e Extrema-Unção, passou desta para outra vida. Outra nos *Abacaxis*, estando já nos últimos paroxismos, os primeiros passos que dei, foram da canoa a sua casa: confessou-se como permitiu o estado em que a achei, levei-lhe logo a Extrema-Unção, a qual recebendo deu a alma a Deus.

No fim desta narração, terá lugar o último caso, que agora há poucos dias me sucedeu nesta *Aldeia dos Tupinambaranas*. A 24 de Março, uma índia nova, de nação *Monçaú*, chegando-lhe os anúncios do parto, se ausentou de casa, e voltando sem a criança, pôsto que reparassem os de casa, não me deram parte do sucesso. Passada uma grande chuva que nêste meio tempo veio, mandei chamar o meirinho para uma diligência de pouca importância, mas de muita nesta ocasião, para ter um meio de se saber o que tinha sucedido; como êste era da mesma casa, em chegando me disse o que se passara. Perguntei à Índia pelo filho, respondeu-me que, por nascer morto o enterrara no mato; não me fiando eu no seu dito, mandei desenterrar a criança, que se achou sepultada ao pé de uma árvore, bastante longe da Aldeia. Vendo eu que ainda vivia, a baptizei.

Aqui se me ofereceu outro caso que passo a referir por ter seu princípio um menino, que estava presente. Vendo êste sucesso, rompeu nestas palavras: «Também a mulher do principal dos *Sapopés*, disse que, em parindo, havia de enterrar seu filho». Como esta tal estava na roça, mandei-a a tôda pressa buscá-la, e poucos dias depois de estar na Aldeia pariu. Vendo eu no segundo dia a criança mal disposta a baptizei, e no seguinte a levou Deus para si. Esta sem dúvida, se não sucedesse o primeiro caso, se perdia; porque, pôsto que a mãe o não matasse como diziam, como êle não viveu mais que três dias, não se me havia de dar parte em tão breve tempo, tanto por ser gente nova, como por falta de canoa, e a roça ser longe, e da banda de além do rio.

Vamos outra vez ao primeiro caso. Como esta, no seguinte dia, ainda viesse suprir as ceremónias da igreja, tornei a perguntar à mãe, porque enterrara sua filha, me respondeu como da primeira vez, porque nasceu morta. Fôsse o que fôsse, hoje são 2 de Maio, ainda ela está viva, e bem disposta.

Êstes são os casos, que por ora me ocorrem dos vários que me têm sucedido. Ajuntarei aqui também os seguintes; que pôsto me não sucedessem a mim, contudo são dignos de memória.

Ao Padre Lourenço Homem, ouvi dizer que sendo missionário nos *Abacaxis* mandara desenterrar uma criança que sua mãe tinha enterrado no mato, e achando-a viva a baptizara, a qual pouco depois faleceu.

Conta o irmão Domingos Francisco, que estando na Aldeia de Canumá, ausente o Padre missionário, indo por acaso a uma roça, viu uma india com uma criança nos braços, expirando. Logo que a índia o viu, se escondeu pelo mato. Gastou-se tempo considerável em se buscar. Finalmente achou-se, baptizou-se a criança, que durou poucas horas. Em outra ocasião, na mesma Aldeia, tendo notícia de que uma índia estava fechada em casa, para que lhe não baptizassem o filho, que estava para morrer, bateu à porta da dita índia, e como lhe não quisessem abrir, a abriu à força. Achou a criança, baptizou-a, e antes de chegar a casa o irmão, subiu a alma daquele inocente ao céu.

Em todos êstes casos bem se vê como Deus Nosso Senhor, por sua infinita bondade e misericórdia, com especiais favores, por meio de instrumentos fracos, socorre nos maiores apertos a seus predestinados.

Com isto me parece (*si me non fallit imago*) ter respondido aos dois pontos principais da carta de V.ª Rev.ª Se fôr alguma coisa, *fortè*, de que V.ª Rev.ª possa lançar mão, *bonis avibus!* E se nada achar, digno da sua pena, não se perdem mais que estas duas folhas de papel; que o trabalho que tive em escrever não o dou perdido, antes muito bem ganho; por nascer de uma vontade pura de servir e obedecer a

V.ª Rev.ª, e ficando só comigo a pena de não poder servir a V.ª Rev.ª em tudo que pedia, aliviada porém na recomendação de seus Santos Sacrifícios. *Guaicurupá dos Tupinambaranas*, 2 de Maio de 1714. De V.ª Rev.ª muito servo e amigo em Cristo, *Bartolomeu Rodrigues* [1]».

Com entrada no Rio Madeira do P. João Sampaio, dotado de grande zêlo construtivo, a missão prosperou muito. E tornou-se tão notável o seu apostolado que de Roma, o P. Geral, a 13 de Julho de 1715, o louva em têrmos fora do comum [2]. Erigiu casas e igrejas, recolheu cacau para diversas obras do culto, ali e na igreja de Santo Alexandre do Pará, desceu Índios, catequizou-os e foi o m a i o r a p ó s t o l o d o R i o M a d e i r a. E nêle ficou a recordação limnográfica da sua passagem, no *Lago do Padre Sampaio*, ou simplesmente *Lago Sampaio*, à beira do qual teve algum tempo a sua Aldeia [3]. A 4 de Junho de 1723, juntamente com um socorro de mantimentos,

---

1. Em Melo Morais, *Corografia*, IV, 361-372. Mas a nomenclatura dos Índios fica sujeita a rectificação de leitura pelo original de Évora, que segundo Cunha Rivara está no cód CXV/2-13, 309-311. A guerra actual (1942) impede-nos a consulta directa, impossível, até por escrito. Bartolomeu Rodrigues faleceu, ali mesmo nos Tupinambaranas, seis meses depois, a 6 de Dezembro de 1714 (*Hist. Soc.*, 51, 45). É natural de Copeiro, diocese de Coimbra, onde nasceu a 24 de Agôsto de 1674.

Aos 22 anos pediu a missão do Maranhão, para onde embarcou a 2 de Abril. A 19 do mês seguinte chega ao seu destino, entrando no noviciado, a 28 de Junho de 1696. Deu-se a aprender a língua tupi com tal ardor que saiu mestre e lhe valeu como título para a profissão solene, pois tinha sido pouco feliz nos estudos. Fê-la, no Pará, a 15 de Agôsto, nêste mesmo ano, entre a data desta carta e a da morte, que o colheu entre os seus Índios em pleno rendimento de grande missionário (*Bras. 9*, 416, 419; *Bras. 27*, 28; *Lus. 23*, 291-292v.; Bett., *Crónica*, 599, 649).

2. *Bras. 25*, 6v-7.

3. João de Sampaio nasceu na Abrunheira, diocese de Coimbra, em 1680. Entrou na Companhia em 1701 e veio noviço de Portugal em 1703. Antes de se ordenar, começou as Salinas de Curuçá. Indo ordenar-se a Portugal, voltou em 1712, inaugurando a sua carreira missionária na Aldeia de Canumã. Logo no principio dela, foi gravemente infamado por um índio, ou ébrio ou malicioso. Feitas as investigações, reconheceu-se a sua inocência, e o P. Geral, em carta de 22 de Setembro de 1714 ordena ao P. Superior da Missão, José Vidigal, que o console, e restabeleça a sua fama (*Bras. 25*, 3v). Com a sua actividade económica foi fundador (êle ou mais propriamente a sua missão) da Capela do Santo Cristo da Igreja de Santo Alexandre, do Pará (*Bras. 25*, 91). Mais tarde, da Aldeia de Trocano, passou, já alquebrado, para o Engenho de Ibirajuba, onde faleceu a 22 de Janeiro de 1743 (*Livro dos Óbitos*, 31; *Bras. 27*, 13v); João Daniel, *Tesouro Descoberto*, 2ª. P., 127.

enviados do Pará, chegou o P. João Sampaio ao Arraial de Francisco de Melo Palheta, que ia a descobrir as cabeceiras do Madeira. Demorou-se até o dia 10, e depois, na sua galeota, seguiu a expedição por espaço de um dia, despedindo-se e voltando para a Aldeia [1].

3. — Não tardou o P. Sampaio a subir de-novo o Madeira e a seguir mais avante. E desta vez para fundar a *Aldeia de Santo António das Cachoeiras* [2], já em território do actual Estado de Mato Grosso, «entre o Rio Jamari e a primeira Cachoeira do Madeira, diz o explorador José Gonçalves da Fonseca, e se compunha de gente que se praticou na ocasião que no ano de 1722 andou, com uma tropa de exploração por todo o Madeira, Francisco de Melo Palheta» [3].

Os Superiores do Pará achavam esta Aldeia demasiado longe e exposta aos ataques dos Índios selvagens e retiraram dela a João de Sampaio. Mas do Rio Madeira pediam o seu missionário e recorreram a Roma. O Geral, em 1727, achou melhor que êle voltasse [4]. E de facto já encontramos de novo o P. Sampaio em 1730 na Aldeia de Santo António das Cachoeiras com o P. Manuel Fernandes [5]. Há indicios de se assentar a Aldeia, desta vez, em lugar, perto, mas diferente do primeiro; e nêste ano constava de 338 Índios, a maior parte dêles ainda catecúmenos [6].

---

1. *A Bandeira de Francisco de Melo Palheta*, em Capistrano, *Caminhos Antigos e Povoamento do Brasil*, X (Rio 1930) 195-196.

2. Nos Catálogos vêm das seguintes fórmas: Santo Antonio *Cachoeirensium* (Bras. 27, 52), *Cachoeiras* (Bras. 27, 71, 84v), Santo António vulgo *Cachoeiras* (Bras. 27, 109).

3. Cf. Cândido Mendes de Almeida, *Memórias*, II, 294-295. Foi em 1723 como se viu.

4. Bras. 25, 38v. A 30 de Setembro dêste ano de 1727 enviou Sampaio uma relação da sua ida a *Cachoeiras*, e do que passou em fundar e estabelecer ali a missão. Referência a essa relação em Bras. 25, 44v. E ainda nêsse mesmo ano, a 5 de Setembro, escrevia El-Rei a Maia da Gama o informasse sôbre o Tapajós e o Madeira, as suas Aldeias e quem lhe parecia mais apto para as administrar, em *Anais do Pará*, II (1902) 189.

5. Bras. 27, 52.

6. Bras. 10 (2), 338. Já depois da mudança da Aldeia de Santo António das Cachoeiras para Trocano, passou por Santo António, o Piloto António Nunes de Sousa que descreve assim o que viu: Passando o Rio Machado e o Rio Jamari, «pouco avante, à parte esquerda [subindo] está um igarapé e nêle uma Tapera, onde estêve situada uma *Aldeia da Companhia*, e pouco mais avante se encontra

A Aldeia de Santo António das Cachoeiras era considerada «a mais remota e trabalhosa em todo o género de trabalhos e *moléstias*, que ali indefectivelmente padecem os Missionários»[1].

Desta Aldeia irradiavam os Padres pelos rios vizinhos, incluindo o Madeira, até o Mamoré. Também missionaram no Guaporé, afluente do Madeira, centro do Mato-Grosso[2]. Mas para as missões do Guaporé o ponto de partida, depois, foi S. Paulo.

4. — A Aldeia de Santo António das Cachoeiras permaneceu no Catálogo até 1740. O seguinte, que é de 1744, traz já, e pela primeira vez, a *Aldeia de Trocano* que a substituiu[3]. Silva Araujo dá-lhe genealogia mais complicada[4]. José Gonçalves da Fonseca, que estêve nela em 1749, diz que a mudança se fêz para buscar melhor clima e para se livrarem das vexações dos bárbaros vizinhos. Com a mudança não se viram porém livres dos *Muras*, que tiveram algumas vezes o atrevimento de investir contra a *Aldeia do Trocano*, «e, para cautela de semelhantes insultos, vive o Missionário em uma casa entricheirada de estacada, para dela se defender melhor de alguma invasão, socorrido de dois seculares, que lhe assistem»[5].

---

a primeira cachoeira», *Derrota desta cidade de Santa Maria de Belém do Grão-Pará para as Minas de Mato Grosso, Arraial de S. Francisco Xavier, de que foi Cabo o sargento-mor Luiz Fagundes Machado, feita por mim António Nunes de Sousa Piloto Mestre aprovado, feita em 14 de Julho de 1749*. — Rev. do Inst. Bras., LXVII, 1ª. P. (1906) 259.

1. *Livro dos Óbitos* (o do P. Manuel Fernandes), 32. As *molestias* dos que construiram a estrada de ferro Madeira-Mamoré vêm de longe...

2. «Pelos Padres da Companhia, diz Mendonça Furtado, tive notícia de que vinha para esta cidade um Regimento, e que Sua Majestade fôra servido reùnir as minas do Mato Grosso a êste Estado permitindo-lhe o comércio pelo Rio da Madeira, com que se aumentarão muito as ditas minas, engrossará o comercio, crescerão os rendimentos desta Alfândega, seguraremos a navegação do dito Rio naqueles limites, nos quais não tínhamos fôrça alguma com que repelir a qualquer violência que nos quisessem fazer os vizinhos», Carta de Mendonça Furtado a Diogo de Mendonça Côrte Real, de 26 de Fevereiro de 1753, *Anais do Pará*, II (1902) 40.

3. *Bras. 27*, 123v.

4. *Diccionário*, 62-63.

5. Em Cândido Mendes de Almeida, *Memórias*, II, 295-296. Sôbre os *Muras* e seu ódio aos brancos e motivos dêle, cf. João Daniel, *Tesouro Descoberto*, na Rev. Rev. do Inst. Bras. III, 166-167.

A Aldeia de Trocano, que era então a mais alta povoação do Rio Madeira, teve apenas 14 ou 15 anos de vida jesuítica. Em 1751 o P. Aleixo António trouxe para ela muitos Índios do Rio Negro. Já tinha bôa casa de residência e angariávam-se fundos para a construção de uma igreja, quando tudo parou. O seu último missionário, Anselmo Eckart, recebeu amigavel e festivamente o Governador Mendonça Furtado, a 20 de Dezembro de 1755, que vinha já com o propósito de tirar a Aldeia aos Padres e de a fazer vila, que recebeu o nome de *Borba-a-Nova*.

A inauguração foi a 1 de Janeiro de 1756. Mendonça colocou em Borba uma pequena fôrça comandada por um dos seus tenentes, homem certamente impecável. Tendo saído os Padres da Companhia, Mendonça deixou também como pároco interino um dos seus capelães, secular, que levava consigo para o Rio Negro. Pouco depois, tenente e capelão brigam entre si. Mendonça retira o capelão e manda um religioso do Carmo; e explica: «Do Carmo, que tem com os Jesuítas uma antipatia notória». Mas pouco depois, nova briga entre o tenente e o carmelita. O carmelita queixa-se ao Governador. E êste em vez de averiguar o que haveria como chefe, escreve para Lisboa, como parte, que o Carmelita ficou «pior que o clérigo chegando até o ponto de me escrever cartas destemperadas». E a culpa, naturalmente, de quem havia de ser? Dos Jesuítas. É isto, efectivamente, o que Mendonça escreve [1].

Trocano ministrou ainda outra ocasião para se conhecer a mentalidade do tempo, em particular a de Sebastião José de Carvalho. Havia em Trocano duas pequenas peças, ou canhões, trazidos para a missão do Rio Madeira muitos anos antes pelo P. José da Gama, para espantar os *Muras*. Na ocasião da inauguração da vila saùdaram o acto. Esta salva, em honra de Mendonça Furtado e da nova vila, iria celebrizar Trocano. Preferimos dar a palavra a Lúcio de Azevedo. Diz êle: «Tão obscura ficaria na História, a aldeia de Trocano como têm sido a vila que lhe sucedeu, não fôra o incidente dos canhões. Os que salvaram em presença de Mendonça eram duas peças de pequeno alcance, levadas para ali anos atrás, com assentimento do governador

---

1. *Anais do Pará*, IV (1905) 223. Seria talvez pela estada aqui daquele religioso Carmelita, em 1756, que Fr. André Prat, em *Notas Históricas sobre as Missões Camerlitanas no extremo norte do Brasil* (Recife 1941) 41, inclue Borba entre essas missões, para cuja fundação dá o ano de 1755.

João da Maia da Gama, não para defesa material, mas afim de, com o estrondo, afugentarem os selvagens, da nação hostil, dos *Muras*. Subjugados êstes Índios, inúteis jaziam no povoado as inocentes máquinas de guerra, excepto nas ocasiões de público regozijo, em que seus tiros acordavam os ecos da floresta. Nenhum cabedal fizera Mendonça dêste facto; seu irmão, porém, mais ardiloso, não hesitou em divulgar que se achavam os Jesuítas, a exemplo do Paraguai, fortificados em Trocano, sendo talvez os Padres alemães, desta Aldeia e dos Abacaxis, disfarçados guerreiros. E assim o descarado engano correu mundo »[1].

---

1. Lúcio de Azevedo, *Os Jesuítas no Grão-Pará*, 320; Morais, *História*, 519; Artur Reis, *História do Amazonas*, 100. Na Bibl. de Évora existem interessantes relações manuscritas do Rio Madeira, tôdas ou algumas de origem jesuítica, Cód. CXV/2-13, ff. 325, 329, 332, 340; Cód. CXV/2-15, nº 5 (mencionadas em Cunha Rivara, *Catálogo*, I, 29-30). E cita-se o P. Bento da Fonseca, como autor de duas dessas relações.

CAPÍTULO IV

Rio Solimões

1 — Primeiros contactos; 2 — O P. Samuel Fritz e a sua descida ao Pará; 3 — A «Aldeia do Oiro», argumentos e vias de facto; 4 — A Aldeia de S. Francisco Xavier do Javari, fronteira definitiva do Brasil.

1. — O Amazonas, entre a confluência do Ucaìali no Peru e a bôca do Rio Negro, chama-se Solimões, do nome duma tribu que o habitava [1].

Do Ucaìali para cima, o seu nome é Marañón e foi campo de missões dos Jesuítas da Assistência de Espanha, a cuja história pertence. Como se sabe, as fronteiras actuais do Brasil só no século XVIII se assentaram definitivamente. E, pelo facto de serem paragens que Portugal e Castela pretendiam, aí se deram sucessos do carácter territorial e político, em que os missionários das duas Coroas se viram fatalmente envolvidos, pugnando os que iam de Espanha por Espanha, e os que iam de Portugal, por Portugal. Nem podia ser outro o caminho da lealdade e da honra.

Nesta pugna entre Castela e Portugal houve apenas breve interregno, aliás anterior aos Jesuítas nessa região, quando as duas coroas tiveram um mesmo e único soberano, momento histórico propício ao alargamento das fronteiras. Portugal aproveitou-o maravilhosamente, e a êsse escopo obedeceu aquela primeira e extraordinária jornada de Pedro Teixeira a Quito, a primeira de ida e volta no grande rio, de tão decisivas conseqüências históricas até para a actividade

---

1. Os *Yurimáguas* de Fritz, e, antes dêle, os *Surimanes* de Acuña que, com Pedro Teixeira, ficaram a ser, para sempre, *Solimões*.

missionária, jornada constantemente invocada por parte de Portugal, para a progressão metódica e sistemática da sua posse, rio acima [1].

Com Pedro Teixeira desceram os Padres Cristóbal de Acuña e André de Artieda, em 1639, e foram êstes os primeiros Padres da Companhia de Jesus que sulcaram o Solimões. Naturalmente, por serem missionários de Espanha, revindicaram depois êsse Rio para a sua coroa e requereram em Madrid promovesse e fomentasse nêle as missões da Companhia de Jesus, de Quito [2]. Da parte de Portugal,

---

1. Sôbre esta expedição, antecedentes e precursores, cf. Artur Reis, *A grande aventura de Pedro Teixeira pelas águas do Rio Rei* na *Revista do Inst. Hist. e Geogr. do Amazonas*, VI (1938) 333-349); Pedro Calmon, *História do Brasil*, II (S. Paulo 1941) 110-113, que dão outras fontes, sobretudo relativas à descida de Quito, em 1636-1637, do português Francisco Fernandes, com dois franciscanos espanhois Fr. Domingos de Brieva e Fr. André de Toledo, com mais alguns soldados e índios, facto consideravel que determinou a grande expedição de Pedro Teixeira. Cf. La Roncière, *Histoire de la Decouverte de la Terre* (Paris 1938) 234; Southey, *História do Brasil*, II, 424ss; Porto Seguro, *HG*, III, 186-195 e notas de Rodolfo Garcia; Múrias, *Portugal Imperio*, 191.

2. Cf. Requerimento que Acuña apresentou a Felipe IV, de Espanha, *Rev. do Inst. Bras.* 28, 1ª. P., 257ss. O P. André de Artieda fêz a profissão solene em S. Luiz do Maranhão, no dia 25 de Março de 1640, em mãos do P. Benedito Amodei (*Lus.* 6, f. 13), e nesse mesmo mês partiram ambos para Espanha. Pedro Teixeira, datado do Pará, 3 de Março de 1640, passou um certificado de grande louvor ao P. Acuña, «a que se debe dar crédito, mejor que a otro alguno de los que fueron en la dicha jornada». Na nomeação, em Quito, dêstes dois Padres se enumeram as suas qualidades: «En primer lugar al P. Cristóbal de Acuña, Rector de la casa de la ciudad de Cuenca y primer fundador de ella, persona de las partes de religión, letras, púlpito, prudencia y las demás que son notorias y pide semejante empresa, por haber corrido casi todas las provincias del Perú, Quito y Lima, Chile, Tucumán, Paraguay con todas las costas del Brasil, Río de la Plata y del Pará. Y que en segundo lugar nombra el dicho P. Viceprovincial para compañero del dicho P. Cristóbal de Acuña, al P. Andrés de Artieda, Maestro actual de Teologia en estos estudios de Quito, persona de las partes y letras, púlpito y religión que es notorio, práctico en las provincias del Nuevo Reino de Granada y Quito, y que a falta del dicho P. Cristóbal de Acuña puede suplir para los mismos efectos» (Documento de Arch. S. I. Romanum, citado por José Jouanen, *Historia de la Compañía de Jesús en la antigua Provincia de Quito*, I (Quito 1941) 350-351).

É novidade que o P. Acuña tivesse estado antes nas costas do Brasil e do Pará. Nas do Brasil compreende-se bem, no sul, visto ter estado no Rio da Prata. Nas do Pará, não constando tal facto nos documentos portugueses, deve entender-se que seria nas costas do norte, correspondentes às da Venezuela, que se consideravam prolongamento das do Pará, como se infere da carta do P. Manuel Gomes, *Apêndice B*.

organizaram os Jesuítas a primeira e grande expedição de Luiz Figueira, naufragada na Ilha do Sol, e depois a de Vieira, e iam entrando e avassalando o Amazonas até ao Rio Negro, quando o Motim de 1661 impediu o trabalho de penetração e ocupação missionária, pacífica e estável. Somente nove anos depois, acabados os ecos do motim e reconstituída a missão, puderam subir o Solimões os primeiros Jesuítas idos do Pará, Manuel Pires, que encontramos sempre nestas expedições iniciais, e João Maria Gorzoni, ambos numa tropa de resgates, enviada pela Câmara do Maranhão em 1670[1].

Nêste meio tempo os Padres de Quito e do Peru, descendo ao Rio Marañón e ao Solimões, tomaram contacto com os *Omáguas* em 1645, missão que adquiriu, no tempo do P. Samuel Fritz, notável desenvolvimento até às proximidades do Rio Negro[2]. Nessa região fundaram pois os Jesuítas hespanhois várias Aldeias, e se Castela não tirou delas todo o fruto que esperava, elas sem dúvida asseguraram-lhe a posse dos territórios entre o Javari e Iquitos.

A questão é longa e vasta. Não nos compete porém fazer a história dessas missões, senão nas suas relações com as portuguesas, primeiro com o P. Fritz, depois com o P. Sanna, e finalmente com o estabelecimento da missão portuguesa da Companhia no próprio Javari.

---

1. Ainda lá estavam em 21 de Julho de 1671, *Bras.* 9, 264-264v; Bett., *Crónica*, 272-275; Morais, *História*, 534.

2. «1645. — Baja el P. Cujía por el Marañón y dá con los *Omaguas* tipo de Indios enteramente particulares; hace amistad con ellos y regressa a Borja, de donde era Cura. El P. Cueva funda entre los *Mainas* los pueblecitos de San Luis Gonzaga y de San Ignacio», — José Felix Heredia, *La Antigua Provincia de Quito de la Compañia de Jesús y sus misiones entre infieles* — 1566-1767 (Riobamba, Equador 1924) 11. Tudo com mais precisão e desenvolvimento, em Jouanen, *História*, I, 355ss, que utiliza as fontes clássicas do Amazonas espanhol de Manuel Rodríguez, *El Marañón y Amazonas*, L. 2, c. 6; Chantre y Herrera, *Historia de las Misiones de la Compañía de Jesús en el Marañón español* (Madrid 1901) L. 1, c. 16. Os *Omáguas*, que no mapa de Samuel Fritz se estendiam do Napo ao Japurá, são os *Cambebas*, das relações e documentos portugueses. Von Spix usa êste último nome. Juan de Velasco, (*Historia del Reino de Quito en la América Meridional* (Quito 1841-1844) chama aos Cambebas, os Fenícios do rio, pela sua habilidade na navegação. Cf. Markhan, *Expeditions*, 175-176) e nota de Garcia em *HG*, III, 191.

Samuel Fritz, missionário do Marañón e Solimões, dá conta ao Vice-Rei do Peru do estado da sua missão, do que tinha feito até 1689: «Tengo sujetos al Evangelio de Cristo treinta y ocho Aldeas de la provincia de Omaguas, la reducción de Nuestra Senora de las Nieves de la nación *Yurimagua* y dos Aldeas de la nación *Aizuruare*. En las ocho primeras reducciones de *Omaguas* he bautizado los pequenos y adultos; en las demás sólo los inocentes»[1].

No principio daquele ano de 1689 o P. Samuel Fritz caiu doente (hidropisia). E coincidindo com a enchente do rio, o missionário em vez de subir resolveu baixar o Solimões, em busca dos Portugueses, para mais rápida cura, e ao mesmo tempo ver se impedia que as suas missões fôssem atacadas por êles, advogando os direitos com que ali estava por parte de Espanha[2].

Na Aldeia do Urubu encontrou-se com o P. João Maria Gorzoni e o Cabo da tropa André Pinheiro. Não sendo fácil a cura, Gorzoni cedeu-lhe o irmão coadjutor, que levava consigo, e o Cabo deu-lhe um soldado, para o acompanhar, e uma canoa com que se dirigiu ao Pará[3].

2. — Tinha saido o P. Fritz em fins de Janeiro de 1689 da *Aldeia de S. Joaquim dos Omáguas* e chegou ao Pará a 11 de Setembro, «mais

---

1. *Noticias auténticas del famoso Rio Marañón y Misión apostólica de la Provincia de Quito en los dilatados bosques de dicho Rio* (Madrid 1889) 455. Cf. Astrain, *Historia*, VI, 620; Sommervogel, *Bibliothèque*, IX, 377. Destas Aldeias jesuíticas, em actual território do Brasil, os historiadores amazonenses fazem proceder, originariamente, algumas das suas actuais povoações: Olivença (*S. Paulo dos Cambebas*), Castro de Avelãs (Maturá), Tefé... Cf. Silva Araujo, *Dicionário*, 171-172, 200-201, 342. — Isto não exclue mudanças subsequentes, nem subsequentes actividades missionárias dos Carmelitas.

2. Levavam-no os Índios *Cuchivaras*, do Rio dos Cuchivaras, Cuchiguaras, de Acuña, o actual Purus (Porto Seguro, *HG*, III, 191), e que Markhan assinala com êstes nomes: «Rio Amaru-mayu, Madre de Dios, Purus, or Cuchiguara», Markhan, *Expeditions*, no mapa do vale. João Daniel escreve que até ao seu tempo, no Rio Purus, não havia estado ainda missão nenhuma, de nenhuma Religião (*Tesouro Descoberto*, 2ª. P., 130); mas êle próprio dá alguma notícia dos índios Purus (ib., *Rev. do Inst. Bras.*, III, 165).

3. Mais uma vez não tem razão Varnhagen, quando diz que Fritz passara ao Alto Amazonas, «a pretexto de mudar de ares»... Porto Seguro, *HG*, III 314. Rodolfo Garcia, nêsse mesmo lugar, rebate a Varnhagen; Cf. também Jouanen, *Historia*, I, 495.

morto do que vivo». Logo se manifestou decidido partidário dos direitos de Castela às terras do Solimões e Baixo-Amazonas. Impugnou a cédula da Real Audiência de Quito, de 1639, que reconhecia a Portugal o direito à Aldeia do Oiro, e impugnou-a com o fundamento de que não fora ratificada pela Coroa de Castela, por ter sobrevindo a Restauração de Portugal[1].

Quando Samuel Fritz chegou ao Pará, o reitor do Colégio era João Carlos Orlandini, e Superior da Missão Jódoco Peres. Orlandini tratou Fritz com exímia caridade, mas o Governador Artur Sá de Meneses convocou a Junta das Missões e determinou-se nela que o missionário, mesmo depois de restabelecido, não pudesse voltar ao Solimões, antes de ser consultado El-Rei de Portugal[2]. O Governador comunicou a resolução ao P. Jódoco Peres, que se comprometeu por escrito, a que assim o faria. Dera-se entretanto a mudança do govêrno da Missão, e o P. Bettendorff, seu sucessor, assumiu a mesma responsabilidade.

Coincidiu a descida do P. Fritz com o movimento de expansão missionária no interior da Amazónia. Já estava avisado para ir para as missões do *Rio Negro e Madeira até o Napo* o P. Aloísio Conrado Pfeil, que sempre se mostrou contrário aos Padres do Brasil (Portu-

---

1. Da sua viagem, debates no Pará, e volta à Missão, redigiu Fritz o seu famoso *Diário:* «Diario de la Bajada del Padre Samuel Fritz, Misionero de la Corona de Castilla en el Rio Marañón, desde S. Joaquin de Omaguas, hasta la Ciudad del Gran Pará por el año de 1689, y buelta del mismo Padre desde dicha Ciudad, hasta el pueblo de La Laguna, cabeza de las Misiones de Maynas, por el año de 1691». Deste *Diário há várias cópias* uma das quais na Bibl. de Évora, cód. CXV/2-15, letra do P. Bento da Fonseca (cf. Rivara, *Catálogo*, I, 27), junto com outros escritos do P. Fritz, de que Sommervogel dá notícia pormenorizada, primeiro como *ms.* (tomo III, col. 1003) e depois como impressos (tomo IX, col. 377), nas *Notícias Autênticas* publicadas por Marcos Jiménez de La Espada, em Madrid, no *Boletín de la Sociedad Geográfica*, tomos 26-33 (1889-1892) e, também em separado. Astrain faz as citações pelo volume autónomo *Notícias auténticas del famoso Rio Marañón* (Madrid 1889). Rodolfo Garcia, que teve «vaga informação» dêle, faz as citações pelo *Boletin*. Garcia traduziu o *Diário do P. Samuel Fritz* e inseriu-o na *Rev. do Instituto Histórico*, 81 (1917) 353-397, antepondo-lhe uma erudita introdução e enriquecendo-a de notas, objectivas e seguras, como é seu estilo. Aqui as completaremos com algumas fontes inéditas (P. Pfeil) ou novas (Astrain), que o ilustre historiador não teve ao seu alcance. Pelo seu *Diário* na *Rev. do Inst. Bras.*, fazemos as citações.

2. *Diário*, 385; Bett., *Crónica*, 416-417, 468.

gueses e Brasileiros) e se achava menos bem disposto para ir, e até se inclinava à opinião do P. Fritz. Considerava-se vítima do ódio contra os estrangeiros, e faz do caso de Fritz um episódio dêsse movimento. Refere-se desagradavelmente a todos: aos dois Governadores e aos dois Superiores da Missão, aliás ambos estrangeiros como êle, mas, que se tinham integrado no ambiente local e nos interesses da Coroa Portuguesa em cujas missões trabalhavam[1].

---

1. «Pro appendice puncti, quod de Exterorum Nostrorum extirpatione tractanda operam pretium erit subjungere casum, hoc in Paraense Collegio, praesentem et memorabilem. P. Samuel Fritz Bohemus, Missionarius Provinciae Novi Regni, Professus 4 Votorum, ex populis suis Cambebis (qui ad Coronam Hispanicam absque ullo dubio vi *Ductae* illius celebris *Lineae* spectant) a vicina Lusitanorum in mancipia intentorum Tropâ opem extremae aegritudinis poscens, ab iisdem (bene aut male illi faciendi studio?) ad hoc Collegium per flumen Amazonium deduci permissus est. Nondum urbem omnino tenuerat, mox contra Virum Bonum mussitare Arthurus Gubernator, quin et contra ius gentium et fas omne redire sanitati restitutum, imo nunquam auditum; neque dicto vel facto Regi vel legi noxium ad Cambebarum missionem prohibuit, utpote quod esset Lusitani iuris: ac super haec pro exploratore a paucis primo habitus est P. Samuel, ac dubitari caeptum verene e nostra Societate esset? Eoque nomine apud Patrem Superiorem P. Jodocum Peres institit ut hominem detineret, donec Regem, quem de irrumpente Extero certiorem fecerat Arthurus quid cum illo fieri vellet rescriberet. Ad quod Gubernatoris consilium ac voluntatem Perezius fidelem sane operam suam contulit proprio motu, nullaque praehabita cum Consultoribus ut solet negotii discussione, metu ac potestate Arthuri deterritus affectate potius Regis partes modo quam solide ac prudenter Societatis nomen defendit, adeo ut et chirographo suo sponderet permissurum se haud esse ut Pater ad suos an nostros Cambebas? revertatur. Gravem errorem a Perezio comissum esse dicimus omnes; clareque damnat et fatetur successor P. Bettendorffius: veluti et Albuquerquius, Arthurum, creatus iam Provinciae Praeses, inurbane severitatis arguit. Monui pro officio graviter principio Perezium Bettendorffiumque hodie, ne Praeposito Generali magnae cujusdam offensae quin et Catholico Regi materiem praeberent. Immo neque ad mutandum animum mollis Albuquerquio fuit; ne Reges inter amicitia minueretur. Sed effectum nihil. Regem suum Praeses potiorem quam caetera omnia habuit, extrahens politice negotium: et nostri vilificantur. Igitur tandem instinctu meo arietem admoturus ultimum, P. Samuel factâ quidem a diu renitente Bettendorffio potestate, decentissimo libello adducticisque libere de impedito Catholico Rege, Christique S. Evangelio in Lusitaniam saltem proximo quatriduo hinc eo solutura navi, ad Regem mitti petiit, ut ei det rationem seque suis restituat insuper Albuquerquium ursit, ut distinctissimo calamo animi sui sententiam explicare ne gravaretur. In arcto est Superior: nec Albuquerquius respondet. Puto prohibendum P. Samuelem frui iure suo, neque navigare in Europam etiam permittendum. Primus Martii dies navigationi praestitutus

Pfeil, desconfiado e descontentadiço por temperamento, era matemático e geógrafo de valor e já tinha desenhado um magnífico mapa dos limites com a Guiana Francesa. Achava que a França não tinha direito às suas pretensões. Quanto a Castela não ia também plenamente de acôrdo com Fritz, que ignorando as realidades da ocupação, ainda fazia cair a Linha de Tordesilhas «pelo Rio Vicente Pinzón». Para Pfeil o meridiano passava, diz êle, «pouco mais ou menos, pela bôca do Rio Tapajós». Em todo o caso, convidado a levantar também o mapa dêsses limites, escusou-se, alegando doença, acrescentando porém àquela sua opinião que «talvez El-Rei de Portugal tivesse outros direitos»...[1].

Nesta frase se encerra, a-final, a questão. Menos se atendeu nela praticamente, a direitos teóricos, do que ao *uti possidetis iuris*, que foi o que veio a prevalecer em tôda a Amazónia, ontem como hoje, até ao Acre...

Provou-se mais uma vez que a Geografia e a ocupação são fontes de direito. Dando um salto ao futuro, concluída a querela com a América Portuguesa, continuou a pendência dentro da própria América Espanhola, nos países em que se repartiu nestas paragens. A ocupação efectiva peruana, facilitada pelo acesso e navegabilidade dos rios, prevaleceu contra o direito real da Audiência de Quito, hoje República do Equador, isolada pelos Andes, que dificultavam a comunicação mercantil e a saída dos produtos amazónicos nos rios que a banhavam. Até o Napo, de tantas tradições equatorianas, pertence hoje em grande parte ao Peru. Fritz trabalhava pois por uma causa

---

evolvet secreta. Ego vero cogor maturius obligare epistolam revehendus Mortigurensem in Residentiam ubi morabor, donec post menses aliquot ad extremi *Fluminis Nigri*, quod cum *Madeira* et *Urubu* fluviis usque ad fluvium *Napo* suum faciunt (at sane perperam ut credo) Lusitani, limitibus recens inchoandam missionem Residentiamque prout Rex jussit mittar; ita enim Superior Bettendorffius mihi insinuat exoptatque. Isthic vero facillime obviabo Hispanis vicinis, P. Samuelis raptu, ut sic dicam, haud dubie exasperatis; et fortassis cum talionis periculo, raptuque meo. Quid vero dato hujusmodi casu, partiumque et iurium conflictu agere me Admodum Reverenda Paternitas Vestra vellet ? — interrogo. An resistere Hispanis vicinis a me et meis ? An ad eos pro cavendo summo malo pacifice transire ac permanere deinde omnino cum ejus Provinciae Societatis Patribus ? Servatis scilicet servandis fideque et cultu quem Utrique Regi Societas nostra debet ?»—Carta do P. Aloisio Conrado Pfeil, ao P. Geral Tirso González. do Colégio de S. Alexandre, Pará, 27 de Fevereiro de 1691, Bras. 9, 365v-366.

2. Bras. 3 (2), 330-330v.

perdida de ante-mão. Não era porém então assim clara, como hoje, a predeterminação geográfica das nações, nem se tratava ainda senão de domínios de nações metropolitanas. E enquanto demorava a resposta de Lisboa, Fritz, apartado da missão, ansiava voltar a ela, ou subindo de-novo o Amazonas, ou indo a Lisboa, para de ali passar a Cartagena das Índias. Bettendorff, pelo compromisso assumido, e porque tomara a favor de Portugal a posição que Fritz tomara por Espanha (cada qual, lealmente, a favor das Côroas, em cujas terras missionavam) tratando-o com afecto, mas com firmeza, não consentiu nem uma coisa nem outra, até à resposta definitiva de El-Rei [1].

A resposta enfim chegou: que o Padre, aviado de todo o necessário e tratado com cortesia, pudesse voltar à Missão. Ordenava El-Rei que o Governador, já António de Albuquerque, lhe desse escolta, de que foi Cabo António de Miranda e na qual iria, como soldado, o futuro explorador do Madeira e introdutor do Café no Brasil, Francisco Palheta.

A expedição saiu do Pará, a 8 de Julho de 1691. Ao chegar aos limites da sua missão, Fritz convidou os Portugueses a voltarem. Todavia o Cabo Miranda insistiu em ir até os *Omáguas*. E com efeito só dali voltou, não sem intimar antes o P. Fritz a que se «retirasse daquelas Províncias por pertencerem à Coroa de Portugal» [2].

Fritz procurou mover no Peru, as autoridades responsáveis a que o ajudassem, e tratassem de ocupar eficazmente aquelas regiões. Não encontrou eco. Responderam-lhe, em suma, que terra havia muita na América, e que aquela não dava rendimento, nem era muito cómodo meterem-se com Portugueses...

---

1. *Diário*, 385; Bett., *Crónica*, 534-535. Fritz não faz nenhuma referência aos dois Superiores da Missão, que teve no Pará, durante a sua estada ali, Jódoco Peres e Bettendorff. A razão está na opinião dêstes Padres, missionários de Portugal, diferente da do missionário de Castela; e um dêles, Bettendorff, expressa claramente a sua opinião, tratando da Jornada de Pedro Teixeira em 1639 e do assento que êste fez à volta, nos Livros da Câmara, «da posse tomada e da demarcação feita por Provisão Real, de Quito, da Aldeia do Oiro, para a Coroa de Portugal» (Bett., *Crónica*, 54, 60).

2. Isto diz Fritz no seu *Diário* (p. 393). Nos seus *Apuntes acerca de la linea de la demarcación entre las Conquistas de Espana y Portugal en el Rio Marañón o Amazonas*, acrescenta que o Cabo António de Miranda, estendia até ao Rio Napo os direitos Portugueses. Estes *Apuntes* estão incluídos nas *Noticias Auténticas* (460-3). Cf. Astrain, *História*, VI, 624-625.

Desta descida de Samuel Fritz ao Pará, não resultou proveito nenhum positivo para a Coroa de Espanha nem para as Missões. Mas, além da ocasião, dada ao Governador do Estado do Maranhão e Pará, para afirmar a soberania portuguesa naqueles confins, ficaram dois documentos, de Fritz, o *Diário* da sua viagem, utilíssimo e concreto, e, depois, o *Mapa do Grande Rio Maranhão ou Amazonas*, que lhe deu maior nomeada, monumento precioso da Cartografia americana, de interesse directo, ambos, para a história do Brasil.

3. — Não terminou aquí a pendência. Quando o Cabo Miranda intimou o P. Fritz, respondeu-lhe êste que, sem querer decidir por si a questão, continuaria as missões religiosas. Por 1696 apareceu nas proximidades do Rio Negro. Vinha acompanhado de Castelhanos. Assim como os Portugueses desciam índios para o Pará, tratavam êles de os fazer subir para às terras da América Espanhola. Fritz encontrou-se com os Portugueses e tornou a ser notificado de que aquelas terras eram da Côroa de Portugal. Os Padres Carmelitas tiveram nêste facto intervenção directa, que El-Rei lhes mandou agradecer [1].

Começou então a propalar-se que os índios não queriam os Castelhanos e pediam missionários portugueses [2]; e El-Rei ordenou ao Governador que se o P. Fritz tornasse a ser encontrado no Solimões o trouxessem ao Pará e remetessem ao Reino [3].

Entretanto, os Religiosos Carmelitas portugueses iam-se estabelecendo no Solimões, enquanto Fritz com os seus companheiros,

---

1. Jouanen refere dois ataques dos Portugueses a *Omáguas*, um a 7 de Setembro de 1695, outro por Fevereiro de 1696, e que de nenhuma das vezes os Portugueses se encontraram pessoalmente com o P. Fritz. «Por Febrero de 1696, los *Yurimaguas* dieron nuevo aviso al P. Fritz de que los portugueses habían subido hasta sus tierras para recoger cacao y también cautivos para llevárselos prisioneros. Bajó immediatamente el P. Fritz a defender a sus súbditos, pero lo mismo que la otra vez los portugueses se habían ya retirado, por no encontrarse con el misionero» (Jouanen, *Historia*, I, 500).

2. Bett., *Crónica*, 619, 673; Carta Régia do Provincial de Nª. Sª. do Carmo, Bibl. de Évora, cód. CXV/2-18, 219. O pedido de missionários portugueses pelos Índios é contado de diversa forma pelo P. Fritz, facto que Rodolfo Garcia examina (p. 365).

3. Carta Régia, de 10 de Dezembro de 1697, Bibl. de Évora, cód. CXV/2-18, 216v.

entre os quais o P. João Baptista Sanna, continuavam irredutíveis nas suas pretensões, nessas paragens de fronteiras indecisas.

As coisas iam-se predispondo para um conflito. Veio dar-lhe ambiente a Guerra da Sucessão de Espanha. Dos campos peninsulares chegaram também àquêles sertões os seus reflexos. Entre o P. Fritz e o P. Molowetz, boémio e missionário português dos *Tupinambaranas*, havia correspondência em 1708, procurando o P. Fritz interessá-lo na sua causa. Mas o missionário de Portugal respondeu ao missionário de Espanha o que o Governador dizia: «Se essas missões são do rei Carlos III, tudo se ha-de compor; mas se pertencem ao Gabacho (Filipe V) nêsse caso o que temos a fazer é alargar quanto possível as nossas terras»...

Já antes disto, a 10 de Dezembro de 1707, se tinha apresentado na *Aldeia de Santa Maria dos Omáguas* uma pequena tropa de Portugueses. Era missionário João Baptista Sanna. O capitão português uma vez mais lhe fêz a notificação de sempre. Acompanhava a expedição Fr. António de Andrade, carmelita (não sacerdote, mas corista), que ia em busca de índios fugidos das suas missões. Estiveram em paz na Aldeia espanhola 8 dias, findos os quais arremeteram aos neófitos, cativando mais da metade; no outro dia soltaram-nos, excepto 12 famílias que os Portugueses conservaram, «por indicações de Fr. António». E assim desceram o Solimões com cêrca de cem índios cristãos, pensando os que ficaram, em fugir para lhes não suceder outro tanto.

Não seguiremos tôdas as reacções que se produziriam da parte de Espanha. Vamos direito aos factos, com a intervenção portuguesa. Em 1709 o capitão Inácio Correia, apresentou-se de novo nos *Omáguas*, à frente de uma exígua tropa. O Capitão convidou, em nome do Governador, ao P. Sanna a que se afastasse daquelas Aldeias, sob pena de o conduzir prêso até o Pará e daí a Lisboa. Protestou o Padre dando as costumadas razões. Todavia, retirou-se com as alfaias da igreja de S. Paulo, que ficou transformada em «cozinha, casa de jogo e rancho» dos soldados. E tratou de comunicar o sucedido a Quito, pedindo auxílio. De lá enviaram uma expedição que encontrou a 7 de Agôsto, numa Aldeia, o Capitão Inácio Correia, acompanhado de quatro soldados brancos e um negro. Prendeu-os a todos seis e levou-os consigo. Nada mais fêz. Nem seguiu ou tomou alguma Aldeia dos Portugueses, nem construiu fortaleza, nem deixou guarnição. Em compensação os Espanhois cativaram os Índios que puderam: «Lo pior de todo fué que también robaron algunas mujeres a los indios cristianos, con lo cual dieron a éstos ocasión de decir, que los Espanoles eran tan malos como los Portugueses. Según el P. Maroni, esta expedición custó al erario 14.000 pesos»[1].

Não se fêz esperar a represália. O Governador, Cristóvão da Costa Freire, preparou uma expedição de 21 canoas, 130 soldados e 300 índios. José Antunes da Fonseca, seu comandante, destruiu as Aldeias e aprisionou 15 espanhois, os que achou. Entre êles estava o P. Sanna. As ordens agora eram mais apertadas. O missionário passou a Lisboa e não o deixando a côrte voltar às missões da América, nem convindo ao P. Sanna passar a Castela, alcançou licença de ir continuar a sua actividade apostólica entre as missões da Assistência de Portugal no Oriente[2].

A côrte de Lisboa aprovou a acção do Governador contra as Missões do Solimões, mas foi-lhe dizendo que não convinha levar a guerra a tão grandes distâncias, distraindo fôrças talvez necessárias para a defesa das fortalezas da costa e marinha, chave do resto[3]. A Côrte era prudente. Basta ver a data, 1710, e lembrar os Franceses e o Rio de Janeiro...

Quanto às Aldeias destruídas do Solimões, El-Rei ordenou que se estabelecessem logo outras e nelas se colocassem missionários. E que fôssem da Companhia de Jesus, pois da Companhia eram os que ali estavam por parte da Espanha. Não sendo possível, que fôssem do Carmo[4].

---

1. Archivo de Índias, 77-3-18: *Informe del P. Pablo Maroni al Presidente de la Audiencia de Quito*, 15 de Junio de 1733, cit. por Astrain, *Historia*, VII, 412.

2. Rodolfo Garcia, *Diário*, p. 367; em Porto Seguro, *HG*, III, 381. Emundson dá a entender que Sanna fôra ao Pará, menos como prisioneiro do que para falar com o Governador sôbre as violências cometidas nas suas missões (George Emundson, *Journal of the Travels an Labours of Father Samuel Fritz in the River of the Amazons between 1686 and 1723* (Londres 1922) 127. Mas é certo que já desde 1708 havia ordem para, se fôsse encontrado em terras de Portugal ou que êste contestasse, se conduzisse ao Pará e dali ao Reino. «Carta Régia ao Governador do Maranhão, de 20 de Março de 1708, para que mande vir para o Pará o P. Samuel Fritz Missionário Castelhano, e do Pará, para êste Reino, e também o P. João Baptista Sanna, que o dito P. Samuel mandara em seu lugar, em caso que sejam achadas dentro das demarcações daquele Estado», Bibl. de Évora, cód. CXV/2-18, f. 382v; cf. *Ib*, f. 460-466.

3. Carta Régia de 13 de Agôsto de 1710, *Anais do Pará*, I, 133.

4. Carta Régia de 13 de Junho de 1711, *Anais do Pará*, I, 135.

A Companhia, no Pará e Maranhão, não tinha porém missionários para assumir essa emprêsa. Continuaram pois os do Carmo, que assim do Rio Negro se foram estendendo por essas bandas, numa actividade apostólica digna do maior louvor [1].

Samuel Fritz faleceu entre os índios da sua missão, a 20 de Março de 1725 [2]. Astrain descrevendo a actividade e ida ao Pará do grande missionário intitula êsse parágrafo *Fadigas apostólico-políticas*. Há efectivamente, muito zêlo político na sua actividade missionária, encarnando em si próprio tôdas as revindicações espanholas nessa zona geográfica da Audiência de Quito. Convencido da sua razão, apresentou-a sempre lealmente. E deixou herdeiros das suas convicções. É notável a pertinácia com que os demais missionários repetem os seus argumentos, colocando os limites da Audiência às portas do Pará. Para êles a Bula de Alexandre VI e o Meridiano de Tordesilhas estavam em pleno vigor, como se não tivesse existido a questão das Molucas nem outros factos e tratados posteriores. Ainda em 1737 o assunto voltou a agitar-se. E com a particularidade de que os missionários espanhois, à falta de auxílio eficaz de Quito, procuraram-no com os próprios meios. O Visitador André de Zárate, entre outras medidas, que ordenou, foi que os «Índios fizessem cada 15 dias exercício militar com as armas que usa cada nação para que de êste modo estejam exercitados e destros em resistir e defender-se

---

1. Cf. «Carta Régia de 15 de Junho de 1706 ao Provincial do Carmo do Maranhão Fr. Vitoriano Pimentel, agradecendo-lhe o bem que se houve na diligência, que fêz ao sertão, a impedir ao Padre Samuel Fritz as descidas, que fazia pelo Rio das Amazonas abaixo; e como praticou e sossegou todo aquêle gentio», — Bibl. de Évora, cód. CXV/2-18, f. 345. A atitude de Fr. António de Andrade não mereceu aprovação da côrte: «Provisão de 5 de Outubro de 1716 ao Governador do Maranhão avisando-o de que ao Provincial do Carmo se manda apartar da Missão dos *Solimões* e *Cambebas* ao Padre Fr. António de Andrade, e prover outro em seu logar. E pede-se ao Governador uma relação do Rio das Amazonas, e das distâncias em que ficam as Missões assim da Cidade de Belém do Grão-Pará como de Quito; e que declare se há alguma demarcação feita natural ou ajustada por posse ou facto, por donde se separem os domínios da nossa parte e da de Castella», — Bibl. de Évora, cód. CXV/2-18, f. 541. Fr. António de Andrade foi morto pelos índios *Jumás*, no Lago Capucá. Fr. André Prat fala dêle duas vezes, como de dois religiosos diferentes (ns. 49 e 113), e põe a morte em datas também diferentes, 1720 e 1723 (*Notas históricas sobre as Missões Carmelitanas no Extremo Norte do Brasil* (Recife 1941) 252, 291.

2. *Elenchus impressus pro 1727*; Astrain, *História*, VII, 414.

nas entradas e invasões dos Portugueses»[1]. Ao mesmo tempo, repetiam-se os argumentos históricos da posse dessas terras dum lado e doutro. Do lado português, respondeu-lhes o governador João de Abreu Castelo-Branco, em estilo meio irónico, meio descortês, em todo o caso firme. Reúne todos os argumentos a favor de Portugal, entre os quais o que lhe parece ter maior fôrça, que é o Tratado de Paz, de 13 de Fevereiro de 1668, em que a Espanha cede a Portugal tudo o que êste possuía em 1640. Como a viagem de Pedro Teixeira fôra anterior a 1640, as demarcações entre a Audiência de Quito e o Govêrno do Estado do Maranhão e Grão-Pará, eram a suprema lei...[2].

O argumento era razoável. A dificuldade consistia em saber onde ficava exactamente o local da demarcação, a famosa *Aldeia do Oiro*, de que aos 16 de Agôsto de 1639 tomou posse Pedro Teixeira para Portugal. Assim como os Castelhanos pendiam para a foz do Amazonas, os Portugueses, pendiam para as suas nascentes. E quando menos se precataram, a *Aldeia do Oiro*, recuando de posição em posição, apareceu, nada menos que no Rio Napo...

Afinal, depois de intermináveis debates, preliminares e tratados, a fronteira fixou-se definitivamente, num argumento *de-facto*, e foi a posse efectiva, que ia ser ainda uma Aldeia de Jesuítas, mas desta vez, de Portugal[3].

---

1. Astrain, *Historia*, VII, 425.
2. Carta de João de Abreu Castelo-Branco ao Provincial da Companhia de Jesus de Quito, Pará, 18 de Novembro de 1737, Bibl. de Évora, cód. CV/1-3, f. 119; na *Rev. do Inst. Bras.*, tomo 67, 1ª. P., (1906) 335. «Do auto da posse que se tomou entre Portugal e os Dominios de Castela por Pedro Teixeira, Capitão-mor, por sua Majestade, das entradas e descobrimento de Quito e Rio das Amazonas» (*Ib*, 331-332); Berredo, *Annais*, 283-285. Diz-se aqui que o auto foi lavrado a 16 de Agôsto de 1639, «de fronte das bocainas do Rio do Oiro». Num traslado existente no AHC (cf. *Índice de Documentos*, nos *Anais da BNR.*, LXI (1940) 166, nº 241) lê-se «*Evajaris*, defronte das bocainas do Rio do Oiro, 26 de Agôsto de 1639». Não reparamos no lapso do *dia*, mas no local *Evajaris*, que não existe no primeiro, e faz lembrar o *Javari*, ou os Índios *Jivaros*, habitantes realmente do Rio Napo, por alturas do Rio Aguarico, invocado, por alguns, como local da *Aldeia do Oiro*. Documento magnífico se se provasse a sua autenticidade.
3. Sôbre a localização da *Aldeia do Oiro*, cf. discussão, em Morais, *História*, 540; Bettendorff colocava-a na bôca do Rio Japurá; a política da dilatação de território, diz Lúcio de Azevedo, foi achar, 90 anos depois de Pedro Teixeira, o padrão de madeira, intacto, nas margens do Napo... Cf. Lúcio de Azevedo, *História de A. V.*, I, 327-328.

4. — Na divisão das Aldeias de 1693 tôda a margem direita do Solimões coube à Companhia. Não lhe foi possível estabelecer-se nela, porque o seu campo de actividade revelou-se grande demais para os poucos missionários de que dispunha. Em 1690 não passavam de 54 para todo o Estado do Maranhão e Grão-Pará, e com os encargos dos Colégios de S. Luiz e Belém. A margem esquerda atribuiu-se aos Padres Carmelitas; mas êstes também se estabeleceram na direita, com o aprazimento, aliás, dos Padres da Companhia[1]. Em 1747 veio ordem expressa de El-Rei para que a Companhia se estabelecesse no Solimões. O Governador, em contemplação dos Padres do Carmo, não executou a ordem régia. El-Rei insiste (1751) na execução dela, e ordena que os Jesuítas fundem duas missões uma no Rio Japurá e outra no Javari.

A ordem régia vinha nas *Instruções Secretas*, e nelas se encontravam também as condições com que se haviam de fundar, uma das quais, a jurisdição temporal, se reservava ao Governador[2]. Êste porém, sem mencionar a cláusula, a 8 de Novembro de 1751, comunica oficialmente ao Vice-Provincial, que promova com urgência a fundação dessas duas Aldeias, uma no Rio Solimões, entre a Aldeia de S. Pedro, da administração dos Carmelitas, e a bôca oriental do Rio Javari; outra na bôca mais ocidental do Rio Japurá, junto às primeiras cachoeiras, «onde entenderem que são mais úteis à conversão dos gentios e aos Domínios de Sua Majestade»[3]. Uma semana depois responde o Vice-Provincial, José Lopes, que a Aldeia do Javari se fará logo, e que irá o P. Manuel dos Santos com um companheiro; quanto à do Japurá, levam os Padres a incumbência de estudar o melhor local e condições de salubridade para se estabelecer na primeira ocasião[4].

---

1. Morais, *História*, 534.
2. *Instruções secretas*, 422.
3. *Arquivo Público do Pará*, códice 1096.
4. *Arq. P. do Pará*, códices 1096 e 588. Os Padres da Companhia, pelos acontecimentos adversos, que sobrevieram em breve, não chegaram a estabelecer se no Japurá. Tinham ido lá diversos Padres, e encontram-se vestígios disso nos seus *necrológios*. No do P. Lucas Xavier se diz que estêve no Japurá por volta de 1731 numa tropa de resgates, *Livro dos Óbitos*, p. 28v; cf. *Anais do Pará*, VI (1907) 133-137; e no do P. Heckel, falecido em 1741, se lê que, do Xingu «passou ao Rio Japurá, rio muito trabalhoso pela distância, e por doentio muito perigoso, unicamente afim de descer dêsses matos Índios para o grémio da Igreja», *Livro dos Óbitos*, 28v.

Surgiu logo, naturalmente, o assunto da jurisdição, que, conforme ao *Regimento das Missões*, ficava aos Missionários. Se Mendonça Furtado fôsse homem leal diria ao Vice-Provincial que, apesar de ser essa a lei, El-Rei, por se tratar de fronteiras, a derrogava desta vez, cometendo ao Governador essa função. Calou-se. Disse simplesmente que jurisdição ficaria para si. Respondeu o Vice-Provincial que sendo contra a lei, não poderia assumir tal encargo, «sem expressa ordem de S. Majestade derrogatória das leis reais do mesmo Senhor nêste Estado»[1]. Com essa lei particular derrogatoria das leis gerais, no bolso, prevaleceu-se logo Mendonça Furtado para responder que cumpria ordens, e como «nos seus domínios, tem Sua Majestade um poder real e absoluto, não vem de nada a servir o *Regimento das Missões* para o caso presente». E que o Vice-Provincial dissesse se aceitava ou não, e, nêste caso, quais as razões «para se opôr à execução desta Real ordem»[2]. Quer dizer: os Jesuítas se aceitassem posições contra a lei geral, seriam acusados de desobedientes; havendo uma lei particular que derrogava a lei geral, mas que se lhes ocultava, diante da sua estranheza e recusa, não se lhes pregunta porque não aceitam aquilo a que não estão obrigados, mas porque se «opoem» às ordens de Sua Majestade... A lisura de procedimentos não era realmente o forte de Mendonça Furtado. O Vice-Provincial respondeu simplesmente, com a resposta do bom senso: que, se o Governador lhe tivesse dito que essa fundação era contra as ordens de El-Rei por ordem do mesmo Rei, a teria logo executado, «porque, a Companhia em tôdas as partes, com muita especialidade nêste Estado, sempre teve por timbre o ser muito pontual em obedecer às reais ordens do seu Soberano»[3].

Subiram os Padres. E êles, Manuel dos Santos e Luiz Gomes, fundaram, como se lhes mandava, a Aldeia do Javari[4]. Deram-se por agravados os Padres Carmelitas. Recorreram a El-Rei, pelo Conselho Ultramarino, formulando duas queixas: que aquelas terras eram da sua repartição e que a ordem de 1747, ordenando a fundação

---

1. Carta do P. José Lopes, do Colégio de S. Alexandre, 3 de Janeiro de 1752, *Arq. P. do Pará*, cód. 1096.
2. *Arq. P. do Pará*, cód. 588.
3. Carta do P. José Lopes, do Colégio de Santo Alexandre, 17 de Janeiro de 1752, *Arq. P. do Pará*, cód. 588.
4. Morais, *História*, 542; Caeiro, *De Exilio*, 378.

de tais Aldeias era uma violência e ambição da Companhia. A 3 de Maio de 1753, o secretário de Estado escreve ao Governador, respondendo a ambas as queixas: Quanto à primeira, dá resposta idêntica à que Mendonça Furtado dera ao P. José Lopes: que El-Rei é senhor de «dispôr das terras dos seus domínios como melhor lhe parecer». Quanto à violência da ordem que se expediu no ano de 1747 e à ambição da Companhia: «não tem sombras de verdade, como V.ª S.ª sabe muito bem», diz o secretário de Estado ao Governador. E acrescenta que se El-Rei entregou o encargo de fundar essas duas Aldeias a Padres da Companhia, «de preferência a outros quaisquer», foi «por se entender que êles são os mais capazes para êstes estabelecimentos»[1]. Transcrevemos esta apreciação sem nenhuma espécie de complacência, que sempre achamos odiosas comparações entre Instituições que procuraram servir a Deus o melhor que puderam ou souberam, segundo o espírito de cada qual. Transcrevemo-la por ser histórica e porque convém recordá-la no momento em que na mesma côrte a inimizade pessoal de Sebastião José se empenhava já em produzir a contraditória: A 3 de Março os Jesuítas são mandados retirar da Aldeia do Javari; e que a Aldeia se entregue aos Carmelitas ou a Padres seculares[2].

A *Aldeia de S. Francisco Xavier do Javari*, fundou-se em 1752. Num triénio os Jesuítas construiram casas e preparavam-se para edificar grande igreja. E a Aldeia prosperou tanto que se considerou digna de ser *cidade*, com o nome de S. José, em honra de El-Rei, por ordem de Mendonça Furtado. A Aldeia de S. Francisco Xavier do Javari destinava-se a ser capital da Capitania de S. José do Rio Negro ou Capitania de S. José do Javari (ambas as denominações aparecem). Prevaleceu depois o Rio Negro, e nêle se estabeleceu a sede da Capitania, hoje Estado do Amazonas[3].

---

1. Carta do Secretário de Estado a Mendonça Furtado, 3 de Maio de 1753, *Arq. P. do Pará*, Cód. 665; cf. *Anais do Pará*, III, 116. Por aqui se vê o crédito que merece Baena (*Compendio das Eras*, 245) quando afirma que os Religiosos Carmelitas «tinham sido expelidos pelos Jesuítas com universal escândalo».

2. Carta Régia de 3 de Março de 1755, *Arq. P. do Pará*, cód. 1087; Lúcio de Azevedo, *Os Jesuítas no Grão-Pará*, 316-317; Artur Reis, *História do Amazonas*, 107-108.

3. Artur Reis, *História do Amazonas*, 106.

Saindo os Jesuítas da Aldeia do Javari, ela entrou no regime do *Directório;* e bastaram outros três anos, para em 1758 não restar mais nada dela, senão as casas que os próprios Padres tinham erguido[1].

Dos remanescentes da Aldeia se fundou algum tempo depois a Aldeia de S. Francisco Xavier de Tabatinga[2]. E com isto se cerrou o ciclo jesuítico do Solimões.

O Solimões é o caso mais caracterizado de *moving frontier*, fronteira móvel, expressão que Turner inventou para explicar a expansão territórial dos Estados Unidos, partindo do Atlântico para Oeste. A longa questão das missões do Rio Solimões está em conexão estreita com os limites e fronteiras do Brasil. Lutas, revindicações de parte a parte, em que tiveram papel saliente os Jesuítas, por parte da Espanha. Parece que se esperava apenas que os Jesuítas da parte de Portugal se fixassem também ali para rematar a secular pendência do Meridiano de Tordesilhas, constituindo-se a Aldeia, que fundaram no Javari, fronteira definitiva do Brasil[3].

---

1. Caeiro, *De Exilio*, 398-402.
2. Cf. Baena, *Compêndio das Eras*, 272.
3. Lúcio de Azevedo, *Os Jesuítas no Grão-Pará*, 268. Na verdade, o tratado de Madrid de 1750, colocava já a fronteira no «alveo do Rio Javari» (José Carlos de Macedo Soares, *Fronteiras do Brasil no regime colonial* (Rio 1939) 141). Mas a Aldeia de S. Francisco Xavier do Javari significou a ocupação efectiva e foi passo para a ocupação de tôda a margem esquerda do Solimões, acima da bôca ocidental do Rio Japurá, que nêsse tratado ainda se reservava à Espanha.

Autógrafos dos Jesuítas do Pará e Maranhão

1. *João de Souto-Maior* (1655), fundador da instrução no Pará e missionário dos Nheengaíbas e Pacajás.
2. *Manuel Nunes* (1653), prof. Universitário, missionário do Tocantins e superior da Missão.
3. *Pedro de Pedrosa* (1682), Visitador e descobridor dos Tocanhapes; no mesmo grupo, outros Padres: *Sebastião Pires, Diogo da Costa, António Gonçalves e Manuel Nunes (Júnior)*.
4. *João Tavares* (1729), Apóstolo dos Teremembés e fundador de Tutóia.

Apêndices

APÊNDICE A

Informação do Rio do Maranhão e do grãde Rio Pará
(1618)

Havia muitos annos que se desejava descobrir as terras do Maranhão que he huma região que está nesta costa do Brasil e se estende como 100 legoas da linha equinocçial ate dous graos para a banda do sul.

Debaixo da linha, está o rio, que se chama Pará, e por outro nome rio das Almazonas, o qual tem 60 legoas de boca, ou como agora se diz, cento: com infinidade de ilhas por todo elle asima, cubertas de grandes arvoredos, neste rio Pará fez assento o capitão Francisco Caldeira de Castello Branco.

Dahi a 80 legoas para o sul está outro rio, que chamamos o Maranhão, o qual tambem he grande, e com muitas ilhas em huma das quais, que fica no mar, e pella banda da terra, cerca este rio, tinhão os Franceses suas fortalezas, conservando paz cõ os Índios moradores della, que dizem os frades de S. Francisco que della vierão, serão 3 ou 4 mil almas, repartidas por 4 aldeas na mesma ilha, tem esta ilha de comprido 20 legoas, de largo 7. he farta de peixe, farinha, algodam, e outros frutos da terra, com serem as calmas muito grandes, he muito humeda, e pello conseguinte doentia, aqui morão oje os Portugueses, cõ seu capitão Jeronymo de Albuquerque aqui estiverão tambem sempre os nossos Padres Manuel Gomes, e Diogo Nunes que forão cõ o capitão Alexandre de Moura, e ainda não são vindos.

A descobrir estas regiões, onde se dezia haver muito gentio, foram enviados em Missão no anno de 607 os Padres da Companhia Francisco Pinto e Luis Figueira, chegarão ate o meyo do caminho, aonde os Salvajens matarão ao Padre Francisco Pinto Superior da Missão, pello que o P. Luis Figueira se tornou, e não houve effeito o descobrimento.

No ano de 615 mandou lá o Governador Gaspar de Sousa ao capitão Jeronymo de Albuquerque homem fidalgo natural de Pernambuco, e com elle outros, homens honrados, os quais fazendo no caminho escalas se forão enformãdo do sitio da terra e descobrirão haver lá Franceses e aonde estavão, posto que não sabião a força que tinhão. Chegarão-se a alojar de fronte delles 2 ou 3 legoas da outra banda do rio.

Os Franceses sabendo-o, se vem a elles cõ guerra, deu-se a batalha, em que os nossos matarão todos quantos vierão, mas na fortaleza ficarão ainda 200 soldados Franceses, com os quaes os nossos se não atrevião, por estarem fortificados cõ muita artelharia e os nossos não terem embarcações. Avisousse a el Rey, e ao

Governador Gaspar de Sousa que estava em Pernambuco, o qual aprestou nove naos bem petrechadas, com 400 homens, ou mais, indo por capitão mor Alexandre de Moura, que o fora de Pernambuco, o qual foi ao Maranhão, e pondo-se surto de frente da fortaleza dos inimigos, lhes mandou dizer que despejassem dentro em poucas horas, e se não que se aparelhassem.

Vendo os Franceses esta força, despejaram a fortaleza a partido de os mandarem para França, dandolhes embarcações, e matalotagem.

Feito isto, se tornou Alexandre de Moura, ficando por capitão daquella paragem Jeronymo de Albuquerque com 3 Fortalezas, que logo se fizeram, e desta vez ficarão tambem cõ elle os nossos padres que tinhão ido cõ Alexandre de Moura.

Francisco Caldeira de Castello Branco foi descobrir o Pará, e achandoo despovoado fundou huma fortaleza em que estão cento e sincoenta soldados, a terra he fresca, sadia, mas não se sabe ainda haver muito gentio por os Portugueses, serem poucos e não ousarem a sair, cõ algum tem já comercio. Do Maranhão vão ja os nossos por terra ao Pará que são 80 legoas de jornada, e os índios moradores daquella costa dão livre passagem, por serem Tupinambás, que são os mesmos que os desta Bahia: mas não se sabe ate agora se são muitos, esta enformação derão os religiosos de S. Francisco que de lá vieram. Dizem não haver almazonas, e que parece ser ficou este nome por haver Índios Tapuyas de cabelo comprido até os giolhos cõ seus arcos e frechas, o ir de Pernambuco para lá he facil, mas o tornar difficultoso, e tanto q̃ he melhor ir a Portugal.

Isto he o que nesta Bahia se pode saber destes dous Rio Maranhão, e Pará, chamado até agora das Almazonas. Os Padres que vieram de Pernambuco não dão novas donde andem os Padres Manuel Gomez e Diogo Nunez. Do Collegio da Bahia 8 de Fevereiro 1618.

PERO RODRIGUES

[Bras. 8, 255-255v]

APÊNDICE B

Informação da Ilha de S. Domingos, Venezuela, Maranhão e Pará
(1621)

Não fez Vossa Paternidade mensão na que me escreveo de aver recebido alguma carta de duas vias que os que governão a cidade de S. Domingo escreverão a Vossa Paternidade en que lhe pedião padres de nossa Companhia, nem se recebera alguma das vias que a sua Magestade escreverião pedindo-lhe licensa para os ditos padres fundarem hum collegio. eu estando em S. Domingo mandei ao Padre Reitor de Sivilha duas vias para Vossa Paternidade e duas para El-Rei, e lhe escrevi que chegando ambas mandassem huma a V. Paternidade e outra ao Padre Procurador a Madrid para que a guardasse e depoes de vir me disse que asi o tinha feito; importa que Vossa Paternidade lhe responda agradeçendolhe a vontade que mostrarão a Companhia e tão bem ao Dayão que escreveo a Vossa Paternidade, e outra ao L^{do} João Martines Tenorio desembargador da audiência real de Sua Magestade em agradecimento das charidades que nos fez porque he elle muito amigo da Companhia e por sua virtude e Letras mui amado, e o que elle quer se faz naquellas partes. e estas cartas me ha Vossa Paternidade de mandar para que eu as emvie e escreva.

[*Segue-se um pedido particular das Religiosas da Ilha de S. Domingos, transmitido pelo P. Gomes ao Geral, conducente à reforma religiosa da mesma Ilha. E continua*]:

Tocou-me Vossa Paternidade na sua, que poderião os Padres que fossem à conversão do Maranhão ser sujetos a Provincia de Portugal o que me paresse he que Vossa Paternidade não avia de determinar ate não assentarem as cousas e ver aonde dá sua Magestade a renda para sustentação dos religiosos. porque ainda que o recurso seja dificultoso do Pará para o Brasyl cõ maes experiencia e parecer dos Padres que forem se tomará resulução cõ noticia maes clara e ha razões por onde he bem ficarem sujetos ao Brasyl e outras por onde he bem ficarem sujetos a Portugal.

O que se segue tenho ja escrito a Vossa Paternidade e agora o torno a fazer por não saber se chegou lá. Ordenou Deus que no tempo que V. Paternidade foi eleto geral da Companhia se descobrisse a conquista do Maranhão e se pedissem de Indias novos collegios para que Vossa Paternidade fosse a causa principal da salvação de muitas almas, mandando pregadores que numas partes ensinem nossa santa fee, noutras a confirmem, atendendo cõ particular providencia a obras tão proprias da Companhia, e de tanta gloria divina. Ordena Vossa Paternidade numa de 29 de otubro informe das cousas que me parecerem. Comesando por Santo Domingo.

[Ilha de S. Domingos]

He ilha de cento, e sesenta legoas de comprido, e sincoenta de largo tem huma cidade e quatro povos, tem minas mui ricas de prata, cobre, ferro, azul de pintores, azouge, e de oro do qual se tirava tanto que se pesava nas alfandegas reaes, em balanças romanas, em que se pesão as cousas grossas e ainda ha as mesmas minas e por falta de gente senão beneficião, hum cavalo val hum ducado por ser abundante de animaes, o gado de toda a sorte, e a muita afeição que os moradores mostrão a ter em sua cidade padres da Companhia bastava para Vossa Paternidade nos conceder. Fundou hum cidadão hum collegio cõ mil e duzentos crusados de renda, o que Vossa Paternidade verá na carta que cõ esta mando que he a tercera via tem licensa del Rei para se darem graos, para gosar dos privilegios da universidade de Salamanca, deseião os moradores dar grossas esmolas, a sustenção he barata, tem sitio, e casas, sobre o mar, ami me ofereceraõ otras as milhores, e milhor sitio da cidade isto quanto ao temporal.

No espiritual se fara maes servisso a Deus que em nenhua otra parte de Espanha no ensino dos meninos, e estudantes ensinaõ theologia moral e especulativa por falta da qual ha nos eclesiásticos muita ignorancia. São os moradores de natureza docil, e branda, e por serem bem nacidos cortezes e primorosos, e sendo os religiosos de ordinario opositos a Companhia avendo tres mosteros nesta cidade nenhum religioso repugnou a nos darem o colegio, agora está *sede vacante* e enquanto assi estiver não avera quem contra diga.

Escrevi ao Padre reitor de Cartagena, a reposta mandei a Vossa Paternidade, ha nesta cidade e nas maes partes de Indias muitos portugueses estes são dos maes ricos da terra, entendesse mui bem o portugues por causa dos navios que arribão, ha muitos religiosos portugueses e num capitolo que fizerão os dominicos quando la estive determinarão eleger hum portugues provincial e por tardar elegerão otro e chegando o fizerão prior e a otro portugues por vicario provincial de terra firme isto escrevo para que saiba Vossa Paternidade quanto là estimão os portugueses.

Que religiosos serião necessarios para esse collegio
[de S. Domingos]

Ao presente são necessarios oito padres, hum que ensine meninos doos que ensinem latim, otro que ensine theologia moral, otro curso e acabado continuaria cõ os mesmos discipolos theologia especulativa hum sustituto hum bõ pregador, hum reitor, não he necessario seião consumados mas maes que mediocres, e que continuem alguns annos, importa seião homens *bonae voluntatis*, facees bem quistos e amados porque hão de ser as pedras fundamentaes, e por nenhum modo tenhã condição altiva por que estes mesmos hão de ser os pregadores os confessores assi dos ricos, como dos pobres, dos escravos, dos enfermos, finalmente seião magnanimos, mortificados que na vinha do senhor sofrão *pondus diei, et aestus* são necessarios quatro coaiutores mortificados que se aquietem cõ os officios de caza porque naquellas partes cõ pequena ocasião se tentão, fora de muita importancia hum irmão pintor.

Importa informe eu aos que overem de ir assi do necessario para suas pessoas como para a fabrica da casa porque se compra em Espanha cõ trezentos cruzados o que la val mil nem basta a experiencia do procurador geral porque a terá das partes que prover e não das que nunca proveo, e assi para isto como para o maes que for necessario tomarei o trabalho de ir a Sevilha.

He taõ bem necessario desenganar aos religiosos que não vão a regalos mas a levar crux que os ha de fazer a ieolhar e por não desenganarem aos que vão para o Brasyl despedem la aos maes por manera que não perssevera a tercera parte. He necessario encommende Vossa Paternidade aos provinciais de os religiosos que tenhão as partes acima ditas porque dão aos que andão tentados cuidando que cõ a mudança do lugar mudarão os costumes e he engano.

Informação da terra firme (Caracas e Venezuela)

O segundo collegio deseia a cidade de Cracas, o Venezoela em terra firme cento e setenta legoas de S. Domingo, viagem breve, mares mansos, tem ilhas de promeyo, navegansse em sinco e seis dias sem perigo, o clima he são e temperado como o Brasyl, dá todas as fruitas do Peru e Brasyl, e de Espanha, dá trigo em abundancia duas veses no anno, he mui abundante de todo genero de carnes, tão bem me afirmarão que Turgilho desciava padres tem o mesmo clima, ha outros povos por costa, perto huns dos otros, onde se podem fundar residencias e fazerse huma provincia milhor que a do Brasyl por a terra ser mui abundante, e regalada não continuão padres da Companhia por aquelas partes, por isso não se trata de casas, e collegios, o que farão fundandose em S. Domingo por estar ali a Audiencia real a que acodem cõ negoceos e quando no Rio da Prata se estendeo a Companhia em breve, cõ maes razão se pode cá esperar o mesmo, por serem os moradores ricos, as terras melhores a navegação a maes breve de quantas tem Espanha ou Portugal. Enquanto não for provincia pode correr cõ Espanha ou cõ o Novo Reino de Granada.

Informação da ilha chamada Maranhão

Ho que agora chamão Maranhão he huma ilha duas legoas da terra firme, a qual fazem os rios Muni, Itapucuru, e Meari, os quaes se aiuntão em hum, antes de esboquar no mar, deixando esta ilha no meyo, tem dezoito legoas de comprido, e sinco de largo e como esta na boca dos rios tem duas barras huma de maes de tres otra de maes de sinco, nesta ilha tinhão os francezes suas fortalezas daqui os lançamos tomandolhe a artelharia cõ todos os petrechos de guerra e fizemos tres fortalezas nesta Ilha e terra firme nos ocupamos na salvação das almas, levantando cruzes e igrejas cõ musica e charamelas que eu levava, cantando aos dias santos e domingos missas de canto de orgão com os cantores Indios que do Brasyl levava, para afeiçoarmos os animos dos Gentios a nossa Santa Fee, e para verem a diferença que avia de nós aos hereies. Nos povos a que chegava mandava todos os dias fazer sinal cõ huã campainha pella manhã aiuntandosse na igreja, eu ou o Padre meu companhero lhes ensinavamos as orações pregavamos dando noticia de Deus, do misterio da Santissima Trindade, da caída dos Anjos, da criação do mundo, do pecado de Adam, da encarnação do Verbo Eterno, e dos maes milagres de nossa santa fe, repartindo o catequismo [sic] e instrução por dias logo se dizia huma missa.

A tarde mandava fazer o mesmo sinal e depois de lhe ensinar as orações continuavamos cõ o catecismo [sic] antes da noite se tornava a fazer o mesmo sinal, a que acodião os meninos, e saindo da igreja em procissão davão volta pello povo, cantando as orações, entoando hum de nossa casa ao qual seguião os maes, recolhendose na igreja, se lhes contava alguma historia, isto tudo pella lingoa Brasylica, curavamos aos doentes, aplicando as mesinhas que a charidade nos ensinava, levava quatro sangradores e muitas vezes acontecia antes da missa mandar fazer vinte sangrias por aver huma doença perigosa, emfim eramos enfermeros, apos os remedios do corpo aplicavamos os da alma, catequizando, bautizando, aiudando a bem morrer, levandoos a enterrar, dizendo-lhe responsos, e como as doensas forão muitas, padecemos muito trabalho, levantandonos da mesa a acodir aos doentes para que nos chamavão. Tres casos apontarei, deixando otros.

Estando hum dia levantando huã cruz que de ordinario passavão de sesenta palmos de comprido, por aver naquellas partes maderos altissimos, cõ musica e charamellas, pregava o Padre companhero as mersês que o Senhor por meyo daquelle santissimo sinal nos fazia, disseme hum principal se he verdade isto que nos pregaes rogai a Deus dê saude a meu filho que está mal, respondilhe fizesse elle a petição poes em sua povoação levantavamos a crux ao que tornou se vos não osaes a lho pedir, que o conheceis, como o farei eu que o não conhesso, rogeilhe nos puzessemos de Joelhos e repetisse o que eu dissesse. Fe-lo elle assi. Fizemos oração a Deus, ovio-o o Senhor e recolhendose em casa achou o filho são.

Huma India tinha huma filha doente dos olhos e pedindo-me alguma mesinha lha dei e vendo que não apreveitava trouxe a minina a igreja e acabada a missa sinificou cõ lagrimas e sentimento de may o pouco que aprovetara a mezinha e o muito que sentia ficarlhe a filha cega, chegei a pia dagoa benta puslhe a agoa sobre os olhos, encomendeilhe fizesse o mesmo tres dias no cabo dos quaes ficou sã de tudo e pedio instantemente lha bautizasse.

Hum principal tinha huma filha muito mal pedia algum remedio apliqueilhe os que sabia a doença ya por diante sentia o pay morerlhe a filha, instava eu que a deixasse bautizar, repugnava elle por cuidar moreria maes depressa trasendo em prova que mui poucos dos que bautizavamos escapavão (e a causa era porque os bautisavamos *in extremis*) sentia eu morrer a menina sem bautismo, rogavalhe tivesse fe que Deus lhe daria saude, consentio a bautizasse foy Deus servido que logo se achou bem, e vendo ele ser saude sobrenatural converteosse e toda sua familia outras cousas maravilhosas obrava Deus fazendo mersês aqueles gentios para confirmar que a lei que lhe pregavamos era a verdadera, e a nós o deseio de os curar nos fazia medicos.

Informação do Rio Pará

O Rio Maranhão, ou Amazonas, ou Orelhana que estes tres nomes lhe dão as historias, ao qual os Portugueses nomeando pello nome dos Indios chamão Pará, tem sesenta legoas de bocca e os que agora o tem maes navegado querem afirmar serem cento; cõ a mesma largura se estende pella terra dentro maes de duzentas, entra con sua agoa doce pello mar oceano trinta, navegou por elle Vicente Annes no anno de 1499, e Francisco Orelhana no anno de 1542 por espasso de oito meses mil e seiscentas e sesenta legoas corre pellas maes ricas terras de oro e prata do Peru, tem muitas ilhas povoadas de gentio ao longo delle povoaõ varias nações de Indios e correndo a costa, do Pará para Loeste duzentas legoas encontrão cõ o Cumana que he a primera povoação, esta no destrito da Coroa de Castella os moradores quasi todos são portugueses que arribarão do Brasyl, o Vigairo taõbem he portugues estas duzentas legoas de costa são povoadas de gentio, tratosse no conselho de Portugal de mandar lançar aos franceses fora do Pará que na banda do norte estão povoando porque ja na banda do sul tem os portugueses huma fortaleza cõ duzentos e sincoenta soldados que mandou fazer o general Alexandre de Mora quando lançamos aos francezes da Ilha chamada Maranhão da resolução que nisto se tomar avisarei a Vossa Paternidade.

Do Cumana a Cracas, ou Venezola aonde pedem Padres da Companhia são oitenta legoas navegãose em doos dias cõ vento que por ser geral sempre he bonançoso, e do Pará a mesma cidade de Venezola em sinco e seis cõ o mesmo vento. Fallo cõ maes experiencia que nenhum otro, porque seis mezes estive comido do mar, atravessando de huns a otros povos de Indios em canoas (que são embarcações de hum só pao que cõ qualquer vento se virão) outra num navio velho que abrio por proa, duas de doença quasi desconfiado porem não sei quem me assegurava que ainda tinha que passar cousas que maes avia de sentir.

Afirmarãome portugueses que se navegava do Cumana ao Pará em canoas ao longo da costa tomando todos os dias porto, e dormindo em terra por esta causa escrevi a V. Paternidade seria facil o comercio dos novos collegios para o Pará, e depoes que tivermos o gentio de nossa devoção se fara por terra, e não por cuidar ser bem dar aquella conversão a operarios que não fossem portugueses.

[E conclue a carta com a sua opinião sôbre os Padres e qualidades que devem ter os que hão-de ir: «fora de muita importancia hum Irmão pintor se por essas provincias o over»] 22 de Janeiro de 621 Collegio de S. Antão [Lisboa].

Filho in Domino de Vossa Paternidade.

Manoel Gomes

[Bras. 8, 334-338]

APÊNDICE C

Inventario da Igr.ª do Mar.am

Tinha o coll.º do Mar.am. huã Igr.ª com *5 altares*, sc, *Altar mor, S. Braz, S. X.er S. Quiteria, e Boa morte*. Achavase no Altar mor huã Imagem de N. Sr.ª orago do coll.º e Igr.ª, p.ª seo ornato tinha 3 mantos, 2 ricos e hum ordinario, huma coroa de prata dourada, outra d.ª com o menino JESUS; outra Imagem do Menino com resplandor e cruz de prata; huma Imagem pequena de S.to. Chr.º crucificado de latão, que servia no Altar. O Sacrario tinha huãs cortinas interiores de tella de ouro, e franja do mesmo, este tinha huã chave de prata com sua fita larga de tella de prata; duas ambulas de prata, 2 sobreportas huã dellas de prata que formava as armas da comp.ª outra bordada de riço de ouro, e outras varias inferiores de semana que erão de Damasco com galão amarelo; huã banqueta de castiçaes a Romana do mesmo metal; mais 4 castiçaes de prata g.des, mais 2 de latão g.des inferiores, mais 6 castiçaes de pao sobredourados; mais outra quantid.e de d.os de varias sortes pintados: mais *4 Imagens g.des, de SS. estofados de ouro, sc, S. Ign.º, S. Franc.co de Borja, S. Luiz Gonzaga, S. Stanislao Kostka* todos com resplandores de prata; tinha mais S. Ign.º hum sol de prata na mão.

O retabolo desta Igr.ª era g.de com seu camarim tudo de entalhe e sobredourado; ornava todo este retabolo hum cortinado de Damasco carmezim com sua sanefa em forma de arco com galão e franja de ouro; tinha mais cada S.to hum cortinado de Damasco carmezim com sanefas de veludo lavrado franjado e agaloado de ouro; N. Sr.ª tinha outro d.º com galão e franja de retroz amarelo; mais huã Imagem de Chr.º morto, cuberto com hum volante de prata de baixo do Altar mor; ao lado do d.º estavão 2 Anjos de entalhe e sobre dourados; o retabolo do d.º altar se cobria com hum cortinado branco de algodão fino, *na boca do camarim huã pintura em cobre que reprezentava a Assunção da Sr.ª*.

A capella mor desta Igr.ª tinha p.ª seo ornato 2 tocheiros de entalhe e pintados, 2 alampadas de prata 1 maior e outra mais pequena. 2 Imagens p.ª as funçoens de quaresma, huã que reprezentava o Sn.r no Horto, e outra o Sn.r Ecce Homo.

No altar de S. Braz havia huã Imagem do S.to. tinha este hum retabolo de entalhe sobre dourado, no q.l taobem se achava huã de S. Joze com seu resplandor de prata com hum menino nos braços com resplandor taobem de prata na mão do S. se achava huã vara de prata: em correspondencia haviam huã Imagem de S. João Fran.co Regis com resplandor de prata; huã cruz de 3 palmos coberta de tartaruga guarnecida de prata com hum S.to Chr.º de marfim com seo resplandor de prata. no espaldar deste altar se guardavão debaixo de vidraças varias reliquias de SS.;

tinha mais este 2 castiçaes de lataõ amarelo, que serviaõ de semana: tinha mais p.ª os dias de festa hum cortinado de Damasco carmezim com sua sanefa do mesmo com galaõ e franja de retroz amarelo.

No altar de S. Xavier se achava huã Imagem do S. com huã estola de tella de ouro branca com hum S.^{to} Chr.º de marfim na mam guarnecido todo de prata, neste se achava a Imagem de S. Bonifacio; em correspondencia deste a Imagem de S. João Nepomuceno com resplandor de prata: o S^{to}. Chr.º, cruz, reliquias retabolo, cortinas, castiçaes, eraõ em tudo semelh^{es}. as de S. Braz.

No altar de Sta Quiteria se achava a Imagem da mesma Sta. com huã palma e resplandor tudo de prata, e hum coraçaõ de ouro ao pescoço: tinha mais este altar hum sitial com seu docel de tafetá carmezim guarnecido de galaõ e franja de retroz amarelo: p.ª ornato deste se achavaõ alguns ramalhetes g^{des}. e outros pequenos de talco; tinha mais 2 castiçaes de pao vermelho que serviaõ de semana.

No altar da Sr.ª da Boa morte se achava huã Imagem da d.ª Sr.ª em hum caixaõ de madr.ª por dentro e por fora pintado com suas vidraças, e cortinas, a Sr.ª se achava vestida com huã camiza, e anagoa de esguiaõ m.^{to} bem rendada e com hum vestido comprido de seda lavrada com seos ramos e renda de prata manto da mesma peça e huã touca de caça de França; por cima do vestido se achavaõ alguns ramalhetes, como taobem nas maõs da mesma Sr.ª: das maõs da Sr.ª pendia hum relicario engastado em ouro, e cordaõ do mesmo: estava este altar ornado com seu sitial de Damasco carmezim, agaloado e franjado de retroz amarelo, no meyo do q.^{l} estava hum S^{to}. Chr.º com seu resplandor de prata: huã banqueta de castiçaes de lataõ amarelo; 8 jarrinhas de vidro com seos ramalhetes, que serviaõ p.ª ornato do m.º altar.

Tinha *a sacristia desta Igr.ª* p.ª ornato dos seos altares 3 cazullas de tella de ouro novas de cor branca; 3 frontaes da mesma peça agaloados, e franjados de ouro. 2 Dalmaticas da mesma peça; mais 3 de tella branca já uzadas com sebastes encarnados e outros tantos frontaes: 2 Dalmaticas e huã capa de Asperges da mesma droga, tudo agaloado e franjado de ouro: hum veo de hombros, e hum veo que servia p.ª ornato da costodia tudo de tella de ouro: 2 panos de pulpito de tella de ouro brancos: hum pallio de tella de ouro branco agaluado e franjado de ouro forrado de encarnado com 6 varas de prata. Mais 3 capas de Asperges de Damasco branco forradas de encarnado já com seo uzo; hum veo de hombros de seda azul: hum palio de Damasco branco forrado de encarnado com suas varas de pao: hum pano de pulpito de Damasco branco ja com seo uzo e outro d.º roxo.

6 cazullas com seos frontaes de Damasco branco, 3 agaluadas e franjadas de ouro já com seo uzo, e 3 aparelhadas de retroz: destas huã cazulla com seo frontal vinha no altar portatil, o q.^{l} tomaraõ no Pará; 9 cazullas com sebastes incarnados, e 6 frontaes da mesma sorte: 3 cazullas verdes, e outros tantos frontaes tudo agaluado e franjado de ouro: 9 cazullas roxas, e 7 frontaes, 3 destes com seos frontaes aparelhados de galaõ de ouro: huã capa de Asperges, e 2 Dalmaticas taobem roxas aparelhadas de ouro; 15 alvas de varias sortes de pano, e feitio p.ª as festas com seos cordoens, e amitos: 23 alvas que serviaõ p.ª os Domingos e dias S^{tos}. e semana, com seos cordoens: amitos seriaõ 50 ou 60 pouco mais ou menos de varias sortes; 6 sobrepelizes finas p.ª uzo dos pregadores; 2 stoletes ambos

de tella de ouro, hum branco e outro roxo; mais hum estolaõ de Damasco: mais hum pano branco com galaõ de ouro, que servia na estante; sobrepelizes comuas 40; corporaes finos 40; sanguinhos mais de 100; palinhas 20; toalhas do altar 24 de varias sortes: Manutergios 40; toalhas pequenas que serviaõ p^a. o uzo da Igr^a., como p^a. a comunhaõ & 20.

Item 2 cortinados de tafetá roxo; hum cortinado de pano branco, que servia no arco gd^e. da capella mor: 2 cortinados de Damasco carmezim, que serviaõ nas portas que sahem p^a. as vias; hum cortinado de Damasco carmezim, que servia p^a. ornato do S^{to}. Chr^o. da sacristia. Huã guarnição de Damasco roxo aparelhado de fio de ouro, e taõbem huns panos roxos de Roaõ; hum colchão, e 2 cochins de Damasco, e outro de veludo preto tudo pertencente ao esquife; hum cochim gd^e. de veludo carmezim que servia p^a. as funçoens da Igr^a.; 6 alcatifas novas e 4 já uzadas, e huã mais pequena taobem uzada; 3 cadeiras de veludo carmezim apparelhadas de galaõ de ouro, que serviaõ p^a. as vesporas solemnes, e outras 3 de Damasco roxo franjadas de retroz amarelo.

Item 4 pares de galhetas de prata com seos pratos taobem de prata: huã cruz de prata que servia p^a. as procissoens; 2 mangas da mesma; huã de tella de ouro e outra roxa; hum vazo de comunhaõ de prata; (2 jarros porem, e 2 pratos gd^s. hum thuribulo e hum naveta, 3 vazos de prata de receber os S^{tos}. oleos; 2 calices, 3 patenas, 3 colheres, hum relicario de prata dourada de expor o Sacram^{to}. tudo isto ficou fora) ficou mais na sacristia 6 calices com suas patenas colheres palinhas, bolsas &; hum calix, que era da Boa morte, foi no altar portatil que tomaraõ no Pará: Missaes eraõ 14, hum delles com capa de veludo carmezim guarnecido todo de prata; (huã concha de prata gd^e ficou taobem fora) alem das Imagens acima referidas taobem se achava huã do Sn^r. Ressuscitado com resplandor de prata; Mais hum Sn^r. crucificado gd^e. com 2 resplandores hum de bronze dourado, e outro de prata gd^{es}., este Sn^r. estava na sacristia em hum altar com seo espaldar, e docel de madr^a. m^{to}. bem pintado; huã Image de meyo corpo do S^{to}. X^{er}. com huã reliquia no peito do m^o. S^{to}. X^{to}.: 3 @ de cera, galhetas de vidro mais de 50.

Mais 3 cad^{as}. na sacristia, 4 no Igr^a. todas de sola picada: huãs grades de comunhão; outras gd^s. no cruzeiro; 2 pulpitos de grades pintados, todo o corpo da Igr^a. estava ornado com estrados; 4 arquibancos pintados que serviaõ p^a. concluzoens publicas: 8 ou 10 bancos de bayxo do coro, em cima porem 9 bancos pintados de vermelho, e 2 arquibancos: hum Orgaõ; na torre 4 sinos 2 delles gd.^{es} e 2 mais pequenos.

Ficou taobem gd^e. pt^e. do retabolo da Boa-morte ja feito; item já feito e p^a. se pintar o tumolo da Sr^a.; o Pendaõ que era de chamalote branco guarnecido de retroz amarelo; 2 cobertores, hum delles de veludo lavrado, e outro de Damasco carmezim: 6 corporaes: a tarja do Pendaõ: huã anagoa: 2 camizas & tudo da Sr.^{e} *ficou fora, e em pt^e segura &.*

[Inventário do Maranhão, *Bras. 28*, 25-26v].

APÊNDICE D

Inventario da caza dos exercicios, e religioza recreação de N. Sr.ª Madre de D.ˢ da Comp.ª de Jesus; seus bens moveis, e de raiz e suas fazendas; conforme ao estado em q̃ ficaraõ ao tempo de nossa auz.ª em Junho de 1760.

Duzentas braças de terra situadas, e demarcadas por data da camera da cid.ᵉ do Marᵃᵐ. na ponta de S. Amaro, correndo a mesma marª. da dª. cidᵉ. hum quarto de legoa pª. o sul: nella ficou fundada a caza de N. Srª. Mᵉ. de Dˢ. cujo novo edeficio constava por hora de:

Huã Igrª. nova em que se celebrou a prª. Missa no Natal de 1759; toda de cal e pedra de 155 palmos de compridos; 45 de largo, e 50 de alto, com 2 torres feitas quazi the as cupulas; em huã das quaes ficaraõ 2 sinos novos, hum de 20 outro de 10 @. A roda de todo o corpo da Igrª. corriaõ varandas, ou Tribunas, que ainda naõ estavaõ assoalhadas.

No corpo da Igrª. (cujo cruzeiro tinha 4 altares) ficaraõ grades, bancos e 12 couçoeiras grossas, que serviaõ por agora de estrados. Nos altares do cruzeiro ficaraõ de vulto, e 5 palmos de alto as Imagens de S. Ignº, S. Franᶜᵒ. de Borja, S. Franᶜᵒ. Xᵉʳ, S. Amaro, de palmo. e meyo as segᵗᵉˢ S. Apolonia, S. Quiteria, S. Antº. de Lx.ª, S. Cornelio. Ramalhetes varios ja uzados, e em cada altar 2 castiçaes de pao.

No altar mor ficou o camarim em que ficou N. Srª. Mᵉ. de Dˢ, S. Joze, e Dˢ. Menino nascido no seo berço, Imagens proporcionadas ao tamanho das sobredᵃˢ. *varias laminas de Roma*, ramalhetes, e castiçaes. Pendente no meyo huã alampada de prata liza, *ja uzada na Igr.ª velha*, que terá perto de meya @ de prata. Todas as Imagens tem resplandores de prata proporcionadas ao seo tamanho. Nos 2 altares collateraes ficaraõ tambem *2 Imagens de Chr.º crucificado, obra primoroza de marfim* de mais de palmo em cruzes gd.ª forradas de tartaruga, com seus resplandores, remates, e titulos de prata. Nos outros 2 altares outras 2 Imagens de Chr.º trabalhadas *em pao de Laranjeira* pª. imitar o marfim. Mais 4 castiçaes gd.ᵉˢ de lataõ lizos no altar mor. E em todos 10 frontaes primorozamtᵉ *pintados* imitando os bordados da China, que serviaõ quotidianamtᵉ: 10 toalhas de altar; 5 por bayxo, ja uzadas, e 5 novas de Bertanha por sima. *Nas paredes ficaraõ 6 paneis gd.ᵉˢ de Italia*.

Na sacristia ficou hum cayxaõ de revestir com 3 gavetas, e nellas o segᵉ. 3 calices de prata, com as cupas douradas por dentro, patenas e colherᵉ. 4 vestimentas de Damasco branco com sebastes encarnados em bom uzo: 3 d.ᵃˢ novas de chamalote roxo; tudo agaloado de retroz cor de ouro; Bolsas, palas veos & em numero, e cores correspondentes; 3 Alvas novas de esguiaõ rendadas, 4 dᵃˢ de Bertanha uzadas, 3 toalhas de altar de algodaõ ja bem uzadas, 2 sobrepelizes de Bertanha, huã boceta com sanguinhos, manusterjios & *minutiora linea paramenta* em numero bast.^{e} corporaes, Amitos, 4 alcatifas de papagayo em bom uzo, 6 pares de galhetas de vidro com seus pratinhos, 1 vazo da comunhaõ, e outro purificatório de sacrario com seu pratinho de prata. Em cima do Cayxaõ hum painel de N. Sr.^{a}

Ficaraõ escondidas em caza dos nossos Benfeytores as couzas seg.^{tes} hum thuribulo, e naveta de prata, hum calix gd^e com sua patena e colherinha tudo de prata liza e bem dourada, huã ambula pequena de prata liza dourada; *3 vestimentas bordadas, e vindas da China novas com seos frontaes,* bolsas, e veos, 6 castiçaes de lataõ gd.^{es} lizos; hum par de galhetas com seu pratinho de prata, huã custodia de prata dourada, lavrada a romana.

Contiguo ao frontespicio da Igr.^{a} corre o pr^o. *corredor de caza* de Leste ao Oeste e nella por cima da Portaria lagiada de cantaria, 1ª salla gd.^{e} de vizitas com 4 archibancos de cedro muy bem lavrados, novos cuja escada gd.^{e} he de degraus de cantaria, 2 paineis gd.^{es} de Italia; outro mais pequeno *de pintura da terra,* 10 cub.^{os}; 5 em bayxo ladrilhados de tijolos, e 5 em cima muy bem preparados de forro, janellas e portas, mezas e cadr^{as}. p.^{a} *hospedagem dos exercitantes seculares, e habitaçaõ dos Religiozos da caza. Nas paredes do corredor 6 paineis novos com os retratos de NN. RR. PP. Geraes pintados em taboas de cedro.* No ultimo cub. deste corredor que era do P. Sup.^{or} da caza ficou huã Estante gd^e. p.^{a} livros, 2 mezas de cedro com suas gavetas, hum archibanco gd.^{e}, hum cabide de dependurar roupa, 6 cadr.^{e} de espaldar gd.^{es} de pao fino, com assentos, e encostos de sola lavrada e pregaria sobredourada, p.^{a} hospedes graves, sc, *Bispos Governadores, Min*^{os}.: huã cayxa e nella 3 cazullas de setim branco bordado na China com seus frontaes, veos, bolsas, e huã capa de asperges tudo correspondente.

Corre *outro corredor de Norte a Sul* com outros 10 cub.^{os} como o pr.^{o}. No principio delle huã salla gd.^{e} por cima e outra por bayxo correspondentes a do outro corredor; com 2 jogos de taco, e seus preparos, archibancos, e mapas nas paredes acomodadas p.^{a} a recreação dos Relig.^{os} q^{do}. vinhaõ à quinta. Neste corr^{or}. serviaõ 3 cub.^{os} de dispensas, cujos trastes, e comestiveis, ainda houve tempo de se repartir pella pobreza circunvizinha, e servos da caza. Outro cubiculo servia de livraria preparado com estantes a proposito, em que *ficaraõ perto de 1000 volumes* de todas as materias, *quazi todos encadernados* de novo em pasta.

Deste fecha a quadra outro corr^{or}. *bayxo* em que se continha o refeitorio cozinha e caza dos moços; na cozinha ficaraõ os trastes proporcionados. No refeitorio o seg.^{te}: 6 mezas compridas; 12 toalhas de panno de algodão ja uzadas; 5 duzias de guardanapos do mesmo; 3 duzias de colheres, garfos de lataõ, e facas; 5 duzias de copos: 2 duzias de pastas; 5 duzias de pratos de estanho de porção ordinaria, 6 de d.^{os} gd.^{es}; louça bast.^{e} de barro, como taobem potes, pucaros &.

Depois de nos expulsarem desta caza, e recolherem ao coll.^{o} *de bayxo de armas, fizeraõ a sua vontade assento os Min.*^{or} *Regios, e entregaraõ a hum soldado por alguns dias a guarda da caza; pello que crivel he, que m.*^{ta} *couza levou descam.*^{o}*, como nos constou.* Ficou porem escond.^{a} em caza de hum nosso bem feitor huã escrivaninha com os titulos das terras, escravos, ordens de Roma, e mais papeis importantes.

[Inventário do Maranhão, *Bras.* 28, 35v-36]

APÊNDICE E

Têrmo da Junta das Missões em São Luiz do Maranhão
(30 de Março de 1726)

[*Redução dos Caìcaís, Guanarés e Barbados do Rio Itapicuru — Morte do P. João de Vilar — Trabalhos do P. Gabriel Malagrida — Actividades Missionárias e expedições militares*]

Aos trinta dias do mez de Março do ano de mil settecentos e vinte he seis nesta cidade de São Luiz do Maranhão nêste Pallacio, em que rezide o Gov.^{or} e Cap.^m Ga.¹ do Estado João da Maya da Gama, e onde por ordem do ditto senhor forão convocados p.ª esta Junta o Cap.^m Mór desta praça Dom Francisco Ximenes de Aragão e o Rvm°. M.° Jacintho de Carvalho visitador geral das Missões da Comp.ª de Jesus deste ditto Estado, o Rvm.° P.° Jozeph de Mendoça Reytor deste Collegio, e o Rvm.° P.° M.° Jer.° e Lente jubilado Fr. Jozeph de Santa Catharina e o Rev.^{mo} P.° Fr. Jozeph da Anunciação, Guardião de S.^{to} Antonio, e o Rev.^{mo} P.° Fr. Paulo de São João em Lugar do Commendador das Merces, e tambem foi convocado o Doutor Mathias da Silva e Freytas, que não veyo desculpandosse com os frivolos pretextos, de que estava em correyção e tinha devassas, que tirar, e assim foi convocado em seu Lugar e empedimento o Juis Ordinario Joseph Ribeyro Maciel que servia tambem de Prov.^{or} da Faz.ª Real; e por se haverem de tratar tambem alguas materias que pertencem a dita Real Fazenda foi tambem chamado o Procurador da Coroa e Fazenda Mancel Lopez de Souza.

E sendo todos presentes pello ditto Gov.^{or} e Ca.^m foi proposto que estando o Gentio *Caicaizes* admittidos de paz, e feitos vassallos de S. Mag.^{de} q̃ Deos guarde com termo solemne, que se achava registado nesta Secretaria, e feito aos trinta dias do mes de outubro do anno de mil setecentos e vinte e tres, o qual termo cumpriram inteiramente; e estando em virtude delle aldeados no Rio Itapucuru com o seu Missionario o Rv.^{do} P. Gabriel Malagrida da Companhia de Jesus, e passados dous annos, vieram os Gentios das Nações *Guanarez*, *Aroazes* e *Barbados* da *Aldeya*, que chamão *pequena*, mas destes ultimos só tres, e os mais erão das duas nasções *Guanarezes*, e *Aroazes*, e pediram, que queriam pazes com os Brancos, e que queriam ao ditto P. M.° Gabriel Malagrida; e hindo o ditto R.^{do} P. levado do Sancto Zelo a tratar da sua redução e de os aldeyar, os achou com disposição para esse effeito, que ao depois mostrou ser aleyvoza; porque estando mais de hum mes com os ditos Barbaros, fazendo a Aldeya, e cazas, e huã grande Igreja, e tendo esta quasi acabada, e hindo o dito R.^do P. a sua primeira missão, e voltando as destes Barbaros levando dezesete dos ditos *Cahycaizes* vassallos de Sua Mag.^ao; os assaltarão os ditos *Guanarês*, e matarão quatorze, ou quinze delles, dizendo, que era por suas Rixas antiguas, e os *Aroazes*, que estavão com os dittos *Guanarês* defenderão hum dos nossos, e o trouxerão ao Padre, e lhe disserão, que se fosse, por que os dittos Barbaros *Guanarêz* os poderiam matar, ao qual tinham já descomposto; e tendo os dittos Barbaros já feito primeira trayção, tendo vindo athé a Cidade a pedir por Missionário ao R.^do P. M. João de Avellar da Comp.^a de Jesus e levando-o o matarão aleyvozamente e o quizeram fazer a todos os que o acompanharão, matando mt.^os delles, e ferindo os mais, e ao Rv.^do P. Gonsalo Pereyra da mesma Companhia de Jesus, que escapou milagrozam.^te com mt.^as feridas e na mesma forma o Cap.^m mor Francisco Soares hoje Religiozo de Nossa Senhora do Monte do Carmo.

O que tudo faz mais aggravante o referido segundo caso das mortes dos *Cahycaizes* o que tudo nos obrigou a todo risco, e com poucas forças a tomar satisfação dos ditos atrozes delictos despedindo-se huma tropa, em que foi por cabo o Cap.^m Francisco de Almeyda com trinta e Sinco Indios dos *Cahycaizes*, e porque offendidos das mortes dos seus parentes tinhão mayor dezejo de vingança, e com quarenta, ou sincoenta Indios dos nossos aldeados e quatorze moradores, e sessenta, ou settenta soldados pagos, e com tão piqeno numero por caminhos exquizitos e com muito trabalho forão buscar a Aldeya dos *Guanarez*, e antes de chegar a ella, forão sentidos dos ditos *Guanarez* que se achavão associados com os ditos *Aroazes*; e peleijando com elles, e fugindo os ditos Barbaros os seguirão os nossos *Cahycaizes* e prizionarão treze pessoas entre pequenas e grandes, das quaes morreu, ou matarão huã velha e trouxeram as doze; e passando adiante, chegarão a sua Aldeya, e a acharão queimada, e nella se detiverão alguns dias, e sem embargo de m.^tas controversias, e duvidas, que se podião offerecer p.^a acommetter as grandes e populosas *Aldeyas dos Barbados*, as quais pertenderão invadir e castigar todos os Governadores Geraes deste Estado ha quarenta, ou sincoenta annos, e nunca o poderão conseguir com numerozas tropas de soldados Indios e Cabos escolhidos, e todos se retirarão com mortos e feridos, sem poderem conseguir effeito algum como foi a que mandou o General Gomes Freyre de And.^do e as que mandou o General Antonio de Albuquerque Coelho e as que mandou o Senhor de Pancas Christovão da Costa Freyre, que supposto trouxe sette prezas não fez mais algum effeito, e m.^to menos a que pessoalmente foi dezpedir o General Bernardo Pereyra de Berredo com tudo quanto havia neste Maranhão com hum Sargento mór por cabo, e tres capitães de Infantaria, e outros m.^tos officiaes, com todos os soldados, e Indios, que faziam o numero de quinhentas ou seis centas pessoas; e pertendendo com este numerozo poder invadir as ditas aldeyas, e sendo sentidos foram carregados pellos ditos *Barbados* athé os meterem dentro no mesmo Arrayal, em que tinha ficado o mesmo general sem terem effeito tantas armas, e tantos cabos mais que para huã retirada com m.^tos feridos, o que servio som.^te de animar todas as nasções destes Barbaros a nos virem acometter e assaltar as fazendas do Rio Mearim, aonde matarão m.^tos vassallos de S. Mag.^de, e seus escravos.

E podendo todos estes sucessos esmorecer aos soldados, e acobardar ao Cap.^m Francisco de Almeida Cabo desta pequena tropa acompanhado só de hum Ajudante da Conquista, sem outros Cabos, e com tam piqueno numero de soldados, como fica referido, incitado dos ditos *Cahycaizes*, e animado de hum esforçado valor de que he dotado, e do zelo do Real Serviço, inspirado por Deos, tomou a glorioza rezolução de acometter a grande e principal *Aldeya dos Barbados*, e antes de chegar à ella foi sentido, e acommetido a sua gente da numeroza multidão dos Barbaros, com a qual contenderão e peleijarão em dia de Reys desde a manhãa athé as tres horas da tarde, que entrarão na dita *Aldeya grande dos Barbados*, e aquartellando-sse no meyo della passarão a noite em armas, e cautelozo e previsto o dito Cap.ᵐ vendosse cercado do innumeravel gentilismo p.ª mostrar que não tinha medo, mandou Cantar de noite os Indios das Nasções que levarão e como entre elles hião oito ou nove *Aroazes* dos Aldeados no Piauhy, os ouvirão os *Guanarez* e *Aroazes* q̃ com eles estavão já juntos com a multidão dos *Barbados da dita Aldeya grande*, que ouvindo cantar os seus parentes, esperarão que amanhecesse e de dia chama-rão, que lhes viesse fallar hum dos seus parentes, o qual lhes assegurou o valor dos nossos e a sua piedade, e pedindo que queriam fallar ao Cabo, este com temeraria rezolução sem armas lhe falou, e lhe offerecêo a páz, ou a guerra, e elles levados ou inspirados que hé o mais certo por Deos, pediram pazes, e que queriam ser ami-gos dos Portugueses, e que nos os defendessemos assim como defendiamos aquelles, e o ditto cabo acceytou; e concedeo as pazes com os principais dos *Barbados da ditta Aldeya grande*, e juntamente pedindo as mesmas pazes os *Aroazes*, que tinhão acompanhado os *Guanarez* e vierão em seguimento da tropa, por serem as ditas doze prezas da sua Nasção offerecendo-sse a vir logo com o seu molherio aldearse junto do Arrayal, e entre os Portuguezes e ficar, debaixo da obediencia, e que dando no *Aranhi* nosso inimigo, e fasião prezas p.ª lhe entregarmos as que tinha-mos da sua Nasção que eram as doze assima referidas, e o ditto Cabo lhe acceytou as dittas pazes; e estando alguns dias na dita *Aldeya grande dos Barbados*, foram sustentados por estes com carnes do Matto, e bollos de mandioca, e com tudo que podiam com grandes demonstrações de amor e amizade.

E estando assim vierão Logo os principaes da outra *Aldeya dos Barbados da chamada Aldeya piquena*, não pello ser, mas por menor da outra chamada grande, e pediram tambem pazes, e assim trataram a nossa gente com o mesmo amor, e sus-tento, e o ditto cabo lhe admittio, e o concedeo as mesmas pazes e estes lhe derão guias p.ª se recolherem do Arrayal por caminho breve de quatro dias, tendo gasto mais de hum mes pello caminho por onde os forão buscar, e ficarão os dittos *Bar-bados* para cobrir novam.ᵗᵉ as suas Aldeyas, e que feito isso, viriam ao Arrayal ratificar as pazes, e os dittos *Aroazes* ficaram de hir buscar as suas molheres, e familias, e trazellas p.ª o arrayal, como proximam.ᵗᵉ cumprirão, e trouxerão.

Recolhida a tropa ao arrayal do Mearim, e passados dias vieram os dittos principaes alguns delles, e em sua companhia huns Principaes dos *Guanarez*, que tinhão feito os graves delictos, trayções, e aleyvozias, que ficam referidas, e se aprezentaram ao M.ᵉ de Campo da Conquista Bernardo de Carvalho e Aguiar pedindolhe pazes, e repetindo-lhe elle os atrozes delictos que tinhão commettido, os dezpedio; porem elles teimando, em que queriam pazes, e que se lhas não dessem sempre vinhão para o Arrayal, e que os matassem ahi, e fizessem delles o que qui-zessem, e assim lhas acceytou o M.ᵉ de Campo, e os dezpedio que fossem buscar o seu molherio, e elle daria parte ao ditto Gov.ᵈᵒʳ e Cap.ᵐ Gn.ᵃˡ, e ultimamente mandando as dittas Aldeyas veyo com o sargento o principal dos *Barbados da Aldeya grande* chamado *Proxopay*, ou *Parapopaya*, e o principal dos *Aroazes*, que veyo com toda a sua gente chamado *Anguly*, e o principal da Aldeya dos *Guanarez* chamado *Coriju*, todos a pedirem, e ratificarem as pazes, que da sua parte promettem guardar, e pedem sojetando-se e querendo ser vassallos de Sua Mag.^de.

A vista do referido se deve ponderar primeiro o serviço de Deos, e utilidade da Salvaçam, e redução de tantas almas, e as grandes conveniencias, e utilidades, que destas pazes se podem seguir à Real Fazenda de S. Mag.^de que Deos g.^de e do augmento deste Estado, e bem comum destes Povos.

Em segundo lugar se deve ponderar os atrozes delictos, que fez a nação dos *Guanarez*, expressados na proposta assima a vista de ley de Sua Mag.^de e das cartas que aprezenta o ditto Gov.^dor e Cap.^m Gn.^al, e que a *Aldeya chamada piquena dos Barbados* se acha ainda com pouca segurança por não vir o principal desta a ratificar as dittas pazes.

Em terceiro lugar se deve ponderar sôbre as pazes dos *Aroazes*, e pedirem as prezas da sua nasção, estando com todas as suas familias no arrayal, e que estes *Aroazes* sam os mais valerozos e melhores soldados de todas as ditas naçoens, e em que os *Barbados da dita Aldeya piquena*, e os ditos *Guanarez* estribam a sua defensa, e que como tem parentes da sua mesma nasçam no arrayal, se faz mais segura a sua paz, e m.^ta utilidade p.^a domar as mais nasções; o que senão poderá conseguir tam facilm.^te sem os dittos *Aroazes;* e pezandosse esta materia com utilidade que se segue ao bem publico, e a Fazenda Real e ao serviço de Deos com prejuizo, que pode ter a Fazenda Real nas suas pessas de quintos, que lhe tocam das doze, e com o que pode tocar de todas ellas p.^a as despezas da ditta tropa, se rezolva o que for mais conveniente ao serviço de Deos, e de S. Mag.^de q.^ue Deos g.^de e bem commum de seus vassallos, e o augmento do Estado; ponderandosse juntamente, que alguns destes *Aroazes* estam Cazados, e aparentados com os dittos *Guanarez*, e que sem estes Aroazes não será tambem segura a paz dos *Guanarez* por quem intercede tambem o ditto principal dos Barbados.

O que tudo visto, e ponderado maduram.^te consultado, e discutido por todos os dittos ministros adjuntos, assentaram todos por votos conformes com o mesmo Gov.^dor e Cap.^m Gn^al do Estado, que sendo de tantas consequencias p.^a o serviço de Deos, e p.^a o augm.^to do Estado, e ainda para o da Fazenda Real, tanto pelas desdespezas que adiante se evitarâm como pello augmento das povoações das m.^mas terras, excellentes campos que se podem povoar e pellos descobrimentos e conquistas, que com ajuda dos dittos Indios se hão de fazer, se deve attender mais as consequencias do serviço de huã, e outra Mag.^de Divina e humana; principalmente a redução de m.^tas mil almas a fé de Christo Senhor Nosso, sem se reparar no piqueno prejuizo dos quintos, ou das despezas da dita tropa, ainda que foram m.^as m.^to grandes na ocasião prezente, em que se acha esta conquista de São Luiz sem indios, nem forças, p.^a andarem em continua guerra, e conquista destes barbaros; pois estan as aldeyas acabadas, sem que se possa dar muda aos precisos Indios, que Sua Mag.^de manda dar aos seus contractadores, e não terem valido as repetidas ordens de Sua Mag.^de para os Governadores de Pernambuco darem os Indios que o dito Senhor mandava dar das Aldeyas da Serra do Seará, Rio Grande, e Pernambuco, nem as repetidas diligencias, que em virtude das ditas Reaes Ordens tem feito o Gov.^dor e Capitão Gen. todos estes quatros annos, pedindo ao Padre Superior da Serra e ao Governador de Pernambuco, e Capitães-mores do Seará, e Rio Grande p.ª lhe mandarem os Indios determinados pelo dito Senhor para esta Guerra, e Conquista, p.ª a qual não tem dado até o prezente Indio algum; termos em que se fazem mais que precizas as ditas pazes, ainda que fossem feitas a custa de mayores despezas; attendendo tambem as leys, e ordens de Sua Mag.ᵉ que Deos guarde que recommende se procure primeiro que a guerra, procurar a paz pelos meios mais suaves da persuação e temor, e que assim se devem abraçar, ratificar, e segurar por todos os caminhos as pazes dos *Barbados*, e juntamente a dos *Aroazes*, restituindoselhes as suas presas, e se deve aceytar a pâz dos *Guanarez*, dissimulando as offensas, e delictos comettidos, dando os dittos *Guanarez* a segurança de mandarem alguns cazaes p.ª esta Cidade, ficando os mais com todas as suas familias no Arrayal.

Cituados, e Aldeiados junto delle, e achando-se alguma inconstancia nelles se puderam mudar alguns ou todos conforme parecer para esta Ilha, ou Pará, aonde estejam mais seguros para não voltarem aos seus; e que as outras nações darâm também seus refens, que segurem a assistencia do Padre Missionário, que hão de levar consigo; e que se procure segurar a ditta *Aldeya chamada Piquena* com a pâz e os mais principais destas nasçõens admittidas à ella, a venham tambem segurar; e de como assim o votaram, assentaram, e determinaram uniforme.ᵗᵉ se fez este termo que todos assinarão com o ditto Governador, e Camp.ⁿ General do Estado.

E eu Manoel Roiz Tavares, Secretario de Estado o fiz /João da Maya da Gama / Dom Francisco Ximenes de Aragão / Jacintho de Carvalho / Joseph de Mendoça / Fr. Joseph de Santa Catharina / Fr. Joseph da Annunciação / Fr. Paulo de São João / Joseph Ribeiro Maciel / Manoel Lopes de Souza.

[Arquivo Público do Pará, *Reinado de D. João V, Anos 1727 a 1732*, Códice 907, s/p.]

APÊNDICE F

Esclarecimentos e rectificações

Numa obra da amplidão desta seria inverosímil que não deslizasse alguma inadvertência própria ou alheia; ou que estudos subseqùentes próprios também ou alheios não completassem algum ponto dela; ou ainda, que não surgissem interpretações de escritores respeitáveis, fundando-se nas suas páginas, sem traduzirem contudo exactamente o pensamento delas.

Coisas pequeninas sem dúvida, mas que convém mencionar e rectificar, quanto possível, dentro do nosso próprio percurso, antes de chegar ao fim. A verificação, em tempo útil, de imperfeições desta natureza, contingentes e inevitáveis, é um bem. E a supressão delas fará que fiquem menos, onde o Autor reconhece tantas.

I

A Mãe do B. Inácio de Azevedo

O ilustre historiador Francisco Rodrigues publicou em 1931 a *História da Companhia de Jesus na Assistência de Portugal*. No 1º vol. do tômo primeiro, p. 476, escreve: «Inácio era filho natural de D. Manuel de Azevedo, beneficiado e clérigo de missa, e de D. Violante Pereira, descendente dos senhores de Fermedo, freira professa num mosteiro do Pôrto».

Dada a sua autoridade nos assuntos da Companhia em Portugal, abstivemo-nos de maiores pesquisas sôbre êste ponto, solicitados por outros mais da nossa especialidade, e inserimos na *História da Companhia de Jesus no Brasil*, tômo II, 244, as suas conclusões. Devem-se corrigir e é o próprio Francisco Rodrigues que se corrige a si-mesmo, no 2º volume do tômo II (1939) 482, da sua *História*, onde pelo documento de legitimação, Tôrre do Tombo, D. João III, *Legitimações*, L. X, f. 255v., consta que a mãe do B. Inácio de Azevedo, freira beneditina, se chamava, não Violante Pereira, mas Francisca de Abreu, filha de João Gomes de Abreu, «o das trovas».

II

Carta de Luiz da Grã a S. Inácio, 1555

Nesta carta, autógrafa, em castelhano, lê-se 1555, sem diferença entre os três cincos. Mas pelo contexto (diz que ainda não tinha saído da Baía...) e pelo confronto com as cartas seguintes (em Dezembro de 1555 já estava no sul...) aquêle último 5 deve ser equívoco. 1554 já seria aceitável. Rectifique-se qualquer informação a que a leitura óbvia de 1555 tivesse dado ocasião, como, por exemplo, a da entrada de Pero de Gois na Companhia. Incluiu-se esta carta e esta nota em *Novas Cartas Jesuíticas* (1940), 160-169.

III

D. Bartolomeu Simões Pereira

« O Administrador do Rio de Janeiro, que faz as vezes de Bispo nestas partes, faleceu nesta casa » — diz a Ânua de 1602 e 1603 e, supra, na *História* (II, 527) « esta casa » saiu como se fôsse o Rio, cujo nome se lia na linha anterior e na própria Ânua, pouco antes, como título principal. Na realidade « esta casa » é a do Espírito Santo e nela faleceu. Cf. *Carta bienal da Província do Brasil dos anos de 1602 e 1603*, em *Luiz Figueira*, onde já se fez esta mesma observação, pp. 89, 101.

IV

A falsa denúncia contra o P. Manuel Ortega

O P. Manuel Ortega, da diocese de Lamego, foi no século XVI, um dos maiores missionários da América do Sul, sofrido e obediente, cativo dos piratas, apóstolo dos *Ibirajaras*, e que percorreu imensos territórios, que hoje se repartem pelas Repúblicas do Brasil, Argentina, Paraguai, Perú e Bolívia. Num dado momento foi acusado falsamente perante a Inquisição, e prêso em rigoroso cárcere, até que o delator, arrependido à hora da morte, se desdisse juridicamente, e o Padre foi restituído, entre o regozijo geral, à liberdade e à honra injustamente perdida. Qual era a falsa acusação? Dizem os autores, e nessa conformidade o consignamos na *História*, I, 357-358, que violação do sigilo sacramental. Compulsando agora os autos da Inquisição do Peru, achamos o nome do P. Ortega entre os duma lista espantosa de denúncias, e verificamos que a acusação, que lhe assacaram, versava não sôbre violação do sigilo, mas sôbre solicitação, J. T. Medina, *Historia del Tribunal del Santo Oficio de la Inquisición de Lima — 1569-1820* (Santiago 1889) 336.

Tratando-se de homens de envergadura, estas minúcias históricas não são para desprezar. No entanto, como se averigou a falsidade da delação, o caso vem a ser praticamente o mesmo. O obejecto dela é que era diferente.

V

Os Jesuítas do Brasil nos Estados Unidos da América do Norte

Escreveu-nos o ilustre Prof. do *Institute of Jesuit History*, de Chicago, Dr. J. Manuel Espinosa, que andava a estudar o P. Visitador do Brasil, Cristóvão de Gouveia e que notara discrepância na data do nascimento: a que demos, 3 de Janeiro de 1537 (*História*, II, 489) e a que dão em geral outros historiadores, 10 de Janeiro de 1542.

A impossibilidade, que traz a guerra, neste momento, de recorrer aos Arquivos de Roma, não nos permite deslindar a dúvida. Mas queremos fazer aqui menção dela e assinalar já o aparecimento daquele valioso estudo, *Gouveia: Jesuit Lawgiver in Brazil*, publicado na revista de história, *Mid-America*, Chicago, Janeiro de 1942, vol. 24, nº 1, 27-60. Começam os Jesuítas do Brasil a transpor as fronteiras de língua portuguesa, cabendo agora a vez à inglesa, nova ‹*discovery*› *of South America by North American historians*, como na primeira página da mesma Revista se exprime o seu director, Jerome V. Jacobsen, no interessante estudo, *Jesuit Founders in Portugal and Brazil*. Noutro número (vol. 24, nº 3) da mesma *Mid-America*, apareceram novos estudos de Jacobsen sôbre *Nóbrega of Brazil*, e de Espinosa sôbre *Luiz da Grã, Mission Builder and Educator of Brazil*. E ainda no número seguinte (4º), Outubro de 1942, pp. 252-271, J. Manuel Espinosa publica *Fernão Cardim, Jesuit Humanist of Colonial Brazil*, em que mostra admirável conhecimento do assunto e da bibliografia brasileira. É realmente o *Nuevo interés por la historia de los Jesuítas en los Estados Unidos*, anunciada já alguns anos antes, por aquêle ilustre escritor, Jerome V. Jacobsen, em *Estudios*, tômo 55 (Buenos Aires, Dezembro de 1936) 401-408. E apraz-nos verificar que escrevem com perfeito método científico. Aliás ser-nos-ia grato ver também, na América do Sul, o maravilhoso desenvolvimento actual da Companhia de Jesus na América do Norte, onde os Jesuítas dirigem nada menos que 14 Universidades, com 66.000 estudantes e com tão singular competência que a Faculdade de Medicina, da sua Universidade de Georgetown, é famosa nos Estados-Unidos.

VI

Ainda João Ramalho

João Ramalho, português, de Vouzela, é o patriarca da gente do Estado de S. Paulo. É já célebre a carta de Nóbrega, escrita de Piratininga, antes de se baptizar S. Paulo, que o mesmo Padre Nóbrega fundou no dia 29 de Agôsto de 1553, e se inaugurou, menos de cinco meses depois, a 25 de Janeiro de 1554. Essa carta que, demos a conhecer, em 1934, deitou por terra muitas lendas que corriam à conta de João Ramalho. Mas ainda existem sobrevivências delas.

Rodrigues Alves Filho, no seu excelente livrinho, *Crónicas do Brasil Antigo* (S. Paulo 1939) 60, escreve: «Consoante diz Serafim Leite, êle [Ramalho] queria casar-se com a índia [Isabel], e, se vivia daquele modo, era pela falta do sacramento nestas paragens».

Nem nas páginas desta *História*, nem em livro algum nosso, se encontra semelhante asserção. Quando o P. Manuel da Nóbrega falou com João Ramalho em Santo André da Borda do Campo, a situação era esta. Ramalho, casado em Portugal, vivia com uma filha do chefe índio, Tibiriçá, de quem tinha filhos, e conhecera carnalmente outras parentes dela, talvez até irmãs. Para se regularizar, civil e religiosamente, a sua situação conjugal, era necessário, primeiro, investigar se ainda vivia ou não, em Portugal, a sua mulher legítima. Se vivesse, arrumar-se-ia o assunto: não se podia casar. Se já tivesse morrido, poderia casar-se, mas requeriam-se dispensas prévias, canonicamente exigidas, por causa daquelas relações carnais com as parentes da que ia ser sua legítima espôsa. A questão não era, pois, «haver falta de sacramento», era estar êle em condições *legais* para o receber. Se êle se casasse no Brasil, estando viva em Portugal sua mulher, incorreria num crime, o da bigamia, que caía e cai, nos paises civilizados, sob a alçada da lei.

VII

A morte de Manuel da Nóbrega

«In hoc Ianuario Collegio extremum diem obiit Pater Emmanuel de Nobrega, primus huius Provinciae Brasiliae Provincialis, necnon primus eiusdem Collegii Rector. Cuius virtutes, vitaeque sanctimoniam prudens omitto, quippe longam sibi postulant narrationem. Illud tantum dicam ultimum vitae suae diem praescivisse. Nam decimo septimo calendas Novembris nonnullos civium amicos invisens ultimum illis dicebat vale, tamquan peregre abiturus. Iis vero, quo? — sciscitantibus (deerat namque in portu navis) in coelum, reddebat Pater, illud sublatis oculis ostentans. Sequenti vero die post prandium intestinus dolor illum invasit, cui medicamenta nihil profuere; tunc adveniente nocte duobus qui aderant sacerdotibus, tanquam Pater filiis benedicens, optabam, inquit, coeteros fratres meos intueri, sed e coelo id praestabo: in crastinum enim Divi Lucae vocor (qui dies erat ipsius Patris natalis et quinquagesimum tertium illi claudebat aetatis annum). Eoque iam praesente, extremam sibi conferri sacram unctionem postulat; quod sacramentum suavissimo animi sensu, ut verba ipsa Patris pia, responsaque ad ministrorum preces indicabant, accipit. Deinde ad Deum profusis lacrymis *gratias tibi ago, Fortituddo mea, Refugium meum et Liberator meus, qui morti meae hunc diem praesignasti, mihique in Religione mea perseveerantiam ad hanc usque horam donasti!* Tunc leni motu sanguinis parum ejiciens ore, animam simul Creatori suo reddidit, anno millesimo quingentesimo septuagesimo». — *De prima Collegii Fluminis Januarii Institutione* (23v) pelo P. António de Matos, Gesù, Fondo Gesuitico, *Collegia*, 201.

Nóbrega no dia 16 de Outubro de 1570, estando no Rio de Janeiro, despediu-se dos seus amigos; no dia 17, sentindo-se mal, uma forte dor interna a que não valeram medicamentos, abençoou como pai a filhos, os dois Jesuítas, seus companheiros, Padres Gonçalo de Oliveira e Fernão Luiz, lastimando não ter ali todos os mais; e no dia 18 de Outubro, dia de S. Lucas, deitando pela bôca um ténue fio de sangue, expirou, com os sentimentos de piedade e de gratidão para com Deus: «Fortaleza minha, Refúgio meu, e Libertador meu, que marcastes de antemão êste dia para a minha morte, e me destes a perseverança na minha Religião até esta hora!»

A data de 18 de Outubro a deixamos em *Páginas de História do Brasil* (S. Paulo 1937)138 e esta página de *Prima Collegii Fluminis Ianuarii Institutione* ficou apontada com outras nesta *História*, tomo II, 468. Mas um lapso do dactilógrafo e da revisão transformou o 18 em 17. Devíamos esta rectificação, anunciada já por nós mesmos em *Nóbrega – o primeiro Jesuíta do Brasil* (Rio 1940) 216, por delicada atenção do seu autor, o ilustre escritor pernambucano José Mariz de Morais. E assim há males que vêm por bem, que é ficar aqui mais esta memória do glorioso fundador da Província do Brasil, o *Nóbrega of Brazil*, de Jerome V. Jacobsen (*Mid-America*, vol. 24, n. 3 (Chicago, Julho de 1942) 151-187), aquêle de quem Ernest Samhaber gaba a genial perspicácia, *Geniale Weitblick Nobregas*, em *Sudamerik* (Hamburgo 1939) 137, a mesmíssima frase com que Stefan Zweig reconhece em Nóbrega «energia heróica», «clarividência» e «capacidades ideais de um organizador genial» (*Brasil, País do futuro*, tradução de Odillon Galloti e prefácio de Afrânio Peixoto (Rio 1941) 40).

APÊNDICE G

Estampas, mapas e autógrafos

Luiz Figueira: — Como Nóbrega, fundador da Província do Brasil e primeiro Jesuíta da América, Luiz Figueira, fundador da Missão do Maranhão e Grão Pará e primeiro Jesuíta da Amazónia, não tinha ainda retrato, nem idealizado nem coevo. A Nóbrega deu expressão plástica o grande escultor português Francisco Franco; Figueira, por feliz sugestão de Augusto Meyer, achou o pincel mais afamado do Brasil moderno. A leitura do livro *Luiz Figueira — a sua vida heróica e a sua obra literária*, a sua viagem dolorosa a Ibiapaba e o seu fim trágico no Marajó, inspirou a Cândido Portinari, a obra prima com que se ilustra êste III tômo da *História da Companhia de Jesus no Brasil*, para êle magnífica e expressamente feita pelo grande artista.

Francisco Pinto: — Em «Luiz Figueira» se incluiu a gravura do martírio, publicada por Matias Tanner, já suficientemente conhecida. Não o é tanto e não o vimos até hoje publicado em parte alguma, o retrato que se encontra no extraordinário tecto da sacristia da antiga igreja dos Jesuítas na Baía (Catedral), documento iconográfico luso-brasileiro, do século XVII, do mais alto valor, e de que é autor provável o irmão pintor Domingos Rodrigues. Obtivemo-lo por mediação amiga do Dr. Hermano Santana, que obsequiosamente se incumbiu de o fotografar para êste volume, quando passamos na capital baiana em 1941.

António Vieira: — De todos os Jesuítas do Brasil, Vieira é quem possue maior e melhor iconografia, e seria, por si só, trabalho interessante o seu estudo e publicação completa. Com uma delas abriremos o IV tômo, em que a actividade de Vieira quási o informa todo, da primeira à última página. Mas também nêste se projecta com tal esplendor a sua figura que convém se veja nêle. Entre muitos, pareceu-nos expressiva a que o representa como catequista e defensor dos Índios, e traz André de Barros na *Vida* do grande Jesuíta.

Mapas: — Publicam-se dois nêste tômo. Um, em primeiro mão, o da *Vila da Fortaleza* que se acabava de criar no Ceará, e outro, o *Mapa da Expansão dos Jesuítas no Norte do Brasil, nos séculos XVII e XVIII*, à semelhança do que se fêz no I tômo, para a área da sua actividade no século XVI.

Do *Mapa da Fortaleza* ficou no texto notícia bastante. Do *Mapa da Expansão*, legenda adequada explica o seu carácter esquemático e de conjunto local como o anterior, parcelas progressivas do *Mapa Geral da Companhia de Jesus no Brasil*, que se vai assim gradativamente estabelecendo, de terra em terra e de período em período, até se organizar no fim, completo e definitivo, como fecho do último tômo.

Para a organização dêste, do Norte, utilizaram-se dados conhecidos e alguns inéditos. E, pelos bons ofícios do Instituto Nacional do Livro, deu expressão gráfica perfeita ao nosso rascunho elementar, o notável desenhador brasileiro Paulo Werneck.

Autógrafos: — São de cartas inéditas, existentes no Arquivo Geral da Companhia de Jesus (*Archivum Societatis Iesu Romanum*). Na base da similigravura aparece, em muitas, o próprio códice em que se guardam e a página respectiva.

Serviço do Património Histórico e Artístico Nacional: — Grande parte das gravuras dêste tômo (e dos mais que se seguirão se tivermos vida para tanto) foram-nos subministradas por êste organismo técnico, novo ainda, mas que já vai prestando tão relevantes *serviços* à Arte e à História do Brasil. Com boa vontade, evidente e perene, o Dr. Rodrigo M. F. de Andrade, seu insigne Director, colocou à nossa disposição tôdas as fotografias de monumentos da Companhia de Jesus dêste já vasto arquivo. E muitas delas, como as da Vigia, o Dr. Rodrigo de Andrade as mandou fotografar expressamente para esta *História*, vencendo tôda a espécie de dificuldades, em particular as de comunicações, que as actuais circunstâncias da guerra sobremaneira agravaram. Trata-se, em verdade, não apenas de simples *serviço*, mas de verdadeira *colaboração*, que tanto valoriza o documentário desta obra.

APÊNDICE H

A Imprensa e a sua valiosa contribuição bibliográfica sôbre a "História da Companhia de Jesus no Brasil".

Arquivam-se aqui algumas referências chegadas ao conhecimento do autor, por diversos caminhos, e quási tôdas pela diligência amiga de estranhos. Não as coligindo êle, as omissões explicam-se por si mesmas. Êste *Apêndice* podia ser homenagem aos que as subscrevem. Significa, sobretudo, uma intenção de utilidade histórica. Algumas referências são de grandes nomes, quer pela sua representação oficial, quer pela sua atitude mental, quer pela especial competência em assuntos históricos do Brasil ou da Companhia. E muitas delas, abstraindo a parte de cordial generosidade, contêm não só apreciações gerais, mas dados concretos para a própria história da Companhia de Jesus no Brasil, em cuja bibliografia, com justiça, se devem, pois, incluir [1].

AFRÂNIO PEIXOTO, J. — Na secção «Academia Brasileira», do *Jornal do Commercio*, Rio, 16 de Março de 1934, 14 de Novembro de 1936, 15 de Maio de 1937, 18 de Janeiro de 1941.

AMARAL JÚNIOR, Amadeu. — Em *Vamos Ler*, Rio, 21 de Setembro de 1939.

AMEAL, João. — No *Diário da Manhã*, Lisboa, 21 de Setembro de 1934 e 18 de Junho de 1935.

AMOROSO LIMA, Alcêu. — «Academia Brasileira», no *Jornal do Commercio*, Rio, 27 de Setembro de 1938 e 26 de Agôsto de 1939; em «Vida Literária» de *O Jornal*, Rio, 29 de Dezembro de 1938 e 22 de Junho de 1941.

---

1. Pertence também, a essa bibliografia, e a título semelhante, o que se escreveu em 1940, por ocasião do IV Centenário da Companhia de Jesus, e se reùniu, em sua maior parte, na Revista *Estudos Brasileiros* (ns. 13-14, Rio, Set.-Out. de 1940), trabalhos importantes, assinados por Afrânio Peixoto, Pedro Calmon, Lúcio José dos Santos, Alcêu Amoroso Lima, Afonso de E. Taunay, Hélio Viana, Bezerra de Freitas, Gudesteu Pires, José Mariano Filho, Yan F. de Almeida Prado, Haroldo Valadão, Leonel Franca, Eduardo Lustosa, Armando Cardoso, Garcia Júnior, Mesquita Pimentel, Cardoso de Miranda, Teobaldo de Miranda Santos, Paulo Carvalho, Brás do Amaral, Luiz da Câmara Cascudo, Osório Lopes, Magalhães Correia, Aurélio Porto, José da Frota Gentil, José Mariz de Morais, Nelson Romero, Ari da Mata e Luiz Viana Filho.

Aranha, Osvaldo. — Sob a rubrica «Instituto Histórico», no *Jornal do Commercio*, Rio, 29 de Setembro de 1939.
Ataíde, Tristão de. — Vd. Amoroso Lima, Alcêu.
Barbosa, Domingos. — No *Diário da Baía*, 26 de Junho de 1935.
Barreto, Plínio. — Em «*O Estado de S. Paulo*», 3 de Setembro e 3 de Dezembro de 1938.
Brazão, Eduardo. — Em *A Voz*, Lisboa, 15 de Abril de 1938.
Briquet, Raúl. — Na *Revista da Academia Paulista de Letras*, S. Paulo, 12 de Setembro de 1942, p. 56.
Bayle, Constantino. — Em *Razón y Fe*, Madrid, Janeiro de 1939, p. 104-105.
Buarque de Holanda, Sérgio. — Na «Vida Literária» do *Diário de Notícias*, Rio, 8 e 13 de Dezembro de 1940.
Calmon, Pedro. — «Livro sem igual», em *A Noite*, de 13 de Agôsto de 1938; e 16 de Agôsto de 1941; em «Academia Brasileira», *Jornal do Commercio*, Rio, 1 de Novembro de 1941 e 31 de Janeiro de 1942.
Carvalho, António Pinto de. — «A Companhia de Jesus e a Colonização do Brasil» em *Brasília*, I, Coimbra (1942) 245-255.
Correia Marques, Pedro. — Em *Bandarra*, Lisboa, nº 1, 16 de Março de 1935.
Diniz da Fonseca, Joaquim. — Em «Letras e Artes», Suplemento literário de *Novidades*, Lisboa, 1938 [*Vindex*].
Espinosa, J. Manuel. — Em *Mid-America*, Chicago, vol. 24, 1942, fasc. 1, p. 81-82.
Freire, Gilberto. — Em *O Mundo que o Português criou*, Rio 1940, 91; e no *Jornal do Comércio*, Recife, 6 de Julho de 1941.
Garcia, Rodolfo. — Na *Revista do Brasil*, nº 5 (3ª. fase), Rio, Novembro de 1938.
Hanke, Lewis. — No *Handbook of Latin American Studies*, III, 1937, pp. 44, 221.
Heinen, Ad. — Em *Die Katholischen Missionen*, Dusseldorf, Janeiro de 1937.
Jacobsen, Jerome V. — Em *Mid-America*, Chicago, vol. 24, ns. 1-2.
Juambelz, Jesus. — *Index Bibliographicus S. I.*, I, Roma, 1938, ns. 1.208, 1.209, 1.636, 1.876, 1.877, 1.896, 2.112, 2.600, 2.658; II (1940) ns. 1.493-1.495, 1.581-1.583, 1.748, 1.749, 1.890, 1.968, 1.969.
Lamalle, Edmond. — No *Archivum Historicum S. I.*, Roma, IV (1935), 118, 154, 155; V (1936) ns. 97, 98, 99, 180, 182, 316; VI (1937) ns. 105, 106; VII (1938) ns. 158-170, 535; VIII (1939) ns. 116, 142-149, 372; IX (1940) *passim*.
Leão, Múcio. — No *Jornal do Brasil*, 3 de Setembro de 1938, e em *O Imparcial*, da Baía.
Leitão, Joaquim. — No *Jornal de Notícias*, Pôrto, 13 de Outubro de 1940.
Lourenço Filho, M. B. — *Education*, em *Handbook of Latin American Studies*, IV (1938) nº 1.750.
Macedo, Sérgio D. T. — Na *Gazeta de Notícias*, Rio, 29 de Setembro de 1939.
Manso, Joaquim. — «Verdade», no *Diário de Lisboa*, 15 de Novembro de 1938.
Marchant, Alexander. — *History: Brazil*, em *Handbook of Latin American Studies*, VI (1940) ns. 3.586-3.587; e em *The Hispanic American Historical Review*, Durham, vol. XXVII (Agôsto de 1942) 530-531.
Mariz de Morais, José. — Em *Nóbrega, o primeiro Jesuíta do Brasil*, Rio, 1940, p. 11 e *passim*.

Martin, Percy Alvin. — *History: Brazil*, em *Handbook of Latin American Studies*, IV (1938) p. 275, 277, 280, 285.

Maurício, Domingos. — Na *Brotéria*, Lisboa, Novembro de 1938, 407-416.

Melo, Mário. — No *Jornal do Comércio*, Recife, 14 de Abril de 1936.

Melo e Matos, Júlio de. — Em a *Soberania*, Águeda, 1 de Julho de 1938.

Mendes, Oscar. — «A alma dos Livros», em *O Diário*, Belo-Horizonte, 7 de Novembro de 1937.

Meyer, Augusto — Em *Bibliografia Brasileira, 1938-1939*, p. VII, Rio, 1941.

Montelo, Josué. — «Vida Literária», em *Dom Casmurro*, Rio, 28 de Junho de 1941.

Moreira das Neves. — Em «Letras e Artes» suplemento literário de *Novidades*, Lisboa, Dezembro de 1940.

Múrias, Manuel. — Em *A Voz*, Lisboa, 4 de Dezembro de 1937, 25 de Maio e 16 de Junho de 1938; «Vidas heróicas e ardentes» em *A Voz*, de 29 de Janeiro de 1941; em *Ocidente*, Lisboa, vol. III, nº 7 (1940).

Navarro, Eugénio. — «Jornada intelectual ao Brasil em 60 minutos com o Dr. Serafim Leite», em *A Voz*, Lisboa, 6 de Janeiro de 1940.

Neves, Berilo. — Em «Livros Novos», *Jornal do Commercio*, Rio, 20 de Maio de 1934, 21 de Agôsto de 1938, 1 de Janeiro de 1941 e 10 de Maio de 1942.

Oliveira, Miguel de. — Em *Novidades*, Lisboa, 5 de Junho e 9 de Outubro de 1938.

Pacheco, Félix. — «Um dicionário inédito da língua indígena», no *Jornal do Commercio*, Rio, 6 de Julho de 1934.

Perdigão, Henrique. — No *Dicionário Universal de Literatura*, 2ª. ed. (Pôrto 1940) 782-783.

Pereira, Lúcia Miguel. — No *Jornal do Commercio*, Rio, 9 de Outubro de 1938.

Pereira, Nilo. — Em *Fronteiras*, Recife, Outubro de 1938.

Reis, Artur. — «Aconteceu há muitos anos», na *Folha do Norte*, Pará, 22 de Julho de 1941.

Ricard, Robert. — Em *Études*, Paris, tômo 239, nº 8, 20 de Abril de 1939, p. 191-204.

Ricardo, Cassiano. — Em *Marcha para Oeste*, 2ª. ed., I (Rio 1942) 227.

Serrano, Jónatas. — «Do meu Diário» em *A União*, Rio, 11 de Junho de 1934.

Simões, Hélio. — Na «Página de Ala», de *O Imparcial*, Baía, 22 de Novembro de 1939.

Smith, Robert C. — «Brazilian Art.» no *Handbook of Latin American Studies*, 1938, nº. 429.

Sousa, J. Fernando de. — Em *A Voz*, Lisboa, 22 de Junho de 1938 e 7 de Dezembro de 1941.

Sousa, Octávio Tarquínio de. — «Vida Literária» de *O Jornal*, Rio, 17 de Outubro de 1937.

Taunay, Afonso de E. — Em «Os Jesuítas e o progresso cultural da Colónia», no *Jornal do Commercio*, Rio, 21 de Setembro de 1941.

Van Der Vat, O. — Na *Revue d'Histoire ecclésiastique*, Lovaina, Bélgica, Julho de 1939, p. 599-600.

WRIGHT, Almon R. — Em *The Hispanic American historical Review* (Duke University) vol. XX, 438-441.

ZUBILLAGA, Félix. — Em *Archivum Historicum Societatis Iesu*, Roma, IX (1940) 141-143.

Deram notícias avulsas, e algumas longas, quási todos os grandes jornais e revistas de Lisboa, Coimbra, Pôrto, Guimarães, Braga e S. João da Madeira; Rio, S. Paulo, Belo Horizonte, Baía, Recife, Fortaleza e Belém do Pará. Resta-nos saùdá-los a todos, no seu decano, o *Jornal do Commercio*, do Rio, o mais antigo jornal de língua portuguesa, que, sob a direcção de Elmano Cardim, continua a gloriosa tradição de Félix Pacheco, e cujas «Várias», de 4 de Agôsto e 4 de Novembro de 1938, em coluna aberta, versam, com inexcedível elegância, sôbre esta obra. A omissão dos outros artigos de jornais e revistas faz-se por não trazerem assinatura, com que se possam individuar. Não se omitem porém na lembrança do autor da *História da Companhia de Jesus no Brasil*, que se confessa perpétuo devedor para com a Imprensa do Brasil e de Portugal.

ÍNDICE DE NOMES

(Com asterisco: Jesuítas)

Abaeté: 308.
Abeville, Claude d': 8, 9, 137.
*Abranches, Francisco: 124.
Abranches, Moura de: 162, 164.
Abreu, Francisca de: 445.
Abreu, João Gomes de: 445.
*Abreu, P. Manuel de: 194.
Abreu e Lima, José Inácio de: XXIV, 75, 81, 222.
Abrunheira: 400.
Acaraú: 67.
Açores: 10, 373.
Acre: X, 235, 410.
Açu: 93-95.
*Acuña, Cristóbal de: XXIV, 207, 267, 268, 270, 369, 383, 384, 391, 405, 406.
D. Afonso VI: 25.
*Afonso, Manuel: 352, 364.
Afrânio Peixoto, J.: I, XX, XXIV, 15, 99, 449, 453.
África: X, 232.
Agassiz, M. et Mme: XXIV, 272.
Aguanambi: 90.
*Aguiar, Bernardo de: 133.
Aguiar, João Leite de: 88.
Aires Carneiro, João Roberto: 305.
Alagoas: 193.
Alberto Tôrres, Heloisa: XVIII.
Albuquerque, Jerónimo de: 4, 11, 100, 117, 185, 425, 426.
Albuquerque, Odorico Rodrigues: 385.
Albuquerque Coelho de Carvalho, António de: 73, 121, 256, 258, 260, 264, 340, 341, 351, 410, 412, 440.
Albuquerque Coelho, Francisco de: 199, 314.
Alcântara: 135, 199-201, 271, 314.
Alcântara, Francisco de: 237.
Aldeia dos Abacaxis: 218, 384, 386-389, 393, 398, 399, 404.
— *Acarará:* 179, 192.
— *Acaraú:* 68.
— *Açú:* 95, 96.
— *Acuriatós:* 384, 385, 395.
— *Aldeias Altas:* 143, 153.
— *Amatari:* 376.
— *Anajás:* 245.
— *Andirás:* 384, 389, 395, 396.
— *Anunciada do Jaguaribe:* 94.
— *Arapijó:* 349.
— *Arapiuns:* 364.
— *Aricá ou Aruará, ou Aricará:* Vd. Aricari.
— *Aricari:* 345, 353-354.
— *Aricuru:* 206, 308-310.
— *Aripuanás:* 392.
— *Arucará:* 306, 310.
— *Antotoia:* Vd. Tutóia.
— *Barbados (Grande):* 143, 152, 441, 442.
— *Barbados (Pequena):* 143, 439, 442, 443.
— *Bispo:* 256.

Aldeia da Boa Vista: 349.
— *Bócas:* 279, 280, 306, 310, 311, 313.
— *Borari:* Vd. *Iburari.*
— *Cambócas:* Vd. *Bócas.*
— *Cabu:* 246, 279, 284-287, 291.
— *Caeté:* 292-297.
— *Caviana:* 349.
— *Cajuípe:* 187-189.
— *Cajutiba:* 188.
— *Camocim:* 17, 19, 24, 26, 32, 86, 165.
— *Camutá:* 241, 300, 314, 323.
— *Canumã:* 387, 388, 393, 394, 395, 398, 400.
— *Capitiba:* 187, 188, 262.
— *Carará:* 185, 191, 193, 195.
— *Cornapió:* 300.
— *Cassiporé:* 260.
— *Caucáia:* 3, 14, 85, 88, 89, 91.
— *Condurises:* 276, 277, 349, 385.
— *Cuçari:* Vd. *Gonçari.*
— *Cumaru:* 364.
— *Curiatós:* Vd. *Acuriatós.*
— *Curuçá:* 275, 289, 291.
— *Diabo Grande:* 6.
— *Doutrina:* 187.
— *Faustino:* 279, 280.
— *Gamelas:* 169, 171, 175, 178-180.
— *Gonçari:* 271, 274, 287, 289.
— *Guaiacurupá dos Tupinambaranas:* 386, 400.
— *Guajajaras:* Vd. *Carará, Maracu e Cajuípe.*
— *Guajará:* 284, 287.
— *Guamá:* 301.
— *Guanaré:* 123, 152, 154, 155, 440.
— *Guarapiranga:* 279.
— *Guaricuru:* Vd. *Aricuru.*
— *Guarinamá:* 395.
— *Gurupá:* 347.
— *Gurupatuba:* 230, 262, 267-274, 360.
— *Gurupi:* 292, 293.
— *Ibiapaba:* 3-73, 75, 82, 85, 86, 88, 104, 161, 443, 451.
— *Iburari:* 363.
— *Icatu:* 157, 158.
— *Iguaranos:* 157.
— *Ilha do Sol,* 342.

Aldeia do Ingaíbas: 308.
— *Inhaúba:* 314, 315.
— *Irurises:* 384, 392, 393.
— *Itaboca:* 302, 344.
— *Itacuruçá:* 345, 349-352, 355, 375.
— *Itaqui:* 186, 187.
— *Jaguaribe:* 94, 95.
— *Jaguariguaras:* 88.
— *Jamundá (Sta Cruz):* 277, 278.
— *Jaquaquara:* 271, 273, 274.
— *Javari:* 354, 418-421.
— *Joanes:* 235, 246, 247.
— *Jurupariaçu:* 6, 7.
— *Lagoa do Apodi:* 95.
— *Laguna:* 409.
— *Maguari:* 285.
— *Maguases:* 384, 389.
— *Maitapus:* 365, 366, 386.
— *Mapuá:* 246.
— *Maracanã:* 220, 279, 289-291.
— *Maracu:* 147, 179, 185, 188, 189, 190.
— *Maraguases:* 385.
— *Matari:* 375, 376.
— *Maturá:* 408.
— *Maturu:* Vd. *Muturu.*
— *Mamaiacu:* 289.
— *Mocajuba:* 281, 300.
— *Mocajubas:* 285, 323.
— *Moju:* 300.
— *Mortigura:* 248, 271, 279, 299, 300, 306, 308, 317, 318, 321, 342, 344, 411.
— *Muribira:* 285.
— *Muruapig:* 276, 277.
— *Muturu:* 345, 346, 349-351.
— *Nazaré (Itapicuru):* 147.
— *Nheengaíbas:* 275, 279, 280, 308, 309.
— *Oiro:* 409, 412, 417.
— *Onicorés:* 392.
— *Paiacus:* 3, 85, 92, 93.
— *Paranamirim:* 85, 88, 91.
— *Parangaba:* 3, 10, 14, 32, 85-91.
— *Paraparixanas:* 392.
— *Parijó:* 277, 315.
— *Paru:* 274.
— *Paupina:* 3, 10, 14, 88, 89, 91.

Aldeias do Piraviri ou *Piraquiri:* 345, 352.
— *Piuburi:* 175.
— *Potiguaras:* 88.
— *Rio Negro:* 375.
— *Rodela:* 76.
— *Sacacas:* 246.
— *S. Cristóvão:* 199, 201.
— *S. F.co Xavier dos Tupinambaranas:* 386-388.
— *S. F.co Xavier dos Tupinambaranas* (outra): 386.
— *S. Gonçalo de Icatu:* 158.
— *S. Gonçalo do Itapicuru:* 135.
— *S. Jacob de Icatu:* 157.
— *S. João de Cumã:* 201.
— *S. João do Apodi:* 95.
— *S. João de Cametá:* 314.
— *S. João do Gurupi:* 291.
— *S. Joaquim dos Omáguas:* 408, 409.
— *S. José dos Índios:* 142.
— *S. José (Maranhão):* 135, 141-142.
— *S. José (Tapajós):* Vd. *Maitapus.*
— *S. Lourenço (Ceará):* 11.
— *S. Lourenço dos Tupinambaranas:* 388.
— *S. Luiz Gonzaga (Cabo do Norte):* 264.
— *S. Luiz Gonzaga (Marañón):* 407.
— *S. Miguel do Apodi:* 94.
— *S. Miguel do Itapicuru:* 143, 147--152.
— *S. Miguel dos Tupinambararanas:* 384
— *S. Paulo dos Cambebas:* 408, 414.
— *S. Pedro (Gurupá):* 348, 349.
— *S. Pedro (Solimões):* 418.
— *Santa Cruz (Abacaxis):* 388.
— *S.ta Cruz dos Andirases:* 385.
— *Santa Cruz (Tapajós):* 365.
— *Santa Maria dos Omáguas:* 414.
— *S.to António das Cachoeiras:* 218, 235, 401, 402.
— *S. Inácio (Tapajós):* 364, 366, 388.
— *S. Inácio (Marañón):* 407.
— *Saparará:* Vd. *Tabapará.*
— *Serigipe:* 199.

Aldeia do Sumaúma: 305, 306, 308, 344.
— *Tabapará:* 285-287, 291.
— *Tabainha:* 61. Vd. *Ibiapaba.*
— *Tabarapixi:* 255, 258.
— *Tabatinga (Solimões):* 421.
— *Taboca:* Vd. *Itaboca.*
— *Taguaibunuçu:* 7.
— *Taiuaçu Coarati:* 141.
— *Tapajós:* 230, 262, 271, 357-363, 375.
— *Tapará:* 286, 348-350.
— *Taparajó-Tapera:* 365.
— *Tarumás:* 370, 375.
— *Taupará:* 286.
— *Tipucu:* 246, 247.
— *Tocantins:* 308, 335, 344.
— *Tororises:* 392.
— *Trocano:* 218, 400-403.
— *Tupinambás de baixo:* Vd. *Cabu.*
— *Tupinambás de cima:* 284.
— *Tupinambaranas:* 276, 277, 364, 385-398.
— *Tutóia:* 135, 161, 166, 167.
— *Uaricuru:* Vd. *Aricuru.*
— *Uçaguaba:* 135, 137.
— *Una:* 286, 313.
— *Urubu:* 383, 385, 408.
— *Urubuquara:* 270, 271, 273.
— *Vera Cruz:* 388.
— *Xingu:* Vd. *Itacuruçá.*
— *Zorobabé:* 76.
Alemanha: XXI, 18, 70.
Alencar, José de: 270.
Almeida: 133.
Almeida, Domingos de: 121.
Almeida, Francisco de: 178, 189, 440, 441.
*Almeida, João de: 118, 164, 165, 216, 220, 340.
Almeida, João Tavares de: 86.
Almeida Freire, João: 340.
Almeida Pinto: 214.
Almeida Prado, J. F. de: XXIII, 206, 453.
Almofala: 28.
Altamira: 354.
Alter do Cão: 363.

*Álvares, Bento: 211, 215, 229, 291, 292, 302, 343.
*Álvares, Gaspar: 12.
Álvares, João: 88.
*Álvares, Luiz: 362, 366.
Amaral, Brás do: 453.
Amaral Junior: 453.
Amazónia: IX, X, XII, XIII, XVI, 205, 218, 219, 235, 236, 374, 410, 451.
Amazonas: 267-421.
Ameal, João: 453.
América XII, 23, 232, 344, 411, 412.
América do Norte: 447.
América do Sul: X, 446, 447.
*Amodei Benedito: 104, 109, 113-116, 129, 146, 406.
Amoroso Lima, Alceu: XI, 197, 453.
Amsterdam: 18.
*Anchieta, José de: 258.
Andes: 411.
Andrade, António de: 414, 416.
*Andrade, Francisco de: 121, 131.
Andrade, Rodrigo M. F. de: XVIII, 227, 452.
Andrade Furtado: XVIII.
*Andreoni, João Felipe: 56, 63, 67, 68, 96.
Angola: 52.
Anjos, D. Gregório dos: 120.
Anjos, Narciso dos: 284.
Antilhas: 100, 101, 104.
*António, Aleixo: 222, 225, 228, 232, 403.
*António, Domingos: 233, 366.
*António, José: 228.
*Antunes, Miguel: 128, 265, 301.
Anunciação, José da: 439, 443.
Aquirás: 67, 73, 76-83, 89, 91, 96.
Aragão, D. Francisco Ximenes de: 439, 443.
Aranha, Manuel Guedes: 345, 350, 351.
Aranha, Osvaldo: XXI, 454.
*Araújo, António de: 207.
*Araújo, Domingos de: 10, 206, 231.
Argentina: 446.
Arnau Vilela, António: 382.

*Arnolfini, Marco António: 308, 344.
Arraial de N.ª S.ª do Carmo e Santa Ana: 377.
Arraial de N.ª S.ª da Penha da França e Santa Ana: 380.
Arraial da Piedade: 173, 174.
Arraial de S. José: 179.
Arraial Velho dos Mineiros: 169, 172, 173.
Arronches: 14, 90.
*Artieda, André de: 207, 369, 406.
Ásia: X.
Astrain, António: XXIV, 408, 409, 412, 415-417.
Ataíde, Tristão de: Vd. Amoroso Lima.
Ataíde Teive: 214.
Aveiro: 365.
*Avelar, João de: 116, 345, 355.
*Avelar, Luiz de: 116.
Avelar, Paulo Soares do: 112.
*Avogadri, Aquiles Maria: 380, 388.
*Azevedo, B. Inácio de (1º): 445.
*Azevedo, Inácio de (2º): 292.
Azevedo, D. Manuel: 445.
Azevedo, Pedro Carneiro de: 121.
Badón: 378, 379.
Baena, António Ladislau Monteiro: XXIV, 207, 210, 214, 222, 225, 227, 420.
Bagé, Barão de: 249.
Baía: IX, 10, 12, 19, 32, 34, 55, 63, 69, 96, 100, 115, 219, 223, 225, 262, 446, 451, 456.
— de Guajará: 206.
— de S. José: 158.
— de S. Marcos: 135, 139, 199.
Banhes, Francisco de: 304.
*Baptista, António: 289.
*Baptista, Manuel: 76.
Barata, Manuel: XXIV, 208, 210, 214, 267, 273, 274, 297, 305, 315, 345, 346.
Barba Alardo de Meneses, Luiz: 28.
Barbosa, Domingos: 454.
*Barbosa, Teotónio: 389.
Barbosa Rodrigues, J.: 362-364.
Barléu, Gaspar: 16, 108.

*Barreiros, José: 273, 392.
Barreto, Francisco: 29, 430.
*Barreto, Luiz: 167.
Barreto, Plínio: 454.
*Barros, André de: XXIV, 25-28, 99, 146, 246, 308, 338, 344, 348, 370, 373, 382, 451.
Barros, Zacarias (?) de: 224.
Barros Leite, Jorge de: 95.
Barroso, Gustavo: 14.
Baturité: 83, 92, 93.
*Bayle, Constantino: 454.
Becx, Matias: 15, 16.
Beja: 308.
Belém da Cachoeira: X, 223.
Belém do Pará: XI, XII, 205-233, 456; Vd. Pará.
Belfort, Lourenço: 380.
Bélgica: XXI.
Belo Horizonte: 456.
Benfica: 285.
Bequimão, Manuel: 272.
Berredo, Bernardo Pereira de: XXIV, 109, 115, 162, 189, 206, 208, 209, 256, 417, 440.
*Bettendorff, João Filipe: reitor do Maranhão, 1ª., 2ª., e 3ª. vez, 130; reitor do Pará, 229; visita o Amazonas, 269; referências bibliográficas, *passim*.
Bezerra de Freitas: 453.
Bezerra de Menezes, António: 22, 70, 86, 90.
Bettencourt, António: 387.
Bivona: 116.
Boémia: 76, 192.
Boim: 364.
Bolívia: 446.
*Bonomi, João Ângelo: 310, 392.
*Borba, Manuel: 271.
Borba a Nova: 403.
Borges de Barros: 92.
Borja (Marañón): 407.
*Borja, S. Francisco de: 100, 212.
Borromeu, Carlos: 352, 354.
Bossuet: 266.
*Bourel, Filipe: 76, 94.

Braga: 76, 456.
Braga, João de Barros: 79.
Braga, Manuel, 378.
Braga, Teodoro: XXIV, 267, 285, 289, 291, 310, 311, 315, 354.
Bragança: 297.
Brandão, D. Fr. Caetano: 210.
Brandão, Cláudio: 16, 108.
Brandão, João Pereira: 178.
Brasil: passim.
Brazão, Eduardo: 454.
Breves: 311.
Breves Fernandes, Manuel: 311.
*Brewer, João de: 65.
Brieva, Domingos de: 406.
Brígido dos Santos, João: XXIV, 14, 24, 31, 89.
Briquet, Raúl: 454.
*Brito, João de: 82.
Brito, João Inácio de: 251.
*Brito, Manuel de: 131, 132, 152, 190, 217, 231, 248.
Bríxia: 220.
Bruxelas: XVI, XXII.
Buapaba: Vd. *Ibiapaba*.
Buarque, Manuel: 352.
Buarque de Holanda, Sérgio: XVIII, 360, 454.
*Bucarelli, Luiz Maria: 128, 300.
Bulhões, D. Miguel de: 125, 225-227, 233, 284, 308, 362.
*Burgués, Baltasar Más: 101.
Bustamante, Apolónia: 137.
Cabo da Boa Esperança: 333.
— *do Norte*: 230, 232, 235, 238. 253-266, 275, 344, 374, 376.
— *de Orange*: 257.
— *de Santa Maria*: 101.
— *de S. Vicente*: 101.
*Caeiro, José: XXV, 7, 12, 13, 71, 82, 152, 153, 167, 183, 190-192, 197, 200, 285, 289, 308, 344, 352, 353, 354, 380, 421.
Caetano da Silva, Joaquim: 264.
Caiena: 232, 253, 255, 257-260, 264, 265.
Caiola, Júlio: XVII.

Caldeira de Castelo Branco, Francisco: 425-426.
Calmon, Pedro: XXV, 94, 406, 453, 454.
Câmara Cascudo, Luiz da: 453.
Câmara Coutinho, Luiz Gonçalves da: 33, 37.
Cametá: 226, 277, 341, 358, 373, Vd. *Camutá e Aldeia de Camutá.*
Campo Grande (Ceará): 58.
*Campos, Baltasar de: 216, 220.
Campos Moreno, Diogo de: 5, 11.
Camutá: 207, 256, 313, 315, 317, 323, 324, 327.
*Canísio, Rogério: 31, 65, 70.
Cano: 103.
Capanema, Gustavo: I.
*Capelli, Félix: 76.
Capistrano de Abreu, J.: XVIII, 99, 206, 266, 401.
Caracas: 429, 431.
*Caraffa, P. Geral: 115.
*Carayon, Augusto: XXV, 70, 232.
Cárdenas, António Peres de: 92.
Cardim, Elmano: 456.
*Cardim, Fernão: 4, 447.
*Cardoso, Armando: 453.
*Cardoso, Francisco: 355.
Cardoso, Amaro: 293.
Cardoso de Almeida, Matias: 40, 41.
Cardoso de Miranda: 453.
*Careu, Ricardo: 129, 338.
Carlos III: 414.
*Carneiro, Manuel: 87.
*Carneiro, Paulo: 52.
Carneiro, Pedro de Azevedo: 256.
Carneiro Pacheco, António: XVII.
Carrazedo: 349.
*Carrez, Luiz: 273.
Carrilho, Fernão: 54, 189.
Cartagena de Indias: 412, 428.
Carvalho, António Pinto de: 454.
*Carvalho, Cristóvão de: 228, 285, 352.
*Carvalho, Jacinto de: 224, 231, 291, 292, 361, 389, 393, 439, 443.
*Carvalho, Manuel de (1º): 82.
Carvalho, Manuel de (2º): 34, 348.

Carvalho, Manuel Monteiro de: 301.
Carvalho, Paulo de (1º): 197.
Carvalho, Paulo de (2º): 453.
Carvalho, Teresa Xavier de: 250.
Carvalho e Aguiar, Bernardo de: 441.
Carvalho e Melo, Sebastião José: Vd. Marquês de Pombal.
Cascavel: 28.
*Cassali, Pedro Francisco: 32, 86, 293.
Cassiporé: 262.
Castanheira: 220.
Castela: 254, 326, 405, 407, 409, 415, 417, 431.
Castelo Branco, Camilo: XXVI, 151, 206, 225.
Castelo Branco, João de Abreu de: 286, 417.
Castro de Avelãs: 408.
Catão, Pedro: 93.
D. Catarina (Rainha): 209.
Catundá, J.: 30.
Caxias das Aldeias Altas: 154.
Ceará: IX, XI, XVIII, 1-96, 102, 141, 162, 165, 293, 355, 451.
Ceará Grande: 81, 93.
Cerejeira, D. Manuel Gonçalves: XX.
Chagas, João das: 237.
Chantre y Herrera: 407.
Chicago: 447.
Chile: 406.
China: X, 438.
Cidade, Hernani: 336.
Civitavecchia: XXIII.
*Cócleo (Cocle), Jacobo: 3, 32, 75, 86, 87.
*Coelho, António: 131, 216, 290.
*Coelho, Felipe: 56.
Coelho, Manuel: 374.
Coelho de Carvalho, Feliciano: 313, 314.
Coelho de Carvalho, Francisco de: 115.
Coelho da Silva, Inácio: 163.
Coelho de Sousa, Pero: 4, 5.
Coimbra: XVII, 26, 255, 272, 400, 456.
Coimbrão: 34.
Colares: 284, 291, 342.

Colômbia: 101.
Colónia do Sacramento: XVI.
Conani: 232, 266.
Conde: 300.
Conduru, Abelardo: XX.
*Consalvi, Pier Luigi: 120, 130, 161, 163-
-165, 188, 215, 230, 254, 263, 269,
276, 277, 384.
Constança: 255.
Copeiro: 400.
*Cordara, Júlio César: XXIII.
Correia, Agostinho: 237, 238.
Correia, Domingos Vaz: 114.
Correia, Feliciano: 310.
*Correia, Frutuoso: 119, 120.
Correia, Inácio, 414.
Correia, João: 358.
*Correia, Luiz: 220, 221.
*Correia, Pero: 258.
Correia Marques, Pedro: 454.
Correia da Silva, Jorge: 87.
*Costa, António da (1º): 116.
Costa, António da (2º): 227.
Costa, D. Catarina da: 222, 292, 303, 304.
*Costa, Diogo: 120, 121, 131, 290.
*Costa, Domingos da (1º): 384.
Costa, Domingos da (2º): 105.
Costa, Inácio da: 128, 140, 169.
Costa, João da: 94.
Costa, Lúcio: 222.
*Costa, Manuel da: 271, 272, 296.
Costa, Rodrigo da: 96.
Costa Coelho, António da: 362.
Costa Favela, Pedro da: 267, 307, 345-348.
Costa Freire, Cristóvão da: 126, 275, 415, 440.
Costa e Silva, Bernardo da: 370, 389, 392.
Coudreau, Henri: 356, 363.
*Couto, Lopo do: promove a restauração do Maranhão, 108-116, 129, 143, 157.
Couto, Manuel do: 250.
*Couto, Tomás do: 216, 231.
Couto de Magalhães, Angenor: 366.

Cruaió: 354.
*Cruz, Domingos da: 231.
Cruz, D. Manuel da: 123.
*Cruz, Teodoro da: 389.
Cruz Filho: 78.
Cuenca: 305, 406.
*Cujía, Gaspar: 407.
Cumã, (baía de): 200, 201.
Cumana: 431.
Cumaú: 257.
*Cunha, António da: 188, 231.
Cunha, Cardeal da: 89.
Cunha, Euclides da: 205.
Cunha, João da: 193, 194.
*Cunha, Joaquim da: 190.
Cunha Rivara, Joaquim Heliodoro da: XXV, 164, 182, 366, 389, 400, 404.
Curralinho: 47.
*Daniel, João: XXV, 205, 221, 228, 246, 271, 282, 289, 291, 300, 310, 311, 353, 362-365, 388, 389, 400, 402.
*Delgado, Mateus: 129, 201, 208, 279, 309, 310, 321, 322.
Delgarte, D. Fr. José: 217.
*Dias, António: 133, 154.
Dias Lima, Francisco: 295.
Dilinga: 255.
Diniz da Fonseca, Joaquim: 454.
Diniz Pinheiro, António da Cruz: 286.
Domingos, Cristóvão: 216.
Domingues, Pero: 206.
Dorsais, Pedro: 287.
Dourado, Adolfo: XIX.
*Duarte, Baltasar: 52.
*Eckart, Anselmo: 403.
Ehrenreich: 342.
Emundson, George: XXV, 273, 415
Enes, Ernesto: 197.
Equador: XXI, 411.
Espada, Marcos Jiménez de la: 409.
Espanha: XI, XXI, 101, 104, 197, 405, 406, 408, 412, 414, 415, 421, 429.
Espinosa, J. Manuel: 447, 454.
Espírito Santo: 446.
Estados Unidos da América do Norte: XXI, 447.

*Estanislau, Inácio: 233, 311.
Estêvão de Oliveira, Carlos: XIX.
Europa: X, 210, 232, 272.
Évora: XVI, XVII, XXII, 26, 103, 115.
Évreux, Ivo d´: 117.
Famalicão: 268.
Faria Manuel Severim de: XXV, 206.
Faro: 278.
Farto, João Freire: 41.
*Fay, David: 195, 196.
Fazenda de Amandijuí: 140.
— *Anindiba:* 135-138, 142.
— *Arari:* 250-252.
— *Arassatuba:* 190.
— *Cachoeira:* 169, 170.
— *Curuçá:* 271, 287-289.
— *Gerijó:* 199, 201.
— *Gibirié:* 285, 300-302.
— *Guajará-una:* 304.
— *Guiraquatiara:* 47.
— *Igapara:* 47.
— *Igaraú:* 128, 140.
— *Iguará:* 157.
— *Ibirajuba (Engenho):* 222, 302-305, 400.
— *Imbueira:* 66.
— *Jacareí:* 190.
— *Jaguarari:* 248, 292, 300-303.
— *Jaguaroca:* 152.
— *Juquiri:* 302.
— *Mamaiacu:* 145, 248, 271, 284, 285, 287, 288.
— *Marajó:* 287.
— *Marajoaçu:* 249.
— *Marajoão:* 249.
— *Matadoiro:* 128, 169.
— *Mereti,* 304.
— *Missão (Ceará):* 66.
— *Mocajuba:* 285.
— *Morcegos:* 128, 169.
— *Mouxão:* 169, 170.
— *N.ª S.ª da Conceição (Monim):* 158.
— *Peri-Açu:* 199.
— *Pericumã:* 199, 202.
— *Pilar:* 202.
— *Pindaré:* 190, 199.
— *Pindoba:* 82.

Fazenda de Piriris: 152.
— *Pitinga:* 66.
— *Prata:* 154.
— *S. Bonifácio (Engenho):* 185, 190.
— *S. Brás:* 135, 140.
— *São Caetano:* 183.
— *Sêco:* 154.
— *Serranos:* 169.
— *Tabatinga (Vigia):* 283.
— *Tatuaba:* 158.
— *Tiaia:* 66.
— *Timbatuba:* 201.
Feliz Lusitânia: 206.
*Fernandes, António Paulo Ciríaco: 93.
Fernandes, Francisco: 406.
*Fernandes, Gaspar: 143, 146.
*Fernandes, Manuel: 401.
Ferraz, Luiz Caetano: 193.
*Ferreira, Caetano: 132, 155.
*Ferreira, Inácio: 194, 231.
*Ferreira, João: 133, 232, 266, 305.
*Ferreira, José: 131, 283.
*Ferreira, Lourenço: 224.
*Ferreira, Manuel: 228, 232, 363, 366.
Ferreira Pena: 267, 273, 364.
Ferreira da Silva e Albuquerque, Manuel: 296.
Ferro, António: XVII.
Ferrolles, Pedro de: 264, 265.
Fialho, D. José: 89.
*Figueira, Luiz: 3; vai à Serra de Ibiapaba, 4-14; 15, 85, 86, 93, 99, 104-107, 109, 115, 116; funda a missão do Maranhão, 117, 118; 120, 121, 137, 138, 143, 146, 157, 187, 201, 247, 253; vai ao Pará e Xingu, 207, 313, 315, 345-347; 355, 407, 425, 446, 451.
Filipe IV: 406.
Filipe V: 414.
Fleiuss, Max: XVIII, 14.
Florence, Hércules: 361.
Fonseca, Alexandre da: 81.
*Fonseca, António da: 277, 385-387.
*Fonseca, Bento da: 124, 133, 182, 226, 266, 289, 404, 409.

Fonseca, José Antunes da: 415.
Fonseca, José Gonçalves da: 388, 401, 402.
Fontes de Melo, Baltasar: 323.
Fortaleza: 3, 23, 24, 29-31, 67, 81-90, 73-79, 451, 456.
França: XXI, 18, 232.
Francês, Manuel: 76-78.
*Franco, António: XXV, 76.
Franco, Francisco, 451.
*Franco, Manuel: 82.
Franco, Pedro da Rocha: 69.
*Francisco, Domingos: 399.
*Fragoso, Gaspar: 208, 222, 317, 322.
*Franca, Leonel: 453.
Freire, Gilberto: 454.
*Freire, Sebastião: 284.
Freire de Andrade, Gomes: 130, 256, 264, 392, 440.
Friburgo: 255.
*Fritz, Samuel: 255, 273, 274, 379, 385; sua vinda ao Pará, 407-416.
Frois de Abreu, S.: 193.
Funchal: 344.
Fundão, Francisco de Sousa: 264.
Furo dos Abacaxis: 388.
— *Arauaí:* 306.
— *Aruató:* 385.
— *da Companhia:* 306.
— *Itaquara:* 306.
— *do Jaburu:* 306.
— *Japichaua:* 306.
— *Mututi:* 306.
— *do Tajapuru:* 306.
Furtado, António: 334.
*Fusco, Sebastião: 352, 386.
*Gago, Ascenso: 3, 8; missionário de Ibiapaba, 37, 38, 47, 56-58, 63-69.
*Galanti, Rafael M.: XXV, 109.
Galloti, Odillon: 449.
*Galvão, Manuel: 310.
Gama, António Roiz: 145.
Gama Casco, Bernardo Coelho da: 90.
*Gama, Jerónimo da: 343, 344.
*Gama, José da: 231, 403.
*Gandolfi, Estêvão: 130, 194.

Garcia, Rodolfo: I, XVIII, XXV, 4, 5, 96, 99, 164, 206, 232, 260, 280, 311, 346, 406-409, 413, 415, 454.
Garcia de Ávila (Senhoras da Tôrre de): 62.
Garcia Júnior: 453.
Garrafa, António Simões: 106.
Garro, Paulo Martins: 348.
Gasco Coelho, António: 237.
Genebra, 18.
*Gentil, José da Frota: 453.
Georgetown: 447.
Goiás: 125, 340.
*Gois, Pero de: 446.
*Gomes, António: 361, 362.
*Gomes, António Júlio: XVII.
*Gomes, Bernardo: 257; missão e martírio no Cabo do Norte, 259, 260, 261, 262, 265.
*Gomes, Luiz: 419.
*Gomes, Manuel: 10, actividade na conquista do Maranhão, 99-104, 117, 129, 135, 137, 143, 207, 253, 406, 425-426, 431.
Gomes, D. Manuel: 83.
Gomes, Misael: XVIII.
*Gonçalves, Antão: 33, 147.
*Gonçalves, António: 148, 149.
*Gonçalves, Francisco: 24, 211, 268, 314, 316, 357, 371, 373, 374, 381, 357.
Gonçalves, Rafael: 360.
*González, Tirso: 258, 411.
*Gonzaga, Luiz (1º): 167.
*Gonzaga, Luiz (2º): 224.
*Gorzoni, João Maria: 130, 141, 194, 215, 218, 246, 290, 309, 310, 345, 346, 350, 351, 355, 361, 374, 375, 383, 391, 407, 408.
*Gouveia, Cristóvão de: 447.
*Grã, Luiz da: 446, 447.
Granja: 58.
Grão Pará: XIII; Vd. *Pará.*
Guarani: 93.
*Guedes, João: 3, 30, 31, 66, 68; funda o Hospício de Aquirás, 74-80, 82, 94-96.

*Guerreiro, Fernão: 12.
Guiana Brasileira: 253.
Guiana Francesa: 253, 411.
Guiana Holandesa: 253, 370, 378, 379.
Guiana Inglesa: 253.
Guiana Portuguesa: 253.
Guiana Venezuelana: 253.
*Ginzel, João: Vd. João Guedes.
Guido, Ângelo: 360.
Guimarães: 456.
Gurgel de Alencar, Álvaro: XXV, 28, 66, 83, 91, 93.
Gurupá: 116, 257, 292, 313, 316, 345--358.
*Gusmão, Alexandre de (1º): 63, 223.
Gusmão, Alexandre de (2º): XI.
Gusmão, Bartolomeu Lourenço de: 223.
Gusmão, João de Melo de: 32.
Hanke, Lewis: 454.
*Heckel, António: 418.
*Heinen, Ad.: 454.
Henrique, Francisco de Miranda: 31.
Herckman, Elias: 8.
*Heredia, José Félix: 407.
Heriarte, Maurício de: XXV, 16, 147, 268, 291.
Herrera da Fonseca, João: 292, 303.
Holanda: 18, 20, 107, 108, 110, 114, 238.
*Homem, Lourenço: 399.
*Hundertpfundt, Roque: 355, 356.
*Hundt, Rötger: 70, Vd. Canísio, Rogério.
Ibiapina: 58.
Ibuaçu: 69.
Icatu: 159, 260.
Igarapé Curimã: 315.
— Guajará-una: 303.
— Janipiuba: 305.
— Laranjeiras: 303-304.
— Maria Nunes: 302.
— S. João: 171.
Ilha de Arauaí: 304.
— dos Cajueiros: 166, 167.
— de Camunixari: 258, 261, 266.
— de Colares: 285.

Ilha de Joanes: Vd. Ilha de Marajó.
— da Madeira: 83.
— do Marajó: 170, 216, 235-252, 281, 306, 311, 357, 451.
— de S. Domingos: 100, 101, 427-431.
— de S. Francisco: 120, 135, 139.
— de S. Luiz do Maranhão: 135-142, 154, 187, 247, 425, 429.
— do Sol: 146, 246, 284, 342, 406.
— dos Tupinambaranas: 276, 277, 384, 385.
— dos Tupinambás: Vd. Ilha do Sol.
Ilheus: 103.
*Inácio, Miguel: 200.
Índia: X, 76, 348.
Índia Juliana: 287, 359.
— Maria Moaçara: 359, 360.
— Rosa Maria: 90.
— Tomásia: 359.
Índio Acajuí: 5.
— Ajuricaba: 377-379.
— Alexandre: 359.
— Algodão: 7, 15, 19, 25, 26, 29, 85, 87, 90.
— Amanaí: 7, 15.
— Anguli: 442.
— António Caraibpocu: 8.
— António Carapina: 292, 302.
— Apemoalo: 396.
— Arajiba: 86, 87.
— Arapá: 43, 45.
— Bacuiamina: 377.
— Botiroú (principal): 144.
— Cabacarí: 377.
— Canajuari: 377.
— Canindé: 96.
— Casimiro (principal): 274.
— Cobra Azul: 7, 11.
— Coió (principal): 43.
— Copaúba: 289, 290.
— Coriju: 442.
— Coroati: 29, 34.
— Cristóvão: 345.
— Cumiaru: 364, 385.
— Diabo Grande: 11.
— Domingos Ticuna: 25, 26.
— D. Filipe de Sousa: 74.

Índio Francisco de Sousa: 290.
— Gaspar: 174-176.
— Guajuricaba: Vd. Ajuricaba.
— Guarará: 43.
— Guarinamã: 394.
— Henrique de Albuquerque: 114.
— Huimanhana: 377.
— Iacoruna merim: 15.
— Iiá: 377.
— Inhambuuna (principal): 53.
— D. Jacobo de Sousa: 40, 46, 60, 61, 63, 74.
— Joacaba (principal): 114.
— João Alfredo: 86.
— João de Sousa Fetal: 90.
— Jorge da Silva: 25, 26.
— Jorge Tagaìbuna: 26.
— José Curemim: 287.
— Jupí: 377.
— Lagartixa Espalmada: 11.
— Lopo de Sousa: Vd. Indio Copaúba.
— Macuraguaia: 258.
— Mamorini: 392.
— Mandiaré: 7.
— Martinho: 290.
— Matipucu (principal): 67.
— Milho Verde: 7.
— Mitagaia (principal): 114, 187.
— Murepaná: 377.
— Muririba (Francisco): 19, 20.
— Orubu acanga: 15.
— Piié: 243.
— Proxopaí: 442.
— Roque: 360.
— D. Salvador Saraiva: 40, 63.

— Índio Samatiida (principal): 396.
— D. Simão Tagaìbuna: 15, 19, 26, 28-30, 32, 34.
— D. Simão Taminhobá: 40, 49, 52, 57, 58, 64.
— Taijamari: 377.
— Taparatim da Serra: 15.
— Tatuguaçu: 21.
— Tibiriçá: 448.
— Timucú: 43.
— Tomé (principal): 285.
— Tucano (principal): 287.
— Tuputapoucou: 8.
Índios Abacaxis[1]: 301, 389, 394.
— Abiariás: 395.
— Abuaturiás: 395.
— Abucaoniás: 395.
— Abuquás: 395.
— Acaìcaniás: 395.
— Acaiùniás: 395.
— Aconguaçus: 37, 43, 47, 50, 62.
— Acroás: 169, 172, 177-178.
— Aguanacés: 65.
— Aigobiriás: 394.
— Aindoduces: 164.
— Aitoariás: 394.
— Aizuruares: 408.
— Amanajós: 185, 195, 196.
— Amoriás: 395.
— Anacés: 85, 88, 90.
— Anajás: 237, 245.
— Anapurus: 164.
— Andirás: 385, 386.
— Aneugaás: 394.
— Anhangatiingas: 394.

---

1. Abre-se desta vez título para os nomes das nações, famílias ou apelidos de Índios. As grafias variam nos documentos impressos ou manuscritos. Algumas são evidente variação do mesmo nome. Não nos competindo a nós definir o verdadeiro, pareceu-nos mais humilde, e talvez por isso mais científico, consignar aqui essas variações, como, por exemplo, *Aguanacés*, *Guanacés*, *Anacés*, e outras, até como documento para os especialistas averiguarem não só a identidade dos nomes, mas também a dos Índios, se se trata realmente dos mesmos ou de outros. Abre-se êste título em homenagem aos indianólogos brasileiros, em particular o eminente sábio e escritor, Roquette-Pinto, de cujo trato pessoal na Academia Brasileira algum bem resultou para esta obra.

Índios Apanariás: 394.
— Apotiangas: 292.
— Aqueduçuguaras: 62.
— Araatis: 34.
— Aracajus: 274.
— Aranhis: 151, 441.
— Arapiuns: 131, 360, 361, 363.
— Araras: 301.
— Arerutus: 395.
— Aretuses: 360.
— Arixaruís: 395.
— Aripuanãs: 394.
— Aruãs: 237, 245, 256, 257, 347, 439, 443
— Aruaquis: 276, 341, 342, 373, 381, 382, 394.
— Aruaxis: 394.
— Avueteriás: 395.
— Babuises: 277.
— Banauris: 382.
— Barbados: 16, 146, 147, 149-154, 158, 439-443.
— Baturités: 93.
— Bócas: 309.
— Cabuuris: 377.
— Cachoes: 86.
— Caícais: 44, 146, 147, 151, 152, 157, 164, 439-441.
— Cajaripunãs: 393.
— Camateris: 394.
— Cambebas: 407, 410, 416.
— Cambocas: 241.
— Canindés: 93.
— Capanãs: 393
— Capiurematiás: 395.
— Caraíbas: 377.
— Carajás: 338, 342, 343.
— Carajaùaçus: 343.
— Carapaianas: 394.
— Cararijus: 7, 8.
— Carateús: 61.
— Caribuces: 164.
— Carijós: 185.
— Cariris: 8, 96.
— Catingas: 313, 337, 342, 343.
— Chichirinins: 394.
— Comandis: 389, 395.

Índios Condurises: 269, 277, 374.
— Copinhorons: 152.
— Corarienses: 361.
— Corbereís: 364.
— Coroados: 180.
— Coroeís: 389.
— Critices: 164.
— Critiguadus: 67.
— Cuchivaras: 385, 408.
— Cujés: 394.
— Curabares: 355.
— Curiatós: 385, 386.
— Curibaris: 352, 355.
— Curupás: 394.
— Gamelas: 169-171, 175, 177-183.
— Genipapos: 93.
— Guacinduces: 164.
— Guacongoaçus: 65.
— Guaipinas: 394.
— Guajajaras: 185, 186, 191, 193-196, 262.
— Guajarás: 245.
— Guajaris: 393.
— Guanacés: 23, 37, 43.
— Guanarés: 147-149, 151, 152, 439--443.
— Guarajus: 393, 394
— Guaranaguás: 395.
— Guararises: 344.
— Guareces: 393.
— Guarujus: 341, 343.
— Guaxinases: 147.
— Gùêgùès: 154, 155, 178.
— Gurupás: 364.
— Ibirajaras: 446.
— Icós: 96.
— Içuaiuás: 395.
— Igaruanas: 158.
— Ingaíbas: Vd. Indios Nheengaíbas.
— Inheiguaras: 339.
— Inuiranas: 377.
— Irerius: 65.
— Iruris: 391, 393, 394.
— Itixinguaniás: 395.
— Jacarauás: 395.
— Jacareguás: 394.
— Jacipoias: 355.

Índios Jaguaranas: 23.
— Jaguaretás: 394.
— Jaguaribaras: 86.
— Jaguariguaras: 5.
— Jaguaris: 343, 344.
— Jaguins: 364.
— Janduins: 95, 97.
— Janhanguás: 395.
— Jaoens: 393.
— Japucuìtabijaras: 395.
— Jaraguaris: 394.
— Jívaros: 417.
— Joanes: 247.
— Jumás: 416.
— Jurambambes: 34.
— Jurimáguas: 405, 408, 413.
— Juruínas: 34.
— Jurunas: 353, 355, 356.
— Maguês: 385, 395.
— Maiapenas: 379.
— Mainas: 407, 409.
— Mamaianás: 242, 245, 309, 310.
— Manaus: 377-379.
— Maniqueras: 395.
— Manis: 394.
— Mapuaises: 241.
— Mapuás: 245, 309.
— Maraguás: 287, 301, 394.
— Maraunus: 258, 260, 311.
— Mariarõis: 395.
— Mateupus: 395.
— Maués: 385.
— Maxuares: 86.
— Mocuras: 343.
— Moguiriás: 394.
— Moiariás: 397.
— Mojuariás: 395.
— Monçaús: 394, 395, 398.
— Mucaioriás: 394.
— Mucas: 394.
— Muraguás: 394.
— Muras: 394, 402, 403.
— Muricirus: 395.
— Muruãs: 352, 395.
— Mutriutrés: 395.
— Naimiguaras: 342, 343.
— Nambiquaras: 343.

Índios Nambiquaruçus: 343.
— Neutus: 394.
— Nheengaíbas: 26, 216, 235-246, 310, 349, 350, 358.
— Oantas: 393.
— Ocongás: 61.
— Ocpiporiás: 395.
— Oivanecas: 258.
— Omáguas: 407, 408, 412.
— Opiptiás: 394.
— Orichecas: 310.
— Orises: 76.
— Oraeporás: 344.
— Pacajás: 195, 289, 307, 310.
— Pamas: 393, 394.
— Paramuriás: 394.
— Paucacás: 245.
— Pauxis: 276, 349.
— Paiacus: 86-88, 93-96, 394.
— Pencoariás: 394.
— Perequis: 382.
— Periquitos: 394.
— Piraguás: 395.
— Pirapeìguás: 395.
— Pirapés: 307.
— Pixipixis: 245.
— Pixunas: 394.
— Poquis: 337, 340, 343.
— Poquiguaras: 338, 339.
— Potiguares: 4, 10, 16.
— Puraiuaniás: 395.
— Purerus: 394.
— Purupurus: 393.
— Quiratiíus: 61, 62.
— Quitaiaius: 61.
— Reriíus: 37, 43, 45, 47, 49, 50, 62.
— Riauiá: 395.
— Sacacas: 245.
— Sacorimatiás: 395.
— Sapiuns: 394.
— Sapopés: 394, 395, 398.
— Solimões: 405, 416.
— Suariranás: 394.
— Surimanes: 405.
— Surridiriá: 394.
— Tabajaras: Vd. Tobajaras.
— Tacanhapes: 34, 355.

Índios Tacarijus: 7.
— Tacariputãs: 7, 12.
— Tamóios: 195.
— Tapajós: 361.
— Tapiruenses: 360.
— Tapiuns: 364.
— Taquanhunes: 344.
— Taramambases: 165, 167.
— Tarumás: 370, 385.
— Tecujus: 254.
— Teiroses: 275.
— Tembeucaçus: 343.
— Teraris: 394.
— Teremembés: 21, 161, 162-167, 202.
— Timbiras: 184.
— Tituãs: 394.
— Tobajaras: 7, 11, 16-19, 33, 34, 37-50, 55, 65, 67, 68, 86, 151, 158.
— Tremembés: 28, 47, 100.
— Tocaiúnas: 343, 344.
— Tocanhus: 343.
— Tocantins: 331.
— Tocarijus: 7.
— Toras: 394.
— Toratoraris: 394.
— Tucujus: 245.
— Tupinambaranas: 364, 374, 381, 386, 388, 414.
— Tupi-Guaranis: 38, 195.
— Tupinambás: 141, 142, 162, 201, 248, 337, 339, 340, 383, 426.
— Ubirajaras: 146.
— Ubuquaras: 394, 395.
— Uematrés: 395.
— Uipitiás: 395.
— Unániás: 395.
— Unicorés: 394.
— Uruatis: 144-147.
— Xotins: 152.
Inglaterra: 18.
Iperoig: 195, 258.
Ipu: 58.
Iquitos: 407.
Itaboca (Cachoeira): 333, 342.
Itaituba: 365, 366.
Itália: 74, 128, 133, 220.
Itamaracá: 16.

Itapari: 137.
Itaquatiara: 389.
Iurucuaguara: 54.
*Jacobsen, Jerome V.: 223, 447, 449, 454.
*Jácome, Luiz: 91.
Jaguaribe de Matos, F.: 380, 387.
Jaguaripe: 95.
Japão: X.
D. João III: 173, 445.
D. João IV: 208.
D. João V: 75, 78, 201, 280, 311.
D. José I: 173, 192, 197, 280.
*Jouanen, José: XXVI, 406-408, 413.
*Justo Luca, João: 375, 376.
*Juvêncio, José: 8.
*Juzarte, Manuel (1º): 86, 87, 215, 230.
*Juzarte, Manuel (2º): 255.
*Juambelz, Jesus: 454.
*Kaulen, Lourenço: 352.
*Kleiser, Afonso: XV.
Koin: 108.
Komotau: 76.
La Condamine, Carlos Maria de: XXVI, 232, 266, 304, 305.
Lago Camacari: 258, 261.
— Capucá: 416.
— Doirado: 307.
— Grande (Marajó): 250.
— de Jaguarari: 303.
— do Maracu: 188, 189.
— do Padre Sampaio: 400.
— Sampaio: 388.
Lamego: 446.
Lamego, Alberto: XVII, XXII, XXVI, 70, 123, 125, 127, 142; 212, 213, 217, 225, 226, 228, 232, 233, 287, 289, 308, 315.
*Lamalle, Edmond: 454.
*Lamousse, Cláudio de: 264.
Landi, António José: 222.
Lapela: 169, 183.
La Roncière: 406.
Leal, António de Sousa: 74.
Leão, Múcio: 454.
Leiria: 34.
Leitão, Joaquim: 454.

*Leite, Serafim: XXVI, 3, 20, 102, 104, 118, 120, 136, 141, 207, 247, 268, 269, 272, 303, 309, 313, 314, 358, 448.
Lelou, Pedro: 88.
Leme, D. Sebastião: XX.
Lencastro, D. João de: 94.
Lençóis (Praias de): 20, 26, 28, 166.
Lerma, Duque de: 100.
Lichthart: 108.
Lima: 406.
*Lira, Francisco de: 31, 68, 82, 83.
Lisboa, Cristóvão de: 327.
Lisboa, João Francisco: XXVI, 226.
Lisboa: X, XIII, XVI, XXII, 26, 31, 35, 74, 76, 78, 100, 107, 113, 121, 126, 130, 131, 162, 165, 169, 207, 218, 220, 221, 253, 262, 307, 347, 412, 456.
Lobato, Gonçalo Pereira: 195.
*Loiola, S. Inácio de: 217, 446.
Lopes, Irmãos: 167.
*Lopes, José: 126, 127, 132, 167, 364, 418-420.
Lopes, Osório: 453.
Lopes de Sousa, Manuel: 443.
Loreto Couto: 38, 65, 76.
Lourenço Filho, M. B.: 454.
Lúcio de Azevedo, João: XII, XXV, XXVI, 131, 146, 151, 195, 197, 206, 209, 213, 218, 231, 246, 266, 288, 289, 303, 306, 308, 336, 348, 357, 370, 373, 403, 404, 417, 420, 451.
D. Luisa (Rainha): 24.
*Luiz, Fernão: 449.
*Luiz, Manuel: XXIII.
*Luiz, Paulo: 348, 349.
Lustosa, D. António de Almeida: 229.
*Lustosa, Eduardo: 453.
*Luz, Manuel da: 76.
Lynch, Henri J.: XVIII.
Macapá: 264, 265.
Macaré: 262.
Macau: X.
Mac-Dowel, Samuel: XIX.
*Macedo, Domingos de: 387.
*Macedo, Manuel de: 92.

Macedo, Sérgio D. T.: 454.
Macedo Soares, José Carlos: XVIII, 266, 421.
*Machado, António: 124, 170, 173, 175, 182, 183.
*Machado, Diogo: 51.
Machado, Felix José: 68.
Machado, Jorge da Costa: 106.
*Machado, Luiz: 32, 87.
Machado de Castro: 282.
Maciel, José Ribeiro: 439, 443.
Maciel Parente, Bento: 108, 114, 185, 253.
Maciel Parente, José de Meireles: 175.
Maciel Parente, Vital: 164, 274, 371
Madrid: 406.
*Madureira, J. M. de: XXVI, 113.
Madureira, Luiz de: 106.
Magalhães, Luiz de: 144.
Magalhães Correia: 453.
Maiacuré: 260.
Maia da Gama, João da: 74, 152, 153, 344, 379, 401, 404, 439, 443.
*Malagrida, Gabriel: 70, 123-125, 127, 152, 153, 223, 225, 226, 228, 231, 315, 439.
Malheiro Dias, Carlos: XVII.
Mamaiamé: 260.
Manços, Manuel: 121.
Manso, Joaquim: 454.
Mântua: 350.
Maranhão: IX, XI, XVI, XVIII, 6-16, 19-34, 40, 44, 52 60, 73, 74, 81, 86, 97-202, 208, 223 226, 340, 347, 348, 382, 424, 451.
Marapatá: 322.
Marchant, Alexander: 454.
D. Maria I: 28.
D. Mariana (Rainha): 70, 124, 127, 225, 315.
Mariano Filho, José: 453.
*Marinho, Júlio: XXI.
Maris de Morais, José: 449, 453, 454.
Markhan, Clements R.: XXVI, 407.
*Maroni, Paulo: 415.

Marques, César: XXVI, 117, 119, 122, 125, 126, 128, 137, 138, 141, 142, 152, 153, 158, 159, 167, 170, 190, 192, 195, 200-202, 223.
Marreiros, Nicolau Correia: 90.
Martin Alonso, José: 370.
Martin, Percy Alvin: 455.
*Martins, José: 133, 200.
*Martins, Manuel: 131.
Martins, Vicente: 31, 47, 57, 66.
Martius: X.
Mata, Ari da: 453.
Materu: 346.
D. Matias, Bispo de Olinda: 37.
Mato Grosso: X, 366, 389, 401, 402.
*Matos, António de: 449.
Matos, António Fernandes: 51 52.
*Matos, Francisco de: 32, 63, 64.
*Matos, Manuel de: 82.
Matos Monteiro, João de: 68, 69.
*Maurício Gomes dos Santos, Domingos: 455.
*Mazzolani, Aníbal: 217, 352.
Medina, J. T.: 446.
Meireles, Bento Maciel: 192.
Meireles, Vitoriano Pinheiro de: 171, 174, 175.
Melgaço: 309.
Melo, Manuel de: 293.
Melo, Mário: 455.
Melo, D. Pedro de: 25, 238.
Melo de Castro, Caetano de: 51, 73.
Melo de Castro, Manuel Bernardo de: 228, 251, 302.
Melo e Matos, Júlio: 455.
Melo Morais, A. J. de: XXVI, XXVIII, 10, 124, 150, 155, 182, 187, 226, 256, 262, 266, 285, 341, 400.
Melo Palheta, Francisco de: 393, 401, 412.
*Mendes, Cândido: XXI.
Mendes, Faustino: 375.
Mendes, Oscar: 455.
Mendes de Almeida, Cândido: XXVI, 4, 11, 108, 137, 315, 388, 401, 402.
Mendes da Conceição Santos, D. Manuel: XX.

Mendes Machado, José: 77, 78.
Mendes de Siqueira, Francisco: 341.
*Mendoça, José de: 131, 200, 439, 443.
*Mendoça, Luiz de: 82, 231.
Mendonça Furtado, Diogo de: 104, 106.
Mendonça Furtado, Francisco Xavier de: X, 13, 125, 170, 171, 173, 178, 190, 195-197, 218, 226, 251, 252, 266, 284, 286, 288, 308, 389, 402-404, 419, 420.
Meneses, Pedro César de: 146, 161, 284, 293, 304.
Mesquita Pimentel: 453.
Messejana: 14, 85, 91.
México: XXI.
Meyer, Augusto: XVIII, 451, 455.
Minas da Natividade de Goiás: 154.
Miranda: XXIII.
Miranda, António de: 412, 413.
Miranda Santos, Teobaldo: 453.
*Misch, Gaspar: 309, 340, 350, 358, 382.
*Molowetz, Francisco Xavier: 387, 414.
Molucas: 416.
Monção: 192.
Monforte: 247.
Moniz, Ambrósio: 143.
Moniz, António: 145.
Moniz, Luiz: 106.
*Moniz, Manuel: 143, morto no Rio Itapicuru, 144, 146.
Moniz Barreiros, António: 104-106, 109, 112-117, 129, 143, 145.
Montalvão, Marquês de: 110.
Monte Alegre: 267, 269, 272.
Montebelo, Marquês de: 37.
*Monteiro, António: 364, 366.
Monteiro "o Pocu", Domingos: 381.
*Monteiro, Manuel: 228.
Montelo, Jesué: 455.
Montemor: 93.
Monte-Mor-o-Novo de América: 92, 93.
Monte-Mor-o-Velho: 93.
Monteiro Paim, Roque: 33.
Morais, Francisco Xavier de: 379.
*Morais, José de: XXVI e *passim.*

Morais Navarro, Manuel Álvares de: 88, 94.
Moreira das Neves: 455.
Moreno, Pedro Dias: 137.
*Morim, Luiz de: 199.
Morritz, Gedeão: 16.
Mosqueiro: 285.
Mota, Francisco Cordeiro da: 35.
Mota, Leonardo: XVIII.
*Mota, Manuel da (1º): 200, 343, 344.
Mota, Manuel da (2º): 361.
Moura, Alexandre de: 4, 99, 101-103, 129, 135-136, 425, 426.
Moura, Inácio de: 276.
*Moura, José de: 220, 221.
*Moura, Mateus de: 40.
Moura, Nicolino José de: 276.
Múrias, Manuel: XVI, 455.
*Mury, Paulo: XXVI, 123-125, 151, 225.
Nabuco, Joaquim: 370, 371, 378, 379.
Nassau, Maurício de: 108, 110.
Natividade, Estêvão da: 237.
Navarro, Eugénio: 455.
Neves, Berilo: 455.
*Neves, Manuel das: 190.
Neves, Manuel Gaspar das: 123.
Nicolaini (Núncio): 277.
*Nieremberg, Eusébio: 8.
Nimuendaju, Curt: 183.
*Nóbrega, Manuel da: 22, 167, 195, 223, 258, 447-449, 451.
Nogueira, Paulino: 11.
Novo Reino de Granada: 406, 429.
Novais, José Borges de: 28.
*Nunes, Diogo: 99, 101, 102, 117, 129, 135-137, 143, 425, 426.
Nunes, Lucas: 121.
*Nunes, Manuel (1º): 19, 146, 169, 229, 237, 285, 287, 302, 309, 313, 338, 340, 342, 347.
*Nunes, Manuel (2º): 230, 248.
Óbidos: 269, 276.
Odemira, Conde de: 25, 32, 208.
Odivelas: 283.
Oeiras: 311.
Oiteiro: 273, 274.

Olinda: 33, 76, 78, 94, 95, 103, 115.
*Oliva (P. Geral): 165.
Oliveira, António de: 374.
Oliveira, Avelino Inácio de: 276.
*Oliveira, Bento de: 216, 230, 248.
*Oliveira, Gonçalo de: 449.
*Oliveira, João de: 224.
Oliveira, Leonardo de: 366.
*Oliveira, Luiz de: 191, 353.
*Oliveira Manuel de: 224.
Oliveira, Miguel de: 455.
Oliveira do Conde: 220.
Olivença: 408.
Orelhana, Francisco de: 431.
Orico, Osvaldo: 6.
*Orlandini, João Carlos: 230, 248, 271, 293-294, 409.
*Ortega, Manuel: 446.
Osório de Andrade, Gilberto: 370.
Pacheco, Félix: 455, 456.
Paço de Lumiar: 138.
Paderborn: 71.
Pais, Manuel: 355.
Palermo: 116.
Palma Muniz: XVIII, XXVII, 245, 247, 252, 267, 272, 273, 278, 280, 282-285, 289, 291, 297, 302, 308-311, 315, 352, 354, 357, 363-365, 386.
Pancas: 126.
Pancas (Senhor de): Vd. Costa Freire, Cristóvão da.
Pará: IX, XVIII, XXII, 12, 25, 34, 114, 118, 130, 162, 185, 202-366, 381, 389, 427, 451.
Paraguai: 258, 406, 446.
Paraíba: 16, 33, 223, 225.
Parintins: 384, 387.
Parnaíba: 123, 167.
Pastos Bons: 155.
Paula e Silva, D. Francisco de: 122.
Pedras de Fogo: 69.
D. Pedro II: 73, 361.
*Pedrosa, Pedro de: 3, 15, 20, missionário de Ibiapaba, 22-30, 33-35, 120, 130, 146, 147, 161, 262, descobre os *Tacanhapes,* 355, 356.
Pedrosa, Pedro Álvares de: 34.

*Pedroso, Manuel: 3, 37, 47, 48, 63, 64, 65.
Perdigão, Henrique: 455.
Pereira, André: 206.
*Pereira, António (1º): 130, 162, 188, 230; missão e martírio no Cabo do Norte, 257-265, 365.
Pereira, António (2º.): 178.
*Pereira, Carlos: 132, 200.
Pereira, Duarte Sodré: 81.
Pereira, Francisco: 121.
*Pereira, Gonçalo: 132, 148, 149, 440.
Pereira, D. Fr. João Evangelista: 214.
*Pereira, Júlio: 132, 232, 364.
Pereira, Lúcia Miguel: 455.
Pereira, Nilo: 455.
*Pereira, Sebastião: 194.
Pereira, D. Violante: 445.
Pereira de Brito: Domingos: 281.
Pereira Caldas, João: 214, 228, 281.
*Peres, Jódoco: 122, 224, 230, 259, 263, 274, 383, 391, 409, 410, 412,
Pernambuco: XVI, 4, 10, 12, 16, 18, 24, 26, 27, 31, 33, 34, 51, 57, 60, 63, 66, 68, 73, 74, 78-81, 85-96, 99, 103, 108, 114, 136, 140, 167, 187, 193, 257, 259, 425, 443.
*Perret, Jódoco: Vd. Peres, Jódoco.
Peru: XI, 406, 407 411, 412, 429, 446.
Pesqueiro: 247.
*Pfeil, Aloísio Conrado: 255-258, 260--266, 375, 376, 409, 410, 411.
Piauí: IX, 58, 68, 70, 74, 80, 95, 128, 141, 153, 154, 161, 165.
Pimentel, Vitoriano: 416.
Pinheiro, André: 375, 383, 408.
*Pinheiro, Manuel: 74, 82, 89, 91.
Pinhel: 365.
*Pinto, António: 83.
Pinto, Augusto Octaviano: XXVII, 276, 278, 285, 297, 303, 308, 310, 356, 376, 388.
Pinto, Estêvão: 96, 342, 371.
*Pinto, Francisco: 3, missão e martírio na Serra de Ibiapaba, 5-14, 15, 20, 44, 85, 86, 93, 103, 104, 258, 425, 451.
Pinto, Francisco Soares: 148, 149, 440.

Pinto da Gaia, António: 341.
Pinzon, Vicente Anes: 431.
Piratininga: 447.
*Pires, Francisco: 44, 129, morte no Rio Itapicuru, 143-146.
Pires, Gudesteu: 453.
Pires, Heliodoro: 76.
*Pires, Manuel: 267, missionário dos Aruaquis, Tapajós, Solimões e Rio Negro, 268, 276, 357, 359, 361, 370, 373, 374, 381, 384, 391, 407.
*Pires, Sebastião: 130.
Pires do Amaral, João: 377.
Pole, Cardeal: 223.
Pombal: 345, 352.
Pombal, Marquês de: 195-197, 288, 403, 420.
Pompeu, José: 93.
Pompeu Sobrinho, Tomás: XVIII, 8.
Pompeu de Sousa Brasil, Tomás: 93.
Ponta da Areia: 142.
Porangaba: 90. Vd. Aldeia de Parangaba.
Portel: 310.
Portela: XXIII.
Portelo: XXIII.
Portilho, Domingos: 344.
Portinari, Cândido: 451.
Pôrto: 76, 445, 456.
Pôrto, Aurélio: 453.
Pôrto de Mós: 345, 349.
Pôrto, Rubens: XVIII.
Pôrto Salvo: 288.
Pôrto Seguro, Visconde de: XXVII, 5, 99, 109, 110, 130, 226, 253, 265, 311, 408, 415.
Portugal: XI, XVI, XXI, e passim.
Prado, Paulo: 9.
Prainha: 273.
Prat, André: 403, 416.
Proença: 76.
Quental, António de Matos: 126, 169.
Quintal, Inácio da Costa: 128.
Quito: 207, 219, 267, 405-407, 409, 411, 414, 416, 417.
Raiol, Pedro da Costa: 285.

Raja Gabaglia, Fernando António da: 266.
Ramalho, João: 447, 448.
Ramos de Castro, Bartolomeu: 237.
*Rebelo, Amador: 103.
*Rebelo, Manuel: 131, missionário do Tapajós, 361-363.
Recife: 16, 18, 76, 78, 82, 456.
*Regis, S. Francisco de: 220.
Rêgo, Miguel Morais do: 192.
Rêgo Barbosa, Baltasar do: 305.
Rêgo Barreto, Inácio do: 108, 208, 299, 316, 334.
Reimão, Cristóvão Soares: 66, 89.
Reis, Artur César Ferreira: XIX, XXVII, 206, 268, 376-379, 382, 389, 404, 406, 420, 455.
*Reis, Manuel dos: 157, 310, 386.
Ressurreição, D. Fr. Manuel da: 88.
*Ribeiro, António (1º): 3, 15, 20, 22, 24, 26, 28, 75, 85, 86, 161, 313, 315, 317, 322, 323, 332.
*Ribeiro, António (2º): 161-162, 355.
Ribeiro, Eugénio: 272.
*Ribeiro, Francisco: 179, 180, 230, 258, 260.
*Ribeiro, Giraldo (1º): 251.
*Ribeiro, Giraldo (2º): 33.
*Ribeiro, Manuel: 76, 310.
*Ribeiro, Tomé: 19, 314, 337, 338, 340, 350, 358.
Ribeiro do Amaral, José: 109, 166, 192, 193.
Ribeiro de Sampaio: 370.
Ricard, Robert: 455.
Ricardo, Cassiano: 455.
Rio Branco, Barão do: 266, 273.
Rio Abunã: 235.
— Acará: 302, 305.
— Acaraú: 46, 78.
— Açú: 76.
— dos Acuriatós: 395.
— Aguarico: 417.
— Amacarí: 261.
— Amaru-Maiú: 408.
— Amazonas: X, XI, e passim.
— Anapu: 310.

Rio Anapuru: 164.
— Anauerapucu: 275.
— dos Andirás: 395.
— Anil: 137, 139.
— Apii: 341.
— Apodí: 5, 92, 93, 96.
— Aracati-Mirim: 14, 28, 55, 74.
— Araguaia: 338, 341.
— Araguari: 255, 257, 264, 266.
— Arari: 249.
— Aripuanas: 394.
— Atumã: 382.
— Batabouto: 265.
— Branco: 371, 377, 380.
— de Breves: 306.
— Caburís: 377.
— Cajueiro: 164.
— Camarupi: 281.
— Camocim: 3, 47, 66.
— Canindé: 28.
— Canumã: 387, 388, 394.
— Capim: 301.
— Caru: 191.
— Cassiquiare: 253, 379.
— Ceará: 11, 15, 25.
— Choró: 92, 95.
— dos Comandis: 394.
— dos Condurises: 276.
— Coreaú: 47.
— Corenti: 378.
— da Cruz: 19, 24.
— dos Cuchiguaras: 408.
— Cuminã: 276.
— Erepecuru: 276.
— Garajeú: 179, 181.
— Grande do Norte: IX, 10, 12, 16, 35, 40, 55, 79, 86, 88, 92-94, 108, 443.
— Guajará: 302.
— Guajará-mirim: 304.
— Guamá: 284, 301.
— Guamuru: 391, 395.
— Guaporé: 402.
— Guarimá: 281.
— Gurupatuba: 253, 273, 275.
— Gurupês: 366.
— Gurupi: 193, 291, 302.
— Iguaçu: 340.

Rio Iguará: 115, 157, 158.
— Ipiaugui: 39.
— Iriquiriqui: 270.
— Iriri: 355.
— dos Iruris: 392.
— Itapicuru: 34, 44, 109, 115-116, 135, 141, 143-157, 429, 439.
— Jacaré: 306.
— Jacarezinho: 306.
— Jaguaribe: XI, 4, 7, 11, 76, 78, 85, 88, 93-96.
— Jamari: 401.
— Jamundá: 275, 381.
Rio de Janeiro: XIII, XVII, XXII, 103, 167, 223, 268, 373, 415, 446, 449, 456.
— Japeú: 77.
— Japurá: 407, 417, 418, 421.
— Jari: 275, 289.
— Jatapu: 382.
— Jatumá: 383.
— Javari: XI, 213, 407, 418, 421.
— dos Juruinas: 34, 355.
— Longá: 164.
— dos Macacos: 306.
— Macari: 261.
— Madeira: 213, 218, 271, 374, 378, 379, 383-388, 391-404, 409, 411.
— Madre de Dios: 408.
— Maguã: 250.
— Maguari: 285.
— dos Magüés: 394.
— Mairi: 21.
— Mamoré: 402.
— dos Maraguases: 385.
— Marajó: 249.
— Marajoete: 250.
— Maranhão: 425-426.
— Marañón: 405, 407.
— Marapanim: 289.
— Mariacoão: 393, 395.
— Mataurá: 392.
— Mearim: 135, 169-185, 429, 440.
— Moju: 286, 302, 303, 305, 348.
— Monim: 115, 135, 147, 157-160, 429.
— Mossoró: 5.
— Murapí: 276.

Rio Negro: 145, 196, 232, 253, 265, 268,351, 357, 359, 369-383, 385, 403, 405, 407, 409, 411, 413, 416, 420.
— Napo: 407, 409, 411, 417.
— Orinoco: 232, 253, 379.
— do Oiro: 417.
— Pacajá: 194, 289, 306, 310.
— Pará: 306, 425, 426, 430.
— Pará (Parnaíba): 39, 54, 62.
— Pará-mirim: 4.
— Paraguaçu: 34, 202.
— Paranaú: 311.
— Parazinho: 5.
— Parnaíba: IX, 22, 34, 39, 54, 61, 157, 161-167, 202, 263.
— Paru: 274.
— Pereá: 158, 292.
— Pinaré (Pindaré): 135, 147, 169, 185, 191, 193, 194, 195, 201.
— Pociçarí: 394.
— Poti: 61.
— da Prata: X, XI, 344, 406, 429.
— das Preguiças: 19, 21.
— Purus: 408.
— da Salsa (Salsaparrilha): 341.
— de S. Francisco: 39, 62, 76.
— dos Sapopés: 394.
— da Saúde: 344.
— Solimões: XI, 276, 359, 373, 374, 380, 382, 405-420.
— Tapajós: 268-270, 357-366, 384, 386, 389, 401, 410.
— Tejo: 129.
— Temona: 55, 74.
— Tocaiúnas: 344.
— Tocantins: 113, 284, 306, 313-344, 370, 382.
— das Trombetas: 277.
— Tupinambará: 384.
— dos Tupinambaranas: 385, 388.
— Turiaçu: 185.
— Uamucá: 397.
— dos Ubuquaras: 394.
— Ucaiali: 405.
— Urubu: 381-385, 411.
— Urubuquara: 273.

Rio de Vicente Pinzón: 255, 257, 266, 410.
— *Xingu:* 129, 150, 276, 306, 315, 345-357, 418.
*Riou, Luiz: XXI.
*Rodrigues, Bartolomeu: 386, 393, 400.
*Rodrigues, Bernardo: 167.
*Rodrigues, Domingos: 451.
*Rodrigues, Francisco (1º): XXVII, 446.
Rodrigues, Francisco (2º): 289.
*Rodrigues, João: 154.
Rodrigues, Lourenço: 348.
*Rodrigues, Manuel: 188, 194, 407.
*Rodrigues, Matias: XXIII, 116, 226, 344.
*Rodrigues, Pero: 207, 426.
*Rodrigues, Silvestre: 228.
Rodrigues Alves Filho: 448.
Rodrigues Ferreira, Alexandre: 227, 270, 379.
Rodrigues de Oliveira, Bento: 337.
Rodrigues Pimenta, Francisco: 300.
*Rocha, José da: 133.
Rocha, Manuel da: 166, 167.
Rocha Pombo, José Francisco da: XXVII.
*Rois, Agostinho: 221.
*Román, Manuel: 379.
Romero, Nelson: 453.
Roquette-Pinto: 193, 343, 467.
Rosa Pimentel, Miguel da: 261.
Roma: XVI, XXI-XXIII, 79-81, 101, 120, 133, 255, 347, 437, 447.
Sá, Constantino de: 126.
Sá, Mem de: X, 173.
Sacramento, D. Fr. Timóteo do: 121.
Sá e Meneses, Artur de: 257, 264, 265, 271, 392, 409, 410.
Saint-Adolphe, Milliet de: 66.
Salamanca: 428.
Saldanha, Cardeal: 82.
Salinas de Curuçá: 289, 400.
*Samartoni (Szentmartonyi), Inácio: 380.
Samhaber, Ernesto: 449.
*Sampaio, P. Francisco de: 82.

Sampaio, Jacinto de: 176-179.
*Sampaio, P. João de: 285, missionário do Rio Madeira, 286, 289, 379, 388, 400, 401.
Sampaio, Jorge de: 272.
Sampaio, Teodoro: 6, 38.
*Samperes, Gaspar de: 11.
Sandoval, Dom Diogo Gomes de: 100.
*Sanna, João Baptista: 407, 414, 415.
Santa Catarina, José de: 439, 443.
Santa Cristina: 76.
Santana, Hermano: 451.
Santa Maria, Agostinho de: 346.
Santarém: 270, 359, 361-363.
Santa Rosa, Henrique de: 306, 389.
Santiago, D. Francisco de: 123.
Santo André da Borda do Campo: 448.
Santos, Lúcio José dos: 453.
*Santos, Manuel dos (1º): 354, 418, 419.
Santos, Manuel dos (2º): 164.
Santos, Manuel Rodrigues dos: 70.
Santos, Simão dos: 276.
S. Benedito: 58.
S. João, Paulo de: 439, 443.
S. João de Cortes: 201.
S. João da Madeira: 456.
S. José, Cristóvão de: 346, 357.
S. José, D. Fr. Guilherme de: 226, 295.
S. José de Ribamar (Ceará): 78, 81.
S. José de Ribamar (Maranhão): 142.
S. Julião da Barra: 70, 71, 125, 133, 196, 233.
S. Lourenço do Pericumã: 202.
S. Luiz do Maranhão: XI, 101, 106, 107-109, 112, 113, 117-133, 144, 145, 147, 151, 164, 189, 192, 199, 433.
S. Paulo: XIII, XVII, 69, 88, 341, 402, 447, 456.
S. Pedro: 58.
S. Vicente: 101.
Sardinha, Maria: 139.
Schmidt, Wilhelm: 360.
*Sêco, João: 224.
Seixas, João Pereira: 303.
*Seixas, P. Manuel de: 224.
Seixas Pinto, Francisco de: 303.

Serpa: 389.
Serra, José da: 167.
Serra do Araripe: 75.
— *Corvos:* 6.
— *Ererê:* 272.
— *Ibiapaba:* 3-72 e Vd. *Aldeia de Ibiapaba.*
— *Itauajuri:* 273.
— *Pai-Tuna:* 273.
— *Ponaré:* 4.
— *Rariguaçu:* 39.
— *Tabainha:* 57.
— *Tumuc-Humac:* 276.
— *Uruburetama:* 6.
— *Urubuquara:* 273.
Serrano, Jónatas: 455.
Serrão Palmela, Bernardo: 302.
Serrinha de D. Simão: 57.
Sertão, Domingos Afonso: IX.
Setúbal: 102.
Seabra da Silva, José: 197.
*Silva, António da: 211, 271, 274, 301, 309, 359.
*Silva, João da: 230, 387.
Silva, Jorge Correia da: 26.
*Silva, Manuel da (1º): 125, 155, 274.
*Silva, Manuel da (2º): 121, 211.
Silva, Manuel da (3º): 154.
Silva Araújo e Amazonas, Lourenço da: XXVII, 379, 387, 389, 392, 402, 408.
Silva Coutinho, J. N.: 382, 387, 389.
Silva e Freitas, Matias da: 439.
Silva Nunes, Paulo da: 192, 197, 285.
*Silveira, Francisco da: XXIII, 71, 82, 83, 90-92.
Silveira, Manuel Nunes da: 170.
Silveira Frade, Florentino da: 250.
Simbaíba: 123.
Simões, Hélio: 455.
Simões Pereira, D. Bartolomeu: 446.
Sintra: 291.
Smith, Robert C.: 455.
*Soares, Barnabé: 272.
*Soares, José: 185.
Soares Moreno, Martim: 4, 15.
Soeiro de Vilhena, Francisco: 362.

*Sommervogel, Carlos: XXVII, 230, 232, 261, 263, 281, 389, 408, 409.
Soure: 14, 85, 91.
Sousa, António Nunes de: 401.
Sousa, Bernardino José de: 171.
Sousa, D. Fr. Carlos de S. José e: 119.
Sousa, Cristóvão de: 74.
Sousa, Eusébio de: XVIII, 58, 66, 83.
Sousa, Domingos de: 248.
*Sousa, Francisco de (1º): X.
Sousa, Francisco de (2º): 107.
Sousa, Gaspar de: 425, 426.
Sousa, J. Fernando de: 455.
*Sousa, João de (1º): 258.
*Sousa, João de (2º): 250.
*Sousa, P. José de: 222, 231, 280, 281, 295, 377-379.
*Sousa, Manuel de: 229, 268, 276, 279, 299, 309, 310, 315, 317, 320, 322, 323, 325, 332, 348, 374, 381, 384.
Sousa, Manuel Lopes de: 439.
·Sousa, Octávio Tarquínio de: 455.
Sousa do Caeté: 297.
Sousa Coelho, Mateus de: 208.
Sousa de Eça, Manuel de: 207.
Sousa Ferreira, João de: 248, 276, 382.
Sousa Franca, Lucas de: 237.
Sousa Freire, Alexandre de: 31, 153, 166, 189, 192, 284.
Sousa de Macedo, António de: 248.
Sousa e Melo, José de: 295.
Sousel: 345, 354.
Southey, Roberto: XXVII, 245, 406.
Souto Maior, Félix Joaquim: 296.
*Souto-Maior, João de: 194; funda o Colégio do Pará, 208-216, 222, 229; jornada do Marajó, 237, 241, 245, 289; jornada do Pacajá, 306, 307.
Souto Maior, Manuel David: 258, 299.
Spix: 407.
Steinen, Carlos von den: 356.
Studart, Barão de: XVIII, XXVII, 7, 10, 12, 16, 19, 26, 28-30, 35, 37, 67, 70, 71, 74, 75, 78, 80-83, 87-94, 100, 101, 103, 206.

Studart Filho, Carlos: 86.
Suécia: 18.
Suíça: 266.
Suriname: 378.
*Szluka, João Nepomuceno: 192.
Tancos: 150.
*Tanner, Matias: 8, 451.
Taunay, Afonso de E.: XXVIII, 94, 453, 455.
*Tavares, João (1º): 132, 151, 153, 159, 165-167, 194.
*Tavares, João (2º): 224.
Tavares, Manuel Rois: 443.
Tavares de Lira, A.: 95.
Távora, Inácio Rodrigues de: 122.
*Tedaldi, Pedro Maria: 174.
Tefé: 408.
*Teixeira, João (1º): 232, 289.
Teixeira, João (2º): 306.
Teixeira, Manuel: 280.
Teixeira, Pedro: 207, 267, 268, 280, 357, 369, 405, 406, 412, 417.
*Teixeira, Sebastião: 19, 269, 270, 340, 341, 358.
Teixeira de Melo, António: 109, 111-113, 115, 129.
Teles, Domingos: 178, 179.
Tenório, João Martínez: 427.
Teresina: 165.
Tijuca: 93.
Tirol: 220.
Tocantins, A. M. Gonçalves: 276.
Toledo, André de: 406.
*Toledo, Francisco de: 196, 233, 288.
Tordesilhas: 416.
Tôrres Câmara, J. E.: 14.
*Traer, João Xavier: 220, 221.
Trás-os-Montes: 137, 272.
Trezidela: 154.
Trujillo: 429.
Tucumã: 406.
Turi-Açu: 202.
Turner: 421.
Upanema, (Salinas do): 16.
Urbano VIII: 210.
Utinga: 283.
Valadão, Haroldo: 453.

*Valadão, João: 147.
Valadares, Francisco: 341.
Vale, João Velho do: 37, 52, 53, 58, 60.
*Vale, Salvador do: 237, 292, 348, 349.
Van der Vat, O.: 455.
Van Prat, Teresa Margarida Jansen Moller: 197.
Vargas, Getúlio: IX.
Varnhagen: Vd. Porto Seguro.
Vasco, João: 15.
Vasconcelos, António de Mendonça: 107.
Vasconcelos, D. Luiz de: 171.
Vasconcelos, Luiz Aranha de: 346.
*Vasconcelos, Simão de: 304.
*Vaz, António: 141, 293, 351, 352.
Vaz de Siqueira, Rui: 29, 130, 169, 382.
*Veiga, Francisco da: 229.
Veiga, Manuel Pita da: 146.
Veiga, Teodoro da: 383.
Veiros: 345, 352.
Velasco, Juan de: 407.
*Veloso, Francisco: 129, 130, 170; missionário do Rio Pindaré, 185, 186, 215, 216; reitor do Pará, 229; 230, 246, 267, 268, 284, 287, 302; vai ao Tocantins, 315, 317, 320; 332, 334, 336, 337, 340, 342, 357, vai ao Rio Negro, 370, 374, 381.
Venezuela: 101, 207, 406, 429, 431.
Vera Cruz (Gurupi): 291.
*Veras, Gonçalo de: 3, 26, 28, 33, 118, 120, 130, 161, 163, 165, 293, 313, 340, 341, 343.
Viana: 190.
Viana, Artur: XVIII, 265, 283, 301.
Viana, Hélio: 256, 453.
Viana Filho, Luiz: 453.
Viçosa Real: 58, 63, 64, 69, 71.
Vidal, Pedro: 237.
Vidal de Negreiros, André: 16, 19, 24-26, 34, 85, 236-239, 306, 348.
*Vidigal, José: 118, 126, 131, 141, 142, 152, 153, 158, 159, 166, 193, 194, 400.

*Vieira, António: XII, XIII, XXVIII, 3; vai a Ibiapaba, 15-28; 33, 85, 86, 100, 107, 109, 112-115, 118, 120, 129, 139, 141, 146, 161-165, 186, 194, 195, 201, 207-210, 213, 222, 229; reduz os Nheengaíbas, 236--247; 253, 259, 262, 263, 268, 270, 276, 285, 291-293, 299, 300, 303, 307, 309, 313, 314; entrada ao Rio Tocantins, 315-337, 338, 340, 347-349; vai ao Rio Tapajós, 358; 361, 370-373, 381, 451.

*Vieira, Vicente: 94.

Vieira Grande (Canal do): 306.

Vieira Machado, Francisco: XVII.

Viena de Áustria: 220.

Vigia: 280-283, 286, 452.

Vila Bela da Imperatriz: 387.

Vila Bela de Mato Grosso: 389.

Vila Franca: 364.

Vila Nova da Rainha: 387.

*Vilar, João de: 33, 116, 131, 140, 143; morte no Rio Itapicuru, 147--152, 440.

Vilarinho do Monte: 349.

Vila-Viçosa (Tutóia): 167.

Vilhena de Morais, Eugénio: XVIII.

Vinhais: 135.

Vítor, Hugo: XVIII.

Vouzela: 447.

Werneck, Paulo: 452.

Williamson, James A.: 345, 346.

Whiffen, Thomas W.: 274.

*Wolff, Francisco: 125, 228, 291, 300, 308, 315.

Wright, Almon R.: 456.

*Xavier, Caetano: 133, 232, 233, 284.

*Xavier, S. Francisco: 213-215, 217.

*Xavier, Lucas: 418.

*Xavier, Inácio: 122, 132, 232.

*Zárate, André de: 416.

*Zubillaga, Félix: 456.

Zweig, Stefan: 449.

Índice das Estampas

	PÁG.
Luiz Figueira	IV/V
Francisco Pinto	4/5
António Vieira	20/21
Igreja de Ibiapaba	52/53
Sacrário de Ibiapaba	68/69
A primeira planta de Fortaleza	84/85
Autógrafos de Jesuítas do Ceará	100/101
Igreja de Nossa Senhora da Luz do Maranhão (Catedral)	116/117
Interior da Igreja do Maranhão	180/181
Aldeia de Guajajaras no Alto Pindaré	196/197
Igreja de S. Francisco Xavier do Pará	212/213
Planta da Igreja do Pará	228/229
Interior da Igreja do Pará	244/245
Autógrafos de Jesuítas do Cabo do Norte	260/261
Sacristia do Pará	276/277
Púlpito da Igreja do Pará	292/293
Igreja da Mãe de Deus, da Vigia	308/309
Colunata da Vigia	324/325
Sacristia da Vigia	340/341
Naveta de prata da Vigia	356/357
Autógrafos de Jesuítas do Rio Negro e Solimões	372/373
Autógrafos de Jesuítas do Maranhão e Pará	388/389
Mapa da Expansão dos Jesuítas no Norte	452/453

ÍNDICE GERAL

	Pág.
Prefácio	IX
Introdução bibliográfica	XV

LIVRO PRIMEIRO

CEARÁ

Cap. I — **Primeira Missão e viagem à Serra de Ibiapaba**; 1 — Períodos históricos dos Jesuítas no Ceará; 2 — O caminho doloroso da Serra; 3 — Na Serra, entre os Índios; 4 — Ataque dos selvagens e morte do P. Francisco Pinto; 5 — Volta a Pernambuco o P. Luiz Figueira 3

Cap. II — **Fundação da Missão de Ibiapaba**: 1 — O Ceará na invasão holandesa; 2 — A Serra de Ibiapaba; 3 — Pedro de Pedrosa e António Ribeiro, enviados ao Maranhão, fundam a primeira casa e escola; 4 — Lutas e inquietações; 5 — Visita do P. António Vieira e seus resultados; 6 — Perfídia de Simão Tagaibuna; 7 — A missão de Ibiapaba passa à influência da Província do Brasil 15

Cap. III — **Fase definitiva da Missão de Ibiapaba**: 1 — Ascenso Gago e Manuel Pedroso; 2 — Origem da nação Tobajara; 3 — Aldeias descidas para o mar e costumes dos Índios; 4 — Pazes com os Reriús e outros Tapuias e modo delas; 5 — Volta para a Serra e pazes com os Guanacés e Aconguaçus; 6 — Igrejas e Catequese; 7 — A vida material da missão; 8 — Tropelias de João Velho do Vale; 9 — Utilidade nacional da missão e meios temporais para a sustentar 37

Cap. IV — **A Aldeia de Ibiapaba na Tabainha**: 1 — A Serra de Tabainha; 2 — Missão pelo sertão, atrás da Serra; 3 — D. Simão Taminhobá; 4 — Pazes com diversas nações de Tapuias e ameaças da Casa da Torre; 5 — Fundação e organização da maior Aldeia do Brasil; 6 — As suas fazendas; 7 — Baluarte da civilização; 8 — Período final 57

Pág.

Cap. V — **Real Hospício do Ceará:** 1 — Primeira idéia do Hospício em Ibiapaba; 2 — Na Fortaleza e primeiros estudos; 3 — Em Aquirás, 4 — Fundação do Seminário; 5 — A noite de Natal de 1759 73

Cap. VI — **Aldeias da Fortaleza e Rio Jaguaribe:** 1 — Aldeias; 2 — Parangaba, primeira e segunda vez; 3 — Caucaia (Soure); 4 — Paranamirim e Paupina (Messejana), 5 — Paiacus; 6 — No Rio Jaguaribe 85

LIVRO SEGUNDO

MARANHÃO

Cap. I — **Os primeiros Jesuítas no Maranhão:** 1 — Chegada dos Padres Manuel Gomes e Diogo Nunes; 2 — Serviços prestados na conquista do Maranhão; 3 — Estabelecimento definitivo com Luiz Figueira; 4 — A ocupação holandesa e a reconquista 99

Cap. II — **Casas na Cidade de S. Luiz:** 1 — O Colégio de Nossa Senhora da Luz e as suas oficinas de pinturía e outras; 2 — A igreja, hoje sé catedral; 3 — O Seminário; 4 — Recolhimento do Sagrado Coração; 5 — Casa dos Exercícios e religiosa recreação de Nossa Senhora Madre de Deus; 6 — Reitores do Colégio. 117

Cap. III — **Aldeias e Fazendas na Ilha de S. Luiz:** 1 — Primeira catequese e Aldeia de Uçaguaba; 2 — Fazenda de Anindiba (Paço do Lumiar); 3 — Ilha de S. Francisco e terras de S. Marcos; 4 — S. Brás; 5 — Nossa Senhora da Vitória de Amandijuí; 6 — Nossa Senhora de Belém de Igaraú, 7 — Aldeia de S. Gonçalo; 8 — Aldeia de S. José. 135

Cap. IV — **Rio Itapicuru:** 1 — Morte, à mão dos bárbaros, dos Padres Francisco Pires e Manuel Moniz e do Ir. Gaspar Fernandes; 2 — Aldeia de S. Miguel; 3 — Morte, ainda às mãos dos bárbaros, do P. João de Vilar; 4 — Aldeia Grande e Aldeia Pequena dos Barbados; 5 — A Aldeia e Seminário das Aldeias Altas (Trezidela — Caxias); 6 — Outras missões 143

Cap. V — **Rio Monim:** 1 — Fazendas do Monim e Iguará; 2 — Aldeia de S. Jacob do Icatú 157

Cap. VI — **Rio Parnaíba:** 1 — Primeiras explorações do Parnaíba e expedições aos Teremembés (1676-1679); 2 — Fundação de Tutóia, Aldeia de Nossa Senhora' da Conceição. 161

Cap. VII — **Rio Mearim:** 1 — Indústria pastoril: Fazendas de Serranos, Morcegos, Matadouro, Cachoeira e Mouxão; 2 — Exploração do Rio Mearim e Arraial Velho dos Mineiros; 3 — A Missão dos Gamelas; 4 — A guerra dos Acroás; 5 — Na Aldeia de

Pág.

Nossa Senhora da Piedade; 6 — Etnografia dos Gamelas; 7 — Lapela 169

Cap. VIII — **Rio Pindaré:** 1 — Primeiras Aldeias dos Guajajaras; 2 — Lutas no sertão; 3 — Aldeia de Maracu (Viana); 4 — Engenho de S. Bonifácio; 5 — Aldeia de S. Francisco Xavier do Carará (Monção); 6 — As pseudo-minas de oiro do Alto Pinaré; 7 — A redução dos Amanajós e a «Relação Abreviada». 185

Cap. IX — **Alcântara e dependências:** 1 — Fundação da Casa-Colégio; 2 — Aldeias de Serigipe, S. Cristóvão e S. João; 3 — Fazendas do Pindaré, Peri-Açú, Gerijó e Pericumã 199

LIVRO TERCEIRO

PARÁ

Cap. I — **Cidade de Belém do Pará:** 1 — Os primeiros Jesuítas; 2 — O Colégio de S. Alexandre e suas oficinas de escultura e pintura; 3 — Igreja de S. Francisco Xavier; 4 — Outras igrejas reedificadas ou construídas de novo; 5 — O Seminário de Nossa Senhora das Missões; 6 — Reitores do Colégio . . . 205

Cap. II — **Ilha de Joanes ou Marajó:** 1 — A embaixada do Crucifixo; 2 — A redução dos Nheengaíbas pelo P. António Vieira; 3 — A Aldeia de Joanes; 4 — Indústria pastoril; 5 — Fazendas de Marajoaçu; 6 — Fazendas do Arari 235

Cap. III — **Cabo do Norte:** 1 — A Guiana e antecedentes internacionais; 2 — Expedições de reconhecimento e o mapa da região; 3 — Missão e morte dos Padres António Pereira e Bernardo Gomes às mãos dos bárbaros; 4 — Causas e circunstâncias do martírio; 5 — A cruz de 34 palmos 253

Cap. IV — **Baixo Amazonas:** 1 — Aldeia de Gurupatuba (Monte Alegre); 2 — Aldeia de Urubuquara (Outeiro — Prainha); 3 — Aldeia de Jaquaquara; 4 — Rio Paru, Jarí e Anauerapucu; 5 — De Gurupatuba para cima; 6 — Aldeia de Santa Cruz do Jamundá (Faro) 267

Cap. V — **Aldeias de baixo até o Salgado ou Costa Mar:** 1 — Primeiras Aldeias; 2 — Casa-Colégio da Vigia; 3 — Fazenda de S. Caetano; 4 — Aldeia do Cabu ou dos Tupinambás (Colares); 5 — Maguari, Muribira e Mocajuba; 6 — Aldeia de Tabapará; 7 — Fazenda de Mamaiacu (Pôrto-Salvo); 8 — Fazenda de Curuçá; 9 — Aldeia de Maracanã; 10 — Aldeia de S. João Baptista de Gurupi; 11 — Aldeia de Caeté (Bragança) 279

Cap. VI — **Aldeias de cima até à região das Ilhas e dos Furos:** 1 — Aldeia de Mortigura (Conde); 2 — Fazenda de Gibirié; 3 —

Aldeia do Guamá; 4 — Fazenda de Jaguarari no Rio Moju; 5 — Fazenda de Ibirajuba; 6 — O Rio Pacajá e a «Jornada do Oiro»; 7 — Aldeia de Sumaúma (Beja); 8 Aldeia de Aricarú ou dos Nheengaíbas (Melgaço); 9 — Aldeia de Arucará (Portel); 10 — Aldeia dos Bocas e Araticum (Oeiras) 299

Cap. VII — **Rio Tocantins:** 1 — Aldeias de Camutá, Inhaúba e Parijó; 2 — Entrada de António Vieira; 3 — Preparativos e contradições; 4 — A viagem; 5 — A «viração» das tartarurugas; 6 — Os «touros de água» ou jacarés; 7 — As canoas e as cachoeiras da Itaboca; 8 — Entre os Índios; 9 — Entrada de Francisco Veloso e Tomé Ribeiro aos Tupinambás; 10 — Entrada de Tomé Ribeiro aos Carajás; 11 — Entrada de Manuel Nunes e Tomé Ribeiro aos Poquiguaras; 12 — Entrada de Gaspar Misch; 13 — Entrada de Gonçalo de Veras aos Catingas, Aruaquis e Nambiquaras; 14 — Entrada de Manuel da Mota e Jerónimo da Gama aos Jaguaris e Tocaiúnas; 15 — A Aldeia da Itaboca. 313

Cap. VIII — **Gurupá e Rio Xingu:** 1 — Luiz Figueira em Muturu (Pôrto de Mós); 2 — Reflexos em Gurupá do Motim de 1661; 3 — Aldeias do distrito de Gurupá; 4 — Aldeia de Itacuruçá (Veiros); 5 — Aldeia de Piraviri (Pombal); 6 — Aldeia de Aricari (Sousel); 7 — Entradas ao Rio Xingu 345

Cap. IX — **Rio Tapajós:** 1 — Primeiros Jesuítas no Tapajós; 2 — Fundação da Aldeia dos Tapajós (Santarém) e reminiscências do «matriarcado» amazónico; 3 — Iburari (Alter do Chão); 4 — Arapiuns ou Cumuru (Vila Franca); 5 — S. Inácio (Boim); 6 — S. José de Maitapus (Pinhel); 7 — Santa Cruz e Aveiro; 8 — A «Breve Notícia» 357

LIVRO QUARTO

AMAZONAS

Cap. I — **Rio Negro:** 1 — A primeira entrada e a cruz de Tarumás, Francisco Veloso e Manuel Pires (1657); 2 — Exploração a fundo, Manuel Pires e Francisco Gonçalves; 3 — Residência do Rio Negro; 4 — Os Índios Manaus; 5 — Últimas entradas 369

Cap. II — **Alto Amazonas:** 1 — O Rio dos Aruaquis; 2 — O Rio Urubu; 3 — Aldeia dos Tupinambaranas e adjacentes; 4 — Aldeia de Abacaxis (Serpa — Itaquatiara) 381

Cap. III — **Rio Madeira:** 1 — Aldeia dos Irurís; 2 — Conspecto geral dos Índios, descimentos, e Aldeias do Madeira e de tôda a região; 3 — Aldeia de Santo António das Cachociras; 4 — Aldeia do Trocano (Borba-a-Nova) 391

Pág.

Cap.   IV — **Rio Solimões:** 1 — Primeiros contactos; 2 — O P. Samuel Fritz e a sua descida ao Pará; 3 — A «Aldeia do Ciro», argumentos e vias de facto; 4 — A Aldeia de S. Francisco Xavier do Javari, fronteira definitiva do Brasil   405

APÊNDICES

Apêndice A) — Informação do Rio Maranhão e do grãde Rio Pará, 1618.   425
   »   B) — Informação da Ilha de S. Domingos, Venezuela, Maranhão e Pará, 1621.   427
   »   C) — Inventário da Igreja do Maranhão, 1760.   433
   »   D) — Inventário da Casa dos Exercicios e Religiosa Recreação de Nossa Senhora Madre de Deus, 1760.   437
   »   E) — Têrmo da Junta de Missões, em S. Luiz do Maranhão, 30 de Março de 1726   439
   »   F) — Esclarecimentos e rectificações.   445
   »   G) — Estampas, mapas e autógrafos.   451
   »   H) — A Imprensa e a sua valiosa contribuição bibliográfica sôbre a «História da Companhia de Jesus no Brasil»   453

Índice de nomes   457
Índice de estampas.   481

Imprimi potest
Flumine Ianuarii, 21 Sept. 1942

Aloisius Riou S. I.
Praep. Prov. Bras. Centr.

Pode imprimir-se
Rio de Janeiro, 10 de Outubro de 1942
✝ SEBASTIÃO LEME, *Cardeal Arcebispo*

ÊSTE TERCEIRO TÔMO
DA HISTÓRIA DA COMPANHIA DE JESUS NO BRASIL
ACABOU DE IMPRIMIR-SE
A 2 DE JANEIRO DE 1943
NA
IMPRENSA NACIONAL
DA CIDADE DE S. SEBASTIÃO DO RIO DE JANEIRO
PARA CUJA FUNDAÇÃO TANTO CONCORRERAM OS JESUÍTAS

SERAFIM LEITE S. I.

HISTÓRIA DA COMPANHIA DE JESUS NO BRASIL

TOMO IV

(Século XVII-XVIII — NORTE - 2 — OBRA E ASSUNTOS GERAIS)

EDITORA ITATIAIA

Belo Horizonte

Como se disse na abertura do III Tômo, também êste, consagrado ainda ao Norte do Brasil, se publica pela diligência e bons ofícios do Instituto Nacional do Livro, do Ministério da Educação e Saúde.

VERA EFFIGIES CELEBERRIMI
P. ANTONII VIEYRA,
è Societ. Jesu, Lusitanicorum Regum Concionatoris, et Concionatorum Principis, quem dedit Lusitania mundo Ulyssipo Lusitaniæ, Societati Brasilia Obyt Bahiæ Prope nonagenarius Die 18 July Ann. 1697. Quiescit in regio Collegij Bahyensis templo, ubi sepultus frequentissimo urbis concursu, æterno orbis desiderio
Arnoldo Van Westerhout Sculp. Rom. Sup. perm.

P. ANTÓNIO VIEIRA

« Verdadeiro retrato do muito célebre P. António Vieira, da Companhia de Jesus, Prègador dos Reis de Portugal e Príncipe dos Prègadores, que Portugal deu ao mundo e Lisboa a Portugal e o Brasil à Companhia ».

(Da legenda latina do seu retrato feito em Roma por Arnoldo Van Westerhout)

À MEMÓRIA DE MEU PAI

    Operário sombreireiro a quem a Amazónia atraiu, e onde jaz para sempre, exemplificação prática, pessoal, do dito de Camões, por bôca de Garrett, transferindo ao «Generoso Amazonas» o legado paterno.

O Jesuíta e o Exercício das Virtudes

Alegoria das Três Virtudes Teologais, Fé, Esperança e Caridade

(Ex André de Barros, *Vida do Apostólico P. António Vieyra*)

HISTÓRIA
DA
COMPANHIA DE JESUS
NO
BRASIL

hũa das prinçipaes rezões com q se persuadem estes Indios a querer aceitar a Sogei-
ção da Igreja, he com se lhes prometter q não hão de ser governados no Spiritual,
(nem ainda no temporal) senão pellos P.es da Comp.ª S.ª porq. do contrario se seguirão grandes inconvenientes a esta nova Igreja, que deue ser favorecida, e assentada
com particular protecção da See Apostolica.
Tambem se tem reparado m.to q. havendo 45. annos q. ha Christandade neste Estado
do Maranhão, nunca ate hoje se administrou em todo elle, o Sacram.to da Confirmação, sendo tão proprio dos novam.te convertidos, e a g.te naturalm.te inconstante
tão necessario. E da mesma maneira parece representar-se a V. P.e seria conueni-
ente pedir a S. Santidade q. o Sup.or destas missões tiuesse poder p.ª administrar este
Sacram.to, porq. no mesmo tempo, em q. visita as Christandades, pode ir Chrismando os
bautizados dellas, q. forem capazes. Quando asi se conçeda, sera neç.º vir declarado o modo com q. se há de administrar o dito Sacram.to se com insignias, ou sem
ellas &.

Mais pareçeo q. se pedissem a V. P.e indulgencias particulares p.ª as Igrejas dos Indios,
e se julgarão por conuenientes as q. se seguem.
Indulgencia plenaria p.ª a hora da morte a todo o Indio q. morrer com os Sacram.tos
ou não os podendo reçeber, tiuer contrição de seus peccados.
2.ª o dia do braço indulgencia plenaria aos q. confessados, e comungados visitarem
a Igreja.
Ao Natal, Pascoa, Sp.to S.to, Corpus Christi, Assumpção de nossa Sr.ª Indulgencia ple-
naria, q. dure por todos os oitauarios, visto serem poucos os confessores, em.tos os Indios.
Que o altar mor das Igrejas das Aldeas seja preuilegiado. &.ª
A todos os q. assistir à doutrina do catheçismo, por cada ves a indulgencia q. pareçer, e
isto assi aos Indios, como aos Portugueses.
Item aos Portugueses a mesma indulgencia por cada ues q. ensinarem a doutrina
Christã a seus escravos.
E aos q. a ensinarem todos os dias indulgencia plenaria na hora da morte.
A tudo esperamos q. V. P.e nos mande defirir, e aos pontos da primeira proposta, em q.
se pedem sogeitos com a mayor breuidade.
Ao P.e Procurador q. reside em Lisboa, faço auiso, p.ª q. tenha promptos os viaticos
em todas as partes de Europa, donde V. P.e os mandar vir. Maranhão. 11.
de Feu.ro de 1660.

de V. P.e filho indigno

Antonio Vieira

Bras. 9

AUTÓGRAFO DO P. ANTÓNIO VIEIRA

(Última página da carta do Maranhão, de 11 de Fevereiro de 1660)

Trata do bom govêrno dos Índios e das graças, que pede a Roma, para as
Cristandades do Maranhão e Pará. — Na íntegra em *Novas Cartas Jesuíticas*.

SERAFIM LEITE, S. I.

HISTÓRIA DA COMPANHIA DE JESUS NO BRASIL

TÔMO IV

NORTE - 2) OBRA E ASSUNTOS GERAIS
Séculos XVII–XVIII

1943

INSTITUTO NACIONAL DO LIVRO
AV. RIO BRANCO
RIO DE JANEIRO

LIVRARIA PORTUGÁLIA
RUA DO CARMO, 75
LISBOA

PREFÁCIO

> *Arrident vera, quia vera: displicent falsa, quia falsa. Neque enim me novitatis gratia, aut antiquitatis auctoritas sed rerum veritas rapit.* — Agradam as coisas verdadeiras, por serem verdadeiras, desagradam as falsas, por serem falsas. Não me move o encanto da novidade, nem a autoridade dos antigos, arrebata-me a verdade das coisas. — FRANCISCO SOARES LUSITANO.

A *História da Companhia de Jesus* fechou o III Tômo, no extrêmo norte, com a Aldeia do Javari, no Amazonas, que foi tambem a última da Companhia e é hoje fronteira do Brasil. Cumpre-nos, na seqüência desta obra, completar o Brasil, ao sul, até ao Rio da Prata, onde os Jesuítas não apenas da Assistência de Espanha, mas, também, da Assistência de Portugal (por isso, Jesuítas do Brasil) tiveram casa — a Residência da Colónia do Sacramento — que foi algum dia fronteira da América Portuguesa. Antes porém de assim ampliar o quadro, e retomar, com êle, tôda a história da Companhia nos séculos XVII e XVIII, desde Pernambuco a S. Paulo, desde o Rio de Janeiro ao Rio Guaporé, importa examinar alguns aspectos peculiares e importantes, um dos quais, o que se refere aos Índios, é o próprio fundamento da presença dos Jesuítas no Norte.

Verdade é que a História da Companhia no Brasil sempre achou Índios no seu percurso. Mas agora vai directa e expressamente ao encontro dêles, estudando ao mesmo tempo o ambiente amazónico primitivo, o grave problema das subsistências e a sua legislação colonial autónoma, circunstâncias que influíram na catequese, aldeamentos e liberdade; a organização regional interna da Companhia, a actividade ministerial com tôda a classe de pessoas, e a influência dos Jesuítas no movimento geral da educação e cultura.

*

A questão dos Índios, a grande questão de sempre, é essencialmente económica; e em todos os tempos existiu fundo conflito entre o moral e o económico, entre a tendência ilimitada do homem para possuir, e a contenção moral para que a posse se mantenha dentro dos limites da justiça. No Brasil dos primeiros séculos a posse da terra era inútil sem braços para a sua cultura. Sem êles, a terra não era ainda terra: era «mato». O descimento dos Índios do sertão para os núcleos produtivos foi pois um fenómeno económico. Os meios empregados era o aliciamento pacífico ou violento. Entradas ou guerra, justa ou injusta, defensiva ou ofensiva, matizes de um problema único, a cultura da terra, que, antes da chegada dos brancos, quási não existia, como nem sequer o Brasil, como expressão nacional. Na Amazónia, onde estamos agora, com a vinda dos Brancos (e os Brancos na Amazónia já eram tanto Portugueses como Brasileiros) começou a cultura, isto é, a civilização actual. Mas os Brancos eram poucos para a terra imensa. E como vencedores começaram a utilizar os vencidos, facto que estranhará apenas quem ignore a história antiga ou moderna, que não se faz outra coisa ainda hoje nas guerras, justas ou injustas, a que assistimos. Por uma fórmula ou por outra, obrigam-se os vencidos a trabalhar, aos milhões, para os vencedores, lei de ferro, que ainda levará tempo a desterrar do mundo.

O Jesuíta colaborou nos descimentos, usando os meios de aliciamento e de paz; colaborou também nas guerras com os Índios (nas guerras justas, a que chamaríamos antes guerras legais, que nem sempre legalidade é sinónimo de justiça) e colaborou, porque o Jesuíta no Brasil teve que ser tudo, sob pena de não ser nada. Mas com uma vantagem e esta foi a sua cruz e a sua glória. O Jesuíta foi mestre-escola e lavrador, construtor e mecânico, professor de Faculdades Académicas, e criador de gado, escritor e senhor de engenho; enfermeiro e médico, explorou os rios e as terras, fundou povoações; foi confessor e conselheiro de Governadores e Vice-Reis e como que secretário de Estado. O Jesuíta foi tudo, mas acima de tudo, mesmo quando acompanhava as expedições, foi catequista, amigo e defensor do Índio, êsse miserável «bugre» de certas narrações depreciativas, tão perseguido e tão desejado, êle com o corpo para o trabalho, ela com o corpo para o trabalho e para o prazer. A diferença está em que os Padres vislumbraram nos Índios, para além do corpo, uma alma, igual à de todos, que era preciso catequizar e remir. Por êste facto, entendem alguns que os Missionários trocaram os Índios, e querem fazer disso alguma coisa de menos bom. Não haverá um ligeiro equívoco, supondo que os Índios haveriam de ser apenas, e indefinidamente, objecto de museu? Os Jesuítas olhavam *para os Índios, como homens, a aperfeiçoar e educar. E sob êste signo altíssimo, os Índios trocaram-se em Brasileiros.*

*

Nas relações dos colonos com os indígenas, os Portugueses criam na superioridade da sua civilização; mas envolviam nela, como todos os Brancos, e os Portugueses menos que os outros, um sentimento supersticioso de superioridade humana. *O Jesuíta do Brasil, com ser, na imensa maioria, também português, pioneiro da civilização cristã em grande parte do mundo, procurou, como norma geral, abolir essa superioridade, proclamando que de homem para homem a diferença é nula, na sua essência humana. As diferenças acidentais de fortuna, de educação ou de côr, tinham que se aferir pelo espírito cristão, dentro dos dois têrmos da equação eterna, caridade e justiça.*

Por isso, além dos elementos diversos da actividade da Companhia: instrução, devassamento dos sertões e catequese, há na história dos Jesuítas no Norte do Brasil um duelo formidável, como aliás no Sul, entre os Padres e os Colonos, a respeito dos Índios: os Colonos olhavam para os Índios com o pensamento no interesse imediato: braços para remar, braços para a lavoura, braços para o serviço doméstico. Os Jesuítas, repetimos, sem desprezarem os «braços», viam mais fundo. Defendiam a «alma» dos Índios, como susceptível de ser cristã, e a liberdade, que brota da raiz da alma, como o fruto humano mais precioso da vida.

O duelo entre os Jesuítas e os Colonos, não obstante tal ou qual colaboração naquelas guerras chamadas justas, foi persistente e constante. E diz a história que os colonos usaram de armas ora lícitas, com o recurso à Coroa, ora ilícitas, não excluindo as da violência e as da calúnia (há exemplos concretos), logo desde o primeiro instante em que Luiz Figueira chegou ao Maranhão, até à hora em que sossobrados na tormenta e vencidos finalmente, se retiraram os últimos Padres da Companhia. Luta a que não faltaram os seus lances épicos e encheu mais de um século.

Lúcio de Azevedo, ao concluir a sua história sobre «Os Jesuítas no Grão-Pará» [1]*, contrapõe os dois motivos preponderantes na colonização da*

---

1. Lúcio de Azevedo, *Os Jesuítas no Grão-Pará*, 381.

Amazónia: dum lado «os estímulos da ambição feroz», do outro o «elevado ideal do catequista», — conclusão que podia ser também a sentença definitiva da história no tocante aos Índios. Mas nós adoçaríamos aquela palavra «feroz», aplicada aos colonos, tendo presente, para rectificar a mentalidade actual do século XX, em que Portugueses e Brasileiros são cidadãos de Pátrias distintas, que os Portugueses, de que fala Vieira, de compatriota para compatriotas, eram em grande parte Brasileiros de nascimento, englobados todos, então, com o nome único de Portugueses. Nós adoçaríamos a palavra, porque na história da Companhia de Jesus mistura-se em geral tanto amor e tanto ódio, e foram tantos os debates e propagandas contraditórias, que é preciso um esfôrço de aplicação quási perene para trilhar, na vereda histórica, o caminho da rectidão. E como nós próprios, no fundo de nosso ser, trilhamos o caminho do amor, é possível que no rastro das nossas palavras se ache esta centelha divina, mesmo a respeito dos que avaliam os factos de maneira diferente. Mas que fazer, se só os mortos não odeiam nem amam?

E é êste o mais angustioso problema do historiador: Ser parcial? Ser imparcial? Parcial, dizer sempre bem ou mal; imparcial, dizer o mal e o bem? Tentamos o meio têrmo da verdade. Mas o meio têrmo não tem sempre cabida, nem se pode admitir sempre sem provas. Quando alguém se lembrasse de caluniar um terceiro, e êste respondesse, defendendo-se, o historiador que passasse por cima das provas, e admitisse o meio têrmo, caluniaria a meias.

Escrito o "Emílio", Rousseau viu-se objecto de perseguição geral, em que os inimigos da religião tinham o quinhão maior. Rousseau «começou a inquietar-se, perdeu a firmeza e, diz Romain Rolland, viu o perigo onde não existia. Acusou os Jesuítas, que se encontravam nesse momento ocupados com assuntos bem diferentes, pois eram perseguidos e expulsos de todos os países católicos»[1].

A calúnia contra os Jesuítas era doença endémica então no mundo, dado o ambiente de que o próprio Rousseau era em parte responsável, ateada também pelo contágio dos libelos do valido de D. José e seus agentes. Acharemos, neste tômo, vestígios dêsses libelos. Casos particulares, como tais também os tratamos, mostrando, com factos, a razão ou sem razão dêles, destruindo porventura a falsidade em que assentam. Com Francisco Soares Lusitano, dizemos o que pensamos, ainda que

---

1. Romain Rolland. *O pensamento vivo de Rousseau* (S. Paulo 1940) 23.

seja contra correntes preestabelecidas. E entendemos que nem tudo o que Pombal fêz foi mau e que algum bem, sob alguns aspectos, resultou da sua obra. Quanto à perseguição aos Jesuítas, que já se vislumbra, aqui e além, nas páginas dêste volume, a reacção do historiador manifesta-se sobretudo contra o modus faciendi e contra a violência, bebida por êle nas margens do Danúbio, alheia à tradição portuguesa, e contra a calúnia como arma que êle utilizou sem consciência.

Mas o estudo geral dessa época, a segunda metade do século XVIII, os motivos de vária índole, que a condicionam, tanto de idéias como de interesses, a atitude das côrtes europeias, a pensão "em dinheiro" com que os homens de Grimaldi gratificavam o confessor de Clemente XIV, e os «frutos do Brasil» (diamantes), com que os homens de Pombal compravam conivências em Roma, tudo isto fica para o último tômo desta História. Observe-se, entretanto, mantendo-nos estritamente no âmbito do Norte, que Nóbrega, ao iniciar a famosa «empresa» do Brasil, reduzia todas as dificuldades locais a duas: o mau exemplo dos que se diziam cristãos; e a servidão dos Índios que com o nome de liberdade pouco mais suportável era que a mesma escravidão. Isto dizia Nóbrega ao comêço. No entanto estas palavras são de Lourenço Kaulen, missionário da Amazónia, e foram escritas em 1753, isto é, no fim[1].

Durante dois séculos de incansável actividade, os Jesuítas ficaram iguais a si mesmos. Passada a crise, a Companhia refloresceu em novas Obras, novas Missões, novos Colégios, novas Universidades, ainda mais do que antes. Não haveria então naquele longo prazo de tempo, da actividade dos Jesuítas no Brasil, deslize algum? Crê-lo seria pouco inteligente. Equivaleria a admitir na terra a organização estável da impecabilidade, sem o uso ou abuso da liberdade pessoal. O mais que na terra se pode organizar são estados de vida, onde a santidade e perfeição se buscam realmente, sem desconhecer que a fragilidade humana, ainda quando se ampara não se suprime. Por isso, houve Jesuítas que prevaricaram, e não estiveram à altura da sua missão e a deslustraram ou abandonaram. Como houve Apóstolos que prevaricaram, Pontífices e Prelados que prevaricaram, Padres e Religiosos que prevaricaram, para só falar na classe eclesiástica, em que isso mais se nota, e não noutras classes do mundo, em que certas prevaricações (é desnecessário indicá-las...) quási se não notam, por serem comuns.

---

1. Carta de Lourenço Kaulen, em Lamego, A Terra Goitacá, III, 292.

Sejam, porém, quais forem as faltas individuais, a obra dos Jesuítas do Brasil, em conjunto, mostram os factos que é admirável. E dela ainda resta muito a estudar nos séculos XVII e XVIII, não só com as actividades propriamente sociais e económicas, mas também com outras de cultura geral, linguística, etnografia, arte, literatura e ensino da juventude e assistência religiosa a índios, negros, mestiços e brancos, equivalente tudo ao realizado no primeiro século, mas em cenário a ampliar-se de contínuo, no alargamento sucessivo dos contornos do Brasil.

No cenário do Norte, em que estamos, quer no tômo III, quer neste, que se abre agora, a figura central é Vieira, cuja personalidade se projecta nas lutas e na legislação, na clarividência e na generosidade e até no génio com que movimenta tudo e o descreve, e com que ligou para sempre o seu nome ao Brasil. De tal forma que o Govêrno da grande nação, nos Centenários de Portugal, de 1940, entre os selos com que os glorificou, incluiu o de António Vieira, como no centenário da Companhia tinha divulgado o de Anchieta, que também corre nas moedas do Brasil, como que a nacionalizar brasileira a Companhia de Jesus. Nem é outro o sentido profundo da frase de Vieira, quando desdobra aqueloutra frase inicial de Nóbrega («o Brasil é nossa emprêsa»), e responde aos emissários do povo do Maranhão, que queria obrigar os Jesuítas da Assistência de Portugal, a votar contra os seus irmãos índios, também povo, mas que o povo desprezava:

«Respondemos-lhes com declarar a grande vontade que tínhamos de servir a esta república, da qual também nós éramos parte, pois viéramos para viver e morrer nela».

Os Jesuítas vieram para viver e morrer no Brasil! E alguns, no século XVIII, por êsse mesmo amor, ainda padeceram e foram morrer em terra estranha, dispersos pelos cárceres e pelo mundo. Mas quando isto sucedeu, já o Brasil saía da adolescência, e podia seguir por si mesmo o seu glorioso caminho.

Lisboa, 1938 — Rio de Janeiro, 1942.

Introdução bibliográfica

A Amazónia tem sido objecto de estudos modernos, alguns de ciência especializada, etnografia, arqueologia, geografia ou história; outros de vulgarização; outros ainda de viagens ou fantasia. Seria tarefa de arquivista ou bibliotecário pretender citá-los todos nestes tomos III e IV. No entanto, muitos dêles, ministraram ao Autor, aqui e além, subsídios úteis de confrontação ou esclarecimento ou mesmo de sugestão, orientando as pesquisas em determinado rumo, entre as mil actividades da Companhia de Jesus, rumo ou ponto que, sem tais sugestões, porventura passaria indiscriminado na complexidade dos temas. Leitura vasta, mas prévia e indispensável. E não só de Luso-Americanos e Europeus, mas também de Hispano--Americanos ou até Anglo-Americanos, como Up de Graff, que arrastado pelas aventuras de Stanley também quis «penetrar num mundo desconhecido para além dos limites da civilização». Recue-se o tempo de dois séculos, e ter-se-á o ambiente da história dos Jesuítas na Amazónia, quando nesse mundo sem balisas, êles próprios iriam colocar algumas, entre as primeiras.

Naturalmente o valor dêstes já numerosos livros, quer de ciência, quer de vulgarização ou fantasia, não é igual em todos. Nos de Raimundo Morais, por exemplo, seria para desejar maior cultura, que se revela menos sólida, quando deixa a parte de literatura descritiva e se remonta aos planos da ciência ou da história, incompatíveis com improvisações livrescas. Em todo o caso, as suas obras, com as de Alberto Rangel, Gastão Cruls, Abguar Bastos, Ferreira de Castro, Peregrino Júnior, Araújo Lima, Alfredo Ladislau e ainda outros de merecimento, que encaram aspectos diferentes da região, e em particular as de Euclides da Cunha, tiveram tôdas um resultado positivo evidente, que foi popularizarem a Amazónia, pondo-a na ordem do dia, a que veio dar ainda mais actualidade o já famoso *Discurso do Rio Amazonas*, do Presidente Vargas, cuja obra moderna, de notável equilíbrio e renovação, na linha histórica do Brasil, nos apraz registar neste livro consagrado ao estudo dum sector fundamental da história brasileira.

Euclides da Cunha chamou «Terra sem história» à do grande rio, olhando mais à sua formação telúrica, e à desproporção dos resultados conseguidos, diante dos esforços humanos, do que à ausência de façanhas heróicas. Todavia nada há inútil no mundo, sobretudo em história, que às vezes é tão instrutiva, quando expõe resultados grandiosos, como nas lições, que deixa, de trabalhos sem fruto imediato.

Somos dos que crêem no futuro da Amazónia, e que ela não ficará, geológica, social ou econòmicamente em estado indefinido de formação. Claro está que não falamos das capitais, Belém e Manaus, formosas e impressionantes, de vida social e comercial já bem organizada. Belém do Pará é até, na zona equatorial, a mais importante cidade do mundo. Emoldurada pelo rio e a vegetação, dentre o movimento popular do Ver-o-Peso, do Largo da Pólvora, das Avenidas e do pôrto, erguem-se para o céu as tôrres das igrejas ou as cumieiras de edifícios, altos, multiplicados, e imprevistos para o viandante, que chega e vê surpreso, sublimar-se, repentinamente recortado, o horizonte raso, da água e da floresta. Não falamos das capitais do Pará e do Amazonas, mas da selva e dos mil meandros que a penetram. E, se progridem também alguns dos seus núcleos ribeirinhos, virá um dia em que a Amazónia será adulta, sob todos os aspectos e em todo o seu âmbito; e, então, como aliás já começa a ter consciência agora, os primeiros passos da sua vida civilizada, serão a glória do seu passado.

Entre essas glórias enfileiram-se, sem dúvida, os Jesuítas, objecto da história que nos ocupa, e, no primeiro plano, António Vieira, que lhe consagrou as mais puras energias da sua alma de combatente construtivo e de apóstolo, não apenas como Pedro, trabalhando, mas como Paulo, trabalhando e escrevendo, que também é trabalho e não de menores consequências. Quando é o próprio Vieira que trata os assuntos, em que interveio, mal se podem resumir as suas páginas, que se constituem, de direito, páginas integrantes da *História da Companhia de Jesus no Brasil*. Muitas delas ficaram no III Tômo. Outras ficarão ainda neste, entre as quais algumas, pouco conhecidas ou mesmo inéditas. Mas, dado o alto vinco da personalidade literária de Vieira, êle não é só agente e fonte de história, é também ocasião de investigações de maior ou menor relêvo, estudos que tocam todos indirecta, e alguns, directamente, à própria história do Brasil, em particular a do Maranhão e da Amazónia.

I — Bibliografia sôbre o P. António Vieira

As fontes mais importantes, relativas ao P. Vieira, são as suas próprias cartas e as referências pessoais que se viu obrigado a fazer, em defesa sua, sobretudo perante a Inquisição; e, secundariamente, muitos sermões seus e algumas cartas escritas por outros à raiz da sua morte. Deixou também um *Diário*, hoje desaparecido, mas que utilizou ainda o P. André de Barros, «académico de número da Academia Real da História Portuguesa», como se lê nas *Vozes Saùdosas*, que escreveu.

André de Barros, primeiro biógrafo de Vieira, tem contra si o estilo, não porém a verdade. A *Vida do Apostólico Padre António Vieyra* (Lisboa 1746) é ainda a fundamental. Num ponto peca: o prurido do encómio e o pendor a sobrenaturalizar acções a que muitas vezes bastavam simples explicações humanas. Mas quanto à exposição dos factos, verificamos, pelas próprias fontes, que é geralmente exacto e meticuloso.

Mais conforme ao gôsto moderno é a *História de António Vieira*, de Lúcio de Azevedo, notável em muitos aspectos novos, sobretudo políticos, administrativos e polémicos. Não raro a feição científica da obra é amenizada por vôos líricos, que não se coadunam bem com a história, prejudicando tal interpretação subjectiva a realidade das coisas. Peca pelo oposto de André de Barros: atribue com freqüência motivos puramente de ambição, cálculo humano ou império político, a acções que têm em si, e pela condição mesma da vida religiosa de Vieira, e do direito eclesiástico vigente, explicação mais exacta. Mas fá-lo de boa fé e representa meritória reacção contra a sistemática detracção dos panfletários da escola velha.

Não é ainda a história definitiva de Vieira. A Lúcio de Azevedo impressionou-o mais a parte política, combativa e dramática da actividade vieirense, deixando na penumbra muitos factos essenciais, descurando certos documentos importantes como a *Resposta aos Capítulos*, em que a verdadeira história de Vieira tem ainda muito que respigar. Os aspectos da sua influência na instrução, assistência, entradas, desenvolvimento económico e social do Brasil, e mesmo o literário, são mediocremente tratados e alguns totalmente esquecidos.

Lúcio de Azevedo deixou ainda outros escritos, que se referem a Vieira, entre os quais *Os Jesuítas no Grão-Pará;* e coligiu proficientemente as *Cartas do Padre António Vieira*, de que teve conhecimento, impressas pela Universidade de Coimbra, em 3 volumes, inestimável serviço seu e da Universidade às letras e à história. A estas *Cartas* devem juntar-se as duas que divulgou Clado Ribeiro de Lessa (*Cartas inéditas do Padre António Vieira*, Rio, 1934) e as nove, inéditas, que publicamos em *Novas Cartas Jesuíticas (De Nóbrega a Vieira)*, S. Paulo, 1940 (Brasiliana).

Sem o aparato de Lúcio de Azevedo é a *Memória Histórica e Crítica acêrca do Padre António Vieira e das suas obras*, de D. Francisco Alexandre Lobo. As abundantes notas da *Memória Histórica* serviram de guia a Lúcio de Azevedo, que a manuseou mais do que as citações, que dela faz, o deixam supor ao leitor pouco familiarizado com estudos de investigação literária.

Verificando o que sucedeu com Vieira, que, de homem de grande espírito, em que era tido, e de zêlo fora do comum, negociador penetrante e destro em matérias políticas, príncipe dos oradores cristãos, passou na difamação do século XVIII, a ser considerado homem de zêlo menos puro e orador quási desprezível, verificando êste contraste de apreciações, D. Francisco Alexandre Lobo a ambas considera injustas, «com a diferença que nos primeiros juízes me parece influir, diz êle, mais um êrro muito natural e por isso mesmo muito desculpável; nos segundos obrou mais o rancor ou deferência cega ao conceito de ardentes e determinados inimigos»[1].

O marco divisório daquelas apreciações contraditórias sôbre Vieira é a *Deducção Chronológica*, escrita por ordem e em grande parte pelo próprio punho de Pombal, fámulo do Santo Ofício. Dela escreve o mesmo D. Francisco Alexandre Lobo: «Não precisa de outras provas a inimizade declarada do Author da *Deducção Chronológica*, a respeito de Vieira, que o virulento e descomposto estilo por que fala dêle em tôda a parte»[2]. O próprio Lúcio de Azevedo, comentando o facto de Pombal imitar Vieira na questão dos judeus,

---

1. D. Francisco Alexandre Lobo, Bispo de Viseu, *Obras*, II (Lisboa 1849) 175-176. — Na primeira edição, de 1823, êste trabalho saiu com título de *Discurso Histórico e Crítico*.

2. *Ib.*, 293.

escreve: «Aqui, como em vários outros pontos, as idéias do Jesuíta António Vieira tiveram por executor aquêle mesmo que, em rasgos de furor retrospectivo, lhe injuriou a memória com estrepitosos baldões»[1].

Ainda que escrita posteriormente, a *Vida do Padre António Vieira*, de João Francisco Lisboa (*Obras, IV*, Lisboa 1901) pertence a esta segunda categoria de critérios, onde se manifesta com evidência «o rancor ou deferência cega ao conceito de ardentes e determinados inimigos». Caindo em si, antes de morrer, João Lisboa deixou o manuscrito com os seguintes dizeres: «êstes papeis devem ser queimados sem serem lidos», arrependimento e última vontade, que desacataram seus amigos.

Em francês escreveu E. Carel, *Vieira, sa vie et ses oeuvres* (Paris s/d), traduzido recentemente por Augusto Sousa e publicado com o título de *Vida do Padre António Vieira* (S. Paulo s/d), sem o prefácio, nem a indicação de fontes que trazem, no original, alguns capítulos. Carel conheceu bem a bibliografia vieirense impressa. Obra estimada, sobretudo pela análise literária dos escritos de Vieira, que vai seguindo e entressachando na sua vida.

Sob feição parenética merece menção a obra *Vieira-Prègador, estudo filosófico da eloqüência sagrada segundo a vida e as obras do grande orador português* (Pôrto 1901), por Luiz Gonzaga Cabral. Cabral deixou também em francês um pequenino livro, que ajudou a divulgar no estrangeiro o nome de Vieira, *Une grande figure de Prêtre*.

Recentemente Hernani Cidade publicou *Padre António Vieira*, colectânea de Sermões e escritos de Vieira (4 vol.), que faz preceder de um largo e muito valioso estudo biográfico e crítico.

Não fazemos, porém, o elenco das edições que tiveram as suas obras, senão da bibliografia sôbre Vieira. Muitas destas colectâneas falam dêle, com maior ou menor desenvolvimento, como as traduções estrangeiras em alemão, espanhol, francês, inglês, italiano, latim, etc., publicadas nos prelos mais afamados do mundo, numa difusão editorial que, para obras escritas em português, só têm equivalência em Camões. Não são fontes de informação os estudos que se lêem nestas colectâneas, quer estrangeiras quer mesmo brasileiras ou portuguesas. São antes obra de divulgação e crítica, em geral de bom

---

1. Lúcio de Azevedo, *História dos Cristãos novos portugueses* (Lisboa 1921)354.

quilate. Merecem referência entre muitos outros, José Fernando de Sousa (*Trechos selectos*), Antonio Honorati (*Vieira ou o Crisóstomo Português*), Pedro Calmon com o livro de sermões (*Por Brasil e por Portugal*), e com um estudo sôbre o processo da família de Vieira na Baía; António Sérgio, e Afrânio Peixoto, com *Os melhores sermões de Vieira*, e sobretudo com o seu *Vieira brasileiro* (2 vol., Lisboa, 1921), em que colaborou Constâncio Alves, e para o qual Afrânio escreveu uma *Introdução* crítica cheia de originalidade e bom gôsto.

Dado que o P. António Vieira é, em prosa, e em dois géneros (oratória e epistolografia), o maior vulto literário da nossa língua, não há dicionário, selecta, compêndio de história ou tratado de literatura, onde se não cite o seu nome e se não analise a sua obra. Resenha longa, desde Cândido Lusitano a Sílvio Romero, Baptista Pereira e Fidelino de Figueiredo. A leitura de Fidelino impõe-se a quem quiser conhecer a última palavra da crítica autorizada e competente, sôbre o grande escritor.

Pela mesma e justa razão, apontada no Tômo III, pág. XV, mantém-se também neste, quanto possível, a ortografia dos tomos anteriores, oficial no momento em que se iniciou a impressão desta obra.

II — Arquivos

Arquivo Geral da Companhia de Jesus (*Archivum Societatis Iesu Romanum*):
    Brasilia 25 — *Epistolae Generalium*............[*Bras. 25,...*]
        »   26 — *Epistolae Maragnonenses*........[*Bras. 26,...*]
        »   27 — *Catalogus Maragnonensis*........[*Bras. 27,...*]
        »   28 — *Inventarium Maragnonense*......[*Bras. 28,...*]
    Historia Societatis Iesu....................[*Hist. Soc.,...*]
    Lusitania...............................[*Lus.,...*]

Fondo Gesuitico, Piazza del Gesù, 45............[Roma, *Gesù*,...]
Biblioteca Nazionale Vittorio Emanuele..........[Roma, Bibl. Vitt. Em.,...]
Archivio Segreto del Vaticano..................[Vaticano,...]
Bibliothèque Royale de Bruxelles................[Bruxelas, Bibl. Royale,...]
Arquivo Histórico Colonial, Lisboa.............[AHC,...]
Arquivo da Província Portuguesa S. I...........[Arq. Prov. Port., Pasta,...]
Biblioteca Nacional de Lisboa, fundo geral.......[BNL, fg.,...]
Biblioteca e Arquivo Público de Évora..........[Bibl. de Évora,...]
Biblioteca Nacional do Rio de Janeiro..........[BNR,...]
Biblioteca e Arquivo Público do Pará..........[Arq. do Pará,...]

III — **Alguns manuscritos**

Citam-se com mais freqüência, e, por isso, abreviadamente, os seguintes:

a) *Apologia da Companhia de Jesus em Portugal* composta pelo P. José Caeiro, ms. do Archivio della Postulazione Generale, Sezione IV, Varia, Scaffale D (Roma). Não estava paginado e nós próprios o paginamos, ao consultá-lo em 1938. Informam-nos que passou depois para o Arquivo Geral com a cota *Lus. 95n*. É directamente sôbre a matéria do presente volume a parte *Respublica do Maranhão*. [*Apologia de Caeiro, Respublica...*].

b) *Apontamentos para a Chronica da Missão da Companhia de Jesus no Estado do Maranhão*, ms. da Bibl. Nac. de Lisboa, fg. 4516. Demos breve notícia dêste códice em *Luiz Figueira*, 15. [BNL, fg 4516, *Apontamentos,...*]

c) *Diário de Diversos acontecimentos do Maranhão e Pará feito por um Padre da Companhia de Jesus nos anos de 1757-1759*. É ms. da colecção de Alberto Lamego. Feito, dia a dia, quando se oferecia matéria, por um Padre ou Irmão assistente no Pará neste período trágico. Verificamos, pela fotocópia, que possuímos, que as referências são de 1756 a 1760. Por isso citamos [*Diário de 1756-1760*].

d) *Historia Proprovinciae Maranoniensis* [ou *Maragnonensis*] *Societatis Iesu Pars prima. Ortus, et res gestas ab anno 1607 ad 1700 complectans*, pelo P. Matias Rodrigues. [*Hist. Propr. Maragn.,...*]

e) *Historia Persecutionis Maragnonensis et Brasiliensis Provinciarum*:
1. *Pars Prima: Maragnonensis Vice-Provinciae Historia per litteras exhibetur Centum Cellis* [Civitavecchia] *scriptas a Patre Mathia Rodrigues Maragnonensis Vice-Provinciae alumno ad R. Adm. P. N. Laurentium Ricci anno 1761* [*Hist. Pers. Maragn.,...*]
2. *Pars Secunda Provinciae Brasiliensis persecutio sive Brevis narratio eorum quae ab Archiepiscopo Reformatore nec non Prorege ac Regiis Ministris de mandato Lusitani Regis peracta sunt in Dioecesi Bahiensi. Auctore P. Francisco da Sylveira*. Ambas na Bibl. Real de Bruxelas, códice 20126. Da 2.ª parte, do P. Silveira, vimos outro exemplar no Arq. da Universidade Gregoriana (Roma), códice 138. [*Prov. Bras. Pers.,...*]

f) *Inventário do Maranhão*. É o códice *Bras. 28*, fl. 1-93v (*Inventarium Maragnonense*), caderno autógrafo do uso pessoal do P. Manuel Luiz. Em 1768 vivia em Roma no Palácio de Sora, *Sala do Grão Pará*, e em 1774 em Pésaro, última referência que dêle vimos. [*Inventário do Maranhão, f...*]

g) *Lembrança dos defuntos que estam enterrados na Igreja nova de N. S. da Luz do Collegio da Companhia de JESU no Maranhão*, ms. da Bibl. Nac. de Lisboa, fg., 4518. (*Lembrança dos def., f...*]

h) *Livro dos Obitos dos Religiosos da Companhia de Jesus pertencentes a este Collegio de Santo Alexandre.* Vai de 1660 a 1737. Tem anexos três Róis, referentes ao movimento religioso na igreja de S. Francisco Xavier do Pará, de pessoas seculares, casamentos (1670-1724), baptizados (1670-1737) e óbitos (1732-1752). Traz, na data do óbito dos Padres e Irmãos, breve notícia biográfica. Há dois exemplares na Bibl. Nac. de Lisboa, um no fg, 4518, a começar na folha n. 21; outro na Col. Pomb., 4. Por êste último fazemos as citações [*Livro dos Óbitos*, f...]

IV — Bibliografia impressa

Como nos tomos anteriores, indicamos também aqui, na bibliografia especial que corresponde a êste tômo, *unicamente* algumas obras, cuja citação mais freqüente nos levou a abreviá-la. Entre cancelos, o modo de citação. O *Índice de Nomes*, no fim, completará a lista, incluindo a todos.

ABREU E LIMA, José Inácio de. — *Synopsis ou Deducção Chronologica dos factos mais notoveis da Historia do Brasil*, Rio, 1845. [Abreu e Lima, *Synopsis*...]

ACUÑA, Cristóbal de. — *Nuevo descubrimiento del gran Rio de las Amazonas*, reimpresso por Cândido Mendes de Almeida nas *Memorias*, II, 57-151. (Acuña, *Nuevo Descubrimiento*...]

AFRÂNIO PEIXOTO, J. — *História do Brasil*, Pôrto, 1940. [Afrânio Peixoto, *H. do B.*...]

AGASSIZ, M. et Mme. — *Voyage au Brésil*. Abrégé sur la traduction de F. Vogeli par J. Belin de Launay, Paris, 1882. [Agassiz, *Voyage au Brésil*...]

Anais da Biblioteca e Arquivo Público do Pará, 10 vol., 1902-1926. [*Anais do Pará*, I...]

Anais da Biblioteca Nacional do Rio de Janeiro, 61 vol., 1876-1941. Em curso de publicação. [*Anais da BNR*...]

ASTRAIN, António. — *Historia de la Compañía de Jesús en la Asistencia de España*, 7 vol., Madrid, 1905-1925. [Astrain, *Historia*, I, II...]

BAENA, António Ladislau Monteiro. — *Compendio das Eras da Provincia do Pará*. Pará, 1838. [Baena, *Compendio das Eras*...]

BARATA, Manuel. — *Apontamentos para as Ephemérides Paraenses* na Rev. do Inst. Hist. e Geogr. Bras., vol., 144 (1925) 9-235. [Barata, *Efemérides Paraenses*...]

BARROS, P. André de. — *Vida do Apostolico Padre Antonio Vieyra da Companhia de Jesus chamado por antonomasia o grande*, Lisboa, 1746. [Barros, *Vida do P. Vieira*...]

BERREDO, Bernardo Pereira de. — *Annaes Historicos do Estado do Maranhão*, 3.ª ed. 2 vol., Florença, 1905. [Berredo, *Anais Históricos*, I...]

BETTENDORFF, João Filipe. — *Chronica da Missão dos Padres da Companhia de Jesus no Estado do Maranhão* na Rev. do Inst. Bras., LXXII, 1.ª Parte (1910). [Bett., *Crónica*...]

BRAGA, Teodoro. — *Noções de Chorografia do Estado do Pará*, Belém, 1920. [Teodoro Braga, *Corografia*...]

CAEIRO, José. — *De exilio Provinciarum Transmarinarum Assistentiae Lusitanae Societatis Iesu*, com a tradução portuguesa de Manuel Narciso Martins, *Introdução* de Luiz Gonzaga Cabral e *Nota Preliminar* de Afrânio Peixoto, Baía, 1936. [Caeiro, *De exilio*...]

CALMON, Pedro. — *História do Brasil*, I, S. Paulo, 1939; II, 1941. [Pedro Calmon, *H. do B.*, I, II,...]

CARAYON, Augusto. — *Documents inédits concernant la Compagnie de Jésus*, 23 vol., Poitiers, 1863-1866. [Carayon, *Doc. Inédits*, I, II...]

CIDADE, Hernani. — *Padre António Vieira*, 4 vols., Lisboa, 1940. [Hernani Cidade, *Padre António Vieira*, I...]

Collecção dos Breves Pontifícios e Leys Regias que forão expedidos, e publicadas desde o anno de 1741. Lisboa s/d. [*Collecção dos Breves e Leys Regias*, número...]

CUNHA RIVARA, Joaquim Heliodoro. — *Catálogo dos Manuscritos da Biblioteca Eborense*, Lisboa, 1850-1871. [Cunha Rivara, *Catálogo*, I...]

DANIEL, João. — *Tesouro Descoberto no Máximo Rio Amazonas*, em 6 Partes, de que se publicaram três: a 2.ª P. na *Rev. do Inst. Bras.* vol. II, 321-364; 447-500; vol. III, 39-52, 158-183, 282-299, 422-441; a 5.ª P., Rio, 1820 (avulsa); a 6.ª P. na mesma *Revista do Inst.*, vol. XLI, 33-142. As Partes 1.ª, 3.ª e 4.ª conservam-se inéditas na Bibl. Nac. do Rio, I—2, 1, 21. Segundo estas referências, uniformizamos a citação, indicando apenas a Parte e página respectiva. [João Daniel, *Tesouro Descoberto*, P. I, II...]

Dicionário Histórico, Geográfico e Etnográfico do Brasil, 2 vol., Rio, 1922. [*Dic. Hist., Geogr. e Etnogr. do Brasil*, I, II...]

Documentos Históricos. Publicação da Bibl. Nacional do Rio de Janeiro, I-LIV (em curso de publicação). [*Doc. Hist.*, I, II...]

FRANCO, António. — *Synopsis Annalium Societatis Jesu in Lusitania*, Augsburgo, 1726. [Franco, *Synopsis*...]

GALANTI, Rafael M. — *História do Brasil*, 2.ª ed., S. Paulo, 1911. [Galanti, *H. do B.*, I, II...]

GARCIA, Rodolfo. — Notas à *História Geral do Brasil*, de Pôrto Seguro. Cf. Pôrto Seguro. [Garcia em *HG*, I, II...]

HERIARTE, Maurício de. — *Descripção do Estado do Maranhão, Pará, Corupá, e Rio das Amazonas*. Na íntegra em Pôrto Seguro, *HG*, III, 211-237. [Heriarte, *Descripção*, p.]

Instruções régias públicas e secretas para Francisco Xavier de Mendonça Furtado, Capitão-General do Estado do Pará e Maranhão, BNL, Col. Pomb. 626, 3-19, 30, em Lúcio de Azevedo. *Os Jesuitas no Grão-Pará*, 416-427. [*Instruções Secretas*...]

JOUANEN, José. — *Historia de la Compañía de Jesús en la antigua Provincia de Quito, 1570-1774*, I, Quito, 1941. [Jouanen, *Historia*, I...]

LA CONDAMINE, Carlos Maria de. — *Relation abrégée d'un voyage fait dans l'intérieur de l'Amérique Méridionale*, Paris, 1745. [La Condamine, *Relation abrégée*...]

Lamego, Alberto. — *A Terra Goytacá*, 5 vol., Bruxelas-Niteroi, 1923-1941. [Lamego, À *Terra Goitacá*, I, II...]

Leite, Serafim. — *Páginas de História do Brasil*, São Paulo, 1937. [S. L., *Páginas*...]

— *Novas Cartas Jesuíticas* — *De Nóbrega a Vieira*, São Paulo, 1940. [S. L., *Novas Cartas*...]

— *Luiz Figueira* — *A sua vida heróica e a sua obra literária*, Lisboa, 1940. [S. L., *Luiz Figueira*...]

Lisboa, João Francisco. — *Obras*, 2 vol., Lisboa, 1901. [Lisboa, *Obras*...]

Lúcio de Azevedo, J. — *Os Jesuítas no Grão-Pará — Suas Missões e a Colonização*, 2.ª ed., Coimbra, 1930. [Lúcio de Azevedo, *Os Jesuítas no Grão-Pará*...]

— *História de António Vieira*, 2.ª ed., Lisboa, 1931. [Lúcio de Azevedo, *Hist. de A. V.*, I, II...]

— *Cartas do Padre António Vieira*, coordenadas e anotadas por Lúcio de Azevedo, 3 vol., Coimbra, 1925-1928. [*Cartas de Vieira*, I, II...]

Madureira, J. M. de. — *A liberdade dos Índios — A Companhia de Jesus — Sua pedagogia e seus resultados*, 2 vol., Rio, 1927-1929. [Madureira, *A liberdade dos Índios*, I...]

Marques, César. — *Apontamentos para o Diccionario historico, geographico e estatistico da Provincia do Maranhão*, Maranhão, 1864. [César Marques, *Apontamentos*...]

— *Diccionário historico, geographico da Provincia do Maranhão*, Maranhão, 1870. [César Marques, *Dic. do Maranhão*...]

Melo Morais, A. J. de. — *Corographia historica, chronografica, genealogica, nobiliaria e politica do Imperio do Brasil*, 5 vol., Rio, 1859-1863. [Melo Morais, *Corografia*, I...]

Mendes de Almeida, Cândido. — *Memorias para a historia do extincto Estado do Maranhão*, 2 vol., Rio, 1860-1874. [Cândido Mendes de Almeida, *Memórias*, I, II...]

Morais, José de. — *Historia da Companhia de Jesus na Vice-Provincia do Maranhão e Pará*, publicada por Cândido Mendes de Almeida, *Memórias*, I, Rio, 1860. [Morais, *História*...]

Múrias, Manuel. — *Portugal Império*, Lisboa, 1939. [Múrias, *Portugal Império*...]

Mury, Paulo. — *História de Gabriel Malagrida da Companhia de Jesus*, trasladada a português e prefaciada por Camilo Castelo Branco, Lisboa, 1875. [Mury, *História de Gabriel Malagrida*...]

Palma Muniz, *Patrimonios dos conselhos Municipais do Estado do Pará*, Lisboa, 1904. [Palma Muniz, *Patrimonios*...]

— *Limites Municipais do Estado do Pará*, nos Anais do Pará, todo o vol. IX (1916). [Palma Muniz, *Limites Municipais*...]

Pôrto Seguro, Visconde de (Francisco Adolfo Varnhagen). — *Historia Geral do Brasil*. Notas de J. Capistrano de Abreu e Rodolfo Garcia, 5 vols., 3.ª ed. (Tômo I, 4.ª), S. Paulo, s/d. [Pôrto Seguro, *HG*, I, II...]

Regimento e Leys sobre as Missões do Estado do Maranhão e Pará e sobre a Liberdade dos Indios, Lisboa, 1724. [*Regimento das Missões*...com a pág. do ms. auténtico, que possuímos]

Reis, Artur César Ferreira. — *História do Amazonas*, Manaus, 1931. [Artur Reis, *História do Amazonas*...]
— *A Política de Portugal no Vale Amazónico*, Belém, 1940. [Artur Reis, *A Política de Portugal no Vale Amazónico*...]
Revista Brasileira de Geografia, Rio, 1939-1942. Em curso de publicação. [*Rev. Bras. de Geogr*...]
Revista do Instituto do Ceará, 1887-1942, em curso de publicação [*Rev. do Inst. do Ceará*...]
Revista do Instituto Geográfico e Histórico do Amazonas. Em curso de publicação. [*Rev. do Inst. do Amazonas*...]
Revista do Instituto Histórico e Geográfico Brasileiro, Rio, 1838-1942. Em curso de publicação. [*Rev. do Inst. Bras*...]
Revista do Instituto Histórico e Geográfico do Pará. [*Rev. do Inst. do Pará*...]
Revista do Serviço do Património Histórico e Artístico Nacional, Rio. Em curso de publicação. [*Revista do SPHAN*...]
Rocha Pombo, José Francisco da. — *História do Brasil*, 10 vols., Rio, s/d. [Rocha Pombo, *H. do B.*, I, II...]
Rodrigues, Francisco. — *História da Companhia de Jesus na Assistência de Portugal*, Tomos I e II, Pôrto, 1931, 1938. Em curso de publicação. [Rodrigues, *História*, I, II...]
— *A Companhia de Jesus em Portugal e nas Missões*, 2.ª ed., Pôrto, 1935. [Rodrigues, *A Companhia*...]
Sommervogel, Carlos. — *Bibliothèque de la Compagnie de Jésus*, Bruxelas, 1890--1909. [Sommervogel, *Bibl.*...]
Southey, Roberto. — *História do Brasil*, 6 vol., Rio, 1862. [Southey, *H. do B*...]
Studart, Barão de. — *Documentos para a história do Brasil e especialmente a do Ceará*, 4 vol., Fortaleza, 1904-1921. [Studart, *Documentos*, I...]
— *Datas e factos para a história do Ceará*, I — *Ceará Colónia*, Fortaleza, 1896. [Studart, *Datas e factos*, I...]
Varnhagen. — Vd. Pôrto Seguro.
Vieira, António. — *Sermões*, 15 tomos, Lisboa, 1854-1858. [Vieira, *Sermões*, I, II...]
— *Obras inéditas*, 3 tomos, Lisboa, 1856-1857. [Vieira, *Obras inéditas*, I, II...]
— *Obras várias*, 2 tomos, Lisboa, 1856-1857. [Vieira, *Obras várias*, I, II...]
— *Cartas do Padre António Vieira*, coordenadas e anotadas por J. Lúcio de Azevedo, 3 tomos, Coimbra, 1925-1928. [*Cartas de Vieira*, I., II...]
— *Resposta aos Capítulos que deu contra os Religiosos da Companhia em 1662 o Procurador do Maranhão*, em Melo Morais, *Corografia*, IV, 186-253. [Vieira, *Resposta aos Capítulos*...]
— *Memorial de doze propostas, que os Padres Missionários do Estado do Maranhão representão a S. Majestade para ser servido de mandar ver e deferir-lhes, quando lhe pareça que elles voltem para as missões do dito Estado de que ao presente [1684] forão expulsos na cidade de S. Luiz do Maranhão*, em Melo Morais, *Corografia*, IV, 186-201. [Vieira, *Memorial de Doze Propostas*...]

Uma das capelas laterais da Igreja de S. Francisco Xavier do Pará (S. Miguel)

Tôdas com magnífica obra de talha, variando nos lavores de umas para as outras. A clássica *Fénix* das colunas salomónicas parece ir tomando o ar de aves regionais da Amazónia... Os nichos do lado, vazios, tinham suas imagens, no tempo dos Jesuítas.

LIVRO PRIMEIRO

A MAGNA QUESTÃO DA LIBERDADE

S. INÁCIO E S. FRANCISCO DE BORJA

Imagens do tempo dos Jesuítas, recolhidas na sacristia da Igreja de N.ª S.ª da Luz, hoje Catedral do Maranhão.

CAPÍTULO I

António Vieira antes de embarcar para o Norte do Brasil (1608-1652)

1 — Seu nascimento em Lisboa e formação na Baía; 2 — Volta a Lisboa na Embaixada da Restauração e D. João IV escolhe-o para seu conselheiro e prègador; 3 — Embaixadas a França e Holanda e a questão dos Cristãos-novos; 4 — A crise do ano 49 e a sua situação dentro da Companhia; 5 — Resultados positivos da actividade política e diplomática de Vieira; 6 — Embarca para as Missões do Norte do Brasil.

1. — O maior nome da Companhia de Jesus no norte do Brasil é o Padre António Vieira; e anda de tal forma vinculado ao estabelecimento da Companhia nêle, que em vez de se situar a sua actividade ao sabor dos acontecimentos, são os acontecimentos que gravitam à roda de Vieira, como objecto directo da sua vontade, ou como reacção, coeva ou póstuma, a actos que brotaram do seu espírito, como inspirador ou agente.

Vieira é o Jesuíta que mais emparceira, no Brasil, com Nóbrega e Anchieta, na celebridade, e os supera, a êsses e a todos, no campo literário, por ser para a prosa portuguêsa o que é Camões para o verso, motivo a mais para tudo assumir nêle particular relêvo. E bem mal se compreenderia, aliás, o desassombro das suas atitudes missionárias, sem os precedentes da sua vida nos púlpitos, nos conselhos de Estado e nas côrtes da Europa.

António Vieira nasceu em Lisboa, a 6 de Fevereiro de 1608, na rua dos Cónegos, vizinhança da Sé, e baptizou-se nove dias depois [1].

---

1. Dos livros de Baptismo da freguesia da Sé: «Aos 15 dias deste Fevereiro de 608 baptizei eu Jorge Perdigão, cura, a Antonio, filho de Christovão Vieira Ravasco, e da sua mulher Maria de Azevedo. Padrinho é somente Fernão Telles

Filho de Cristóvão Vieira Ravasco, de Santarém, mas de origem alentejana de Moura, era neto de uma serviçal mulata, que trabalhava em casa dos Condes de Unhão, de quem também eram empregados o avô e o pai. O pai, Cristóvão, *moço de câmara*, elevou-se depois, em atenção aos merecimentos do filho, a *fidalgo da Casa Real*.

A mãe, Maria de Azevedo, lisboeta, era filha de Brás Fernandes, armeiro da Casa Real. Brás Fernandes obteve carta de lembrança para um ofício da fazenda ou da justiça, a favor do homem que casasse com a filha. Em virtude dessa «lembrança», Cristóvão Vieira Ravasco alcançou o ofício de escrivão dos agravos e apelações da Relação da Baía, criado em 1609. Neste mesmo ano seguiu para a Baía, deixando mulher e filho em Lisboa, numa casa da freguesia dos Mártires, perto da morada do Conde de Vila-Franca [1]. Maria de Azevedo, piedosa e diligente, acompanhou com amor o primeiro despertar da inteligência do filho, a quem educou e ensinou ela própria os primeiros rudimentos de ler e escrever.

Vieira Ravasco voltou a Lisboa em 1612, onde se demorou dois anos, ao fim dos quais, em 1614, voltou com a família e portanto com o filho para a Baía. É tradição que viveram, ao menos algum tempo, na Rua da Gameleira. Maria de Azevedo continuou a educação do filho, que logo prosseguiu os estudos no Colégio da Companhia de Jesus, afeiçoando-se aos mestres; e não tardou que despontasse, com a convivência de anos, o desejo de ter a mesma vida que êles. Dos passos dela deixou Vieira um *Diário*, hoje perdido, mas que teve presente André de Barros. Nêle indica Vieira o dia 11 de Março de 1623 como o do primeiro movimento eficaz do seu espírito para entrar na Companhia de Jesus. Sentiu-o, ouvindo prègar o Padre Manuel do Couto, o do *Auto de S. Lourenço* [2]. E um mês depois anota:

«Aos 11 de Abril de 1623 me resolvi a ser Religioso, passando junto à igreja de Nossa Senhora da Ajuda» [3]. Faz lembrar S. João Evangelista, naquele outro *Diário*, que é o seu Evangelho, deixando nêle a nota pessoal, da hora exacta em que pela primeira vez falou

---

de Menezes». — Cf. Dom Romualdo António de Seixas, *Breve Memória acêrca da naturalidade do Padre António Vieira*, na Rev. do Inst. Bras., XIX (1856) 26.

1. Lúcio de Azevedo, *História de António Vieira*, I, 11-13.
2. Barros, *Vida do P. Vieira*, 9; Cf. supra, *História*, II, 609-611.
3. Barros, *Vida*, 594.

com o Divino Mestre, que o convidou a entrar na sua própria casa, decidindo-se assim a sua vocação: *"hora erat quasi decima"*...

A casa de Nossa Senhora da Ajuda, ligada dessa forma à vocação de Vieira para a Companhia de Jesus, foi a primeira dos Jesuítas do Brasil, a de Nóbrega, o fundador.

Tomada a resolução, segue-se a execução. Vieira entra no Noviciado a 5 de Maio de 1623. André de Barros acrescenta que Vieira se retirou da casa sem avisar os pais, por conhecer ou temer oposição dêles[1]. Os cronistas antigos gostavam de assinalar, como actos exemplares e meritórios, estas fugas, que a mentalidade moderna reprova. Na realidade, a Companhia exige, se o candidato é de menor idade, prévio consentimento dos pais. Não deixaria de o exigir também nêste caso. E se alguma dúvida houvesse, ter-se-ia resolvido a bem, que não consta persistissem desinteligências entre uns e outros. Reitor do Colégio, era o P. Fernão Cardim, o ilustre autor dos *Tratados da Terra e da Gente do Brasil*, já idoso, mas senhor ainda das suas faculdades, e que faleceu dois anos depois, vindo a constituir o seu necrológio a própria estreia literária de Vieira.

Ia o noviço em meio da sua provação, quando sucedeu a primeira invasão e tomada da Baía pelos Holandeses, a 8-9 de Maio de 1624. Ocupada a cidade e o Colégio, organizou-se a resistência na Aldeia dos Jesuítas do Espírito Santo (Abrantes). Para evitar o estrépito das armas, o Noviciado estabeleceu-se em sítio mais recolhido, na Mata, a Aldeia de S. João, e «como as casas dos Nossos, aqui, não estavam mais que armadas, foi necessário aos Irmãos Noviços, por suas mãos levaram-nas por diante até onde o remédio da necessidade requeria, e aqui com todo o recolhimento possível se conservou a ordem do Noviciado»[2].

Reconquistou-se a cidade em 1625. Cinco dias depois, concluído já o noviciado, emite Vieira, a 6 de Maio, os votos do biénio[3].

Reorganiza-se logo a vida na cidade e no Colégio. E o jovem religioso completa os estudos de letras, que no mesmo Colégio iniciara, alguns anos antes, como simples escolar. Bastou-lhe para isso ano e meio, e parte dêste tempo se deve englobar já com o final do noviciado.

---

1. Barros, *Vida*, 10.
2. *Cartas de Vieira*, I, 22-23.
3. *Cartas de Vieira*, I, 47; Barros, *Vida*, 12.

Pertence a êste ano de 1625 o voto, que fêz, de se dedicar aos Índios:

«De idade de dezassete anos fiz voto de gastar tôda a vida na conversão dos gentios e doutrinar aos novamente convertidos, e para isso me apliquei às duas línguas do Brasil e Angola, que são os gentios e cristãos boçais daquela Província: e porque para êste ministério me não era preciso mais ciência que a doutrina cristã, pedi aos Superiores me tirassem dos estudos». Mas os Superiores não o tiraram; pelo contrário, incluindo o Geral, lhe suspenderam a obrigação do voto, voltando depois Vieira a insistir nêle até o conseguir, indo enfim, para as missões do Maranhão [1].

Vieira iniciou em 1626 a sua carreira de ensino. Durante ela, redigiu o seu primeiro escrito conhecido, que tem a data de 30 de Setembro de 1626, *Ânua da Província do Brasil*, em latim, depois traduzida e retocada por êle próprio, na qual desenvolve admiravelmente os sucessos de 1624 a 1625, em particular a invasão holandesa da Baía, em cuja fase final da reconquista gloriosa, êle, como todos os mais Jesuítas, interveio também pessoalmente [2].

Concluído o magistério, deu-se aos estudos de Filosofia. Diz o Catálogo de Agôsto de 1631: «*Antonius Vieira ex Ulysippone civitate, annorum 23, firma valetudine, admissus Bahyae anno 1623, studuit linguae latinae annos quatuor cum dimidio, eam docuit annos fere tres, nunc dat operam Philosophiae duobus abhinc annis*» [3].

Tirando o grau de Mestre em Artes, começa a Teologia, ordenando-o de sacerdote, na Baía, o Bispo D. Pedro da Silva. Recebeu ordens maiores no espaço de 15 dias: a 26 de Novembro de 1634, a de subdiácono; a 30, a de diácono; e a 10 de Dezembro, a de presbítero [4].

---

1. Vieira, *Obras Inéditas*, I, 49.
2. *Cartas de Vieira*, I, 3-74.
3. *Bras. 5*, 128.
4. Cf. Dom Romualdo António de Seixas, *Breve Memória* na *Rev. do Inst. Bras.*, XIX, 32, com os certificados autênticos dos registos diocesanos, e números de ordem, respectivamente, 7, 29, 31. André de Barros (*Vida*, 18) diz que Vieira recebeu o presbiterato a 13 de Dezembro de 1635, dia de Santa Luzia. Deve haver equívoco no ano e no dia. Mas Santa Luzia bem podia significar, tendo-se ordenado três dias antes, o da missa nova de Vieira, no ano anterior, em 1634.

Por esta reconstituição cronológica, vê-se que Vieira, quando se ordenou, tinha já concluído o segundo ano de Teologia Dogmática e feito o exame de Teologia Moral.

Faltavam-lhe dois meses para completar 27 anos.

Depois, nova luta. Desde 16 de Abril a 29 de Maio de 1638, Maurício de Nassau intentou repetir a façanha holandesa de 1624, sitiando a Baía. A cidade porém, desta vez, estava prevenida e resistiu heroicamente. A retirada inglória do Conde foi o maior desastre militar de sua carreira.

Com isso, a Baía exultou. Inútil repetir que na defesa e no contra-ataque tomaram parte os Jesuítas como tôda a gente, aliás. Entre os que melhor se houveram, Vieira, que estava dentro da cidade, é expressamente nomeado[1]. Quinze dias depois da vitória, na festa de Santo António, e na igreja do mesmo Santo, Vieira prègou um sermão gratulatório, o seu primeiro grande sermão desta campanha contra as armas da Holanda, todo cheio de extraordinário vigor e beleza literária[2].

Vieira tinha revelado inegualáveis dotes oratórios. Manifestando-se agora num momento de entusiasmo patriótico, vitorioso, firmaram-se para sempre os seus créditos; e a oratória iria constituir, e manter, por mais de meio século, o título imediato da sua celebridade.

Prêso mais tarde nos cárceres da Inquisição de Coimbra, Vieira evoca, em dois traços, esta época da sua formação. Acusado de se meter, nas suas elocubrações escriturísticas, em cavalarias mais altas do que permitiam o seu saber e talento, responde modestamente que é verdade, mas que a culpa não é inteiramente sua: «esta culpa, tiveram em parte meus Prelados, os quais de idade de dezassete anos me encomendaram as *Ânuas* da Província, que vão a Roma historiadas na língua latina, e de idade de dezoito anos me fizeram mestre de Primeira, aonde ditei, comentadas, as tragédias de Séneca, de que até então não havia comento; e nos dois anos seguintes comecei um

---

1. Cf. Certificado de D. Pedro da Silva, na Baía, 25 de Janeiro de 1639, Arq. Prov. Port., *Pasta* 188 (10).
2. Vieira, *Sermões*, VII, 306; S. L., *Derrota de Maurício de Nassau no cêrco da Baía*, em *Páginas de História do Brasil*, 238-239, e na *Relação Diária do Cêrco da Baía de 1638* por Pedro Cadena de Vilhasanti, com notas de Manuel Múrias (Lisboa 1941) 13-14. Cf. Pedro Calmon, *Por Brasil e por Portugal* (S. Paulo 1938) 33.

comentário literal e moral sôbre *Josué*, e outro sôbre os *Cantares* de Salomão em cinco sentidos; e indo estudar, de idade de vinte anos, no mesmo tempo compus uma *Filosofia* própria; e passando à Teologia me consentiram os meus Prelados que não tomasse postila, e que eu compusesse por mim as matérias, como com efeito compus, que estão na minha Província, onde de idade de trinta anos fui eleito Mestre de Teologia, que não prossegui por ser mandado a êste Reino na ocasião da Restauração dêle»[1].

2. — Na Restauração de Portugal, de 1 de Dezembro de 1640, o Brasil foi de um lealismo absoluto. O Vice-Rei, Marquês de Montalvão, apressou-se a enviar uma embaixada a Lisboa, ignorando que alguns membros da sua família se comprometeram na causa oposta. Como embaixador enviou o seu próprio filho, Fernando de Mascarenhas. Nela, que partiu da Baía a 27 de Fevereiro de 1641, foram Simão de Vasconcelos, o cronista, e António Vieira. Aquelas manifestações de deslealdade da família Mascarenhas, explicam a hostilidade com que a embaixada foi recebida ao desembarcar em Peniche, a 28 de Abril, salvando-a o Conde de Atouguia, governador da Praça:

«Aos 28 de 641 chegamos a Peniche, onde quiseram matar ao Marechal, aos 29 de 641 me quiseram matar e me prenderam; e parti para Lisboa aos 30 de 641; cheguei a Lisboa e vi a S. Majestade»[2].

Historicamente é esta a primeira prisão de Vieira; a vista, logo a seguir, de El-Rei D. João IV, quebrou essas cadeias e criou outras, de amizade pessoal, indissolúvel, até à morte de António Vieira, pois permaneceu intacta, e mais viva pela saùdade, ainda depois da morte do Rei Restaurador.

Oito meses depois de chegar a Lisboa, Vieira pronunciou, a 1 de Janeiro de 1642, o seu primeiro sermão na Capela Real[3]. Reve-

---

1. Vieira, *Obras inéditas*, I (Lisboa 1856) 43. Vieira arredonda aqui os anos, para 20, quando começou os estudos de Filosofia, e talvez os iniciasse já no terceiro ano de magistério, dadas as circunstâncias especiais em que êle-próprio diz os realizou. Oficialmente, segundo o Catálogo, só se começou a contar o tempo da Filosofia a partir de 1629.

2. Barros, *Vida*, 20; Lúcio de Azevedo, *H. de A. V.*, I, 11; Pôrto Seguro, *HG*, II, 394, e nota de Rodolfo Garcia.

3. Barros, *Vida*, 21.

lou-se arauto do sebastianismo, enfileirando porém não entre os «daquela seita ou desesperação dos que esperavam por El-Rei D. Sebastião, de gloriosa e lamentável memória», mas entre os que, não sabendo esperar, «souberam amar, e com muita ventura: que talvez buscando a um rei morto, se veem a encontrar com um rei vivo». E logo também, desde êste primeiro sermão, alude à reconquista das terras ultramarinas, e à formação do *Quinto Império*...

A lucidez do seu espírito, o ardor patriótico, a beleza da sua elocução, maravilhou a todos. Quando Vieira desceu do púlpito estava sagrado o orador da Restauração. Nem tardou que o fôsse como que oficialmente, nomeando-o depois D. João IV seu prègador.

Com tal aceitação ficou prejudicada a sua volta ao Brasil, para onde devia tornar concluída a missão gratulatória que o levara a Lisboa. Ficando na côrte, prègador régio, amigo e conselheiro de El-Rei, ia-se associar durante um decénio a todos os sucessos políticos do Reino, nos quais Vieira deu sempre provas de dedicação sem limites, antepondo-a algumas vezes às obrigações do seu próprio estado, acarretando emulações, despeitos e reacções que vieram a pôr em risco a sua permanência na Companhia, não por deficiência do seu ânimo, mas por imposições externas dos Superiores. Felizmente Vieira manteve sempre viva a chama do amor à vocação, e D. João IV, intervindo, evitou o desaire não só a Vieira, mas à mesma Companhia, que o seria inevitavelmente, a saída dela, de um homem, que constitue hoje, um dos grandes elementos do seu renome.

Vieira desde 1643 declarou-se abertamente a favor dos Cristãos-novos. O caso era melindroso, porque entrava nêle a alçada da Inquisição. Entre a instituição do Santo Ofício e a Companhia de Jesus nunca houve relações de amizade. Mútuo respeito sim, e uma ou outra vez alguma dissidência. E se algum Jesuíta aceitou cargo nela, aliás secundário, foi sempre por imposição de pessoas estranhas à Companhia, a quem não era fácil recusar. O Cardeal D. Veríssimo ordenou fôssem comissários do Santo Ofício os Reitores do Maranhão e Pará, que dêstes nos ocupamos nêste tômo. Logo no Maranhão em 1688 ficou o Padre Bettendorff, ainda que o Geral sempre reagia desfavoravelmente. O primeiro comissário foi o Padre Manuel de Lima, que em 1653 chegou com Vieira. Outros ocuparam êsse cargo. E como o desempenharam? Diga-o Lúcio de Azevedo com a sua competência especial nêste assunto de cristãos-novos: «O Santo Ofício tinha seu representante quási sempre algum sócio da Companhia de

Jesus. Não se nos depara porém lembrança de qualquer acto de opressiva justiça, dêste tribunal. Os homens de nação, raros, ao que se pode coligir, dessa imunidade, viviam ali tranquilamente, e, com a sua petulância habitual, logravam tomar assento nas Câmaras a par das pessoas nobres e mais qualificadas»[1].

O estudo sereno do assunto, hoje que se pode falar livremente, mostra que da parte da Companhia havia reserva respeitosa, jamais simpatia declarada. Alguns interpretam o facto como efeito de rivalidades e predomínio no campo religioso. Talvez, tão subtil é a questão. A necessidade de coesão das diversas famílias religiosas impõe a cada uma a obrigação de amar o próprio espírito, que, sendo em tôdas católico, se manifesta de diversas formas, numa variedade que reproduz a própria universalidade divina. Aliás é uma lei geral que se aplica a todos os agrupamentos, a cada paróquia, a cada diocese, a cada instituição, a cada universidade ou grupo. Cada qual ama o que conhece melhor e tem mesmo obrigação de amar mais a sua própria instituição, sem que êste amor implique desamor pelas outras paróquias ou dioceses ou instituições ou grupos, ainda que possa haver, pelo paralelismo de actividades ou vizinhança, diferenças ou até oposições. É, foi e será sempre da história, variando simplesmente o género de grupos. O que importa realmente é que nestas naturalíssimas emulações e debates, dentro da liberdade que Deus e a Igreja dá aos seus filhos, se salve sempre a caridade. Não se salvou sempre, nem se salva ainda hoje, em debates desta natureza. É humano.

Sem mais, pois não discutimos ideias, mas historiamos factos, o facto é que Vieira em 1643, redigiu uma *Proposta feita a El-Rei D. João IV, em que lhe representava o miserável estado do Reino e a necessidade que tinha de admitir os Judeus mercadores que andavam por diversas partes da Europa*.

Convimos que é um escrito ousado. Nada continha porém directamente contra o Santo Ofício, apenas se menciona o temor que os mercadores, que haviam de voltar a Portugal, tinham das culpas de que eram acusados ou de virem a ser julgadas em Portugal as causas da fé. Para dissipar êsses temores, Vieira apelava para os estilos de Itália e do próprio Pontífice. A ousadia de Vieira estava sobretudo em arrostar com o «sentimento por assim dizer unânime da

---

1. Lúcio de Azevedo, *Os Jesuítas no Grão-Pará*, 175.

nação»[1]. Trinta anos depois, e ainda por sugestão de Vieira, tratou-se de favorecer os cristãos-novos para a organização da *Companhia de Comércio das Indias Ocidentais*. Votaram contra, a Universidade de Coimbra, o Episcopado, e, nas Côrtes, o Clero e o Povo e, depois de alguma hesitação, a Nobreza. Só a Universidade de Évora, da Companhia de Jesus, votou a favor[2].

A parte positiva, daquela *Proposta* de Vieira de 1643, era o desenvolvimento do comércio e da riqueza nacional. Nela surge, pela primeira vez em Portugal, a idéia das *Companhias de Comércio*, idéia que seis anos depois havia finalmente de triunfar, na Companhia de Comércio do Brasil, com proveito para a nação e para a reconquista de Pernambuco.

Mas a *Proposta*, que devia ficar secreta, publicou-se. E foi um assombro geral, incluindo o de alguns Jesuítas, que temiam complicações com a Inquisição e não achavam bem que Vieira se metesse em assuntos dessa natureza, que reputavam alheios ao seu Instituto. Pensou-se em infligir a Vieira algum castigo sério, talvez em impor-lhe a volta ao Brasil. Atalhou a isso El-Rei, que escreveu ao Provincial:

«*Padre António Mascarenhas*: — Eu El-Rei vos envio muito saudar. O Padre António Vieira fêz um papel em que me represensentava alguns meios em ordem à conservação dêste reino; e ainda que foi conveniente recolher-se, por se haver publicado (pôsto que sem culpa sua) contra o que pedia a importância da matéria e o segrêdo dela, eu me não houve por desservido do seu zêlo; e assim quero que o tenhais entendido, e que me haverei por bem servido de que por esta causa não padeça vexação, e vo-lo encomendo assim o mais apertadamente que posso, e encarreguei-lhe fizesse uma *Política para o Príncipe*: ordenareis que se lhe dê tôda a comodidade necessária para esta obra. Escrita em Lisboa a 6 de Setembro de 1644. — Rei»[3].

Aquela *Política para o Príncipe*, que Vieira nunca escreveu, deve ter sido simples pretexto para autorizar Vieira e justificar a sua permanência em Portugal. E para ainda mais o autorizar, parece que foi nesta ocasião que D. João IV o nomeou *Prègador Régio*.

---

1. Lúcio de Azevedo, *H. de A. V.*, I, 83; Id., *História dos Christãos novos Portugueses* (Lisboa 1921) 244-247.
2. Hernani Cidade, *Padre António Vieira*, I, 129-131.
3. Lúcio de Azevedo, *H. de A. V.*, I, 91.

Vieira continuou pois em Lisboa e a ser consultado, tanto nas coisas da guerra como nas da paz, e as ia aconselhando com o seu espírito dúctil, que não se prendia com idéias feitas, nem mesmo com as suas próprias, e arremetia e clamava, segundo as circunstâncias do momento pedissem ou para onde visse mais inclinado o Rei. Apoiava e defendia em público as opiniões que sabia serem as de El-Rei, pelo trato pessoal, directo e diuturno com êle, e buscava sempre, nos seus escritos e nos seus sermões, «argumentação tendente a exaltar o patriotismo e a inspirar confiança na vitória. *Êle era verdadeiramente o tribuno das ocasiões de guerra*»[1].

3. — Entretanto, a questão dos Holandeses no Brasil permanecia em aberto e importava dar-lhe solução. El-Rei estava convencido de que Portugal não poderia sustentar luta simultânea com a Espanha e a Holanda. Convinha acima de tudo garantir a independência pátria e a vitória contra Castela. E seria impossível, sem a paz prévia com a Holanda que, de inimiga poderia talvez transformar-se em aliada. Comprar-se Pernambuco, ou se se não pudesse comprar, ceder-se. Assegurada a independência, Pernambuco, poderia reconquistar-se . . . Tratou-se a princípio da primeira solução. O caso havia de ser ventilado em Paris e na Haia, onde era embaixador Francisco de Sousa Coutinho. Para tratar directamente do caso, e pelo conhecimento que tinha do Brasil, El-Rei enviou como embaixador seu, particular, ao P. António Vieira.

Antes de ir, fêz Vieira a sua profissão solene de 4 votos em S. Roque, em mãos de Francisco Valente, no dia 21 de Janeiro de 1646[2].

Onze dias depois, a 1 de Fevereiro, embarcou em Lisboa. A 8 de Março estava na Rochela, dali seguiu para Paris, e, com várias pa-

---

1. Lúcio de Azevedo, *H. de A. V.*, I, 94.
2. *Lus.* 6, 124-125. Há sôbre êste acto da vida de Vieira grande diversidade nos autores. Andreoni na sua carta-necrológio, de 20 de Julho de 1697, dá 25 de Maio de 1644 e para ela se inclina Lúcio de Azevedo (*H. de A. V.*, I, 87). Os catálogos da Prov. do Brasil dão 1645 e para esta data se inclina Francisco Rodrigues (*O P. António Vieira, Contradições e aplausos*, na *Revista de História*, XI (1922) 89. Por nossa vez não temos dúvida em aceitar o verbete romano, de 21 de Janeiro de 1646. Teríamos em todo o caso pedido confirmação, se a guerra actual não impedisse a comunicação com Roma (escrevemos no Rio de Janeiro, em 1942). A profissão, em circunstâncias normais devia ter sido emitida em 1640, 17 anos depois da entrada na Companhia.

ragens, chegou à Haia a 18 de Abril¹. Avistou-se com as comunidades hebraicas. Mais uma vez o seu espírito se manifestou abertamente a favor da estada dos Judeus em Portugal e contra os estilos da Inquisição, que deviam moldar-se pelos processos comuns, civis, tudo às claras. E alguma vez o disse diante de Fr. António de Serpa, qualificador do Santo Ofício, que o denunciou depois, a 22 de Outubro de 1649².

Vieira dispôs favoràvelmente os financeiros israelitas para ajudarem a causa de Portugal. Todavia o fim da viagem ficou prejudicado, porque o motor secreto dêste movimento na Haia, Gaspar Dias Ferreira, foi descoberto, e prêso e faltaram recursos para na própria Haia mover os fios do movimento. E o levantamento de Pernambuco fêz suspeitar aos Holandeses que a política portuguesa tinha dupla face, e que o levante era obra de agentes de D. João IV.

Ficando as coisas indecisas na Holanda, D. João IV voltou-se para a França. Para assegurar a independência pátria, o Restaurador não hesitaria em abdicar a favor de seu filho, o príncipe D. Teodósio, propondo casamento a Mademoiselle de Montpensier, filha do Duque de Orleans. Realizado êle, seriam proclamados reis, sob a regência do Duque. D. João IV iria ser Rei do Brasil, que assim se separaria de Portugal. António Vieira foi incumbido de propor confidencialmente êste negócio a Ana de Áustria e Mazarini. Tornou a embarcar em Lisboa a 13 de Agôsto de 1647 com destino ao Havre. Caindo em mãos de corsários, foi conduzido a Douvres. Estêve em Londres. E só a 11 de Outubro chegou a Paris. António Vieira logo falou com Ana de Áustria e Mazarini. O Ministro da França não acreditou na proposta de D. João IV nem que êle estivesse disposto a abdicar, como realmente não estava...

Continuava pois sem solução a questão de Holanda. Tôda ela consistia em evitar a guerra. Quanto a Pernambuco, ponto nevrálgico da questão, as soluções então visíveis eram apenas duas: ou compra ou entrega. Correspondendo a estas preocupações, a convite de El-Rei, Vieira redigiu dois pareceres: *Parecer sôbre a compra de Pernambuco aos Holandeses*, 14 de Março de 1647³; e, se a compra se não pudesse efectuar, a entrega: *Papel que fêz o Padre Vieira a favor da entrega de*

---

1. Barros, *Vida*, 29.
2. Cf. Lúcio de Azevedo, *H. de A. V.*, I, 99-100.
3. Vieira, *Obras Várias*, I, 157-176.

Pernambuco aos Holandeses[1]. Escrito já em fins de 1648, é o célebre *Papel Forte*, qualificativo que lhe deu D. João IV, cuja iniciativa muitos atribuem a Vieira sem fundamento. E quási ninguém repara que o *Papel Forte* propunha medida transitória de salvação pública, para assegurar antes de tudo, a independência da cabeça da monarquia, sem cuja conservação redundaria inútil tudo o mais; e que na conclusão, expressamente se reserva «*o que agora queríamos fazer aos Holandeses, para tempo mais oportuno, em que não só lhes tornaremos a tomar o que agora lhes restituímos, mas tudo o que injustamente possuem nas nossas conquistas*»[2].

De volta da Holanda, Vieira tomou pé em Lisboa a 15 de Outubro de 1648. Esperava-o grave campanha em que teria contra si a Inquisição, os políticos e os próprios Superiores maiores da Companhia.

Vestido como ainda estava à secular, fato de grã escarlate, espada e bigode (não poderia andar de outra maneira, nos países hereges, Inglaterra e Holanda), foi falar a El-Rei a Alcântara. Êste traje de Vieira constitue uma das denúncias à Inquisição contra êle. Outras denúncias se fizeram das suas actividades e relações com os hebreus de Holanda e das suas polémicas e controvérsias, atrevendo-se um denunciante, Fr. Manuel Alves Carrilho, «a dizer que chegou a ter casamento contratado com uma hebreia rica de Amsterdam». Comenta Lúcio de Azevedo: «Calúnia evidente, mas que em suma não era mais que a imagem das suas imprudências, através do prisma da aversão. Não se cuide todavia que oferece Vieira, quanto a costumes, alvo a censura. A continência foi sempre virtude altamente prezada dos Jesuítas e raras vezes os mais ásperos adversários da Ordem lhes encontraram falha nêste particular. A Vieira, com tantos e tão encarniçados inimigos, nenhum lhe exprobou jamais acto impuro, a não ser um sicofante sem autoridade no Maranhão, que, chamado à prova, miseravelmente se desdisse»[3].

Aludimos a estas denúncias, porque, elas vão explicar, em parte a atitude dos Superiores da Companhia para com Vieira. Não segui-

---

[1]. Vieira, *Obras Inéditas*, III (Lisboa 1857) 5-59. Sôbre a invasão holandesa em Pernambuco, e do que nela obraram os Jesuítas, trataremos em Tômo futuro, quando o prosseguimento lógico desta história a êle nos reconduzir.

[2]. Vieira, *Obras Inéditas*, III, 59; Cf. Afrânio Peixoto, *História do Brasil* (Porto 1940) 120.

[3]. Lúcio de Azevedo, *H. de A .V.*, 139.

remos porém todos estes pormenores, compreensíveis numa biografia autónoma, não em uma História geral. Aliás Lúcio de Azevedo, nesta parte, sendo assuntos puramente seculares e políticos, penetrou bem o âmago dêles e os descreve com exactidão e perspicácia.

Acrescentamos porém uma observação que nos parece elucidar a tendência profetizante de Vieira. As discussões com os Rabinos de Holanda, se despertaram no Jesuíta o desejo de os refutar, e para isso escreveu o *De regno Christi in terris consummato* ou *Clavis Prophetarum*, devem ter influído também para lhe confirmar o gôsto pelas interpretações proféticas, entre as quais sobressairiam *Esperanças de Portugal*, escrito nas margens do Amazonas, que tão caro lhe iriam custar na Inquisição. Dizemos *confirmar*, porque já desde 1642 Vieira insinuava a doutrina do Quinto Império...

4. — Com isto chegamos a 1649, ano de crise. Os nove anteriores, tão cheios de controvérsias, negócios públicos, defesa de cristãos-novos, e com o incontestável e ininterrupto prestígio da amizade de D. João IV, tinham concitado contra Vieira muitas invejas, que em alguns casos degeneraram em ódio manifesto, como provam as denúncias. A estas causas externas veio unir-se outra de carácter interno. Alguns Padres da Companhia, alentejanos, cuidaram que a parte sul de Portugal poderia constituir, dentro da organização geral da Companhia de Jesus, uma Província, por si só, com o nome de Província do Alentejo. Manifestaram tal desejo a D. João IV, o qual, como alentejano, abraçou logo a idéia e se revelou protector dela, intransigente. Vieira enfileirou com os Alentejanos. Os Superiores da Província acharam inoportuna a divisão, e a maneira, como a promoviam, irregular. O caso foi a Roma, e o Padre Geral manifestou-se também contra a divisão.

Vieira, mais influente com D. João IV, era o mais visado, e recaiam sôbre êle acusações de fomentar a intromissão de El-Rei em assuntos de regime interno da Companhia, da alçada puramente dos Superiores[1].

---

1. João Francisco Lisboa escreve que Vieira insinuou a El-Rei a "divisão e multiplicação das diversas províncias da Companhia em Portugal e no *Brasil*, tornando-as independentes umas das outras, *talvez* na idéia de colocar-se na direcção suprema de alguma delas, já que para as governar a tôdas encontraria maiores obstaculos" (*Obras*, IV, *Vida do Padre António Vieira* (Lisboa 1901) 350). João Lisboa naquele *talvez* insinua uma falsidade em que Vieira nunca pensou: e

Com esta displicência, iam para Roma informações sôbre o procedimento pessoal de Vieira, as suas faltas de observância, e implicância em negócios seculares, chegando alguns Padres, a denunciá-lo, à Inquisição, de que trouxera do estrangeiro e guardava consigo livros proibidos. (O facto era exacto, mas Vieira tinha licença, sem se sentir obrigado a publicar pelas esquinas as licenças que tinha, como êle próprio diz, defendendo-se). O P. Geral tomando tudo em conjunto, e não esquecendo que a atitude de Vieira, a respeito dos cristãos-novos, dificultava as relações da Companhia com o Santo Ofício, determinou despedi-lo, dando ordens apertadas em carta, dos primeiros meses de 1649, ao Provincial de Portugal, Pedro da Rocha. O Provincial, sabendo a amizade pessoal de El-Rei ao P. Vieira, antes de dar nenhum passo, fêz que El-Rei tivesse conhecimento dessa resolução. D. João IV ordenou se sobrestivesse no assunto; e foi o próprio Rei quem participou a Vieira a ordem do Geral, recusando-se a tratar do caso com mais ninguém, sentindo-se êle também atingido nessa medida contra Vieira, cujos motivos, para a despedida, El-Rei considerava serviço seu e do Reino.

Vieira, que nos seus escritos se viu obrigado, em defesa própria, a baixar a minudências íntimas da sua vida, não fala nunca dêste caso, nem do que se passou entre êle e El-Rei. Todavia numa carta, de Roma, em 1671, a D. Rodrigo de Meneses, tem uma frase que explica o que André de Barros lhe atribue noutra ocasião, mas que deve ser esta de 1649, pois só desta há documentos positivos de que na Companhia se tratou de o despedir. Barros diz que El-Rei lhe ofereceu uma mitra, por intermédio do seu secretário do Estado, e que Vieira respondeu: «Que não tinha Sua Magestade tantas mitras em tôda a sua Monarquia pelas quais êle houvesse de trocar a pobre roupeta da Companhia de Jesus; e que se chegasse a ser tão grande a sua desgraça, que a Companhia o despedisse, da parte de fóra de suas portas se não apartaria jamais, perseverando em pedir ser outra vez admitido nela, senão para Religioso, ao menos para servo dos que o eram»[1].

A frase do biógrafo é perfeitamente plausível e a consideramos transposição desta outra de Vieira, autêntica, a D. Rodrigo de Meneses:

---

pela forma como generaliza para Províncias de Portugal e Brasil, o que era simplesmente dentro de Portugal com a formação da Província do Alentejo, dá mostra das inexactidões em que incorre com demasiada freqüência.

1. Barros, *Vida*, 25.

«a *mercê*, que me quiseram fazer e me siginificaram por muitas vezes, tem muitas testemunhas entre os mortos, e pode ser que ainda vivam alguns, que por seu mandato me quiseram persuadir a que a aceitasse, que também sabem quanto estimo mais o canto da minha cela que qualquer outro lugar dos que mais estima o mundo»[1].

Não querendo Vieira sair da Companhia, nem aceitar mercês para si, fê-las El-Rei a seus parentes, declarando expressamente que o fazia «em consideração do cuidado e zêlo, com que o Padre António Vieira, da Companhia de Jesus, e seu prègador, se empregou sempre nas coisas de seu serviço, de que por várias vezes foi encarregado, e satisfação que em tôdas as ocasiões deu do que se lhe encarregou, e assim a vontade com que de presente se dispôs para o serviço da jornada a que agora é mandado»[2].

O novo serviço a que Vieira era agora mandado por D. João IV, e para o qual embarcou em Lisboa a 8 de Janeiro de 1650[3], era uma embaixada a Roma, com dois fins: promover comoções políticas em Nápoles, para «inquietar e divertir consideravelmente o Rei de Castela»; e sondar a possibilidade do casamento do Príncipe D. Teodósio com a herdeira de Espanha. O primeiro intento devia ser executado por outrem, que não convinham tais andanças a um Religioso; o segundo, que parecia uma contradição, reavivando a questão ibérica, tinha uma cláusula que o justificava aos olhos de El-Rei e dos que o aconselharam, e do próprio Vieira, ao incumbir-se do negócio, segundo aquilo de que onde estivesse a capital estaria a preponderância:

«Agora, explicou Vieira, me consintam os Portugueses que lhes tire uma espinha da garganta. Porque estão notando a El-Rei de que quisesse neste contrato desfazer o que tinha feito e tornar a unir o que tinha desunido. Mas é porque até agora calei uma cláusula do projecto, sem a qual eu também não havia de aceitar a comissão. A cláusula é que no tal caso a cabeça da monarquia havia de ser Lisboa;

---

1. *Cartas de Vieira*, II, 343.
2. As mercês eram: ao pai, Cristóvão Vieira Ravasco, «fôro de fidalgo com moradia ordinária»; ao irmão, Bernardo Vieira Ravasco, que o cargo que tem, por três anos, de Secretário do Estado do Brasil, «o sirva sem limitação de tempo»; à irmã, D. Maria de Azevedo, «o hábito de Cristo para quem com ela casar, com setenta mil réis de renda»; e para os seus três cunhados «lembrança» para futuros acrescentamentos: Portaria de 17 de Dezembro de 1694, Lúcio de Azevedo, *H. de A. V.*, I, 173-174.
3. Lúcio de Azevedo, *H. de A. V.*, I, 175.

e dêste modo se conseguia para o nosso partido a segurança, e para o govêrno da monarquia a emenda»[1].

Ao Duque do Infantado, embaixador de Castela em Roma, não sorriu o projecto e mandou notificar ao P. Geral, que fizesse sair de Roma o P. António Vieira, senão que o mandaria assassinar. Já de outras vezes os representantes portugueses em Roma se tiveram que defender com armas na mão de assaltos partidos da Embaixada de Espanha. Vieira que nem sequer usava já o seu espadim de gentil--homem como nos países protestantes (em Roma bastava-lhe a sua roupeta), retirou-se nesse mesmo ano de 1650, e nisso ficou a embaixada[2].

Em Roma teve o P. Vieira ocasião de falar ao Geral sôbre a sua situação na Companhia. Não nos ficaram ecos alguns do que se tratou. Nas cartas dos Superiores, de Lisboa para o Geral, há alguns anteriores, mas já de época em que o Provincial achava relutância em El-Rei e mesmo já depois que o soberano determinara enviá-lo a Roma.

Escreve o Provincial, Pedro da Rocha, a 31 de Dezembro de 1649: «a resposta que tive de Sua Majestade acêrca do que lhe mandei dizer do Padre António Vieira haver de buscar Religião, foi que sobrestivesse e suspendesse a coisa, e que êle me mandaria resposta; não ma mandando, a procurei pelo P. João Nunes, confessor da Rainha nossa senhora, porém atègora não pude alcançar outra resposta. O Padre António Vieira mandei chamar outra vez, sabendo que já tinha notícia, por meio de Sua Majestade, da ordem que havia em buscar Religião, e lhe disse que sua Paternidade sabia por via de Sua Majestade a ordem que havia de Roma, que eu não executava conforme o que sua Majestade me mandava dizer que suspendesse, mas que o avisava para que tivesse notícia de tudo, e depois se não achasse enganado, pois ia a Roma aos negócios a que Sua Majestade o mandava. A isto me respondeu que êle não queria saber nada, e que não tinha culpas, e que obrasse cá como me parecesse justiça. Como Sua Majestade me tinha mandado suspendesse a coisa, pareceu que não devia proceder mais por diante, para que Sua Majestade não tivesse oca-

---

1. Vieira, *Sermões* (ed. *princeps*) XI, 493.
2. Cf. "Instrução que deu El-Rei D. João 4º ao P. António Vieira para seguir nos negócios a que foi a Roma, 11 de Dezembro de 1649" e "Carta de D. João 4º para o P. António Vieira, de 16 de Abril de 1650", BNL, fg. 1461, 98v-106v, em Lúcio de Azevedo, *H. de A. V.*, I, 372-382; Barros, *Vida*, 43.

sião de mais sentimento, porque o tinha mostrado muito com o aviso que se lhe deu de Nosso Reverendo Padre Geral, cuja carta li ao Padre João Nunes para que pudesse praticar a Sua Majestade quão apertada vinha esta ordem, como fêz; o que eu não pude fazer em pessoa por Sua Majestade me não dar licença para lhe falar. Dizem-me que o Padre Vieira está muito arrependido de se meter nestas coisas da divisão e que está com grandes propósitos de se retirar de negócios; êle está mui acreditado nesta terra em matéria de pulpito. Sua Majestade lhe é muito afeiçoado; quando fala comigo se mostra mui sujeito e assim se deve mostrar lá a Sua Paternidade. Se se pudesse ganhar êste sujeito, seria bom. Vossa Paternidade julgará o que mais convem... Vai também o P. Luiz Pessoa, por Sua Majestade me mandar dizer que era necessário para acompanhar o P. António Vieira; devia ser pelo mesmo Padre Vieira o pedir. Quando acabo de escrever esta, são já 31 de Dezembro»[1]...

Denotando menos simpatia é a carta do P. António Barradas, Prepósito da Casa de S. Roque, ao P. Nuno da Cunha, Assistente de Portugal em Roma:

«Sôbre o Padre Vieira deve escrever largo o Padre Provincial as razões que houve para se não executar o que Sua Paternidade ordenava, e o que se fêz com El-Rei e El-Rei com o P. João Nunes. O certo é que o respeito de Sua Majestade sobresteve no tempo da execução. E esta lhe causou agora o dar-se-lhe o aviso, que se lhe deu, para que Sua Majestade soubesse o estado do Padre e visse se lhe estava bem ir êle a seus negócios. Porém Sua Majestade cuida que êle é o 1º homem do mundo, e um dia dêstes o teve no Conselho de Estado, pôsto que se diz não votou. Dizem mais que Sua Majestade lhe ofereceu por vezes que saísse da Companhia e lhe faria tantos e quantos, e agora lhe deu grandes despachos para seu pai, irmãos e cunhados etc.; porém que o Padre não quer mais que viver e morrer na Companhia. Mais dizem que vai muito arrependido de se ter metido nestas divisões, mas que não se há-de meter mais, que nisso o metia Paulo da Costa seu mestre, que Deus já levou[2]... Também

---

1. Gesù, Maço 52, cf. Francisco Rodrigues, *O P. António Vieira, Contradições e aplausos*, na *Rev. de História*, XI (1922) 89-91.

2. Do mestre de Vieira diz o Catálogo de 1646, o último em que aparece, então em Lisboa: "P. Paulo da Costa (sénior), do Rio de Janeiro, 50 anos, boa saúde. Entrou na Baía em 617. Estudou Latinidade 3 anos, e 3 Filosofia em que

dizem que se não há de meter mais nos negócios dos cristãos-novos com o fisco contra a Inquisição. Queira Deus que assim seja, e que nos não ganhe mais ódio com êste Santo Tribunal do que nos tem ganhado, que foi grande »¹ . . .

A alusão final aos cristãos-novos e ao ódio da Inquisição provinha de que êsse mesmo ano de 1649 foi assinalado pelo maior triunfo de Vieira na sua carreira política: a 6 de Fevereiro de 1649 criou-se a *Companhia de Comércio*, que Vieira preconizara anos antes; e, para ela se organizar, no mesmo Alvará, se isentavam do confisco os cristãos-novos². A Companhia do Comércio prestou grandes serviços e ajudou à reconquista de Pernambuco; a questão dos cristãos-novos ainda deu ocasião a debates. O ajuste de contas da Inquisição com Vieira ficou adiado para quando lhe faltasse o apôio do Rei Restaurador. . .

O ano de 1649, que foi para Vieira de crise na sua vida interna da Companhia, marca na sua vida política, o apogeu; a ida a Roma, resolvida nesse ano e realizada no seguinte, é como o seu epílogo. Tudo o mais nessa matéria, nos anos seguintes são meros episódios. E com êle se pode dar por terminada a carreira diplomática de Vieira. Como se sabe o século XVII foi o da criação da diplomacia no sentido moderno. Na contribuição portuguesa para êsse movimento, avulta o nome do P. António Vieira. Fechada a carreira, ia seguir novo rumo a sua vida. É ainda dêsse ano, célebre para Vieira, a Carta Régia ao Provincial do Brasil, que envie missionários para o Maranhão, onde os únicos três que lá estavam, tinham sido trucidados pelos Índios³. Talvez o P. Vieira pensasse já um instante que, em vez de ir à Embaixada de Roma, lhe conviesse mais ir para a Missão. Entretanto, demorou-se tanto o envio de missionários do Brasil, que havia de coincidir com a sua própria ida.

é Mestre, Teologia mais de 3. Ensinou Humanidades 3 anos, outros tantos Filosofia, e Teologia mais de dois. Foi sócio do mestre de noviços cêrca de um ano. Sabe a língua brasílica. Professo de 4 votos desde 638. Prègador ». *Lê-se à margem:* « Procuratura em Lisboa » (*Bras. 5*, 166v). Houve outro P. Paulo da Costa (Júnior) também procurador em Lisboa e que ali chegou em 1659 (Bett., *Crónica*, 150).

1. Gesù, Carta de 30 de Dezembro de 1649, em Francisco Rodrigues, *op. cit.*
2. J. J. de Andrade e Silva, *Collecção Chronológica da Legislação Portuguesa*, VIII, 27-29; Rodolfo Garcia em *HG.*, II, 201; Pedro Calmon, *História do Brasil*, II, 243.
3. Cf. Morais, *História*, 238-239.

5. — Antes, porém, de o estudarmos de perto na Missão, como objecto mais directo da nossa história, recopilemos, com o próprio Vieira, os rasgos mais salientes da sua actividade política e diplomática.

Vieira nem sempre viu coroados de êxito os negócios de que o encarregaram. E damos graças a Deus! Alguns, se no momento pareciam oportunos, as circunstâncias revelaram que houve outros melhores, como o caso de Pernambuco; mas há quem exagere, negando-lhe qualquer êxito. Vieira em defesa própria enumera alguns dos seus serviços à Pátria. Abstraindo do encarecimento próprio de quem se defende, ainda nêles fica muito de positivo. Escreve em 1689 ao Conde de Ericeira:

Excelentíssimo Senhor: — Como religioso, e também sem êste respeito, antes quero padecer com silêncio, que defender-me com apologias; contudo, como na carta que Vossa Excelência me fêz mercê escrever em 3 de Abril de 1678, entre as outras excelentes virtudes que nela venero, como aquela que Vossa Excelência chama sinceridade, me ordena Vossa Excelência diga o de que poderia estar queixoso na *História de Portugal Restaurado*, respondendo com a mesma sinceridade, digo que não pude deixar de estranhar na dita *História* a folhas 633, as palavras seguintes:

«*E para que os negócios pudessem tomar melhor forma, depois de várias conferências que houve entre os maiores ministros, mandou S. M. a França o Padre António Vieira, da Companhia de Jesus, sujeito em que concorriam tôdas as partes necessárias para ser contado pelo maior prègador do seu tempo: porém, como o seu juízo era superior, e não igual, aos negócios, muitas vezes se lhe desvaneceram, por querer tratá-los mais subtilmente do que os compreendiam os príncipes e ministros com quem comunicou muitos de grande importância*».

Primeiramente admirei nesta sentença não ter matéria alguma sôbre que caísse; porque, se precedera a narração de algum negócio proposto por mim, que El-Rei e os seus ministros não percebessem, ou quando menos se tivesse desvanecido (ainda que não bastava ser um para se dizer *muitas vezes* e para que a proposição fôsse universal), dêste caso se poderia tomar ocasião para se estender a muitos o que se afirma. Mas é certo que Vossa Senhoria, nêle foi informado por quem não sabia, nem soube, nem podia saber, o motivo por que El-Rei me mandou naquela ocasião a França, e daí a Holanda.

O fundamento e fim, por que Sua Majestade me mandou a estas duas côrtes, foi porque não estava satisfeito dos avisos pouco coerentes, que lhe faziam os dois embaixadores de França e Holanda, e quis que eu, em uma e outra parte, me informasse do estado de nossas coisas com tôda a certeza, sinceridade e desengano, o que os embaixadores não faziam, querendo, com bom zêlo, antes agradar que entristecer, que era a moeda que então corria, tão falsa como perigosa. De onde também se convence que a minha jornada não foi tratada em conferência dos ministros, como acima se diz, pois Sua Majestade não comunicou o seu intento a outra pessoa mais que a mim; e, como não levei a meu cargo negócio algum mais que a dita informação, a qual sómente fiz com as cautelas necessárias, e logo tornei para Portugal a informar de bôca a Sua Majestade: sôbre que desvanecimento dos meus negócios podia caber aquela proposição universal, metida, como ali se vê, entre os três navios do Varejão mandados a França, e a partida do Duque de Guisa para Nápoles?

Supôsto, pois, que nem dêste lugar, nem de algum outro da mesma *História* consta que eu propusesse negócio que se me desvanecesse, há-de me dar licença Vossa Excelência para que, discorrendo por êles, demonstre o contrário.

O primeiro negócio que propus a Sua Majestade, pouco depois da sua feliz aclamação e restauração, foi: que em Portugal, à imitação de Holanda, se levantassem duas companhias mercantis, uma oriental, e outra ocidental, para que, sem empenho algum da real fazenda, por meio da primeira se conservasse o comércio da Índia, e por meio da segunda o do Brasil, trazendo ambas em suas armadas, defendido dos holandeses, o que êles nos tomavam, e bastaria a sustentar a guerra contra Castela. A isto se ajuntava que, como as nossas companhias ficavam mais perto de uma e outra conquista, seriam menores os gastos seus e maiores os lucros, os quais naturalmente chamariam e trariam a Portugal o dinheiro mercantil de tôdas as nações e muito particularmente dos Portugueses, que em Holanda estavam muito interessados nas companhias, e com Castela tinham todos os assentos. E, porque na dita proposta se dizia que o dinheiro aplicado às companhias de Portugal estivesse isento do fisco (porquanto de outra maneira nem os mercadores estrangeiros nem os do mesmo Reino, que o trazem divertido por outras partes, o queriam meter nas nossas companhias sem a dita condição ou segurança), esta condição foi causa de que o Santo Ofício proíbisse o papel da proposta, pôsto que sem nome, e que ela por então não fôsse aceitada. Porém, depois que os apertos da guerra mostraram que não havia outro meio igualmente efectivo, não só foi abraçada com a mesma condição, senão com outras muito mais largas, consultadas e aprovadas pelos letrados mais doutos do Reino.

Assim que êste negócio se não desvaneceu, e sòmente tardou em se aceitar, até que a experiência desenganou aos ministros, que ao princípio por ventura o não capacitaram. Quanta fôsse a utilidade e eficácia dêle bem o mostrou a Companhia Ocidental, a qual foi trazendo sempre do Brasil o que bastou para sustentar a guerra de Castela, conservar o Reino, restaurar Pernambuco, e ainda acudir com prontos e grandes cabedais às ocorrências de maior importância.

E, se juntamente se ajuntara e fizera a Companhia Oriental, não chegara a Índia ao estado em que hoje a temos, tão desenganada porém da utilidade e necessidade dêste mesmo meio, que agora em Portugal e na mesma Índia se trata dêle. E, para que se veja quão sólido e fundamental é e foi sempre êste meio, não deixarei de referir aqui o que me escreveu o Padre João de Matos, Assistente das Províncias de Portugal em Roma. Chegou lá o dito papel, e diz êle que lendo-o os políticos romanos disseram: *Nós atègora cuidávamos que Portugal se não podia conservar; mas, pois êle tem homens que sabem excogitar semelhantes arbítrios, não duvidamos da sua conservação.*

E êste é o primeiro negócio meu, ou proposto por mim, que Vossa Excelência julgará se merece o nome de desvanecido.

O segundo negócio que pratiquei a Sua Majestade foi que mandasse passar as drogas da Índia ao Brasil, referindo como nêle nasciam e se davam igualmente, e El-Rei D. Manuel as mandara arrancar sob pena de morte, para conservar a Índia, como com efeito se arrancaram tôdas, ficando sòmente o gengibre, do qual se disse discretamente *que escapara por se meter pela terra dentro,* como raíz que é. Consistia a utilidade dêste meio em que, tendo nós no Brasil as ditas drogas, e sendo a condução delas tanto mais breve e mais fácil, as podíamos dar muito mais baratas que os holandeses, com que os ficávamos destruindo na Índia. Respondeu El-Rei: *Que lhe parecia muito bem o arbítrio, e que o tivéssemos em segrêdo até seu tempo, pelos embaraços com que de presente se achava.*

Estando eu em Roma, me escreveu Duarte Ribeiro, de Paris, que tivera carta de D. Francisco de Melo, na qual lhe referia, dizer El-Rei de Inglaterra que só seu cunhado, sem fazer guerra aos holandeses, os podia destruir; mas que não descobriria o modo, nem D. Francisco nem êle o sabiam conjecturar; que, se a mim me ocorresse, o avisasse. Avisei-lhe o sobredito meio, e êle o representou a Sua Majestade, em um papel particular, no qual ajuntou a minha carta, e está também esta inserta no regimento do Provedor-mor da fazenda desta Baía, a quem Sua Majestade encarecidamente encarregou a planta das ditas drogas, e elas, encomendadas com o mesmo apêrto aos Vice-Reis e Governadores da Índia, se vêm trazendo em tôdas as naus, plantadas e regadas, com que já hoje há no Brasil grande número de arvores de canela, como também algumas de pimenta. E êste é o segundo negócio ou arbítrio que também tardou, mas não se desvaneceu, sendo tão pouco subtil que o entendem aqui os cafres, e o exercitam com a enxada na mão.

Quando os franceses tomaram Dunquerque, cantou-se o *Te-Deum laudamus* em a nossa Capela Real; e eu, entrando no Paço, vi que iam saindo pela galé todos os presidentes e ministros depois de beijarem a mão a Sua Majestade; então cheguei eu, e disse a Sua Majestade: «Agora, soube, senhor, que todos beijaram a mão a Vossa Majestade pela tomada de Dunquerque, do que eu pelo contrário dou a Vossa Majestade o pêsame». Perguntou-me El-Rei porquê, e respondi: «Porque os holandeses atègora sustentavam uma armada defronte de Dunquerque, para assegurarem a passagem do canal aos seus navios; e como sendo confederados de França, cessa êste temor, desocupada de ali a armada a mandarão sem dúvida ao Brasil, como antes de partir de Amsterdam me constou desejavam muito; e Sigismundo, que segunda vez governa Pernambuco, fará agora o que já no tempo de Diogo Luiz de Oliveira prometia, e é que se havia de fazer senhor da Baía, sem lhe custar um copo de sangue, impedindo os mantimentos com os seus navios».

E que vos parece que façamos?— disse El-Rei.— «Quê, senhor? Que em Amsterdam se oferecia, por meio de Jerónimo Nunes [1], um holandês muito poderoso a dar quinze fragatas de trinta peças, fornecidas de todo o necessário e postas em Lisboa até Março, por vinte mil cruzados cada uma, que fôra o preço da fragata «*Fortuna*» que veio a Portugal; e tudo vinha a importar trezentos mil cruzados, e que esta quantia se podia tirar facilmente, lançando Sua Majestade um leve tributo sôbre a frota, que poucos dias antes tinha chegado, opulentíssima de mais de quarenta mil caixas de açúcar, o qual no

---

1. Jerónimo Nunes da Costa, judeu, agente do Govêrno Português, — anota Lúcio de Azevedo.

Brasil se tinha comprado muito barato, e em Lisboa se vendia por subidíssimo preço; e, pagando cada arroba um tostão ou seis vintens, bastaria para fazer os trezentos mil cruzados. Disse-me El-Rei que lhe pusesse aquilo tudo em um papel, *sem lábia*, que foi o têrmo de que usou Sua Majestade; e, fazendo-o eu assim, me disse de aí a poucos dias que, mandando consultar o dito papel, responderam os ministros que aquêle negócio estava muito crú. O meu intento era que, vindo as fragatas de Holanda, tivesse Sua Majestade duas armadas, uma que ficasse em Portugal, e outra que fôsse socorrer a Baía; e não se passaram seis meses, quando El-Rei muito de madrugada me mandou chamar de Carcavelos, onde estava convalescente, a Alcântara. Fui, e as palavras com que Sua Majestade me recebeu, foram: «Sois profeta; ontem à noite chegou caravela da Baía com um Padre da Companhia, chamado Filipe Franco, e traz por novas ficar Segismundo fortificado em Taparica. Que vos parece que façamos?» Respondi: «O remédio, senhor, é muito fácil. Não disseram os ministros a Vossa Majestade que aquêle negócio era muito cru? Pois os que então o acharam crú cozam-no agora». Era mandado chamar o Conselho de Estado; e, porque não havia de acabar senão de noite, disse Sua Majestade que me recolhesse à quinta, e tornasse ao outro dia. Tornei, e soube que todo o Conselho tinha representado a importância de ser socorrida a Baía, e para isso eram necessários perto de trezentos mil cruzados, mas que os não havia, nem ocorria meio algum de os poder haver. Isto me disse Sua Majestade, e eu respondi como indignado: «Basta, senhor, que a um rei de Portugal hão-de dizer seus ministros que não há meio para haver trezentos mil cruzados com que acudir ao Brasil, que é tudo quanto temos! Ora eu com esta roupeta remendada espero em Deus que hoje hei-de dar a Vossa Majestade tôda esta quantia».

Parti logo para Lisboa, escrevi um escrito a Duarte da Silva, a quem tinha conhecido mercador na Baía, representei-lhe a perda do Reino e do comércio, o apêrto e necessidade da Fazenda Real, e quanto Sua Majestade estimaria que seus vassalos o socorressem nesta ocasião com trezentos mil cruzados, que eram necessários, dos quais se embolsariam em um tributo de tostão ou seis vintens em cada arroba de açúcar do mesmo Brasil. Respondeu Duarte da Silva que o negócio era tão grande que o não podia tomar só sôbre si; mas que buscaria e falaria a algum amigo, e que pelas duas horas me traria a resposta a Santo Antão. Assim o fêz, trazendo consigo a um fulano

Rodrigues Marques, e ambos prometeram tomar o assento dos trezentos mil cruzados. Levei-os a El-Rei, que lhes agradeceu muito aquêle serviço, dizendo que tivessem segrêdo até lhes mandar falar por seus ministros.

Tornou naquela tarde o Conselho de Estado com as mesmas impossibilidades do dia antecedente; e nesta suspensão disse Sua Majestade ao Conde de Odemira e ao Secretário de Estado Pedro Vieira, que fôssem a Lisboa tentear alguns mercadores, e que da sua parte falassem a Duarte da Silva, e ao sobredito fulano Rodrigues Marques, os quais responderam o que não esperavam os dois ministros, e às carreiras vieram trazer a nova a S. Majestade, dizendo todos os do Conselho de Estado que eram dignos de que Sua Majestade lhes mandasse muito agradecer um tão singular serviço. Recolheu-se El-Rei com a Rainha, que se achou no Conselho, e me fêz mercê depois contar lhe dissera: «Eles querem que agradeça eu o negócio ao Conde e a Pedro Vieira, e António Vieira, é que o fêz [1].

Agora estimara ouvir de Vossa Excelência quem teve o *juízo igual a êste negócio*, se quem previu o perigo, apontou o remédio e o executou, ou os primeiros que o não quiseram reconhecer, ou os últimos que o não souberam remediar. Mas isto sucede muitas vezes, quando uns são os que aconselham os negócios, e outros os que os executam; e por isso êste se não *desvaneceu*.

Na véspera de S. João, estando El-Rei em Alcântara, disse eu a Sua Majestade que lhe havia de inculcar uma festa, com que magnificamente celebrasse a noite do seu santo. E, perguntando-me qual, respondi que com trinta e nove fogueiras, que tantas eram as caravelas que tinha contado, embarcando-me no Cais da Pedra até Alcântara. — «As caravelas, senhor», são escolas de fugir, e de fazer cobardes os homens do mar, e de entregar aos inimigos do primeiro tiro, a substância do Brasil. Proíba Vossa Majestade as caravelas, e mande que em seu lugar naveguem os Portugueses em naus grandes e bem artilhadas, as quais pelo contrário serão escolas em que as armas de Vossa Majestade terão tão valentes soldados no mar como na terra».

Este foi o conselho ou negócio, o qual se *se desvaneceu* ou não, se está bem vendo hoje neste pôrto da Baía, onde o combói consta de uma só fragata pequena, e as naus mercantis, quási tôdas maiores

---

1. Cf. Pôrto Seguro, *HG*, III, 56.

que ela, são trinta as que deram escolta à mesma fragata e às duas naus da Índia.

Muitos outros exemplos pudera juntar aqui de propostas minhas não desvanecidas; mas, porque não basta serem muitas para provar a coartada da proposição universal de Vossa Excelência é obrigado Vossa Excelência a me dizer algum negócio meu, ou aconselhado por mim, que se desvanecesse. Já estou vendo que Vossa Excelência com a voz popular, me há-de perfilhar a entrega de Pernambuco, que também achei na bôca e conceito de Sua Majestade, que Deus guarde, quando me falou nisso. Respondo a Vossa Excelência o que respondi então a Sua Majestade, e é: que êste arbítrio ou meio de concertar a paz com os holandeses não foi meu, senão do senhor rei D. João IV, que está no céu, e do seu Conselho de Estado. E como Sua Majestade, que Deus guarde, me instasse, dizendo: «António Vieira, não pode provar isso» Respondi: «Sim, posso, e com três testemunhas as mais autênticas. Vivo está Pedro Vieira, que então era Secretário de Estado, vivo Feliciano Dourado, Secretário da Embaixada de Holanda, e sobretudo vivas as mesmas ordens, que foram a Francisco de Sousa Coutinho, e haviam de ficar registadas na secretaria, de onde Vossa Majestade as pode mandar ver, e perguntar aos dois secretários a verdade do que digo».

Foi o caso da maneira seguinte: Mandou-me S. Majestade, que Deus haja, a Munster, para dar a D. Luiz de Portugal, eleito embaixador daquele Congresso, as notícias que lhe podiam faltar das coisas do Reino, e êle consultar e deliberar comigo as resoluções.

Estava eu embarcado em uma nau inglesa em Paço de Arcos, onde ela se deteve, esperando vento seis ou sete dias; nêste tempo chegou navio de Holanda com cartas do Embaixador, em que dizia estavam tenazmente resolutos os holandeses a não concluirem a paz sem as três condições seguintes: que se lhes havia de entregar Pernambuco, isto é, a campanha, porque êles tinham os portos e as fortalezas; que pelos gastos das armadas, que os rebeldes lhes tinham obrigado a fazer, se lhes pagasse uma grande quantidade de tonéis de ouro, que é a frase do país; que para caução de outra vez se não rebelarem se lhes desse uma cidadela na Baía, presidiada por êles.

Fez-se Conselho de Estado, e resolveu êste: que Pernambuco se entregaria; que para os gastos se lhes dariam trezentos mil cruzados de contado; que a cidadela se lhes entregaria também, mas não na Baía, senão em S. João da Foz, da cidade do Pôrto.

Esta ordem se despachou logo ao embaixador, a qual chegou a Holanda muito antes que eu lá chegasse por Inglaterra. Assim que neste negócio nem eu tive parte em Lisboa, nem em Holanda, ou detido em Paço de Arcos ou navegando na mesma nau inglesa. Chegando a Holanda não teve efeito a embaixada e partida para Munster, e entre o Embaixador Francisco de Sousa Coutinho, o Secretário Feliciano Dourado, e eu se consultou o modo com que se havia de proceder nas execuções das ordens de Sua Majestade, e se assentou: quanto à cidadela, que êste ponto se calasse totalmente, por ser menos decoroso; quanto à satisfação dos gastos, que se prometessem trezentos mil cruzados, não em dinheiro de contado, mas pagos em dez anos na Baía em açúcar, que êles navegariam nas suas naus; e, pois a utilidade era do Brasil, parecia justo que também êle concorresse; quanto à entrega de Pernambuco, que os moradores daquelas terras, a que êles chamavam rebeldes, não podiam ficar sujeitos à sua vingança, e que a todos haviam de dar liberdade para com seus escravos e fábricas, ou por mar ou por terra, se poderem retirar.

Onde se deve advertir que nesta circunstância tão justa, e que se não podia negar, de tal modo dávamos Pernambuco aos holandeses, que juntamente lhe o ficávamos tirando; porque êles nunca tiveram indústria para tratar negros, nem lavouras ou engenhos de açúcar, e sem os lavradores portugueses nenhuma utilidade podiam tirar daquela terra, antes fazer grandíssimos gastos, de sustentar tantas fortalezas, com que se resolveriam a no-las vender fácilmente. E, por outra parte, passando-se os moradores pernambucanos com as suas fábricas à Baía, onde não faltavam iguais e melhores terras, o mesmo Pernambuco, que deixávamos em sete graus, o teríamos em doze.

Em quanto isto se tratava na côrte de Haia, recebi maço de El-Rei, no qual vinha uma carta, em que sua Majestade mandava retirar a Francisco de Sousa Coutinho, e uma patente em que ordenava ficasse eu com os negócios da Embaixada. A forma e sobrescrito para mim, e não para o Embaixador, lhe deu grande cuidado; o qual eu porém fiz desvanecer, e disfarcei, não lhe dando a sua carta, com dizer que tivera ordem de Sua Majestade para tornar a Portugal; e, por estarem navios prontos em o pôrto de Amsterdam, me despedi, e fui embarcar dentro de duas horas.

A Sua Majestade representei que não usara da patente, porque aquêles negócios não eram conformes ao meu hábito, escusa que por benignidade e grandeza aceitou bem S. Majestade, não calando os motivos daquela mudança.

Tinha chegado pouco antes a Lisboa um Francisco Ferreira Rebelo, sobrinho de Gaspar Dias [Ferreira], o qual, com novas proposições e esperanças contrárias ao que em Holanda se tratava, fundadas em razões aparentes e feitas ao sabor dos ouvidos, não só tinham alvoroçado o povo, mas persuadido a muitos conselheiros, ainda de Estado, a quem informava e dizia que se arrependessem do que tinham votado. Era lástima que alguns dêles soubessem tão pouco de Holanda e Pernambuco, que, por ouvirem falar no Arrecife, diziam que tínhamos reduzidos os holandeses a um penhasco, dominando actualmente êstes tôdas as costas do mar com dezassete fortalezas.

Só El-Rei, firme na sua resolução, se fundava com a madureza verdadeiramente Real do seu juízo *em que a paz, com os holandeses era totalmente necessária e a guerra manifestamente impossível.* A isto mesmo mandou Sua Majestade que fizesse eu um papel, o qual fiz, reduzindo ambas as proposições de El-Rei a três razões muito breves, que foram estas. — Primeira: se Castela e Portugal juntos não puderam prevalecer contra Holanda, como poderá Portugal só prevalecer contra Holanda e Castela? Segunda: os holandeses hoje têm onze mil navios de gávea, e duzentos e cincoenta mil homens marinheiros; contemos os nossos marinheiros e os nossos navios, e vejamos se podemos resistir aos holandeses, que em todos os mares das quatro partes do mundo nos fazem e farão guerra. Terceira: os Conselheiros de Estado de Castela aconselham ao seu rei que com todo o empenho impida a paz de Holanda com Portugal, e assim o fazem seus embaixadores com grande soma de dinheiro; será logo bem que os conselheiros portugueses aconselhem a El-Rei de Portugal, para se conservar, o que os ministros de Castela aconselham para o destruir?

Ninguém houve, então, nem até hoje, que respondesse a estas três proposições, e contudo se não deixavam convencer delas a maior parte dos que as liam; porque a Providência Divina determinava fazer em Pernambuco um milagre, que ninguém imaginou e todos reconheceram por tal. Mas êste mesmo milagre prova quão certas e verdadeiras eram aquelas razões humanas, e quão sólidas e invencíveis naturalmente, pois só a omnipotência obrando milagrosamente as pôde vencer.

Ficando por êste modo *desvanecida* a entrega de Pernambuco, ainda a proposição de Vossa Excelência não fica verificada; porque êste negócio não foi meu, senão resoluto e mandado expressamente por Sua Majestade nas suas ordens; e no papel que Sua Majestade me mandou fazer só fui *relator* das forçosas razões que êle tivera para isso, assim como Vossa Excelência não é o autor das acções alheias, que refere na sua história.

E, para que a Vossa Excelência conste quão pouco inclinado fui a que nem um só palmo de terra déssemos aos holandeses, referirei o que passou entre mim e o Embaixador Francisco de Sousa Coutinho. Estando êle com os Estados em Conferência, a qual os Estados vinham fazer a sua casa, levantou-se da mesma Conferência, e muito alegre nos veio dizer a Feliciano Dourado e a mim: «Já tenho concluída a paz». E. perguntando-lhe eu como, respondeu que largando aos holandeses até o Rio S. Francisco. Ao que eu disse: «Bem parvos são os holandeses em mandarem armadas ao Brasil; venham fazer conferências com Vossa Excelência, porque mais ganham com uma conferência, que com muitas armadas». Então êle, lançando os braços na espalda de uma cadeira, disse: «Antes tomara ter cortadas as mãos, que ter feito o que fiz; porque se o Padre me diz isso a mim, que escreverá a El-rei?» Respondi: «muito em abôno de Vossa Excelência; mas digo com esta clareza o que entendo».

Também quero dar a Vossa Excelência uma notícia, que ninguém tem nem teve: e é que os negócios a que El-rei muitas vezes me mandava eram mui diferentes do que se podia cuidar, ainda entre os ministros mui interiores, correndo a comunicação dos ditos negócios por cifra particular, de que só era sabedor o secretário Pedro Fernandes Monteiro, e por isso ficaram sujeitas tôdas as minhas jornadas a juízos e conjecturas muito erradas, as quais não são matérias de história, antes tem ela obrigação de as emendar com a verdade, se a sabe, e não com dizer que não tiveram fundamento. Seja o exemplo quando parti para o Maranhão. Sendo o meu intento querer antes arriscar a vida pelo rei do céu que pelo da terra, cuidaram muitos que aquela resolução não era minha, senão de El-rei e a muito diferente fim. Diziam: «*Este Maranhão é maranha;* e, declarando-se comigo o Conde da Torre, o velho, o seu pensamento era: que pelo Rio das Amazonas havia de passar a Quito e de aí a Lima, onde era Vice-Rei o Duque de Escalona, primo de El-rei de Castela, para o persuadir que lá se levantasse com o Potosi. Quis Deus que esta notícia não chegou a Vossa Excelência, para que o Potosi não fôsse uma riquíssima prova dos meus negócios desvanecidos[1].

Mas, deixando de acudir por mim, quero acudir pelo juízo dos príncipes e ministros, que Vossa Excelência afirma *não percebiam as subtilezas dos meus negócios*. Se El-Rei, D. João, que era Príncipe, os não percebia, como me encarregava os seus na forma que acabo de referir? E, se êle e seus ministros me não percebiam em português, como me mandavam patente para todos os dos holandeses, e a Munster para os de tôdas as nações?

De Roma veio aviso de Manuel Álvares Carrilho, enviado de Nápoles depois de o restaurarem os castelhanos, que aquêle reino se queria entregar a El-rei de Portugal. Se a mim me não entendiam, como me mandou El-rei a Roma com poderes de examinar êste negócio, e o resolver por mim só, e se despenderem por ordem minha seiscentos mil cruzados, que lá tinha Sua Majestade?

Para França nomeou Sua Majestade por Embaixador a Sebastião César, com negócios para que tinha determinado o Duque de Aveiro. Se El-rei me não entendia, porque então se me entregaram as instruções do dito Sebastião César, e a êle as minhas, para que de Paris a Roma nos déssemos as mãos em todos os negócios? Antes dêstes, no mesmo Paris, porque ordenou Sua Majestade que o Marquês de Niza a nenhuma audiência da Rainha Regente, e do Cardeal Mazarino, fôsse sem eu assistir juntamente com êle a tudo o que se tratava, se eu não havia de ser entendido da Rainha, nem do Cardeal seu primeiro ministro? E, quando o mesmo Marquês tratou com o Cardeal o negócio da Liga, com entrega de praças e outras condições, não só aprovadas por outros embaixadores, mas também pelo senhor Infante D. Duarte, sendo eu do contrário parecer em carta que de Holanda escrevi ao mesmo Marquês, e mandei a cópia a Sua Majestade: se Sua Majestade me não entendia, porque lhe mandou que se conformasse em tudo com o que eu lhe tinha escrito em carta de tantos de tal mês?

---

1. Lúcio de Azevedo, não se isentou totalmente de dar curso a êstes boatos como um dos motivos do embarque de Vieira, mas em sentido oposto: "A autoridade dos Superiores desacatada e porventura a razão de Estado, *se havia compromisso com Castela*"... (*Os Jesuítas no Grão-Pará*, 45). Suposição sem fundamento positivo.

Se Vossa Excelência tem os seus livros e copiadores, lá o achará Vossa Excelência assim, em uma carta descontente, de duas regras e meia. E à vista disto não era bem que Vossa Excelência escrevesse na sua história que, *como o meu juízo era superior e não igual aos negócios, muitas vezes se desvaneceram, por querer tratá-los mais subtilmente do que os compreendiam os príncipes e ministros, com quem comuniquei muitos de grande importancia.*

Guarde Deus a Vossa Excelência como desejo, por muitos anos.

Baía, 23 de Maio de 1689. — Criado de Vossa Excelência — *António Vieira*[1].

6. — Sôbre a ida de Vieira para o Maranhão, a que êle próprio alude nesta carta, é ponto duvidoso de quem partiria a iniciativa imediata. Mas não andaria longe da verdade o dizer-se que o primeiro pensamento de voltar para a sua Província do Brasil deve ter despontado no coração de Vieira, quando em 1649, no auge das lutas e da questão da divisão da Província de Portugal, em que concitou contra si o ânimo dos Superiores que propuseram o seu afastamento da Companhia. Recusando-se sair, talvez o deixar a Côrte lhe surgisse como solução e satisfação suficiente e ao mesmo tempo prova de que acima de tôdas as considerações humanas colocava a sua vocação religiosa. É dêsse ano, a seguir à morte dos Padres no Itapicuru, a carta Régia a que Vieira não seria alheio, ao Provincial do Brasil, que enviasse missionários para o Maranhão[2]. Talvez, Vieira se imaginasse já um dêles. Não se sabe bem o que se passou entre Vieira e El-rei, quando êste lhe comunicou a resolução do Padre Geral de o despedir da Companhia. Sabe-se apenas que Vieira se recusou a sair e que El-rei o apoiou e o autorizou mais ainda. Mas tanto o afastamento da Companhia como até a ida para o Maranhão

---

1. *Cartas de Vieira*, III, 556-571. Cf. *Memorial feito ao Príncipe Regente D. Pedro II pelo P. António Vieira sobre os seus serviços e os de seu irmão juntamente*, em Vieira, *Obras Inéditas*, III (Lisboa 1856)81-87. Vieira retoma neste *Memorial* os pontos desta carta e com uma ou outra indicação nova; cf. Alfredo Pimenta, *Elementos de História de Portugal*, 5ª ed. (Lisboa 1937)364. A p. 355 publica o retrato de Vieira com esta legenda: "Jesuita eminente, uma das personalidades mais notáveis do seu tempo. Orador incomparável, escritor puríssimo, político arguto, habil diplomata, homem de acção, foi um dos grandes auxiliares de D. João IV na consolidação da nossa independencia".

2. Morais, *História*, 238-239.

deve ter sido posta de parte, nêsse momento, para que se não interpretasse como fuga ou medo da Inquisição (acumulavam-se as denúncias contra êle) ou mesmo como sinal de que, efectivamente, algumas prevaricações haveria e que o Maranhão surgia como lugar de refúgio e de esquecimento. El-rei também se não resignava, ainda então, a vê-lo longe de si. E convinha quebrar os dentes à maledicência e a uma emulação que nem sempre se distinguia bem da inveja e da calúnia. Daí a sua ida ostensiva a Roma como Embaixador de El-rei.

Quando Vieira se avistou com o Geral, ainda estava em aberto a sua questão pessoal dentro da Companhia e já se promovia o estabelecimento da Missão do Maranhão, circunstâncias que devem ter sugerido a todos que a ida de Vieira para aquela Missão resolveria as dificuldades que criavam à Companhia a desafeição do Santo Ofício, as rivalidades políticas e a questão interna da nova Província do Alentejo. Não teria já então o Geral Francisco Piccolomini apelado para a dedicação de Vieira? Não é suposição gratuita. O próprio Vieira diz que em 1649 tratou «de ir restaurar a dita missão», não o conseguindo então «pelas causas que são notórias»[1].

Assim, no espírito de Vieira, com os desenganos talvez menos de negócios, que de pessoas, e dalguns mesmos a quem estava unido pelos laços fraternos da religião, se deve ter imposto a idéia de que nas tabas dos índios se encontrassem menos intrigas que nos palácios e palratórios. E a resolução ou aceitação em breve se sobrepôs aos hábitos da política, apesar de ainda ser convidado a acompanhar a Inglaterra, o embaixador Conde de Penaguião[2]. Só poderia haver ainda um elo a prendê-lo à côrte, a amizade a D. João IV e ao Príncipe D. Teodósio; mas quando Vieira compreendeu que a amizade permanecia intacta e que dessa amizade ainda podia dispôr para a nova emprêsa, abraçou-a com a fogosa sinceridade de seu ânimo.

Entretanto, aquela carta Régia de 1649 ao Provincial do Brasil, não caia em terreno infecundo. Quando o P. Francisco Gonçalves foi como procurador do Brasil a Roma insistiu com o Geral que se reatasse a missão, oferecendo-se êle próprio. E em Lisboa, êle e Vieira procuraram ambos agenciar com El-rei os fundos necessários para ela.

---

1. P. Vieira, *Resposta aos Capítulos*, 225-226.
2. Lúcio de Azevedo, *H. de A. V.*, I, 199.

Mas Gonçalves recebeu patente de Provincial do Brasil; e quanto à Missão do Maranhão determinou o Geral que êle, Gonçalves, poderia ir para ela depois de concluído no Brasil o seu mandato[1].

Sôbre o embarque de Vieira costuma-se de tal modo baralhar, interpretar e complicar a cena, que parece útil distinguir com clareza os seus passos, à luz dos documentos e unicamente dêles:

1º passo: o P. Vieira quer embarcar para o Maranhão: o P. Francisco Ribeiro, Procurador do Brasil, prepara tudo para a viagem. Vieira aparece metido na organização da viagem não como superior, mas como agente principal na Côrte afim de alcançar de El-Rei, com a sua influência pessoal, os emolumentos indispensáveis para a emprêsa, condição *sine qua non* a não aceitaria a Província do Brasil, com os encargos dos Colégios que se projectavam. Mantém-se o sigilo do embarque, conhecido apenas ao que parece, do seu Superior imediato o Provincial do Brasil, P. Francisco Gonçalves, a êsse tempo já ido para a sua Província, e do P. Ribeiro, Procurador do Brasil em Lisboa, com quem agenciava tudo. Cremos, por uma carta de Vieira, posterior, que o P. Geral também estivesse conhecedor do facto, ou directamente por aviso e correspondência mútua, ou indirectamente, por licença anterior, ou até recomendação de que voltasse logo que se lhe oferecesse oportunidade. No primeiro caso teria sido nomeado Superior do Maranhão pelo Geral; no segundo, pelo Provincial do Brasil, a quem pertencia a missão do Maranhão. De nada disto ficaram documentos positivos. Em todo o caso inclinamo-nos para a primeira hipótese precisamente pela carta de Vieira em que êle refere que a Missão não se fêz por ordem dos Provinciais do Brasil, mas do Geral[2].

---

1. Lúcio de Azevedo excogita, para a volta dos Jesuítas ao Estado do Maranhão e Grão-Pará, entre outros motivos, a vingança de Inácio do Rêgo Barreto e a do Vigário Mateus de Sousa Coelho, que tinham vindo à Corte, descontentes, reclamar contra os atropelos supostos ou verdadeiros de que se diziam vítimas no Maranhão: "O bem estar dos índios foi o pretexto invocado; mas o fim real era prejudicar a fortuna dos que os possuíam. Para isso eram os missionários o mais adequado instrumento, e foi êsse que os descontentes chamaram em seu auxílio" (*Os Jesuítas no Grão-Pará*, 50). É um dos pontos fracos de Lúcio de Azevedo atribuir, sem provas documentais, a relações de simples concomitância, significação de causa e efeito. Logo desde 1649, quando em Lisboa se soube o mortícinio dos Padres do Itapicuru, tanto El-Rei, por aquela carta de Outubro, como os Jesuítas procuraram com empenho reconstituir a Missão.

2. S. L., *Novas Cartas*, 304.

2º passo: Vieira, acompanhado do P. Ribeiro, quando já estavam embarcados quási todos os Padres da expedição, apresentou-se a bordo «como que nos íamos despedir dêles ao navio». Ao passar a nau em Paço de Arcos, conheceu-o o Provincial de S. João de Deus, que passava numa fragata. Contou o que vira, e um dos que o ouviu foi o P. Inácio de Mascarenhas, por meio do qual a notícia logo chegou a Palácio. El-Rei ordenou imediatamente que em qualquer navio em que se achasse, fôsse desembarcado. Vieira foi detido, indo já navegando pelas alturas de S. Julião da Barra. Escreve ao Provincial do Brasil: «Enfim cheguei ao Paço, onde Suas Majestades e Alteza me receberam com graças, e zombando da minha fugida e festejando muito a prêsa; mas ajudou-me Deus a que lhes soubesse declarar o meu sentimento e as justas razões dêle, que afirmo a Vossa Reverência foi o maior que tive em minha vida, com me ter visto nela tantas vezes com a morte tragada».

3º passo: Vieira, não desistia da ida para a Missão, tornada já pública, e tomou como intermediário sobretudo o Príncipe D. Teodósio:

«S. Alteza estava doente e nêstes dias com suspeitas de perigo, e foi mais fácil de persuadir, o que importou muito para que também se viesse a render El-Rei, o qual me levou à Rainha Nossa senhora, para que me dissuadisse; mas, como a piedade em ambas Suas Majestades é tão grande, alfim puderam mais as razões do maior serviço de Deus que todos os outros respeitos.

Se algum sacrifício fiz a Nosso Senhor nesta jornada, foi em aceitar a licença a El-rei, quando me a concedeu; porque a fêz Sua Majestade com demonstrações mais que de pai e assim eu a não tive por segura, até que me a entregou por escrito e firmada de sua real mão, na forma da cópia que com esta remeto, em que tenho por particular circunstância ser passada em dia das Onze-Mil-Virgens, padroeiras dêsse Estado.

Mostrei-a aos Padres, e os poderes que nela Sua Majestade nos dá em ordem à conversão, e assentámos todos que o não partir o navio do Maranhão com a frota, havendo seis meses que estava esperando por ela, o descobrir-se a minha jornada, o não se poder levar a âncora, o mandar-me El-rei tirar do navio, o ficar em terra o Padre Manuel de Lima, e o arribar depois, e tantas outras coisas particulares que nêste caso sucederam, tudo foi ordenado pela Providência Divina, que queria que eu fôsse, mas que fôsse com aprovação e beneplácito de El-rei, e com tão particulares recomendações suas, aos governadores e ministros daquelas partes, que êstes meios humanos podem ajudar e facilitar os da conversão, servindo-se dêles a graça divina, como na Índia se experimentou pelos favores com que El-rei D. João III assistiu aos da Companhia, contra o poder dos capitães das fortalezas, e outros poucos zelosos portugueses, que por seus interesses os impediam. Informados estamos que em todos os lugares do Maranhão há muito disto: mas quererá Deus Nosso Senhor que possa com êles alguma coisa o mêdo, já que pode tão pouco a cristandade»[1].

4º passo: A licença para embarcar era de 21 de Outubro, e, já agora, com o prestígio régio perante tôdas as autoridades do Maranhão e Grão-Pará, porque a licença era simultaneamente provisão, fundamental, para se justificar a actividade de Vieira, na Missão:

«*Padre António Vieira:* Eu El-rei vos envio muito saudar. Tendo consideração, ao que tantas vezes me representastes sôbre as resoluções, com que estais de passar ao Estado do Maranhão, para prosseguir nêle o caminho da salvação das almas, e fazer se conheça mais nossa Santa Fé, me pareceu não estorvar tão santo e pio intento: e sem embargo do que antes tinha ordenado acêrca da vossa viagem, mandando-vos tirar do navio, em que estáveis, conceder-vos licença para o fazerdes pelo fruto, que dela devo esperar ao serviço de Deus e meu. E para que melhor se acerte, vos encomendo muito a continuação da propagação do Evangelho, que vos leva àquelas partes; e que para isso levanteis as Igrejas, que vos parecer, nos lugares, que para isso escolherdes, e façais as Missões, pelo sertão e paragens, que tiverdes por mais conveniente, ou por terra, ou levando os Índios convosco, descendo-os do Sertão, ou deixando-os em suas Aldeias, como então julgardes por mais necessário à sua conversão: que de tudo terei grande contentamento pelo muito, que desejo, que aquelas terras se cultivem com a nossa Santa Religião Católica: e para melhor o conseguirdes, ordeno aos Governadores, Capitães-mores, Ministros de Justiça e Guerra, Capitães das fortalezas, Câmaras e Povos, vos dêem toda a ajuda, e favor, que lhes pedirdes, assim de Índios, canôas, pessoas práticas na terra e língua, como

---

1. *Cartas de Vieira,* I, 284-285.

do demais, que vos for necessário; para o que lhes mostrareis esta, ou cópia dela, que guardarão inviolavelmente, e como nela se contém: e fazendo o contrário, me dareis logo conta, para mandar proceder contra os que assim o não fizerem, como for justiça. Escrita em Lisboa a 21 de Outubro de 1652 — *Rei*»[1].

A licença de El-rei ainda perseverava a 14 de Novembro, data da carta de Vieira ao Provincial do Brasil em que dá parte dela.

5° passo: El-rei revoga *em particular* a Vieira a licença e manifesta-lhe a sua vontade de que fique. Mas para evitar desgôsto aos três Padres que deviam embarcar com êle, calaria Vieira a licença até se revogar publicamente, e procederia na suposição de que havia de embarcar.

6° passo: Embarca efectivamente a 22 de Novembro e segue viagem. A revogação *pública*, de El-rei não lhe chegou às mãos, ou porque se desencontrou, ou porque El-rei lha não mandou, levado pela sua natural versatilidade, de que deu tantas provas, ou cedendo finalmente à pressão dos Padres de Lisboa, que, sendo já pública a ida de Vieira, lhe representariam a dupla vantagem quer da ausência dêle para amainar os inimigos, quer da presença de tal homem na Missão difícil que recomeçava, ou ainda pura e simplesmente porque entendesse que para Vieira não embarcar, bastava ter-lhe revogado *em particular* a licença.

Do Cabo Verde, dia de Natal, Vieira escreve ao Príncipe D. Teodósio:

«*Senhor.* — Esta escrevo a V. A. no Cabo Verde, aonde arribamos depois de trinta dias de viagem, obrigados de tempestades, corsários, e outros trabalhos e infortúnios que nela se padeceram. Eu, senhor, não sei se os padeci; porque desde a hora em que o navio desamarrou dêsse rio, não estive mais em mim nem o estou ainda, atónito do caso e da fatalidade da minha partida, e de não saber como Sua Majestade e V. A. a receberiam, pois não é possível serem-lhes presentes tôdas as circunstâncias dela; tais que não fui eu o que me embarquei, senão elas as que me levaram.

V. A. viu muito bem a prontidão e vontade com que me rendi à de Sua Majestade, o dia que em presença de V. A. me fêz mercê

---

1. Barros, *Vida*, 62-63; Berredo, *Anais*, I, 87-88; Morais, *História*, 276; Lúcio de Azevedo, *H. de A. V.*, I, 205, completa nos primeiros autores, incompleta no último.

significar queria que agora ficasse, mas, como então se assentou que procedesse eu em suposição de que havia de vir, enquanto Sua Majestade de público me não mandava revogar a licença, para satisfação dos Padres, fi-lo eu assim, procedendo em tudo como quem se embarcava [1].

Na véspera da partida fui avisar a Sua Majestade e a V. Alteza da brevidade com que se apressava, e que naquele dia descia a caravela para Belém, e Sua Majestade e V. A. me fizeram mercê dizer que logo da tribuna se mandaria recado a Pedro Vieira, e na mesma tribuna o tornei a lembrar a Sua Majestade: esperei todo aquêle dia em casa por Pedro Vieira ou escrito seu, e não veio; mas à noite recado que nos fôssemos embarcar em amanhecendo.

Não tive outro remédio mais que fazer o aviso que fiz a V. A., o qual enviei pelo primeiro portador, que pude haver, ao bispo do Japão, assim por não ser hora de outra pessoa falar com V. A., como porque todo o outro recado, que fôsse direito ao paço, seria muito suspeitoso naquela ocasião em que todos os incrédulos andavam espreitando minhas acções e esperando o sucesso.

Saí enfim, indo-me detendo quanto pude, como avisei a V. A.; mas na praia soube que o Procurador do Brasil tinha recebido um escrito de Salvador Correia, no qual lhe dizia que êle falara com Sua Majestade, que eu não ia para o Maranhão, e que o sindicante tinha ordem de mo notificar assim, quando eu fôsse embarcar-me. Entendi então que Sua Majestade tinha mudado de traça, e com esta notícia e suposição me fui mais desassustado para a caravela, onde achei o sindicante, mas êle não me disse coisa alguma.

As velas se largaram, e eu fiquei dentro nela e fóra de mim, como ainda agora estou e estarei, até saber que Sua Majestade e V. A. têm conhecido a verdade e sinceridade do meu ânimo, e que em tôda a fatalidade dêste sucesso não houve da minha parte acção, nem ainda pensamento ou desejo, contrário ao que Sua Majestade

---

1. *Para satisfação dos Padres*, os Padres Missionários com que Vieira haveria de embarcar, que mal *satisfeitos* ficariam se soubessem a novidade da contra-ordem e que haviam de ir sem êle. Interpretanto mal esta frase, aplicando-a aos Padres de Lisboa, que teriam imposto a sua ida e não conviria que soubessem a vontade régia, falaram alguns escritores em comédia, representada tôda por Vieira. Sendo falsa a interpretação, dêsses autores, de que qualidade hão-de ser os comentários que fazem?

ultimamente me tinha ordenado e eu prometido. Não sei, senhor, que diga nêste caso, senão ou que Deus não quis que eu tivesse merecimento nesta missão, ou que se conheça que tôda ela é obra sua; porque a primeira vez vinha eu contra a vontade de Sua Majestade, mas vinha por minha vontade; e agora parti contra a de Sua Majestade e contra a minha, por mero caso ou violência: e, se nela houve alguma vontade, foi só a de Deus, a qual verdadeiramente tenho conhecido em muitas ocasiões, com tanta evidência como se o mesmo Senhor ma revelara. Só resta agora que eu não falte a tão clara vocação do céu, como espero não faltar com a divina graça, segundo as medidas das fôrças, com que Deus fôr servido alentar minha fraqueza.

Enfim, senhor, venceu Deus! Para o Maranhão vou, voluntário quanto à minha primeira intenção, e violento quanto à segunda; mas mui resignado e mui conforme, e com grandes esperanças de que êste caso não foi acaso, senão disposição altíssima da Providência Divina, como já neste Cabo Verde tenho experimentado, em tão manifesto fruto das almas que, quando não chegue a conseguir outro, só por êste posso dar por bem empregada a missão e a vida.

O muito que nesta terra e nas vizinhas se pode fazer em bem das almas, e a extrêma necessidade em que estão, aviso em carta particular ao Bispo do Japão, para que o comunique a V. A., e o modo com que fácil e prontamente se lhe pode acudir. Não encareço êste negócio que é o único que hoje tenho no mundo, e o único que o mundo devia ter, porque conheço a piedade e zêlo de V. A., a que Nosso Senhor há-de fazer, por êste serviço, não só o maior monarca da terra, mas um dos maiores do céu.

Eu não me esquecerei nunca de o rogar assim a Deus em meus sacrifícios, oferecendo-os continuamente, como hoje fiz os três, um por El-rei que Deus guarde, outro pela Rainha nossa Senhora e outro por V. A.; e o mesmo se fará na nossa missão, tanto que chegarmos a ela, e em tudo o que nela se obrar e merecer terão Sua Majestade e V. A. sempre a primeira parte. Príncipe e senhor da minha alma, a graça divina more sempre na alma de V. A., e o guarde com a vida, saúde e felicidade que a Igreja e os vassalos de V. A. havemos mister. Cabo Verde, 25 de Dezembro de 1652. — *António Vieira*»[1].

Carta de despedida e explicação, em cujas entrelinhas ressalta a preocupação de que no seu embarque não vissem El-rei nem o Prín-

---

1. *Cartas de Vieira*, I, 290-293.

cipe «acção, pensamento ou desejo» que significasse menosprêzo pelas suas ordens que não tinham chegado a ser públicas; não aparece sombra de ressentimento, antes se vislumbra a satisfação de que *vencesse Deus*... Parece-nos que há também uma secreta satisfação de que triunfasse êle próprio e o seu desejo de ir para as Missões: Alguns anos depois, diante da Inquisição, aludindo a êste passo da sua vida, e ao voto que tinha, diz que enfim o conseguira, «indo-me para o Maranhão, tanto contra a vontade de El-rei e do Príncipe, como é notório»[1].

Tôda a carta está repassada da delicadeza e elegância de um homem, que ao separar-se de um afectuoso amigo lhe exprime o sentimento (que é lei da boa educação) de que lhe seria mais grato ficar na sua companhia do que separar-se dêle, mas que, enfim convinha ir. Desculpa, saúdade, afecto e gratidão.

Alguns escritores, desconhecedores dos segredos e recursos da alma religiosa, dão asas à fantasia, diante desta partida de Vieira, tomando à sua conta algumas expressões de humildade, religiosidade e zêlo, escritas da missão a alguns amigos mais íntimos. Não escapou a êsse pendor o próprio Lúcio de Azevedo, quando apresenta Vieira diante da perspectiva de partir, aterrado com o abandono das vaidades da côrte: «A vida só tinha para êle [Vieira] significado nestas satisfações da vaidade, e perdê-las, era deixar de existir»[2]. A verdade é, sem literatura, que depois de deixar a côrte, Vieira ainda continuou a *existir*, felizmente, por mais de 43 anos... E não se pode dizer que não fôsse vida cheia, vibrante e significativa, a ela entregue totalmente, essa que ainda iria ilustrar para sempre nos novos campos da sua actividade no seu «desejado» Maranhão e fora dêle[3]. No tômo III ficou já parte importante dessa actividade

---

1. Vieira, *Obras Inéditas*, I, 49.
2. Lúcio de Azevedo, *H. de A. V.*, I, 202.
3. Na mesma data em que escrevera a D. Teodósio, 25 de Dezembro de 1652, escreveu também ao Bispo do Japão, P. André Fernandes, recomendando-lhe a Missão do Cabo-Verde, a cujo pôrto tinha arribado contra a vontade, "assim pelo mal acreditado que está de doentio, como pela dilação forçosa que aqui se havia de fazer tão contrária aos nossos intentos e aos *desejos*, com que íamos, de chegar ao nosso *desejado* Maranhão" (*Cartas de Vieira*, I, 249). Foram êstes *desejos* de Vieira os que prevaleceram, afinal, no meio de tôdas as ordens e contra-ordens, de tôdas as intervenções contraditórias de amigos e inimigos.

nas entradas a rios e serras ou na direcção dos Colégios e Casas. Resta ainda o aspecto mais vigoroso dela nas lutas travadas a favor da liberdade dos naturais do Brasil.

NAS PRAIAS DO MARANHÃO

Embarque violento de António Vieira, no motim de 1661, movido pelos Colonos contra os Jesuítas, defensores dos Índios do Brasil.

(Ex André de Barros, *Vida do Apostólico P. António Vieyra*)

CAPÍTULO II

A Liberdade dos Índios

1 — A primeira batalha ganha por Vieira; 2 — A lei de 9 de Abril de 1655 restringindo os cativeiros; 3 — Alterações gerais de 1661 e expulsão dos Padres; 4 — A lei libertadora de 1 de Abril de 1680 e outras leis agenciadas em Lisboa por Vieira.

1. — A questão dos Índios foi sempre a mesma, invariável em tôdas as partes do Brasil: os Jesuítas a defender a sua liberdade; El-Rei a confiar-lhes oficialmente essa defesa; e os colonos a revoltar-se contra a lei, atingindo os Jesuítas.

Vimos as suas lutas e episódios no século XVI. Pela amplidão que reveste, a retomaremos para alguns dos seus aspectos em tôrno futuro para o Sul — e de conjunto. Mas ousamos esperar que alguém, competente, documentado, e com espírito e método científico, se abalance um dia a escrever a história da Liberdade dos Índios do Brasil, não como a nós nos compete aqui, capítulo apenas de outra história mais vasta, da Companhia de Jesus, mas assumindo-a como objecto histórico, directo e principal. Porque, se no passado se confunde em grande parte com a da própria Companhia, todavia pode e deve ser tratado à parte, assunto magnífico e digno de um grande historiador. Importa, entretanto, conhecer desde já, ao menos em linhas gerais, o que toca ao Norte, pelo seu entrelaçamento constante com a vida da missão e pelas sucessivas reacções e motins que originou.

Para êstes consecutivos levantes, aproveitavam-se em geral circunstâncias na aparência estranhas à questão em si mesma. Na realidade é sempre a determinante visível ou oculta dêsses movimentos, de que anda cheia a história do Estado do Maranhão e Grão-Pará, e não só a respeito de Jesuítas. Nêles tomavam parte preponderante as Câmaras, um "Estado no Estado", no dizer de Lúcio de Azevedo[1]. Visavam-se geralmente os que no momento detinham o poder ou parcela dêle, quando de alguma forma êsse poder coíbia os moradores em suas pretensões quer políticas, quer económicas, quer de simples predomínio local. Eram vítimas não só os representantes da autoridade, civis ou militares, mas até os Religiosos que participassem dessa autoridade. Basta dizer que no Pará, o próprio fundador da cidade, Francisco Caldeira de Castelo Branco, foi deposto e algemado, e que a 10 de Maio de 1637, o povo amotinou-se no Maranhão e matou com um tiro de espingarda um frade franciscano no seu próprio convento[2]. Não admira, em tal ambiente, que também se amotinassem contra os Jesuítas, quando êles, em virtude das leis, eram os responsáveis pela liberdade dos Índios. Parece-nos vislumbrar, depois de contacto directo e diuturno com esta questão, que se dava nela o problema psicológico dos partidos políticos modernos: o partido da escravidão e o partido da liberdade, às vezes com posições irredutíveis, em que as coisas chegavam a vias de facto, ou redundavam em pugnas de papelada que outra papelada desfazia, ou se contemporizava com concessões mútuas. A variedade dêstes aspectos e a vastidão da documentação embaraça o conhecimento da verdade, que se escoa entre leis e contra-leis, requerimentos e processos, ataques e defesas, política de báscula, ora a pender para um lado, ora para outro, flutuações perenes que tornam extremamente difícil seguir com segurança o fio condutor.

Mas quem tiver a coragem de se desenvencilhar dos pretextos ocasionais e pormenores dos debates, averigua que o fio se desenreda sempre nêste sentido único: os colonos a querer mão livre no uso dos índios; a Companhia de Jesus, como instrumento de Estado, a regular êsse uso, de acôrdo com leis contraditórias.

Pôsto isto, os factos. Os Jesuítas desde a sua chegada ao antigo Estado do Maranhão e Grão-Pará, em 1615, até à vinda de Vieira, não estiveram encarregados oficialmente da administração dos Índios, ocuparam-se apenas em os catequizar nas Aldeias, que visitavam, e na defesa moral dêles em casos particulares. Com Luiz Figueira se iniciaria essa administração, pelo Alvará de 25 de Julho de 1638,

---

1. Lúcio de Azevedo, *Os Jesuítas no Grão-Pará*, 174-176.
2. Studart, *Documentos*, IV, 46.

se o naufrágio e a morte a não truncasse à nascença[1]. Não se iniciou também logo com a chegada de Vieira. Mas coincidiu com a sua vinda em 1653 a publicação de uma Ordem Régia, levada pelo Capitão-mor do Maranhão no seu *Regimento*, de pôr em liberdade todos os Índios até então cativos. Tal ordem, só publicada alguns dias depois da chegada de Vieira, provocou logo uma tentativa de motim, tão semelhante a todos os mais, que se vêem já nêle incitando o povo, contra os Jesuítas não só gente da Câmara, mas Curas e Religiosos de outras Ordens, e aparece já, bem caracterizada, a arma do boato e da calúnia, usada sempre, e até hoje, quando, por qualquer interesse de carácter material, político ou religioso, importa desacreditar qualquer Corporação e, no caso de que se trata, a Companhia[2].

Neste primeiro combate de 1653, ganho por Vieira, está em compêndio o *espírito* de tôdas as lutas dêste género. Variam apenas os episódios e as pessoas. Desta é ele próprio o relator, em carta para a Baía:

«Tinha mandado nesta ocasião Sua Majestade uma lei, na qual declarava por livres, como nêsse Brasil, a todos os índios dêste Estado, de qualquer condição que sejam.

Publicou-se o bando com caixas, e fixou-se a ordem de Sua Majestade nas portas da cidade. O efeito foi reclamarem todos a mesma lei com motim público, na Câmara, na praça e por toda a parte, sendo as vozes, as armas, a confusão e perturbação, o que costuma haver nos maiores casos, resolutos todos a perder antes a vida (e alguns houve que antes deram a alma) do que consentir que se lhes houvessem de tirar de casa os que tinham comprado por seu dinheiro. Aproveitou-se da ocasião o demónio, e pôs na língua, não se sabe de quem, que os Padres da Companhia foram os que alcançaram de El-Rei esta ordem, para lhes tirarem os índios de casa, e os levarem todos para as suas Aldeias e se fazerem senhores dêles, e que por isso vinham agora tantos.

Achou esta voz fácil entrada, não só nos ouvidos, mas nos ânimos do vulgo, atiçando talvez a labareda alguns que tinham obrigação de a apagar. Mas esta a desgraça: que os da mesma pro-

---

1. Cf. S. L., *Luiz Figueira*, 64-65.
2. Até hoje: Cf. Jesús Pabón, *La Revolución Portuguesa, de Don Carlos a Sidónio Paes* (Madrid 1941) 34-35.

fissão sejam de ordinário os mais apaixonados contra nós; porque só êles querem valer na terra, e ofende-lhes os olhos tanta luz na Companhia, e, pôsto que houvesse pessoas, das mais graves e autorizadas, que se puseram em campo por nós, contudo contra um povo furioso ninguém prevalece.

O furor que tinham concebido contra a lei de El-Rei (à qual também não perdoaram, arrancando-a de onde estava), todo o converteram contra os Padres da Companhia, não duvidando já de fazer alguma demonstração com êles, mas tratando ou tumultuando em qual havia de ser. Para o fazer com maior justificação, como a êles lhes parecia, formaram uma proposta ao Capitão-mor governador, em nome da nobreza, religiosos e povo de todo o Estado, na qual lhe requeriam levantasse o bando, alegando que a república se não podia sustentar sem Índios, e que os de que se serviam eram legitimamente cativos; que as entradas ao sertão e resgates eram lícitos; que os Índios eram a mais bárbara e pior gente do mundo; e que, se se vissem com liberdade, se haviam de levantar contra os Portugueses; e outras coisas a êste modo, umas verdadeiras e outras duvidosas, e as mais totalmente falsas e erradas.

Esta proposta, assinada pelos Prelados das religiões e pelos dois vigários, nos mandou a Câmara para que também a assinássemos. Escusámo-nos de o fazer, porém insistiram a que respondêssemos. Pareceu a todos os Padres que devíamos responder, e que a resposta fôsse a mais favorável ao povo, quanto desse lugar a conciência, para que entendessem, que só obrigados dela nos não conformávamos, em tudo o que êles queriam.

Feita esta resposta, e aprovada por todos os Padres, levaram-na dois ao vereador mais velho, que é pessoa muito autorizada, Capitão-mor que ficou do Gurupá, e dos maiores devotos e benfeitores que tem nestas partes a Companhia. Era em papel apartado, para que pudessem usar dêle ou não, como lhes parecesse. Disseram-se as missas tôdas daquele dia por esta tenção; e, no seguinte, estando nós conferindo que mais orações e penitências se haviam de aplicar, era a primeira hora da noite, e eis que ouvimos um tumulto muito maior que os passados, o qual cada vez soava mais, e se vinha avizinhando à nossa casa. Saímos a uma varanda, e as vozes que se ouviam eram: «Padres da Companhia fóra! Fóra! inimigos do bem comum! Metam-os em duas canoas rôtas!» Entre as vozes reluziam as espadas, das quais escaparam com muita dificuldade o pilôto e alguns marinheiros da caravela em que viemos, contra os quais arremeteu o povo, querendo-os matar por nos haverem trazido.

Enfim o tumulto cresceu de maneira, que, para o sossegar, foi necessário que o Governador, com tôdas as três companhias que aqui há de presídio, com balas e mechas acesas, os viessem arrancar das nossas portas. Não houve porém em todo êsse tempo, que seria espaço de uma hora, quem se atrevesse a pôr as mãos nelas; só o vereador, que já dissemos, entrou a pedir que quiséssemos pôr alguma moderação no nosso parecer sôbre os pontos que tocavam à liberdade dos Índios, para que com isso se moderasse também e aquietasse o povo.

Respondemos-lhe com declarar a grande vontade que tínhamos de servir a esta república, da qual também nós éramos parte, pois viéramos para viver e morrer nela; e que, por esta causa, no nosso papel seguíramos as opiniões mais largas e favoráveis aos moradores, e que só lhes negávamos nêle aquilo que em conciência lhes não podia de nenhum modo pertencer. Que o nosso primeiro intento fôra não dar parecer nesta matéria, pelos não desagradar; mas que, obrigados dêles mesmos a dizer o que sentíamos, faltaríamos muito ao que de nós se esperava, se disséramos coisa alheia da justiça e da verdade: e no caso que, pelos contentar, nós o fizéssemos, então merecíamos não só que nos lançassem fóra, senão que nos tratassem muito pior.

Sôbre isto lhes referimos como em Lisboa renunciara o P. Manuel de Lima o ofício de *Pai dos Cristãos*, como na Índia, e eu o da administração e repartição dos Índios, tudo a fim de evitar encontros nesta matéria com os Portugueses, cujas almas, primeiro que as dos índios, vínhamos buscar ao Maranhão. Partiu-se o vereador bem satisfeito da nossa resposta, e resultou o vir êle pela manhã do dia seguinte com os mais, em forma de Câmara, a terem satisfação conosco sôbre o tumulto da noite passada, estranhando muito o atrevimento do povo, e sentindo que, na terra em que êles governavam, tivesse sucedido tal descompostura: e o mesmo cumprimento vieram também ter connosco os mais graves da terra.

Aquietaram-se com isto as vozes e os tumultos, porém os ânimos pouco ou nada sossegaram. Cada dia, de ali por diante, nos levantavam um falso testemunho. Dia da Purificação de Nossa Senhora fêz o Padre Francisco Veloso a doutrina aos índios, como é costume, à primeira missa da madrugada, e, sendo que de indústria só lhes ensinou as orações, sem lhes falar outra palavra, disseram depois que prègara aos índios como todos eram fôrros. De aí a poucos dias nos escreveu um prelado de certa Religião (assim nos tratavam!) que lhes tomáramos quatro índios que andavam trabalhando nas suas obras, para nos irem remar uma canôa, estranhando-nos muito semelhante têrmo; e nem tal canôa nem tais índios houve, nem sombra de fundamento sôbre que tal quiméra se pudesse levantar. Logo espalhou o Procurador do Conselho que um índio lhe fugira, e se recolhera na casa dos Padres, e que lá lho tinham escondido, sendo tão grande falsidade como as demais, as quais nós sem nenhum estrondo tirávamos logo a limpo: de maneira que constava serem tôdas invenções de gente malévola, com que cansaram e desistiram dêste modo de perseguição. Não faltou nêste tempo quem, lembrado da diferença com que fôramos tratados e pretendidos em Cabo Verde, quási estêve arrependido de se não deixar ficar lá; mas esta mesma perseguição devia animar mais nossa confiança, pois o demónio nunca procura estorvar senão onde prevê alguma coisa que temer» [1].

O Capitão-mor no meio do alvorôço praticou também um acto que mostrava o seu ânimo, a princípio, mal disposto, negando ordem a dois Padres para se embarcarem para o Pará.

Interveio Vieira:

«Entendi que o homem queria quebrar comigo (que para tudo pode haver intentos): e eu, pelo mesmo caso, fiz uma resolução muito assentada de não quebrar com êle, por mais injúrias que me dissesse ou fizesse. As palavras com que me recebeu foram as do cabo. Queixou-se de que os Padres se embarcassem sem sua licença, a que satisfiz com não sabermos que havia tal ordem, nem entendíamos como a poderia haver sôbre Religiosos; e em lhe dizer, e provar com os criados de sua casa, que os mesmos dois Padres, naquela mesma manhã e dois dias antes, o tinham ido buscar para lhe darem conta da sua jornada. Sôbre esta queixa vieram outras, em que nós tínhamos a razão de sermos os queixosos, que era não lhe ter o Padre Mateus Delgado tomado a vénia de Ilustríssimo Senhor na prègação da Cinza, que no dia antes prègara na nossa casa.

Certo é que o fêz o Padre por pura inadvertência, e por ser coisa nunca imaginada, nem imaginável no Brasil, fazerem-se semelhantes

---

1. *Cartas de Vieira*, I, 331-335.

cerimónias a Capitães-mores, nem ainda aos que o são com nome de Governadores. Para curar esta chaga, que era a que estava mais em carne viva, lhe disse que, sem embargo de eu estar deliberado a ir passar a quaresma nas Aldeias, prègaria o domingo seguinte na Matriz, e lhe tomaria a vénia na mesma forma, para que todo o povo conhecesse que a falta passada fôra esquecimento do prègador, e não querer a Companhia negar-lhe a cortesia que as outras Religiões lhe faziam. Com isto foi a licença para partir o barco».

Entraram duas pessoas de maior porte e graduação da terra, as quais, a poucas palavras, meteram prática sôbre a nossa resposta acêrca da liberdade dos índios. Argumentaram rijamente contra êles, e o Capitão-mor-governador era o que estava mais duro, exagerando suas maldades e barbarias, e aprovando as causas dos cativeiros; mas explicando-lhes eu ponto por ponto os fundamentos das nossas razões, e a verdade e justiça das nossas resoluções, e como era impossível ter salvação quem fizesse ou seguisse o contrário, e de quanta utilidade, ainda temporal, podiam ser, se se abraçassem os meios da conveniência que elas apontavam, ficaram tão convencidos todos da fôrça da verdade, que confessaram, não só que tínhamos razão, senão que era bem que todos se conformassem com aquêle papel, e assim se executasse.

O governador da praça se persuadiu tanto, que me pediu logo, já que eu queria prègar no domingo seguinte, fôsse êste o assunto do sermão, prometendo que, se o povo o aceitasse, êle disporia e ajudaria o negócio, de maneira que viesse a surtir um grande efeito.

Despedimo-nos com grandes demonstrações de amizade, e esforçando as suas o mesmo Capitão-mor: «Ah! P. António Vieira — me disse — quem esperara que os princípios desta nossa prática haviam de ter semelhantes fins! Mas isto mostra que é coisa de Deus, e que êle há-de ajudar».

Prèguei na seguinte *Dominga*, que era a *das Tentações*, e tomando por fundamento o *Haec omnia tibi dabo*, que era a terceira, mostrei primeiramente, com a maior eficácia que pude, como uma alma vale mais que todos os reinos do mundo; e, depois de bem assentado êste ponto, passei a desenganar com a maior clareza os homens do Maranhão, mostrando-lhes com a mesma que todos estavam geralmente em estado de condenação, pelos cativeiros injustos dos Índios; e, que, enquanto êste habitual pecado se não remediasse, tôdas as almas dos Portuguêses dêste Estado iam e haviam de ir para o inferno. Propus finalmente o remédio, que veio a ser em substância as mesmas resoluções da nossa resposta, mais declaradas e mais persuadidas, facilitando a execução e encarecendo a conveniência delas; e acabei prometendo grandes bênçãos de Deus e felicidades, ainda temporais, aos que, por serviço do mesmo Senhor e por salvar a alma, lhe sacrificassem êsses interesses.

Nas côres, que o auditório mudava, bem via eu claramente os afectos que, por meio destas palavras, Deus obrava nos corações de muitos, os quais logo de ali sairam persuadidos a se querer salvar, e a aplicar os meios, que para isso fôssem necessários, a qualquer custo.

Na mesma tarde, antes que a memória se perdesse, ou alguma conferência secreta a confundisse, deu o Capitão-mor princípio a uma junta na mesma matriz, em que entrou o Sindicante, os Prelados das Religiões, a Câmara, o Vigário Geral, e tôdas as mais pessoas assim de guerra como da república, e grande multidão de povo, que sem ser chamado entrou e se não pôde estorvar que estivesse presente.

Pediram-me quisesse tornar a propôr o que de manhã dissera, e aprovado por todos, *nemine discrepante*, chegou-se aos meios de execução, em que houve grandes dificuldades, e claramente se via mexia muito o demónio, e não queria que aquêle negócio se levasse ao cabo; e, quando já todos desconfiávamos de lhe ver conclusão, em um momento o resolveu Deus, concordando todos se nomeassem dois procuradores, um por parte dos Portugueses, outro por parte dos Índios, os quais tomando-os todos a rol, e informando-se de cada um em particular, o dos Portugueses alegasse pelo cativeiro e o dos Índios pela liberdade; e que destas informações e alegações fôssem juízes os oficiais da Câmara, com assistência do Sindicante, sem o qual se não sentenciassem os processos, e que as sentenças se dessem logo à execução, sendo declarados por livres todos os Índios, de cujo cativeiro não constasse.

Na mesma junta se elegeram os dois procuradores, que foram pessoas conhecidas por maior desinteresse, consciência e verdade; e particularmente o procurador dos Índios é homem que mais autoridade tem com êles, e mais conhecimento de tôdas as suas nações, e de todas as entradas que ao sertão se fizeram, por ser dos primeiros conquistadores dêste Estado, e um dos mais práticos da língua dêle, a quem os Índios em todos os seus trabalhos e desgostos recorrem como pai, porque como tal lhes acode: e assim foi esta eleição muito bem recebida de todos.

Ajustada assim a forma de juízo e execução, fez-se logo um têrmo, em que assinou o Capitão-mor Governador, o Vigário Geral, Sindicante, Ouvidor, Provedor da Fazenda, Câmara e Capitães, Prelados das Religiões, e tôdas as pessoas mais principais que se acharam presentes, dando-se todos mil parabens, e ouvindo-se a muitos, entre outras palavras de grande satisfação e contentamento: «Bendito seja Deus, que nos trouxe à terra quem nos alumiasse e pusesse em caminho da salvação!»[1].

Assim ganhou esta primeira batalha o P. Vieira, «atleta heróico», como lhe chama Hernani Cidade.

2. — Mas ainda nêsse mesmo ano, por representações dêstes mesmos que pareciam conformados, expediu El-Rei a 17 de Outubro de 1653, outra lei em que revogava a anterior e os capítulos da liberdade, deixando a porta aberta a cativeiros injustos[2].

E foi essa a novidade que esperava o P. Vieira da sua entrada ao Tocantins. Quando voltou e soube dessa lei, e pela própria experiência, adquirida naquela entrada, desenganou-se e compreendeu que tôda a atividade com os Índios se frustraria, se não houvesse amparo mais eficaz e directo. «Outro desengano, escreve êle, alcançaram os missionários neste mesmo tempo, e foi, que o mesmo poder e interesse dos que governavam lhes estorvava não só o fruto, que se podia colher nas almas dos Índios das Aldeias, mas quási totalmente lhes impedia o exercício de seus ministérios, doutrina e administração dos Sacramentos, porque quando iam pelas Aldeias ainda que fôsse na quaresma, as achavam despovoadas, porque os Índios estavam nas lavouras e safra, como dizem do tabaco, nas quais gastavam oito e nove meses do ano, vivendo e morrendo totalmente como gentios, por ser nos matos e algumas vezes em partes mui distantes, sem missa, nem dia santo, nem quaresma, nem sacramentos, nem poderem acudir a fazer suas roças e lavouras particulares, com que êles, suas mulheres, e filhos pereciam à fome e destas lástimas eram só testemunhas os

---

1. *Cartas de Vieira*, 1, 336-340. Vieira completa na *Resposta aos Capítulos*, 226, o que sucedeu no Maranhão em 1653 quando se publicou a lei, e a parte activa que teve Jorge de Sampaio nos distúrbios que então se esboçaram.
2. Lei na íntegra em Berredo, *Anais do Maranhão*, II, 91-93.

velhos e velhas, que os Padres sòmente achavam nas Aldeias, acrescentando-se a êste trabalho comum dos tabacos, o de viagens, pescarias, cravo, breu, estopa, fábricas de navios, em que estavam ausentes de suas casas dous e três anos, e talvez mandando-se as Aldeias inteiras a trabalhar em engenhos e fazendas de açúcar, de que tinham o lucro os que governavam, e os miseráveis Índios o trabalho e a violência (porque nenhum ia por sua vontade) e o dano de todos os seus bens temporais e espirituais, sem poderem lograr, nem êles, nem seus filhos o benefício de sacerdotes, e mestres, que Deus e Sua Majestade lhes tinham mandado, sucedendo muitas vezes, que estando os ditos missionários com os Índios dispostos para confessarem e comungarem, e com os catecúmenos instruidos para receberem o baptismo, e com os desposados apregoados e aparelhados para se receberem, no meio de tudo isto chegava um sargento ou cabo de esquadra, com ordem do capitão-mor aos principais, ameaçando-os com prisões e outros castigos, e dando-lhes muita pancada, sendo necessário (e sem o ser), para que os Índios fôssem a uma parte, e as Índias a outra, e assim se executavam com lágrimas e clamores dos miseráveis, ficando frustrado o trabalho dos missionários, e o que mais é, o sangue de Cristo, e a graça de seus sacramentos.

Da violência deste trato se seguiam dois gravíssimos danos ao temporal do Estado, e ao espiritual dos Índios, porque uns se saíam das Aldeias, e se iam meter entre os escravos dos Portugueses, vivendo e casando-se com êles, tendo por menor êste cativeiro seu, e de tôda a sua descendência, que o falso nome de liberdade que tinham nas Aldeias, e outros, em que havia mais brio e valor, se metiam pelos matos e se voltavam para as suas terras, com que êles se perdiam entre os Gentios, e com as novas que lhes levavam, os retiravam da fé, e os confirmavam na vida que tinham e na resolução de se não quererem sujeitar nunca aos Portugueses.

Com estas experiências, que os Padres achavam em tôda a parte, e com o conhecimento de que totalmente se lhes impossibilitavam as missões aos Gentios, e que com os já cristãos não podiam exercitar livremente seus ministérios nem acudir a suas almas como êles haviam mister, e êles eram obrigados: e tendo experimentado outrossim, que as informações que tinham mandado por escrito a Vossa Majestade, pela oposição dos interessados, não tinham a eficácia e pronto efeito, que para tão grande necessidade se requeria, estando-se perdendo infinidades de almas, sem remédio, tendo o mesmo remédio presente, se resolveu entre todos os Padres, que era necessário vir a esta Côrte pessoalmente o Superior da Missão para informar em presença a Sua Majestade das causas porque não podiam obrar nem conseguir o para que Sua Majestade os tinha mandado; e com esta resolução se partiu logo o Padre António Vieira do Pará ao Maranhão, e do Maranhão a esta Côrte, onde nas duas Juntas acima referidas mandou Sua Majestade considerar, depois resolveu e ordenou tudo o que na lei e regimento mais largamente se contém, que resumido vem a consistir em três pontos principais, sem os quais não pode haver conversão.

O primeiro que aos Índios Gentios se não faça guerra ofensiva sem ordem de Vossa Majestade, nem se lhes faça injúria, violência, ou moléstia alguma, e sòmente se possam resgatar dêles os escravos, que forem legitimamente cativos, para que com êste bom trato queiram receber a fé, e se afeiçoem à vassalagem de Vossa Majestade, e a viver com os Portugueses.

O segundo, que os Índios cristãos e avassalados, que vivem nas Aldeias, não possam ser constrangidos a servir mais que no tempo e na forma determinada pela lei, e que no demais vivam como livres que são, e sejam governados nas suas Aldeias pelos principais da sua nação, e pelos Párocos, que dêles têm cuidado.

Terceiro, que os missionários façam as missões ao sertão com tal independência dos que governam, que êles não possam impedir as ditas missões, antes lhes dêem todo o favor, e ajuda para elas, e a escolta de soldados que fôr necessária, quando se houverem de fazer por passos perigosos; e porque dos capitães depende o comedimento ou desordens dos soldados, que a pessoa, que os ditos governadores houverem de eleger por cabo dêles seja o que o Superior dos ditos missionários julgar por idónea e conveniente para isso.

Com estas ordens se partiu o Padre António Vieira para o Maranhão, onde o governador André Vidal as deu logo à execução e começou a pôr em prática, e os missionários deram princípio a fazer as missões do sertão na forma que entendiam ser necessário para terem o efeito que se pretende»[1].

Esta lei, de 9 de Abril de 1655, ia ser a base da actividade subseqüente dos Padres, ora desfeita, ora refundida, mas influindo sempre.

---

1. Vieira, *Resposta aos Capítulos*, 234-235. Vieira narra a seguir as entradas que se fizeram no seu tempo e vão já indicadas no Tômo III, nos capítulos correspondentes aos lugares e rios aonde se fizeram.

Por aqui se vê já a variedade da legislação. Em três anos, três leis! Liberdade completa dos índios, com motim dos moradores; cativeiro dissimulado, com reacção dos Jesuítas, cativeiro dificultado e liberdade tutelada, com novas reacções dos moradores, primeiro com o motim de Gurupá, dominado vigorosamente pelo Governador André Vidal de Negreiros, o que trouxe uma acalmia de cinco anos, mais aparente que real, entrecortada de reclamações, que vieram a rebentar em novos distúrbios em 1661, não dominados pelo novo Governador D. Pedro de Melo, que a-pesar de ser amigo de Vieira, e Vieira dêle, tergiversara à última hora, ficando os Missionários à mercê dos amotinados, com os concomitantes agravos e expulsão. Mas como estava presente Vieira, e êle tinha cabeça para arguir, argumentos para usar, e pena para os escrever, a sua figura é o centro dêste drama e se alteia singularmente no meio da tormenta.

3. — Os distúrbios, propriamente ditos, começaram na cidade de S. Luiz, a instigação de Belém, com a prisão dos Padres do Colégio[1]. Vieira, que do Pará ia a caminho do Maranhão, foi surpreendido pela novidade nas praias de Cumã, donde escreveu a D. Afonso VI no dia 22 de Maio de 1661:

« *Senhor*. — Ficam os Padres da Companhia de Jesus do Maranhão, missionários de Vossa Majestade, expulsados das Aldeias dos Índios, e lançados fóra do Colégio e prêsos em uma casa secular, com outras afrontas e violências indignas de que as cometessem católicos e vassalos de Vossa Majestade.

Os executores desta acção foi o chamado povo, mas os que o moveram e traçaram e deram ânimo ao povo para o que fêz, são os que já tenho por muitas vezes feito aviso a Vossa Majestade, isto é, os que mais deviam defender a causa da fé, aumento da cristandade, e obediência e observância da lei de Vossa Majestade[2].

---

1. A Câmara de S. Luiz não estava a princípio inclinada e devolveu em Janeiro de 1660 a representação da de Belém «pela sua falta de decência e moderação» e que não fôra apresentada ao Governador para «não ser objecto de censura de toda a gente sisuda e bem criada» (César Marques, *Dic. do Maranhão*, 243, 244).

2. Dizia por exemplo na carta a D. João IV de 8 de Dezembro de 1655: «Temos contra nós o povo, as religiões, os donatários das Capitanias mores, e igualmente todos os que nêsse Reino e nêste Estado são interessados no sangue e no suor dos Índios cuja *menoridade* nós só defendemos», *Cartas de Vieira*, I, 452.

O motivo, interior, único e total desta resolução, que há muito se medita, é a cobiça, principalmente dos mais poderosos; e porque esta se não contenta com o que lhe permitem as leis de Vossa Majestade, e não há outros que defendam as ditas leis e a liberdade e justiça dos Índios senão os Religiosos da Companhia, resolveram finalmente de tirar êste impedimento por tão indignos caminhos. Eu lhes disse sempre que, se não estavam satisfeitos, recorressem a Vossa Majestade, como o autor e senhor das leis, e que Vossa Majestade, ouvidas as partes, revogaria ou confirmaria o que fôsse justo; mas êles, como desconfiados da sua justiça, nunca quiseram aceitar esta razão.

A última ocasião que tomaram para o que se fêz, escreve-me o Governador que foi pelas três causas seguintes.

Primeira: por se publicar nêste Estado a carta da *Relação* que fiz a Vossa Majestade do que se tinha obrado nestas missões o ano de 659, a qual Vossa Majestade foi servido mandar que se imprimisse; e não se pode crer quanto com esta carta se acendeu a emulação dos que não podem sofrer que, havendo tantos anos que estão nêste Estado, nunca se obrassem nêle estas coisas senão depois que vieram os Padres da Companhia.

Segunda: virem também ao Maranhão, e publicarem-se umas cartas que escrevi a Vossa Majestade por via do Bispo do Japão, em que dava conta a Vossa Majestade das contradições que tinha neste Estado a propagação da fé, e quão mal se guardavam as leis de Vossa Majestade sôbre a justiça dos Índios, das quais coisas me tinha Vossa Majestade mandado repetidamente desse conta a Vossa Majestade por via do Bispo, e juntamente que apontasse os remédios com que se lhe podia acudir. E, porque assim o fiz, nomeando entre os transgressores das leis aos religiosos do Carmo, cujo Provincial, Frei Estêvão da Natividade, foi o primeiro que as quebrou, êste mesmo Provincial, indo embarcado para o Reino no navio em que iam as ditas cartas, sendo tomado pelos Dunquerqueses, teve traça para as haver à mão, e as teve em segrêdo até à morte do Bispo, e depois dela remeteu aos seus frades, e as publicaram e se executou o que por muitas vezes, no público e no secreto, tinham intentado.

Terceira: a prisão do índio Lopo de Sousa Guarapaúba. Êste índio é Principal de uma Aldeia, e depois da publicação das leis de Vossa Majestade nunca as quis guardar, e amparado dos poderosos, a quem por esta causa fazia serviços, vivendo no mesmo tempo êle e os seus como gentios, sendo cristãos mui antigos, porque, além das muitas amigas que tinha o dito Principal, estava casado *in facie Ecclesiae* com uma irmã de outra de quem antes do matrimónio tinha publicamente filhos, calando êste impedimento, e intimidando a todos os da Aldeia para que nenhum o descobrisse, consentindo-os viverem do mesmo modo, e não tratando de missa, nem de sacramento algum, nem ainda na hora da morte, morrendo por esta causa todos sem confissão, e em mau estado; enfim, em tudo como gentios e desobedientes às leis de Vossa Majestade, contra as quais o dito Principal cativava índios fôrros e os vendia, e outros mandava matar a modo e com cerimónias gentílicas: e tudo isto lhe sofriam os que o deveram castigar, por interesses vilíssimos. Foi o dito Principal por muitas vezes admoestado pelos Padres dos ditos excessos, principalmente dos que pertencem à Igreja, sem emenda alguma; e, não aproveitando nenhum meio suave, propus ao Governador que convinha ser aquêle Índio castigado, para exemplo dos mais, que já alegavam e se desculpavam com êle, o que o dito Governador não lhe pareceu fazer, dizendo-me que melhor era que o castigássemos por via da Igreja, e me deu ordem para que, sendo-me necessários soldados para sua prisão, os desse o Capitão-mor do Pará, e por esta causa foi prêso, não se amotinando por isso a Aldeia, como falsamente se publicou, mas havendo muitas pessoas eclesiásticas e seculares, e ministros de Vossa Majestade, que persuadiram aos Índios que se levantassem.

Estas três causas, tão justificadas, dizem, foram a última ocasião do que se fêz, mas a causa verdadeira, é, Senhor, a que tenho dito a Vossa Majestade: a cobiça insaciável dos maiores, a qual nêste mesmo ano, antes de haver estas coisas, tinha já dado princípio a motins, assim no Maranhão como no Pará. No Maranhão insistindo que também se haviam de repartir as mulheres como os maridos para o serviço dos moradores, contra as leis de Vossa Majestade; e no Pará, que haviam de ir ao resgate, fora do tempo e ocasião em que sòmente o permitem as ditas leis, ameaçando que se lhes não consentissem o fariam por si mesmos, e de tudo fizeram papéis, convocando o povo, etc.

Agora, dizem, mandam procuradores a êsse Reino, e que levam alguns índios seus confidentes, que, por serem de abominável vida, não querem a doutrina e sujeição dos Padres: e todos dirão e levarão escrito e jurado contra a verdade o que lhes ditar a paixão, o ódio e o interesse injusto e cego. Assim que, Senhor, por guardarmos as leis de Vossa Majestade, e porque damos conta a Vossa Majestade dos excessos com que são desprezadas e porque defendemos a liberdade e justiça dos miseráveis índios cristãos e que de presente se vão convertendo, e sobretudo porque somos estorvos aos infinitos pecados de injustiça que neste Estado se cometiam, somos afrontados, presos e lançados fora dêle.

O que só sentimos (que pelo demais damos infinitas graças a Deus) é a ruina de tantos milhares de almas, e dos felizes princípios de uma tão florente cristandade, que por êste meio se destrue, descompondo-se e perdendo-se quanto atègora se tinha obrado e conseguido com tantos trabalhos: porque a razão total da conversão dos índios gentios, e das pazes dos que eram inimigos, e de se virem para nós os que estavam metidos pelos matos, e de aceitarem a fé e obediência da Igreja, era ter-se-lhes prometido em nome de Vossa Majestade que haviam de estar debaixo do patrocínio dos Padres, que êles têm experimentado são só os que os defendem; e com êste exemplo fica perdido o crédito de nossa palavra, a autoridade das leis de Vossa Majestade, as promessas que em nome de Vossa Majestade lhes fizemos, enfim tudo.

De tudo o que tenho referido a Vossa Majestade tive aviso no mar, onde faço esta, vindo para o Maranhão de visitar as cristandades do Pará e rio das Amazonas, onde de-novo deixei assentadas duas missões, uma na nação dos Tapajós, e outra na dos Nheengaíbas, os quais conforme o prometido se vão saindo dos matos, e têm já nove aldeias à beira dos rios. Até as nações que têm o trato imediato com os Holandeses nos mandaram pedir os aceitássemos por filhos, debaixo das mesmas condições de paz, e vassalagem de Vossa Majestade. Mas quando isto fazem os gentios bárbaros, os Portugueses e Religiosos nos prendem e nos desterram, e isto nas cidades do rei mais católico, e no reino que Deus escolheu para si e para propagação de sua fé.

Por esta causa, Senhor, desisto do caminho que levava para o Maranhão, e torno ao Pará e rio das Amazonas, a ver se posso de algum modo conservar esta parte do rebanho de Cristo, e confirmar os índios, que com êste caso se consideram já todos na antiga servidão e tirania, para que se não tornem depois de baptizados para os matos e gentilidades, e também, Senhor, para animar aos mesmos Religiosos da Companhia, que, havendo deixado o descanso e quietação de suas pátrias e colégios, levam muito desigualmente verem-se agora nestas tempestades e perseguições, não padecidas pela fé (que isto estimariam muito), mas pela desobediência e pouca cristandade dos vassalos e ministros de Vossa Majestade»[1].

Ao chegar Vieira ao Pará pôs-se em comunicação com a Câmara. Mas depois de se trocarem cartas e explicações, a agitação transformou-se em motim e a 17 de Julho de 1661 o Colégio de S. Alexandre foi assaltado e Vieira com os mais Padres, então residentes na cidade, presos e levados para casas particulares. Os Missionários, que andavam nas Capitanias de Gurupá e Gurupi, só foram presos depois, ou mais propriamente, êles se deixaram prender, para seguir a mesma sorte dos seus companheiros, recusando ofertas de defesa que lhes fizeram os seus Capitães-mores.

Vieira foi recluso na ermida de S. João Baptista, donde foi transferido para uma caravela e dali remetido para o Maranhão e Lisboa. A lenda apoderou-se de sua prisão no Pará e constitue o maior título de celebridade da ermida e actual igreja de S. João Baptista. E andam associados a esta prisão e à dos outros Padres, duas figuras de mulher, D. Antónia de Meneses e Mariana Pinto, tapanhuna. Esta sobretudo, que ia pedir esmola para sustentar os Padres reclusos. Os amotinados viram-no com maus olhos e ameaçavam queimar-lhe a casa, onde preparava as caridosas refeições para os presos. Respondeu que se lha queimassem; «faria de comer em a praça pública». Os Jesuítas deram-lhe depois carta de irmandade. E êste acto, como que enobreceu aquela humilde tapanhuna. Porque, referindo-se a ela mais de 30 anos depois, Bettendorff engloba-as já a ambas com o mesmo título de dom: «Só advirto aos Padres todos que saibam o muito que devemos e deveremos sempre a Dona Antónia de Meneses e Dona Mariana Pinto, ambas nossas Irmãs por carta de Irmandade, por serem elas que nos sustentaram em tudo, enquanto estivemos desamparados de tudo»[2].

Aquêles pretextos, três apenas, invocados a princípio para a expulsão dos Padres, transformaram-se logo num libelo de 25 *Capítulos*[3], onde se amontoaram tantas e tão evidentes calúnias e

---

1. *Cartas de Vieira*, 1, 583-588.
2. Bett., *Crónica*, 189, 191.
3. Cf. *Representação de Jorge de Sampaio e Carvalho contra os Padres da Companhia de Jesus, expondo os motivos que teve o povo para os expulsar do Maranhão*, Studart, *Documentos*, IV, 109-117. O Procurador retomava todos os motivos invocados, muitos dos quais já enunciados em cartas e representações das câmaras.

onde alguns factos reais aparecem contados de forma tão alheia à verdade, que Vieira diz simplesmente que são tão afrontosos à mesma verdade que é vergonhoso tomar conhecimento dêles. Vieira faz a ressalva de que nem todos os moradores do Estado do Grão--Pará e Maranhão incorriam nas suas censuras, e que muitos havia digníssimos e fidedignos. Convém ter presente a opinião de Mendonça Furtado, que, falando de certo homem da terra, um século mais tarde, diz que «*é um insigne mentiroso, como a maior parte dos desta terra*»[1]. Apesar de faltos de verdade e caluniosos, Vieira com o seu espírito meticuloso não deixa nenhum capítulo sem resposta e com elas faz, em seus pormenores, a própria história dêste período[2]. Um dos pontos deturpados era aquela prisão do incestuoso Copaúba, pôsto no dilema ou de mudar de vida ou de retirar-se da Aldeia. Alude a essa deturpação o próprio Vieira. O Governador, requerido para isso pelo Superior, em vez de o fazer, respondeu que o fizesse êle pelo fôro eclesiástico, pois tinha poderes competentes e êle lhe daria o «auxílio do braço secular». Vieira mandou-o chamar em carta amiga ao Pará. Persistindo na recusa, o díscolo foi prêso no Colégio e remetido para Gurupá. Os inimigos aproveitaram-se dêste facto para alvorotar a Aldeia e fazer grandes requerimentos ao Governador. E êste, que não teve coragem para o prender, teve a fraqueza de se pôr depois ao lado dos reclamantes, que calam nos seus requerimentos o motivo verdadeiro da prisão do índio e o modo dela, como se fôsse a chamado por engano. Lúcio de Azevedo parece acreditar nessa falsidade e acrescenta mais uma, dizendo que êle foi prêso no Colégio pelos «coadjutores», isto é, pelos irmãos, circunstância que se não pode aduzir sem documento expresso[3]. Em outros capítulos, sem o tal

---

não só aquêles três iniciais, mas outros como os da Câmara do Maranhão (Cf. Lúcio de Azevedo, *Hist. de A. V.*, I, 389-392).

1. *Anais do Pará*, V! (1906) 19. Notemos que o estudo atento dos actos do mesmo Mendonça Furtado mostra que êle só tinha esta opinião quando as mentiras dos moradores não estavam de acôrdo com as suas próprias. Do contrário fazia-se eco delas sem o menor escrúpulo e as transmitia à côrte como verdades da Escritura.

2. Cf. *Resposta do P. António Vieira aos Capítulos que deu contra os Religiosos da Companhia (em 1662) o procurador do Maranhão Jorge de Sampaio* em Melo Morais, *Corografia*, IV, 186-253. Melo Morais, como em tantas outras publicações suas, cala o nome do Autor da *Resposta aos Capítulos*.

3. Cf. *Capítulo 18, Documentos*, IV, 113-114; *Resposta 18, Corografia*, IV, 213-215, Lúcio de Azevedo, *H. de A. V.*, I, 386-387.

ou qual fundamento dêste, não vale a pena deter-nos, nem na vesânia daquele indigno homem que violou a correspondência particular e como que oficial, dirigida a El-Rei.

Vieira, que só escreveu esta *Resposta aos Capítulos* na segunda metade de 1622, conclue que El-rei mandaria o que fôsse justo, que seria a restituição pura e simples dos Missionários. Já o *Sermão de Epifania* (6 de Janeiro de 1662), que Vieira prègou pouco depois de chegar, evocando todos os grandes títulos de Portugal Missionário, postos à prova pelos amotinados, tinha feito dizer à Rainha-Regente, D. Luísa: «Hoje resuscita o Maranhão por amor do Padre Vieira»[1]. E tudo se encaminhava à restituição, quando, não pelas acusações insubsistentes dos colonos, mas por motivos extrínsecos à Colónia (como havia de ser mais tarde, daí a um século), tudo levou outro rumo. E foi que uma revolução palaciana tirou a regência à Rainha D. Luísa, ficando El-rei D. Afonso VI, manifestamente inepto, entregue ao Conde de Castelo-Melhor, o qual se apressou a proscrever da Côrte aos homens de mais valia ou mais em evidência, que apoiavam a Rainha: «o primeiro de todos, António Vieira, des-

---

1. Barros, *Vida*, 338. Dêste Sermão diz Afrânio Peixoto: «Para os Brasileiros é a mais nossa das obras de Vieira» (*Os melhores sermões de Vieira* (Rio 1931) 214). Para os Portugueses é também a mais sua das obras de Vieira sob o aspecto da vocação apostólica de Portugal. Por isso o propusemos à Comissão dos Centenários de Portugal, de que fazíamos parte, para a *Evocação de António Vieira no templo de S. Roque*. E depois de o reduzirmos à meia hora, que a cerimónia pedia, foi admiravelmente prègado por um sucessor de Vieira no púlpito e na roupeta, António Pereira Dias de Magalhães, e publicado, nas *Comemorações Centenárias*, de 1940 (Lisboa) com duas breves e elegantes introduções uma de Mons. Pereira dos Reis e outra de Joaquim Leitão (esta sem o nome expresso).

Como dissemos, Vieira só escreveu a *Resposta aos Capítulos* depois de sair de Lisboa. Enquanto estêve nela, achou-se demasiado preocupado com os assuntos da Côrte para se ocupar, por si mesmo, dos seus. Para tratar dêstes nomeou seu advogado, «como Superior que sou da Missão do Maranhão», ao Dr. Heitor Mendes Leitão (Procuração de 3 de Maio de 1662, em Studart, *Documentos*, IV, 127). O advogado pediu vista dos papéis e queixas dos moradores do Maranhão, e *Rol*, que consta de 22 números (Lúcio de Azevedo, *Hist. de A. V.*, I, 396-399). Mais tarde, a 25 de Novembro de 1755, quando se organizava a detracção geral dessa época contra os Jesuítas, enviaram-se ainda mais papéis, como os referentes ao Índio Copaúba (Cons. Ultramarino, 645, f. 525-534); e ainda no *British Museum*, addit. to the mss., 15198, f. 147, se encontra uma «Notícia dos sucessos e expulsam dos Padres da Companhia do Estado do Maranham», por onde, com isto e o que está dito, se póde calcular o volume da papelada infinita.

terrado para o Porto, em seguida o secretário do Estado e o Duque de Cadaval; a outros de menor responsabilidade tocou a vez sucessivamente»[1].

Tal reviravolta comum em tôda a política, em vez de se confinar na metrópole, atingiu a Missão do Maranhão e Grão-Pará, destruindo a obra de Vieira. A nova lei de 12 de Setembro de 1663, restabelecendo com poucas modificações, a de 1653, entregava a administração civil das Aldeias a capitães seculares, nomeados pelas Câmaras; aos Religiosos de tôdas as Ordens existentes no Estado, competia a administração espiritual delas. E todos os Jesuítas poderiam voltar ao Maranhão, menos o Padre António Vieira[2], desgraça que sentiram mais que ninguém os seus companheiros de missão, empenhados numa luta de que êle era chefe e «apóstolo»[3].

Vieira nesta volta da fortuna ficou entregue a si-próprio. E a luta deslocou-se dos redutos do Maranhão para a «Fortaleza do Rocio», como Hernani Cidade apelida a Inquisição, que se apressou em mover processo a Vieira pelo passado e pelo presente. Não entra no quadro da *História do Brasil* a narração desta batalha, que se vinha incubando há muito. Vieira não a perdeu de-todo. Porque podia ser queimado e não o foi. O motivo das acusações antigas era a sua simpatia e defesa da gente hebreia; o das acusações recentes, a interpretação política das profecias do Bandarra, que êle utilizara e aplicara, segundo o estilo da época, no seu fervor patriótico, a D. João IV, o novo D. Sebastião, que havia de resuscitar.

Em resumo, desterrado de Lisboa e prêso desde 1663, inculpado de judaísmo e outros erros, Vieira foi condenado à privação de prègar e de voz activa e passiva para sempre, e a reclusão, por tempo indeterminado, numa casa da Companhia. Hernani Cidade remata assim êste processo da Inquisição:

«O Conselho Geral resolveu que a sentença fôsse lida no Tribunal perante o público costumado e não apenas perante os altos

---

1. Lúcio de Azevedo, *Hist. de A. V.*, I, 361.
2. Provisão de 12 de Setembro de 1663, Bibl. de Évora, cód. CXV/2-12, 27v e 132; Melo Morais, *Corografia*, III, 175-178; Lúcio de Azevedo, *Os Jesuítas no Grão-Pará*, 129-130.
3. Assim se refere a ela o P. Gorzoni: «il nostro Apostolo il P. Visitadori Antonio Vieyra», Carta do P. Gorzoni de 1 de Outubro de 1662, *Bras.* 3 (2), 7. O P. Gorzoni tinha-se mostrado em oposição e dera trabalho ao P. Vieira, cf. S. L., *Novas Cartas*, 298-312. O seu testemunho honra um e outro.

funcionários, e no Colégio perante todos os religiosos, e não apenas doze. Quando Vieira, alquebrado por uma recaída na velha doença, se levantou para ouvir a sentença, todos os seus confrades se levantaram com êle. Assim lhe davam a prova de solidariedade que lhe deviam, numa questão que no fundo era um ataque, não tanto às extravagâncias do seu espírito, como a algumas das qualidades que mais lhe realçavam a alma e a alguns dos esforços que mais lhe podem ganhar a simpatia da posteridade»[1].

Mas a derrota não foi total. Daí a algum tempo foi até uma vitória, porque mudado de novo o tablado político português com a subida ao poder de D. Pedro II, se Vieira não voltou a ter na Côrte o prestígio do tempo de D. João IV (há situações que se não repetem na mesma vida) recuperou contudo a liberdade, em 1667; e em 1669 foi a Roma para tratar, com o favor de D. Pedro II, da causa dos *Mártires do Brasil* e mais ainda da sua própria causa[2]; e tratou dela tão bem que só voltou de Roma, com o Breve Pontifício de 17 de Abril de 1675 que o isentava de tôdas as Inquisições da terra, alto privilégio de que nunca fêz uso[3]. Mas era uma segurança futura. Com êle aparece na Côrte em que nem sempre era atendido, mas onde prègou mais alguns sermões, em que era sempre admirável. E reatou-se o fio quebrado das Missões. Não que houvesse de voltar a elas. Mas porque as Aldeias do Maranhão e Grão-Pará, entregues a capitães seculares, estavam quási desertas. Era preciso remédio e reclamavam-no da Colónia.

Vieira tornou a ser o árbitro, o homem experimentado e ouvido, o inspirador da nova lei, de 1 de Abril de 1680, que ia dar completa

---

1. Hernani Cidade, *Padre António Vieira*, I, 117-118. Hernani Cidade trata êste assunto com elevação, concisamente, conforme a índole do seu livro. Com mais pormenores, Lúcio de Azevedo (*Hist. de A. V.*, II, 5-82) que no entanto aqui e além sacrifica ao seu habitual prurido de interpretar os sentimentos íntimos de Vieira, no que em geral é menos feliz.

2. Aquela causa dos 40 Mártires foi o alvo a que "atirou para conseguir sua ida", diz o Procurador do Brasil em Lisboa, P. João Pimenta, Carta de 11 de Agôsto de 1669, *Bras. 3 (2)*, 84. O Provincial do Brasil propôs a ida ao Geral: Como Vieira é muito aceito de Sua Alteza, o seu valimento ajudará muito a causa dos 40 Mártires que tanto se dilata, Carta do P. Francisco Avelar, 5 de Julho de 1669. *Bras. 3 (2) 81*.

3. "Breve de isenção das Inquisições de Portugal e mais Reinos que alcançou em Roma a seu favor o Padre António Vieira", *Obras Inéditas*, I, 175-178.

liberdade aos Índios, a que se seguiu a criação das *Juntas das Missões*, a 7 de Março de 1681.

4. — A Lei de 1 de Abril de 1680, depois de um preâmbulo justificativo, em que se refere às leis anteriores, entra na parte positiva:

«Ordeno e mando que daqui em diante se não possa cativar Índio algum do dito Estado em nenhum caso, nem ainda nos exceptuados nas ditas leis, que para êsse fim nesta parte revogo e hei por revogadas, como se delas e das suas palavras fizera expressa e declarada menção, ficando no mais em seu vigor: e sucedendo que alguma pessoa de qualquer condição e qualidade que seja, cative, e mande cativar algum Índio, pública ou secretamente por qualquer título ou pretexto que seja, o ouvidor geral do dito Estado o prenda e tenha a bom recado, sem nêste caso conceder homenagem, alvará de fiança, ou fieis carcereiros, e com os autos que formar, o remeta a êste reino, entregue ao capitão, ou mestre do primeiro navio que para êle vier, para nesta cidade o entregar no Limoeiro dela, e me dar conta para o mandar castigar como me parecer. E tanto que ao dito ouvidor geral lhe constar do dito cativeiro, porá logo em sua liberdade ao dito Índio, ou Índios, mandando-os para qualquer das Aldeias dos Índios católicos e livres, que êle quiser. E para me ser mais facilmente presente, se esta lei se observa inteiramente, mando que o Bispo, e Governador daquele Estado, e os Prelados das Religiões dêle, e os Párocos das Aldeias dos Índios, me dêem conta, pelo Conselho Ultramarino, e Junta das Missões, dos transgressores que houver da dita lei, e de tudo o que nesta matéria tiverem notícia, e fôr conveniente para a sua observância. E sucedendo mover-se guerra defensiva ou ofensiva, a alguma nação de Índios do dito Estado, nos casos e têrmos em que por minhas leis e ordens é permitido: os Índios que na tal guerra forem tomados, ficarão sòmente prisioneiros como ficam as pessoas que se tomam nas guerras de Europa, e sòmente o governador os repartirá como lhe parecer mais conveniente ao bem e segurança do Estado, pondo-os nas Aldeias dos Índios livres católicos, onde se possam reduzir à fé, e servir o mesmo Estado, e conservarem-se na sua liberdade, e com o bom tratamento que por ordens repetidas está mandado, e de-novo mando, e encomendo que se lhes dê em tudo, sendo severamente castigado quem lhes fizer qualquer vexação, e com maior rigor aos que lha fizerem no tempo em que dêles se servirem, por se lhes darem na repartição.

Pelo que mando aos governadores e capitães móres, oficiais da câmara e mais ministros do Estado do Maranhão, de qualquer qualidade e condição que sejam, a todos em geral, e a cada um em particular, cumpram e guardem esta lei, que se registrará nas câmaras do dito Estado; e por ela hei por revogadas, não sòmente as sobreditas leis, como acima fica referido, mas tôdas as mais, e quaisquer regimentos e ordens, que haja em contrário ao disposto nesta que sòmente quero que valha, tenha fôrça e vigor como nela se contém, sem embargo de não ser passada pelo chancelaria, e das ordenações e regimentos em contrário, Lisboa 1.º de Abril de 1680. — *Príncipe*»[1].

Para assegurar a execução desta lei ou realizar o que ela supõe, expediram-se outras ordens importantes, de fomento económico, administrativo, agrícola, colonial e religioso, que os Padres de Lisboa, ordenaram em 20 pontos, correspondentes a outros tantos despachos ou cartas régias.

«**Lista dos despachos e ordens que vão de Sua Alteza — 1680:**

1º — Lei geral de que não haja escravos nem resgates dêles daqui por diante. Não se entende esta Lei dos que até agora se fizeram; mas exclue todos os casos, ainda os de guerra justa, que nas leis antigas se permitiam.

2º — Que todos os anos se metam no Estado do Maranhão quinhentos ou seiscentos negros, para suprirem os escravos que se faziam no sertão; os quais negros se venderão aos moradores por preços muito moderados e a largo tempo. E Sua Alteza os pagará aqui aos mercadores, com quem se fêz êste contrato, para o qual lhes tem já consignado os efeitos de que se hão-de embolsar.

3º — Que se tirem todos os estanques e só se ponham nos géneros dêles um direito moderado.

4º — Que o Cacau, baunilhas, anis e tôdas as outras drogas novas cultivadas, não paguem direito algum nem lá nem cá, por espaço de seis anos e nos quatro seguintes só meios direitos.

---

1. Bibl. de Évora, cód. CXV/2-18, f. 35v; Melo Morais, *Corografia*, IV, 495-496; Porto Seguro, *HG.*, III, 339-341; *Collecção dos Breves Pontificios e Leys regias*, nº. 11.

5º — Que os Índios de serviço das Aldeias se dividam em três partes iguais: a primeira para ficar nas mesmas Aldeias, tratando de suas lavouras e famílias; a segunda para servir aos moradores; a terceira para acompanhar os Missionários às Missões; e que dentro do mesmo número que couber a esta terceira parte tenham os ditos Missionários a liberdade de escolher aquêles que forem mais práticos e idóneos para as Missões, que se houverem de fazer, conforme as terras e línguas dos gentios.

6º — Que a repartição dos Índios de serviço a faça o Senhor Bispo com o Prelado de Santo António, e uma pessoa eleita pela Câmara. E onde o Senhor Bispo não estiver, o seu Vigário, e que para a dita repartição se saberá o número dos Índios pelas listas que dêles derem os Párocos.

7º — Que as missões ao sertão as façam só os Religiosos da Companhia de Jesus.

8º — Que as Aldeias de Índios já cristãos sejam governadas sòmente pelos seus Párocos e pelos Principais das suas nações sem se lhes poder pôr outro capitão ou administrador de qualquer qualidade que seja.

9º — Que os Religiosos da Companhia tenham à sua conta tôdas as Aldeias dos Índios já cristãos, exceptas sòmente algumas que tivessem outros Religiosos, antes de ir àquele Estado o Senhor Bispo.

10º — Que no caso em que o dito Senhor Bispo haja alterado alguma coisa acêrca das Aldeias que tenham à sua conta os Padres da Companhia, tôdas ditas Aldeias e suas igrejas sejam restituídas aos mesmos Padres.

11º — Que tôdas as outras Aldeias do Gurupá e Rio das Almazonas e outras quaisquer que não têm próprios Párocos se entreguem também aos Religiosos da Companhia.

12º — Que assim mesmo sejam êles os Párocos de todos os Índios que descerem do sertão e das Aldeias e igrejas que se formarem de novo.

13º — Que às Aldeias, que de presente há, se reconduzam todos os Índios, que andarem divertidos por outras partes, para que haja maior número nas sobreditas repartições e que o Governador os faça reconduzir sem apelação nem agravo.

14º — Que nenhum índio vá servir (o que se fará com a alternativa de dois meses sòmente) sem se depositar primeiro o pagamento, e que havendo alguma dívida nesta matéria o Ouvidor a julgue sumariamente, e sem dependência de qualquer outra jurisdição.

15º — Que uma das primeiras Missões, que se fizerem, seja aos Índios do Cabo do Norte, mais vizinhos à nova Conquista dos Holandeses, e que os Missionários, além de sua conversão, os procurem conservar na ducação [sic] dos Portugueses e obediência de Sua Alteza e mandar particular informação da dita vizinhança que com os Holandeses têm, e suas terras, rios, portos, etc.

16º — Que aos Índios mais remotos do Rio das Amazonas e quaisquer outros que se não puderem ou não quiserem descer, se façam também Missões e os Padres os doutrinem e residam com êles em sua próprias terras, e que nelas os industriem a cultivar os fruitos naturais e outros de que forem capazes e os mesmos Índios os naveguem e tragam a vender aos Portugueses, comutando-os com gêneros necessários ao culto civil de suas famílias e ao sagrado de suas igrejas.

17º — Que os Governadores nem por si, nem por outra pessoa, possam ter comércio ou negociação alguma, nem ocupar nisso os Índios.

18º — Que havendo alguma pessoa que pública ou secretamente vá ou mande fazer escravos Índios seja logo prêsa sem lhe valer homenagem, nem outro algum privilégio e remetida no primeiro navio a êste Reino para ser castigada com a demonstração que convém.

19º — Que de tudo o que se intentasse em contrário das sobreditas ordens e de tudo o que fôr necessário à continuação e aumento das Missões e do fruto que nelas se faz dêem particular conta a S. A. os Superiores dos Missionários; aos quais e ao Senhor Bispo se recomenda estritamente a recíproca correspondência.

20º — Que para provimento subsitivo [sic: subsecivo? substitutivo?] de sujeitos aptos, práticos na língua e feitos ao clima, haja no Colégio do Maranhão um Seminário de noviços, com todos os estudos de Latinidade, Filosofia e Teologia especulativa, e Moral, em que possam continuar ou acabar seus estudos os que os não tiveram acabado, para cujo subsídio e sustento tem já consignado S. A. uma suficiente ordinária no Contrato das Baleias da Baía e Rio de Janeiro, que começará a correr desde o princípio dêste ano de 1680»[1].

A lei e os decretos têm a data de 1 de Abril de 1680. No dia seguinte António Vieira, envia ao Superior da Missão do Maranhão e Grão-Pará, esta lista de despachos de Sua Alteza, conta o que se passou nas Juntas preparatórias, em que teve papel preponderante o seu amigo Duque de Cadaval e dá instruções sôbre a missão[2]. Feito isto, o grande lutador («lutador construtivo» — lhe chama Hernani Cidade)[3], sentindo-se doente, e recusando o remanso de Roma, donde lhe acenavam, apesar da sua idade mais que septuagenária, com o ofício de confessor da Rainha Cristina da Suécia, prefere voltar à sua Província do Brasil, para concluir os dias no mesmo Colégio, onde 58 anos antes começara a vida religiosa[4]. Mas a sua robustez de ânimo parece que até ao corpo comunicava fôrça e vitalidade física.

A 27 de Janeiro de 1681 partiu para a Baía. E ainda viveu no Brasil 16 anos e o tornaremos a encontrar, prègando novos sermões

---

1. *Bras.* 9, 315-316. Tôdas ou a maior parte destas Ordens régias, encontram-se na Bibl. de Évora, cód. CXV/2-12, 38v, 88, 94; cód. CXV/2-18, 35v, 79v, 80v, etc. Chegaram a 21 de Maio de 1680: "Em 21 de Maio do ano passado chegou a êste Maranhão o navio de Lisboa e nêle novas leis e provisões muito favoráveis aos Índios e ainda aos Portugueses dêste Estado, do que suponho tem o P. António Vieira dado parte a Vossa Paternidade", Carta do P. Pero de Pedrosa, de 31 de Março, de 1681, *Bras.* 3 (2), 136.
2. *Cartas de Vieira*, III, 428-429.
3. Hernani Cidade, *Padre António Vieira*, III, 454.
4. *Cartas de Vieira*, III, 442. A rainha Cristina afeiçoara-se ao P. Vieira, quando êle estêve em Roma a segunda vez. E foi a convite da Rainha que Vieira pronunciou o famoso *Discurso das Cinco pedras de David*. "O assombro provocado pelo nosso genial patrício, diz o P. José de Castro, levou a Rainha da Suécia a promover uma sessão solene com dois discursos: um do grande Padre Cattaneo, que fêz o papel de Demócrito, e o outro do Padre António Vieira, que desempenhou o papel de Heráclito. Escusado dizer que esta assembleia, constituída pelo que havia de maior e melhor em Roma, endoideceu de entusiasmo, a ponto de Clemente X declarar: — Muitas graças a Deus por fazer êste homem católico; porque se o não fôra, daria muitos cuidados à Igreja", José de Castro, *Portugal em Roma*, I (Lisboa, 1939) 233.

e limando os antigos numa actividade prodigiosa da pena e até no mais alto cargo da Província, que é o de Visitador Geral. E será ainda êle quem nos vai dar a narrativa mais serena do novo motim que em breve ia estalar no Maranhão em 1684.

CAPÍTULO III

Do Perdão de 1662 ao Motim de 1684

1 — Perdão geral de 1662 e suas consequências; 2 — O «Estanco» e violências de 1684 contra o mesmo Estanco, o Governador e os Padres da Companhia; 3 — Restabelecimento da ordem pública por Gomes Freire de Andrade.

1. — A 8 de Fevereiro de 1662 embarcou para o Estado do Maranhão o novo Governador Rui Vaz de Siqueira, encarregado de restabelecer a ordem, reparar as injustiças, restituir os Padres e oferecer um perdão geral ao povo, que não era o mesmo que a impunidade. Para êste perdão geral concorreu Vieira. Lúcio de Azevedo achou «incrível» a cena da Rainha Regente, perdoando ao Maranhão por amor de Vieira[1], mas já no seu livro posterior, diz que Vieira, acabado o sermão da Epifania «tinha ganho o ânimo do público para a sua causa como já antes o ânimo da Rainha»[2]. Se tinha ganho o público e a rainha, basta reparar nas datas: o sermão foi a 6 de Janeiro, o embarque do Governador a 8 de Fevereiro, o valimento de Vieira conservou-se até à revolução palaciana de Junho. «Incrível» seria que o perdão geral ao povo que o Governador levava, concedido pela Rainha Regente, protectora confessa das Missões do Maranhão e afeiçoada a Vieira, fôsse contra a sua opinião, e o próprio Azevedo reconhece a intervenção directa do missionário, escrevendo que o Governador fôra para o Maranhão «instruído por Vieira»[3]. Lúcio de Azevedo ainda é, às vezes, sobrevivência retardada dos que uniam Jesuítas e Inquisição num mesmo conceito, êrro em que não cai hoje nenhum espírito esclarecido, em cujo

---

1. Lúcio de Azevedo, *Os Jesuítas no Grão-Pará*, 106.
2. Id., *Hist. de A. V.*, 353.
3. Lúcio de Azevedo, *Os Jesuítas no Grão-Pará*, 123.

número incluímos o mesmo autor que noutros passos da sua *História* faz bem a distinção. Realmente a crueldade ou a violência do sangue é de todo alheia à tradição da Companhia. A sua fôrça está nas armas do espírito, nos argumentos, ou se quisermos na dialética, por palavra e por escrito, de que Vieira é precisamente entre nós, e nêste próprio caso, o mais alto exemplo. Mas o espírito de tolerância com as pessoas, não quer dizer que se suprimam as sanções contra as ilegalidades ou crimes; e o próprio Vieira, diante do novo atentado e expulsão de 1684, recordará depois que a completa impunidade de 1661 alentou a repetição da façanha[1].

O perdão geral, levado por Vaz de Siqueira, foi publicado a 2 de Junho de 1662 e diz o Governador: «pela informação que tirei por ordem expressa de S. Majestade sôbre a dita expulsão, me não consta de particular delinqüente, e sendo a culpa comum de todos, costumam os Reis usar de sua clemência e benignidade, sendo o arrependimento o mais equivalente castigo»[2].

Rui Vaz começou pois o govêrno com boas disposições, procurando contemporizar com as Câmaras, sustentando ao mesmo tempo os Jesuítas. Quando um dos dois navios, em que iam expulsos os do Pará, arribou outra vez, o Governador desautorizou os responsáveis nêsse embarque, e manteve com firmeza os Padres.

Quanto à reentrada dos Padres no Maranhão, Bettendorff nota as seguintes efemérides e dupla coincidência:

Motim principal: dia do Espírito Santo de 1661.

Saída do P. Vieira e outros do Maranhão: 8 de Setembro de 1661.

Resolve-se no Maranhão a volta dos Jesuítas: dia do Espírito Santo de 1662.

Chegada dos Padres Vale e Gorzoni: 8 de Setembro de 1662[3].

Parece que a Junta no Maranhão, para a volta dos Padres, foi exactamente na «primeira oitava do Espírito Santo, isto é, na se-

---

1. *Cartas de Vieira*, III, 490.
2. Melo Morais, *Corografia*, III, 167. Êste perdão foi confirmado por El-Rei, no dia 12 de Setembro de 1663, para fazer mercê aos seus vassalos e que se não trate mais dessas culpas, arquivando-se o processo, Id., *Ib.*, 175-176. Mas alguns dos mais culpados tiveram má sorte. A *Relação dos Sucessos do Maranhão*, em S. L., *Novas Cartas*, 313-314, atribue êsses castigos ao «rigor da Divina Justiça». Citam-se nomes.
3. O caso celebrou-se com repiques e no ano seguinte na Festa do Espírito Santo com salvas de artilharia, Bett., *Crónica*, 196, 202.

gunda-feira de Pentecostes. Neste dia o Governador Rui Vaz de Siqueira «fêz oração na igreja do Colégio, que havia um ano estava fechada, e no dia seguinte se disse nela missa cantada, a que assistiu o Governador acompanhado de tudo o que havia no Maranhão»[1].

Não se pode duvidar das disposições iniciais do novo Governador. Quando porém vieram notícias da revolução palaciana, e do exílio de Vieira e do processo da Inquisição, Rui Vaz mostrou muito menos amor à catequese do que aos seus interesses pessoais. São muitos os documentos que o provam; não entremos porém em tais minudências, intoleráveis pela repetição, semelhantes a quási tôdas as mais nesta matéria de Índios. Relegando-as ao merecido silêncio, vamos direitos aos factos que marquem rumos novos.

Antes de mais nada, deve ser assinalado um, o deslocamento da preponderância política administrativa e económica de S. Luiz para Belém. A pouco e pouco a primeira capital deixou de ser a residência oficial do Estado. O Governador passara a viver em Belém, cidade que fôra prevalecendo pela sua posição geográfica mais central, perto da grande fonte de riqueza humana que era o Amazonas, emulação vinda de longe, mas que se ia equilibrando. Facto importante, porque se até então, ainda às vezes se fazia a concordância entre ambas as cidades e respectivas Câmaras, como sucedeu em 1661, daqui em diante, quando uma propunha alguma inovação ou recusava algum quesito das leis, a outra tomava geralmente a posição contrária. Nestas circunstâncias, e é êste outro facto a assinalar, entrou em S. Luiz no dia 11 de Julho de 1679, o primeiro Bispo do Estado, D. Fr. Gregório dos Anjos, que pouco depois passou ao Pará. E a êle, com mais dois membros, como vimos, um Franciscano e um Camarista, se encarregou a repartição dos Índios das Aldeias ou dos novamente descidos. Entretanto, a lei determinava que tanto a administração das Aldeias como os descimentos se fizessem por Padres da Companhia; a repartição, de que os Jesuítas se não quiseram ocupar, é que ficou a cargo daquele triunvirato ou junta repartidora. As leis determinavam em concreto o modo da repartição, salário e o número que se havia de repartir, e os que haviam de ficar nas Aldeias, que era a terceira parte, mo-

---

1. S. L., *Novas Cartas*, 314-315

tivo perene de queixas para os moradores, para quem os Índios todos juntos ainda eram poucos[1].

2. — Para obstar de algum modo a êste descontentamento e para aumentar a mão de obra, criou-se uma *Companhia de Comércio* que em 20 anos introduzisse 10.000 negros de África no Estado e ao mesmo tempo assegurasse à Corôa o pagamento e riscos dos transportes. Para maior eficácia, recorreu-se ao que fazem com freqüência todos os Govêrnos do mundo, ontem como hoje. Organizou-se um monopólio ou *Estanco*, encarregado da venda de certos géneros de consumo, a preços fixos. O Estanco principiou a vigorar em 1682, não sem oposição dos moradores, dominada logo pelo novo Governador Francisco de Sá e Meneses, chegado nesse mesmo ano e com o encargo expresso de o implantar[2].

O Governador porém não conseguiu dominar o descontentamento numa terra em que parecia endémico. Em 1684 estalou outro motim, que principiou por ser contra o Estanco e logo se manifestou contra o Governador e os Padres da Companhia de Jesus. O cabecilha do levante foi um português (de Lisboa), Manuel Bequimão, descendente de estrangeiros (Beckmann), e nêle se envolveram logo outras pessoas, começando Bequimão, para captar as simpatias, por declarar, que depois de abolido o Estanco, arranjaria para o povo muitos escravos. «Motim de Aldeia», sem importância, de que se não deve ocupar a história, observa Lúcio de Azevedo[3]. Da papelada que originou, copiosa como sempre, sobrenada um escrito, feito na Baía, aonde depois de expulsos do Maranhão passaram dois Padres, Bettendorff e Pero de Pedrosa[4]. Reùnida a Consulta na Baía, determinou-se que o primeiro dêstes fôsse a Lisboa informar directamente a Côrte e organizar a volta ao Maranhão. Com as notícias dadas

---

1. «Provisão de 1 de Abril de 1680 que regula o modo de fazer a repartição dos Índios e encarrega a conversão daquela gentilidade aos Religiosos da Companhia de Jesus» e «Carta Régia de 17 de Novembro de 1681 ao Governador Inácio Coelho da Silva sôbre a Repartição dos Índios, Évora, Cód. CXV/2-18, f. 83v.

2. Lúcio de Azevedo, *Os Jesuítas no Grão-Pará*, 141-142.

3. *Os Jesuítas no Grão-Pará*, 144. Ao contrário de Lúcio de Azevedo, outros como João Francisco Lisboa e Varnhagem fazem do colono estrangeirado um heroi e consagram inúmeras páginas a esta desordem local. Bertino de Miranda na Introdução aos *Anais de Berredo*, p. X, escreve, como demos no texto, *Beckmann*.

4. Bett., *Crónica*, 380.

por êstes Padres e outros, que as enviaram por escrito, redigiu-se uma informação que anda publicada sem nome de Autor, *Informação a Sua Majestade sôbre o sucedido no Maranhão em Fevereiro de 1684*[1]. Mas, pelo estilo é de Vieira. Depois de examinar os documentos, escritos alguns com extrêma vivacidade e paixão, verificamos que êste contém o essencial com serena elevação, em poucas páginas. Com uma ou outra nota adequada, segundo referência de outras testemunhas dos factos, completaremos, concretizando-as, as alusões impessoais de Vieira:

«O P. João Filipe Bettendorff, um dos missionários da Companhia, agora de novo expulsa do Maranhão, depois de ser ouvido na Consulta Provincial dos Religiosos da mesma Companhia e Província do Brasil, onde veio fazer presente êste sucesso, por parecer dos mesmos Padres consultores, vai informar a Sua Majestade de todo o facto e incidentes dêle mais necessários, levando para lembrança do que deve dizer, êste *Memorial*, que contém sumariamente o caso todo.

É o motivo e origem da perturbação, que inquieta aos ditos missionários, a observância das novas leis de Sua Majestade, a que repugnam alguns habitadores daquela conquista, por ordenar nelas Sua Majestade o que em repetidos Conselhos e Juntas pareceu mais ajustado, afim de se defender a liberdade dos Índios, e aumentar sua conversão, dirigindo-se em parte o serviço dos ditos Índios pelos mesmos missionários, quando os moradores daquele Estado os pedissem para benefício seu e da república.

E porque êstes se não satisfaziam com o uso do trabalho dos Índios, assim modificado pelas leis de Sua Majestade, como até agora fizeram representar pelas repetidas queixas mandadas a esta côrte, aproveitando-se da fúria concebida contra o novo contrato, pelas razões que nos não tocam referir, desobedeceram com o mesmo ímpeto, às leis de Sua Majestade, expulsando do Maranhão aos principais observadores delas, o que se executou na forma seguinte:

Em vinte e cinco de Fevereiro do presente ano, dia do Apóstolo São Matias, estando no Pará o governador do Estado, Francisco de Sá de Meneses, e o bispo D. Gregório dos Anjos, e havendo concorrido o povo à cidade de São Luiz, para assistir à procissão dos

---

1. Melo Morais, *Corografia*, IV, 199-241.

Passos, se ajuntou na noite antecedente quantidade de conjurados em um convento de religiosos, para conferirem a execução do que já muitos dias antes tinham resolvido. E para que o caso parecesse efeito comum de todo o povo, o que na verdade não era, porque só o faziam alguns interessados e inquietos, correram os mais zelosos daquela facção as ruas da cidade, trazendo com violência e ameaços os que recolhidos em suas casas ou não sabiam do intento, ou o desprezavam, introduzindo-os na sobredita junta e casa de religiosos[1]. E aos que vieram mais tarde e mais repugnantes, como foram alguns naturais de Viana, se admitiram de caminho à companhia dos conjurados, ficando todos compreendidos, ou por vontade ou sem ela, debaixo da aclamação do povo.

Formado desta sorte o motim, o primeiro que sofreu sua violência foi Baltasar Fernandes, pessoa de satisfação e merecimentos, que servia o cargo de Capitão-mor do Maranhão, ao qual prenderam sem lhe admitirem razão alguma, dizendo que nem a êle, nem a Francisco de Sá de Meneses, o reconheciam mais que pelas pessoas e nomes, e não pelos postos que ocupavam. Com êstes e semelhantes têrmos molestavam aquêles que lhes queriam estranhar o caso, como o experimentou o juiz dos órfãos Manuel Campelo de Andrade, a quem quebraram a vara, quiseram gravemente ferir, e ultimamente prenderam, obrando-se tudo isto debaixo do estrondo das furiosas vozes, que se resumiam tôdas em bradar pelo povo, e ameaçar com a morte a traidores.

Tocaram logo o sino da câmara, e juntos seus oficiais elegeram procuradores particulares para os expedientes e execuções de maior importância[2].

Fizeram também dois misteres, escolhidos entre os que formavam o corpo do motim, e que serviu para se cuidar que as acções de todos eram dirigidas pelo govêrno do povo: e a êste corpo de amotinados

---

1. Convento de Santo António, Bett., *Crónica*, 360; *Memória* do P. Barnabé Soares (*Bras.* 3(2), 172). «Os sediciosos se juntaram pela meia noite na cêrca do convento de Santo António (então ainda fora da cidade), entrando nela por uma brecha, que o tempo havia feito no seu muro, diz Fr. Francisco de Nª. Sª. dos Prazeres, *Poranduba Maranhense*, na *Rev. do Inst. Bras.*, LIV, 86.

2. Manuel Bequimão, que ofereceu o outro cargo de Procurador do Povo a Eugénio Ribeiro que se escusou por não saber discursar. Nomeou então a Jorge de Sampaio ficando Eugénio Ribeiro, como vogal do Conselho, com Francisco Dias Deiró e Melchior Gonçalves, *Memória* do P. Barnabé Soares, 172.

assim composto, não deixaram de seguir com o conselho e aprovação, e talvez com a diligência, alguns eclesiásticos e regulares, cujo estado e autoridade faziam reforçar mais os ânimos de todos, servindo-lhes juntamente êste bom zelo de exemplo e de desculpa[1].

Desta junta da Câmara saiu ordem a Melchior Rodrigues, por cujo cuidado estavam as fazendas do «Estanque» e novo contrato, para que não vendesse mais alguma das que ainda houvesse, e só a pólvora repartiram entre os soldados, por ser provimento necessário para a ocasião. E para segurança de suas resoluções, puseram o govêrno da cidade em três homens, que julgaram dignos do cargo, os quais mandaram passar mostra, e crearam novos oficiais de milícia, que fôssem de seu humor, removendo dela aquêles, de que se podia temer alguma oposição[2].

Um dos procuradores eleitos para as maiores acções, entre os tumultos e estrondos do motim, levantou a voz, e disse, insinuando sua vontade, que também se expulsariam os Padres da Companhia, se assim fôsse necessário[3].

E suposto que esta resolução, nas primeiras entradas de sua proposta, se deu a temer pela deformidade que tinha nos ânimos de muitos, como estava radicada na contínua queixa que por causa dos Índios tinham contra os Padres, não foi necessária grande dilação para os desejarem fora. E assim sendo, representado o intento aos

---

1. Fr. Inácio da Assunção «O Ventoso», Fr. António e Fr. Paulo, todos três carmelitas; Inácio da Fonseca Silva, vigário da Matriz, e mais dois clérigos Manuel Gomes Grã e João Rodrigues Calhau, que andaram «com barretinas de soldados, escudos, espadas e mosquetes, arregimentando gente», Frei Estêvão e Fr. Luiz Pestana, ambos mercenários. Os que mais se assinalaram na expulsão dos Padres da Companhia foram Fr. Inácio Ventoso, conselheiro-mor dos levantados, e Fr. Luiz Pestana. Todos aparecem incitando os amotinados, no púlpito ou fora dêle. O Vigário da Matriz, ainda que alguns factos o culpavam, protestou depois que só votara contra o *Estanco*, e não pela expulsão e que só agira por medo (Bett., *Crónica*, 362; *Memória* do P. Barnabé Soares, 172-173). Falando sôbre a expulsão dos Padres da Companhia, diz o Superior da Missão: "Franciscani, Carmelitae, Mercenarii et Clerici eam a populo extorquerunt» (*Bras.* 26, 98). A pedido dos mesmos Padres da Companhia, El-Rei perdoou «aos clérigos culpados» (Bett., *Crónica*, 409).

2. Os três pseudo-governadores foram Tomás Bequimão, irmão de Manuel Bequimão, João de Sousa e Manuel Coutinho, *Memória*, 172.

3. Manuel Bequimão, que é o aludido sempre que aqui se fala apenas em procurador ou um dos procuradores.

três governadores, e inteirados êstes de que o povo congregado os havia de seguir, ainda que muitos o fizessem violentados, saiu resoluta a expulsão dos Padres, que além de contentar aos que a pediam, agradou aos eclesiásticos, que a desejavam.

Com o alvorôço dêste execrando decreto, foi um dos procuradores destinado ao Colégio de Nossa Senhora da Luz, levando consigo o povo amotinado; e em nome de todos disse ao Padre Reitor do dito Colégio, e a alguns religiosos mais, ali presentes, que como procurador daquele povo os notificava para sairem do Maranhão, por serem prejudiciais à terra, no govêrno temporal dos Índios forros das aldeias, e não por defeito algum de religiosos, ou missionários, concluindo a sua notificação com lhes intimar a saída para a primeira ocasião; e proibindo-lhes entretanto a comunicação com tôda a pessoa de fora. Em tudo isto consentiram os Padres com modesto sentimento, sem se valerem das razões que os defendiam, cedendo o sofrimento religioso à fúria popular. O que visto pelo povo, e seu procurador, vieram dar parte aos três governadores, deixando guardas ao Colégio, para que ninguém saísse dêle, nem tratasse com os Padres sem licença sua.

Vendo pois êste zeloso procurador do povo, que já pelo contrato se não podia temer resistência, porque o governador estava no Pará, o capitão-mor prêso, a milícia com cabos de facção, proibida a venda dos géneros que ainda teria o Estanque, repartida a pólvora para sua defensa, e o povo atemorizado, e que a êste bom sucesso se tinha seguido ainda com mais sossêgo a determinação de lançarem da terra aos Padres da Companhia, porque nem com uma leve razão a haviam contrariado, julgou o dito procurador do povo, que era precisa obrigação agradecer a Deus, a fortuna daquele dia, o que se fêz com um *Te-Deum Laudamus*, e missa de acção de graças, que celebrou o vigário da matriz, com repiques de sinos, aplaudindo entre si com recíprocos parabens os autores de tão heróicas acções, os bons sucessos delas.

Determinaram logo alterar com os mesmos pretextos as Capitanias vizinhas, como são a de Santo António de Alcântara, onde foram os dois procuradores do povo, e a do Grão-Pará, para onde partiu outra pessoa de semelhante zêlo. E arribando êste ao Maranhão, por lhe fugirem os remeiros, os dois procuradores chegaram a Tapuitapera, e intimaram aos da Capitania de Santo António de Alcântara os seus intentos, mas sem o fruto que esperavam; porque o capitão-mor Henrique Lopes, e o senado da dita Capitania, responderam uniformes, que nem haviam de negar obediência ao governador do Estado, nem ter parte na expulsão dos Padres da Companhia, prometendo sòmente consentir com os do Maranhão na repulsa do estanque.

No entretanto desta ausência dos procuradores do povo se ia já êle moderando, na determinação de expulsarem os Padres, porque enfraquecida a primeira fúria, se dava muito a ver a razão que os arguia. Mas depois de chegados os procuradores, tornou a tomar fôrças a mesma teima contra os Padres, porque estranharam êstes ao povo, as mostras de seu arrependimento, e o tornaram a repôr na repulsa começada, servindo-se para isso de terríveis ameaças com que os intimidavam. E receando os procuradores do povo, que a detença da saída dos Padres pudesse causar alguma variedade nos conjurados, foram repetir ao Colégio a ordem da expulsão, apressando as disposições necessárias para se efectuar.

Nesta ocasião tendo para si os Padres, que já o tempo teria modificado a fereza daqueles ânimos, disseram aos procuradores do povo, que, visto não ser outra a queixa que dêles tinham, mais que o cuidado do temporal dos Índios, êles cediam dessa administração, deixando-a à ordem do govêrno e câmara assim como desejavam. Não foi admitido êste concêrto, oferecido pelos Padres para os não inquietarem, porque um dos procuradores, persistindo no primeiro intento, respondeu por si e pelo povo, a quem representou a seu modo a condição do sossêgo, que se oferecia por parte dos Padres, que não convinha deixar o que estava principiado e êles pleiteavam: porque isso seria grande desdoiro de sua resolução, ainda tão fresca, e se cuidaria, que a repentina mudança do que já estava assentado, nascia de alguma indecente variedade do juízo.

Intentaram segunda vez a jornada do Pará, porque lhes convinha muito o alevantamento daquela Capitania, para não ficar parcial a do Maranhão: e a esta emprêsa foi um eclesiástico, que escolheram de comum consentimento, o qual, depois de se dizer uma missa ao Bom Jesus, pedindo-lhe auxílio para aquêle seu grande serviço, partiu muito animado a o fazer, e na despedida recomendou com muitas razões de persistência a continuação do começado[1].

---

1. Fr. Luiz Pestana (*Memória*, 173). O emissário procurou mover o Prelado e a Câmara a secundarem o motim do Maranhão. O Prelado mostrou-se tíbio, re-

Teve disto notícia o capitão-mor de Tapuitapera, e fêz aviso ao Pará, da embaixada que lhe mandavam do Maranhão, para se prevenir o governador do Estado com as cautelas convenientes a tão estranha novidade; e porque os conjurados souberam dêste aviso do capitão-mor Henrique Lopes, corria voz, que o mandavam vir prêso, e se não sabia até àquele tempo se o haviam feito, ou se êle com alguma notícia desta resolução, se havia ausentado.

Tornaram ao Colégio os procuradores do povo, argüindo aos prelados de haverem mandado o Padre Pedro de Pedrosa ao Pará, com aviso do que haviam feito, e de que tinham quantidade de cravo em casa de um confidente seu, e de não terem dado umas índias de leite para criarem os filhos de uns moradores; constou logo ali ser tudo falso, porque o Padre Pedro de Pedrosa apareceu diante dêles, e o Padre reitor lhes ofereceu de graça todo o cravo, que achassem na casa sobredita; e finalmente se averiguou que era testemunho, o que se dizia das índias de leite, pedidas e não dadas aos moradores. Vendo-se assim convencidos em sua temeridade, êstes conjurados concluiram suas razões com inculcarem canoas para os Padres sairem, aos 20 de Março, no que êles não vieram, por serem aquelas embarcações incapazes de levarem vinte e sete religiosos por uma costa brava e com navegação de tantos dias. Deferiram os procuradores do povo a esta réplica muito violentados; e destinaram dois barcos velhos, em que fôssem os Padres para o Brasil, que era o termo de seu destêrro.

Chegaram nesta ocasião duas canoas do Pará, uma com cartas do governador do Estado para o Capitão-mor Baltasar Fernandes, e outra com o Padre Jódoco Peres, da Companhia, Superior das missões, e mais dois religiosos. Puseram os três governadores em arrecadação os índios, canoas e cartas, que nelas vinham, e da janela da Câmara leram os procuradores do povo as do Governador do Estado em voz alta, com os comentos e glossa, que lhes ditava sua paixão. Quiseram também que tudo quanto tinham obrado até

---

pelindo a sugestão só quando viu que o Pará a repelia. O Governador, que antes do motim tergiversava na questão dos Indios (*Bras.* 9,322), quando soube que os amotinados o tinham deposto, segurou bem as rédeas. E a Câmara, quando Frei Luiz lhe apresentou a mensagem e relatório dos acontecimentos do Maranhão, pegou nos originais e levou-os ao Governador, hipotecando-lhe a sua adesão e fidelidade à autoridade legítima (Baena, *Compêndio das Eras*, 153-154).

ali, ficasse em notícias autênticas, para testemunho de seu acertado procedimento. Para isso grudaram algumas fôlhas de papel, em que lançaram um círculo grande, no meio do qual se escreveram seus decretos, e cláusulas da conjuração, e motivos dela, com severas deprecações e penas contra os que obrassem ou dissessem o contrário do que ali estava escrito; e para não ficar lugar de se poderem conhecer os cabeças e autores destas perturbações, assinaram todos em roda do dito círculo, satisfeitos de que não sendo conhecidos pela ordem das firmas naquele papel, o não poderiam ser pelo que tão publicamente obravam nas ruas e praças da cidade.

Depois de juramentados nesta forma, quiseram que assim mesmo se pusesse em outra escritura a expulsão dos Padres, para constar a todo o tempo da causa porque a empreenderam. E a êsse fim lhes mandaram intimar um protesto, com cerimonias judiciais, cuja substância brevemente resumida é a seguinte: que o povo do Maranhão os lançava fora, não por escândalo algum em seu procedimento e vida religiosa, nem menos por faltarem ao cuidado da salvação das almas [1]. Que a razão, motivo e principal fundamento desta resolução, era por que os Padres tinham a administração temporal dos Índios, no que experimentava aquêle povo intoleráveis apertos. Que lhes pediam e intimavam juntamente não pretendessem jamais voltar para a terra, que de nenhum modo os queria, e de que já haviam sido lançados duas vezes e intentados lançar outra [2].

Que de fazerem os Padres o contrário, soubessem causariam muitos danos no Maranhão com sua vinda, dos quais, e das mortes que se seguissem, teriam a culpa tôda. Que nenhuma razão das que

---

1. A notificação começa assim: «O povo desta cidade de S. Luiz do Maranhão tem já expulsado a Vossas Paternidades dela três vezes com esta; não porque Vossas Paternidades lhe tenham dado escândalo algum no espiritual mais que no temporal, os quais declararão e farão presentes ao Príncipe Nosso Senhor, que Deus guarde, porque no exemplo com que Vossas Paternidades obram no espiritual e bem das almas não têm que dizer»... *Bras. 26*, 123; Bibl. de Évora, Cód. CXV/2-11, 87-88; Melo Morais, *Corografia*, IV, 186.

2. Uma em 1661, outra talvez se refira ao tempo dos Padres Manuel Gomes e Diogo Nunes, de que não há documentos; a tentativa foi à chegada do P. António Vieira em 1653. Quanto aos Índios, que os amotinados queriam, tinham-lhes respondido os Jesuítas que reparassem em que êles os *administravam*, mas outros os *repartiam*. A repartição competia, como se disse, ao Bispo, ao Prelado de Santo António e a um camarista eleito pela Câmara (Bett., *Crónica*, 359ss).

pudessem dar em sua defesa diante de quaisquer pessoas, seria admitida sem primeiro aquêle povo ser ouvido, nem teriam vigor algum, as ordens que alcançassem em seu favor como havidas subrepticiamente. E que até aos 24 de Março estivessem prontos para saírem, como se tinha decretado, sem a isso pôr contradição alguma, etc. Lido êste protesto aos Padres, em que vinham assinados os procuradores do povo, responderam, que nem leve pensamento tinham de tornarem ao Maranhão; e que se o aprêsto da sua viagem pudesse estar expedito ainda antes do tempo apontado o estimariam muito. E dada esta resposta, assinariam os Padres, e com êles os tabeliães, que lhes foram intimar êste protesto, em 18 de Março do ano de 1684 [1].

Finalmente chegou o dia da saída dos Padres, e precedendo um bando que os três governadores mandaram correr pela cidade, acudiu ao pôrto, onde se haviam de embarcar, a gente tôda, a que o bando obrigava a assistir com suas armas, ou sem elas. E ao som do sino da Sé, que se tocou como a fogo, sairam do Colégio vinte e sete religiosos, despedindo-se primeiro de Nossa Senhora da Luz, em dia de Ramos, com palmas nas mãos de dois em dois; e a um dêles, que por muita idade não podia andar, fizeram levar em uma rêde, admirando a todos o sossêgo de ânimo, que no rosto de cada um se deixava ver [2].

---

1. Assinam-no: Manuel «Bequiman», Belchior Gonçalves, Francisco Dias «Deirão», Jorge de Sampaio e Carvalho, Eugénio Ribeiro Maranhão, procuradores e misteres do povo, dois tabeliães e os Padres Jódoco Peres Superior do Missão, Estêvão Gandolfi reitor do Colégio, Pedro de Pedrosa, João Filipe (Bettendorff) Aloísio Conrado (Pfeil) Gonçalo de Véras, Manuel Nunes (Júnior) e Antão Gonçalves, *Bras, 26*, 123; Melo Morais, *Corografia*, IV, 194-197. Não assinou Barnabé Soares, recentemente chegado do Brasil com o cargo de Visitador, por estar adoentado. Êste é o têrmo da notificação pseudo-oficial; no outro têrmo, em círculo, assinaram muitos mais, incluindo clérigos e frades (*Bras. 26*, 120v).

2. Era o velhinho Ir. João Fernandes, Bett., *Crónica*, 370. Foi da mesma forma o P. Visitador, Barnabé Soares. Os Padres saíram com seu traje completo: roupeta, barrete, viatório e bastão, e, pendente do pescoço, «à moda dos Portugueses» o crucifixo de bronze. Era Quaresma (Domingo de Ramos) e Nossa Senhora da Luz, Padroeira do Colégio, estava coberta com o veu roxo que manda a liturgia nesse tempo. Abriram o veu para ver mais uma vez o rosto e os olhos da Senhora e despediram-se: *Vale ó valde Decora et pro nobis Christum exora!*, Carta em latim do P. Aloísio Conrado Pfeil aos Padres e Irmãos da Alemanha Superior, escrita em Mortigura (Pará), a 22 de Dezembro de 1684, *Bras. 9*, 322-339, reconstituição, em latim literário, pessoal, e minuciosa, destas cenas dramáticas.

Foram muitas as lágrimas da maior parte dos que ali estavam; e o mesmo afecto se veria nos ausentes, porque é certo, que os mais dos moradores do Maranhão sentiam muito a saída dos Padres, e só a estimavam uns poucos amotinados que bastaram para violentar o consentimento dos outros, temerosos de ameaços e arrebatadas resoluções.

Desta sorte se embarcaram os ditos religiosos, em dois barcos, arriscadíssimos a qualquer desgraça do mar, e para maior confirmação do ódio, que isto obrava, os obrigaram à paga dos fretes de sua passagem, sem lhes deixarem levar consigo o que pudesse ajudar esta despesa. Assim embarcados, deixaram o Maranhão seus Missionários, alguns de vinte e mais anos de assistência nêle, com a satisfação confessada pelos mesmos que os desterraram. Haviam saído quási todos de diversas Províncias da Companhia, onde geralmente amados viviam no conhecido sossêgo dela, deixando as ocupações e lugares de seus merecimentos por virtudes e letras, e perdendo para sempre a comunicação daqueles, a que a natureza e o sangue, fazia gravemente custosa a sua ausência. E tudo isto por ir viver entre bárbaros, aprendendo línguas estranhas, sem mais outro interesse, que o da salvação de suas almas, as quais ficavam entregues agora à mesma crueldade dos que lhes tiravam os seus Padres, em que tinham o único amparo para viverem, e doutrina para se salvarem, o que sem êles já não poderão ter, como a experiência o mostrará.

Fizeram-se à vela os dois barcos, a que mandaram seguir com uma canoa os do govêrno, para verem se com os Padres iam alguns índios fugidos, e sabendo os Missionários, que os que vinham na dita canoa estavam ainda por desobrigar, e que assim ficariam, porque a quaresma era acabada, e no Maranhão não haveria quem lhes zelasse esta obrigação de cristãos, desembarcando nas praias do Pereá, disseram missa, e confessaram aos ditos Índios, para que ainda no caminho de seu degrêdo, pudessem dar o sustento espiritual aos filhos da sua doutrina. Prosseguiram depois a viagem, e um dos barcos, que trazia quinze religiosos, chegou a Pernambuco, aos 18 de Maio, e o outro, onde vinham doze, ficou arribado pelo Ceará, com o mastro rendido

Não se pode crer a benevolência e amor com que o governador de Pernambuco, D. João de Sousa, e seu irmão o Marquês das Minas, governador da Baía, receberam aos Missionários desterrados; nem o sentimento que tiveram sabendo o que fica referido. Desejavam ver vingados tantos e tão graves crimes juntos: a desobediência ao governador do Estado do Maranhão; a falta de respeito às leis e ordens reais; a expulsão dos missionários, e o desafôro de um tão horrível motim, em uma possessão de Portugal. Chegou o Marquês, Governador da Baía, a intentar pessoalmente a jornada do Maranhão, para empregar seu zêlo na composição de tantos desconsertos; mas pareceu melhor dar primeiro conta a Sua Majestade, e que o fôsse também fazer o Padre João Filipe Bettendorff, que apresentará esta lastimosa relação a Sua Majestade».

No barco grande tinham ido cinco Padres, Barnabé Soares, Pedro de Pedrosa, Diogo da Costa, Antão Gonçalves, e Bettendorff; 3 Irmãos Estudantes, Francisco Soares, Francisco de Pedrosa e Marcelino; e 7 Irmãos coadjutores, Marcos Vieira, João Fernandes, Manuel Rodrigues, Manuel da Silva, Domingos da Costa, Domingos Coelho e António Ribeiro.

No barco menor, 5 Padres, Jódoco Peres, Estêvão Gandolfi, Gonçalo de Véras Manuel Nunes (Júnior), Aloísio Conrado Pfeil; Irmãos Estudantes, Manuel da Costa, Agostinho da Cunha, Manuel Antunes, António Gomes, Francisco da Mota, e mais dois que não menciona Bettendorff. Mas o Cronista narra a odisseia da arribada ao Ceará, que ainda não constava na Baía, ao redigir-se a *Informação*. Com a arribada ao Ceará, pois já estavam em terra firme e amiga, alguns não quiseram seguir viagem. Reembarcaram só quatro, os Padres Peres e Pfeil e os Irmãos António Gomes e Manuel da Costa. Cativos de um barco de piratas internacionais (3 ingleses, 3 holandeses, 3 alemães) espoliados de tudo, submetidos a crueis tormentos, de que receberam graves feridas, foram deixados numa ilha deserta do Pereá, com um batel remendado em que conseguiram comunicar-se com a Ilha do Maranhão e recolher-se à fazenda de Anindiba. Reconduzidos pelos Procuradores do Povo ao Maranhão, impediram-nos de morar no seu próprio Colégio[1]. Enquanto se curavam das feridas, convidou-os com todo o afecto António de Albuquerque Coelho de Carvalho a que passassem à sua Capitania de Alcântara. Seguindo depois para o Pará, agasalhou-os bem o Governador e quási todo o Povo com palavras de condenação pela violência de que eram vítimas. E Jódoco Peres, como Superior da Missão, prepa-

---

1. Bett., *Crónica*, 386-387.

rou-se para ir também a Lisboa, informar El-Rei e levar os Irmãos estudantes para a Universidade de Coimbra, antes que passasse a idade dos estudos.

3. — Quando o govêrno central de Lisboa, soube do desacato do Maranhão, tomou as providências que exigia o prestígio da autoridade. Tomás Bequimão, enviado à côrte, não foi reconhecido como representante da autoridade legítima. Prêso, reexpediu-se para o Maranhão. Conseguiu-se depois que o seu julgamento ficasse dependente da Côrte para onde tornou a ser remetido desta vez com Eugénio Ribeiro, outro dos procuradores do povo, que se valeu dos bons ofícios do P. Manuel Borba, seu cunhado, então a estudar na Universidade de Évora. A ambos valeram efectivamente os Padres, diante dos Ministros, «até os pôrem fora do perigo de morte»[1].

No Maranhão, o povo começou a compreender a aventura a que tinha sido induzido, e não tardou que a tropa se não separasse dos sublevados. E assim, quando o novo Governador Gomes Freire de Andrade chegou, a 15 de Março de 1685, já o veio cumprimentar a Câmara, e as tropas de terra uniram-se às que levava, e êle entrou desatourizando os amotinados[2].

Determinara a Côrte que se não castigasse o povo, mas sim os responsáveis. Não se tratava, como em 1661, de questão limitada à liberdade dos Índios. Desta vez tinha-se atingido directamente a autoridade legal, com a deposição do governador, e constituição dum govêrno local sem mandato, acompanhado de violências e prisão das autoridades, e arresto dos armazens de Estado. Aberta a devassa judicial acharam-se seis responsáveis directos que o Governador Gomes Freire de Andrade, segundo as leis, condenou à morte. Os Padres, já então restituídos ao Maranhão intercederam por êles

---

1. Deviam ser desterrados para Angola ou quando menos para o Rio de Janeiro. Alcançou-se que o fôssem para Pernambuco. E Eugénio Ribeiro, veio depois a homisiar-se na Aldeia de Gurupatuba, com o seu cunhado, P. Borba, enquanto não alcançava perdão definitivo de El-Rei (Bett., *Crónica*, 485). Também Tomás Bequimão, depois de vários azares da fortuna, voltou ao Maranhão, cf. Pôrto Seguro, *HG*, III, 311.
2. Barata, *Efemérides*, 24-25, 85.

«cum lacrimis», diz o Superior, P. Sebastião Pires[1]. Conseguiram livrar alguns, não todos, infelizmente.[2]

Gomes Freire de Andrade levava ordens apertadas da Côrte para deixar tudo como dantes, Estanco, Padres, Governador, e portanto também restituir os Padres. Assim se fêz em presença do mesmo General, pelo P. Sebastião Pires, vindo do Pará para isso, e com as cláusulas da lei, no dia 23 de Setembro de 1685[3].

---

1. *Bras.* 26, 114.
2. Foram enforcados dois: Manuel Bequimão e Jorge de Sampaio; Francisco Deiró (em estátua), Melchior Gonçalves açoitado e proscrito; remetidos para Lisbóa, Tomás Bequimão e Eugénio Ribeiro que se pensava em libertar pela intercessão dos «Nossos», Carta de Bettendorff, de 12 de Março de 1686, *Bras.* 26, 133; *Crónica*, 409. O Jesuíta acrescenta: «Francisco Deiró andou escondido, pelas matas e sua roça até que anos depois alcançou perdão, tendo também eu escrito por êle, por me mandar várias vezes pedir essa caridade, quando ouviu que por meu respeito, tinha El-Rei perdoado aos clérigos culpados».
3. De Lisboa tinha-se indicado ao novo Superior do Maranhão, a fórmula, protesto e reservas que as circunstâncias requeriam: «*Cópia do termo que fez o Padre Sebastião Pires no Maranhão tornando para lá os Padres.* — Chegando a porta da Igreja de Nossa Senhora da Lus fis protesto, e se me deu certidam na forma seguinte. Obedecendo a ordem de S. Mg.^{de} que Deos g.^{de} dada ao Sr. Governador e Cap.^{am} G.^{al} deste Estado Gomes Freire de Andrada p.ª restituir os Religiosos da Comp.ª de JESV ao seu Coll.º de N. Senhora da Lus desta Cidade de S. Luis do Maranhão, e suas missoens e residencias de que foram com injusta e manifesta violencia expulsados, em nome do P. António Pereira vice Superior destas missões e dos mais Missionarios, Eu o P.º, Sebastiam Pires religioso professo da mesma Companhia de JESV tomo posse de tudo na forma em que dantes estava, requerendo e protestando que a dita posse ha de ser dependente da vontade e determinação de N. M. R^{do} P.º Geral o P.º Carlos de Noielle, ou quem em seu lugar estiver p.ª a aprovação, ou recusão como julgar ser mais conveniente e conforme ao nosso Instituto: e com a mesma condição declaro, que não podemos, nem devemos demitir com a dita posse o direito que temos p.ª cobrar as perdas e danos que se nos tem causado com a tal expulsão. E p.ª que a todo o tempo conste deste meu requerimento e protesto, peço que se faça hum termo em modo que faça fee, aos 23 de Setembro de 1685. *Sebastiam Pires.*»

Termo

«Aos vinte e tres dias do mes de Septembro do anno de mil e seiscentos e oitenta e sinco nesta cidade de S. Luis do Maranhão a porta do Coll.º de N. Senhora da Lus estando presente o senhor Gomes Freire de Andrada Governador e Cap.^{am} Geral deste Estado pelo P.º Sebastião Pires da Comp.ª de JESV, que tinha che-

Gomes Freire de Andrade voltou ao Reino coberto de bênçãos gerais. E as Câmaras pediram ficasse nelas o seu retrato [1].

---

gado a tomar posse do d.^to Coll°. pelo dito Padre foi lido o conteudo do papel assima em alta voz em presença de mi tabaliam, e pello dito Snr. General me foi dito desse fee de como o d.^to P°, lera o d.^to papel conteudo assima do que tudo fis este termo, e eu Manuel Correa t.^am do Publico Judicial e notas nesta cidade que o fiz e escrevi » (*Bras.* 26, 122).

1. Cf. Rodolfo Garcia, que anota e corrige a Varnhagem e a Berredo, *HG*, III, 312. O retrato de Gomes Freire, da Câmara do Pará, uma lámina de cobre, com a data de 1688, vimo-lo em 1941, numa sala do Instituto Histórico da mesma cidade do Pará.

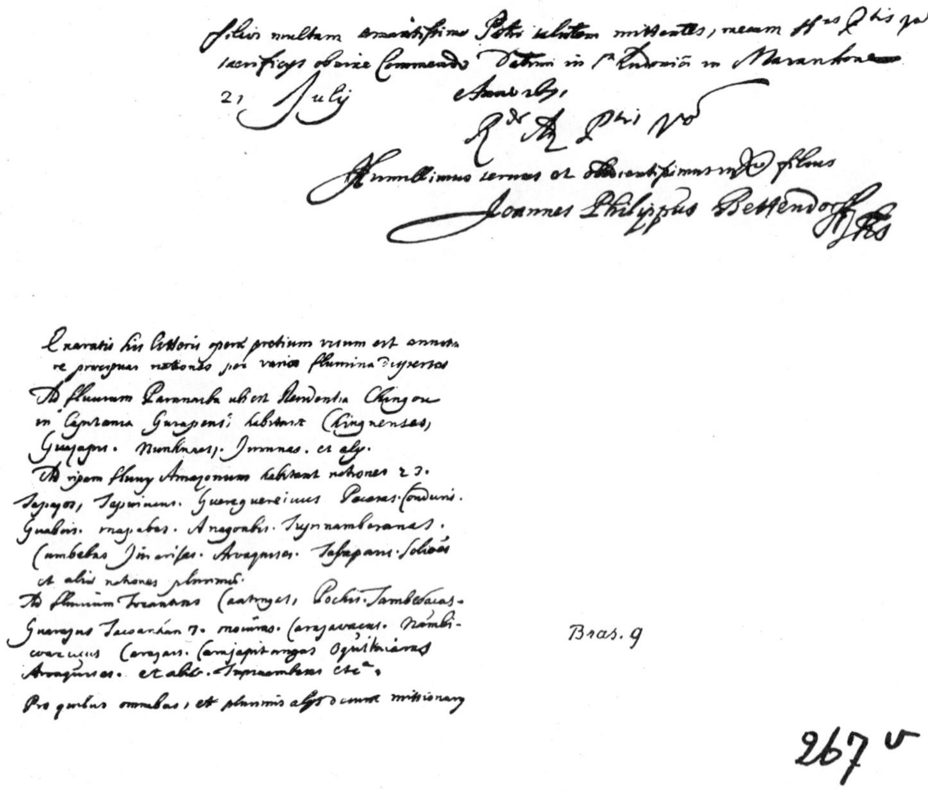

[handwritten Latin manuscript, partially legible]

...filios multum amantissimos Patri salutem mittentes, meam H... P... quas
sacrificijs obsecro Commendo. Datum in P. Residencia in Maranhone
21 July Anno 1691.

R.ae P.tis V.rae

H...millimus servus et ...fimus in Chr.o filius
Joannes Philippus Bettendorff S.J.

E narratis his Litteris spes pretium visum est annosa
...provincias ...per varia flumina dispersos
Ad flumen Paranaiba ubi est Residentia Chinga vel
in Capitania Guarapensi habitant Chingenses,
Guajajos. Numbiaos, Immnas, et alij.
Ad ripam fluvy Amazonum habitant nationes 23.
Topiyos, Topinines, Guaragueriunes, Pacaras, Conduris,
Guabois, magabas, Anagaibis, Tupinambaranas,
Cambebas, Jiruaibas, Avaquenses, Tapajuni, Sahões
et alii nationes plurimæ.
Ad flumen Tocantans (ant ipsi) Pochi, Tambevacas,
Guaragnes, Tacaribas, T. monivas, Carajavacas, Nombi-
caraunes, Carajans, Conjapitangas, Oguitiranas,
Aragunses, et alii, Tupinambas etc.
Pro quibus omnibus, et plurimis alijs convert. missionary

Bras. 9

267ᵛ

AUTÓGRAFO DE JOÃO FILIPE BETTENDORFF

Missionário do Maranhão e da Amazónia. Ocupou altos cargos na Missão. E, além da sua conhecida «Crónica», deixou vasta correspondência em latim, quási tôda ainda inédita.

CAPÍTULO IV

O Regimento das Missões

1 — Pensam os Jesuítas em deixar as Missões do Maranhão e Grão-Pará; 2 — Ficam mediante a garantia régia do "Regimento das Missões" e leis subsidiárias; 3 — A liberdade no ambiente amazônico.

1. — Chegamos ao ponto crítico da Missão do Maranhão e Grão-Pará. Dadas as constantes perturbações dêsse Estado, os Padres, depois do Motim de 1684, sentiram-se diante dêste grave dilema: ou desfazer a missão e retirarem-se dela; ou adaptarem-se ao meio ambiente, cedendo da rigidez primitiva. O primeiro estaria mais de acôrdo com a *letra* do Instituto da Companhia; o segundo mais com o *espírito* dela, que é de adaptação e de caridade, ainda à custa do seu próprio prestígio.

Nesta emergência manifestaram-se nìtidamente duas correntes, representadas cada qual pelas duas maiores autoridades da Missão: o P. Jódoco Peres, Superior, e o P. Bettendorff, Procurador enviado à côrte pela Província do Brasil.

Jódoco Peres, antes de embarcar no Pará, reùniu os Padres e assentou-se que êle faria um requerimento a El-Rei, pedindo a dissolução da Missão:

Depois de expôr o estado da questão, dizia assim:

«Vendo os Missionários que, para não encontrar as leis de Sua Majestade se expunham continuamente a grandes vexações, moléstias e perigos de suas vidas, e que, em tal perturbação das coisas, não sòmente não podiam satisfazer à consciência de Vossa Majestade, nem à sua própria, nem ainda poderiam viver em paz e quietação religiosa, em razão das contínuas vexações com que os perturbavam ministros e vassalos de Vossa Majestade, obrigando-os a gastar mal o tempo, que tinham para se ocupar em funções dignas de Missionários apostólicos, respondendo às contínuas calúnias e falsos testemunhos e aleives, com que sempre estão perseguidos, o que contudo não podem fazer sem provar que os autores dêles são dignos de grande castigo, e obrar assim contra a brandura que estão professando:

E como, além disso, estavam vendo ser coisa intolerável morar em um Estado em que são expulsados com tanta facilidade, e que com tanta ofensa da imunidade eclesiástica e perda de seus bens, o que nem se lhes faz onde moram entre hereges, dos quais são tratados menos mal que dos cristãos dêste Estado, e não podem alegar outra causa de todos êstes males, que defenderem os Índios injustamente oprimidos, e apertarem com a observância das reais leis de Vossa Majestade:

Vendo, digo, os Missionários tôdas estas coisas, resolveram, com comum sentimento de todos, que, alcançando primeiro o beneplácito e consentimento de Vossa Majestade, pudessem eficazmente e com grande instância de seu Prepósito Geral, desfeita esta missão, serem mandados os seus missionários para onde vos parecesse melhor, sem embargo de verem em quão miserável estado havia de ficar desamparado o novo rebanho de neófitos, pela razão da ausência de seus Párocos, porque também os Apóstolos desampararam a Judéia pela razão semelhante, conforme o aviso de Cristo que diz assim: se vos perseguirem em uma cidade, fugí para outra, e deixai tudo à disposição da Divina Providência: e esta foi também a causa por que os missionários, de comum consentimento, decretaram que o mesmo Superior da Missão se fôsse à Côrte, e, botando-se humildemente aos reais pés de Vossa Majestade, lhe pedisse pelas Chagas de Cristo, por petição oferecida, quisesse pôr os olhos sôbre os seus humildes missionários, que, sem fruto e sem esperança dêle, estão padecendo tantas e tão graves moléstias que humanamente não têm remédio, e dar-lhes licença para solicitar de seu Prepósito Geral a dissolução da Missão do Maranhão, em o que conheceriam ter recebido de Vossa Majestade uma singular mercê»[1].

A opinião de Jódoco Peres era abertamente pelo abandono puro e simples da Missão, mesmo se se oferecesse aos Padres a administração dos índios, visto que as leis não se cumpriam e era perpétua a luta, segundo aquilo que do Pará mandava dizer o Reitor, Francisco

---

1. Bett., *Crónica*, 405-406.

Ribeiro: as leis de El-Rei quanto mais protegem os Índios, mais os moradores o levam a mal contra nós[1].

Bettendorff, espírito conciliador e de quem se notava que condescendia com «os defeitos» dos Portugueses, interpôs contra Jódoco Peres a sua autoridade e achou que o melhor era continuar na missão, procurando novo amparo na lei, ainda que sempre tão mal cumprida.

Entretanto, da Missão, como aquela de Francisco Ribeiro, chegavam a Lisboa e a Roma cartas sôbre cartas em que se referia que a indisposição contra os Padres continuava. E num dado momento, o próprio Bettendorff, conforme carta sua de 1 de Janeiro de 1686, ao Geral, encarou também a hipótese da dissolução: Sem administração temporal dos Índios, a missão não tem razão de ser nem pode subsistir. Portanto, ou se alcance essa administração ou se abandone[2].

A verdade é que o abandono nem era desejado pelo zêlo apostólico dos Padres, nem a Côrte o queria como contrário ao interesse público. E começou a preponderar na Côrte a idéia da continuação das Missões. O ministro Roque Monteiro Paim toma decididamente o partido da restituição. Jódoco Peres é mandado para fora da Côrte, com o objectivo aliás verdadeiro de ir recrutar missionários nas Universidade de Coimbra e Évora para a misão renovada, cujo estatuto se organizaria entretanto, intervindo nêle directamente, além de Bettendorff, os Padres Manuel Fernandes, célebre autor do livro clássico «Alma Instruida», então presidente do Tribunal das Missões e confessor de El-Rei, e o P. João Madeira, confessor de Roque Monteiro. Interveio ainda, da Baía, mais uma vez, o P. António Vieira. Período de debates, consultas, memoriais e propostas[3].

A primeira proposta que se apresentou foi a da segurança, sem a qual não poderiam voltar os missionários. Vieira mostrou-se em desacôrdo com Bettendorff em alguns pontos e entendia que dada a

---

1. Carta de 6 de Dezembro de 1685, *Bras.* 26, 126.
2. *Bras.* 26, 129–130.
3. Dêstes memoriais um é de Bettendorff, e que êle inclue na sua *Crónica* (398–400), outro é o *Memorial de Doze Propostas* que está em Évora, cód. CXV/2-11, publicado sem nome do Autor em Melo Morais, *Corografia*, IV, 186–201. Mas a 20 de Julho de 1686 o P. Alexandre de Gusmão envia ao P. Geral e para El-Rei uma grande *Informação* do P. António Vieira. (Carta do P. Alexandre de Gusmão, de 20 de Julho de 1686, *Bras.* 26, f. 135–135v). Supomos ser êste *Memorial* que, pelo assunto e pelo estilo, é de Vieira.

segurança necessária, e dotação congruente (não mero fingimento dela) os Padres não deveriam aceitar nada dos Índios. Manifestou-se contra alguns pedidos de Bettendorff, que, segundo êle, pedia sem saber o que pedia: as Aldeias para os Colégios; a repartição dos Índios livres, fonte perpétua de distúrbios; os resgates dos Índios, no sertão, pelos da Companhia; e que a Companhia aceitando tais resgates perderia a autoridade. No Maranhão, pela experiência que êle tinha, os Padres da Companhia não deviam buscar mais que canseiras e trabalhos com os Índios e os lucros da sua liberdade. Senão, seria a ruina [1]. Em todo o caso Vieira, para garantir essa mesma liberdade dos Índios, era partidário da administração temporal, da qual era tão dependente a espiritual, que sem aquela não poderia haver esta. Nisto o acôrdo era completo. Mas explica, para obstar a más interpretações de inimigos, que a administração era apenas o que se dirá ao tratar dos Aldeamentos, uma «prudente e zelosa direcção com que os missionários encaminham a vida dos índios, para que ao serviço dos nossos Portugueses não periguem suas liberdades».

2. — Bettendorff, em contacto directo com El-Rei, que o recebia muitas vezes [2], atendia mais à segurança económica da missão e manifestou-se partidário da descentralização da catequese de maneira que os encargos dela se repartissem por outros Religiosos. Sancionado assim o princípio da colaboração, e encerrados os debates, cujos pormenores são longos, seguiu-se uma série de diplomas legais de 1686 a 1693 que ficaram a reger a matéria da liberdade daí em diante, ainda depois com múltiplas modificações como sempre, mas permanecendo intacto o essencial dêles.

O primeiro grande diploma régio é de 21 de Dezembro de 1686, o chamado *Regimento das Missões do Estado do Maranhão e Grão-Pará*.

O *Regimento* abre com um preâmbulo em que alude aos distúrbios do Maranhão dois anos antes; e depois regula a catequese, a cargo da Companhia de Jesus e também dos Padres de Santo António, nas Aldeias que tinham; o govêrno não só espiritual como temporal e político; a manutenção e acrescentamento das Aldeias com os descimentos dos Índios; a nomeação de dois procuradores dos

---

1. *Bras.* 3 (2), 256-257v.
2. *Bras.* 26, 134.

mesmos Índios pelo Governador, sob proposta dos Padres da Companhia; a repartição dos Índios pelos moradores; os que deviam ficar para o serviço dos Missionários; o salário respectivo; a defesa interna das Aldeias contra possíveis intrusões e perturbações dos moradores; a defesa do matrimónio cristão, e que se algum índio ou índia das Aldeias induzido pelos seus senhores, casasse com escrava ou escravo, em vez do livre ficar cativo, ficava o cativo livre, disposições estas e outras, que se repartem por 24 parágrafos[1].

O § 17 concedia para serviço dos missionários, 25 índios; como era expressão ambígua e a poderiam sofismar, como de-facto sofismaram os desafectos dos Padres, negando-lhes o direito a terem índios casados, não tardou a declarar-se autenticamente que eram 25 *casais*[2].

El-Rei assinou o famoso *Regimento das Missões* a 21 de Dezembro de 1686. Dez dias depois escreve êle próprio ao Geral da Companhia, para evitar que opusesse dúvidas à restituição dos Padres ao Maranhão e Pará, e para afirmar, com um acto pessoal, a garantia régia da segurança oferecida:

«*Padre Geral da Companhia de Jesus*: Eu El-Rei vos envio muito saùdar. Com a primeira notícia do levantamento do Estado do Maranhão e expulsão dos Religiosos vossos súbditos, mandei àquêle Estado averiguar e castigar os cúmplices e autores de tão grave crime. E por me constar que não só não deram causa à dita expulsão, mas que os motivos dela fôra o zêlo do serviço de Deus e meu, com que se empregam na redução daquela vasta gentilidade, os mando resti-

---

1. Publicamo-lo na íntegra, porque apesar de ser tão importante, o *Regimento* só é conhecido nos autores que tratam dêstes assuntos, por extractos ou incompletos, ou tirados de fontes menos fidedignas. O exemplar, único que conhecemos, conserva-se em Évora, Cód. CXV/2–12, anotado pelos próprios Jesuítas, a quem pertencia. São 82 páginas impressas por António Manescal e com uma segunda parte manuscrita com diversas leis posteriores a 1724. Abre com o *Regimento e Ley sobre as Missões do Estado do Maranhão e Pará sobre a Liberdade dos Índios* (Lisboa 1724) 1–16. Cf. *Apêndice D*.

2. Carta Régia de 23 de Março de 1688 ao Governador do Maranhão, avisando-o de que no *Novo Regimento*, que concedeu aos Padres da Companhia para as Missões, lhes permitiu terem 25 *casais* de Índios, Bibl. de Évora, Cód. CXV/2–18, 115. Nêste mesmo códice há ainda outras Cartas Régias de 20 de Março, 22 de Março, e 2 de Maio de 1688. A carta Régia de 23 de Março a Artur de Sá e Meneses com a data de 25, está em *Anais do Pará*, I, 95: «que se não falte nunca com os *vinte e cinco casais de Índios*, a que têm direito os Missionários da Companhia de Jesus».

tuir àquêle Estado para que conti uem com aquêle fervor e zêlo com que o fizeram sempre. Pareceu-me participar-vos esta minha resolução, encomendando-vos muito queirais concorrer para ela com tôdas as ordens necessárias em ordem a que aquelas missões se aumentem e haja Religiosos que lhes assistam. E eu fico dispondo todos os meios para que êles sejam conservados nela com tôda a conveniência, decência e segurança, que se requere para negócio tanto do serviço de Deus e meu, tendo por muito certo que assim o observareis. Escrita em Lisboa, a 31 de Dezembro de 1686. Rei»[1].

Esta lei, em si justa e que mantinha a de 1680, inspirada por Vieira, em que se proibia tôda a sorte de cativeiros, foi publicada no Pará ao som de caixas militares. E logo um frade mercenário falou do púlpito contra ela e um tal José de Brito fêz pasquins. O primeiro foi suspenso e o segundo prêso[2].

Não tardaram porém as habituais versatilidades dos moradores, pedindo primeiro o que tanto tinham combatido, Aldeias de Administração, que El-Rei quis entregar aos Padres da Companhia[3]; e logo mudando de parecer, os moradores preferiram entradas aos sertões, para escravos, que era destruir a lei de 1680. Mas o ano de 1687 era aquêle em que os Franceses desciam de Caiena e vinham dali fazer escravos no Cabo do Norte, onde os índios mataram aos Padres António Pereira e Bernardo Gomes; pelo Solimões apareciam os Espanhóis; e já pelo Rio Negro havia indícios de Holandeses. Todos, mais ou menos mergulhavam na Amazónia como fonte de escravos. Os motivos, alegados pelos moradores, foram examinados na Côrte e em Roma[4]. E o Alvará de 28 de Abril de 1688 veio sancionar de novo os cativeiros em determinados casos, estatuídos já

---

1. *Bras.* 26, 141. É o próprio original.
2. Carta do P. Francisco Ribeiro, de 20 de Setembro de 1687, *Bras.* 26, 160; cf. Cartas Régias de 6 de Janeiro e 20 de Agôsto de 1688, Bibl. de Évora, Cód. CXV/2-18, 108, 128.
3. Bett., *Crónica*, 414.
4. «Algumas opiniões práticas que por serviço de Deos e bem das almas devem ser calificadas pello Sancto offício, ou Sé Apostólica», Roma, Propaganda, India Orientali e Cina, 1685-1687, nei Congressi 4, f. 136a. — Trata-se da guerra contra os Índios e do seu serviço nas terras do Brasil, Maranhão (2pp.). Tradução italiana (3pp.). Com uma nota, advertindo que se consultem os conhecedores das coisas do Brasil, para, dada a decisão, se não voltar atrás como já sucedeu.

na lei de 1655, com novas cláusulas, e com a orientação suprema dos resgates confiada à Companhia de Jesus[1].

Bettendorff estava ainda em Lisboa. Foi certamente ouvido. No modo dos resgates, defende-se, e não há direito de duvidar do seu testemunho: «Uma só coisa se pôs (na lei) em que eu nunca vim, e foi o modo com que mandavam fazer êstes resgates da fazenda real, e cobrar-se os pagamentos dêles pelo rateamento que na lei se aponta e mais as contas que de tudo se mandava que desse o dito Superior, porque era isto coisa dificultosíssima e contra o que permitia nosso Instituto, além de muitas outras razões que aqui se não alegam»[2].

Esta desaprovação, na própria fonte, explica o que depois sucedeu: a dificuldade oposta pelos Padres em acompanhar as expedições de resgates que muitas vezes se fizeram sem êles e portanto contra as leis, ocasiões de infinitas devassas e cartas régias.

A lei era de 28 de Abril. Tendo ainda tocado na questão dos Aldeamentos e repartições das Aldeias, de que ia originar-se a lei de 1693, Bettendorff deixou Lisboa, pouco depois, a 17 de Maio de 1688, de volta para as Missões do Maranhão e Grão-Pará. Bettendorff teve real influência na Côrte. Entrava no Paço com facilidade, compunha versos latinos e acompanhava a côrte nas suas festas. Quando em Agôsto de 1687 chegou a Lisboa a nova espôsa de D. Pedro II, D. Maria Isabel, acompanhada de dois filhos do Rei de Inglaterra, estava entre os que a receberam no Tejo: «fomos embarcar em um bergantim dourado; Sua Majestade no que estava aparelhado para sua real pessoa e para a Senhora Rainha; o Duque de Cadaval em outro; e o P. Reitor e *eu* em o terceiro». Êste simples facto explica o seu prestígio[3].

3. — Dotado de espírito conciliador e fidalgo, o Procurador das Missões na Côrte, fêz de certo o que no momento lhe pareceu mais útil ao bem geral da Missão do Maranhão e Grão-Pará, com a pro-

---

1. Cf. *Regimento das Missões*, Évora, Cód. CXV/2-12, 20-26. Apêndice E.
2. Bett., *Crónica*, 415.
3. Bett., *Crónica*, 421. Sôbre Bettendorff, cf. J. B. Hafkemeyer, *Wie Pater Johann Bettendorff S. J. vor 300 Iahren nach Brasilien kam und Indianermissionär in Maranhão wurde*, publicado em *Sonntagstimmen*, de Porto-Alegre, ns. 11-16 (Março-Abril de 1941).

mulgação do *Regimento das Missões* e mais legislação anexa, perpetuamente refundida no futuro a cada passo em seus pormenores. Mas, pelas conseqüências, se pode ajuizar hoje e talvez duvidar se com ela a Companhia voltou às missões mais autorizada, e se êsse mesmo espírito de conciliação, quebrando a intransigência primitiva de Vieira, não quebrou também e afrouxou a autoridade dos mesmos Padres na repressão dos abusos contra as leis. Mas, se se pode duvidar, e mesmo aceitar, a história reconhece em concreto que entre o abandonar o campo, perspectiva de 1684, e voltar a êle, ainda que com êstes inconvenientes, a volta foi um bem. Êste *concreto* significa, na Amazónia, que a liberdade dos Índios era um bem precário que os Jesuítas defendiam, senão na sua integridade, ao menos quanto podiam. E quando a lei de 1755, promulgada dois anos depois, veio destruir o *Regimento das Missões* e repôr em vigor as leis de 1663 e 1680, logo foi preciso inventar outro Regimento apenas com nome diferente, o *Directório* que praticamente a anulasse. E tão precária é esta liberdade que ainda hoje, no século XX, existem no interior da Amazónia estas quatro modalidades de vida, tal qual no tempo dos Jesuítas: homens selvagens; homens forros ou livres; homens tutelados; e homens escravos, duma escravidão quási legal, pragmática, sancionada pelo uso, por outro «Regulamento» expresso ou tácito, como se exprime Euclides da Cunha, que conta com côres vivas como se «vende um homem»[1].

Parece-nos que nêste emaranhado campo da liberdade, dadas as condições económicas e antropogeográficas da terra amazónica, a actividade da Companhia de Jesus (não excluimos o concurso de outros missionários) correspondeu ao primeiro estágio da sua ascensão à vida civilizada com uma quota parte de assistência, que exceptuando alguns desfalecimentos, a verdade classifica de elevada e generosa. Se não realizou o milagre completo, é porque ainda hoje êsse milagre está à espera do seu taumaturgo, que se chama o Tempo.

---

1. Euclides da Cunha, *À Margem da História* (Pôrto 1913)29. Outro testemunho de Roquette-Pinto, cf. adiante, Livro III, Cap. II.

LIVRO SEGUNDO

Aldeamento e Catequese dos Índios

DOCEL E COROAMENTO DO PÚLPITO DA IGREJA DO PARÁ

Admirável obra de talha dos Jesuítas, e dos Índios, seus discípulos. Notar, ao centro, o Coração de Jesus, o Coração, só, isolado, como então permitia a Liturgia.

CAPÍTULO I

As Aldeias

1 — Espécies diferentes; 2 — Aldeias de catequese e serviço dos Padres, 3 — Aldeias de catequese e administração.

1. — Na breve monografia consagrada a cada uma das Aldeias, no tômo anterior, indicámos já a respectiva categoria. Convém todavia ver em súmula os princípios, desenvolvimento, e medidas de carácter geral que as abrangem a tôdas globalmente ou em grupos.

Segundo a legislação e fim próprio de cada Aldeia, distinguiam-se três espécies: as do *serviço do Colégio*, as do *serviço Real* e as de *repartição*.

As do serviço dos Colégios eram para utilidade exclusiva dêles (complemento da dotação régia aos mesmos Colégios para sustento dos Missionários); as do serviço real para actividades de carácter público (salinas e pesqueiros); as da repartição, para serviço dos moradores. Tudo com as cláusulas estipuladas em lei, com as várias vicissitudes aliás, que tôda a legislação sôbre Índios acusa nas suas aplicações. Com o tempo prevaleceram as seguintes denominações: Aldeias do Colégio, Aldeias de El-Rei ou da Repartição e Aldeias simplesmente, ou Missões, longe das cidades e vilas, sem nenhum dêsses encargos, núcleos apenas de catequese, pela fixação dos Índios nessas remotas paragens, guardas avançadas da civilização.

«Cada um dêsses marcos, que era a Missão, diz Lúcio de Azevedo, constituía, até novo avanço, a divisória do mundo policiado com o selvagem. E a fronteira, assim delineada, jamais recuou»[1].

Nas Aldeias mais próximas, as do Colégio e da repartição, se congregavam os Índios livres ou «forros», distinguindo-se assim dos

---

1. Lúcio de Azevedo, *Os Jesuítas no Grão-Pará*, 274.

«resgatados», que ficavam ao serviço exclusivo de quem os resgatava ou comprava. Os forros aldeados «repartiam-se» pelos moradores ou para serviços de carácter público durante tempos marcados, mediante salário, conforme a lei que tudo regulava, como os próprios resgates. Os Aldeamentos eram pois também disposição e capítulo da magna questão da liberdade dos Índios, a cujas variações andava constantemente unida.

Os primeiros religiosos que tiveram administração de Aldeias de Índios, no Estado do Maranhão e Grão-Pará, foram os Franciscanos, por Provisão de 15 de Março de 1624. Mas no Pará, escreve Lúcio de Azevedo, os moradores recusaram-se a entregar-lhas, e o Governador não se soube impôr para cumprir a lei [1]. Por esta e outras dificuldades, largaram-nas os filhos de S. Francisco. Estas dificuldades, afinal as mesmas que tinham os Jesuítas, enumera-as Vieira em 1662, respondendo ao Procurador do Maranhão, que dizia terem os moradores avassalado a El-Rei muitos gentios, independentemente dos Missicnários. «Foram tais os meios com que os moradores do Maranhão obraram êste chamado avassalar dos Gentios, que desde o princípio do mundo, entrando o tempo dos Neros e Deoclecianos, se não executaram em tôda a Europa tantas injustiças, crueldades e tiranias, como executou a cobiça e impiedade dos chamados conquistadores do Maranhão, nos bens, no suor, no sangue, na liberdade, nas mulheres, nos filhos, nas vidas, e sôbre tudo nas almas dos miseráveis Índios: as guerras as faziam geralmente sem causa justa nem injusta, e sem poder nem autoridade real, que para isso tivessem, antes contra expressas leis, e proibições, matando, roubando, cativando, e nos injustíssimos cativeiros, apartando os pais dos filhos, aos maridos das mulheres, assolando e queimando as aldeias inteiras, que são ordinàriamente feitas de fôlhas de palma sêca, abrasando nelas vivos, os que se não queriam render para escravos, rendendo e sujeitando pacìficamente a outros com execráveis traições, prometendo-lhes confederação e amizade debaixo da palavra e nome do Rei e depois que os tinham descuidados e desarmados, prendendo-os e atando-os a todos, e repartindo-os entre si por escravos, vendendo-os e deixando-os a seus herdeiros e depois tratando-os ainda com maior crueldade como abaixo se dirá. Tudo é pú-

---

1. Lúcio de Azevedo, *Os Jesuítas no Grão-Pará*, 167.

blico e notório, e se podem ler estampados grandes excessos destas tiranias no livro dos sermões do Padre Frei Cristóvão de Lisboa, que morreu bispo eleito de Angola, e foi comissário dos seus religiosos capuchos de Santo António naquele Estado, o qual obrigado das perseguições dos ditos moradores, e dos falsos testemunhos, que levantaram a seus religiosos, os tirou das aldeias e doutrina dos Índios, que naquele tempo tinham a seu cargo, chegando a tanto a perseguição, que dentro do convento do Maranhão, lhe mataram à espingarda um religioso» [1].

Os Franciscanos vieram a retomar mais tarde outras Aldeias, com Religiosos de outras Ordens, entre as quais a Companhia que as tinha começado a administrar desde 1655, por intervenção directa do P. António Vieira. Mas já o Alvará de 25 de Julho de 1638, entregava aos Religiosos da Companhia «a administração das Aldeias dos Índios» [2]. O naufrágio do P. Luiz Figueira e seus companheiros impossibilitou a execução da lei, por falta de Missionários, ficando ela à conta de seculares. E parece que os moradores, como de costume, se preparavam para se opôr à lei, segundo versão recolhida pelo P. Vieira [3].

2. — Ao tratar de reabrir-se a missão em 1652, nas combinações feitas em Lisboa entre o P. Vieira e os ministros régios, como se vê da Consulta do Conselho Ultramarino de 20 de Setembro, os Padres demitiam de si a administração das Aldeias e recebiam uma no Maranhão e outra no Pará, para serviço de cada um dos Colégios que se fundassem nessas Capitanias.

«Havendo os Religiosos da Companhia de Jesus, que estão de partida para o Estado do Maranhão, feito a Vossa Majestade a petição inclusa, com que presentaram as cópias de duas provisões, porque se concedeu a seus antecessores a administração geral dos Índios daquele Estado, com as declarações nelas apontadas, de que dizem que desistem, e em substância pedem agora a Vossa Majestade lhes mande dar cartas, para as Câmaras e Capitães-mores do Maranhão e Pará lhes darem sítios convenientes para levantarem e fundarem igrejas, e que os ajudem e favoreçam em tudo, pois Vossa

---

1. Vieira, *Resposta aos Capítulos*, 240.
2. S. L., *Luiz Figueira*, 64.
3. Vieira, *Resposta aos Capítulos*, 221.

Majestade os manda continuar com aquelas missões em tanto benefício daquela cristandade; e que, pois desistem da administração dos Índios em geral, lhes conceda Vossa Majestade uma ou duas Aldeias para se valerem dos Índios delas em seu serviço, embarcações e entradas do sertão, ainda para sua segurança, manda Vossa Majestade que a sua pretenção se veja e consulte neste Conselho. E dando-se em vista ao Procurador da Coroa respondeu largo e sôbre muitos pontos, mas em substância diz que, como o intênto dêstes Religiosos deve ser bom e em serviço de Deus, que se lhes deve dar gente decente.

Sendo tudo visto em Conselho pareceu que Vossa Majestade (além do que êstes Religiosos pedem para a fundação e erecção de suas igrejas) lhes deve Vossa Majestade conceder uma Aldeia no Maranhão e outra no Pará para o fim de sua missão e dilatação da fé, e que ao diante conforme ao fruto que fizerem se lhes limitará ou ampliará esta mercê, que sempre se deve entender pagando aos Índios seu trabalho, ou tendo-os a seu contentamento, sem por via alguma os cativarem, porque com esta declaração se fica acudindo a tudo, visto que a missão se não poderá fazer sem a mercê que pedem, que é uma grande limitação do que se concedeu ao Padre Luiz Figueira, que faleceu antes de chegar ao Maranhão. Em Lisboa, 20 de Setembro de 652»[1].

Na Provisão, passada 3 dias depois, alude-se a outra Aldeia em Gurupá, se porventura os Padres ali erigissem Colégio que nunca chegaram a ter[2].

No Maranhão, a Aldeia veio a ficar em Maracu; no Pará primeiro em Mortigura, depois em Gonçari, logo trocada por Mamaiacu e finalmente Curuçá.

Sôbre estas Aldeias de serviço da Companhia diz o autor dos *Apontamentos*: «Tem a Companhia tido muitas oposições sôbre estas Aldeias e tem sido muito controversa a conservação delas, ainda por pessoas desinteressadas, por se persuadirem ser incompatível a liberdade dêstes Índios com a obrigação de servirem só ao Colégio.

---

1. Assinaram todos. E nesse mesmo dia, o «como parece» da praxe, de *El-Rei*, Arq. do Cons. Ultramarino, Livro III de Consultas mixtas, f. 20v, em Lúcio de Azevedo, *H. de A. V.*, I, 383.

2. Provisão em têrmos semelhantes àquela consulta, em Morais, *História*, 244; cf. *Cartas de Vieira*, I, 276.

Não pertence à Historia disputar esta matéria, só direi que com esta condição e contracto os desceram os Padres e aceitaram os Índios a tal obrigação, com a qual vivem tão contentes, que, se hoje os quisessem mudar para as Aldeias de El-Rei, o sentiriam por extrêmo, por terem nelas a mesma obrigação de servirem por turnos aos Portugueses *sem mais estipêndio que o que lhes pagam os Padres*, e sem lhes acudirem nas suas necessidades como êstes fazem, cuidando de todos nas suas doenças, ainda pela razão da sua conservação, quando não fôsse pela caridade que a Companhia usa para com todos os Índios. Nem estas Aldeias tem mais onus que as dos mais *Índios livres* e só tem a diferença de serem repartidos por turno, só para o serviço da Companhia e os das mais Aldeias serem repartidos pelos moradores»[1].

3. — Quanto às Aldeias ou Missões propriamente ditas, a sua administração foi entregue aos Padres em consequência da lei de 9 de Abril de 1655 e vem assim expressa no Regimento de D. João IV ao Governador André Vidal de Negreiros:

«Ao serviço de Deus e meu convém (como tenho resoluto) que os Índios de tôdas as Aldeias, assim das Capitanias que me pertencem, e das de Donatários, sejam administrados por Párocos Regulares de uma só religião, e não de muitas, pelas particulares razões que a isso obrigam, e que esta seja a da Companhia de Jesus, pela muita experiência que se tem de seu zêlo, muita aplicação e indústria para a conversão das almas, e pelo muito que estão aceitos aos Índios dêsse Estado; e nas Missões para a *Propagação da Fé* se observará o mesmo estilo de ir a elas só a religião da Companhia pelas sobreditas razões»[2].

Sendo os Padres da Companhia poucos então (não chegavam a duas dúzias), pensou Vieira em agrupar tôdas as missões do Estado do Maranhão em quatro grandes zonas ou colónias, *Ceará, Maranhão, Pará* e *Rio Amazonas*, cada qual com a sua autonomia a que se subordinassem as respectivas residências, mas dependentes as colónias unicamente do Superior da Missão e não dos reitores dos Co-

---

1. BNL., fg. 4516, *Apontamentos*, f. 104v–105.
2. Regimento de André Vidal de Negreiros, de 14 de Abril de 1655, § 43, nos *Anais do Pará*, I, 41.

légios. O Motim de 1661 desmoronou o projecto que, se fôsse adiante, talvez tivesse criado, já no século XVII, a Capitania do Amazonas, núcleo do futuro Estado do mesmo nome. Depois, quando se reconstituiu a Missão, o Ceará começava a entrar na órbita de Pernambuco e do Estado do Brasil, e o Rio Amazonas ficou subordinado totalmente ao Pará. E reduziram-se a duas as colónias ou núcleos: O Colégio de N. Senhora da Luz, no Maranhão, e o Colégio de Santo Alexandre, no Pará, de que ficaram a depender respectivamente as Aldeias de cada Capitania.

Vingando o motim de 1661, de tão nefastos efeitos para o progresso da Amazónia, afastando dela o P. Vieira, as Aldeias ficaram 17 anos entregues a capitães brancos, com resultados que não satisfizeram os moradores. Faltaram logo os Índios e alguns que se desciam para as Aldeias, os moradores, para os alcançar, viam-se obrigados a peitar os Capitães, quer dizer a pagar-lhes, também a êles, além do salário dos Índios, por onde o serviço lhes vinha a ficar incomparavelmente mais caro do que no regime antigo[1].

Até que em 1680 a Côrte tornou a entregar as Aldeias aos Missionários, intervindo ainda neste caso o P. Vieira então em Lisboa, e os próprios moradores, em cuja mentalidade se observa êste fenómeno curioso. Quando os Jesuítas (e diga-se o mesmo de outros Religiosos) têm a administração das Aldeias os colonos insurgem-se, porque as Aldeias têm Índios que êles não podem utilizar tanto quanto queriam, independentemente das leis. Nestas lutas às vezes triunfam. E os Padres deixam as Aldeias, como em 1661 (e mais tarde, daí a um século, também). Mas logo que as deixavam fazia-se o vácuo dentro delas, e os colonos verificavam por experiência imediata que

---

1. «Isto sobretudo é de justiça não esquecer, observa Rocha Pombo, sempre que se trata de julgar a obra dos missionários, principalmente no Norte: procuravam em tôda a ordem de trabalho ser úteis à civilização em geral e ao engrandecimento da Colónia. Não ha tarefa em que êles não entrem com o seu esfôrço. Naquele curto período em que vigorou o sistema dos Padres adoptado pela lei de 655, todos os serviços dos moradores, dos engenhos e fazendas, eram melhor providos de braços que dantes». E acrescenta que com isso se provava como a escravidão, com ser «criminosa e anti-cristã», era menos eficiente do que os processos humanos dos Padres, História do Brasil, V (Pôrto s/d) 92.

Cassiano Ricardo no seu grande livro Marcha para Oeste examina mais directamente a contribuição da Bandeira, mas estuda também a influência das

antes ainda tinham alguns trabalhadores e depois nenhuns, ou poucos e caros. E toca a pedir outra vez os missionários para a administração da Aldeia. Voltavam. E daí a pouco renovava-se a luta. É esta, afinal, no meio de infinita legislação, a história da administração das Aldeias dos Índios.

---

missões. Existe ainda muita documentação inédita nos Arquivos da Companhia sôbre o Centro e Sul do Brasil que ao ser conhecida, a seu tempo, talvez modifique algumas das conclusões de Cassiano Ricardo. Mas apraz-nos registrar aqui, pois é o seu lugar próprio, o juízo que emite sôbre os Padres da Amazónia: «A acção missionária desenvolvida no Amazonas é, por certo, a mais bela página que êles escreveram na formação do Brasil», I, 2.ª ed. (Rio 1942)217.

FIGURAS DO PRESÉPIO DOS JESUÍTAS DA VIGIA (SÉCULO XVIII)
Pela sua perfeição, recordam as do grande escultor Machado de Castro.

CAPÍTULO II

Regulamento das Aldeias ou a "Visita" do P. António Vieira

1 — *A «Visita» do P. Vieira, e tentativas frustradas para a modificar;* 2 — *O que pertence à observância religiosa dos Padres;* 3 — *O que pertence à cura espiritual das almas;* 4 — *O que pertence à administração temporal dos Índios.*

1. — A vida dos Padres nos Colégios, se bem que se adaptava às condições da terra, pautava-se com breves diferenças pela dos Colégios do Brasil, cujo *Costumeiro* estava também em vigor no norte, levado pelos primeiros Jesuítas, confirmado e ordenado depois, juridicamente, pelo Geral[1]. O que pedia realmente ordenação própria era a vida das Aldeias e Missões, dadas as características especiais da Amazónia.

O primeiro legislador, que organizou o regime interno delas foi o P. António Vieira. E em tão boa hora e com tanto acêrto e conhecimento do espírito da Companhia e do ambiente local, que se constituiu, depois de algumas tentativas frustradas para o alterar, a lei definitiva durante a permanência dos Jesuítas na Amazónia. Vieira representa para a Missão do Maranhão e Grão-Pará o que o Visitador Cristóvão de Gouveia foi para Província do Brasil.

Em 1668 pensou o Visitador Manuel Juzarte em modificar a «visita» do P. Vieira e ainda publicou alguns parágrafos novos. Não vindo, porém confirmados de Roma, deixaram de se observar[2].

Vinte anos depois quis ainda o Superior da Missão, P. Jódoco Peres, introduzir outro Regulamento compendiado, e com algu-

---

1. Bibl. de Évora, *Ordinationes*, 1. Algum ponto peculiar, diferente, vai já apontado aqui e além em diversos capítulos.
2. Bett., *Crónica*, 249.

mas alterações, mas também desta vez não foram aprovadas pelo Geral[1].

Bettendorff, por ordem do mesmo Geral, mandou copiar a «Visita» de Vieira, e que se guardasse um exemplar em tôdas as Aldeias e Missões, convindo-se de ante-mão em que, tendo mudado depois de Vieira as circunstâncias da missão, algumas determinações se observassem com a moderação que tais mudanças requeriam.

Da «Visita» de Vieira conhecemos apenas o exemplar manuscrito, achado no Colégio do Pará em 1760. Não nos consta que tenha sido publicado. Dá-nos a fisionomia da Aldeia, as precauções espirituais do Missionário, a organização metódica da vida exterior no que tem de mais típico, e a sua raiz fecunda, que é a vida interior e espírito sobrenatural, razão de ser das próprias Missões. Ao mesmo tempo agrupa os meios de ordem positiva que a experiência mostrou serem elementos aptos para a elevação moral da gente e para a prosperidade material da terra. Vieira deve ter disposto vários pontos dêste Regulamento, logo à sua chegada à Missão. Alguns já os propunha à aprovação superior em 1654[2]. Mas sendo nomeado *Visitador* em 1658, só depois desta data poderia ter organizado a «Visita», correspondente à função expressa de Visitador. Redação, portanto, depois de 1658 e antes de 1661 em que se retirou.

A «Visita» compõe-se de três partes. Trata de inúmeras matérias, de diversificada índole, religiosa, espiritual, catequética, escolar, social, económica, sacramental, hospitalar, linguística, e civil. Para facilitar a consulta, abrimos 50 parágrafos, cujo sentido genérico incluimos entre cancelos. Podíamos dispersar os parágrafos da «Visita», pelos capítulos dêste e do III tômo, ou relegá-la em conjunto para Apêndice. O facto de ser de Vieira, e inédita, leva-nos a publicá-la na íntegra e pela ordem original, e aqui no seu lugar próprio, como expressão da vida das Aldeias. Antecede-a um curto preâmbulo justificativo, e diz assim, textualmente:

VISITA DO P. ANTÓNIO VIEIRA

«Direcção do que se deve observar nas Missões do Maranhão ordenada pelo Venerável P. António Vieira, Visitador Geral delas,

---

1. Bett., *Crónica*, 353.
2. *Cartas de Vieira*, III, 707.

com consulta de todos os Padres Missionários e aprovada por nosso M. R. P. Geral desde o princípio das ditas Missões, a qual se guardou sempre, exceptuando o que se julgou já se não podia observar.

2. — PRIMEIRA PARTE, QUE PERTENCE À OBSERVÂNCIA RELIGIOSA:

1 — [*Oração*]. Como os exercícios espirituais são os que hão de dar eficácia aos exteriores, a primeira aplicação dos Religiosos da Companhia desta Missão, e sôbre que deve vigiar o cuidado dos Superiores, é que de tal maneira nos ocupemos nas coisas exteriores do serviço dos próximos, que, ajudando e ganhando as almas alheias, não padeçam detrimento as próprias.

2 — A oração ordinária, como exercício tão essencial e sem o qual no meio de tantas ocasiões dificultosamente se pode conservar o espírito, se não deve deixar, em nenhum tempo e lugar; e pôsto que os que residem nas Missões sejam só dois, quando não tenham a oração na igreja ou em outro lugar aonde se veja (que será muito louvavel), se guarde a regra de visitar o Superior o companheiro.

3 — [*Viagens*]. E ainda que seja navegando, além do altar portatil, se leve nas canoas, campaínha e relógio de areia, como é costume, e se tanja à oração e exames, e se leia a lição espiritual ordinária, e se reze a Ladainha de Nossa Senhora, como se estivessem na Residência, pois o lugar não o impede. Uma das coisas, que muito se deve e pode rezar nesta Missão, é a lição dos livros espirituais, ocupando nêste santo exercício o tempo, tão desocupado e quieto, em que navegamos pelos rios, pois são viagens tão freqùentes. A êste fim haverá em tôdas as Residências bastantes livros espirituais, os quais se poderão também trocar de uma parte para outra, enquanto não houver tanta cópia para tôdas. E tenham entendido todos que o tempo, em que navegamos, é o mais acomodado para os exercícios espirituais, em o qual podemos segurar o que as ocupações da terra nos não consentem.

4 — [*Exercícios Espirituais*]. Os Exercicios de cada ano se tenham indispensavelmente por espaço de 8 dias, e serão sempre aquêles, em que os Padres fizerem menos falta nas suas Residências,

recolhendo-se a casa todo o Colégio, adonde, livres de todo o cuidado, melhor possam conseguir a eficácia e fruto dos Exercícios.

5 — [*Renovação dos votos*]. Todos os Padres, que se acharem nos Colégios pelas renovações, ouvirão ler as regras, preceitos, e ordens de Roma, e farão as penitências de devoção, e quaisquer outras: ouvirão a prática que haverá (e de ordinário será bom a faça o Superior da mesma casa), ao qual os Padres e seus companheiros darão conta das coisas da Missão de cada um, e se consultará o que fôr necessário; e se fará uma ou mais conferências de *Casos* em que cada um proponha aquêles em que tiver dúvida; e êstes casos, e a resolução que se tomar nêles, se assentem em Livro particular, com um breve resumo das razões fundamentais e dos Autores, e se encomendará êste cuidado a um Padre que o possa fazer com exacção, e o mesmo Padre, quando se não proponham outros, proporá e resolverá na sobredita conferência os que lhe parecerem mais necessários, e que tiverem mais uso no ministério das Missões. Nas duas vezes que se renovarão os votos se guardará o recolhimento e todos os nossos exercícios de renovação, que se costumam nos Colégios. Não será porém precisamente a renovação no *Dia de Jesus*, senão *Dia da Purificação*, nem no *Dia de S. Pedro e S. Paulo*, senão em *Dia de Santo Inácio*, para que os Párocos não faltem nas suas igrejas em festas tão principais. Excepto êstes, em que os Padres das Missões se hão de ajuntar na casa, os não chamará o Padre Superior a ela em nenhum caso, salvo fôsse urgente e que tivesse gravíssimo perigo *in mora*, e que não pudesse tratar por escrito, ou de outro modo, para que, quanto fôr possível, dentro dos têrmos do nosso Instituto, não faltemos à Residência e cura, das almas, de que nos corre obrigação tão precisa.

6 — [*Residências nas Aldeias*]. Suposta a distância das Residências, em que não é possível freqüentarem os sacerdotes a confissão no têrmo da regra, se confessarão tôdas as vezes que pelo seu distrito ou perto dêle passar algum sacerdote nosso; e quando faltar esta comodidade, se virão confessar com o sacerdote da Residência mais vizinha, de sorte que ao menos não passe nenhum mês que se não confessem. Em tôdas as Aldeias das residências teremos casa nossa junto com a Igreja, na disposição da qual se terá particular conta com o recolhimento e decência, e por esta causa nenhum Padre, dos que resi-

dem nas Aldeias, escolherá sítio, nem fará casa sem que a traça seja aprovada pelo Superior da Colónia, o qual a consultará primeiro com os demais Padres e, quanto assim der lugar, será bem que as nossas casa e igrejas sejam conformes.

7 — [Clausura]. Para que nas ditas Casas se guarde a clausura tão exactamente como convém, acabados os ofícios divinos, se fechará a porta da Igreja e se levará a chave ao cubículo do Superior, o qual a dará outra vez à tarde, quando se houver de fazer a 2ª doutrina, e às horas de Ave-Marias se fecharão tôdas as portas, que têm trânsito para fora ou para a cêrca; e havendo-se de abrir algumas destas portas, depois de ser noite, senão houver na Casa dois nossos, que vão acompanhados, ao menos esteja o Superior à vista, enquanto o companheiro abre e fecha. De nossas portas adentro não durma moço ou índio algum; e em tôdas as casas não haja mais que até 4 ou 5 moços para o serviço dela.

8 — [Hospitais e Enfermarias]. O Padre Vice-Provincial [1] determinará conforme as circunstâncias dos tempos, e lugares, o que se há de fazer sôbre o haver nas Aldeias Hospital ou Enfermaria, perto da casa dos Missionários, aonde se curem todos os enfermos da Aldeia com tôda a caridade a quem não têm suas casas por sua extrema miséria, e pouca caridade dos seus, a qual os nossos procurarão suprir não só espiritual, mas também corporalmente como se costuma, socorrendo-os com os medicamentos, sustento e regalo, quanto a nossa pobreza der lugar, e tendo cuidado que lhes não falta quem os sirva, e a êste fim visitarão todos os dias a enfermaria, havendo-a, e a Aldeia ao menos duas vezes na semana. E porque é certo que morrem muitos Índios por falta de sangrias, importa que efectivamente se procurem meios de haver sangradores em tôdas as Aldeias, aplicando-se a êste ofício não meninos, que é coisa muito dilatada, senão maiores, e dos que tiverem maior habilidade e inclinação a isso, e enquanto não houver poderão exercitar esta obra de caridade nossos Irmãos Coadjutores, que souberem sangrar [2].

1. No tempo de Vieira a Missão ainda não era Vice-Província. Vieira teria escrito Prelado ou Superior da Missão. Prova-se com isto que, nas sucessivas cópias, alguma adaptação como esta deve ter padecido o original de Vieira.

2. Mais adiante no Livro III, dêste mesmo tômo, se referirão alguns casos concretos desta assistência hospitalar.

9 — [*Casas de hóspedes*]. Haverá também em tôdas as residências casa particular dos hóspedes, em que se agazalhem os passageiros os quais, quanto fôr possível sem escândalo, se procurará, que não durmam na Aldeia, pelos graves inconvenientes que daí se seguem, e em nossa casa não agasalharemos pessôa alguma, salvo Religioso ou Secular de autoridade.

10 — [*Aldeias de visita*]. Nas Aldeias de visita tenham os Padres casa própria, separada das dos Índios junto à Igreja quanto fôr possível, e na mesma casa tenham cêrca fechada, de modo que, para nenhuma coisa, lhes seja necessário sair fora de casa; e quando o fizerem, ainda que seja à igreja, se estiver apartada de casa, o não farão, senão ambos juntos; e esta regra de estar sempre o companheiro à vista se guardará com a exacção, que pede a importância dela, e mais em partes, aonde é necessário, que se viva com tanta cautela.

11 — [*Negócios*]. Por quanto as igrejas dos índios não têm, pela maior parte, mais que o que nós lhes damos nem há renda alguma de El-Rei para elas, e aos fregueses corre obrigação de contribuir com o necessário para o seu serviço e ornato, como em tôdas as partes fazem os Índios, e nêste Estado particularmente careçam de todo o socorro para suas enfermidades, em que também não têm outro remédio, mais que o que lhe dá a caridade dos padres, tirando da sua pobreza, o que tudo não basta para que as igrejas, e enfermarias da Aldeia sejão assistidas como convém: para êstes bons efeitos exortarão os Padres aos Índios que se valham de algumas indústrias, de que êles, e a terra, em que estiverem, fôr capaz; e porque os ditos Índios não têm talento para venderem o que fizerem, nem comprar o que lhes fôr necessário, cada um dos Padres das Residências procurará ter na cidade uma pessoa, aprovada pelo Superior, que, pelo serviço de Deus e das Cristandades, queira fazer esta caridade aos Índios; e a esta pessoa farão remeter os ditos efeitos, para que em nome dos mesmos os venda, e lhes compre o que houverem mister. Para que se tire tôda a espécie de interesse, e se feche a porta, quanto fôr possível, a murmurações, pôsto que caluniosas, dos que não conhecem a pureza de nosso procedimento, se observará tudo o disposto no capítulo acima, de tal maneira, que nenhum Nosso venda nem contrate, nem faça por si mesmo o preço das coisas sobreditas, e também aplicarão os Índios a elas com tanta moderação, que se

lhes não faça molesto o serviço das suas Igrejas, entendendo que se servirá mais Deus de uma pobreza decente em seus altares, que do descontentamento e opressão dos que trabalharem para êles. E para que tudo se faça com a medida e decência que convém, quanto aos géneros e às quantidades das coisas sobreditas, e ao fim para que se obraram, se fará tudo com o conselho e aprovação dos Superiores.

12 — [*Tecelões*]. Como sua Majestade foi servido, em carta sua[1], conceder que haja tecelões nas Aldeias, podem já os Padres Missionários consecutivamente mandar fiar também algumas índias *ad proprios usus*, sem estrondo ou causa, que lhes faça opressão; principalmente as mulheres pertencentes aos 25 casais, que Sua Majestade concede, e também algumas outras, sendo necessário, para os ornatos das igrejas, ou também para cobrir a desnudez, das que novamente se descem dos Sertões, e podem os Missionários exortar a todos os Índios particularmente aos novamente descidos dos sertões, a que fiem, e façam para si, e ganhem por tôdas as vias, o pano necessário para se cobrirem decentemente, e enquanto fôr possível se evite o intolerável abuso e miséria de irem as mulheres à igreja totalmente despidas.

13 — [*Dívidas*]. Nenhum Padre dos que têm cuidado das Aldeias poderá dar ou tomar para si mais que até o preço de um cruzado, nem fará dívida para si nem para a Aldeia nem por nenhum outro modo, que passe ao todo de valor de dez cruzados, e só poderá exceder o valor desta quantia em caso que tenham prontos os efeitos, com que pagar com aprovação do Superior; sem cuja licença não aceitarão esmola, que passe de dez cruzados; e para constar da clareza de tôdas as coisas sobreditas haverá, em tôdas as Residências, livro da receita e despesa, em que se apontará tudo com distinção, de ano, mês e dia, dos géneros e quantidade, dos preços e pessoas, a quem foram comprados ou vendidos, ou de quem foram recebidos, e dos efeitos em que se dispenderam; e nisto se entenda tanto no que pertence às Aldeias de residência como às de visita. Em outra parte

---

1. Falta a data na cópia existente. A concessão fêz-se no tempo de Vieira, enquanto estêve na Missão; todavia o inciso dos 25 casais deve ser acrescentamento posterior a 1680.

do mesmo livro se lançarão as receitas dos provimentos que der a missão às casas, aos sujeitos delas, e despesas que têm dado ou derem adiante as igrejas.

3. — SEGUNDA PARTE. DO QUE PERTENCE À CURA ESPIRITUAL DAS ALMAS:

14 — [*Doutrina de manhã*]. Todos os dias da semana, acabada a oração, se dirá logo uma Missa que a possam ouvir os Índios antes de irem às suas lavouras; e para isso se terá a oração a tempo que quando sair o sol esteja ao menos começada a Missa, a qual acabada se ensinarão aos Índios em voz alta as orações ordinárias: a saber Padre Nosso, Avè-Maria, Credo, Mandamentos da Lei de Deus, e da Santa Madre Igreja; e os Sacramentos, acto de contrição, e confissão, geralmente os diálogos do catecismo breve, em que se contêm os mistérios da fé.

15 — [*Escola*]. Acabada esta doutrina irão, podendo ser, todos os Nossos, para a Escola, que estará da nossa Portaria para dentro; aonde os mais habeis, se ensinarão a ler e escrever, e havendo muitos se ensinarão também a cantar, e tanger instrumentos para beneficiar os ofícios divinos; e, quando menos, se ensinará a todos a doutrina cristã, e em caso que o não possa fazer o Padre, ou será seu Companheiro, que sempre é o que mais convém, ou fará algum moço dos mais práticos na doutrina, e bem acostumado.

16 — [*Doutrina da tarde*]. À tarde, antes de se pôr o sol, se tangerá a 2.ª doutrina, exortando a todos que venham a ela, e sendo obrigados a vir os meninos e meninas, como é de costume; e nessa doutrina se ensinarão as mesmas orações, que na de pela manhã, mudando sòmente o diálogo do catecismo, que será variadamente um dos outros. E acabada a doutrina sairão os meninos em ordem, dando a volta a tôda a praça da Aldeia, cantando o Credo e Mandamentos; encomendando a espaço as Almas do Purgatório e rezando por cada vez um Padre Nosso e uma Avè-Maria.

Não basta para remédio das Almas e satisfação de nossas obrigações, que se ensine em geral a doutrina nas Aldeias; mas é necessário, que em particular se advirta, se há alguns mais rudes, que a não [*saibam*] ou não a entendam; e que êstes se tomem a rol, para que sejam particularmente ensinados. Isto se poderá fazer mais comodamente, quando as Aldeias se desobrigam pela quaresma, pondo à margem das listas, defronte do nome do que há mistér ser ensinado êste sinal + [uma cruzinha] para que o mesmo Padre, ou outro que lhe suceda, conheça os que necessitam de ser catequizados.

17 — [*Catequese dominical*]. Aos Domingos, e Dias Santos, se dirá a Missa a hora em que possam estar juntos, e se tomará conta dos que faltarem, para o que aproveitará muito terem lugar certo, na igreja, as casas e suas famílias, sendo primeiro admoestados em particular, e em público, e depois castigados os que forem mais remissos em acudir à Missa; e antes dela, além da doutrina ordinária, se fará uma que contenha comumente dois pontos, e um de Mistérios, ou Evangelho, e outro moral e contra o vício de maior necessidade.

18 — [*Bailes dos Indios*]. Para que os Índios fiquem capazes de assistir aos ofícios divinos, e de fazer conceito da doutrina, como convém, se lhes consentirão os seus bailes nas vésperas dos domingos e dias Santos, até às 10 horas ou onze da noite sòmente, e para que acabem os tais bailes, se tocará o sino, e se recolherão às suas casas[1].

19 — [*Aldeias de visita*]. Nas Aldeias de visita se fará tudo o sobredito nos dias, em que aí residirem os nossos, e quando estiverem ausentes, deixarão nas mesmas Aldeias, como também nas residências, algum Índio ou Índios de mais inteligência e cuidado, que tenham por ofício acudir à Igreja e tanger à doutrina de manhã, e de tarde, e ensiná-la aos meninos, e aos mais, que concorrem a ela, os quais também terão cuidado de baptizar em caso de necessidade, e de ajudar a bem morrer, e de enterrar os mortos.

20 — [*Devoções*]. Tôdas as segundas-feiras, depois da Missa, sairá o Padre, acompanhado da gente que assistir na mesma missa, a rezar na Igreja e cemitério os responsórios na forma do *Catecismo*.

---

8. *Fiquem capazes*... Entende-se. A questão não estava nos bailes, propriamente ditos, senão nas bebidas que os acompanhavam. Acabando àquelas horas, havia tempo de se dissiparem, com o sono reparador, os possíveis efeitos delas, antes dos actos do culto e ensino do domingo de manhã.

Aos sábados na doutrina de pela manhã, e aos dias de Nossa Senhora se acrescentarão nas orações ordinárias a Salvè-Rainha; e nos Sábados de tarde e vésperas da Senhora se rezarão em lugar da doutrina, as suas Ladainhas.

Na Quaresma podendo ser, se farão, tôdas as sextas-feiras, as procissões dos Passos com a Ladainha, prática da Paixão, disciplina; e o mesmo com maior solenidade na Semana Santa, na qual se não exporá o Santíssimo, se não houver a decência necessária com licença do Superior.

21 — [*Confrarias*]. Se puder ser, haverá em cada Aldeia 3 Confrarias para que se nomearão seus oficiais: uma do Santíssimo, que assistirá à administração dêste Sacramento, e da Santa Unção e lhe pertencerão tôdas as festas de Cristo; outra das Almas, que terá também cuidado de enterrar os mortos, e das outras obras de Misericórdia; outra do Orago da Igreja a quem pertencerão as festas da Senhora e dos Santos.

22 — [*Assistência aos enfermos*]. Todos os Padres que têm à sua conta muitas Aldeias, além da em que residem, as visitarão dentro do tempo que lhes fôr assinado conforme a distância; em chegando a elas, a primeira coisa que farão, é saber se há doentes, acudindo logo aos que estiverem em algum perigo, e para que esta diligência seja efectiva não fiarão dos Principais, nem dos outros oficiais da Aldeia, mas os mesmos Padres correrão por si mesmos as casas, e não sòmente procurarão os doentes, que houver nelas, mas também os que estiverem pelas roças, mandando-os logo, e tratando do seu remédio espiritual, e quando se partirem da Aldeia, não deixarão enfermo algum sem primeiro ficar confessado, ainda que a enfermidade não prometa perigo.

23 — [*Rito na administração dos Sacramentos*]. Da administração dos Sacramentos todos se guardem inteiramente do Ritual Romano reformado, e só em caso de necessidade se deixem algumas cerimónias conforme a rubrica do mesmo Ritual.

24 — [*Baptistérios*]. Em tôdas as Igrejas das nossas doutrinas haja baptistério fechado, e lugar decente dentro do mesmo baptistério, adonde se conservem os Santos Óleos.

25 — [*Registo dos baptismos*]. Nos livros dos baptismos se declare o mês, ano, e se escrevam os nomes dos Padrinhos com seus sobrenomes, em caso que os não tenham, se lhes porão os de seus Pais, ou outros sinais que bastem a individuar as pessoas, e o mesmo se guarde nos nomes do Pai e Mãe do inocente; e se o inocente não fôr recem-nascido se escreverão também os anos de que era ou podia ser quando foi baptizado, para que conste das idades de cada um.

Nos baptismos dos adultos, se declarem os nomes que tiveram na Gentilidade, e os que lhes puseram de novo, para que por êles sejam conhecidos, e dêstes adultos, quanto fôr possível, se faça baptismo geral com grande solenidade.

26 — [*Livro dos cristãos antigos*]. Por quanto nas Aldeias que temos a nosso cargo não havia livro por que conste dos antigos Cristãos, se procure reformar êste descuido com tôda a exacção que puder ser, declarando o nome dos baptizados e dos Padrinhos, se houver memória dêles e da pessoa que os baptizou, e se baptizarem *sub condicione*, se faça assento no mesmo livro.

27 — [*Baptismo de adultos*]. Descendo do Sertão alguns Índios Gentios, de que haja provável [temor] de que poderão tomar a suas terras, ainda que digam que querem ser cristãos, se não baptizarão nem os Adultos, nem os inocentes dêles, se não em perigo de morte, pela experiência que há da pouca constância de algumas destas nações.

Não havendo perigo de tornarem para o Sertão se baptizarão logo todos os inocentes, mas os adultos, se não forem da Língua Geral ou de outra que saibamos, não se baptizarão fora do perigo de morte, senão de vagar, e com muita consideração pela pouca capacidade dos intérpretes, enquanto não há número dos sujeitos que se possam aplicar a diversas línguas.

28 — [*Catecismos de línguas não tupis*]. O Padre que os tiver à sua conta procurará com todo o cuidado fazer um catecismo breve, que contenha os pontos precisamente necessários para a Salvação, e dêste usarão nos casos de necessidade, e por êle os irão ensinando e instruindo, mas em caso que totalmente não haja intérprete, nem outro modo por donde fazer o dito catecismo será meio muito acomo-

dado o misturar os tais Índios com os da Língua Geral ou de outra sabida para que ao menos os seus meninos aprendam com a comunicação; e no entretanto se lhes mostrarão as Imagens e Cruzes, e os farão assistir aos ofícios divinos, e administração dos Sacramentos e as mais acções dos Cristãos, para que possam em caso de necessidade inculcar-lhes o baptismo por acenos, pois não há meio de receberem a fé pelos ouvidos, de modo que ao menos *sub condicione* nenhum morra sem baptismo.

29 — [*Catequistas*]. E para que não suceda, na ausência dos Padres, morrer alguma Criança ou Adulto sem baptismo um dos pontos de doutrina que se faz a todos será ensinar a forma e modo de baptizar, havendo em tôdas as Aldeias alguns índios mais antigos e práticos que tenham êste cuidado; e porque êles não saberão como é necessário preparar os adultos, convenientemente, que a todos os que não forem baptizados tenham os Padres preparados, quanto fôr possível, e com as vontades dispostas para receberem o baptismo.

30 — [*Confissões*]. O Padre que tiver à sua conta alguma povoação, ou povoações de Índios, fará todos os anos lista de todos os que forem capazes de confissão, de modo que nenhum fique sem se confessar, e porque os Índios são muitos, e os Sacerdotes poucos, se lhes estenderá o tempo da confissão anual e se poderão desobrigar desde a Septuagésima até a Oitava do Espírito Santo.

31 — [*Preceito pascal e viático*]. Importa que se ponha toda a diligência para que todos os Índios se façam capazes de receber o Santíssimo Sacramento, ao menos pela obrigação da Páscoa, e êste cuidado deve ser ainda maior para que na hora da morte tenham o viático, em cuja concessão e administração não devemos ser demasiadamente escrupulosos, fiados na benignidade e Misericórdia de Cristo, a quem não ofende a rudeza, senão a malícia.

Parece mais decente e conveniente, e mais conforme ao costume universal da Igreja, que o Senhor, podendo ser, se leve aos enfermos, e não que os ditos o vão receber à Igreja em suas redes, e a êste fim, se houver comodidade, haverá um lugar composto na enfermaria da Aldeia, para que nêle se possa administrar êste Santíssimo Sacramento, fazendo para isto pálio, e tudo o mais necessário com a maior decência possível.

32 — [*Binação da Missa*]. Para maior expedição das Missões, e consolação das Freguesias, que temos à nossa conta, será bom, e principalmente nos dias Santos, onde a distância der lugar, usem os Padres do direito e previlégio que têm os Párocos para poderem dizer duas Missas no mesmo dia, e o Cális depois de consumir o Sangue, e enxugado com a boca o melhor que puder ser, o levará o Sacerdote ou na mão junto ao peito, ou no Altar portátil sôbre a Ara, e Corporal coberto com o sanguínio, seguindo tudo mais que faz em dia de Natal.

33 — [*Casamentos dos Índios*]. No livro dos Casamentos, que haverá em tôdas as Aldeias, se observará o mesmo, que nos baptismos, e distinção de nomes, e sobrenomes, declaração do ano, mês e dia, Pároco e testemunhas e quando houvesse de casar, em uma Aldeia, índio, que pertença a outra, o não fará o Padre em cuja Igreja se há de celebrar o casamento sem preceder informação do Padre que fôr Pároco do dito índio, e sem se fazerem as denunciações em ambas as Paróquias. E o que se diz de diferentes Paróquias, se entende muito mais quando os contraentes são de diferentes Capitanias. E por que a experiência tem mostrado as inquietações e desgostos, e outros inconvenientes, que de semelhantes casamentos se costumam seguir, procurarão os Padres, quanto puder ser, evitá-lo sem impedir a liberdade do matrimónio, e quando finalmente se hajam de casar (o que nunca se fará sem aprovação do Superior) declarará o mesmo Padre à contraente que fica obrigada a seguir a seu marido, e ir viver à sua Aldeia tôdas as vezes que êle quiser; e êste direito se declare em tôdas as Aldeias, e se intime aos Principais, para que o tenham entendido, e aceitado.

Nos casamentos dos Índios livres com escravas (em que são ainda maiores inconvenientes) se tenha a mesma vigilância, se guarde a concordata, que sôbre esta matéria se tem feito com o Ordinário, não recebendo, nem consentindo que se receba índio algum das Aldeias sem primeiro ser examinado e desenganado pelo Superior da Colónia, para evitar os dolos, em que debaixo do nome de Matrimónio vêm êstes casamentos a ser uma das espécies de cativar, que nêste Estado se usa.

24 — [*Assistência aos moribundos*]. O maior cuidado de todos os Nossos nas Aldeias deve ser, o da morte dos Índios, pois é a hora em que se colhe o fruto de nossos trabalhos, em que se ganham ou perdem

as Almas, que viemos buscar, e de que havemos de dar conta; e assim se encomenda e encarrega aos Padres com todo o encarecimento, que nêste ponto empreguem todo o zêlo, com maior aplicação, e vigilância, procurando que nem na Aldeia nem fora dela haja doente de que não tenha notícia, confessando-os logo no princípio da doença, e não lhe faltando com nenhum dos Sacramentos a seu tempo.

Depois de recebida a Santa Unção, ficará defronte do enfêrmo uma mesa coberta com uma toalha, e uma imagem de Cristo Crucificado, ou quando menos uma Cruz, e água benta; e depois, que o enfêrmo estiver nêste estado o visitará o Padre mais vezes, procurando, quanto fôr possivel achar-se presente ao expirar, em que lhe rezará o ofício da agonia, e lhe encomendará a Alma, pois a Igreja assim o encarrega a todos os que têm cuidado das Almas, bem se deixa ver a obrigação que corre aos que em tudo professam maior perfeição.

Em caso que sucedesse morrer sem Sacramentos algum índio na Aldeia aonde estivéssemos (que rara vez sucederá se não nos fiarmos na doença e acudirmos com cuidado) serão obrigados o Padre e seu Companheiro a darem conta ao Superior, o qual achando que houve culpa penitenciará êste descuido, e avisará ao Superior de tôda a Missão.

35 — [*Funerais*]. Amortalhado o defunto, se meterá na tumba, e será posto em lugar decente com uma Cruz à cabeceira, e uma luz pelo menos quanto der lugar a pobreza da gente. E por que no modo de amortalhar há nações que usam algumas coisas supersticiosas, estas se lhes proìbam, e ainda alguns excessos com que costumam chorar o defunto, pôsto que sejam mais demonstrações de dor natural que uso gentílico, se procurará quanto fôr possível se acomodem à política cristã.

No enterramento nos acomodaremos com o Cerimonial Romano, quanto a limitação da Aldeia permitir; e nos lugares das sepulturas haverá tal diferença, que só os Principais de tôda a Aldeia se enterrem nas grades para dentro, e no corpo da Igreja todos os fregueses da mesma nação; e no adro os escravos que aí se vierem enterrar.

36 — [*Sufrágios*]. No dia seguinte ao entêrro de algum, ou no mesmo dia, se houver lugar, acabada a Missa, lhe dirá o Padre um

responso sôbre a sepultura, e será caridade muito grata a Deus se todos os Sacerdotes, que têm cuidado destas tão desamparadas almas disserem uma Missa *in die obitus* por cada um dos que morrerem na sua Freguesia, pois carecem de todo o outro sufrágio; e por êste responso o N. R. Padre alivia a todos os Missionários das Missas que por sua tenção deviam dizer.

Para suprir a falta dos sufrágios procurem os Padres introduzir nas Aldeias, podendo ser, o uso das Bulas de vivos e defuntos, pagando-se a esmola com alguma coisa, que o defunto deixar, ou de outro modo que facilmente pode descobrir a caridade: será bem, que os Padres apliquem as Indulgências que puderem, assim suas, como as Orações que fazem naquela hora publicamente na Igreja; e as que se fizeram até o fim do dia em que morreu o defunto, e as de encomendação das Almas.

37 — [*Correcção dos delinqüentes*]. Os Padres que têm à sua conta as Cristandades, como aquêles a quem pertence o govêrno espiritual delas, poderão repreender, e mandar castigar por si imediatamente os que delinqüirem *in spiritualibus*, fazendo executar os castigos ordinários como julgar *in Domino* importar à emenda do delinqüente, e o exemplo dos mais; entendendo por castigo ordinário até prisão de 3 dias; mas se o castigo houver de ser grave, ou executado em pessôa de respeito, como de capitão para cima, não o farão os Padres, sem aprovação do Superior.

4. — TERCEIRA PARTE, QUE PERTENCE À ADMINISTRAÇÃO TEMPORAL DOS ÍNDIOS:

38 — [*Regime paternal*]. Da direcção temporal, que sua Majestade nos encomenda na forma da lei, importa muito que procedamos paternalmente; e sem modos, que cheirem a império, não chamando em nenhum caso nomes afrontosos aos Índios, nem os castigando por nossas mãos; o que se entende igualmente quando o direito fôr espiritual, mas o castigo que merecerem se lhes dará por meio dos Principais; e geralmente tudo o que houvermos de fazer *maxime in temporalibus*, se forem coisas de momento, convém que o não façamos imediatamente por nós, senão pelos Principais de sua nação, os quais com isto se satisfazem, e nos acrescentamos respeito e autoridade.

39 — [*Correspondência com as Autoridades civis*]. Havendo algumas queixas, ou culpas dos Principais, para cujo remédio não tenham bastado as admoestações paternais e repreensões dos Nossos, o Padre que tiver cuidado da Aldeia dará ao Superior parte para ver o remédio que deve aplicar; e se há-de avisar ao Governador e Capitão-Mor, ao qual Governador ou Capitão-Mor, não escrevam os Missionários, mas tendo negócio com êles o remeterão ao Superior para que imediatamente o trate, e se sôbre o mesmo negócio ou outro qualquer tiverem carta do Governador ou Capitão-Mor, enviarão a resposta aberta ao mesmo Superior para que depois de lida lha possa dar.

40 — [*Herança ou eleição do Principal da Aldeia*]. Quando o legítimo Principal da Aldeia morrer, tendo legítimo filho de capacidade e idade, lhe sucede o govêrno, sem mais outra diligência; mas não havendo filho, ou não sendo capaz, o estilo é que o Padre, que tem cuidado da Aldeia, consulte com os maiores, quem tem merecimento para ser Principal; e êsse se propõe ao Governador para que mande passar Provisão.

41 — [*Outros ofícios e cartas patentes*]. Os provimentos dos outros ofícios da Aldeia, ou sejam de guerra, ou de República, principalmente depois da nova Lei, basta que os façam [os] Principais com direcção e aprovação do Padre e [pôsto] que diz a Lei que os Párocos com os Principais das suas nações governem as Aldeias, é mais conforme à modéstia religiosa, que nós não passemos provisões dos ditos ofícios, e mais conforme à simplicidade natural, com que sempre se governaram os Índios, que sirvam sem provisões, salvo se êles as pedirem aos Governadores, como algumas vezes fazem, no que nós nos não meteremos; porém porque alguns dos ditos Índios estimam muito um papel, de que constem os seus ofícios e serviços, para lhes satisfazer a êste desejo, poderá o Padre, que tem o cuidado da Aldeia, passar-lhes uma certidão, em que refira o ofício para que foi eleito pelos Principais, e os merecimentos, e serviços por que lhe foi dado o cargo. Para sobredita certidão e cartas patentes, que os Índios levam ao sertão, quando vão com recados ou embaixadas dos Padres aos Gentios, e para as ordens que se mandam aos principais das Aldeias, etc., haverá um formulário particular, em que tôdas estas coisas se contenham, para que todos falemos pela mesma linguagem,

com palavras certas e decentes, em que nossos caluniadores não tenham que acusar.

42 — [*Serviço dos Índios*]. Na Repartição dos Índios, que hão-de servir aos moradores, se guarde em tudo a disposição de El-Rei, conforme a praxe, em que está introduzido, que é a verdadeira, repartindo-se sòmente homens e não mulheres, nem meninos, salvo nos casos exceptuados, em que se poderão dar algumas mulheres para servirem; e são os seguintes: 1.º — alguma Índia de leite para criar; 2.º — alguma Índia desobrigada, e não moça para servir algum Governador ou Capitão-Mor ou Vigário Geral, ou outros Ministros de El-Rei, que venham de-novo a êste Estado; 3.º — alguma Índia também desobrigada para servir alguma mulher pobre e desamparada, que não tenha outro remédio; 4.º — algumas Índias com seus maridos no tempo da colheita das mandiocas, e fora dêstes casos, se feche totalmente a porta a se darem Índias para servirem, pelos gravíssimos inconvenientes espirituais e temporais, que do contrário se têm experimentado, a que a mesma lei quis atalhar.

43 — [*Salários*]. Nos preços do Serviço dos Índios nenhuma coisa se altere, nem se permita a ninguém levá-los sem depositar pagamento, excepto sòmente quando forem do serviço de El-Rei, com cujos ministros se deve solicitar com todo o apêrto a satisfação do suor dêstes miseráveis, pois do bom tratamento, que se faz aos já Cristãos, depende em tanta parte a conversão dos Gentios.

44 — [*Índios ausentes da Aldeia*]. Quando alguns Índios forem para longe, far-se-ão três listas dêles, uma que fique na mesma Aldeia, outra que leve o Maioral, outra que se envie ao Padre que estiver naquele lugar, para que, com esta diligência, haja em tôda a parte quem tenha cuidado dos Índios, para que se não percam, e se conservem as Aldeias; pois da sua conservação depende a do Estado e das Cristandades, e quando a ausência que fizerem os Índios a alguma entrada ou Missão, o Padre que fôr com êles levará as mesmas listas.

45 — [*Fugitivos*]. Não se consintam em umas Aldeias Índios, que pertençam a outras, antes logo sejam remetidos às suas com a segurança necessária e muito menos se devem consentir nas Aldeias

escravo algum dos Portugueses que seja tido por tal; e quando o dito, diga que é livre, se lhe responda que não somos juízes das suas coisas que, se quiser requerer da sua liberdade, o faça pelos meios ordinários, mas se êste, ou qualquer outro Índio não fôr das Aldeias que temos o cargo, por nenhum modo nos intrometamos em impugnar seu cativeiro, nem solicitar sua liberdade, por ser esta uma obra de caridade de que se seguem grandes escândalos e se impedem maiores bens.

46 — [*Defesa e armas de fogo*]. Nos lugares, que podem ser assaltados, e nas viagens, aonde há om esmo perigo, se não houver presídio, ou escolta de Portugueses, que defendam os Missionários, poderão os nossos ter em casa, ou levar na embarcação algumas armas de fogo das quais porém não usarão em caso algum, salvo defensão natural, e quando não há outros, que possam usar das ditas armas.

47 — [*Resguardo nas viagens*]. Quando os nossos fizerem viagem, principalmente em canoa própria, não consintam que vá mulher na mesma canoa, salvo em caso de urgentíssima necessidade, e todos os dias *pro opportunitate temporis* rezarão uma vez com os Índios, ou na canoa, ou em terra as mesmas orações da Doutrina, que se costumam rezar na Aldeia, e no fim dirão um Padre Nosso e uma Avè-Maria pelas Almas.

48 — [*Proibição de viajar em rêde*]. E quando a Missão, que fizerem os nossos, fôr por terra, não irão em rêde a ombros de Índios, excepto em caso de necessidade; nem por terra, nem por mar, levem consigo, senão os moços, que precisamente forem necessários[1].

49 — [*Doença e falecimento dos Padres*]. Adoecendo gravemente algum dos nossos, que andam pelas Missões, e Aldeias dos Índios,

---

1. Em 1654 Vieira dá razão desta proibição (*Cartas de Vieira*, I, 388; III, 707).
  Medida de edificação e consideração habitual para com os Índios. Não impunha a obrigação de recusar a rêde em todos os casos. Quando Bettendorff visitou a Fábrica de Anil, nos Arredores do Pará, os Brancos dela, escreve êle, «fizeram-me muita honra e me mandaram levar em rêde» (Bett., *Crónica*, 296).
  A recusa neste e noutros casos seria indelicadeza, que já não é virtude.

podendo ser, sem maior perigo, se virá curar a casa, e quando sucedesse morrer na mesma Aldeia e o companheiro não fôr sacerdote nem o houvesse em distância que o possa ir enterrar solenemente, o seu companheiro o sepultará na mesma Aldeia com a maior decência, que lhe fôr possivel, no lugar mais chegado ao Altar-Mor dentro em um caixão, se o houver, para se lhes transladarem os ossos, quando assim o ordene Nosso Reverendo Padre Geral; pôsto que todos os Padres, com quem estas disposições se consultaram, disseram, que queriam antes ser sepultados no lugar aonde morrerem entre os corpos daqueles, cujas almas vieram buscar. Também concordaram os Padres, em que as Missas, que se disserem por cada um dos nossos, sejam três em tôda a Missão ainda que pertençam os defuntos a diferente casa, ou colónia, e a primeira vez que os Padres da dita colónia se ajuntarem façam o ofício como se costuma.

50 — [*Licenças particulares*]. Para que os nossos, que estão nas Aldeias, guardem a pobreza em tôda a perfeição, não poderão tomar, ou reter para seu próprio uso coisa alguma sem Licença do Superior, bem assim em tudo, como nos Colégios, e pelo que toca às casas, e Igrejas das Aldeias, não poderão fazer dívidas que passem do valor de dez cruzados; e só poderá exceder, nesta quantia, em caso, que tenham prontos os efeitos para pagar, com aprovação do Superior[1]. E porque alguma vez é necessário ter correspondência com pessoas beneméritas, fazendo-lhes alguns presentes de coisas que há nos lugares, em que os Padres residem, a que se não pode assinalar coisa certa: cada um dos Padres terá por escrito licença do que pode fazer

---

1. Parágrafo escrito com letra diferente. Retoma o assunto do § 14, que amplia no tocante à correspondência com pessoas beneméritas. E todo o documento traz a seguinte cláusula: «Francisco Antonio de Lira Barros Taballião do publico e Judicial e notayro na cidade de Bellem do Pará etc. Certifico que no exame e busca dos papeis que neste collegio dos Padres da Companhia fez o Dezembargador Ouvidor geral Feliciano Ramos Nobre Mourão entre elles se achou este quaderno com o titulo e capa ğe diz — Vezita do Padre Antonio Vieira — e sendo mostrado ao Pe. Proval. Julio Per.ª e ao P. Reitor Ignacio Stenislao reconhecerão que a letra do dº Titullo ou capa he de P. Annibal Mazelani e certifico digo Mazolani que a letra do dº quaderno a não conhecião o q̃ eu Tabalião passo por fe juntamente com o escrivão da ouvedor.ª gl. e por ver.do

nessa matéria, o que sempre deve fazer-se com moderação, pois assim o pede a pobreza, que professamos, como quem vive de esmolas dos Índios. — *Finis Laus Deo*».

---

pacei esta certidão em q̃ todos acignarão com o dº Menistro. Belem do Pará 9 de 7br.º de 1760». Assinam, além do Tabelião, o Dr. Nobre Mourão e os Padres Julio Pereira e Inácio Estanislau. Segue-se o reconhecimento das assinaturas e a assinatura final do Dr. Feliciano Ramos Nobre Mourão.

A cópia aqui utilizada, dêste valioso documento, foi-nos oferecida espontânea e amavelmente pelo seu actual possuidor, e erudito Engenheiro, de Lisboa, Sr. Carvalho Alves.

CAPÍTULO III

Govêrno das Aldeias

1 — Administração espiritual e regime de curadoria; 2 — Seu âmbito nas entradas ao sertão; 3 — Regime penal privativo.

1. — O govêrno das Aldeias presta-se a interpretações equívocas e há quem chegue a falar em jurisdição territorial. Pela «Visita» do Padre Vieira, se viu que não é assim; e se verá melhor ainda com a explanação feita pelo mesmo Vieira e outros. Delas se tira que nas Aldeias, os Jesuítas não tinham jurisdição territorial, nem mesmo jurisdição alguma propriamente dita. Era pura e simplesmente tutorial, função oficial, em nome do govêrno, jurisdição de curadoria, para facilitar a catequese e a boa organização da vida e do trabalho, com pessoas, cujo estágio social ainda não permitia fazerem-no por si mesmas, pressuposto indispensável das missões:

«A administração espiritual dos Índios, é tão dependente da temporal, expõe Vieira, que sem esta se não pode conservar aquela. E se os missionários não tiverem ambas, é impossível a conversão dos Gentios e certa a ruina dos cristãos. Porque o motivo que os traz dos sertões, e conserva nas Aldeias, é o amparo dos missionários; e como êste lhes falte, não sendo governados temporalmente por seus missionários, não querem descer do sertão os Gentios, e fogem para êle os convertidos.

Para maior inteligência desta verdade, se deve saber em que consiste a administração temporal dos Índios, de que tanto depende a espiritual. Não é outra coisa êste govêrno temporal das Aldeias, mais que uma prudente, e zelosa direcção, com que os missionários encaminham a vida dos Índios, para que no serviço dos nossos Portugueses não periguem suas liberdades. E para que, vendo êles, quem é que lhas defende, se sujeitem a viver nas povoações, onde lhes ensinem a doutrina cristã, e não tenham ocasião de que, desesperados com o intolerável trabalho, ruim trato de vida, e talvez de honra, fujam para seus sertões, levando o encargo dos Sacramentos, que não tinham antes de convertidos, o que tem sucedido muitas vezes.

Assim que, sendo êste govêrno temporal das Aldeias, de pessoas particulares, e não dos Padres missionários, ficando só êstes com o cuidado da salvação das almas, não podem fazer êste tão importante fruto, o que brevemente se mostra. Porque dispondo os administradores seculares do serviço dos Índios com independência dos Padres missionários, tiram das aldeias os Índios para seus interesses em todo o tempo, e quantos querem, e sem os trazerem a elas senão muito tarde, e às vezes nunca. E então os missionários, por falta de pessoas, a quem administrem a santa doutrina e uso dos Sacramentos, ficam impedidos em seus ministérios, e por consequência o fruto da salvação das almas perdido.

Não sucede porém isto, quando os Padres missionários governam temporalmente as Aldeias, porque têm cuidado de que não andem fora delas as mulheres, de que não trabalhem os velhos e os convalescentes, e os que já de cansados não podem mais. Fazem recolher a seu tempo os que andam em serviço de particulares, procuram pela paga de seu trabalho, dão-lhe lugar a tratarem de suas lavouras: e tudo isto lhes falta sendo governados por outras pessoas no temporal, vendo-se sem liberdade, sem descanso, sem o sustento de suas casas, e talvez sem a honra delas. Eis aqui qual é o governo temporal das Aldeias, que os missionários zelam, e eis aqui como, sem êle, fica o espiritual carecendo do desejado fruto da salvação das almas, pelo qual unicamente se desterram de suas Pátrias e Províncias»[1].

«Os Índios nas Aldeias guardam as leis portuguesas» — diz ainda Vieira[2]. Os Padres, verdadeiros funcionários de Estado, eram os seus guardas, em vez dos Capitães portugueses, por aquilo que diz o mesmo Vieira, «havendo capitão português nas Aldeias ou

---

1. Vieira, *Memorial de Doze Propostas* (Segunda Proposta) em Melo Morais, *Corografia*, IV, 187-188.

2. Vieira, *Obras inéditas*, III, 103. «Os missionários eram juntamente mestres e tutores dos Índios, misteres indispensáveis àquela selvática rudeza, nos quais expressamente os investiam as bulas dos papas e os decretos dos reis». — *Informação* de Santa Rita Durão, em Artur Viegas, *O Poeta Santa Rita Durão* (Bruxelas 1914) 140.

havia de fazer o que quisesse ou havia de jogar as pancadas com o pároco»[1].

Como não convinha aos Párocos a segunda alternativa, nem ao Estado a primeira, pois o que queria o capitão raras vezes era o que queria a lei, o missionário ficava na Aldeia como guardião dela; e para as coisas exclusivamente administrativas e externas havia o principal Índio, sob a orientação do Padre e do interesse local.

Também as leis determinavam a própria vida da Aldeia. Fim principal, religioso: a catequese; fim conexo, social: o trabalho. O primeiro impunha a presença do pároco; o segundo podia prescindir dêle, mas provou-se, como diz Vieira e todos, que sem a sua presença se não alcançava em têrmos razoaveis nem um nem outro fim. Em todo o caso, logo em 1661, e se havia de repetir sempre até Mendonça Furtado, surgiu logo a acusação sem fundamento de que os Jesuítas usurpavam a jurisdição régia. Também logo respondeu Vieira em 1662. E a sua resposta é válida contra as calúnias de todos os tempos:

2. — Diz o Procurador do Maranhão «que os Padres Missionários se levantavam naquele Estado com a jurisdição de Vossa Majestade, e devia também apontar em que coisas tomavam a dita jurisdição. Já fica dito como o Padre António Vieira renunciou à jurisdição da administração dos Índios, que se tinha concedido, por El-Rei Filipe, e por El-Rei D. João nosso senhor, ao Padre Luiz Figueira. Também renunciou a jurisdição de *Pai dos Cristãos* como há na Índia, que é jurisdição para a qual se pode apelar do mesmo vice-rei. Também renunciou à jurisdição e poderes do Cabido da Baía logo no primeiro ano, e o conseguiu por via de Roma no último. O secretário Gaspar de Faria Severim pode certificar a largueza com que El-Rei D. João, que está no céu, lhe ordenou passasse o dito Padre as ordens que êle pedisse, como só pediu, que os maiores lhe não impedissem as Missões, e lhe dessem ajuda e favor necessário para isso.

Do sobredito se segue, que não foi grande nos ditos missionários a ambição de jurisdições; mas depois, que com a experiência viram os impedimentos, que tinha a conversão, na violência dos Portugueses e principalmente dos maiores, o que representaram a Vossa

---

1. Vieira, *Obras inéditas*, 104.

Majestade, não foi que desse jurisdições aos missionários, senão que lhes metesse duas rédeas com que pudesse refrear dois géneros das violências sobreditas, que eram o impedimento total da conversão.

A primeira rédea, para refrear as violências, que se faziam aos Índios Gentios do sertão: e a êste fim ordenou Sua Majestade, que os missionários tivessem um voto no exame dos escravos, e que o cabo da escolta fôsse pessoa aprovada por êles, e que as missões se fizessem pelos lugares, e ao tempo, que o Superior da missão julgasse. Esta é a primeira jurisdição, ou a primeira rédea da qual os missionários usaram sempre com tanta moderação, que as mais das missões foram sòmente feitas para utilidade do povo, por onde êle queria, e afim de resgatar escravos, como foi a do Padre Francisco Veloso, e a do Padre Francisco Gonçalves, e a do Padre Manuel de Sousa ao Rio das Amazonas, e as duas do Padre João de Souto-Maior aos Nheengaíbas e aos Pacajás, e a do Padre Manuel Nunes aos Poquis. E no que toca à apresentação dos cabos, sempre o Superior da Missão fêz cortesia com ela aos Governadores, exceptuando-lhe sòmente alguma pessoa, ou pessoas, que de nenhum modo convinha.

A segunda rédea era para refrear as violências que se faziam aos Índios cristãos das Aldeias: e a êste fim ordenou outrossim Sua Majestade, que ninguém os pudesse obrigar a servir mais, que seis meses em cada um ano, e que êsses seis meses fossem alternados de dois em dois, e que se lhes pagassem duas varas de pano de algodão por cada mês, e que nas aldeias se não pusessem capitães, e que fôssem governados pelos principais de sua nação, juntamente com os seus párocos. E desta segunda rédea usaram também com tanta moderação os ditos missionários, e tanto a favor dos Portugueses, que nenhum Índio houve como fica dito, que não servisse cada ano oito a dez meses, e muitas vezes não tendo o pagamento o alugador do Índio, lho davam os Padres, e o depositavam e pagavam de sua casa, para que nem se faltasse ao remédio da pobreza, nem à observância da lei, aplicando os ditos Padres ao serviço dos moradores, não só os Índios das Aldeias comuns, senão também os da sua.

Estas são as chamadas jurisdições que tinham e executavam os Padres da Companhia e se as ditas jurisdições foram dadas aos ditos Padres por Sua Majestade, como consta de suas leis, e *Regimento*, e se foram metidos de posse delas juridicamente e sem contradição alguma, e se havia nove anos que as exercitavam com repetidas ordens, e recomendações de Sua Majestade que o fizessem assim, em que tomavam os ditos religiosos a jurisdição de El-Rei? Tôda a jurisdição secular, que há, é de El-Rei, e êle a reparte como é servido: e assim como os governadores, ouvidores, e procuradores não tomam a jurisdição de El-Rei, porque ele lha dá, assim também os Missionários não tomaram jurisdição real alguma, porque tôda a que tinham, lhes foi uma e muitas vezes dada por Sua Majestade»[1].

A jurisdição dos Padres era-lhes pois dada por El-Rei, chefe do executivo. Sob o aspecto civil era perfeitamente legítima. E assim quando outro Rei, chefe do executivo a suprimiu em 1755 fêz um acto igualmente legítimo. Mas dar como motivo que era um abuso, que os Padres se tinham arrogado indevidamente, é contra a verdade dos factos, e da coerência do próprio executivo.

Sob o aspecto canónico foi também examinada em Roma uma e muitas vezes e sempre se achou legítima e compatível com a vida eclesiástica e religiosa e que se podia aceitar, dadas as condições peculiares da terra. Quando Sebastião José de Carvalho e os seus se meteram a canonistas disseram também (o que não disseram!) que esta jurisdição era contra o Direito Canónico. Esqueceram-se de dizer que o Supremo Legislador nesse direito é o Papa e é princípio fundamental de Direito, que quem faz as leis as pode dispensar. Veda o Direito Canónico a todo o eclesiástico ser Deputado, Prefeito, Governador, ou chefe de Estado: e tudo isto em nossos dias têm sido eclesiásticos e até Religiosos. Basta um simples apêlo ao Papa e uma dispensa dêle, bem freqüente aliás, quando as circunstâncias o aconselham. Esta dispensa tinham-na os Missionários da América pelas condições especiais das suas Missões. E não é preciso ser muito versado em Direito para se saber que não procede *contra* Direito quem está *dispensado* dêle. Mas, com ser assim, alguma parte dessa jurisdição, como a repartição dos Índios, acharam-na os Padres da Missão tão difícil e odiosa que estêve a Companhia mais de uma vez, de moto-próprio, e por causa dela, disposta a abandonar a catequese, razão última das suas missões. E ainda a 10 de Abril de 1681 se pergunta expressamente para Roma: «Mandando o Príncipe que os Índios se repartam por meio dos Padres, com mil ódios e dissensões: que é melhor, aceitar essa função ou recusar o cuidado e conversão dos Índios?»[2].

---

1. Vieira, *Resposta aos Capítulos*, 241-242.
2. *Bras.* 3(2), 146.

A resposta de Roma foi que, se não havia outro meio de tratar da conversão, se aceitasse, evitando-se quanto possível os ódios, mas arrostando com êles e sobrepondo-se a êles, com decisão e coragem. Qualquer aparência de mando com que se pudesse doirar êsse cuidado, não tira o amargor dos desgostos que os Padres padeceram durante um século nessa administração, com tôdas as mil ocasiões de atrito com autoridades e com particulares, uns interpondo o seu poder para exigências que as leis não justificavam, outros reclamando sempre, porque ficava sempre aquém do seu desejo o que pediam, desde remeiros para as suas canoas, até amas de leite para os seus filhos, amas que às vezes voltavam à Aldeia, levando já outro filho que era delas, não porém do próprio marido, queixa e desventura freqüente, contra a qual não havia meio possível de coerção, por transcender o âmbito legal da jurisdição dos Padres.

3. — No âmbito da jurisdição dos Missionários nas Aldeias estava apenas a correção necessária em casos inevitáveis de desordem comuns a todos os aglomerados humanos.

A norma para esta correcção deu-a o P. Vieira na sua *Visita*, §§ 37-38 [1], espírito de benevolência paternal, com que deviam proceder os missionários e realmente procediam, ficando-lhes naturalmente um campo mais vasto de correcção, segundo as circunstâncias, como fêz Bettendorff em 1692 que mandou prender a dois Índios revoltosos e que induziam os mais a fugir; mandou-os trabalhar na fortaleza de Santo António na Ponta de João Dias (Maranhão), e transferiu-os depois para a Aldeia dos seus parentes em S. Gonçalo de Icatu. Pena de degrêdo tão mitigada, que o lugar do castigo era a própria família [2].

No intervalo apenas de quatro anos, duas Provisões régias: uma de 1720, recomendando o bom tratamento dos Índios [3]; outra, de 22 de Fevereiro de 1724 ao Governador do Maranhão, mandando que os Índios díscolos ou criminosos das Aldeias do Pará se remetam para o Maranhão, a serviços militares [4], provam a variedade de ordens nesta matéria e como tinha pouca razão a Câmara de Caeté, quando

---

1. *Visita de Vieira*, §§ 37-38; cf. supra 119.
2. Bett., *Crónica*, 529.
3. Bibl. de Évora, Cód. CXV/2-18, f. 587v.
4. Bibl. de Évora, Cód. CXV/2-18, f. 626; *Anais do Pará*, I, 204.

por volta de 1741 acusa os Padres de enviar os díscolos para Aldeias fora da Capitania¹. A lógica seria que acusasse as leis que assim o ordenavam.

Às vezes havia crimes mais graves nas Aldeias, sem excluir os de morte. Os Jesuítas procuravam geralmente que o assunto ficasse dentro da própria Aldeia, pois sabiam por experiência que o delinqüente teria castigo puramente punitivo, não medicinal, e que em geral se transformava em escravo pessoal das autoridades civis que o levassem... Em todo o caso, não foi sempre eficaz essa defesa e por intervenção e denúncia dos seus desafectos vieram Ordens Régias para os Oficiais de Justiça irem inquirir judicialmente nas Aldeias².

Outras vezes eram os próprios Padres que requeriam a devassa, quando entendiam, que era mais útil ao bem público, ou estavam êles próprios em causa. Em geral os Padres limitavam-se aos casos que hoje chamaríamos de polícia correccional, deixando os de pena maior às autoridades judiciais.

Dentro daqueles pequenos delitos locais movia-se pois a autoridade penal dos Jesuítas. Prisão de alguns dias ou açoites, até 40. Nos açoites tudo dependia da mão que os desse... E entre os Jesuítas, menos juízes que tutores, prevalecia a ideia do tratamento paternal dos Índios. Se por ventura algum missionário se excedia, logo outro, escandalizado, intervinha, e não tardava a justa repreensão do Superior, do Provincial, ou até do Geral.

Assim, entre as *Ordinationes*, achamos esta de 1718, em que se determina, contra abusos cometidos, um ponto concreto, dentro do sistema jurídico-patriarcal das Aldeias: Os índios, como homens e fracos, podem cair: lembra-se aos Nossos que os não podem castigar como juízes severos. Portanto, os castigos sejam moderados. Não se dêem açoites a homens, ainda que não sejam casados, «nem a mulheres de qualquer estado que sejam»³. Em 1734 torna a recomendar o Geral «*ne Indos sibi commissos iusto severius puniant*»⁴.

---

1. Arq. Prov. Port., *Pasta* 176 (17), f. 17-18.
2. Cf. Carta Régia de D. João V, de 14 de Abril de 1747, sôbre umas mortes na Aldeia de S. João do Caeté, estranhando que os Padres não aceitassem a intervenção da justiça ordinária, Arq. Prov. Port., *Pasta* 176 (4).
3. *Ordinationes*, Bibl. de Évora, Cód. CXVI/2-2, ff. 40, 139.
4. *Bras.* 25, 62v.

Crer que seria possível a vida policiada nas Aldeias dos Índios, sem espécie alguma de penas para os seus delitos e faltas, seria desconhecer totalmente a psicologia dos Índios. Uma das suas características individuais é a valentia e querem que os seus chefes o sejam. O Padre era o chefe por excelência. E ai dêle se desse provas de medo! Conta João Daniel que os Índios costumam experimentar o missionário quando chega de novo à Aldeia e faltam ou por deliberação ou por indolência às obrigações de que estão incumbidos. O Missionário prudente, vendo que não valem boas palavras, usa das faculdades que tem: e se os Índios recebem primeiro e segundo castigo, «já não esperam terceiro, porque dizem: não brinquemos com o Padre, porque êle não tem medo. E entram logo em brio a fazer de pessoa»[1].

Contrasta com o tratamento dos Jesuítas o que davam os brancos, *alguns*, não todos. «Alguns brancos são repreensíveis pela crueldade de que usam muitas vezes com os Índios, pelos terem mortos uns à veemência de açoites, e, quando pouco, a outros têm posto às portas da morte; mas se em cabeça própria tivessem experimentado quão agudas são as dores de uns bons açoites, talvez que não seriam tão inumanos com os pobres Tapuias. Experimentou-as uma vez um cidadão em um só açoite, que lhe deu um seu amigo sem saber, em cuja casa era hóspede: porque ouvindo de noite reboliço em sua casa, saiu com um azorrague a saber o que era, e dando para uma e outra parte nos que julgava delinqüentes, por acaso descarregou um, de mão de amigo, nas costas nuas do hóspede cidadão, que assustado se tinha levantado à pressa, e com a veemência da dôr levantou um alto grito, fazendo desde ali propósito de não mandar açoitar mais algum dos seus serventes. É certo que os Índios merecem muitas vezes graves castigos, já por afaquearem, já por matarem, e por muitas outras insolências: porém tudo se pode fazer com a moderação da prudência, que é o fiel das acções humanas»[2].

---

1. João Daniel, *Tesouro Descoberto*, na *Rev. do Inst. Bras.*, II(2.ª ed.)459.
2. João Daniel, *ib.*, III, 47-48. Cf. supra, *História*, II, 75-82.

CAPÍTULO IV

Divisão das Aldeias da Amazónia

1 — *A grande divisão de 1693;* 2 — *A Aldeia do Xingu;* 3 — *Demografia e estatística.*

1. — A administração das Aldeias da Amazónia iniciada em 1655, interrompida em 1661, e retomada em 1680, permaneceu inalterável daí em diante.

Depois de 1680, apesar do motim de 1684, nunca mais os Jesuítas deixaram de administrar Aldeias, vindo porém outras Ordens Religiosas colaborar na grande emprêsa, pela impossibilidade da Companhia se encarregar de tôdas. Em 1690 todos os Padres e Irmãos da Companhia, nas Missões do Estado do Maranhão e Grão-Pará andavam à roda de meio cento. Mais nada. E dêstes, grande parte, irmãos coadjutores ou estudantes. Quere dizer: diante da vastidão e dispersão das missões, estando a cargo oficial da Companhia quási tôdas as Aldeias dos Índios do Estado do Maranhão e Grão-Pará não era possível ficar indiferente um coração zeloso. Vocações na terra, diminutas; os pedidos de missionários, para Portugal e a Europa, infrutuosos ou pouco menos. O desfalque dos dois Padres mortos no Cabo do Norte, e a necessidade inadiável de missões nos rios Madeira, Negro e Solimões, que os Jesuítas difícilmente podiam fundar, sem cópia suficiente de Missionários, que de nenhuma parte vinham em número satisfatório, eram factos que se impunham à reflexão geral.

Quando Bettendorff estêve em Lisboa (1684-1687) ventilou-se a questão da repartição de tão desmedido campo apostólico pelos diversos Institutos Religiosos, já então existentes no Maranhão e Pará, além da Companhia, os de Santo António, Mercês e Carmo.

E êle próprio propôs a El-Rei a sua repartição[1]. A êstes quatro Institutos veio juntar-se o da Piedade, a pedido do Capitão-mor, Manuel Guedes Aranha, não sem primeiro desejar os da Companhia. Vendo-se sem sacerdote na sua Capitania de Gurupá, pediu ao superior da Missão que abrisse Residência nela, a fim de lhe assistir a si, aos soldados e também aos Índios da Aldeia de S. Pedro e de outras Aldeias que pretendia mudar para perto dela. Respondeu o Padre que os da Companhia já tinham a Residência do Xingu, e, que dali viriam visitar Gurupá e as suas Aldeias; não poderia porém obrigar os Jesuítas a serem curas de brancos, por não ser êsse o fim do seu Instituto. Nem faltariam Padres de outras Religiões que quisessem ter casa na fortaleza de Gurupá como já tinham tido os do Carmo. Manuel Guedes Aranha recorreu então a El-Rei a pedir-lhe Religiosos dessa Ordem. El-Rei enviou-lhe não os do Carmo, senão aquêles da Piedade, com a condição do Capitão-mor lhes construir casa e os sustentar. O que efectivamente fêz, com honra e louvor seu[2].

Assim pois, vendo El-Rei a falta de Missionários, e que o próprio Bettendorff era inclinado à repartição das Missões, encarregou o Ministro Roque Monteiro Paim, com informação de Gomes Freire de Andrade, de estudar o melhor modo dela. Convocou-se uma Junta em Palácio, a que assistiram por parte da Companhia os Padres Sebastião de Magalhães, então Provincial de Portugal, e Bento de Oliveira, já nomeado Superior do Maranhão, desconhecedor ainda da topografia amazónica, que declarou apenas supor que a repartição das missões fôsse tal que não implicasse umas com outras.

Assente tudo, El-Rei, a 19 de Março de 1693, escreveu ao Governador António de Albuquerque Coelho de Carvalho, demarcando os novos distritos missionários:

«Aos Padres da Companhia assinala por distrito tudo o que fica para o Sul do Rio das Amazonas, terminado pela margem do mesmo Rio, e sem limitação para o interior dos Sertões, por ser a parte principal e de maiores consequências do Estado, com a razão de serem os mais antigos nêle, e da grande atenção que merecem as suas muitas virtudes.

---

1. Bett., *Crónica*, 495.
2. Id., *Ib.*, 554-556.

Aos Padres de Santo António assinala por distrito tudo o que fica ao norte do mesmo Rio das Amazonas, e o Sertão chamado Cabo do Norte, para que discorrendo pela margem do dito Rio compreendam os Rios do Jari, do Parú, e Aldeia de Urubuquara, que é Missão dos Padres da Companhia; e nela se limitará o distrito dos ditos Religiosos de Santo António, quanto ao Rio das Amazonas, ficando-lhes sem limitação todo o interior do sertão, dêste distrito, no qual já têm um Hospício e várias Residências [1].

Aos Religiosos da Província da Piedade, que hão-de assistir no Gurupá, manda assinalar por distrito tôdas as terras e aldeias que estiverem junto da fortaleza, e assim tôdas as demais terras, que ficam para cima da Aldeia de Urubuquara, e subindo pelo Rio das Amazonas se compreenderão no seu distrito os Rios do Xingu, dos Trombetas, e de Gueribi, que tem muitas Aldeias de paz, e muitas mais por domesticar [2].

Deste Rio de Gueribi pela margem do Rio das Amazonas se fará outro distrito, que compreenda o Rio Urubu e o Rio Negro, e os mais que houver dentro da demarcação dos domínios portugueses. E querendo os Padres da Companhia êste tal distrito, tendo para êle Missionários competentes, se deixe à sua disposição; com advertência porém que se conservarão nêle os dois Religiosos das Mercês, que actualmente estão fazendo missão por esta parte, pois a fazem com inteira satisfação. E quando os Padres da Companhia não queiram o tal distrito ou não mandem para êle os Padres que forem necessários, se procure que os das Mercês não só continuem a missão que têm, a qual nunca lhes será tirada sem culpa, mas que façam outras, tendo Religiosos capazes dêste santo exercício;

---

1. A *Província de Santo António*, de Franciscanos *recolectos*, originou-se em Portugal, da Custódia do mesmo nome, por breve de S. Pio V, de 6 de Agôsto de 1568. «Aos religiosos da Província de Santo António deu o povo a designação de *Capuchos*», diz Fortunato de Almeida, citando Fernando da Soledade, *História Seráfica*, IV, 760 (*História da Igreja em Portugal*, III, 1.ª P. (Coimbra 1912) 366-367).

2. A *Província da Piedade*, de Franciscanos reformados, procede, em Portugal, de outra constituída em Espanha ao expirar o século XV. Em 1672 as casas portuguesas dividiram-se em duas Províncias, a da *Piedade* e a da *Soledade*. Cf. Fr. Manuel de Monforte, *Chronica da Provincia da Piedade*, 27, 823, cit. por Fortunato de Almeida, *op. cit.* 428-429. Conhecidos por Padres *Piedosos*.

porque não sendo assim, é mais conveniente ao serviço de Deus Nosso Senhor e de El-Rei que se não façam novas Missões [1].

Adverte, quanto ao distrito dos Padres da Companhia, que nas Missões dêles serão muito úteis os Padres estrangeiros pelo grande fervor de espírito, com que se empregam nelas» [2].

2. — A divisão foi feita com acêrto, comenta Bettendorff, excepto num ponto que implicava contradição. Tendo ficado para os Padres da Companhia *tôda a margem direita* do Amazonas, na repartição dos Padres da Piedade «para cima de Urubuquara, subindo pelo Rio das Amazonas, se compreenderia o Rio do Xingu». Ora o Xingu não ficava de Urubuquara para cima nem na margem esquerda, senão na direita, destinada *tôda*, na mesma Carta Régia, aos Jesuítas.

Naturalmente, os Padres da Companhia, no Pará, logo viram o êrro, cometido por equívoco ou informação interessada. E lembrados daquela frase de Vieira que no campo do apostolado, como em todos os campos aliás, era necessário evitar que se encontrassem os arados, deram os passos convenientes para desfazer a contradição, que El-Rei em Novembro de 1694 decidiu assim: que aos Padres da Piedade estabelecidos em Gurupá, braço meridional do Rio Amazonas, «só quis dar as *Aldeias* que para as terras do mesmo rio desceu Manuel

---

1. Os Padres das Mercês ou *mercenários* entraram no Pará por via de Quito. A redenção dos Cativos em Portugal estava confiada à Ordem da Santíssima Trindade, ou *Trinitários*. (Cf. Fortunato de Almeida, *op. cit.*, 508).

2. Bibl. de Évora, Cód. CXV/2-18, f. 178(bis). — Leitura de Cunha Rivara. Aquela frase de El-rei, «por serem os mais antigos nêle» referente aos Jesuítas, levou Fr. Jerónimo de S. Francisco, a intentar uma demanda, para que se provasse judicialmente que missionários entraram primeiro no Estado do Maranhão e Grão-Pará. O Ouvidor, antes de dar o despacho, mandou ouvir os Prelados das demais Religiões. O da Companhia, P. António Coelho, respondeu que sendo uma questão que por um lado «não punha nem tirava» e por outro não havia para que perder em litígios tempo precioso e aproveitável para outras coisas mais importantes, desistia e só romperia o silêncio se tal matéria em algum tempo se pretendesse invocar contra a Companhia. O Barão de Studart fêz porém longamente o que o Padre não quis fazer (*Datas e Factos*, I, 24-25). No tempo em que isso se discutia, Ibiapaba fazia parte do Estado do Maranhão e Grão-Pará. E à Serra de Ibiapaba tinham chegado em 1607 os Padres Francisco Pinto e Luiz Figueira. A resposta seria outra, se se tratasse das *cidades* de S. Luiz ou de Belém, ou se se quisesse ter em conta Religiosos não pertencentes à Corôa de Portugal, isto é, ao Brasil.

Guedes Aranha, por se entender serem as que pertencem à fortaleza de Gurupá». E dá «justa razão» aos Padres da Companhia; e que para êles fique a Aldeia do Rio Xingu, «com obrigação das Missões do dito Rio por todo o interior dêle e dos que desagúam na sua corrente»[1]. Aquêles distritos do Rio Negro e mais domínios portugueses (Solimões), que ficavam à disposição dos Jesuítas não os puderam êles missionar, por falta de Padres. Vieram a ficar à conta dos Padres Carmelitas.

No século XVIII pensou-se em nova reorganização das Aldeias. Não se efectuou por se precipitarem os acontecimentos do Paraguai e da Europa com funesta repercussão nas Missões do Pará.

3. — Na vastidão destas Missões seria extremamente interessante, se fôsse possível, estudar o movimento demográfico das Aldeias. Não há muito que fiar em números dados pelos Conquistadores e Cronistas, dificuldade que se estende a tôda a América. O prurido de alardear serviços e glórias, nas batalhas contra os Índios, exagerava as cifras, aumentando as dos vencidos e diminuindo as das próprias perdas. E como se considerava prejudicial à colonização e ao livre trânsito a aglomeração de índios contrários, era uma honra mostrar que se desempedia o caminho. Nisto de morticínios as *maranhas* pululam. Uma é o número de 500.000 índios mortos, de que fala Estácio da Silveira, morticínio atribuído a Bento Maciel Parente[2], e que endossa Berredo, escrevendo que êle destruiu de Tapuitapera ao Pará, «as últimas relíquias destes bárbaros»[3].

A outra, com que se desacredita a colonização da Amazónia, é dizer-se que o mesmo Bento Maciel, Pedro da Costa Favela, Pedro Teixeira e outros teriam destruido até 2.000.000 de Índios, de mais de 400 Aldeias, como refere em 1654 o Vigário Manuel Teixeira[4], frase que três anos depois Vieira repetiu e vulgarizou[5].

---

1. Carta Régia ao Governador do Maranhão, 29 de Novembro de 1694; no *Regimento das Missões* e Leys, 80.
2. Estácio da Silveira, *Relação Sumária das cousas do Maranhão* (Lisboa 1624)156.
3. Berredo, *Anais do Maranhão*, I, 189.
4. Morais, *História*, 303.
5. *Cartas de Vieira*, I, 464; Cf. Gastão Cruls, *A Amazónia Misteriosa*, 3.ª ed. (S. Paulo 1929) 162.

Para quem conhece o modo de viver dos Índios e as condições de alimentação, caça e pesca, da Amazónia, é inverossímil a média, que resulta daquele cálculo, para cada Aldeia, de 5.000 indivíduos. Com todos os requisitos da civilização e métodos estáveis modernos de subsistência, ainda hoje nas ribeiras do Amazonas contam-se muito poucas povoações, que alcançam essa cifra no seu núcleo urbano. Ao mesmo género de cálculos pertence o do mesmo Vieira, que orçava, pelo que se dizia, em 100.000 os *Tucujus e Nheengaíbas*[1].

Estatísticas propriamente ditas possuímos duas, uma em globo, outra discriminada e portanto de alto valor demográfico. Vai de uma a outra um periodo de 34 anos o que permite tirar algumas conclusões.

Em 1696, o número de índios *cristãos das Aldeias dos Jesuítas* do Estado do Maranhão e Grão-Pará, era 11.000 «pouco mais ou menos.» E «dos que são ainda gentios não se sabe o número»[2]. Por êste mesmo tempo, com pouca diferença, em 1701, os Índios das Aldeias da Companhia, no centro e no sul, eram 15.450[3], o que perfaz, para tôdas as missões dos Jesuítas no Brasil, ao findar o século XVII, uns 26.500.

Em 1730, fêz-se o censo geral das Aldeias e Fazendas dos Jesuítas no Maranhão e Grão-Pará. Consta de cinco parcelas, diante de cada núcleo, Aldeia ou Fazenda: Homens, Mulheres, Meninos, Meninas, catecúmenos. A soma total era de 21.031 almas, quási o dobro de 1696. Os já cristãos eram, por sexo:

Homens	5.240
Mulheres	6.485
Meninos	3.280
Meninas	3.043

O que falta para completar a soma eram ainda gentios que se catequizavam. Os números aparecem assim discriminados: 21.031, dos quais 2.919 acabados de descer dos matos. Aquelas parcelas somam 18.048 que com 2.919 são 20.957. Há uma diferença de 74;

---

1. *Cartas de Vieira*, I, 547. A cifra fica ainda exagerada, mesmo com os Índios do Cabo do Norte, que Vieira parece incluir nela.
2. *Ânua de 1696*, de Miguel Antunes, *Bras. 9*, 427v.
3. *Bras. 10*, 25v–26.

mas achamos alguns números corrigidos, de que deve provir a diferença [1].

Da Aldeia de Piraguari (Xingu) ficaram-nos duas estatísticas:

Em 1730 [2]:

Homens	245
Mulheres	286
Meninos	103
Meninas	99
Catecúmenos	345
	1.078

Em 1756 [3]:

Homens	220
Rapazes	81
Mulheres	358
Moças	62
Inocentes	200
	921

Nos números de catecúmenos não se incluem as crianças, que essas, em meio já policiado e portanto com a educação cristã assegurada, recebiam logo o baptismo. Em geral, o número de indivíduos adultos do sexo feminino é mais elevado que o do sexo masculino. Na estatística global de 1730, os meninos são em maior número que as meninas, o que pode significar que a mortalidade infantil nêles era também maior. Não foi porém causa única do despovoamento a mortalidade infantil, grande então, e ainda hoje na Amazónia. Outras causas se lhe juntaram, que se reduzem a cinco:
1) epidemias de varíola (que antes não havia) e para êles era como a peste;
2) fugas para mais longe, para escaparem aos cativeiros;
3) guerras entre si;

---

1. *Bras. 10* (2) 338.
2. *Bras. 10* (2) 338. Os catecúmenos são de ambos os sexos.
3. *Bras. 10* (2) 481. Os inocentes são de ambos os sexos.

4) andarem os Índios das Aldeias fora delas, ocupados pelos brancos, por espaço, ordinariamente de nove meses, «e esta ausência conduz muito para a falta de propagação»;

5) não serem os Índios, pedidos às Aldeias, restituídos na íntegra: «Subiam [em 1750] o Amazonas mais de 100 canoas por ano. Cada uma levava mais de 25 Índios». Quere dizer que os Moradores tiravam das Aldeias uns 3.000 Índios e não restituiam senão uns 2.500. Repetindo-se anualmente, era o desfalque perene[1].

Procuraram os Padres obstar a êste decrescimento demográfico com os meios ao seu alcance, assistência na saúde e na doença, e sobretudo na defesa do trabalho e condições sociais que fizesse mais estimada dos Índios a vida civil. Nem sempre o puderam conseguir num meio onde o interesse imediato e a necessidade premente de mão de obra passava por cima de tais considerações. Em todo o caso, as Aldeias não eram simples aglomerados de gente que se renovava apenas com a que descia, mas também de gente que já, em seus próprios lares estáveis, se criava, vivia e prosperava[2].

---

1. BNL., fg. 4516, *Apontamentos*, 21v–22.
2. Depois da saída dos Padres e da experiência desastrosa do *Directório*, que trouxe o fracasso das Aldeias, escreve Lúcio de Azevedo: «Na impossibilidade de chamar os Jesuítas, *únicos que poderiam renovar com êxito a catequese*, a Rainha aceitou a proposta do Governador do Pará, D. Francisco de Sousa Coutinho»: Corpo de milícias e *serviços* reais, *obrigatórios*... A liberdade não lucrou e continuou o despovoamento e a destruição da raça (*Os Jesuítas no Grão--Pará*, 377–379).

CAPÍTULO V

Dificuldades destas Aldeias e Missões

1 — As razões de Vieira; 2 — A Carta «exortativa» de Bettendorff; 3 — O testemunho do sangue; 4 — As cruzes do Calvário.

1. — As Missões e Aldeias do Norte tinham-se entre as mais difíceis da Companhia de Jesus, em todo o mundo. Viver nas cidades, nos grandes centros, pode ter a sua ocasião de zêlo, e tem-na efectivamente e também nelas há imenso que fazer e trabalhar, nas cátedras dos Colégios e Universidades, nos púlpitos, e em ministérios, de tôda a espécie, com ricos e pobres; mas também do próprio meio adiantado se recebe logo algum retôrno, que é participar da civilização ambiente. Na Amazónia esta civilização eram os próprios Padres que a haviam de ajudar a criar. E criá-la *do nada*. O que Nóbrega e os seus primeiros companheiros diziam com augústia no Centro e Sul repetiram-no Vieira e os seus companheiros, no Norte, quando um século depois chegou a hora da sua conquista espiritual.

Dois documentos darão a fisionomia de todos. Visam ambos a urgir a vinda de missionários, para o campo imenso. Vieira dirige-se do Brasil para o Brasil, do menos para o já mais civilizado; Bettendorff dirige-se à Europa, em particular à Europa Central, donde êle próprio viera.

Entre as graves preocupações da Missão do Maranhão e Grão-Pará, a mais constante era sem dúvida a falta de obreiros. Em parte, a deficiência provinha do afastamento dela dos centros civilizados, das suas imensas distâncias, dos seus perigos próprios.

Vieira escreve em 1656 ao Provincial do Brasil, que era já então Simão de Vasconcelos: «É força dizer a V.ª R.ª por escrito, alguma parte do que havia de representar em presença, sentido de que haja de ser o intérprete de nossas necessidades, e solicitador de seu remédio um papel, que, sôbre dizer pouco, não sabe responder ao que lhe perguntam, nem satisfazer ao que lhe replicam. O estado da missão, em suma, é ser ela a maior em número de almas, e a mais disposta a receber os meios da salvação, de quantas hoje tem a Igreja. A cultura de tôda esta grande messe nos está encarregada por S. Majestade não sem grande sentimento e emulação de outras Religiões; e nós a procuramos e aceitamos tôda, porque assim se supôs ao princípio, e assim o fêz o Padre Luiz Figueira, e assim pareceu a tôda esta missão, *nemine discrepante*, depois de nos mostrar a experiência, que doutra sorte não se podia conseguir o fim a que tínhamos vindo.

Na conformidade desta resolução, estamos hoje de posse de tôdas as Aldeias de Índios já cristãos ou confederados com os Portugueses, desde o Rio das Amazonas até o Rio da Cruz, ou Camuci, que é perto do Ceará, aonde também partiu um Padre a tomar posse daquela cristandade, e, por arribar o barco, não teve efeito, pôsto que já estamos reconhecidos por cartas dos Principais daquelas Aldeias e índios, que a isto enviaram.

Estão estas Aldeias em distância de quatrocentas léguas por costa, em 8 Capitanias diferentes, e pôsto que as distâncias sejam tão grandes, e nós tão poucos, foi fôrça dividirmo-nos logo a tomar posse de tudo».

Urgia sobretudo a vinda de homens que pudessem assumir os cargos do govêrno e é esta a primeira necessidade, que aponta Vieira.

«A segunda coisa de que necessitamos igualmente, e em certo modo ainda mais, é de um grande número de bons sujeitos, que venham assistir com êstes índios, os quais sem assistência não podem ser governados, nem ainda doutrinados como convém e, sendo assistidos dos Padres, é grandíssimo o fruto que se faz em suas almas, com que não só êles se salvam, mas se fazem instrumentos aptos para por seu meio reduzirmos muitos outros, e só nesta forma se granjeia com êles o amor e fidelidade, sem a qual não é bem que nos metamos trezentas, e quatrocentas léguas pelo Sertão, sem outra defensa mais que a de sua companhia, nem outro seguro mais que o de sua verdade.

Não gasto mais palavras em encarecer estas necessidades, porque elas por si se encarecem e recomendam; temo-me porém muito que as da Província, por estarem mais perto, nos levem a bênção, e que, por se acudir a elas, deixemos nós de ser socorridos, e que não falte quem assim o julgue por justo e conveniente. Contudo espero em Deus que o não hão de entender assim os mais zelosos de seu serviço e glória, e os que considerarem neste caso as forçosíssimas razões, que estão pela nossa parte, das quais eu só quero apontar quatro, não porque pareçam necessárias, mas para satisfazer à obrigação de quem requere com justiça.

A primeira é que se deve supôr na Província que a missão do Maranhão é parte tão sua, como tôdas as outras, de que ela se compõe, tanto assim que suspeitando-se que o Padre Luiz Figueira a queria desunir, pelos impedimentos das guerras de Pernambuco, a Província acudiu a isso em Roma e não o consentiu; e suposto que o Maranhão é tão parte da Província como S. Paulo, Espírito Santo, Ilhéus, Pernambuco, Rio de Janeiro e como a mesma Baía, porque se não há de acudir ao provimento destas casas, destas Aldeias, e destas Missões, como ao das outras Missões, das outras casas e das outras Aldeias? E porque havemos de estar, como estamos, há mais de três anos sem ser visitados da Província, nem ela se lembrar de nós, como se não fôramos seus filhos, nem lhe pertencêramos?

A segunda consideração, que se deve fazer sôbre as necessidades, e as da Província, é que êste ano lhe acresceram à Província 23 ou 24 sujeitos, sem os quais se conservou e sustentou, todo o ano antecedente; e se a Província se sustentou com 24 menos, também se sustentará ainda que dêsse número parta connosco a metade, remediando-se neste caso como se remedeiam as outras Províncias, quando a morte lhes tira ou a enfermidade lhes impede os mesmos sujeitos, que lhes eram necessários. E esta obra de tanta caridade obrigará a Deus a que lhe sustente aos demais, e lhe dê outros em seu lugar.

Quanto mais (e seja esta a terceira consideração) que na Província há muitos sujeitos, que fazem pouco e cá podem servir muito; e sem lá se sentir a sua falta podemos nós ter dêles remédio.

Finalmente ainda que na Província entendo, diante de Deus, que neste caso se devia contudo acudir antes ao Maranhão que aos ditos lugares, ou, quando menos, se devia de acudir a êles, com menos sujeitos, por socorrer o Maranhão com mais. E esta tenho pela mais viva razão e pela mais forte e eficaz consideração de tôdas as que V.ª R.ª e aos mais Padres da Província represento, a qual tenho por evidente e manifesta, por muitos princípios, que também quero pôr aqui.

1.º porque a obrigação de nosso Instituto é viver aonde se espera maior serviço de Deus e ajuda das almas, e ninguém pode duvidar que no Maranhão não só se esperam, mas se estão experimentando maiores serviços de Deus, e maiores proveitos das almas, do que em todos os outros lugares do Brasil. E se neste caso, houvéramos de seguir os grandes exemplos, que se lêem nas crónicas da Companhia, não se havia de entrar em dúvida se havia de ser o Maranhão socorrido, mas a questão havia de ser se seria bem deixar alguns lugares do Brasil para socorrer, com sujeitos dêles, ao Maranhão.

2.º porque muitos dos ministérios, em que nos ocupamos no Brasil, são os comuns de tôdas as Religiões, como confessar, prègar e que elas também fazem, e podem fazer; mas os ministérios, em que trabalham os que estão no Maranhão, são os próprios e particulares da Companhia, para cujo fim especial Deus a instituiu, como são catequizar, bautizar, converter gentios, dilatar e propagar a fé, e conhecimento de Cristo entre nações bárbaras, e estas acções, como tão especiais e singulares nossas, devem preferir às comuns, para que em tôda a parte tem Deus tantos outros ministros.

3.º porque a Província do Brasil há muitos anos, que está fundada, acreditada e conhecida, e, ainda que tire de si alguns sujeitos, pode-o fazer sem dano de crédito, nem da reputação, tão necessária para o bom efeito dos mesmos ministérios, que professamos. Pelo contrário, a Missão do Maranhão está agora em seus princípios, e no fervor de suas perseguições, exposta aos olhos de todos, e muito mais arriscada a perder o crédito, e se perder, se não tiver sujeitos, com que acudir a suas obrigações, ou se houver de ocupar nelas os que não tiverem suficiência, como ordinariamente acontece onde há poucos, e nós já imos experimentando com grande dor nossa.

4.º porque tendo-nos El-Rei encomendado estas Cristandades, e nós aceitado e tomado à nossa conta o cuidado delas, corremos obrigação de justiça de curarmos suas almas e acudirmos ao bem e remédio espiritual delas, sob pena de encarregarmos gravíssimamente as nossas. E êstes encargos não concorrem em muitos dos ministérios, em que se ocupa a maior parte dos sujeitos da Província, a qual obrigação se deve muito ponderar pelo pêso dela, e eu como tal, a represento a V.ª R.ª

5.º porque quando não tivéramos a obrigação de justiça, é certo, a meu fraco entender, que temos, assim os desta missão, como os dessa Província, a obrigação de caridade; porque a necessidade, em que tôdas estas nações estão, é conhecidamente extrema, e a mais extrema, que se pode imaginar, em matéria tão grave, como a da salvação; e se neste caso (pôsto que o não havíamos praticado) nos não obriga a caridade a antepôr o remédio e salvação destas almas a qualquer outro interesse temporal e 'ainda espiritual nosso, nenhum caso e nenhuma circunstância há no mundo, em que a tal lei de caridade obrigue; e a Teologia, que nessa Província aprendi, não me ensinou solução a êste argumento, o qual fica ainda mais apertado, se se considerar o conhecimento desta necessidade, que em nós é maior, e se a êste conhecimento se ajuntarem as obrigações de nosso Instituto, e ainda os fins, com que foram fundados e aceitados os Colégios dessa Província.

6.º porque se olharmos para a glória ainda humana, e honra da mesma Província, não ha dúvida que muito maior lha granjearão para com Deus, e para com os homens os sujeitos, que mandar ao Maranhão que muitos dos que sustenta e ocupa no Brasil; porque o ler um curso ou o fazer quatro sermões, não é o que nos honra, singulariza, ilustra, senão as conquistas da fé, e as almas convertidas a Deus, que é a matéria, que ha tanto tempo tem faltado à nossa Província e pela qual me perguntaram muitas vezes os Padres das nações, por onde passei, espantando-se de ouvirem tantas relações do Japão, da Índia, da China, do Paraguai, do Chile e das outras Províncias da América, e só do Brasil não se escrever nada, e pois esta Província ha tantos anos está na Companhia como emudecida, por falta de matéria e não de quem trabalhe gloriosamente, hoje que Deus lhe tem metido em casa a maior emprêsa que tem a Companhia e por ventura a mesma Igreja, onde só o nome e número das nações bastaram para assombrar o mundo, porque não fará muito caso dela ? Porque a não socorrerá com grande número de sujeitos, porque se não mandará visitar, alentar e formar ? E porque não será êste o seu maior cuidado e emprêgo, pois é o mais digno de todos ?

Entendeu isto tanto assim a mesma Província, ainda quando o Maranhão só era conhecido por fama, que a êsse fim principalmente mandou imprimir o *Catecismo*, como se diz no prólogo dêle, e nem a morte do Padre Francisco Pinto, nem a do Padre Diogo Nunes muito depois, nem o ruim sucesso do Padre Manuel Gomes bastou para que desistisse da emprêsa, mandando o Padre Luiz Figueira, e o santo Padre Benedito Amodei e depois outros companheiros, que todos acabaram com grande crédito da Companhia; e se a causa de se desistir dêstes socorros foi a guerra de Pernambuco, e o impedimento da costa, hoje que cessam estas causas, e ha tantas outras de tanto pêso, porque não veremos continuado ou ressuscitado êste antigo conceito e cuidado dos primeiros Superiores, que mandaram fundar esta missão? Porque a tratará a Província como coisa não sua, e aos que cá estamos como filhos alheios[1]?».

2. — Quinze anos depois, diante da mesma falta de operários, que persistia, Bettendorff faz um veemente apêlo aos Europeus a que venham para a Missão. É o problema do Brasil antigo e ainda parcialmente moderno: um mundo geográfico, insuficientemente povoado, que é preciso civilizar numa ocupação progressiva de bons elementos, humanos, económicos e culturais.

Eram duas as espécies de gente que vinham para o Amazonas: os homens da governança com função pública renumerada; os homens de negócios, que procuravam a terra, como melhoria a uma posição económica anterior, menos boa. A estas duas categorias de gente, necessária sem dúvida, impunha-se unir uma terceira: a dos que vinham, não pròpriamente como funcionários públicos, ou como negociantes, mas que, deixando na Pátria comodidades de família ou de cultura, por motivos superiores de ordem moral e religiosa, sem nenhuma necessidade económica ou política, diziam adeus para sempre ao meio europeu, onde se criaram e onde, pela sua posição social, poderiam abrir caminho. A êstes ia o apêlo do Missionário. Dentro porém da Companhia, isto é, de homens que renunciaram às grandezas mundanas, havia o atractivo e a miragem do Oriente, que os desviava da Amazónia.

Para os mover a virem para a Amazónia, Bettendorff expõe o fundamento teológico das Missões cristãs, a vocação especial da Companhia para elas, e como Deus, no dia da conta, pedirá a cada um, o que apresenta de saldo. E os dos Colégios e cidades que apresentarão? Pouco talvez. Porque não hão de apresentar a América?

---

1. Carta inédita do P. António Vieira, do Maranhão, 1 de Junho de 1656, que lêmos no *Instituto Histórico Brasileiro*, no dia 27 de Setembro de 1939. Agora: em *Novas Cartas Jesuíticas*, 253-264.

«Cada um de vós apresentará uma nação: êste os *Pacajás*, aquêle os *Carajás*, êste os *Tapajós*, outro os *Tacuanhapes*, outro os *Nheengaíbas*, outro os *Bócas*, outro os *Jurunas*, outro os *Poquis*, outro os *Aruaquis*, outro os *Tobajaras* e outros ainda outras nações, tantas e tão diversas, que antes se me acabaria o dia do que pôr aqui só os seus nomes e línguas»...

São seis, diz êle, as possíveis objecções. Que a Missão do Maranhão é mais pobre que a do Oriente; que a convivência é com gente desprezível, ingrata e bárbara em comparação da do Oriente, homens honrados, inteligentes e nobres; que é laboriosa, cheia de misérias, perseguições e incómodos insuportáveis; com perigos quotidianos da alma e do corpo: do corpo no mar e nos rios imensos e impetuosos, da alma nos perigos da castidade; que nela falta o martírio; e que, enfim, é de coadjutores e não de homens sábios.

O Missionário responde a cada uma destas objecções com razões de carácter ascético, razões gerais e longas, que se compendiam nesta única, a saber, que precisamente por isso, por ser difícil, deve ser preferida, para se seguir de mais perto o exemplo de Cristo, dos Santos e da própria vocação. O tom parenético e redundante do missivista não lhe permitiu descer a razões concretas, mas a alguma objecção as dá, como a de que é incorrecto dizer-se que a missão não é de homens doutos, quando a ela pertencem Vieira e outros, formados em grandes Universidades da Europa [1].

3. — A exortação, dourando as dificuldades com o fervor apostólico, não diminue nem suprime as dificuldades reais da Missão nas objecções enunciadas. E uma delas, sem ter o prestígio dos martírios do Oriente, é contudo, igual quanto à perda da vida; e, no Norte, entre náufragos e mortos violentamente, a lista é impressionante. Não a faz Bettendorff. Mas, sem falar nos que morreram afogados dentro dos limites da missão, em serviço, como aqui e além se lê dêste ou daquele, dum P. Manuel Nunes, o velho, dum Ir. Traer, pintor, e de alguns mais, há o grande grupo de Luiz Figueira, cujo sacrifício importa, sem dúvida, recordar ao menos sumariamente pela amplidão que revestiu.

---

1. Carta Exortativa de Bettendorff, aos Padres e Irmãos da Europa, em latim, *Bethlem Magni Para*, 5 Feb. 1671, *Bras.* 9, 279-283v.

Voltava Luiz Figueira, de Lisboa à Missão, em 1643, à frente de numerosa expedição missionária. Vinha na nau do Governador Pedro de Albuquerque. Aproaram directamente ao Maranhão. Mas, achando a cidade ocupada pelos Holandeses, fizeram-se na volta do Pará, e deram numa restinga na Ilha do Sol. O navio trazia 173 pessoas, das quais, 15 eram Jesuítas. Das seculares salvaram-se 42; dos Jesuítas, três [1].

Os mais, todos pereceram. O P. Pedro de Figueiredo e o Irmão Manuel da Rocha, que «ficaram numa parte da coberta», sucumbiram de frio e fome ao cabo de sete dias. Os restantes, numa jangada, com outros Portugueses, desapareceram para sempre. Eram os Padres Luiz Figueira, Simão Florim, Pedro Figueira, Francisco do Rego, Barnabé Dias, João Leite e Irmãos Manuel de Lima, Manuel Vicente, Domingos de Brito e Pedro Pereira.

Dêles «se não sabe mais coisa alguma», escreveu, pouco depois Nicolau Teixeira, um dos que escaparam [2].

Vieira, ao chegar, investigou o que poderia ter sucedido, e apurou que a jangada fôra dar à grande ilha de Joanes ou Marajó, e que os Índios *Aruãs* os mataram e devoraram.

E «assim terminou, diz Lúcio de Azevedo, como em tôda a parte, pelo sacrifício da mais adiantada vanguarda êste primeiro episódio da conquista» [3]. Não foi porém inútil o sacrifício na Ilha de Marajó, porta imensa do Amazonas: «Assim como o Santo Xavier, morrendo na de Sanchão, abriu as portas da China, esperamos, diz Vieira, que o sangue inocente de tantos Padres, tão gloriosamente derramado, ou pela *fé*, ou pela *caridade*, seja o que desta vez nos deixe também abertas as dêste novo mar e dêste novo mundo» [4].

---

1. Os três da Companhia, «morbo omnes ut puto aliquantulum tentati», foram o P. Francisco Pires, o Ir. António Carvalho e o Ir. Nicolau Teixeira. O P. Pires iria morrer às mãos dos bárbaros no Itapicuru, e Ir. Carvalho faleceu pouco depois no Pará, em consequência de achaques contraídos na viagem, e o Ir. Nicolau Teixeira voltou a Portugal para estudar. Foi professor de grande renome e veio a falecer, na sua terra natal, os Açores, em 1685, *Hist. Propr. Maragn.*, 285-287; S. L., *Luiz Figueira*, 70.

2. S. L., *Luiz Figueira*, 233.

3. Lúcio de Azevedo, *Os Jesuítas no Grão-Pará*, 40.

4. *Cartas de Vieira*, I, 355, 393-394; S. L., *Luiz Figueira*, 69-73. Neste livro se expõe pormenorizadamente a actividade de Luiz Figueira, em Lisboa, a favor do Maranhão.

As portas abriram-se, e o que se fêz neste novo mar e mundo fica nas páginas desta obra. Escalonaram-se os sacrifícios em todo o percurso da jornada:

— Francisco Pinto, morto pelos bárbaros na Serra de Ibiapaba.

— Manuel Gomes e Diogo Nunes, náufragos, falecendo o segundo na ilha de S. Domingos.

— Lopo do Couto, Benedito Amodei e António da Costa, padeceram dos Holandeses, invasores do Maranhão.

— Vieira e companheiros, presos e desterrados.

— Francisco Pires, Manuel Moniz e Gaspar Fernandes, mortos pelos bárbaros no rio Itapicuru.

— Jódoco Peres e companheiros, presos, desterrados e maltratados pelos piratas ingleses, holandeses e alemães.

— António Pereira e Bernardo Gomes, mortos pelos bárbaros do Cabo do Norte.

— João de Vilar, morto pelos bárbaros no Rio Itapicuru.

— E, para completar a lista, centenas de Padres e Missionários encarcerados, e um dêles, Gabriel Malagrida, morto, pelos bárbaros de Lisboa... por *alguns* apenas, que a gloriosa cidade missionária não tem culpa dos desvarios transitórios que de vez em quando a deslustram, como aliás deslustram de vez em quando tôdas as terras e cidades do mundo.

4. — A história geral dêsse período trágico não pertence porém a êste tômo. Pertence, sim, recordar as dificuldades da Missão do Maranhão e Grão Pará, e, como se vê, foram grandes.

Depois destas, quási não é lícito mencionar as menores. Mas também as houve, e nas cartas e documentos se nos deparam, segundo a maneira de ver de cada qual, a quem impressionavam ora umas ora outras: fomes, mosquitos, formigas, ratos e cobras[1]; perigos de carácter moral: o veemente atractivo das Índias pelos brancos em geral e por aquêles que se lhes representavam com mais prestígio, pela sua bondade e pela protecção que lhes dispensavam, que eram os Missionários; o trato com gente rude; o gravíssimo assunto das subsistências, de que vamos já tratar; a causa da liberdade dos Índios; e a luta com os moradores, eriçada de atritos, e não raro

---

1: *Bras.* 26, 21-22.

de calúnias, que o ambiente local favorecia, e constituiram o calvário do século XVIII, que fechou com o auto de fé do Rossio[1].

Recordando os passos percorridos, desde Ibiapaba ao Cabo do Norte, desde o Pacajá ao Solimões, multiplicaram-se as cruzes, a assinalar a passagem do Jesuíta e do Cristianismo. A sua implantação no Itapicuru, por exemplo, é uma dessas páginas da história do Brasil, que poucos conhecem, mixto de baixezas e de grandezas, onde não faltou o heroismo, a dedicação e o sangue, vertido mais de uma vez. E, na realidade, deu frutos positivos, inferiores ao sacrifício, mas que são os degraus necessários da própria civilização. O Norte foi o desdobramento, em acção, daquela «cruz sêca», de que falou Nóbrega, um século antes, ao iniciar a «emprêsa do Brasil». Mas se impressionava, não deprimia. Porque, se as informações dos Missionários consideram os perigos e dificuldades particulares destas missões do Norte, reflectem simultaneamente o optimismo resoluto e constante de quem se lançou à obra difícil com os olhos voltados para essas mesmas dificuldades, isto é, para a frente.

---

1. É vastíssima a bibliografia sôbre Malagrida. Tem particular importância o estudo de Wilhelm Kratz feito moderna e directamente, com o processo à vista, *Der Prozess Malagrida nach den Originalakten der Inquisition im Torre do Tombo in Lissabon*, em *Archivum Historicum Societatis Iesu*, IV (Roma 1935)1-43. O Missionário do Maranhão e Grão-Pará, vítima da Inquisição pombalina, tem hoje um monumento na *própria igreja* da sua terra natal.

LIVRO TERCEIRO

O Grave Assunto das Subsistências

A IMACULADA

Uma das dez grandes telas da «Vida da Senhora», da Sacristia da Vigia.

CAPÍTULO I

O ambiente amazónico e seus reflexos económicos

1 — O problema da alimentação; 2 — As «drogas» do sertão e da Índia Oriental e as primeiras plantações de canela no Brasil; 3 — As primeiras plantações de cacau; 4 — Actividades industriais.

1. — A existência dos Jesuítas na Amazónia revestiu aspectos distintos de outras regiões do Brasil, com influências recíprocas. A dos Padres sôbre a terra, valorizando-a; a da terra, impondo-lhes condições particulares de vida e de actividade.

Na Amazónia, ao longo do grande rio, longe dos contra-fortes serranos, a temperatura oscila quási só entre o dia e a noite, esta sempre amena: o termómetro desconhece o grande salto das estações que pràticamente se anulam. Guarda-se apenas a nomenclatura de duas, o verão com a descida das águas, o inverno com a subida. Quando, por Novembro, as águas sobem e inundam a planície, a superfície das terras cobertas de água tem-se comparado à do Mar Mediterráneo.

A base da alimentação, em terra assim, em que tôdas as moradias ficavam à beira da água, era o peixe, que o mar, rios e lagos, ofereciam inexgotavelmente, desde as taínhas ao pacu, tambaqui, tucunaré, surubim, pirarucu, piraíba, e infinidade de outros, até à traíra comum, que onde outros faltassem, ela nunca faltava:

— Meus filhinhos, ide ao mar para comermos, dizia o Missionário: *Icheraita pecoá paranáme pirá jucabo iandé remiurama reté.*

E os índios, botando o barco ao mar, numa ou duas horas tomavam, à ponta da frecha, tanto peixe, que dava de comer para quatro dias e sobrava [1].

---

1. Carta do P. Gaspar Misch, do Pará, 31 de Julho de 1665, Bibl. Real de Bruxelas, cód. 6828-69, p. 445.

Depois do peixe, a caça, a cotia, a paca, a anta, o peixe-boi, o jabuti e as tartarugas, criadas em viveiros ou poços, cuja carne substituía a das aves do terreiro. Mas também estas se criavam, galinhas, patos, perus, e algumas aves da terra, a que se juntava a carne de vaca, pouca por ficarem as fazendas longe do povoado e serem maus os transportes. O porco de pocilga ou do mato dava o seu contributo, de que se faziam salgas.

Nada porém suplantava o peixe, «ordinário sustento dos Missionários Portugueses no Rio Amazonas, por falta de gados» diz João Daniel [1]. E o peixe, colhido quer defronte da Aldeia em pesqueiros, quer nas viagens, secava-se, salgava-se où preparava-se de moquém, o que sucedia sobretudo com o pirarucu, que chegava a pesar 80 quilos, e a piraíba, 200, competindo, em pêso, com um bom suíno de 13 arrôbas.

As frutas silvestres, assaí, bacaba, e outras, ofereciam bebidas indígenas apreciadas, mas o verdadeiro vinho da terra era a aguardente de cana, o *cauim*, que os Missionários distribuiam aos Índios e também usavam para si-próprios. «O vinho de beber sempre se deu aos que tiveram necessidade particular; e agora se está fazendo de nossa lavra aguardente de açúcar, que é o vinho da terra (e de que gostam geralmente mais que do da Europa)» — diz Vieira [2]. Os Jesuítas foram os primeiros a combater o alcoolismo no Brasil, desde o tempo de Nóbrega, regularizando o seu uso nas Aldeias em doses que não ultrapassassem os justos limites. Não eram pela abstenção, total, farisáica, impossível e talvez contraproducente em certas regiões como a Amazónia, onde os banhos são perpétuos e onde o ligeiro *trago* a seguir ao banho é reacção salutar. Também naquelas compridas viagens em igarités ou canoas pelos rios, ou no isolamento das Aldeias, a aguardente era o companheiro e estimulante mais benquisto. Mas já então como hoje, em meio de uma alimentação deficiente, se o *cauim*, regrado, era estimulante útil, tomado e abusado como complemento alimentar, era ilusão perigosa a que cedeu também alguma vez um ou outro missionário. Achamos, entre os avisos, que se cortassem demasias. O vinho de Portugal reservava-se quási só para as missas, assim como o trigo.

---

1. João Daniel, *Tesouro Descoberto*, na Rev. do Inst. Bras. II (2.ª ed.) 458.
2. S. L., *Novas Cartas*, 305.

Nas viagens, as noites dormiam-se sôbre as tábuas da canoa, ou na rêde, entre galhos de árvores nas taperas abandonadas.

A farinha de mandioca era o pão da terra, em farofa ou pirão, ou ainda no fundo de uma cúia, simples ou com sal ou açúcar, o *chibé* clássico de Índios, caboclos e brancos, ou em beijús, também de tapioca, redondos e chatos, feitos ao forno, e que duravam dias. O sal, nas viagens, como preciosidade rara, levava-se em vidros, diz Jacinto de Carvalho[1].

Nas Cidades e nas Fazendas, com os alimentos à mão, o sustento era compensador; nas viagens e nas Aldeias, precário; e pelas nossas próprias viagens, nas montarias e ubás do Rio Negro, varando igarapés, entrando rios, andando dias sem encontrar a clareira de uma barraca, podemos ajuizar, apesar da nossa robustez dos 20 anos, o que seria há quási três séculos, no tempo de Vieira, missionário de 50 anos de idade, e sem latas de conserva: alimentação que depauperava o organismo, e era, de-facto, e ainda hoje é, sem falar na praga dos mosquitos e mil géneros de doenças, o sacrifício incruento e duro que a terra virgem exige aos que a requestam para o mal ou para o bem, para a exploração das suas riquezas ou para a conquista das almas dos seus filhos. Todos, uns e outros, tinham que pagar o mesmo tributo de privações e procuravam com os meios da própria terra restabelecer um equilíbrio que se revelava perpetuamente instável[2].

2. — Dos géneros da terra, que nasciam nos Rios do Amazonas, eram mais úteis a mandioca e o algodão, o tabaco, o arroz, a baunilha e raízes aromáticas, o azeite de copaíba e de andiroba para luzes, o mel de pau, a borracha e castanha da terra, courama, tintas de urucu, plumagens de aves e pássaros raros, salsaparrilha, cravo e cacau. Êstes últimos, quando se recolhiam nos rios nativos, em estado silvestre, constituiam o comércio das «drogas do sertão», de que falam tantos diplomas régios. Tôdas utilizavam os Jesuítas

---

1. *Bras. 10*, 208.
2. O P. Visitador Manuel Juzarte, observando em 1668, que a base da alimentação era o peixe, deficiente como sustento, e pelo uso quotidiano e monótono, intolerável às vezes, e assim tudo o mais, sem os agasalhos comuns na Europa, não achou nome mais apropriado para classificar os Missionários da Amazónia, que chamar-lhes *novos apóstolos*, Bras. 26, 24.

e algumas começaram êles a cultivá-las nas suas próprias fazendas, mandando vir outras do Oriente, ou utilizando as que já tinham vindo do sul ou chegavam de Caiena ou de Portugal. Os Jesuítas plantaram em grande escala, cana de açúcar, café, milho, gergelim, favas, feijão carrapato, melancias, melões e todos os legumes de Portugal e da terra, assim como frutas, bananas, biribás, abacaxis, mamões, cajús, laranjas (incluindo as da China) e jacas da Índia, que êles próprios introduziram no Brasil. De alguns produtos da terra e seu aproveitamento, qualidades e preparo, dão também notícia pormenorizada, como por exemplo o guaraná[1].

Em algumas fazendas, depois de se enumerarem as grandes plantações de arroz, milho, açúcar, bananeiras, acrescenta-se: «e além disto, árvores frutíferas sem número»[2].

No beneficiamento dêstes géneros, como o arroz, introduziram os Jesuítas os métodos mais adiantados, com engenhos apropriados, de locomoção animal ou hidráulica, quando outros agricultores ainda usavam o velho método de pilão que prejudicava o arroz[3].

Quanto às drogas da Índia é sabido que a sua cultura estava proìbida no Brasil, desde o tempo de D. Manuel I, para se não perder a Índia. Recomeçou-se por iniciativa dos Padres da Companhia, e Vieira conta o arbítrio que para isso deu a El-Rei e como consequência dêle se traziam em tôdas as naus, plantadas e regadas, com o que já em 1689 havia no Brasil grande número de árvores de canela e algumas de pimenta[4]. O mesmo Vieira, em carta de

---

1. Bett., *Crónica*, 36-37; cf. as observações de Vieira no Rio Tocantins, *História* III, p. 330.

2. *Inventário do Maranhão*, 32. Em qualquer tratado da flora amazónica se encontra a nomenclatura das plantas e árvores frutíferas da terra, desde o abacate, ao tamarindo, passando pela manga e a goiaba. Cf. por ex., Joaquim da Silva Tavares, *As Fruteiras do Brasil*, Braga, 1923. Mencionamos no texto apenas as que pela extensão da sua cultura mereceram dos próprios documentos referência especial. Não se fala aqui do chá mate, restringido ao sul. Mas aí também o cultivaram os Jesuítas em grande escala.

3. Cf. ofício do Vice-Rei Conde de Atouguia, para Diogo de Mendonça Côrte Real, 30 de Junho de 1751: «Fico entregue dos engenhos de arroz para fazer delles o uso que S. Majestade ordena, se se puder conseguir que aqui se mude o antigo costume de descascar este genero em pilão, *não obstante haver muitos annos que os P. P. da Companhia usão de semelhante engenho ou de agua na sua fazenda dos Ilheos*», AHC, 115-121.

4. Cf. supra, Livro I, carta de Vieira ao Conde de Ericeira, p. 23.

24 de Julho de 1682, dá conta dos princípios da «nova lavoura» na célebre *Quinta do Tanque*, da Baía, que principiou por 5 árvores de canela. No ano seguinte acrescenta: «De pimenta há dez ou doze [pés], que já vão trepando pelas estacas a que se arrimam, mas ainda não dão sinal de fruto»[1]. Plantas exóticas requeriam tratamento adequado. Pediu-se gente especializada. E em 1690, na nau da Índia, «vieram dois canarins que ficaram no Tanque para beneficiar a canela e pimenta»[2].

Os Padres da Companhia levaram a canela para o Estado do Maranhão e Grão-Pará. O P. Manuel Nunes, o moço, transportou da Baía alguns pés, para o Colégio do Maranhão em 1688; e nesse mesmo ano, voltando também de Lisboa ao Maranhão o P. Bettendorff, El-Rei ofereceu-lhe outro pé de canela, dando-lhe ao mesmo tempo água doce para o regar durante a travessia marítima[3].

Num «Parecer sôbre a cultura da Canela» lê-se que tinham chegado a Lisboa na frota do Brasil «quatro barricas de canela fina da nova cultura dos Padres da Companhia para se despacharem». E propôs-se que a exemplo dos Jesuítas se poderia tirar êste género do Recôncavo da Baía e com êle os interesses que a Holanda tirava da Canela de Ceilão se houvesse liberdade de cultura[4]. A Carta Régia de 8 de Agôsto de 1709 ao Governador do Brasil Luiz César de Meneses dá conta do estado dessa cultura no Brasil, que tinha redundado em nada, excepto a dos Padres da Companhia, que «se achavam com bastantes caneleiras na sua *Quinta* pela indústria com que extinguiram os formigueiros que nela havia». El-Rei recomendava que se desse impulso a essa lavoura, na Baía, no sertão,

---

1. *Cartas de Vieira*, III, 464, 467.
2. *Cartas de Vieira*, III, 592. Dampier em 1699 achou na Quinta do Tanque, «quantité de beaux fruits & quelques arbres de canelle», *Nouveau Voyage au tour du Monde*, IV (Rouen 1715) 59. Cf. nota de Garcia em *HG*, III, 323.
3. Bett., *Crónica*, 454. Simonsen, tratando da pimenta, diz que os Jesuítas a mantinham em viveiros e que da Índia veio Fr. João da Assunção especialmente para cuidar da sua cultura (Roberto C. Simonsen, *História Económica do Brasil*, II (S. Paulo 1937) 209. Simonsen deve referir-se à Carta Régia de 1707, mandando dar 400 réis diários ao Franciscano Fr. João da Assunção que viera da Ásia para ensino da cultura da *canela e pimenta*,—*Doc. Hist.* XXXIV (1936) 277-278; Abreu e Silva, *Synopsis ou dedução chronologica dos factos mais notaveis da historia do Brasil* (Rio 1845) 162.
4. BNL., *Col. Pomb.*, 495, 37-38.

em Pernambuco e no Maranhão. «Procurareis remetê-las para as ditas partes, recomendando aos Reitores da Companhia de Jesus o cuidado delas, pois nessa cidade [Baía] *êles foram os primeiros que puseram em prática as ditas plantas*, as quais têm hoje em tanta abundância que já usam delas como por comércio como se viu na presente frota»[1].

Do café não achamos data explícita de quando começou a ser cultivado pelos Jesuítas do extrêmo norte, senão o facto de se mencionar como planta corrente nos meados do século XVIII, nas suas principais fazendas; e nada achamos que modifique a versão de ter sido trazido de Caiena para o Pará por Francisco de Melo Palheta em 1727.

3. — Ficaram-nos notícias mais concretas da cultura do cacau e dos seus começos, e estas, sim, modificam outras versões. O cacau é originário da América. O seu aproveitamento industrial, extraído das matas do México e do Peru, data do século XVI. Na América Portuguesa, sendo a Amazónia, onde êle é nativo, conquista do século XVII, só neste último podia ter começado.

Escreveu-se, e isto é o que geralmente corre nos livros da especialidade, que «o cacau (*caa caú ua* dos índios) era a princípio colhido nos matos, onde nascia espontaneamente e chamavam-no cacau *bravo*. A *sua cultura*, mandada fazer pela *ordem régia* de 1 de Novembro de 1677, *começou em 1678*, e desde então o cacau foi chamado cacau *manso*»[2].

O facto é que começou antes. E começou assim: O P. João Filipe Bettendorff, superior da Missão deixou êsse cargo em 1674 e foi ocupar o de reitor do Colégio do Maranhão. Antes de o ir governar, comprou no Pará uma grande canoa, a maior que havia, a que se deu o nome de *S. Inácio*[3]. Navegando para S. Luiz levou as primeiras sementes de cacau que se plantaram no Maranhão. Três anos depois, a 10 de Setembro de 1677, comunica os resultados:

---

1. Doc. Hist., XXXIV(1936)308-309.
2. Manuel Barata, *A antiga produção e exportação do Pará* (Pará 1915)11; A. Pio Corrêa, *Diccionário das plantas úteis do Brasil e das exóticas cultivadas,* I(Rio 1926)363.
3. Bett., Crónica, 300.

«Eu, há 3 anos, plantei dois mil «cacaozeiros». Vingaram mil e tantos pés, e já dão não só flores, mas frutos, a que chamam «cacaos», de que se faz o «chocolate». Muito se alegraram os Maranhenses com esta ajuda para a sua vida e negócio, trazida, por meu trabalho e indústria, do Pará para o Maranhão.

Já dei a muitos alguns frutos, cada um dos quais, tendo pelo menos quarenta e seis grãos, dará outros tantos pés; e como os hei--de distribuir com todos, todos terão no futuro com que enriquecer ou ao menos viver desafogadamente. Seis pés, em dez anos quando muito, dão uma «arroba», e mil dão cem «arrobas», que valem mais de mil «cruzados».

Êste ano penso plantar 6.000 pés, para auxílio da Missão. Deus, em cuja glória se semeiam, lhes dê o crescimento»[1].

Divulgado o facto auspicioso, interveio, para o fomentar, o Govêrno de Portugal. Data de 1 de Dezembro de 1677 a Carta Régia ao Governador do Estado do Maranhão e Pará, Inácio Coelho da Silva, e de 8 de Dezembro do mesmo ano, outra, à Câmara do Pará, a recomendarem ambas o cultivo do cacau e também o da baunilha[2].

Depois, a 7 de Maio de 1678, quando já tinham chegado as duas primeiras cartas régias, volta o Reitor do Colégio do Maranhão

---

1. «Ego tribus ab hinc annis bis mille *Cacaoseiros* plantavi. Mille et amplius in arbores excrevere et iam non solum flores sed fructus subministrant quos *cacaos* vocant, e quibus fit *chuculati*. Laetantur admodo *Maranhonenses* omnes hoc sibi vitae ac negotiationis subsidium mea opera atque industria e Para in Maranhonem allatum. Iam nonnullis aliquot fructus donavi, quorum quilibet quadraginta sex ut minimum, cum grana habeat, totidem arbores reddit, et, cum omnibus communicaturus sim, omnes habebunt unde in posterum ditescant aut saltem commode vivant. Sex arbores et ad summum decem quotannis dant unam *arrobam*, ut vocant, et mille dant centum arrobas, quae plus mille *cruzadis* veneunt. Hoc anno ad sex arborum millia serere in Missionis subsidium intendo. Deus, pro cuius gloria propugnanda serentur, det incrementum» (Carta autógrafa do P. João Filipe Bettendorff, reitor do Colégio do Maranhão, ao P. Geral Paulo Oliva, do Maranhão, 10 de Setembro de 1677, *Bras.* 26, 43v).

2. Bibl. de Évora, Cód. CXV/2-18, f. 69, 70v. A estas seguiram-se outras ordens régias: de 13 de Janeiro e 19 de Agôsto de 1678 ao mesmo Governador, *ib.*, 75v; de 10 de Agôsto, do mesmo ano, e 13 de Janeiro de 1679 ao Provedor da Fazenda, *ib.*, 76, 76v; e de 20 de Agôsto de 1681, ao Ouvidor Geral, *ib.*, f. 82v. Tôdas estas Cartas Régias e com estas datas, se acham mencionadas no *Catálogo* de Cunha Rivara.

a informar sôbre o cacau que plantara: e acrescenta que, a pedido do Governador, para corresponder à vontade do Príncipe Regente, D. Pedro II, distribuíra pelos moradores mais cacaueiros, afim de se cultivarem e espalharem.

Na carta anterior anunciara êle a intenção de plantar mais 6.000 pés. Não pôde plantar tantos. Ainda assim, nesse inverno, escreve, plantou a cifra respeitável de 4.000 [1].

Dado o impulso inicial, o cacau começou a ficar ao alcance de todos. E os Jesuítas, além da recolha do cacau bravo ou silvestre, sobretudo no Rio Madeira, possuíam, mostra-nos o *Inventário* de 1760, em tôdas as suas grandes fazendas, prósperos cacauais.

Quanto à passagem do cacau para o Estado do Brasil, costuma-se citar o Vice-Rei D. Vasco de Mascarenhas, Conde de Óbidos, a pedi-lo ao Capitão-mor do Pará, Paulo Martins Garro, em carta de 24 de Abril de 1665 [2]. Mas já a 12 de Dezembro de 1664, tinha escrito o mesmo Vice-Rei, Conde de Óbidos, da Baía, ao P. Jacobo Cócleo, Jesuíta do Ceará:

«Tenho entendido, por algumas notícias, que há nessa terra uma erva chamada cacau: e como se dá nas Índias e êsse clima é tão vizinho ao seu, creio facilmente o que se diz e que também se dará neste, se a êle se transplantar. Vossa Paternidade se há de servir querer dar-me o gôsto de na primeira ocasião, digo embarcação, que dêsse pôrto vier para Pernambuco, enviar-me alguns garfos frescos da dita planta, e a semente dela: porque, demais da curiosidade que me obriga, será benefício desta cidade, quererem os moradores mandar buscá-la para usarem dela por interesse. A João Baptista Pereira, que esta carta há de enviar a Vossa Paternidade, pode vir remetida: e a mim muitas ocasiões de serviço de Vossa Paternidade, porque as saberei estimar com particular vontade. Guarde Deus a Vossa Paternidade muitos anos. Baía, e Dezembro 12 de 1664. — *O Conde de Óbidos*» [3].

O P. Jacobo Cócleo, depois de ser missionário do Ceará, e dos Índios *Quiriris*, veio para o sul, e em 1684 era Reitor do Colégio do Rio. Mas vinte anos antes era missionário de Parangaba, ao pé da Fortaleza, da qual foi também Capelão. O Ceará nesse tempo, era

---

1. *Bras.* 26, 47.
2. Manuel Barata, *loc. cit.*, 11.
3. *Rev. do Inst. do Ceará*, L(1936)193.

ainda Capitania indefinida, nas fronteiras dos dois Estados do Brasil e do Maranhão. A missão do Ceará apresentava-se como traço de união entre ambos os Estados. Jacobo Cócleo correspondia-se com o Vice-Rei do Brasil e estava em estreita ligação com os Missionários do Maranhão e Pará. O próprio Capitão-mor do Pará, Paulo Martins Garro, era «irmão» da Companhia, benfeitor dela, assim como era «irmão» também e benfeitor o Vice-Rei do Brasil.

A data de 1664, da carta do Vice-Rei ao Jesuíta, poderá indicar, pois, a idéia no Brasil do aproveitamento industrial do cacau. Mas já nesse ano o Vice-Rei tinha «entendido por algumas notícias» que havia cacau «nessa terra» [o Estado do Maranhão, a que se ligava a missão do Ceará em que trabalhava o Padre], e que o cacau era coisa que se «*transplantava*», indício de que já se experimentara o cultivo antes daquela data.

O próprio facto de o Vice-Rei se dirigir primeiro aos Jesuítas deixa supor, que os Jesuítas não eram alheios a essa experiência, nas suas fazendas do Pará, suposição em perfeito acôrdo com o que se sabe das suas iniciativas em utilizar, na terra, valorizando-os, todos os possíveis recursos, naturais ou exóticos.

Mas com ser isto verosimil, e mais que provável que os Padres plantassem primeiro perto da fonte e só depois longe dela, atenhamo-nos unicamente aos factos certos. E êles são que os Padres da Companhia, em 1674, antes das Ordens Régias, cultivaram no Maranhão os primeiros cacaueiros, trazidos por êles do Pará, e os distribuiram gratuitamente ao povo; e que o Vice-Rei, Conde de Obidos, 10 anos antes, tomou os Jesuítas como intermediários para a entrada do cacau no Estado do Brasil, onde viria a constituir uma das suas fontes de riqueza, e, na Baía, hoje, com o seu *Instituto do Cacau*, a mais importante de tôdas[1].

4. — Isto pelo que toca à agricultura. Quanto a artes e ofícios, entre as actividades dos Jesuítas inclue-se em primeiro lugar, pois o alojamento é também a primeira preocupação da vida estável, o que se refere à arte de arquitectura, ensinando-se já no século XVII aos Índios, do interior da Amazónia a construirem *casas de*

---

1. Cf. «Riquesas da Nossa Terra», Rio, Março-Abril de 1942. Serviço de Informações do Ministério da Agricultura.

sobrado, «com suas lojas de-baixo», admiração dos brancos [1]. Para isso se promovia o corte de madeiras. Mas, além desta utilidade doméstica, e para o mobiliário e estatuária, a madeira cortava-se também para a exportação, tábuas de pau angelim, tábuas de pau amarelo e tôda a sorte de madeiras de luxo, até o belíssimo pau vermelho, estriado, «*iburapinima*» (do Rio Anapu) que é o pau mais precioso que se tem descoberto em tôda a América Portuguesa» [2].

Os Jesuítas exportaram o pau brasil em grande escala. E quando, explorando-se êle por conta da Fazenda Real, El-Rei pensou em 1625, em encomendar o exclusivo do seu carregamento aos Padres, deu como justificação estas duas vantagens: conservação das matas e bom tratamento dos Índios [3]. El-Rei encomendou o exame dêsse negócio ao Governador do Brasil. Felizmente, contra aquelas vantagens havia dois inconvenientes: o escândalo que seria tal exclusivo entregue a Religiosos e o viverem dêsse negócio muitos moradores, que o não veriam com bons olhos [4]. Os Superiores também intervieram, restringindo tudo o que tivesse aparência de *comércio*, não o que fôsse necessidade de permuta. Sob êste aspecto os Jesuítas continuaram a embarcar grandes partidas de pau brasil, como se informa em 1643 de «dois mil e duzentos quintais comprados a Filipe Bandeira de Melo por preço de dezanove vintens o quintal.» [5].

Além do corte de madeiras, havia a serração que andava geralmente anexa a alguma carpintaria, e a esta se unia, nalgumas fazendas, a oficina de torneiro e a indústria naval com a feitura de canoas e bergantins. Os Jesuítas tentaram também a indústria de

---

1. Bett., *Crónica*, 497.

2. Morais, *História*, 502; as mesmas palavras em BNL, fg. 4516, f. 171 (*Apontamentos*). Alfredo Augusto da Mata, *Contribuição ao estudo do Vocabulário Amazonense*, na *Rev. do Inst. do Amazonas*, VI(1938)229-230, escreve *muirapinima*.

3. AHC, *Baía, 1625* (Apensos). Cf. A. L. Pereira Ferraz, *Terra de Ibirapitanga* (Rio 1939)78-79.

4. AHC, *Pernambuco 1625*, 8 de Agôsto (Apensos).

5. AHC, *Rio Grande do Norte, 1643*. Não era fácil evitar a aparência de *comércio* nestes embarques e vendas directas. Em 1666 o Visitador Antão Gonçalves, na visita do Colégio do Espírito Santo, em cuja Capitania era afamado êsse pau, recordou a proibição, sob preceito de obediência, de se vender pau brasil, excepto ao contratador de El-Rei, a quem se poderia vender, quando o houvesse, *Bras. 9*, 188v.

alto bordo, mas deparou-se-lhes um problema prático, então insolúvel, e que faz que ainda hoje o Brasil busque antes na Europa ou na América do Norte os seus grandes navios: é a careza da mão de obra. O P. Fernão Cardim, escrevendo da Baía em 1618, prova que há mais vantagem em se construir galiões «ou no Pôrto ou em Biscáia ou na Alemanha. O galião que lá custa, v. g. vinte mil cruzados custará cá [no Brasil] sôbre quarenta mil, e dá vantagem».

O mato dava a madeira, é certo: a dificuldade estava no valor da madeira, posta no cais, no cordame e no custo elevado da mão de obra e dos oficiais mecânicos[1].

É um episódio de independência económica do Brasil, que os Jesuítas encaravam nos seus diversos aspectos. E reagiam dentro das possibilidades da terra. Daí o cuidado em adestrar oficiais mecânicos, e já para o fim, além de bergantins, construiam fragatas, ao menos as necessárias ao próprio tráfego da Companhia nas diversas casas e colégios do centro do Brasil.

Êste mesmo espírito de independência económica, e para as suas grandes construções, levou-os a estabelecer fornos de cal e olarias em que se fabricavam com métodos europeus aperfeiçoados, ladrilhos, tijolos, telhas, fôrmas de açúcar, botijas e louça. E não só para os próprios usos, mas para os moradores a quem se cediam, por mero serviço público, nem mais caro, nem mais barato do que o preço corrente. O mesmo acontecia com as fábricas de sabão vegetal.

Nem tôdas as casas eram de adobes ou taipa de pilão e de mão (aparecem as duas variedades); por isso também havia oficinas de pedreiro e canteiro nas principais casas da Companhia, e com elas as serralharias e ferrarias, onde se lavravam machados, foices, enchadas, pregos, chaves, e mais ferragens comuns.

As fazendas dos Jesuítas eram tipos especiais de Casa Grande, porém mais ampliadas que a dos particulares. Em si mesmas tinham elas que achar tudo o que, se viesse de fora, chegaria por preço

---

1. «Carta original de Fernán Cardim de la Compañia de Jesús al P. Antonio Collaço procurador general de la misma Compañia en Madrid sobre la fábrica de galeones en el Brasil, Baía, 1 de Oct. de 1618», Madrid, Bibl. de la Academia de de la Historia, *Jesuítas*, t. 185, f. 7. A êste parecer, que se destinava à defesa do Brasil, refere-se Pôrto Seguro, sem indicar o seu conteúdo (*HG*, III, 198).

incomportável, e dada a ocasião não se encontraria por preço algum. Daí também a necessidade de tôdas estas oficinas.

Com os materiais de construção e seus acessórios (encontrava-se nas suas bibliotecas a *Arte de fazer vernizes*), era preciso buscar na própria terra os do vestuário, ao menos os de algodão. Logo no tempo do Padre Vieira, os Jesuítas obtiveram licença régia para as suas Aldeias possuirem teares, em que 24 fiandeiras teciam nessa época, o pano de algodão que, concorrendo com o linho de Guimarães, iria servir desde as roupetas dos Padres, leves e tingidas de preto, às calças riscadas dos índios e às camisas ou saias das índias convertidas. Depois ampliou-se a indústria de tecelagem, e como os «novelos» foram durante muito tempo a «moeda» da terra, dêsses teares saía também o principal elemento de permuta na cidade e no sertão, até ser substituído pelo «cacau» que por sua vez assumiu carácter de moeda [1].

Os alfaiates e os sapateiros, de couros preparados e curtidos na terra, vinham completar o quadro do trabalho e de ofícios organizado pelos Padres, a que se juntavam os de encadernador e livreiro. Num plano mais vasto de produção, como garantia estável de sua obra colegial e catequética, estavam as salinas, e sobretudo os engenhos de açúcar e aguardente, e a pecuária que, com a reprodução e selecção, se tornou manifestação importante da vida económica da Companhia e do Brasil.

---

1. S. Sombra, *Pequeno esbôço de historia monetária do Brasil colonial* (Rio 1940) 84–88. A vara de pano de algodão valia em 1671, 200 reis. O Ir. Manuel Rodrigues informou o Geral que os Padres andavam mal vestidos, com farpas nas roupetas, e que com 3.400 reis, isto é com 17 varas de pano, se podiam fazer mantéu, roupeta e meias (*Bras.* 26, 29–30).

CAPÍTULO II

Legitimidade canónica dos bens da Companhia

1 — A doutrina certa; 2 — O «comum» da Vice-Província; 3 — Movimento e aplicação; 4 — Necessidade civilizadora do trabalho nas Missões e Fazendas.

1. — Os Jesuítas, para assegurar a sua obra de catequese e colonização, tiveram necessariamente de possuir e manejar grandes bens. Mas foram tais as confusões, feitas à sua roda, no Maranhão e Grão-Pará, que convém mais uma vez recordar a doutrina certa e, dentro dela e do meio social e económico em que se operava, a aplicação dêsses bens, movimento e consequências gerais.

Em página documentada, expõe o Visconde de Carnaxide, o espírito que presidiu no século XVIII à propaganda por todos os meios contra os Jesuítas, propaganda que Baptista Pereira vinca admiravelmente, recordando as tipografias clandestinas ao serviço nada escrupuloso do despotismo da época. Dêsses testemunhos é um, o do embaixador de França em Lisboa: «O Marquês de Pombal fazia espalhar pelos seus numerosos emissários e aderentes grande número de factos falsos e outros com o cunho de secretos, de que resultava muitas vezes o risco de se achar a gente a cem léguas da verdade» [1].

Para expungir da história êsses factos, menos verdadeiros, teremos, aqui e além, de aludir à natureza dêles e não vemos outra forma de falar com objectividade senão dar-lhes o nome que têm, mentira, quando é mentira, calúnia quando é calúnia.

Aliás já outros o disseram, alheios à Companhia, e com comentários que não subscrevemos. Mas se omitimos a veemência dos co-

---

1. Visconde de Carnaxide, *O Brasil na Administração pombalina* (S. Paulo 1940) 122-123, citando o Visconde de Santarém, *Quadro Elementar*, VIII (Paris 1853) 292, e Baptista Pereira, *A formação espiritual do Brasil* (S. Paulo 1930) 99.

mentários, não podemos suprimir o que é parte integrante desta obra, e talvez os nossos modestos conhecimentos profissionais em matéria canónica ajudem ao esclarecimento da verdade. Queremos dizer com isto que se, pela circunstância da matéria, alguém insinuasse que êste capítulo é uma defesa, respondemos que tem razão. Permitimo-nos simplesmente observar que quando os factos constituem a defesa, esta defesa ainda é história. É mesmo a única história possível para restabelecer o equilíbrio perdido na confusão dos ataques.

A Igreja pode possuir bens, e sempre os possuiu desde que se constituiu em sociedade, se ergueu o primeiro templo e o primeiro baptistério, meios materiais para o seu fim espiritual. É a condição orgânica da sua existência visível. A Companhia de Jesus, por seus Colégios, segundo as Constituições escritas por Santo Inácio, e com a chancela da mesma Igreja, de que faz parte, segue os destinos dela, e pode possuir tôda a espécie de bens que lhe advenham por qualquer título legítimo, segundo as mesmas Constituições, meios conducentes a assegurar e facilitar materialmente os seus fins de ordem superior. Pode pois fomentar todo o género de cultura da terra, animal, agrícola ou industrial. Só uma coisa está vedada ao Jesuíta, e em geral a todo o eclesiástico, por menos decoroso ao seu estado: é o *comércio* propriamente dito.

Já dissemos o que se entende por *mercatura* ou comércio: comprar objectos para os tornar a *vender*. Com lucro, naturalmente[1]. Não é *comércio* vender o produto do próprio trabalho ou das próprias terras. Não há Instituição, nem Ordem, que o não tivesse feito ou faça ainda, quando a caridade alheia não basta para sustentar os religiosos e suas obras. S. Paulo vendia, para viver, os artefactos de sua indústria manual, os Anacoretas da Tebaida vendiam as suas esteiras nas cidades, para comprar o de que necessitavam. Não há coisa mais comum do que, até nos tempos modernos, possuirem as casas Religiosas laboratórios privativos onde preparem produtos medicinais, que

---

1. Cf. supra, *História*, Tômo I, 148. Cf. *Epitome Instituti Societatis Iesu*:
— n.º 535, § 1: Prohibetur emere res ut carius vendantur, etiamsi nostra industria mutatae fuerint, non vero emere quae putantur usibus Nostrorum necessaria et postea super vacua vendere.
— n.º 536: Prohibetur agros conducere ut inde lucrum percipiatur; non vero, si id fiat ad praediorum nostrorum administrationem vel animalium sustentationem; neque prohibetur, ad praediorum nostrarum pascua consumenda, emere animalia, quae postea divendantur.

depois vendem. Foi célebre a Botica do Convento de Santa Maria de Novela em Florença, sem passar pela cabeça dos Padres Dominicanos que atropelavam com isso as leis canónicas. Tôdas as Casas Religiosas de todos os tempos venderam os produtos das suas quintas, ao natural, como as frutas, ou transformados industrialmente, como o vinho ou compotas, preferidas pela pureza com que eram manipuladas. Com o licor, de nome bem conhecido no mundo, sustentaram os Beneditinos as suas casas. Os Monjes da Idade Média, que desbravaram as terras incultas da Europa, e aos quais é costume comparar os antigos missionários da inculta Amazónia, vendiam assim os produtos das terras que cultivavam, para comprar o que as terras não tinham e precisavam para a vida ou para levarem avante a sua mesma obra de desbravamento e cultura. Prática de sempre, na Igreja de Deus[1].

2. — O negócio dos Missionários da Amazónia era êste. O outro, o comércio de importar mercadorias da Europa, para as tornar a vender no Brasil, mais caro, não o fizeram. E se alguma vez, algum mais zeloso ou menos conhecedor do seu Instituto, cuidava que dos géneros que vinham de Lisboa (roupas, objectos de culto, etc.) podia, calculadas tôdas as despesas, debitá-los aos Missionários das Aldeias por mais do custo, logo recebia a repreensão de que lhe não era permitido[2]. Estas repreensões dos superiores provam que o Instituto se defendia contra um ou outro abuso. Mas até êstes abusos já perderiam tal nome, se os Padres das Aldeias conviessem com o procurador central que podia levar uma percentagem, cedida por êles como contribuição voluntária para o aumento e gastos da casa-mãe ou para o que se chama o *comum* da Província.

Segundo as Constituições da Companhia de Jesus, só os Colégios e casas de formação possuem bens próprios, de cujos rendimentos se sustentem. Em todo o antigo Estado do Maranhão e Grão-Pará, estavam nestas condições apenas dois grandes Colégios, o de Santo Alexandre e o de Nossa Senhora da Luz; e, na primeira metade do século XVIII, dois pequenos, o da Vigia e o de Alcântara.

---

1. Cf. Pablo Hernández, *Organización social de las Doctrinas Guaraníes de la Compañía de Jesús*, I (Barcelona 1913) 269; Astrain, *Historia*, VI, 413.

2. Aviso de 1721, *Bras.* 26, 14v; outro do P. Retz, de 25 de Junho de 1746, em Lúcio de Azevedo, *Os Jesuítas no Grão-Pará*, 402.

Nenhuma Aldeia possuía bens separados dos Colégios a que estava anexa. E tôdas concorriam para aquêle comum. Era a pensão que cada Aldeia dava, segundo as suas possibilidades, para o fundo geral da Missão ou Vice-Província, afim de ocorrer aos gastos feitos em benefício delas próprias, como eram as viagens dos missionários europeus e a formação dêles, quer na Europa (se já ali se formavam por conta da Missão) quer na própria Missão, no Colégio do Maranhão ou do Pará [1].

3. — Êste *comum* da Vice-Província administrava-se, quando èla se desenvolveu, em Lisboa, onde assistia o Procurador Nas Aldeias e Missões recolhiam-se, por exemplo, cacau e cravo. Por meio do Colégio do Pará enviava-se para Lisboa, e com o seu produto se pagavam as dívidas anteriores; se não havia dívidas, punha-se a juros para as despesas futuras, imediatas. O cacau, que se enviou em 1736, de tôdas as Aldeias do Pará e Maranhão, foram quási 266 arrôbas (um pouco mais de 265), no valor de 1:142$590 reis. Colocou-se a juros de 5% [2].

Logo se aplicou (e foi preciso irem novos recursos) nas expedições missionárias que, como se vê na lista do fim dêste volume, então se organizaram e nos anos seguintes. Nisto e noutras coisas se gastava o que se auferia. Mendonça Furtado, quando se meteu a discorrer sôbre estas matérias, deu a entender que só havia lucros líquidos. Segundo êle, os livros da fazenda Real de 1726 a 1755 acusaram um movimento dos negócios dos Jesuítas no valor de 159:898$000 reis. Sendo modesto o viver dos Padres, diz êle, não sabe como se gastaram. Naturalmente os Jesuítas não tinham que lhe dar satisfação. Mas damo-la nós agora à difamação com que os injuriou. Tirando o fulgor daquele número, assim englobado, e repartindo-se por trinta anos, que tantos são os que vão de 1726 a 1755, toca a cada ano 5:330$000 reis. A isto fica reduzido o movimento de um Colégio e de uma casa autónoma (a Vigia) e de umas 20 Aldeias e Missões com seus 60 missionários. Cabe a cada missionário a insignificância de 88$000 reis anuais. Isto na hipótese de os livros da Fazenda se

---

1. Cf. Gilberto de Andrade, *Um complexo antropogeográfico* (Recife 1940) 162, um dos escritores que compreenderam êste assunto do *comum* da religião com critério isento e justo.

2. Arq. da Prov. Port., Pasta 176 (36).

referirem só ao Pará (não ao Maranhão) e de se tratar apenas do que se exportava (e não do que se importava). Porque então seria muito menos.

Na demonstração das despesas, em que se empregavam êstes recursos económicos, Mendonça Furtado não tem uma palavra para as expedições missionárias vindas da Europa, não tem uma palavra para os gastos feitos em Portugal, com os que lá começavam os estudos, por conta da Missão; não tem uma palavra para a construção de casas e Igrejas, como se elas nascessem do solo por geração espontânea; não tem uma palavra para os gastos com o próprio pessoal, nem com os Índios descidos. Só neste último capítulo de despesas, Fr. Diogo da Trindade, comendador das Mercês no Pará, diz o que viu. E o que viu, apenas em quatro anos, foi isto:

«Vi em quatro anos, que fui missionário e vizinho dos Padres da Companhia, os descimentos que fizeram para suas missões do centro dêsses sertões, à custa de muito trabalho e *gravíssimas* despesas, como foram o Padre Manuel dos Reis, missionário dos *Tupinambaranas*, dos sertões do Magué, Andirá, Guabiru e Periquitos; o Padre Manuel da Mota, missionário dos *Abacaxis*, que de uma só vez tirou seiscentas e vinte e quatro almas, dos *Araras;* o Padre José Lopes, missionário dos *Bócas*, de todo o sertão dos *Jaris* e *Aruãs;* o Padre José da Gama, missionário dos *Arapiuns*, que do Rio Tapajós, desceu e aldeou muitos gentios, no que *tudo gastam muita fazenda e canoas, panos de algodão, ferramentas, facas, louças, velórios, vestidos feitos, e grandiosos mimos, sem os quais se não capacitam os Índios a sair de suas terras para o grémio da Igreja*[1]; e, ao depois de descidos, *sustentam e vestem dois anos*, como também a muitos aldeãos desamparados, e gente da doutrina, e ao gentio Arara, vi eu, quando se desceram, em 1724, *dispender o Padre Manuel da Mota, em três dias, quinhentas varas de pano de algodão, que são em dinheiro de lá 200$000, e êstes gastos fazem sem ajuda da fazenda real*, e sòmente com adjutório dos Índios das mesmas missões, aos quais e a todos assistem com fervorosas doutrinas, e nas suas necessidades com grande caridade, como

---

1. São freqüentes as referências à vinda de objectos destinados aos Índios, como êstes que assinala Vieira para os do Cabo do Norte: dez quintais de ferro, um quintal de aço, cinqüenta dúzias de facas, quatro maços de velórios (*Cartas de Vieira*, III, 435); e Bettendorff enumera, entre o que se dava aos Índios, aguardentes, tabacos (elemento novo), anzóis, agulhas, verónicas (*Crónica*, 609).

foi na peste geral que lá houve, que chegaram a fazer-lhes os Padres as covas para os enterrar, e a lavá-los e carregá-los às costas.

Item, que acodem prontamente com Índios às tropas reais, e com o necessário, que podem, aos soldados delas, como foi em 1723, na que foi ao descobrimento do reino do Peru, de que era cabo o sargento-mor Francisco Melo Palheta, ao qual *acudiu o missionário dos Abacaxis com o necessário de canoas, ferramentas, aprestos e comestível, que gratuitamente deu à gente dela*, e juntamente mais de duzentos Índios, e na retirada, aos soldados que vinham doentes, *com todo o sustento e caridade possível;* e, não obstante, ter o dito Padre missionário, em outra tropa real antecedente, experimentado algumas desatenções, como foi, por o acharem fora de casa em uma missão de gente nova, arrombarem-lhe portas, e furtarem-lhe farinhas e as próprias canoetas dos pescadores, e as mais coisas, que costumam soldados dissolutos, e cabos menos observantes das ordens reais, *e nem por isso faltam, com o que podem, a todos os que passam por suas missões*. E da mesma sorte acodem a todos a dar Índios às canoas dos moradores, conforme as portarias que levam dos Governadores; e porque querem muitas vezes mais, se os Padres lhos não dão, lhos furtam e descompõem, como em 1705 um que deu com um pau no Padre António Gomes, e outro que em 1725 atirou dois tiros ao Padre Manuel dos Reis, que não sei se foi com bala ou com que intento o faria.

Item que as igrejas das suas missões têm com grande ornato e limpeza necessária para uma freguesia, com côro, sinos, ornamentos de primavera e damasco de tôdas as côres, custódia, cruz, âmbula e engastes de vara de pálio de prata, capas de asperges, frontais, panos de púlpito e tudo o mais em que fazem gravíssimas despesas e gastos inconsideráveis. Em 1725 vi quatro imagens grandes, douradas e estofadas, e com tal perfeição, *que as avaliaram lá em 400$000*, e estas se acham na sua missão dos Abacaxis»[1].

4. — Para se gastarem e aplicarem desta forma os bens, e não pequenos, a primeira condição é possuí-los. Veremos que os subsídios oficiais eram diminutos e insuficientes. A grande fonte de receita estava no amanho da própria terra, Aldeias e Fazendas, necessi-

---

1. Certificado jurado de Fr. Diogo da Trindade, Lisboa, 16 de Julho de 1729, em Melo Morais, *Corografia*, IV, 282-283.

dade local, que se impunha por diversos títulos. E um dêles era a própria necessidade social do trabalho. Não se civiliza na ociosidade. Nas Aldeias trabalhava-se pois, com moderação, mas trabalhava-se: em terrenos da própria Aldeia ou nas Fazendas, que os Jesuítas trataram de adquirir perto delas para ocuparem os Índios que a lei lhes falcutava, êsses e todos os mais que o desenvolvimento das missões aconselhava a tomar ao seu serviço. A princípio, a pedido dos próprios Jesuítas, os Padres não podiam lavrar, *com índios*, canaviais, tabacos, nem engenhos [1]. A proibição recaía apenas sôbre os *índios*. Não se proibiam essas culturas com outros trabalhadores, brancos ou negros, como de facto se fêz, quando o exigiu o desenvolvimento das Missões. Mas se os Índios assalariados não se ocupavam naqueles serviços, ocupavam-se moderadamente noutros. Ociosos é que não deviam estar. E os géneros haviam de ser vendidos em troca de outros necessários para a vida quotidiana e para a construção dos edifícios, residências, igrejas, alfaias, salários, descimentos, catequese, como se vê do testemunho de Fr. Diogo da Trindade.

Tais géneros, produto do trabalho e da terra, eram vendidos pelos Jesuítas. Sendo muitas as Aldeias e concentrando-se a Amazónia no Pará, pôrto e entreposto dela, haveria necessariamente de parecer grande comércio e certo que não haveria casa particular do Pará que tivesse movimento semelhante, pois nenhuma teria também tantas responsabilidades ou encargos. No Pará, junto ao Colégio, no pátio inferior dêle, construiram-se casas e armazens para recolher aquêles géneros, vindos das diversas missões do interior. Só o pode estranhar a superficialidade ou a má fé. Na Europa, as fundações dos Colégios, que lhes asseguravam a vida, constituídas em monetário ou quintas de renda uniforme, colocavam-se discretamente nos Bancos a render. Na Amazónia, os bancos eram as «fazendas»; os juros, as «drogas»... Mas tal movimento de armazenamento e vendas era, para escândalo de muitos, inevitavelmente público, ainda que igualmente necessário, sob pena de se não assegurar a continuidade e desenvolvimento da obra.

Sem esta organização de trabalho e de vendas, não poderiam subsistir os Colégios, nem as próprias Aldeias, para quem conhece em concreto, o que são Índios, e como se deixavam enganar então e

---

1. Regimento dado por D. João IV a André Vidal de Negreiros, a 14 de Abril de 1655, em cuja redacção interveio o P. António Vieira (*Anais do Pará*, I, 43, § 52).

hoje (ainda hoje!). Se se permitisse a cada índio a disposição livre do meneio da terra e da venda dos géneros: Primeiro, não trabalhariam, prolongando o seu estádio de caçador, pescador e pequena cultura; e a civilização não é propriamente um museu etnográfico; em todo o caso, a Amazónia é grande demais para ser apenas isso. Segundo, o primeiro regatão, que chegasse à Aldeia com acesso livre, levar-lhes-ia tudo, por menos do preço. Ainda hoje é assim, que o experimentamos nós pessoalmente; e quem o quiser ver em outrem, leia em *Histórias da Amazónia*, a habilidade do regatão para deixar vazia a barraca do caboclo[1]. Ou veja a história real daquele seringueiro, que se achou nos sertões: um terno de riscado e uns géneros alimentícios de antemão recebidos são o «preço de um homem» neste século XX[2]. Só quem desconhece a vida brasileira colonial, em particular o Amazonas (e desconheciam-na os legisladores de gabinete do século XVIII), julgaria possível a obra da civilização e da catequese, ou outra qualquer obra progressiva, sem o concurso imediato da terra, e no caso presente, sem a imediata direcção do Missionário, necessidade local e de todos os tempos, incluindo os de hoje. Up de Graff, nas suas viagens pela Amazónia moderna, descreve as dificuldades incomportaveis das subsistências. E conta, no episódio de Bregínia, moça educada pelos Jesuítas de Andoás, a mais luminosa página de todo o livro, que o velho Jesuíta, que a educou, era «chefe de uma comunidade religiosa importante [nós diríamos *Aldeia*] e de uma exploração agrícola próspera» [que é o que nós chamamos *Fazenda*]. Suprimida a fazenda, não poderia subsistir um mês a missão nem sequer a vida autónoma do homem civilizado nessas paragens[3].

Mas se as Fazendas eram assim necessárias, tanto como elemento de aprendizagem de trabalho, como fonte de géneros para per-

---

1. Peregrino Junior, *Histórias da Amazónia* (Rio 1936) 192-193.
2. E. Roquette-Pinto, *Rondónia*, 4.ª ed. (S. Paulo 1938) 155.
3. F. W. de Up Graff, *Les chasseurs de têtes de l'Amazone* (Paris 1930) 289; cf. Múrias, *Portugal Império*, 136, onde recorda o aspecto agrícola da acção missionária no esfôrço colonizador do Oriente e do Brasil; Afrânio Peixoto, *Minha Terra e Minha Gente* (Lisboa 1916) 92, onde observa que os Padres empregavam os Índios em fazer roças para «a propria abastança e de suas famílias, consequèntemente da Colónia»; e Pedro Calmon, *História Social do Brasil*, 3.ª ed. (S. Paulo 1940) 112, onde diz que cabe aos Jesuítas «a primeira tentativa de exploração metódica dos produtos naturais».

mutar com outros que haviam de vir necessariamente de fora, o resultado líquido, considerado em si mesmo, era diminuto. Já o notava Vieira no seu tempo. As drogas mandavam-se ao Reino e «se vendiam por pouco mais do que era necessário para pagar fretes e direitos, subindo-se por outra parte as mercadorias que se levavam dêste Reino a tão excessivos preços que nenhum cabedal era bastante para os pagar, com que todos os moradores se veem empenhados, e antes de colherem as suas lavouras as tem já cativas por muitos anos»[1].

E se os Jesuítas não pagavam direitos, que revertiam em benefício das missões, nem por isso o resultado era muito mais apreciável, indo-se a maior parte no sustento dos próprios trabalhadores. Escreve Bettendorff em 1761: «Apesar de haver muitos índios, vale mais na Europa uma renda de cem cruzados que possuir nestas terras grande servidão com os imensos gastos que faz»[2]. Esta servidão, quando andava pelas matas, comia o que tinha, ou se o não tinha passava mal, até que os Índios espicaçados pela fome, iam à caça ou à pesca. É facto assinalado por todos os historiadores da vida indígena, antigos e modernos. «O fruto destas missões consiste em fazê-los *de bárbaros homens, e de homens cristãos, e de cristãos perseverantes na fé.* A isto procuraram aquêles missionários, acomodando-se a viver com êles e a fazer o ofício de cura, pai, médico, enfermeiro, tutor a ainda mestres, *para ensinar-lhes a roçar e plantar seus mantimentos*, porque tais são, que antes haviam de ir caçando cada dia pelo mato e buscando alguma fruta silvestre do que acomodar-se a trabalhar e plantar»[3]. Com a caça e o peixe à mão, falta-lhes o estimulante do trabalho, criador das civilizações superiores[4].

---

1. Vieira, *Resposta aos Capítulos*, 246.
2. Cf. *Bras. 9*, 305.
3. Cf. S. L., *João de Barros apóstolo dos Quiriris e Acarases*, no *Jornal do Commercio*, 14 de Junho de 1942.
4. Henri A. Coudreau, *Les Français en l'Amazonie* (Paris 1887) 35. «Todo lago na Amazónia, escreve Alfredo Ladislau (*Terra Imatura*, 3ª. ed. (Rio 1938) 109-110), é uma sombria urna funerária em que o degradado elemento indígena vem depositando as últimas cinzas da sua raça. Com ser o seu melhor amigo, por lhe oferecer, continuadamente, o despreocupado e fácil sustento, constituiu-se, por isso mesmo, um grande desfibrador das suas energias, facultando-lhe um repouso de vida, que pode ser elevado à categoria de verdadeira feição mórbida. A relevância dêsse facto acentua-se sobretudo na índole do Tapuio, que adopta a pesca, quási exclusivamente, como recurso de subsistência. Para efectivá-la não necessita reùnir um conjunto de ardís dificultosos e inteligentes: basta-lhe ir

Um dos elementos da civilização é a idéia da previdência. Os Índios não a tinham. Só quando os giraus ficavam sem nada é que se resolviam, já de estômago vazio, a procurar nova provisão. E bastava algum imprevisto, de doença ou temor de contrários, para lhes desorganizar a economia doméstica, de que tinham fraquíssima noção. Alguns índios acharam no mato e mataram de uma vez 14 porcos bravos. E logo os devoraram. «Parecia coisa incrível, se os Padres o não contassem, e se não conhecesse a grande voracidade daquela gente, a qual, como é muito sôfrega de fome quando lhe falta o necessário, assim faz excesso em comer, quando tem com que se encher»[1].

Por natureza imprevidentes, os índios não sabem o que é juntar e economizar. Periodicamente passavam mal. Ora onde quer que existisse uma Aldeia ou Missão não havia fome, nem pouca nem muita. Nas Missões e fazendas era já a regularidade da vida social, e os trabalhadores eram os primeiros beneficiários da terra, os que trabalhavam e os que não podiam trabalhar, num regime social que francamente, no seu aspecto económico, que só dêste aquí tratamos, não sabemos se é melhor o de hoje, em que os trabalhadores se aglomeram miseravelmente pelos bairros de lata, das cidades europeias ou pelas favelas americanas e em que os impossibilitados de ganhar o próprio pão, o mendigam aos particulares ou ao Estado. Na Fazenda de Amandijuí, os escravos dos Jesuítas eram 76: capazes de trabalho 20 homens e 22 mulheres. Os 34 restantes, incapazes de ganhar a vida, velhos, crianças ou doentes. Mas todos viviam e se sustentavam, folgadamente, na própria Fazenda[2].

Reflectindo sôbre esta aceitação de escravos, não só negros mas também Índios, tão generalizada depois, parece-nos vislumbrar, para além da escravatura propriamente dita, contra a qual se tornava inútil a luta, e da qual, sendo o *único* regime da terra, não podiam prescindir, um pensamento ainda de defesa dos Índios pelos Jesuítas:

---

buscar nos lagos, suas dispensas inexauríveis, a qualidade do pescado que apetetecer. Conhece os recantos sombreados onde volteiam os tambaquis; sabe da hora em que os tucunarés andam vorazes pelos igapós e baixios; são-lhe familiares os pontos onde «boiam» as tartarugas, as comedias dos manatins e os lugares em que os pirarucus espelham ao sol a refulgência das escamas vermelhas...... E, por isso, enquanto tiver no paneiro uma pouca de sal e farinha, não trabalha: — fuma e dorme. Degrada-se».

1. Bett., *Crónica*, 277.
2. *Inventário do Maranhão*, 29-29 v.

dar-lhes o título de escravos para que êsses índios deixassem definitivamente de ser inquietados pelos moradores e se colocassem ao abrigo das agruras, vaivens e moléstias da repartição, errando de fazenda em fazenda, com o lar desfeito. Na Aldeia era a vida regular, o bom trato, e, mesmo para os escravos, a mediania, em que Horácio fazia consistir a segurança da vida. Mas só uma administração esmerada permitia tal segurança e continuidade. Com esta mediana abundância, que caracterizava a vida das Fazendas e das Aldeias dos Jesuítas, quási tudo o que elas produziam nelas próprias ficava ou a elas revertia, transformado em coisas úteis, que faziam a inveja de outras. E, com isso, pouco sobrava. É instrutivo aproximar do que disse Vieira o que observa João Daniel um século mais tarde:

«Em uma herdade que possuia a minha amada Religião nas vizinhanças da cidade do Pará, onde se seguia a praxe ordinária e praticada nos roçados e plantamentos da maniba e outros, nas visitas aniversárias dos Superiores, saía ordinariamente a receita pela despesa com pouca diversidade; de sorte que algum ano apenas excedia a receita em um cruzado novo; e quási o mesmo sucede nas mais herdades, com a circunstância de que a dita herdade, além de ter tôdas as oficinas, que lá se costumam e fazem mais afamada uma fazenda, como são olaria, em que se fabricava muita louça, ferraria, tecelões, e factura de canoas etc., tinha também uma engenhoca e fábrica de águas-ardentes, que são os mais rendosos haveres daquele Estado; tinha também estáveis alguns cacauais e algum café, e contudo, no fim do ano, apenas excedia a receita em quatrocentos e oitenta rs., que se não tivesse o cacau, café e as oficinas, já enumeradas, e só cultivasse o roçado da maniba e semelhantes, onde ficaria a receita e onde subiria a despesa?»[1].

E sucedia isto na Fazenda de Ibirajuba, uma das mais importantes do Colégio do Pará. Nas Aldeias, sem estas oficinas, os resultados eram mais deficientes. Mas embora pouco remuneradora era obra necessária para reter e alimentar folgadamente os índios da catequese. Era necessária também como elemento de coesão. Sem ela os próprios índios seguiriam o primeiro colono esperto que os aliciasse, desapareceria a Aldeia, a catequese e o povoado, dispersos e ocupados os Índios em trabalhos de interesse estritamente individual dos moradores.

---

1. João Daniel, *Quinta Parte do Thesouro Descoberto no Máximo Rio Amazonas* (Rio 1820) 29-30.

Em cima: Lápide comemorativa da criação da Sé do Maranhão
(a antiga, arruinada no século XVIII).

Em baixo: Duplo monograma unido (o da Companhia de Jesus e o mariano)
do antigo Colégio dos Jesuítas do Maranhão. Distribuídos, pelos quatro cantos,
os quatro algarismos da data 1679 (Cf. Tômo III, 120).

Estas duas lápides, assim dispostas, estão hoje na sacristia da Sé actual,
antiga igreja de Nossa Senhora da Luz.

CAPÍTULO III

A caridade no orçamento dos Jesuítas

1 — O destino dos bens da Companhia e a lenda dos tesouros; 2 — Vieira e o desinteresse pessoal dos Jesuítas; 3 — Assistência caridosa, social e hospitalar; 4 — As Boticas dos Colégios, saneamento e epidemias.

1. — Nenhum Jesuíta podia possuir nada *individualmente*, o que não sucedia com os colonos. Os lucros dos colonos eram para si próprios. Aplicar-se-iam algumas vezes em benefício da terra, mas observa Lúcio de Azevedo, as mais das vezes se dispendiam molemente, ou iam para a Europa na bagagem dos funcionários. O trabalho das Aldeias e Fazendas dos Jesuítas, todo revertia para a própria terra, com diversas aplicações, como vimos, desde o ensino, nos Colégios, Residências, Seminários e Missões, até à assistência, recorrendo algumas delas mais pobres, ou em seus começos a outras mais abastadas, já firmes, que até isto era fonte de despesas, verba que pesava no orçamento da Companhia e que importa assinalar, e não apenas sob o aspecto económico.

O P. António Machado, em 1753, procurando reduzir os *Gamelas* pediu ajuda ao missionário da Aldeia de Arucará[1]. Ao lado destas ajudas comuns havia outras extraordinárias, que se não nomeiam por serem extraordinárias. Mas uma vez ou outra ficou-nos a menção explícita. Malagrida recorda o que se acabava de fazer no seu tempo: «os gastos que o nosso Colégio do Maranhão fêz com a Infantaria, que veio do Reino, e a Companhia tomou à sua conta, no miserável estado em que vieram os soldados tocados de epidemias,

---

1. Cf. Carta do P. Manuel Ribeiro, de Arucará, ao P. Bento da Fonseca, de 12 de Novembro de 1753, BNL, fg. 4529, doc. 54.

aplicados os seus religiosos ao seu tratamento, que alguns estiveram em perigo de perder as vidas. O mesmo no Colégio do Pará com a mesma Infantaria, que, a não intervir a Companhia, seria muito maior o número de mortos, falecendo em seu serviço um Religioso. E no transporte dos Ilheus [Açoreanos] coube grande parte ao nosso Colégio que está sustentando os soldados com grandes gastos »[1].

De variadas formas, tudo ficava na terra, e quanto possível em cada núcleo produtor: Fazenda ou Aldeia. O mais que podia acontecer, e acontecia de facto, era que do fundo da própria Aldeia, se ajudassem as casas-centrais, que eram os Colégios do Pará e do Maranhão (que ainda é a própria terra), concorrendo para os sustentar e aos seus edifícios, pois delas vinham os Missionários, que haviam de revezar e assegurar a continuidade da catequese. Entenda-se também que quási todos os missionários, por o Brasil não os ter nem os poder dar, vinham da Europa, e as viagens quem as havia de pagar senão a própria Missão? Bem bastavam aos Colégios da Europa os gastos na formação dêsses homens, que depois iriam dar a sua actividade às Aldeias, sem ter custado a elas a formá-los. Muitos iam jovens para estudar na Missão. Período largo em que só se gasta e não se produz. Tirando os insuficientes emolumentos régios, ou alguma esmola particular, quem lhes pagaria a viagem e os estudos senão a missão?

Era justo e era ponto assente. Em 1674 havia em Lisboa, quási 3.000 cruzados, e a maior parte, se gastaria na vinda de missionários[2]. Sendo urgente a vinda de outros, o P. Geral consente que se admitam, mas só com a condição de em Portugal haver tantos candidatos que queiram ir, e *a Missão os possa sustentar*[3]. Quando faleceu o P. Molowetz, o Superior da Missão pediu missionários que o substituissem e enviou para as despesas 100 arrôbas de cravo e 400 de cacau[4]. E quando o Colégio do Maranhão se transformou em casa de formação e estudos, o do Pará concorria anualmente com 1.500 cruzados[5].

---

1. *Memorial à Rainha*, em Lamego, *A Terra Goitacá*, III, 431.
2. *Bras.* 26, 37.
3. *Ordinationes*, Bibl. de Évora, cód. CXV/2-2, p. 131.
4. *Bras.* 10, 211.
5. *Bras.* 25, 54v.

Exceptuando alguma pequena quantia, posta em Lisboa, a juros, de prevenção para êsses gastos necessários, não havia dinheiro nos bancos. Nem fora dêles. Nem em parte alguma, a não ser na própria Missão algum em prata e ouro, que não chegaria a meia duzia de contos de réis, para os gastos emergentes. E foi isto um dos desencantos dos que esperavam mundos e fundos dos sequestros. O que encontraram foram Colégios, Igrejas, objectos de culto, e terras com as suas fazendas e gados. Ao gado em breve o vento o levou. As terras ainda estão lá hoje, muitas delas feitas mato, para quem as queira por uma bagatela.

Todo êste movimento inevitável, em quem não tinha outras fontes de receita, e em terra de pobres (no Amazonas não há milionários) provocou invejas e lutas, e foi uma das causas permanentes do combate e também da lenda.

O Governador Melo de Castro, em carta de 5 de Julho de 1760, dando conta do sequestro dos Jesuítas só achou «insignificantíssimas quantias», quando os cabedais que manejaram por tantos anos deviam ser grandes tesouros (sempre o mesmo êrro, infantil, de julgar que havia lucros, sem despesas!). Como os não achou, pensou que estivessem em mãos de particulares e lançou um bando sôbre o o «horroroso crime que isso seria». Não produzindo efeito, «correspondente à sua expectação», chamou à sua presença alguns homens e nada adiantou. Imaginavam os moradores se não estariam enterrados [1].

Estariam enterrados?... Começa a lenda! Mas a lenda verdadeira eram todos os cálculos errados dêsses financeiros de gabinete. Para se desforrar, o governador não achou saída mais elegante do que chamar aos missionários da Amazónia «abomináveis monstros» [2]. Frase semelhante tinha sido proferida um século antes, em 1661, contra os Jesuítas para justificar as violências de então, e já então se chegou ao mesmo desengano. Das grandes riquezas dos Jesuítas, apuraram-se 2.000 cruzados.

---

1. *Anais do Pará*, X, 256-257.
2. *Ib.*, 260. Entre as confiscações feitas, como consta do *Inventário*, além do dinheiro em numerário, estão as dívidas que diversas pessoas e entidades deviam aos Jesuítas. Notamos, entre êles, o famoso arquitecto António José Landi, que devia à Casa do Vigia, 80$000 reis, *Inventário*, 17.

2. — Mas o movimento era bem maior do que aquêles 2.000 cruzados. E diz-se numa página célebre, que pertence, por todos os títulos à História da Companhia de Jesus no Brasil. Vieira dirige-se a El-Rei:

«Mas, porque tôdo êste papel [o libelo do Procurador do Maranhão] vai semeado de alusões e expressas acusações contra os interesses, utilidades e conveniências dos Religiosos da Companhia, para que a verdade tenha lugar, e fique confundida a calúnia, será justo, que a Vossa Majestade sejam presentes as ditas conveniências, utilidades e interesses. Bastava, para prova dêles, ser o Superior da dita missão o Padre António Vieira, de quem podem informar nesta parte todos os ministros do Sr. Rei D. João, pai de Vossa Majestade, os quais sabem quão grandes somas de dinheiro fiou dêle em Holanda e Itália, dando-lhe poder e autoridade para as dispender, sem outro conselho mais que o do seu parecer, nem outra fé mais que a da sua palavra. Sabem também as grandes ajudas de custo, que não quis aceitar, e das que aceitou por ser forçoso, a pouca parte que gastou, e como o resto delas, tornou sempre, contra o estilo e fora da obrigação, a restituir, e como apesar da grandeza e liberalidade de Sua Majestade, de quem nunca quis aceitar mais mercê, que as de sua graça, sendo grandes as que lhe oferecia, e mandou oferecer assim de honra como de fazenda. Em Holanda mandara Sua Majestade recolher ao embaixador Francisco de Sousa Coutinho, e que o Padre António Vieira ficasse com os negócios, com crédito aberto para tôdas as despesas de pessôa, casa, e mesadas, de que nenhuma coisa aceitou. Em Paris lhe disse o Marquês de Nisa, que conforme a ordem que tinha de Sua Majestade, lhe daria para seus livros até vinte mil cruzados, e nem aceitou para um breviário. Tratando com Sua Majestade um negócio de importância, está hoje vivo em Lisboa quem levou ao dito Padre um bolsão de veludo com seis mil dobrões, dizendo que bem sabia, que êle os não havia mister, mas para que os desse a quem lhe parecesse. A resposta que lhe deu o dito Padre, muito indignado, foi que agradecia o oferecimento com o deixar ir pela escada, e não pela janela como aquêle atrevimento merecia. Quando foi a Roma embarcou um amigo no mesmo navio dez caixas de açúcar fino, de que não teve notícias senão em Leorne. O que fêz foi pedir ao agente de Sua Majestade, António Rodrigues de Matos, lhe fizesse favor mandar vender aquêle açúcar, e remeter o procedido a seu dono, como com efeito se lhe remeteu. Por seus sermões não quis nunca o dito Padre aceitar nem a menor sombra de agradecimento por mais disfarçada que fôsse, nem da impressão, dos que se estamparam, quis receber utilidade alguma, e até a esmola que Sua Majestade manda dar ao prègador da *Bula da Cruzada*, não quis aceitar nem ainda que se mandasse para cera ao sacristão do Colégio como quis com grandes instâncias o Comissário geral.

Êstes eram os interesses do dito Padre, antes de ir ao Maranhão mas para que se não cuide que referveu esta fineza com as calmas da linha, se dirá agora dos seus interesses depois de ir ao dito Estado. Chegado à cidade de S. Luiz, achou que os Padres antigos tinham herdado um engenho, que lhes deixou o capitão-mor António Moniz Barreiros, o qual, sem serem citados os Padres, nem outra forma de justiça, estava rematado e vendido por ausentes, e sendo que não havia dúvida em o tirarem os Padres ao Comprador, e se meterem logo de posse dêle, não quis o Padre nem os mais, que tivessem engenho. Sendo entregues, no Maranhão e Pará, das Aldeias que Sua Majestade lhes mandou dar, e podendo aplicar os Índios delas a tabaco, e outras lavouras com grande utilidade, nada disto fizeram.

Passados catorze meses de Maranhão, embarcando-se o dito Padre para êste Reino, como fica dito, foi lançado nas Ilhas com dois companheiros, despidos e roubados, e pôsto que pessoas nobres lhes mandaram quantidade de roupa branca, e peças de pano negro para os vestidos, nenhuma coisa aceitaram como é notório. Iam no mesmo navio quarenta e duas pessoas, das quais lançaram os Pechelingues em terra trinta e nove, e entre êles, quatro religiosos do Carmo, e tomando o dito Padre dinheiro emprestado nas ditas Ilhas, deu de vestir aos ditos religiosos, interior e exteriormente, tudo quanto lhes era necessário, e assim mais remediou de vestir e calçar a todos os marinheiros e passageiros, e os sustentou a todos mais de mês e meio à sua custa em terra, e depois deu matalotagem e passagem até Lisboa, não só a todos os sobreditos e a um religioso Carmelita descalço da Índia, senão também a outros homens do mar, roubados, que achou na Terceira e S. Miguel. E estando na mesma Ilha Terceira o dito Padre, chegou à do Faial, um fulano Peixoto, que tinha aportado ali vindo do Brasil, o qual lhe mandou crédito aberto para tudo o que houvesse mister, até quantia de cincoenta mil cruzados, o qual crédito lhe apresentou António Fernandes Pereira, e se ofereceu ao cumprimento dêle, mas o dito Padre, nem um só real aceitou. O mesmo fêz chegando a esta Côrte a várias ofertas que seus amigos com mui boa vontade lhe fizeram, sem haver pessoa nela que possa dizer, que o P. António Vieira lhe pedisse alguma hora coisa alguma, nem lha aceitasse. E sendo tanta a mercê que el-rei D. João lhe fazia, nem a Sua Majestade quis pedir, mandando-lhe que o fizesse, até se partir de repente. Nesta mesma ocasião se fêz a Junta acima dita do Governador e procuradores, e depois de ajustado tudo, e deduzido em capítulos, disse o dito P. António Vieira, agora quero eu acrescentar um capítulo, que é só meu, e sôbre que não quero se interponha outro voto: e o capítulo foi que os religiosos, que houvessem de ter à sua conta as missões e aldeias dos Índios, não pudessem lavrar, com êles, açúcar, nem tabaco, para que não só de presente, mas de futuro se tirasse de entre os missionários tôda a espécie de interesse.

Chegado segunda vez ao Maranhão o Padre António Vieira, com as novas ordens de Sua Majestade e com o cuidado dos Índios, continuou nêle, e nos ditos missionários o mesmo desinteresse, não só não se aproveitando das utilidades de que justa e licitamente se puderam aproveitar, mas dando e dispendendo tudo quanto tinham em serviço e utilidade dos Índios gentios e cristãos, e ainda dos mesmos Portugueses.

Que coisa mais lícita, e ordinária, que aceitarem os religiosos as esmolas que se fazem a seus conventos e igrejas? E até estas não quiseram os ditos Padres muitas vezes aceitar, como foi a Manuel David Souto-Maior, que mandando uma letra de quinhentos cruzados ao P. Ricardo Caréu, superior da casa do Maranhão, para as obras dela, o P. António Vieira ordenou que se lhe restituísse o dito escrito, como com efeito se lhe restituiu. E no Pará tendo o capitão Vicente de Oliveira, mandado quantidade de aguardente gratuitamente aos Padres Manuel Nunes e Tomé Ribeiro para darem aos Índios em certa missão larga que faziam, o P. António Vieira se informou da dita quantidade, e do valor ordinário dela, e ainda, que com repugnância do dito Vicente de Oliveira, lha pagou tôda, pelo dito valor, em que se montaram 104$000. O Capitão-mor do Camutá, Baltasar de Fontes de Melo, fêz por duas vezes presente ao dito Padre, de quantidade de cravo e açúcar, mas de nenhum modo lhe quis aceitar coisa alguma, como nem ao capitão do Gurupá João de Melo da Silva. E até em presentes de pouca consideração, que pareciam feitos por intuito de alguma prègação, ou outro ministério da Companhia, se usava o mesmo rigor de desinteresse como experimentou em semelhantes ocasiões António Arnau, Ana Munhós, António da Fonseca, Pedro da Cruz e outros.

Que coisa mais lícita, que receber mercês e esmolas dos Reis, não pedidas nem requeridas, nem importunadas, senão liberalmente oferecidas? Muitos anos depois de ir a segunda vez ao Maranhão o P. António Vieira, lhe mandou Sua Majestade escrever por seu confessor, que avisasse do que houvesse mister para a sua pessoa e para a missão, porque logo o mandaria prover. Respondeu o dito Padre, como se pode ver nas suas cartas, que em tempo em que todos deviam dar o sangue, não era bem que êle pedisse fazenda, que depois da guerra o faria. E quem no Maranhão não aceitava aos mesmos Reis, como tomaria aos pobres?

Que coisa mais lícita que terem os religiosos uma igreja decente para seus ministérios, e uma roça de mandioca, sem a qual se não pode viver naquelas partes? E que coisa mais lícita e necessária, que o acudirem à ruina da casa em que viviam, quando estava sôbre pontões para cair? E contudo nada disto fizeram os Padres como fica dito, nem ainda com os Índios da sua própria aldeia, para que os ditos Índios acudissem antes aos interesses dos moradores, que a esta utilidade ou necessidade tão precisa dos ditos Padres.

Que coisa mais lícita, que terem os missionários alguma parte no resgate dos escravos, que se faziam nas mesmas jornadas onde êles iam em missão, sendo que tinham seu quinhão nos ditos escravos, não só os que iam na mesma jornada, senão todos os que ficavam? E contudo era tal a pureza do seu desinteresse que nunca quiseram ter parte nos ditos resgates, comprando os escravos que haviam mister pelos excessivos preços com que depois se vendiam, como fica dito. Só dois resgates mandou fazer em todo êste tempo o Padre António Vieira por sua conta e à sua custa, para que por êles viessem duas escravas, mas uma foi para o cego António de Mendonça, e a outra para a entrevada Gracia Carvalha, que eram as duas pessoas mais necessitadas que havia no Maranhão. Chegou a tanto nesta parte a demasia, ou a teima, do desinteresse do P. António Vieira, que, vendo que era impossível deixar de ter roça, tinha já mandado buscar ao Brasil escravos de Angola, que servissem e trabalhassem nela, só para que os Padres vivessem totalmente isentos do serviço de Índios, por serem os ditos Índios o interesse da terra.

Que coisa mais lícita, que concorrerem os Índios livres das aldeias para a fábrica e ornato das suas igrejas, para a qual não tem ordinária de el-rei, por êles não pagarem dízimo? E sendo de parecer o P. Francisco Gonçalves, no tempo que governou a missão, que os Índios de duas Aldeias fizessem algum tabaco a êste fim, o Padre António Vieira resistiu fortemente a isso, e fêz queixa do dito Padre a Roma como consta das mesmas cartas, que se lhe tomaram, não porque a dita lavoura de tabaco fôsse ilícita ou houvesse alguma proibição em contrário, mas só por ser matéria em que se podia imaginar, que iriam os Padres interessados nela. Pela mesma razão de desinteresse em coisas muito lícitas, e de que não havia nenhuma obrigação, se puseram nas ordens gerais dos missionários, consultadas por todos e aprovadas pelo P. Geral tantas cláusulas tão miúdas, e tantas cautelas tão mínimas em matéria, não só de interesse, mas de menor sombra ou aparência dêle, como nas ditas ordens, que se apresentam, se pode ver. E os que tão acautelados eram, e tão circunspectos em não admitir coisa que de muito longe pudesse parecer interesse ainda em matérias tão justas, e tão justificadas, como se poderá crer, nem cuidar dêles, que sendo homens de honra, ainda quando o não foram de consciência, se houvessem de embaraçar e afrontar com interesses ilícitos e injustos!

Mas, não só se não aproveitavam os ditos missionários de interesse algum, nem lícito, nem ilícito, antes como dizíamos, dispendiam gratuita e liberalmente com todos tudo quanto possuiam. No Maranhão tinham os Padres uma roça de mandioca, na qual faziam todos os anos quatrocentos alqueires de farinha, que são oitocentos da medida dêste Reino, e tôda gastavam com os Índios das Aldeias, e com os que continuamente vinham do Pará e de outras partes os quais não tinham outra estalagem nem outro hospital em que se recolher senão na casa dos Padres da Companhia, sendo que vinham para serviço ou do Rei ou da república, ou dos particulares, e a todos sustentavam por mera caridade os ditos Padres, havendo muitos dias em que as rações passavam de quarenta e cincoenta e não poucos em que chegavam a cem[1]. E porque alguns anos não bastaram os

---

1. E foi desta maneira até ao fim: «Todo o Maranhão sabe e vê que as casas dos Padres nas Aldeias são a estalagem certa dos Portugueses, quando fazem jornadas: que nelas se hospedam e se detêm o tempo necessário, só por serem Portugueses, ainda que nenhum outro conhecimento tenham dêles os mesmos Padres» (Caeiro, *Apologia* [*Respublica do Maranhão*] 70v). Cf. supra, casos concretos, no Rio Madeira, com as expedições de Melo Palheta e outros. Para evitar

ditos quatrocentos alqueires de farinha, para a dita obra de caridade, compravam os Padres muito mais, e por grandes preços, só porque se não faltasse a ela. Com a mesma liberalidade proviam os Padres a treze igrejas dos Índios, em que havia residência de missionários, e a muitas outras, que sòmente se visitavam, dando, para tôdas, hóstias e vinho, que naquelas terras é muito caro, e custa muito a se conservar pela corrupção. E assim mais lhes davam cera branca dêste reino para tôdas as festas, e os cálices, as imagens, os sinos, os ornamentos inteiros e todo o género de botica para suas enfermidades, e o azeite, açúcar, sal e aguardente, que é o que mais freqùentemente pedem e hão mister. E tôdas estas coisas de graça, e por amor de Deus, e na mesma forma davam também de graça a algumas Aldeias o ferro, que haviam mister para a fábrica de suas igrejas, que valia por excessivos preços, além de muitos instrumentos e ferramentas necessárias, que mandavam ir em grande quantidade dêste Reino.

Com os Índios gentios do sertão era muito mais o que os ditos Padres dispendiam, porque como são gente muito pobre, nua e falta de todo o necessário, e que se governam mais pelos sentidos, que pelo discurso, é necessário levarem os ditos missionários muito que repartir, e com que contentar a todos, e assim levam grande número de machados, foices, facas, espelhos, pentes, velórios, camisas de algodão e, para os maiorais, chapeus e vestidos de côres alegres, sem as quais coisas se não pode conciliar a benevolência daqueles bárbaros tão necessária para se deixarem levar e persuadir ao que lhes convém. E onde os ditos índios são mais ladinos, vêm a ser êstes gastos muito maiores pela diferença que fazem da estimação das coisas, sendo que tôdas as dêste género naquele Estado, são hoje de muito preço, porque uma faca que vale em Lisboa menos de dois vintens, se vende lá por um cruzado, e um vestido que o Superior da Missão deu ao principal da Serra de Ibiapaba, chamado Tagaìbuna, lhe custou mais de 80$000.

E depois de descidos os ditos gentios, para a igreja e Aldeia dos cristãos, por ser necessário que os ajudem para as suas lavouras com

---

desmandos e que os transeuntes não «descabeçassem» as filhas e mulheres dos índios, erigiu-se nalgumas Aldeias de maior passagem, como Ibiapaba, no Ceará, a caminho do Piauí, a *Casa de Hóspedes*. Na *Casa dos Padres* ou na *Casa dos Hóspedes*, a hospitalidade bem portuguesa e brasileira, de sempre!

ferramentas e se cubram decentemente as mulheres para poderem ir à igreja. E pôsto que aos ditos Padres não é possível acudir a tôdas, sempre o fizeram a muitas, comprando para isso muitos centos de varas de pano de algodão. E para os ditos missionários poderem aturar tão excessivos gastos com caridade tão pública, que bem a puderam conhecer os homens, se resolveram como verdadeiros ministros de Cristo a tirar de si mesmos, e de seu sustento e vestido o que tinham por melhor empregado no socorro dos corpos daqueles, cujas almas por meio de tantos trabalhos iam buscar, e assim se reduziram os Padres daquelas missões a vestir pano de algodão tinto na lama, e a calçar sapatos das peles dos animais do mato, e a não beber vinho, e finalmente a viver em tudo quási com a limitação e pobreza dos mesmos Índios para ter com que os ganhar a êles para Cristo, e assim se pode ver nas listas, que do Maranhão mandavam os Padres a seu procurador, que reside nesta côrte, e nas carregações, que o dito procurador lhes mandava todos os anos, nas quais se verá, que quási tudo eram coisas pertencentes aos Índios e às Igrejas».

3. — Vieira ainda não concluiu. E tem particular interesse para a história da assistência social, farmacêutica e hospitalar, o que diz a seguir: «Muito particularmente mandavam ir dêste Reino todos os anos uma botica das coisas mais necessárias naquelas partes, a qual principalmente se dispendia com os Portugueses, dando-se a todos de graça o que pediam, como também aos pobres o demais que havia em casa.

Aos presos se acudia com a mesma caridade, socorrendo-os com esmolas, e valendo-lhes em seus trabalhos de que é boa testemunha o mesmo procurador, como um dos mais freqüentes moradores daquela casa [1].

E porque na *Misericórdia* não havia lugar em que se curassem os enfermos, exortaram os Padres, e trabalharam muito, para que se *fizesse casa* em que pudessem ser curados, como com efeito se fêz,

---

[1]. A visita aos prêsos encarcerados, amigos e inimigos, como a êste procurador João de Sampaio, freqüentador das cadeias, e o mesmo mais tarde a outro caluniador célebre, Paulo da Silva Nunes, foi norma constante dos Jesuítas em tôda a parte. No Norte conta-se o modo em Bett., *Crónica* 458. A alguns condenados livraram da morte, como a Pedro Dorsais, honrado biscainho, no Maranhão, durante a invasão holandesa (*Ib.*, 61), e a alguns implicados no motim de 1684.

e a primeira cama foi a do superior da Companhia, que a mandou logo para o *hospital*, dormindo dali por diante em uma tábua [1].

E em um catarro pestilencial, que houve no ano de 1660 na dita cidade, não havendo nela como fica dito açúcar de venda, avisaram os Padres aos sangradores, que mandassem os doentes buscá-lo ao Colégio, e depois de se gastar com êles tudo que havia em casa se comprou uma caixa de vinte arrôbas, e por que também esta se gastou com os mesmos doentes, se comprou outra para o mesmo efeito, e desta sorte se acudiu àquela necessidade como a muitas outras mais miúdas e quotidianas, e não tão públicas e notórias como estas, por se remediarem em secreto, mas não foi secreto na cidade do Pará, havendo-se alegado um socorro de farinhas, que os ditos Padres mandavam a certos Índios Poquis, novamente descidos para a igreja, e não tendo com que comprar outra quantidade de farinha por terem já vendido quanto possuiam, chegaram a empenhar a custódia do Santíssimo Sacramento na mão do mercador Pedro da Cruz de Andrade, só para não faltar, como não faltaram a esta obra de tanta piedade [2].

Agora persuada o procurador do Maranhão ao mundo, que um superior e uns religiosos tão desinteressados, que davam tudo quanto tinham e possuiam tanto em si, por acudir aos próximos, êstes mesmos fizessem injustiças e tiranias para tomar o alheio. Mas foi Deus servido, que em suas próprias mãos temos a prova da verdade. A renda daquela missão era 350$000, de que Sua Majestade lhes fêz mercê, nos dízimos da Baía e do Rio de Janeiro, os quais vêm de lá nos mesmos açúcares em que se cobram, e se avençam nêles os direitos que não pagam. Tem mais a dita missão os 50$ de prègador de El-rei, que o P. António Vieira também aplicou a ela, com êste dinheiro e com algumas outras esmolas particulares, e empréstimos que tomou sobre si à Província do Brasil, iam todos os anos empregados dêste reino aos Padres do Maranhão 600$, pouco mais ou menos, os quais 600$ empregados, valem naquele Estado 6.000 cruzados ou melhor

---

1. Por êste facto, os Jesuítas, e Vieira em particular, são os fundadores da *Santa Casa* do Maranhão. Já existia a *Misericórdia*, confraria que os Portugueses levavam a tôda a parte, mas não tinha ainda *hospital*, isto é, *Santa Casa* (Cf. *Cartas de Vieira*, I, 352, 407-408).

2. As esmolas, em público ou aos envergonhados mantiveram-se sempre, e no Pará existiu para êsse fim, como vimos no Marajó, o Curral dos *Pobres*...

dêles, avalidando-se as coisas pelos preços correntes da terra. Donde se segue, que o que os ditos missionários receberam dêste Reino em nove anos importava no Maranhão mais de 50.000 cruzados.

O que os Padres acharam no dito Estado do Maranhão, quando lá chegaram, pertencente aos Padres antigos, eram os escravos da sua roça, e algumas cabeças de gado vacum, que hoje está no mesmo Estado, e os rendimentos do engenho acima dito sôbre que se concertaram em 2.500 cruzados, e tirado isto à parte, e a livraria que era do Padre António Vieira, e os ornamentos das nossas igrejas, que foram mercê particular de Suas Majestades El-Rei e Rainha nossa senhora, tudo o mais com que ao presente se achavam os ditos não valia 2.000 cruzados, de que damos por testemunhas aos mesmos moradores do Maranhão que actualmente estão entregues de tudo.

Pois se os ditos Padres nestes anos meteram no Maranhão 50.000 cruzados, e ao presente se não acharam mais, que com 2.000, que foi feito dos 48.000?

Não se dirá, que os entesouraram, pois na terra não há ouro, nem prata, nm dinheiro, nem se dirá que os embarcaram para êste reino, em açúcar, ou tabaco, como consta das carregações dos mestres, e dos livros das alfândegas; nem menos se dirá outrossim, que o gastaram com suas pessoas, pois é público e notório o que fica dito. Segue-se, logo, que o gastaram com os próximos, principalmente com os Índios gentios e cristãos, e que são os ditos missionários religiosos caritativos, de grande zêlo e piedade, e não tiranos e roubadores do alheio, mas também êste nome deram os homens a um Senhor que deu até o sangue por amor dos mesmos homens»[1].

Esta página, veemente e admirável, não morreu com Vieira. O seu *espírito* permaneceu o mesmo, variando apenas as circunstâncias. Um século depois conta João Daniel em seu estilo ameno: «Em uma missão estava certo Missionário Jesuíta, tão caritativo com os seus neófitos que chegava a tirar o sustento da bôca para lhes tapar as suas; e tudo o que podia haver de provimento gastava com êles; a quem lhe pedia um prato de sal dava um alqueire; a quem um prato de farinha dava um paneiro, e assim no mais, de sorte que perguntado uma vez no meio do ano pelo seu Prelado, que sabia bem o desmedido da sua caridade, com quanto tabaco o tinha feito aquêle ano? Res-

---

1. Vieira, *Resposta aos Capítulos*, 248-253.

pondeu o bom Padre: pelas contas do meu rol já são 40 arrôbas. Dêste número se podem inferir as inumeráveis esmolas, que êle faria em todo o ano. Não obstante porém a excessiva caridade com que tratava os Índios, encontrou neles excessos de ingratidão tão exorbitante, que a não ser tão ardente a sua caridade, sobejariam para resfriá-la e movê-lo a cercear tantos gastos»[1].

João Daniel narra a seguir êsses casos da ingratidão dos Índios, que é o título de seu capítulo, mas não o é dêste. A sua simples lembrança dá significação ainda mais profunda à caridade dos Padres.

4. — As Boticas dos Jesuítas, a que alude Vieira, ficaram célebres. O § 8 da sua *Visita* ordena, como vimos, que haja, em tôdas as *Aldeias*, hospitais e enfermarias, quanto puder ser. E ainda em 1757, a Botica do Colégio do Pará era a única da cidade. Renovava-se constantemente com os medicamentos que se mandavam buscar do Reino ou se manipulavam ali mesmo, por boticários e farmacêuticos peritos na arte, como os melhores da época. Temos presente uma lista dos medicamentos que vieram de Lisboa em 1732, com os respectivos preços, *alcaçus, jalapa, ruibarbo, pós, triagas, unguentos* («unguento de chumbo»), *óleos, bálsamos,* todos os «específicos» então em voga na farmacopeia da Europa.

Em lista à parte, 12 frascos de «aguas» medicinais, com 6 qualidades diferentes, *água rosada, água de Almeirão, água de malvas*, etc. As duas facturas, com os gastos da embalagem, importavam em 38$810. Êstes medicamentos continuaram sempre a dar-se aos pobres. Mas, verificando-se que, por serem gratis para todos, os ricos se aproveitavam mais do que os pobres, ordenou-se neste mesmo ano de 1732, que aos pobres se continuasse a dar sempre gratuitamente, mas que os ricos concorressem também para o bem comum, dando uma justa remuneração que se aplicaria à própria Botica em novos medicamentos ou livros[2].

Tal venda às pessoas abastadas era um bem que se lhes fazia, pois, sem a Botica do Colégio, nas suas doenças não teriam remédios nem dados nem comprados. E com isso se alargava o âmbito da ca-

---

1. *Tesouro Descoberto*, na Rev. do Inst. Bras., II, 2.ª ed., 454.
2. *Bras. 25*, 54v; *Ordinationes*, Bibl. de Évora, cód. CXV/2-2, 151; «Lista dos medicamentos que desta Botica do Collegio de Sto. Antão vão para a do Pará este presente anno de 1732, Arq. da Prov. Port., *Pasta 177* (19, L).

ridade, mantendo bem fornecido o depósito a favor dos necessitados. A Botica do Colégio do Pará ocupava duas salas, com a sua armação e com os seus «vidros cristalinos», frascos e potes de «barro vidrado» de diversas côres e tamanhos, onde se guardavam os «remédios usuais na medicina». E todos os mais objectos próprios de uma boa farmácia e laboratório, balanças, pesos, medidas, funis, almofarizes de bronze, espátulas de latão, tachos de cobre e «arame», grais de pedra e de marfim, panelas de cobre, alambiques de cobre, ou de barro vidrado, bacias, prensa, tenazes, frasqueiras, «pedra de preparar», chocolateiras, chícaras, panelas, tigelas «de barro da terra e do Reino», com outras miudezas de ferro. «Vários volumes de medicina, pouco mais ou menos, 20»[1]. Nem faltava a «Salus infirmorum», isto é, a Imagem da Senhora, em cima das estantes que guarneciam uma das salas[2].

Os Irmãos Boticários vinham de Portugal, já feitos, e outros aprendiam na terra. E, dentro da farmacopeia do tempo, não seriam mais competentes que os seus colegas da Europa; mas providenciava-se que o não fôssem menos. E dalguns se diz que tinham cursado medicina[3].

Os Jesuítas não davam só os remédios. Promoveram o saneamento da terra, problema velho e actual, combatendo o impaludismo. A modo de exemplo: Gurupá era malsão. Em 1661 os Jesuítas aconselharam ao Capitão-mor que derrubasse parte do mato que impedia a viração do mar. Os ares perderam sua «malignidade»[4]. Junto de Anindiba havia uma lagoa ou pântano que a infeccionava, causando «grandes doenças na gente dela». Desaguou-se[5]. E assim o mesmo, onde quer que se estabelecessem, desde o Amazonas à baixada fluminense e mais além sem temor à luta e ao trabalho[6].

---

1. Além das *Colecções de Receitas*, privativas dos Jesuítas, pelas suas Boticas e bibliotecas achavam-se livros como êstes: *Luz da Medicina*, *Farmacopeia Lusitana*, *Recopilação da Cirurgia*. Cf. Catálogo da livraria da Vigia, que vai no fim dêste Tômo, *Apêndice* I.

2. *Inventário do Maranhão*, 10-10v.

3. Sôbre êste assunto já falamos, Tômo II, 583, e ainda voltaremos a falar, a propósito dos grandes Colégios de Olinda, Baía, Rio, etc.

4. Bett., *Crónica*, 29.

5. Id., *Ib.*, 44.

6. Diz-se às vezes que o impaludismo na Amazónia é doença recente. Já existia no século XVII, e o primeiro Jesuíta português que nela estêve, o P. Luiz Figueira, em 1636, contraiu as «sezões». S. L., *Luiz Figueira*, 62, 203.

Merece menção, ainda que sumária, a assistência dos Jesuítas nas epidemias gerais, sobretudo na varíola, epidemia periódica, em que o desleixo natural causava mais vítimas (e ainda hoje) do que a própria doença[1]. A primeira epidemia de varíola no Maranhão («variolarum morbus») narra-a a Ânua de 1627-1628, em que Luiz Figueira e seus companheiros assistiram com exímia caridade[2]. Outras epidemias de varíola se encontram com freqüência, como em 1662, que atingiu S. Luiz, Gurupi, e Pará[3], ficando tristemente célebre a de 1695, a de «pele de lixa», trazida pelos negros de África, que chegou aos últimos recantos de todo o Estado do Maranhão e Grão-Pará; e foram caindo «e morrendo tantos, que às vezes não havia quem acudisse aos vivos e enterrasse os mortos». Os Irmãos, chegados um ano antes de Portugal, foram no ardor da sua juventude de uma dedicação sem limites. O Reitor do Pará ia pelas ruas preguntando pelos doentes para os confessar, e davam-lhes tudo o de que haviam mister; e aos que morriam, amortalhavam-os e proviam ao seu enterramento. A alguns Padres ficava-lhe nas mãos a pele dos mortos e pelavam-se-lhe as próprias mãos com tão heróico serviço. A epidemia matou mais de 5.000 pessoas. Nenhum Padre morreu. Mas o P. José Barreiros foi atingido e ficou bem marcado, e o P. António da Cunha, de puro cansaço estêve à morte[4].

De outras manifestações de caridade andam cheias muitas Cartas e Relações. Durante a expedição aos Nheengaíbas, no ataque súbito dos Índios, em que houve muitos feridos, os Portugueses tinham-se esquècido de ataduras e pensos. Teve em que se empregar a caridade dos Padres. João de Souto Maior até a mesma camisa, que levava vestida, desfez em fios e ataduras para as feridas, ficando com a roupeta sobre a carne, diz Vieira[5]. E o mesmo P. João de Souto Maior, depois de uma assistência admirável na

---

1. Cf. Torquato Tapajós, *Apontamentos para a climatologia do Valle do Amazonas* (Rio 1889) 113-115.
2. *Bras. 8*, 387.
3. Bett., *Crónica*, 213-216.
4. *Bras. 9*, 429, 431; Bett., *Crónica*, 241, 585, 602; Manuel Barata, *Efemérides*, 206, escreve que a primeira epidemia de varíola foi em 1749, mais um dos seus inumeráveis lapsos.
5. Vieira, *Resposta aos Capítulos*, 236.

Jornada do Ouro ao Rio Pacajá, na epidemia, que sobreveio, sucumbiu êle próprio à epidemia [1].

Nomeam-se casos de caridade extrêma na peste de 1724-1725 [2]; e na epidemia geral de «cursos de sangue» e sarampão de 1747-1748, na Aldeia dos Bócas e Araticum [3], os Padres renovaram o exemplo do P. Francisco Gonçalves, a quem «a grande experiência, que tinha tido nas *enfermarias*, lhe havia comunicado a ciência experimental de qualquer enfermidade, e tôda a sorte de chagas curava sempre por sua mão» [4]. Fieis, também nisto, à sua vocação de caridade nas doenças, a que tanto exortava o fundador da Companhia com palavras e obras [5].

E, se punham à disposição dos enfermos a assistência espiritual e a da sua própria pessoa, que era o mais, e não tem representação económica possível, ofereciam também o menos, e já tem essa expressão, como naquela gravíssima epidemia de 1695, em que aos doentes se dava, além dos remédios, tudo o mais indispensável à própria subsistência, lenha, água, farinha e peixe.

E foram dilatando sempre a caridade, à proporção que aumentaram também os meios económicos da missão e da terra.

---

1. *Diário da Jornada do Ouro*, na *Rev. do Inst. Hist. Bras.* 77, 2.ª P. 171, 177.
2. *Bras.* 25, 33.
3. *Arq. Prov. Port.*, 177 (2|4).
4. Bett., *Crónica*, 131.
5. Cf. J. A." de Laburu, *La Salud Corporal y San Ignacio de Loyola* (Montivideo 1930) *passim*.

CAPÍTULO IV

Legalidade civil dos bens da Companhia

1 — Êrro de visão e premeditação do sequestro; 2 — Origem legal dos bens da Companhia ou a questão «de iure»; 3 — A questão «de facto», o Processo de 1718 e a discriminação dos bens de raiz; 4 — Os diplomas régios; 5 — Conflito moral entre a evangelização e a colonização com prevalência da colonização exigida pelas condições económicas da terra.

1. — No desenvolvimento necessário, progressivo e previdente dos bens da Companhia, importa rectificar um êrro de apreciação, para se situar no recto plano da justiça histórica.

Os primeiros Padres do Sul, no tempo de Nóbrega, ou os primeiros no Norte, do tempo de Vieira, tinham casas de palha ou de taipa. Não destoavam do meio ambiente primitivo das povoações, assim também constituídas. Mas, evolucionando as cidades e as responsabilidades correspondentes, é ingenuidade crer que a casa de palha de Piratininga ou a choupana de Belém, havia de ficar indefinidamente choça em meio de palácios. O que bastava para uma escola e capela de Aldeia não podia bastar para Colégio e Igreja de cidade.

Não há têrmo possível de confronto, sem deslocar o problema e falsear a visão. Quem quer que deixe os olhos presos à choupana inicial, e quiser regular por aí, no decorrer dos anos, a actividade dos Jesuítas, coloca-se fatalmente fora daquele equílibrio e relativismo das coisas, que as explica, e no qual consiste a sabedoria das proporções.

Um dos orgulhos da arte no Brasil são, por exemplo, as suas igrejas antigas, quando elas se puderam conservar. Não se puderam conservar sempre, e na Amazónia, à míngua de recursos, que logo faltaram àquelas a que faltou a Ordem que as fundara¹. Observemos, que, se os Religiosos não possuissem em elevado grau êste zêlo do culto e da arte, e se contentassem com a simples dotação oficial que apenas dava para o sustento material, pessoal, de poucos Padres, nem buscassem por si mesmos os meios de erigirem êsses monumentos, bem magro seria hoje, no Brasil, o património artístico do passado. E quando se diz que uma comunidade é rica, porque possue grandes igrejas, comete-se um equívoco, julgando-se que o religioso se torna rico, quando permanece verdadeira e individualmente pobre, enquanto êsses monumentos, que erguem, são na realidade função pública.

Quando a Companhia tinha assim grandes Igrejas, Colégios e vastas obras, talvez então fôsse realmente mais pobre. Mostra-o um raciocínio elementar. O que basta para os encargos de cem, ainda que depois se quintuplique não basta para os encargos de mil. Cinco vezes maior, é apenas metade do necessário. Não tira que a riqueza material não seja cinco vezes maior que antes. Negamos simplesmente que fôsse o que era preciso, ou que afectasse a vida pessoal do religioso, ou que essa riqueza não fôsse também riqueza da terra, a que se vinculava como nenhuma outra emprêsa particular ou oficial, concorrendo, além da catequese, com elementos novos de arte, de trabalho, de indústria, assistência e ensino, que hoje para se manterem na sua equivalência gastam ao erário público centenares e milhares de contos.

Êstes bens da Companhia eram lícitos, como entidade canònicamente capaz de os possuir. Admittido o princípio verdadeiro e legítimo, tudo é questão de mais ou menos, excepto para o imperador-sacristão do Maranhão, que como o da Áustria, metido a canonista, declarou que os bens dos Missionários eram ilícitos.

Hoje porém, que a correspondência dêsse período se publicou, nós sabemos que antes de se fazer teólogo, Mendonça Furtado tinha

---

1. Nota-o Artur Reis, na *Rev. do Serviço do Património Histórico e Artístico Nacional*, vol. V, 174. E já antes o dizia Ribeiro Couto, generalizando a todo o Brasil: «Comment a-t-il été possible de s'appliquer à tant d'oeuvres aussi précieuses dans un pays qui était généralement pauvre, le meilleur de ses ressources devant prendre le chemin de Lisbonne, sous forme de tributs et d'impôts payés au Roi portugais? C'est donc aux moines de cette époque que le Brésil doit le meilleur de son patrimoine artistique», *L'art chrétien au Brésil colonial*, em *La Renaissance* (Paris) Oct.-Nov. 1936.

recebido de seu irmão Sebastião José, alguns anos antes, em 18 de Fevereiro de 1754, esta sugestão ou ordem que esclarece tudo: é «impossível restabelecer a prosperidade do Estado *sem retirar aos Regulares tôdas as fazendas que possuem*»[1].

As aventuras financeiras e aprestos militares em que se embrenhou o valido de D. José, levá-lo-iam à ruina, se não excogitasse *expedientes*. E, como em todos os *expedientes*, a questão da legitimidade de processos passou a segundo plano[2].

Determinado ocultamente ao sequestro, sob a pressão do irmão poderoso e com apôio dêle, a Mendonça Furtado o que lhe importava era chegar a isso, sem buscar nem querer saber de fundamentos jurídicos. Tudo interpretou pois contra as leis ou concessões régias e governamentais anteriores, porque tudo havia de terminar, tendo a fôrça à sua ordem, naquilo em que realmente terminou, e se havia de antemão assentado. Simplesmente, como tudo o que se funda na injustiça não prospera, também aqui, feito o sequestro, a prosperidade prometida não veio, nem a Portugal nem à Colónia. Apenas um breve fogo fátuo, enquanto se manteve o calor anterior e se gastou e consumiu o que se tirou às Ordens Religiosas e que elas tinham conseguido juntar à custa de modelar e escrupulosa administração. Depois, foi o marasmo na instrução, na economia, na liberdade, de que só, com muitos anos de labor recomeçado, e porque não há mal que sempre dure, se pôde reerguer pouco a pouco o Estado do Maranhão e Grão-Pará.

---

1. Cf. Lúcio de Azevedo, *Os Jesuítas no Grão-Pará*, 311.

2. «O que directamente moveu Pombal contra os Jesuítas está longe de ser uma questão de princípios. Em certa altura degenerou num capricho, numa mania, como esvreveu Saint-Priest. Inicialmente foi uma questão de *meios*», escreve o Visconde de Carnaxide, *O Brasil na Administração Pombalina* (S. Paulo 1940) 161. Pertence ainda a êste género de *expedientes*, a *Companhia do Comércio do Maranhão e Grão-Pará*, que, podendo ter sido apenas obra útil, rematou na insolvência, e, sendo exclusiva e privilegiada, exigia como condição prévia a destruição das missões, tirando-lhes o sustentáculo económico, que consistia na venda directa dos seus géneros agrícolas. Entregues a intermediários, pelas mãos dêstes se iria escoar o que antes revertia às Missões. (Cf. Von Pastor, *Storia dei Papi*, XVI, 1.ª P. (Roma 1933) 314). Não foram apenas êstes os motivos da perseguição pombalina. Outros motivos, tanto europeus como americanos (a questão de limites no Sul) influiram nela. Mas o seu estudo completo tem o seu lugar marcado no último tômo desta obra.

2. — Ora, em tudo isto de subsistências necessárias para a vida e Missões, a verdade é que os Jesuítas possuiam os seus bens com os requisitos legais. Começou por uma pequena dotação real que tratou de alcançar primeiro Luiz Figueira, e ficou depois em 1652, com Vieira, e já o vimos, estabelecida em 350$000 reis, para sustentar 10 missionários, como se fazia a outros religiosos e ao clero, à razão de 35$000 a cada um por ano[1]. Aumentando o número de Padres, dobrou a pensão[2]. Ainda se estipularam mais 250$000: ao todo 950$000 para uns 40 missionários[3]. E nisto ficou. Os Missionários aumentaram ainda mais, duplicaram e reduplicaram (chegaram a 150), e a côngrua não tornou a aumentar, ficando em total desproporção com o número de missionários e respectivos encargos.

Para complemento da dotação real havia a isenção dos dízimos, existentes nas missões do Brasil, desde o século XVI, e que originou grande controvérsia; e havia a Aldeia, que El-Rei deu a cada um dos dois Colégios do Maranhão e Grão-Pará para ajuda de custas. Não houve benfeitor de importância, como sucedeu muitas vezes, e sucede ainda hoje quer na Europa quer na América com os milionários — as célebres *Fundações*, cujos rendimentos asseguram perpetuamente a vida da Missão ou de uma obra. Na Amazónia nunca houve milionários. Dada assim a insignificância da dotação régia, era mister buscar o seu complemento, aliás pressuposto nas próprias dotações. Logo na primeira, de D. João IV, se dizia expressamente que seria, até os Jesuítas possuirem bens próprios suficientes.

O princípio dêles provém dêste duplo facto legal: El-Rei deu aos Padres uma Aldeia para o serviço do Colégio; El-Rei deu-lhes, em cada Aldeia, 25 casais para sustento do Missionário. É evidente que o produto do trabalho dêstes Índios, completando a côngrua, pertencia aos Missionários. Como os Jesuítas, pessoalmente, não podiam

---

1. S. L., *Novas Cartas*, 268; Carta Régia de 6 de Maio de 1652, dirigida ao P. Francisco Gonçalves, Provincial do Brasil, avisando que dá côngrua para 10 missionários, Morais, *História*, 239-240. Sôbre esta dotação, cf. ainda Consulta do Conselho Ultramarino, Livro II das Consultas das partes (BNL); Cartas de Vieira, de 5 de Julho e 14 de Novembro de 1652, em *Cartas de Vieira*, I, 272, 275.

2. «Carta Régia de 4 de Janeiro de 1687 ao Governador Artur de Sá de Meneses acrescentando aos Padres da Companhia nas Missões daquele Estado a consignação que têm, de 350$000 rs., à quantia de 700$000 reis, para *terem dobrados missionários*», Bibl. de Évora, Cód. CXV-218, f. 104.

3. Morais, *História*, 243.

possuir (aqui, sim tem cabida o Direito Canónico) o produto, se o o havia, entrava, também de acôrdo com o Direito Canónico, nos bens *comuns* da Religião. Quando se diz que nas Aldeias tudo era dos Índios, igreja, alfáias, casas, não se diz a verdade. Haveria coisas próprias dêles, e obtidas com géneros e trabalhos dêles, independentemente do que se destinava ao sustento dos Padres. Mas conhecida a inércia dos Índios, não seria muito; e quando êles trabalhavam por salário, a quem ficariam a pertencer essas coisas senão ao *comum* da religião, que lhes pagava o salário ? E era quási tudo. E aqui está porque na retirada violenta 'das Aldeias em 1757, convencidos os Jesuítas de que a onda seria passageira, como as de 1661 e 1684, procuraram salvar o que podiam das missões, para que ao retomá-las não as achassem vazias. Atitude canónica legítima, intrepretada às avessas pelo Bispo e pelo Governador, porque se não deram ao trabalho de buscar as suas fontes jurídicas, e porque a sua má disposição de vontade tudo diluía no propósito determinado, precedente aos pretextos, de que o «novo estabelecimento» que queriam implantar, importava automaticamente o esbulho das missões. Os debates e questiúnculas, infinitas, são meros episódios de secundária importância. Fôsse qual fôsse a atitude dos Padres, haviam de sair sempre lesados pela duplicidade dos adversários. E os Jesuítas, alheios a princípio a tal suspeita, não se precataram, senão quando as maquinações ocultas das côrtes europeias, arrastando a própria pontifícia, já tinham cerrado os caminhos da defesa. E quando tentavam fazer falar a justiça, a resposta era receberem epítetos afrontosos e o exílio e os cárceres de quem dispunha do poder material e dêle usava e abusava sem escrúpulos.

Isto pôsto, o primeiro documento legal a ser citado para a constituição dos bens da Companhia, no Maranhão e Grão-Pará, é aquela carta de D. João IV, estabelecendo a côngrua de 35$000, enquanto os Jesuítas «*não tiverem bens próprios deixados por partilares de cuja renda se possam sustentar*»[1].

---

1. Provisão de D. João IV, de 24 de Julho de 1652, na íntegra em Morais, *História*, 241-243. Têrmos equivalentes nas Provisões de 28 de Setembro de 1653, *Doc. Hist.*, XXII (1933) 361-362; de 1 de Abril de 1680, *Ib.*, XXVII (1934) 273-276. Nestas provisões se indicava o modo de pagamento e os que foram feitos na Baía, entre 1683 e 1757, *ib.*, 276-278; XXVIII, 268-286, à razão de 125$000 reis cada ano. Aí se nomeiam os Padres que na Baía representaram os do Maranhão para êsse efeito: Paulo Carneiro (1683), Baltasar Duarte (1688), Estêvão Gandolfi (1691-1692), Gonçalo do Couto (1693), Miguel Cardoso (1694), Alexandre Perier (1695),

É a autorização legal, inicial, para os Jesuítas possuirem bens, doados ou herdados. As *Ordenações do Reino* estipulavam que nenhuns Religiosos poderiam possuir bens, *sem licença*. A *licença* ficou dada. Tal foi, efectivamente, o primeiro princípio, *jurídico*, dos bens da Companhia.

3. — O segundo, *de facto*, foram as sesmarias e terras recebidas por doação ou herança e com o seu título correspondente legal, apontado já, através das páginas do tômo III, ao tratar de cada uma delas. A controversia dos dízimos dá-nos alguns elementos concretos sôbre êste ponto. O exame dos diplomas régios ministra outros não menos úteis. Os historiadores modernos, incluindo Lúcio de Azevedo, parece que os não viram. A 27 de Junho de 1711, El-Rei ordena ao Governador do Estado:

— que tôdas as Religiões paguem dízimos de tudo, «fora dos *dotes* de suas creações»;
— que nas sesmarias, que se derem, se tire a cláusula «de nelas não sucederem religiosos»;
— mas se sucederem, seja com a condição de pagarem dízimos, sob pena de se declararem devolutas [1].

Levantou-se com esta Ordem Régia o problema da dotação dos Colégios. Questão prévia, sôbre a qual, isto é, sôbre as terras que fôssem ou devessem constituir *dote* do Colégio, escreveu outra vez El-Rei ao Governador do Pará [2]. Mas o procurador da Fazenda

---

Paulo Carneiro (1701), Martinho Calmon (1702-1707), Alexandre Perier (1709- -1715), Inácio Pereira (1716), Bartolomeu Martins (1717), Inácio Pereira (1718- -1720), Martinho Calmon (1721-1723), António de Abreu (1724-1725), Inácio Pereira (1726), Manuel Velho (1729), António Maria Scotti (1730-1731), Manuel Velho (1732-1733), António Maria Scotti (1734-1741), Manuel de Magalhães (1742- -1745), António Maria Scotti (1746-1749), Tomás da Costa (1750-1755), José da Cunha (1756-1757). A Provisão de 23 de Março de 1688 determina que para a cobrança basta a certidão jurada do Superior da Missão, que pode servir de um ano para o outro e que se entendem por missionários tanto os Padres como os Irmãos, *Ib.*, XXIX (1935) 254.

1. *Anais do Pará*, I, 136. Esta Carta Régia de 1711 anulava a de 27 de Maio de 1706, ao Governador, em que proibia se dessem sesmarias aos Religiosos, Bibl. de Évora, Cód. CXV/2-18, 339.

2. *Anais do Pará*, I, 146.

ou para molestar os Padres ou simplesmente por zêlo de ofício entendeu que as terras do Colégio não eram dote e exigiu dízimos de tôdas.

O Procurador apresentou os seus argumentos, os Jesuítas os documentos legais. Houve réplica e tréplica. O Juíz julgou os autos e lavrou a sentença, a 2 de Novembro de 1718.

O processo é elucidativo.

Segundo o Procurador da Fazenda Real, os Jesuítas possuiam, então, na Capitania do Pará:

1) «Um engenho, que herdaram de D. Catarina da Costa»;

2) «uma fazenda no Rio Curuçá, que consta de duas léguas de terra ou o que na verdade se achar, que herdaram e houveram de Francisco Rodrigues, em que cultivam muitos frutos»;

3) «no Rio Moju, uma engenhoca de fazer aguardente»;

4) «na Ilha Grande de Joanes, no Rio Marajó, um curral de gado»;

5) «nas terras da vila da Vigia, outra fazenda no sítio chamado Mamaacu»;

6) «abaixo da mesma vila, umas Salinas de grande rendimento».

Tôdas as propriedades, argue êle, «disfrutam os Padres sem que de algumas delas paguem dízimos, havendo-as *herdado de pessoas seculares* que lhas passaram com o seu encargo e não são de seu dote». E acrescenta que estão tôdas cheias de pessoal com que as fazem muito úteis.

«E pôsto que tinham e ocupam muitos Religiosos no Ministério das Missões, que têm a seu cargo, com êstes não gastam coisa alguma, porquanto, das mesmas missões tiram os mesmos Missionários largamente para o seu sustento e mais necessários, sem que ao Colégio façam despesa alguma». Portanto, «deviam ser obrigados a pagar dízimos de todos os frutos e lucros que tivessem das ditas fazendas».

Segundo os Padres da Companhia, se prova:

Que êles não têm «fazendas outras algumas que lhes fôssem dadas em dote e para sua criação, mas que *tôdas foram havidas por esmolas de pessoas devotas* à Companhia e desta sorte tôdas se fizeram património do Colégio». E, em resumo, diziam que as terras não são tão rendosas, como se faz crer, e que nos grandes trabalhos que exigem se vão quási os resultados, que dão apenas para a precisa sustentação dos Padres. Portanto, essas terras não só se devem considerar como dote patrimonial, mas isentas de dízimos.

Arrazoado do Juiz:

«O que tudo visto, e o mais que dos autos consta, ordens de S. Majestade sôbre esta matéria, e disposição do direito em semelhante caso»:

a) «Como se mostra haverem os Reverendos Religiosos da Companhia fundado o seu Colégio nesta Capitania, sem se lhe constituir dote para sua sustentação, a que S. Majestade é obrigado, não tendo por outra parte rendimento com que possam viver»;

b) «e as fazendas, que hoje possuem, tôdas foram adquiridas por legados, deixas e esmolas»;

c) «delas precisamente se lhe deve aplicar dote suficiente a sua sustentação, principalmente, ocupando-se no serviço das Missões em utilidade da Coroa, serviço do povo desta Capitania, assim do ensino das Escolas públicas, como do espiritual bem das almas»;

d) «ficando com esta natureza, as primeiras que o Colégio adquiriu e lhe foram deixadas», com as quais pode ocorrer «aos gastos do Colégio, assim dos seus Religiosos, como das mais despesas precisas e necessárias, de vestuário e culto divino»;

e) «e das mais que lhe viessem, por qualquer título, deviam pagar dízimos».

Sentença:

Portanto, «julgo» os Padres da Companhia «por desobrigados da solução dos dízimos, pedidos pelo Procurador da Fazenda Real, das fazendas»:

a) «de *Jaguarari*, por ser a primeira que o Colégio houve»;

b) «e *Mamaacu* por lhes ser, depois de terem as outras, concedida por Sua Majestade, por roça e doutrina do Colégio, e sem elas não poder o Colégio sustentar os gastos de seus Religiosos»;

c) «e como também do *Curral do Marajó*, que no dito rio têm, de gado, pela falta grande que padece esta Capitania de sustento de carnes e pescado, *havendo estas por dote do dito Colégio*»[1].

O Juiz exclue da dotação, o engenho, herdado de D. Catarina da Costa, e as terras de Gibrié, «por serem adquiridas ha poucos anos».

Das terras que constituem dote não se pagarão dízimos, segundo as ordens régias; das que não são dote, sim, e de tôdas as mais que

---

1. A criação de gado revestia aspecto de utilidade pública, e os Jesuítas foram durante algum tempo os fornecedores de carne às cidades, tanto do Pará como do Maranhão, cf. João Francisco Lisboa, *Obras*, III, 445; Garcia em *HG*, IV, 35.

«daqui em diante houverem confirmação do dito Senhor, na forma de sua ordem. E não haja custas por ser entre S. Majestade, e seus vassalos. Belém, 2 de Novembro de 1718, Francisco Galvão de Afonseca»[1].

A sentença não resolveu definitivamente a questão dos dízimos, que se arrastou ainda com diversas alternativas, tomando-se como pretexto, ora uma questão ora outra. Uma delas foram as terras de Tutóia dadas aos Índios administrados pelos Padres da Companhia, e alegou-se que se fôssem outros os possuidores, pagariam dízimos e não haveria prejuízo para a Coroa. Requerido a dar o seu parecer, informou o provedor-mor da fazenda do Pará: «É para admirar o que êstes Religiosos têm passado por conta da referida terra, pelo que lhe têm argüído de ambiciosos, afeando-lhes a possessão dela, pelos dízimos, que deixam de pagar; mas perguntara eu aos esquadronistas destas miudezas, quais dízimos serão maiores: se os que poderiam render estas quatro léguas de terra, que possuem êstes Índios, se os que se pagam das muitas de que se compoem os muitos distritos das Aldeias Altas, que se comunicam com as Minas, as ribeiras de Itapicuru, os campos de Mearim e os dilatadíssimos do Iguará, a quem os Reverendos Padres tem desinfestado do Gentio, que as invadiam, pondo-os com a doutrina evangélica, sossegados e quietos, da sorte que se acham hoje, todos povoadíssimos de fazendas de gado que dão muitos dízimos a El-Rei, aldeando juntamente os *Caicaís*, introduzindo, missionários nas Aldeias dos *Barbados*, cuja nação era o horror daqueles sertões, estando hoje tão domésticos os ditos Índios, que servem, há já mais de dois anos, aos moradores do Mearim; de sorte que compensados os dízimos que nas mencionadas terras pagam a Sua Majestade, com os que deixam de pagar as quatro léguas da Tutóia, não vão menos que a diferença dos frutos, que podem dar quatro léguas, aos que dão em gados mais de cem, que os Reverendos Padres fizeram produzir com seu fervor espiritual, fazendo que se pudessem fabricar as terras, onde não podia chegar ninguém, pela barbaridade que as pousava; e assim por estas razões, como pelas infinitas obrigações que têm os moradores dêste Estado à Companhia, me parece escandaloso o procedimento que têm de se queixarem a Sua Majestade com as suas proposições fantásticas, mais merecedoras

---

1. Arq. da Prov. Port., *Pasta 176*, 27.

de castigo para quem as representa, do que de atenção para se fazer caso delas »[1].

Querendo saber El-Rei o que de positivo havia sôbre esta isenção dos dízimos, escreveu-lhe ainda o escrivão da Fazenda do Pará que a Companhia os não pagava por privilégio concedido por D. Sebastião, «confirmado por Vossa Majestade»[2].

Mas, se as razões acalmavam um momento as queixas, elas renasciam periodicamente. Impossível seguí-las nos seus episódios ulteriores, particulares. O que interessa realmente naquele processo de 1718, é o *facto* da existência de bens dos Jesuítas com valor jurídico, em juízo.

E, em conclusão, a 12 de Março de 1729, El-Rei manda fazer, por decreto seu, desta data, o *Tombamento geral das terras do Colégio*. Sanção régia, definitiva. A algumas dúvidas sôbre pontos secundários, respondeu-se a 16 de Agôsto de 1732[3]; e de tôdas e cada uma das propriedades se confirmou o título legal correspondente[4].

---

1. Em Melo Morais, *Corografia*, IV, 402.
2. Arq. da Prov. Port., *Pasta 176*, 9. Trata-se neste documento de uma consulta de El-Rei, a quem tinham informado que as Ordens Religiosas embarcaram num ano, 25.000 arrôbas de drogas (cacau, cravo, etc.). El-Rei mandou perguntar que regime fiscal seguia cada Instituto missionário. Apurou-se que a tal informação a El-Rei era falsa, e que todos os Institutos juntos tinham remetido 16.280 arrôbas e não só num ano mas em três. E que o regime legal de cada qual era o seguinte: as Mercês e o Carmo pagavam direitos, por não terem isenção; os Franciscanos (Santo António e Conceição) tinham isenção até 200 arrôbas, pagando daí para cima. A Companhia, pela maior amplidão das suas obras, colégios e missões, tinha isenção geral, «confirmada por Vossa Majestade». Sôbre os dízimos, seus fundamentos jurídicos e positivos, pode consultar-se o valioso e documentado livro de Oscar de Oliveira, *Os dízimos eclesiásticos do Brasil nos períodos da Colónia e do Império*, Juiz de Fora, 1940, cujo Capítulo IV, p. 64ss., é consagrado aos religiosos e em particular aos Jesuítas.
3. Arq. da Prov. Port., *Pasta 176*, 22.
4. No *Inventário* se dão os destinos que êstes títulos tiveram. Referindo-se a terras do Colégio do Pará, diz que os seus títulos se achavam no Cartório do Colégio, «que tudo foi confiscado pelos ministros régios», assim como o Alvará de D. João V, mandando demarcar e conservar na posse do Colégio as suas terras Tratando das da Vigia (Fazenda de Tabatinga) diz que o Bispo Reformador (Bulhões) pediu a escritura e não a restituiu, mas que «se achará a própria, no livro das notas do Tabelião da mesma vila»[1]; alguns papéis ficaram entregues à Superiora do Recolhimento do Maranhão; e, tratando em geral dos bens do Colégio do Maranhão, lê-se: «De tôdas estas fazendas e escravos, etc., ficaram as escritu-

4. — Mas, decidido o sequestro, era preciso aparentar que se não ia contra a autoridade régia. Sem permitir defesa, aduziam-se diplomas régios anteriores proibitivos, e calavam-se outros, posteriores, igualmente régios, que corrigiam os primeiros. E com tais processos, se decretou que tudo era ilegal.

Ilustra esta matéria o seguinte caso. Em 1713 quiseram os moradores de Alcântara (Tapuitapera) possuir Colégio em sua vila. Pediram-no à Companhia os moradores, a Câmara e o Capitão-mor. Com tais pedidos, começaram-no os Jesuítas. Mas o Donatário, ou por não ser consultado ou por outro motivo, não se mostrou de acôrdo, e El-Rei escreveu ao Governador do Maranhão, em carta de 6 de Novembro de 1714, que sobrestivesse no estabelecimento do Colégio até ulterior resolução [1]. Não desistiram os Moradores e recorreram ao Donatário que afinal anuiu. Feita assim a unanimidade, El-Rei lavrou a ordem da fundação em 1716. Todavia, Mendonça Furtado com aquêle documento de 1714 na mão, escrevendo a 26 de Maio de 1757, a Tomé Joaquim da Costa Côrte Real, com o fim de demonstrar o «abominavel abuso dos religiosos em não observarem ordem alguma de Sua Majestade, que lhes fizesse qualquer prejuizo», cita *três casos:* o segundo refere-se a Franciscanos, o terceiro a Carmelitas; o primeiro é com os Jesuítas: «Querendo os Religiosos da Companhia fundar um Colégio na Vila de Santo António de Alcântara de Tapuitapera, e, sem pedir licença a Sua Majestade, deram princípio àquela fundação, queixando-se o Donátario ao dito Senhor do absoluto procedimento daqueles Padres, foi o mesmo Senhor servido ordenar ao Governador, que então era dêste Estado, que não consentisse se continuasse na dita obra, enquanto não tomava sôbre aquela matéria resolução como a Vossa Excelência constará da dita real ordem, que remeto a Vossa Excelência, e vai no número 1.º. Sem embargo da referida ordem de Sua Majestade, continuaram os ditos Religiosos a sua obra, e estabeleceram o seu Colégio *sem que até agora me conste* que obtivessem outra ordem do dito Senhor em contrário para se sustentarem naquela Casa, que o mesmo Senhor lhes defendia pela sobredita real ordem» [2].

---

ras, títulos e mais papeis, seguros e depositados na mão de um Benfeitor nosso, para a todo o tempo os entregar a quem lhe mostrar nossa procuração», Bras. 28, 14, 24, 36v.

1. Bras. 25, 4v; *Anais do Pará*, I, 142.
2. *Anais do Pará*, V (1906) 209.

Não lhe constava ao Governador essa ordem de El-Rei, porque não perguntou por ela, nem a buscou ou lhe não convinha para a sua tarefa de difamação e sequestro. Na Biblioteca de Évora existe, à disposição de quem a quiser consultar, a «Provisão Régia, de 2 de Fevereiro de 1716, para que os Padres da Companhia fundem Hospício em Tapuitapera na Vila de Alcântara, para ensinar a ler, escrever e doutrina cristã»[1].

Eram assim os processos de Mendonça Furtado. A história vindicadora, com os documentos à vista, vai mostrando a pouco e pouco, de que lado estava o «abominável abuso».

5. — Mas a esta falta de escrúpulos da parte dos espoliadores, não corresponderia também falta de escrúpulos e outras faltas da parte dos Missionários? Faltas houve-as certamente e milagre seria que as não houvesse em tanta variedade de acções, em que o factor humano se não pode anular. Todavia, sôbre o que há de essencial nesta matéria, que seria apoderar-se injustamente do alheio, não é possível haver duas opiniões: os Padres nunca tomaram para si, *conscientemente*, o que era dos outros. Mas quando, por exemplo, lhes doavam bens e depois outros surgiam a dizer que também tinham direito a êles, ou que havia alguma dificuldade legal, mais de uma vez os Padres renunciaram ao seu possível direito. Não renunciaram sempre, e neste caso a Justiça decidiria, que para isso existem tribunais e juízes. Hoje, com a nossa mentalidade e sensibilidade religiosa moderna, teríamos preferido que a renúncia fôsse perene, conhecendo que qualquer solução favorável aos Padres seria para a parte contrária pretexto de inimizades, não apenas platónicas. Mas aos Superiores que abandonassem êsses possíveis direitos, talvez se lhes não gabasse então sempre o desinteresse, antes fôssem acoimados de desmazêlo, que não sabiam defender eficazmente a administração que lhes fôra confiada, de bens necessários para a realização e prosperidade da emprêsa comum.

Causa pasmo ver as acusações feitas aos Jesuítas, pela literatura e propaganda interessada dos inimigos, e como a realidade dos factos a contradiz. Diversos moradores foram-se situando em terras da Fazenda de S. Julião, no Piauí. Os Padres, seus possuidores

---

1. Bibl. de Évora, Cód. CXV/2-12, f. 142.

legítimos, viam e fechavam os olhos. Veio o sequestro. E que nos parece que fariam os homens do govêrno? Confirmar os ocupantes nos seus locais? Ou pelo menos fechar também os olhos como faziam os Jesuítas? Seria bom, mas não foi. A 5 de Setembro de 1760 comunica o Desembargador Duarte Freire: «A vizinhança que achei na Fazenda de S. Julião, a mandei despejar em têrmo breve, por assim dever ser por serviço de Deus e de Sua Majestade»[1]. De maneira que enquanto as terras eram dos Jesuítas, a gente estranha instalava-se nelas, e êles, que fechavam os olhos, eram os gananciosos; vem o Estado, liberal: e foi logo ordem de despejo, «por serviço de Deus e de S. Majestade».

No entanto, bem viam os Padres o perigo, as lutas e as inimizades, e que em tôda esta matéria se criava, sob o ponto de vista da perfeição religiosa, um conflito moral sem solução prática.

As circunstâncias locais determinando o género de subsistências: a indústria agrícola e seus derivados, com tôdas as consequências financeiras, obrigando a uma constante permuta dos géneros locais por outros locais ou estranhos, fêz, sem culpa de ninguém, mas por uma lei inelutável, que o esfôrço da própria perfeição, e mesmo a salvação das almas alheias, ficasse condicionada pela preocupação material de sustentar as obras existentes, a construção de Colégios e de igrejas, o recrutamento, formação e viagens dos missionários.

As recomendações constantes dos Gerais versam quási tanto sôbre o aproveitamento temporal como espiritual; e a maior parte das advertências se vai em questões dessa natureza. A obra da Companhia não podia libertar-se da tirania do lugar. Lutando para se não adaptar, cansou-se em parte no que se refere à defesa dos Índios: e, deposta a luta, procurou-se para os fins da catequese, e manutenção das obras iniciadas, beneficiar, dentro das condições legais, de todo o rendimento que o seu zêlo e necessidade cada vez maiores iam postulando. Examinando-se a frio, verificamos que os Padres do Maranhão e Grão-Pará concluiram por formar a consciência e capacitar-se de que sem actividade económica tudo desandaria na missão. E procediam conforme lhes parecia mais justo e necessário. Avisava-se, do que se ia fazendo, ao Geral, como intérprete e guarda das Constituições, e de Roma vinha a aprovação ou a proibição. Às vezes, além da reprovação, a pena imposta aos Superiores. Estava neste caso o que mais

---

1. Arq. do Pará, Livro 2.º, s/p.

se notava que era o envio de canoas à recolha do cacau e à venda dos produtos das Aldeias e Fazendas. Davam-se logo explicações sôbre as condições particulares da Amazónia e tudo recomeçava.

Há, portanto, nesta grave matéria, dois factos correlativos, bem patentes: a Companhia como tal, íntegra, pelo seu Instituto e Superior Geral, a restabelecer o equilíbrio; os Padres da Vice-Província, vinculados à terra, ora a resistir ora a ceder à pressão ambiente. Nas instruções dos Padres Gerais achamos reflexos destas duas tendências, mas em sentido inverso. Quando os missionários cedem à pressão do meio, êle propõe-lhes como modêlo o desinteresse do P. Malagrida, e que se todos ardessem no mesmo zêlo não seriam precisos decretos reais para conservar colégios e residências [1]; quando os Missionários se desinteressam, êle promove a conservação e aumento legítimo dos bens *quia temporalia sunt basis et fundamenta quo spiritualia nituntur et crescunt* [2].

Sob o aspecto da perfeição religiosa, considerando as coisas em abstracto, melhor seria que a missão se fechasse, e vários Padres o lembraram ao Geral. Entre outros o P. Bettendorff, em 1665, enumera as dificuldades próprias da Missão, pelas quais ela não convinha à Companhia por a difamar e tornar odiosa [3]. Vinte anos depois, propôs-se o abandono da Missão. E ainda em 1734 Bento da Fonseca era de opinião que se deixassem as Aldeias para acabarem os litígios e salvar a Companhia, ainda que fôsse deixar «as ovelhas entre os lobos». Não foi possível. Considerava-se deserção e falta de zêlo [4]. E resolveu-se que sem abandonar o campo, se redobrasse de zêlo para se vencerem também essas dificuldades. Entretanto, os inimigos da Companhia por emulações de vária espécie, e por causa da liberdade dos Índios, não podendo abalá-la nesse capítulo, buscavam outros, tratando de a desacreditar com o seu aparato económico. A onda engrossava. Para cúmulo, a Companhia sofria também os efeitos das rivalidades pessoais de Governadores, bastando que um lhe fôsse favorável, para outro, inimigo do primeiro, a atacar. São os casos de Berredo e Sousa Freire contra Maia da Gama. Também aqui

---

1. *Bras.* 25, 53v.
2. *Ordinationes*, Bibl. de Évora, Cód. CXVI/2-2, 153.
3. *Bras.* 26, 15v.
4. *Bras.* 26, 284; *Bras.* 26, 74.

como em tôdas as questões políticas, a paixão, de meias verdades faz mentiras completas. Em todo o caso, o desembargador Francisco Duarte dos Santos, nomeado para examinar os papeis de Paulo da Silva Nunes, que foram a base dos ataques ulteriores, amontoando acusações sôbre acusações, sem a menor sombra de probidade, e misturando com elas a controvérsia dos dízimos para impressionar a Coroa, o Desembargador escreve:

«As expressões de que os Missionários compram fazendas que tornam a vender nesta cidade e mais povoações dêste Estado, e que acumulam culpas fantásticas aos que lhes estranham o seu procedimento, são efeitos de uma evidente calúnia, pois nem judicial nem extrajudicialmente achei quem não refutasse e desfizesse a mencionada calúnia»[1].

E desta maneira, examinando uma a uma tôdas as acusações, vai dizendo o que cada qual lhe sugere, concluindo por justificar plenamente os Padres e a legalidade e necessidade de todo o seu movimento. E, ao mesmo tempo, de acôrdo com as ideias do P. Bento da Fonseca, com o fito de acabar de vez com tais queixas, manobras, atritos, invejas e calúnias, propôs que, repartindo-se entre a Fazenda Real e os moradores do Estado do Maranhão e Grão-Pará,

---

1. Calúnia é palavra dura, mas Southey, examinando sucintamente a necessidade do movimento económico dos Padres, conclue: «Dinheiro ainda o não havia no Maranhão, tendo os Jesuitas de remeter para Portugal géneros em troca do que de lá careciam: e sôbre êste fundamento assentou a *calúnia* estarem êles monopolizando o comércio daquela Capitania e da do Pará», Southey, *História do Brasil*, V, 475. Não deixa de impressionar a concordância de expressões entre o Desembargador, no exercício de suas funções judiciais, e o historiador inglês, que não teve presente esta sentença, mas cujo critério em tudo o que não é religião (êle era protestante) se manifesta à altura dos documentos.

O libelo infamatório de Paulo da Silva Nunes reùnia quanto os inimigos do Catolicismo inventaram contra os Jesuítas e andava impresso. Nem deixou de incluir na terceira parte o que nada tinha que ver com o Maranhão ou seja a «*Monita Secreta*, odiosa invenção do século anterior, aceita ainda hoje como autêntica por entendimentos cultivados, cuja ilustração, diz Lúcio de Azevedo, devia pô-los ao abrigo da fraude». Nunes não só por estas calúnias, mas por dívidas que não pagou e por burlas que cometeu, veio a parar no Limoeiro, donde só saiu para a cova. E foram os Jesuítas que tanto caluniara, que lhe valeram e minoraram, até com recursos pecuniários, o amargor da prisão. O mesmo Lúcio de Azevedo acrescenta que Berredo «abandonando as estéreis, e não raro odiosas intrigas, em que andou envolvido», passou a África, onde, como soldado que era, achou mais honrado e glorioso campo de sua actividade (*Os Jesuítas no Grão-Pará*, 222, 226).

se assinasse aos Missionários côngrua ou dotação suficiente, à altura da emprêsa que realizavam, isto é, que não fôsse mera ficção jurídica, mas chegasse realmente para se sustentarem os 120 Missionários da Companhia, então existentes, e as suas variadas obras, podendo êles, depois, prescindir de tais cuidados. Proposta sapientíssima, na verdade, e era o que na Europa se fazia. Os Padres que superintendiam a essas ocupações ou preocupações económicas coloniais, livres delas seriam outros tantos operários disponíveis da catequese e Aldeias dos grandes rios. Infelizmente, em Lisboa, o Provedor da Fazenda e o Procurador da Coroa e a maioria do Conselho Ultramarino manifestaram-se contra a proposta; e tudo teve que prosseguir como antes, sob pena de sossôbro geral [1].

Não estando pois nas mãos de Jesuítas nem abandonar as missões, para não serem acusados de falta de zêlo (nem o consentiria então El-Rei), nem podendo obter senão por si próprios as subsistências proporcionadas ao tamanho da emprêsa, não houve nesta emergência outra saída senão acomodarem-se, submetendo-se ao meio, constituindo-se pioneiros de uma política de aspecto agrário, tanto dentro do espírito português, a que não renunciaram os Jesuítas oriundos de Portugal, e que os mais respeitavam e seguiam.

Foi um mal, ou para sermos perfeitamente justos, um mal menor. Para Lúcio de Azevedo nem sequer foi um mal. Êle, que teve na mão e examinou, como nós, todos os documentos anti-jesuíticos e não raro se deixou influenciar por êles, escreve estas palavras:

«Do acervo dos negócios atribuído aos missionários, a todos sobreleva em importância o da Companhia de Jesus, *mas não é licito à luz de um justo critério, impor-lhe por isso algum desonroso labéu* [2].

Lúcio de Azevedo, tantas vezes injusto nas próprias apreciações, como dissemos, e se vê nos seus livros, com esta mostra a sua boa-fé e destroe tôdas aquelas e as de todos os adversários dos Jesuítas, arrebatando-lhes a base moral do ataque. E dá a razão, que é real-

---

1. «Informação e parecer do Desembargador Francisco Duarte dos Santos, que Sua Majestade mandou ao Maranhão em 1734 para se informar do govêrno temporal dos Índios e queixas contra os Missionários», Pará, 15 de Julho de 1735, Bibl. de Évora, Cód. CXV/2-15, n. 1. Em Melo Morais, *Corografia*, IV, 123-150. Cf. Lúcio de Azevedo, *Os Jesuítas no Grão-Pará*, 219-221; Galanti, *História do Brasil*, III, 189.

2. Lúcio de Azevedo, *Os Jesuítas no Grão-Pará*, 240.

mente, a da verdade: «nesta parte do Novo Mundo os Jesuítas eram colonizadores; a obra, que haviam empreendido, tinha carácter temporal; e nessa qualidade, sòmente com os meios temporais se poderia realizar»[1].

Temos assim enunciado com clareza, e por outrem, o segundo aspecto, além do espiritual, *colonizador*, da actividade dos Jesuítas. Olhando em concreto o bem que se fazia, e que sem a sua presença se não faria, e esta era uma das razões da sua corajosa acomodação ao meio, o homem recto inclina-se, não só a absolver os Missionários mas a considerar, num país como a Amazónia, em que não havia rendas nem emolumentos de outra espécie, a sua actividade agrícola, extractiva e pastoril, como parte integrante da emprêsa missionária, computando êste mesmo desbravamento económico entre os reais benefícios prestados à civilização.

Esperamos, concluída a parte positiva da *História da Companhia de Jesus no Brasil* (e falta muito), ter tempo ainda para reassumir um dia em conjunto esta matéria vastíssima, englobando tôdas as suas modalidades, desde o Amazonas à Colónia do Sacramento no Rio da Prata. E então a examinaremos, não já sob o aspecto fiscal ou de consciência, mas de volume[2]. E será interessante, aproveitando os ele-

---

1. Id., *ib.*, 240.
2. Entre os elementos inéditos mais importantes sem dúvida para êsse estudo serão as *Contas correntes* de diversos Colégios da Província do Brasil e Vice-Província do Maranhão e Grão-Pará, com as respectivas Procuraturas em Lisboa; os *Títulos* das propriedades e os *Catálogos*, que periodicamente demonstram o estado económico dos Colégios; os *manifestos* de embarques e os *Inventários* parciais ou finais. Poderão ajudar alguns documentos já publicados entre os quais diversas *listas* e róis de Fazendas e Engenhos, os *Poemas* económicos e outros livros, como a *Cultura e opulência do Brasil*. Não é assunto, porém, que caiba neste tômo, consagrado apenas ao norte do Brasil. Mas cabe aqui certamente a opinião competente de Roberto C. Simonsen: «Nunca houve iniciativa colonizadora de tal magnitude, iniciada com tão pequenos recursos e accionada com tanta economia» (*História económica do Brasil*, II, 143); e êste veridito final: fôssem quais fôssem os motivos para a expulsão dos Jesuítas, ela foi «absurda, iníqua, e ficou na história pátria como um tremendo golpe desferido contra a nossa evolução económica e social», diz outro especialista, Lemos Brito, *Pontos de partida para a história económica do Brasil*, 2ª. ed. (S. Paulo 1939) 259; e Cf. Moacir Paixão e Silva, *Formação económica do Amazonas* (Porto Alegre 1940) 29. A concordância de opiniões sôbre o mal que foi para o Brasil a expulsão dos Jesuítas seria extremamente longa, que apenas há escritor brasileiro de há 50 anos a esta parte que a não lastime. Dos estrangeiros, conhecedores das coisas do Brasil, a lista seria também grande. Além

mentos úteis dos debates, uns conhecidos, outros ainda inéditos, medir, se é possivel, a alta contribuição da Companhia de Jesus para o desenvolvimento económico do Brasil.

---

de Southey, geralmente citado, T. W. M. Marshall, *Les Missions Chrétiennes*, II (Paris 1865) 217, traz alguns livros de Viagens em que se faz a mesma observação: *Journal of a Voyage to Brazil* de Lady Calcott (1824) 13,36; *Travels in Brazil* do Príncipe Adalberto da Prússia, II, 199; *Reise nach Brasilien*, de Maximiliano, Príncipe de Wied-Neuwied (Francforte 1820) 150; *Travels in the interior of Brazil*, de George Gardner (1846)81.

LIVRO QUARTO

Regime Interno e Apostolado Externo

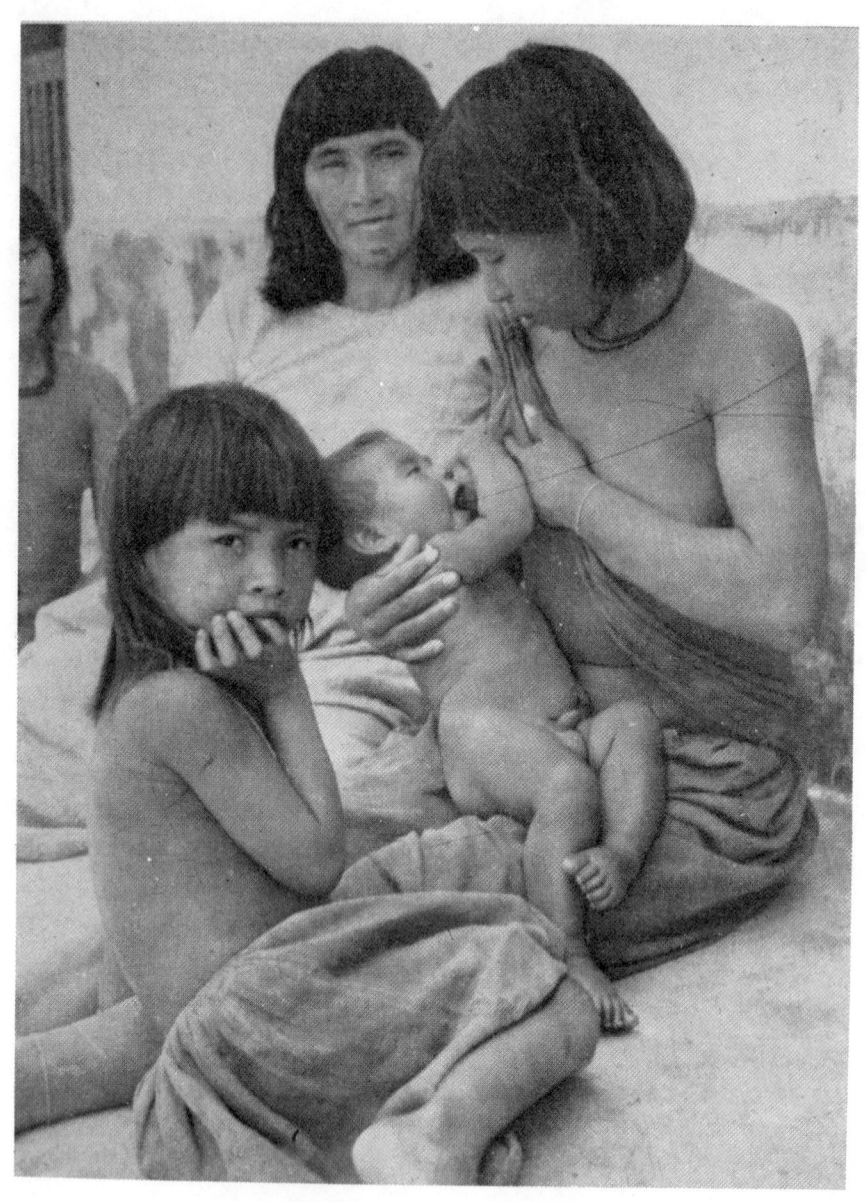

Foto de E. Galvão, Fevereiro de 1942, Colecção do Museu Nacional, Rio.

Índios Urubus, do Rio Pindaré

Há neste belo grupo familiar, ainda que moderno, uma expressão eterna, documento vivo de grupos de outrora.

CAPÍTULO I

A Vice-Província do Maranhão e Grão-Pará

1 — Missão e dependência do Brasil; 2 — Dependência de Portugal e Visitadores do Brasil; 3 — Elevação a Vice-Província.

1. — A Missão do Maranhão e Pará procede originariamente da Província do Brasil. Enviaram-se do Brasil os primeiros missionários, Francisco Pinto e Luiz Figueira, que ficaram a meio caminho; Manuel Gomes e Diogo Nunes, chegaram ao Maranhão, mais todavia como capelães da armada da conquista do que como Missionários; enfim, outra vez Luiz Figueira, verdadeiro fundador da Missão, e estêve no Maranhão e no Pará. Durante 27 anos não houve solução de continuìdade na Missão. Mas em 1649, com a morte de Francisco Pires e companheiros, no Itapicuru, a missão ficou deserta.

El-Rei escreveu então ao Provincial do Brasil que enviasse missionários para o Maranhão[1]. E logo se tratou de executar essa ordem, mas a conveniência de dar à missão mais estabilidade do que anteriormente havia tido, fêz demorar a vinda de Missionários e sucedeu que chegaram simultaneamente duas expedições, uma do Brasil com o P. Manuel Nunes como Superior, e outra de Portugal, e esta com Vieira, também Superior, chegado pouco antes.

Obedecia êste facto a outra Carta Régia de 6 de Maio de 1652, escrita ao Provincial do Brasil, Francisco Gonçalves, que alude à de 1649, e ficara sem o efeito que devia ter. Avisa-o El-Rei de que dera côngrua para 10 missionários e que do Reino iriam 4 por não se acharem mais nessa ocasião, mas que do Brasil êle enviasse os

---

1. Carta Régia de 22 de Outubro de 1649, Morais, *História*, 238-239.

outros 6. Êle, El-Rei, escrevia também ao Governador que lhes desse o viático necessário. E que se pusesse nisto todo o empenho[1].

Vieira que tinha estado em Lisboa em comunicação com o P. Francisco Gonçalves, Provincial do Brasil, com êle se teria entendido; mas diz êle próprio: «esta missão não se fêz por ordem dos Provinciais do Brasil, nem êles me deram instrução alguma do que havia de obrar: fez-se por ordem do P. Geral Francisco Piccolomini»[2]. Por sua vez escreve o P. Nunes: «aqui achei ao P. António Vieira e o estimei infinito assim, por ficar desobrigado do govêrno, que só, *por sua ausência*, aceitei»[3].

Desta forma se reatou a Missão interrompida em 1649. Aquela frase de Vieira sôbre êste reatamento, é de 1661, numa evocação retrospectiva e deve entender-se quanto às ordens dos *Provinciais* do Brasil não quanto à *Província* do Brasil, de que ficou dependente a Missão. Em 1656 escreve expressamente o mesmo Vieira, pedindo missionários do Brasil: «A primeira [razão] é que se deve supor na Província [do Brasil] que a Missão do Maranhão é parte tão sua, como tôdas as outras, de que ela se compõe, tanto assim que, suspeitando-se que o Padre Luiz Figueira a queria desunir, pelos impedimentos das guerras de Pernambuco, a Província acudiu a isso em Roma e não o consentiu; e suposto que o Maranhão é tão parte da Província, como S. Paulo, Espírito Santo, Ilhéus, Pernambuco, Rio de Janeiro, e como a mesma Baía, porque se não há-de acudir ao provimento destas casas, destas Aldeias, e destas Missões, como ao das outras missões, das outras casas, e das outras Aldeias? E porque havemos de estar, como estamos, há mais de três anos sem ser visitados da Província, nem ela se lembrar de nós, como se não fôramos seus filhos, nem lhe pertencêramos?»[4]

O pedido de Vieira foi atendido, mas de forma para êle inesperada.

Quando Francisco Gonçalves acabou no Brasil em 1655 o Provincialado e insistiu no pedido, antes formulado, de ser missionário do Maranhão, o seu successor P. Simão de Vasconcelos, enviou-o efectivamente no ano seguinte, mas com o cargo supremo de Visi-

---

1. Morais, *História*, 238-239.
2. S. L., *Novas Cartas*, 304.
3. Carta do P. Nunes, de 22 de Maio de 1653, *Bras.* 26, 2.
4. S. L., *Novas Cartas*, 256-257.

tador e com patente do Geral¹. A suposição de Bettendorff de que o Visitador não exerceu essa jurisdição, entregando em Gurupi o cargo a Vieira, ficando simples missionário, não tem fundamento. Francisco Gonçalves exercitou-o, realmente, no Maranhão e no Pará, e foi o P. Vieira quem ficou como simples operário reconhecendo praticamente a jurisdição do Brasil: «Ordenou-me o Provincial e o Padre Visitador, que alimpasse os meus papeis em ordem à impressão, para com os rendimentos dela ajudar a sustentar a missão; e para isto estou desocupado do ministério dos índios, que era o que eu cá vinha buscar. Quando estava em Lisboa, em França e em Holanda, com as comodidades das impressões, das livrarias, e de quem me escrevesse e ajudasse, nunca ninguém pôde acabar comigo que me aplicasse a imprimir; e mais oferecendo-me El-Rei os gastos, e rogando-me que o fizesse. E que agora no Maranhão, onde falta tudo isto, e na idade em que estou, me ocupe em emendar borrões e fazer tabuadas! Veja V. Rev.ª quanto pode a obediência; e pode tanto que não só o faço, mas chega a me parecer bem que mo mandem fazer. Não há maior comédia, que a minha vida; e quando quero ou chorar ou rir, admirar-me ou dar graças a Deus ou zombar do mundo, não tenho mais que olhar para mim»².

Não tardou porém a dar-se outra mutação de cena. Ainda no ano dêsse desabafo, 1658, chegou-lhe directamente do Geral, patente de Superior e Visitador³.

2. — O assunto da dependência da Missão surgiu preliminarmente em 1617. Na Congregação Provincial do Brasil, o 8° postulado era que a Missão do Maranhão, a fundar-se, ficasse pertencendo ao Brasil, cujos Padres estavam animados de ardor e zêlo para a evangelização daquelas partes. O Geral responde que sim⁴. Mas esta questão ocasionou debates internos que duraram tempo, porque,

---

1. *Bras.* 3(1), 305, 312v; *Bras.* 9, 16v; *Hist. Prop. Maragn.*, 561.
2. *Cartas de Vieira*, I, 473-474; *Bras.* 3(1), 312v.
3. Vieira, *Obras Várias*, II, 92-93.
4. «*Resp. ad. 8um*: Nec cogitavimus quidem eximere hanc Missionem a Provincia Brasilica, imo et per litteras eandem ei Provinciae commendavimus, et iterum valde ac serio commendamus quod si forte ob maiorem commoditatem eo Patres mittantur ex Lusitania, vel petente ipsa Prov. Brasilia, vel quavis alia occasione id decernente Generali, eo ipso censentur applicari Provinciae Brasilicae, ad quem volumus eam missionem pertinere», *Congr.* 55, 255v, 257.

como se exprimia o bom-senso do P. Manuel Gomes, na sua Carta sôbre o Maranhão e Pará: «há razões por onde é bom ficarem sujeitos ao Brasil; e outras por onde é bom ficarem sujeitos a Portugal»[1].

As razões preponderavam ora num sentido ora noutro. E giravam, tirando certos aspectos de carácter pessoal, quási sempre à roda da facilidade ou dificuldade de comunicações. É certo que, dadas as condições da navegação daquele tempo, à vela, as Capitanias do Norte ficavam isoladas do resto do Brasil durante parte do ano. As monções sopravam, e sopram, nas duas partes do ano, em direcções opostas. Quando sopravam do norte era praticamente impossível usar a navegação à vela de Pernambuco para lá; na outra parte do ano, soprando do sul, era quási impossível a comunicação dessas Capitanias com Pernambuco. As comunicações directas com Portugal ficavam mais desembaraçadas e livres. Daí a tendência dalguns em querer a Missão dependente de Portugal, donde aliás vinham quási todos os missionários; enquanto outros, que tinham ido do Brasil para lá, preferiam que a missão dependesse da Província do Brasil, atenuando as dificuldades da viagem.

Em 1666 foi nomeado visitador do Maranhão, por parte do Brasil, o P. Gonçalo de Veras[2].

O Visitador chegou a tomar posse do govêrno que lhe passou o P. Manuel Nunes, mas surgindo dúvidas sôbre o direito do Províncial do Brasil a nomear Superiores do Maranhão, e vindo cartas de Portugal para o P. Manuel Nunes, a considerá-lo ainda Superior, volta o P. Nunes a assumir o govêrno da Missão, ficando Gonçalo de Véras simples particular.

Logo depois, em 1667, enviado pelo Comissário do Brasil Antão Gonçalves, chegou ao Maranhão a 25 de Dezembro o P. Manuel Juzarte, como Visitador, e desta vez não houve dúvidas sôbre a sua legitimidade[3]. Juzarte, vendo que a Missão dependia do Brasil, acentua que uma carta para ir à Baía leva um ano, e para voltar,

---

1. Cf. supra, tômo III, 427.
2. Não há documentos sôbre a data, mas diz Bettendorff, *Crónica*, 243-244, que foi «estando Rui Vaz de Siqueira quási em fim de seu govêrno», e concluiu-o em meados de Maio de 1667 (Pôrto Seguro, *HG.*, III, 247). Em todo o caso, se fôsse imediatamente antes, quási coincidiria com a vinda do Visitador Juzarte, e cremos que esta deve ter sido consequência da recusa do primeiro.
3. *Bras.* 26, f. 24.

outro. E que convinha que a Missão tivesse em Portugal um Padre, a quem recorresse como Prelado, e um procurador diligente, diverso do da Província do Brasil, que com a sua Província já tinha suficiente ocupação[1]. Bettendorff corrobora a opinião do Visitador e, pela mesma razão das comunicações, preferia que a Missão ficasse unida à Província de Portugal e que o Superior se chamasse Provincial, ainda que ficasse só *ad instar Vice-Provincialis*[2]. Em vista disso a 15 de Dezembro de 1677, o Geral João Paulo Oliva ordena que a Missão do Maranhão fique dependente da Província de Portugal e não da do Brasil[3].

Tão grave solução foi tomada sem que nem a Província de Portugal nem a do Brasil, fôssem ouvidas, nem disso tivessem conhecimento. Daqui, tôda a lamentável desinteligência que se seguiu, quando a 18 de Outubro de 1679, ainda do Brasil, chega ao Maranhão o P. Pero de Pedrosa nomeado Visitador. Recusaram-se a reconhecê-lo o Superior da Missão Pier Luigi Consalvi, e Bettendorff, reitor de S. Luiz, que tomara o seu partido, mostrando ao Visitador a carta do P. Oliva, de Dezembro de 1677: «advertindo nós com particular atenção no que V.ª R.ª nos propõe, e ajuntando-se a isto a dificuldade que há de recurso dessa missão do Maranhão ao Brasil, resolvemos que tenha dela cuidado o P. Provincial de Portugal, como se fôsse da sua Província e sua própria; e assim lho escrevemos e encomendamos nesta ocasião e, para o futuro, enquanto não ordenarmos o contrário. Recorra V.ª R.ª ao dito P. Provincial no que for necessário e os mais sujeitos dessa Missão do Maranhão. Com isto porém não pretendemos isentar ao Procurador do Brasil que assiste em Lisboa de o ser também dessa Missão como até agora o foi »[4].

Surpreendido, o Visitador P. Pedrosa interpretou a carta do Geral não como separação da Missão do Brasil, mas recomendação à de Portugal, pois custava-lhe a crer, escreveu êle, que o Geral separasse a Missão «da Mãe que nos deu o ser e conserva, *et hoc quin ipsam et nos prius audiret*». Contudo êle, que tinha aceitado

---

1. *Bras.* 3(2), 106.
2. *Bras.* 26, 26, 27v.
3. Arq. Prov. Port., Pasta 176(7).
4. *Bras.* 26, 81.

a patente depois de infinita relutância, ao ver aquela carta do Geral desistiu sem dificuldade, porque o aliviava do que tanto fugira e para a paz e harmonia de todos como já de outra vez fizera. Mas parece-lhe que a Missão deve ficar unida ao Brasil e ter estudos próprios[1]. Portugal interpretou a ordem do Geral no mesmo sentido do P. Pedrosa, que informa que a 21 de Maio de 1680 chegou ao Maranhão o navio do Reino com cartas do «Provincial e consultores de Portugal ao P. Superior Pero Luiz (Consalvi) que logo me devia dar posse de Visitador, conforme a patente do P. Provincial do Brasil José de Seixas. Assim o fêz, supôsto logo se arrependeu como se infere do papel que apresentou, cuja cópia remeto a V. Paternidade»[2].

A posse do Visitador foi no dia 23 de Maio, mas logo Consalvi e Bettendorff, a quem Pedrosa dera sucessor no ofício de Reitor do Maranhão, escreveram ao Geral, fazendo derivar a questão do terreno jurídico para o pessoal e nacional, pondo em evidência os defeitos do P. Pedrosa[3].

A 24 de Setembro de 1680 o Geral, invocando o seu decreto de 1677, unindo a Missão do Maranhão à Província de Portugal, aprova a atitude do Superior do Maranhão, não aceitando o Visitador enviado pela Província do Brasil[4]. A questão visava pessoalmente a Pero de Pedrosa, porque ao mesmo tempo o Geral ordenava ao Superior lhe enviasse informações fidedignas sôbre a facilidade ou dificuldade de relações, com a Província do Brasil, e, caso

---

1. Carta do P. Pero de Pedrosa, de 1 de Novembro de 1679, *Bras.* 26, 79-80v.

2. Carta do P. Pedrosa, de 31 de Março de 1681, *Bras.* 3(2), 136. Nesta carta do P. Pedrosa acham-se os nomes dos consultores que, não obstante o protesto do P. Pier Luigi, declaram que Pedrosa deveria seguir como Visitador: Estêvão Gandolfi, Sebastião Pires, Gaspar Misch, consultores da Missão, e também todos os consultores do Pará, cujos nomes se não nomeam expressamente. O P. Estêvão Gandolfi, apesar de votar pelo P. Pedrosa estava contra êle e a Província do Brasil, conforme carta sua ao P. Geral de 27 de Outubro de 1679, *Bras.* 26, 77.

3. Bettendorff, *Bras.* 3(2), 148-149v; *Bras.* 26, 64-65v. O P. Pier Luigi em carta escrita, logo à chegada do P. Visitador, em forma na aparência justa e imparcial, na realidade política, tocava já nos defeitos e qualidades do P. Pedrosa e que até podia ser Reitor e Superior da Missão com certas precauções.

4. Arq. da Prov. Port., *Pasta 176* (7).

singular, foi o próprio Pedrosa quem as deu e não tão difíceis como as faziam outros¹.

Em Lisboa não se conformaram com a decisão de Roma. Francisco de Matos, Procurador do Brasil na Côrte, em carta ao Geral, de 9 de Setembro de 1681, coloca a questão nos seus verdadeiros têrmos e relembra que o que se tinha determinado no tempo do Provincial de Portugal Luiz Álvares, era que o Maranhão recorresse a Portugal para os provimentos das coisas urgentes, não para *desmembramento da Missão*, da Província do Brasil, que não foi ouvida, como nem Portugal. Era o mesmo argumento do P. Pedrosa. E acrescentava outro, o do provimento de sujeitos, que Portugal não podia dar, tantos como era mister, e, mesmo que pudesse, não seriam línguas como os do Brasil².

Resultado: em 1683, o P. Geral seguinte (Noyelle) ordena que a Missão do Maranhão fique dependente do Brasil como antes³. A única vítima de tôda essa má vontade dos Padres Consalvi, Bettendorff e Gandolfi — reflexo de certo movimento que se esboçou então contra o governo dos nacionais (Portugueses e Brasileiros) — foi o P. Pero de Pedrosa, que aliás teve virtude suficiente para se sobrepor à humilhação pessoal. Daí em diante o Geral ia nomeando Superiores ou Visitadores da Missão, os Padres que lhe pareciam mais conducentes ao bem comum, ora da própria Missão, ora de Portugal, ora do Brasil.

3. — Ficava ainda de pé um problema. Não sendo a Missão *sui iuris*, mas dependente da Província do Brasil, que poderes tinha o Superior dela ? Concedera em 1673 o Geral que o Superior procedesse como Vice-Provincial⁴. Não houve porém acto nenhum explícito e continuavam as indecisões.

Em 1686 pediu-se que a Missão se elevasse a Vice-Província⁵. No ano seguinte expunha-se o caso: sendo a Missão dependente

---

1. *Da possibilidade e facilidade de ir por terra ou pelo mar do Maranhão ao Brasil* pelo P. Pedro de Pedrosa, confirmado por mais quatro Padres, 25 de Agôsto de 1682, *Bras.* 9, 320-321v. Documento importante já publicado por Studart, *Documentos*, IV, 229-235, e de que damos a cláusula autógrafa, supra, *História*, III, 388-389.
2. *Bras.* 3(2), 150-150v.
3. *Bras.* 26, 239.
4. *Bras.* 26, 237.
5. *Bras.* 26, 136-139.

dalguma Província, que poder tem o Superior? O de Reitor? Mas havendo dois reitores, o do Maranhão e do Pará, como poderia o Superior da Missão governá-los, de igual para igual? Não sejam reitores senão vice-reitores? Não é exequível! Importa que a missão dependa imediatamente do Geral e sem isso não se poderá desenvolver [1].

A resposta decisiva ainda demorou. Vinham respostas de carácter pragmático (não jurídico): que o Superior procedesse como Vice-Provincial, com a faculdade de receber noviços tanto na missão como fora dela, destinados a ela, em Portugal por exemplo [2]. Insiste-se do Maranhão, e a 4 de Janeiro de 1710, de Roma se explicita melhor: que a Missão tenha *in utroque foro* jurisdição de Vice-Província. E assim se ficou a reger daí em diante [3].

A 22 de Junho de 1726 envia-se ao P. Geral uma representação assinada por 13 Padres, entre os quais o Visitador Jacinto de Carvalho, o Superior da Missão Manuel de Brito, o Reitor do Maranhão José de Mendoça, o Reitor do Pará Luiz de Mendoça e mais nove Padres consultores e missionários, expondo o desenvolvimento histórico da Missão, as suas possibilidades de vida autónoma, 99 Religiosos, 2 Colégios, 27 Residências e 12 Missões; e pedia, visto a Missão já gozar dos privilégios de Vice-Província independente, fôsse elevada a essa categoria também *de iure* [4].

A 15 de Fevereiro de 1727 o P. Geral Miguel Ângelo Tamburini elevava a Missão a Vice-Província e nomeava o superior dela, Manuel

---

1. *Bras.* 26, 146, 154v-155, 158-159v.
2. Carta de Tamburini, em Lúcio de Azevedo, *Os Jesuítas no Grão-Pará*, 393.
3. *Bras.* 26, 239. Confirmando-se tudo por outra, de 21 de Fevereiro de 1711, em que a Missão se devia considerar como Província ou Vice-Província, *Ib*. E a propósito da faculdade que o Superior tem, de nomear Visitadores em seu nome, repete o mesmo em sua carta de 22 de Outubro de 1712, em Lúcio de Azevedo, *Os Jesuítas no Grão-Pará*, 396.
4. *Bras.* 26, 239-239v. Os mais Padres, que subscrevem o requerimento são: António Vaz, consultor do Colégio do Maranhão; Carlos Pereira, Superior da Casa de Tapuitapera; António Maria Scotti, consultor do Colégio do Maranhão; Gonçalo Pereira, consultor do Colégio do Maranhão; Domingos de Araújo, consultor da Missão; Luiz Maria Bucarelli, consultor da Missão; José Lopes, consultor do Colégio do Pará e Procurador da Missão; Aníbal Mazzolani, da Residência do Tapajós; Marco António Arnolfini, da Residência de Maracanã. Cf. neste tômo a gravura da cláusula dêste importante documento.

de Brito, seu primeiro Vice-Provincial[1]. Mas o P. Brito havia falecido a 6 de Junho de 1727, antes de lhe chegar a notícia[2]. O primeiro Vice-Provincial foi José de Mendoça, enquanto não vieram patentes para o P. José Lopes[3].

Não se conserva o Catálogo de 1727 para se ver o número exacto de Religiosos que tinha a Missão ao constituir-se em Vice-Província. Mas eram 99 ao fazer-se a petição, e pode inferir-se pelos Catálogos existentes dêsse período, caracterizado aliás por movimento intensivo de expedições missionárias, previsto na mesma elevação a Vice-Província[4].

Em 1724 a Missão constava de:

Padres	44
Estudantes	7
Coadjutores	17
Noviços estudantes	11
Noviços coadjutores	3
	82[5]

Em 1726:

Padres	52
Irmãos	47
	99

Em 1730, já Vice-Província:

Padres	53
Estudantes	31
Coadjutores	17
Noviços	1
	102[6]

---

1. *Bras. 25*, 37v-38; Bibl. de Évora, *Ordinationes*, Cód. CXVI/2-2, p. 151-152.
2. *Hist. Soc. 52*, 64.
3. BNL., fg. 4516, *Apontamentos*, 63; *Diário de 1756-1760*.
4. Cf. *Apêndice A*.
5. *Bras. 27*, 50v.
6. *Ib.*, 52.

Em 1732:

Padres	62
Estudantes	27
Coadjutores	17
Noviços	12
	118[1]

A Vice-Província desenvolveu-se com segurança. Trinta anos depois, quando sobreveio a perseguição, constava de 155 Religiosos[2], e estava realmente «em vésperas de ser Província, não faltando mais que a chegada ou confirmação do Reverendíssimo P. Geral, por estarem já verificadas e aprovadas as premissas», diz em 1759, José de Morais, para cuja celebração precisamente escrevia êle a sua *História*, aqui tantas vezes citada[3].

As premissas eram possuir já número suficiente de Colégios (dois grandes e dois menores), e a indispensável independência económica e missionária: *económica*, na garantia de fontes de receita próprias e estáveis; *missionária*, na organização de noviciado em regra, onde se pudessem cultivar e formar vocações. Trabalho árduo, sem dúvida, mas para cujo êxito tudo, enfim, se inclinava.

---

1. *Bras. 27*, 61v.
2. Cf. *Apêndice C*.
3. Morais, *História*, 6-7.

CAPÍTULO II

O govêrno interno

1 — Noções práticas; 2 — Superiores da Missão; 3 — Os Vice-Provinciais.

1. — O govêrno da Missão ou Vice-Província era assegurado pelo Superior da Missão ou Vice-Provincial. Havia de vez em quando Visitadores. Se era Visitador Geral, nomeado por autoridade mais alta que o Superior ou Vice-Provincial, a sua jurisdição, durante o tempo da visita, era suprema, acima do mesmo Superior ou Vice-Provincial. Mas também êstes gozavam da faculdade de nomear visitadores locais, cuja jurisdição se circunscrevia a determinada área, ou casas. Assim em 1740, o Geral, dada a distância das casas no Maranhão e Amazónia, concedia ao Vice-Provincial que não visitasse tôdas as casas da Vice-Província cada ano, conforme ordena o Instituto da Companhia, mas que as visitasse tôdas *uma vez* durante o triénio do seu govêrno, e *duas vezes* por outrem, que êle determinasse. O Visitador das Aldeias e Fazendas tinha instruções particulares para bem cumprir o seu ofício[1].

Segundo a legislação da Companhia, o Reitor do Colégio Máximo, que era o de S. Luiz, sucederia ao Superior da Missão ou Vice-Provincial, no caso de falecer sem sucessor. Mas tinha o direito, se previsse a sua morte, e tivesse tempo, de nomear um vice-superior entre os Padres que achasse mais aptos, e determinou-se em 1714 que, se o comunicasse ao seu confessor, antes de morrer, o testemunho dêste faria fé[2].

---

1. Cf. Instrução para o Visitador das Aldeias e Fazendas, *Ordinationes*, Évora, Cód. CXVI/2-2, 71-72.
2. *Bras.* 25, 6.

Os Superiores e Vice-Provinciais do Maranhão reùniram geralmente aquelas qualidades, que indicava o P. Vieira no bom Superior: idade, letras e experiência «para saberem mandar e folgarem os outros de lhe obedecer»[1]. Cremos, porém, que alguns, na hora da perseguição, nem sempre se souberam colocar à altura das dificuldades nem descortinar em tempo útil as ciladas que adversários civis e eclesiásticos armaram à sua boa fé.

2. — A lista seguinte, organizada com elementos recolhidos de fontes dispersas, procuramos fôsse completa. Mas é possível que nalgum breve período, entre a morte dum Superior e a nomeação oficial do seguinte, algum Reitor ou Padre tenha exercido essas funções sem que disso nos chegasse notícia.

P. Luiz Figueira, Superior da Missão (3 de Junho de 1639). — Até o tempo do P. Vieira, a Missão do Maranhão constava só de uma residência formada, a da cidade de S. Luiz, que pertencia à Província do Brasil, como qualquer outra das suas casas. Havia apenas superior da casa, fundada pelo P. Luiz Figueira, tornando-se inútil o cargo de Superior da Missão.

Juridicamente, a Missão do Maranhão e Grão-Pará começou no dia 3 de Junho de 1639, data da patente de Roma para o próprio Luiz Figueira, com o encargo de erigir várias casas. O naufrágio, que impediu que então se erigisse, não suprime o acto jurídico da criação da Missão, por êle agenciada, e que o constitue o verdadeiro fundador dela, como o fôra também da casa[2].

P. António Vieira, Superior (1653-1656). — O govêrno de Vieira iniciou-se já em Lisboa, em 1652, onde angariou tudo o necessário para ela. Não podendo seguir viagem nomeou à última hora seu substituto no Maranhão, e o foi, por alguns meses, o P. Francisco Veloso.

P. Manuel Nunes (1654-1655). — Vice-Superior, enquanto o Padre Vieira foi a Lisboa[3].

P. Francisco Gonçalves, Visitador (1656-1658). — Veio do Brasil, e com patente do Geral[4].

---

1. S. L., *Novas Cartas*, 255.
2. *Hist. Soc.* 62, f. 60; S. L., *Luiz Figueira*, 66.
3. Cf. Carta do P. João de Souto Maior, de 12 de Janeiro de 1655, *Bras.* 26, 3.
4. *Bras.* 3(1), 312v.

P. Mateus Delgado. — « Quatro superiores maiores, diz o mesmo Vieira, houve nestes nove anos nas missões do Maranhão, que foram o P. Francisco Gonçalves, o P. Manuel Nunes, o P. Mateus Delgado, e em diversos tempos o P. António Vieira »[1].

P. António Vieira, 2.ª vez, Visitador e Superior (1658-1561). — Também por parte do Geral.

P. Manuel Nunes, Superior (1661-1667). — Antes de embarcar para Portugal em 1661, Vieira nomeou Superior o P. Manuel Nunes. Mas êste, julgando ser mais útil, para apaziguar os ânimos dos sediciosos, fêz que ficasse superior o P. Veloso o qual pouco depois, embarcou também. Assumiu então o cargo o P. Manuel Nunes[3].

P. Gonçalo de Veras, Visitador (1666 ?). — Por parte do Brasil. Pondo-se em dúvida a legitimidade do Brasil em o nomear, largou o cargo[4].

P. Manuel Nunes, 2.ª vez, Superior (1666-1668). — Reassume, até ser nomeado reitor do Pará pelo Visitador seguinte.

P. Manuel Juzarte, Visitador (1667-1668). — Nomeado pelo Comissário do Brasil, Antão Gonçalves. O P. Juzarte acrescentou novos capítulos à « Visita » do P. Vieira, que não vieram confirmadas de Roma[5]. « E bom era que se cumprissem as regras! Com tantos adminículos — e nem as regras se cumprem. Enchem-se os livros com ordens, mas poucas se executam »! — comenta Bettendorff. « Agradou a todos » — diz o mesmo P. Bettendorff. Francisco Veloso, de opinião diferente, resume assim a sua visita: Estêve no Maranhão, 5 meses; no Pará, só 2 meses e meio. Não esperou que chegasse duas missões que se esperavam, as do P. Pedrosa e Misch[6]. Mais gasto que proveito! Só se aconselhou com Bettendorff a quem deixou por Superior, com desgôsto dos Padres, por Bettendorff mal saber português e ser vário nas resoluções[7].

---

1. Vieira, *Resposta aos Capítulos*, 220.
2. Bett., *Crónica*, 185.
3. Id., *Ib.*, 243-244.
4. Id., *Ib.*, 248-250.
5. *Bras.* 32, 68; Bett., *Crónica*, 248-250; *Bras.* 9, 259.
6. Carta do P. Francisco Veloso, de 10 de Junho de 1669, *Bras.* 26, 25. O P. Juzarte caiu, no mar alto, em mãos dos «Pichilingues», Bett., *Crónica*, 250. Levava 80 arrôbas de cravo para compra de um sino e de ornamentos; a arrôba valia então 16$000 reis, livres, diz Bettendorff, que nesta visita do P. Juzarte.

P. João Filipe Bettendorff, Superior (1668-1674). — Tomou posse no dia 17 de Setembro de 1668, véspera do dia em que o Visitador Juzarte embarcou para Lisboa [1].

P. Pier Luigi Consalvi, Superior (1674-1683). — Toma posse no dia de S. Lourenço, 10 de Agôsto de 1672 [2].

P. Pedro de Pedrosa, Visitador (1679-1681). — Chega ao Maranhão, vindo do Brasil, a 18 de Outubro de 1679. « Não sei coisa que o P. Pedrosa obrasse ao tempo da sua visita que tirar-me do reitorado » [3]. Esta última circunstância deve ter influído no ânimo de Bettendorff que sempre na sua *Crónica* se mostra pouco afecto ao P. Pedrosa. Bastava esta oposição do P. Bettendorff e do Superior da Missão para lhe dificultar a tarefa. Na biblioteca de Évora conservam-se indícios da sua proveitosa actividade [4].

---

como em muitas outras datas, se equivoca de um ano, fazendo-o sair a 18 de Setembro de 1669. Mas os documentos são claros: A 21 de Agôsto de 1667, ainda está na Baía (*Bras.* 3(2), 38v); a 25 de Dezembro de 1667 chega ao Maranhão (*Bras.* 26, 24); a 3 de Junho de 1668, sai do Maranhão para o Pará (*Bras.* 3(2), 68); no dia 15 de Agôsto de 1668, recebe no Pará a profissão do P. Francisco Veloso (*Lus.* 8, 259-260); a 18 de Setembro de 1668 embarca para Portugal (*Bras.* 9, 259). A 16 de Agôsto de 1669 já escreve de Coimbra ao P. Geral sôbre as missões do Ceará e do Maranhão que tinha visitado (*Bras.* 3(2), 106-106v). Manuel Juzarte não voltou ao Brasil.

1. *Bras.* 9, 259.
2. *Bras.* 26, 56.
3. Bett., *Crónica*, 338, 343.
4. a) «Protesto que faz o P. Pedro de Pedrosa da Companhia de Jesus, Visitador das Missões dêste Estado, em seu nome e dos Principais das Aldeias, e Padres Missionários, sôbre a repartição dos Índios. Colégio de Santo Alexandre», Bibl. de Évora, Cód. CXV/2-16, f. 22; Cunha Rivara, I; em Melo Morais, *Corografia*, IV, 325.

b) «Petição do Padre Pedro de Pedrosa à Junta de repartição dos Índios, em nome dos Missionários e dos mesmos Índios, sôbre a dita repartição». Colégio de Santo Alexandre (assinatura autógrafa), Bibl. de Évora, Cód. CXV/2-16, f. 6; Rivara, I; Melo Morais, *Corografia*, IV, 315.

c) «Parecer sôbre se debaixo do vocábulo do nome Índios que S. A. que Deus guarde, ordena se repartam para serviço dos moradores do Estado do Maranhão, se compreendem as Índias, e os Columis, e Cunhataís, que vale o mesmo que meninos e meninas — 1680»; Bibl. de Évora, Cód. CXV/2-16, f. 18.

d) «Carta a S. A. dando conta de tudo o que se obra nas missões da Capitania do Maranhão até o rio dos Tapajós, as quais êle em razão de seu ofício visitou, 8 de Março de 1681» (*Ib.*, f. 8).

P. Barnabé Soares, Visitador (1683-1685). — Chega ao Maranhão, vindo do Brasil, em 1683, e aí o apanhou o levante de 1684, voltando ao Brasil [1].

P. Jódoco Peres, Superior (1683-1690). — Tendo adoecido o Padre Consalvi, e ainda durante a sua doença, chegou patente de Superior ao P. Jódoco Peres, que logo tomou posse [2]. No Motim de 1684, expulso do Maranhão para o Brasil, passou a Portugal e daí tornou à Missão, sempre com o cargo, ainda que ficou Vice-Superior o P. António Pereira.

P. António Pereira, Vice-Superior (1685-1686). — Chamado do Tapajós, fica Vice-Superior da Missão na ausência do P. Jódoco Peres, que embarcou para Lisboa no dia 17 de Janeiro de 1685 [3]. O mesmo Jódoco Peres escreve ao Geral, de Évora, a 1 de Janeiro de 1686, que o P. Pier Luigi Consalvi obstou a que o P. Pereira fôsse Procurador a Lisboa; e assegurou que, se tivesse ido, teria impedido «certo certius» o levante e expulsão do Maranhão [4]. Em 1686 o Geral ordenou que ficasse Vice-Reitor do Maranhão [5]. Mas foi dispensado e enviado depois pelo P. Jódoco Peres à Missão do Cabo do Norte, onde o mataram os bárbaros em Setembro de 1687 [6]. Nomeado Superior da Missão, a patente achou-o morto [7].

P. João Filipe Bettendorff, 2.ª vez, Superior (1690-1693). — A patente chegou com ordem de tomar logo posse [8].

P. Bento de Oliveira, Superior (1693-1696). — Já tinha a patente de Superior do Maranhão em 20 de Fevereiro de 1692 [9]. Só embarcou no ano seguinte, chegando ao Maranhão a 7 de Maio de 1693. Tomou posse a 29 do mesmo mês [10].

P. José Ferreira, Superior (1696-1699). — Chegou-lhe de Reino a patente, a 19 de Maio de 1696 [11]. Em 1698 foi em pessoa defender

---

1. Bett., *Crónica*, 357; *Bras.* 3(2), 176.
2. Bett., *Crónica*, 348.
3. Bett., *Crónica*, 401.
4. *Bras.* 26, 131.
5. *Bras.* 26, 131v.
6. *Bras.* 26, 154; 164-165.
7. Bett., *Crónica*, 473-474.
8. Id., *Ib.*, 473.
9. *Bras.* 3(2), 300v.
10. Bett., *Crónica*, 544-545.
11. Id., *Ib.*, 599.

o P. Jódoco Peres acusado de inconfidente pelo Juízo da Coroa. Obteve vários decretos favoráveis à missão. Voltou e faleceu em Guaricuru (Pará), a 27 de Dezembro de 1699. «Devia ser imortal»!—reza o seu necrológio [1].

P. ANTÓNIO COELHO, Superior (1700-1703). — Antes dêle tinha sido nomeado superior da Missão do Maranhão em 1698 o P. Francisco de Sousa, reitor da Baía, que se escusou por motivo de saúde [2].

P. MANUEL SARAIVA, Superior (1704-1706). — O P. Saraiva veio do Brasil, onde fôra mestre de noviços, professor de Artes e de Teologia e reitor. Faleceu a 26 de Junho de 1706, de febres malígnas, na Aldeia de Icatu, que visitava em razão do seu ofício [3].

P. JOÃO CARLOS ORLANDINI, Vice-Superior (1706-1708). — Deve ter ficado a substituir o P. Saraiva. O Catálogo de 1708 ainda traz o seu nome como vice-superior, mas riscou-se, sinal de que ao ser enviado, já cessara no ofício [4]. O Catálogo de 1710 diz que o tivera dois anos [5].

P. ANTÓNIO COELHO, 2.ª vez, Superior (1708-1709). — Faleceu no Pará no dia 3 de Março de 1709 [6]. *O Livro dos Óbitos* tem as datas 6/7 de Março que interpretamos como as da morte e do funeral. E diz que era homem de «grande pobreza, pureza, humildade, oração e observância» [7].

P. JOÃO DE VILAR, Vice-Superior (1709-1711). — O Catálogo de 1710 trá-lo como Reitor do Maranhão e Vice-Superior da Missão [8], e o seu necrológio anota que o fôra dois anos. Depois da sua morte em 1719, chegou para êle a patente de Superior. Durante o vice-superiorado do P. Vilar, se teria nomeado outro Superior efectivo e a êste facto se refere a carta do Geral ao P. Superior do Maranhão em Lisboa, cujo nome não cita, e que publica Lúcio de Azevedo.

---

1. *Livro dos Óbitos*, 6.
2. *Bras.* 4, 52.
3. *Lembrança dos Def.*, 3.
4. *Bras.* 27, 24.
5. *Ib.*, 28.
6. Carta do P. Inácio Ferreira, reitor do Pará, a 14 de Março de 1709 (*Bras.* 26, 211). Acrescenta o reitor que se ignora se deixou sucessor, porque uma carta sua, em que dizia isso, ficou numa Aldeia e ainda não chegara ao Pará.
7. *Livro dos Óbitos*, 6v.
8. *Bras.* 27, 28.

Nessa carta, diz o Geral que escrevera outra ao *Vice-Superior*, e que tinha enviado a patente de Superior ao P. *Inácio Ferreira*[1].

P. INÁCIO FERREIRA, Superior (1711-1712). — O P. Geral dirigiu-lhe diversas cartas, incluídas depois e ainda existentes nas *Ordinationes*, da Vice-Província. Faleceu no Pará, a 10 de Maio de 1712, «com geral sentimento do povo»[2].

P. JOSÉ VIDIGAL (1712-1714). — Ficou Vice-Superior. O Geral nomeou superior da Missão o P. Manuel Rebelo, missionário exímio dos *Tapajós* e *Arapiuns*. Rebelo apresentou as suas escusas, aceitas pelo Geral, que lhe louvou o amor dos índios, em carta de 22 de Setembro de 1714[3]. E ficou o P. Luiz de Morim. Nos documentos aparecem simultaneamente Vidigal, como Vice-Superior da Missão, e Luiz de Morim como Visitador.

P. LUIZ DE MORIM, Visitador e Superior (1712?-1717). — Várias cartas de Roma neste período, tratam-no de Visitador. Concluída a visita, ficou por Superior, como anuncia o Geral em 12 de Setembro de 1714. Já em 22 de Outubro de 1712 aludia o Geral a um visitador[4].

P. MANUEL DE SEIXAS, Visitador (1717-1721). — Tomou posse a 4 de Junho de 1717[5].

P. JOSÉ VIDIGAL, 2.ª vez, Superior (1721-1724). — Tomou posse a 13 de Setembro de 1721[6].

P. JACINTO DE CARVALHO, Visitador (1723-1729). — A 20 de Fevereiro de 1723 comunica-lhe o Geral que o nomeia visitador e que se leia a patente logo que chegue ao Maranhão. Ainda assina um documento em 1729 nessa qualidade[7].

---

1. *Lembrança dos Def.*, 4v-5; Lúcio de Azevedo, *Os Jesuítas no Grão-Pará*, 393-395.

2. Bibl. de Évora, Côd. CXVI/2-2, 140-142; *Livro dos Óbitos*, 7.

3. *Bras.* 25, 1. O necrológio do P. Manuel Rebelo, natural de Vila Nova da Marquesa (Cantanhede), diz que êle foi *Visitador* alguns anos do Rio das Amazonas e que reduziu os Índios *Arapiuns*. Faleceu no Pará, a 30 de Abril de 1723, *Livro dos Óbitos*, 10.

4. *Bras.* 25, 4, 4v-5v, 8-8v, 11; em Lúcio de Azevedo, *Os Jesuítas no Grão-Pará*, 307.

5. *Bras.* 27, 29; *Bras.* 25, 13-14v.

6. *Bras.* 27, 39.

7. *Bras.* 25, 21v; Bibl. de Évora, Côd. CXV/2-12 (3.ª série), e em Melo Morais. *Corografia*, IV, 305-306.

P. MANUEL DE BRITO, Superior (1724-1727). — O Geral envia a patente de Superior ao Visitador Jacinto de Carvalho, para que o P. Brito só tomasse posse depois de concluído o triénio de Vidigal[1]. Faleceu no cargo, a 6 de Junho de 1727, quando já vinha para êle a nomeação de Vice-Provincial. Foi o último Superior da Missão.

3. — Começa o regime de Vice-Província do Maranhão e Grão-Pará:

P. JOSÉ DE MENDOÇA, Vice-Provincial (1727-1729). — Era Reitor do Maranhão e supomos que assumiu o govêrno à morte do Padre Brito, e como tal exerceu o ofício de Vice-Provincial, até vir sucessor. Mas, dada a elevação da Missão a Vice-Província, separando-se assim da Província do Brasil, a que pertencia tanto a Missão como P. Mendoça, êste pediu para tornar à sua Província, e já tinha regressado ao Brasil em Agôsto de 1729[2].

P. JOSÉ LOPES, Vice-Provincial (1729-1732). — Toma posse a 10 de Julho de 1729. Tendo o govêrno do D. João V rompido com o govêrno pontifício, o Geral nomeou *Comissário* de tôda a Assistência de Portugal, e portanto também do Maranhão, ao Provincial de Portugal, Henrique de Carvalho, com quem em Lisboa se tratavam diferentes assuntos, desde 1729 a 1731, referentes ao Maranhão[3].

P. JOSÉ VIDIGAL, 3.ª vez, Visitador e Vice-Provincial (1731-1737). — Foi primeiro Visitador um ano, e, depois Superior, a partir de 10 de Agôsto de 1732, Vidigal começou a sofrer dos olhos e pediu para ser aliviado do cargo. A 11 de Fevereiro de 1737 o Geral envia a patente para o P. José de Sousa, e determina que o P. Vidigal, em prova de agradecimento e confiança ficasse reitor do Maranhão; mas, para a hipótese da sua doença lho não permitir, expedia ao mesmo tempo outra patente para Caetano Ferreira[4].

P. JOSÉ DE SOUSA, Vice-Provincial (1737-1743). — Toma posse a 14 de Outubro de 1737[5].

---

1. *Bras.* 25, 21v.
2. *Bras.* 26, 260.
3. *Bras.* 27, 51; *Bras.* 26, 272; Bibl. de Évora, Cód. CXV/2-18.
4. *Bras.* 27, 62; *Bras.* 25, 55. Em 1735 foi reconduzido, *Bras.* 25, 67v; *Bras.* 25, 81v.
5. *Bras.* 27, 110.

P. Caetano Ferreira, Vice-Provincial (1743-1747). — Toma posse a 2 de Outubro de 1743[1].

P. Carlos Pereira, Vice-Provincial (1747-1750). — Já o traz o catálogo de Agôsto de 1747, tendo em branco a data da posse[2].

P. José Lopes, 2.ª vez, Vice-Provincial (1751-1752). — Assina o Catálogo de 1751 ao 1.º de Dezembro, e o de 1752 ao 1.º de Janeiro[3]. Êste último já traz a indicação do P. Manuel Ferreira, como Vice--Provincial, mas ainda não teria tomado posse.

P. Manuel Ferreira, Vice-Provincial (1752-1754). — Toma posse a 18 de Fevereiro de 1752[4].

P. Inácio Xavier, Vice-Provincial (1754-1755). — Em 20 de Janeiro de 1754 pediu e obteve, como Vice-Provincial, licença para a construção de um Seminário em Aldeias Altas[5]. Não temos outra indicação sôbre o período de seu govêrno a não serem as informações para Roma, de 1756, que dizem ter sido Vice-Provincial[6].

P. Francisco de Toledo, Vice-Provincial e Visitador (1755-1757). — Escrevendo-lhe o Bispo Bulhões, do Pará, a 16 de Maio de 1755, dá-lhe aquêle duplo tratamento[7]. Em Novembro de 1757 foi desterrado, com outros, para o Reino[8]. Prêso nos cárceres de Almeida, passou em 1762 para os de S. Julião da Barra. Sobreviveu ao cativeiro, saindo de S. Julião em 1777, e faleceu em 1784, com 89 anos de idade[9].

P. Julio Pereira, Vice-Provincial (1757-1760). — Toma posse a 2 de Dezembro de 1757, deixado neste ofício pelo Visitador Fran-

---

1. *Bras* 27, 125. O P. Geral, em carta de 25 de Junho de 1746, envia-lhe, para quando acabar o triénio, o nome do seu sucessor, Carlos Pereira (Carta em Lúcio de Azevedo, *Os Jesuítas no Grão-Pará*, 403).
2. *Bras.* 27, 148.
3. *Bras.* 27, 174, 185v.
4. *Bras.* 27, 188.
5. César Marques, *Dic. do Maranhão*, 538.
6. Arq. da Prov. Port., *Pasta 176*, 16.
7. Arq. da Prov. Port., *Pasta 176*, 19.
8. *Diário de 1756-1760*.
9. Francisco Rodrigues, *A Companhia*, 55; Carayon, *Doc. Inédits*, IX, 284; S. L., *João Daniel, autor do «Tesouro Descoberto no Máximo Rio Amazonas».— à luz de documentos inéditos*, na *Revista da Academia Brasileira de Letras*, vol. 63 (1942).

cisco de Toledo[1]. Foi o último. Estava no Colégio do Maranhão, quando foi cercado a 7 de Junho de 1760[2]. Desterrado para o Reino, estêve prêso primeiro em Azeitão seis anos e depois em Pedrouços, onde faleceu cêrca de 1775[3].

---

1. *Diário de 1756-1760.*
2. Apêndice ao Cat. Port. de 1906, XII.
3. Arq. da Prov. Port., *Pasta 188,* 18. Durante a sua ausência no Maranhão, o Bispo nomeou o P. Francisco Wolff com os poderes de Vice-Provincial, a 28 de Maio de 1760, «enquanto se verificar a ausência do R. P. Vice-Provincial Júlio Pereira». Ordem do Bispo, em Lamego, *A Terra Goitacá,* III, 317. Exilado também, faleceu nos cárceres de S. Julião da Barra, a 24 de Janeiro de 1767, *Ib.,* 184.

CAPÍTULO III

Noviciado e recrutamento

1 — Pareceres sôbre noviciado próprio; 2 — Os recebidos na terra; 3 — Portugal, a grande fonte.

1. — « Isto cá não serve para Noviços, porque não há modo de criação nem de estudos, que é necessário mandá-los estudar no Reino ou à Província, o que não tem conta; cá não serve senão gente feita, e acabados seus estudos», diz o Visitador, Francisco Gonçalves, a 5 de Dezembro de 1657 [1]. Meses depois, outro Visitador, António Vieira, escreve: « A Missão com o favor de Deus há de ir em aumento e parece que não póde crescer, nem aumentar-se, sem ter noviciado, como o tiveram logo desde seus princípios as missões da Índia, do Brasil, e tôdas as outras. As razões são as que ficam apontadas, e a mais forçosa de tôdas é a necessidade de se aprenderem as línguas, que nos anos maiores dificultosìssimamente se aprendem, e na idade dos moços ficam como naturais, e os que cá nascem e se criaram, ou as sabem já, ou têm grandes princípios delas E não só desta terra, senão de Portugal podem vir alguns moços, de partes, para cá serem recebidos e criados, como o foram os que vieram com a primeira missão, os quais, sem terem as comodidades exteriores de noviciado, tem mostrado a experiência, que lhes não fazem vantagens os que se criaram nos noviciados do Reino, antes êles lhes fazem alguma na dureza e sofrimento dos trabalhos, calidade tão necessária para as missões. Os que vêm de lá é necessário serem noviços de novo, porque acham uma vida totalmente nova, que talvez até os mais fervorosos estranham, e hão mister muitos dias, para se costumarem e acomo-

---

1. Bras. 3(1), 312v-313

darem a ela e aos comeres, à Aldeia, à canoa, e a tudo o mais, e os que cá se criam começam logo a aprender e a acostumar-se ao que hão de exercitar tôda a vida»[1].

Vieira tomou tão a peito êste assunto das vocações que declarou publicamente num sermão: «E adverti que os três primeiros meninos que aqui começaram a entoar o terço do rosário, já a todos três os tomou a Senhora por verdadeiros filhos seus: um o tomou por filho Nossa Senhora do Carmo; outro o tomou por filho Nossa Senhora da Luz; outro o tomou por filho Nossa Senhora das Mercês»[2]. Um Carmelita, um Jesuíta, um Mercenário. O Jesuíta deve ser António Pereira, morto depois no Cabo do Norte, recebido por Vieira na Companhia e a quem se refere sempre com o maior louvor.

Entre as duas opiniões extremas dos primeiros visitadores andaram até o fim os debates sôbre haver ou não haver Noviciado na Missão. Realismo e idealismo, que admitiram um meio têrmo, porta por onde alguns entraram no decorrer dos anos e outros vieram de Portugal para os quais se nomearam Mestre, a alguns Padres mais aptos que os iam preparando, quer no Colégio do Pará quer no do Maranhão, prevalecendo finalmente o Maranhão, sem chegar contudo a possuir edifício próprio. A *Madre de Deus* nunca foi Noviciado nem para tal fim se instituiu[3].

Seria facil enumerar os Padres que se manifestavam ora pela opinião do P. Gonçalves ora pela do P. Vieira. Vejamos, antes, as reacções de Roma, que elas dão o significado mais profundo do debate. Em 1678 o P. Francisco Veloso expunha a situação do Pará. No Colégio, três Padres (Veloso, Misch e Manuel Pires, sempre doente), e três irmãos coadjutores. Em Mortigura um Padre (Gorzoni); e nos Tupinambás, outro Padre (Pero da Silva). Mais ninguem! E concluía, pungente: Estamos à espera de alguns Padres que nos en-

---

1. S. L., *Novas Cartas*, 274, cf. 275, 278, 289-297; *Cartas de Vieira*, III, 733.
2. *Prática espiritual da crucifixão do Senhor*, no Colégio do Maranhão de Nossa Senhora da Luz, da Companhia de Jesus (*Sermões*, IX, 166).
3. Diz Morais, *História*, 15, que na Madre de Deus se achava «fundada a nossa casa de Noviciado da Companhia». O *Inventário*, como vimos no III tômo, fala apenas de «*Casa dos Exercícios e Religiosa Recreação*». Nem na Madre de Deus se veneravam as imagens de S. Luiz Gonzaga e S. Estanislau, patronos dos Irmãos Estudantes e Noviços, mas sim no Colégio do Maranhão, em cujo *Inventário* se enumeram. Em todo o caso, talvez se pensasse em fazer da Madre de Deus, noviciado, logo que se constituísse a Província.

terrem e digam algumas missas¹. Pressentimento fundado, pois ainda nesse ano faleceu Manuel Pires, e no seguinte Pero da Silva, e o próprio autor dêste grito de alma, Francisco Veloso.

Não podia deixar de impressionar vivamente tal situação de abandono, e em Portugal e no Brasil agitaram-se os Padres que tinham mais zêlo ou a responsabilidade de assegurar a vida da Missão. Move-se em Lisboa o P. Vieira. E constando no Maranhão ao P. Pier Luigi Consalvi, Superior, que Vieira agenciava a abertura de Noviciado e de estudos maiores na Missão, combate a ideia, recorrendo ao Geral, porque seria transformar a Missão em Província, e se aspiraria, daí para o futuro, mais às cátedras do que às Aldeias — e, sobretudo, não havia meios para isso². Bettendorff é do mesmo parecer³.

2. — No entanto, a idéia ia por diante. Vieira e o Procurador em Lisboa, P. Francisco de Matos, alcançavam de El-Rei que o noviciado e estudos fôssem incluídos nos decretos de 1 de Abril de 1680, com dotação própria, e de Portugal e do Brasil afluiram noviços. O P. Pero de Pedrosa trouxera do Brasil quatro estudantes, e êstes, juntos aos vindos de Portugal, constituiam um bom começo de Noviciado. Nesses têrmos Pedrosa propõe ao Geral, em 1679, como visitador, que se institua noviciado de forma estável. Quanto aos gastos explicava: nos 12 religiosos que vieram do Brasil para a Missão do Maranhão, depois que ela se fundara, não se gastou tanto como num só, vindo da Itália⁴.

O P. Geral, Paulo Oliva, em carta ao Superior da Missão, responde que só dera licença para se receber no Maranhão um ou dois noviços. Que se estranhe, portanto, para Portugal e para o Brasil, o terem enviado tantos, para fazerem o noviciado no Maranhão. Muitas instâncias lhe têm sido feitas, e ele nunca viera nisso (de haver noviciado e estudos no Maranhão), enquanto se não removiam certas dificuldades. E que isso mesmo mandava dizer ao Procurador em Lisboa⁵. O P. António de Oliveira, Provincial do Brasil, que en-

---

1. *Bras. 25*, 51.
2. *Bras. 26*, 66.
3. *Bras. 26*, 64v.
4. *Bras. 26*, 79v-80; *Bras. 9*, 316.
5. Carta de 7 de Outubro de 1680, Arq. Prov. Port., *Pasta 176*, 7.

viara os noviços, contesta que o fizera para cumprir ordens régias, e porque El-Rei dissera que, se os não mandasse, suprimiria a dotação[1].

O *Motim do Estanco*, de 1684, em que os Padres foram forçados a deixar o Maranhão, sustou por então os debates. Mas a questão renascia periodicamente e com ela chegamos a 1716 em que o Geral, diante de novas instâncias, sugere que no Maranhão se verá melhor se convirá ter Noviciado, ou não o ter[2]; e ainda em 1730 se duvidava se os noviços, admitidos em Portugal, para a Vice-Província, e que à custa dela se formavam no Reino, não seria mais útil que fôssem concluir os estudos no Pará[3]. Desde 1701, dada a falta de missionários tinha proposto o P. Geral que no *Noviciado para as Índias Orientais*, que se tinha por então fundado em Lisboa, se poderiam receber tantos noviços para o Maranhão quantos a Missão pudesse sustentar[4].

A 12 de Janeiro de 1704 concretiza-se tudo: o P. Geral dá licença para se receberem em Portugal 20 candidatos, se o Colégio do Maranhão os puder sustentar, ou se acharem em Portugal tantos candidatos que queiram ir[5].

Iam-se entretanto admitindo na própria missão alguns de boas esperanças e bons frutos, outros apenas de boas esperanças. O P. Geral Retz, em 1733, mais uma vez proibe a sua entrada: e que sem expressa licença sua se não admita nenhum jovem da terra, ainda que seja de dotes egrégios, e filho de Portugueses[6]. Em 1741, o P. Geral, a três pedidos que lhes endereçaram do Maranhão responde negativamente por haver razões que persuadem o contrário[7]. Assim se prolongou mais de um século o debate que o ano de 1760 veio encontrar ainda em aberto sem solução definitiva, mas próximo dela, pela anunciada elevação da Vice-Província a Província.

Verifica-se pelo próprio andamento da questão que ela encerra o problema bem mais grave e doloroso, do *recrutamento* missionário,

---

1. *Bras.* 3(2), 210.
2. *Bras.* 25, 9v-10.
3. *Bras.* 25, 48.
4. Carta do P. Geral ao Superior do Maranhão, de 8 de Janeiro de 1701, em Lúcio de Azevedo, *Os Jesuítas no Grão-Pará*, 391.
5. *Ordinationes*, Évora, Cód. CXVI/2-2, p. 131.
6. Bibl. de Évora, *Ordinationes*, Cód. CXVI/2-2, 131.
7. *Bras.* 25, 103.

em tudo semelhante ao que tinha sucedido e ia suceder ainda na Província do Brasil¹.

3. — Pelo que toca em particular ao Maranhão e Grão-Pará, basta ver o *Apêndice* das expedições, para se concluir que, tirando reduzido contingente estranho, Portugal foi a grande fonte.

---

1. Cf. supra, Tômo II, 424ss.

AS PRAIAS DA «VIRAÇÃO» NA AMAZÓNIA

E a apanha de ovos de tartaruga de que «se fazem, em tachos, as belas manteigas do Pará», diz Vieira. Cf. supra, *História*, Tômo III, 326.

(Desenho da «Viagem Filosófica», de Alexandre Rodrigues Ferreira)

CAPÍTULO IV

Obras do culto

1 — Jesus Cristo: Devoção à Cruz, à Eucaristia, ao Coração de Jesus; 2 — Devoção a Nossa Senhora, Têrço do Rosário e Congregações Marianas; 3 — Devoção aos Santos; 4 — Regalias espirituais nas festas e na catequese.

1. — A devoção à *Cruz de Cristo* foi sempre a mais espalhada ou a mais comum, entre tôdas as dos Jesuítas. Pela cruz começava a catequese, e a sua erecção no terreiro das Aldeias era o acto de posse da terra para Cristo, reprodução perpétua da Cruz de Porto-Seguro. Erguiam-se em tôda a parte onde chegassem os Padres — e, às vezes, em lugares onde não tinham ido mais que êles [1].

Foi o nome dalgumas Aldeias, *Vera Cruz*, *Santa Cruz*... Para o fim aparece a devoção mais concretizada no *Crucifixo* ou *Santo Cristo*. Além do que encimava todos os Altares, venerava-se nalgumas igrejas, como a do Pará e Parangaba, em altar próprio, com o nome de *Santo Cristo*, *Bom Jesus do Bonfim* ou *Bom Jesus dos Aflitos*.

As cerimónias da *Quaresma* ou *Semana Santa*, como em todo o Brasil, celebravam-se com grande pompa no Pará e no Maranhão. Mas em S. Luiz com mais concurso de povo. Em 1669, estavam os sermões a cargo do P. Francisco Veloso, e as meditações a cargo do P. Pier Luigi Consalvi. No fim das meditações apareciam «insignes estátuas de Nosso Senhor», por seus diversos passos, conforme se iam comemorando: *Oração no Horto*, *Prisão*, *Flagelação*, *Coroação*, *Ecce-Homo*, *Jesus com a Cruz às costas*, e enfim *Crucificado* e *Senhor Morto*, na tumba. E diz o P. Bettendorff, êle que era natural da Europa Central, onde essas demonstrações são famosas, que em parte

---

1. Cf. supra, Tômo III, p. 372; *Cartas de Vieira*, I, 553; Bett., *Crónica*, 341.

alguma viu coisa mais bela, e derramarem-se tantas lágrimas. Nessas ocasiões, a igreja não continha nem a têrça parte do povo[1]. A procissão de *Penitência* ou dos *Passos*, que acompanha essas celebrações, levou-se a tôda a parte até às mais remotas Aldeias[2].

A *devoção eucarística* recebeu também extraordinário incremento: «Desterrei, diz Vieira, o abuso geral, muito introduzido, de não dar a comunhão aos Índios, nem na hora da morte, o qual estava aqui estabelecido como lei, e quási o mesmo se praticava com o Sacramento da Extrema-Unção»[3].

E diz-se, em 1668, que os Curas não assistiam aos *índios* cristãos, moribundos, nem lhes administravam a extrema-unção, nem o viático, nem os acompanhavam à sepultura. Só os Missionários o faziam[4].

A forma mais solene da devoção ao *Santíssimo Sacramento* foi a das *Quarenta Horas*. Instituíu-se no Colégio do Maranhão, no Carnaval de 1671, por intervenção do P. Francisco Veloso, Reitor e Director da Congregação de Nossa Senhora da Luz. Assistiram os Padres Carmelitas, com o seu côro de canto e música, à missa solene[5].

A devoção das *Quarenta Horas* foi instituída no Colégio do Pará em 1695 pelo P. Bento de Oliveira e com não menor pompa[6]. Ao Jubileu das Quarenta Horas que se celebra na «Igreja do Colégio da Sagrada Companhia de Jesus, costumava assistir com música e ministros» a comunidade do Convento do Carmo do Pará, por cuja assistência recebeu sempre a esmola de quarenta mil reis por ano[7].

Com a devoção das Quarenta Horas, que irradiou das cidades para as Aldeias, coexistiu outra, a do *Laus-Perenne*, que principiou na Baía em 1695, nova confraria fundada pelo P. Jacobo Cócleo[8].

---

1. *Bras.* 9, 261v.
2. Bett., *Crónica*, 118–119, 500, 632.
3. *Cartas de Vieira*, I, 346.
4. *Bras.* 3(2), 69v.
5. *Bras.* 9, 284v. Prègou no primeiro dia Francisco Veloso, no segundo Pedro de Pedrosa, no terceiro Gaspar Misch, *Ib.*, 266; Bett., *Crónica*, 268, 576.
6. Bett., *Crónica*, 575.
7. Certidão de Fr. José da Natividade, Prior, dada nêste convento da Cidade do Pará aos 30 de Setembro de 1740, Tôrre do Tombo, *Jesuítas*, maço 80. Os gastos com o *jubileu das Quarenta Horas* corria no Pará por conta do casal José Velho de Azevedo e sua mulher. Êle deixou-a herdeira, com esta obrigação. Mas a viúva, já octogenária, tornou-se a casar com o ouvidor José Borges Valério que se recusou a cumprir o legado (Arq. Prov. Port., Pasta 176, 23).
8. *Bras.* 9, 412v.

Unido estreitamente ao próprio titular da Companhia, do *Nome de Jesus*, está o ciclo suavíssimo das festas do *Natal*. Armava-se o *Presépio* em tôdas as Casas e Aldeias dos Jesuítas. E nalgumas, as figuras tradicionais que o constituíram, e de que ainda nos restam exemplares, como na Vigia, eram autênticas obras de arte. Em muitas casas havia o *Menino Jesus*, não já no Presépio, mas, pequenino, de pé, e quási sempre «de vestir».

A devoção eucarística levaram-na os Portugueses a tôda a parte. A Festa do *Corpo de Deus* era uma das festas reais, organizadas pela Câmara do Pará[1]. O costume ficou, ainda que talvez a devoção interna nem sempre correspondesse à pompa exterior. São da última década do século XVII duas apreciações de Padres não portugueses.

Bettendorff, relatando as grandes demonstrações e lágrimas do público, nas *Quarenta Horas* do Maranhão, diz: «Se bem vi muita devoção exterior pelas festas, nunca achei melhoria das vidas e parece se cumpre à letra o que lá diz Horácio que os filhos são piores que os pais e os netos piores que seus avós: e é certo que os primeiros conquistadores desta terra achei todos homens sinceros e modestos e os seus filhos e netos tão diversos que não parecem filhos nem netos de quem são»[2].

Jódoco Peres, num sermão sôbre a parábola da Vinha, e o aforá-la a outrem, pediu a Deus que conservasse a vinha do Maranhão aos Portugueses e não a passasse a outras nações, «por quanto nenhuma lhe serviria com tanto primor nas festas e veneração do Santíssimo Sacramento, como faziam os Portugueses»[3].

As missões rurais do século XVIII introduziram e fixaram para sempre o culto e amor à Eucaristia em todos os sertões brasileiros.

A última devoção, introduzida no Brasil pelos Jesuítas, foi a do *Coração de Jesus*. A referência mais antiga, que achamos dela, é o fecho da Carta do P. Conrado Pfeil, escrita de Lisboa, a 6 de Fevereiro de 1679. Ao despedir-se, da Europa e do Geral, fala no «Coração Sacratíssimo de Jesus»[4]. Quem assim a tinha no pensamento não deixaria de a fomentar no seu campo de apostolado, o Maranhão e a Amazónia.

---

1. Barata, *Efemérides*, 202.
2. Bett., *Crónica*, 268.
3. Bett., *Crónica*, 521.
4. *Bras.* 26, 60.

A devoção ao Coração de Jesus começou a difundir-se pouco a pouco, e é ainda da antiga Companhia o facto significativo de se lhe consagrarem algumas casas, como, dentro do quadro do Norte, o Recolhimento do Sagrado Coração de Jesus, no Maranhão. A demonstração mais concreta e externa, sob o aspecto iconográfico, ficou unida aos maravilhosos púlpitos da igreja do Pará, onde surge ao centro dêle, o *Coração*, ainda na forma então usada, separado, o *Coração* apenas, rodeado de esplendores. E dir-se-ia que todo o ornato do púlpito foi feito para sustentar a coroa que o encima, símbolo da Realeza do Coração Divino [1].

2. — Os Jesuítas levaram sempre consigo, no Norte como no Sul, a devoção a *Nossa Senhora*. No Ceará, excepto Parangaba, tôdas as suas Aldeias e Casas, desde Ibiapaba a Aquirás, tinha por padroeira a Nossa Senhora, sob algumas das suas invocações. Nestas duas, Aquirás e Ibiapaba, Nossa Senhora de Assunção.

No Maranhão, consagraram-se a Nossa Senhora diversas Aldeias. E nêle iniciou Vieira, a 25 de Março de 1653, dia da Anunciação, a prática de *Rosário* cantado, a coros, à moda de S. Domingos e outras igrejas de Lisboa [2]. A prática era quotidiana; e aos sábados, prègava-se um exemplo.

O uso passou do Maranhão ao Pará e veio a ser a origem da primeira *Congregação Mariana* do Maranhão. O têrço cantava-se a princípio pelos fieis. Continuou-se depois pelos meninos do Colégio. Deu-se-lhe a primeira forma de Congregação, sob o título de *Nossa Senhora das Neves*. Mas cuidou-se em 1665 que se chamasse *Congregação do Têrço* sob a invocação de *Nossa Senhora da Luz* e que a sua festa se celebrasse também a 8 de Setembro, por já haver festas próprias nos outros dias da Senhora. A agregação à Prima Primaria de Roma concedeu-se a 30 de Dezembro de 1666 [3].

---

1. Entre as devoções, promovidas com mais empenho pelos Jesuítas e logo desde a primeira hora, está a do Espírito Santo (a *Festa do Divino*), que tanto se popularizou em todo o Brasil; e ao Espírito Santo dedicariam não só Aldeias, mas até Colégios, como o do Recife.

2. *Cartas de Vieira*, I, 348-350; Bett., *Crónica*, 85; Barros, *Vida*, 133-134; Morais, *Hist.*, 282.

3. Bras. 26, 12, 17v-18. Assinam a petição de 24 de Agôsto de 1665 o Prefeito António de Afonseca, o Secretário Manuel Roiz Furtado e o Tesoureiro Manuel Campelo de Andrada (*assin. autógr.*). Cf. *Compromisso e Regras da «Con-*

Em 1671 já havia no Maranhão outra Congregação, a de *Nossa Senhora do Socorro*. O Superior não era partidário da dispersão e multiplicação de festas, e fêz que se intitulasse do *Têrço do Socorro*, ou se fundissem numa só, *Nossa Senhora da Luz e Têrço do Socorro*. Praticamente ficou como antes, agregando-se apenas as novas indulgências [1]. Em Outubro de 1722 instituiu-se outra Congregação, a de *Nossa Senhora da Conceição*, para estudantes externos e homens [2]; e no ano seguinte, a de *Nossa Senhora da Boa Morte*, que logo reùniu 800 congregados e deu grandes mostras de zêlo [3].

No Pará a devoção a Nossa Senhora começou exactamente como no Maranhão, sob o influxo de Vieira [4], e a *Congregação de Nossa Senhora da Consolação* foi a primeira que se erigiu. Transformou-se no ano de 1671 em *Nossa Senhora da Consolação do Socorro*, com o mesmo fim de unificação [5]. Parece que não foi por diante a junção das duas, porque o P. Bento de Oliveira fundou depois, ao redor de 1678, com as formalidades canónicas, e autónoma, a *Congregação de Nossa Senhora do Socorro* [6].

Em 1722, erigiu-se, no Pará, a *Congregação de Nossa Senhora da Boa Morte*, com renovação do fervor e freqüência dos Sacramentos. Malagrida pediu ao Geral a agregasse à Prima Primaria de Roma ou à de Évora [7]. Respondeu o Geral que ela, por constar também de mulheres, não podia ser agregada à Prima Primária da Anunciada, mas que o P. Luiz Mamiani enviaria o Breve Pontifício para a sua

---

gregação de Nossa Senhora da Luz e do Têrço», no Collegio dos P. P. da Companhia de Jesus, em S. Luiz, Cidade do Maranhão. Assinada por Bettendorff, 12 de Setembro de 1670. Traz a história da Congregação desde o primeiro passo, com Vieira em 1653, Gesù, *Coll. 1465*. No ano de 1671 era Director o P. Francisco Veloso, Reitor, *Bras.* 9, 265v.

1. *Bras.* 9, 267, 300v; Bett., *Crónica*, 266, onde consta como se praticava disciplina, procissões, etc.
2. *Bras.* 26, 231, onde se explicam as suas práticas espirituais.
3. *Bras.* 25, 20; *Bras.* 26, 232. Isto no Maranhão, e diz César Marques que no tempo que medeou entre o exílio dos Padres e a tomada de posse do novo Bispo, o Colégio de Nossa Senhora da Luz, se chamou da *Boa-Morte*, César Marques, *Dic. do Maranhão*, 514.
4. Morais, *Hist.*, 437.
5. *Bras.* 9, 266v.
6. Bett., *Crónica*, 297.
7. *Bras.* 26, 223-224.

erecção com todos os privilégios do costume»[1]. Entretanto, o mesmo P. Malagrida e o P. Manuel da Silva fundaram outras Congregações de Nossa Senhora da Boa-Morte pelas fazendas da Companhia e outros lugares, que se agregaram à Primária da Casa Professa de Roma, donde, em 1737, os respectivos diplomas já tinham sido remetidos a Lisboa, para dali serem enviados ao Pará e Maranhão[2].

A última Congregação, fundada no Pará pelos Jesuítas, foi em 1737, de *Nossa Senhora da Sapiência*, pelo título, para estudantes, agregada no ano seguinte à Prima Primária de Roma[3].

No Norte, além das invocações referidas, houve Casas dedicadas a *Nossa Senhora de Belém*, a *Nossa Senhora da Vitória*, a *Nossa Senhora da Piedade*, a *Nossa Senhora do Pilar*, a *Nossa Senhora de Nazaré*, a *Nossa Senhora dos Remédios*, a *Nossa Senhora Mãe de Deus*, e, com título, novo e sugestivo, a *Nossa Senhora das Missões*.

Desde a primeira casa no Maranhão, Nossa Senhora da Luz, às últimas duas no Maranhão e na Vigia, consagradas a Nossa Senhora Mãe de Deus, pode notar-se esta gradação nas invocações Marianas: Rosário, sempre; Imaculada e Assunção, mais no começo; para o fim, Mãe de Deus, Sapiência, e Nossa Senhora da Boa Morte. Esta última revestiu, no Estado do Maranhão e Grão Pará, a modalidade *popular* das Congregações Marianas[4].

3. — A *S. José*, venerado sempre com grande piedade e esplendor em tôdas as igrejas da Companhia, depois que S. Inácio, o P. Francisco Suarez e Santa Teresa divulgarem o seu culto moderno, dedicaram-se muitas Aldeias.

---

1. *Bras. 25*, 19v.
2. *Bras. 25*, 63, 69, 76v.
3. *Bras. 25*, 79v–83.
4. Diz Morais que ao zêlo dos Jesuítas se deve a erecção da Confraria do Monte da Piedade, na igreja das Mercês, do Pará, *História*, 423. Averbamos, ainda esta nota, sem mais averiguações. Uma carta do P. Geral, que não dá o destinatário, e há muitos Rios Negros, na América, mas incluída entre as do Estado do Maranhão e Grão-Pará: «Pro nunc nihil fieri potest circa Institutionem Congregationis Divini Amoris a Domino Didaco Rodrigues, Duce de *Rio Negro*, meditatam; ideoque Rª. Vª. idipsum illi insinuet ac me Deo commendet». — «Por agora nada se pode fazer a respeito da Congregação do Amor Divino, cogitada pelo Sr. Diogo Rodrigues, Capitão do Rio Negro. Portanto Vª. Rª. dê-lhe a entender isso, e encomende-me a Deus», *Bras. 25*, 52.

Depois de Jesus, Maria e José e *S. Joaquim* e *Sant'Ana*, avós de Jesus, os santos mais celebrados, eram naturalmente os da própria família. As festas do fundador, *Santo Inácio*, como se verá, chegaram a ser as festas populares da cidade, no Maranhão e no Pará, gastando-se nelas todo o mês de Julho. Todos os Missionários do distrito do Pará, pelos anos de 1723, tinham o costume de se recolher a êle para exercício mútuo da caridade, vendo-se e falando-se sôbre as obras respectivas, e para comprarem as coisas de Portugal, indispensáveis à missão; para renovar os votos e fazerem os Exercícios Espirituais de cada ano [1]. Diversas Aldeias tinham a *S. Inácio* por orago, como também a *S. Francisco Xavier*, que vinha a seguir na devoção dos Jesuítas, e a quem se consagrou a Igreja do Pará, instituindo-se uma confraria em sua honra e colocando-se a sua efígie na Alfândega em 1668. No Maranhão nesse mesmo ano se celebrou a sua festa com representação teatral [2]. Não havia igreja em que as suas imagens se não venerassem.

S. Francisco de Borja adquiriu, no tempo de D. José, que se gloriava de ser parente seu, e do terremoto de Lisboa, grande nomeada, por ser feito Patrono de Portugal e advogado contra os terremotos. E comunicou-se a tôdas as Câmaras, isto que se lê na do Ceará, a 22 de Março de 1757: «A Câmara de Fortaleza toma conhecimento de uma Carta Régia, ordenando-lhe que assista, incorporada, à festa de S. Francisco de Borja» [3].

Na iconografia dos Jesuítas do Brasil, restam bons exemplares de outros santos da Companhia, que iam sendo venerados e festejados à medida que se elevavam aos altares, *S. Luiz Gonzaga*, *S. Estanislau*, *S. Francisco de Régis*...

Entre os santos, cuja devoção propagaram os Jesuítas do Norte estão *S. Alexandre* e *S. Bonifácio*, pelo facto de possuirem as suas relíquias, no Pará e no Maranhão. S. Alexandre ficou titular do Colégio do Pará. Com isto, se celebrizou no Norte, e a sua festa era no dia 27 de Fevereiro [4].

Entre os Apóstolos veneravam-se *S. Pedro* e *S. Paulo*. Era corrente a devoção aos *Santos Anjos*, em particular a *S. Miguel* e *S. Rafael*.

---

1. *Bras.* 26, 288v.
2. *Bras.* 3(2). 69.
3. Studart, *Datas e Factos*, I, 272.
4. *Bras.* 9, 368.

Havia Aldeias consagradas a *S. João, S. Jacob, S. Mateus, S. Bartolomeu* e ao Evangelista *S. Marcos;* a *S. Brás, S. Gonçalo, S. Cristóvão, S. Caetano, S. Lourenço, S. João Baptista.* Honravam-se *S. João Nepomuceno, S. Jerónimo, os Reis Magos, S. Cornélio, S. Amaro, S. Sebastião,* e *S. António de Lisboa,* êste último de grande e particular devoção nas Casas da Companhia de Jesus.

Estamos no Norte. No Centro e Sul aparecem outros. Ainda no Norte espalharam os Jesuítas algumas devoções, de carácter popular na Igreja Universal, como *Santa Apolónia,* a que a gente recorre contra as dores de dentes, *Santa Luzia* contra as doenças dos olhos, *Santa Bárbara,* contra os coriscos e trovões, *Santa Maria Madalena, Santa Quitéria.* E havia pessoas piedosas que concorriam para a manutenção do culto, ora de uns, ora de outros. Em 1736 faleceu no Pará e sepultou-se na Igreja do Colégio, D. Ângela da Silva, viúva do benfeitor José Velho: «Todos os anos costumava fazer a festa de Santa Quitéria»[1]. A festa de Santa Bárbara ainda se celebrava com grande aplauso na Igreja do Pará em 1751. Depois passou a festejar-se na Sé[2].

4. — Em tôdas estas festas procurava-se que o culto não parasse em exterioridades. E sendo regozijo para o povo, fôssem sobretudo ocasião para se ornar o templo interior das almas, com o que a religião tem de essencial, que é a vida sobrenatural, que assegura a eterna. Em 1660 Vieira pedia para Roma as seguintes graças que estimulavam a confiança dos fieis e a prática religiosa:

«Indulgência plenária, na hora da morte, a todo o Índio que morrer com os sacramentos ou, não os podendo receber, tiver contrição dos seus pecados.

No dia do Orago, indulgência plenária aos que, confessados e comungados, visitarem a Igreja.

No Natal, Páscoa, Espírito Santo, Corpus Christi, Assunção de Nossa Senhora, Indulgência plenária, que dure por todos os oitavários, visto serem poucos os confessores, e muitos os Índios.

---

1. *Livro dos Óbitos,* 59. No ano seguinte, 1737, entre as fazendas de gado no Marajó vemos a de *Santa Quitéria,* aplicada ao culto da mesma Santa. Talvez tivesse sido legado daquela benfeitora. O P. Bento de Oliveira escreveu uma *Novena de Santa Quitéria e suas Irmãs,* que se imprimiu em Coimbra, no Colégio das Artes em 1711.

2. *Diário de 1756-1760.*

Que o Altar-mor das Igrejas das Aldeias seja privilegiado.

A todo o que assistir à doutrina do catecismo, por cada vez, a indulgência que parecer, e isto assim aos Índios, como aos Portugueses.

Item aos Portugueses a mesma indulgência, por cada vez que ensinarem a doutrina cristã a seus escravos.

E, aos que a ensinarem todos os dias, indulgência plenária na hora da morte»[1].

À primeira vista, apenas regalias espirituais. Na realidade, regalias também, de alto sentido social, tendente a encurtar as distâncias, numa confraternização de todos os homens em Cristo, que é o pressuposto fundamental da *doutrina cristã*.

---

1. Carta de Vieira, de 11 de Fevereiro de 1660, em S. L., *Novas Cartas*, 280-281.

CONTA CORRENTE DOS COLÉGIOS DO PARÁ E DO MARANHÃO COM A
PROCURATURA DE LISBOA (DEZEMBRO DE 1685)

Autógrafo do Procurador do Brasil em Lisboa, P. Francisco de Matos.
(Arq. Prov. Port., Pasta 177)

CAPÍTULO V

Ministérios

1 — Administração dos Sacramentos; 2 — Exercícios Espirituais; 3 — Prègação e Missões urbanas; 4 — Missões rurais.

1. — A disciplina vigente no século XVI sôbre a administração dos sacramentos continuou no seguinte. E para o Norte concretizou-a o P. Vieira na sua «Visita». Um ou outro ponto mais, e ficará esclarecido ou demonstrado o ambiente local.

Os primeiros Padres de 1615, no Maranhão prepararam catequistas para, na sua ausência, doutrinarem os meninos e instruirem os adultos e os baptizarem em perigo de morte[1]. Mas, com tôdas as vicissitudes destas paragens e da Amazónia, naqueles primeiros tempos, quando chegou Vieira em 1653 achou muitas deficiências e chegou a duvidar da validez dos baptismos anteriores, administrados quer por aquêles catequistas quer por outros. Ao simples exame, verificava em muitos casos que do baptismo ficara apenas a lembrança do sal na bôca: conhecimento do que isso significava, pouco ou nenhum[2]. Determinou-se que no futuro se considerassem inocentes as crianças até 7 anos e com eles se não urgisse a doutrina para o baptismo: bastava que quisessem ser filhos de Deus[3]. A doutrina seria, depois, para os demais sacramentos da confissão e comunhão.

Todavia era bem custosa a aprendizagem e elevação cristã. A batalha tinha que ser duradoira para se não repetirem casos como o daquele índio do Rio Tapajós que queria chamar-se *Cabo de*

---

1. Morais, *História*, 77.
2. *Cartas de Vieira*, I, 345-346.
3. Bett., *Crónica*, 156.

Esquadra... O Padre catequista sorriu. E pôs-lhe o nome de Sebastião, que também foi militar [1].

Nas Aldeias regulares o baptismo era fácil. Era-o muito menos quando os Padres tinham de fazer longas e angustiosas viagens para desencovar os Índios, fugidos dos colonos, e acolhidos ao mais longínquo da selva. Na «Jornada do Oiro» em 1656 ao Rio Pacajá, o P. João de Souto-Maior, quis ir mais além do Arraial em que acampava, à procura de índios e de almas. Conta êle próprio:

«Eu, por não estar ocioso, quis visitar uma Aldeia e outras casas que estão pelo rio acima, o qual, se até aqui se navega, dificultosamente é navegável, por não ser mais que uma ribeira semeada de penedos e rochas; e assim, me meti numa ubá com cinco moços, e caminhamos pelo rio acima sete dias, com grande trabalho, por cima de pedras, já por baixo de mato; porque a água, como enfadada de impeçar em tanto calháu, se retira de sua aspereza e, entrando pelo mato, busca caminho mais brando, e como isto, por outra parte, até agora foi escondedouro dos Pacajás fugidos, êles o tinham tão inculto que parecia não habitar por aqui gente, e assim nos era necessário ir fazendo o caminho a machado, para passar a ubá. As topadas e imundícies e o mais que eu sofri nestes sete dias de chuva e calma, por não levar tôda a ubá, nem ser capaz disto: os jatiuns que tôda a noite nos faziam gastar passeando, suspirando pela manhã para escapar de seus ferrões, fôra para mim matéria de assaz merecimento se eu o soubera oferecer a Deus. Cheguei, finalmente, à aldeia: nunca vi Índios mais alegres com a vista dos Padres, que êstes bárbaros: todos, meninos e velhos, homens e mulheres, estavam sôbre um breve outeiro que a Aldeia faz sôbre o rio: dali me levaram para os seus ranchos e me regalaram com tantos mimos da sua riqueza rústica, quantos nunca recebi de outros Índios. Perguntei a causa dêste alvorôço e desta novidade: achei que a principal parte de que resultava, era o vir eu visitá-los sem levar brancos comigo. Torno a dizer que os brancos são o maior estôrvo que podemos ter nestes sertões.

Nesta Aldeia me detive o que me pareceu necessário, e depois de bastantemente instruidos, baptisei adultos e inocentes que era tôda a Aldeia, e acabando de os baptisar, os casei conforme a Igreja.

---

1. Bett., *Crónica*, 168.

Só o Principal, com duas mulheres que tinha, ficava por baptizar: as mulheres eram a causa; eu não lho declarava, porque êle se não fôsse para o mato; dizia-lhe que determinava baptizar os Principais todos juntos, na cidade, com grande festa: êle atendeu o desvio: chamou suas mulheres e disse-lhes:

«Não é bem que sendo tôda a nossa Aldeia filha de Deus, nós sós sejamos filhos do diabo: a causa porque o Padre me não baptiza sois vós; não podem os que se baptizam ter duas mulheres; pelo que, tu és minha verdadeira e primeira mulher; tu busca marido à tua vontade». Elas, que também sentiam ver as outras baptizadas tôdas e só elas não, gostaram muito do meio que o Principal tomou, e com estas novas se vieram tôdas a mim. Eu lhes louvei a resolução e os baptizei logo todos três, e casei o Principal, que se quis chamar Francisco, com a mulher que também se chamou Francisca.

E com isto ficou tôda a Aldeia baptizada.

Levantei nela uma cruz, deixei-lhes mestre que entretanto os ensinasse e encomendei-lhes que fisessem canoas e recolhessem suas famílias, para com as primeiras águas descermos rio abaixo»[1].

A água para êstes baptismos volantes seria recolhida nalguma cúia de emergência. Nas Aldeias estáveis, os baptistérios ou pias baptismais eram a princípio de barro. Mas quebrando-se com facilidade, pediu o P. Salvador de Oliveira que viessem de Portugal, não de pedra, por serem muito pesadas, mas de cobre ou latão. Assim se fêz[2].

Quanto às *confissões*, achou o P. Vieira, índios velhos de 60 e mais anos e já baptizados, há muito, que se não tinham confessado nunca. Os que o haviam feito a última vez, fôra no tempo do P. Figueira, 17 anos antes[3]. Na sua «Visita» deu ordens para a construção, e modo, como se deviam fazer os confissionários das Aldeias[4].

---

1. Cf. *Diário de Jornada que o Padre João de Sotto Mayor fez ao Pacajá em 1656*, com prefácio de Lúcio de Azevedo, na *Rev. do Inst. Bras.*, 77, 2.ª P. (1916) 172-173. Na página 177 há uma nota do copista, chamando a atenção para um período incompreensível. A frase é perfeita. O copista é que leu *Se* em vez de *Sc.*, abreviação latina de *scilicet, a saber*. Más leituras como estas pululam em muitos documentos que andam por aí impressos.
2. *Bras.* 25, 78, 82v; *Bras.* 26, 294v.
3. *Cartas de Vieira*, I, 346.
4. Cf. S. L., *Novas Cartas*, 306.

Iguais precauções na celebração do *Matrimônio* dos índios. Ordenou-se em 1661 que os Índios se casassem religiosamente com a mulher que tinham por verdadeira, a que chamavam *xerimerico-atê*. Se a não tivessem, casariam com a que elegessem a seu gôsto[1]. Sob êste aspecto os Índios do Norte, viviam em situação social idêntica aos do sul, sem noção da vida monogâmica, facilitando os contactos. Requeria-se dispensa e assim se pedia de Roma em 1693 em *todos os graus não proibidos por direito divino*[2]. Anos depois o P. António Coelho, repete e expõe as razões pelas quais era preciso alcançar dispensa até no *1.º grau de afinidade na linha transversal*[3].

Mas a noção cristã da moralidade, mesmo nos já cristãos, — dêstes falamos — permanecia precária. Era difícil a emenda dos que se metiam pelo caminho das mancebias, «porque, observa Bettendorff, como são muito brutos e naturalmente luxuriosos, não fazem nêles grande abalo as coisas do espírito»[4].

«Coisas do espírito!»... Nas selvas, fariam maior abalo nos brancos ou meio-brancos? O mau exemplo dêstes era pior inimigo. Daí a necessidade de promover uma campanha geral, de elevação moral e religiosa, tanto com índios como com brancos e com todos.

2. — O meio mais apto foi sem dúvida a prática dos *Exercícios Espirituais* de Santo Inácio, prática hoje, da Igreja universal, sancionada no Direito Canónico, e até como disposição obrigatória para todo o Clero e para tôdas as Ordens Religiosas, e recomendada também instantemente pelo Sumo Pontífice para tôda a classe de pessoas.

A experiência mostrou que era meio utilíssimo de perfeição religiosa e afervoramento geral. Já dissemos qual foi a primeira manifestação dos Exercícios Espirituais no Brasil[5]. No Norte, excepto os casos individuais, começou por serem públicos, nas igrejas da Companhia, e a princípio separados da prègação propriamente dita com simples meditações introduzidas em 1672[6]. Depois, distin-

---

1. Bett., *Crónica*, 155-156, 171.
2. *Bras. 9*, 379-386v, 388-388v.
3. *Bras. 26*, 193-193v.
4. Bett., *Crónica*, 668.
5. Cf. supra, Tômo II, 412-416.
6. *Bras. 9*, 286 v.

guiram-se as categorias de pessoas e já achamos em 1722 que os homens os faziam separadamente das mulheres.

«No fim do ano, antes do Natal, deram-se na nossa Igreja os Exercícios Espirituais do S. P. Inácio aos homens que eram cêrca de 80, os principais do Estado, e guardou-se o modo que os nossos usam em Roma, quando dão os exercícios em público a cada uma das classes de homens. Durante quatro dias cheios, hora e meia de manhã, e outra hora e meia depois do jantar, que se empregam parte na leitura dalgum livro espiritual, parte em conferência sôbre algum abuso a corrigir, parte na explicação da meditação. Foi grande, com a ajuda de Deus, o fruto dêstes Exercícios, como se viu pelas confissões gerais e por algumas conversões, secretas certamente, mas dignas de grande admiração pelas suas circunstâncias. Na quaresma dêste ano de 1723, nos quatro primeiros dias da Semana da Paixão, deram-se Exercícios Espirituais a mulheres na nossa igreja, do mesmo modo que se tinham dado aos homens. E ainda com maior êxito, porque as mulheres, que acorreram a fazê-los, chegaram a 300»[1].

Iniciado o movimento não parou mais e davam-se vários turnos por ano tanto no Maranhão como no Pará. Alguns anos depois construiu-se Casa de Exercícios, a da Madre de Deus no Maranhão, que acumularia êsse destino com o de ser também casa de Campo dos Estudantes. Êste duplo destino tinha os seus inconvenientes, e pensou-se em fundar casa dedicada exclusivamente a Exercícios, para a gente do mundo. Informado, o Geral, a 11 de Fevereiro de 1737, dá a norma a seguir: antes de haver casa própria, e enquanto não há, a Casa de Campo dos Estudantes do Maranhão pode servir para Exercícios, fora do tempo de férias; no Pará, pode servir a igreja, ora para homens ora para mulheres, *durante o dia*[2].

São já as duas modalidades modernas dos Exercícios Espirituais *abertos*, e Exercícios Espirituais *fechados*. Na Madre de Deus, os Exercitantes podiam ficar de dia e de noite (fechados); as mulheres, só na igreja e só de dia, indo passar a noite em suas casas (abertos).

Os Exercícios Espirituais à gente de fora, tomaram amplidão social inconfundivel. Não ficaram devoção aristocrática, ou burguesa, ou estudantil. Alargaram-se com eficácia, para renovação

---

1. Carta do P. Manuel de Brito, Reitor do Colégio do Maranhão, 21 de Junho de 1723, *Bras. 26*, 231-231v; cf. *Apêndice H*.
2. *Bras. 25*, 81v, 82v; *Ordinationes*, Bibl. de Évora, Cód. CXVI/2-2, 148.

dos costumes e proveito das almas, a tôda a categoria de pessoas: «europeus, africanos, índios, brancos, pretos e mestiços». E aos marinheiros vindos nas naus do Reino [1].

3. — Os Exercícios Espirituais, sairam dos recintos fechados das igrejas e casas da Companhia. Tornaram-se objecto de missões urbanas e rurais.

As missões urbanas, séries de prègação nas cidades e nas vilas principais, foram iniciadas pelo P. Luiz Figueira na sua ida ao Pará e a Cametá [2]. Faziam-se a exemplo de Portugal, onde o próprio Vieira, com o P. João de Souto-Maior, se tinham exercitado. Alguns Padres italianos seguiram depois o método do P. Ségneri [3]. No ano de 1722-1723 deram-se missões, uma de oito dias em Icatu, uma de quinze no Itapicuru, outra igual no Rio Monim, e três também de quinze dias em cada uma das três povoações, então existentes, no Rio Mearim [4].

Não nos deteremos a encarecer o fruto destas prègações nas cidades, feitas por tão grandes prègadores, um dêles o maior da nossa língua, e outro que não lhe ficava atrás, como se diz de Francisco Veloso, que infelizmente não deixou escritos os seus sermões. Êsses e tantos outros, de que falam os documentos.

A prègação manteve sempre carácter apostólico. E a liberdade dos Índios era um dos motivos habituais. O Governador José da Serra, dirigindo-se ao Cardeal da Cunha, falando do Estado do Maranhão e Grão-Pará, escreve que «sendo a casa de cada habitante ou de cada «régulo» dêstes uma república... tudo há de carregar na cabeça dos pobres Índios» [5]. Tinha-se lembrado o P. Jerónimo da Gama, de dizer o mesmo do púlpito, em 1723. Ficou célebre a celéuma que levantou êsse apelido de «régulos»; a Câmara do Pará reclamou e o prègador foi asperamente repreendido dos Superiores e até de Roma. Talvez a prudência tivesse falhado ao Padre, mas a história mostra que ao Prègador não tinha falhado a verdade.

---

1. Cf. Carta de Gabriel Malagrida à Rainha de Portugal, em Lamego, A Terra Goitacá, III, 446.
2. S. L., *Luiz Figueira*, 58-59.
3. *Bras. 25*, 15v.
4. *Bras. 26*, 231.
5. Lúcio de Azevedo, *Os Jesuítas no Grão Pará*, 232.

Sabe-se que os Jesuítas costumavam dizer a verdade, ainda aos grandes, mesmo que doesse. Porque «alguma vez sucedem coisas que é necessário S. João encontrar-se com Herodes, Elias com Acab, S. Ambrósio com Teodósio e S. Crisóstomo com Eudóxia»[1]...

Para o fim, as prègações eram feitas pelo método de Santo Inácio, insistindo mais na matéria da *Primeira Semana*: «Dei, refere um dos missionários, 24 vezes os Santos Exercícios, pelas igrejas dos rios vizinhos a esta cidade [do Pará] e ainda as não corri tôdas, e mais duas vezes nas vilas de Cametá e Vigia e uma vez na Cidade»[2].

4. — As missões, tanto urbanas como rurais, multiplicaram-se no segundo quartel do século XVIII e os Padres faziam-nas ora por água, quando as povoações eram ribeirinhas, como na Amazónia, ora também por terra, como no Maranhão, em que eram de ambos os modos.

Entre os missionários volantes mais afamados no Norte conta-se o P. Manuel da Silva. Em 1744 e 1745 percorreu o sertão do Maranhão até *Pastos Bons*. O seu método foi o de muitos outros. Ia sem companheiro, por não haver bastantes para isso. Levava Nossa Senhora das Missões. Ia de terra em terra, demorando-se em cada localidade na casa dalgum morador mais digno, durante quinze dias, têrmo médio. O povo iniciava a missão, abrindo a manhã com a visita à «belíssima imagem da Senhora» e ao «Santíssimo, que se achava no Sacrário». O dia era cheio com a meditação mental, missa, exame prático, exortações, têrço: «mixto de missão e exercícios», observa êle próprio. E os moradores «davam-se por bem afortunados em terem a boa sorte que sejam na sua casa, a que concorrem os vizinhos, assistindo-lhes, aos que vêm, com todo o necessário, pois sempre, ainda que sejam vizinhos, são de vinte e trinta léguas muitas vezes». «Nestes poucos meses (sete) se têm dado nove para dez boladas de Exercícios».

O fruto das confissões, ainda gerais, era grande. Mas o que mais importava era a reforma da vida e «ficarem com a oração mental, têrço cantado, ou rezado a coros nas suas casas, quando são poucos

---

1. Cf. S. L., *Os «Capitulos» de Gabriel Soares de Sousa*, separata do vol. II de *Ethnos* (Lisboa 1941) 27.

2. Carta do P. Roque Hundertpfundt à Rainha de Portugal, do Pará, 25 de Novembro de 1753, em Lamego, *A Terra Goitacá*, 279.

para o cantarem o côro. Porque, por um aranzel reduzido a brevíssimos pontos conducentes às obrigações de cristãos, e pais de famílias lhes ficam os fechos de uma vida ajustada para si, e para suas famílias, de ensinarem a doutrina, segundo a penúria que há de sacerdotes. Êste papelinho, se tira cada um com tôda a solenidade, diante de um Menino Jesus que trago, lindo às mil maravilhas, e ornado com o seu ourozinho, diante do Santíssimo, como fazia na Madre de Deus, e da Virgem Senhora, que me acompanha nos Exercícios, que vai por ela entrando nos corações de cada um visível, e palpável fervor *circumdata varietate, majestate et decore*. Isto se faz com tôda a solenidade, em remate de tudo, e no dia da comunhão geral de tarde, depois de ter exposto o Santíssimo, no tríduo da renovação.

O concurso de cada uma destas boladas de exercícios mixtos, com missão, nunca podia numerar ao certo; porque ainda que me queria restringir a trinta até quarenta por me não fazerem demasiado pêso as confissões especialmente quando não tenho quem me ajude, nunca me acho só com o número premeditado, e sempre são de mais na maior parte dêles. E quer esteja dando Exercícios, quer vá de viagem, sempre para mim é o mesmo no que pertence ao expedir confissões: raríssima e contada tem sido a noite em que não tenha tido destas importunações santas: e ainda que me queira negar, quando é fora das ocasiões de Exercícios pelo temor de que talvez não venham aparelhados, já pela fama divulgada dos Exercícios e missionários, aparecem confissões gerais e particulares, que muito me deixam satisfeito.

Até aos 6 de Junho que acima digo, em que rematei a última bolada de Exercícios (por que o que daí vai até os 15 de Julho em que me acho, foram para umas cem léguas de viagem, que vim fazendo até êstes Pastos Bons) terão tomado Exercícios umas quinhentas pessoas, com pouca diferença de todos os estados, e sexo: além de outras que vinham pelo meio, e confins, sempre participaram, e várias vezes admirou o fruto que sempre colheram».

Para benefício do povo nas missões, gozavam os Padres de maiores faculdades espirituais[1]. E o povo aproveitava-se dêsses poderes, quer habituais, quer extraordinários para facilitar os seus casamentos,

---

1. Cf. «Poderes que costumam levar os nossos Religiosos (da Companhia de Jesus) quando vão em Missão e são somente para o foro interno», Bibl. de Évora, Cód. CXV/2-16, f. 1.

e os casamentos feitos antes sem sacerdote, validavam-se ou revalidavam-se. Concediam-se dispensas e extinguiam-se maus exemplos. «No que pertence a inimizades vez houve em que *simul* com certa mancebia pública, e outros mais desarranjos bem melindrosos, se evitaram, se bem me lembra, quatro ou cinco mortes, já forjadas e a pique, por certas diabruras que se não podem explicar individualmente».

Um dos efeitos destas missões rurais foi a devoção a Jesus Sacramentado, que penetrou assim em todos os sertões, e ficou nêles para sempre: «Como trago cofre, acompanha sempre os Exercícios o Santíssimo, que muito e muito afervora, dando-se todos os parabens de o terem na sua casa, feita, por aquêles dias, igreja da cidade, e vendo-o exposto um dia por outro, por algum espaço, assim como nos nossos dias de renovação nos Colégios, fazendo uma belíssima perspectiva a Virgem Senhora, que me acompanha, dando-se mil parabens e afervorando-se todos»[1].

---

1. Carta do P. Manuel da Silva ao Padre Vice-Provincial Caetano Ferreira, de Pastos Bons, 16 de Julho de 1745, em Melo Morais, *Corografia*, IV, 396-410. «Le missioni dei Gesuiti, senza per questo far torto agli altri missionari, presentano una speciale vitalità dovuta alla organizzazione perfetta e sapiente di tutte le opere conforme al metodo di Sant'Inazio». Em que consiste? Nisto sobretudo. Em que «il metodo dei Gesuiti sia stato sempre ispirato da un largo concetto di comprensione delle varie mentalità degli ambienti missionarii, in modo di penetrare ben adentro nello spirito dei popoli da evangelizzare, profittando di tutti quegli elementi buoni che i singoli popoli naturalmente possegono», Vittorio Bartoccetti, *La carità cristiana in terra di Missione*, 46. Pontificia opera della Propagazione della Fede, Roma, 1935.

= 1690 =

Conta ajustada do Collegio
do Pará.

Despeza.

Deue na maior despeza das contas do anno passado, como se ve a Fol. 105	1.188$199
Deue nos gastos do Irmão D.º da Costa em Coimbra de seu sustento, e medicam.ᵗᵒ até Junho todo de 90	16$825
Deue pela carregação q lhe foi no Sol dourado. ibi	76$735
Deue nos gastos com a Missão de sinco Religiosos, q lhe forão no mesmo Nauio Sol dourado. ibi	276$990
	1.558$749
Deue nos gastos em Coimbra com a doença do Ir. Joam Xauier. ibi	40$000
Deue nos juros de 3 mil cr.ᵒˢ a 5 por 100 ibi	60$000
Deue pelo resto das porções dos Noviços, q forão o anno passado, cujas contas se ajustáram, depois de elles idos. ibi	9$922
Deue em 400 de Juro a 5 por 100. ibi	20$000
Deue neste anno toda a despeza por q não ouue Receita algũa.	1.688$671

Fco de Matos

CONTA CORRENTE DO COLÉGIO DO PARÁ COM A PROCURATURA DE
LISBOA (1690)

Assinada por Francisco de Matos, Procurador do Brasil em Lisboa, e depois Provincial e um dos bons escritores seiscentistas do Brasil. Cf. supra, *História*, Tômo I, 534.

LIVRO QUINTO

CIÊNCIAS, LETRAS E ARTES

AUTÓGRAFO DO GOVERNADOR JOÃO DA MAIA DA GAMA, O «MEM DE SÁ» DO ESTADO DO MARANHÃO E GRÃO PARÁ

(Carta ao P. Geral, de Belém do Pará, 3 de Outubro de 1727)

CAPÍTULO I

Os estudos no Maranhão

1 — Artes e Ofícios; 2 — Colégio de Nossa Senhora da Luz do Maranhão e as suas «Escolas Gerais»; 3 — Ensino Superior; 4 — As festas do Padroeiro e estúrdias de estudantes; 5 — Conclusões públicas e graus académicos.

1. — No antigo Estado do Maranhão e Grão-Pará, os Jesuítas, sem contar as Aldeias, fundaram diversos estabelecimentos de ensino; em S. Luiz, Alcântara, Parnaíba, Guanaré e Aldeias Altas, Vigia e Belém: Colégios, Seminários, Escolas. De todos êles ficam já testemunho no III Tômo. Resta ver a evolução dos estudos sobretudo nos Colégios principais do Maranhão e Pará, capítulo que é também o primeiro das Ciências, Letras e Artes, no Norte do Brasil.

Nêstes Colégios existiram escolas rudimentares de aprendizagem mecânica, o que hoje se chamam Escolas de Artes e Ofícios. Já o Padre Vieira mandava pedir de Portugal irmãos peritos em diversas artes entre as quais a de pintor, para serem mestres. Uma lista de cêrca de 1718 enumera os oficiais do Colégio de Santo Alexandre, índios, negros e cafuses, que tinham aprendido as artes ou ofícios de pedreiros ferreiro, carpinteiro, escultor, torneiro, alfaiate, tecelões e canoeiros.

Dos que exerciam a arte de escultor, nessa data, vale a pena ficarem aqui os nomes humildes, talvez grandes, de «Manuel, Ângelo, e Faustino, índios de Gibirié, escravos»[1].

Existiram também as primeiras oficinas de pintura e escultura, página histórica da Arte que se engloba aqui na denominação comum dêste capítulo para uniformidade com o método adoptado no Livro V

---

1. Catálogo dêste Colégio de Santo Alexandre, Arq. da Prov. Port., Pasta 177 (21).

do Tômo II. Mas, sendo essas oficinas de arte, postulado e consequência da construção dos Colégios do Maranhão e do Pará, trataram-se como se viu e, convinha, nos capítulos da construção respectiva. Retomar-se-ão em estudo de conjunto, para todo o Brasil, depois de desenvolvido e concluído harmònicamente o quadro geral da história da Companhia.

Quanto ao ensino escolar pròpriamente dito, a primeira cidade do antigo Estado do Maranhão e Grão-Pará, em que os Jesuítas o exercitaram, foi S. Luiz, por ser ela inicialmente a capital do antigo Estado. Quando o Pará prevaleceu e se tornou capital, já o Colégio do Maranhão se desenvolvera e aplicara de tal forma aos estudos, que as tentativas de mudança para a nova sede surtiram apenas efeito parcial.

2. — O primeiro grau de instrução, ler e escrever, devem-no ter ministrado os dois Padres, Manuel Gomes e Diogo Nunes, chegados em 1615 na Armada da Conquista, com Alexandre de Moura, que declara terem os Padres na catequese dos Índios, ensinado a fé, canto de órgão e charamelas, que levaram consigo [1]. Era a catequese pròpriamente dita, que não excluía o costume constante de juntar ao ensino da doutrina os rudimentos de ler. Mas a primeira escola, explicitamente nomeada, à roda de 1626, foi aberta por Luiz Figueira para «ensinar letras aos filhos dos Portugueses» [2], escola que seguiu as vicissitudes daqueles tempos, fechando-se com a ausência e morte dos Padres em 1649.

Com a reabertura da Missão, três anos depois, reabriu-se a escola, «de ler, escrever, e contar», e como os meninos careciam de «treslados e papel» e tudo o mais, deram-lhos os Jesuítas [3].

A escola de meninos não teve existência ininterrupta. Em geral, como se fazia naqueles tempos, e ainda hoje em muitas terras pequenas, o lar, pessoas particulares e o presbitério são o meio normal dêsse primeiro ensino. Em todo o caso, o P. Geral em 1730 estranha que se tenha descurado o ensino primário e urge que se mantenham regu-

---

1. Cf. Atestado de Alexandre de Moura, supra, Tômo III, Livro II, Cap. I, § 2, p. 102.
2. S. L., *Luiz Figueira*, 54.
3. *Cartas de Vieira*, I, 349, 405; Morais, *História*, 269, 270.

larmente escolas de ler e escrever nos Colégios do Pará e Maranhão, «sendo mais úteis e necessárias que as Classes de Latim»[1].

Reparemos na data, 1730, e na insistência do Geral da Companhia de Jesus para o ensino popular!...

O ensino secundário, de Latim e Humanidades, iniciou-se no Maranhão com Luiz Figueira. A Escola de *Letras*, para os filhos dos Portugueses, supõe necessariamente o Latim. Reaberta pelo P. Francisco Veloso em 1652 e confirmada logo pelo P. Vieira, e com as «Artes e Cartapácios», que os Jesuítas distribuiram gratuitamente pelos alunos, foi grande a satisfação do povo e o Colégio tornou-se em breve notável centro de estudos[2]. Da Classe de Humanidades se dizia em 1665 que tinha 44 alunos, e que dela sairam até então todos os que, sendo filhos da terra, estudaram alguma coisa e se espalharam depois por todo o Estado[3]. O prestígio manteve-se até o fim. A princípio havia locais diferentes para os estudantes de casa e para os externos. Assim era ainda em 1706. Depois, os estudos de Latim, Humanidades e Retórica, assumiram carácter de *Escolas Gerais*, e nas mesmas classes se reùniam todos os estudantes[4].

Parece-nos ser esta a originalidade dos Jesuítas. Tôdas as Ordens Religiosas, beneméritas cada qual no seu ramo, ensinaram Latim e as mais disciplinas eclesiásticas aos seus próprios membros e talvez a alguma pessoa de fora, à proporção que iam fundando as suas Casas, algumas das quais, não no Brasil, mas no Estado do Maranhão e Grão-Pará, de que tratamos agora, são anteriores às dos Jesuítas.

A importância, fama e utilidade pública dos Colégios da Companhia, está nestas *Escolas Gerais*, em que o ensino se generalizava e se punha ao alcance de todos.

Além das *Escolas Gerais*, fundaram e dirigiram os Jesuítas alguns pequenos Seminários, onde ministravam o ensino de Latim, na cidade de S. Luiz, na Missão de Guanaré, e na Parnaíba, dependentes todos do Colégio Máximo do Maranhão.

3. — *Os estudos de Filosofia e Teologia*, no Maranhão e Grão--Pará, não puderam começar logo. Os primeiros missionários, poucos,

---

1. *Bras.* 25, 48, 50.
2. *Cartas de Vieira*, I, 405; Morais, *História*, 269-270.
3. *Bras.* 26, 12v.
4. *Bras.* 25, 38v.

nem convinha imobilizarem-se no ensino superior, nem teriam discípulos em matéria que requere estágio anterior, preparatório. Mas a campanha, iniciada por António Vieira, para haver noviciado e estudos na Missão, havia necessariamente de levar à criação dêsses estudos. Vieira resume os seus argumentos na Carta do Rio das Amazonas, 21 de Março de 1661, ao Geral: «digo que termos estudos no Maranhão é *omnino* necessário, é muito conveniente, e não só é possível mas fácil». E prova cada uma destas premissas [1].

O motim de 1661, arredando Vieira do seu campo de acção, veio atrasar por muitos anos a abertura dos cursos superiores, sendo o mesmo Vieira, quem, passada a tormenta em que o envolveu o Santo Ofício, tornou a insistir nêles. Entretanto, já que não se podiam ter na Missão, deu-se ordem que os Portugueses, que se destinassem a ela, não viessem sem concluir os estudos [2].

Todavia era evidente o perigo de se dissiparem os fervores e desejos dos candidatos com a demora dos estudos. Por outro lado, na Missão, apareciam candidatos entre os próprios alunos de Humanidades. O isolamento do Maranhão, longe dos centros de estudo, por tanto com viagens onerosas e perigosas para a vocação, eram motivos que continuavam a impor-se. Bettendorff em 1679 acha vantajosos os estudos de Filosofia e Teologia na Missão, todavia não a considerava ainda em condições económicas para assumir tal encargo [3]. E' de opinião contrária o Procurador do Brasil em Lisboa, Francisco de Matos, que os considera absolutamente necessários, e precisamente, por motivos económicos, e também outros, morais e de higiene, por causa das longas e repetidas travessias do mar [4].

A sua intervenção na Côrte, com o apôio de Vieira, moveu D. Pedro II a interessar-se directamente pela formação missionária do Maranhão, consignando ao Noviciado, e estudos de Latinidade, Filosofia e Teologia Especulativa e Moral, alguns subsídios [5].

Ainda levou tempo a começarem os cursos de Filosofia e Teologia, mas ficou aberto o caminho. E, naturalmente, já vários Padres os

---

1. S. L., *Novas Cartas*, 289–297.
2. Bras. 3(2), 39v; Gesù, *Missiones*, 721.
3. Bras. 26, 62v.
4. Bras. 26, 58–59.
5. Bras. 9, 316.

tinham estudado, em cursos transitórios quer no Maranhão, quer no Pará, quer em Gurupi.

A chegada ao Maranhão, em 1588, de duas grandes expedições de missionários, uma de Lisboa, outra do Brasil, entre os quais muitos estudantes, determinou a abertura, logo nesse ano, do Curso de Teologia Especulativa e Moral[1]. Ao Curso de Teologia Moral (Casos de Consciência) assistiam também alunos de fora.

Assim principiaram os estudos superiores no Maranhão. Daí em diante não cessaram, salvo algum breve interregno, pedido pela própria ordenação dêles. Já em 1709 o Colégio do Maranhão era juridicamente *Colégio Máximo*[2]. Havia ordem do P. Geral para que os Padres Coadjutores Espirituais fizessem, cada ano, exame de moral, coisa nada fácil e que urge repetidas vezes o P. Geral[3], até sugerir em 1734, como útil e necessário, que se instituísse no Colégio do Pará ou do Maranhão, uma cátedra de Teologia Moral, para os da Companhia e para os Externos[4].

No Colégio do Maranhão se ensinavam as Faculdades próprias dos antigos Colégios da Companhia, Humanidades, Filosofia e Teologia, com os seus Actos Públicos, e, mais tarde, gráus acadêmicos no *Curso de Artes*. Não há para que nos determos. Aliás quando os estudos vão bem, não há mais explicações. Só quando é preciso rectificar algum ponto é que os documentos falam. Foi o que sucedeu em 1715 em que se recomenda ao Prefeito dos Estudos que intervenha (vê-se que algum Professor procurava desenvolver mais a sua matéria em detrimento de outras...) para que os estudos de Filosofia se façam como convém: 1º ano, Lógica; 2º ano, Física; 3º, Metafísica. Se se gasta todo o tempo na Lógica, os alunos saem Lógicos, não Filósofos... Nos casos duvidosos, para a interpretação do *Ratio Studiorum* o Geral ordena que se siga antes o costume da Província de Portugal, que a do Brasil[5].

4. — As festas dos Padroeiros dos Colégios eram ocasião de grandes folguedos, e assumiam sua direcção diversas classes do povo.

---

1. Bett., *Crónica*, 454, 458, 477, 507.
2. Cf. *Ordinationes*, Bibl. de Évora, Cód. CXVI/2-2, 137.
3. *Bras.* 25, 5, 24, 48v.
4. *Bras.* 25, 62v.
5. *Bras.* 25, 7-7v.

Nos princípios do século XVIII a festa dos estudantes era a de Santo Inácio de Loiola, que a Igreja celebra a 31 de Julho. Por ser de estudantes, em breve se transformou no que hoje se chamam «Festas da Cidade», como as da Rainha Santa ou «Queima das Fitas» em Coimbra, festas populares, no gôsto barulhento das folias. No Pará e no Maranhão duravam um mês, todo o mês de Julho. «Mascaradas, alardes, danças e outras invenções várias». A princípio tudo em ordem, naturalmente. Mas, andando o tempo, degeneraram em perturbação pública.

Proibiram-se por vezes até que em 1706, sucedeu um caso que importa referir sumariamente pelos ensinamentos, que encerra. Morrendo em Junho o Superior Manuel Saraiva, que as proibira com mais vigor, os estudantes resolveram recomeçar os festejos nesse ano, todo o mês. O Prefeito da Classe de Latim, do Maranhão, João de Vilar, para não desautorizar a proibição anterior, não os consentiu. Os Estudantes, desrespeitando a proibição, iniciaram as festas no primeiro domingo de Julho. Para ser coerente, o Prefeito fechou a escola. Os pais dos alunos houveram por bem solidarizar-se com os filhos nesta rebelião, excepto um morador de respeito, e não querendo que seus filhos fôssem coniventes na indisciplina, retirou-se da cidade para a fazenda. Choveram contra êle cartas anónimas (quatro), e faziam-nas os díscolos distribuir como se partissem do Colégio. A primeira carta anónima é assinada por «Figueira Brava», a quarta traz o nome de «Roxas de Carvalho». Tôdas se arvoram em paladinas de Santo Inácio, e, portanto, das festas. E algumas em prosa, com ritmo em *ar:* «Todo o bizarro escolar, que esta classe freqüentar, deve logo começar»...

Não podemos deixar de sorrir, hoje, como coisas de estudantes, a que conviria não dar maior atenção. Mas diversas circunstâncias envenenaram o incidente. Os Mestres consentiam as festas nos dias 30-31 (véspera e dia de Santo Inácio). Impunham apenas a condição de não haver «máscaras, nem armas». As máscaras prestavam-se a actos de cobardia, insultando encobertos; as armas eram ocasião de crimes nos desatinos da refrega. Os factos vieram dar razão aos Padres. No Pará já tinha havido morte de homem. E nestes mesmos festejos, levados adiante pelos estudantes do Maranhão, ainda «houve uma facada, e muitas descomposturas»[1].

---

1. BNL., fg. 4517, 1, 20-22.

Os estudantes não passariam de quarenta, brancos e a maior parte «*obscuri et mixti sanguinis*» (pardos e mestiços). O seu acto de desobediência, que assim redundava em descrédito dos professores e indisciplina escolar, teve a sua sanção na própria escola. Ao reabrirem-se as aulas, só se admitiram *os que não haviam tomado parte nos distúrbios*.

Os mais foram excluídos, e começaram os recursos a Roma e à Coroa, declarando os moradores que os Padres tinham obrigação de ensinar por justiça, porque recebiam subsídio de El-Rei. O Prefeito dos estudos, evocando os do Colégio, e os diversos gráus dêle desde ler e escrever à Filosofia e Teologia para externos, afirma que isso se faz sem subsídios dados para êsse fim, nem fundação nem engenhos, mas por acto de simples benemerência; e que a dotação que dava El-Rei, era para sustentar os Missionários destinados à catequese dos Índios, e formar os que lhes haviam de suceder, não para pagar professores para alunos externos da cidade [1].

O Geral apoia a proibição, porque não é forma de honrar Santos semelhantes acções contra o decôro e a segurança pública; não aprova, porém, que se fechem as aulas e proíbe que para outra vez se cerrem, quer haja ou não obrigação de ensinar. Basta o costume da Companhia que é ter estudos em tôda a parte e quási sempre sem essa obrigação [2]. Por sua vez, El-Rei dá razão ao Padre por ter fechado as aulas. Em todo o caso, como era tão em prejuízo dos moradores, julga que já terá reaberto o Colégio; e ordena ao Governador que lhe assista e o ajude a conter os turbulentos na obediência e respeito devido.

Sanado o incidente, recomeçaram as aulas de Latim para todos e, supomos, visto não existirem documentos em contrário, que daí em diante, Santo Inácio se festejaria com alegria ruidosa, sem os excessos que motivaram aquelas medidas de excépção [3].

---

1. Carta do P. João de Vilar, de 5 de Setembro de 1706, na BNL, fg. 4517, f. 20. Vilar alude à ordem régia de 1680 em que D. Pedro manda que haja *noviciado* no Maranhão, com os estudos correspondentes, dando para êsse fim um subsídio, «no Contrato das Baleias da Baía e Rio de Janeiro» (*Bras.* 9, 316), e que se destinava exclusivamente à formação missionária.

2. *Ordinationes*, Bibl. de Évora, Cód. CXVI/2-2, 114.

3. «Carta Régia de 30 de Março de 1708, ao P. João Carlos Orlandino sôbre o ter êle fechado as escolas da Cidade do Maranhão por causa das desordens dos Estudantes» Bibl. de Évora, Cód. CXV/2-12, 116. Orlandino era então o Superior

Os estudantes *externos* passavam as férias nas fazendas dos pais, na Ilha ou Rios adjacentes. Os da *Companhia* passavam-nas, e os dias feriados semanais, na *Casa de Campo* da ilha de S. Francisco, em frente à cidade[1]. Para êsse fim serviu também, mais tarde a Casa da Madre de Deus, que expressamente se chamava «Casa dos Exercícios e Religiosa Recreação». E havia empenho da parte dos Superiores para que a juventude escolar não desperdiçasse êsse meio higiénico de repouso, fortalecimento ou restauração das fôrças, fora do ambiente habitual.

5. — As principais festas académicas realizavam-se por ocasião das *Conclusões Públicas* — defêsa pública de teses — tanto de Filosofia como de Teologia, e por ocasião da colação dos graus.

As primeiras conclusões Públicas de Teologia foram as do Curso, que veio ensinar ao Maranhão em 1688 o P. José Ferreira, Prefeito dos Estudos em Coimbra, e diz Bettendorff que êstes em nada cediam aos de Coimbra e Évora, e que as Conclusões Públicas dos Teólogos se faziam «com admiração dos que concorriam para as ouvir»[2].

As Conclusões Públicas de Filosofia, com o mesmo aparato e pompa, fizeram-se sempre que havia Curso de Artes, isto é quando havia número suficiente de estudantes para se organizar o Curso.

---

de tôda a Missão, responsável oficial de tudo o que nela se passava, ainda que o responsável imediato era o P. João de Vilar. Aproxime-se êste caso do que se disse supra, *História*, Tômo II, 92. Êste episódio é ilustração concreta do que ali escrevemos em 1938. Os Jesuítas do Brasil, seguiram o espírito da Assistência de Portugal a que pertenciam, e da Igreja Católica, que não reconhecem distinções humanas, senão as acidentais em função da posição, virtude, cultura e capacidade de cada indivíduo, susceptíveis de variação, por circunstâncias extrínsecas, de educação, tradição e meio ambiente, moral, económico e social, sem nenhuma proporção com o sangue e a côr dos homens. Falando-se com objectiva serenidade, não é possível enxergar na exclusão dos estudantes turbulentos qualquer discriminação contra os moços pardos, totalmente alheia à história da Companhia de Jesus no Brasil. Questão puramente disciplinar, transitória, em que, no caso de que se trata, os moços pardos eram a maioria. O que também não quer dizer que os Jesuítas fizessem discriminação a favor dêles contra os moços brancos, senão, porque, simplesmente, na massa escolar colonial a maioria era já de mestiços. E muitos dêles, sobrepondo-se, pela educação, ao meio deficitário ambiente, foram também Jesuítas.

1. *Bras. 25*, 14.
2. Bett., *Crónica*, 458.

As Conclusões eram geralmente manuscritas, as que se defenderam a 14 de Junho de 1721, impressas [1].

Os graus académicos aos estudantes *internos* da Companhia concederam-se, em 1713, os mesmos que existiam na Baía [2].

Em 1730 estende-se essa faculdade aos *externos*. O Colégio Máximo do Maranhão poderia conceder graus de Bacharel, Licenciado e Mestre ou Doutor, como se praticava em Portugal e na Sicília; segundo os privilégios de Pio IV e Gregório XIII [3].

A fórmula com que se conferiam, em latim, traz esta nota: «Antes de se dar o grau, o que o ha-de receber ha-de fazer a protestação de fé com o juramento na forma costumada. E ha-de ser em público, para o que se preparará um altar, e junto dêle uma cadeira para o Reitor, que der o grau. No dito altar estará a forma da protestação e uma salva com as três insígnias para o candidato, *scilicet*, a borla,

---

1. Em comunicação que fizemos à Academia Brasileira (Cf. *Jornal do Commercio* de 21 de Junho de 1941) anunciamos o facto e transcrevemos a frase do P. Geral ao Prof. do Curso, Rodrigo Homem: *Gratulamur R. Vestrae de Actibus Litterariis factis cum splendore Societatis et de primis Conclusionibus typis mandatis in isto Statu* (*Bras. 25*, 18; *Bras. 26*, 230). Interpretamos como «primeiras teses impressas nesse Estado», sentido legítimo da frase, o que revelaria a existência ali de uma tipografia, facto importante. Procuramos depois com diligência outras demonstrações dessa tipografia ou dessas teses. E deparou-se-nos um debate, entre o Procurador do Maranhão em Lisboa, Jacinto de Carvalho, e os Padres maranhenses sôbre os gastos da impressão, até que o P. Geral, depois de se informar do Procurador, a quanto montavam as despesas (*Bras. 25*, 58, 59, 60), toma em 1734 esta resolução: «Esto, typis non mandentur theses quae in isto Collegio [do Maranhão] a nostris propugnari solent: cum R^a. V^a. et Consultores id expedire judicaverint» (*Bras. 25*, 62). — «Seja! Não se imprimam as teses que se costumam defender nesse Colégio». A frase é igualmente dúbia. As teses tanto podiam ser impressas no Maranhão como fora dêle. Em todo o caso, enquanto não houver provas mais explícitas, de se imprimirem no Maranhão, o nosso parecer, hoje, é que as teses se imprimiriam em Portugal. Assim se explica melhor a intervenção do Procurador em Lisboa, que pouco ou nada teria que ver com despesas feitas no próprio Maranhão.

2. *Ordinationes*, Bibl. de Évora, Cód. CXV/2-2, 135.

3. *Bras. 25*, 48; *Ordinationes*, Bibl. de Évora, Cód. CXVI/2-2, 135. Alude-se também aos Colégios da *Sicília* (*Messina* e *Palermo*), porque, sem serem propriamente Universidades, gozavam da faculdade de conferir graus académicos. E contam-se entre os primeiros fundados pela Companhia de Jesus, em 1548 e 1549. Cf. Allan P. Farrell, *The Jesuit Code of Liberal Education — Development and Scope of the Ratio Studiorum* (Milwauke 1938) 432.

o anel e o livro; e antes desta solenidade fará o candidato a sua oração latina, sentado em assento, fora dos doutorais no meio da sala»[1].

A princípio, os Actos Públicos realizavam-se no corpo da igreja. Como se vê por esta mesma nota, passaram a ser na sala ou salão nobre do Colégio.

As pessoas de maior respeito, Governador, Prelado e outras, sentavam-se em grandes cadeiras de sola lavrada e armação de jacarandá e violete. Tudo com o esplendor e ostentação das grandes festas[2].

---

1. *Ordinationes*, Bibl. de Évora, Cód CXVI/2-2, 89.
2. *Inventário do Maranhão*, 23.

CAPÍTULO II

Os estudos no Pará

1 — Instrução primária; 2 — Curso de Humanidades e regalias dos estudantes; 3 — A Filosofia no Pará e primeiras formaturas; 4 — Período final.

1. — No Pará observa-se ciclo semelhante ao do Maranhão, caracterizado pela própria evolução da cidade de Belém, com tendência, partindo do menor, a subir ao primeiro plano.

A instrução inicial no Pará foi também mais instrumento de catequese do que pròpriamente ramo profissional de ensino. E os mestres nem sempre eram Padres, que, por serem poucos e o campo do apostolado, imenso, se ocupavam em aulas mais difíceis, ou nas expedições, Aldeias e cargos de govêrno.

Desempenhavam o ofício de mestre-escola também alguns Irmãos leigos, mais aptos, como por volta de 1681, Marcos Vieira e Baltasar de Campos [1]. O ensino da instrução irradiava pelas Aldeias. O missionário de Mortigura, em 1661, ensinava não só a doutrina, mas a ler e escrever, e entre os discípulos estava o próprio índio Jacaré, principal da Aldeia. E com a particularidade de que à falta de tinta portuguesa se preparava outra, indígena; e à falta de papel, se utilizavam fôlhas de pacoveira. A areia fazia as vezes de lousa. E nem por isso deixavam de aprender bem [2]. Nas cidades era mais fácil, e aos meninos se davam «como sempre» treslados e papel».

As aulas de instrução elementar não tinham feição permanente e nem sempre tiveram carácter público nem foram exclusivas dos Jesuítas. Em certos períodos ministrou-se aos alunos como curso

---

1. Bett., *Crónica*, 280.
2. Id., *Ib.*, 156.

ante-preparatório particular, preliminar, para o estudo de Latim, que foi a modalidade constante e característica do Colégio do Pará.

2. — A instrução secundária consistia precisamente no ensino do Latim (Gramática e Humanidades), com tudo o que pressupõe de disciplinas subsidiárias. Começou com a fundação do Colégio. Primeiro mestre foi o próprio P. João de Souto-Maior e primeiros discípulos os filhos dos moradores, que davam provas de grande engenho e capacidade, e os Religiosos das Mercês, a quem os Jesuítas prestavam também êsse serviço pelo bom acolhimento que lhes tinham feito.

«Era o início da instrução pública no Pará», diz Teodoro Braga.

Aos Mercenários vieram juntar-se, depois, membros de outras Ordens, a quem isso, como aos Mercenários, conveio por qualquer motivo transitório, em lugar dos seus próprios, privativos da Ordem [1].

Manifestando-se porém tendência a centralizar os estudos na Capital do Estado do Maranhão e Grão-Pará, então S. Luiz, os Paraenses, obrigados a mandar os filhos, a estudar tão longe, sentiam-se pouco lisongeados, e em 1681 ofereceu a Câmara 100$000 anuais para cessar a subordinação [2]. Deve ter sido ouvida a súplica, com subsídio ou sem êle, porque logo vemos o P. Salvador do Vale, mestre de Latim, no Pará. Estudavam, por então, dois filhos do Governador, António de Albuquerque Coelho de Carvalho, um dos quais, António de 13 anos, foi depois também Governador do Maranhão e do Rio de Janeiro, e pacificador de Minas.

Êstes e outros estudavam bem e já traduziam Quinto Cúrcio, quando se fechou a classe por o Governador ter feito sentar praça a um aluno, sobrinho do Capitão-mor Paulo Martins Garro, «*contra os privilégios, que tinham nossos estudantes, para se não obrigarem a sentar praça, sem haver perigo de inimigos*» [3]. Não sendo atendida a sua reclamação, o Superior preferiu cerrar as aulas, que só se abririam em 1695 [4]. Repetiu-se o caso no tempo do Capitão-mor Manuel de Madureira, que mandou sentar praça a quatro estudantes. Um dêles, Bonifácio Furtado, que aspirava a ser eclesiástico, impressio-

---

1. *Cartas de Vieira*, I, 335; Morais, *História*, 314, 432.
2. *Bras. 3* (2), 146; *Bras. 26*, 95v.
3. Bett., *Crónica*, 280.
4. Bett., *Crónica*, 579.

nou-se tanto, que se enforcou, ou de desespêro ou por doidice. El-Rei censurou asperamente o atentado contra os Estudantes, e que lhe constava que o Capitão-mor procedera por acinte. Deviam-se guardar os Costumes da Companhia, e que só sentassem praça os inquietos, e mediante indicação prévia do Reitor ou Prefeito de estudos do Colégio[1]. Desta vez não se fecharam as aulas, nem se fechariam mais até 1760. E os alunos aumentaram tanto, que se representou ao Geral da Companhia, em 1735, que uma classe não bastava, e convinha abrir outra[2]. Cremos que também alguma vez se ensinou grego e hebreu, ao menos em casos particulares. Antes de estar na Missão, tinha o P. David Fay ensinado na Europa, Humanidades, Retórica e a Língua Hebraica.

Além do Colégio de Santo Alexandre, a Casa da Vigia ensinava primeiras letras e o curso de Latim, cujas aulas se abriram entre 1732 e 1735.

Os horários das aulas de Humanidades nestes Colégios não diferiam substancialmente dos que vigoravam nos demais do Brasil. Os estudantes externos passavam as férias em casa dos pais, pelas fazendas onde viviam; os da Companhia, passavam-na também fora, como em 1696, que se repartiram pelas Aldeias de Mortigura (Vila do Conde) e Fazenda de Mamaiacu (Pôrto Salvo)[3]. Ali aprendiam ou aperfeiçoavam, em contacto com os Índios, o *Nheengatu*, ou outras línguas particulares indígenas.

3. — A instrução superior constava de aulas de Filosofia, de Teologia e Casos (Teologia Moral). A lição de Casos manteve-se quási sempre no Colégio do Pará[4]. O Curso de Teologia Dogmática reservou-se ao Colégio do Maranhão, e, dentro do actual Estado do Pará estêve algum tempo em Gurupi, onde se pensou alguma hora em estabelecer Casa de Estudos Maiores, e onde, em 1669, era mestre o P. Salvador do Vale, com alguns alunos, um dos quais Pero de Pedrosa,

---

1. Cf. *Provisão ao Governador João da Maia da Gama, declarando que o Capitão-mor do Pará não podia assentar praça aos 4 Estudantes da Classe do Colégio da Companhia, o que compete aos Generais*, Bibl. de Évora, Cód. CXV/2-12, f. 135.
2. Bras. 25, 67.
3. Bett., *Crónica*, 612-613.
4. Bras. 26, 154v.

que logo se iria celebrizar em Ibiapaba e foi o primeiro português que penetrou nos sertões dos Tucanhapes, Xingu[1].

A Teologia Dogmática e especulativa, apesar de ser habitualmente no Maranhão, alguma vez se ensinou no Pará, como se diz em 1724, que se destinava a êste Colégio do Pará, para ensinar Teologia, o célebre mestre Rodrigo Homem[2]. E diz-se do Cronista, Domingos de Araújo, falecido, em 1734, que estudou Filosofia no Brasil, e Teologia no Maranhão e Pará[3]. E doutros, outras notícias semelhantes.

O Curso de Filosofia no Pará, de que Vieira teve o primeiro pensamento, em 1653, propondo para lente o P. Manuel de Sousa, que poderia ser Professor dos de casa e dos de fora, por exemplo dos Mercenários[4], não se efectuou por ter prevalecido então o critério de concentrar os estudos superiores num só Colégio, que foi o de S. Luiz. Todavia leu-se no Pará o *Curso de Artes*, de 1695 a 1698. Lente, o P. Bento de Oliveira. E freqüentavam-no estudantes da Companhia, Religiosos das Mercês, Clérigos, e Seculares[5]. Os Actos Públicos, na defesa das teses, faziam-se com brilho universitário, no corpo da igreja do Colégio de Santo Alexandre. Em 1696, defenderam-nas um Jesuíta (Sebastião Pereira), um Mercenário (Manuel Correia), e um secular (José de Sousa), sobrinho do Capitão-mor, Hilário de Sousa. Nos dois anos seguintes continuou e concluiu-se o Curso[6].

O aparato e imponência dos Actos finais era, como sempre, extraordinário. Bettendorff, narrando o do primeiro ano, diz que o Mestre do Curso, Bento de Oliveira, dirigia as disputas «com a maior graça e facilidade que tinha visto nas Universidades maiores do mundo»[7].

Não era pura ênfase, pois Bettendorff falava depois de ter estado nas Universidades de Évora e Coimbra e de se ter graduado êle-próprio, em Tréveris, na Alemanha[8].

Os estudantes foram examinados, no fim do Curso, por quatro Mestres. «E se bem mostraram uns melhor habilidade que outros, con-

---

1. *Bras.* 9, 261v; Bett., *Crónica*, 281.
2. *Bras.* 27, 48.
3. *Livro dos Óbitos*, 15.
4. Cf. *Cartas de Vieira*, I, 336; III, 712.
5. Cf. Bett., *Crónica*, 584, onde se dão os nomes de todos.
6. *Bras.* 26, 186; Bett., *Crónica*, 248.
7. Bett., *Crónica*, 611-612.
8. Id., *Ib.*, 20, 659.

tudo não houve nenhum que não passasse a mediedade, e muitos dêles com *laude* ou *duplice laude*[1].

Em 1730 concede-se aos dois Colégios do Maranhão e Pará a faculdade de darem graus académicos de Bacharel, Licenciado e Doutor, tanto para internos, como para externos *ex iure pontificio*[2]. Concederam-se para aplicação oportuna, mas o Colégio do Pará, pela sua posição central, assumiu a feição de entreposto geral, económico, de tôdas as Missões da Amazónia; e, entretanto, o do Maranhão afastado dêsse estrépito e movimento, apresentava-se mais tranqüilo para estudos superiores. Não obstou isso a que se não tratasse seriamente de mudar para o Pará êstes estudos, adiando a sua realização apenas a falta de professores que aconselhava se não dispersassem esforços e gastos. Mas, já desde 1711, concedera o Geral que, se o Curso de Filosofia se separasse do de Teologia, se estudasse Teologia no Maranhão, e Filosofia no Pará, como defacto se estudou depois[3].

Quando os Jesuítas se retiraram do Pará, o Curso de Filosofia, além do Colégio, funcionava também no *Seminário de Nossa Senhora das Missões*, por êles fundado. Chamava-se Seminário não por ser apenas para a carreira eclesiástica, que não era, mas por ser Colégio interno, organizado (di-lo expressamente João Daniel), com o fim de facilitar habitação e estudos aos filhos dos moradores de fora da cidade, dispersos pelas fazendas do Estado. Êste estabelecimento de ensino foi o último lampejo de uma actividade escolar que fôra a primeira, e por longo tempo, a iluminar a Amazónia.

4. — Entre os discípulos do período final conta-se o Dr. José Monteiro de Noronha, notícia que nos dá Almeida Pinto. José Monteiro estudou no Colégio de Santo Alexandre o curso de Latim, Filosofia racional, Retórica, Física, Teologia especulativa e moral, Elementos de Geometria, etc.» Depois casou, foi advogado, e juiz de fora, e fê-lo tão bem que o título de *doutor* por causa dos seus estudos e cargos) lhe ficou.

---

1. Bett., *Crónica*, 660.
2. *Bras. 25*, 48.
3. *Ordinationes*, Bibl. de Évora, Cód. CXVI/2-2, 143; Carta do Geral ao Superior da Missão, de 21 de Fevereiro de 711, em Lúcio de Azevedo, *Os Jesuítas no Grão-Pará*, 394.

Enviùvando em 1754, quis ser Padre, e o Prelado ordenou-o em 1755 e fê-lo primeiro vigário Geral da Barra do Rio Negro[1]. Nota Alexandre Rodrigues Ferreira, ao passar no Pará, 30 anos depois, que além de um Religioso das Mercês, era êsse antigo discípulo dos Jesuítas, o único homem *natural da terra*, que honrava os créditos dela, na decadência geral que se seguiu à saída dos Jesuítas[2]. Em todo o caso, na perseguição geral do ano de 1760 para se fazer crer que se iniciava a nova *Idade de Oiro*, e que os Jesuítas não faziam falta, expediram-se ordens de Lisboa para que em tôda a parte onde êles tivessem sido mestres, se abrissem escolas em substituição das suas. Para as cumprir, comunica o Governador Mello de Castro, em 1760, que contratou um ex-Jesuíta para dar aula de Filosofia com o ordenado anual de 200$000 e, para ensinar Latim e Retórica, um professor régio, ainda a vir do Reino, nesse ano, com o ordenado de 400$000 reis.

Matias Rodrigues conta assim a transição dos estudos. «O P. Roberto Pereira, sem grau ainda na Companhia, que ficou abalado pela navegação do Maranhão ao Pará e temia ainda mais a do Pará a Portugal, pediu ao Excelentíssimo Reformador [Bulhões] para deixar a Companhia. Saindo dela poucos dias depois, alcançou do Excelentíssimo as insígnias de Doutor em Filosofia e foi nomeado Professor da Cátedra de Filosofia, que tinha deixado o P. Francisco de Sales, prêso com os demais no Colégio. O qual, convidado pelos ministros régios para continuar a reger aquela cátedra, se deixasse a rou-

---

1. Almeida Pinto, *O bispado do Pará*, 56-57. E acrescenta que os Jesuítas pretendiam que José Monteiro de Noronha entrasse na Companhia, negando-se êle «e se recolheu à casa paterna», casando-se pouco depois. Damos isto por conta do autor, no qual não temos extrêma confiança, e que aliás copia, ampliando-a por sua conta e risco, a biografia de Noronha, inserta na *Rev. do Inst. Bras.*, II, 2a. ed., 254. Em primeiro lugar, o Colégio de Santo Alexandre nunca foi Colégio interno, senão para os próprios membros da Companhia, o que suporia que êle foi algum tempo dela, ao menos pretendente, no noviciado, antes do tal acto de recolher à casa paterna... O Seminário interno veio mais tarde. E em tôdas as hipóteses, é totalmente inverosímil que êle estudasse Teologia, sem se revelar primeiro com vocação eclesiástica ou religiosa, pois, sobretudo naquele tempo, não se admitia ninguém a tais estudos se não se destinasse antes a essa carreira.

2. *Apontamentos* de Alexandre Rodrigues Ferreira, compostos, não impressos (cf. supra, *História*, Tômo III, Livro III, p. 227)

peta da Companhia, desprezou generosamente as magníficas promessas que lhe faziam. A *Escola das Meninas* entregou-se a um cónego, e o *Ginásio* de gramática a um médico». A celebérrima *Arte* do P. Manuel Álvares, por onde tinham estudado Latim durante dois séculos, nas quatro partes do mundo, quási todos os escritores e sábios dêsse longo período, foi posta de parte, e substituída por outra[1].

Ao mesmo tempo houve sumo cuidado em enviar para a Côrte quadros dos cursos elementares e demonstrações práticas do *novo* ensino primário, de que se acham vestígios no Arquivo Histórico Colonial, de Lisboa. Na realidade essas demonstrações eram ainda produto do arranque anterior missionário. Extinto o arranque, tudo desandou, até ficar em nada. Atingindo a perseguição também as demais Ordens Religiosas, que colaboravam já nesta obra educativa, sem os Jesuítas nem elas, sobreveio a decadência. Bem se engenhou a Carta Régia, de 11 de Junho de 1761, em ludibriar e adormecer as queixas, acenando que no Colégio dos Jesuítas se estabeleceria um Colégio de Nobres, onde se reùniriam todos os livros confiscados às Ordens Religiosas. O Governador Ataíde Teive informa, em 1773, que se não abriu o novo Colégio, porque os Paraenses «não mostraram o interêsse que deviam patentear à vista de um estabelecimento que tanto podia conspirar para a boa educação dos seus filhos»[2], remoque à incúria dos Paraenses que não condiz com o interesse anterior, do tempo dos Jesuítas.

Há escritores que atribuem o fracasso das medidas governamentais dêsse período à mudança do regime, e que D. Maria I as não secundou. Mas D. Maria só começou a governar em 1777. A razão do fracasso, já em 1773, está na natureza dessas mesmas leis de gabi-

---

1. *Hist. Pers. Maragn.*, do P. Matias Rodrigues, p. 17. Diz o Governador que, com a saída dos Padres da Companhia de Jesus, «ficava esta terra em necessidade das Escolas que êles tinham a seu cargo e não havendo, nas Religiões que aqui têm convento, a modo de ensinarem Filosofia aos estudantes seculares, me pareceu de uma indispensável necessidade aproveitar alguns dos sujeitos que saíram daquella Corporação». E propõe o P. Roberto Pereira, *Anais do Pará*, X(1926) 250. A aula de Filosofia funcionava no Colégio (*Ib.*, 267, 273-274); Barata, *Efemérides Paraenses*, 165. A proposta do Governador era ainda homenagem póstuma aos Padres da Companhia.

2. Cf. Baena, *Compêndio das Eras*, 290.

nete, determinadas por motivos alheios às terras e lugares para onde se legislava. A razão não é pois a incúria dos Paraenses. É outra. E aponta-a Palma Muniz, quando escreve que Mendonça Furtado «desorganizou» a instrução, e que a «falta de idoneidade» dos mestres, que substituiram os Jesuítas e mais Religiosos, fêz o resto. E não tardou que desaparecessem essas escolas «como estabelecimentos inúteis»[1].

Assim se fechou o que se pode classificar de primeira fase, a fase heróica, da instrução e educação no Pará. E iriam passar muitos anos antes de se restaurarem os estudos[2]...

O antigo Estado do Maranhão e Pará desapareceu englobado, e muito bem, na unidade brasileira. O Pará vai retomando a sua tradição de cultura, e é já hoje mais do que foi; o Maranhão ainda permanece na penumbra do passado, sem recuperar o prestígio de outrora; não se perdeu no entanto a tradição dêstes Colégios, dos seus estudos e festas literárias. Por muito tempo o Maranhão foi considerado a *Atenas Brasileira;* e ainda agora, entre as terras do Brasil, o Pará e o Maranhão se distinguem em falar bem a língua nacional, portuguesa, tão alto elevada ali mesmo, por Vieira. Concorrem para isso mais três motivos: porque não recebeu como outras, tantos emigrantes de língua estranha; porque continuou para lá a corrente emigratória da nação colonizadora; e porque o próprio isolamento de comunicações em que ficou largos anos, mantêve quási intacta a sua pureza original.

Do Colégio do Maranhão já nada existe, senão alguns vestígios e a igreja, que ainda é a primeira do Estado, Sé arquiepiscopal; do Pará ainda existe a Igreja e o Colégio, que é hoje Paço Arquiepiscopal e Seminário.

Chamava-se *Calçada do Colégio* a que corre ao lado de Santo Alexandre. E o povo, para honra sua e da tradição local, continua a chamar-lhe *Calçada do Colégio*... Lembra-se, de-certo, com a sua memória intuitiva e justa, que durante mais de um século os seus

---

1. Palma Muniz, *A Instrução Pública no Pará*, no *Dic. Hist. Geogr. e Etnogr. Bras.*, 138-139. Para a restauração dos estudos, cf. César Reis, *A Política de Portugal no Vale Amazónico*, 138-164.

2. «O obscurantismo» — tal é a epígrafe com que Pedro Calmon, *História Social do Brasil*, 3.ª ed. (S. Paulo 1940) 132, abre o período que se seguiu á saída dos Padres.

maiores passaram pelas escolas de Humanidades do *Colégio*, e que na história do Pará não há outro nome mais expressivo nos domínios da cultura, da inteligência e das letras[1].

---

1. Outras manifestações de alta cultura, além dos estudos, andam unidas a êste Colégio. Aqui escreveu a sua *Crónica* João Filipe Bettendorff, daqui saiu o seu *Compêndio da doutrina* em língua tupi; aqui escreveu e datou a sua *História* o P. José de Morais; aqui se redigiram diversas *Memórias* e *Relações* de valor histórico, etnográfico, político e social; dêle foi hóspede o primeiro grande cartógrafo da Amazónia, Samuel Fritz; nêle desenhou o mapa do Cabo do Norte, Aloísio Conrado Pfeil; aqui viveu e escreveu António Vieira algumas das suas célebres cartas; aqui se hospedou e trabalhou La-Condamine na medição do arco do meridiano terrestre...

CLÁUSULA DA PETIÇÃO FEITA AO P. GERAL PARA A MISSÃO DO MARANHÃO E PARÁ SER ELEVADA A VICE-PROVÍNCIA (1726)

Treze assinaturas autógrafas: superiores, consultores, missionários.
Entre êles, dois cronistas, Jacinto de Carvalho e Domingos de Araújo.

CAPÍTULO III

Geografia, Cartografia e Bibliotecas

1 — A Geografia e Cartografia amazónica; 2 — Cartografia oficial. 3 — Livrarias dos Colégios e Aldeias.

1. — O *Inventário do Maranhão* traz distribuidos, pelas aulas e salas de recreio, pendentes das paredes, «os mapas de tôdas as quatro partes do mundo, divisos; e um de todo o mundo»; estampas e alguns retratos, entre os quais o de S. Francisco Xavier e o do P. António Vieira. «E pendiam assim mesmo, guarnecidas com molduras, as cartas geográficas de tôdas as histórias antigas e modernas, desde o princípio do mundo»[1].

Tal ostentação de mapas mostra, sem dúvida, o empenho dos Jesuítas na cultura das ciências históricas, geográficas e cartográficas, na formação das quais tiveram êles próprios parte activa e directa, nas quatro partes do mundo. Basta lembrar que foram os Jesuítas que descobriam na África as nascentes do Nilo Azul e as cataratas do Zambese; na Ásia ficaram célebres as viagens de António de Andrade e Bento de Gois desde a Índia ao Tibete e à China; na América os dois maiores rios dela, o Mississipi e o Amazonas foram explorados pelos Jesuítas: Mississipi, por Marquette, o Amazonas, dir-se-á aqui, que é o nosso próprio assunto.

A Geografia amazónica, olhada como descrição dos acidentes físicos da terra, tem o seu primeiro e maior monumento no *Nuevo Descubrimiento* do P. Cristóvão de Acuña, companheiro à volta, daquela extraordinária expedição de Pedro Teixeira a Quito, de tão

---

1. *Inventário do Maranhão*, 23.

decisivas consequências para o alargamento do Brasil, ainda não suficientemente ponderadas. É livro fundamental [1].

Depois de Acuña, até João Daniel, a resenha dêstes estudos ou referências geográficas dos Padres da Companhia sôbre a Amazónia seria o próprio Catálogo de *Crónicas* e *Notícias*, impressas ou inéditas, que deixaram os antigos missionários do Maranhão e Grão-Pará. Dará por si só um volume, quando se organizar com o rigor científico que a matéria exige. Das *Crónicas* maiores ver-se-á aqui mesmo no Capítulo VI.

Algumas destas notícias ficam mencionadas sumariamente nas páginas desta obra, Tômo III, e também certos factos geográficos, tomadas de rumos e alturas, como aquela do Rio Tocantins, que não pôde realizar Vieira, por falta de astrolábio, mas que pouco depois efectuou o P. Manuel Nunes [2]. A do Rio Parnaíba. E outras. Uma vez na posse dos instrumentos indispensáveis, os *Roteiros* fluviais jesuíticos multiplicaram-se em sucessivas entradas durante um século [3].

---

[1]. Cf. C. de Melo Leitão, *História das expedições científicas no Brasil* (S. Paulo 1941) 303-305. Sôbre os mapas referentes ao Amazonas, cf. A. de Santa Rosa. *História do Rio Amazonas* (Pará 1926) 191-195, e *Limites do Amazonas e Pará* (Pará 1937) *passim*. Não dizemos que o *Nuevo Descubrimiento* seja o único, nem mesmo o primeiro escrito sôbre o curso do Amazonas. Da parte dos Portugueses escreveu Estácio da Silveira a *Relação Sumaria das Couzas do Maranhão*, mas descreve o Pará, como «fronteira», sem entrar no Amazonas, senão para fazer referência à viagem de Orelhana. A *Relação* desta viagem, escrita por Fr. Gaspar de Carvajal, dominicano, é a primeira do curso do Amazonas. Todavia não se detém, excepto uma ou outra referência, como aos *Omáguas*, em denominações locais, e, ela própria permaneceu inédita por largo tempo. Também a *Viagem dos Leigos* franciscanos foi publicada em data posterior à de Acuña. Cristóvão de Acuña, impresso em 1641, foi realmente, durante muito tempo, a única fonte pormenorizada de conhecimentos geográficos e etnográficos do Rio Amazonas e é considerado por todos, apesar das inevitaveis deficiências da época, a primeira «expedição científica» ao Vale do Amazonas, «em que estudou minuciosamente os costumes dos povos indígenas, fazendo curiosas observações e apresentando sugestões que ainda são oportunas neste meado do século XX». (Cf. C. de Melo Leitão, *Descobrimentos do Rio Amazonas* (S. Paulo 1941) 9. Melo Leitão, reúne nêste livro, em português, três *Relações*: a de Carvajal, a do Descobrimento do Rio Amazonas, de autor controverso, e o *Novo Descobrimento* do P. Acuña.

[2]. *Cartas de Vieira*, I. 555-556.

[3]. Outro capítulo interessante, sem dúvida, é o que se escreverá um em sôbre *Os Jesuítas na Geografia das comunicações brasileiras*, sugestão que nos vida

2. — O primeiro mapa do Rio Amazonas, ao que parece, foi desenhado em S. Luiz no dia 22 de Maio de 1637, aproveitando-se os dados que subministrou a expedição descida de Quito em 1636 na qual vinham o português Francisco Fernandes e os religiosos franciscanos espanhois André de Toledo e Domingos de Brieva, mapa que publicou Lúcio de Azevedo na 2ª. edição de *Os Jesuítas no Grão--Pará* (no fim). É o corte longitudinal do Rio, em zig-zag, com afluentes imprecisos, conjecturais. A cartografia amazónica, digna dêsse nome, diz o mesmo Lúcio de Azevedo, foi fundada pelos Jesuítas, com o grande mapa do P. Samuel Fritz[1]:

El Gran Rio
MARAÑON o AMAZONAS
Con la Mission de la Compañia de IESVS
Geograficamente delineado
Por el Pe. Samuel FRITZ Missionero continuo en este Rio.
P. J. de N. Societatis Iesu quondam in hoc Marañone Missionarius sculpebat Quiti Anno 1707.

Aquelas iniciais J. de N., é o gravador, também Jesuíta, P. Juan de Narváez. O original do P. Fritz levou-o La Condamine, quando passou em Quito, depositando-o a 27 de Dezembro de 1752, na Biblioteca Real de Paris. Conhecem-se várias edições dêste Mapa, afora muitas reduções entre as quais a que temos diante de nós, do P. Jouanen, que nos diz também caber ao P. Fritz o «mérito de ter

---

directa do notabilíssimo livro de Mário Travassos, *Introdução à Geografia das comunicações Brasileiras*, Rio 1942. Capítulo que abrangerá não só o Norte, mas todo o Brasil e não só de comunicações fluviais, mas também terrestres e até marítimas. Será bom documento a carta de Pedro de Pedrosa de 25 de Agôsto de 1682 em que relata as tentativas de comunicação entre o Maranhão e o Pará e entre o Maranhão e o Ceará, e até entre a Baía, em que êle próprio foi o primeiro a dar, ao seu barco, *novo rumo*, não usado até então na navegação por mar. Cf. Studart, *Documentos*, IV, 234.

1. Lúcio de Azevedo, *Hist. de A. V.*, I, 311; cf. Rodolfo Garcia, *O Diário de Samuel Fritz* na *Rev. do Inst. Bras.*, 81(1917)369-374.

sido o primeiro a assinalar a verdadeira origem do grande rio na Lagoa de Lauricocha»[1].

Dêste mapa, com preocupações de exactidão, observações astronómicas, notação hidrográfica, povoações e tribus indígenas ribeirinhas, parte pois a cartografia científica do Amazonas. E o movimento, assim iniciado, fecha com o *Mappa Vice-Provinciae Societatis Iesu Maragnonii Anno MDCCLIII concinnata*, existente em Évora[2], já também publicado em cópias reduzidas na primeira edição dos *Jesuítas no Grão-Pará*, em *Luiz Figueira* e aqui mesmo, no fim dêste Tômo[3]. Os documentos falam ainda de outros mapas jesuíticos no século XVII, alguns dos quais talvez andem inidentificados pelos arquivos do mundo. Algumas referências poderão servir para a possível identificação.

A 10 de Setembro de 1658 escrevia o P. António Vieira para a Cidade Eterna: «Vai com esta um *mapa* de tôdas as *terras e rios*, por onde até agora estamos estendidos, e das casas e residências e mais cristandades, que temos à nossa conta, as quais tôdas já têm igreja». «Deste *mapa* e da *disposição dos sítios* e casas dêle, se entenderá facilmente a idéia de tôda a missão»[4].

Em 1676, quando os Jesuítas exploraram o Rio Parnaíba, entre o Piauí e o Maranhão, mediram as alturas com o astrolábio e o Ir. António Ribeiro fêz «um *mapa dos rios e terras* em que tinham entrado»[5].

Nas missões do Cabo do Norte e do Solimões, o P. Aloísio Conrado Pfeil, notável matemático, convidado por El-Rei para construir algumas fortalezas e ser professor de *Polémica* (no sentido militar:

---

1. Jouanen, *História*, 645-646. Sôbre a fonte do Amazonas pareee que ainda se não fechou totalmente a discussão.

2. *Pinacoteca*, IV/3.

3. Encontram-se ainda outras reproduções menores dêste mapa em diversas publicações. Uma delas por Virgílio Correia Filho, *Devassamento e ocupação da Amazónia Brasileira* na Rev. Bras. de Geogr., Rio, Abril-Junho de 1942, p. 278. Reproduzem-se também, neste interessante artigo, em menos de meia página cada um, os mapas de Samuel Fritz, e o que saiu em *Voyages and Discoveries* (Londres 1698), desenhado por Sanson, segundo elementos tirados do livro do P. Acuña.

4. S. L., *Novas Cartas*, 266.

5. Cf. supra, *História*, Tômo III, Livro II, *Rio Parnaíba*, p. 161-162; Bett., *Crónica*, 313-314; Bras. 26, 45v-46v.

estratégia) declinou a oferta, alegando incompetência, como êle próprio escreve[1].

Mas Pfeil era também cartógrafo e êle e Fritz estiveram juntos no Pará; e do contacto entre êstes dois homens superiores houve influência recíproca. Pfeil deixou-se sugestionar por Fritz quanto aos limites entre Portugal e Castela. Convidado por Êl-Rei D. Pedro II em 1693 a levantar a planta do Rio Negro não se mostrou inclinado a tal tarefa[2]. Mas de Pfeil deve ter partido a primeira sugestão do mapa da Amazónia. Já em 1685, quatro anos antes da estada de Fritz no Pará, o Superior da Missão ofereceu em Lisboa a El-Rei «um grande mapa novo e belo do *grande Rio das Amazonas*, delineado e feito pelo P. Aloísio Conrado Pfeil, insígne matemático, para El-Rei ver as terras e rios que tinha desde o Pará até ao marco do Cabo do Norte»[3].

Estando feito êste mapa do *Grande Rio das Amazonas* em 1685, é inverosímil que encontrando-se os dois geógrafos no Pará e discutindo o assunto e sobretudo entendendo-se tão bem, não tivesse o P. Fritz visto e até copiado para seu uso o mapa do missionário da Coroa de Portugal[4].

Outros mapas devem ter feito os Jesuítas do Norte, ponto difícil de averiguar por terem as vissitudes de perseguição da 1759 separado e dispersado os documentos. Mas uma vez ou outra se conservaram juntos. É o caso da *Breve Notícia do Rio Tapajós*, de 1751, onde com a *Notícia* se guarda ainda o mapa ou esbôço que a acompanhava[5].

Entre os cartógrafos Jesuítas do centro e sul do Brasil há um que vai mencionado no Tômo III nas Aldeias do Ceará, Jacobo Cócleo (Jacques Cocle).

Luiz dos Santos Vilhena conta que se serviu dos mapas que obteve, «levantados por homens da mais alta esfera e talentos, a quem não faltavam luzes de Geometria, como sejam muitos dos Engenheiros que têm passado a servir neste Continente, além de alguns

---

1. Carta de 27 de Fevereiro de 1691, *Bras. 9*, 364v.
2. *Bras.* 3(2), 330-330v.
3. Bett., *Crónica*, 402
4. Cf. supra, *História*, Tômo III, os Capítulos consagrados ao *Cabo Norte* e ao *Rio Solimões*, e S. L., *Os Jesuítas no Cabo do Norte* na Revista Brasileira (Setembro de 1942) p. 17.
5. Bibl. de Évora, Cód. CXV/2-15, números 6-7.

outros militares bem instruidos, e Religiosos da Companhia não só peritíssimos do Continente e sertões, onde entraram a missionar, observando tudo com exquisita miudeza, entre os quais o P. Cócleo, que levantou a *Carta da Costa do Brasil*, os Padres Diogo Soares e Domingos Capaci, matemáticos de profissão, mandados pelo Senhor Rei D. João V, a fazer observações e lavantar cartas das *Capitanias do Sul*»[1].

A menção dêstes Padres Diogo Soares e Domingos Capaci sugere uma aproximação com Fritz, não como criadores da Cartografia no Brasil, que isso pertence a outros, e já desde o século XVI, mas para notar que o Barão Homem de Melo coloca o Alvará de D. João V, de 18 de Novembro de 1729, nomeando-os cartógrafos régios, a seguir ao *Prefácio* do seu *Atlas do Brasil* (Rio 1909). Há neste facto a intenção visível no moderno e ilustre geógrafo brasileiro, de fazer datar de aí, no terreno prático, a instituição oficial dos trabalhos *geográficos* e *cartográficos* do Brasil. E pelo texto do Alvará, que desce às menores circunscrições de então, se vê que as intenções dêsses estudos cartográficos iam ainda mais longe, e já contêm em germe, os próprios fins da *estatística* de carácter fiscal e soberania política.

«Eu El-Rei faço saber aos que êste meu Alvará virem, e em especial ao Vice-Rei e Capitão general de mar e terra do Estado do Brasil, Governadores do Rio de Janeiro, S. Paulo, Minas Gerais, Pernambuco, Maranhão, Capitão-mor da Paraíba, e mais Capitães-mores de outras *Capitanias, Distritos, Vilas e Freguesias dos sertões* do dito Estado, oficiais das Câmaras das cidades e vilas dêle, ouvidores gerais das Câmaras, juízes de fora e das terras, provedores de minha fazenda, almoxarifes e assim também aos donatários das terras da Coroa, sitas no dito Estado do Brasil, ou seus tenentes e ouvidores, que eu hei, por meu serviço e muito conveniente ao *govêrno* e *defensa* do mesmo Estado, boa *administração* da Justiça e *arrecadação de minha fazenda;* e para se evitarem as dúvidas e controvérsias que se têm *originado dos novos descobrimentos, que se têm feito nos sertões* daquele Estado, de poucos anos a esta parte, *fazerem-se mapas das terras* do dito Estado não só pela *marinha*, mas pelos *sertões* com tôda

---

[1]. Luiz dos Santos Vilhena, *Notícias Soteropolitanas e Brasílicas (Cartas de Vilhena)* ed. de Brás do Amaral (Baía 1922) 787-788; sôbre os trabalhos cartográficos do P. Cócleo, cf. *Documentos Históricos*, XXXIV(1936) 256-257; XL, 137-138.

a *distinção* para que melhor se assinalem e conheçam os *distritos de* cada bispado, *govêrno, capitania, comarca* e *doação;* para esta diligência nomeei dois Religiosos da Companhia de Jesus, peritos nas matemáticas, que são Diogo Soares e Domingos Capaci, que mando na presente ocasião para o Rio de Janeiro».

O Alvará trata logo das facilidades administrativas que se deveriam prestar aos dois sábios Religiosos para o bom desempenho da sua missão científica que se completava mutuamente, cabendo ao P. Capaci mais as observações astronómicas e ao P. Soares as ciências naturais e geográficas. Como se sabe, ficaram famosos os mapas que levantaram, e as suas observações foram transmitidas de Portugal às principais academias do mundo [1].

Baste-nos esta indicação sumária sôbre os dois grandes geógrafos, pois a êles voltaremos um dia, quando tratarmos expressamente de Minas Gerais e da Colónia do Sacramento no Rio da Prata, onde acharemos também outros geógrafos Jesuítas, que não pertencem à Assistência de Portugal, mas cujos trabalhos interessam ao Brasil. O último nome de Jesuítas do Brasil, que achamos como cartográfo é o P. Manuel Bessa, que vivia em Roma, em 1778, e tinha feito com suma diligência e conservara inédito, um *grande mapa de todo o Brasil* [2].

Outros Jesuítas do Maranhão e Grão-Pará viviam então em Roma, entregues a fainas literárias, de que resultaram diversos livros, ou a investigações históricas entre os quais Matias Rodrigues, autor da *Historia Pro-Provinciae Maragnonensis*, e um dos organizadores do célebre Arquivo Geral da Companhia [3].

3. — Esta preocupação dos livros datava da época já distante quando os Jesuítas criaram as primeiras bibliotecas do Brasil. No Norte cuidaram também de organizar as suas, como instrumento prévio e necessário de cultura e cujo núcleo principal foi, quási na origem, a própria livraria de Vieira. Em 21 de Março de 1661, para mover o Geral a criar estudos na Missão, dizia êle que «livraria temos

---

1. O P. Domingos Capaci faleceu em S. Paulo no dia 14 de Fevereiro de 1736. *Hist. Soc.*, 52, 61; Diogo Soares, em Minas, em Janeiro de 1748, *Ib.*, 53, 96.
2. Cf. supra, *História*, Tômo I, 573.
3. Cf. S. L., *Páginas*, 242.

muito boa»[1]. Naturalmente, ao embarcar em Lisboa, o grande escritor, como quem era, não descurou êsse aspecto cultural da missão.

A livraria, já então «muito boa», deveria ter-se começado modestamente com Luiz Figueira, e com as primeiras aulas de latim; e desta forma teriam principiado também as livrarias do Pará e Casas mais importantes da missão. As livrarias constituiam-se com obras vindas de Portugal, como as que trouxe Vieira e outros, algumas do Brasil, e outras ainda doadas e compradas, ali mesmo, no Pará, e no Maranhão de pessoas que tendo desempenhado funções públicas, ao voltarem a Portugal, preferiam vendê-las a pagar novos fretes de torna-viagem. Por exemplo no Pará, em 1720, compraram-se mais de 100 volumes ao Ouvidor Geral, por 600$000 réis» que ficaram pagos»[2]. E também para o Procurador da Companhia em Lisboa se remetia dinheiro para a compra de livros, a começar pelos mais indispensáveis, como o *Instituto* da Companhia, de que se pediam exemplares diversos[3], e outros, de tôda a espécie. Parte dos géneros agrícolas, cacau, cravo, que se arrecadava nos Colégios, era para êsse fim.

Outra parte da receita, para livros, era a venda de medicamentos. Os Colégios do Maranhão e Pará, distribuiam os remédios, que manipulavam nos seus laboratórios, aos moradores, de forma que nos parece equitativa, distinguindo os clientes. Aos pobres, sempre grátis; aos ricos, ora grátis; ora mediante remuneração. Em 1732 determinou-se que o produto desta venda de remédios se aplicasse à compra de livros[4]. Supomos que eram livros da especialidade, porque o inventário da farmacia e laboratório do Colégio do Maranhão possuia «30 tomos de medicina e botica»; além de 5 tomos que ficaram em casa do cirurgião Manuel de Sousa. A determinação parece, contudo, de alcance mais geral.

Os Jesuítas procuravam defender as suas livrarias para que se não dispersassem com fáceis empréstimos. Mas previram o caso e levavam para dar e repartir pelos moradores, «principalmente os mais entendidos, grande quantidade de livros». E não apenas devocionários ou catecismos, senão outros que tratassem das coisas do espírito, diz

---

1. S, L., *Novas Cartas*, 295.
2. Arq. Prov. Port., *177* (21).
3. *Bras. 26*, 150.
4. Bibl. de Évora, Cód. CXVI/2-2,151.

Vieira¹. Isto sem falar dos «cartapácios» escolares, de distribuição gratuita, renovada sempre em tôda a parte na fundação dos Colégios.

A principal livraria do Norte do Brasil era a do Colégio do Maranhão, por ser o Colégio Máximo da Vice-Província. A livraria ficava paralela à igreja (hoje catedral), com janelas rasgadas para o pátio interior. No meio da sala, uma grande mesa de consulta. À roda, estantes, onde se acomodavam «até 5.000 volumes». Livraria especializada, como hoje diríamos (O *Inventário* diz livros «especiais»...), de acôrdo com as ciências e letras professadas no Colégio. Em mais abundância, os clássicos.

A livraria do Colégio de Santo Alexandre, do Pará, situava-se, como dissemos ao tratar dêste Colégio, num corredor, da banda do Poente. Tinha as suas estantes encaixilhadas, com uns remates em tarjas de talha para os dizeres das matérias. Compunha-se, em 1718, de 1263 volumes². Em 1760 possuía mais de 2.000, diz o *Inventário*.

Na Casa-Colégio da Vigia, a livraria, de formação recente, contava já 1.010 livros em 1760³; os do Seminário de Nossa Senhora das Missões do Pará, eram alguns centenares: o Seminário do Maranhão dispunha também de uma estante dêles, «pela maior parte de línguas estranhas». Outros pequenos Seminários dependentes do Colégio do Maranhão (Aldeias Altas e Parnaíba) e a Casa-Colégio de Tapuitapera tinham idênticas estantes. Mais nutrida era a Biblioteca da Casa, simultaneamente de Exercícios e de Campo, a Madre de Deus, do Maranhão: Nela «ficaram perto de 1.000 volumes, de tôdas as matérias, quási todos encadernados de novo, em pasta.»

Assim por toda parte. Não havia Aldeia, por mais recuada que fôsse na profundeza dos sertões e rios, que a não iluminasse ao menos uma estante de livros.

Que destino tiveram depois de 1760?

As livrarias do Pará (Colégio de Santo Alexandre, Casa da Vigia, Seminário de Nossa Senhora das Missões), ao todo uns quatro mil volumes, decidiu-se em 1760, que se não pusessem em hasta pública, e que os jogos dobrados se enviassem para Lisboa onde poderiam ser vendidos «com melhor reputação», e que as três livrarias reùnidas se destinassem a constituir a Biblioteca Pública da cidade.

---

1. Vieira, *Resposta aos Capítulos*, 227.
2. Cf. «Catálogo», em Lamego, *A Terra Goitacá*, III, 356.
3. Cf. infra, *Apêndice I, Catálogo da Livraria da Casa da Vigia.*

Entretanto, ficariam no Colégio[1]. Tal foi o primeiro destino dêsses livros. Aplicaram-se no ano seguinte a um problemático Colégio de Nobres, que se não chegou a fundar[2]. Até o momento de redigir estas linhas, ignoramos positivamente o seu destino último. Deviam ter ficado no Pará. Mas a crer em Almeida Pinto, o Bispo D. Fr. João de S. José e Queirós, beneditino, enviou «dez caixões com os ricos livros dos Jesuítas aos seus confrades de Lisboa»[3].

Nas nossas pesquisas pelas Bibliotecas Portuguesas achamos alguns do antigo Colégio do Pará, como a *Arte da Língua Brasílica*, de Luiz Figueira, que passa por ser o único exemplar da primeira edição, existente no mundo, e que tem escrito e riscado, mas ainda legível: *Colº do Pará* [4].

Os livros das casas do Maranhão (Colégio, Madre de Deus, Seminários e Alcântara) foram confiados ao Prelado diocesano pela Carta Régia, de 11 de Junho de 1761. E em breve, diz César Marques tôdas essas obras preciosas andavam ao desbarato[5].

Já referimos o que o poeta Gonçalves Dias encontrou, no seu inquérito, de 1851, ao Maranhão, isto é nada, lastimando que assim se consumasse no século XIX a obra de ruína, iniciada no anterior[6].

Fazendo-se os cálculos, pelos *Inventários* e referências conhecidas, fica decerto abaixo da realidade, computar em 12.000 os livros dos Jesuítas no antigo Estado do Maranhão e Grão-Pará[7].

---

1. Carta de Melo e Castro a Tomé Joaquim da Costa Corte Real, do Pará, 8 de Agôsto de 1760, *Anais do Pará*, X, 254.
2. Baena, *Compêndio das Eras*, 290. A carta régia, de 11 de Junho de 1761, doava ao Colégio dos Nobres, sob a vigilância da Câmara do Pará os livros do Colégio de Santo Alexandre e da Vigia. Mas êste Colégio dos Nobres não foi por diante, como se viu. Cf. supra, p. 277.
3. Almeida Pinto, *O bispado do Pará*, 83.
4. Cf. S. L., *Luiz Figueira*, 80/81, onde se póde ver a similigravura do frontispício, também reproduzida nêste IV Tômo.
5. César Marques, *Dic. do Maranhão*, 105, 514.
6. Cf. supra, Tômo I, XXIV.
7. Não entram neste cômputo os livros das Casas e Aldeias do Ceará. A de Ibiapaba, pela sua mesma duração, devia possuir bom número; e mais ainda, pelas suas funções de ensino, o Real Hospício de Aquirás, com o Seminário anexo.

CAPÍTULO IV

Belas-Letras e Teatro

1 — Oratória e poesia clássica; 2 — Versos tupis; 3 — Cantos e música; 4 — Teatro e papeis femininos; 5 — O "Auto de S. Francisco Xavier".

1. — A influência literária dos Jesuítas do Brasil foi grande, não só nos seus discípulos, os maiores nomes literários do período colonial, mas também em si mesmos, desde o P. Anchieta ao P. Francisco de Faria, presidente da Academia dos Selectos. No Norte, meio mais restricto, assinalaram também a sua passagem, em si mesmos e noutros, que dos bancos dos Colégios subiram aos mais altos cargos do sacerdócio, da magistratura e da milícia.

Como aliás no resto do Brasil, os exercícios escolares da Companhia de Jesus, nos Colégios do Maranhão e Pará, eram os que definiu António Vieira, exigindo dos estudantes, composições em prosa e verso, actos de declamação, diálogos e dominicais [1].

Entende-se por dominical, o ensaio de prègação em que o discípulo, sôbre um tema dado com poucos dias de antecedência, falava diante dos mais, e geralmente no púlpito do refeitório, aos domingos. Compreende-se, sem esfôrço, a importância de tal exercício para as lides da palavra, numa terra, como o Brasil, em que os «senhores da fala» tanto se apreciam e não só entre os Índios...

As composições em prosa e verso dos estudantes são as de todos os tempos e lugares. Às vezes utilizava-se o acontecimento da hora, como em 1728, que falecendo o P. António Vaz, com sentimento geral, a sua morte se deu «por matéria de *elegia* na composição dos Cursistas» [2]. Muitas ainda jazem pelo pó dos arquivos. Mostra destas

---

1. *Bras.* 3(2), 262–262v.
2. *Lembrança dos Def.*, 8.

composições é o *Aplauso* de Bettendorff à Princesa Isabel Maria Francisca[1]. E êsse espírito de cultura humanista penetrava os sertões e dêle se encontraram vestígios na Amazónia, como naquela aprazível varanda da Residência dos Jesuítas na Aldeia de Tapajós (hoje cidade de Santarém), lugar de recolhimento e descanso, em cujos tarjões do tecto pintado, se desenhavam inscrições latinas. Conservam-se 7 dísticos, reminiscências das Belas-Letras clássicas, acomodados todos a local de repouso e retiro, convidando ao silêncio, à discrição, amor do próximo, modéstia e constância na adversidade.

I

Tutius est homini taciturnam ducere vitam
Quam secum socios prorsus habere malos.

É mais seguro ao homem levar vida calada
Do que trazer consigo companheiros maus.
[Mais vale só, que mal acompanhado...]

II

Quando voles alios verbis mordere caninis
Foeda tui cordis respice, mutus eris.

Quando quiseres morder os outros com palavras caninas (afiadas).
Olha as nódoas do teu coração e ficarás calado.

III

Omnibus obsequium praestabis, ut omnis honoret
Te bonus, a nullo dedecorere malo.

Sê prestável a todos, para que o homem bom te honre,
e não te desonre o mau.

IV

Rara juvant animos, crebris fit nausea rebus,
Gratior et fueris quo minus ipse frequens.

As coisas raras animam, o enfado nasce das coisas repetidas:
Tanto mais estimado serás, quanto fores menos assíduo.

---

1. Bett., *Crónica*, 419.

V

Fortunam adversam debes tolerare ferendo,
Contingat forsan ne tibi deterior.

Deves levar com paciência a fortuna adversa;
Não te suceda talvez outra pior.

VI

Multis lingua nocet, nocuere silentia nulli,
Lingua dedit vitam clausa, reclusa necem.

A muitos prejudica a língua, o silêncio a ninguém;
Língua fechada deu vida, deu morte a desenfreada.

VII

Deficit ambobus qui vult servire duobus,
Plurima conantes prendere pauca ferunt.

Falta a ambos quem quer servir a dois,
Quem tenta colher muito, leva pouco.
[Quem muito abarca, pouco aperta...]

Quando Santarém possuir Academia, tem onde colher os primeiros elementos da sua vida literária[1].

2. — Em campo diverso da cultura clássica está a linguística americana. Não cremos seja temerário admitir alguma influência dos Padres nas próprias canções dos índios. Os Jesuítas, organizando a *língua geral*, deixaram-nos em seus escritos inúmeros espécimes da sua mentalidade e usos, contribuição etnográfica do mais alto valor. Não falamos apenas das canções cristãs como a conhecidíssima *Tupan ci Angaturama*. Parece-nos ainda vislumbrar a intervenção dos Padres na redondilha popular portuguesa de sete sílabas em

---

1. D. Fr. João de S. José, *Viagem e Visita do Sertão*, na *Rev. do Inst. Bras.*, IX, 2.ª ed. (1869) 79-80. «Dizem correr esta obra por conta do P. Joaquim de Carvalho.» Nem sempre foi correcta a cópia de D. Fr. João, nem sempre fiel a tradução que dá. Acertamos a cópia e traduzimos de novo.

certas canções tupis, dadas por exclusivamente indígenas como esta, recolhida por Barbosa Rodrigues na *Poranduba Amazonense:*

> Andira Iurupari
> Umucu ce ratá;
> Cururu mirá catu
> U mundeca ce ratá.

Tradução:

> O morcego, demónio,
> Apagou meu fogo;
> O sapo, gente boa,
> Acendeu meu fogo [1].

Todos os quatro versos tupis são de sete sílabas, excepto o segundo que talvez também o seja escrevendo-se *iumucu ce ratá*, ou outra de acôrdo com a índole da língua.

Mas isto é mundo novo de sugestões, que nos levaria para longe do que aqui intentamos, e de que pedimos perdão, se não nos detemos mais com sugestões desta ordem. Fiquemos no terreno firme da história positiva, onde ainda há muito também de novo a ver, como no da música e do teatro, estudo já começado no século XVI, e no Norte igualmente cultivado.

3. — O *Teatro* — Tragédias, Comédias, Diálogos — eram exercício habitual dos estudantes de Humanidades, onde quer que houvesse Colégio da Companhia, por fôrça da sua lei orgânica de estudos, que é o *Ratio Studiorum*.

No Estado do Maranhão e Grão-Pará, principiou-se em 1615, no próprio ano da Conquista do Maranhão e exactamente como Nóbrega tinha começado no Estado do Brasil, pelo canto, danças e música [2]. Citam-se, depois, muitos casos, como êste do P. Diogo da

---

5. Afrânio Peixoto, *Primeiras Letras* (Rio 1923) 260. Ratá, fogo, vem escrito *tatá* em Anchieta, Figueira e Montoya, Martius, etc. Cf. outros espécimes, no mesmo Autor, *Panorama da Literatura Brasileira* (S. Paulo 1940) 29.

6. Os Padres Gomes e Nunes, « diebus omnibus Deo colendo unice dicatis, celeberrimi P. Emmanuelis de Nobrega *Primarii Brasiliae Apostoli*, morem secuti, rem divinam cantabant ad organi sonitum, cantantibus quoque atque pulsantibus etiam instrumenta neophytis », *Hist. Proprov. Maragn.*, 136.

Costa, que sabia «cantar e tocar admiravelmente bem a viola, e ensinava os rapazes a cantar e tocar, suspendendo os ouvintes nas festas»[1]. Mas, apesar dêste manifesto gôsto da música, revelado pelos índios, as circunstancias sociais da sua vida impediam a aprendizagem sistemática desta arte. Impulsionou-a Vieira, e, no § 15 da lei orgânica das Aldeias, instituiu verdadeiras escolas de canto coral e de música instrumental. Para isso gastou dinheiro, comprou instrumentos, e ainda alguns viu, no Colégio do Pará, o P. João Daniel. Mas afastado Vieira e renovada a legislação em moldes de menos protecção ao índio, a vida social ficou reduzida quási unicamente ao regime de serviço. E os colonos gostavam mais de ver os índios a remar nas canoas e a trabalhar nas suas fazendas do que dados a dedilhar e assoprar instrumentos músicos, entregues ao desinteresse da arte[2]. Em todo o caso, a lei de Vieira manteve-se até ao fim, e aqui e além, quando os Padres podiam, organizavam festas instrumentais e solenes; e além dos córos e estudos de solfa, para os próprios Jesuítas, criaram formalmente aulas de música para alunos, da classe média e superior, nalguns Colégios do Centro do Brasil, em particular no de Belém da Cachoeira, Baía[3].

As danças, umas eram as dos próprios Índios, como a do «Poracé», «Dabucuri», «Varaquidrã» e outras, que os Padres não suprimiram, pondo-lhes apenas limite horário aos sábados à noite, para que não sucedesse no domingo de manhã, não tanto pelas danças, como pelo *cachiri*, *cauim*, ou outras bebidas embriagantes, que as acompanhavam, ficarem incapazes para a vida social e assistência aos actos de culto. Mas a estas danças indígenas, os Padres acrescentaram outras, sobretudo com os meninos, como meio de educação, entretenimento e arte. E ensinavam-os «a dançar ao modo português, que para êles era a coisa de mais gôsto que pode ser», escreve Luiz Figueira[4]. E era com danças que se recebiam nas Aldeias, as

---

1. Bett., *Crónica*, 478.
2. João Daniel, *Tesouro Descoberto*, 4.ª P., 55. Cf. supra, Visita do P. Vieira, § 15, p. 112.
3. Escreve o último reitor do Colégio do Maranhão: «Na mão de Carlos José, *organista* do Colégio, ficou o *cravo* do dito Colégio, a quem, depois de estarmos presos, fiz um escrito, em que dizia lho tinha dado, mas foi só para que lho não tirassem», *Inventário do Maranhão*, 24-25.
4. S. L., *Luiz Figueira*, 30.

pessoas gradas que as visitavam. O facto, já assinalado no Sul, repetiu-se no Norte[1].

4. — Dos cantos, danças e música passou-se aos espectáculos, e no Norte deu o primeiro impulso o P. Luiz Figueira, na inauguração da igreja de Nossa Senhora da Luz do Maranhão, pelo ano de 1626, com um *Diálogo*, em que ao lado do *Gentilismo*, pobre e miserável, se apresentava o *Cristianismo*, cheio de esperanças; e, num trono ou carro alegórico, a *Igreja nova do Maranhão*[2].

Depois, com a fixação e desenvolvimento dos estudos, as representações teatrais entraram em plena actividade e passaram da rua para o palco, como em 1668 no *Auto de S. Francisco Xavier*, em que o Santo prègava de um navio e ressuscitava mortos[3].

Uma das características do teatro no Norte, reminiscência dos *Mistérios e Autos Sacramentais*, foi abrirem-se as igrejas para essas representações, com mais freqüência do que no Centro e Sul. Entre as festas, com que os Jesuítas celebraram a entrada do 1.º Bispo do Maranhão, D. Gregório do Anjos, havia uma comédia que se devia representar no «arco do Colégio de Nossa Senhora da Luz». Ameaçando chuva, «foram à *matriz* e lá se representou com agrado de todos»[4].

Em todos os tempos teve o teatro papel importante na vida social. Atraía e educava o povo, saùdava os Prelados, e também servia às vezes para selar pazes e amizades. Em 1731 a peça *Concórdia*, representada no Colégio do Maranhão, compôs-se para celebrar a que se fizera com o Governador, pouco afecto à Companhia, Alexandre de Sousa Freire[5]. Mas, como sempre, em matéria de teatro, a tendência para o abuso era quási irreprimível. Com o latim, escolar, difícil, pendia-se para o português e até para o tupi. E os vestidos de mulheres esvoaçavam nas peças. Talvez tivesse sido naquela peça em honra do Governador. *Concórdia* é feminina...

---

1. Cf. Bettendorff, na Aldeia dos Tupinambás, recebido pelo P. Francisco Veloso, com *danças de meninos*, que o acompanham até à igreja, ida e volta; na Aldeia de Mortigura, com repiques e danças costumadas», etc., *Crónica*, 155, 156.
2. *Bras. 8*, 387.
3. *Bras. 3*(2), 69.
4. Bett., *Crónica*, 328.
5. Cf. Lúcio de Azevedo, *Os Jesuítas no Grão-Pará*, 217.

E logo veio a inevitável observação de quem a podia fazer. Esta insistência em se evitarem papeis femininos no teatro da Companhia não significa hostilidade para com a mulher. Ninguém a honra mais do que a Igreja Católica. No paganismo, a mulher era «objecto de prazer», a «Venus» clássica ou a «escrava», a quem se não dava importância: no judaísmo, depois da maternidade, era a «impura». As purificações rituais das filhas de Israel são conhecidas de todos. Veio o Cristianismo e colocou a mulher à altura do homem, no sacramento do matrimónio; deu-lhe a realeza nos sonhos dos castelões, elevou-a aos altares. Basta ler Vieira, na página admirável que nos legou, sôbre o nome e a maternidade de Maria, para se conhecer a profundeza do seu afecto, e como nêle se subentende a descrição verídica e quási sentimental de todo o amor para com a mulher, a quem damos o doce nome de mãe[1]. Todavia, se a Igreja e os Jesuítas assim honram a mulher, não se segue que se perca a noção das conveniências e do «mais útil». E não é certamente «mais útil» propinar sempre à juventude o «cansado chá que ferve», excitando-a ao devaneio ou às paixões antes do tempo. No tempo de estudos e dos Colégios, é natural que a juventude se aplique e prepare para outras actividades da vida, em que não basta o despertar dos instintos...

Para a ausência de papeis femininos no teatro da Companhia, além desta função educativa, havia ainda outra razão, esta de carácter interno: evitar que adversários de má fé desvirtuassem as intenções dos mestres, interpretando-as contra o bom nome dos mesmos mestres, receio não destituido de fundamento, pois restam vestígios certos de que o tentaram.

O teatro da Companhia, com escopo essencialmente humano e progressivo, nos seus começos divertia, entretinha e ensinava o índio, com elementos tirados da vida *brasileira* de então, *anhangas*, plumagens, expressões tupis, certamente a primeira manifestação do teatro *brasileiro*...

Depois, quando o auditório se ampliou, e os actores eram os alunos brancos, mamelucos ou moços pardos, o teatro preparava os homens para as lides da vida pública com o uso fácil da palavra, e das boas maneiras, sem descurar a emoção estética, elevando o ambiente, dentro de princípios sólidos, mas ao mesmo tempo *tolerantes*, lema

---

1. Vieira, *Sermões*, XI, 42-43.

constante da Companhia (Não chegaram, por isso, a acoimar a sua moral, de moral relaxada ?). Ficou célebre a campanha dos Jesuítas contra os excessos do luteranismo e do jansenismo, que precisamente consideravam a mulher «filha do pecado» e «escrava de Satanaz». É interessante verificar que Molière, outro discípulo dos Jesuítas, em cujo Colégio de Clermont manuseava Plauto e Terêncio, e aprendeu a linguagem da devoção e as distinções dos canonistas, que tão bem utilizou no teatro, foi também quem melhor soube, como lhe ensinaram seus mestres, reivindicar os direitos da natureza e da razão, e, contra os jansenistas, considerar tôdas as mulheres, «filhas de Deus»[1]. Mas, com serem filhas de Deus, não é necessária à noção do teatro e da arte, a aparição em cena de paixões amorosas, mesmo quando são puras. O grande Racine escreveu *Ester* e *Atalia* para corresponder aos desejos de Madame de Maintenon que lhe pedia peças sem amor para educandas de Colégios Religiosos. E são obras primas da literatura francesa, ia a dizer universal. Voltaire, aluno dos Jesuítas, de quem herdou o gôsto pelo teatro, como êle próprio revela ao Dr. Bianchi, escreveu a peça *La Mort de César*, para o Colégio Harcourt. E ainda hoje, outra peça, esta norte-americana, *A Primeira Legião*, onde não há uma só mulher em cena, e em que o elenco consta quási só de Jesuítas, percorreu os palcos do mundo, traduzida nas principais línguas, incluindo a portuguesa.

A peça *Concórdia*, do Colégio do Maranhão, suscitou ainda uma observação, e foi que as Tragédias se não representassem na igreja[2].

Desta proibição houve recurso. Malagrida compôs a *Tragédia da Vida e Conversão de Santo Inácio*. Se ela não se representasse na igreja, não haveria local onde coubesse a gente. Dois Estudantes, Teodoro da Cruz e António Moreira, pediram se permittisse a representação na igreja que a peça merecia-o, e o povo ficaria contente[3]. Concedeu-se com duas condições: que a igreja não ficasse impedida muito tempo, e que o assunto fôsse sacro, para não desdizer do local. Mas acrescentou-se que, para essas e outras representações, se construisse *casa própria*[4].

---

1. André Schinberg, *L'éducation Morale dans les Collèges de la Compagnie de Jésus* (Paris 1913) 446, 454.
2. Do P. Comissário Geral, Henrique de Carvalho ao P. Visitador José Vidigal em *Ordinationes*, Bibl. de Évora, Cód. CXVI/2-2, 164.
3. *Bras.* 26, 287-288v.
4. *Ordinationes*, Bibl. de Évora, Cód. CXVI/2-2, 164.

Era o *Teatro* — até então na sua expressão *formal*, agora também na sua significação *material*.

Malagrida deve grande parte do êxito das suas prègações, famosas em todo o Norte, a êste pendor teatral, visual, de que o povo tanto gosta. Acompanhava-o sempre Nossa Senhora das Missões. E variava-lhe as atitudes. Quando inaugurava casas, como o Recolhimento do Maranhão, em 1752, colocava-a num tablado; quando celebrava festas, como um ano antes a Assunção, colocava-a, « revestida com os magníficos enfeites que lhe deram os Príncipes de Portugal, sôbre um leito de flores, em meio de lírios e rosas ». E dos seus dramas religiosos, que também compôs, com cenas do Evangelho, a gente, « saindo daquele teatro, entrava em sua casa mais comovida e melhormente convertida do que tinha sido nos mais eloqùentes sermões ». « Melhormente » é advérbio expressivo e delicioso de Camilo, tradutor de Mury [1].

O nome de mais relêvo no Norte do Brasil, no século XVII em matéria de teatro, é Tomás do Couto, chegado ao Maranhão em 1688, que logo « se aplicou para mestre de Latim, que ensinava com muita satisfação, concluindo tudo com uma Tragédia, em que levou o aplauso de todos » [2]. Tomás do Couto, natural do Rio de Janeiro, faz lembrar, pelo nome, Manuel do Couto, alentejano, ligado ao *Auto de S. Lourenço*, representado na Aldeia do mesmo nome, no Rio [3].

---

1. Mury, *História de Malagrida*, 126, 128.
2. Bett., *Crónica*, 328.
3. Cf. supra, *História*, Tômo II, 609-610 (*Introdução do Teatro no Brasil*). O P. Tomás do Couto, «Americo-Lusitanus, e civitate S. Sebastiani, Diocesis Fluminis Ianuarii» (*Bras. 27*, 12v), tinha entrado na Companhia a 28 de Junho de 1683, com 16 anos (*Bras. 5(2)*, 82). Faleceu no Pará, vice-Reitor do Colégio, a 1 de Abril de 1715, *Livro dos Óbitos*, 8. Aquêle *Auto de S. Lourenço* é o mesmo que o *Mistério de Jesus*, tomando-se *mistério* no sentido de *Auto* e a êle nos referimos, no mencionado capítulo, dizendo que Afrânio Peixoto publicou longos excerptos dêle, sob o título de *Jesus na festa de S. Lourenço*. Melo Morais Filho (*Pátria selvagem* (Paris s/d) 143–154) reconstitue uma representação dêste *Auto*, misturando coisas verdadeiras com outras de fantasia, sem mais fundamento que a sua imaginação nem sempre inofensiva. No que se refere a Vieira, por exemplo, a fantasia raia na detracção, para cujo correctivo bastam os documentos divulgados por Lúcio de Azevedo.

Entre os autores portugueses, cujos trabalhos se representaram no Brasil quinhentista, está o P. Álvaro Lobo, da Companhia. Errou Teófilo Braga dando-o como missionário do Brasil, onde nunca estêve. Já se fêz a devida correcção (II, 609). Verificamos, pela insistência com que se cita *entre os Missionários do*

Do elogio, que tece Bettendorff a Tomás do Couto, ressalta a freqüência e publicidade das representações teatrais, no Norte, bem maior do que as magras notícias que delas nos restam: o P. Tomás do Couto tinha-se notabilizado pelo bom modo com que ensinava, sobretudo, «exercitando seus discípulos em recitar poemas, declamar orações, *representar admiravelmente comédias com que surpreendia tôda a cidade*»[1]...

5. — Não damos ainda por concluída a actividade da Companhia de Jesus, no que toca ao teatro no Brasil. Voltaremos ao Centro e ao Sul. Mas convém dizer desde já, que antes de tôdas estas representações do Maranhão e Grão-Pará, se tinha representado no Colégio da Baía em 1620 um grande drama, em que o assunto era já o mesmo de *El Divino Impaciente*, de Pemán, a cuja 100.ª representação em série seguida, assistimos nós próprios em Madrid em 1933, e cuja encenação e desenvolvimento é sensivelmente o representado na Baía mais de três séculos antes, com S. Francisco Xavier por assunto comum. Talvêz aquele *Auto de S. Francisco Xavier*, do Maranhão, de 1668, fôsse o mesmo ou adaptação do da Baía. Êste da Baía, constava de quatro actos ou quadros:

1 — Partida de Lisboa;
2 — Chegada à Índia;
3 — Entrada no Japão;
4 — Morte às portas da China[2].

É o universalismo no teatro, que não é pouco dizer... Teatro português? Teatro brasileiro? No Brasil, em todo o caso, e em 1620.

Brasil, a dificuldade em purificar a história de inexactidões entradas a circular longo tempo.

Entre as composições de Anchieta conservam-se duas, feitas por ocasião de crismas solenes, uma em forma de *diálogo*, de que transcrevemos uma sextilha (II, 198). Sendo *diálogo*, nota Renato Almeida, no seu grande livro «*História da Música brasileira*», 2.ª ed. (Rio 1942) 288, que deve ser incluída na lista do primitivo teatro brasileiro. O teatro dos Jesuítas tem sido objecto de valiosos trabalhos, em diversos países do mundo. Dá um resumo dêles, René Fülöp-Miller, *Les Jésuites et le secret de leur puissance* II (Paris 1938) 173-188, onde os estuda com êstes sub-títulos; *Le théâtre des Jésuites; L'opera et le ballet des Jésuites; Les Jésuites régisseurs de théâtre*. Para o teatro da Companhia, em Portugal, ao qual mais intimamente se liga o Brasil, cf. Francisco Rodrigues, *História*, II-2, o capítulo consagrado ao *Teatro* (69-92).

1. Bett., *Crónica*, 532.
2. *Bras. 8*, f. 277v.

CAPÍTULO V

Etnografia e Linguística Americana

1 — A religião dos Índios do Tapajós; 2 — A etnografia brasileira; 3 — Cultura indígena e cultura cristã; 4 — A «Língua Geral» e a Língua Portuguesa; 5 — Novos estudos de linguística americana.

1. — Os Índios do Norte não se podem englobar nos ciclos do sul, nem mesmo, com demasiado rigor, os do grande grupo tupi-guarani, tipo maleável e fecundo, que ora assimila elementos de outras culturas, ora lhes insinua a sua própria. É o mais complexo problema indígena da América Meridional em que as generalizações correm iminente risco de sairem dos moldes da ciência para os da conjectura e dos debates.

Discute-se se ainda existirão índios puros, isto é, indemnes totalmente de qualquer influxo da civilização branca, e se ainda é possível aos Etnólogos estudar alguns *in natura* [1]. Mas não se discute, porque é certo, que houve Índios que desapareceram ou se assimilaram, e que outros se têm 'ainda por puros e já o não são. Para o seu conhecimento histórico ou então para o confronto da evolução ou permanência das suas características, além da arqueologia e etnografia, remanescente, restam os documentos escritos, dos que surpreenderam e conheceram os Índios nos seus primeiros contactos.

Não entra nos moldes desta *História* o exame do estado de cultura dos Índios *actuais*, nem também a análise das culturas *anteriores* aos Jesuítas, senão a *contribuição* que os Jesuítas deram ao

---

1. Desde Martius a Steinen, Colbacchini, Nimuendaju, Capistrano de Abreu, Roquette-Pinto, Eloísa Alberto Torres, Carlos Estêvão de Oliveira, e muitos outros, a lista é já longa dos sábios que estudam os Índios modernos do Brasil. Caf. Herbert Baldus, *Ensaios de Etnologia Brasileira* (S. Paulo 1937) 323-330.

conhecimento dela. E nem pròpriamente esta contribuição em si. A história dos Índios do Brasil, descobertos, tratados ou missionados outrora pelos Jesuítas, o estudo da sua identificação, utilizando dados antigos e modernos, é trabalho que se fará talvez um dia. Mas neste mundo etnográfico, que é o Brasil, qualquer estudo desta natureza, para quem se não contente com vulgarizações secundárias, é logo de incrível vastidão, que transcende o plano e harmonia de uma obra, como esta, consagrada não apenas à actividade dos Jesuítas com os Índios, mas, quanto possível, a tôdas as *suas* actividades.

A nossa modesta qualidade de historiador limita-se àquilo que ùnicamente lhe compete, oferecer alguns elementos inéditos aos especialistas da etnografia e chamar a sua atenção para êstes documentos antigos, e não apenas para os da Companhia de Jesus, nem apenas para os inéditos. Os documentos antigos possuem tal valor e significam tanto, que antropólogos de renome não hesitam em os considerar mais eficazes para o conhecimento dos Índios do que alguns estudos modernos, ainda os de maior reputação, pelo simples facto de ser efémero, em muitos dêles, o contacto com os Índios que descrevem [1]. Sem ir tão longe, a verdade é que os estudos antigos e modernos se completam entre si, e que para algumas tribus desaparecidas, os antigos são insubstituíveis por serem os únicos.

No entanto, essas fontes, mesmo as já impressas, parece que andam insuficientemente estudadas, por alguns escritores de nota. Métraux, no capítulo consagrado aos *objectos relativos à Religião*, exceptuando uma referência aos *Omáguas*, tirada de Samuel Fritz, não cita nenhum Jesuíta da parte portuguesa dos que escreveram sôbre a Amazónia [2]. E observa-se em geral maior conhecimento dos autores da Companhia que trataram do Amazonas ou Marañón

---

1. "Travelers who admirably elucidated externals failed to go deeply into native beliefs and custom. Captain Cook was accompanied by such scientists as Banks and Forster, whose observations remain inestimable. But the time spent on his voyages permitted no thorough study of religion or family life. On such points missionaries, fur traders, and others whose calling enforces long residence are often superior even to modern specialists. The religion of Brazilians aborigines emerges more clearly from the reports of early Portuguese, French, and German visitors than from the works of such reputable ethnographers as Karl von den Steinen an Fritz Krause", Robert H. Lowie, *The history of ethnological theory* (Londres 1937)6.

2. Métraux, *La Civilisation materielle des tribus tupi-guarani* (Paris 1928) 259-265.

espanhol, do que dos monumentos que existem sôbre o Amazonas português. Também Wilhelm Schmidt, na sua bibliografia, inclue apenas os nomes de Lafitau e Gumilla[1]. No texto aparece Daniel, mas citado através de Preuss[2]. E é possível que estas citações, de segunda ou terceira mão, se multipliquem e nem sempre tenham sido verificadas. O mesmo Métraux, autor aliás de grande merecimento, descrevendo os *Maués, Maguases, Magués, Mauris*, dá como sinónimos dêles os *Arapiuns*[3]; e em apôio desta sinonímia cita João Daniel[4]. Efectivamente João Daniel refere-se aos *Arapiuns* na página indicada, não fala, porém, dos *Maués*, nem traz qualquer referência que justifique a citação como prova desta sinonímia.

A insuficiência no estudo das fontes, é um facto. E é certamente um mal, observa, por sua vez, Schmidt, quando diz que para se solucionar o problema tupi-guarani seria preciso recorrer pormenorizadamente às «mais velhas fontes, de modo a determinar-se com exactidão o histórico das suas migrações e assim avançar até à sua verdadeira sede primitiva, chegando também a obter um quadro exacto do seu mais antigo arsenal de cultura»[5].

Pôsto isto, na coordenação dêstes estudos, no Brasil vastíssimo, cada campo tem o seu âmbito próprio com interdependência de outros, mas enfim delimitado a certos tractos de terra, onde pululavam antigamente índios de diversas nações e grupos. No Norte, o Ceará é uma dessas áreas. E Pompeu Sobrinho reconhece quási insuperável a dificuldade de se assinar o grupo étnico-linguístico, a que pertenceram as antigas tribus tapuias do Nordeste[6]. Em todo o caso, seja qual for a dificuldade, a etnografia histórica do Ceará parte do P. Luiz Figueira[7]; e talvez se possam respigar novos subsídios nas *Relações* de Ascenso Gago, utilizadas no tômo anterior desta *História*[8].

---

1. *Ethonologia Sul americana — circulos culturaes e estratos culturaes da América do Sul*, tradução de Sérgio Buarque de Holanda (S. Paulo 1942), no fim.
2. *Ib.*, 146.
3. Métraux, *op. cit.*, 25.
4. *Tesouro Descoberto*, na *Rev. do Inst. Bras.* III, 170.
5. Wilhelm Schmidt, *op. cit.*, 210.
6. Th. Pompeu Sobrinho, *Tapuias do Nordeste*, na *Revista do Inst. do Ceará*, LIII (1939) 221.
7. Cf. Studart e Capistrano de Abreu, *Tricentenário do Ceará*, na *Revista do Inst. do Ceará*, XVIII, 67-69; S. L., *Luiz Figueira*, 107-152.
8. Cf. supra, *História*, Tômo III, Livro I, Capítulos III e IV.

Quanto ao Maranhão e Amazónia, observa-se que os documentos jesuíticos, sob o aspecto etnográfico-religioso, foram subindo gradualmente do menos para o mais, partindo da costa. Em 1646, o P. Benedito Amodei escreve que a gentilidade do Maranhão «não adora ídolos nem conhece o verdadeiro Deus»[1]. Idêntica informação dá Bettendorff a respeito dos *Teremembés*[2], que é ainda a linguagem de Nóbrega, Anchieta e Cardim, que todavia já assinalam os maracás e a palmeira, reminiscência antropomorfa e culto fitológico, sem lhes atribuirem contudo formalmente a categoria superior de ídolos.

Descendo do interior da Amazónia para a costa, assinalou Acuña, «ídolos, que fabricam com as suas mãos, atribuindo a uns o poder sôbre as águas, e assim lhes pôem por divisa um peixe na mão; a outros escolhem por donos das lavouras, e a outros por protectores de suas batalhas»[3]. Acuña fala ainda em geral. A ocupação efectiva missionária iria determinar para muitos, em concreto, a forma de religião e o local dela. Aqui, apenas uma indicação sumária, que talvez tenha a sua força de sugestão. Confinemo-nos, para ela, numa região das mais interessantes sem dúvida, que é a Tapajónia. Com a Ilha do Marajó, é a região do Amazonas onde a cerâmica acusa maior perfeição. E é também forma superior de religião o culto dos mortos ou antepassados preservados da corrução e conservados e perpetuados na tribu. Sôbre êste ponto determinado, a documentação revela-se objectiva.

Os Jesuítas portugueses chegaram ao Tapajós em 1659. Daí a dois anos, assinalam a dança do *Poracé* e o *Terreiro do Diabo*[4]. Dez anos depois mencionam os primeiros «cadáveres mirrados»[5]. E passado mais algum tempo, o P. Manuel Rebelo anota ainda um facto positivo. Por volta de 1700 viu na Aldeia do Tapajós, aquilo a que

---

1. *Bras.* 3(1), 254.
2. *Bras.* 26, 46v.
3. Cf. Acuña, em Melo Leitão, *Descobrimentos do Rio das Amazonas* (S. Paulo 1941) 204.
4. Bett., *Crónica*, 170. Não o diz o Cronista, mas era provavelmente o Terreiro do *Jurupari*, que assim interpretavam todos então êste nome. Segundo Angione Costa (*Migrações e cultura indígena* (S. Paulo 1939)133-134), o P. João Daniel foi talvez o primeiro cronologicamente a negar ao *Jurupari* os atributos do *Demónio*.
5. *Bras.* 9, 290-290v.

chama «ídolos» uns «cadáveres secos», que de tempos antigos se guardavam na Aldeia, com invocações próprias: «deus do milho», «deus da mandioca», «deus da chuva», «deus do sol e outros com a sua própria virtude»[1]. E ainda, «pelos anos de 1742 o P. Luiz Álvares tirou aos Índios Tapajós e Caianás, baptizados há perto de cem anos, 16 ídolos de corpos mortos (que os Índios diziam ser os primeiros que houve no mundo) e pedras, a que pediam água, peixe, fogo, etc.», — informação esta ao lado da qual se escreveu com letra coeva: "os ídolos, que o P. Missionário diz, eram uns corpos de índios mirrados, e cosidos em pano, os quais tinham escondidos em choupanas ocultas nos matos e todos os anos lhes iam fazer suas festas de beberronias, bailes, etc. Êstes corpos eram sete e os mais eram pedra»[2].

Os Missionários, naturalmente, olhavam para estas manifestações com os olhos de quem via nelas um obstáculo ao culto cristão. Mas o etnólogo moderno sabe o valor que ha-de dar a êstes «cadáveres mirrados» (não apenas «crâneos») e a esta «cabana sagrada»...

As manifestações do matriarcado, que os Jesuítas também acharam no Tapajós ficaram estudadas no tômo III, elementos êstes, e outros que assim se poderiam respigar, e são, sem dúvida a ter em conta, para o estudo dos *Aruaquis* e do problema *tupi-guarani*, cuja chave Métraux coloca precisamente no Rio Xingu ou Tapajós, de preferência neste último[3].

2. — A contribuição dos documentos antigos tem sido insuficientemente estudada pelos autores estrangeiros, em parte por injustificável desconhecimento da língua portuguesa, (injustificável por ser instrumento prévio de trabalho em assuntos do Brasil), mas também pelos nacionais, não obstante uma ou outra excepção. E haverá certamente proveito em intensificar o estudo das fontes escritas. Verificar-se-á que às vezes numa simples página, como esta da *Crónica da Missão dos Padres da Companhia*, se concentram noções de economia agrícola, cosmogonia local, tabu, antropofagia,

---

1. *Relação da Missão do Maranhão*, pelo P. Jacinto de Carvalho, 21 de Março de 1719, Bras. 10, 204.

2. *Notícia do Rio Tapajoz*, do P. Manuel Ferreira e nota apensa (14 de Agôsto de 1751), Bibl. de Évora, Cód. CXV/2-15, n. 7.

3. Métraux, *op. cit.*, 313.

o tributo ao principal da Aldeia, o estado social da mulher, relações externas de tribu para tribu, arte... E tudo, dentro ainda do século XVII, ao darem-se os primeiros aldeamentos:

«Freqùentam os Portugueses aquêle Rio da Madeira, assim chamado pela muita madeira que traz consigo para baixo a sua grande correnteza, porquanto há muita abundância de cacaueiros por êle, os quais dão o melhor cacau que há em o Estado todo, por ser mais doce e mais grosso, que o das outras partes.

«São repartidos os *Irurises* em cinco aldeias, cada uma delas com o seu principal. Dizem que procedem de uma mulher que veio prenhe do céu e pariu cinco filhos, dos quais o primeiro se chama *Iruri*, o segundo *Unicoré*, o terceiro *Aripuanã*, o quarto *Sururi*, o quinto *Paraparichara*[1]; e que esta mulher, estando um dia comendo peixe assado, que chamam *mocaém*, e vendo-se apanhada por seus filhos com essa iguaria, se envergonhara, e se retirara para o céu, de onde tinha vindo, e disso procede que os índios *Irurises* aborrecem aquêle género de iguaria assada. Teem contíguos a si os *Jaqueses*[2], que são seus inimigos, como também da várias outras nações que em si compreende a ilha[3].

Êsses *Jaqueses* comem carne humana e gostam sumamente das inimigas, principalmente da das mulheres, por isso andam continuamente à caça delas, e achando-as, as trespassam com umas lanças que chamam zagaias, e, apanhadas, lhes quebram o espinhaço, repartindo-as em quartos, e as levam, deixando a zagaia com suas penas em o lugar da matança, como pagamento de sua prêsa; chegados a suas casas comem uma parte, e a outra teem por costume, passado em obrigação, de dar a seu principal e mais parentes que por aí se acham.

---

1. Ou *Paraparixana*, Cf. Bett., *Crónica*, 465.
2. *Magueses*? O ms., que serviu para impressão do Instituto Histórico está cheio de incorrecções. Na leitura dos documentos surgem com freqüência dificuldades desta ordem, tratando-se de tribu ou sub-tribu desconhecida ou pouco conhecida. Faltando fundamento externo de verificação, decidimo-nos pelo nome que dava a materialidade da leitura do documento original, notando que mesmo assim o nome varia de grafia em documentos diferentes e até às vezes no mesmo. Que é o caso aqui, apesar de se tratar de documento impresso. Outros muitos documentos inéditos ficaram no tômo III. Dificuldade real que vencerá sem dúvida o especialista que a enfrentar com método e paciência.
3. A Ilha dos Tupinambaranas.

As mulheres do *Irurises* estão recolhidas em casa, que nem com os parentes podem falar sem grandes cautelas, e [por isso] tinham dificuldades de as deixar ir à igreja pelos primeiros princípios da assistência dos Padres missionários com êles.

Teem mais particular medo [1] do recebimento de suas visitas, o que se pode ver de uma que fêz um grande principal de fora, estando o Padre João Ângelo e o Padre José Barreiros já de assistência em sua terra. Chegou êsse principal em uma tarde ao pôrto da Aldeia dos *Iruris*, onde se deixou estar, pelas leis de sua severidade [2], em suas canoas e com a sua gente até o dia seguinte; então pela madrugada, dispôs seu acompanhamento de sorte que o precediam seus muitos vassalos com seus arcos e frechas; e a êstes seguiam os oficiais de guerra com suas insígnias pelas mãos, e ao cabo dêles todos, o principal, com sua espada nua, levantada para o ar; desta sorte foi-se andando para a aldeia.

De lá o veio encontrar o principal dos *Irurises* com seus cavaleiros, e, dadas as boas vindas, o levou para casa do *Paricá*, feita em o meio do terreiro, para tomarem seu *paricá* e fazerem suas danças e bebedices. Lá o agasalhou com todo seu seguimento, e com grandes demonstrações de alegria e festa, não lhes faltando de que comer e beber. Trataram-se *os negros* [3], entre si com tôda a amizade e privança, alguns dias, porém não deram os *Irurises* licença às mulheres, ainda que suas próprias de, correndo a aldeia, visitarem os de pazes, senão por despedida pela qual lhes falaram, deixando-as mui chorosas do seu apartamento. Finalmente acudiram êles com muita liberalidade aos que as tinham vindo visitar, presenteando-as com tudo o que tinham para poderem comodamente voltar para suas casas, sem lhes faltar coisa alguma para sua viagem. São os *Irurises* mui curiosos, e lavram com singular arte sua, as suas trombetas ou *mumbiz* e bordões de várias castas, que vendem aos que vão por suas terras» [4].

---

1. *Modo* ?...
2. *Civilidade* ?...
3. Trataram *seus negocios* ?... No princípio da colonização ainda às vezes se chamaram aos índios, *negros*. Nesta altura do século XVII, já parece inverosímil.
4. Bett., *Crónica*, 355-356; cf. *ib.*, 464-467. Prezamos a pureza, cultura e até evolução da nossa língua dentro do seu próprio espírito. É corrompê-la, aceitar a influência de alguns estrangeiros modernos, em cuja língua não se forma o plural com a adição de s. Dizer os Índios «Iruri», «Tapajó», «Quiriri» parece-nos contra a índole da língua. Escrevemos, na nossa língua nacional de Portugal

A opulência do *Tesouro Descoberto* de João Daniel, é tambem mina pouco explorada e ainda estão inéditas três partes. Nêle se descrevem os *Arapiuns*[1], os *Jurunas, Muraguases, Jurases, Urupases*[2]. Descrevem-se êstes e muitos outros, lista que seria por demais extensa, e se pode vislumbrar pelos que ficam no *Índice de Nomes* do III tômo, e para o qual só uma carta, a de Bartolomeu Rodrigues, dá imponente lista. O mesmo no Maranhão, desde os *Guajajaras* aos *Gamelas*, e no Ceará desde os *Tobajaras* aos *Reritus*. O estudo criterioso dêstes documentos e autores mostra que dificilmente se encontrará região, das visitadas pelos Jesuítas, em que êles não hajam anotado, e, conservado por escrito, alguma indicação útil, desde as ilhas e rios do Amazonas aos rios do Maranhão e Parnaíba, como se infere, entre outras, da vida e habitação dos Índios do Rio Itapicuru que descrevem[3]; e tudo a começar pelas do primeiro Jesuíta português que estêve na Amazónia, as *Relações* de Luiz Figueira, como a da sua viagem ao Xingu em 1636, onde descreve as *canoas* dos Índios, como navegam nas *pororocas*, as festas e «motetes a seu modo», «o pão moleite que se faz de mandioca, que são uns bolos mui brandos, e se têm por regalo nestas partes e se chamam *tapiopubás*», as «cuias» do Xingu, de «tintas finas» e «lustrosas» e de «lavores aprazíveis»; no Tocantins, como enterram os seus mortos, em suas casas, as danças e «prantos« que usam depois, lhes desenterram os ossos «e feitos em cinzas, os vão bebendo em seus vinhos»[4].

A publicação e estudo sistemático de todos êstes documentos, quer impressos quer ainda inéditos, dará para essas regiões, e outras, do centro e sul, indicações, talvez decisivas algumas, para graves problemas da etnografia brasileira. Em 1624 mencionam-se os objectos

---

e do Brasil: um índio Tapajó, vinte Índios Tapajós, um Índio Iruri, vinte índios Iruris. A não ser que queiramos usar o plural reduplicativo dos antigos, Tapajoses, Irurises, como aqui se encontra e em muitas páginas desta obra, por o autor se não sentir autorizado a modificar o texto. Por idêntico escrúpulo consignamos grafias diversas dos mesmos Índios, p. ex., *Tremembés Teremembés, Tramembeses, Tramemés, Tremelés*, etc. com miras à identificação etimológica, que certamente se fará um dia, com critério científico e sistemático.

1. *Rev. do Ins. Bras.*, III, 168.
2. *Ib.*, 172-174. Sôbre os mesmos *Jurunas* do Xingu, cf. Bett., *Crónica*, 116, Morais, *História*, 504.
3. Bett., *Crónica*, 511.
4. S. L., *Luiz Figueira*, 182, 189, 195, 196, 202.

indígenas, que os Índios *Mares-Verdes* (Paranaùbís) do sertão do Espírito Santo, ofereceram ao P. João Martins, na entrada que a êles fêz êsse ano [1]; e no mesmo sertão, os *Maramomins* (1641) e *Pataxoses* (1693)[2]; em 1679 estudam-se os *Quiriris*[3]; em 1693 relata-se a festa de «Varaquidran», na Aldeia do *Jaru*, no alto sertão da Baía, nas ribas do S. Francisco; e, entre muitos outros, que se estudarão a seu tempo, nos seus lugares próprios, os Índios *Moritises* do alto sertão do mesmo Rio S. Francisco, os seus pagés, chamados «Bisamuses», e outros costumes, dessa região ainda tão pouco estudada [4].

Naturalmente, não se pode exigir que os escritores dos séculos passados usassem a terminologia moderna. Os Pagés, como êstes aqui aludidos, do Rio S. Francisco, homens que na tribu acumulavam funções de carácter religioso e médico, eram conhecidos geralmente por «feiticeiros». A denominação, introduzida pelos Portugueses do Sul, conservou-se no Norte, mesmo quando o estágio da cultura indígena se revelava superior ao da simples «magia». Em geral eram dotados de boas qualidades dentro da própria tribu. Tais qualidades, pois eram pessoais, mantinham-se, e às vezes aperfeiçoavam-se depois de postos em contacto com a cultura cristã. No *Diário de 1756-1760*, narra-se a breve história dum pagé: «Aos 27 de Setembro de 1758 faleceu Lourenço, índio», e enterrou-se na Igreja do Colégio de S. Alexandre, «debaixo do estrado, da banda de S. Miguel». Viera com o P. Lucas Xavier, «da tropa», 21 anos antes, «por feiticeiro». Não se diz de onde, mas Lucas Xavier andara pelo Japurá. Viveu sempre no Colégio de S. Alexandre, «com muito bom procedimento». Tinha duplo ofício: um, assegurar que não faltasse «água no lavatório para os Padres», «e raras vezes faltava nêle»; outro, cuidar do horto do Colégio, plantando legumes, cheiros e flores. «Não era homem de mulheres nem aguardente: só uma vez o vi algum tanto alegre, que é muito para índios».

3. — Registamos o caso dêste Pagé da Amazónia, precisamente para ilustrar um ponto que importa ver com clareza. Que seria melhor

---

1. *Bras. 8*, 360v.
2. *Bras. 8*, 538v; *Bras. 9*, 397v.
3. *Bras. 9*, 240-242.
4. *Bras. 9*, 382-383.

para o Brasil, continuar o pagé a ser o primeiro ou o segundo da sua Aldeia, mas pagão, ou o homem útil, trabalhador, morigerado, cristão, em que se trocou? Se a primeira alternativa fôsse a mais útil para a civilização brasileira, a conclusão seria que se deviam arrasar os arranha-ceus do Rio de Janeiro e as fábricas de S. Paulo e as Universidades do Brasil, para voltarmos todos à choupana da selva, a pescar à frecha e a contar pela lua...

É admirável como os Missionários puseram o problema na prática e na teoria. Na prática, procurando ensinar, defender e elevar o «natural da terra» a grau superior; na teoria, deixando por escrito as suas observações e até às vezes a sua opinião. E valha por tôdas a de um português, que também foi o maior jesuíta do seu tempo: tratando-se de facilitar o ensino dos Índios, Vieira achou largo de mais o catecismo usual: «Fizemos outro catecismo recopilado, em que, por muito breve e claro estilo, estão dispostos os mistérios, necessários à salvação, e é o que se ensina». E explica, até já na própria terminologia moderna dos antropólogos de larga visão, que os Índios não são incapazes: «só lhes falta cultura»[1].

Só lhes falta cultura! — palavra antiga e actual, não apenas para os índios e seus descendentes, mas também para pessoas de diversas côres e raças que andam por essas ruas, por essas favelas, por êsses cassinos e por êsses sertões[2]...

4. — Um dos obstáculos, para a cultura e bom ensino dos Índios, era a variedade das suas línguas, que dificultava as relações e atava a confiança. Tal variedade seria bem maior se não surgisse o facto unitivo nacional, da «tupinização» de grande parte do Brasil, realizada não totalmente, mas talvez no seu aspecto decisivo, por obra e graça dos Jesuítas, que, observa Martius, estabeleceram a língua dos Tupis por escrito, e, fixando as suas regras gramaticais, aumentando-a e modificando-a, puseram os fundamentos daquela «*Lingua Geral* ou franca, que por mais de um século servia como veículo mais poderoso da civilização dos Índios, não só no Brasil, mas também em alguns dos territórios adjacentes»[3].

---

1. *Cartas de Vieira*, I, 350-351.
2. E poder-se-ia escrever novo Capítulo de actualíssimo interesse, *o valor das obras dos Jesuítas sob o aspecto social*, para as quais aliás chama a atenção Almir de Andrade, *Formação da Sociologia Brasileira*, I (Rio 1941) *passim*.
3. Martius, *Glossaria Linguarum Brasiliensium* (Erlangen 1863)XIII.

A uma obra assim, de incontestável proveito para a unidade e civilização do Brasil, chamou depois Mendonça Furtado «diabólica invenção»[1]. O Governador dava-se como representante do Govêrno Central: pois êste mesmo Govêrno Central, de Lisboa, a 2 de Dezembro de 1722, apresentava os Jesuítas como modelos e encarecia o seu exemplo: «Provisão ao Governador do Maranhão, avisando-o de que aos Provinciais e Comissários da Província da Conceição; ao Comissário Geral de Nossa Senhora das Mercês; ao Provincial do Carmo daquele Estado; e ao Provincial dos Capuchos de Santo António, se encomenda que os Missionários que houverem de pôr nas Aldeias, sejam muito práticos na língua dos Índios, como fazem os Padres da Companhia de Jesus; e ensinem aos mesmos Índios a língua portuguesa»[2]. A prática dos Jesuítas, como diz Vieira, era prègar-se aos Índios na sua língua, «a qual os moradores pela maior parte entendiam» e «se lhes prègava também muitas vezes em português, e havia Padre tão zeloso neste particular, que tôdas as vezes que estava na igreja um só português, que não entendesse a língua, só a êle prègava» — e isto se fazia «em tôdas as Capitanias»[3].

O ensino simultâneo da língua portuguesa, ministravam-no também os Jesuítas nos seus Colégios, mas tinham contra a sua divulgação exclusiva um obstáculo difícil de remover, que era o próprio lar dos brancos. Generalizadas as entradas, desciam mais índios para as casas dêles, do que para as Aldeias dos Padres. E sucedia que as moças índias, que educavam os filhos dos moradores, lhes ensinavam a sua língua, e esta ficou tão comum e tão sabida no Maranhão e Grão-Pará «que a usavam os meninos e mulheres portuguesas ainda no confessionário»[4].

Quando se diz que os Jesuítas fomentavam a Língua Geral, como meio de segregar as Aldeias ao contacto dos moradores, repete-se uma asserção em contradição com os factos. Exceptuando algum branco ou funcionário, recentemente chegado da Europa, todos os que tinham mais interesse em falar ou negociar com os Índios, que eram os moradores, poderia haver outro motivo que impedisse

---

1. *Anais do Pará*, VIII (1913)38.
2. Bibl. de Évora, Cód. CXV/2-18, f. 611v, 613.
3. Vieira, *Resposta aos Capítulos*, 228.
4. Caeiro, *Apologia (Respublica)* 71.

ou desaconselhasse êsse trato, o da língua certamente não, pois a sabiam todos.

A razão do encarecimento e empenho dos Jesuítas em aprender a língua era a mesma que move todos os homens do mundo, então como hoje, a aprender um idioma estranho, para facilitar a comunicação com os homens com quem têm de tratar. Emprêsas há que se decidem logo com as primeiras impressões e relações pessoais. E mal iria aos civilizadores dos Índios, se não soubessem a língua dêles e aceitassem tal situação de inferioridade, quando na selva, a primeira condição de êxito é a de impor-se aos Índios para os persuadir a iniciar a aprendizagem da catequese, isto é, da civilização.

Aliás, com êste conhecimento da língua tupi era compossível o uso da portuguesa. Simplesmente a massa indígena era tamanha que as ilhas de cultura portuguesa, apesar de todos os esforços e do ensino dos Padres, para se transformarem em cultura contínua e uniforme, havia de levar anos e séculos, e ainda se não concluiu hoje em dia [1].

A aprendizagem da língua, como instrumento de catequese, era de tal maneira fomentada pelos Jesuítas e reconheceu-se tão útil e tão necessária, e por outro lado tão custosa às vezes, para os recem-chegados, que se elevou à categoria de disciplina, cujo estudo era requisito prévio para a profissão solene dos Religiosos, e tinha que ser atestada juridicamente por examinadores peritos [2].

5. — O estudo e conhecimento da língua, feito assim com intúitos de civilização cristã, reveste hoje outro aspecto, como subsídio para

---

1. Nos barracões do Urupaú, nas entradas ao Rio Deméni e Rio Caburis ou na Casa de Bararuá (Tomar), no Rio Negro, tive necessidade de aprender o tupi e não pelo motivo com que hoje o faria, *científico*, mas puramente *utilitário*. Todos ali, ainda hoje, com a língua portuguesa, falam a geral, como instrumento apto de comunicação com os Índios, que iam baixando das cabeceiras dos rios. Falavam-na o meu tio, português, e a minha tia, cearense, e os meus primos amazonenses. E às vezes não só a «Geral», mas as «gírias», como ali se denomina hoje o que os Jesuítas antigamente chamavam « línguas travadas ».

2. *Formula presente na Congr. XV*, decreto 11: «Ego NN., testem invocans Deum, censeo Patrem N. N. ita eminere peritia linguae indicae N. N. (cui addiscendae apud Indos laborans, operam dedit) ut ea expedite in familiari sermone uti possit, atque ideo ex hoc capite habeat, quae â Congr. 6, Decr. 15, et Congr. 15, Decr. 11, ad Professionem quatuor votorum requiruntur», *Bras.* 25, 58v.

o estudo de etnologia e filologia americana. Já se disse o que se fêz no Sul durante o século XVI [1].

No Norte, entre os Missionários do Maranhão e Grão-Pará, o primeiro nome, na filologia indígena, a ser citado, é o de Luiz Figueira. A sua *Arte da Lingua Brasilica*, impressa em Lisboa (1621), é um dos monumentos linguísticos da América [2].

O segundo, é o P. António Vieira: «Compus, diz êle próprio, no mesmo tempo com excessiva diligência e trabalho, seis catecismos que continham, em suma, todos os mistérios da fé, e a doutrina cristã, em seis línguas diferentes: um na *Lingua Geral* da costa do mar, outro na dos *Nheengaíbas*, outro na dos *Bócas*, outro na dos *Jurunas*, e dois na dos *Tapajós*» [3].

Junto com o P. Vieira estudavam estas mesmas línguas outros Padres que, pelo facto de ficarem na Missão, aperfeiçoaram os seus catecismos, que, por isso, se adoptaram como instrumento de ensino. O P. Manuel Nunes compôs o Catecismo dos *Ingaíbas* (*Nheengaíbas*) «que até hoje se ensina, diz Bettendorff [4], que inclue certamente os *Bócas*, nas línguas «travadas», situadas nos ilhotes do Marajó [5]; e êle próprio também compôs catecismos dos *Tapajós* e *Urucuçus* [6].

---

1. Cf. supra, *História*, Tômo II, 545-568. Em 1610 falecia no México o P. Fernando Gomes, jesuíta português. Morreu em odor de santidade, diz Guilhermy, *Ménologe, Assistence de Portugal*, I (Poitiers 1867, dia 17 de Março). E, acrescenta, foi insigne missionário dos Índios do Novo Mundo. Aprendeu quatro línguas e redigiu a primeira gramática da mais difícil delas, a *Língua Otomi*. Sommervogel, *Bibl.*, III, 1553, diz que era natural de Arzila, então praça portuguesa de Marrocos.

2. Cf. S. L., *Luiz Figueira*, 74-83, cap. IX, consagrado à sua *Obra linguística e literária*, onde se descrevem as sete edições desta Arte.

3. Vieira, *Obras Inéditas*, I, 49-50; cf. Melo Morais, *Corografia*, II, 272. Na transcrição de Melo Morais sairam estropiados os nomes dos *Jurunas e Tapajós*, como saiu incorrecto o mesmo nome de Tapajós, quando êle descreve a extensão da Missão, que era, no seu tempo, de seiscentas léguas, «que tantas contei e andei, desde a Serra da Ibiapaba até o Rio do Tapajós» (e não Gapoyos). Alguns autores dão mapas das missões e Aldeias do tempo do P. Vieira, incluindo os *Tupinambaranas*. O limite onde êle chegou foi o Tapajós. Daí para cima, foram outros e as Aldeias fundadas são de época posterior.

4. Bett., *Crónica*, 311.

5. Bett., *Ib.*, 25.

6. Bett., *Ib.*, 168.

Bettendorff manifestou bem cedo o gôsto pelas línguas indígenas, antes mesmo de chegar à Missão. Estudando ainda em Lisboa, à espera do embarque, traduziu do *português* para *latim*, «sans nuire à la clarté e à l'integrité substantielle», a *Arte* do Brasil. Traduziu-a, diz, para servir aos europeus, candidatos à missão do Maranhão[1].

A 10 de Abril dêste ano de 1687, escreveu êle, de Lisboa, que se ocupava da impressão da *Arte* Brasílica e do *Catecismo*[2]. A *Arte* é aquela de Luiz Figueira; o *Catecismo* é o seguinte:

Compendio da Doutrina Christam na lingua Portugueza & Brasilica, em que se compreendem os principaes mysterios de nossa Santa Fé Catholica. Lisboa, 1678[3].

Na mesma carta, de 10 de Abril, acrescentava: agora vou tratar do «catecismo maior» em língua brasílica e portuguesa. Na Biblioteca da Imprensa da Universidade de Coimbra, ms. 1089, existe a *Doutrina Christan em Lingoa Geral dos Indios do Estado do Brasil e Maranhão composta pelo P. João Philippe Bettendorff, traduzida em Lingua g. irregular (sic) e vulgar uzada nestes tempos*.

No momento em que a manuseamos, não tinhamos em mão o *Compendio* impresso. Só a confrontação de ambos poderá decidir se se trata de uma cópia manuscrita do *Compendio* ou se é realmente o *Catecismo maior*[4].

---

1. Carta de Bettendorff, de Lisboa, 27 de Maio de 1660, ao P. Hubert Willheim, Provincial da Galo-Belga, no Arq. da Prov. Belga, e fotocópia no Arq. Prov. Port., *Pasta 94*, 30; cf. Bett., *Crónica*, 157. Diz, ainda na carta, que ajuntará no fim um «catecismo na língua brasílica» — e que se tivesse tempo, antes de embarcar, lhe remeteria uma cópia. Desta carta, escrita em latim, conserva-se apenas a tradução francesa. O tradutor escreveu *Gramática*, mas por cima, concretizou: *artem*. Em 1660 só existia em Lisboa um exemplar "dont le proprietaire fait le plus grand cas". Bettendorff não cita o autor da *Arte*. Mas infere-se suficientemente tratar-se da de Luiz Figueira (escrita em *português* e tupi) pois diz que a traduziu do *português* para o latim; e como se sabe, foi o mesmo Bettendorff que fêz a 2.ª edição de Luiz Figueira em 1687, quando voltou a Lisboa.

2. *Bras.* 26, 145, 150.

3. Vimos dois exemplares na BNR, *Res.*, IV-411.1. 8; IV-411.1.9. Repare-se no erro de impressão, a data de 1678, em vez de 1687, em que realmente foi. Reimpresso em Lisboa, em 1800, por José Mariano da Conceição Veloso.

4. Na mesma Bibl. de Coimbra (ms. 69) há uma *Grãmatica da Língua Geral do Brazil. Com hum diccionario dos vocabulos mais uzuaes para a intelligencia da dita Lingua*; e no ms. 94 um *Diccionario da lingua brasilica*; e ainda no

Com o tempo, meteu-se alguma confusão na maneira de ensinar a doutrina. O P. Salvador de Oliveira propôs que se encarregasse o P. José Vidigal, com outros, de reorganizarem o ensino, por um texto único[1]. Em 1740 José Vidigal já tinha concluído o *Catecismo da Doutrina Cristã* na língua geral. De Roma pediram que se enviasse um exemplar e que nêle se não mudasse coisa alguma[2].

Além dêste, outros Padres do Maranhão e Grão-Pará se ocuparam de línguas indígenas: António Pereira com um *Catecismo*[3]; Anselmo Eckart com *Nachrichten von den sprachen in Brasilien*[4]; e de João Rodrigues, se diz que falava com perfeição as línguas dos *Gùègùès, Acroás,* e *Barbados*[5].

Sommervogel traz uma lista dos escritores da Companhia, que trataram da linguística da América do Sul, e nêle alguns nomes que não pertencem à *Assistência* de Portugal, mas estudaram línguas de Índios, que habitavam terras hoje parte integrante do Brasil, Montoya, Fritz, Restivo e outros[6].

Ainda é cedo para se fazer o inventário completo da contribuição dos Jesuítas ao conhecimento não só da linguística, mas da etnografia. Porque, enquanto êstes Padres trabalhavam no Norte do Brasil, outros no Centro e Sul, se ocupavam com outros índios, como os *Goitacases* (1620), de língua «travada»[7]; os Tapuias, em 1648, selvagens do sertão do Rio, também de língua «travada»[8]; os *Paìaiás, Acarases* e *Quiriris* de língua «travada» (Padres João

---

ms. 81 outro *Diccionario da Lingua geral do Brasil,* êstes últimos com letra do mesma copista, com a indicação de que o *Diccionário* do n. 81 fôra escrito na cidade do Pará, ano de 1771, já depois da saída dos Jesuítas. A sua identificação ou filiação é problema que compete aos especialistas dêstes estudos, em cujo número é de justiça salientar o Dr. Plínio Airosa. Mas já corriam há muito os *Vocabulários* de Pero de Castilho e Inácio Leão, *Dictionarium Lusitano-Brasilicum,* cf. supra, *História,* Tômo II, 554; Tômo I, 536.

1. Cf. Carta de 2 de Setembro de 1736, Bras. 26, 294.
2. Carta do P. Geral, de 24 de Fevereiro de 1740, Bras. 25, 98.
3. Sommervogel, *Bibl.*, IV, 493.
4. Publicado em alemão e latim, *Specimen Linguae Brasilicae vulgaris,* por Murr, *Journal,* VI, 195-213; VII, 121; cf. Sommervogel, *Bibl., III,* 330.
5. *Lembrança dos Def.,* 13v.
6. Sommervogel — Pierre Bliart, *Bibl.,* X, 980-983.
7. Bras. 8, 311v.
8. Bras. 3(2), 264.

de Barros, António de Barros, Mateus Falletto, José Coelho, Mamiani e outros[1], enquanto ainda outros escreviam sôbre as línguas indígenas do Brasil[2]. E de todos êstes contactos, com novos índios e novos grupos linguísticos, iam ficando impressos ou manuscritos, os resultados das suas observações e estudos, a que voltaremos um dia na seqüência desta *História*.

---

1. *Bras.* 3(2), 343-343v. *Bras.* 4, 18-18v. *Bras.* 10, 26; Cf. S. L., *João de Barros, apóstolo dos Quiriris e Acarases* no *Jornal do Commércio*, 14 de Junho de 1942.

2. Sommervogel, *Bibl.* III,, 832, 1554.

CAPÍTULO VI

Historiadores e Cronistas da Amazónia

1 — João Filipe Bettendorff; 2 — Jerónimo da Gama; 3 — Domingos de Araújo; 4 — Jacinto de Carvalho; 5 — Bento da Fonseca; 6 — José de Morais; 7 — João Daniel.

1. — Além das fontes dos primeiros missionários do Norte, Manuel Gomes, Luiz Figueira, António Vieira e outros — cartas avulsas mencionadas e utilizadas no decurso do Tômo III e dêste IV — ficaram-nos duas obras históricas, organizadas como tais, e já publicadas, a *Crónica* de Bettendorff, e a *História* de Morais, e mais algumas inéditas, e o grande livro, não pròpriamente crónica, mas que em parte o é, o *Tesouro Descoberto* de João Daniel. De Manuel Gomes, Luiz Figueira, António Vieira, pela sua mesma significação de iniciadores ou fundadores da Companhia no Norte do Brasil, já se deu notícia bastante nas páginas precedentes. E na *Introdução bibliográfica* do Tômo III, entre outras referências se tocou também já o que ainda faltava dizer de Matias Rodrigues, além do que se havia escrito em notícia mais longa [1].

A Crónica da Missão dos Padres da Companhia de Jesus no Estado do Maranhão do P. João Filipe Bettendorff, apesar das incorrecções da cópia, que serviu para a impressão, é importante como fonte de informações de diversa índole, miúdas e variadas. Deve ler-se com esta dupla advertência:

A substância dos factos é certa, isto é, proba, como êle os viu ou compreendeu. As datas, porém, nem sempre são certas, até de factos em que interveio pessoalmente. Explica-se por êle redigir a

---

1. Cf. S. L., *Páginas*, 241-248.

Crónica, dezenas de anos mais tarde, e lhe falhar aqui e ali a memória. Corrigem-no outros documentos autênticos, às vezes cartas dêle próprio, escritas à raíz dos factos.

A outra advertência é que se nota mais inclinação sua por algumas personalidades do que por outras, com o reflexo de dar maior ou menor atenção às acções que praticaram. Por outros documentos da época, restabelecemos o equilíbrio. A publicação do *Instituto Histórico* [1], fêz-se de cópia, obtida por Gonçalves Dias, na Tôrre do Tombo, diz o prefaciador (p. VII). A que vimos está na Biblioteca Nacional de Lisboa, fg. 4502.

Bettendorff escreveu a *Crónica* por sugestão dos Superiores da Missão, Bento de Oliveira e José Ferreira [2]. Para o fim, toma o ar de diário dos acontecimentos, e tôda ela tem o seu quê de memórias pessoais. Acima dos factos históricos, propriamente ditos, a *Crónica* de Bettendorff tem clara intenção económica e social: produção, matas, rios, minas, pedras preciosas, qualidades da terra, ares, habitabilidade, medidas de higiene, salubridade...

O Autor incluiu na *Crónica* a sua autobiografia até entrar na Companhia de Jesus [3]. Nela e nestas páginas fica o resto da sua vida que foi realmente grande. Bettendorff era luxemburguês (Bettendorff é uma povoação nos arredores de Luxemburgo). O Catálogo de 1697 dava-lhe 72 anos [4]. Ainda então se ocupava na redacção da *Crónica*, que a morte interrompeu no ano seguinte no Colégio do Pará: «Aos 5 de Agosto de 1698 falleceo neste Collegio o P. João Filippe» [5]. A data do falecimento de Bettendorff constituiu problema, cuja solução há longo tempo se procurava baldadamente. A *Sumária Notícia*, que antecede a *Crónica* na publicação do *Instituto Histórico* (1910), chegou a aventar a idéia de que ainda fôsse vivo em 1724 [6]. E buscavam-na com empenho os Arquivistas da Companhia, tendo-nos declarado um dêles, o P. Afonso Kleiser, que tôdas as pesquisas resultavam infructuosas. Uma das razões deve ser a menção que se faz de D. Pedro II, «de gloriosa memória», expressão que supõe a sua

---

1. Cf. supra, *Introdução bibliográfica*, XXII.
2. *Crónica*, 3.
3. *Crónica*, 641-642.
4. *Bras. 27*, 15.
5. *Livro dos Óbitos*, 4v.
6. *Crónica*, p. IX.

morte, sucedida em 1706. Mas trata-se, evidentemente, de interpolação do copista. Deve ter concorrido também o facto de não ser óbvia aos investigadores a identificação do Colégio de *Santo Alexandre* com o do *Pará*, e o *Necrológio* dizer apenas *João Filipe*, como era mais conhecido na Missão.

2. — Depois de Bettendorff, tentou escrever e continuar a *Crónica*, o P. Jerónimo da Gama, da diocese de Miranda do Douro, nascido a 6 de Janeiro de 1682. Em 1712 foi para o Maranhão e em 1723 escreveu:

Ad Reverendum Patrem Michaelem Angelum Tamburinum, Soc. Jes. Praepositum Generalem, Epistola de rebus gestis per P. P. eiusdem Societatis in Missione Maragnonensi ab anno 1614 usque ad annum 1649 [1].

É em latim e fundada em Bettendorff, cujas deficiências repete sôbre a chegada dos primeiros Padres a S. Luiz. Mas (ao contrário da *Crónica* de Bettendorff) indo parar em Roma a *Relação* de Jerónimo da Gama, teve ocasião de ser examinada pelos Cronistas do século XVIII, e de serem verificadas essas incorrecções, que ao lado se anotaram, talvez por Matias Rodrigues, que se refere a elas e as corrige na *Hist. Prop. Maragn.* (169-171).

Jerónimo da Gama teve vida acidentada. Quis usar a linguagem de Vieira, em repreender os abusos dos moradores na escravização dos Índios, mas sem a autoridade dêle, ou antes sem a protecção régia, que êle tinha, padeceu por isso, e teve que deixar o Norte, passando para o Sul, em 1732 [2]. José de Morais, discípulo seu, respeitava-o, e escreve que êle «viajou com suas peregrinações por mar e terra quanto vai do Cabo do Norte e Rio das Amazonas até o Rio da Prata e Cabo do Sul, limites do domínio português nas partes da América» [3].

Em 1757 estava na Ilha da Madeira, segundo esta referência de Cunha Rivara: «*Notícia das Missões dos Jesuítas no Maranhão, desde 1712 até 1757*. — É autógrafo do P. Jerónimo da Gama, datado de Funchal, a 20 de Abril de 1757» [4].

---

1. Bibl. de Évora, Cód. CXV/2-13, f. 411 (25 fôlhas, fol. peq.); e em *Bras. 8*, 187-190v.
2. *Bras. 26*, 276.
3. Morais, *História*, 472.
4. Bibl. de Évora, Cód. CXV/2-14, n. 23 (5 fôlhas, fol.).

3. — A *Chronica da Companhia de Jesus da Missão do Maranhão*, escrita em 1720, está em Évora, Cód. CXV/2-11, f. 209 (69 ff.). Cunha Rivara publicou os índices dos Capítulos [1].

No começo do índice, escreveu-se com letra antiga, que é do P. Domingos de Araújo. E efectivamente, no necrológio dêle (falecido a 13 de Junho de 1734 no Pará) lê-se que «escreveu algum tômo das crónicas dêste Estado», e que, três anos antes de morrer, queimou todos os seus papeis em sinal de desapêgo [2]. O que escapou, deve ter sido tudo ou parte do que tinha redigido. Em todo o caso, desapêgo mal entendido. Talvez nessa queima fôssem de envolta documentos que serviriam hoje de fontes. Domingos de Araújo nasceu a 22 de Abril de 1682 em Arcos-de-Valdevez (Minho) e foi professor de renome [3].

4. — O P. Jacinto de Carvalho deixou o que se convencionou chamar *Fragmento de uma Chronica da Companhia de Jesus no Maranhão* e que está em Évora, Cód. CXV/2-11 a f. 346 (18 ff.). São só os 8 primeiros capítulos. A indicação de que é do P. Jacinto de Carvalho lê-se no começo dos índices por letra alheia, igualmente antiga. Jacinto de Carvalho deixou grande correspondência e a sua qualidade, por muitos anos, de Procurador do Maranhão, em Lisboa, obrigou-o a tomar parte activa em todos os grandes debates da época dos Governadores Berredo, Maia da Gama e Alexandre de Sousa Freire.

Quási tôda a documentação de Jacinto de Carvalho está em Évora e parte dela já se publicou [4]. Sommervogel indica, pertencente ao mesmo cronista, uma *Conversion des Nheengaíbas*, ms. francês, que se conserva em Paris [5]. Deixou também, em italiano, para o Geral, uma extensa *Relação da Missão do Maranhão*, de Lisboa, 21 de Março de 1719 [6], com notícias de valor etnográfico e histórico, sôbre o Amazonas que conheceu directamente como missionário dos Tupinambaranas e Madeira. Jacinto de Carvalho era de Pereira (Alfarelos) onde nasceu em 1677 e faleceu em Portugal em 1744 [7].

---

1. I, 32-34.
2. *Livro dos Óbitos*, 15.
3. *Bras. 27*, 62.
4. Melo Morais, *Corografia*, IV, 305-343.
5. Sommervogel, *Bibl.*, II, 789.
6. *Bras. 10*, 180-208.
7. *Bras. 27*, 62; Sommervogel, *loc. cit.*

5. — O *Maranhão Conquistado a Jesus Cristo e à Coroa de Portugal pelos Religiosos da Companhia de Jesus*, guarda-se em Évora, Cód. CXV/2-14, n. 1 (25 ff.). Segundo Cunha Rivara, é da letra do P. Bento da Fonseca[1]. Mas há mais de uma letra. Bento da Fonseca pela sua posição central de Procurador em Lisboa coligiu documentos para a História da Vice-Província do Maranhão e Grão-Pará, pedindo aos missionários relações escritas das suas missões, algumas das quais andam dispersas pelos Arquivos; assim como dêle próprio, e ainda nesta de Évora, se encontram outras suas, de que dão notícias o mesmo Cunha Rivara[2] e Sommervogel[3]. Entre elas está a *Noticia do Governo Temporal dos Indios do Maranhão e das leys e Razões, porque os Senhores Reys o cometteram aos Missionários e em que consiste o dito governo, chamado temporal, que exercitão os Missionarios sobre os Indios*[4].

Bento da Fonseca nasceu em Anadia, a 16 de Abril de 1702, filho do boticário Manuel da Silva e de Maria da Fonseca Figueiredo[5]. Entrou na Companhia a 4 de Março de 1718, e dois anos depois embarcou para o Maranhão, onde estudou e se ordenou, e foi Professor de Teologia e de Filosofia, em que se laureou: «religione, doctrina et docendi contentione praeclarus», — informa dêle em 1733 o Vice-Provincial José Vidigal[6]. Espírito superior e clarividente, não hesitou em propor, em 1734, ainda que parecesse falta de zêlo e abandonar as ovelhas entre os lobos, que se deixassem as Aldeias dos Índios para «ficar indemne a Companhia»[7]. Não sendo possível, pois não o queria a Côrte, permaneceu tudo como dantes; e então, olhando de face a realidade, procurou explicar e defender o *statu quo*, com o talento, prudência e trato de gentes de que era dotado. Em 1739 estava já em Lisboa como sócio do Procurador da Missão, ficando êle próprio, daí a pouco, Procurador Geral. A vasta correspondência que manteve com Governadores, Ministros, Prelados e inúmeras pessoas

---

1. Cunha Rivara, *Catálogo*, I.
2. *Catálogo*, I, 29–55.
3. *Bibl.*, III, 832.
4. Cód. CXV/2-14, n. 5, publicado em Melo Morais, *Corografia*, IV, 122–186. É um *Memorial*, que o P. Bento da Fonseca assina e data, de Lisboa, do Colégio de S. Antão, 14 de Setembro de 1755.
5. Ferrão, *O marquês de Pombal e a expulsão dos Jesuítas*, 305.
6. *Bras.* 26, 280.
7. *Bras.* 25, 284–284v.

do Estado do Maranhão e Grão-Pará; as cartas que escreveu e as que delas recebeu, sôbre tôda a espécie de negócios, não só da missão, mas de outros, com que o importunavam ou a êle recorriam, e se conservam, serão, quando se publicarem, um dos mais interessantes documentários dêsse período agitado[1]. Estava no seu pôsto, quando sobreveio a ditadura e a perseguição, sendo uma das primeiras vítimas. Primeiro desterrado de Lisboa. Depois encarcerado em Almeida, donde passou para os cárceres de S. Julião da Barra, onde usava o anagrama de *Toben* e donde saiu, com vida, em 1777, depois da morte de D. José[2].

Tinha 75 anos de idade. Recolheu-se à sua terra natal, de que é certamente um dos mais ilustres filhos, e onde deve ter falecido poucos anos depois. A última referência conhecida de Bento da Fonseca é uma carta que escreveu, de Anadia, a 11 de Agôsto de 1779, sôbre a vida do P. Malagrida, e dirigida ao P. Anselmo Eckart, seu companheiro nos cárceres, e que depois seguira para Mogúncia e para a Rússia Branca, a juntar-se aos Jesuítas que ali continuavam a sua existência livre[3].

6. — A *História da Companhia de Jesus na Província do Maranhão e Pará*, do P. José de Morais (é êste o título autêntico que o autor lhe pôs), está datada do Colégio do Pará, Julho de 1759[4].

Antes da redacção e disposição definitiva da sua história, José de Morais reùniu os elementos, de que dispunha para ela, num *ms.*, que nos parece seu e hoje se conserva com o título de *Apontamentos para a Chronica da Missão da Companhia de Jesus, no Estado do Maranhão*[5]. Ainda que não é de uma só letra, conforme os amanuenses que ia arranjando, tem todos os visos de ser o original, pelos muitos cortes e emendas que apresenta e a que êle mesmo alude no *Prólogo* da *História* impressa, p. 7.

Em *Luiz Figueira*, 15-16, demos breve notícia dêstes *Apotamentos*, não nos decidindo então sobre a personalidade do seu autor, se

---

1. Conservam-se sobretudo na BNL, fg. 4529.
2. Arq. da Prov. Port., *Pasta 94*, 10; *Pasta 188*, 18.
3. Carta, em português, traduzida em latim e publicada por Murr, *Journal*, vol. XVI, 54, 75.
4. Existia em Évora, Cód. CXVI/1-27, grosso vol. de 771 páginas. Já tinha desaparecido de Évora em 1939 quando o quisemos examinar.
5. BNL. fg. 4516.

Bento da Fonseca, se José de Morais. Todavia, já dizíamos que « achamos inumeráveis páginas iguais, à letra », nos *Apontamentos* e na *História*, de Morais. Hoje, decidimo-nos mais por êste [1].

José de Morais nasceu em Lisboa a 1 de Dezembro de 1708. Entrou na Companhia na mesma cidade, a 19 de Março de 1727 e no ano seguinte embarcou para o Maranhão, onde se formou. Fêz a profissão solene, em S. Luiz, dia de Nossa Senhora da Luz, 8 de Setembro de 1744 [2]. Bom prègador e Missionário. Como teólogo de S. Majestade, examina no Pará, em 1746, pela Junta das Missões, os índios descidos por um cabo de tropa de S. Paulo, no Rio Tocantins, achando alguns injustamente cativos, « sem mais crime que a infelicidade de os toparem, no rio, na ocasião da passagem » [3].

Estava no Cabu, e Curuçá em 1757, quando se iniciou o confisco dessas Aldeias e Fazendas, contra o qual apresentou as ressalvas jurídicas que a lei lhe facultava. Essa intervenção havia de ser depois, a causa da sua deportação para o Reino [4], mantendo-se entretanto no Pará, ocupado na redacção da *História*, não porém inconsciente do perigo que o ameaçava. Por causa dêle, tendo pronto o primeiro volume, datou-o, antecipadamente, de Julho de 1759, o mês de Santo Inácio, em que supunha seria elevada a Província a que era ainda apenas *Vice-Província*. E, com a data, antecipou também o título: História da *Província* do Maranhão e Pará... Gastara 3 anos nessa tarefa. Antes dêle estivera encarregado outro Padre, que nos parece se não identificar, como dizíamos, com Bento da Fonseca, já em Portugal há mais de 10 anos, mas outro, dentre os primeiros deportados, em 1756 [5].

---

1. A p. 172, dos *Apontamentos*, diz-se que o P. Roque Hundertpfundt, a propósito do Rio Xingu « *me refirio e deo a informação seguinte do Rio* », etc. Ora na *História*, p. 504, lêem-se as mesmíssimas palavras, "*me referiu*", informação pessoal, que não pode deixar de se atribuir senão a uma mesma pessoa, que se identifica, na *História*, com José de Morais. Aliás Hundertpfundt chegou em 1739, e foi missionário do Xingu, depois já do P. Bento da Fonseca estar na Côrte.
2. *Lus.* 16, 175-175v.
3. Morais, *História*, 474.
4. Cf. *Anais do Pará*, V(1905)255.
5. Um dos motivos que tem feito supor que fôsse autor dos *Apontamentos* o P. Bento da Fonseca, são frases como esta em que falando-se de um Padre do Brasil diz que «*vindo* à Côrte» (p. 53)... Se o Autor escrevesse no Brasil parece que deveria ser *indo* à côrte, frases que deixam perplexo o investigador consciencioso, mas que talvez se possam explicar, como escritas, já depois da deportação

Escreveu José de Morais, no Prólogo da *História*:

«O *primeiro*, a quem esta nomeação de Cronista tocou, *antes de por mãos à obra*, as pôs na cabeça, vendo-se obrigado a partir para Portugal, ideando talvez no penoso da viagem, a crónica da sua mesma vida, correndo por mar e terra, com a mesma tormenta que o seguia, entre o temor e o receio de semelhante derrota. Sucedi no cargo e ao mesmo tempo no perigo: e cuidando muito em não dar motivo para a suspeita, e para a queixa, me fui conservando, *por espaço de três anos*, em que pude alinhavar êstes poucos e mal arrumados cadernos, que desde agora ofereço à tua censura, sem saber ainda o fim desta portentosa catástrofe, nem tão pouco aonde me conduzirá o meu destino»...

O seu destino di-lo o *Diário de 1756-1760*, marcando o dia 4 de Março de 1759: o P. José de Morais vai degredado para o Reino, no navio *Lamas*. O navio estêve em perigo, primeiro em sêco, depois em pedra, perto de Una ou de Val-de-Cães. Apesar de exilado, ia pagando 14 moedas à custa do Colégio [1].

José de Morais levou consigo o original do I volume; o do II não chegou a redigir-se. Di-lo êle próprio na nota final do I: «Que foi o que pude salvar, com grande risco, do infeliz naufrágio que padeceu tôda a Companhia de Jesus. Porque a Segunda Parte naufragou no confisco, que se fêz em todos os papeis, que os ministros da Justiça fizeram no Colégio do Pará, perecendo nêle todos os materiais e excelentes notícias que tinha para a sua construção, não faltando mais que ajuntá-los por sua ordem. — *Fiat voluntas Dei*»!

---

de 1756, pelo primeiro encarregado de escrever a história, e cujos rascunhos fôssem entregues ao seu sucessor. Em todo o caso não excluímos hipótese de colaboração parcial do próprio Bento da Fonseca e doutros, com a arrecadação prévia de materiais para a História.

1. Cf. *Anais do Pará*, VIII(1913)44. Achamos duas referências a José de Morais: Uma em que se diz que estava na Residência da Lapa (Portugal), com outros missionários do Maranhão e Grão-Pará, e que essa casa da Lapa foi cercada a 11 de Fevereiro de 1759 (Apêndice ao Cat. Português de 1905, p. XVI); outra, concebida nos seguintes têrmos: « O P. José de Morais, que *é do Pêso da Régua* não saiu [da Companhia] por vir a sua patente equivocada com o nome de Francisco de Morais » (Ferrão, *O Marquês de Pombal e a expulsão*, 313). Mas a 11 de Fevereiro, o *nosso* P. José de Morais estava ainda no Pará; e o *nosso* P. José de Morais, cronista, não é do *Pêso da Régua*, mas de Lisboa. Não interessam ao nosso intento, ao menos agora, maiores averiguações.

Esta nota final da *História* deve ter sido escrita no período, que medeou, em Portugal, entre a sua chegada ao Reino e a data, em que lhe teria sido tirado o manuscrito, antes da sua reclusão definitiva, talvez em mais de um lugar. O último foi um mosteiro nas cercanias de Belém.

O historiador sobreviveu à catástrofe, por êle prevista. Em 1777, saiu livre daquele «mosteiro, perto de Belém», onde se achava recluso[1]. Como tantos outros, usava já o nome completo de família, conforme se anotou à margem da sua *História* manuscrita: «Chama-se ao presente José Xavier de Morais da Fonseca Pinto».

Morais é autor estimado em assuntos posteriores a Bettendorff. Varnhagen diz que é obra bem escrita, mas que «pouco adianta à de Berredo, e não se distingue pelo critério histórico», apreciação em que «não há justiça» — observa o anotador do mesmo Varnhagen, Rodolfo Garcia, e acrescenta que é fonte abundante de informações ignoradas até à sua publicação[2]. José de Morais, ao sair da reclusão de Belém, tinha 69 anos. Como Belém é Lisboa, a terra em que nascera, e já estava adiantado em anos, aí deverá ter falecido, supomos, em época não muito distante da sua libertação.

7. — Menos feliz que José de Morais, pois faleceu nos cárceres, foi o P. João Daniel, que teve vida dolorosa e deixou um livro justamente célebre, o *Tesouro Descoberto no Máximo Rio Amazonas*, fruto da sua própria tragédia.

Até aos 30 anos, período intenso de formação e estudos, a vida de João Daniel mete-se em poucas efemérides. Nasceu no dia 24 de Julho de 1722 em Travaçós, diocese de Viseu. E diz o seu registro nos cárceres do Forte de Almeida que era «filho de Manuel Francisco Canário e de Maria, de que se não sabe o sobrenome»[3]. Maria Daniel talvez. Os Jesuítas usavam com freqüência o apelido materno quando o do pai já era o de outro Jesuíta contemporâneo, para faci-

---

1. Carayon, *Documents Inédits*, IX, 249.
2. Rodolfo Garcia em *HG*, IV, 179.
3. Registro n. 4: — "O P. João Daniel, natural da Cidade de Viseu, filho de Manuel Francisco Canario e de Maria, de que se não sabe o sobrenome, do lugar de Travaçós. Foi missionário no Colégio do Grão-Pará", Ferrão, *O Marquês de Pombal e a expulsão dos Jesuitas*, 304. O Catalogo da Companhia diz textualmente: *Lusitanus, Dioecesis Visiensis, Travassensis* (Bras. 27, 134). Há Travaços e Travaçós. Trata-se de Travaçós (Bras. 28, 6).

lidade de distinção, ou quando o apelido paterno estranho, parecesse menos grave. Devia ser êste o caso.

João Daniel entrou na Companhia, em Lisboa, dia 17 de Dezembro de 1739; e dois anos depois, com menos de vinte, embarcou para o Estado do Maranhão e Grão-Pará. Estudou Humanidades (3 anos) e Filosofia no Colégio Máximo de S. Luiz. Em 1747 era aluno distinto de Física [1], estudante ao mesmo tempo de Teologia, porque em 1750 andava já no 4.º ano desta última faculdade, ainda irmão. Ordenou-se de sacerdote êste ano, ou princípio do seguinte, dado que no de 1751, se apresenta já como Padre, entregue a ministérios sobretudo no Pará, percorrendo Aldeias e Fazendas. Na mais importante de tôdas, a Fazenda de Ibirajuba, igreja de Nossa Senhora de Nazaré, já em plena batalha, e enquanto esperava o exílio fêz a profissão solene de quatro votos a 20 de Novembro de 1757 [2].

João Daniel saiu do Pará, desterrado para o Reino, por fúteis pretextos, a 28 de Novembro de 1757 [3]. Encerrado primeiro nos cárceres do Forte de Almeida, a vida que lhe permitiram, infere-se do ofício que Manuel Freire de Andrade, comandante da Praça, dirigiu ao Conde de Oeiras, a dar-lhe conta do zêlo com que tratava os Padres, antigos beneméritos missionários da Amazónia. Relata as perquirições que fêz, e o suplício, do maior agrado inquisidor de Sebastião José, a que submetia homens de inteligência, e escritores, privando-os de escrever, o único refrigério humano que lhes restava: «No rosto de cada um dos cinco maços de papeis, que também remeto, se declara o Padre a quem se extrairam, e o número de papeis que vai em cada um dos ditos maços; e nos livros, vão registrados alguns protestos que tinham escrito nêles. Como lhes falta o papel, porque nem para as fontes lho consinto há muito tempo, vão-se aproveitando dos do embrulho das quartas de tabaco (que já lhes não entra senão em latas), das fôlhas brancas dos Breviários que iam arrancando, dos registros de Santos, e das Bulas feitas em tiras, e escritas com a ponta de um alfinete, que me não foi possível ler, como Vossa Excelência verá nos que remeto do Padre Joaquim de Barros, e também um novo modo de fazer tinta, com que Paulo Ferreira escreveu as duas cartas a sua Irmã, Freira em Sandelgas, que vão dentro do maço dos

---

1. *Bras. 27*, 134.
2. *Lus. 17*, 266.
3. *Diário* de 1756–1760.

papeis que se lhe acharam. Mandei-lhes entregar os Breviários para continuarem as rezas, arrancando-lhes primeiro tôdas as fôlhas brancas, e tirando-lhes alguns registros, porque nas costas de dois tinha o *Padre João Daniel* feito duas petições para Sua Majestade, que Vossa Excelência verá, por irem inclusos nos *papeis* pertencentes ao dito Padre»[1].

Era isto a 3 de Dezembro de 1761, quatro anos depois do exílio. Que teria já então escrito João Daniel nestes «papeis», que lhe tomaram?

João Daniel foi transferido, no ano seguinte, a 11 de Fevereiro de 1762, para a Tôrre de S. Julião da Barra, em Lisboa. E nela entrou para não mais sair, falecendo, daí a 14 anos, no dia 19 de Janeiro de 1776. Usou o anagrama de *Néldia*[2].

No meio desta desgraça imerecida, o P. João Daniel deu provas de admirável fortaleza de ânimo, como beirão que era. A sua profissão solene de quatro votos, nas margens do Moju, fê-la já depois de notificado do seu próximo destêrro; encerrado nos cárceres e privado da liberdade, continou a missão do Grão-Pará. Realmente ainda é acção missionária, no terreno da cultura e dos serviços prestados ao Brasil, o seu *Tesouro Descoberto no Máximo Rio Amazonas:*

Se aquêles papeis, dos cárceres de Almeida, não eram já o seu livro, e cremos que sim que eram, temos de admitir que com o tempo se remitiu o primitivo rigor ou que, apesar dêle, houve meio de introduzir, papel e tinta, nos cárceres de S. Julião. Se assim foi, também ali se acabou um dia. E é com esta reflexão final, sereno grito de alma, que João Daniel fecha o seu *Tesouro* e último capítulo dêle, *Notícia de algumas bombas e aqueductos para o Rio Amazonas:*

«Porém como se acaba já o papel, e, por outra, êstes inventos necessitam de se conferir, fiquem reservados para melhor tempo, ou para quem tem liberdade e nela comodidade e instrumentos»[3]...

Já que não podiam continuar o ensino, nem usar das mãos para baptizar o gentio do Brasil ou amanhar as suas terras, os Jesuítas pegaram da pena e continuaram a evangelização escrita, que só por violência largaram, cada qual, segundo o seu carácter e a misssão que lhes foi assinada. Uns rectificavam a verdade contra «descarados

---

1. Ferrão, *O Marquês de Pombal e a expulsão dos Jesuitas,* 307.
2. Carayon, *Doc. Inédits,* IX, 239-240; Arq. Prov. Port., *Pasta 188,* 18.
3. *Rev. do Inst. Hist.,* XLI, 1.ª P., 142.

enganos» espalhados no mundo à custa do dinheiro da nação [1]; outros deixavam por escrito os ensinamentos da sua experiência pessoal ou da sua própria cultura humanista.

O *Tesouro Descoberto* ainda se não publicou integralmente. Consta de seis partes. O manuscrito das cinco primeiras é uma das preciosidades da Biblioteca Nacional do Rio de Janeiro (códice 1—2, I, 21); a sexta está em Évora. Imprimiram-se três: *A segunda parte*, precedida do Índice geral das matérias contidas na obra, publicou-a Varnhagen na *Revista do Instituto Histórico*, II, 321-364, 447-500; III, 39-52, 158-183, 282-299, 422-441. A *quinta parte* saiu em avulso, Rio, Imprensa Régia, 1820. A *sexta parte* foi ainda publicada na *Revista do Instituto*, XLI, 1.ª P., 33-142 [2].

O conteúdo do *Tesouro Descoberto no Máximo Rio Amazonas* infere-se pelos índices divulgados. A leitura atenta revela ainda outros aspectos. É notável, em particular, a sagacidade e instruções que dá para a agricultura amazónica, hoje ultrapassadas, mas verdadeiro tratado de economia agrícola, bem superior às idéias do tempo; refere-se já à indústria, hidráulica aplicada, utilização dos ventos; sôbre os índios e crendices populares («os homens marinhos») e sôbre a etnografia de inúmeras tribus, tatuagem, relações sociais, culto indígena e ciumeira dos maridos, variadas notícias, produto de inegualável observação, directa e amena. Além disto, indicações locais, geográficas e históricas, que, ao menos no tocante aos factos do seu tempo, se constituem genuínas fontes para a história geral do grande Rio.

João Daniel enquadra-se no grupo admirável de escritores que deixaram o seu nome ligado a história do Amazonas. Em tôdas as partes do mundo os Jesuítas manejaram a pena. De poucas terão deixado tantos monumentos escritos como desta.

O «imaginoso» João Daniel, (o qualificativo é de Euclides da Cunha) é a coroa de todos com o seu *Tesouro Descoberto no Máximo Rio Amazonas*, em que *Descoberto* parece delicioso eufemismo aplicado a uma região imensa e «encoberta», longe ainda de se descobrir e dominar totalmente... Por enquanto, tirando os grandes núcleos ri-

---

1. Lúcio de Azevedo, *Os Jesuítas no Grão-Pará*, 320.
2. Pôrto Seguro e nota de Garcia, *HG*, IV, 178. Cf..S. L., *João Daniel, autor do Tesouro Descoberto no Máximo Rio Amazonas*, na *Revista da Academia Brasileira de Letras*, vol. 63(1942)79-87, onde há alguns pormenores mais da sua vida e de outros, nos cárceres de S. Julião da Barra.

beirinhos, a Amazónia é quem domina o homem ousado que a acomete, desfibrando-lhe a energia numa absorção niveladora, se não se defende a tempo. Todavia não há luta persistente sem vitória. Um dia, quando a Amazónia for o que virá a ser infalivelmente, os descendentes dos herois volverão olhos aos que primeiro tentaram a emprêsa. E em particular àqueles que consideraram parte integrante dela, não só o desbravamento, catequese e ensino, mas o conhecimento, descrição e estudo da terra, das suas múltiplas e latentes possibilidades. E aqui está o merecimento de João Daniel e dêstes livros, grandes fontes históricas, páginas genesíacas da Amazónia. Nelas, à proporção que recuarem no prestígio dos anos, cada palavra será pesada, cada facto sujeito a verificação, cada elucidação confrontada. E tudo com gratidão e amor. Porque a civilização também tem as suas preocupações. E uma das mais nobres, sem dúvida, é esta identificação e conhecimento das próprias origens.

Q. 14. DE R

mam Partem D. Thomæ De scientia Dei explicanda assa pientiss. Magri Vazquez ex societate JHS anno doj 1606.

ART. CVLS RMVS

An in Deo sit scientia Dei

INCIPIT MAT

detrimate acuatissme ac diligentiss. dis cutienda a sapientiss. ac Reuerenr magistro JH. de Herrera dig nis, sabmanij frabue primario anno dominuri 1607. Quastio vigesima septima prima parto D. Thomæ. R. quin:

Dubitatur p mo dum ploj an pertineat ad Theologum illo putare rnte de ivintate p. or. qd nr?

Q. 27. PROCE SI

one Duurum Personarum Dubitatur An vecto ordine pace dat DJH in hac tra Aatu Evaena

Q. 28. DREETONB.

Dubius Heaaen mi Articulus t: an in deo synt ali qua relationes reales. D: e quod relatio reali indiuea

CONCLUSÕES TEOLÓGICAS

Documento do Arquivo do Pará, decalcado para o Arquivo Nacional, do Rio, que nos ofereceu amavelmente esta fotografia. O decalque tem algumas inexactidões, como *Trinâte* por *Trinitate*, etc. São exposições de célebres autores da Companhia, Vazquez e Herrera.

APÊNDICES

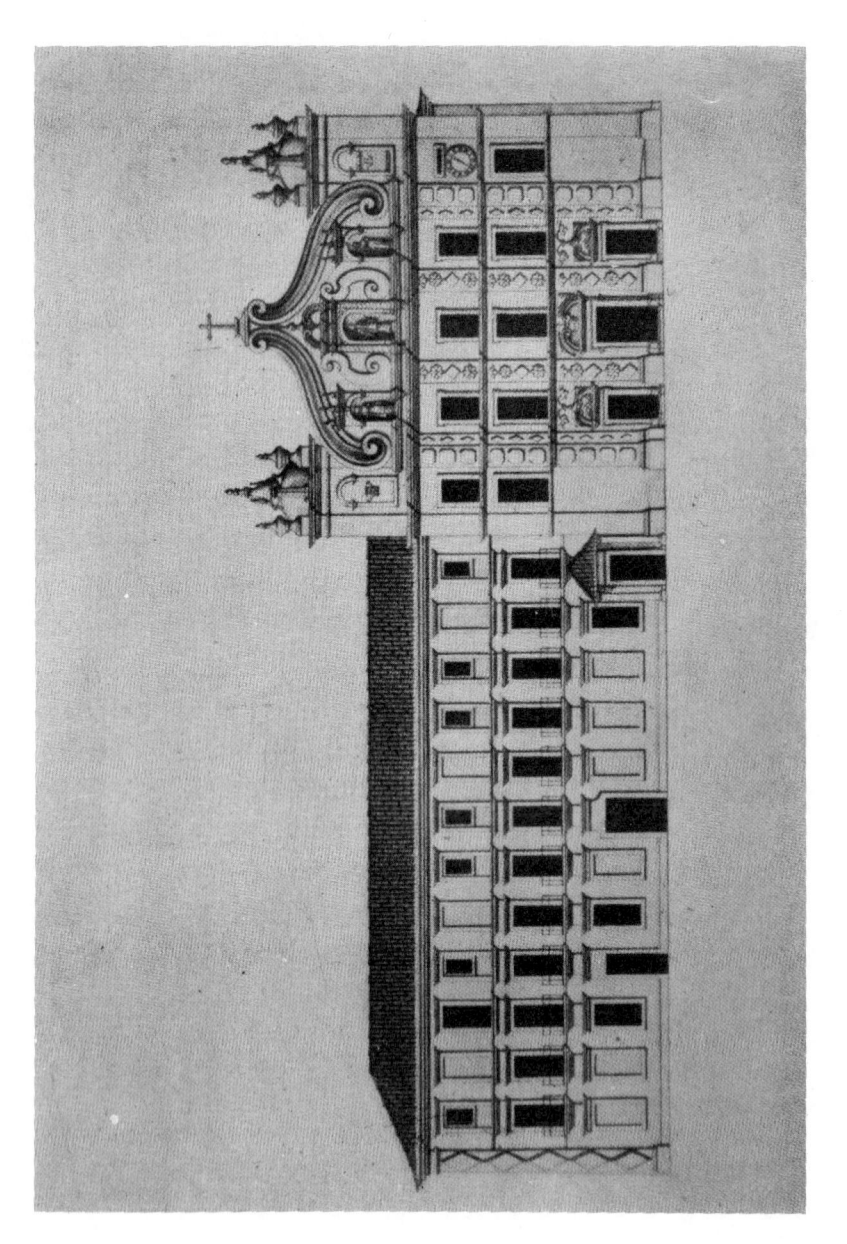

COLÉGIO DE S. ALEXANDRE E IGREJA DO PARÁ

Estampa da «Viagem Filosófica» de Alexandre Rodrigues Ferreira. Na Igreja faltam os fogareus que ali se vêem actualmente e já existiam em 1753. Mas ainda estão visíveis as imagens de S. Inácio, S. Francisco Xavier e S. Francisco de Borja. Confronte-se com a igreja, no seu estado actual supra, *História*, Tômo III, 212/213.

APÊNDICE A

Catálogo das Expedições Missionárias para o Maranhão e Grão-Pará (1607-1756)

Nada mais difícil, e até perigoso, do que cerzir uma lista desta natureza. No entanto, conjugando os dados ministrados pelas histórias de Franco, Bettendorff e Morais, os catálogos da missão e a correspondência inédita, vamos tentá-lo com a possível exactidão. Advertimos, porém, que até nos próprios originais se nos deparam equívocos. E se os corrigimos, quando nos foi dado averiguá-lo, seria temerário crer que no-lo foi dado sempre.

Pertence a êste género de dificuldades conhecer a pátria em que nasceram os missionários. Damos a que vimos nos catálogos ou cronistas, suspeitando que algumas vezes, em lugar do próprio sítio da naturalidade, se dá a povoação mais próxima, cabeça do concelho ou têrmo. A segunda localidade, que às vezes se aponta, não é circunscrição civil, mas eclesiástica (diocese).

Quanto aos nascidos no Brasil, como era então parcela do antigo Império Português, ora se mencionam nos documentos, simplesmente como Portugueses, ora se aponta já o lugar de origem. O Estado do Maranhão e Grão-Pará, que hoje faz parte do Brasil, abrangia nessa época área maior e era autónomo, unido directamente a Portugal, sem dependência do Govêrno Geral do Brasil. Para se contra-distinguir do Brasil, situava-se não nêle mas na América, e chamavam-se os que ali nasciam *Luso-Americanos*, generalizando-se às vezes o qualificativo a outros nascidos fora do Estado do Maranhão, no Rio de Janeiro, por exemplo. E não raro, a determinação da pátria vem expressa assim: «P. Diogo da Costa, *português*, nascido na América, no Maranhão». Como convém, uniformizam-se as diversas denominações, chamando-se a todos *Luso-Brasileiros*.

A palavra Maranhão, neste caso de Diogo da Costa, não significa cidade, mas Estado, porque êle nasceu realmente em Tapuitapera, hoje Alcântara. Tal facto é provável que se repita mais vezes, sem ser possível deslindá-lo. Preferimos ainda assim, fazer menção do lugar achado, porque sempre será um elemento útil para a determinação do local, ou pelo menos da região, donde são naturais.

Muitos, que levam a menção de Irmãos, e o eram no ano em que chegaram, foram depois, concluídos os estudos, elevados ao Sacerdócio.

As expedições foram quási tôdas de Lisboa; mas iam também do Brasil, sobretudo no começo. As que iam do Brasil distinguimo-las com um asterisco.

* 1.ª Expedição (1607):

   Saída de Pernambuco: 20 de Janeiro de 1607.
   P. Francisco Pinto, Superior   Português (Açores)
   P. Luiz Figueira   »   (Almodôvar)

   Não chegaram ao Maranhão, porque o P. Pinto foi morto, na Serra de Ibiapaba, no dia 11 de Janeiro de 1608, voltando para Pernambuco o P. Figueira [1].

* 2.ª Expedição (1615):

   Saída de Pernambuco, 5 de Outubro de 1615 [2].
   Chegada ao Maranhão: 3 de Novembro.
   P. Manuel Gomes, Superior   Português (Cano)
   P. Diogo Nunes   Luso-Brasileiro (S. Vicente)

   Vão na própria expedição da conquista, na Armada de Alexandre de Moura. Aquêle dia 3 de Novembro é o da capitulação dos Franceses de la Ravardière em S. Luiz [3].

* 3.ª Expedição (1622):

   Chegada ao Maranhão: Março de 1622 [4].
   P. Luiz Figueira, Superior   Português (Almodôvar)
   P. Benedito Amodei   Siciliano

   Tinham ido de Pernambuco, já depois de ter ali chegado o P. Manuel Gomes, de volta de Portugal [5].

* 4.ª Expedição (1626):

   Saída do Ceará: 15 de Agôsto.
   Chegada ao Maranhão: 22 de Agôsto.
   P. Lopo de Couto   Português
   Ir. António da Costa

   Foram com o Governador Francisco Coelho de Carvalho, que ia a tomar posse do seu govêrno [6].

---

1. Cf. S. L., *Luiz Figueira*, 26.
2. Carta do P. Manuel Gomes, em *Anais*, da Bibl. Nacional do Rio de Janeiro, XXV (1905) 329.
3. Berredo, *Anais* 158; Ribeiro Amaral, *Ephemerides Maranhenses* (Maranhão 1923) 17.
4. S. L., *Luiz Figueira*, 47.
5. BNL, fg. 4516, *Apontamentos*, 57.
6. Berredo, *Anais*, I, 221.

5.ª Expedição (1643):

Saída de Lisboa: 30 de Abril.
Chegada ao Pará (Ilha do Sol): 29 de Junho.

P. Luiz Figueira	Português
P. Francisco Pires	»
P. Pedro de Figueiredo	»
P. Simão Florim	»
P. Pedro Figueira	»
P. Francisco do Rêgo	»
P. Barnabé Dias	»
P. João Leite	»
Ir. Nicolau Teixeira	»
Ir. Manuel da Rocha	»
Ir. António Carvalho	»
Ir. Manuel de Lima	»
Ir. Manuel Vicente	»
Ir. Domingos de Brito	»
Ir. Pedro Pereira	»

Mais dois candidatos, cujos nomes se não dizem.

Naufragaram, na Ilha do Sol, a 29 de Junho. Morreram todos, menos o P. Francisco Pires, que seguiu para o Maranhão, António Carvalho, que faleceu pouco depois no Pará e Nicolau Teixeira, que voltou para Portugal[1]. Franco na *Synopsis* omite os nomes do P. Francisco Pires e Pedro de Figueiredo. Em compensação inclue os dois seguintes.

6.ª Expedição (1648 ?):

P. Manuel Moniz	Português
Ir. Gaspar Fernandes	»

Está envôlta em obscuridade a vinda dêste Padre e Irmão. Franco, como vimos, englobou-os na expedição anterior do P. Luiz Figueira, onde com certeza não vieram. José de Morais diz que foram do Reino para o Maranhão; e que, quando ali chegaram, já tinha falecido o P. Benedito Amodei[2].

Como a sua morte sucedeu a 10 de Novembro de 1647, só chegaram depois dela. O Catálogo do P. Bento da Fonseca traz 1647[3]. Preferimos 1648, não sendo temerário relacionar esta expedição com a Consulta do Conselho Ultramarino de 28 de Novembro de 1648, mandando dar gasalhado aos dois da Companhia que se enviaram ao Maranhão[4].

---

1. Cf. S. L., *Luiz Figueira*, 69-73.
2. Morais, *Historia*, 227.
3. *Rev. do Inst. Bras.*, LV, 1ª P. (1892) 408.
4. AHC. *Maranhão*, I.

7.ª EXPEDIÇÃO (1652):

Saída de Lisboa: 23 de Setembro.
Chegada ao Maranhão: 17 de Novembro (?).

P. Francisco Veloso	Português	(Famalicão)
P. João de Souto Maior	»	(Lisboa)
P. José Soares	»	»
P. António Soares	»	»
P. Tomé Ribeiro	»	»
P. Gaspar Fragoso	»	»
Ir. Agostinho Gomes	»	
Ir. Francisco Lopes	»	
Ir. Simão Luiz	»	

Mais dois, cujos nomes se não dizem.

O P. Manuel de Lima, que devia seguir nesta expedição, mas só pôde ir na seguinte, escreve já do Maranhão: «O outro navio, em que eu havia de vir, tinha chegado a êste pôrto, em *dous* meses com *onze* Padres todos vivos e sãos»[1]. Morais diz que chegaram a 17 de Outubro, e na pág. 294, que a 18 dêsse mês, e a p. 111, que eram 10 os expedicionários[2]. Preferimos a versão do P. Manuel de Lima, coevo dos factos que narra. Nesta expedição vieram o capitão-mor do Maranhão e o capitão-mor do Pará, Inácio do Rêgo Barreto. O capitão-mor do Maranhão tomou conta da Capitania, ao chegar, a 17 de Novembro de 1652 (Berredo, *Anais*, II, 82), o que condiz com a versão de Manuel de Lima.

8.ª EXPEDIÇÃO (1652):

Saída de Lisboa: 22 de Novembro.
Chegada ao Maranhão: 16 de Janeiro de 1653.

P. António Vieira	Português	(Lisboa)
P. Manuel de Lima	»	»
P. Mateus Delgado	»	(Dioc. de Leiria)
P. Manuel de Sousa	»	(Lisboa)

Vieram na caravela *N.ª S.ª das Candeias*, escreve o P. Manuel de Lima, numa relação da sua viagem[3]. E diz que foi a 17 de Janeiro, acrescentando Morais que «pelas 5 horas de tarde, dia sempre memorável e felicíssimo para a Vice-Província do Maranhão»[4]. Era António Vieira, que chegava[5]...

---

1. *Relação da Viagem do P. Manuel de Lima*, Bibl. de Évora, Cód. CXV/2-17, f. 325v.
2. *História*, 267.
3. Bibl. de Évora, Cód. CXV/ 2-13, f. 325.
4. *História*, 111.
5. *Cartas de Vieira*, I, 316-317; Barros, *Vida*, 67; Morais, *História*, 281.

*9.ª Expedição (1653):

Chegada ao Maranhão: 29 de Abril.
P. Manuel Nunes, o Velho   Português (Lisboa)
P. António Ribeiro   Luso-Brasileiro (S. Paulo)
Ir. Rafael Cardoso (teólogo)   Português (Lisboa)
Ir. Bento Álvares (estudante)   »   (Pôrto)
Ir. João Fernandes (coadjutor)   »   (Ponte de Lima)

Enviados do Brasil pelo Prov. Francisco Gonçalves, como consequência de reiterados pedidos do Maranhão e mesmo ordens de El-Rei[1]. Bettendorff omite o nome do P. António Ribeiro[2].

10.ª Expedição (1655):

Saída de Lisboa: 16 de Abril.
Chegada ao Maranhão: 16 de Maio[3].
P. António Vieira, 2.ª vez   Português (Lisboa)
P. Salvador do Vale   Luso-Brasileiro (Baía)
P. Pedro de Pedrosa   Português (Coimbrão)
P. Francisco da Veiga   »
P. Manuel Pires   »
P. Bento Álvares   »   (Pôrto)
Ir. Coadj. Sebastião Teixeira   »

O Autor da *Hist. Proprov. Maragn.*, 492, dá esta lista (Franco só tem dois sem os nomear), fundado numa carta de Pedro de Pedrosa, que diz serem *seis* os companheiros de Vieira, sem todavia lhes citar os nomes. O P. Bento Álvares tinha ido ao Reino, ordenar-se. O P. Salvador do Vale também lá estava, ido do Brasil. Manuel Pires, «sonhador de coisas futuras», é nomeado muitas vezes com o nome de «clérigo de Paredes». Francisco da Veiga, voltou depois a Portugal e passou ao Oriente, onde fundou muitas igrejas e cristandades nas entradas do Reino de Sião[4].

* 11.ª Expedição (1656):

P. Francisco Gonçalves, visitador   Português
Ir. Inácio de Azevedo, noviço   Luso-Brasileiro (Pernambuco)

Não ha datas explícitas. Diz uma Ânua que saíram do Colégio da Baía, *anno 1656 vertente*[5]. Não declara esta Ânua o nome do noviço. Mas diz que o Visitador

---

1. BNL, fg. 4516 (*Apontamentos*) 148; *Bras. 9*, 16v; *Hist. Proprov. Maragn.*, 437.
2. *Crónica*, 75.
3. «Viagem de trinta dias», Lúcio de Azevedo, *H. de A. V.*, I, 278.
4. Bett., *Crónica*, 227-228.
5. *Bras. 9*, 16v.

ia acompanhado de um noviço. Ora êste Irmão, que tinha sido soldado, e depois foi Padre[1], entrou na Baía em 1655 e já estava no Maranhão em 1657, ainda noviço[2]. Segundo Bettendorff veio também com o P. Gonçalvez «o *nosso* Alonso que tantos anos nos serve de feitor em a Ilha que está defronte do Colégio do Maranhão»[3]. Aquele *nosso*, deve ser êrro em vez de *moço*.

12.ª EXPEDIÇÃO (1657):

    P. Ricardo Careu (Carew)   Irlandês (Waterford)
    Ir. João de Almeida   Francês (Le Havre)
    Mais um Ir. Coadj.

Já tinham chegado a 5 de Dezembro de 1657[4]. Não consta, porém, se chegaram no mesmo navio; Careu veio de Lisboa, por via do Brasil, donde passou ao Maranhão. Bettendorff chama «holandez de nação» ao P. Careu, cujo nome aparece estropeado sempre nesta *Crónica*. Mas depois chama-lhe «irlandez»[5]. Era-o de facto. Professor de Teologia moral no Colégio de Angra (Açores), a 15 de Outubro de 1654, escreveu em latim, ao P. Geral, a pedir a missão do Maranhão. Já então se tinha entendido, para isso, com o P. António Vieira. Assina *Careus*[6]. Sendo expulso para Portugal, no motim de 1661, não voltou à missão[7]. O Ir. João de Almeida entrara na Companhia, no Brasil[8].

13.ª EXPEDIÇÃO (1659):

Chegada ao Maranhão: Novembro.
    P. João Maria Gorzoni   Lombardo
    P. Gonçalo de Veras   Português
    P. Bernardo de Almeida   »
    P. Jácome de Carvalho   »
    P. Paulo Luiz   »
    P. Pedro Monteiro   »
    Ir. Domingos da Costa   »
    Ir. Marcos Vieira   »

O mês da chegada e os nomes dos seis Padres são dados pelo P. Vieira[9]; também diz que chegou nesse mês o Ir. Marcos Vieira, não na mesma expedição;

---

1. *Bras.* 3 (2), 139v.
2. *Bras.* 5, 204v.
3. *Crónica*, 79.
4. *Bras.* 3 (*1*), 312.
5. *Crónica*, 78, 145.
6. Roma, Gesù, *Indipetae*, 757 (27). Segundo J. Mc Erlean, *Irish Jesuits in Foreign Missions from 1574 to 1773* (Irish Jesuit Directory for 1930) p. 128; tornou para a Irlanda no ano de 1668 e morreu em Waterford no ano de 1698.
7. Bett., *Crónica*, 222.
8. *Bras.* 5, 235v.
9. *Cartas de Vieira*, III, 732.

e acrescenta que veio um irmão coadjutor noviço, sapateiro. Bettendorff escreve que era o Ir. Domingos da Costa¹, e o seu testemunho é aceitável, porque êste Irmão veio a ser seu companheiro de Missão. O Padre Bernardo de Almeida, verificando-se impróprio para as lides apostólicos, foi despedido e voltou pelo mesmo navio, — diz Vieira².

14.ª Expedição (1660):

Saída de Lisboa: 24 de Novembro de 1660.
Chegada ao Maranhão: 20 de Janeiro de 1661.
    P. João Filipe Bettendorff   Luxemburguês
    P. Gaspar Misch   »
    Ir. Manuel Rodrigues   Português
    Ir. Manuel da Silva   »

Os dois Padres Luxemburgueses deixaram boas notícias da viagem³. A 12 de Setembro dêste ano, de 1660, o Governador do Brasil, Francisco Barreto responde a El-Rei que ordenara fôssem misssionários do Brasil para o Maranhão, e que o Provincial lhe dissera que os não tinha e que deveriam ir da Europa⁴.

15.ª Expedição (1661):

Chegada ao Maranhão: Outubro.
    P. Pier Luigi Consalvi   Romano
    Ir. Baltasar de Campos [Van Campen ou Van de Velde?] Flamengo.

O P. Pier Luigi Consalvi passou por Cabo-Verde, donde escreveu ao Geral, no dia 26 de Setembro de 1661⁵. O Ir. Baltasar de Campos tinha entrado na Companhia em Portugal⁶. Tanto o P. Franco como o Autor da *Hist. Proprov. Maragn.*, engloba esta expedição com a anterior, mas esta fala em *naves*, navios, mais do que um. E podia dar-se o caso realmente, pela confusão que se faz do seu nome, que Baltasar de Campos, tivesse vindo num terceiro navio.

16.ª Expedição (1662):

Saída de Lisboa: Agosto (?).
Chegada ao Maranhão: 7 de Setembro.
    P. Salvador do Vale   Luso-Brasileiro (Baía)
    P. João Maria Gorzoni   Lombardo

---

1. *Crónica*, 145.
2. *Cartas de Vieira*, III, 732.
3. Bett., *Crónica*, 151-153; Carta de Gaspar Misch, do Pará, de 28 de Julho de 1662, em latim (Bibl. Real de Bruxelas, Cod. 6828-69, p. 421-432).
4. *Doc. Hist.*, IV (1928) 380.
5. *Bras.* 3, 1-2v.
6. *Bras.* 26, 13v.

Saíram de Lisboa três ou quatro semanas antes da chegada ali do P. Visitador Jacinto de Magistris[1]. Voltam à Missão, donde saíram no motim de 1661.

17.ª EXPEDIÇÃO (1663):

P. Francisco Veloso	Português (Famalicão)
P. Bento Álvares	» (Pôrto)
P. António Soares	» (Lisboa)
P. Pedro da Silva	»
Ir. João de Almeida	Francês
Ir. António da Silva	Português
Ir. João Fernandes	Português (Ponte Lima)
Ir. Sebastião Teixeira	»
Ir. Domingos da Costa	»
Ir. Manuel Rodrigues	»
Ir. António Ribeiro, noviço	»

Cf. António Franco, *Synopsis*, in fine. Bettendorff dá os mesmos nomes[2], mas omite o de João Fernandes e em vez de Manuel Rodrigues dá Manuel Lopes, que só veio mais tarde. Em compensação traz a notícia de que veio também «o P. António da Silva, então rapazinho, e sobrinho do P. Bento Álvares». A maior parte voltava a retomar a Missão depois do motim de 1661.

* 18.ª EXPEDIÇÃO (1667):

Chegada ao Maranhão: fim do ano.

P. Manuel Zuzarte, Visitador	Português
P. Pedro Monteiro	»
P. Pedro Francisco Cassali	Genovês
Ir. Simão Luiz	Português
Ir. Manuel Lopes	» (Madeira)

O P. Visitador trazia mais o P. Luiz Machado, mas cuidando que o Ceará pertencesse à Missão do Maranhão, deixou-o ali em vez do P. Pedro Francisco Cassali[3]. A Serra de Ibiapaba pertencia à Missão. O Ceará, propriamente dito, depois de alguma hesitação, passara a depender da Província do Brasil.

19.ª EXPEDIÇÃO (1674):

Saída de Lisboa: Maio.
Chegada a S. Luiz: 27 de Junho.

P. António Pereira	Luso-Brasileiro (Maranhão)
P. Francisco Ribeiro, noviço	Português

---

1. *Bras.* 3(2), 14v; Bett., *Crónica*, 201, 223.
2. *Crónica*, 221-222.
3. Carta de Bettendorff, *Bras.* 3(2), 68.

O P. Francisco Ribeiro tinha já sido da Companhia, na Província do Brasil. Readmitido em Lisboa [1].

* 20.ª EXPEDIÇÃO (1678):

P. Jódoco Peres [Perret]	Suiço (Friburgo)
P. Tavares	(?)
P. António de Alvarenga	Luso-Brasileiro (Rio)
Ir. Bento Rodrigues, noviço	(?)
Ir. Diogo de Sousa	(?)

Expedição infeliz. Excepto o primeiro, todos os mais foram expulsos da Companhia em diversos tempos, diz Bettendorff [2]. Por isso se não guardaram mais pormenores. Apenas se sabe que o P. Tavares ficou no caminho com a família, e a propósito de Alvarenga, há um protesto do P. Consalvi, por lhe terem mandado do Brasil; tal homem, que foi preciso expulsar logo (Para isso o mandaram...). Já tinha estudado Humanidades, Filosofia e 3 anos de Teologia [3]. Parece-nos que os dois Irmãos, aqui mencionados, pertencem ao número dos cinco noviços da 22.ª expedição.

21.ª EXPEDIÇÃO (1679):

Saída de Lisboa, 11 de Fevereiro [4].
Chegada ao Maranhão: 31 de Março [5].

P. João Carlos Orlandini	Italiano	
P. Estêvão Gandolfo	»	
P. Aloísio Conrado Pfeil	Suiço (Constança)	
P. Sebastião Pires	Português (Nazaré)	
Ir. est. Manuel da Costa	»	(Coimbra)
Ir. est. João Gonçalves	»	
Ir. est. Manuel Duarte	»	
Ir. coadj. Manuel Zuzarte	»	(Diocese de Lisboa)
Ir. Geraldo Ribeiro	»	(Diocese de Coimbra)
Ir. Domingos Coelho	»	
Um secular para entrar na Companhia	»	

«Belos sujeitos!» — diz Bettendorff [6].

---

1. Bett., *Crónica*, 303-304.
2. *Crónica*, 323.
3. *Bras. 26*, f. 55v-56.
4. Carta de Pfeil, *Bras. 26*, 69.
5. Carta de Gandolfo, *Bras. 26*, 68.
6. *Crónica*, 323; *Bras. 26*, 60, 62, 68.

* 22.ª Expedição (1679):

Chegada ao Maranhão: 18 de Outubro.
P. Pedro de Pedrosa   Português
P. António da Silva   »
Ir. Bernardo Gomes   Luso-Brasileiro (Pernambuco)
Ir. Manuel da Noia   (?)
Ir. Simão   (?)
Ir. Francisco Ribeiro, que saiu (?)

O P. António da Silva tinha ido um ano antes estudar Filosofia à Baía com um daqueles noviços; outro veio da Baía, e os três restantes admitiu-os o P. Pedrosa em Pernambuco[1].

O P. Pedrosa, contando os que trouxera do Brasil, diz: «além dos quatro religiosos que na outra refiro, mais quatro estudantes muito escolhidos»[2]. Alude evidentemente a alguns incluídos na 20.ª expedição, tanto Padres como Irmãos. E, não contando o P. Peres, vindo da Europa, pelo Brasil, nem o P. Pedrosa, os mais são, de-facto, oito, incluindo os dois Irmãos englobados por Bettendorff naquela referida expedição (21.ª).

23.ª Expedição (1680):

Chegada ao Maranhão: 21 de Maio.
P. Diogo da Costa   Luso-Brasileiro (Tapuitapera)
P. Manuel Nunes (Júnior)   Português
P. Jerónimo Pereira   »
Ir. est. António da Cunha   »   (Ponte da Barca)
Ir. est. António Gonçalves   Português (Monção)
Ir. est. Manuel Coutinho   »
Ir. est. João Ribeiro   »   (Paderne)
Ir. est. Inácio Ferreira   »   (Lisboa)

Bettendorff fala ainda de um Ir. José Tomás, «sobrinho do nosso ovineiro João da Rocha». Mas parece inferir-se da sua frase confusa, ou truncada, que faleceu em Lisboa, antes de embarcar[3]. Franco não traz esta expedição, e, no ano de 1681, apenas o P. Nunes[4].

---

1. Carta de Bettendorff, de 1 de Novembro de 1679, Bras. 26, f. 65-65v; Crónica, 329, onde dá os nomes e cremos que algum incorrecto, como aquele Manuel da Noia, que nunca mais encontramos.
2. Bras. 26, 79.
3. Bett., Crónica, 332.
4. Synopsis, Cat. in fine.

*24.ª Expedição (1683):

    P. Barnabé Soares, Visitador   Luso-Brasileiro (Baía)
    P. António Vaz   Português (Setúbal)
    Ir. est. Inácio Barbosa   (?)
    Ir. est. Manuel Fernandes   (?)
    Ir. est. Marcelino Gomes   (?)
    Ir. est. Manuel Antunes   Português (Dioc. do Pôrto)
    Ir. est. Francisco Soares   ›
    Ir. est. Bento Xavier   (?)

Quasi todos saíram, por isso se lhes não conservaram as pátrias [1].

25.ª Expedição (1687):

Saída de Lisboa: 10 de Fevereiro.
Chegada ao Maranhão: 25 de Março.
    P. Jódoco Peres [Perret], 2ª vez   Suiço (Friburgo)
    P. António Coelho   Português (S. Gião-Dioc. de Lam.)
    P. António da Fonseca   ›   (Alvaiázere)
    P. Manuel Borba   Luso-Brasileiro (Tapuitapera)
    Ir. Francisco Xavier   (?)

Francisco Xavier queria sair da Companhia, mesmo antes de embarcar em Lisboa. Bettendorff pede ao Geral que o deixe sair [2]. E de-facto saíu, pouco depois de chegar [3].

26.ª Expedição (1688):

Saída de Lisboa: 17 de Maio.
Chegada ao Maranhão: 3 de Agôsto.
    P. João Filipe Bettendorff   Luxemburguês
    P. Pedro de Pedrosa   Português (Coimbrão)
    P. José Ferreira   ›   (Vila Real)
    P. João de Vilar   ›   (Tancos)
    P. Inácio Ferreira   ›   (Lisboa)
    P. João da Silva   Luso-Brasileiro (Maranhão)
    P. Manuel da Costa   Português (Coimbra)
    P. Baltasar Ribeiro   Luso-Brasileiro (Maranhão)
    Ir. est. João Valadão   Português (Grândola)
    Ir. est. Manuel dos Santos   ›

---

1. Bett., *Crónica*, 357.
2. *Bras.* 26, 162.
3. Bett., *Crónica*, 411; Cf. Carta do P. Jódoco Peres, *Bras.* 26, 145, 148, 154; Franca, *Synopsis*, in fine.

Ir. est. Pedro de Oliveira — Português (Feira)
Ir. Manuel Lopes, outro — » (Avelar)
Ir. Inácio Luiz — » (Poiares)
Ir. Marcos Vieira — » (Pôrto)
Ir. Vicente da Costa — » (Azeitão)

Vieram na nau «N.ª S.ª da Conceição, cujo capitão era um grande devoto seu»[1]. O P. Francisco de Matos, procurador em Lisboa dá os gastos desta expedição[2].

*27.ª EXPEDIÇÃO (1688):

Saída da Baía: 10 de Agosto.
Chegada ao Maranhão: 21 de Outubro.

P. Manuel Nunes (Júnior) — Português (Serpa)
P. João Ângelo Bonomi — Romano
P. Francisco Soares — Português (Lisboa)
Ir. Tomás Carneiro — Luso-Brasileiro (Pernambuco)
Ir. Tomás do Couto — » » (Rio)
Ir. José da Fonseca — (?)
Ir. Cláudio Gomes — Luso-Brasileiro (Rio)
Ir. Miguel Pereira — » » »
Ir. José de Carvalho — » » (Santos)
P. António Gonçalves — Português (Monção)
P. Diogo da Costa — Luso-Brasileiro (Tapuitapera)
Ir. Manuel Rodrigues — Português (Açores, S. Miguel)
Ir. Manuel da Silva — »
Ir. Geraldo Ribeiro — » (Diocese de Coimbra)

Os 9 primeiros vinham da Baía, os 5 últimos embarcaram em Pernambuco. Quási todos voltavam para a Missão, onde já tinham estado antes do motim de 1684. E alguns por lá ficaram[3]. Um dos que ficaram foi o P. Estêvão Gandolfo a quem substituiu o P. Bonomi. Os outros foram enviados pelo P. António Vieira, então Visitador do Brasil. E para mover os estudantes fêz uma Exortação à comunidade — que é a *Exortação Primeira em Véspera do Espírito Santo*. E logo se ofereceram 7, diz êle próprio[4]. Faltando sumaca para o transporte, Vieira ofereceu-se a empenhar a prata da Igreja para ocorrer às despesas. Mas o Governador e Provedor-mor «concorreram com dous mil cruzados»[5], por ordem de El-Rei, que a 22 de Março de 1687 ordenara ao Governador do Brasil promovesse a restituição

---

1. Bett., *Crónica*, 436-441; Franco, *Synopsis*, in fine.
2. Arq. Prov. Port., *Pasta 177*, 19, g, bis.
3. Bett., *Crónica*, 453-454.
4. Carta de Vieira, *Bras.* 3(2), 253, 256.
5. Barros, *Vida*, 463-465.

dos Padres expulsos do Maranhão em 1684 e lhe prestasse todo o auxílio, que, de facto prestou[1].

28.ª EXPEDIÇÃO (1690):

P. Manuel Galvão	Português (Ferreira)
P. João Justo Luca	Saboiano
P. Manuel do Amaral	Português (Diocese de Viseu)
P. Manuel Rebêlo	» (Vila Nova)
Ir. est. Domingos da Cruz, noviço	» (Pinhel)

O P. Bettendorff coloca esta expedição em 1692. Franco em 1690[2]. Esta é a data certa, pois todos êles se encontram já no Catálogo de 1690.

29.ª EXPEDIÇÃO (1693):

Saída de Lisboa: 15 de Março.
Chegada ao Maranhão: 7 de Maio.

P. Bento de Oliveira, Sup. da Mis.	Português (Coimbra)
Ir. Coadj. António Afonso	» (Bragança)

O P. Oliveira, ia, como Visitador, para voltar, como de facto voltou[3].

30.ª EXPEDIÇÃO (1695):

Saída de Lisboa: 12 de Fevereiro.
Chegada ao Maranhão: 21 de Março.

P. José Ferreira, Reitor do Maranh.	Português (Vila Real)
P. Manuel Galvão, Procurador	» (Ferreira)
P. Duarte Galvão, teólogo	» »
P. Silvestre de Matos	» (Cabeço de Vide)
P. Manuel dos Santos	» (Pereira, Coimbra)
Ir. José Vidigal, filósofo	» (Torrão)
Ir. António de Brito, filósofo	» (Mogadouro)
Ir. António Baptista, »	» (Lisboa)
Ir. Manuel Brandão, humanista	» (Arouca)
Ir. Lourenço Homem, »	» (Folque)
Ir. João Marcot, »	» ((Pôrto)
Ir. Jacinto de Carvalho, »	» (Pereira, Coimbra)
Ir. Francisco Ferreira coadjutor	»
Ir. José de Moura, pintor	» (Oliveira do Conde)

---

1. Carta Régia a Matias da Cunha, BNR, *Cartas Régias*, doc. 913, p. 58 Doc. Hist. X, 293.
2. Franco, *Synopsis*, in fine.
3. Bett., *Crónica*, 539-541; *Bras.* 3(2), 350; Franco, *Synopsis*, in fine.

Os Padres Manuel e Duarte Galvão eram irmãos. Em *Bras. 27,* 18, Marcot vem escrito Marcote. Esta notável expedição enviou-a o Procurador em Lisboa, P. Baltasar Duarte, que alcançou ajudas especiais de El-Rei. Bettendorff só nomeia 12 e dá a data da partida a 11 de Fevereiro, no navio «N.ª S.ª da Esperança»[1].

31.ª EXPEDIÇÃO (1696):

Saída de Lisboa: 2 de Abril.
Chegada ao Maranhão: 19 de Maio.

P. Frutuoso Correia	Português (Braga)
P. Miguel da Silva	» (Aveleira, Coimbra)
Ir. Bartolomeu, Rodrigues, fil.	» (Copeiro, »)
Domingos Gonçalves, candidato	» (Granja, Braga)

Vieram na nau artilhada «Nª. Sª. da Piedade e Esperança», antiga corsária francesa — diz Frutuoso Correia, que faz da sua viagem um magnífico relato[2].

32.ª EXPEDIÇÃO (1698):

P. Francisco de Andrada	Português
P. João Valadão	» (Grândola)

Franco, *Synopsis,* Cat. final. O P. Valadão tinha ido no ano anterior a Portugal, para se ordenar[3].

33.ª EXPEDIÇÃO (1699):

P. José Ferreira, Sup. da Missão   Português (Vila Real)

A 6 de Fevereiro de 1699 ainda estava em Lisboa, donde escreveu ao P. Geral[4]. Faleceu a 27 de Dezembro dêsse mesmo ano, em Guaricuru (Pará)[5].

34.ª EXPEDIÇÃO (1703):[6]

P. Manuel Saraiva	Português
P. Francisco Xavier Malowetz	Boémio
P. Manuel de Brito	Português (Coimbra)
Ir. est. Tomás Pereira	» (Pôrto)
Ir. coadj. Francisco da Gaia	» (Dioc. de Braga)
Ir. coadj. João Xavier Traer	Tirolês (Bríxia)

---

1. *Crónica,* 576; *Bras. 27,* 18; *Bras. 3(2),* 350; Bibl. de Évora, Cód. CXV/2-13, f. 376; Franco, *Synopsis,* in fine.
2. *Bras. 9,* 416-419v. Cf. Bett., *Crónica,* 599.
3. Bett., *Crónica,* 645.
4. *Bras. 26,* 187-187v; Franco, *Synopsis,* in fine;
5. *Livro dos Óbitos,* f. 6.
6. *Lembrança dos Def.,* 8; Franco, *Synopsis,* in fine.

Ir. est. João de Sampaio   Português (Abrunheira)
Ir. est. João Teixeira   »   (Lisboa)
Ir. coad. Antonio Sêco   »   (Lisboa)
Ir. coad. Antonio das Neves   »   (Vila Sêca)
Ir. coad. André Gonçalves   »   (Longos Vales)
Ir. est. Miguel Lopes   »   (S. Mamede)

35.ª EXPEDIÇÃO (1705):

P. Frederico Ingram   Tirolês (Bríxia)
Ir. est. Francisco Xavier (Castelim ?) Português
Ir. coad. João Gruber   Alemão
Outro Irmão coadjutor (cujo nome se
   não diz)

Franco, *Synopsis, in fine*, traz outros nomes, ou que não pertencem ao Maranhão, como o P. Filipe Santiago, que é do Brasil, ou pertencem à expedição seguinte, pois não se encontram ainda nos Catálogos do Maranhão de 1708[1]. Aquêle Francisco Xavier, se não é repetição de Francisco Xavier Malowetz, ou confusão com outro Francisco Xavier, paraense, talvez seja o Ir. depois P. Francisco (Xavier ?). Castelim, natural de Lisboa, e que já consta do Catálogo de 1708. O P. Ingram, que ainda está nêste mesmo Catálogo, faleceu a 20 de Maio de 1709, na Aldeia de Canumã, Rio Madeira[2]. «Sendo tão rico e tão nobre, se quis humilhar e fazer pobre», — diz o seu necrólogio[3]. Na mesma Aldeia de Canumã faleceu, pouco depois, em 1711, o Ir. João Gruber[4].

36.ª EXPEDIÇÃO (1709 ?):

P. Miguel da Costa   Português (Lorvão)
Ir. est. Carlos Pereira   »   (Lisboa)
Ir. est. Filipe de Borja   »   (Castro Verde)
Ir. est. Manuel Vieira   »

Franco engloba-os na expedição anterior. Todavia nenhum cita ainda o Catálogo de 1708 e sim já o de 1710. Incluímos Carlos Pereira, entrado na Companhia em 1708, e que já aparece, pela primeira vez, no Catálogo de 1710[5].

Miguel da Costa tinha ido de Lisboa para a Baía, com alguns noviços. A 15 de Julho de 1706 comunica-se que êle seguiria para o Maranhão, via Lisboa, com os irmãos juniores, Manuel da Mota, António de Sampaio, Francisco Soares, José Lopes e Lourenço da Costa, que ficariam em Portugal a estudar[6]. Era como

---

1. Franco, *Synopsis*, in fine; *Bras.* 27, 18.
2. *Elenchus Impressus pro anno 1710*.
3. *Livro de Óbitos*, 5v.
4. *Ib.*, 5v.
5. *Bras.* 27, 28v.
6. *Bras.* 4, 122.

que uma compensação, de que a missão do Maranhão saíria beneficiada. Encontraremos êstes nomes na expedição de 1712, excepto o último falecido neste mesmo ano de 1712 [1]. Filipe de Borja entrou na Companhia em Fevereiro de 1710. Como já consta do catálogo do mesmo ano, feito em Outubro, ou se deve admitir uma expedição intermediária, ou viria antes com a condição de entrar no Maranhão. Na lista do P. Bento da Fonseca, o P. Carlos Pereira está, isolado, no ano de 1708 [2].

36.ª EXPEDIÇÃO (1711...):

P. António Cerdeira — Português (Lamego)
P. Domingos de Araújo — » (Arcos de Valdevez)
P. João Tavares — Luso-Brasileiro (Rio)
P. Manuel de Abreu — » » (Recife)
Ir. coad. Francisco de Gaia — Português (S. Marta, Braga)

Diz-se na «lembrança» do P. Cerdeira que viera do Brasil para a Missão do Maranhão. Tinha sido missionário dos *Cariris*, cuja língua falava. E que veio em 1711, «com outros» [3]. Enchemos *êsses outros* com os nomes seguintes, segundo as indicações que pudemos apurar. Mas êste período é falho de notícias, mesmo de Catálogos, que saltam, os do Maranhão de 1710 a 1720, e os do Brasil de 1707 a 1716. Valemo-nos de informações esparsas. Domingos de Araújo e João Tavares já estavam na missão em 1714; Manuel de Abreu pede ao Geral em 1724 para voltar para a sua Província do Brasil, e que viera com a condição de o fazer ao cabo de 12 anos [4]. Vieram também do Brasil, por êstes anos em data incerta, os Padres José de Mendoça e Luiz de Mendoça, ambos do Recife; o P. Manuel da Câmara, e Ir. Francisco Cabral, um e outro dos Açores [5].

37.ª EXPEDIÇÃO (1712) [6]:

Chegada ao Maranhão: Fevereiro.

P. Filipe Luiz — Português (Évora)
P. Jerónimo da Gama — » (Miranda do Douro)
P. José de Sousa — » (Santa Marta, Braga)
P. Francisco Soares — »
P. José Lopes — » (Sardoal)
P. António de Sampaio — » (Refontoura, Felgueiras)
P. Manuel da Mota — » (Cabril, Pôrto)

---

1. Bibl. Vit. Em., f. ges. 3492/1363, n.º 6.
2. Cf. «Catálogo dos primeiros Religiosos da Companhia da Vice-Provincia do Maranhão com notícias históricas pelo Jesuíta Bento da Fonseca», *ms.* da Bibl. de Évora, cód. CXV/2-14, n.º 7, publicado na *Rev. do Inst. Bras.* 55, 1.ª P., 407-431, com a indicação: «C. [Cópia ? Conferido ?] por A. Gonçalves Dias.
3. *Lembrança dos Def.*, 4v.
4. *Bras. 25*, 24v-25.
5. Cf. Bento da Fonseca, *loc. cit.*, 427.
6. Franco, *Cat.*, in fine.

P. João de Sampaio   Português (Abrunheira)
P. Miguel Lopes   »   (S. Mamede)
Ir. Alexandre Camelo   »
Ir. Domingos Correia   »
Ir. coad. Manuel Rodrigues   »   (Açores, S. Miguel)

Em 1711 chegaram a Lisboa quatro Irmãos estudantes que se iam ordenar do Maranhão à Baía e que as tempestades arrojaram para as costas européias. Tomada por piratas franceses, a nau foi recuperada por um navio inglês, mas perdeu-se o espólio já passado para a nau francesa. Os Estudantes já estavam ordenados a 16 de Novembro de 1711 e esperavam com outros para voltar à Missão[1]. Devem estar incluídos na expedição dêste ano. O P. António de Sampaio, baptizado na igreja de S. Cipriano da Refontoura, a 29 de Julho de 1686, entrou na Companhia na Baía. Embarcou para Lisboa, com os seus companheiros. Estudou Teologia em Évora. Voltou para a Missão em 1712. Pouco depois morreu tísico, a 1 de Março de 1712[2]. Daqui inferimos a chegada da expedição no mês anterior, Fevereiro.

38.ª EXPEDIÇÃO (1715):

P. Manuel Carvalho   Português (Chaves)
P. Manuel Pimentel   »   (Miranda)
P. José da Gama   »   (Pombal)
P. Manuel dos Reis   »   (Gaia)

Franco só traz os dois primeiros. Bento da Fonseca sugere que viessem também neste ano os Padres José da Gama e Manuel dos Reis.

39.ª EXPEDIÇÃO (1717):

P. Manuel de Seixas   Português (Rio-Bom, Lamego)
Ir. est. Caetano Ferreira   »   (S. André de Ferreira)
Ir. est. Manuel da Silva   »   (Santiago de Besteiros)
Ir. est. António Simões   »   (Miranda do Corvo)
Ir. est. Francisco Tomás   »
Ir. coad. Manuel Bernardes   »   (Guilheiro)
Ir. coad. Manuel Coelho   »   (Vale-do-Corvo)
Ir. coad. António Gonçalves   »   (Pedroso, Carvalhos)
Ir. coad. Lourenço Duarte   »

Franco mete nesta expedição outra vez o P. José Lopes, que tinha chegado em 1712[3].

---

1. *Bras. 4*, 178.
2. *Lembrança dos Def.*, 4.
3. Franco, *Synopsis*, in fine.

40.ª EXPEDIÇÃO (1718)[1]:

Saída de Lisboa: 16 de Abril.
Chegada ao Maranhão: 14 de Junho.

P. Aníbal Mazzolani	Italiano (Faenza)
P. Luiz Maria Bucarelli	Italiano (Florença)
P. Marcos António Arnolfini	» (Luca)
Bento de Paiva	Português (Coimbra)
Manuel Estêves, noviço	»

O P. Geral, falando daqueles três Padres italianos, diz que eram de excelentes dotes e virtudes e que não mandaria melhores para o Japão, se as suas portas se tornassem a abrir[2]. Efectivamente deram boa conta de si. Mazzolani, filho do Conde Mazzolani, deixou uma narrativa da viagem[3]. Bento da Fonseca, em vez daquele noviço, traz Manuel Esteves e acrescenta mais um nêsse ano o Ir. Bento de Paiva[4]. Mas êste, ou veio noutro navio, ou entrou no Maranhão. Dia da entrada: 24 de Junho de 1718[5].

41.ª EXPEDIÇÃO (1720):

P. Sebastião Fusco	Italiano (Nápoles)
P. Rodrigo Homem	Português (S. Pedro do Sul)
Ir. est. Manuel Ferreira	» (Anadia)
Ir. est. Bento da Fonseca	» (Anadia)
Ir. est. Bento da Cruz	» (Sioga, Coimbra)
Ir. est. Domingos Pinto	» (Nespereira, Viseu)
Ir. est. Luiz Álvares	» (Tentúgal)
Ir. est. António de Macedo	» (Freixo)
Ir. est. Manuel Gonçalves	» (Tourão)
Ir. est. Luiz Pinheiro	» (Celas, Coimbra)
Ir. est. Luiz de Oliveira	» (Belas)
Ir. coadj. Francisco Freire	» (Lisboa)

Cat. de 1720: «Personae quæ modo a Lusitania advenerunt»[6]. Franco acrescenta à lista o Ir. est. Luiz de Oliveira, que não está naquele Catálogo.

42.ª EXPEDIÇÃO (1721):

P. Gabriel Malagrida	Italiano (Menaggio, Como)
P. Antonio Scotti	» (Nápoles)

---

1. *Bras.* 26, 212.
2. *Bras.* 25, 11v.
3. *Bras.* 26, 217-218v.
4. *Loc. cit.*, pág. 427.
5. *Bras.* 27, 41v.
6. *Bras.* 27, 33.

A 4 de Fevereiro de 1721 o P. Geral anuncia que irão êste ano e recomendá-os ao P. Visitador Manuel de Seixas, por serem homens de talento e virtude [1].

43.ª EXPEDIÇÃO (1722):

    P. Jacinto de Carvalho   Português (Pereira, Coimbra)
    P. Simão Henriques   »   (Sabugosa)
    Ir. coad. António Pereira   »

Cat. de 1722: «Personae quae modo a Lusitania advenerunt» [2].

44.ª EXPEDIÇÃO (1724) [3]:

    P. José da Cunha   Português
    Ir. est. Francisco Machado   »   (Coimbra)
    Ir. est. José Martins   »   (Coja)
    Ir. est. Francisco Xavier   »   (Souto, Pôrto)
    Ir. est. Manuel Fernandes   »   (Alpedrinha)
    Ir. est. Lourenço Fernandes »   (Marvão)
    Ir. est. José Tavares   »   (Portalegre)
    Ir. est. Manuel Morato   »   (Alpalhão)
    Ir. coadj. João Álvares   »   (Monção)
    Ir. coadj. Manuel Bernardes »   (Guilheiro)
    António Roldão   »
    Francisco da Silva   »
    João da Costa   »
    Manuel Gomes   »

Franco traz os mesmos, menos João Álvares [4]; Bento da Fonseca faz dois grupos, os primeiros seis, e *postea* (depois) os outros. O P. José da Cunha faleceu logo, ao chegar, no Colégio do Pará [5].

45.ª EXPEDIÇÃO (1726):

    P. Aquiles Maria Avogadri   Italiano (Novara)
    P. Manuel Lopes   Português (Mourão)
    P. João Ferreira   »   (Coimbra)
    Ir. est. Teotónio Barbosa   »   (Cossourado)
    Ir. est. Joaquim Coimbra   »   (Braga)
    Ir. est. Caetano Xavier   »   (Vila Viçosa)
    Ir. est. Aleixo António   »   (Águeda)

---

1. *Bras.* 25, 14v.
2. *Bras.* 27, 46v.
3. *Bras.* 27, 50-50v.
4. *Synopsis*, in fine.
5. *Bras.* 27, 50v.

Ir. est. Bernardo Rodrigues   Português (Lisboa)
Ir. est. Francisco da Veiga   » (Reveles)
Ir. est. Manuel Álvares   » (Évora)
Ir. est. Cristóvão de Carvalho   » (Lisboa)
Ir. est. Manuel Taborda   » (Arzila, Coimbra)
Ir. est. José Rodrigues   » (Évora)
Ir. est. Manuel Nunes   » (Vila-Cova)
Ir. est. José António   » (Condeixa)
Ir. est. Manuel José   » (Quintela)
Ir. est. António Dias   » (Pedreira)
Ir. coadj. João Baptista   » (Pombal)
Ir. coadj. Domingos Cardoso   » (Alter do Chão)
Manuel Simões   »
Bernardo da Assunção   »

Bento da Fonseca distribue-os em dois grupos [1]. O P. João Teixeira, sabendo que alguns estudantes de Coimbra, Évora e Lisboa desejavam a missão do Maranhão, pede dispensa da idade canónica (15 anos) para os admitir com 14 completos [2]. Este zêlo do P. Teixeira e o facto de se elevar a Missão a Vice-Província (1727), explicam a abundância de candidatos desta e das expedições seguintes.

46.ª Expedição (1728):

P. Caetano Inácio   Português (Barcelos)
P. Jerónimo Pereira   » (S. Tiago de Valado —Porto)
Ir. est. Inácio Estanislau   » (S. Miguel de Porreiras)
Ir. est. Dionísio dos Reis   » (Ribeira de Frades)
Ir. est. Manuel Afonso   » (Alhais, Lamego)
Ir. est. Luiz Gonzaga   » (Abrunheira)
Ir. est. José Ferreira   » (Monçarros)
Ir. est. João Rodrigues   » (Vale-de-Todos)
Ir. est. Matias da Fonseca   » (Anadia)
Ir. est. José de Morais   » (Lisboa)
Ir. est. António Moreira   » (Lisboa)
Ir. est. Bernardo de Aguiar   » (Portunhos)
Ir. est. Manuel Baptista   » (Mourão)
Ir. coadj. Bento Caeiro   » (Olivença, Elvas)
Ir. coadj. Manuel Gomes   » (S. Fins, Braga)
Bernardo Guardado   »

---

1. *Loc. cit.*, 428.
2. *Bras.* 26, 240.

Bento da Fonseca, também em dois grupos, quatro mais onze[1]. O P. Jerónimo Pereira não vem na lista; mas entrou em 1727 e já está no Catálogo de 1730[2].

47.ª EXPEDIÇÃO (1731)[3]:

P. João Teixeira	Português (Lisboa)
P. Simão Henriques	» (Sabugosa)
P. Manuel de Miranda	» (Dioc. de Coimbra)
Ir. est. Dionísio Regis	» (Redinha)
Ir. est. Manuel Ribeiro	» (Vouzela)
Ir. est. Geraldo Ribeiro	» (Ventosa)
Ir. est. António Baptista	» (Lameiras)
Ir. est. Domingos António	» (Dioc. de Miranda)
Ir. est. Teodoro da Cruz	» (Lisboa)
Ir. est. Francisco Dias	» (Formoselha)
Ir. est. Eusébio da Costa	» (Condeixa)
Ir. est. Joaquim de Carvalho	» (Lisboa)
Ir. est. José da Cruz	»
Ir. est. Lázaro Duarte	» (Lisboa)
Ir. est. António Machado	» (Lisboa)
Ir. coadj. Luiz Correia	» (Castanheira, Lisboa)
Ir. coadj. Manuel Álvares	»
Ir. coadj. Manuel Inácio	» (S. Miguel de Porreiras)

O P. João Teixeira, que já escreveu do Pará, a 25 de Agôsto, diz que a viagem gastara 40 dias, e que eram ao todo 17[4]. Não dá nomes. A lista de Bento da Fonseca dá êstes 18. Um dêles, José da Cruz, saiu logo. Talvez isso explique a maneira de contar do P. João Teixeira. *O Rol dos Missionários que este ano de 1731 se embarcarão para o Maranhão em a galera Santa Rita e Almas* traz o P. João Teixeira e mais dois Padres e nove irmãos[5]. Os outros teriam ido noutro navio.

48.ª EXPEDIÇÃO (1732):

Ir. est. Inácio da Veiga	Português (Reveles)
Ir. est. Manuel de Quadros	» (Almeirim)
Ir. coadj. José Pereira	» (Santa Eulália de Ferreira)
Ir. coadj. Luiz João	» (Pombal)
Ir. coadj. Manuel Pereira	» (Poiares, Pôrto)

---

1. *Loc. cit.*, 428.
2. *Bras.* 27, 56.
3. Bento da Fonseca, *loc. cit.*, 429.
4. *Bras.* 26, 274.
5. Bibl. de Évora, Cód. CXV/2-11, f. 21*bis*.

Catálogo de 1732: «Admissi sunt *hoc anno* et advenientes ex Lusitania»[1].

49.ª EXPEDIÇÃO (1734)[2]:

P. Manuel de Albuquerque	Português (Fonte-Arcada)
P. Baptista Nogueira	» (Góis)
P. José Cardoso	» (Covilhã)
Ir. coadj. Clemente Ferreira	» (S. Pedro de Espinho)
Ir. coadj. Manuel Fernandes	» (S. Martinho de Argoncilhe)
Ir. coadj. António Marques	» (Fataunços)

50.ª EXPEDIÇÃO (1737)[3]:

P. António Heckel	Alemão
P. Luiz Belleci	»
Ir. est. António José	Português (Abrunheira)
Ir. est. Silvestre de Oliveira	» (Lisboa)
Ir. est. Manuel dos Santos	» (Sardoal)
Ir. est. Nicolau Ferreira	» (Antanhol, Coimbra)
Ir. est. Luiz Barreto	» (Mortecha, Coimbra)
Ir. coadj Agostinho Rodrigues, pintor	» (Lisboa)
Ir. coadj. Francisco Rabelo	» (Braga)
Ir. coadj. João Carneiro	» (S. Martinho, Braga)
Ir. coadj. Bernardo da Silva	»
João da Mata	»
Alberto de Sousa	»

O P. Heckel é de «Aichachecensis Boius, Dioec. Augustana»; e o P. Belleci, de Friburgo de Brisgóvia, Dioec. Constantiensis[4].

51.ª EXPEDIÇÃO (1738)[5]:

P. Francisco Wolff	Alemão (Silésia)
P. José Álvares	Português (S. Pedro de Pedrela)
Ir. est. Francisco de Miranda	» (Coimbra)
Ir. est. Dionisio Álvares	» (S. Lourenço, Braga)
Ir. est. José Fernandes	» (S. Marcos, Évora)

Ao P. Wolff dá-se-lhe às vezes por pátria a Boémia. Êle a si mesmo se declara «Silesius, ex Comitatu Glacensi Landensi»[6].

---

1. *Bras.* 27, 61.
2. Bento da Fonseca, *loc. cit.*, 429.
3. Bento da Fonseca, *loc. cit.*, 429.
4. *Bras.* 27, 88v, 97.
5. Bento da Fonseca, *loc. cit.*, 429.
6. *Bras.* 27, 164v.

52.ª Expedição (1739)[1]:

P. Roque Hundertpfundt — Alemão (Brisgóvia)
Ir. coadj. Manuel de Andrade — Português (Benavente)

53.ª Expedição (1741)[2]:

P. Alexandre da Cruz — Português
Ir. est. João Daniel — » (Travaçós, Viseu)
Ir. est. Roberto Pereira — » (Lisboa)
Ir. est. Teotónio Figueira — Português (Lisboa)
Ir. est. Domingos Tavares — » (Montalvão)
Ir. est. José Ronconi — Genovês
Ir. est. José Madeira — Português (Fontelo)
Ir. est. Simão Borges — » (Canas, Viseu)
Ir. est. Manuel de Anchieta — » (Ribeira, Coimbra)
Ir. est. Luiz Gomes — » (Condeixa)
Ir. est. Manuel das Neves — » (S. João, Coimbra)
Ir. est. Silvestre Rodrigues — » (Cerdeira, Coimbra)
Ir. est. Leonardo José — » (Miranda do Corvo)
Ir. coadj. João de Almeida — » (S. Pedro, Viseu)

O P. Alexandre da Cruz não consta nos Catálogos da Missão. Talvez viesse unicamente a acompanhar os missionários que ainda nenhum era Padre e logo voltasse. O mesmo sucede com o P. João de Mendonça, na expedição de 1748. Manuel de Anchieta chamava-se antes Manuel dos Reis[3].

54.ª Expedição (1742)[4]:

Ir. est. Domingos da Ponte — Português (Palhavã)
Ir. est. Eusébio Henriques — » (Lisboa)
Ir. est. Joaquim de Barros — » (Lisboa)

55.ª Expedição (1743)[5]:

P. Caetano de Almeida — Português (Belide)
Ir. est. Manuel Monteiro — » (Carvalho, Viseu)
Ir. est. João do Couto — » (Nogueira, Braga)
Ir. est. António dos Santos — » (Aveiro)
Ir. est. António Martins — » (Soure)

---

1. Bento da Fonseca, *loc. cit.*, 429.
2. Bento da Fonseca, *loc. cit.*, 430.
3. *Bras. 27*, 127v.
4. Bento da Fonseca, *loc. cit.*, 430.
5. Bento da Fonseca, *loc. cit.*, 430.

    Ir. est. António Fernandes   Português (Belide, Coimbra)
    Ir. est. José dos Santos   »   (Miranda do Corvo)
    Ir. coadj. Manuel Rodrigues   »   (S. Miguel, Viseu)
    Ir. coadj. Manuel Pereira   »
    Ir. coadj. Caetano de Oliveira   »   (Coimbra)

Manuel Pereira, *depois* Manuel Fonseca, foi despedido em 1749[1]. Já depois disso, em 1753, entrou outro com êste último nome.

56.ª EXPEDIÇÃO (1744)[2]:

    Ir. est. António de Sá   Português (Bragança)
    Ir. est. Joaquim Soares   »   (Lisboa)

Entraram no Maranhão a 1 de Setembro dêste ano[3].

57.ª EXPEDIÇÃO (1745)[4]:

    Ir. est. Gregório Gomes   Português (Guimarães)
    Ir. est. Jacinto Tavares   »   (Trafaria)

Ambos foram para entrar no Maranhão[5].

58.ª EXPEDIÇÃO (1747)[6]:

Saída de Lisboa: 14 de Maio.
    Ir. est. Domingos Afonso   Português (Braga)
    Ir. est. Aleixo da Fonseca   »   (Lisboa)

Entraram no noviciado no Maranhão, a 5 de Julho[7].

59.ª EXPEDIÇÃO (1748)[8]:

Saída de Lisboa: Setembro
    P. João de Mendonça, Superior   Português
    Ir. est. Bernardo Teixeira   »   (Condeixa)
    Ir. est. José de Anchieta   »   (Tomar)
    Ir. est. Simão de Almeida   »   (Arcos, Coimbra)
    Ir. est. António Cordeiro   »   (Águeda)
    Ir. est. Matias Rodrigues   »   (Portelo, Miranda)

---

1. *Bras.* 27, 185v.
2. Bento da Fonseca, *loc. cit.*
3. *Bras.* 27, 137.
4. Bento da Fonseca, *loc. cit.*
5. *Bras.* 27, 170v.
6. Bento da Fonseca, *loc. cit.*
7. *Bras.* 27, 170v.
8. Bento da Fonseca, *loc. cit.*, 430-431

Ir. est. João [Alvares] Inácio   Português (Águas Santas, Braga)
Ir. est. António da Costa   »   (Fornos, Viseu)
Ir. est. Miguel Ferraz   »   (Coimbra)
Ir. est. Francisco de Abrantes   »   (Formoselha)
Ir. est. Dámaso José   »   (Lisboa)
Ir. est. António Gonzaga   »   (Lisboa)
Ir. est. José de Oliveira   Luso-Brasileiro (Santos)
Ir. coadj. Manuel Girão   Português (Crexido, Viseu)

O Ir. José de Oliveira entrou na Companhia em Lisboa[1]. José de Anchieta chamou-se antes José das Neves, nome com que Bento da Fonseca o cita. O P. José de Anchieta, desterrado para a Itália, lá fêz a profissão em Roma a 15 de Agôsto de 1767 e ainda vivia na Itália em 1774, dado às Belas-Letras. Escreveu e publicou em italiano livros sobre Nossa Senhora e traduziu em português as *Metamorfoses* de Ovídio[2].

60.ª EXPEDIÇÃO (1750):

P. António Meisterburg   Alemão (Berncastellensis, Tréveris)
P. Lourenço Kaulen   »   (Colónia)
Ir. est. Manuel Luiz   Português (Horta, Braga)
Ir. est. António Nogueira   »   (Coimbra)
Ir. est. Manuel Pinto ou da Mota   »   (Anta, Coimbra)
Ir. est. João Correia   »   (Coja, Coimbra)
Ir. est. Pedro Marques   »   (Coimbra)

Os Padres Kaulen e Meisterburg ainda não estão no Catálogo de 1750, mas já no ano de 1751 e com a menção de 1 ano de missionário: logo a sua chegada tem de se colocar em 1750. Os outros cinco entraram todos em Lisboa nêste ano e já constam do catálogo de 1751[3]. A Manuel Luiz devemos as notícias do *Inventário do Maranhão*.

61.ª EXPEDIÇÃO (1751):

P. Pedro Maria Tedaldi   Italiano (Sicilia)
Ir. Domingos Alberti   »   (Piemonte)
Ir. est. José de Brito   Português
Ir. coadj. João Cordeiro   »

No Catálogo de 1751[4], Brito vem com o nome de Joaquim; mas dois anos depois, em 1753, já estudante, aparece com o nome de José, e com êle estava no Colégio do Maranhão em 1760.

---

1. *Bras*. 27, 160.
2. Sommervogel, *Bibl*. f. 313.
3. *Bras*. 27, 173v.
4. *Bras*. 27, 174.

62.ª Expedição (1753):

Saída de Lisboa: 1 de Junho.
Chegada a S. Luiz: 16 de Julho.

P. David Fay	Húngaro (Fay)
P. João Nepomuceno Szluka	Boémio ? (Húngaro ?)
P. José Keyling (ou Kailing)	Alemão (Schmnitz)
P. Martinho Schwartz	» (Amberg)
P. Anselmo Eckart	» (Mogúncia)
P. Henrique Hoffmayer	Alemão ?
Ir. est. Domingos Xavier	Português (Cerdeira)
Ir. est. Manuel de Carvalho	» (Anadia)
Ir. est. Bernardo de Carvalho	» (Anadia)
Ir. est. João Antunes	» (Fafe)
Ir. est. António Velez	» (Almalaguez, Coimbra)
Ir. est. António dos Santos	» (Bairro, Coimbra)
Ir. est. José de Távora	» (S. Martinho)
Ir. est. José Barbosa	»
Ir. coadj. Manuel da Fonseca	» (Diocese de Braga)
Ir. coadj. João Luiz	» (Loures)
Ir. coadj. António de Morais	»

Aquêles seis Padres foram pedidos e alcançados pelo Maranhão, devido à interferência e bons ofícios da rainha de Portugal, D. Mariana de Áustria [1]. Os nomes dos Irmãos constam do catálogo de 26 de Agosto de 1753, em que também já estão os Padres [2]. É o último existente no Arquivo Geral da Companhia. O Ir. João Antunes, depois no exílio, já Padre para se distinguir de outro de igual nome, da Prov. do Brasil, usou o nome de Berckmans [3].

63.ª Expedição e última (1756):

Ir. est. Manuel António Pamplona	Português (Vilar, Miranda)
Ir. est. Joaquim Ferreira	» (Palma, Coimbra)
Ir. est. António dá Fonseca	» (Carregal, Viseu)
Ir. est. José Gonzaga	» (Correlos, Viseu)
Ir. est. António Lopes	» (Folques, Coimbra)
Ir. est. Manuel Marques	» (Passô, Lamego)
Ir. est. Manuel da Nóbrega	» (Lisboa)
Ir. est. Francisco Lopes	» (Freixo, Braga)
Ir. coadj. Manuel de Sousa	» (Lobrigos)

---

1. Cf. Carta do P. Hoffmayer, à mesma Rainha, do Pará, 23 de Outubro de 1753, em Lamego, *A Terra Goitacá*, III, 334, 342. Idem do P. Wolff, *ib.*, 324-325.
2. *Bras.* 27, 188.
3. Apêndice ao Cat. da Prov. de Port., 1903.

O *Syllabus personarum V. Prov. Maragnonensis ab anno 1756* traz no fim uma nota, «Franc. Lopez, Coad., Novit. et reliqui qui *hoc anno* accesserunt quorum nomina ignoro», feita pelo P. António Moreira nos cárceres de Almeida[1]. São êstes que achamos entre os exilados do Maranhão, entrados em data posterior a 1653 e aqui ficam englobados[2].

O destino dêstes e dos mais Padres e Irmãos, desterrados do seu campo de apostolado, das suas mortes nos cárceres, desterros de África ou peregrinações pelo mundo, é digno de estudo. Uns escreveram livros (e essa bibliografia, e em diferentes gêneros, é vasta), outros uniram a Companhia do Brasil ao núcleo que preparou a restauração, na Rússia Branca, outros foram exemplos de santidade. Pertence a esta categoria o Ir. Manuel Marques, que, já ordenado de sacerdote, veio a falecer em Selano, diocese de Spoleto, Itália, com fama de santo, e logo com grande concurso de peregrinos ao seu túmulo e com graças que se têm por milagres[3]. É trabalho amplo e com sua beleza o de seguir êstes destinos. A êle voltaríamos, sem enfado, se concluíssemos, ainda com vida para tanto, o trabalho geral desta *História*. Se não, outrem que o retome. Entretanto, o «Brasil é nossa empresa»...

---

1. Ferrão, *O Marquês de Pombal*, 369-373.
2. Cf. *Patres ac Fratres ex Provinciis Ultramarinis antiquae Assistentiae Lusitanae Soc. IESU qui sub Pombalio, post dura quaeque perpessa in exilium deportari maluerunt quam Societatem IESU derelinquere.* — Apêndice ao Cat. Port., de 1903 (Lisboa).
3. Cf. *Vita del Gran Servo di Dio D. Emmanuele Marques exgesuita Portoghese Maestro di Scuola in Selano, ed ivi morto alli 15 Marzo 1806.* Scritta da D. Gioacchino Ferreira similmente exgesuita Portoghese, Senigallia, 1807. Pel Lazzarini, 8º pp. 86; Sommervogel, *Bibl.*, III, 683; E. de Guilhermy, *Ménologe — Assistance de Portugal*, dia 17 de Março.

TECTO INTERIOR DO COLÉGIO DO PARÁ

Fotografia tirada da porta de entrada. Voltando a fotografia, aparece melhor a disposição dos ornatos.

APÊNDICE B

Entradas no Maranhão e Grão-Pará
1630 ? — 1756

1630 ?	— Ir. João de Avelar	?
1655 ?	— Ir. Amaro de Sousa	Maranhão
1659 ?	— P. António Pereira	Maranhão
1675	— P. António da Silva	Pôrto
1676	— P. Manuel de Borba	Tapuitapera
	— P. Diogo da Costa	»
1677	— P. João da Silva	Maranhão
1680	— P. Baltasar Ribeiro	»
	— P. José Barreiros	»
1703	— P. José de Castilho	Lisboa
1704	— P. Gonçalo Pereira	Maranhão
1705	— Ir. João Cordeiro	»
1706	— Ir. Inácio Gonçalves, estudante	Pará
1707	— P. Francisco Xavier	»
1718	— Ir. João Pereira, coadjutor	Assureira (Miranda do Douro)
1723	— Ir. António Vieira, coadjutor	Calheta — Ilha da Madeira
1724	— Miguel Pereira, estudante	Maranhão
1725	— P. João de Sousa	»
1728	— P. Jacinto de Morais	»
1729	— P. José da Rocha	»
1734	— P. José Carlos	S. Paio (Braga)
1735	— Ir. Coad. Bernardo Henriques	S. Pedro do Rêgo (Coimbra)
1737	— Ir est. Manuel de Oliveira	Viana do Castelo
1740	— Ir. est. Domingos Pereira	Guimarães
	— Ir. est. Manuel Gonzaga	Pará
1742	— Ir. João de Figueiredo, coadj.	Souto de Vide, Viseu
	— Ir. est. António Pinto	Santo André, Pôrto
1743	— Ir. coadj. Manuel Seabra	Anadia
	— Ir. coadj. Veríssimo de Sá	Fundões, Lamego
1745	— Ir. est. Manuel de Melo	Lisboa
	— Ir. est. Francisco de Sales	Lisboa
	— Ir coadj. António de Basto	Dioc. de Braga

1746 — Ir. coadj. António Rodrigues   Dioc. de Braga
— Ir. est. João Nepomuceno   Guimarães
1748 — Ir coadj. Joaquim da Cunha   Braga
1756 — Ir. est. João Tavares   Pará

Lista incompleta, sobretudo ao começo. Muitos entraram e saíram. Daí as restrições na admissão.

De vez em quando acha-se a indicação de êste ou aquêle que pertenceu à Companhia, e já não era, Diogo de Sousa, célebre entalhador, que em 1691 vivia casado no Maranhão — e tinha sido noviço da Companhia [1]; Francisco Rodrigues, que fora noviço da Companhia e depois Benfeitor dela; O P. Miguel de Aragão, Vigário Geral de Estado do Maranhão, antigo noviço da Companhia e outros [2]...

Também da presente lista nem todos perseveraram. Os Portugueses alguns viviam já na terra, quando se manifestou a vocação. Outros, o maior número, vieram já de Portugal com o fim de entrar, aliás como alguns incluidos também nas expedições anteriores, e que embarcaram com o mesmo fim, mas de que nos restam notícias mais concretas das expedições em que vieram. Os livros das entradas no Noviciado, que deviam existir no Colégio, levaram sumiço em 1760.

A parte dos filhos da terra, que entraram durante êste largo período, é realmente diminuta. Contudo, entre essas primícias do apostolado, no norte do Brasil, alguns nomes se impuseram ao respeito e veneração do mundo. E a alguns os vamos encontrar nos cárceres de Lisboa, e no exílio da Itália.

---

1. Bett., *Crónica*, 506.
2. Bett., *Crónica*, 489-490, 664, 666.

APÊNDICE C

Catálogo dos Religiosos que tinha a Vice-Província do Maranhão e Pará no ano de 1760

NOMES	IDADES	MESES	PÁTRIA	RELIGIÃO	MESES	BISPATOS	GRAU
P. Gabriel Malagrida	1689	18 Set.	Como	1711	28 Out.	Milão	P. 4v.
P. Roque Hundertfundt	1709	17 Ab.	Brigantino	1724	10 Out.	Constancia	P. 4v.
P. Teodoro da Cruz	1711	12 Maio	Lisboa	1729	14 Ag.	Lisboa	P. 4v.
P. António José	1715	2 Fev.	Souselas	1733	29 Set.	Coimbra	P. 4v.
P. Aleixo António	1711	31 Dez.	Águeda	1726	7 Mar.	Coimbra	P. 4v.
P. Manuel Ribeiro	1712	12 Jan.	Souselas	1728	17 Jun.	Viseu	P. 4v.
P. Francisco de Toledo Visitador da Vice-Provincia	—	—	S. Paulo Brasil				
P. Domingos Antonio Reitor	1740	10 Jul.	Cazas	1729	2 Maio	Miranda	P. 4v.
P. José da Rocha, Reitor do Maranhão	1714	14 Out.	Maranhão	1729	15 Jul.	Maranhão	P. 4v.
P. Luiz Alvares	1700	16 Nov.	Portug.	1718	4 Mar.	Coimbra	P. 4v.
P. Manuel Affonso	1703	8 Mar.	Alhais	1726	17 Maio	Lamego	P. 4v.
P. António Moreira	1710	28 Maio	Lisboa	1728	19 Fev.	Lisboa	P. 4v.
P. Joaquim de Carvalho	1715	2 Fev.	Lisboa	1731	31 Jan.	Lisboa	P. 4v.
P. Manuel dos Santos	1710	30 Jul.	Sardual	1736	2 Maio	Guarda	P. 4v.
P. Antonio Maistriburg	1719	19 Jan.	Brancasia	1737	28 Out.	Treveris	P. 4v.
P. David Fay	—	—	Ungaro	—	—	—	P. 4v.
P. Lourenço Kaulen	1716	4 Maio	Alemão	1738	20 Out.	—	P. 4v.
P. João Daniel	1722	24 Jul.	Travaçós	1739	17 Dez.	Viseu	P. 4v.
P. Anselmo Eckart	—	—	Muguncia	1740	12 Jul.	Muguncia	P. 4v.
P. Luiz de Oliveira	1695	30 Ag.	Bellas	1716	30 Maio	Lisboa	P. 3v.
P. Joaquim de Barros	1726	25 Mar.	Lisboa	1742	10 Jul.	Lisboa	S. G.
P. José da Gama	1690	26 Out.	Pombal	1705	17 Dez.	Coimbra	P. 4v.
P. José Moraes	1708	1 Dez.	Lisboa	1727	19 Mar.	Lisboa	P. 4v.

NOMES	IDADES	MESES	PÁTRIA	RELIGIÃO	MESES	BISPADOS	GRAU
P. Bento da Fonseca	1702	16 Ab.	Anadia	1718	4 Mar.	Coimbra	P. 4v.
P. João Ferreira	1706	20 Nov.	Coimbra.	1721	21 Fev.	Coimbra	P. 4v.
Ir. Manuel Girão	1718	16 Abr.	Crexido	1745	8 Dez.	Viseu	F.
P. Julio Pereira V. Provincial	1698	9 Ag.	Lisboa	1715	15 Fev.	Lisboa	P. 4v.
P. Ignacio Stanislau Vice-Reitor	1708	7 Maio	Porreiras	1728	1 Abril	Braga	P. 4v.
P. Inacio Xavier	1692	20 Jan.	Castro-Verde	1710	1 Fev.	Evora	P. 4v.
P. Francisco Wolff	1707	20 Jan.	Landel	1723	20 Out.	Silesia	P. 4v.
P. José Keiling	—	—	Ungaro	—	—	—	P. 4v.
P. João de Souza	1706	26 Out.	Maranhão	1725	30 Jul.	Maranhão	P. 4v.
P. Cristóvão de Carvalho	1709	31 Maio	Lisboa	1726	2 Mar.	Lisboa	P. 4v.
P. Manuel Lopes	1701	1 Jan.	Mourão	1727	27 Fev.	Evora	P. 4v.
P. Luiz Barreto	1720	19 Fev.	Mortede	1737	25 Mar.	Coimbra	P. 4v.
P. Manuel Gonzaga	1719	—	Pará	1740	13 Dez.	Pará	P. 4v.
P. Inacio Samartoni	—	—	Ungaro	—	—	—	P. 4v.
P. Martinho Schwartz	—	—	Bávaro	—	—	—	F.
P. José Ronconi	1724	19 Jun.	Quinto	1741	11 Mar.	Génova	S. G.
Ir. Antonio Gonçalves	1698	7 Mar.	Pedroso	1717	17 Mar.	Porto	F.
Ir. Manuel da Costa	—	—	—	1755	6 Jan.	—	S. G.
P. Miguel Inacio + (5)	1696	29 Out.	Lisboa	1715	5 Fev.	Lisboa	P. 4v.
P. Bernardo de Aguiar	1709	21 Set.	Portunhos	1728	15 Mar.	Coimbra	P. 4v.
P. Caetano Xavier	1708	12 Set.	Vila Viçosa	1729	25 Fev.	Evora	P. 4v.
P. Miguel Pereira +	1726	26 Set.	Maranhão	1725	30 Jul.	Maranhão	P. 4v.
P. Antonio Dias	1706	7 Nov.	Pedreira	1726	15 Mar.	Coimbra	P. 4v.
P. José Antonio +	1709	15 Jul.	Condeixa	1726	9 Mar.	Coimbra	P. 4v.
P. Francisco Veiga	1709	6 Fev.	Reveles	1726	6 Mar.	Coimbra	P. 4v.
P. Bernardo Rodrigues	1708	17 Maio	Lisboa	1726	20 Mar.	Lisboa	P. 4v.
P. Manuel Baptista	1709	9 Jul.	Moura	1727	27 Fev.	Evora	P. 4v.
P. Dionisio Alvares	1719	5 Nov.	S. Lourenço	1737	5 Agos.	Braga	P. 4v.
P. José Fernandes	1720	3 Set.	S. Marcos	1737	5 Agos.	Evora	P. 4v.
P. Leonardo José	1724	24 Set.	Miranda	1739	24 Agos.	Coimbra	P. 4v.
P. Domingos Tavares	1720	10 Dez.	Montalvão	1739	17 Out.	Portalegre	P. 4v.
P. José Madeira	1725	29 Maio	Fontelo	1740	31 Mar.	Lamego	P. 4v.
P. Silvestre Rodrigues	1725	31 Dez.	Cerdeira	1741	23 Mar.	Coimbra	P. 4v.

NOMES	IDADES	MESES	PÁTRIA	RELIGIÃO	MESES	BISPADOS	GRAU
P. Manuel Monteiro	1725	31 Jan.	Carvalhaes	1741	7 Maio	Viseu	P. 4v.
P. Eusebio Enriques	1725	15 Dez.	Lisboa	1742	10 Jul.	Lisboa	P. 4v.
P. Antonio Pinto	1725	1 Maio	Christellos	1743	7 Fev.	Braga	P. 4v.
P. Antonio Martins	1727	12 Out.	Soure	1743	6 Abril	Coimbra	P. 4v.
P. Antonio Fernandes	1725	5 Junh.	Belide	1743	14 Abril	Coimbra	P. 4v.
P. Joaquim Soares	1728	3 Agos.	Lisboa	1744	1 Set.	Lisboa	P. 4v.
P. Gregorio Gomes	1725	10 Maio	Samil	1745	7 Set.	Miranda	P. 4v.
P. Jacinto Tavares +	1726	5 Mar.	Trafaria	1745	7 Set.	Lisboa	P. 4v.
P. Francisco Machado +	1704	8 Dez.	Coimbra	1723	31 Agos.	Coimbra	P 3v.
P. José Tavares	1704	8 Dez.	Portalegre	1724	2 Abril	Portalegre	P. 3v.
P. Sebastião Fusco	1691	23 Maio	Napoles	1711	24 Mar.	Napoles	P. 4v.
P. Simão Henriques +	1682	25 Jan.	Sabugoza	1704	27 Jan.	Viseu	Formado
P. Antonio Simoens	1690	30 Dez.	Miranda	1717	6 Mar.	Coimbra	F.
P. Lourenço Fernandes +	1702	6 Agos.	Marvão	1724	17 Jan.	Portalegre	F.
P. Manuel Álvares	1709	8 Abril	Evora	1726	23 Fev.	Evora	F.
P. Manuel José	1705	8 Fev.	Quintela	1726	5 Mar.	Coimbra	F.
P. Manuel Taborda	1710	15 Mar.	Arzila	1726	5 Mar.	Coimbra	F.
P. Jeronimo Pereira +	1704	4 Mar.	S. Tiago de Valado	1727	23 Junh.	Porto	F.
P. Dionisio Regis +	1708	20 Mar.	Redinha	1728	9 Abril	Coimbra	F.
P. Jacinto de Morais	1710	18 Abril	Maranhão	1728	15 Julh.	Maranhão	F.
P. Giraldo Ribeiro	1709	2 Dez.	Ventosa	1728	23 Junh.	Viseu	F.
P. Francisco Ribeiro +	1697	8 Jul.	Coimbra	1720	9 Dez.	Coimbra	F.
P. Antonio Batista	1708	8 Mar.	Lameiras	1728	2 Dez.	Coimbra	F.
P. José Carlos	1709	9 Dez.	S. Paio	1734	23 Agos.	Braga	F.
P. Inácio da Veiga	1711	16 Jun.	Reveles	1732	16 Jun.	Coimbra	F.
P. Manuel de Oliveira +	1719	25 Mar.	Viana	1737	4 Dez.	Braga	F.
P. Manuel de Anchieta +	1724	29 Out.	Ribeira	1740	16 Dez.	Coimbra	F.
P. Francisco de Sales +	1731	29 Jan.	Lisboa	1745	5 Jun.	Lisboa	S. G.
P. João Nepomuceno +	1728	24 Jun.	Guimarães	1746	29 Jun.	Braga	S. G.
P. Aleixo da Fonseca	1729	5 Maio	Lisboa	1747	5 Jul.	Lisboa	S. G.
P. Domingos Afonso	1732	20 Fev.	Bragança	1747	5 Jul.	Miranda	S. G.
P. Simão de Almeida +	1732	16 Jun.	Arcos	1748	21 Fev.	Coimbra	S. G.
P. Matias Rodrigues	1729	24 Fev.	Portelo	1748	24 Mar.	Miranda	S. G.

NOMES	IDADES	MESES	PÁTRIA	RELIGIÃO	MESES	BISPADOS	GRAU
P. João Inácio	1732	29 Agos.	Aguas Santas	1748	24 Mar.	Braga	S. G.
P. António da Costa	1729	31 Set.	Muxagata	1748	8 Maio	Viseu	S. G.
P. Francisco de Abrantes +	1732	24 Mar.	Torrozelo	1748	8 Maio	Coimbra	S. G.
P. Dámaso José +	1731	5 Dez.	Lisboa	1748	19 Maio	Lisboa	S. G.
P. José de Anchieta	1732	13 Maio	Tomar	1748	26 Maio	Lisboa	S. G.
P. José de Oliveira +	1731	4 Agos.	Santos	1748	31 Maio	Rio de Jan.	S. G.
P. Antonio Gonzaga	1728	25 Agos.	Lisboa	1748	13 Jun.	Lisboa	S. G.
P. Manuel Luiz	1731	26 Maio	Horta	1750	15 Mar.	Braga	S. G.
P. António Nogueira	1734	3 Jun.	Coimbra	1750	17 Mar.	Coimbra	S. G.
P. Manuel da Mota	1735	24 Maio	Anta	1750	19 Mar.	Coimbra	S. G.
P. João Corrêa	1735	27 Agos.	Coja	1750	24 Mar.	Coimbra	S. G.
P. Pedro Marques	1736	22 Maio	Coimbra	1750	29 Mar.	Coimbra	S. G.
P. José de Brito	1732	7 Fev.	Lisboa	1752	5 Jan.	Lisboa	S. G.
P. Domingos Xavier	1739	Fev.	Cerdeira	1752	4 Agos.	Coimbra	S. G.
P. Manuel de Carvalho	1736	15 Jan.	Anadia	1752	24 Agos.	Coimbra	S. G.
P. João Antunes (Berchmans)	1735	6 Maio	Fafe	1752	25 Agos.	Braga	S. G.
P. Bernardo de Carvalho	1738	15 Jan.	Anadia	1752	10 Set.	Coimbra	S. G.
P. António Velez	1736	12 Fev.	Almalaguez	1753	12 Jan.	Coimbra	S. G.
P. António dos Santos +	1737	13 Jul.	Bairro	1753	8 Fev.	Coimbra	S. G.
P. José de Tavora	1736	1 Nov.	S. Martinho	1753	15 Fev.	Coimbra	S. G.
P. José Barbosa +	1738	1 Jun.	Setubal	1753	16 Fev.	Lisboa	S. G.
P. José dos Santos	1696	19 Mar.	Miranda	1717	6 Mar.	Coimbra	S. G.
P. Francisco Lopes	1730	Fev.	Freixo	1754	8 Jun.	Braga	S. G.
Manuel da Nóbrega	1740	7 Mar.	Lisboa	1755	24 Maio	Lisboa	Teol.
José Gonzaga	1739	23 Maio	Correlos	1755	28 Maio	Viseu	Teol.
António Lopes	1741	3 Jun.	Folques	1756	11 Mar.	Coimbra	Teol.
Manuel António (Pamplona)	1736	16 Jun.	Vilar de Ossos	1756	21 Mar.	Miranda	Teol.
António da Fonseca +	1739	20 Set.	Carregal	1756	21 Mar.	Viseu	Teol.
Manuel Marques	1741	31 Dez.	Passô	1756	23 Mar.	Lamego	Teol.
Joaquim Ferreira	1739	16 Maio	Palmares	1756	31 Mar.	Coimbra	Teol.
João Tavares +	—	—	Pará	1756	Maio	Pará	Filos.
Ir. Bento Caeiro +	1688	7 Fev.	Olivença	1716	12 Dez.	Elvas	Formado
Ir. Domingos Cardoso +	1690	17 Mar.	Alter do Chão	1718	19 Dez.	Evora	F.

NOMES	IDADES	MESES	PÁTRIA	RELIGIÃO	MESES	BISPADOS	GRAU
Ir. João Baptista.........	1692	21 Dez.	Pombal......	1719	12 Dez.	Coimbra.....	F.
Ir. João Álvares..........	1697	6 Fev.	Monsão.....	1724	22 Jun.	Braga.......	F.
Ir. Luiz João............	1730	18 Mar.	Pombal......	1732	5 Jul.	Coimbra.....	F.
Ir. José Pereira..........	1714	7 Set.	S. Eulalia...	1732	5 Jul.	Coimbra.....	F.
Ir. Manuel Fernandes....	1715	Janeiro	Argoncilhe...	1733	21 Maio	Coimbra.....	F.
Ir. Francisco Rebello.....	1713	13 Dez.	Braga.......	1736	18 Dez.	Braga.......	F.
Ir. Bernardo da Silva.....	1710	10 Jan.	S. João.....	1737	1 Mar.	Braga.......	F.
Ir. Manuel Mendes.......	1724	21 Out.	Pousos......	1743	6 Abril	Lisboa......	F.
Ir. António de Basto......	1706	6 Fev.	Couto de Erv.	1745	12 Maio	Braga.......	F.
Ir. Joaquim da Cunha....	1707	5 Agos.	Braga.......	1748	21 Jul.	Braga.......	F.
Ir Caetano Alberto......	1724	7 Abril	Lisboa......	1752	23 Fev.	Lisboa......	F.
Ir. Manuel da Fonseca....	1734	5 Abril	Vilar.......	1753	24 Mar.	Braga.......	F.
Ir. João Luiz............	1719	3 Jun.	Loures......	1753	30 Abril	Lisboa......	F.
Ir. Veríssimo de Sá +....	1695	—	Fundão......	1743	3 Agos.	Lamego.....	F.
Ir. Manuel de Sousa +...	1733	23 Mar.	Lobrigos.....	1756	23 Mar.	Braga.......	—
P. Manuel Ferreira (3)....	1703	24 Jul.	Anadia......	1718	4 Mar.	Coimbra.....	P. 4v.
P. José Ferreira..........	1712	16 Jun.	Monçarros...	1726	18 Out.	Coimbra.....	P. 4v.
P. Bento de Paiva........	1691	—	Coimbra.....	1718	16 Jun.	Coimbra.....	F.
P. Manuel da Silva (4)....	1697	6 Abril	Besteiros.....	1717	4 Mar.	Viseu.......	P. 4v.
P. Pedro Maria Theldalde.	1716	23 Dez.	Petralia.....	1732	1 Jul.	Messina	P. 4v.
P. Teotónio Barbosa++..							
P. Roberto Pereira ++..							
P. António da Silva ++..							
P. Domingos Pereira++..							
P. Miguel Ferraz ++....							
António de Araújo ++							
Ir. Manuel Gomes ++...							
Ir. Pascoal Lopes ++....							
Ir. João Carneiro ++....							
P. Silvestre de Oliveira (6).							
P. António de Morais.....							
José Pedro............							
P. António Machado......							

1. Todos os Religiosos, principiando do P. Malagrida até o Ir. Manuel Girão, inclusive, tinham vindo desterrados do Maranhão, exceto o P. Malagrida que êle tinha [vindo] sem ser desterrado, e o P. que era procurador e o seu companheiro Girão, mas todos ficaram presos nos Cárceres, excepto o P. Luiz de Oliveira que veio para Roma, suponho por intercessão de seu sobrinho, que era Desembargador e foi o que conduziu os Padres de Coimbra para Lisboa.

2. Todos os Religiosos que se seguem, desde o P. Júlio Pereira até o Ir. Manuel da Costa, ficaram presos no Reino e uns foram para Azeitão, e outros para S. Gião, e todos os mais viemos para Roma.

3. Os Padres Manuel Ferreira, Bento de Paiva, e José Ferreira morreram no Colégio do Pará, pouco tempo antes de partirmos.

Os Padres Sebastião Fusco, Francisco da Veiga, Giraldo Ribeiro e Antonio Simoens morreram na viagem até Lisboa.

4. Ficou ainda no Sertão do Maranhão o P. Ministro P. Manuel da Silva e seu companheiro P. Pedro Maria Tedaldi, vieram um ano depois em 1761, e foram remetidos para S. Gião.

5. Todos os que tiverem risca com cruz morreram em Roma. Todos os que não tem mais que o nome com duas cruzes adiante sairam da Companhia na Cidade do Pará.

6. Estes 4 últimos sairam da Companhia; José Pedro saiu em Lisboa, depois veio a Roma, dentro em um ano foi expulso. António de Morais foi expulso em Roma. Silvestre de Oliveira, Professo, saiu em Lisboa. António Machado, Professo, por doente e não querer seguir a Religião por razão da mesma doença, saiu da Companhia e morreu 3 dias depois no Hospital de São João de Deus, em Lisboa [1].

[Catálogo de Manuel Luiz, no *Inventário do Maranhão*, Bras. 28, 6-8]

---

1. As notas são do próprio Manuel Luiz. Ordenamo-las e colocamos no texto as chamadas respectivas. As terras de naturalidade, aqui indicadas, devem aferir-se pelas que vão no Catálogo das Expedições (*Apêndice* A). Alguns nomes de pessoas e terras estão deficientemente escritos. Assim os deixamos. As abreviaturas dos graus significam.

P. 4v. — Professo de 4 votos.
P. 3v. — Professo de 3 votos.
S. G. — Sem grau, isto é, sem os últimos votos.
F. — Formado, isto é, com os últimos votos (sem ser professo).
Teol. — Estudante de Teologia.
Fil. — Estudante de Filosofia.

Num Catálogo desta ordem, com tantas datas e terras, feito no exílio, não é de surpreender algum deslize. Mas em geral merece confiança, e é inutil encarecer a sua importancia para a identificação de tantos homens, alguns ligados para sempre à historia da Amazónia e do Norte do Brasil.

APÊNDICE D

Regimento das Missoens do Estado do Maranham, & Parà,

(1 de Dezembro de 1686)

EU EL-REY faço saber aos que este Regimento virem, que sendo todo o cuydado de El-Rey meu Senhor, & Pay, que santa gloria haja, & o meu, dar fôrma conveniente à reduçaõ do Gentio do Estado do Maranhaõ, para o gremio da Igreja, & a repartiçaõ, & ser o vicio dos Indios, que depois de reduzidos assistem nas aldeas, querendo de tal modo satisfazer ao bem espiritual, & temporal de huns, & outros, que inteyramente fosse satisfeyto o serviço de Deos, para bem de suas almas, & se encaminhasse à vida de todos com honesto trabalho della, tendose passado varias Leys, & ordens sobre esta materia, mandey promulgar a ultima de quatorze de Junho de seiscentos & oitenta, entendendo por ella dar remedio aos danos, que tinhaõ succedido. Porem mostrando a experiencia que não tem sido bastante esta Ley para se cõseguir o intento della, por ter a malicia inventado, & descuberto novos modos para se não observar o disposto nella, & passando a tal excesso a ouzadia, & ambiçaõ dos moradores do dito Estado, que com injustos pretextos lançàraõ delle os Padres da Companhia de Jesus Micionarios do dito Estado, pelo que & por outros respeytos os mandey castigar como a sua culpa merecia, ordenando juntamente que os ditos Padres tornascem para o dito Estado na maneyra em que nelle residiaõ, & sendo novamente informado pelo Governador Gomes Freyre de Andrade de tudo o que pertencia a esta materia com tanto zelo, & verdade, como delle confiey sempre, mandando considerar as suas cartas, & informaçoens por Ministros de toda a suposição, inteyreza, & letras, fuy servido resolver o seguinte.

[1] Os Padres da Companhia teraõ o governo, naõ só espiritual, que antes tinhaõ, mas o politico, & temporal das aldeas de sua administração, & o mesmo teraõ os Padres de Santo Antonio, nas que lhes pertence administrar; com declaraçaõ, que neste governo observaraõ as minhas Leys, & Ordens, que se não acharem por esta, & por outras reformadas, tanto em os fazerem servir no que ellas dispoem, como em os ter promptos para acodirem á deffensa do Estado, & justa guerra dos Certoens, quando para ella sejaõ necessarios.

[2] Haverá dous Procuradores dos Indios, hum na Cidade de Saõ Luis do Maranhaõ, outro na Cidade de Bellem do Parà, ao da Cidade de Saõ Luis, se darão tê quatro Indios para seu serviço, & ao da Cidade de Bellem se daraõ tê seis, para com este interece do seu trabalho poderem sugeytarse ao grande que

lhes ocorre com esta occupaçaõ; & os taes Indios que os ouverem de servir, não seraõ sempre os mesmos, mas antes se mudaràõ a arbitrio dos Padres, como, & quando lhes parecer conveniente.

[3] A eleyçaõ dos ditos Procuradores se farà propondo o superior das Missoens dos Padres da Companhia ao Governador do Estado, dous sugeytos para cada hum dos ditos officios, & delles escolherà hum o dito Governador, & para se haverem de governar os ditos Procuradores, lhes farà Regimento o dito superior das Missoens, com conselho dos Padres Misionarios das aldeas, a qual presentaraõ ao dito Governador, que me informarà sobre elle com o seu parecer, para eu o confirmar sendo servido, & no meyo tempo que não chegar a minha confirmaçaõ, & ordens, que devem seguir, lhes mandarà o dito Governador, que observem o dito Regimento, por não ser conveniente que sirvão sem algum, nem que dexe de haver em algum tempo os ditos Procuradores.

[4] Nas aldeas não poderaõ assistir, nem morar outras algumas pessoas, mais que os Indios com as suas familias, pelo dano que fazem nellas, & achandose que nellas moraõ, ou assistem alguns brancos, ou mamalucos, o Governador os farà tirar, & apartar das ditas aldeas, ordenandolhe, que não tornem mais a ellas, & os que là forem, ou tornarem depois desta prohibição, que se mandarà publicar com editaes, & bandos por todo o Estado, sendo peoens seraõ açoutados publicamente pelas ruas da Cidade, & se forem nobres, seraõ degradados em sinco annos para Angolla, & em hum, & outro caso sem appellaçaõ.

[5] Nenhuma pessoa de qualquer qualidade que seja poderà ir ás aldeas tirar Indios para seu serviço; ou para outro algum effeyto, sem licença das pessoas, que lha podem dar na fôrma das minhas Leys, nem os poderaõ deyxar ficar nas suas casas depois de passar o tempo em que lhe foraõ concedidos; & aos que o côtrario fizerem, encorreràõ pela primeyra vez na pena de dous mezes de prisaõ, & de vinte mil reis para as despezas das Missoens, & pela segunda teraõ a mesma pena em dobro, & pela terceyra, seraõ degradados sinco annos para Angolla, tambem sem appellaçaõ.

[6] E porque sendo o Matrimonio hum dos Sacramentos da Igreja em que se requere toda a liberdade, & a certa, & deliberada vontade das pessoas que o haõ de contrair, me tem chegado noticia que algumas pessoas do dito Estado, com ambiçaõ de trazerem mais Indios a seu serviço, induzem, ou persuadem aos das aldeas, para que cazem com escravos, ou escravas suas, seguindose desta persuaçaõ a injustiça de os tirarem das ditas aldeas, & trazerem-nos para suas casas, que val o mesmo, que o injusto cativeyro, que as minhas Leys prohibem. Ordeno, & mando, que constaõ desta persuaçaõ, que no natural dos Indios, pela sua fraqueza, & ignorãcia he inseparavel da violencia, fiquem os taes escravos, ou escravas livres, & se mandem viver nas aldeas, com a mesma liberdade que nellas vivem os Indios; & quando naõ conste da dita persuaçaõ, ou violencia, sempre em todo o caso, que os ditos casamentos se fizerem, naõ seraõ os Indios, ou Indias obrigados a sair das suas aldeas, & ficaràõ nellas como d'ante estavaõ, & para o fim do Matrimonio lhes deputarà, ou sinalarà o Bispo dias certos em que se possaõ juntar, como he de direyto.

[7] Sem embargo do que fica disposto nos capitulos antecedentes sobre as pessoas, que forem ás aldeas dos Indios sem licença, & sobre não poderem nellas

viver, ou assistir brancos, nem mamalucos, desejando prover de remedio os danos, que não só costumavaõ acontecer de se persuadirem as Indias com enganos, & dadivas a intentarem, & procurarem os divorcios dos maridos principiando este mal pelo abominavel dos adulterios, & seguindo-se depois o da separação dos Matrimonios com grave prejuiso das almas, & do governo temporal dos mesmos Indios. Sou servido ordenar, que o Ouvidor geral tire em todos os annos huma exacta devaça destes casos, em que entrarãõ tambem os adulterios, ainda que pela Ley naõ sejaõ caso della, porque a mizeria, & fraqueza dos Indios, & o virem dos Certoens buscar a minha protecção nas aldeas em que vivem, faz justificada a derogação da dita Ley, que para este fim hey por expreçada, como se della fizera especial mençaõ, & tirada a dita devaça a pronunciarà, & procederà no castigo dos culpados nos casos declarados neste Regimento, como he disposto nelle; & nos casos de adulterios, em que não ouver accusaçaõ procederà contra os adulteros com pena de degredo de dez annos para Angolla, & as adulteras, querendo-as receber os maridos nas aldeas se mandarãõ repor nellas a arbitrio dos Padres, Missionarios, & quando as naõ queyraõ receber, respeytando o crime que fizeraõ como este se considera por causa de sua natural fraqueza, & ignorancia, pela malicia, & dollo com que saõ persuadidas, & por esta razaõ naõ mereçaõ igual castigo, nem seja convenientea o serviço de Deos, & meu, que vaõ degradadas para outra Conquista; se ordenarà o seu castigo, & a segurança das suas vidas na junta das Missoens á qual seraõ remmetidas com processo das culpas, que lhe resultarem das devaças, das quaes darà conta o dito Ouvidor geral tambem, todos os annos no Conselho Ultramarino, para que me sejaõ presentes como procede na execuçaõ dellas, & do contrario se lhe darà culpa em sua residencia

[8] Os Padres Missionarios poraõ o mayor cuydado, em que se povoem de Indios as aldeas, pois a elles lhes encarrego o governo dellas, & espero que procurem por todos os meyos, naõ só a côservaçaõ, mas o aumento dos que saõ da repartiçaõ, por ser conveniente que haja nas ditas aldeas Indios, que possaõ ser bastantes, tanto para a segurança do Estado, & deffensas das Cidades, como para o trato, & serviço dos moradores, & entradas dos Certoens.

[9] O mesmo cuydado teraõ os Padres Missionarios de comunicarem, & decerem novas aldeas do Certaõ, & de as situarem em partes acomodadas para a sua vida, & trato dos moradores das Cidades, Villas, & lugares, fazendo-se comunicaveis no cômercio, & persuadindo-os á razaõ da vida honesta de seu trabalho, para que naõ vivaõ occiosos, & para que huns & outros se possaõ igualmente ajudar com reciproco commercio de seus interesses.

[10] O commercio, que necessariamente consiste em generos, & o serviço dos Indios, que tambem importa necessariamente o justo sellario do seu trabalho, se deve regular da maneyra, que no commercio naõ haja engano, nem nos sellarios excesso; para este fim quanto aos generos se ordenarà na Camera com assistencia do Governador, & do Ouvidor geral, & Procurador da fazenda a taxa dos preços pelos quaes se haõ de vender aos Indios, & aquelles, que os Indios haõ de vender, ou permutar, que forem de suas fabricas, ou tirarem dos Certoens; & quanto aos sellarios se taxaraõ estes pelo Governador com conselho, & assistencia do Prelado da Companhia de Jesus, & do Prelado dos Padres de Santo Antonio, ouvidas as Cameras, & tanto de huma, como de outra cousa se farà assento communi-

cando-se aos moradores pelo meyo, que parecer conveniente, & aos Indios por meyo dos Padres, aos quaes se daraõ tantas copias em numero como forem as suas aldeas, para as participarem a todas.

[11] Os sellarios dos Indios se satisfaraõ em dous pagamentos, ametade, quando forem para o serviço, & a outra ametade se entregarà no fim delle, & a fórma desta satisfaçaõ, & entrega se ordenarà pelo dito Governador com conselho, & assistencia dos ditos Padres ao mesmo tempo que se determinar a taxa dos sellarios, para que de nenhum modo possa haver engano, nem falta nos ditos pagamentos.

[12] Para se evitar a queyxa dos moradores da repartiçaõ dos Indios, & para que se naõ possa exceder o numero dos escritos a que se chamaõ verbais, & muyto principalmente para que os Governadores possaõ saber o numero, & a qualidade dos Indios de que se pôdem valer nas occasioens em que pôdem ser necessarios para bem do Estado, se faraõ dous livros, que sirvaõ de matricular nelles todos os Indios de idade de treze annos inclusive, tè, a idade de sincoenta annos, por ser aquella em que commodamente podem estar capazes de servir.

[13] Hum destes livros terá o superior das Missoens, & o outro o Escrivaõ da fazenda, & ambos seraõ rubricados, & numerados pelo Governador; & tanto em hum, como em outro se hiraõ descarregando por certidoens dos Missionarios os Indios, que forem falecendo, & aquelles, que por achaques, & por causa dos annos, estiverem escusos do trabalho; & estes livros se reformaraõ, passado dous annos, do mesmo modo em que agora se fizerem; & por este mesmo modo se iraõ continuando ao diante.

[14] Porquanto mostrou a experiencia, que a repartição dos Indios senaõ pode fazer por tempo de dous mezes, como era ordenado pela minha Ley do primeyro de Abril de seiscentos, & oytenta, em razão de ser necessario muyto mais tempo para se trazerem as drogas dos Certoens; sou servido derogar a dita Ley, & ordeno, que a dita repartiçaõ se faça nas aldeas do Pará por tempo de seis mezes inclusive, & que no Maranhaõ se faça por tempo de quatro, com declaraçaõ, que entendendo o Governador com conselho do Superior das Missoens, que pela deficuldade dos Rios, & distancia dos Certoens do Maranhaõ, he necessario igual tempo aos moradores da Cidade de Saõ Luis para irem a elles, que os da Cidade de Bellem do Pará, poderá alterar o termo dos quatro mezes como todos julgarem ser conveniente.

[15] Esta repartiçaõ senaõ farà em tres partes, como se mandava fazer pella dita Ley, mas antes se fara em duas partes, ficando huma nas aldeas, & outra indo ao serviço pela mesma razaõ de mayor tempo, que os Indios se haõ de occupar nelle, o que se entenderá sendo igual este tempo do serviço no Maranhaõ, que no Pará, porque se no Maranhaõ forem necessarios quatro meses somente ficarà com mais igualdade a repartiçaõ das tres partes, servindo huma, & descansando duas.

[16] Nesta repartiçaõ naõ entraràõ os Padres da Companhia, porque elles attendendo a melhor cõveniencia dos moradores me representaraõ, que a podiaõ escuzar, se eu os remediasse por outra via para o serviço que lhe he necessario dos seus Collegios, & residencias; pelo que houve por bem de cõsentir na sua petiçaõ, & na consideraçaõ de que naõ haõ de ter a terceyra parte, como tinhaõ

tè o presente; ordeno ao Governador, que elle depute para serviço dos ditos Padres da Cidade de Saõ Luis do Maranhaõ a aldea chamada do Pinaré, & para serviço dos Padres de Bellem, do Pará a aldea chamada do Gonçary, que elles descera͂o do Certa͂o, com a expressa cõdiça͂o de na͂o servirem aos moradores da dita Cidade, & tambem para que os possa͂o tornar a unir na dita aldea, da qual os mais delles fugira͂o por occasia͂o de serem obrigados ao dito serviço; com tal declaraça͂o, porem, que os ditos Padres procurara͂o por todos os meyos possiveis de ser a dita aldea do Pinaré para junto do Rio Itàpucurù, pela conveniencia que desta mudança resulta a meu serviço, & que a mesma aldea ficarà com a obrigaça͂o que tinha de se dar hum Indio della para guia de cada huma das canoas que os moradores costuma͂o mandar ao cravo do dito Rio Pinaré, procura͂do tambem quanto lhe for possivel, & o tempo lhe permitir, que o mesmo Rio Pinaré, se povoe de outra aldea, que puderem descer do Certa͂o na parte do dito Rio, que a elles lhes parecer conveniente, & que no Pará procurem do mesmo modo descer alguma aldea, que possa substituir a de Gonçary que se lhe largar, pela conveniencia que tambem resulta a meu serviço na extensa͂o das povoaçoens, & tanto huma como outra aldea se entregará logo aos ditos Padres, ficando no seu cuydado satisfazer a dita declaraça͂o.

[17] Para cada huma das residencias que os ditos Padres tiverem em distancia de trinta legoas das ditas Cidades de Saõ Luis do Maranhaõ, & de Bellem, do Parà, lhe deputarà tambem o Governador vinte & sinco Indios, por serem os necessarios ao exercicio das suas Missoens; ás quaes devem acodir ta͂o promptamente como requere o bem espiritual dos Indios que administra͂o nas aldeas, que sa͂o do districto das ditas residencias; & porque na͂o he possivel, que de outro modo satisfaça͂o sua obrigaça͂o, & zello com que trata͂o do serviço de Deos nosso Senhor, & meu.

[18] As residencias que tiverem dentro do limitte das trinta legoas podera͂o suprir os ditos Padres com os Indios das aldeas, que lhe sa͂o concedidas, mandando huns para ellas, & mudando outros, como lhes parecer conveniente; porem isto se na͂o entenderà para com a residencia de Mortigurá, que tem os ditos Padres no Certa͂o do Pará, porque para ella se lhe dara͂o tambem vinte & sinco Indios, supposto que esteja͂o dentro das trinta legoas, em raza͂o de o districto da dita residencia he muyto larga, & o na͂o podera͂o satisfazer como importa ao bem espiritual das aldeas com os Indios da aldea que lhe he concedida no Parà.

[19] A repartiça͂o, que se ouver de fazer dos Indios para o serviço dos moradores das Cidades, Villas, & lugares do Maranhaõ, & Parà, farà o Governador na parte onde estiver, & em sua falta o Capita͂o mayor, com duas pessoas mais eleytas pela Camera, & sempre com o parecer, & assistencia do superior das Missoens, & dos Parochos das ditas aldeas, que se puderem achar presentes ao tempo, que a dita repartiça͂o se fizer, & nella na͂o poderá entrar o dito Governador, ou Capita͂o mór nem as ditas pessoas que a Camera eleger; & nesta mesma forma se expedira͂o as licenças para os ditos moradores irem as ditas aldeas buscar os ditos Indios que lhe forem repartidos, & quando lhe seja necessario irem às aldeas tratar os Indios para o commercio, ou por outro respeyto que seja justo, lhes darà licença o dito Governador, & em sua auzencia, o Capita͂o mór, com conselho do Superior

das Missoens, a qual será assinada por ambos, & primeyro que usarem della os taes moradores, seraõ obrigados presentalla ao Parocho das ditas aldeas.

[20] A falta de Indios cõ que se achaõ as aldeas da repartiçaõ faz precizo, que se procurem aliviar de algum modo, que seja mais cômodo para elles, & conveniente aos moradores, & com este respeyto, todas as vezes que os moradores houverem de ir ao Certaõ, arbitrando-se primeyro o numero de Indios, que necessitaõ para lhe remarem as canoas se lhe darà ametade delles sómente das aldeas da repartiçaõ, & a outra ametade procuraràõ os taes moradores trazer das outras aldeas, que costumavaõ servir pela convençaõ que cõ elles faziaõ, por quanto com a taxa dos sellarios, fica remediado o damno, que sentiaõ no excesso delles, & os Padres Missionarios das ditas aldeas teraõ cuydado de que os ditos Indios senaõ escuzem sem justa cauza, pela conveniencia que tiraõ do seu trabalho, & pelo que a todos resulta do cõmercio dos Certoens, & naõ serà razaõ bastante para naõ entrarem na dita repartiçaõ os moradores, que tiverem escravos proprios, porque àlem de serem necessarios para as suas fabricas, naõ he justo que se exponhaõ a lhe fugirem para os Certoens, como tem succedido muytas vezes.

[21] Naõ poderaõ entrar na repartiçaõ aquelles Indios que forem menores de treze annos como acima fica dito, nem tambem algumas mulheres desta, ou de mayor idade, mas porque na occasiaõ em que se recolhem os frutos, que se lançàraõ à terra saõ necessarias aos moradores algumas Indias, que se chamaõ farinheyras, & tambem necessitaõ os mesmos moradores de Indias para lhe criarem seus filhos, & he razaõ que humas, & outras se occupem neste serviço sem perigo de sua honestidade encarrego muyto aos Reytores dos Collegios, & Prelados das Missoens, que elles no tempo conveniente, & necessario, fassaõ repartir, & com effeyto dem as taes Indias farinheyras, & de leyte a aquellas pessoas que as houverem de tratar bem no espiritual, & temporal, arbitrandolhe sellario que devem vencer ao tempo deste serviço, para que consigaõ o justo interece delle, & naõ possaõ exceder o dito tempo, sem que as taes pessoas recorraõ aos ditos Padres, a que elles hajaõ por justificada a mayor dilaçaõ que se lhes pedir; & ao Governador encarrego muyto particularmente, que faça observar nesta parte o que os ditos Padres dispozerem, assim para o serviço das ditas Indias, como para a satisfaçaõ do seu trabalho.

[22] He muyto conveniente ao bem espiritual, & temporal dos Indios que naõ vivaõ em aldeas pequenas, & que naõ estejaõ divididos no Certaõ expostos á falta dos Sacramentos, pela defficuldade de lhe acodirem os Missionarios, & a violencia com que a este respeyto podem ser tratados na falta da assistencia dos mesmos Padres; & porque no Regimento dos Governadores se ordena, que os procurem redusir as aldeas de cento & sincoenta vesinhos, & se tem conhecido os damnos de se naõ observar o disposto nelle; sou servido ordenar novamente, que o dito Regimento se execute, tanto pelo dito Governador na parte que lhe toca como pelos ditos Missionarios, que faraõ toda a diligencia para os persuadir à conveniencia referida, & quando os ditos Indios forem de differentes nasçoens, & por esta causa repugnem a dita uniaõ que costuma nestes casos ser tal, que os faz cahir algumas vezes na dezesperaçaõ da sua antigua bàrbaridade, se poderá evitar este inconveniente separando-os, & dividindo-os em freguesias dentro do destricto em que estiverem as residencias, para que por este modo sejaõ assistidos dos ditos

Padres com a doctrina, & seguros com as minhas Leys, & conservados sem o, temor da sua repugnancia.

[23] Os Indios das aldeas que de novo se descerem do Certaõ, naõ seraõ obrigados a servir, por tempo de dous annos, porque he o necessario para se doctrinarem na fè, primeyro motivo de sua reducçaõ, & para que façaõ as suas rossas, & se acomodem à terra, antes que os tornem arrependidos, à differença della, & o jugo do serviço; & tanto para com as aldeas, que se descerem para servirem aos moradores, como para aquellas que sem esta condiçaõ quizerem descer se observaraõ inviolavelmente os pactos que com elles se fizerem por ser assim conforme à fé publica fundada no direyto natural, civil, & das gentes; & se os Governadores cõtravierem estes pactos, depois de feytos, & celebrados pelos Padres Missionarios cõ os ditos Indios (o que eu naõ espero) me darey por muyto mal servido delles, & serà reputada esta culpa por huma das mayores da sua residencia; & succedendo, que indo os Padres Missionarios praticar os Gentios dos Certoens, os achem dispostos a seguir, & abraçar a Ley de Christo nosso Redemptor, nas mesmas terras onde vivem, sem quererem descer para outras; neste caso, aceytaràõ os ditos Padres aos taes Gentios ao gremio da Igreja procurando persuadillos a que descaõ, & sómente para aquella parte do mesmo Certaõ, em que elles mais commodamente lhes possaõ assistir cõ a doctrina Evangelica, & bem espiritual das suas almas; fazendo, com tudo, que se unaõ em aldeas, ou se ajuntem em freguesias nos descrictos das residencias, que os Padres fabricarem de novo na forma que se dispoem no Capitulo antecedente, porque a justiça naõ permitte, que estes homens sejaõ obrigados, a deyxarem todo, & por todo as terras que habitaõ, quãdo naõ repugnaõ o ser Christaõs, & a cõveniencia pede que as aldeas se dilatem pelos Certoens, para que deste modo se possaõ penetrar mais facilmente, & se tire a utilidade, que delles se pertende.

[24] Para as entradas, que os Missionarios haõ de fazer nos Certoens, lhe daraõ os Governadores todo o auxilio, ajuda, & favor que elles houverem mister, tanto para a sua segurança, como para com mayor facilidade fazerem as Missoens, & porque tenho mandado dar Regimentos à Junta das Missoens, & naõ he razaõ, que os Ministros della se entremetaõ em outras cousas mais daquellas para que foy criada, naõ poderà a dita Junta no meyo tempo, que se faz o dito Regimento encontrar o disposto neste, mas antes o farà observar com o cuydado de sua obrigaçaõ; & naõ contêm mais o dito Regimento, o qual mando se cumpra, & guarde como nelle se dispoem, sem embargo de quaesquer Leys, Ordenaçoens, privilegios particulares, ou geraes, Regimentos, & Provisoens que haja em contrario, que tudo hey por derrogado, & derrogo para effeyto do que nelle se contem, como se de cada huma das ditas cousas fizera expressa mençaõ, & que naõ passe pela Chancellaria, sem embargo das Ordenaçoens em contrario. Martim de Britto Couto o fez em Lisboa a vinte & hum de Dezembro de mil seiscentos oytenta & seis. O Bispo Frey Manoel Pereyra o fez escrever.

REY

[Bibl. de Evora, Cód. CXV/2-12, 1-15, impressa].

ARTE
DA LINGVA
BRASILICA,

Composta pelo Padre Luis Figueira da Companhia de IESV, Theologo.

EM LISBOA.
Com licença dos Superiores.
Por Manoel da silva.

ARTE DA LINGVA BRASILICA

Do P. Luiz Figueira, 1ª. edição. Exemplar da Bibl. Nac. de Lisboa, secção de reservados. Note-se, riscado Cº. do Pará [Colegio do Pará], antigo Colégio de S. Alexandre da Companhia de Jesus, a cuja livraria pertenceu. Desta 1ª. edição, é tido como exemplar único em todo o mundo.

APÊNDICE E

Traslado de ovtro Alvará de Sua Magestade, que Deos guarde, sobre os resgates (28 de Abril de 1688)

EU El-Rey faço saber aos que este Alvará virem que sendo o meu principal intento nos dominios de todas as minhas Conquistas, a conservação dellas, pelo aumento da Fé, & liberdade dos Indios, procurando, & concorrendo com todos os meyos de os trazer ao gremio da Igreja pelos da propagação do Santo Evangelho; sou informado que a Ley que mandey estabelecer em o primeyro de Abril de mil & seiscentos & oytenta para o Estado do Maranhão, prohibindo todos os cativeyros dos taes Indios, tanto por meyo dos resgates, como das guerras justas naõ teve a observãcia que devia ter no dito Estado, mas antes succedeo em mayor danno de suas almas, & das vidas, que por meyo dos ditos resgates vinhão a conseguir pois tendo guerras entre si os ditos Indios pelas quaes se cattivão, os levão a vender ás terras dos Estrangeyros, & dentro dos meus dominios fazem, & admitem resgates delles, & quando o naõ pódem fazer pelas distancias, ou outros impedimentos os prendem á corda, & os matão cruamente para os comerem; & quãdo succedem as guerras dos meus Vassallos com elles, ou delles para com os meus Vassallos, pelas causas que para isso daõ os ditos Indios, & nos casos que por direyto saõ permitidos os matão no mesmo furor da guerra temendo a sua infiel barbaridade depois de vencidos, & sem a piedade que delles poderião ter, se das suas vidas podessem tirar o fruto dos cativeyros occasionando-se por estas mesmas causas a mais dura guerra, & as mais desesperadas mortes, & sendome tudo assim presente por muytas informaçoens, & todas dignas de credito, pela qualidade das pessoas, que mas derão com mayor experiencia das materias, & pela occasião, & differença dos tempos que as necessitão, principalmente sendo ordenadas para mayor serviço de Deos, & bem commum de meus Vassallos, mandey considerar de novo estas informaçoens por Ministros, & Letrados de todas as perfeyçoens, doutos, & prudentes nas suas faculdades, & com o parecer, que uniformemente me derão todos por escrito; houve por bem derrogar a dita Ley do primeyro de Abril de mil seiscentos & oytenta, que prohibia totalmente os ditos resgates, & cativeyros, & suscitar em parte a que havia feyto El-Rey meu Senhor, & Pay em tres de Abril de mil e seiscētos & sincoēta & sinco, que os admitia nos casos nella expreçados com vocas clausulas, & certas condiçoens, que seraõ abayxo declaradas.

Quanto ao resgate dos Indios, sou servido que se façaõ por conta de minha fazenda, para com todos os que acharem cativos em guerra de outros Indios, ou sejaõ prezos á corda para os comerem, ou cativos para os venderem, a quaesquer naçoens, tanto que naõ forem cativos para o effeyto das vendas sómente, & que elles a naõ repugnem, entendendose que por outro modo pódem livrar a vida. E para este effeyto, mando, se empreguem nesta Cidade tres mil cruzados nos generos mais convenientes aos ditos resgates, & que delles se deputem dous mil cruzados para a Cidade de Bellem do Parà, & mil cruzados para a de Saõ Luis do Maranhaõ, os quaes se depositaraõ nas ditas Cidades em maõ de pessoas abonadas, & approvadas pelos Prelados das Missoens da Companhia de Jesus ainda que seja com o interesse de se lhe darem alguns dos Indios resgatados em premio de seu trabalho, por justo arbitrio dos Ministros nomeados por este Alvará para esta repartiçaõ, & em falta das taes pessoas se depositáraõ na maõ dos Almoxarifes de minha fazenda das ditas Cidades, que os teraõ separados, & distinctos de quesquer outros effeytos; & assim elles, como as outras pessoas, que forem depositarios dos ditos generos, os entregaráõ á ordem dos ditos Prelados das Missoens da Companhia em as ditas Cidades de Saõ Luiz do Maranhaõ, & Bellem do Pará, os quaes, seraõ obrigados a fazer os resgates, naõ só nas Missoens ordinarias, de suas residencias, mas para este effeyto entraraõ todos os annos em diversos tempos pelos Certoens, com a gente, que entenderem necessaria, & cabo de escolta à sua satisfação, que huma, & outra cousa lhe mandará dar prõptamente nas ditas occasioens o meu Governador, & Capitaõ geral do dito Estado, levando outrosim as pessoas que lhe parecerem convenientes, em cujo poder vaõ os ditos generos, para da sua maõ os mandarem destribuir, & feytos os taes resgates enviaraõ os Indios resgatados ás Cameras das ditas Cidades, que os repartiràõ com igualdade aos que mais necessidade delles tiverem, por razaõ de suas fazendas, grangearias, & lavouras, o que se farà cõ authoridade do dito Governador, & sempre com assistencia do Ouvidor geral, & as pessoas a quem se repartirem entregaráõ outros tantos generos aos ditos depositarios, quanto os taes Indios resgatados custaram até serem postos nas ditas Cidades, por toda a despeza das ditas entradas, & resgates, & da mesma qualidade, & bondade, como o foraõ os que por elles se deraõ, de maneyra que se reponhaõ, & conserve sempre na maõ dos ditos depositarios, a dita quantia de tres mil cruzados, sem deminuiçaõ alguma, fazendo-se álem disto a cõta dos ditos resgates naõ só pelo custo de cada hum dos Indios que chegarem vivos, mas repartindo-se por elles a importancia dos que falecerem depois de resgatados, & tambem dos que se derem aos depositarios, naõ sendo aos Almoxarifes, que vencem ordenados de minha fazenda, & assim mesmo pagaràõ direyto dos taes escravos a razaõ de tres mil reis por cabeça, os quaes cobraraõ os ditos depoistarios, ou Almoxarifes, & os teraõ como dito he separados, de qualquer outro recebimento, por quanto desde logo aplico estes direytos para a despeza das Missoens, tanto das entradas dos Certões em ordem aos resgates para aliviar mais o custo delles, como das que tenho mandado fazer para se descerem aldeas novas, & fornecimento das Velhas, & os ditos depositarios, ou Almoxarifes entregaràõ o procedido dos taes direytos, à ordem dos ditos Prèlados das Missoens no tempo que fizerem as ditas entradas, os quaes daraõ conta por carta sua com toda a distinçaõ, & clareza ao Governador, assim desta despeza, como da que ouverem feyto dos generos no emprego dos resgates, & custos delles até serem postos, & entregues nas ditas Cameras, pela qual conta se estará, sem alguma duvida, & o Governador será tambem obrigado a remeter todos os annos as copias destas cartas pelo Conselho Ultramarino, & mandará outrosim lançal-las em o livro, que haverá nas Cameras expecial para este registo, & se guardaráõ nellas, separados de outros, & particularmente encarrego, & mando ao dito Ouvidor geral tenha grande cuydado de saber, se satisfazem, o dito Governador, & Missionarios as obrigaçoens referidas, & me fará presente em todas as monçoens o que obraraõ todos nesta materia, com cominaçaõ de me haver por muyto mal servido delle se o naõ cumprir assim, & de se lhe dar em culpa na sua residencia, para o que mando accrescentar a ella hum capitulo deste theor. E quanto aos cativeyros por occasiaõ das guerras dos meus Vassallos para cõ os Indios, & destes para com os meus Vassallos, Hey por bem de permitir se possaõ fazer nos casos seguintes; o primeyro da guerra deffensiva, que se entendera sómente no acto da invazaõ, que os Indios inimigos, & infieis fizerem nas aldeas, & terras do Estado do Maranhão com cabeça, ou comunidade, que tiver soberania, ou jurisdicçaõ, principalmente, quando os ditos Indios impedirem com maõ armada, & força de armas aos Missionarios a entrada dos Certoens, & a doutrina do Santo Evangelho fazendo com effeyto hostilidades ás pessoas que levarem em sua companhia. O segundo da guerra offensiva quãdo houver temor certo, & infalivel, que os ditos Indios inimigos da Fé, procuraõ invadir as terras de meus dominios, & ajuntando gente para este effeyto, sem que por outro modo se lhes possa impedir a invazaõ, o qual se procurará primeyro por todos os meyos de persuaçaõ, do temor, & de boa paz, ou tambem quando os ditos Indios inimigos, & infieis tiverem feyto hostilidades graves, & notorias, & não derem satisfaçaõ condigna dellas, sugeytando-se a receber aquelle castigo, que for conveniente ao decóro de minhas armas, & necessario para a conservaçaõ do dito Estado. Nestes casos poderáõ ser cativos os Indios infieis no tempo que durar o conflicto das guerras, & fóra delles senão poderáõ fazer as ditas guerras, nem se poderáõ admitir os ditos cativeyros, & para cõstar da legalidade destas mesmos casos com toda aquella certeza, que he necessaria, & conveniente para a justiça delles. Sou servido declarar, & ordenar ao Governador & Capitaõ geral do Estado do Maranhão por condiçaõ que ha de guardar, & que ha de concorrer, & preceder necessariamente a huma contraguerra; que a deffensiva da invazaõ dos inimigos se justificará cõ documentos juridicos de mayor prova de testemunhas, que tirará o Ouvidor geral ao tẽpo, que der lugar a mesma guerra, & por Certidoens juradas dos Missionarios, que assistirem nas terras, & aldeas, que forem invadidas. E do mesmo modo será justificada quando os Indios, & inimigos da Fé impedirem a entrada dos Certoens aos Missionarios & a pregaçaõ do Santo Evangelho, declarãdo-se no theor dos autos, & nos documentos dos mesmos Missionarios as circunstancias, & qualidades que ficaõ apontadas, *& que a offensiva* se justificará legalissimamente primeyro, & antes de se fazer a guerra, [á margem — *nota coeva:* «Hoje não se pode fazer guerra sem ordem de El Rey particular] sendo a primeyra prova os pareceres por escrito dos Padres Superiores, & Prelados das Missoens da Companhia & da Religiaõ de Santo Antonio, que assistirem nas Cidades de Saõ Luis do Maranhaõ, ou de Bellem do Pará onde a tal guerra se ordenar. & outrosim do Ouvidor geral, sem os quaes em nenhum modo se poderá fazer & os daráõ com toda a distinçaõ, & individualidade das circunstancias, tambem que ficaõ apontadas a este fim. Destas guerras, & com os documentos referidos me dará conta todos os annos o dito Governador, & Ouvidor geral por duas vias; huma do Cõselho Ultramarino, outra da Secretaria do Estado, para que por huma, & outra me seja presente, & para eu os mandar ver, & examinar, & determinar sobre elles como parecer justiça; *naõ o fazendo assi seraõ havidos por livres todos os Indios*[1] que de facto tiverem sido cativos, & me darey por muyto mal servido dos ditos Governador, & Ouvidor, & desta culpa mando se inquira em suas residencias, & que sendo-lhe posta nellas se me de expecial conta de como as incorreraõ para mandar ter cõ elles a demostraçaõ que me parecer conveniente, & quero que este Alvará tenha força, & valha para sempre como Ley sem embargo de naõ passar pela Chãcellaria, & de quaesquer outras Leys, & Ordenaçoens em contrario, & em expecial a do livro 2. tit. 44. Ayres Monteyro a fez em Lisboa a vinte & oyto do mez de Abril de mil & seiscentos & oytenta & oyto. Eu Mendo Foyos Pereyra a sobrevi.

REY.

[Bibl. de Evora, Cód. CXV/2-12, 20-26, impressa].

---

1. Os sublinhados são coevos da nota marginal.

APÊNDICE F

Contas correntes e facturas

Reproduzem-se em gravura as contas correntes do Procurador do Brasil em Lisboa com os Colégios do Maranhão e Pará, no ano de 1685 (juntas num só documento). Noutro, a c/c do Pará em 1690. Das atribuições do Procurador em Lisboa já se deu notícia no Tômo I, p. 131. São documentos tão nítidos que dispensam a transposição tipográfica.

Não sendo possível publicar os muitos inéditos dêste género, todos semelhantes entre si, deixam-se aqui três. E bastam para se ver a seriedade, exactidão e minúcia com que se faziam as contas da Companhia. São importantes, além disso, sob variados aspectos. O primeiro, a factura de uma carregação em Lisboa, com objectos e preços bem discriminados, é ainda do século XVII. São raríssimos ou pouco conhecidos os documentos de importação dessa época, referentes à Amazónia.

I

Ano de 1699

⊕ Pará

Carregação feita por mim, o Padre João da Rocha, da Companhia de JESUS, Procurador Geral da Província do Brasil, para o Colégio do Pará, ida com o mestre Pascoal Machado, a entregar ao Padre Bento de Oliveira, Reitor do dito Colégio do Pará, ou a quem seu lugar servir com a marca de fóra [um círculo com uma cruz dentro].

Deve o Colégio:

Por 409 varas de pano de linho a vários preços que importou..	82$070
Por 107 ½ varas de estopa a 105 reis....................	11$287
Por 6 milheiros de anzois sorteados.....................	14$300
Por 8 libras de pimenta a 190 reis......................	1$520
Por 8 resmas de papel a 700 reis.......................	5$600
Por 8 libras de cominhos a 100 reis.....................	$800
Por 3 dúzias de tesoiras a 400 reis, grandes.............	1$200
Por 3 dúzias ditas mais pequenas a 300 reis.............	$900
Por 12 cartas de alfinetes..............................	$700

Por meia libra de canela....................................	$850
Por 3 libras de erva dôce a 80 reis........................	$240
Por 9 panos de agulhas a 240 reis.........................	2$160
Por 2 maços de atacas a 350 reis...........................	$700
Por 2 libras de incenso a 280 reis..........................	$560
Por uma arrôba de aço de Milão............................	3$000
Pelo que importa o frontal com sua casula e mais aviamentos e feitios....................................	30$460
Por mil colchetes casados.....................................	1$500
Por 40 dúzias de facas a 350 reis..........................	14$000
Por permeios de camândulas e verónicas.................	7$200
Por o caixão em que vai tudo................................	1$800
Por 19 barras de ferro que pesou 10 quintais e 1 arrôba e 6 libras a 3$000 reis o quintal........................	30$890
Por embarque do ferro e levar a bordo..................	$640
Por o que leva um fulinho que se ha de abrir no Maranhão para se tirar duas encomendinhas sòmente:	
Por 7 maços de velórios a 450 reis.........................	3$150
Por 8 maços de linhas a 240 reis...........................	1$920
Por 2 tomos de Cornélio [a Lapide].......................	2$400
Por um breviário que custou.................................	3$500
Por 4 campainhas que custaram............................	1$350
Por 6 dúzias de pentes a 100 reis...........................	$600
Por uma resma de papel......................................	$750
Pelo fulinho em que vão estas miùdezas................	$—
Por 20 molhos de alhos a 200 reis..........................	4$000
Pelo fulo em que vão...	$550
Por 10 arrôbas e 16 de bacalhau a 6$000 reis o quintal........	15$750
Por a barrica em que vai.....................................	$800
Pelo que paguei a quem a remexeu e fundou.........	$120
Por 4 arrôbas e 21 libras de biscoito a 8$000 reis o quintal....	9$302
Pelos 2 barris em que vai a 480 reis......................	$960
Por 7 ½ alqueires de tremoços a 220 reis...............	1$650
Por 7 ½ alqueires de castanhas a 400 reis..............	3$000
Por 8 alqueires de ameixas a 300 reis....................	2$400
Pelos 3 barris em que vão a 480 reis.....................	1$440
Por 3 arrôbas e 3 libras de farinha para Hóstias a 1$000 reis..	3$093
Pelo barril em que vai a farinha...........................	$600
Por 4 arrôbas de cêra lavrada a 310 reis a libra.....	39$680
Pelo fulo em que vai a cêra..................................	$750
Por 7 ½ alqueires de azeitonas a 400 reis..............	3$000
Pelo barril em que vão..	1$000
Por 16 ½ cântaros de azeite a 1$740 reis...............	27$840
Pelos 3 barris em que vai a 1$000 reis...................	3$000
Pelos rebater a 50 reis o Barril e fôlhas e pregos....	$186
Por 55 ½ almudes de vinho de Carcavelos em quatro quartos que importou....................................	62$937

Pelos quatro quartos em que vão a 1$900 reis..................	7$600
Pelos arcos de ferro que levam.............................	1$200
Por carretos dos quartos até bordo..........................	1$550
Por 47 frascos de duas canadas a 116 reis....................	5$452
Por 6 dúzias de copos grandes a 320 reis a dúzia e 7 dúzias dos pequenos a 220 reis tudo...........................	3$460
Por 4 dúzias de ventosas a 180 reis.........................	$720
Por 4 dúzias de galhetas para as missas 240..................	$960
Por uma dúzia de vinagreiras...............................	$300
Pelos 2 fulos em que vão os frascos e vidros.................	1$230
Por 6 alqueires de grãos a 450 reis..........................	2$700
Pelo barril...	$400
Por 9 queijos flamengos 54 libras a 75 reis...................	4$050
Pelo barril em que vão e azeite.............................	1$050
Pelo que importa a Botica que vai...........................	10$930
Pelo que vai em um fulo que se há de abrir no Colégio do Maranhão para se tirar umas encomendinhas, e o mais para o Pará é o seguinte:	
Por 13 peles de carneiras que custaram......................	2$069
Por 4 frontais com suas casulas e mais aviamentos que tudo importou com os feitios 46$505 reis.........................	46$505
Por 4 cális com suas patenas que importaram com os feitios..	46$510
Por um saquinho de sementes que custaram..................	$900
Por 4 missais de missão pequenos a 3$000 reis................	12$000
Pelos registos para êles....................................	$800
Pelo fulo em que vai tudo e outras miùdezas.................	$900
Por 2 ½ varas de grossaria a 180 reis........................	$350
Por embarque, guardas e mais gastos até bordo...............	3$580
	563$321

[Arch. Prov. Port., *Pasta 177*, letra K]

II

Ano de 1715

Conta ajustada de despesa e receita Geral do Padre Procurador Miguel Cardoso com o Colégio do Pará de um ano e quatro meses que teve princípio o primeiro de outubro de 1713 e fim o último de janeiro de 1715.

Deve na maior despesa da última conta ajustada como dela se vê página 81...	1.117$749
Pelo juro da mesma quantia do dito tempo...................	59$610
Por duas ordens de El-Rei.................................	$500
Pelo que lhe toca no gasto em Génova com os dois Padres Alemães	97$424 ½
Pelo que lhe toca no frete do navio em que vieram de Gênova para Lisboa...	32$925

Pelo que lhe toca no gasto que até aqui se tem feito com os Missionários... 30$785
Pelo que lhe toca na fundição e toque do ouro que lhe veio da Baía 1$820
Pelo que em 1713 lhe carreguei na nau do Mestre José da Silva de Mesquita.. 273$935
Pelo que lhe carreguei mais em dito ano com o Mestre Manuel Fernandes Junqueira.. 371$112
                                                                    1.985$860 ½

Receita geral do dito Colégio do mesmo tempo.

Ha de haver pela Esmola que a Senhora Rainha mandou dar ao Padre Grubel.. 40$000
Por 19 moedas de ouro que da Baía mandou o P. Perier do cacau e salsa do Colégio.. 91$200
Pelo que lhe toca em 438 oitavas 36 grãos de oiro que para a Missão veio da Baía.. 341$679
Pelo líquido de 50 arrôbas de cravo que mandou no ano de 1711 84$500
Pelo líquido de 23 arrôbas e 16 de cacau, resto de 34 sacas do ano de 1712.. 26$390
Pelo líquido de 16 sacas de cacau que mandou em 1713 em dois navios.. 82$245
Pelo juro de um ano de 338$880 que tem nesta Procuratura.... 10$166
Pelo juro de um ano da esmola de 400$000 reis que lhe deixou o Padre Assistente António do Rêgo.................................. 16$000
                                                                    692$180

    Vale a despesa...................... 1.985$860 ½
    Vale a receita......................   692$180
    Resta o Colégio a dever............ 1.293$680 ½

III

Ano de 1715 em o último dia de Dezembro

Conta ajustada da despesa e receita do Padre Miguel Cardoso com o Colégio do Pará de dez meses que começaram o primeiro de Março e acabaram o último de Dezembro com a qual faz entrega da Procuratura a seu sucessor o Padre António de Andrade.

Deve na maior despesa da conta do ano passado como dela se vê, página [em branco]... 1.293$680 ½
Pelo juro de um ano da mesma quantia a rezão de 3 por 100.... 38$810
Pelo que lhe toca nos gastos da matalotagem, e custo da Câmara para os Missionários... 330$916
Pelo que por sua conta lhe carreguei na nau do Mestre Francisco da Costa.. 391$017

Pelo que lhe carreguei mais na nau do Mestre Manuel Francisco Junqueira...	123$800
Por 6 arrôbas de cacau que o Padre Reitor Tomás do Couto mandou dar ao Padre Miguel Lopes...........................	10$140
	2.188$363 ½

Receita do mesmo Colégio do Pará

Ha de haver pelo juro de 400$000 reis da esmola que lhe deixou o Padre Assistente António do Rêgo.......................	16$000
Pelo juro de 334$880 reis que tem nesta Procuratura..........	13$395
Pelo que lhe toca no dinheiro que remeteu do Rio o P. Vicente Vieira na frota de 1714.......................................	149$400
Pelo que lhe toca no dinheiro que remeteu da Baía o P. Alexandre Perier no mesmo ano..	134$400
Pelo que lhe toca no que N. M. R. P. lhe mandou restituir dos gastos que se fizeram com os dois Padres Alemães que se voltaram para a China [1]...................................	157$843
Pelo que lhe toca no dinheiro que remeteu da Baía o P Inácio Pereira no ano de 1715......................................	201$600
Pelo que lhe toca em cinco caixas de açúcar que remeteram do Rio em 1713..	154$875
Pelo que lhe toca no dinheiro que aqui cobrei pertencente a sua côngrua..	480$000
Pelo líquido de nove sacas de cacau que remeteu no ano de 1714	44$724
Pelo liquido de sete arrôbas de salsa que mandou mais em dito ano	23$410
Pelo líquido de 6 caixas que lhe vieram do cacau e salsa que mandou para Pernambuco...	421$800
Por 10 arrôbas de cravo que o Padre Inácio Ferreira mandou entregar a João de Andrade e as não quis.................	34$500
	1.831$947

Despesa.....................	2.188$363 ½
Receita.....................	1.831$947
Resta o Colégio a dever............	356$416 ½

[Arch. Prov. Port., *Pasta 177*, letra i].

---

1. Como se vê, por êste lançamento e pelo da conta precedente, desde que um Padre aceitava ir para uma das missões de Portugal no ultramar, as despesas da viagem, corriam logo não pela Província de que saía, mas pela Província ou missão para onde se destinava. Às vezes em Lisboa os Missionários mudavam de resolução, que é o caso dêstes dois alemães. Naturalmente, mudando o destino, mudava o encargo, competindo à Missão preferida cobrir os gastos feitos pelos missionários desde o ponto de origem até à entrada na Missão.

AUTÓGRAFOS DE MISSIONÁRIOS DO NORTE, QUE PADECERAM POR CRISTO

1. *Gabriel Malagrida* (1734), famoso missionário, fundador de Seminários, condenado injustamente pela Inquisição pombalina.
2. *Francisco de Toledo* (1756), último Visitador do Maranhão e Grão Pará, desterrado e prêso nos cárceres de S. Julião da Barra.
3. *Bento da Fonseca* (1734), Procurador do Maranhão em Lisboa, e Cronista, prêso nos cárceres de S. Julião da Barra.

APÊNDICE G

Informação do Maranhão, Pará e Amazonas, para El-Rei do P. Visitador Manuel de Seixas
[13 de Junho de 1718]

SENHOR

Por obedecer e não faltar a ordem geral e tão recomendada de Vossa Magestade ao Superior das Missões do Maranhão dou conta a Vossa Magestade do estado em que ao prezente se achão estas Missões e dos progressos com que por meyo dellas, e com o favor divino se vay adiantando a fe de Christo Nosso Senhor, e acrescentando cada ves mais o numero de vassalos nestas conquistas, como tambem dos muitos e grandes impedimentos que ao prezente se opoem e imposibilitão os seos mayores aumentos.

Occuparãse, Senhor, este prezente anno nas Missões desta conquista vinte e oito Religiozos da Companhia de Jhesu 24 delles sacerdotes dividos em tres como principaes colonias: do Maranhaõ, do Pará e do Rio das Amazonas e deixando de fallar em alguns destes, que so attendem ao governò e boa criação dos Noviços e de alguns poucos mais que se vaõ dispondo com o estúdo das Lettras, para qué se possa depois com elles hir refazendo a falta dos muitos qué nos tem roubado a morte. Nestas tres como colonias tem a Companhia a sua conta 20 residencias com Missionarios actuais e effectivos; donde alguns destes acodem a differentes christandades ou Aldeyas, que tem anexas pella penuria de operarios em que por estes tempos se acha pellos muitos que consumidos de incomparaveis trabalhos deraõ as vidas nesta glorioza empreza.

O fruito pella merce de Deos Nosso Senhor tem sido em tudo verdadeiramente muito abundante e correspondente em tudo ao trabalho dos operarios. Porque naõ fallando no grande numero de inoscentes cujas benditas almas recebida a agoa do baptismo voaraõ a gozar da vista clara de Deos eternamente no Ceo; nem fallando na muita mayor quantidade de adultos qué depois de recebidos com a devida dispoziçaõ os outros sacramentos da Igreja nos deixaõ signais evidentes e esperanças certas de conseguirem pella mizericordia de Deos a salvaçaó: por ser mais que admiravel nestes Indios o dezapego e facilidade grande com que sendo estas Nações por noticia e genio taõ rudes desprezadas todas as couzas do mundo, e que o mesmo mundo ama se rezignaõ com a divina vontade e entregaõ sem muita dificuldade, suas proprias almas nas maós de seo Creador. Foi sem duvida de muito grande importancia singular gloria de Deos e da Coroa de Vossa Magestade o fruto particular que 4 Missionarios da minima

Companhia de Jhesus recolheraó este prezente anno para o gremio da Igreja em 4 Missóes ou entradas que fizeraó pellos rios e de terras adentro dos certóes.

Hú delles em propria pessoa e os tres por meyo de seus particulares cathechistas e com taó prospero sucesso que desceraó para as suas rezidencias e aumento das Aldeyas qué nestes tempos taó adversos se achauaó notavelmente atenuadas pello mao trato e insessavel trabalho com que o Governador do Estado os obriga a andar occupados sem comizeraçaó alguá em seos serviços e proprios interesses muito perto de mil almas entre adultos e innocentes, alem de muitos outros de varias naçoés que no interior do mesmo certaó deixaraó ja praticados e esperando qué lhes mandasem os ditos Missionarios canoas como ja me consta que alguns delles mandaraó que se descessem nellas para baixo muito mayor numero de almas e de diversas naçoés fazendo os ditos Missionarios todos estes descimentos a custa da sua industria e pobreza e sem nelles intervir athe agora algum dispendio da real fazenda de Vossa Magestade. Mostrando na realidade nestes e outros effeitos (por mais que muitos clamem o contrario) que o seo mayor interese naó he outro, mais que o de ganhar almas para Deos, e avassalar novas terras, novos rios e novas gentes ao dominio de Vossa Magestade.

O P. Joaó de San Payo Missionario da Aldeya dos Abacaxis he o primeiro nesta empreza que conduzio, depois de vencidas grandes difficuldades e trabalhos muito perto de 400 almas de differentes lingoas e naçoés, como saó as de Goyapinas, Maraguas, Pixunas, Iaraguarizes, Ihorazes e Aroaxiazes. Naó fallando em duas grandes canoas que tinha de novo mandado e esperaua lhe viessem carregadas de Indios de naçaó Iaraguarizes e Aroaxiazes; porque em todas estas naçoés tem lançadas as suas redes este pescador Evangelico; sendo que pellas noticias que depois sobrevieraó se publica qué sabendo o Capitam Manuel Francisco Tavares creado e feitor que he do dito Governador como o contestaó ja os Indios do Maracanã, a saber Joseph Iaraguari, Andre Aroaxiz, Jacintho Maraguá, Miguel Tapijara, e outros que acompanhauaó o dito Capitam como remeiros e pilotos das suas canoas, e se acharaó na mesma facçaó que o Sargento Mor Paschoal Indio da Aldeya de Abacaxis do dito P. Missionario e seo cathechista estaua junto do rio Morandí com grande numero de Indios Iaraguarizes seus parentes e dispostos a descer em sua companhia para a dita Aldeya por ordem do dito P. Missionario deo sobre elles o dito Capitam Manuel Francisco Tavares, e amarrando os a todos com cordas e grilhoés violentamente os metteo em suas canoas; e sabendo outrosim o dito Capitam que do rio dos Aroaxiazes partia carregado de Indios da mesma naçaó outra canoa do dito P. Missionario, Joaó de Saó Payo lhe foi sahir ao encontro no dito rio e fazendo nelle preza de todos estes Indios que trazia os passou as suas canoas, naó obstante dizer lhe o Indio cathechista que aquelles Indios estauaõ já praticados por ordem do seo P. Missionario e como taes os levaua comsigo para lhes entregar na sua Aldeya, os conduzio em sua companhia para a cidade do Pará aonde depois de aportar com seis canoas entre grandes e pequenas carregadas destes Indios, e outros que do mesmo matto tirara de varias naçoés prezos na mesma forma foraó logo vendidos delles 80 por escravos, quanto ao que se sabe fora muitos outros que o dito Governador do Estado e o mesmo Capitam Manuel Francisco Tavares espalharaó por varias partes occultamente para lhes darem o mesmo cativeiro, e para encobrirem com esta capa o pretexto /como é publica voz e fama em todo este Estado / a venda destes Indios, mandou passar para a cidade de S. Luiz do Maranhaó com titulo de acrecentar o Itapicuru Aldeya proxima a dita cidade huá canoa de Indios Aroaxiazes e Ihorazes de naçaó, que estes saó, Senhor, e naó outros os adjutorios que contra as Leis e repetidas ordens de Vossa Magestade dá o dito Governador Christovaó da Costa Freyre nestes tempos para aumento das suas Aldeyas.

O segundo que fes entrada no certaó foi o P. Joaó Teixeyra Missionario de Arucarâ que indo em companhia do Padre Luiz de Morim Superior entaõ das Missoés ambos em propria pessoa a praticar os Indios de naçaõ Ocunharis[1], Coxinxingas e Tucujus das quaes naçoés tem já descido o dito Missionario para subsidio da sua Rezidencia mais de 300 almas, e ainda vay continuando com outros mais descimentos de que não tenho ainda plena noticia pella grande distancia em que está situada a dita Aldeya e por esta razaó ficarâ rezervada para o anno sua inteira noticia.

O terceiro foi o P. Jozeph Lopes Missionario da Aldeya dos Boccas que mandando este anno alguns Indios da sua Aldeya a cathechizar as naçoés Comanis e Mayaunus situadas nas margens dos rios Jari e Araguari desceo esta primeira ves em huá canoa que lá mandara 56 almas e espera descer muito mais avantajado numero dellas para este anno seguinte com o favor de Deos; porqué estaó ja estas duas naçois muito bem dispostas para receberem as luzes do Evangelho.

O quarto que tambem teve naó pequena parte nesta gloria foi o Padre Manuel da Motta Missionario do Maracanã Aldeya que desde seo principio foi dezignada para o serviço e fabrica das reais salinas de Vossa Magestade com pacto ou onerozo contrato que de as fabricarem como ainda hoje fabricaó a sua custa todos os annos e sem sellario nem ainda da propria sustentaçaó, e juntamente com incargo de porem os ditos Indios desta Aldeya a sua custa todo o sal que nellas se fabrica, na cidade do Pará, izentando os os senhores Reys Pays de Vossa Magestade no sobredito contrato a estes Indios de poderem ser obrigados a qualquer outro serviço da republica ou moradores da cidade, pello Capitam Mor do Pará ou Governador do Estado, excepto naquellas occazioís em que houvesse tropas reais para defença do Estado e de darem guias e proeiros as canoas, que da cidade do Pará navegassem para a de S. Luiz do Maranhaó, cujas condiçoés com serem taõ onerozas lhas não quer hoje cumprir nem observar o dito Christovaó da Costa Freyre actual Governador do Estado; por que obrigando os e fazendo os andar em huá roda viva em todos, quaesquer outros serviços que lhe parece os naó izenta de cumprir com os incargos referidos de fabricarem as ditas salinas com que se achaó gravemente lezos com este contrato.

Por esta cauza de assistir o dito Padre Missionario na Aldeya do Maracana naó só como Parocho della mas pello particular cuidado que deve ter na distribuiçaó dos Indios e Indias que haó de ir trabalhar na fabrica das ditas salinas em termos que não possa haver nellas deminuiçaó ou detrimento nem prejuizo das almas com offensas, e desserviços a Deos Nosso Senhor naó foi em propria pessoa, como sumamente dezejaua, ao certaó; mas mandou a elle seos cathechistas a dispor os animos, e praticar os Indios Sapiuns de naçaó, e com taó bem afortunado prin-

---

1. Ocunhans ?

cipio, que por premissias deste seo cuidadozo zelo lhe vieraó entre innocentes e adultos 52 pessoas. Depois de gastarem seis mezes de navegaçaó em ida e vinda do rio chamado Mauegoaçû athe o da Aldeya do Maracanã, ficando no mesmo certaõ ja dispostas e praticadas, esperando que lhes vaó canoas para sahirem delle mais de mil almas, as quaes canoas fica o dito P. Missionario ja preparando para os hirem buscar nesta proxima monçaó, e com esperanças certas de este e de outros grandes descimentos para mayor exaltaçaó da fe de Christo nosso Salvador e serviço de Vossa Magestade.

Nem este he ja o primeiro descimento por que no anno antecedente tinha ja feito outro o dito Padre Missionario dos Indios de naçaó Jaraguarizes ainda que com dezigual successo, por que partindo daquelle certaó perto de 100 pessoas, apenas chegaraó a Aldeya 14 com vida, morrendo as mais pelo caminho asim pella grande distancia delle como pellas molestias da viagem, e doenças contagiozas, que no mesmo caminho lhe deraó.

Destes sobreditos descimentos receberaó logo todos os innocentes e muitos dos adultos, depois de bem instruidos nos misterios de nossa Santa Fe as agoas do Santo Baptismo e outros de mais rude entendimento se vaó dispondo naó sem muito grande paciencia e cuidado dos Missionarios para o mesmo effeito.

Este he, Senhor, muito em suma e sem particularizar aqui por brevidade os muitos cazos de edificaçaó que se podiaó referir, o fruto que desta inculta e quazi imensa seara do Maranhaó mediante a graça divina recolheraó por estes tempos taó clamitozos os Missionarios de Vossa Magestade, e estes os progressos da fe e christandade deste Estado que conseguiraó com seos trabalhos.

E seriaó sem duvida muito maiores os aumentos, e ainda acresceriaó mais as utilidades puliticas e temporais por este meyo a Coroa e Estado de Vossa Magestade se naó foraó taó grandes e taó frequentes os impedimentos que contra si experimentaó os ditos Missionarios, e lhes encontraó nestas emprezas as rezoluçoés Apostolicas a que os move seo fervorozo zelo de salvar almas.

O primeiro e mayor impedimento de todos, e o que mais encontra os ditos descimentos do certaó, he naó so o mandar o dito Governador do Estado os seos feitores e creados a captivar e a roubar Indios nelle, ou seia por subgestaó e influxo do inimigo commum da conversaó e salvaçaó do gentilismo ou por se deixar levar de seos particulares interesses; mas conceder tambem franca licença a todos os que a querem para o mesmo effeito contra o disposto nas Leis de Vossa Magestade. Por que o que daqui se segue he primeiramente que sabendo os Indios do mesmo certaó que os brancos ou Portuguezes com este fingido pretexto de descimento os vaó buscar para os venderem na cidade do Pará ou Maranhaó por escravos concebem em si tanto horror ou escandalo aos da naçaó Portugueza que quando os Padres Missionarios os vaó a praticar, e convidar as suas terras a que venhaó viver com elles nas Aldeyas debaxo da ley de Xpo. e obediencia de Vossa Magestade athe dos mesmos Padres receiaó de se fiar imaginando que os intentaraó trazer, como trazem os outros brancos para lhes trocar em captiveiro a sua liberdade.

Seguesse mais o darse com a sobredita forma de captiveiros ocaziaó a muitos Indios ja aldeyados e descidos do certaó por meyo aos Padres Missionarios de cahirem em huá quazi dezesperaçaó por virem contra o direito das gentes e sem precederem guerras justas vendidos /como de ordinario socede neste Estado/ a seos Irmaós, Pays e parentes por escravos, gozando elles da liberdade.

Seguesse outro sim, que naó podendo os Missionarios acudir com os Indios de suas Aldeyas a todas as canoas que o dito Governador manda e despacha ou o Capitam Mor em seo lugar, que saó de ordinario, como foraó neste prezente anno 250 fora muitas outras que por naó pagarem os direitos reaes partem ocultamente por dispachar, experimentaó os ditos Missionarios dos que vaó a buscar Indios para esquipar com elles suas canoas exorbitantes injurias e afrontozos ultrages impondo lhes quantos aleives querem e sonharaó: fiados huns em serem feitores e creados do dito Governador perante quem os vem depois falsa e aleivozamente delatar e infamar de tudo quanto lhes vem a sua dezordenada vontade, e nunca os taes Missionarios imaginaraó entre os quaes consta serem alem de muitos outros compreendidos neste particular o Sargento Mor Paschoal de Lima e os Capitaes Belchior Mendes, Manoel Francisco Tavares, Francisco Palheta, Antonio Sanches, Felippe Santiago, Ignacio Leal, Victoriano Pinheyro V[ieira?] asim por seguirem o mao exemplo dos primeiros como por serem agentes dos validos do mesmo Governador.

Seguesse ultimamente o ficarem as Aldeyas todas destituidas totalmente de Indios contra o que Vossa Magestade em suas Leis e ordens taó particularmente prohibe, mandando que fique sempre nellas a metade dos ditos Indios ou quando menos a terceira parte para atenderem a lavoura das suas rossas e sustentaçaó necessaria a suas mulheres e filhos; emquanto a ourta parte vai servir o que de nenhú modo se lhes observa com dano comum das Aldeyas, e prejuizo grave das Indias nas almas, que muitas vezes as vendem por livrar da fome os corpos.

O segundo impedimento e de naó menores consequencias, que experimentaó contra si os Missionarios deste Estado por estes miseros tempos he o de naó se guardarem na forma que nas Leis de V. Magestade se mandaó guardar aquelles pactos e ajustes que se fazem com os Indios e naçóes desta conquista por que faltando se a estes quaes haó de ser os Indios taó faltos de natural lume de rezaó, que se confiem dos Padres Missionarios, ou lhes queiraó dar como assima dizia aquelle inteiro credito que se lhe deve dar como a Ministros de Christo vendo que tantas vezes com outros de differentes naçóes se tem quebrado pello dito Governador Christovaó da Costa Freyre, não sem desdouro de boa reputaçaó e manifesta injuria da palaura Portugueza. Como aconteceo em hú destes proximos annos com a naçaó dos Indios chamados Cahicahizes, que depois de os ter já praticados o Padre Gonçalo Pereira religioso da Companhia e Missionario da Aldeya do Itapucuru e ajustado com os Principaes desta nação com auctoridade do dito Governador de os hir conduzir em tempo determinado para acrescentar sua Aldeya ou formar outra de novo, despedio o dito Governador huá tropa para os apanhar, ou captivar com este titulo a todos.

Entendendo porem os cabos da tropa que os naó poderiaó aver a maó com a força de suas armas por serem os Indios muitos mais em numero e de mayor valor, vestiraó a hú soldado ou cabo da mesma tropa em trages de religiozo da Companhia que reprezentasse a estatura e aparencias do dito Padre Gonçalo Pereira e ajustado este estratagema, ou fingimento mandaraó a hum Indio que tinha servido ao dito Padre Missionario de lingoa na primeiro pratica que teve com os ditos

Cahicahizes a convidar seos Principaes a que viessem com sua gente a fallar-lhe dentro de hú pequeno forte, aonde se acheuaó; por que o Padre Missionario Gonçalo Pereira os estua ali esperando, para tratarem de parte a parte o modo de seo descimento. Vieraó os Cahicahizes posto que ao principio duvidaraó debaixo desta boa fe e com muito mayor confiança depois que devizaraó ao longe o naõ verdadeiro mas fingido P. da Companhia que taõ boa he a opiniaó que tem e o conceito que fazem estes Indios de hú P. da Companhia chegados porem que foraó ao lugar destinado naó só se acharaó enganados, mas prezos muitos e entre elles dous seos Principaes, muitos mortos, e muitos mais os que lhe escaparaó das maós fugindo a toda a preça para seos mattos.

Todos estes impedimentos e muitos outros que deixo por evitar prolixidade saó por todas as razoés sobreditas impeditivos do acrescentamento das Aldeyas, e aumento da christandade e taó verdadeiros como a Vossa Magestade podera constar, se for servido de se mandar enformar por pessoa dezapaxonada e incurrupta: naó em quanto governar o dito Christovaó da Costa Freyre como governa por espaço quazi de 12 anos, mas concluido que for seo governo. Por que he tal o dominio, e senhorio, que tem adquirido sobre todos neste Estado em huns por lhes abrir as portas dos certoés para se encherem a sua vontade de escravos, e em outros pello terror e rigurozos castigos ainda com fundamentos fingidos com que os atemoriza a todos e compelle /queiraó ou naó queiraó/ a fazer o que lhe da na vontade. O que puderaó bem testificar se o temor do dito Governador lhes naó fechasse a boca, os officiaes da camara da cidade de S. Luiz do Maranhaó dos quaes depois de feita a eleiçaó e abertos os pelouros tirou a huns por não serem de seo agrado elegeo a outros de novo por sentir lhe fariaó em tudo a vontade.

Poderaó bem testificar esta verdade hú Roque Bequimaó com muitos outros da cidade do Pará a quem vindo este anno o dito Governador do Maranhaó para o Pará mandou meter com a mesma vara de Almotacel que actualmente trazia em hú escuro e apertado carcere com huá corrente de ferro e hú grilhaõ aos pés por ter mandado fazer um auto judicial sendo Juiz ordinario, como he publico e notorio contra hú Joseph da Cunha de Sá [d'Esa?] seo afeiçoado pello ir discompor com palauras injuriozas estando o dito Juiz Roque Bequimão assistindo a factura de hú inventario sem o querer aliviar do dito carcere em quanto lhe naó mandou entregar o dito auto que tinha feito, e entregue este o mandou desterrado para fora da cidade.

Poderà mui bem testificar esta verdade o Ouvidor actual da cidade de S. Luiz do Maranhaó que tendo prezo na cadeya publica da dita cidade por crime de homicidio a hú mulato a quem o dito Governador patrocinaua, e quis que o dito Ouvidor naó desse contra elle a sentença que o crime merecia; vendo que naó condescendia com o seu querer e vontade o dito Ouvidor so por sahir com a sua mandou arrombar por meyo de seos creados em huá noite a cadeya e pôr onde lhe pareceo o mulato.

Poderaó bem testificar esta verdade todos os Prelados das Religioes deste Estado, em cujo governo se entromete o dito Governador fazendo prender a huns e desterrar a outros com os pretextos, e cores que lhe parece, como em tirar das Missoés os Religiozos que seos Superiores com mais maduro concelho tinham mandado para ellas, e pondo outros a seo arbitrio com o dourado titulo de serviço de Vossa Magestade. Ao que tudo se encolhem naó sem bem fundado temor os ditos Prelados; por naó cahirem na sua indignação.

Poderaó finalmente testificar e confirmar esta verdade tambem os Religiozos da Companhia de JESU, se o que dâ a Vossa Magestade este conta, naó fora o minimo delles; e por esta mesma rezaó incorrese a nota de suspeito; por que havendo socedido fugir da cadeya publica do Maranhaó hum Carlos de Faria, vindo dos campos do Piaguí negocear a dita cidade do Maranhaó, a quem o dito Governador de sua propria potencia e sem crime formado como a fama publica tinha mandado prender: e valendo-se da imunidade da Igreja, como fugitivo da justiça sahio da prizaó em que estaua e se recolheo inopinadamente no Collegio que na dita cidade de S. Luiz tem a Companhia.

O que sabendo o dito Governador naó se dando por satisfeita a sua ira e paixaó com mandar logo lançar ao dito Collegio hú cordaó de infantaria com taó apertado cerco que athe o hir buscar agoa a fonte lhe prohibia; mas so se aplacaria como se lhe ouviu proferir algumas vezes, fazendo lhe o Reitor do Collegio real entrega do fugitivo: e porque o dito Reitor naó condescendeo com a sua injusta vontade, por naó poder na forma dos sagrados canones sem contrahir irregularidade, foi tal a indignaçaó que por este respeito concebeo contra todos dos Religiozos da dita Companhia que naó so os enquieta por todos os modos que pode e quer assim na dita cidade do Maranhaó, como na do Parâ; senaó tambem naó duvidou, como por varias pessoas me ha chegado a noticia, de se por a inquerir, e devaçar de quanto fazem e naó fazem os Missionarios da Companhia pellas Aldeyas, sem reparar nas penas e censuras, que pella Bulla da Sea lhe saó impostas neste cazo; dando com estas suas pesquizas, e devaças incompetentes ocaziaó aos seculares amigos sempre de novidades a se conspirarem contra o estado Religiozo e sobre tudo a infamarem sem outra verdade ou fundamento mais que o quererem comprazer com o dito Governador os procedimentos dos varoés religiozos e Ministros do Evangelho.

Athe aqui chegaraó, e cuidaua eu naó passariaó daqui as inquietaçoés e molestias que o dito Governador Christovaó da Costa Freyre tem movido contra os Missionarios da Companhia e seos Collegios neste Estado; mas ainda passaó mais adiante por que não se satisfazendo seo animo com os inquietar so por sy o fas tambem por maó de outros: a huns destes obrigando os por medo e a outros por dependencia, por que elle he o que moveo e induzio /como muitos delles confessaó, ou insinuaó, que nem a fallar claro se atrevem/ aos officiaes da Camara de huã e outra cidade a escrever contra a Companhia e seos Missionarios para melhor verificar as injustas queixas, que fas a Vossa Magestade dos ditos Missionarios e Collegios. Elle he o que convidou ao Bispo do Estado a que o ajudasse nas queixas que pretendia fazer contra a Companhia e seos Missionarios. Elle he o que incitou ao rendeyro de Vossa Magestade ameaçando o, como elle claramente o deo a entender, que se de algú modo consentisse que os Padres da Companhia embarcasem alguá couza do procedido de suas lavouras, ou industrias o havia de castigar severissimamente impedindo por este modo o poderemse prover do necessario asim para o culto divino, como para as mais dependencias dos Collegios e seos Missionarios, que forçozamente desse reino lhe haó de vir.

Isto he, Senhor, o que contra os Missionarios da Companhia obra o Governador deste Estado e estes em raza e breve narraçaó alguns dos muitos impedimentos que difficultaó e sempre difficultaraó sobre tudo aos operarios Evangelicos as hidas e entradas dos certoées estes mais, que o mesmo temor da morte, os que lhes retardaó os voos de seo fervorozo spirito, e estes sem nẽhũ encarecimento os que como fogo abrazador assolaó consomem e arruinaó as Aldeyas, fazendo aos Missionarios dellas se fallaó e acodem pella gloria de Deos, e bem dos Indios, odiozos; e se calaó, os mesmos Indios já Aldeyados lhe vaó roubar e tirar de caza para os hirem vender por escravos; e estes finalmente os que impossibilitaó o aumento da christandade nestas Missoes, e o adiantamento nestas conquistas.

E nestes termos, Senhor, prostrados todos os religiozos destas Missoes aos reaes pés de Vossa Magestade naó podemos deixar por concluzaó desta carta de reprezentar, e pedir com a sugeição e rendimento de leaes vassalos seja Vossa Magestade servido mandar acodirnos e acodir com o remedio prompto e necessario as opreçoes e molestias que padecem estes pobres Missionarios, e aos injustos cativeiros de tantas almas para que tirados os impedimentos já referidos rais e fonte de tantos males possaó os Missionarios de Vossa Magestade na forma das leis ja promulgadas, posto que nestes tempos naó observadas em todo este Estado, exercitar livremente e sem alguá contradiçaó as suas obrigaçoés, e gozarem os Indios sem controvercia da sua liberdade; por que so por este modo he que se podera conservar melhor, naó so o ja referido; mas acrescer muito de novo nestas conquistas, asim no Espiritual como no temporal com incomparavel gloria de Deos, e serviço de Vossa Magestade. A muito alta e poderoza Pessoa de Vossa Magestade Guarde Deos como a christandade e os vassalos de Vossa Magestade havemos mister. Bellem do Parâ, e de Junho 13 de 1718.

Manoel de Seyxas [1].

[Bras. 26, 213-216]

---

1. Entre o Governador Cristóvão da Costa Freire e a Companhia tinham existido boas relações. A desinteligência, com o Visitador português Manuel de Seixas, sanou-se em breve, reatando-se uma velha estima, que da parte da Companhia se tinha manifestado, dando ao Governador a "Carta de irmandade". O Governador escreveu ao Geral, agradecendo-a. Conserva-se a carta do Geral, de 13 de Julho de 1715, confessando-se devedor para quem se mostrava tão desvelado protector das Missões do Estado do Maranhão e Pará (*Bras.* 25, 6v). Aliás à data da carta do Visitador, e, portanto, sem nenhuma dependência com ela, já a Côrte tinha dado sucessor ao Senhor de Pancas.

Os desacordos momentâneos, às vezes mais de *pessoas* que de *coisas*, têm um efeito útil que é revelarem factos, que sem essa ocasião ou emulação, se não escreveriam nunca. E' o caso desta carta.

APÊNDICE H

Brevis notitia laborum, qui pro animarum salute a Patribus Collegii Maragnoniensis suscepti sunt ab anno 1722 ad 1723

Mense Mayo anni 1722 peracta est Missio per octo dies continuos in pago Lusitanorum dicto *Icatú* cum ingenti fructu; nam in ea ad ducenti incolae, omnes illi nimirum, qui per aetatem poterant, per sacram Confessionem, et Communionem Deo reconciliati, et ad meliorem frugem traducti sunt, pace inter omnes discordes stabilita, et concubinariis ad ejiciendas domo concubinas feliciter inductis.

Sub finem Augusti, et initium Septembris ejusdem anni, duae aliae Missiones habitae sunt, per quinos dies singulae, in aliis duobus pagis, *Itapicurú*, et *Muny* nuncupatis, cum fructu non absimili, in quibus ad ducenti quinquaginta sacra Exhomologesi, et synaxi expiati: nec non discordiae omnes, pacè publicè firmatâ, sublata sunt.

Mense Octobri ejusdem anni coepta est frequentari congregatio sub titulo Imaculatae Conceptionis B. Mariae nunc primum instituta ad pietatem, cum eorum Adolescentium, qui scholas nostras frequentant, tum praeterea, virorum quorumvis Urbem incolentium, confovendam; qui omnes festis quibusque diebus in Gymnasium docendis humanioribus literis deputatum conveniunt, ibique quâ laudibus B. Virginis decantandis, quâ sacrae adhortationi exaudiendae, horae spatium insumunt; et praeterea ad menstruam confessionem, et Comunionem quae ab ipsis latinitatis studiosis obiri ex scholarum nostrarum consuetudine solet, aliam Confessionem, et Comunionem quot mensibus addunt ex praescripto ejusdem congregationis.

Sub finem Octobris, et initium Novembris ejusdem anni tres rursus Missiones in tribus pagis fluvio *Meary* adjacentibus, per quaternos, quinosve dies singulae celebratae sunt cum ingenti animarum emolumento. In iis ad trecenti quinquaginta confessi et sacrâ Comunione refecti sunt; plurimique gravibus, et diuturnis odiis inter se dissidentes ad concordiam revocati. Conversiones profligatissimorum peccatorum, quae praedictas omnes Missiones sunt consecuta quasque, utpote tantum ex sigillo confessionis notas, nec deferre particulatim, nec numerari licet, fuere admirabiles.

Sub finem Decembris ejusdem anni, ante Festum Nativitatis Christi Domini tradita sunt in nostra Ecclesia Exercitia spiritualia S. Patris Ignatii viris cir-

fessione, et Communione ad mortem sancte obeundam comparent se. Verum, quia candelae ex cera plurimi hic valent, functiones hujus congregationis propriae, citer octoginta, qui ferme primores erant Civitatis, servatusque ille ipse modus est, quo Romae utuntur nostri, dum singulas hominum classes iisdem Exercitiis publice excolunt. Nimirum per quatuor continentes dies hora cum dimidia mane, rursusque alia hora cum dimidia à prandio partim in lectione Libri cujuspiam spiritualis, partim in proponenda ratione alicujus abusus extirpandi, partim in meditatione explicanda, conficiendaque insumebatur. Ingens Deo opitulante, fructus ex iis Exercitiis collectus est, ut patuit cum ex generalibus confessionibus, tum ex conversionibus quibusdam, secretis iis quidem, verum ob suas circunstantias maximé admirandis.

Singulis diebus Dominicis, et singulis feriis sextis Quadragesimae hujus anni 1723, habitae sunt in templo Collegii conciones à nostris; diebus quidem Dominicis, hora 3.ª post meridiem, de iis, quae necessaria sunt ad Confessionem peccatorum rite perficiendam; singulis vero feriis sextis sub noctem, de singulis Passionis Dominicae mysteriis; magno semper populi concursu, nec minore compunctione, quae ex omnium singultibus, et lacrimis luculenter prodebatur.

In eadem Quadragesima quator primis diebus Hebdomadae Passionis tradita sunt Exercitia spiritualia foeminis in nostro Templo, ad eum prorsus modum, quo tradita viris pridem fuerant; successu tamen longe feliciore, quippe mulieres ad ea excipienda confluentes numeratae sunt omnino trecentae.

A Festo Paschatis cum indictae fuissent in hac urbe S. Lodovici preces Novendiales, pro pluvia, cujus inopia maxime laborabatur impetranda, habitae sunt à nostris tres conciones animis ad paenitentiam, qua Dei flagellum averteretur, excitandis; prima in initio, altera in medio, tertia in fine dicti novendialis curriculi, quae quidem ea ab omnibus comploratione exceptae sunt, ut concionantis verba exaudiri non possent.

Additae praeterea subidem tempus duae aliae conciones ejusdem in permovendis affectibus energiae occasione aliarum precum eandem ob causam indictarum. Et sane consequuta est animorum contritionem ex iis obortam pluvia desiderata. Praeter plures conciones, quae in nostro Templo habitae sunt festis diebus in eo quotannis celebrari solitis, in multis aliis praeterea qua Panegyricis, quà moralibus Nostri se, invitatu externorum, exercuere, non solum diu ante praemoniti, sed non nunquam ex improviso accersiti; ex quibus omnibus fructum collegerunt non mediocrem quippe qui in concionando non verborum lenocinia, nec ingenii laudem, sed animorum conversionem unicé consectarentur.

Die 10, 11 et 12 Junii hujus anni 1723 habita est missiuncula ad nautas lusitanos, qui suarum navium discessum in hoc portu opperiebantur eo consilio, ut e vivendi licentia ad meliorem frugem revocati, ad sacramenta confessionis, et comunionis ipso die S. Antonio Ulyssiponensi sacro rite accederent; quod à multis factum est. Hujuscemodi missiuncula eodem tempore, eodem consilio, eodemque successu habita quoque fuerat anno praeterito.

Praterea, ut Sacramentorum Confessionis, et Communionis frequentia introduceretur, à qua mirum quantum abhorruerint hactenus earum regionum incolae, soliti confiteri, et Eucharistiam sumere semel duntaxat, aut bis, ad summum ter in anno, instituta novissime est in nostro Templo Congregatio Bonae Mortis ea lege, ut qui sese illi aggregaverint, semel singulis mensibus sacramentali Con-

quae coram Sanctissimo Sacramento in aliis regionibus quot hebdomadis frequentantur, 4.ª tantum cujuslibet mensis dominica fiunt. Avide se illico isti Congregationi adscribendos curarunt, quà viri, quà foeminae, explentque hactenus adscripti numerum circiter octingentesimum neque comittunt, ut mensis elabatur, quin vel in nostro Templo, vel alibi peccata confiteantur, et sacra Synaxi se reficiant, quasi propediem morituri.

Singulis diebus dominicis unus é nostris sacerdotibus, scholasticorum, externorum, et puerorum Litanias Lauretanas precinentium catervae associatus, in aliquam urbis partem populi concursu celebratiorem se confert, in eaque Doctrinam Christianam publicé explanat. Hoc idem iisdem diebus praestat alius Sacerdos nostrorum intra Colegii septa, domesticis mancipiis ad id convocatis.

In carcere detentos invisere ac consolari, pro iis apud regios Ministros intercedere, iisdemque sacramentum confessionis identidem ministrare, munus est nostrorum.

Fere nullus in hac urbe in graviorem incidit morbum, quin ad sua peccata confitendum advocari jubeat aliquem é Nostris: nullus fere cum morte proxima luctatur, quem ad bene moriendum non adjuvent Nostri, non interdiu modo, sed intempesta nocte passim accersiti; estque concors omnium vox, solos Patres Societatis nullo tempore impedimenta praetendere, quominus ad hujusmodi pia opera, statim, ac vocantur, accurrant.

Horum omnium ministeriorum, et laborum adminiculo, assecuta in hac urbe S. Lodovici societas est, ut non pauci saeculares, nostrorum ductum sequentes ad vitam pié, ac exemplariter traducendam serio tandem animum adjecerint, tradiderintque sese constanter cum aliis pietatis operibus, tum praesertim frequenti sacramentorum receptioni, quae quidem tantum ultimis hisce temporibus cepit incrementi, ut praeter eas confessiones, quae in Quadragesima pro adimplendo Ecclesiastico praecepto fiunt, in quibus quidem excipiendis nostri assidui prae caeteris sunt, aliae longe plurimae non modo solemnioribus quibusque diebus, verum etiam aliis sive dominicis, sive festis intra hebdomadam occurentibus, in nostro Templo audiantur; ad quae omnia praestanda non alii suppetunt operarii, quàm 5 vel 6 duntaxat Sacerdotes, qui omnes, unum, vel alterum si excipias quà Collegii administratione, quà magisterio distenti sunt.

Ex Col.º Maranoniensi, 21 Junii 1723.

Emmanuel de Britto, *Rector*.

[*Bras*. 26, 231-232v]

LISBOA, METRÓPOLE MISSIONÁRIA DO MUNDO NO SÉCULO XVI

Daqui saiu S. Francisco Xavier para o Oriente Português, e daqui saíram Nóbrega, Anchieta, Luiz Figueira e inúmeras expedições missionárias para o Brasil e outras partes da África e da Ásia. Mostram-se os Paços da Ribeira, em cuja Capela Real tantas vezes prègou o P. António Vieira.

(Ex André de Barros, *Vida do Apostólico P. António Vieyra*)

APÊNDICE I

Catálogo da Livraria da Casa da Vigia

Arte do P. Manuel Alvares.................................... vol. 1
Alapide in Sacr. Script....................................... vol. 15
Agelius in Psalm... vol. 1
Abulensis Opera omnia.. vol. 18
Agriconius in Evangelia...................................... vol. 1
Amaral Canticum Marianum..................................... vol. 1
Apis Libani.. vol. 3
Avendanho Epitalamium et Amphiteatrum Meseric................ vol. 2
Alveres (Gabriel) in Izaiã................................... vol. 2
Alveres (Ludovicus) Joseph Illustratus....................... vol. 1
Abreu Institutio Parochi..................................... vol. 2 idt[1].
Allegação Juridica, crit. Apologet........................... vol. 1
Arloza Suma Theol. Moral..................................... vol. 1
Aula Politica.. vol. 1
Angelus pacis.. vol. 1
Abrenus Manuale Missionariorum............................... vol. 2
Andrade Stener. Historial.................................... vol. 1
Avancinus Meditationes....................................... vol. 2 idt.
Acosta de Procuranda Indor. Salute........................... vol. 1
Alonso Rodrig. Obras espirit................................. vol. 4
Aparelho Eucharist... vol. 2
S. Augustinus Confessiones................................... vol. 2
Arte de orar... vol. 3 idt.
Apotegmata S. Ignacii.. vol. 1
Aparato p.ª os ritos Ecclesiast. de Portugal................. vol. 3
Alivio de Tristes.. vol. 2
Azevedo Engenhr.º Portuguez.................................. vol. 2
Anjos ceremonial... vol. 1
Arte de cozinha.. vol. 1
Arte da Lingua Brasilica..................................... vol. 4 idt.

1, *Identidem:* Exemplares repetidos da mesma obra.

Arte de fazer vernizes.....................	vol. 1
Arte explicada...........................	vol. 2
Araujo *Cursus Teol.*......................	vol. 2
Aguirre *Philosof. Univer.*.................	vol. 4
Almeida *sermoens varios*..................	vol. 4
Avendanho *sermoens*.....................	vol. 1
Annaes hist. do Mar.^{am}...................	vol. 1
Ars de Kim *Theolog. Tripartit.*............	vol. 1
Argenis continuada tom. 2.º...............	vol. 1
Antunes *de Donationibus*..................	vol. 1
Atlas parvus.............................	vol. 2
Andre de Cerqueira *sermoens*..............	vol. 1
Arte de furtar...........................	vol. 1
Anto.º Pr.ª *Terremoto Ulisiponense*.........	vol. 1
Apologia a favor do P. Ant.º Vieira........	vol. 1
Abelli *Medulla Theolog*....................	vol. 1
Soma	107

B

Biblia Sacra.............................	vol. 5 idt.
Belarminus...............................	vol. 7
Barradas *in Evangel.*.....................	vol. 4
Bernardes (Dionysius) *curuscationis dogmat.*.	vol. 1
Buzembaum *Suma Theol. Moral.*...........	vol. 2 idt.
Baudini *de vita comuni Regularium*.........	vol. 1
Barboza (Ignacio) *Factos Politicos*..........	vol. 1
Braga Triunfante.........................	vol. 1
Baptisterio...............................	vol. 4 idt.
Bluteau *sermoens varios*...................	vol. 2
Burdaloé *sermoens do Advento e Quaresma*...	vol. 4
Barboza (Emanuel) *Remissiones*............	vol. 1
Biblioteca Lusitana.......................	vol. 3
Botica de N.ª S.ª da Lapa................	vol. 1
Baeza *in Evangl.*.........................	vol. 7
Bercorius *opera omnia*....................	vol. 3
Barbaihensis [?] *Homil. in Quadrages*.......	vol. 4
Brogunholo *Instrução p.ª Exorcistas*........	vol. 1
Baudrant *Lexicon Geograficum*.............	vol. 1
Babulius *Epigramata*......................	vol. 1
Bidermanus *Epigramat. vita S. Ignat. Herodiad*.	vol. 3
Bonacina *opera Moralia*...................	vol. 3
Beneficios do Anjo da Guarda..............	vol. 1
Bucaeus *Meditationes spirit.*...............	vol. 1
Breviarum Romanum.....................	vol. 2
Soma	64

C

Calmet *in Sacr. Script*............	vol. 11
Concordantiae Bibliorum............	vol. 5 idt.
Celada *opera omnia in Sacr. Script*............	vol. 6
Castilho *in Deborá*............	vol. 1
Castro Palao *Theol. Moral*............	vol. 4
Constituiçoens de Lx.ª............	vol. 1
Collecção Univ.ᵃˡ. de sigillo............	vol. 3
Castro Aparelho p.ª bem morrer............	vol. 2 idt.
Concilium Trident............	vol. 3 idt.
Chronica da Serra de Ossa............	vol. 1
Cordr.º *Historia Insulana*............	vol. 1
Correa *comento ás Lusiadas de Camoens*............	vol. 1
Callepino Fasciolati............	vol. 2
Chronica dos 1.ᵒˢ Reys de Portugal............	vol. 1
Cassani *varoens illustres da Comp.ª*............	vol. 4
Ejusdẽ *Historia do novo Reino de Granada*............	vol. 1
Causino *Corte Santa*............	vol. 4
Cemfuegos *vida de S. Franc.º de Borja*............	vol. 1
Crisis Doxologica apologetica............	vol. 1
Casamento perfeito............	vol. 1
Covas Rubias *Emblemas morales*............	vol. 1
Chorro............	vol. 1
Crameras *Gramatica Hispana*............	vol. 1
Curvo *observaçoens, Atalaia e Poliantea*............	vol. 3
Cabo de Enganoza Esperança............	vol. 2
Cathecismo Romano............	vol. 1
Contemptus mundi Latino, Castelhano e Portuguez............	vol. 4
Cuidaio bem............	vol. 1
Cathecismo da lingua brazilica............	vol. 5 idt.
Cathalani *Theolog. Moral*............	vol. 2
Calataûde *Doutrinas Praticas*............	vol. 1
Collares *sermoens varios*............	vol. 1
Comentos de Virgilio, Horacio e Selecta............	vol. 7
Cartapacio de Sintaxe............	vol. 1
Ceremonial da Missa............	vol. 1
Cathalogus Provinciarû S. J............	vol. 2
Cancer *obras poeticas*............	vol. 1
Cursus Theologici ms............	vol. 2
Castro (Gabriel Pr.ⁿ) *Decisiones Juris*............	vol. 1
Cabedus............	vol. 1
Cardozo *Praxis Juridica*............	vol. 2
Codex Titulorû S. Eccl. Patriarc. Lisbon............	vol. 2
Compendio das Indulgencias do Rozario............	vol. 1
Camoens *todas as obras*............	vol. 1

Cordara (Julius) *Historia Societ*............................... vol. 1
Ciceronis *opera omnia*, em 2 tom. in fol................... vol. 2
    Estes dois estavão emprestados no Seminr.º do Pará.
Caeyro *de Bulla Cruciatae*...................................... vol. 1

                                                Soma   100

D

Dicionario Geografico de Portugal de Cardozo.............. vol. 2
Discursos da Ignorancia.. vol. 2
Disquisitio Astronomica.. vol. 2
Discrição Geografica da terra................................. vol. 1
Desing. *Compendiû eruditionis*................................ vol. 1
Decreta Congregat. S. I........................................ vol. 2
Donatus *Praxis Regulariû*..................................... vol. 2
Diferença entre o temp.ªl e eterno........................... vol. 2 idt.
Doutrina Christã Compendio................................. vol. 1
Deseoso o seu Compendio..................................... vol. 2 idt.
Doutrinas celestiaes.. vol. 1
Divertimento erudito... vol. 4
Descobrimento da Florida..................................... vol. 1
Drexelio *opera omnia*.. vol. 2
Despertador Christiano: todas as obras e compendio....... vol. 16
Diario Metrico a Conceição da Sr.ª.......................... vol. 1
Dorotheo *Floresta Evangelica*................................. vol. 7

                                                Soma   49

E

Educação de hû Menino nobre................................ vol. 1
Epigramata comitis Vimiosensis............................... vol. 1
Epigramata comitis Vilae Maioris.............................. vol. 1
Erario Mineral.. vol. 1
Epitome Instituti S. J.... vol. 2 idt.
Explicação das Virtudes Theologaes......................... vol. 1
Exercicios Espirituaes de S. Ignacio do P................... vol. 1
Exercicios Espirituaes do S. P. Ignacio do P. Bart........ vol. 2 idt.
Exercitia S. Ignat.... vol. 1
Exercicios espirit. ou retiro de 8 dias....................... vol. 1
Escada mistica de Jacob..................................... vol. 1
Epistola parepetica (sic)...................................... vol. 1
Epitome Philosoph. Peripatetica.............................. vol. 2
Enigma numerico.. vol. 1
Excellencias de S. Joze...................................... vol. 1
Exhortaçoens Domesticas..................................... vol. 2 idt.
Eliseo *sermoens*... vol. 3

Escola de Doutrina Christã.................................. vol. 1
Extracto do Diario e viagem do Sr. Condamine................ vol. 1
Elogio Funebre do Sr. D. João 5............................. vol. 1
El major Gusmão... vol. 3

                                                     Soma   29

F

Felis Potestas *suma Moral*................................... vol. 3 idt.
Fermosinus *opera circa canon et crimin*...................... vol. 10
Fernão Mendes Pinto... vol. 1
Faria *Azia Portugueza, Imperio da China, comentos as Luziadas de
    Camoens*.. vol. 5
Flos Sanctorû de Ribadaneira................................ vol. 3
Floridariû.. vol. 1
Flor Frontinus *de Ducû factis et dictis*..................... vol. 1
Flavissae Poeticae.. vol. 1
Ferreira *Luz de cirurgia*.................................... vol. 1
Fructus Indici.. vol. 1
Franco *Sinopsis S. J. in Lusitania*.......................... vol. 1
Idem *Promptuariû*.. vol. 1
Fastus Mariani.. vol. 1
Flores Indici... vol. 1
Folinha perpetua.. vol. 1
S. Francisco de Sales *sermoens*.............................. vol. 1
Finezas de M.ª S.ma... vol. 2
Festas na Canonização de S. Luiz Gonzaga.................... vol. 1

                                                     Soma   36

G

Gyges Galus... vol. 1
Gandutius *Descriptiones Poet. et orat*....................... vol. 2
Granada *todas as obras, e a sua vida*........................ vol. 9
Galtruchi *Philosoph. e Mathem*............................... vol. 5
Gautruchi *Historia Poetica*.................................. vol. 1
Gritos do Inferno... vol. 1
Gama *sermoens*... vol. 4
Gradus ad Parnasum.. vol. 1
Garau *Maximas*... vol. 1
Ejusdẽ *Maria Elucidata*...................................... vol. 2
Glisserius *in cantica canticorû*............................. vol. 1
Gobat *Opera Moralia*... vol. 2
Gotti *opera Theolog*... vol. 6
Gama *Decisiones Juridicæ*.................................... vol. 1

                                                     Soma   37

H

Historia de S. Bento e S. Geron....................................	vol. 1
Historia Romana 1ª p.^to	vol. 1
Historia de Carlos Magno..	vol. 2
Homero *Illiada e Odissea*..	vol. 2
Horatio..	vol. 2 idt.
Hurtadus *Resolutiones Morales*...................................	vol. 1
Hoffer *Magisteriû D.ae Sapientæ, et Philoph*.....................	vol. 2
Hieronimus *Epistolae*...	vol. 2
Historia da America..	vol. 1
Houdri *Biblioteca concionatoria*.................................	vol. 4
Historia Chronologica dos Papas e Reys.........................	vol. 1
Hugo a S.^to [Victore] *in Sacr. Script*.........................	vol. 8
	Soma 27

I

Incognitus *in Psalmos*..	vol. 1
Instrução p.ª ordenandos..	vol. 1
Iornada de Ant.º Albuquerque...................................	vol. 1
Indiculo Univ.^al	vol. 1
Iuglaris *Elogia e Aeriadne Rethorum*.............................	vol. 4
Instituto da Comp.ª de JESUS...................................	vol. 6
Instruçoens *pro tota societate*...................................	vol. 1
Instrução cathecletica...	vol. 1
Iosephus Riter *Vita Reg.ae Marian.ae Austriac*...................	vol. 1
Iuizo do terremoto de Lx.ª	vol. 1
D. Fr. Jose de JESU M.ª *sermoens varios*......................	vol. 3
Illsung. *Arbor scientiæ Boni et Mali*............................	vol. 1
	Soma 21

L

Lemos *in Threnos Jeremiæ*.....................................	vol. 1
Lami *Apparatus e concordant. Evang*............................	vol. 4
Lorinus *opera omnia in scripta*.................................	vol. 10
Lauratus *Silva Alegoriarû*.......................................	vol. 1
Lacroix *Theolog. Moral*...	vol. 8
Lezana *suma Regular*..	vol. 4
Larraga *Suma Moral*...	vol. 1
Lima *Geografia de Portugal*.....................................	vol. 2
Langi *Poleantea Universalis*....................................	vol. 1
Lobo *Vida do condestavel Nuno Alvares Per.ª*	vol. 1
Luzus Alegorici..	vol. 1
Losano *David perseguido e as mais obras*.......................	vol. 9

Lusitania coronata	vol.	1
Lugares comuns de letras humanas	vol.	1
Lacrimæ Lusitanorû	vol.	1
Leo Philosophus *Tragedia*	vol.	1
Labè *Elogia*	vol.	1
Luz da Medicina	vol.	1
Lancicius *opuscula spirit.*	vol.	12
Lonher *opera spirit. e Bibliotec. concionat.*	vol.	21
Leviticum Ecclesiasticû	vol.	1
Luz de verd.ᵃˢ catholicas	vol.	7
Lobetius *opera omnia pro concionatoribus*	vol.	6
Labata *Thezaurus Moral.*	vol.	2
Lopes *Rozario de N.ª S.ª*	vol.	1
Lima *Ideas Sagradas*	vol.	2
Laurea Portugueza	vol.	1
Lossada *Philosophia*	vol.	4
Loterius *de re Beneficiaria*	vol.	2
Leitão *de Jure Lusitano*	vol.	1
Lopes *sermoens*	vol.	1
	Soma	110

M

Mendonça *in lib. Regû*	vol.	1
Mansi *Bibliotheca Praedicabilis*	vol.	6
Menochius *in Univers. script.*	vol.	1
Michel *Theolog. Canonico Moral*	vol.	3
Monaceli *Formolar. Fori Eccles*	vol.	4
Mayr *Theolog. scholastica*	vol.	9
Menezes *Historia de Tangere*	vol.	1
Ministro de enfermos	vol.	1
Mapa de Portugal	vol.	2
Madr.ª Illustrado	vol.	1
Marchancius *Hortus Pastorû*	vol.	1
Meditaçoens da Paixão, do P. Carnr.º	vol.	1
Manuductiae ad caelum	vol.	1
Matos *vida de S. P. Ignacio e meditaçoens*	vol.	2
Martyrologio Romano	vol.	3 idt.
Macedo *Pharus Dialeticae*	vol.	1
Murcia *sermoens festivos e feriais*	vol.	4
Maria Desterrada e Vencedora	vol.	1
Marim *sermoens Panegiricos*	vol.	1
Martialis *Epigramata*	vol.	1
Monte Negro *Parocho de Indios*	vol.	1
Marim *Theolog. Scholastica e Moral*	vol.	3
Mussantius *Fax Chronolog*	vol.	2

Mendes a Castro *Addictiones*.................................... vol. 1
Muniassa *sermoens*.. vol. 1
Moreri *Dicionario Historico*...................................... vol. 10
Mundus Marianus.. vol. 2

                                                      Soma   65

N

Natalis Alexander *in Evang. Epist. D. Paul. et Theol.*ᵃ.......... vol. 4
Novarinus *in Evang. et Epist. D. Pauli*........................... vol. 4
Naxera *in lib. pregum e sermoens*................................. vol. 8
Norte de Capellanes.. vol. 1
Notas a Analysi Benedictina...................................... vol. 1
Nogueira *de Bulla et questiones singulares*....................... vol. 2
Nieremberg *todas as obras*.. vol. 3
Nampeu *considerat. christianae et Exercitia*...................... vol. 2
Novenas varias... vol. 1
*Novena de S. Franc.*ᶜᵒ *X.*ᵉʳ..................................... vol. 1
Nucleus Cathacliticus.. vol. 1
Nova Floresta.. vol. 6
Novo Methodo de Gramatica.. vol. 1

                                                      Soma   35

O

Opera Humaniorum varia M. S...................................... vol. 1
Orthografia Portugueza... vol. 2
Ovidius ad usum Delfini.. vol. 4
Owens *Epigramatica*... vol. 1
Officium Hebdomadæ Majoris....................................... vol. 1
Ordenaçoens da nova Impressão com o Reportorio................... vol. 4
Officia propria Societ. JESU..................................... vol. 2 idt.
Officia nova sanctorum... vol. 1
O pio vindicado.. vol. 1
Obras curiozas de varios AA...................................... vol. 2
Orationes ex historicis Latinis.................................. vol. 1
*Ordem successiva da Sagração da Igr.*ᵃ............................ vol. 1
Orinoco Illustrado do P. Gomilha................................. vol. 2

                                                      Soma   23

P

Paralelos de principes... vol. 1
Picineli *Mundus simbolicus et lumina reflexa*..................... vol. 3
Pellizarii *Manuale Regularium*.................................... vol. 2
Per.ᵃ *Prosodia Prõptuarium Juridicum, et Morale*.................. vol. 4
Picler *candidatus Juris prudentiæ*................................ vol. 2
Papeis curiozos de varios AA..................................... vol. 4

TÔMO IV — APÊNDICE I

Pariecidos	vol.	1
Poema da Paixão	vol.	1
Prosodia Bononiensis	vol.	1
Plinius *Epistolæ* e *Panegiric*	vol.	1
Pharmacopea Lusitana	vol.	1
Privilegia S. JESU	vol.	1
Puente *obras espirituais*	vol.	5
Pinamonti *Religiosus in solitudine*	vol.	2
Pauluski *Exercicios de S. P. Ign.º*	vol.	4 idt.
Paradisus animae christianae	vol.	1
Paraizo de suavissimos fructos	vol.	1
Paraizo Seraphico	vol.	2
Pegas *ad Ordinationes*	vol.	9
Pegas *Forense*	vol.	6
Pereira (Paulo) *sermoens*	vol.	1
Pereira (Emmanuel) *de Restitutione*	vol.	2
Pereira de Castro *de Manu Regia*	vol.	1
Pomey *candidatus Rethoricae*	vol.	2
Pinheiro *de Censu*	vol.	1
Phebus *Decisiones*	vol.	2
Parexa *de Instrumentis*	vol.	1
Postilas de Philosophia	vol.	4
Pignateli *Consultat. Canon*	vol.	7
	Soma	71

Q

Quental *sermoens*	vol.	1
Quevedo *Ninhezas*	vol.	1

R

Reifentuel *Jus canonicum e Tha. Moral*	vol.	7
Rodrigues *esplicação da Bulla*	vol.	1
Respublica Moscovitica	vol.	1
Rudimenta historiae	vol.	1
Regras da Lingua Portugueza	vol.	1
Ravisius *Textor. officina*	vol.	2 idt.
Recopilação da cirurgia	vol.	1
Regras da Comp.ª	vol.	6
Retiro de dez dias	vol.	1
Ramos Evangelicos	vol.	2
Relação das festas, sermoens, e Tragedia de S. Luiz Gonzaga	vol.	1
Rethorica e Poetica MS	vol.	1
Retiro de cuidados	vol.	1
Regnozo com addiçoens	vol.	1
	Soma da letra Q et R	29

S

Scheffer *Biblia Imaculat. Concept*	vol.	12
Silvr.ª *opera omnia*	vol.	6
Spaner *Poliantea Sacra*	vol.	2
Speranza *Scriturae Selectae*	vol.	1
Solorzano *de Jure Indiorum e Emblemas*	vol.	7
Schmalguber *Jus canon*	vol.	5
Suares *Suma Universae Th^{ae}*	vol.	2
Sanches *Opera Moralia*	vol.	5
Solis *conquista de Mexico*	vol.	2
Sistema Politico	vol.	1
Selecta	vol.	2 idt.
Sidronius *Elegiae*	vol.	2 idt.
Seneca Philosophus	vol.	3
Suetonius cum notis	vol.	3
Statius Pepinius	vol.	2 idt.
Sonazarius *de Partu virginis*	vol.	2 idt.
Strada *de Bello Belgico*	vol.	2
Scintilae Asceticae	vol.	1
Señeri P.^{te} *das suas obras*	vol.	9
Silva *dissertação Apologetica Jurid*	vol.	1
Serpa *Chronologia Eucarist*	vol.	1
Scharlatini *Homo Simbolicus*	vol.	1
Sermoens de varios AA	vol.	7
Silva Concionatoria	vol.	3
Sistema Rethorico	vol.	1
Semana Sta Illustrada	vol.	1
Soma		89

T

S. Thomaz de Aquino *in 4 Evang*	vol.	1
Tirinus *in Sacr. Script*	vol.	2
Tiraquellus *Genialum dierum*	vol.	1
Theatro del Mondo	vol.	1
Theatro do mundo vizivel	vol.	1
Theatrum vitae humanae	vol.	8
Thesaurus Inscriptiones	vol.	1
Torcelinus *de particulis latinitatis*	vol.	1
Terentius *comediæ*	vol.	1
Tamborinus *opera moralia*	vol.	1
Tamborinus *Method. exped. conf. cum compend. Bullaæ*	vol.	3 idt.
Trabalhos de JESUS	vol.	2
Tirocinium Theologicum	vol.	5
Teixeira *sermoens*	vol.	1

Taboada curioza.................................... vol. 1
Thezouro Apolineo................................. vol. 1
Themudo Decisiones Juris.......................... vol. 2
Thomas Vellascus Allegationes..................... vol. 1
Terremoto destruido................................ vol. 1
Tropheo Evangelico................................. vol. 5 idt.

                                    Soma   40

V

Velasques de concept. et in Epist. D. Pauli......... vol. 3
Villaroel Govierno Ecclesiastico.................... vol. 2
Vanguervi pratica judicial.......................... vol. 1
Viva opera omnia................................... vol. 7
Vasconcellos vida do P. João de Almeida............ vol. 1
Vida de S. Bento e emprezas........................ vol. 1
Vida de S. Barbara................................. vol. 1
Vida de S. Pio 5º.................................. vol. 1
Vida de S. Anna.................................... vol. 1
Vida de S. Quiteria................................ vol. 1
Vida de S. João Nepomuceno......................... vol. 1
Vida do Infante D. Luiz............................ vol. 1
Vita S. Rozæ Limensis.............................. vol. 2
Vida de Gomes Freire, 2.º tomo..................... vol. 1
Vida do P. Suares Granatense....................... vol. 2
Vida do P. Antonio Vieira.......................... vol. 1
Vida de Fr. Antonio das Chagas..................... vol. 1
Virgilius ad uzum Delfini et cum notis Menelii..... vol. 5
Valerius Maximus de dictis et factis............... vol. 1
Via Sacra.. vol. 1
S. Vicentius de vita Spirituali.................... vol. 1
Ultimo instante entre a vida e a morte............. vol. 3 idt.
Vieira todas as suas obras......................... vol. 19
Vieira abreviado................................... vol. 2
Vida de S. Elesbão e S.ta Ephigenia................ vol. 1
Vitæ sanctorum per totum annum distributæ.......... vol. 4
Villaroel Tautologia, ephemerides.................. vol. 10
S. Xavierius Epistolæ.............................. vol. 1

              Finis   Soma   78

    Era a soma dos volumes q̃ se achavam na Libraria da Caza da Vigia q.do o P. Caetano X.er então Supe.or foi prezo, 1010, o q̃ consta do catalogo exacto»([1]).

---

    1. *Inventarium Maragnonense*, Bras. 28, 18v-23. Respeitamos a ortografia, grifando apenas o nome das obras, para maior distinção. A soma total dos livros, 1010, é, de facto, o produto das somas parciais de cada letra, mas as somas das

Predominam, naturalmente, os livros de fundo: teologia, direito, moral, ascética, escriturística, apologética, liturgia, filosofia, — a doutrina necessária a uma Ordem Religiosa que exige aos seus filhos as ciências sacras, quási tanto como a virtude.

Mas, humanistas consumados, os Jesuítas completam as ciências sacras com as ciências e letras profanas, surgindo aqui e além um ou outro livro de engenharia, medicina e matemática.

Nas letras clássicas, em grego, os dois poemas de Homero; e em latim, Vergílio, Horácio, Marcial, Ovídio, Terêncio: poesia e teatro.

Para a prosa, entre outros, Cícero: *opera omnia*.

A celebérrima *Arte* do P.e Manuel Álvares, a *Arte da Lingua Brasilica*, de Luís Figueira; os *Epigramas* de John Owen (que estavam e estão no *Index*), o poeta dramático Cancer y Velasco (com quem colaboraram Lope da Vega e Calderón), livros altamente literários como *Nova Floresta*, a *Arte de Orar*, e os *Trabalhos de Jesus*, a obra-prima da mística portuguesa.

No sermonário, excelente selecção, com os melhores nomes da oratória sacra, nacional e estrangeira. (Repare-se, de passo, como o copista do Catálogo, escrevendo, de ouvido, a palavra Bourdaloue, para indicar que se não pronuncia Burdalu, após um signo diacrítico no «e» final, Burdaloé...)

Além da *Prosodia* e das *Regras da Lingua Portugueza*, uma *Orthografia Portugueza*, simultâneamente antiga e moderna, como a relembrar que a questão vem de longe...

A geografia está presente com La Condamine, Dicionários e Atlas: e a história mais ainda, com os *Anais* de Berredo (história local), vidas e crónicas, incluindo as dos primeiros reis de Portugal.

Aquela livraria, imersa como foco de luz nas selvas coloniais do Brasil, possuía um pouco de tudo. E, entre todos e acima de todos, como príncipes, um dêles em casa própria, os dois maiores mestres da Língua, cada qual com tôdas as suas obras, Luís de Camões e Vieira.

---

letras C, S, V, por lapso do catalogador ou copista, têm respectivamente + 3, — 5, — 2, o que modifica ligeiramente o total para 1006.

O *Inventário* copiou-o o P.e Manuel Luís, num livro ou cadernos do seu uso, onde além disso incluíu outros documentos e notas pessoais, que nos permitiram identificá-lo e serão sumamente úteis para a história, ainda a fazer, daquela época atribulada.

Manuel Luis nasceu em Horta-de-Vilariça (Moncorvo), no dia 26 de Maio de 1731. Entrou na Companhia de Jesus em Lisboa a 15 de Março de 1750, e no ano seguinte já se encontrava na Vice-Província do Maranhão (*Bras. 27*, 173v). Exilado com os mais para Portugal, daqui passou à Itália. Em 1766 achava-se em Tívoli, e em 1768 em Roma, quando organizava êste *Inventário*.

Referindo-se à *Memória*, que o Rei das Duas Sicílias apresentou ao Papa «aos 15 de Abril pouco mais ou menos do ano de 1768», acrescenta, incluindo-a nos seus cadernos: e foi «copiada pelo P. Manuel Luís aos 18 do mesmo mês, de 1768, Roma, no Palácio de Sora e Sala do Grão-Pará» (*Bras. 28*, 88v).

Sala do Grão-Pará!...

APÊNDICE J

A edição brasileira dos Tomos III e IV

1 — Editorial do "Jornal do Commercio"

O *Jornal do Commercio*, do Rio, o mais antigo e importante jornal de língua portuguesa, verdadeira instituição dentro da Imprensa Brasileira, de tanta fama e autoridade em tôda a América, por onde passaram grandes mestres do jornalismo, e que dirige actualmente um dêles, o brilhante escritor Elmano Cardim, iniciou, no dia 5 de Janeiro de 1943, as suas «Várias», com esta, em coluna aberta:

«Ha quási quatro anos (4 de Agôsto de 38) estas colunas se abriram, festivas, para anunciar ao Brasil um livro majestoso, até no seu porte material que era o primeiro volume, in-fólio, copioso de mais de meio milheiro de páginas, referto de documentos inéditos, zelosamente guardados nos Arquivos da Companhia de Jesus, com os quais o Padre Dr. Serafim Leite S. I. inaugurava a série que tinha por título *História da Companhia de Jesus no Brasil*.

Lembrávamos, e não é demais ainda agora repetir, que o nosso mestre-historiador Capistrano de Abreu, dissera que a História do Brasil não poderia ser escrita antes da História dos Jesuítas, que possuíam documentos insubstituíveis, de nossas origens, quando o Brasil amanhecia, e se exercia nêle êsse apostolado, o maior da Igreja Católica no mundo, com que marcou seu advento neste mundo a Sociedade de Jesus. Com efeito, logo aprovada por Paulo III, São Francisco Xavier parte para o martírio e a santidade, nas Indias Portuguesas, e Manuel da Nóbrega, desembarcando na Baía, que ajudaria a fundar, com Tomé de Sousa, exclamaria: «Esta terra é a nossa emprêsa». A China, o Japão, as Indias, eram imensos países, sôbre-povoados, cultos, religiosos, que era mister converter à nossa fé, emprêsa ainda hoje tentada, sem sucesso. O Brasil não: o Brasil, êrmo, vazio, habitado por povos escassos e nómades, o Brasil era a ser fundado... Os poucos colonos, que podiam vir para aqui, — de alguns, muito mais numerosos, que iam ao Oriente, — lançavam-se à aventura, à fundação de povoações isoladas no litoral, a uma penetração pouco além do debrum costeiro, à procura de utilidades coloniais, espécies, minérios, e mão de obra, o índio, a escravizar. Foi o Jesuíta o cimento moral e, por êle, administrativo, cultural, civilizador, do novo País.

A Companhia de Jesus embalou no seu berço ao Brasil infante: é uma verdade simbólica. Em vinte anos os Índios já não eram mais antropófagos; já não eram mais promíscuos; já lavravam a terra, a ela fixados, e, *mirabile dictu*, tinham escolas, fundadas, desde o primeiro dia, e nas quais, vinte anos depois, já se lia e estudava Virgílio, ou as letras clássicas... Antes de um século de ocupação, já os Jesuítas no Brasil formavam um António Vieira, com que, nos púlpitos da Europa, Côrtes de Lisboa ou de Roma, admirarem à mais culta Cristandade...

Era a «História da Companhia de Jesus» que se começava a escrever, preliminar da «História do Brasil», que já se podia escrever... Nosso entusiasmo, desusado, nas pacíficas colunas dêste diário, sempre modesto e moderado, estava à altura do acontecimento. Depois, foi o II Tômo, irmão do primeiro, saùdado com o mesmo fervor, perfazendo-se o meio século da Companhia no Brasil, com que fôra da Baía para Pernambuco ao Norte, a São Paulo e direcção das Missões, ao Sul.

Passam-se anos, de obscuro e fecundo trabalho, em Roma, em Lisboa, ao Norte do Brasil, e eis que mau grado a guerra, aqui, connosco, o Padre Serafim Leite S. I. vem de concluir dois outros volumes, portanto mais de metade da obra mestra...

Sai agora, primeiros dias do ano, alviçareiro, o III Tômo, mais algumas semanas virá o IV, iguais aos primeiros, não só no majestoso porte, o que é surpresa feliz, como na magnificência documental, o que já era esperado.

Agora é o Norte do Brasil, que se perfaz, aquilo tão grande que foi depois o «Estado do Maranhão», com que o Brasil se completou, ao Norte. Agora, é o Ceará que se funda. É o Maranhão, que se instala. É o Pará, que se estabelece. É o Amazonas, que se penetra. São as missões que entram na Serra de Ibiapaba, transpondo o litoral e se aprofundam pelo Tocantins, devassando o sertão. É o Brasil conquistado politicamente. Exagerou-se, ao Sul, o que os predadores de Índios passaram, além do meridiano de Tordesilhas: é pouco, comparado com o que os Jesuítas ganharam ao Norte, só esbarrados no paredão dos Andes, nascentes dos rios da Bacia Amazónica. As missões do Norte vêm a ser o melhor do Brasil, arregalando os olhos do fisco e do imperialismo de Pombal e dos inimigos da Companhia.

No Tômo IV será a questão magna da liberdade dos Índios, Vieira à frente. Estas páginas comovedoras de história nos ensinam que não há a desesperar da boa causa no Brasil: cêdo ou tarde ela vem a triunfar dos homens efémeros, vencidos os interesses de alguns, pelos interesses de todos, os interesses do Brasil. O aldeamento e a catequese, a subsistência assegurada, o regime interno e o apostolado externo; a obra de cultura, ciências, letras e artes...

E o Brasil, de Norte a Sul, amanheceu...

É o que nos contam êstes dois novos tomos da *História da Companhia de Jesus no Brasil*, pura e nova *História do Brasil* com que o Pe. Dr. Serafim Leite S. I. perfaz o seu monumento. Aquilo que, já se disse na Academia Brasileira, se fôra sabido pelo Épico, teria sido entoado o XI Canto dos «Lusíadas». A musa severa da História disso se incumbiu. As letras de Portugal e do Brasil estão de parabens.

E êste grande feito se realiza agora no Brasil, onde a «Imprensa Nacional» e o «Instituto do Livro» se empenharam em ser dignos da obra e dos feitos que, do Brasil e da Companhia de Jesus, narra o sábio historiador luso-brasileiro, Dr. Serafim Leite S. I.

Bem hajam os que tanto bem nos fizeram !»

2 — Na Academia Brasileira

Na sessão do dia de 7 de Janeiro de 1943, o Dr. Rodolfo Garcia, insigne historiador e Director da Biblioteca Nacional, apresentou o III Tômo desta *História* com as seguintes palavras, reproduzidas nos jornais do dia 9:

«Saído das oficinas da Imprensa Nacional, êste volume não desmerece dos dois precedentes, impressos na Europa, pelos primores de arte com que foi trabalhado. É uma obra que honra a nossa maior emprêsa gráfica, sua inteligente direcção e seus esforçados operários. Do livro do Dr. Serafim Leite não se pode dizer em uma rápida apresentação, senão que é a continuação magnífica dêsse grandioso monumento que vem erigindo à Ordem Jesuítica no Brasil. O Tômo presente versa sôbre as primeiras fundações e entradas no Norte do País durante os séculos XVII e XVIII, a começar pelo Ceará, Maranhão, Pará e a terminar pelo Amazonas, Rio Negro, Alto Amazonas, Madeira e Solimões. Páginas documentadas, sob critério rigorosamente científico, incluem muitas novidades, que dizem respeito não apenas à *História da Companhia*, mas ainda à *História do Brasil*, que elas esquadrinham e exalçam. Todos os louvores, todos os agradecimentos, são devidos ao nosso egrégio colega, a quem a Academia saúda neste momento com uma salva de palmas.

O Sr. António Austregésilo requereu fôsse transcrito nos «Anais» o artigo publicado no «Jornal do Commercio» de 5 dêste mês, relativo ao 3.º volume da *História da Companhia de Jesus no Brasil*, do Padre Serafim Leite».

3 — Instituto Nacional do Livro

Alude-se, na «Vária» do *Jornal do Commercio*, ao *Instituto do Livro* e à *Imprensa Nacional*, à qual também se refere o Dr. Rodolfo Garcia, na Academia Brasileira de Letras. Do empenho da *Imprensa Nacional*, na execução e conformação da obra com o modêlo preestabelecido, falam por si mesmos os dois tomos na limpidez com que se apresentam. Ao Dr. Rúbens Pôrto, seu emérito director e reorganizador, e também aos seus auxiliares e operários, com quem o Autor estêve em contacto imediato, e cuja boa vontade e competência apreciou com o maior louvor, aqui fica a merecida lembrança.

A publicação dêstes volumes, para perfeita identificação gráfica, deveria executar-se na mesma tipografia portuguesa, donde saíram os dois primeiros, e para o qual já estava tudo disposto. Desaconselharam a impressão em Portugal as dificuldades opostas pela guerra à liberdade de transportes marítimos, surgindo então, oportuna, a intervenção do *Instituto Nacional do Livro*, organização oficial, ainda nova, mas já de tanta significação e serviços prestados à cultura brasileira, sob a proficiente direcção do Dr. Augusto Meyer. O Instituto do Livro, departamento do Ministério da Educação e Saúde, criou-se já no Govêrno de Getúlio Vargas, pelo Ministro Gustavo Capanema, e é uma das suas benemerências.

O Instituto tem por fim a coordenação de tôdas as bibliotecas brasileiras e a distribuição, por elas e pelo estrangeiro, de livros editados por outrem ou por si mesmo. No fim de 1942 os exemplares, assim distribuídos, subiam a 172.743. Não tendo pròpriamente função editorial, o Instituto também a assume em casos especiais, de livros antigos ou modernos, considerados de interesse nacional.

Ao agradecimento, que devemos ao Director do Instituto Nacional do Livro, Dr. Augusto Meyer, poeta e ensaísta de renome, queremos associar o do chefe da secção de publicações, ensaísta e historiador notável, Dr. Sérgio Buarque de Holanda. Em ambos achou o Autor da *História da Companhia de Jesus no Brasil* a inteligente cooperação da sua cultura, competência e bom gôsto.

4 — Mapas, estampas e autógrafos

Dá-se em cada espécie a indicação da origem. Dos monumentos ou imagens sacras das Igrejas da Companhia de Jesus, no Pará, Maranhão e Vigia, pelo seu número, avultado, reservou-se a menção para aqui, afim de vincar, mais uma vez, e de modo especial, a contribuição do *Serviço do Património Histórico e Artístico Nacional*, e do seu Director, Dr. Rodrigo Melo Franco de Andrade, alto espírito de organizador da arte no Brasil e da sua história sistemática.

ÍNDICE DE NOMES[1]

(Com asterisco: Jesuítas)

*Abrantes, Francisco de: 357, 366.
*Abreu, António de: 198.
*Abreu, Manuel de: 348.
Abreu e Silva: 157.
Abrunheira: 347, 349, 352, 354.
Açores: 148, 334, 338, 344, 348, 349.
*Acuña, Cristóbal de: XXII, 281, 282, 284, 304.
Afonseca, António de: 242.
Afonseca, Francisco Galvão de: 201.
*Afonso, António: 345.
*Afonso, Domingos: 356, 365.
*Afonso, Manuel: 352, 363.
D. Afonso VI: 54, 60.
Afrânio Peixoto, J.: XX, XXII, XXIII, 14, 60, 172, 294, 299.
África: 72, 281, 359.
Aguas-Santas: 357, 366.
Águeda: 351, 356, 363.
*Aguiar, Bernardo de: 352, 364.
Airosa, Plínio: 315.
*Alberti, Domingos: 357.
*Alberto, Caetano: 367.
Alberto Torres, Eloísa: 301.
Albuquerque Coelho de Carvalho, António: 82, 134, 272.
*Albuquerque, Manuel: 354.
Albuquerque, Pedro de: 148.

Alcântara (*Lisboa*): 14, 25, 26.
Alcântara (*Tapuitapera*): 82, 167, 203, 204, 261, 290, 333.
Aldeia de Abacaxis: 170, 388.
— Aldeias Altas: 201, 231, 261, 289.
— Araticum: 192.
— Arucará: 177, 389.
— Bararuá: 312.
— Bócas: 192, 389.
— Cabus: 323.
— Canumã: 342.
— Curuçá: 100, 323.
— Espírito Santo (Abrantes): 5.
— Gonçari: 100, 373.
— Guanaré: 261, 263.
— Guaricuru: 228, 346.
— Gurupatuba: 83.
— Ibiapaba: 242, 274, 290.
— Icatu: 228.
— Iruris: 307.
— Itapicuru: 389, 391, 395.
— Jaru: 309.
— Javari: IX.
— Maracanã: 220, 388-390.
— Maracu: 100.
— Monim: 395.
— Mortigura: 80, 100, 271, 234, 273, 296, 373.

---

1. Como o Catálogo da Livraria da Vigia já é um índice, não se repetem neste os nomes aí indicados.

Aldeia de Parangaba: 160, 239, 242.
— Pinaré: 373.
— Piraguari: 139.
— Santa Cruz: 239.
— S. Gonçalo do Icatu: 130.
— S. João (Baía): 5.
— S. João do Caeté: 131.
— S. Lourenço: 299.
— S. Pedro (Gurupá): 134.
— Tapajós: 220, 292, 304.
— Tupinambás: 296.
— Urubuquara: 135, 136.
— Vera Cruz: 239.
— Xingu: 134, 139.
Alemanha: 80, 163, 274.
Alentejo: 15, 16, 33.
Alfarelos: 320.
Alhais: 352, 363.
Almalaguez: 358, 366.
Almeida: 231, 322, 325, 359.
*Almeida, Bernardo de: 338, 339.
*Almeida, Caetano de: 355.
Almeida, Fortunato de: 135, 136.
*Almeida, João de (1.º): 338, 340.
*Almeida, João de (2.º): 355.
Almeida, Renato: 300.
*Almeida, Simão de: 356, 365.
Almeida Pinto: 275, 276, 290.
Almeirim: 353.
Almodôvar: 334.
Alpalhão: 351.
Alpedrinha: 351.
Alter do Chão: 352, 366.
*Alvarenga, António de: 341.
*Álvares, Bento: 337, 340.
*Álvares, Dionísio: 354, 364.
*Álvares, João: 351, 367.
*Álvares, José: 354.
*Álvares, Luiz: 219, 305, 350, 363.
*Álvares, Manuel (1.º): 277, 352, 365.
*Álvares, Manuel (2.º): 353.
Alves, Constâncio: XX.
Amaral, Brás do: 286.
*Amaral, Manuel do: 345.
Amazonas: Vd. Rio Amazonas.
Amazónia: 133, 137, 141, 146, 190, 285, 368, 381, 387, 412.

Amberg: 358.
América: 137, 145, 158, 163, 196, 281, 315, 333, 411.
*Amodei, Benedito: 146, 149, 304, 334, 335.
Amsterdam: 14, 24, 28.
Ana de Áustria: 13.
Anadia: 321, 322, 350, 351, 358, 361, 364, 366.
*Anchieta, José de (1.º): 3, 291, 294, 300, 304.
*Anchieta, José de (2.º): 356, 357, 366.
*Anchieta, Manuel de: 355, 365.
*Andrada, António de: 384.
*Andrada, Francisco de: 346.
Andrade, Almir de: 310.
*Andrade, António de: 281.
Andrade, Gilberto de: 168.
Andrade, João de: 385.
*Andrade, Manuel de: 355.
Andrade, Manuel Campello de: 74, 242.
Andrade, Pedro da Cruz de: 187.
Andrade, Rodrigo Melo Franco de: 414.
Andrade e Silva, J. J. de: 20.
*Andreoni, João António: 12.
Angola: 6, 83, 99, 183, 370.
Angra: 338.
Anjos, D. Fr. Gregório dos: 71, 73, 296.
Anta: 357.
Antanhol: 354.
*António, Aleixo: 351.
*António, Domingos: 353, 363.
António, Fr.: 75.
*António, José: 352, 363, 364.
*António, Manuel: 366.
*Antunes, João: 358, 366.
*Antunes, Manuel: 82, 343.
*Antunes, Miguel: 138.
Aquirás: 242, 290.
Aragão, Miguel de: 362.
Aranha, Manuel Guedes: 134, 137.
*Araújo, António de: 367.
*Araújo, Domingos de: 220, 274; Cronista, 317, 320, 348.
Araújo Lima: XV.
Arcos (Coimbra): 356, 365.
Arcos de Valdevez: 320, 348.

Arnau Vilela, António: 183.
*Arnolfini, Marco António: 220, 350.
Arouca: 345.
Arzila (África): 313.
Arzila (Coimbra): 352, 365.
Ásia: 281.
*Assunção, Bernardo da: 352.
Assunção, Ignácio da: 75.
Assunção, João da: 157.
*Astrain, António: XXII, 167.
Assureira: 361.
Aveiro: 355.
Avelar: 344.
*Avelar, Francisco de: 62.
*Avelar, João de: 361.
Aveleira: 346.
*Avogadri, Aquiles Maria: 351.
Ataíde Teive: 277.
Atougia, Conde de: 8, 156.
Austregésilo, António: 413.
Áustria: 194.
Azeitão: 232, 344.
*Azevedo, Inácio de: 337.
Azevedo, José Velho de: 240.
Azevedo, Maria de: 3, 4, 17.
Baena, António Ladislau Monteiro: XXII, 78, 277, 279, 290.
Baía: XX, 3-8, 20, 24-28, 32, 45, 67, 68, 81, 82, 127, 143, 157, 158, 163, 187, 190, 197, 214, 226, 228, 267, 283, 295, 300, 309, 337, 339, 343, 344, 347, 349, 384, 411, 412.
Bairro: 366.
Baldus, Herbert: 301.
Bandeira de Melo, Filipe: 162.
*Baptista, António: 345, 353, 355.
*Baptista, João: 352, 367.
*Baptista, Manuel : 352, 364.
Baptista Nogueira: 354.
Baptista Pereira: XX, 165.
Barata, Manuel: XXII, 83, 158, 160, 191, 241.
*Barbosa, Inácio: 343.
*Barbosa, José: 358, 366.
Barbosa Rodrigues: 294.
*Barbosa, Teotónio: 351, 367.
Barcelos: 352.

*Barradas, António: 19.
*Barreiros, José: 191, 307, 361.
Barreto, Francisco: 339.
*Barreto, Luiz: 354, 364.
*Barros, André de: XVII, XXII, 4-6, 8, 13, 16, 18, 37, 60, 242, 336, 344.
Barros, Francisco António de Lira: 123.
*Barros, João de: 315, 316.
*Barros, Joaquim de: 326, 355, 363.
*Bartoccetti, Vittorio: 257.
*Basto, António de: 361, 367.
Bastos, Abguar: XV.
Belas: 350, 363.
*Belleci, Luiz: 354.
Belém da Cachoeira: 295.
Belém de Lisboa: 38, 325.
Belém do Pará: XVI, 54, 71, 123, 136, 193, 201, 261, 271, 369, 373, 378, 379. Vd. *Pará.*
Belide: 355, 356, 365.
Benavente: 355.
Bequimão, Manuel: 72, 74, 75, 84, 85.
Bequimão, Roque: 392.
Bequimão, Tomás: 75, 83, 84.
*Berchmans, João: 366.
*Bernardes, Manuel: 349, 351.
Berredo, Bernardo Pereira de: XXII, 37, 51, 72, 85, 86, 137, 206, 207, 320, 334, 336, 410.
*Bessa, Manuel: 287.
Besteiros: 367.
*Bettendorff, João Filipe: XXII, 9, 58, 70, 72, 73, 79, 80, 82, 84; actividade em Lisboa, 87-90, 93, 105, 106, 122, 130, 133-136, 141; carta exortatória, 146, 147, 156,-159, 162, 169, 173, 174, 186, 190, 191, 206, 215-219, 225-228, 239-243, 249, 250, 252, 264, 265, 268, 271-275, 285; estudos linguísticos, 292, 295, 296, 299, 300, 304, 397, 308, 313, 314; cronista, 317-319, 325, 337-346, 362.
Bianchi: 198.
Biscáia: 163.
Boémia: 354.
*Bonomi, João Ângelo: 307, 344.
*Borba, Manuel: 83, 343, 361.

*Borges, Simão: 355.
*Borja, Filipe de : 347, 348.
*Bourdaloue: 410.
Braga: 346, 348, 352, 354, 355, 358, 361, 362, 364-367.
Braga, Teodoro: XXIII, 272.
Braga, Teófilo: 299.
Bragança: 345, 356, 365.
*Brandão, Manuel: 345.
Brasil: passim.
Brieva, Domingos de: 283.
Brisgóvia: 355.
Brito, António de: 345.
*Brito, Domingos de: 148, 335.
*Brito, Joaquim: 357.
*Brito, José de (1.º): 357.
Brito, José de (2.º): 92.
*Brito, Manuel de: 220, 221, 230, 253, 346, 397.
Brito Couto, Martim de: 375.
Bríxia: 346, 347.
Buarque de Holanda, Sérgio: 303, 414.
*Bucarelli, Luiz Maria: 220, 350.
Bulhões, D. Miguel de : 202, 231, 276.
Cabeço de Vide: 345.
Cabo do Norte: 66, 92, 133, 135, 138, 149, 150, 169, 234, 279, 284, 285, 319.
Cabo do Sul: 319.
Cabo Verde: 37, 39, 40, 48, 339.
*Cabral, Francisco: 348.
*Cabral, Luiz Gonzaga: XIX, XXIII.
Cabril: 348.
Cadaval, Duque de: 61, 67, 68, 93.
*Caeiro, Bento: 352, 366.
*Caeiro, José: XXI, XXIII, 184, 311.
Caeté: 130.
Caiena: 92, 156, 158.
Calcott, Lady: 210.
Calderón de la Barca: 410.
Caldeira de Castelo Branco, Francisco de: 44.
Calhau, João Rodrigues: 75.
Calheta: 361.
*Calmon, Martinho: 198.
Calmon, Pedro: XX, XXIII, 7, 20, 172, 278.

*Câmara, Manuel da: 348.
*Camelo, Alexandre: 349.
Camões, Luiz de: XIX, 3, 410, 412.
*Campos, Baltasar de: 271, 339.
Camutá: 182, 254, 255.
Canário, Manuel Francisco: 325.
Canas: 355.
Cancer y Velasco: 410.
Cano: 334.
Cantanhede: 229.
Capanema, Gustavo: 413.
*Capassi, Domingos: 286, 287.
Capistrano de Abreu, J.: XXIV, 301, 303, 411.
*Carayon, Augusto: XXIII, 325, 327.
Carcavelos: 25, 382.
Cardim, Elmano: 411.
*Cardim, Fernão: 5, 163, 304.
*Cardoso, Domingos: 352, 366.
*Cardoso, José: 354.
*Cardoso, Miguel: 197, 383, 384.
*Cardoso, Rafael: 337.
Carel, E.: XIX.
*Careu (Carew), Ricardo: 182, 338.
*Carlos, José: 365, 361.
Carnaxide, Visconde de: 165, 195.
*Carneiro, João: 354, 367.
*Carneiro, Paulo: 197, 198.
*Carneiro, Tomás: 344.
Carregal: 358, 366.
Carrilho, Manuel Alves: 14, 31.
Carvajal, Gaspar de: 282.
Carvalha, Gracia: 183.
Carvalhais: 355, 365.
*Carvalho, António: 335.
*Carvalho, Bernardo de: 358, 366.
*Carvalho, Cristóvão de: 352, 364.
*Carvalho, Francisco de: 148.
*Carvalho, Henrique de: 230, 298.
*Carvalho, Jacinto de: 155, 220, 229, 230, 269, 305; cronista, 317, 320, 345, 351.
*Carvalho, Jácome de: 338.
*Carvalho, Joaquim de: 293, 353, 363.
*Carvalho, José de: 344.
*Carvalho, Manuel de: 349, 358, 366.

Carvalho Alves: 124.
Carvalhos: 349.
*Cassali, Pedro Francisco: 340.
Castanheira: 353.
Castela: 18, 22, 23, 29, 30, 285.
Castelo Branco, Camilo: XXIV, 229.
Castelo-Melhor (Conde de): 60.
*Castilho, José de: 361.
*Castilho, Pero de: 315.
Castro, José de: 67, 68.
Castro Verde: 347, 364.
Cattaneo: 67, 68.
Ceará: 82, 84, 101, 102, 142, 157, 160, 161, 185, 226, 242, 245, 283, 290, 303, 308, 340, 412, 413.
Celas: 350.
Cerdeira: 355, 358, 364, 366.
*Cerdeira, António: 348.
César, Sebastião: 31.
Chaves: 349.
Chile: 145.
China: 145, 148, 156, 281, 300, 385, 411.
Cícero: 410.
Cidade, Hernani: XIX, XXIII, 11, 51, 61, 62, 67, 68.
Clemente X: 67, 68.
Clemente XIV: XIII.
Clermont: 298.
*Cócleo (Cocle), Jacobo: 160, 161, 240, 285, 286.
*Coelho, António de: 136, 228, 252, 343.
*Coelho, Domingos: 82, 341.
*Coelho, José: 316.
*Coelho, Manuel: 349.
Coelho de Carvalho, Francisco: 354.
Coelho da Silva, Inácio: 72, 159.
Coimbra: XVIII, 7, 11, 83, 89, 246, 266, 268, 274, 314, 341, 343-346, 350-368.
*Coimbra, Joaquim: 351.
Coimbrão: 337.
Coja: 351, 357.
*Colaço, António: 163.
Colbacchini, António: 301.
Colónia: 357.
Colónia do Sacramento: IX, 209, 287.

Como: 350, 363.
Condeixa: 352, 356, 364.
*Consalvi, Pier Luigi: 217-219, 226, 227, 235, 239, 339, 341.
Constança: 341, 363.
Copeiro: 346.
*Cordeiro, António: 356.
*Cordeiro, João: 357, 361.
*Correia, Domingos: 349.
*Correia, Frutuoso: 346.
*Correia, João: 357, 366.
*Correia, Luiz: 353.
Correia, Manuel: 85.
Correia Filho, Virgílio: 284.
Correia de Sá e Benevides, Salvador: 38.
Correlos: 358, 366.
Côrte Real, Diogo de Mendonça: 156, 203, 290.
Cossourado: 351.
Costa, Angione: 304.
*Costa, António da (1.º): 149, 334.
*Costa, António da (2.º): 357, 366.
Costa, Catarina da: 199.
*Costa, Diogo da: 82, 294, 295, 333, 342, 344, 361.
*Costa, Domingos da: 82, 338-340.
*Costa, Eusébio da: 353.
Costa, Francisco da: 384.
*Costa, João da: 351.
*Costa, Lourenço da: 347.
*Costa, Manuel da (1.º): 82, 341, 343.
*Costa, Manuel da (2.º): 364, 368.
*Costa, Miguel da: 347.
*Costa, Paulo da (1.º): 19.
*Costa, Paulo da (2.º): 20.
*Costa, Tomás da: 198.
*Costa, Vicente da: 344.
Costa Favela, Pedro da: 137.
Costa Freire, Cristóvão da: 389, 391, 394.
Coudreau, Henri A.: 173.
Coutinho, Francisco de Sousa: 12, 27, 28, 30, 180.
*Coutinho, Manuel (1.º): 342.
Coutinho, Manuel (2.º): 75.
*Couto, Gonçalo do: 197.

*Couto, João do: 355.
*Couto, Lopo do: 149, 334.
*Couto, Manuel do: 4, 299.
*Couto, Tomás do: 299, 300, 344, 385.
Covilhã: 354.
Crexido: 357, 364.
Cristelos: 365.
Cristina, Rainha: 67, 68.
Cruls, Gastão: XV, 137.
*Cruz, Alexandre da: 355.
*Cruz, Bento da: 350.
*Cruz, Domingos da: 345.
*Cruz, José da: 353.
Cruz, Pedro da: 183.
*Cruz, Teodoro da: 298, 353, 363.
Cumã, 59.
*Cunha, Agostinho da: 82.
*Cunha, António da: 191, 342.
Cunha, Cardeal da: 254.
Cunha, Euclides da: XV, XVI, 94, 328.
*Cunha, Joaquim da: 362, 367.
*Cunha, José da (1.º): 198.
*Cunha, José da (2.º): 351.
*Cunha, Nuno da: 19.
Cunha Rivara, Joaquim Heliodoro: XXIII, 136, 159, 319-320.
Dampier: 157.
*Daniel, João: XXIII, 132, 154, 175, 188, 189, 275, 282, 295, 303, 305, 308, 317, 327-329; "Tesouro Descoberto" e biografia, 317, 325, 326, 355, β63.
Deiró, Francisco Dias: 74, 80, 84.
*Delgado, Mateus: 48, 224, 225, 336.
Demócrito: 67-68.
*Dias, António: 352, 364.
*Dias, Barnabé: 148, 335.
*Dias, António: 352, 364.
*Dias, Francisco: 353.
Dias Ferreira, Gaspar: 13.
Dorsais, Pedro: 186.
Dourado, Feliciano: 27, 28, 30.
Douvres: 13.
*Duarte, Baltasar: 197, 346.
D. Duarte, Infante: 31.
*Duarte, Lázaro: 353.

*Duarte, Lourenço: 349.
*Duarte, Manuel: 341.
Duas Sicílias: 410.
Dunquerque: 24.
Durão, Santa Rita: 126.
*Eckart, Anselmo: 315, 322, 358, 363.
Elvas: 366.
Ericeira, Conde de: 21, 156.
Escalona, Duque de: 30.
Espanha: IX, 12, 18, 135.
Espírito Santo: 143, 162, 309.
*Estanislau, Inácio: 123, 124, 352, 364.
Estêvão, Frei: 75.
*Estêves, Manuel: 350.
Évora: 11, 83, 89, 91, 226, 243, 26,8 274, 284, 320, 321, 348, 349, 352, 354, 364-366.
Europa: 98, 133, 141, 147, 154, 155. 163, 167, 169, 171, 196, 239, 241, 339.
Faenza: 350.
Fafe: 358, 366.
*Falletto, João Mateus: 316.
Famalicão: 336, 340.
Faria, Carlos de: 393.
*Faria, Francisco de: 291.
Faria Severim, Gaspar de: 127.
*Farrell, Allan P.: 269.
Fataunços: 354.
*Fay, David: 273, 358, 363.
Fazenda de Anindiba: 82, 190.
— Amandijuí: 174.
— Gibirié: 261.
— Ibirajuba: 175, 326.
— Ilheus: 156.
— Jaguarari: 200.
— Mamaiacu: 100, 199, 200, 278.
— Marajó: 200, 246.
— S. Julião: 204, 205.
— Tabatinga: 202.
Feira: 343.
Felgueiras: 348.
*Fernandes, André: 40.
*Fernandes, António: 356, 365.
Fernandes, Baltasar: 74, 78.
Fernandes, Brás: 4.

Fernandes, Francisco: 283.
*Fernandes, Gaspar: 149, 335.
*Fernandes, João: 80, 82, 337, 340.
*Fernandes, José: 354, 364.
*Fernandes, Lourenço: 351, 365.
*Fernandes, Manuel (1.º): 89.
*Fernandes, Manuel (2.º): 342.
*Fernandes, Manuel (3.º): 351.
*Fernandes, Manuel (4.º): 354, 367.
Ferrão, António: 321, 327, 359.
Ferraz, A. L. Pereira: 162.
*Ferraz, Miguel: 357, 367.
Ferreira: 345.
*Ferreira, Caetano: 230, 231, 257, 343.
*Ferreira, Clemente: 354.
*Ferreira, Francisco: 345.
*Ferreira, Inácio: 228, 229, 342, 343, 385.
*Ferreira, João: 351, 364.
*Ferreira, Joaquim: 358, 366.
*Ferreira, José (1.º): 227, 268, 318, 343, 345, 346.
*Ferreira, José (2.º): 352, 367, 368.
*Ferreira, Manuel: 231, 305, 350, 367, 368.
*Ferreira, Nicolau: 354.
*Ferreira, Paulo: 327.
Ferreira de Castro: XV.
*Figueira, Luiz: XI, 44, 99, 100, 127, 136, 142, 143, 145, 147, 148; fundador da Missão, 190, 191, 196, 213, 214, 224, 251, 254, 262, 288, 290; estudos linguísticos, 294-296, 303, 308, 313, 314, 317, 334, 335, 410.
*Figueira, Pedro: 148, 335.
*Figueira, Teotónio: 355.
Figueiredo, Fidelino de: XX.
*Figueiredo, João de: 361.
*Figueiredo, Pedro de: 148, 335.
Filipe IV: 127.
Florença: 167, 350.
*Florim, Simão: 147, 335.
Foios Pereira, Mendo: 380.
Folques: 345, 358, 366.
*Fonseca, Aleixo da: 356, 365.
*Fonseca, António da (1.º): 343.
*Fonseca, António da (2.º): 358, 366.

*Fonseca, Bento da: 177, 206, 208; cronista, 317, 321-324; 335, 348-356, 364.
*Fonseca, José da: 344.
*Fonseca, Manuel (1.º): 256.
*Fonseca, Manuel (2.º): 358, 367.
*Fonseca, Matias da: 352.
Fonseca Figueiredo, Maria da: 321.
Fonte Arcada: 354.
Fontelo: 355, 364.
Formoselha: 353, 357.
Fornos: 357.
*Fragoso, Gaspar: 336.
França: 3, 13, 21, 22, 24, 31, 165, 215
Francisca, D. Isabel Maria: 292.
*Franco, António: XXIII, 335, 337, 339, 342-351.
*Franco, Filipe: 25.
Freire, Duarte: 205
*Freire, Francisco: 350.
Freire de Andrade, Gomes: 69, 83-87, 134, 326, 369.
Freixo: 350, 358, 366.
Friburgo: 341.
Friburgo de Brisgóvia: 354.
*Fritz, Samuel: 279, 283-285, 302.
Fülöp Miller, René: 300.
Funchal: 319.
Fundão: 367.
Fundões: 361.
Furtado, Bonifácio: 272.
Furtado, Manuel Roiz: 242.
*Fusco, Sebastião: 350, 365, 368.
*Gago, Ascenso: 303.
Gaia: 349.
*Gaia, Francisco da: 346, 348.
*Galanti, Rafael M.: XXIII, 208.
*Galvão, Duarte: 345, 346.
*Galvão, Manuel: 345, 346.
*Gama, Jerónimo da: 254; cronista, 317, 319, 348.
*Gama, José da: 169, 349, 363.
*Gandolfi, Estêvão: 80, 82, 197, 219, 341, 344.
Garcia, Rodolfo: XXIII, XXIV, 8, 20, 157, 200, 283, 325, 328, 413.
Gardner, George: 210.
Garro, Paulo Martins: 160, 161, 272.

Génova: 363, 383.
*Girão, Manuel: 357, 364, 368.
Góis: 354.
*Góis, Bento de: 281.
*Gomes, Agostinho: 336.
*Gomes, António: 82, 170.
*Gomes, Bernardo: 92, 149, 342.
*Gomes, Cláudio: 344.
*Gomes, Fernando: 313.
*Gomes, Gregório: 356, 365.
*Gomes, Luiz: 355.
*Gomes, Manuel (1.º): 79, 145, 149, 213, 216, 262, 317, 334.
*Gomes, Manuel (2.º): 351, 352, 367.
*Gomes, Marcelino: 82, 343.
*Gonçalves, André: 347.
*Gonçalves, Antão: 80, 82, 162, 216, 225, 342, 344.
*Gonçalves, António: 349, 364.
Gonçalves Dias, A.: 290, 318, 348.
*Gonçalves, Domingos: 346.
*Gonçalves, Francisco: 23, 34, 128, 184, 193, 196, 213, 214, 225, 233, 234, 337.
*Gonçalves, João: 341, 361.
*Gonçalves, Manuel: 350.
Gonçalves, Melchior: 74, 80.
*Gonzaga, António: 357, 366.
*Gonzaga, José: 358, 366.
*Gonzaga, Luiz: 352.
*Gonzaga, Manuel: 361, 364.
*Gorzoni, João Maria: 61, 70, 234, 338, 339.
*Gouveia, Cristóvão de: 105.
Grã, Manuel Gomes: 75.
Grândola: 343, 346.
Granja: 346.
Grão-Pará: Vd. Pará.
Gregório XIII: 269.
Grimaldi: XIII.
*Gruber, João: 347, 384.
*Guardado, Bernardo: 352.
Guilheiro: 349, 351.
*Guilhermy, E. de: 313, 359.
Guimarães: 356, 361, 362, 365.
Guisa, Duque de: 22.
*Gumilla, José: 303.

Gurupá: 45, 54, 58, 59, 65, 100, 134, 135, 137, 182, 190.
*Gusmão, Alexandre de: 89.
*Hafkemeyer, J. B.: 93.
Haia: 12, 13, 28.
Havre: 13, 338.
*Heckel, António: 354.
*Henriques, Bernardo: 361.
*Henriques, Eusébio: 355, 365.
*Henriques, Simão: 351, 353, 365.
Heráclito: 67, 68.
Heriarte, Maurício de: XXIII.
*Hernández, Pablo: 167.
*Hoffmayer, Henrique: 358.
Holanda: 3, 7, 12-15, 21, 22, 25, 27-29, 157, 180, 215.
*Homem, Lourenço: 345.
*Homem, Rodrigo: 269, 274, 350.
Homem de Melo: 286.
*Honorati, António: XX.
Horácio: 175, 241, 410.
Horta de Vilariça: 357, 410.
*Hundertpfundt, Roque: 255, 323, 355, 363.
Icatu: 254, 395.
Ilha de S. Domingos: 149.
— *do Faial:* 181.
— *de S. Francisco:* 268.
— *de Itaparica:* 25.
— *de Joanes:* Vd. *Ilha do Marajó.*
— *da Madeira:* 319, 340, 361.
— *do Marajó:* 148, 187, 199, 304, 313.
— *de S. Miguel:* 181, 344, 349.
— *de Sanchão:* 148.
— *do Sol:* 148, 335.
— *Terceira:* 181.
— *dos Tupinambaranas:* 306.
Ilheus: 143, 214.
*Inácio (Álvares), João: 357.
*Inácio, Caetano: 352.
*Inácio, João: 366.
*Inácio, Manuel: 353, 364.
Índia: 22-24, 27, 145, 153, 281, 300, 411.
Índia Bregínia: 172.
— Francisca: 251.
Índio André Aruaxis: 388.

Índio Ângelo: 261.
— Aripuanã: 306.
— Copaúba: 55, 59, 60.
— Faustino: 261.
— Francisco: 251.
— Iruri: 306.
— Jacaré: 271.
— Jacinto Maraguá: 388.
— José Jaraguari: 388.
— Lourenço: 309.
— Manuel: 261.
— Miguel Tapijara: 388.
— Paraparichana: 306.
— Paraparichara: 306.
— Pascoal: 388.
— Sebastião: 250.
— Sururi: 306.
— Tagaibuna: 185.
— Unicoré: 306.
Índios Abacaxis: 169.
— Acarases: 315.
— Acroás: 315.
— Andirás: 169.
— Andoás: 172.
— Arapiuns: 169, 229, 303, 308.
— Araras: 169.
— Aruaquis: 147, 305.
— Aruãs: 148, 169.
— Aruaxis: 388, 389.
— Barbados: 201, 315.
— Bócas: 147, 169, 313.
— Caianás: 305.
— Calcaís: 201, 391, 392.
— Carajás: 147.
— Cariris: 348.
— Coanis: 389.
— Cuxinxingas: 389.
— Gamelas: 177, 308.
— Goitacases: 315.
— Guabirus: 169.
— Guaiapinas: 388.
— Guajajaras: 308.
— Guêguês: 315.
— Iaraguarises: 388, 390.
— Ingaíbas: 313.
— Irurises: 306, 207.
— Jaqueses: 306.

Índios Jaris: 169.
— Jurases: 308, 388.
— Jurunas: 147, 308, 313.
— Maguases: 303, 306.
— Magués: 169, 303.
— Maiaunus: 389.
— Maraguás: 388.
— Maramomins: 309.
— Mares-Verdes: 309.
— Maués: 303.
— Mauris: 303.
— Moritises: 309.
— Muraguases: 308.
— Ocunharis: 389.
— Omáguas: 282.
— Nheengaíbas: 57, 128, 138, 147, 191, 313.
— Pacajás: 128, 147, 250.
— Paiaiás: 315.
— Paranaubís: 309.
— Pataxoses: 309.
— Periquitos: 169.
— Pixunas: 388.
— Poquis: 128, 147, 186.
— Quiriris: 160, 309, 315.
— Rerius: 308.
— Sapiuns: 389.
— Tacuanhapes: 147, 274.
— Tapajós: 57, 147, 229, 301, 305, 313.
— Teremembés: 304.
— Tobajaras: 147, 308.
— Tucujus: 138, 389.
— Tupinambaranas: 169, 313, 320.
— Tupinambás: 234.
— Urucuçus: 313.
— Urupases: 308.
Inglaterra: 14, 23, 28.
*Ingram, Frederico: 347.
Itália: 10, 180, 357, 359, 362, 410.
Japão: 145, 300, 350, 411.
D. João III: 36.
D. João IV: 3, 8-11, 13-18, 27, 33, 54, 61, 62, 101, 127, 171, 180, 182, 196, 197.
D. João V: 131, 202, 286.
*João, Luiz: 353, 367.
D. José I: XII, 195, 245.

*José, António: 354, 363.
*José, Dámaso: 357, 366.
*José, Leonardo: 355, 364.
*José, Manuel: 352, 365.
*Jouanen, José: XXIII, 283, 284.
Junqueira, Francisco: 385.
*Justo Luca, João: 345.
*Juzarte, Manuel: 105, 155, 216, 225, 340.
*Kaulen, Lourenço: XIII, 357, 363.
*Keyling, José: 358, 364.
*Kleiser, Afonso: 318.
*Kratz, Wilhelm: 150.
Krause, Fritz: 302.
*Laburu, J. A. de: 192.
La Condamine, Carlos Maria: XXIII, 279, 283, 410.
Ladislau, Alfredo: XV, 173.
*Lafitau: 303.
Lagoa de Lauricocha: 284.
Lamego: 343, 348, 349, 358, 361, 363, 367.
Lamego, Alberto: XIII, XXI, XXIV, 178, 232, 254, 255, 289.
Lameiras: 353, 365.
Landel: 364.
Landi, António José: 179.
Lapa: 324.
*Lapide, Cornélio à: 382.
Launay, J. Belin de: XXII.
Leal, Inácio: 391.
*Leão, Inácio: 315.
Leiria: 336.
Leitão, Heitor Mendes: 60.
Leitão, Joaquim: 60.
*Leite, João: 148, 335.
*Leite, Serafim: XXIV, 7, 34, 45, 61, 70, 71, 99, 148, 154, 173, 195, 214, 224, 234, 247, 254, 255, 262, 264, 284, 285, 287, 290, 303, 308, 313, 316, 317, 411–413.
Lemos Brito: 209.
Leorne: 180.
Lessa, Clado Ribeiro de: XVIII.
Lima: 30.
*Lima, Manuel de (1.º): 9, 35, 47, 336.
*Lima, Manuel de (2.º): 148, 335.

Lima, Pascoal: 391.
Lisboa: 3, 4, 8, 12, 17, 20, 24, 25, 28, 29, 33, 37, 43, 47, 58, 60, 64, 72, 83, 84, 92, 93, 99, 102, 124, 133, 148, 149, 157, 165, 167, 168, 178–181, 185, 208, 209, 214, 215, 219, 224, 235, 241, 242, 245, 264, 265, 269, 276, 277, 285, 300, 314, 320, 323, 326, 327, 329, 336, 337, 340–345, 347–358, 361–368, 383, 412.
Lisboa, Cristóvão de: 99.
Lisboa, João Francisco: XIX, XXIV, 15, 72, 200.
*Lobo, Álvaro: 299.
Lobo, D. Francisco Alexandre: XVIII.
Lobrigos: 358, 367.
Londres: 13.
Longos Vales: 347.
*Lopes, António: 358, 366.
*Lopes, Francisco (1.º): 336.
*Lopes, Francisco (2.º): 358, 366.
Lopes, Henrique: 77, 78.
*Lopes, José: 169, 220, 221, 230, 231, 347–349, 389.
*Lopes, Manuel (1.º): 340.
*Lopes, Manuel (2.º): 344.
*Lopes, Manuel (3.º): 351, 364.
*Lopes, Miguel: 347, 349.
*Lopes, Pascoal: 367.
Lope de Vega: 410.
Lorvão: 347.
Loures: 358, 367.
Lowie, Robert H.: 302.
Luca: 350.
Lúcio de Azevedo, J.: XI, XVII-XIX, XXIII-XXV, 4, 8–18, 24, 31, 33, 34, 37, 40, 44, 59–62, 69, 72, 97, 98, 100, 140, 148, 167, 195, 197, 198, 207, 208, 220, 228, 229, 231, 236, 251, 254, 275, 283, 296, 299, 328, 337.
D. Luisa, Rainha: 60.
*Luiz, Filipe: 348.
*Luiz, Inácio: 344.
*Luiz, João: 358, 367.
*Luiz, Manuel: XXI, 357, 366, 368, 410.
*Luiz, Paulo: 338.

*Luiz, Simão: 336, 340.
Lusitano, Cândido: XX.
Luxemburgo: 318.
*Machado, António: 177, 353, 367, 368.
*Machado, Francisco: 351, 365.
Machado, Pascoal: 381.
*Macedo, António de: 350.
Maciel Parente, Bento: 137.
*Madeira, Domingos: 364.
*Madeira, João: 89.
*Madeira, José: 355.
*Madureira, J. M. de: XXIV, 272.
*Magalhães, António Pereira Dias de: 60.
*Magalhães, Manuel de: 198.
*Magalhães, Sebastião de: 134.
Maia da Gama, João da: 206, 273, 320.
Maintenon, Madame de: 298.
*Malagrida: 149, 150, 177, 206, 243, 244, 254, 299, 322, 350, 363, 368.
*Malowetz, Francisco Xavier: 178, 346.
*Mamiani, Luiz: 243.
Manaus: XVI.
Manescal, António: 94.
D. Manuel I: 23, 156.
Maranhão: XI, XVII, 6, 9, 14, 20, 30, 31-38, 40, 43-45, 47, 49, 51, 53, 55, 59-62, 64, 66-84, 87, 90, 91, 93, 98-106, 130, 133, 134, 136, 138, 141, 143, 145, 147-150, 157-161, 165, 167-169, 178, 181-184, 186-188, 191, 194-198, 200, 202, 203, 205, 207-209, 213-222, 234-237, 239-245, 249, 253-255, 261-269, 271, 272, 274-276, 278, 282-284, 286, 288, 290, 291, 294, 296, 298-300, 304, 308, 311, 313-315, 333, 335, 340, 343, 345, 347-352, 356-369, 372, 377, 387, 410, 412-414.
Marcial: 410.
*Marcot, João: 345.
D. Maria I: 277.
D. Mariana de Áustria: 358.
*Marques, António: 354.
Marques, César: XXIV, 54, 243, 290.

*Marques, Manuel: 358, 359, 366.
*Marques, Pedro: 357, 366.
Marrocos: 313.
Marshall, T. W. M.: 210.
*Martins, António: 355, 365.
*Martins, Bartolomeu: 198.
*Martins, José: 351.
*Martins, Manuel Narciso: XXIII.
Martius, Carlos F. F. von: 294, 301, 310.
Marvão: 351, 365.
*Mascarenhas, António de: 11.
Mascarenhas, Fernão de: 8.
*Mascarenhas, Inácio: 35.
Mascarenhas, D. Vasco: 160.
Mata, Alfredo Augusto da: 162.
*Mata, João da: 354.
Matos, António Rodrigues de: 180.
*Matos, Francisco de: 219, 235, 264, 344.
*Matos, João de: 23.
*Matos, Silvestre de: 345.
Mazarino, Cardeal: 13, 31.
*Mazzolani, Aníbal: 123, 220, 350.
Mazzolani, Conde: 350.
*Mc Erlean, J.: 338.
*Meisterburg, António: 357, 363.
Melo, Baltasar Fontes de: 182.
Melo, D. Francisco de: 23.
*Melo, Manuel de: 361.
Melo, D. Pedro de: 54.
Melo de Castro: 276, 290.
Melo Leitão, C. de: 282, 304.
Melo Morais, A. J. de: XXIV, XXV, 59, 61, 64, 70, 73, 79, 80, 89, 126, 170, 202, 226, 229, 257, 313, 320, 321.
Melo Morais Filho: 299.
Menaggio: 350.
Mendes, Belchior: 391.
*Mendes, Manuel: 367.
Mendes de Almeida, Cândido: XXII, XXIV.
*Mendoça, José de: 220, 221, 230, 348.
*Mendoça, Luiz de: 220, 348.
*Mendonça, João: 355, 356.

Mendonça Furtado, Francisco Xavier de: 59, 127, 168, 169, 183, 194, 195, 203, 204, 278, 311.
Meneses, D. Antónia: de: 58.
Meneses, Fernão Teles de: 3, 4.
Meneses, Luiz César de: 157.
Meneses, Rodrigo de: 16.
Mesquita, José da Silva: 384.
Messina: 269, 367.
Métraux, A.: 302, 303, 305.
Meyer, Augusto: 413, 414.
México: 158, 313.
Milão: 363, 382.
Minas Gerais: 272, 286, 287.
Minas, Marquês das: 81.
Minho: 320.
Miranda do Corvo: 349, 355, 356, 365.
Miranda do Douro: 348, 349, 353, 356, 358, 361, 363, 365, 366.
Miranda, Bertino de: 72.
*Miranda, Francisco de: 354.
*Miranda, Manuel de: 353.
*Misch, Gaspar: 153, 218, 225, 234, 240, 339.
Mogadouro: 345.
Mogúncia: 322, 358, 363.
Molière: 298.
Monção: 342, 344, 351, 367.
Monçarros: 352, 357.
Moncorvo: 410.
Monforte, Manuel de: 135.
*Moniz, Manuel: 149, 335.
Moniz Barreiros, António: 181.
Montalvão, 355, 364.
Montalvão, Marquês de: 8.
Monteiro, Aires: 380.
*Monteiro, Manuel: 355, 365.
Monteiro Paim, Roque: 89, 134.
Monteiro, Pedro Fernandes: 30.
*Monteiro, Pedro: 338, 340.
*Montoya, António Ruiz de: 294, 315.
Montpensier, Mademoiselle de: 13.
*Morais, António de: 358, 367.
*Morais, Jacinto de: 361, 365.
*Morais, José de: XXIV, 20, 32, 37, 100, 137, 162, 196, 197, 213, 214, 234, 242-244, 262, 263, 272, 279, 308, 317-325, 352, 363.
Morais, Raimundo: XV.
*Morato, Manuel: 351.
*Moreira, António: 298, 352, 359, 363.
*Morim, Luiz de: 229, 389.
Mortecha: 354.
*Mota, Francisco de: 82.
*Mota, Manuel da: 169, 347, 348, 366, 389.
Moura: 4, 364.
Moura, Alexandre de: 262, 334.
*Moura, José de: 345.
Mourão: 351, 352.
Munhós, Ana: 183.
Múrias, Manuel: XXIV, 7.
Murr, Cristóvão: 315, 322.
Murtede: 364.
*Mury, Paulo: XXIV, 299.
Munster: 28.
Muxagata: 366.
*Narváez, Juan de: 283.
Nassau, Maurício de: 7.
Nápoles: 17, 22, 31, 350, 365.
Natividade, Estêvão da: 55.
Natividade, José da: 240.
*Nepomuceno, João: 362.
Nespereira: 350.
*Neves, António das: 347.
*Neves, José das: 357.
*Neves, Manuel das: 355.
Nimuendaju, Curt: 301.
Nisa, Marquês de: 31, 180.
Nobre Mourão, Feliciano Ramos: 123, 124.
*Nóbrega, Manuel da (1.º): XIII, XIV, 3, 5, 141, 150, 154, 193, 294, 304, 411.
*Nóbrega, Manuel da (2.º): 358, 366.
Nogueira: 355.
*Nogueira, António: 357, 366.
*Noia, Manuel da: 342.
Noronha, José Monteiro: 275, 276.
Novara: 351.
*Noyelle, Carlos de: 84, 219.
*Nunes, Diogo: 79, 145, 149, 213, 214, 262, 334.
Nunes, Jerónimo: 24.

*Nunes, João: 18, 19.
*Nunes, Manuel (1.º): 128, 147, 182, 216, 224, 225, 282, 294, 313, 337.
*Nunes, Manuel (2.º): 80, 82, 157, 342, 344.
*Nunes, Manuel (3.º): 352.
Óbidos, Conde de: 160, 161.
Odemira, Conde de: 26.
Olinda: 190.
*Oliva, João Paulo: 159, 217, 235.
Oliveira do Conde: 345.
*Oliveira, António de: 235.
*Oliveira, Bento de: 134, 227, 240, 243, 246, 274, 318, 345, 381.
*Oliveira, Caetano de: 356.
Oliveira, Diogo Luiz de: 24.
*Oliveira, José de: 357, 366.
*Oliveira, Luiz: 350, 353, 368.
*Oliveira, Manuel de: 361, 365.
Oliveira, Oscar de: 202.
*Oliveira, Pedro de: 343.
*Oliveira, Salvador de: 251, 315.
*Oliveira, Silvestre: 354, 367, 368.
Oliveira, Vicente de: 182.
Olivença: 352, 366.
*Orlandini, João Carlos: 228, 267, 341.
Orleans, Duque de: 13.
Ovídio: 357, 410.
Owen, John: 410.
Pabón, Jesús: 45.
Paço de Arcos: 28, 35.
Paderne: 342.
*Paiva, Bento de: 350, 367, 368.
Paixão e Silva, Moacir: 209.
Palermo: 269.
Palhavã: 335.
Palheta, Francisco de Melo: 158, 170, 184, 391.
Palma: 358.
Palma Muniz: XXIV, 278.
Palmares: 366.
*Pamplona, Manuel: 358, 366.
Pará: XXI, 9, 34, 36, 43, 44, 53, 56-62, 67, 68, 71, 73, 76-78, 82, 85-88, 91-93, 98-102, 105, 106, 122, 123, 133, 136-138, 141, 148-150, 153, 157-159, 161, 165-169, 171, 175, 178, 181, 187, 189-191, 195-107, 201-202, 207, 209, 213-222, 226, 228, 229, 231, 234, 239-246, 253-255, 262-266, 271-279, 282, 288-291, 294, 295, 299, 300, 311, 313, 315, 318, 321-324, 326, 327, 333, 351, 358, 361-369, 372, 383, 384, 387, 389, 412, 414.
Paraguai: 145.
Paraíba: 286.
Paris: 12, 13, 23, 31, 180, 283, 320.
Parnaíba: 261, 263, 289.
Passô: 358, 366.
Pastor, Luiz von: 195.
Pastos Bons: 255-257.
Pedreira: 352, 364.
D. Pedro II: 62, 93, 160, 264, 267, 285, 318, 375.
*Pedro, João: 367.
*Pedro, José: 368.
*Pedrosa, Francisco de: 82.
*Pedrosa, Pero de: 67-68, 72, 78, 80, 82; Visitador, 271-219, 225, 226, 235, 240, 273, 283, 337, 342, 343.
Pedroso: 349, 364.
Pedrouços: 232.
Pemán: 300.
Penaguião, Conde de: 33.
Peniche: 8.
Perdigão, Jorge: 3.
Pereá: 82.
Peregrino Júnior: XV, 172.
Pereira: 320, 345, 351.
*Pereira, António (1.º): 84, 92, 149, 226, 234, 315, 340, 361.
*Pereira, António (2.º): 361.
Pereira, António Fernandes: 181.
*Pereira, Carlos: 220, 231, 347, 348.
*Pereira, Domingos: 361, 367.
*Pereira, Gonçalo: 220, 361, 391, 392.
*Pereira, Inácio: 198, 385.
*Pereira, Jerónimo: 352, 353, 365.
*Pereira, João: 353.
Pereira, João Baptista: 160.
*Pereira, José: 353, 367.
*Pereira, Júlio: 123, 124, 231, 232, 364, 368.

Pereira, Manuel (1.º): 353.
*Pereira, Manuel (2.º): 356.
*Pereira, Miguel: 344, 361, 364.
*Pereira, Pedro: 148, 335.
Pereira dos Reis: 60.
*Pereira, Roberto: 276, 277, 355, 367.
*Pereira, Sebastião: 274.
*Pereira, Tomás: 346.
*Peres (Perret), Jódoco: 78, 80 82, 87-89, 105, 149, 226, 228, 241, 228, 241, 340, 342, 343,
*Perier, Alexandre: 197, 198, 384,385.
Pernambuco: IX, 11-14, 21, 23, 27-30, 81, 83, 102, 143, 146, 158 160, 214, 216, 286, 334, 337, 342, 344, 412.
Peru: 158, 170.
Pésaro: XXI.
Pêso da Régua: 324.
*Pessoa, Luiz: 19.
Pestana, Luiz: 75, 77, 78.
Petrália: 367.
*Pfeil, Aloísio Conrado: 80, 82, 241, 279, 284, 285, 341.
Piauí: 185, 204, 284, 393.
*Piccolómini, Francisco: 33, 214.
Piemonte: 357.
Pimenta, Alfredo: 32.
*Pimenta, João: 62.
*Pimentel, Manuel: 349.
*Pinheiro, Luiz: 350.
Pinheiro Vieira, Vitoriano: 391.
Pinhel: 345.
*Pinto, António: 361, 365.
*Pinto, Domingos: 350.
*Pinto, Francisco: 136, 145, 149, 213, 334.
*Pinto, Manuel: 357.
Pinto, Mariana: 58.
Pio IV: 269.
Pio V (São): 135.
Pio Corrêa, A.: 158.
Piratininga: 194, Vd. S. Paulo.
*Pires, Francisco: 148, 149, 335.
*Pires Manuel: 234, 235, 337.
*Pires, Sebastião: 84, 218, 341.
Plauto: 298.
Poiares: 344, 353.

Pombal: 349, 352, 353, 363, 367.
Pombal, Marquês de: XIII, XVIII, 129, 165, 195, 326, 412.
Pompeu Sobrinho, Th.: 303.
Ponta de João Dias: 130.
Ponte da Barca: 342.
Ponte de Lima: 337, 340.
*Ponte, Domingos da: 355.
Porreiras: 364.
Portalegre: 351, 364, 365.
Portelo: 356, 365.
Pôrto: 27, 61, 163, 337, 340, 343-345, 348, 351, 352, 353, 361, 364, 365.
Pôrto Salvo: 273.
Pôrto, Rúbens: 413.
Pôrto Seguro: 239.
Pôrto Seguro, Visconde de: XXIII--XXV, 8, 26, 64, 72, 83, 85, 86, 163, 216, 325, 328.
Portugal: passim.
Portugal, D. Luiz de: 27.
Portunhos: 352, 364.
Potosi: 30, 31.
Pousos: 367.
Prazeres, Fr. Francisco de N.ª S.ª dos: 74.
Preuss: 303.
*Quadros, Manuel de: 353.
Quintela: 352, 365.
Quinto: 364.
Quito: 30, 136, 281, 283.
Racine: 298.
Rangel, Alberto: XV.
Ravardière: 334.
*Rebelo, Francisco: 354, 367.
Rebelo, Francisco Ferreira: 29.
*Rebelo, Manuel: 229, 304, 345.
Recife: 29, 242, 348.
Redinha: 353, 365.
Refontoura: 348.
*Regis, Dionísio: 353, 365.
*Rêgo, António do: 384, 385.
*Rêgo, Francisco do: 148, 335.
Rêgo Barreto, Inácio do: 34, 336.
Reis, Artur César Ferreira: XXV, 199, 278.
*Reis, Dionísio dos: 352.

*Reis, Manuel dos (1.º): 169, 170, 349.
*Reis, Manuel dos (2.º): 355.
*Restivo, Pablo: 315.
*Retz, Francisco: 167, 236.
Reveles: 352, 353, 364, 365.
Ribeira de Frades: 352, 355, 365.
*Ribeiro António (1.º): 337.
*Ribeiro, António (2.º): 82, 284, 340.
*Ribeiro, Baltasar: 343, 361.
Ribeiro Couto: 194.
Ribeiro, Duarte: 23.
Ribeiro, Eugénio: 74, 80, 83, 84.
*Ribeiro, Francisco (1.º): 34, 35, 89, 92, 340.
*Ribeiro, Francisco (2.º): 365.
*Ribeiro, Geraldo (1.º): 341, 344.
*Ribeiro, Geraldo (2.º): 353, 365, 368.
*Ribeiro, João: 342.
*Ribeiro, Manuel: 177, 353, 363.
*Ribeiro, Tomé: 182, 336.
Ribeiro do Amaral: 334.
Ricardo, Cassiano: 102, 103.
Rio Amazonas: IX, XV, 30, 57, 65, 66, 102, 104, 128, 134-138, 140, 142, 154, 155, 172, 179, 209, 229, 264, 281-284, 303, 304, 308, 319, 320, 328, 413.
— Anapu: 162.
— Araguari: 389.
— dos Aruaxis: 388.
— Bom: 349.
— Caburis: 312.
— Camocim: 142.
— da Cruz: 142.
— Curuçá: 199.
— Deméni: 312.
— Guaporé: IX.
— Gueribi: 135.
— Gurupi: 58, 191, 215, 265.
— Iguará: 201.
— Itapicuru: 34, 149, 150, 201, 213, 254, 308, 373.
Rio de Janeiro: IX, 12, 67, 68, 83, 143, 160, 187, 190, 214, 267, 272, 286, 299, 310, 333, 341, 344, 348, 366.
— Japurá: 309.
— Jari: 135, 389.

Rio Madeira: 133, 160, 184, 306, 320, 347, 413.
— Marajó: 199.
— Maueguaçu: 390.
— Mearim: 201, 254, 395.
— Mississipi: 281.
— Moju: 199, 327.
— Monim: 254.
— Morandi: 388.
— Negro: 92, 133, 135, 155, 244, 276, 285, 312, 413.
— Nilo (Azul): 281.
— Pacajá: 150, 192, 250.
— Parnaíba: 282, 284, 308.
— Paru: 135.
— Pinaré: 373.
— da Prata: IX, 209, 287, 319.
— de S. Francisco: 30, 309.
— Solimões: 92, 133, 150, 284, 413.
— Tapajós: 169, 226, 249, 285, 304, 305, 313.
— Tejo: 93.
— Tocantins: 51, 156, 282, 308, 323, 412.
— Trombetas: 135.
— Urubu: 135.
— Urupaú: 312.
— Xingu: 135-137, 274, 305, 308, 323.
— Zambeze: 281.
*Rocha, João da: 381.
*Rocha, José da: 361, 363.
*Rocha, Manuel da: 148, 335.
*Rocha, Pedro da: 16, 18.
Rocha Pombo, José Francisco da: XXV, 102.
Rochela: 12.
*Rodrigues, Agostinho: 354.
*Rodrigues, António: 362.
*Rodrigues, Bartolomeu: 308, 346.
*Rodrigues, Bento: 341.
*Rodrigues, Bernardo: 352, 364.
Rodrigues, Diogo: 244.
*Rodrigues, Francisco (1.º): XXV, 12, 20, 300.
Rodrigues, Francisco (2.º): 199, 362.
*Rodrigues, João: 315, 352.

*Rodrigues, José: 352.
*Rodrigues, Manuel (1.º): 82, 164, 339, 340, 344.
*Rodrigues, Manuel (2.º): 349.
*Rodrigues, Manuel (3.º): 356.
*Rodrigues, Matias: XXI, 277, 287, 317, 319, 356, 365.
Rodrigues, Melchior: 75.
*Rodrigues, Silvestre: 355, 364.
Rodrigues Ferreira, Alexandre: 276.
Rodrigues Marques: 26.
*Roldão, António: 351.
Rolland, Romain: XII.
Roma: XIII, XXI, 7, 12, 15-19, 20, 23, 31, 33, 62, 67, 68, 105, 108, 127, 129, 130, 180, 184, 205, 214, 219, 224, 231, 242-244, 246, 252-254, 257, 267, 287, 315, 357, 368, 396, 412.
Romero, Sílvio: XX.
*Ronconi, José: 355, 364.
Roquette-Pinto, E.: 94, 172, 301.
Rousseau, Jean Jacques: XII.
Rússia Branca: 322, 359.
*Sá, António de: 356.
Sá, José da Cunha de: 392.
*Sá, Veríssimo de: 361, 367.
Sá de Meneses, Francisco de: 72-74, 94, 196.
Sabugosa: 351, 353, 365.
Saint-Priest: 195.
*Sales, Francisco de: 276, 361, 365.
*Samartoni (Szentmartonyi): 364.
Samil: 365.
*Sampaio, António de: 347-349.
*Sampaio, João de: 186, 347, 349, 388.
Sampaio, Jorge de: 51, 74, 80, 84.
Sanches, António: 391.
Sandelgas: 327.
Sanson: 284.
Santa Eulália de Ferreira: 353, 367.
S. Marta (Braga): 348.
Santa Rosa, A. de: 282.
Santarém (1.º): 4.
Santarém (2.º): 292, 293.
Santarém, Visconde de: 165.
S. André de Ferreira: 349, 361.
S. António de Alcântara: 76. Vd. Alcântara de Tapuitapera.
S. Fins: 352.
S. Gião: 343.
S. João (Braga): 367.
S. João (Coimbra): 355.
S. João da Foz: 27.
S. José e Queirós, D. Fr. João de: 290, 293.
S. Julião da Barra: 35, 231, 232, 322, 327, 328, 368.
S. Lourenço (Braga): 354, 364.
S. Luiz do Maranhão: 54, 71, 73, 79, 84, 136, 158, 181, 191, 217, 223, 224, 239, 243, 261, 263, 272, 274, 278, 279, 319, 323, 326, 334, 358, 369, 373, 389, 399, 396.
S. Mamede: 347, 349.
S. Marcos (Braga): 364.
S. Marcos (Évora): 354.
S. Martinho de Argoncilhe: 354, 367.
S. Martinho (Braga): 354.
S. Martinho (Coimbra): 366.
S. Miguel de Porreiras: 352, 353.
S. Paio (Braga): 361, 365.
S. Paulo: IX, 143, 214, 286, 310, 323, 363, 412.
S. Pedro de Espinho: 354.
S. Pedro de Pedrela: 354.
S. Pedro do Rêgo: 361.
S. Pedro do Sul: 350.
S. Tiago de Besteiros: 349.
S. Tiago de Valado: 352, 365.
*Santiago, Felipe: 347.
S. Vicente: 334.
Santos: 344, 356, 366.
*Santos, António dos (1.º): 355.
*Santos, António dos (2.º): 358, 366.
Santos, Francisco Duarte dos: 207, 208.
*Santos, José dos: 356, 366.
*Santos, Manuel dos (1.º): 343, 345.
*Santos, Manuel dos (2.º): 354, 363.
*Saraiva, Manuel: 228, 266, 346.
Sardoal: 348, 354, 363.
Schinberg, André: 298.
Schmidt, Wilhelm: 301, 303.
Schmitz: 358.

*Schwartz, Martinho: 358, 364.
*Scotti, António Maria: 198, 220, 350.
*Seabra, Manuel: 361.
D. Sebastião, Rei: 9, 61, 202.
*Sêco, António: 347.
*Ségneri, Paulo: 254.
*Seixas, José de : 218.
*Seixas, Manuel de: 229, 349, 351, 387, 394.
Seixas, D. Romualdo António de: 4, 6.
Selano: 359.
Séneca: 7.
Sérgio, António: XX.
Serpa: 344.
Serpa, António de: 13.
Serra de Ibiapaba: 136, 149, 150, 185, 313, 412.
Serra, José da: 254.
Setúbal: 343.
Sião: 337.
Sicília: 269, 357.
Silésia: 354.
*Silva, António da (1.º): 340, 342, 361.
*Silva, Antônio da (2.º): 367.
*Silva, Bernardo: 354, 367.
Silva, Duarte da: 25.
*Silva, Francisco da: 351.
Silva, Inácio da Fonseca: 75.
*Silva, João da: 343, 361.
Silva, João de Melo da: 182.
*Silva, Manuel da (1.º): 82, 339, 344.
*Silva, Manuel da (2.º): 244, 255, 257, 367, 368.
*Silva, Manuel da (3.º): 321.
*Silva, Miguel da: 346.
Silva, D. Pedro da: 6, 7.
*Silva, Pero da: 234, 235, 340.
' Silva Nunes, Paulo da: 186, 207.
Silveira, Estácio da: 137, 282.
*Silveira, Francisco da: XXI.
*Simões, António: 349, 365, 368.
*Simões, Manuel: 352.
Simonsen, Roberto C.: 157, 209.
Sioga: 350.
Soares, António: 340.
*Soares, Barnabé: 74, 75, 80, 82, 226, 343.

*Soares, Diogo: 286, 287.
*Soares, Francisco (1.º): 82, 343, 344.
*Soares, Francisco (2.º): 347, 348.
*Soares Lusitano, Francisco: IX, XII.
*Soares, Joaquim: 356, 365.
*Soares, José: 336.
Sombra, S.: 164.
*Sommervogel, Carlos XXV: 313, 315, 316, 320, 321, 357, 359.
Soure: 355, 365.
Sousa, Alberto de: 354.
*Sousa, Amaro de: 361.
Sousa, Augusto: XIX.
*Sousa, Diogo de: 341, 362.
*Sousa, Francisco de: 228.
Sousa, Hilário de: 274.
*Sousa, João de (1.º): 361, 364.
Sousa, D. João de (2.º): 81.
Sousa, João de (3.º): 75.
*Sousa, José de (1.º): 230, 348.
Sousa, José de (2.º): 274.
Sousa, José Fernando de: XX.
*Sousa, Manuel (1.º): 128, 274, 336.
*Sousa, Manuel (2.º): 358, 367.
Sousa, Manuel (3.º): 288.
Sousa, Tomé de: 411.
Sousa Coelho, Mateus de: 34.
Sousa Coutinho, D. Francisco de: 140.
Sousa Freire, Alexandre de: 206, 296, 320.
Souselas: 363.
Southey, Roberto: XXV, 207, 210.
*Souto Maior, João de: 128, 191, 224, 250, 254, 272, 336.
Souto Maior, Manuel David: 182.
Souto (Porto): 351.
Souto de Vide: 361.
Spoleto: 359.
Stanley: XV.
Steinen, Karl von den: 302.
Studart, Barão de: XXV, 44, 58, 60, 136, 245, 283, 303.
*Szluka, João Nepomuceno: 358.
*Taborda, Manuel: 352, 365.
*Tamburini, Miguel Ângelo: 220.
Tancos: 343:
Tapajónia: 304.

Tapajós, Torquato: 191.
Tapuitapera: 76, 78, 137, 203, 204, 220, 289, 333, 342-344, 361. Vd. Alcântara.
*Tavares, Domingos: 355, 364.
*Tavares, Jacinto: 356, 365.
*Tavares, João (1.º): 348.
*Tavares, João (2.º): 362, 366.
*Tavares, Joaquim da Silva: 156.
*Tavares, José: 351, 365.
Tavares, Manuel Francisco: 388, 391.
*Távora, José de: 358, 366.
*Tedaldi, Pedro Maria: 357, 367, 368.
*Teixeira, Bernardo: 356.
*Teixeira, João: 347, 352, 353, 389.
Teixeira, Manuel: 137.
*Teixeira, Nicolau: 148, 335.
Teixeira, Pedro: 137, 281.
*Teixeira, Sebastião: 337, 340.
Tentúgal: 350.
D. Teodósio de Bragança: 13, 17, 33, 35, 37, 40.
Terêncio: 298, 410.
Tibete: 281.
Tívoli: 410.
Toledo, André de: 283.
*Toledo, Francisco de: 231, 232, 363.
Tomar (Portugal): 356, 366.
Tomar (Rio Negro): 312.
*Tomás, Francisco: 349.
*Tomás, José: 342.
Tordesilhas: 412.
Torrão: 345.
Torre, Conde da: 30.
Torroselo: 366.
*Traer, Francisco Xavier: 147, 346.
Trafaria: 356, 365.
Travaços: 325.
Travaçós: 325, 355, 363.
Travassos, Mário: 283.
Tréveris: 257, 274, 363.
Trindade, Diogo da: 169-171.
Tutóia: 201.
Una: 324.
Unhão, Condes de: 4.
Up de Graff, F. W.: XV, 172.
*Valadão, João: 343, 346.

Val de Cães: 324.
*Vale, Salvador do: 70, 272, 337, 339.
Vale do Corvo: 349.
Vale de Todos: 352.
*Valente, Francisco: 12.
Valério, José Borges: 240.
*Van de Velde: 339.
Varejão: 22
Vargas Getúlio: XV, 413.
Varnhagen, Francisco Adolfo: Vd. Pôrto Seguro, Visconde de.
*Vasconcelos, Simão de: 8, 141, 214.
*Vaz, António: 220, 291.
Vaz de Siqueira, Rui: 69-71, 216.
*Veiga, Francisco da (1.º): 337.
*Veiga, Francisco da (2º): 352, 364, 368.
*Veiga, Inácio da: 353, 365.
*Velez, António: 358, 366.
*Velho, Manuel: 198.
*Veloso, Francisco: 128, 224-226, 234, 235, 239, 240, 243, 254, 263, 296, 336, 340.
Veloso, José Mariano da Conceição: 314.
Ventosa: 353, 365.
Ventoso, Inácio: 75.
*Veras, Gonçalo de: 80, 82, 216, 225, 338.
D. Veríssimo, Cardeal: 9.
Viana do Castelo: 361, 365.
*Vicente, Manuel: 148, 335.
Vidal de Negreiros, André: 53, 54, 104, 171.
*Vidigal, José: 229, 230, 298, 315, 321, 345.
*Viegas, Artur: 126.
*Vieira, António (1.º): XI, XIV, XVI-XIX, XXV, biografia antes de ir para o norte do Brasil, 1-41; lutas a favor da liberdade dos Indios, 43-70, 73 89, 90, 92, 102; a sua "Visita" ou lei interna das missões, 105-124; o governo das Aldeias, 125-131, 136-138; zêlo e recrutamento missionário, 141-146, 148, 149, 154-156, 164, 169, 171, 173, 174; desprendimento e caridade, 180-189,

193, 196, 214, 215, 224, 225, 233-235, 242, 243, 246, 247, 249, 251, 254; promove os estudos, 261, 263, 264, 274, 278, 279, 281, 282, 284, 288, 289, 291, 295-297, 310, 311, 313; 317, 319, 336-339, 344, 410, 412.
*Vieira, António (2.º): 361.
*Vieira, Manuel: 347.
*Vieira, Marcos: 82, 71, 338, 344.
Vieira, Pedro: 26, 38.
*Veira, Vicente: 385.
Vieira Ravasco, Cristóvão: 3, 4, 17,
Vigia: 167, 179, 199, 202, 241, 244, 255, 261, 273, 289, 399, 409, 414.
Vila Cova: 352.
Vila do Conde: 273.
Vila Franca, Conde de: 4.
Vila Nova: 345.
Vila Nova de Marquesa: 229.
Vila Real: 345, 346.
Vila Sêca: 347.
Vila Viçosa: 351, 364.
Vilar (Braga): 367.
Vilar (Miranda): 358.

Vilar de Ossos: 366.
*Vilar, João de: 228, 266-268, 343.
Vilhasanti, Pedro Cadena de: 7.
Vilhena, Luiz dos Santos: 285, 286.
Virgílio: 410.
Viseu: 325, 345, 350, 355-358, 361, 363-367.
Vogeli, F.: XXII.
Voltaire: 298.
Vouzela: 353.
Waterford: 338.
Wied-Neuwied, Maximiliano príncipe de: 210.
*Wilheim, Hubert: 314.
*Wolff, Francisco: 232, 354, 358, 364.
*Xavier, Bento: 343.
*Xavier, Caetano: 351, 364, 409.
*Xavier, Domingos: 358, 366.
*Xavier, S. Francisco: 148, 281, 411.
*Xavier, Francisco: 351, 361.
*Xavier (Castelim?), Francisco: 347
*Xavier, Inácio: 364.
*Xavier, Lucas: 309.
*Zuzarte, Manuel: 341.

Índice das Estampas

	PÁG.
P. António Vieira	IV/V
Autógrafo de António Vieira	22/23
O Jesuíta e o exercício das virtudes	38/39
Nas praias do Maranhão	54/55
Autógrafo de João Filipe Bettendorff	70/71
Docel e coroamento do púlpito do Pará	86/87
Figuras do Presépio da Vigia	102/103
A Imaculada da Vigia	118/119
Duplo monograma do Maranhão	134/135
Família de Índios do Rio Pinaré	150/151
As praias da «viração» da Amazónia	166/167
Conta Corrente dos Colégios do Pará e Maranhão com a Procuratura de Lisboa	182/183
Conta Corrente do Colégio do Pará	198/199
Autógrafo do Governador João da Maia da Gama	214/215
Autógrafos dos Fundadores da Vice-Província	230/231
Conclusões Teológicas	262/263
Colégio de S. Alexandre e Igreja do Pará	278/279
Tecto interior do Colégio do Pará	294/295
«Arte de Língua Brasílica» do P. Luiz Figueira	310/311
Autógrafos de Missionários do Norte que padeceram por Cristo	326/327
Lisboa, metrópole missionária do mundo no século XVI	342/343
S. Inácio e S. Francisco de Borja, do Maranhão	358/359
Altar de S. Miguel, da Igreja do Pará	374/375
«Mappa Vice Provinciae Maragnonii»	390/391

ÍNDICE GERAL

	PÁG
Prefácio	IX
Introdução bibliográfica	XV

LIVRO PRIMEIRO
A MAGNA QUESTÃO DA LIBERDADE

Cap. I — **António Vieira antes de embarcar para o norte do Brasil:** 1 — Seu nascimento em Lisboa e formação na Baía; 2 — Volta a Lisboa na Embaixada da Restauração e D. João IV escolhe-o para seu conselheiro e prègador; 3 — Embaixadas a França e Holanda e a questão dos Cristãos-novos; 4 — A crise do ano 49 e a sua situação dentro da Companhia; 5 — Resultados positivos da actividade política e diplomática de Vieira; 6 — Embarca para as missões do Norte do Brasil... 3

Cap. II — **A liberdade dos Índios:** 1 — A primeira batalha ganha por Vieira; 2 — Lei de 9 de Abril de 1655, restringindo os cativeiros; 3 — Alterações gerais e expulsão dos Padres; 4 — A lei libertadora de 1 de Abril de 1680 e outras leis agenciadas em Lisboa por Vieira... 43

Cap. III — **Do perdão de 1662 ao motim de 1684:** 1 — Perdão geral de 1662 e suas conseqùências; 2 — O "Estanco" e violências de 1684 contra o mesmo "Estanco", o Governador e os Padres da Companhia; 3 — Restabelecimento da ordem pública por Gomes Freire de Andrade... 69

Cap. IV — **O Regimento das Missões:** 1 — Pensam os Jesuítas em deixar as Missões do Maranhão e Grão-Pará; 2 — Ficam mediante a garantia régia do "Regimento das Missões" e leis subsidiárias; 3 — A liberdade no ambiente amazónico... 87

LIVRO SEGUNDO
ALDEAMENTO E CATEQUESE DOS ÍNDIOS

Cap. I — **As Aldeias:** 1 — Espécies diferentes; 2 — Aldeias de catequese e serviço dos Padres; 3 — Aldeias de catequese e administração. 97

Cap. II — **Regulamento das Aldeias ou "Visita" do P. António Vieira:** 1 — A «Visita» de Vieira, e tentativas frustradas para a modificar; 2 — O que pertence à observância religiosa dos Padres; 3 — O que pertence à cura espiritual das almas; 4 — O que pertence à administração temporal dos Índios...... 105

Cap. III — **Govêrno das Aldeias:** 1 — Administração espiritual e regime de curadoria; 2 — Seu âmbito nas entradas ao sertão; 3 — Regime penal privativo.................... 125.

Cap. IV — **Divisão das Aldeias da Amazónia:** 1 — A grande divisão de 1693; 2 — A Aldeia do Xingu; 3 — Demografia e estatística. 133

Cap. V — **Dificuldades destas Aldeias e Missões:** 1 — As razões de Vieira; 2 — A carta «exortativa» de Bettendorff; 3 — O testemunho do sangue; 4 — As cruzes do calvário............ 141

LIVRO TERCEIRO

O GRAVE ASSUNTO DAS SUBSISTÊNCIAS

Cap. I — **O ambiente amazónico e seus reflexos económicos:** 1 — O problema da alimentação; 2 — As «drogas» do sertão e da Índia Oriental e as primeiras plantações de canela no Brasil; 3 — As primeiras plantações de cacau; 4 — Actividades industriais.............. 153

Cap. II — **Legitimidade canónica dos bens da Companhia:** 1 — A doutrina certa; 2 — O *comum* da Vice-Província; 3 — Movimento e aplicação; 4 — Necessidade civilizadora do trabalho nas Missões e Fazendas.................. 165

Cap. III — **A caridade no orçamento dos Jesuítas:** 1 — O destino dos bens da Companhia e a lenda dos tesoiros; 2 — Vieira e o desinteresse pessoal dos Jesuítas; 3 — Assistência caridosa, social e hospitalar; 4 — As boticas dos Colégios, saneamento e epidemias.................. 177

Cap. IV — **Legalidade civil dos bens:** 1 — Êrro de visão e premeditação do sequestro; 2 — Origem legal dos bens da Companhia ou a questão «de iure»; 3 — A questão «de facto», o processo de 1718 e discriminação dos bens de raiz; 4 — Os diplomas régios; 5 — Conflito moral entre a evangelização e a colonização, com prevalência da colonização, exigida pelas condições sociais e económicas da terra................ 193

LIVRO QUARTO

REGIME INTERNO E APOSTOLADO EXTERNO

Cap. I — **A Vice-Província do Maranhão e Grão-Pará:** 1 — Missão e dependência do Brasil; 2 — Dependência de Portugal e Visitadores do Brasil; 3 — Elevação a Vice-Província........ 213

PAG.

Cap. II — **O govêrno interno:** 1 — Noções práticas; 2 — Os Superiores da Missão; 3 — Os Vice-Provinciais.................. 223

Cap. III — **Noviciado e Recrutamento:** 1 — Pareceres sôbre noviciado próprio; 2 — Os recebidos na terra; 3 — Portugal, a grande fonte.. 233

Cap. IV — **Obras do Culto:** 1 — Jesus Cristo: Devoção à Cruz, à Eucaristia, ao Coração de Jesus; 2 — Devoção a Nossa Senhora, Têrço do Rosário e Congregações Marianas; 3 — Devoção aos Santos; 4 — Regalias espirituais nas festas e na catequese.... 239

Cap. V — **Ministérios:** 1 — Administração dos sacramentos; 2 — Exercícios Espirituais; 3 — Prègação e missões urbanas; 4 — Missões rurais.. 249

LIVRO QUINTO

CIÊNCIAS, LETRAS E ARTES

Cap. I — **Os estudos no Maranhão:** 1 — Artes e ofícios; 2 — Colégio de Nossa Senhora da Luz e as suas "Escolas Gerais"; 3 — Ensino Superior; 4 — As festas do Padroeiro e estúrdias de estudantes; 5 — Conclusões públicas e graus académicos... 261

Cap. II — **Os estudos no Pará:** 1 — Instrução primária; 2 — Curso de Humanidades e regalias dos estudantes; 3 — A Filosofia no Pará e primeiras formaturas; 4 — Período final............ 271

Cap. III — **Geografia, Cartografia e Bibliotecas:** 1 — A Geografia e Cartografia amazónica; 2 — Cartografia oficial; 3 — Livrarias dos Colégios e Aldeias.................................. 281

Cap. IV — **Belas-Letras e Teatro:** 1 — Oratória e Poesia clássica; 2 — Versos tupis; 3 — Cantos e Música; 4 — Teatro e papéis femininos; 5 — O "Auto de S. Francisco Xavier"............ 291

Cap. V — **Etnografia e lingüística americana:** 1 — A religião dos Índios do Tapajós; 2 — A Etnografia brasileira; 3 — Cultura indígena e cultura cristã; 4 — A "Língua Geral" e a "Língua Portuguesa"; 5 — Novos estudos de lingüística americana.. 301

Cap. VI — **Historiadores e Cronistas da Amazónia:** 1 — João Filipe Bettendorff; 2 — Jerónimo da Gama; 3 — Domingos de Araújo; 4 — Jacinto de Carvalho; 5 — Bento da Fonseca; 6 — José de Morais; 7 — João Daniel............................ 317

APÊNDICES

Apéndice A) — Catálogo das expedições missionárias para o Maranhão e Grão-Pará (1607-1756)...................... 333

» B) — Entradas no noviciado do Maranhão e Grão-Pará....... 361

PÁG.

APÊNDICE C) — Catálogo dos Religiosos que tinha a Vice-Província do
Maranhão e Grão-Pará em 1760.................... 363
» D) — «Regimento das Missioens do Estado do Maranham &
Pará» (21 de Dezembro de 1686)................... 369
» E) — «Traslado de outro Alvará de sua Magestade que Deos
guarde sobre os resgates», de 28 de Abril de 1688.... 377
» F) — Contas Correntes e Facturas........................ 381
» G) — «Informação do Maranhão Pará e Amazonas para El-
Rei», do P. Visitador Manuel de Seixas, de 13 de Junho
de 1718... 387
» H) — «Brevis notitia laborum, qui pro animarum salute a Patri-
bus Collegii Maragnoniensis suscepti sunt ab anno 1722
ad 1723»... 395
» I) — Catálogo da Livraria da Casa da Vigia................ 399
» J) — A edição brasileira dos Tomos III e IV.............. 411

ÍNDICE DE NOMES.. 415
ÍNDICE DE ESTAMPAS... 435

Imprimi potest
Flumine Ianuarii, 21 Sept. 1942
Aloisius Riou S. I.
Praep. Prov. Bras. Centr.

Pode imprimir-se
Rio de Janeiro, 10 de Outubro de 1942
† Sebastião Leme, *Cardeal Arcebispo*

ÊSTE QUARTO TÔMO
DA HISTÓRIA DA COMPANHIA DE JESUS NO BRASIL
ACABOU DE IMPRIMIR-SE
DIA DO B. JOÃO DE BRITO DA MESMA COMPANHIA
4 DE FEVEREIRO DE 1943
NA
IMPRENSA NACIONAL
DA CIDADE DO RIO DE JANEIRO
DE QUE FOI GOVERNADOR SALVADOR DE BRITO PEREIRA
PAI DO SANTO DÊSTE DIA

A presente edição de HISTÓRIA DA COMPANHIA DE JESUS, de Serafim Leite S. L., é o volume n° 203 e 204 da Coleção Reconquista do Brasil (2ª série). Capa Cláudio Martins. Impresso na Líthera Maciel Editora e Gráfica Ltda., à rua Simão Antônio 1.070 - Contagem, para a Editora Itatiaia, à Rua São Geraldo, 67 - Belo Horizonte - MG. No catálogo geral leva o número 00841/0C. ISBN. 85-319-0133-2.

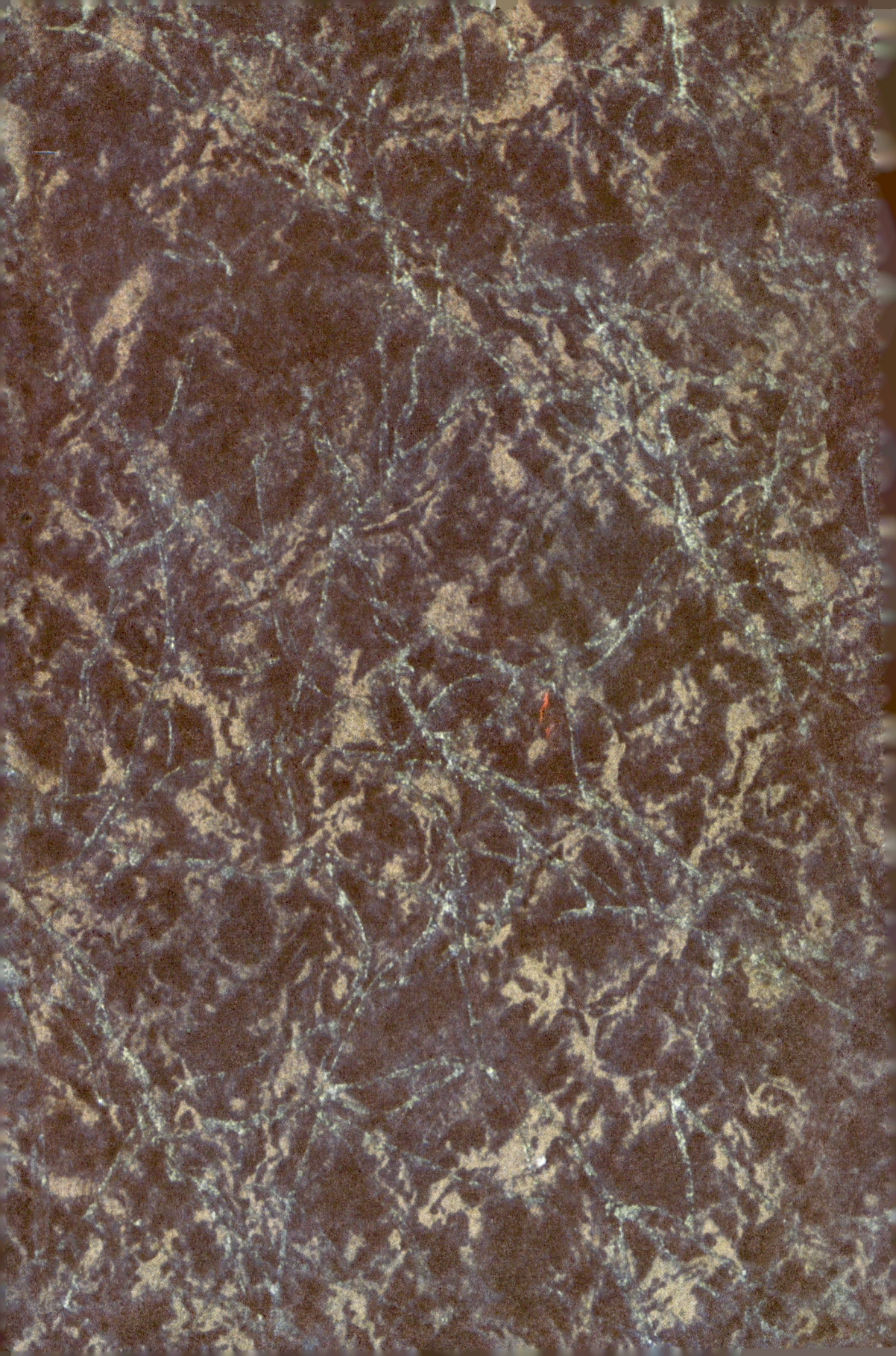